C. S. Lewis

# Die Perelandra-Trilogie

Aus dem Englischen von Walter Brumm

Mit einem Nachwort von Hans Steinacker

Bibliografische Information der Deutschen Nationalbibliothek
Die Deutsche Nationalbibliothek verzeichnet diese Publikation in der
Deutschen Nationalbibliografie; detaillierte bibliografische Daten
sind im Internet über http://dnb.d-nb.de abrufbar.

3. Auflage 2018
ISBN 978-3-86506-346-5 (für die Gesamtausgabe)
© 2011 für diese Ausgabe by Joh. Brendow & Sohn Verlag GmbH, Moers
Vollständige, ungekürzte Ausgabe. Übersetzung von Walter Brumm
Neubearbeitung von Nicola Volland
© der deutschen übersetzung: Thienemann Verlag, 1990
Einbandgestaltung: Brendow Verlag, Moers
Titelfoto: shutterstock
Satz: Hans Winkens, Wegberg
Druck und Bindung: CPI – Clausen & Bosse, Leck
Printed in Germany

www.brendow-verlag.de

DIE PERELANDRA-TRILOGIE

**Jenseits des schweigenden Sterns**
Erstes Buch

OUT OF THE SILENT PLANET previously published in paperback by Voyager 2000.
First published in Great Britain by John Lane (The Bodley Head) Ltd. 1938
Copyright © S.S. Lewis Pte Ltd 1938

# 1

Kaum waren die letzten Tropfen des Gewitterschauers gefallen, steckte der Wanderer seine Landkarte in die Tasche, rückte den Rucksack auf den müden Schultern zurecht und trat aus dem Schutz eines mächtigen Kastanienbaums auf die Landstraße hinaus. Im Westen ergoss sich ein schwefelgelber Sonnenuntergang durch einen Wolkenriss, aber vorn über den Hügeln hatte der Himmel die Farbe dunklen Schiefers. Wasser troff von jedem Baum und jedem Grashalm, und die Landstraße glänzte wie ein Fluss. Der Wanderer hielt sich nicht mit der Betrachtung der Landschaft auf, sondern schritt sofort entschlossen aus, wie jemand, der zu spät gemerkt hat, dass er noch einen längeren Weg als geplant vor sich hat. Und so war es auch. Hätte er zurückgeblickt, so hätte er den Kirchturm von Much Nadderby gesehen, und dieser Anblick hätte ihn womöglich dazu verleitet, das ungastliche kleine Hotel zu verwünschen, das ihm, obwohl offensichtlich leer, ein Bett verweigert hatte. Das Haus hatte seit seiner letzten Wanderung durch diese Gegend den Besitzer gewechselt. Der freundliche alte Gastwirt, mit dem er gerechnet hatte, war jemandem gewichen, den die Bedienung »die Herrin« nannte, und diese Herrin war anscheinend eine britische Wirtin jener orthodoxen Schule, die Gäste als lästig erachtet. Seine Hoffnung war jetzt auf Sterk gerichtet, das gut sechs Meilen entfernt hinter der Hügelkette lag. Der Landkarte zufolge gab es in Sterk einen Gasthof. Der Wanderer war erfahren genug, nicht allzu große Hoffnungen auf diese Möglichkeit zu setzen, doch er hatte keine andere Wahl.

Er ging ziemlich schnell und gleichmäßig, ohne viel umherzublicken, als wolle er sich den Weg mit interessanten Überlegungen verkürzen. Er war groß und etwa fünfunddreißig bis vierzig Jahre alt. Seine Schultern waren leicht gekrümmt und er war mit einer gewissen Schäbigkeit gekleidet, wie dies oft bei Intellektuellen in den Ferien der Fall ist. Auf den ersten Blick hätte man ihn leicht für einen Arzt oder Lehrer halten können, obwohl er weder das weltmännische Auftreten des einen noch die schwer zu beschreibende Forschheit des anderen hatte. Er war Philologe und Dozent an der Universität Cambridge. Sein Name war Ransom.

Als er Nadderby verließ, hatte er gehofft, noch vor Sterk bei irgendwelchen freundlichen Bauern Unterkunft zu finden. Doch das Land diesseits der Hügel schien nahezu unbewohnt. Es war ein ödes, eintöniges Land, auf dem hauptsächlich Kohl und Rüben angebaut wurden, mit kümmerlichen Hecken und vereinzelten Bäumen. Es lockte keine Besucher an wie die abwechslungsreiche Landschaft südlich von Nadderby, und von dem Industriegebiet hinter Sterk war es durch die Hügelkette getrennt. Als die Abenddämmerung hereinbrach und der Gesang der Vögel verstummte, wurde es stiller, als es in einer englischen Landschaft gewöhnlich ist. Das Geräusch seiner Schritte auf der Schotterstraße begann, ihn zu stören.

Er war ungefähr zwei Meilen gewandert, als er in der Ferne ein Licht entdeckte. Er hatte nun den Fuß der Hügel erreicht und es war beinahe dunkel. Er hoffte immer noch darauf, ein Bauernhaus zu finden, bis er recht nah an der Lichtquelle war und sah, dass es ein sehr kleines, hässliches Ziegelhaus aus dem neunzehnten Jahrhundert war. Als er an der offenen Tür vorbeiging, stürzte eine Frau heraus und prallte fast mit ihm zusammen.

»Bitte entschuldigen Sie, Herr«, sagte sie. »Ich dachte, es wäre mein Harry.«

Ransom fragte sie, ob er irgendwo zwischen hier und Sterk ein Quartier für die Nacht bekommen könnte.

»Nein, Herr«, erwiderte die Frau. »Erst in Sterk. Aber ich glaube, in Nadderby kommen Sie eher unter.«

Ihre Stimme klang unterwürfig und zugleich besorgt, als wäre ihre Aufmerksamkeit von etwas anderem in Anspruch genommen. Ransom erklärte, dass er es in Nadderby bereits versucht habe.

»Dann weiß ich auch nicht, Herr«, antwortete sie. »Bis Sterk gibt es eigentlich nichts, jedenfalls nicht das, was Sie brauchen. Da ist nur ›Haus Aufstieg‹, wo mein Harry arbeitet, und ich habe gedacht, Sie kommen von dort, Herr, und deshalb bin ich herausgekommen, als ich Sie hörte, weil ich gedacht habe, er könnte es sein. Er müsste längst zu Hause sein.«

»Haus Aufstieg«, sagte Ransom. »Was ist das? Ein Hof? Könnte ich dort übernachten?«

»O nein, Herr. Wissen Sie, dort wohnen nur der Professor und der Herr aus London, seit Miss Alice gestorben ist. Die nehmen niemanden auf, Herr. Die haben nicht einmal Dienstboten, nur meinen Harry, der sich um die Feuerung kümmert; aber er schläft nicht im Haus.«

»Wie heißt dieser Professor?«, fragte Ransom mit schwacher Hoffnung.

»Ich weiß nicht, Herr, leider«, sagte die Frau. »Der zweite Herr heißt Devine, und Harry sagt, der andere ist ein Professor. Er versteht nicht viel davon, Herr, er ist ein bisschen einfältig, und darum möchte ich nicht, dass er so spät heimkommt, und die Herren haben gesagt, sie würden ihn immer um sechs nach Haus schicken. Und er arbeitet wirklich genug.«

Die eintönige Stimme der Frau und ihr karger Wortschatz verrieten nicht viel über ihre Gefühle, aber Ransom stand nahe genug, um zu sehen, dass sie zitterte und dem Weinen nahe war. Ihm kam der Gedanke, zu dem geheimnisvollen

Professor zu gehen und ihn zu bitten, den Jungen nach Hause zu schicken; und nur den Bruchteil einer Sekunde später fiel ihm ein, dass er, sobald er im Haus und unter Männern seines Berufs wäre, vielleicht aufgefordert würde, die Nacht bei ihnen zu verbringen. Von welcher Art seine Überlegung auch immer gewesen sein mochte, die Vorstellung, in »Haus Aufstieg« vorzusprechen, hatte die Gestalt eines festen Entschlusses angenommen. Er sagte der Frau, was er vorhatte.

»Vielen, vielen Dank, Herr«, sagte sie. »Und wenn Sie so freundlich sein und ihn bis ans Tor und auf die Landstraße bringen würden, bevor Sie weitergehen; Sie verstehen schon, was ich meine, Herr. Er hat solche Angst vor dem Professor, und sobald Sie den Rücken kehren, würde er doch dableiben, wenn die Herren ihn nicht ausdrücklich fortschicken.«

Ransom beruhigte die Frau, so gut er konnte, und verabschiedete sich von ihr, nachdem er sich vergewissert hatte, dass er das Haus nach ungefähr fünf Minuten auf der linken Seite sehen würde. Seine Beine waren während des Stehens steif geworden und nur mit Mühe ging er langsam weiter.

Links von der Landstraße war keinerlei Lichtschein zu sehen, nichts als flaches Feld und eine dunkle Masse, die er für ein Waldstück hielt. Es kam ihm länger als fünf Minuten vor, bis er dorthin gelangte und merkte, dass er sich geirrt hatte. Die Straße war von einer dichten Hecke gesäumt und in die Hecke war ein weißes Tor eingelassen. Die Bäume, die sich über ihm erhoben, als er das Tor untersuchte, waren nicht der Rand eines Wäldchens, sondern nur eine Zeile, durch die der Himmel schimmerte. Er war jetzt überzeugt, dass dies das Tor zu »Haus Aufstieg« war und dass diese Bäume ein Haus und einen Garten umgaben. Er versuchte, das Tor zu öffnen, doch es war verschlossen. Eine Weile stand er unschlüssig, entmutigt von der Stille und der zunehmenden Dunkelheit. Sein erster Gedanke war, trotz seiner Müdigkeit nach Sterk weiterzuwandern; aber er hatte der alten Frau zuliebe eine lästige Pflicht auf sich genommen. Er wusste, dass er sich einen Weg durch die Hecke bahnen konnte, wenn er wirklich wollte. Aber er wollte nicht. Wollte nicht gewaltsam bei einem eigenbrötlerischen Sonderling eindringen – jemandem, der sogar auf dem Land sein Gartentor abschloss. Wie lächerlich würde er dastehen mit seiner albernen Geschichte von einer hysterischen Mutter, die in Tränen aufgelöst war, weil ihr schwachsinniger Junge eine halbe Stunde länger bei der Arbeit festgehalten wurde! Doch es war völlig klar, dass er hineingehen musste, und weil man mit einem Rucksack auf dem Rücken nicht durch eine Hecke kriechen kann, nahm er ihn ab und warf ihn über das Tor. Im selben Augenblick wurde ihm klar, dass er bis jetzt noch nicht wirklich entschlossen gewesen war – jetzt, wo er in den Garten einsteigen musste, zumindest, um seinen Rucksack wiederzuholen. Er ärgerte sich über die Frau und über sich selbst, aber schließlich ging er in die Hocke und zwängte sich durch die Hecke.

Das war schwieriger als erwartet, und mehrere Minuten vergingen, bevor er sich in der nassen Dunkelheit auf der anderen Seite der Hecke aufrichten konnte, zerschunden von Dornen und Brennnesseln. Er tastete sich zum Tor, nahm seinen Rucksack auf und wandte sich dann um, um seine Umgebung genauer in Augenschein zu nehmen. Auf der Zufahrt war es heller als unter den Bäumen und es fiel ihm nicht schwer, ein großes Steinhaus zu erkennen, von dem er durch eine breite, ungepflegte Rasenfläche getrennt war. Nicht weit von ihm entfernt verzweigte sich die Zufahrt – der rechte Weg führte in einer sanften Kurve zum Haupteingang, der linke verlief geradeaus, offenbar zur Rückseite des Hauses. Ihm fiel auf, dass dieser Weg von tiefen Fahrspuren durchzogen war, in denen jetzt das Wasser stand – so als führen dort regelmäßig schwere Lastwagen. Der andere Weg, den er nun einschlug, war mit Moos überwachsen. Das Haus war völlig dunkel; an einigen Fenstern waren die Läden geschlossen, andere gähnten leer, ohne Läden oder Vorhänge; alle wirkten leblos und ungastlich. Das einzige Zeichen, das auf Bewohner deutete, war eine Rauchsäule, die hinter dem Haus emporstieg und so dicht war, dass man eher an einen Fabrikschornstein oder zumindest an eine Wäscherei dachte als an den Rauchabzug einer Küche. ›Haus Aufstieg‹ war offensichtlich nicht der Ort, wo man Fremde zum Übernachten einladen würde, und Ransom, der bereits einige Zeit mit seiner Betrachtung vertan hatte, hätte sich zweifellos abgewandt und seine unterbrochene Wanderung fortgesetzt, wäre er nicht durch sein unseliges Versprechen gebunden gewesen.

Er stieg die drei Stufen zu der überdachten Veranda hoch, fand die Türglocke, läutete und wartete. Nach einer Weile läutete er wieder und setzte sich auf eine Holzbank, die am Geländer der Veranda entlanglief. Er saß so lange, dass der Schweiß auf seinem Gesicht zu trocknen begann und ihm ein leichtes Frösteln über den Rücken lief, obwohl die Nacht warm und sternenklar war. Er war mittlerweile sehr müde, und vielleicht war das der Grund, weshalb er nicht aufstand und ein drittes Mal läutete. Hinzu kamen die wohltuende Stille des Gartens, die Schönheit des Sommerhimmels und irgendwoher aus der Nachbarschaft der Ruf einer Eule, der die friedvolle Stille ringsum noch zu verstärken schien. Er schien kurz eingenickt zu sein, als er plötzlich aufschreckte und gespannt einem sonderbaren Geräusch lauschte – einem Scharren und Schnaufen, das sich wie ein Handgemenge anhörte. Er stand auf. Das Geräusch war jetzt unverkennbar: Leute in Stiefeln kämpften oder rangen miteinander. Nun wurden auch Stimmen laut. Er konnte nichts verstehen, aber er hörte die abgerissenen, bellenden Rufe von zornigen und atemlosen Männern. Ein Abenteuer war das Letzte, was Ransom jetzt wollte, doch die Überzeugung, dass er der Sache auf den Grund gehen sollte, festigte sich bereits in ihm, als er einen gellenden und deutlichen Schrei vernahm: »Lasst mich los! Lasst mich los!«, und gleich darauf: »Ich will da nicht rein! Lasst mich nach Haus!«

Ransom warf den Rucksack ab, sprang die Stufen hinunter und rannte zur Rückseite des Hauses, so schnell seine steifen und schmerzenden Beine ihn trugen. Die Wagenspuren und Pfützen des schlammigen Wegs führten ihn in eine Art Hof, der von ungewöhnlich vielen Nebengebäuden umgeben war. Sein Blick fiel kurz auf einen hohen Schornstein, eine niedrige Türöffnung, in der ein roter Feuerschein flackerte, sowie eine gewaltige Rundung, die sich schwarz vom Sternhimmel abhob und die er für die Kuppel einer kleinen Sternwarte hielt. Dann wurde seine Aufmerksamkeit von drei Männergestalten in Anspruch genommen, die so nahe vor ihm miteinander rangen, dass er fast mit ihnen zusammengestoßen wäre. Ransom war sofort klar, dass die mittlere Gestalt, die trotz heftigen Widerstandes von den beiden anderen festgehalten wurde, der Sohn der alten Frau war. Am liebsten hätte er die beiden anderen angedonnert: »Was machen Sie mit diesem Jungen?« Doch alles, was er mit ziemlich matter Stimme hervorbrachte, war: »Aber! Ich muss schon sagen ...«

Die drei Kämpfer fuhren auseinander, der Junge schluchzte. »Darf ich fragen«, sagte der dickere und größere der beiden Männer, »wer zum Teufel Sie sind und was Sie hier zu suchen haben?« Seine Stimme wies all die Eigenschaften auf, die Ransom so gerne in seine eigene gelegt hätte.

»Ich bin auf einer Wanderung«, sagte Ransom, »und ich habe einer armen Frau versprochen ...«

»Zum Teufel mit Ihrer armen Frau«, rief der andere. »Wie sind Sie hier reingekommen?«

»Durch die Hecke«, sagte Ransom, dem jetzt eine gewisse Gereiztheit zu Hilfe kam. »Ich weiß nicht, was Sie mit diesem Jungen machen wollen, aber ...«

»Wir sollten hier einen Hund haben«, sagte der Dicke zu seinem Gefährten, ohne Ransom zu beachten.

»Du meinst, wir hätten einen Hund, wenn du nicht darauf bestanden hättest, Tartar für einen Versuch zu benutzen«, sagte der Mann, der bisher geschwiegen hatte. Er war annähernd so groß wie der andere und seine Stimme kam Ransom irgendwie bekannt vor.

»Hören Sie«, fing Ransom wieder an, »ich weiß nicht, was Sie mit diesem Jungen vorhaben, aber seine Arbeitszeit ist längst um und es ist höchste Zeit, dass Sie ihn nach Hause schicken. Ich habe nicht die geringste Lust, mich in Ihre persönlichen Angelegenheiten zu mischen, aber ...«

»Wer sind Sie überhaupt?«, fuhr der dicke Mann ihn an.

»Mein Name ist Ransom, wenn Sie das meinen, und ...«

»Großer Gott«, rief der Schlanke. »Etwa der Ransom, der in Wedenshaw war?«

»Ich bin in Wedenshaw zur Schule gegangen«, sagte Ransom.

»Ich habe mir gleich gedacht, dass ich dich kenne, als du den Mund aufgemacht hast. Ich bin Devine. Erinnerst du dich an mich?«

»Natürlich erinnere ich mich. Allerdings!«, erwiderte Ransom, als sie einander mit der für solche Zusammentreffen typischen, etwas bemühten Herzlichkeit die Hände schüttelten. Dabei hatte Ransom, soweit er sich erinnerte, von allen Schulgefährten Devine am wenigsten gemocht.

»Rührend, nicht wahr?«, sagte Devine. »So sieht man sich wieder, sogar in der Wildnis von Sterk und Nadderby. Da sitzt einem plötzlich ein Kloß im Hals und man denkt zurück an die Abendgottesdienste in der guten alten Schulkapelle. Kennst du zufällig Weston?« Devine zeigte auf seinen massigen und lautstarken Gefährten. »*Den* Weston«, setzte er hinzu. »Du weißt schon, der große Physiker. Schmiert sich zum Frühstück Einstein aufs Brot und trinkt dazu einen halben Liter von Schrödingers Blut. Weston, darf ich dir meinen alten Schulkameraden Ransom vorstellen. Doktor Elwin Ransom. *Der* Ransom, du weißt schon, der große Philologe. Schmiert sich Jespersen aufs Brot und trinkt dazu einen halben Liter ...«

»Kenne ich nicht«, unterbrach Weston, der den unglücklichen Harry noch immer am Kragen hielt. »Und wenn du meinst, ich würde mich freuen, diese Person kennen zu lernen, die da ungefragt in meinen Garten eingedrungen ist, dann muss ich dich enttäuschen. Es ist mir völlig gleichgültig, in welche Schule er gegangen ist oder für welchen unwissenschaftlichen Unfug er Gelder vergeudet, die besser in die Forschung gehen sollten. Ich will wissen, was er hier zu suchen hat; und dann soll er sich fortscheren.«

»Sei kein Esel, Weston«, sagte Devine in ernsthafterem Ton. »Er kommt doch gar nicht ungelegen. Mach dir nichts aus Westons Gepolter, Ransom. Hat ein weiches Herz unter seiner rauen Schale, weißt du. Willst du nicht hereinkommen und etwas mit uns trinken und eine Kleinigkeit essen?«

»Das ist sehr nett von dir«, sagte Ransom. »Aber was den Jungen angeht ...«

Devine zog Ransom beiseite. »Schwachsinnig«, sagte er mit gedämpfter Stimme. »Ist fleißig und zuverlässig, kriegt aber immer wieder diese Anfälle. Wir haben nur versucht, ihn für eine Stunde oder so ins Waschhaus zu sperren, damit er sich beruhigt und wieder normal wird. In diesem Zustand konnten wir ihn nicht heimgehen lassen. Alles reine Freundlichkeit. Wenn du willst, kannst du ihn jetzt nach Hause bringen – und dann wiederkommen und hier übernachten.«

Ransom war ziemlich verwirrt. Die ganze Situation bereitete ihm ein solches Unbehagen und kam ihm so verdächtig vor, dass er das Gefühl hatte, auf verbrecherische Machenschaften gestoßen zu sein. Andererseits jedoch hing er der tiefen, irrationalen Überzeugung vieler Leute seines Alters und seiner Klasse an, dass solche Dinge außer in Romanen niemals einem gewöhnlichen Menschen widerfahren und schon gar nicht mit Professoren und alten Schulkameraden in Zusammenhang zu bringen waren. Selbst wenn sie den Jungen misshandelt hatten, sah er kaum eine Möglichkeit, ihn gewaltsam aus ihren Händen zu befreien.

Während Ransom diese Gedanken durch den Kopf gingen, hatte Devine leise auf Weston eingeredet, wie jemand, der in der Gegenwart eines Gastes Fragen der Unterbringung bespricht. Schließlich stimmte Weston grunzend zu. Ransom, zu dessen übrigen Schwierigkeiten nun noch eine gesellschaftliche Verlegenheit kam, wollte eine Bemerkung machen. Doch Weston wandte sich gerade an den Jungen.

»Für heute haben wir genug Ärger mit dir gehabt, Harry«, sagte er. »Und in einem vernünftig regierten Land wüsste ich schon, was ich mit dir machen würde. Halt den Mund und hör auf zu heulen. Du brauchst nicht ins Waschhaus, wenn du nicht willst …«

»Es war nicht das Waschhaus, das wissen Sie genau«, schluchzte der einfältige Junge. »Ich will nicht wieder in dieses Ding da hinein.«

»Er meint das Labor«, unterbrach ihn Devine. »Er ist mal hineingeraten und durch einen unglücklichen Zufall ein paar Stunden darin eingesperrt gewesen. Das hat ihm aus irgendeinem Grund einen Schrecken eingejagt.« Er wandte sich dem Jungen zu. »Hör zu, Harry«, sagte er. »Sobald dieser freundliche Herr sich ein wenig ausgeruht hat, wird er dich nach Hause bringen. Wenn du reinkommst und ruhig in der Halle sitzen bleibst, gebe ich dir etwas, das du magst.« Er machte das Geräusch nach, das beim Entkorken einer Flasche entsteht – Ransom erinnerte sich, dass dies schon in der Schule einer von Devines Tricks gewesen war –, und Harry brach in ein kindliches, wissendes Lachen aus.

»Bring ihn rein«, sagte Weston, wandte sich ab und verschwand im Haus. Ransom zögerte, ihm zu folgen, aber Devine versicherte ihm, dass Weston über seinen Besuch sehr erfreut sei. Das war offensichtlich gelogen, aber Ransoms Verlangen nach Ruhe und etwas zu trinken war stärker als seine gesellschaftlichen Skrupel. Er folgte Devine und Harry ins Haus und einige Augenblicke später saß er in einem Sessel und wartete auf Devine, der Erfrischungen holen wollte.

**2** _____ Das Zimmer, in das man ihn geführt hatte, wies eine seltsame Mischung aus Luxus und Verwahrlosung auf. Die Fenster hatten keine Vorhänge und waren von außen mit Läden verschlossen; der nackte Boden war mit Kisten, Holzwolle, Zeitungen und Büchern übersät; auf der Tapete hatten die Bilder und Möbel der früheren Bewohner helle Stellen hinterlassen. Die einzigen beiden Sessel dagegen waren höchst wertvoll und in dem Durcheinander auf dem Tisch fanden sich Zigarren, Austernschalen und leere Champagnerflaschen neben Kondensmilchdosen, geöffneten Ölsardinenbüchsen, billigem Geschirr, Brotresten, halb leeren Teetassen und Zigarettenstummeln.

Seine Gastgeber schienen lange auszubleiben und Ransom überließ sich seinen Gedanken an Devine. Er empfand für ihn jene Abneigung, die man jemandem entgegenbringt, den man in seiner Jugend sehr kurze Zeit bewundert und dann als hohl durchschaut hat. Devine hatte einfach etwas früher als andere jene Art von Humor beherrscht, die aus einer ständigen Parodie überlieferter sentimentaler oder idealistischer Klischees besteht. Ein paar Wochen lang hatten seine Anspielungen auf die »gute alte Schule«, »Fairness«, die »Bürde des weißen Mannes« und »Geradlinigkeit« alle, auch Ransom, begeistert. Doch schon bevor Ransom Wedenshaw verließ, hatte er Devine langweilig gefunden; in Cambridge war er ihm aus dem Weg gegangen und hatte sich von ferne gewundert, wie ein so oberflächlicher und letzten Endes alltäglicher Mensch so viel

Erfolg haben konnte. Dann war es zu der rätselhaften Berufung Devines an die Universität Leicester gekommen; und sein zunehmender Reichtum war ein nicht minder rätselhaftes Phänomen. Devine war seit Langem nach London übergesiedelt und stellte in der Geschäftswelt vermutlich etwas dar. Hin und wieder fiel sein Name und gewöhnlich schloss der Gesprächspartner mit der Bemerkung, Devine sei »auf seine Art ein verdammt gerissener Bursche«, oder seufzte, »es sei ihm ein Rätsel, wie dieser Mann es so weit habe bringen können«. Soweit Ransom dem kurzen Gespräch im Hof entnehmen konnte, hatte sein alter Schulkamerad sich kaum geändert.

Die Tür öffnete sich und er wurde in seinem Gedankengang unterbrochen. Devine war allein und brachte ein Tablett mit einer Flasche Whisky, Gläsern und einem Siphon.

»Weston sucht etwas zu essen«, sagte er, setzte das Tablett neben Ransoms Sessel auf dem Boden ab und machte sich daran, die Flasche zu öffnen. Ransom, der inzwischen wirklich brennenden Durst hatte, sah, dass sein Gastgeber zu den irritierenden Leuten gehörte, die beim Sprechen vergessen, ihre Hände zu gebrauchen. Devine hatte angefangen, das Stanniol, das Flaschenhals und Korken umhüllte, mit der Spitze des Korkenziehers aufzuschlitzen. Doch dann ließ er seine Hand sinken und fragte: »Wie kommst du eigentlich in diese gottverlassene Gegend?«

»Ich bin auf einer Wanderung«, sagte Ransom. »Gestern habe ich in Stoke Underwood übernachtet und heute wollte ich in Nadderby einkehren. Dort habe ich aber kein Quartier bekommen und mich also auf den Weg nach Sterk gemacht.«

»Mein Gott!«, rief Devine, den Korkenzieher in der untätigen Hand. »Machst du das für Geld oder ist es purer Masochismus?«

»Vergnügen, natürlich«, sagte Ransom, den Blick unverwandt auf die noch immer ungeöffnete Flasche gerichtet.

»Kann man den Reiz daran einem Uneingeweihten erklären?«, fragte Devine. Er erinnerte sich seines Vorhabens insoweit, dass er ein kleines Stück Stanniol abriss.

»Ich weiß nicht. Zunächst einmal laufe ich einfach gern ...«

»Mein Gott! Nun, dann muss es dir beim Militär ja gefallen haben. Links zwo drei vier, eh?«

»Nein, nein. Es ist gerade das Gegenteil vom Militär. Dort läuft alles darauf hinaus, dass man keinen Augenblick allein ist und nie bestimmen kann, wohin man geht. Man kann sich nicht einmal aussuchen, auf welcher Straßenseite man gehen will. Bei einer Wanderung bist du völlig unabhängig. Du rastest, wo du willst, und gehst weiter, wann du willst. Solange du unterwegs bist, brauchst du auf niemanden Rücksicht zu nehmen und niemanden um Rat zu fragen als dich selbst.«

»Bis du eines Abends im Hotel ein Telegramm vorfindest, in dem steht: ›Komm sofort zurück‹, nicht wahr?«, sagte Devine, der endlich das Stanniol ablöste.

»Das kann dir nur passieren, wenn du dumm genug bist, eine Adressenliste zu hinterlassen und dich auch danach zu richten. Das Schlimmste, was mir zustoßen könnte, wäre, dass der Rundfunksprecher sagt: ›Doktor Elwin Ransom, zurzeit auf einer Wanderung durch die Midlands, wird gebeten ...‹«

»Verstehe«, sagte Devine und hielt mitten im Korkenziehen inne. »Das könntest du nicht tun, wenn du wie ich im Geschäftsleben stündest. Bist du ein Glückspilz! Aber kannst du wirklich einfach so verschwinden? Hast du keine Frau, keine Kinder, keine alten, ehrwürdigen Eltern oder so?«

»Nur eine verheiratete Schwester in Indien. Und dann bin ich Dozent, verstehst du? In den Sommerferien ist ein Dozent sozusagen inexistent, wie du dich vielleicht erinnerst. Die Universität weiß nicht, wo er steckt, und kümmert sich auch nicht darum, und das gilt erst recht für alle anderen.«

Endlich kam der Korken mit einem herzquickenden Geräusch aus dem Flaschenhals.

»Sag *halt,* wenn du genug hast«, sagte Devine, als Ransom ihm sein Glas hinhielt. »Aber irgendwo hat die Sache doch bestimmt einen Haken. Du meinst, niemand weiß, wo du bist, wann du zurückkommst oder wie man dich erreichen kann?«

Ransom nickte und Devine, der jetzt den Siphon in der Hand hatte, fluchte plötzlich. »Das Ding ist leer«, sagte er. »Macht es dir was aus, wenn wir gewöhnliches Wasser nehmen? Ich muss welches aus der Küche holen. Wie viel möchtest du?«

»Mach das Glas bitte voll«, sagte Ransom.

Bald darauf kehrte Devine zurück und endlich konnte Ransom seinen Durst löschen. In einem Zug trank er das Glas halb aus, stellte es mit einem zufriedenen Seufzer ab und meinte dann, Devines Wohnort sei doch mindestens ebenso sonderbar wie seine eigene Art und Weise, die Ferien zu verbringen.

»Durchaus«, sagte Devine. »Aber du kennst Weston nicht, sonst würdest du begreifen, dass es weit weniger lästig ist, dahin zu gehen, wo er will, als darüber zu streiten. Ein ziemlich energischer Kollege.«

»Kollege?«, fragte Ransom.

»In gewissem Sinne schon.« Devine blickte zur Tür, zog seinen Sessel näher und fuhr in vertraulicherem Ton fort: »Trotz allem ist er in Ordnung. Unter uns gesagt, ich habe etwas Geld in einige Experimente gesteckt, die er gerade durchführt. Alles ganz reell – dem Fortschritt und dem Wohl der Menschheit verpflichtet und so weiter, aber es hat auch eine geschäftliche Seite.«

Während Devine redete, wurde Ransom seltsam zu Mute. Zuerst kam es ihm so vor, als ergäben Devines Worte keinen Sinn mehr. Er schien zu sagen, dass er durch und durch Geschäftsmann sei, in London aber keine Möglichkeit finde, die nötigen Experimente durchzuführen. Dann erkannte Ransom, dass Devine nicht unverständlich, sondern unhörbar redete, was nicht weiter überraschend war, da er sich weit entfernt hatte – ungefähr eine Meile. Dabei war er jedoch ganz deutlich zu sehen, wie durch ein umgedrehtes Fernrohr. Aus dieser hellen Ferne, wo er in seinem winzigen Sessel saß, sah er Ransom mit verändertem Gesichtsausdruck an. Es war ein unangenehmer Blick. Ransom versuchte, sich in seinem Sessel zu bewegen, entdeckte aber, dass er alle Gewalt über seinen Körper verloren hatte. Er fühlte sich recht wohl, aber es war, als ob seine Arme und Beine mit Bandagen an den Sessel gebunden wären und sein Kopf in einer Schraubzwinge steckte: einer gut gepolsterten, doch absolut unnachgiebigen Schraubzwinge. Er hatte keine Angst, obwohl er ahnte, dass er allen Grund hatte, sich zu fürchten. Dann schwand der Raum ganz allmählich aus seinem Gesichtsfeld.

Ransom wusste nie genau, ob das, was dann geschah, irgendeine Beziehung zu den in diesem Buch aufgezeichneten Ereignissen hatte oder ob es nur ein unbedeutender Traum war. Es schien ihm, dass er und Weston und Devine in einem kleinen, von Mauern umgebenen Garten standen. Der Garten war hell und sonnig, doch hinter der Mauer war nichts als Finsternis zu sehen. Sie versuchten, über die Mauer zu klettern, und Weston bat sie, ihm hinaufzuhelfen. Ransom redete auf ihn ein, nicht über die Mauer zu steigen, weil es auf der anderen Seite so dunkel sei, aber Weston ließ sich von seinem Vorhaben nicht abbringen, und schließlich kletterten sie hinauf. Ransom war der Letzte. Er kam rittlings auf der Mauer zu sitzen und hatte sich wegen der Flaschenscherben, die dort waren, seinen Mantel untergelegt. Die anderen beiden waren auf der Außenseite bereits in die Finsternis gesprungen, aber ehe er ihnen folgte, wurde in der Mauer eine Tür, die keiner von ihnen bisher bemerkt hatte, von außen geöffnet und die seltsamsten Geschöpfe, die er je gesehen hatte, kamen in den Garten und brachten Weston und Devine wieder mit. Sie ließen die beiden im Garten, zogen sich selbst wieder in die

Dunkelheit zurück und schlossen die Tür hinter sich ab. Ransom kam nicht mehr von der Mauer herunter. Er blieb oben sitzen, ohne Angst, aber mit einem ziemlich unbehaglichen Gefühl, denn sein rechtes Bein hing nach außen und war so dunkel, und sein linkes so hell. »Mein Bein wird abfallen, wenn es noch dunkler wird«, sagte er. Dann blickte er in die Dunkelheit hinunter und fragte: »Wer seid ihr?«, und die seltsamen Geschöpfe mussten noch da sein, denn sie antworteten alle: »Hu-hu-hu!«, genau wie Eulen.

Er begriff langsam, dass sein Bein weniger dunkel als vielmehr kalt und steif war, weil das andere so lange darauf gelegen hatte; und auch, dass er in einem Sessel in einem erleuchteten Zimmer saß. In seiner Nähe wurde gesprochen und ihm wurde bewusst, dass dieses Gespräch wohl schon einige Zeit dauerte. Sein Kopf war einigermaßen klar. Er merkte, dass man ihn betäubt oder hypnotisiert hatte, oder beides; nach und nach gewann er die Herrschaft über seinen Körper zurück, doch er war immer noch sehr schwach. Er hörte aufmerksam zu, ohne sich zu bewegen.

»Ich habe dieses Hin und Her allmählich satt, Weston«, sagte Devine gerade, »umso mehr, als schließlich mein Geld auf dem Spiel steht. Ich sage dir, er ist genauso gut geeignet wie der Junge, in mancher Hinsicht sogar besser. Aber er wird jetzt bald wieder zu sich kommen und wir müssen ihn sofort an Bord bringen. Das hätten wir schon vor einer Stunde tun sollen.«

»Der Junge war ideal für uns«, sagte Weston verdrießlich. »Er ist unfähig, der Menschheit zu dienen, und wahrscheinlich wird er nichts Besseres zu tun haben, als seinen Schwachsinn auch noch zu vererben. In einer zivilisierten Gesellschaft würden Burschen wie er automatisch einem staatlichen Labor zu Versuchszwecken überlassen.«

»Schon möglich. Aber hier in England würde sich für einen Burschen wie ihn vielleicht Scotland Yard interessieren.

Nach diesem Wichtigtuer dagegen wird monatelang kein Hahn krähen, und selbst dann wird niemand wissen, wo er war, als er verschwand. Er ist allein gekommen. Er hat keine Adresse hinterlassen. Er hat keine Familie. Und schließlich hat er seine Nase von sich aus in diese Angelegenheit gesteckt.«

»Trotzdem, mir gefällt das nicht. Schließlich ist er ein Mensch. Der Junge war im Grunde eher ein – ein Präparat. Allerdings ist auch der hier nur ein Individuum, und wahrscheinlich ein völlig nutzloses. Außerdem riskieren auch wir unser Leben. Für etwas Großes ...«

»Um Himmels willen, fang nicht wieder damit an. Dazu haben wir keine Zeit.«

»Ich glaube«, erwiderte Weston, »er wäre einverstanden, wenn man es ihm klar machen könnte.«

»Nimm du seine Beine; ich nehme ihn unter den Armen«, sagte Devine.

»Wenn du wirklich glaubst, dass er zu sich kommt«, sagte Weston, »solltest du ihm lieber noch eine Dosis verpassen. Wir können erst nach Sonnenaufgang starten. Es wäre ziemlich lästig, wenn er drei Stunden lang da drin herumzappeln würde. Mir wäre es lieber, er wachte erst auf, wenn wir unterwegs sind.«

»Richtig. Behalt du ihn im Auge, ich gehe nach oben und hole das Zeug.«

Devine verließ das Zimmer. Durch halb geschlossene Lider sah Ransom, dass Weston über ihm stand. Er wusste nicht, wie sein Körper – wenn überhaupt – auf den Versuch einer plötzlichen Bewegung reagieren würde, aber er begriff, dass er die Gelegenheit nutzen musste. Kaum hatte Devine die Tür geschlossen, als Ransom sich mit aller Macht gegen Westons Beine warf. Der Wissenschaftler fiel auf den Sessel, Ransom stieß ihn mit letzter Kraft von sich und stürzte in die Halle. Er war sehr schwach und stolperte. Aber das Entsetzen saß ihm im Nacken und innerhalb weniger Sekunden hatte er die

Haustür gefunden. Er bemühte sich verzweifelt, die Verriegelung zu öffnen, doch die Dunkelheit und das Zittern seiner Hände waren gegen ihn. Noch bevor er den oberen Riegel aufgestoßen hatte, kamen hinter ihm gestiefelte Füße über den nackten Boden gepoltert. Er wurde bei Schultern und Knien gepackt. Er trat um sich, wand sich, brüllte in der schwachen Hoffnung auf Hilfe aus Leibeskräften und verlängerte schweißbedeckt den Kampf mit einer Heftigkeit, die er sich nie zugetraut hätte. Einen herrlichen Augenblick lang war die Tür offen, die frische Nachtluft streifte sein Gesicht und er sah die tröstlichen Sterne und sogar seinen Rucksack, der auf der überdachten Veranda liegen geblieben war. Dann traf ihn ein schwerer Schlag auf den Kopf. Sein Bewusstsein schwand. Als Letztes spürte er noch, wie kräftige Hände ihn packten und zurück in den dunklen Flur zerrten, und hörte, wie eine Tür ins Schloss fiel.

**3** ———— Als Ransom wieder zu sich kam, schien er in einem dunklen Raum im Bett zu liegen. Er hatte ziemlich starke Kopfschmerzen und verspürte ein allgemeines Schwächegefühl, sodass er sich zunächst nicht dazu aufraffen konnte, aufzustehen und seine Umgebung zu untersuchen. Er fuhr sich mit der Hand über die Stirn und merkte, dass er stark schwitzte. Das machte ihm bewusst, dass in dem Raum (wenn es einer war) eine ungewöhnlich hohe Temperatur herrschte. Als er die Arme bewegte, um die Bettdecke abzuwerfen, berührte er die Wand rechts vom Bett; sie war nicht nur warm, sondern heiß. Auf der linken Seite tastete er mit der Hand ins Leere und stellte fest, dass die Luft dort kühler war; die Hitze schien also von der Wand auszugehen. Er befühlte sein Gesicht und fand eine aufgeschürfte Schwellung über dem linken Auge. Dies erinnerte ihn an den Kampf mit Weston und

Devine, und er schloss daraus, dass sie ihn in eines der Nebengebäude hinter ihrem Schmelzofen gesperrt hatten. Im selben Moment blickte er auf und entdeckte die Quelle des trüben Lichts, in dem er, ohne sich dessen bewusst zu sein, die ganze Zeit über die Bewegungen seiner Hände hatte sehen können. Unmittelbar über seinem Kopf befand sich eine Luke – ein viereckiger Ausschnitt des sternenübersäten Nachthimmels. Ransom kam es vor, als habe er noch nie in eine so eisige Nacht hinausgeblickt. Die Sterne schienen in ihrem Glanz wie in unerträglicher Qual oder Lust zu pulsieren, drängten sich dicht und zahllos in ungeordneter Fülle, waren traumhaft klar und strahlend auf dem tiefschwarzen Hintergrund. Sie zogen all seine Aufmerksamkeit auf sich, beunruhigten und erregten ihn so, dass er sich aufsetzte. Das schmerzhafte Pochen in seinem Kopf wurde stärker und erinnerte ihn daran, dass er niedergeschlagen und betäubt worden war. Während er überlegte, ob das Mittel irgendeine Wirkung auf seine Pupillen gehabt haben mochte und so die unnatürliche Pracht und Fülle des Himmels erklärte, lenkte eine silbrige Lichterscheinung, eine Art blasser und verkleinerter Sonnenaufgang, seinen Blick von Neuem nach oben. Kurze Zeit später schob sich die Scheibe des Vollmonds in sein Gesichtsfeld. Ransom saß still und schaute. Er hatte noch nie einen solchen Mond gesehen – so weiß, so blendend und so groß. Wie ein großer Fußball direkt vor dem Fenster, dachte er, und gleich darauf: nein – noch größer. Er war mittlerweile überzeugt, dass mit seinen Augen etwas nicht stimmte; kein Mond konnte so groß sein wie das Ding, das er dort sah.

Das Licht des riesigen Mondes – wenn es denn ein Mond war – erleuchtete seine Umgebung jetzt beinahe so hell, als ob es Tag wäre. Er befand sich in einem sehr merkwürdigen Raum. Der Boden war so klein, dass das Bett und ein Tisch daneben die gesamte Breite einnahmen. Die Decke schien etwa doppelt so groß zu sein und die Wände wölbten sich nach außen, sodass Ransom das Gefühl hatte, am Boden einer tiefen, engen Schubkarre zu liegen. Das bestärkte ihn in der Annahme, sein Sehvermögen sei entweder vorübergehend oder dauernd geschädigt. Im Übrigen erholte er sich jedoch rasch und verspürte sogar eine unnatürliche Leichtigkeit und eine angenehme Erregung. Die Hitze war noch immer drückend und bevor er aufstand, um den Raum genauer zu untersuchen, streifte er alle Kleider bis auf Hemd und Hose ab. Das Aufstehen hatte verheerende Folgen und er befürchtete, die Nachwirkungen des Betäubungsmittels seien noch stärker als zunächst gedacht. Obgleich er sich keiner ungewöhnlichen Muskelanstrengung bewusst war, sprang er mit solcher Kraft vom Bett auf, dass er mit dem Kopf hart gegen die Luke schlug und von dort jäh zu Boden prallte. Er lag jetzt an der anderen Wand – der Wand, die sich seinem ersten Eindruck zufolge wie die Wandung einer Schubkarre nach außen hätte wölben müssen. Doch das traf nicht zu. Er befühlte und betrachtete sie: Sie stand unverkennbar senkrecht, im rechten Winkel zum Boden. Wieder stand er auf, diesmal vorsichtiger. Er verspürte eine außerordentliche Schwerelosigkeit. Es bereitete ihm sogar Mühe, mit den Füßen am Boden zu bleiben. Zum ersten Mal kam ihm der Verdacht, dass er tot und bereits bei den Engeln sein könnte. Er zitterte, aber seine geistige Disziplin verbot ihm, diese Möglichkeit auch nur in Erwägung zu ziehen. Stattdessen erforschte er sein Gefängnis. Das Ergebnis war eindeutig: Alle Wände sahen aus, als wölbten sie sich nach außen, sodass der Raum an der Decke breiter war als am Boden; trat man jedoch an eine der Wände, so erwies sie sich als völlig senkrecht – nicht nur beim Anblick, sondern auch bei der Berührung, wenn man sich bückte und mit den Fingern den Winkel zwischen Wand und Boden abtastete. Bei dieser Gelegenheit entdeckte er noch zwei weitere seltsame Tatsachen. Wände und Boden des Raums waren mit Metall ausgekleidet und befanden sich in einem Zustand ständiger, leichter Vibration – einer lautlosen Vibration, die etwas sonderbar Lebendiges und nicht Mechanisches hatte. Doch wenn die Vibration auch lautlos war, so gab es genug andere Geräusche – eine Reihe musikalischer Klopftöne oder Schläge, die in unregelmäßigen Abständen von der Decke zu kommen schienen. Es war, als ob die Metallkammer, in der er steckte, von winzigen, klirrenden Geschossen getroffen würde. Ransom war inzwischen zutiefst verängstigt, doch nicht die prosaische Furcht, die man im Krieg empfindet, erfüllte ihn, sondern eine ungestüme Angst, die sein Herz klopfen ließ und kaum von seiner allgemeinen Erregung zu trennen war: Er befand sich in der Schwebe, auf einer Art Wasserscheide des Gefühls; ihm war, als könne er jeden Augenblick entweder in ekstatische Freude oder in panisches Entsetzen abgleiten. Er wusste jetzt, dass er nicht in einem Haus war, sondern in einer Art Schiff, das sich fortbewegte. Es war offensichtlich kein Unterseeboot und die kaum spürbaren Vibrationen des Metalls schlossen ein Fahrzeug auf Rädern aus. Ein Schiff also, sagte er sich, oder eine Art Luftschiff... Doch alle seine Wahrnehmungen und Empfindungen waren so seltsam, dass sie zu keiner der beiden Annahmen passten. Verwirrt setzte er sich wieder aufs Bett und starrte den ungeheuren Mond an.

Ein Luftschiff, eine Art Flugmaschine... Aber warum sah der Mond so groß aus? Er war noch größer, als Ransom zunächst gedacht hatte. Kein Mond konnte so groß sein; und Ransom begriff jetzt, dass er dies von Anfang an gewusst, das Wissen aber voller Entsetzen unterdrückt hatte. Im selben Augenblick schoss ihm ein Gedanke durch den Kopf, der seinen Atem stocken ließ: In dieser Nacht konnte kein Vollmond sein. Er erinnerte sich deutlich, dass er in einer mondlosen Nacht von Nadderby aufgebrochen war. Selbst wenn die dünne Sichel eines Neumonds seiner Aufmerksamkeit entgangen sein sollte, konnte sie in ein paar Stunden nicht zu dem angewachsen sein, was er hier sah. Dies hier war eine größenwahnsinnige Scheibe, bei weitem größer als der Fußball, mit dem er sie anfangs verglichen hatte, eine Scheibe, die beinahe die Hälfte des Himmels einnahm. Und wo war der alte ›Mann im Mond‹ – das vertraute Gesicht, das auf alle Menschengenerationen herabgeblickt hatte? Das Ding war überhaupt nicht der Mond; und Ransom fühlte, wie seine Haare sich sträubten.

In diesem Moment hörte er eine Tür und wandte den Kopf. Er sah ein blendendes Lichtrechteck, das sofort wieder verschwand, als die Tür geschlossen wurde. Im Raum stand die massige Gestalt eines nackten Mannes, in der Ransom schließlich Weston erkannte. Kein Vorwurf, keine Bitte um eine Erklärung kam Ransom über die Lippen oder auch nur in den Sinn; nicht mit dieser monströsen Scheibe über ihren Köpfen. Die bloße Gegenwart eines menschlichen Wesens, das zumindest ein wenig Gesellschaft zu bieten versprach, löste die nervöse Spannung, in der seine Nerven bislang einer bodenlosen Verzweiflung widerstanden hatten. Als er sprach, merkte er, dass er schluchzte.

»Weston! Weston!«, stieß er hervor. »Was ist das? Das ist nicht der Mond – der ist nicht so groß. Er kann es nicht sein, oder?«

»Nein«, erwiderte Weston, »es ist die Erde.«

## 4

Ransoms Beine gaben nach und er musste aufs Bett zurückgesunken sein, doch wurde er sich dessen erst Minuten später bewusst. Im Augenblick existierte nur seine Angst; alles andere war wie ausgelöscht. Er wusste nicht einmal, wovor er sich fürchtete; die Angst, eine schreckliche, formlose, übermächtige Ahnung beherrschte sein ganzes Bewusstsein. Er verlor nicht die Besinnung, obwohl er sich gern in eine Ohnmacht geflüchtet hätte. Jede Veränderung – Tod oder Schlaf oder am besten ein Erwachen, das all dies als einen

Traum erwies – wäre ihm unsäglich willkommen gewesen. Doch nichts davon stellte sich ein. Stattdessen kehrte die lebenslange Selbstbeherrschung eines Mannes in Gesellschaft zurück, dessen Tugenden zur Hälfte Heuchelei sind und dessen Heuchelei eine halbe Tugend ist, und bald antwortete er Weston mit fester Stimme, in der kein beschämendes Beben mehr mitschwang.

»Ist das Ihr Ernst?«, fragte er.

»Gewiss.«

»Aber wo sind wir dann?«

»Etwa fünfundachtzigtausend Meilen von der Erde entfernt.«

»Sie meinen, wir sind im – Weltraum?« Ransom brachte das Wort nur mit Mühe über die Lippen, so wie ein ängstliches Kind von Gespenstern spricht oder ein ängstlicher Mensch von Krebs.

Weston nickte.

»Wozu?«, sagte Ransom. »Und weshalb um alles in der Welt haben Sie mich entführt? Und wie haben Sie es gemacht?«

Weston schien zunächst nicht antworten zu wollen; dann, als habe er es sich anders überlegt, setzte er sich neben Ransom aufs Bett und sagte: »Ich nehme an, es erspart uns Ärger, wenn ich sofort auf diese Fragen eingehe und Sie uns während des nächsten Monats nicht unausgesetzt damit in den Ohren liegen. Die Frage, wie wir es machen – vermutlich meinen Sie damit, wie das Raumschiff funktioniert –, ist sinnlos. Sie würden es nicht verstehen, es sei denn, Sie wären einer der vier oder fünf wirklich großen heutigen Physiker. Und wenn Sie etwas davon verstünden, so würde ich es Ihnen nicht sagen. Wenn es Sie glücklich macht, bedeutungslose Worte zu wiederholen – was wissenschaftlich ungebildete Leute nämlich meist wollen, wenn sie um eine Erklärung bitten –, sagen Sie meinetwegen, dass wir mit der Nutzung von weniger bekannten Eigenschaften der Sonnenstrahlung arbeiten. Und warum wir hier sind? Wir sind unterwegs nach Malakandra ...«

»Meinen Sie einen Stern, der Malakandra heißt?«

»Selbst Sie können kaum annehmen, dass wir das Sonnensystem verlassen. Malakandra ist viel näher: Wir werden es in ungefähr achtundzwanzig Tagen erreichen.«

»Es gibt keinen Planeten, der Malakandra heißt«, wandte Ransom ein.

»Ich nenne ihn bei seinem richtigen Namen, nicht dem, den die irdischen Astronomen erfunden haben«, sagte Weston.

»Aber das ist doch Unsinn«, entgegnete Ransom. »Wie zum Henker haben Sie den richtigen Namen, wie Sie es nennen, herausgebracht?«

»Von den Bewohnern.«

Ransom brauchte eine Weile, bis er das verdaut hatte. »Wollen Sie damit sagen, Sie wären schon einmal auf diesem Stern oder auf diesem Planeten, oder was immer es ist, gewesen?«

»Ja.«

»Sie können wirklich nicht von mir verlangen, das zu glauben«, sagte Ransom. »Verdammt noch mal, so etwas ist doch nichts Alltägliches. Warum hat niemand davon gehört? Warum hat es nicht in den Zeitungen gestanden?«

»Weil wir keine Idioten sind«, sagte Weston grob.

Nach kurzem Schweigen fing Ransom wieder an. »Welcher Planet ist es nach unserer Terminologie?«, fragte er.

»Ein für alle Mal«, sagte Weston, »ich werde es Ihnen nicht sagen. Wenn Sie es nach unserer Ankunft herausbringen, soll es mir recht sein. Ich glaube nicht, dass wir von Ihren wissenschaftlichen Kenntnissen viel zu befürchten haben. Einstweilen gibt es keinen Grund, dass Sie es erfahren sollten.«

»Und Sie sagen, dieser Ort sei bewohnt?«, sagte Ransom. Weston warf ihm einen eigentümlichen Blick zu, dann nickte er. Ransoms Unbehagen ging rasch in einen tiefsitzenden

Zorn über, den er angesichts seiner vielen widerstreitenden Empfindungen schon beinahe vergessen hatte.

»Und was hat das alles mit mir zu tun?«, brach es aus ihm hervor. »Sie sind über mich hergefallen, haben mich betäubt und scheinen mich jetzt in diesem Teufelsding als Gefangenen zu verschleppen. Was habe ich Ihnen getan? Wie wollen Sie Ihr Tun rechtfertigen?«

»Ich könnte mit der Gegenfrage antworten, warum Sie wie ein Dieb in mein Anwesen geschlichen sind. Hätten Sie sich um Ihre eigenen Angelegenheiten gekümmert, wären Sie jetzt nicht hier. Wie die Dinge liegen, gebe ich zu, dass wir in Ihre Rechte eingreifen mussten. Meine einzige Rechtfertigung ist, dass kleine Ansprüche hinter größeren zurücktreten müssen. Soweit wir wissen, vollbringen wir etwas, das in der Geschichte der Menschheit, vielleicht sogar in der Geschichte des Universums, nie zuvor unternommen worden ist. Wir haben gelernt, uns von dem Klumpen Materie zu lösen, auf dem die Menschheit entstanden ist; die Unendlichkeit und vielleicht die Ewigkeit sind in die Reichweite der menschlichen Rasse gelangt. Sie können nicht so engstirnig sein zu glauben, dass die Rechte oder das Leben eines Individuums oder einer Million Individuen im Vergleich damit auch nur von der geringsten Bedeutung wären.«

»Da bin ich anderer Meinung«, sagte Ransom, »und bin es immer schon gewesen, sogar bei Tierversuchen. Aber Sie haben meine Frage nicht beantwortet. Wozu brauchen Sie mich? Was versprechen Sie sich von meiner Anwesenheit auf diesem – auf Malakandra?«

»Das weiß ich nicht«, antwortete Weston. »Es war nicht unsere Idee. Wir befolgen nur Befehle.«

»Von wem?«

Wieder entstand eine Pause. »Kommen Sie«, sagte Weston schließlich, »es hat wirklich keinen Zweck, mit diesem Kreuzverhör fortzufahren. Sie stellen mir immerfort Fragen, die ich nicht beantworten kann: zum Teil, weil ich die Antworten nicht weiß, zum Teil, weil Sie diese nicht verstehen würden. Unsere Reise wird sich weit angenehmer gestalten, wenn Sie sich mit Ihrem Schicksal abfinden und aufhören, sich und uns zu quälen. Es wäre einfacher, wenn Sie nicht so eine unerträglich enge und individualistische Lebensphilosophie hätten. Ich hatte geglaubt, die Rolle, die Sie spielen sollen, müsste jedermann begeistern. Ich hatte gedacht, dass selbst ein Wurm, wäre er mit Verstand begabt, sich dem Opfer nicht entziehen würde. Ich meine selbstverständlich das Opfer an Zeit und Freiheit und ein gewisses Risiko. Bitte missverstehen Sie mich nicht.«

»Nun«, sagte Ransom, »Sie halten die Trümpfe in der Hand und ich muss das Beste daraus machen. Ich halte *Ihre* Lebensphilosophie für hellen Wahnsinn. Vermutlich bedeutet all dieses Zeug über Unendlichkeit und Ewigkeit, dass Sie sich für berechtigt halten, hier und jetzt alles zu tun, absolut alles, nur um der schwachen Aussicht willen, dass irgendwelche vom heutigen Menschen abstammenden Geschöpfe ein paar Jahrhunderte länger irgendwo im Weltall umherkriechen können.«

»Ja – zu allem berechtigt«, entgegnete der Wissenschaftler hart. »Und alle wirklich Gebildeten – denn Geisteswissenschaften und Geschichte und solchen Plunder bezeichne ich nicht als Bildung – denken genau wie ich. Es freut mich, dass Sie den Punkt angesprochen haben, und ich rate Ihnen, meine Antwort im Gedächtnis zu behalten. Und jetzt werden wir frühstücken, wenn Sie mir in den Nebenraum folgen wollen. Seien Sie vorsichtig beim Aufstehen; Sie haben hier ein kaum nennenswertes Gewicht im Vergleich zu Ihrem Gewicht auf der Erde.« Ransom erhob sich und Weston öffnete die Tür. Blendend goldenes Licht durchflutete den Raum und brachte das blasse Erdenlicht hinter ihm völlig zum Erlöschen.

»Ich gebe Ihnen gleich eine dunkle Brille«, sagte der Wissenschaftler, als er in den Raum voranging, aus dem das strahlende Licht kam. Ransom hatte den Eindruck, dass Weston zur Türöffnung bergauf ging und plötzlich nach unten verschwand, nachdem er sie passiert hatte. Als er vorsichtig folgte, hatte er das seltsame Gefühl, an den Rand eines Abgrunds zu treten: Der Raum auf der anderen Seite schien auf der Seite zu liegen, sodass die gegenüberliegende Wand beinahe eine Ebene mit dem Boden des Raums bildete, den er gerade verlassen wollte. Doch als er seinen Fuß durch die Öffnung setzte, entdeckte er, dass der Boden auch weiterhin eben verlief, und nachdem er den Nebenraum ganz betreten hatte, richteten die Wände sich auf und die gerundete Decke befand sich über seinem Kopf. Er blickte zurück und jetzt sah die Schlafkammer so aus, als würde sie kippen – die Decke wurde zur Wand und eine der Wände zur Decke.

»Sie werden sich bald daran gewöhnen«, sagte Weston, der seinem Blick gefolgt war. »Das Schiff ist ein Sphäroid, ein kugelförmiger Körper, und da wir nun das Schwerefeld der Erde verlassen haben, empfinden wir den Mittelpunkt unserer kleinen Metallwelt als *unten*. Das haben wir natürlich vorausgesehen und das Schiff entsprechend konstruiert. Das Innere des Schiffs ist eine Hohlkugel, in der wir unsere Vorräte verwahren, und die Oberfläche dieser Hohlkugel ist der Boden, auf dem wir gehen. Ringsherum sind die Kabinen angeordnet. Deren Wände wiederum tragen eine äußere Kugelschale, die von hier aus gesehen Dach oder Decke ist. Da sich der Mittelpunkt *unten* befindet, wirkt das Stück Fußboden, auf dem Sie gerade stehen, immer eben oder horizontal und die Wand, an der Sie stehen, immer vertikal. Andererseits ist die Kugel des Fußbodens flächenmäßig so klein, dass Sie stets darüber hinaussehen – hinaus über das, was Ihnen als Horizont erscheinen würde, wenn Sie ein Floh wären –, und dann nehmen Sie Fußboden und Wände der nächsten Kabine in einem anderen Winkel wahr. Genauso verhält es sich im Übrigen auf der Erde, nur sind wir nicht groß genug, um das sehen zu können.«

Nach dieser Erklärung kümmerte Weston sich in seiner knappen, ungefälligen Art um das Wohlergehen seines Gastes oder Gefangenen. Auf seinen Rat hin legte Ransom seine Kleidung ab und ersetzte sie durch einen schmalen Gürtel, der mit schweren Gewichten behangen war, um die ungewohnte Leichtigkeit seines Körpers ein wenig auszugleichen. Dann setzte er eine dunkle Brille auf und folgte Weston an einen kleinen Tisch, auf dem das Frühstück stand. Er war hungrig und durstig und machte sich gierig über die Mahlzeit aus Büchsenfleisch, Zwieback, Butter und Kaffee her.

Doch all dies hatte er fast mechanisch ausgeführt. Beinahe automatisch zog er sich aus, aß und trank, und alles, was ihm von seiner ersten Mahlzeit an Bord des Raumschiffs im Gedächtnis blieb, war die alles beherrschende Intensität von Hitze und Licht. Beide hatten ein Ausmaß, das auf der Erde unerträglich gewesen wäre, waren aber von neuartiger Qualität. Das Licht war blasser als jedes ähnlich starke Licht, das er je gesehen hatte; es war nicht rein weiß, sondern von äußerst blassem Gold und warf ebenso scharfe Schatten wie Flutlicht. Die sehr trockene Hitze schien wie ein riesiger Masseur über die Haut zu streichen und sie zu kneten; sie machte keineswegs schläfrig, sondern höchst munter. Ransoms Kopfschmerzen waren vergangen; er fühlte sich so aufmerksam, mutig und großmütig wie kaum je auf der Erde. Nach einiger Zeit wagte er, zu der Deckenluke aufzublicken. Bis auf einen schmalen gläsernen Spalt war sie mit stählernen Schiebern verschlossen, und selbst dieser Spalt war mit einer Blende aus schwerem, dunklem Material abgedeckt; dennoch war es so hell, dass man nicht lange hineinsehen konnte.

»Ich dachte immer, der Weltraum sei dunkel und kalt«, sagte er unsicher.

»Und die Sonne?«, merkte Weston verächtlich an.

Ransom aß schweigend weiter. Nach einer Weile begann er von Neuem: »Wenn es schon am frühen Morgen so ist ...«

Doch gewarnt von Westons Gesichtsausdruck brach er ab. Natürlich, dachte er ehrfürchtig, hier gibt es keinen Morgen, keinen Abend und keine Nacht – nichts als immergleichen helllichten Tag, der jenseits aller Geschichte seit Urzeiten Milliarden von Kubikmeilen erfüllt. Er blickte wieder zu Weston, doch dieser hob die Hand.

»Reden Sie nicht so viel«, sagte er. »Wir haben alles Nötige besprochen. Im Schiff gibt es nicht genug Sauerstoff für irgendwelche überflüssigen Anstrengungen; auch nicht für Gespräche.«

Kurz danach stand er auf, ohne den anderen aufzufordern, es ihm gleichzutun, und verließ den Raum durch eine der vielen Türen, die Ransom bis dahin kaum wahrgenommen hatte.

## 5

Die Reise im Raumschiff hätte für Ransom eine Zeit voller Furcht und Schrecken sein können. Eine astronomische Entfernung trennte ihn von allen menschlichen Geschöpfen bis auf zwei, denen er mit gutem Grund misstraute. Er fuhr einem unbekannten Ziel entgegen und seine Entführer weigerten sich beharrlich, ihm zu verraten, zu welchem Zweck er dorthin gebracht wurde.

Devine und Weston lösten einander regelmäßig bei der Wache in einem Raum ab, den Ransom nicht betreten durfte und wo er die Steueranlagen des Schiffs vermutete. Weston blieb während seiner Freiwachen meist schweigsam. Devine war gesprächiger, plauderte und lachte häufig mit dem Gefangenen, bis Weston an die Wand des Kontrollraumes klopfte und davor warnte, die Luft zu vergeuden. Doch in bestimmten Punkten zeigte sich auch Devine verschlossen. Er war stets bereit, sich über Westons feierlichen wissenschaftlichen Idealismus lustig zu machen. Er gebe keinen Pfifferling, sagte er, für die Zukunft des Menschengeschlechts oder die Begegnung zweier Welten.

»Malakandra ist mehr als das«, meinte er oft augenzwinkernd. Doch wenn Ransom ihn fragte, worin dieses »Mehr« bestehe, verfiel er in einen satirischen Ton und machte ironische Bemerkungen über die Bürde des weißen Mannes und die Segnungen der Zivilisation.

»Dann ist der Planet also bewohnt?«, bohrte Ransom.

»Ach – bei solchen Dingen gibt es immer das Problem der Eingeborenen«, antwortete Devine dann. Meistens aber sprach er über das, was er nach seiner Rückkehr zur Erde tun wollte. Hochseejachten, kostspielige Frauen und ein großes Landhaus an der Riviera spielten in diesen Plänen eine große Rolle. »Ich nehme alle diese Risiken nicht zum Spaß auf mich.«

Direkte Fragen nach Ransoms eigener Rolle stießen gewöhnlich auf Schweigen. Nur einmal, als er nach Ransoms Einschätzung alles andere als nüchtern war, gab Devine auf eine solche Frage zu, dass sie ihm »noch allerhand aufhalsen« würden.

»Aber ich bin sicher«, ergänzte er, »dass du dich des alten Schulschlipses würdig erweisen wirst.«

Wie ich bereits gesagt habe, war all dies ziemlich besorgniserregend. Seltsamerweise jedoch beunruhigte es ihn nicht sehr. Es ist schwierig, trüben Gedanken über die Zukunft nachzuhängen, wenn man sich so ausgezeichnet fühlt wie Ransom jetzt. Auf der einen Seite des Schiffs herrschte endlose Nacht, auf der anderen endloser Tag; beides war großartig, und er genoss es, nach Lust und Laune von der einen Seite zur anderen zu gehen. In den Nächten, die er sich verschaffen konnte, indem er einen Türgriff drehte, lag er oft stundenlang da und starrte durch die Deckenluke. Die Erdscheibe war nun nicht mehr zu sehen; die Sterne, dicht gesät wie Gänseblümchen auf einem ungemähten Rasen, beherrschten das Blickfeld und keine Wolken, kein Mond oder Sonnenaufgang beeinträchtigten ihren Zauber. Da gab es geradezu majestätische Planeten, nie gesehene Sternbilder, es gab himmlische Saphire, Rubine, Smaragde und Schmucknadeln aus brennendem Gold; in weiter Ferne zur Linken hing ein winziger, entrückter Komet; und zwischen und hinter allem, bei Weitem eindringlicher und spürbarer als auf der Erde, die unauslotbare, rätselhafte Schwärze. Die Lichter zitterten: Sie schienen an Helligkeit zuzunehmen, je länger er sie betrachtete. Wie eine zweite Danae nackt auf seinem Bett ausgestreckt, fiel es ihm von Nacht zu Nacht schwerer, an der alten Astrologie zu zweifeln. Er stellte sich vor, spürte beinahe, wie ›süße Einflüsse‹ von den Sternen in seinen dargebotenen Körper strömten oder ihn gar durchbohrten. Alles war still bis auf die unregelmäßigen, klirrenden Geräusche, von denen er nun wusste, dass sie von Meteoriten herrührten, kleinen Materieteilchen, die ständig gegen die hohle Stahltrommel schlugen. Oft beschäftigte ihn die Überlegung, dass sie jeden Augenblick mit etwas zusammenstoßen könnten, das groß genug wäre, Schiff und Insassen in Meteoriten zu verwandeln. Aber er konnte sich nicht fürchten. Das Abenteuer war zu erhaben, die Umstände, unter denen es sich vollzog, waren zu feierlich, als dass andere Gefühle als eine ernste Freude möglich gewesen wären. Aber die Tage – oder besser die Stunden –, die er auf der sonnigen Seite ihrer kleinen Welt verbrachte, waren die schönsten von allen. Oft stand er nach nur wenigen Stunden Schlaf wieder auf, denn unwiderstehlich zog es ihn in die Regionen des Lichts; er konnte nicht aufhören, über den helllichten Tag zu staunen, der ihn dort erwartete, ganz gleich, zu welcher Zeit er kam. Dann lag er lang ausgestreckt und mit halb geschlossenen Augen in ein Bad reiner, ätherischer Farben und unerbittlicher, doch nicht schmerzhafter Helligkeit getaucht, während das seltsame Gefährt ihn mit leisem Vibrieren durch die Tiefen nachtentrückter Stille trug. In solchen Momenten spürte er, wie Leib und Seele jeden Tag aufs Neue gereinigt und mit frischer Lebenskraft erfüllt wurden. In einer seiner wortkargen, widerwilligen Antworten räumte Weston ein, dass es für diese Empfindungen eine wissenschaftliche Erklärung gab: Sie empfingen, sagte er, viele Strahlungen, die nie durch die Erdatmosphäre drangen.

Doch mit der Zeit entdeckte Ransom einen weiteren und eher geistigen Grund für sein zunehmendes Glücksgefühl. Ein Albtraum, ein Mythos, dem der moderne, von der Wissenschaft geprägte Mensch anhing, wich allmählich von ihm. Er hatte über den Weltraum gelesen und seit vielen Jahren rief der Begriff in seiner Vorstellung das düstere Bild einer schwarzen, kalten Leere hervor, einer absoluten Leblosigkeit zwischen den Welten. Es war ihm bis jetzt nicht bewusst gewesen, wie sehr er dieser Vorstellung verhaftet war – jetzt, da ihm das bloße Wort »Weltraum« schon als Blasphemie erschien, als Verleumdung dieses himmlischen Strahlenozeans, in dem sie schwammen. Er war nicht leblos; Ransom fühlte, wie in jedem Augenblick Leben aus diesem Ozean in ihn strömte. Wie konnte es auch anders sein, da alle Welten und ihr Leben diesem Ozean entsprungen waren? Er hatte ihn für unfruchtbar gehalten; jetzt aber erkannte er, dass er der Mutterschoß der Welten war, dessen unzählige Sprösslinge allnächtlich mit feurigen Augen auf die Erde hinabschauten – und wie viele mehr waren es hier! Nein, Weltraum war der falsche Ausdruck. Die Denker vergangener Zeiten hatten mehr Weisheit bezeugt, als sie vom Himmel sprachen – dem Himmel, der des Ewigen Ehre rühmt –, der

»holden Glückseligkeit lächelndes Bild,
wo Nacht des Tages Auge nie verhüllt,
hoch droben im weiten Himmelsgefild«.

Er sprach Miltons Verse liebevoll und nicht nur einmal vor sich hin.

Natürlich lag er nicht die ganze Zeit herum und träumte. Er erforschte das Schiff (soweit es ihm erlaubt war) und ging von Raum zu Raum mit jenen langsamen Bewegungen, die Weston ihnen auferlegte, da größere körperliche Anstrengungen den Sauerstoffvorrat zu sehr belasteten. Das Raumschiff hatte mehr Kabinen, als derzeit benötigt wurden; vielleicht, weil es eine bestimmte Form haben musste, vielleicht aber auch, weil, wie Ransom vermutete, die Eigner – zumindest aber Devine – auf der Rückreise irgendeine Ladung mitnehmen wollten. Außerdem wurde er, ohne recht zu wissen wie, zum Steward und Koch der kleinen Gemeinschaft; zum einen war es für ihn selbstverständlich, sich an den einzigen Arbeiten zu beteiligen, die er tun konnte – denn den Kontrollraum durfte er nie betreten; zum anderen wollte er Westons Tendenz, ihn zum Diener zu machen, zuvorkommen. Er arbeitete lieber freiwillig statt in eingestandener Sklaverei; außerdem schmeckten ihm seine eigenen Gerichte viel besser als die seiner Gefährten.

Ebendiese Aufgaben machten ihn zum zunächst unfreiwilligen und dann höchst beunruhigten Mithörer eines Gesprächs, das seiner Einschätzung nach ungefähr zwei Wochen nach Antritt ihrer Reise stattfand. Er hatte nach dem Abendessen das Geschirr abgewaschen, ein Sonnenbad genommen, mit Devine geplaudert – der ein angenehmerer Gesellschafter war als Weston, aber in Ransoms Augen der bei Weitem unsympathischere der beiden – und war zur gewohnten Zeit zu Bett gegangen. Er konnte nicht einschlafen und nach etwa einer Stunde fiel ihm ein, dass er vergessen hatte, in der Kombüse ein paar kleine Vorbereitungen zu treffen, die seine Arbeit am nächsten Morgen erleichtern würden. Man betrat die Kombüse durch den Salon oder Tagesraum und ihre Tür lag neben der zum Kontrollraum. Er stand auf und ging sofort hinüber, barfuß und nackt wie er war.

Obwohl die Kombüse auf der Nachtseite des Schiffs lag,

schaltete Ransom das Licht nicht ein. Er brauchte nur die Tür einen Spalt offen zu lassen, sodass ein Streifen strahlendes Sonnenlicht in den Raum fiel. Jeder, der selbst einen Haushalt geführt hat, wird verstehen, dass seine Vorbereitungen für den Morgen noch unzureichender waren, als er gedacht hatte. Er war geübt und erledigte die Arbeit schnell und leise. Als er gerade fertig war und sich die Hände an dem Rollhandtuch hinter der Kombüsentür abtrocknete, hörte er, wie die Tür des Kontrollraums aufging. Durch den Spalt sah er die Silhouette eines Mannes vor der Kombüse stehen; es war Devine. Dieser ging nicht in den Salon, sondern blieb stehen und redete weiter – offensichtlich in den Kontrollraum hinein, denn Ransom konnte zwar deutlich hören, was Devine sagte, doch Westons Antworten verstand er nicht oder nur bruchstückhaft.

»Ich glaube, das wäre verdammt unklug«, sagte Devine. »Wenn wir sicher sein könnten, dass wir gleich nach der Landung auf die Scheusale stoßen, dann hätte der Gedanke etwas für sich. Aber angenommen, wir müssen ein Stück laufen? Dann müssten wir nach deinem Plan einen bewusstlosen Mann mitsamt seinem Gepäck schleppen, anstatt ihn selbst gehen und seinen Teil der Arbeit tun zu lassen.«

Offenbar entgegnete Weston etwas.

»Aber er kann es unmöglich rauskriegen«, versetzte Devine. »Es sei denn, einer von uns ist so dumm und erzählt es ihm. Und selbst wenn er Verdacht schöpft: Glaubst du, jemand wie er hat den Mut, auf einem fremden Planeten wegzulaufen? Ohne Nahrung? Ohne Waffen? Du wirst sehen, sobald er den ersten *Sorn* zu Gesicht bekommt, frisst er uns aus der Hand.«

Wieder hörte Ransom undeutlich Westons Stimme.

»Woher soll ich das wissen?«, sagte Devine. »Vielleicht eine Art Häuptling. Aber wahrscheinlich eher irgendein Hokuspokus.«

Diesmal kam eine sehr kurze Äußerung aus dem Kontrollraum, anscheinend eine Frage. Devine antwortete sofort.

»Das würde erklären, warum sie ihn haben wollen.«

Weston stellte eine weitere Frage.

»Menschenopfer, würde ich sagen. Von *ihrem* Standpunkt aus natürlich nicht; du weißt schon, was ich meine.«

Diesmal hatte Weston eine ganze Menge zu sagen und Devine lachte in seiner typischen Art leise vor sich hin.

»Klar«, sagte er. »Versteht sich, dass du alles aus den erhabensten Motiven tust. Solange sie zu den gleichen Ergebnissen führen wie *meine* Motive, seien sie dir von Herzen gegönnt.«

Weston sprach weiter und diesmal schien Devine ihn zu unterbrechen.

»Du wirst dich doch nicht etwa aufregen?«, sagte er. Dann schwieg er eine ganze Weile und schien zuzuhören.

»Wenn du die Scheusale so gern hast«, erwiderte er schließlich, »kannst du ja bleiben und dich mit ihnen paaren – falls es bei ihnen Geschlechtsunterschiede gibt, was wir noch nicht wissen. Aber keine Bange, wenn es Zeit ist, dort aufzuräumen, werden wir einen oder zwei für dich übrig lassen, und die kannst du dann als Schoßtiere halten oder Versuche mit ihnen anstellen oder mit ihnen schlafen oder alles zusammen – was immer du willst ... Ja, ich weiß. Einfach abscheulich. War auch nur ein Scherz. Gute Nacht.«

Einen Augenblick später schloss Devine die Tür zum Kontrollraum und ging durch den Salon in seine eigene Kabine. Ransom hörte, wie er die Tür verriegelte, was er aus unerfindlichen Gründen immer tat. Die Spannung, mit der er dem Gespräch zugehört hatte, ließ nach. Er hatte die Luft angehalten und atmete nun mehrere Male tief durch. Dann betrat er vorsichtig den Tagesraum.

Obwohl er wusste, dass er gut daran täte, so schnell wie möglich wieder ins Bett zu gehen, blieb er in dem inzwischen so vertrauten strahlenden Licht stehen und betrachtete es mit

*39*

einem neuen, beinahe schmerzlichen Gefühl. Aus diesem Himmel, diesen Gefilden des Glücks sollten sie nun bald hinabsteigen – und wohin? Zu Sornen, Menschenopfern, abscheulichen, geschlechtslosen Ungeheuern. Was war wohl ein Sorn? Seine eigene Rolle bei der ganzen Sache war jetzt hinlänglich klar. Jemand oder etwas hatte ihn angefordert. Die Anforderung konnte kaum ihm persönlich gelten. Der Jemand wollte offenbar ein Opfer von der Erde, irgendein Opfer. Die Wahl war auf ihn gefallen, weil Devine sie getroffen hatte; er musste feststellen – eine späte und in jeder Beziehung erschreckende Entdeckung –, dass Devine ihn all diese Jahre genauso von Herzen gehasst hatte, wie er selbst Devine hasste. Aber was war ein Sorn? Sobald er einen sähe, würde er Weston aus der Hand fressen. In seinem Kopf – wie in den Köpfen so vieler seiner Zeitgenossen – spukten eine ganze Reihe von Schreckgespenstern herum. Er hatte H. G. Wells und andere Autoren gelesen. Sein Universum war von Ungeheuern bevölkert, mit denen die antike oder mittelalterliche Mythologie kaum Schritt halten konnte. Insektenähnliche, wurmförmige oder krustentierartige Scheusale mit zuckenden Fühlern, kratzenden Flügeln, schleimigen Windungen, tastenden Fangarmen – solche und andere monströse Verbindungen von übermenschlicher Intelligenz und unersättlicher Grausamkeit schienen ihm in einer fremden Welt etwas nur allzu Wahrscheinliches zu sein. Die Sorne waren vermutlich ... waren sicherlich ... Er wagte nicht, sich auszumalen, wie die Sorne waren. Und er sollte ihnen ausgeliefert werden. Irgendwie erschien ihm dies schrecklicher als die Vorstellung, von ihnen gefangen zu werden. Überreicht, ausgehändigt, dargeboten. Seine Fantasie spiegelte ihm verschiedene Scheußlichkeiten ohne jeden Zusammenhang vor – hervorquellende Augen, gähnende Mäuler, Hörner, Stacheln, Kieferzangen. Der Abscheu vor Insekten, vor Schlangen, vor allem, was schleimig und gallertartig war, spielte eine grausige Symphonie auf seinen Nerven. Und die Wirklichkeit würde noch schlimmer sein: etwas Außerirdisches, Andersartiges – etwas, woran man nie gedacht hatte, nie auch nur hätte denken können. In diesem Augenblick fasste Ransom einen Entschluss. Er konnte dem Tod ins Auge sehen, nicht aber den Sornen. Wenn es irgendeine Möglichkeit gab, musste er fliehen, sobald sie auf Malakandra gelandet waren. Der Hungertod oder sogar die Aussicht, von Sornen gejagt zu werden, waren immer noch besser als eine Auslieferung. War eine Flucht unmöglich, musste er Selbstmord begehen. Ransom war ein frommer Mensch. Er hoffte auf göttliche Vergebung. Er sah keine andere Möglichkeit mehr. Ohne zu zögern, stahl er sich zurück in die Kombüse und sicherte sich das schärfste Messer. Um keinen Preis würde er es mehr hergeben.

Auf den Schrecken folgte eine große Erschöpfung, und sobald er in seinem Bett lag, fiel er in einen tiefen und traumlosen Schlaf.

# 6

Als er erwachte, fühlte er sich sehr erfrischt und schämte sich ein wenig seines Entsetzens am vergangenen Abend. Die Situation war zweifellos sehr ernst; so ernst, dass er die Möglichkeit, lebendig zur Erde zurückzukehren, beinahe ausschließen musste. Aber dem Tod konnte man ins Auge sehen, eine rationale Todesangst konnte gemeistert werden. Wirkliche Schwierigkeiten bereitete ihm das irrationale, das biologische Grauen vor Ungeheuern. Als er nach dem Frühstück in der Sonne lag, kämpfte er so gut es ging gegen dieses Grauen an und überwand es schließlich. Er hatte das Gefühl, dass jemand, der wie er durch die Himmel segelte, keine jämmerliche Angst vor irgendwelchen erdgebundenen Geschöpfen haben sollte. Ihm kam sogar der Gedanke, dass das Messer ebenso gut in fremdes Fleisch eindringen konnte wie in sein eigenes. Eine solch angriffslustige Stimmung war bei Ransom sehr selten. Wie viele Männer seines Alters schätzte er seinen Mut eher zu niedrig als zu hoch ein. Der Unterschied zwischen den Jugendträumen und seinen tatsächlichen Kriegserlebnissen war erschreckend gewesen und vielleicht hatte die Erkenntnis, dass er sich schlecht zum Helden eignete, das Pendel zu weit in die andere Richtung ausschlagen lassen. Er befürchtete, dass seine augenblickliche Entschlossenheit sich als kurzlebige Illusion erweisen könnte; aber er musste das Beste daraus machen.

Während Stunde um Stunde verging und in dem ewigen Tag Wachen auf Schlaf folgte, nahm er eine ganz allmähliche Veränderung wahr. Die Temperatur sank langsam. Sie zogen wieder Kleider an. Dann kam warme Unterwäsche hinzu. Schließlich wurde sogar die elektrische Heizung in der Schiffsmitte eingeschaltet. Und es wurde deutlich – obwohl das Phänomen schwer zu erfassen war –, dass die Intensität des Lichts weniger überwältigend war als zu Anfang der Reise. Der vergleichende Verstand konnte den Unterschied zwar feststellen, aber man *empfand* nicht, dass das Licht schwächer wurde, und ganz und gar unmöglich war es, sich das Geschehen als Dämmerung zu denken. Denn während die Intensität der Strahlung allmählich nachließ, blieb die unirdische Beschaffenheit des Lichts unverändert so wie zu Anfang. Der Vorgang war nicht, wie das Verblassen des Tageslichts auf der Erde, mit zunehmender Luftfeuchtigkeit und Farbenspielen verbunden. Man konnte die Intensität dieses Lichts halbieren, dachte Ransom, und die verbleibende Hälfte blieb dennoch genau das, was das Ganze gewesen war – weniger, aber nicht anders. Halbierte man die Lichtmenge abermals, so wäre der Rest immer noch dasselbe. Solange dieses Licht existierte, würde es seine Eigenheit bewahren – selbst noch in jener unvorstellbaren Ferne, wo es mit letzter Kraft hingelangte. Er versuchte, Devine diese Gedanken zu erklären.

»Wie echte Markenseife, oder?« Devine grinste. »Qualität bis zur letzten Schaumblase.«

Nicht lange danach traten kleine Störungen in dem gleichmäßigen Ablauf ihres Lebens an Bord auf. Weston erklärte, dies seien die ersten, noch schwachen Auswirkungen der Anziehungskraft Malakandras.

»Das bedeutet«, sagte er, »dass wir bald den Schiffsmittelpunkt nicht mehr als unten empfinden. Unten wird die Richtung sein, in der sich Malakandra befindet – von unserem Standpunkt aus also unter dem Kontrollraum. Infolgedessen werden die Böden der meisten Kabinen zu Wänden oder Decken und eine der Wände zum Boden. Es wird euch nicht gefallen.«

Für Ransom bedeutete diese Ankündigung Stunden schwerer Arbeit, die er Schulter an Schulter bald mit Devine, bald mit Weston verrichtete, je nachdem, wer gerade keine Wache im Kontrollraum hatte. Wassertanks, Sauerstoffzylinder, Waffen, Munition und Nahrungsmittel mussten auf dem Boden und an den richtigen Wänden entlang so aufgestapelt und auf die Seite gelegt werden, dass sie aufrecht stehen würden, sobald die neuen Schwereverhältnisse sich auswirkten. Lange bevor sie mit dieser Arbeit fertig waren, machten sich störende Empfindungen bemerkbar. Anfangs glaubte Ransom, die ungewohnte Arbeit selbst mache seine Glieder so schwer. Aber Ruhepausen brachten keine Erleichterung und man erklärte ihm, dass ihre Körper durch die Anziehungskraft des Planeten, in dessen Schwerefeld sie jetzt eingedrungen waren, tatsächlich mit jeder Minute an Gewicht zunähmen und alle vierundzwanzig Stunden ihr Gewicht verdoppelten. Sie machten ähnliche Erfahrungen wie eine schwangere Frau, allerdings beinahe bis zur Unerträglichkeit beschleunigt und gesteigert.

Gleichzeitig geriet ihr Orientierungssinn – auf den in dem Raumschiff nie sehr großer Verlass gewesen war – ständig durcheinander. Bisher hatte jeder Raum an Bord, von einem anderen aus gesehen, abschüssig gewirkt, sich aber beim Betreten als eben erwiesen. Jetzt sah er nicht nur abschüssig aus, sondern war es auch ein bisschen, ein ganz kleines bisschen. Man ging unwillkürlich schneller, wenn man hineinging. Ein auf den Boden des Tagesraums geworfenes Kissen bewegte sich innerhalb einiger Stunden von selbst zur Wand. Sie litten alle unter Übelkeit, Kopfschmerzen und Herzklopfen. Von Stunde zu Stunde wurde es schlimmer. Bald konnte man nur noch auf allen vieren von einer Kabine in die andere kriechen. Jegliches Orientierungsgefühl löste sich in einem Übelkeit erregenden Über- und Untereinander auf. Teile des Schiffs waren eindeutig unten in dem Sinne, dass ihre Fußböden oben waren und nur eine Fliege darüber hätte laufen können; aber kein Teil erschien Ransom als eindeutig gerade oder an seinem richtigen Platz. Abwechselnd hatte man das Gefühl, sich in schwindelnder Höhe zu befinden oder abzustürzen – Gefühle, die es im Weltraum einfach nicht gab. Das Kochen hatten sie längst aufgegeben. Jeder nahm sich zu essen, so gut es ging, aber das Trinken bereitete große Schwierigkeiten; man wusste nie genau, ob man den Mund unter oder neben den Flaschenhals hielt. Weston wurde mürrischer und schweigsamer denn je. Devine, stets eine Flasche Schnaps in der Hand, warf mit Blasphemien und Obszönitäten um sich und verfluchte Weston, weil er sie hierher gebracht hatte. Ransoms ganzer Körper schmerzte, er leckte sich die trockenen Lippen, strich über seine wundgestoßenen Glieder und betete zu Gott, dass es bald ein Ende haben möge.

Schließlich war eine Seite der Kugel unverkennbar unten. Die festgeschraubten Betten und Tische hingen nutzlos und lächerlich an Wänden oder Decken. Türen wurden zu Falltüren, die sich nur mit Mühe öffnen ließen. Ihre Körper schienen schwer wie Blei. Es gab nun nichts mehr zu tun, nachdem Devine die Kleider – die Kleider für Malakandra – ausgepackt hatte und an der Rückwand des Salons kauerte und das Thermometer beobachtete. Ransom fiel auf, dass sich unter den Sachen auch dicke wollene Unterwäsche, Westen aus Schaffell, Pelzhandschuhe und Mützen mit Ohrenklappen befanden. Devine antwortete nicht auf seine Fragen; er war vollauf damit beschäftigt, das Thermometer abzulesen und zu Weston in den Kontrollraum hinunterzubrüllen.

»Langsamer, langsamer!«, schrie er immer wieder. »Langsamer, du verdammter Narr. In ein oder zwei Minuten sind wir in der Atmosphäre.« Dann scharf und zornig: »He! Lass mich mal ran!«

Weston antwortete nicht. Es war nicht Devines Art, ungefragt Ratschläge zu erteilen. Ransom schloss daraus, dass er vor Angst oder vor Aufregung wie von Sinnen sein musste.

Plötzlich schienen die Lichter des Universums zu erlöschen. Als ob ein Dämon mit einem schmutzigen Schwamm über das Antlitz des Himmels gefahren wäre, verblasste die strahlende Herrlichkeit, in der sie so lange gelebt hatten, zu einem blassen, trostlosen, erbärmlichen Grau. Von der Stelle aus, wo sie kauerten, war es unmöglich, die Stahlschieber zu öffnen oder die schwere Blende zurückzuschieben. Die schwerelos durch die Himmelsgefilde schwebende Gondel war zu einem dunklen Stahlbehälter geworden, der durch einen Fensterschlitz nur trübe erhellt wurde und aus dem Himmel auf eine fremde Welt niederstürzte. Keines von all seinen Erlebnissen prägte sich so tief in Ransoms Bewusstsein ein wie dieses. Er fragte sich, wie er die Planeten und auch die Erde jemals als schwebende Inseln von Leben und Wirklichkeit inmitten einer tödlichen Leere hatte betrachten können. Denn mit einer Gewissheit, die auch später nie von ihm wich, sah er die Planeten – die Erden, wie er sie in seinen Gedanken nannte – als bloße Löcher oder Lücken im lebendigen Himmel, ausgeschlossene, ausgestoßene Einöden aus schwerer Materie und trüber Luft, entstanden nicht durch einen Zuwachs an Licht, sondern durch die Verringerung der strahlenden Helligkeit um sie herum. Und doch endet jenseits des Sonnensystems die Helligkeit, dachte er. Ist das die wahre Leere, der wahre Tod? Es sei denn ... er versuchte, den Gedanken zu fassen ... es sei denn, auch das sichtbare Licht wäre ein Loch oder eine Lücke, eine bloße Verringerung von etwas anderem. Etwas, das sich zum unwandelbaren Glanz des Himmels verhielt wie der Himmel zu den dunklen, schweren Erden ...

Vieles kommt anders, als man denkt: Im Augenblick seiner Ankunft auf einer unbekannten Welt war Ransom tief versunken in eine philosophische Betrachtung.

## 7

»He, was ist? Schläfst du?«, fragte Devine. »Oder lassen dich neue Planeten inzwischen kalt?«

»Kannst du was sehen?«, unterbrach Weston.

»Ich bring die Schieber nicht auf, die verdammten Dinger«, erwiderte Devine. »Am besten gehen wir gleich zur Einstiegsluke.«

Ransom erwachte aus seiner Grübelei. Die beiden anderen arbeiteten neben ihm im Halbdunkel. Ihn fror und sein Körper, obwohl in Wirklichkeit viel leichter als auf der Erde, fühlte sich immer noch unerträglich schwer an. Dann wurde ihm mit einem Schlag seine Situation wieder bewusst; er verspürte Angst, aber noch mehr Neugierde. Vielleicht erwartete ihn der Tod, doch auf was für einem Schafott! Schon kam von draußen kalte Luft herein und Licht. Ungeduldig reckte er den Hals, um zwischen den arbeitenden Schultern der beiden Männer einen kurzen Blick hinauszuwerfen. Einen Moment später war auch die letzte Schraube gelöst. Er sah durch den Ausstieg ins Freie.

Natürlich konnte er nur den Boden sehen – einen blassrosa, fast weißen Kreis. Ob dies sehr dichter, niedriger Pflanzenwuchs, rissiger, rauer Fels oder Erdboden war, konnte er nicht erkennen. Im nächsten Augenblick füllte Devines dunkle Gestalt die Öffnung und Ransom bemerkte, dass er einen Revolver in der Hand hatte. »Für mich oder für die Sorne oder für beide?«, fragte er sich.

»Jetzt Sie!«, sagte Weston barsch.

Ransom holte tief Atem und tastete mit der Hand nach dem Messer in seinem Gürtel. Dann zwängte er Kopf und Schultern durch den Ausstieg und seine Hände berührten den Boden von Malakandra. Das rosa Zeug war weich und ein wenig elastisch, wie Kautschuk: eindeutig Vegetation. Dann blickte er auf und sah einen blassblauen Himmel – wie ein schöner Wintermorgenhimmel auf der Erde – und weiter unten eine riesige, wogende, rosafarbene Masse, die er für eine Wolke hielt, und dann …

»Los, raus«, sagte Weston hinter ihm.

Er kroch ganz hinaus und stand auf. Die Luft war kalt, aber nicht unangenehm und kratzte ein wenig im Hals. Er sah sich um, wollte unbedingt die neue Welt mit einem Blick in sich aufnehmen, musste sich jedoch geschlagen geben. Er sah nichts als Farben – Farben, die nicht die Form von Dingen annehmen wollten. Er kannte ja noch nichts gut genug, um es zu sehen, denn man kann Dinge erst sehen, wenn man eine ungefähre Vorstellung von ihnen hat. Sein erster Eindruck war der einer hellen, blassen Welt – einer Wasserfarbenwelt aus dem Malkasten eines Kindes; später erkannte er, dass der schmale, hellblaue Streifen eine Wasserfläche war oder jedenfalls etwas Wasserähnliches, das fast bis an seine Füße reichte. Sie waren am Ufer eines Sees oder Flusses.

»Nun denn«, sagte Weston, als er an ihm vorbeiging. Ransom wandte sich um und sah zu seiner Überraschung ganz in der Nähe ein durchaus erkennbares Objekt – eine Hütte von eindeutig irdischer Form, aber aus unbekanntem Material.

»Es sind Menschen!«, stieß er hervor. »Und sie bauen Häuser?«

»Nein, *wir*«, sagte Devine. »Falsch geraten.« Damit zog er einen Schlüssel aus der Tasche und machte sich daran, ein gewöhnliches Vorhängeschloss an der Hüttentür aufzuschließen. Mit einem vagen Gefühl von Enttäuschung und Erleichterung zugleich wurde Ransom klar, dass seine Entführer nur zu ihrem eigenen Lager zurückkehrten. Sie benahmen sich genau so, wie man es in einem solchen Fall erwartet. Sie gingen in die Hütte, nahmen die Läden von den Fensteröffnungen, schnüffelten die abgestandene Luft, wunderten sich, dass sie alles so schmutzig hinterlassen hatten, und kamen bald wieder heraus.

»Kümmern wir uns um die Vorräte«, sagte Weston.

Ransom merkte bald, dass er nur wenig Zeit für Beobachtungen und keinerlei Gelegenheit zur Flucht hatte. Die monotone Arbeit des Umladens von Nahrungsmitteln, Kleidern, Waffen und zahlreichen Kisten und Ballen unbekannten Inhalts vom Schiff zur Hütte beschäftigte ihn während der nächsten Stunde und hielt ihn in enger Fühlung mit seinen Entführern. Doch eines konnte er bereits feststellen. Als Allererstes machte er die Erfahrung, dass Malakandra schön war; und er fand es seltsam, dass diese Möglichkeit in seinen Überlegungen nie vorgekommen war. Dieselbe eigentümliche Neigung seiner Fantasie, die ihn dazu gebracht hatte, das Universum mit Ungeheuern zu bevölkern, hatte ihn wohl auch gelehrt, auf einem fremden Planeten nichts als felsige Einöde oder aber ein Netz von albtraumhaften Maschinen zu erwarten. Selbst als er jetzt darüber nachdachte, wusste er nicht, warum das so war. Er entdeckte auch, dass das blaue Wasser sie auf mindestens drei Seiten umgab. Auf der vierten Seite versperrte der riesige stählerne Fußball, mit dem sie gekommen waren, den Ausblick. Die Hütte musste am Ende einer Halbinsel oder Insel stehen. Nach und nach kam er zu dem

Schluss, dass das Wasser nicht wie irdisches Wasser nur bei bestimmten Lichtverhältnissen blau schimmerte, sondern dass es wirklich blau war. Etwas am Verhalten des Wassers bei der sanften Brise schien nicht zu stimmen – die Wellen kamen ihm falsch oder unnatürlich vor. Sie waren für einen so leichten Wind zu hoch, doch das war nicht alles. Sie erinnerten ihn an Bilder von Seeschlachten, auf denen das Wasser beim Aufschlag von Granaten steil emporschoss. Dann wurde es ihm plötzlich klar: Sie hatten die falsche Form, sie waren verzogen, viel zu hoch für ihre Länge, zu schmal an der Basis, zu steil an den Seiten. Er musste an eine Wendung denken, die er bei einem jener modernen Dichter gelesen hatte über die stürmische See, die sich in »betürmten Mauern« erhob.

»Fang!«, rief Devine. Ransom fing das Paket auf und warf es Weston zu, der im Hütteneingang stand.

Auf der einen Seite erstreckte das Wasser sich über eine weite Fläche – etwa eine viertel Meile, dachte er, aber es war noch schwierig, in dieser fremden Welt Entfernungen abzuschätzen. Auf der anderen Seite war es viel schmaler, nicht breiter als vielleicht fünfzehn Fuß, und schien über eine Furt zu fließen – bewegtes, wirbelndes Wasser, das weichere und zischendere Geräusche machte als das Wasser auf der Erde; und da, wo es das diesseitige Ufer bespülte – die rosig weiße Vegetation wuchs bis an den Rand –, sprühte und sprudelte es wie Kohlensäure. Soweit die Arbeit es zuließ, versuchte er mit schnellen Seitenblicken zu erkennen, was sich am anderen Ufer befand. Als Erstes sah er eine mächtige purpurne Masse, die so hoch aufragte, dass er sie für einen mit Heidekraut bedeckten Berg hielt. Auf der anderen Seite, über der größeren Wasserfläche, befand sich etwas Ähnliches. Aber dort konnte er darüber hinwegsehen. Dahinter ragten seltsame aufrechte Formen von weißlich grüner Farbe empor, zu zerklüftet und unregelmäßig für Gebäude, zu schmal und steil für Berge. Hinter und über diesen hing wieder die rosafarbene, wolkenähnliche Masse. Vielleicht war es wirklich eine Wolke, doch sie schien sehr fest zu sein und sich auch nicht bewegt zu haben, seit er sie von der Einstiegsluke aus zum ersten Mal gesehen hatte. Sie sah aus wie der Kopf eines gigantischen roten Blumenkohls – oder wie eine riesige Schale mit rotem Seifenschaum –, und sowohl Farbe wie Form waren außerordentlich schön.

Verwirrt wandte er seine Aufmerksamkeit nun dem näher gelegenen Ufer auf der anderen Seite der Furt zu. Zuerst sah die purpurne Masse dort drüben aus wie ein Bündel Orgelpfeifen, dann wie ein Stapel hochkant stehender Tuchrollen und schließlich wie ein Wald aus riesigen, nach außen gestülpten Regenschirmen. Das Ganze bewegte sich leise hin und her. Dann wusste er auf einmal, was er dort sah: Das purpurne Zeug war Vegetation, genauer gesagt eine Art Gemüse, ungefähr doppelt so hoch wie englische Ulmen, aber anscheinend weich und zart. Die Stängel – Stämme konnte man sie kaum nennen – erhoben sich rund, glatt und erstaunlich dünn etwa vierzig Fuß hoch; darüber entfalteten die gewaltigen Pflanzen büschelartige Kronen, nicht aus Ästen, sondern aus Blättern – Blättern, die so groß wie Rettungsboote aber nahezu durchsichtig waren. So in etwa stellte er sich einen Wald unter Wasser vor: Die ebenso hohen wie schwachen Pflanzen wirkten so, als benötigten sie Wasser, um sie zu stützen, und er wunderte sich, dass sie sich in der Luft aufrecht halten konnten. Weiter unten zwischen den Stängeln bestimmte leuchtend purpurnes, mit blasserem Sonnenlicht gesprenkeltes Zwielicht das Bild des Waldesinneren.

»Zeit zum Mittagessen«, sagte Devine plötzlich. Ransom reckte sich. Trotz der kalten, dünnen Luft war seine Stirn feucht. Sie hatten hart gearbeitet und er war außer Atem. Weston erschien an der Hüttentür und murmelte etwas wie: »Erst alles fertig machen.« Doch Devine beachtete ihn nicht. Er holte eine Dose Rindfleisch und etwas Zwieback hervor und die Männer setzten sich auf verschiedene Kisten, die noch immer überall zwischen dem Raumschiff und der Hütte verstreut standen. Ein wenig Whisky wurde – wieder auf Devines Vorschlag und gegen Westons Rat – in die Blechtassen gegossen und mit Wasser vermischt; Ransom stellte fest, dass sie das Wasser ihren eigenen Wassertanks und nicht dem blauen See entnahmen.

Wie es oft der Fall ist, merkte Ransom erst, als er ruhig dasaß, in welcher Erregung er seit der Landung gearbeitet hatte. Etwas zu essen schien ihm fast unmöglich. Da er jedoch die Hoffnung auf Flucht und Freiheit nicht aufgegeben hatte, zwang er sich, viel mehr als gewöhnlich zu essen, und dabei kehrte sein Appetit zurück. Er aß und trank, was er bekommen konnte, und der Geschmack dieser ersten Mahlzeit verband sich in seinem Kopf für alle Zeit mit der ersten unirdischen Fremdartigkeit (die er später nie wieder so stark empfand) der hellen, stillen, funkelnden, rätselhaften Landschaft mit ihren nadelförmigen, tausenden von Fuß hohen, blassgrünen Gebilden, ihren Flächen aus leuchtend blauem Sodawasser und Feldern aus rosarotem Seifenschaum. Er war ein wenig besorgt, seine Gefährten könnten bemerken, wie er auf einmal ganz gegen seine Gewohnheit zuschlug, und Verdacht schöpfen; aber ihre Aufmerksamkeit war anderweitig in Anspruch genommen. Ihre Blicke suchten unaufhörlich die Landschaft ab; wenn sie sprachen, schienen sie zerstreut, sie wechselten häufig die Stellung und sahen sich immerfort um. Ransom wollte gerade seine ausgedehnte Mahlzeit beenden, als er sah, dass Devine plötzlich wie ein Vorstehhund erstarrte und seine Hand wortlos auf Westons Schulter legte. Beide nickten. Sie erhoben sich. Ransom stürzte den Rest seines Whiskys hinunter, dann erhob auch er sich. Er stand zwischen seinen Entführern. Beide hatten ihre Revolver gezogen. Sie drängten ihn ans Ufer der Furt, blickten hinüber und zeigten auf etwas.

Zuerst konnte er nicht genau sehen, worauf sie zeigten.

Zwischen den purpurnen Pflanzen schien es andere zu geben, blassere und schmächtigere, die ihm zuvor nicht aufgefallen waren. Doch er beachtete sie kaum, denn seine Augen suchten den Boden ab – so besessen war er von seiner Furcht vor den der modernen Fantasie entsprungenen Reptilien und Insekten. Erst die Spiegelungen im Wasser lenkten seinen Blick wieder auf die neuen weißen Objekte: lange, streifige, weiße Spiegelungen, reglos im strömenden Wasser – vier oder fünf, nein sechs. Er blickte auf. Am anderen Ufer standen tatsächlich sechs weiße Gestalten. Spindeldürre und zerbrechliche Dinger, zwei- oder dreimal so groß wie ein Mensch. Sein erster Gedanke war, dass sie Abbilder von Menschen wären, das Werk eingeborener Künstler. Er hatte dergleichen schon in Archäologiebüchern gesehen. Aber woraus konnten sie sein und wie konnten sie stehen? Mit ihren grotesk dünnen und langen Beinen, ihren oberlastigen und massigen Oberkörpern, diese stelzenbeinigen, biegsamen Karikaturen irdischer Zweibeiner ... es war Ransom, als blicke er in einen Zerrspiegel. Und sie waren ganz gewiss nicht aus Stein oder Metall, denn als er genauer hinsah, schienen sie ein wenig zu schwanken. Und mit einem Schock, der das Blut aus seinen Wangen trieb, sah er, dass sie lebendig waren, dass sie sich bewegten und auf ihn zukamen. Er warf einen flüchtigen, angstvollen Blick in ihre dünnen und unnatürlich langen Gesichter mit langen, hängenden Nasen, schlaffen Mündern und einem Ausdruck halb geisterhafter, halb idiotischer Feierlichkeit. Dann wandte er sich in einer jähen Aufwallung von Panik zur Flucht, doch Devine packte ihn und hielt ihn fest.

»Lass mich los«, schrie er.

»Sei kein Narr!«, zischte Devine und zeigte ihm die Mündung seines Revolvers. Dann, während sie noch miteinander rangen, schickte eines der Wesen seine Stimme über das Wasser zu ihnen: eine gewaltige, trompetende Stimme hoch über ihren Köpfen.

»Sie wollen, dass wir rüberkommen«, sagte Weston.

Die beiden Männer stießen ihn zum Wasser. Er stemmte seine Füße gegen den Boden, krümmte den Rücken und widersetzte sich wie ein störrischer Esel. Dann waren die beiden anderen im Wasser und versuchten, ihn vom festen Boden hineinzuziehen. Er merkte, dass er schrie. Plötzlich brachen die Wesen am anderen Ufer in ein viel lauteres und weniger artikuliertes Geschrei aus. Auch Weston brüllte, ließ Ransom los und feuerte unvermittelt seinen Revolver ab, nicht über das Wasser, sondern hinein. Im gleichen Augenblick sah Ransom, warum er es tat.

Eine Schaumlinie wie die Spur eines Torpedos jagte auf sie zu, an ihrer Spitze irgendein großes, glänzendes Tier. Devine stieß einen schrillen Fluch aus, glitt aus und fiel ins seichte Wasser. Zwischen ihm und sich selbst sah Ransom einen offenen Rachen und immer wieder hörte er neben sich das ohrenbetäubende Krachen von Westons Revolver und, beinahe ebenso laut, das Gezeter der Ungeheuer am anderen Ufer, die nun anscheinend ebenfalls ins Wasser waten wollten. Er brauchte nicht lange zu überlegen. Kaum hatten Devine und Weston ihn losgelassen, als er auch schon hinter dem Rücken seiner Bewacher davonrannte, vorbei an dem Raumschiff und weiter, so schnell seine Beine ihn trugen, hinein in das völlig Unbekannte. Als er auf die andere Seite der Metallkugel kam, sah er ein wirres Durcheinander von Blau, Purpur und Rot vor sich, aber er verlangsamte seinen Lauf auch nicht für einen einzigen flüchtigen Blick. Er platschte durch Wasser und schrie auf, nicht vor Schmerz, sondern vor Überraschung, weil das Wasser warm war. Nach weniger als einer Minute kletterte er wieder auf trockenen Boden und stürmte eine steile Böschung hinauf. Dann lief er durch purpurnen Schatten zwischen den Stängeln eines anderen Waldes jener riesigen Pflanzen hindurch.

**8** ———— Ein Monat Untätigkeit, eine schwere Mahlzeit und eine unbekannte Welt kommen einem beim Laufen nicht gerade zustatten. Nach einer halben Stunde rannte Ransom nicht länger durch den Wald, sondern ging; eine Hand hatte er auf seine stechende Seite gepresst und angestrengt lauschte er auf irgendwelchen Verfolgungslärm. Auf die Revolverschüsse und Stimmen (nicht nur menschliche Stimmen) hinter ihm waren zunächst Gewehrschüsse und in großen Abständen Rufe gefolgt und schließlich völlige Stille. So weit das Auge reichte, sah er nichts als die Stängel der hohen Pflanzen, die sich in dem violetten Schatten verloren, und hoch über sich die mannigfaltige Transparenz riesiger Blätter, die das Sonnenlicht filterten und jenes feierliche, prächtige Zwielicht schufen, durch das er nun ging. Wann immer er die Kraft dazu hatte, rannte er wieder; der Boden war nach wie vor weich und federnd und mit der gleichen elastischen Flechtenvegetation bedeckt, die seine Hände auf Malakandra als Erstes berührt hatten. Ein- oder zweimal huschten kleine rote Geschöpfe über seinen Weg; sonst schien sich in dem ganzen Wald kein Leben zu regen. Nichts also, wovor er Angst zu haben brauchte – außer davor, allein und ohne Nahrung durch einen Wald zu wandern, der aus unbekannten Pflanzen bestand und Tausende oder Millionen von Meilen außerhalb der Reichweite oder der Kenntnis von Menschen lag.

Doch Ransom dachte an die Sorne – denn jene Geschöpfe waren zweifellos Sorne gewesen, denen er hatte übergeben werden sollen. Sie waren ganz anders als die Schreckbilder, die seine Fantasie heraufbeschworen hatte, und gerade deswegen hatte ihr Anblick ihn überrumpelt. Sie wichen von allen Fabelgestalten Wellsscher Ausprägung ab und riefen ältere, beinahe kindliche Ängste hervor. Riesen – Menschenfresser – Gespenster – Skelette: Das waren die Schlüsselworte. Spuk auf Stelzen, sagte er sich; surrealistische Hampelmänner mit langen Gesichtern. Die kopflose Panik der ersten Augenblicke ebbte allmählich ab. Der Gedanke an Selbstmord lag ihm jetzt fern. Stattdessen war er entschlossen, bis zum Ende auf sein Glück zu vertrauen. Er betete und tastete nach seinem Messer. Ein seltsames Gefühl von Zutrauen und Zuneigung zu sich selbst beschlich ihn; es fehlte nicht viel und er hätte gesagt: »Wir beide halten zusammen.«

Das Gelände wurde schwieriger und er musste seine Betrachtung unterbrechen. Seit ein paar Stunden war es immer leicht bergauf gegangen und er schien einen Hügel halb erstiegen, halb umrundet zu haben. Nun führte sein Weg ihn über mehrere Bergrücken, offenbar Ausläufer eines steileren Geländes zu seiner Rechten. Er wusste nicht, warum er diese Rücken überqueren sollte, aber aus irgendeinem Grund tat er es. Vielleicht meinte er in einer vagen Erinnerung an irdische Geografie, dass es weiter unten zwischen Wald und Wasser freie Flächen gäbe, wo die Sorne ihn leichter fangen konnten. Während er weiter über Bergkämme stieg und Schluchten durchquerte, staunte er darüber, wie steil das Gelände war; dennoch war es verhältnismäßig gut begehbar. Aber selbst die kleinsten Erdbuckel waren von unirdischer Gestalt – insgesamt zu schlank, oben zu spitz und unten zu schmal. Er erinnerte sich, dass die Wellen des blauen Sees die gleiche Eigentümlichkeit aufwiesen. Und als er zu den purpurnen Blättern aufblickte, fand er dort dieselbe Tendenz zum Senkrechten, dasselbe Streben zum Himmel. Sie hingen nicht herab; so groß sie waren, schien die Luft sie doch hinreichend zu stützen, sodass die langen Kirchenschiffe des Waldes sich in einer Art Fächergewölbe emporreckten. Auch die Sorne, dachte er schaudernd – auch sie waren so unglaublich in die Länge gezogen.

Er verstand genug von Naturwissenschaft, um zu wissen, dass er sich auf einer Welt befand, die leichter war als die Erde. Hier brauchte man weniger Kraft und die Natur konnte ihrem Drang zum Himmel in außerirdischem Maße folgen. Er fragte sich, wo er wohl sein mochte. Er konnte sich nicht mehr erinnern, ob die Venus größer oder kleiner war als die Erde, vermutete aber, dass es dort heißer sein müsse als hier. Vielleicht war er auf dem Mars; vielleicht sogar auf dem Mond. Diese letztere Möglichkeit verwarf er anfangs mit der Begründung, dass er in diesem Falle bei der Landung die Erde am Himmel hätte sehen müssen; aber später entsann er sich, gehört oder gelesen zu haben, dass die eine Seite des Mondes immer von der Erde abgekehrt sei. Möglicherweise wanderte er also auf der erdabgewandten Seite des Mondes umher; und unsinnigerweise stieg bei dieser Vorstellung ein so trostloses Gefühl von Verlassenheit in ihm auf, wie er es bisher noch nie verspürt hatte.

Viele der Schluchten, durch die er jetzt kam, führten Wasser, blaues, zischend talwärts schießendes Wasser. Diese Flüsse waren so warm wie der See und auch die Luft über ihnen war warm, sodass er ständig anderen Temperaturen ausgesetzt war, wenn er die Hänge der Schluchten hinauf- und hinunterkletterte. Als er wieder solch eine Böschung hinaufstieg, machte der Temperaturunterschied ihn auf die zunehmende Kälte im Wald aufmerksam; und als er aufblickte, merkte er, dass auch das Licht im Schwinden begriffen war. Die Nacht hatte er in seine Berechnungen nicht einbezogen. Er hatte keine Ahnung, wie eine Nacht auf Malakandra sein würde. Als er so dastand und zusah, wie es immer dunkler wurde, fuhr ein ächzender, kalter Wind durch den Wald der purpurnen Stängel und setzte sie in schwankende Bewegung. Das führte Ransom abermals den erschreckenden Gegensatz zwischen ihrer Größe und ihrer offensichtlichen Geschmeidigkeit und Schwerelosigkeit vor Augen. Hunger und Müdigkeit, lange durch die Angst und Verwunderung über seine Situation zurückgedrängt, machten sich plötzlich bemerkbar. Er fröstelte und zwang sich dazu, weiterzugehen. Der Wind wurde stärker. Die mächtigen Blätter tanzten und schwankten über seinem Kopf und ließen ab und zu einen blasser und immer blasser werdenden Himmel sehen. Und dann einen beängstigenden Himmel mit nur einem oder zwei Sternen. Im Wald war es nicht länger still. Ransoms Blicke schossen hierhin und dorthin, ständig auf der Suche nach einem nahenden Feind, stellten jedoch nur fest, wie rasch die Dunkelheit um ihn herum zunahm. Jetzt war er froh über die Wärme, die von den Wasserläufen ausging.

Das brachte ihn auf eine Möglichkeit, sich gegen die zunehmende Kälte zu schützen. Es hatte keinen Sinn weiterzugehen; vielleicht ging er der Gefahr entgegen, anstatt sie hinter sich zu lassen. Gefahr war überall; weiterzugehen bot nicht mehr Sicherheit, als zu rasten. Neben einem der Wasserläufe war es vielleicht warm genug, um dort zu lagern. Er schleppte sich weiter, um ein neues Tal zu finden, und ging so lang, dass er allmählich glaubte, er habe die Gegend mit den Schluchten verlassen. Er wollte bereits umkehren, als das Gelände plötzlich steil abfiel; rutschend und stolpernd gelangte er an das Ufer eines Sturzbachs. Die Bäume – denn er konnte nicht umhin, sie als Bäume zu betrachten – bildeten kein zusammenhängendes Dach mehr über ihm und das Wasser selbst schien leicht zu phosphoreszieren, sodass es hier heller war. Das Gefälle war steil, und wie ein Ausflügler auf der unbestimmten Suche nach einem »besseren« Platz ging er ein paar Schritte stromaufwärts. Das Tal wurde enger und er kam an einen kleinen Wasserfall. Undeutlich nahm er wahr, dass das Wasser zu langsam zu fallen schien, war aber zu müde, um sich darüber Gedanken zu machen. Das Wasser war anscheinend heißer als das des Sees – vielleicht war es näher an der unterirdischen Wärmequelle. Am meisten aber beschäftigte Ransom die Frage, ob er davon trinken dürfe. Er war mittlerweile sehr durstig, aber das Wasser sah sehr giftig aus, sehr wenig wie Wasser. Er wollte versuchen, nicht davon zu trinken; vielleicht war er so müde, dass er trotz des Durstes schlafen konnte. Er kniete nieder und wusch seine Hände in dem warmen Bergbach; dann rollte er sich unter einem Überhang neben dem Wasserfall zusammen und gähnte.

Als er sein eigenes Gähnen hörte – ein anheimelndes Geräusch, das ihm aus Kinderzimmer, Internatsschlafsälen und vielen anderen Schlafräumen vertraut war –, versank er in einer Flut von Selbstmitleid. Er zog die Knie an und legte die Arme darum; er empfand eine sinnliche, beinahe kindliche Liebe zum eigenen Körper. Er hielt seine Armbanduhr ans Ohr und merkte, dass sie stehen geblieben war. Er zog sie auf. Während er leise jammernd vor sich hin murmelte, dachte er daran, wie die Menschen auf dem fernen Planeten Erde zu Bett gingen – Menschen in Klubs oder Hotels und auf Schiffen, verheiratete Leute und kleine Kinder, die mit ihrer Amme in einem Zimmer schliefen, nach Tabak riechende Männer, die dicht gedrängt und warm in Mannschaftsräumen oder Unterständen lagen. Sein Drang, mit sich selbst zu sprechen, war unwiderstehlich. »Wir passen schon auf dich auf, Ransom ... Wir halten zusammen, alter Junge.« Dann kam ihm der Gedanke, dass eines jener Ungeheuer mit den schnappenden Kiefern in diesem Wasserlauf hausen könnte. »Hast Recht, Ransom«, murmelte er. »Kein sicherer Ort zum Schlafen. Wir ruhen einfach ein bisschen aus, bis du dich wieder besser fühlst, und dann geht's weiter. Nicht jetzt, aber bald.«

## 9

Der Durst weckte ihn. Trotz seiner feuchten Kleider war ihm warm, denn die Sonne schien in seinen Unterschlupf. Der Wasserfall neben ihm schäumte und funkelte in allen nur denkbaren Schattierungen von durchsichtigem Blau und warf seltsame, tanzende Lichtreflexe hoch hinauf auf die Unterseiten der Waldblätter.

Allmählich wurde Ransom sich seiner Lage wieder bewusst und sie erschien ihm unerträglich. Wenn er die Nerven nicht verloren hätte, hätten die Sorne ihn schon längst getötet. Dann fiel ihm zu seiner größten Erleichterung ein, dass ein Mann durch den Wald wanderte – der arme Teufel – und dass er ihn gern treffen würde. Er würde auf ihn zugehen und sagen: »Hallo, Ransom!« Verwirrt hielt er inne. Nein, das war er doch selbst. *Er* war Ransom. Oder vielleicht nicht? Wer war der Mann, den er an den heißen Fluss geführt und vor dem Einschlafen gewarnt hatte, nicht von dem seltsamen Wasser zu trinken? Offensichtlich irgendein Neuankömmling, der die Gegend nicht so gut kannte wie er. Aber was immer Ransom ihm gesagt hatte, er wollte jetzt trinken. Er legte sich am Ufer nieder und tauchte sein Gesicht in die warme, vorbeiströmende Flüssigkeit. Es tat gut, zu trinken. Das Wasser hatte einen stark mineralischen Geschmack, aber es war sehr gut. Er trank wieder und fühlte sich außerordentlich erfrischt und gestärkt. All das Zeug über den anderen Ransom war Unsinn. Er war sich der Gefahr, wahnsinnig zu werden, völlig bewusst und widmete sich mit Hingabe dem Gebet und seiner Morgenwäsche. Nicht dass es ihm allzu viel ausgemacht hätte, wahnsinnig zu werden. Vielleicht war er es schon und befand sich gar nicht auf Malakandra, sondern lag geborgen im Bett einer englischen Heilanstalt. Wenn es nur so wäre! Er wollte Ransom danach fragen – verdammt! Wieder spielte sein Verstand ihm diesen Streich. Er stand auf und ging schnellen Schrittes weiter.

Die Wahnvorstellungen wiederholten sich alle paar Minuten, solange dieses Stadium seiner Wanderung andauerte. Er lernte, innerlich stillzuhalten, wenn sie kamen, und sie über sich ergehen zu lassen. Es hatte keinen Zweck, sich gegen sie zu wehren. Sobald sie vorüber waren, konnte man wieder vernünftig denken. Das Problem der Nahrung war weitaus wichtiger. Er versuchte es mit seinem Messer an einem der »Bäume«. Wie erwartet war das Material zäh und weich wie Gemüse, nicht hart wie Holz. Er schnitt ein kleines Stück heraus, und dabei schwankte der ganze riesenhafte Organismus bis hinauf in den Wipfel. Es war, als könne man mit einer Hand den Mast eines vollgetakelten Schiffes schütteln. Ransom steckte das herausgeschnittene Stück in den Mund, es schmeckte nach nichts, aber auch nicht unangenehm, und ein paar Minuten lang kaute er zufrieden darauf herum. Doch der Bissen wurde nicht kleiner. Er ließ sich nicht verschlucken und konnte nur als Kaugummi herhalten. Als solches benutzte er – durchaus mit einem gewissen Behagen – dieses und noch viele andere Stücke.

Es war unmöglich, die Flucht des vorigen Tages als Flucht fortzusetzen; sie artete unausweichlich in ein endloses Umherstreifen aus, vage motiviert von der Suche nach Nahrung. Diese Suche war notgedrungen unsystematisch, da er nicht wusste, ob es auf Malakandra überhaupt Nahrung für ihn gab und wie er sie erkennen sollte. Im Laufe des Vormittags bekam er einmal einen gehörigen Schrecken, als er eine Art Lichtung überquerte und plötzlich ein riesiges gelbes Lebewesen entdeckte. Dann waren es zwei, und schließlich kam eine unübersehbare Menge auf ihn zu. Bevor er fliehen konnte, fand er sich inmitten einer Herde von riesigen, hellen Pelztieren, die noch am ehesten mit Giraffen verglichen werden konnten; nur hatten sie die Gewohnheit, sich dann und wann auf die Hinterbeine zu erheben und in dieser Haltung mehrere Schritte zurückzulegen. Sie waren schlanker und sehr viel höher als Giraffen und fraßen die Blätter von den Wipfeln der purpurnen Pflanzen. Als sie ihn sahen, starrten sie ihn aus großen feuchten Augen an, schnaubten in einem *basso profondissimo*, schienen aber keine feindseligen Absichten zu hegen. Sie waren ungemein gefräßig. Innerhalb von fünf Minuten hatten sie mehrere hundert »Bäume« kahl gefressen, sodass nun eine Flut von Sonnenlicht in den Wald rings um die Lichtung fiel. Dann zogen die seltsamen Wesen weiter.

Dieses Erlebnis hatte eine ungemein beruhigende Wirkung auf Ransom. Der Planet war nicht, wie er bereits befürchtet hatte, nur von Sornen bevölkert. Hier lebte ein recht stattliches Tier – ein Tier, das man wahrscheinlich zähmen konnte und dessen Nahrung vielleicht auch für Menschen genießbar war. Wenn es nur möglich wäre, auf die »Bäume« zu klettern! Er blickte umher und überlegte, wie sich dies wohl bewerkstelligen ließe, als er feststellte, dass die kahl gefressenen Wipfel der Pflanzen den Blick auf eine ganze Reihe jener grünlich-weißen Gebilde freigaben, die ihm nach der Landung am anderen Seeufer aufgefallen waren.

Diesmal waren sie viel näher. Sie waren enorm hoch, sodass er den Kopf in den Nacken legen musste, um sie ganz sehen zu können. Sie hatten die Form von Strommasten, waren aber massiv, unterschiedlich hoch und standen wie zufällig und ohne bestimmte Ordnung beisammen. Manche hatten Spitzen, die von Ransoms Standort nadelscharf aussahen, während andere sich zunächst in der Höhe verjüngten und dann wieder zu Knollen oder Plateaus ausweiteten, die in seinen irdischen Augen wirkten, als müssten sie jeden Augenblick herabfallen. Er entdeckte, dass die Seitenflächen unebener und stärker von Rissen durchzogen waren, als er zuerst geglaubt hatte, und zwischen zwei solchen Gebilden machte er eine scheinbar unbewegliche, gewundene und leuchtend blaue Linie aus – offensichtlich ein ferner Wasserfall. Das überzeugte ihn schließlich, dass die Gebilde trotz ihrer unglaublichen Formen Berge waren; und mit dieser Feststellung trat ihre Eigenartigkeit hinter ihrer fantastischen Großartigkeit zurück. Dies hier, erkannte er, war die Bestätigung jener Grundtendenz zum Senkrechten, der auf Malakandra Tier und Pflanze ebenso folgten wie die unbelebte Materie – dieser Felsenaufruhr, dieses Streben und Drängen himmelwärts gleich erstarrten Ergüssen eines steinernen Springbrunnens, die, durch die eigene Leichtigkeit in der Luft gehalten, so kühn geformt, so in die Länge gezogen waren, dass ihm nach diesem Anblick alle irdischen Berge auf immer vorkommen mussten, als lägen sie auf der Seite. Ihm wurde heiter und leicht ums Herz.

Doch im nächsten Moment stand sein Herz still. Vor dem fahlen Hintergrund der Berge und ganz in seiner Nähe – denn die Berge selbst schienen kaum eine viertel Meile entfernt – tauchte eine Gestalt auf. Er erkannte sofort, was sich da langsam (und, wie er dachte, verstohlen) zwischen den entlaubten Wipfeln der Pflanzen fortbewegte – die riesenhafte Statur, die leichenhafte Magerkeit, das lange, hängende Hexenprofil eines Sorn. Er hatte einen schmalen, kegelförmigen Kopf und die Hände oder Pfoten, mit denen er die Stämme auseinander bog, bevor er zwischen ihnen hindurchging, waren dünn, beweglich, spinnenhaft und beinahe durchsichtig. Ransom zweifelte keinen Augenblick daran, dass der Sorn nach ihm suchte. All dies nahm er im Bruchteil einer Sekunde wahr. Kaum hatte sich ihm dieses unauslöschliche Bild eingeprägt, als er auch schon so schnell er konnte tief in den Wald hineinrannte.

Er hatte keinen Plan, wollte nichts als eine möglichst große Entfernung zwischen sich und den Sorn legen. Er betete inbrünstig, dass es nur der eine sein möge; vielleicht wimmelte der Wald nur so von ihnen; vielleicht hatten sie genug Verstand, um ihn einzukreisen. Egal – er konnte nichts anderes tun als rennen, mit dem Messer in der Hand rennen. All seine Angst hatte sich in Bewegung verwandelt; innerlich war er kühl, hellwach und bereit – voll und ganz bereit –, die letzte Probe zu bestehen. Seine Flucht führte ihn mit halsbrecherischer Geschwindigkeit bergab; bald wurde der Hang so steil, dass er mit seinem irdischen Gewicht auf allen vieren vorsichtig hätte hinunterklettern müssen. Dann sah er etwas hell schimmern. Eine Minute später hatte er den Wald hinter sich gelassen; er stand am Ufer eines breiten Stroms, blinzelte in ein Licht von Sonne und Wasser und blickte auf eine flache

Landschaft mit Flüssen, Seen, Inseln und Gebirgsausläufern – genau die Art von Landschaft, die er gleich nach der Landung auf Malakandra gesehen hatte.

Verfolgungslärm war nicht zu hören. Ransom ließ sich bäuchlings auf den Boden fallen und trank; in Gedanken verwünschte er eine Welt, auf der es *kaltes* Wasser nicht zu geben schien. Dann blieb er still liegen, um zu lauschen und wieder zu Atem zu kommen. Sein Blick streifte über das blaue Wasser. Es war bewegt. Zehn Schritte vor seinen Augen schaukelten Kreise und Blasen an der Oberfläche. Plötzlich teilte sich das Wasser und ein rundes, glänzendes, schwarzes Ding wie eine Kanonenkugel kam zum Vorschein. Ransom sah Augen und ein Maul – ein prustendes Maul mit einem Bart aus Blasen. Dann kam noch mehr von dem Wesen aus dem Wasser hervor. Es war glänzend schwarz. Schließlich watschelte es platschend ans Ufer und erhob sich dampfend auf die Hinterbeine – sechs oder sieben Fuß groß und zu dünn für seine Höhe, wie alles auf Malakandra. Es hatte dichtes, schwarzes Fell, glatt und glänzend wie ein Seehund, sehr kurze Beine und Füße, einen breiten, biber- oder fischähnlichen Schwanz, kräftige Vordergliedmaßen mit Schwimmhäuten zwischen den Krallen oder Fingern und in etwa halber Höhe des Bauchs einige Auswüchse, die Ransom für Geschlechtsteile hielt. Es hatte etwas von einem Pinguin, einem Fischotter und einer Robbe; die Schlankheit und Geschmeidigkeit des Körpers wiederum ließ an ein riesiges Wiesel denken. Vor allem der große, runde Kopf mit den vielen Barthaaren erinnerte an eine Robbe; doch die Stirn war höher als bei einer Robbe und das Maul kleiner.

Es kommt ein Augenblick, da Angstreaktionen und Vorsichtsmaßnahmen in Fleisch und Blut übergehen und der Flüchtende keinen Schrecken und keine Hoffnung mehr empfindet. Ransom lag völlig still und drückte sich so tief er konnte in die Pflanzendecke, geleitet von dem rein theoretischen Gedanken, er könne auf diese Weise unbemerkt bleiben. Er war nicht sehr aufgeregt. Kühl und sachlich überlegte er, dass dies wohl das Ende der Geschichte war – gefangen zwischen dem Sorn auf dem Land und dem großen schwarzen Tier im Wasser. Zwar hatte er den vagen Eindruck, dass Kiefer und Maul des Tieres nicht die eines Fleischfressers waren, doch verstand er zu wenig von Zoologie, um mehr als Vermutungen anstellen zu können.

Dann geschah etwas, das seine Einstellung von Grund auf änderte. Das Wesen am Ufer, das noch immer dampfte und sich schüttelte und ihn offenbar nicht gesehen hatte, öffnete das Maul und begann, Laute von sich zu geben. Das war eigentlich nicht weiter bemerkenswert; aber nach einem mit linguistischen Studien zugebrachten Leben hatte Ransom beinahe augenblicklich die Gewissheit, dass dies artikulierte Laute waren. Das Wesen redete. Es besaß eine Sprache. Wer nicht selbst Sprachwissenschaftler ist, kann den ungeheuren Gefühlsumschwung, den diese Erkenntnis bei Ransom bewirkte, wohl kaum nachvollziehen. Eine neue Welt hatte er bereits gesehen – aber eine neue, eine außerirdische, eine nichtmenschliche Sprache, das war etwas völlig anderes. Im Zusammenhang mit den Sornen war er irgendwie nicht auf diesen Gedanken gekommen, doch jetzt überkam es ihn wie eine Erleuchtung. Die Liebe zur Wissenschaft ist eine Art Wahn. In dem Sekundenbruchteil, den Ransom benötigte, um zu entscheiden, ob dieses Wesen tatsächlich sprach, und während ihm immer noch bewusst war, dass er womöglich in unmittelbarer Todesgefahr schwebte, hatte seine Fantasie alle Furcht und Hoffnung, alle Eventualitäten seiner Situation hinter sich gelassen und jagte hochfliegenden Plänen zu einer malakandrischen Sprachlehre nach. »Einführung in die malakandrische Sprache« – »Das malakandrische Verb« – »Marsianisch-Englisches Taschenwörterbuch« – alle möglichen Titel schossen ihm durch den Kopf. Was konnte man nicht alles aus der Sprache einer nichtmenschlichen Rasse lernen! Sprache in ihrer Grundstruktur, das Prinzip hinter allen denkbaren Sprachen zu entdecken, mochte der Lohn für seine Mühen sein. Unwillkürlich richtete Ransom sich auf und starrte das schwarze Tier an. Es verstummte. Der mächtige, kugelige Kopf schwang herum und glänzende Bernsteinaugen richteten sich auf ihn. Kein Lufthauch regte sich über dem See oder im Wald. In tiefem Schweigen starrten die Vertreter zweier so verschiedenartiger Rassen einander minutenlang an.

Ransom kniete sich hin. Das Geschöpf sprang blitzschnell zurück und beobachtete ihn aufmerksam. Wieder verharrten beide reglos. Dann kam es einen Schritt näher, und jetzt sprang Ransom auf und wich zurück, aber nicht weit, denn die Neugierde hielt ihn fest. Er nahm all seinen Mut zusammen und ging mit ausgestreckter Hand auf das fremde Geschöpf zu. Dieses verstand die Geste falsch. Es zog sich ins seichte Wasser zurück und unter dem glatten Pelz konnte Ransom die gespannten Muskeln sehen, bereit jederzeit loszuschnellen. Aber dort blieb es stehen, ebenso neugierig wie Ransom. Keiner der beiden ließ den anderen näher kommen, doch jeder verspürte selbst immer wieder den Impuls dazu und gab ihm nach. Es war albern, beängstigend, hinreißend und unerträglich zugleich. Es war mehr als Neugierde. Es war wie eine Werbung – wie die Begegnung des ersten Mannes und der ersten Frau auf der Welt; aber auch darüber ging es noch hinaus. Denn die Beziehung zwischen den Geschlechtern ist so natürlich, die Fremdheit so begrenzt, die Zurückhaltung so oberflächlich und das Widerstreben so leicht zu überwinden im Vergleich zu der aufregenden ersten Begegnung zweier verschiedener, aber intelligenter Arten.

Plötzlich drehte das Geschöpf sich um und entfernte sich langsam. Enttäuschung, ja beinahe Verzweiflung überkam Ransom.

»Komm zurück«, schrie er auf Englisch. Das Wesen wandte

sich zu ihm um, breitete die Arme aus und redete in seiner unverständlichen Sprache; dann ging es weiter. Nach etwa zwanzig Schritten bückte es sich und nahm etwas aus dem Wasser. Es kam wieder zurück. In der Hand (Ransom betrachtete die Vorderpfote mit den Schwimmhäuten bereits als Hand) trug es eine Art Muschelschale – wie die einer Auster, nur runder und tiefer gewölbt. Es tauchte sie in den See und füllte sie voll Wasser. Darauf hielt es die Muschel an seine Rumpfmitte und schien etwas in das Wasser zu gießen. Angewidert dachte Ransom, es uriniere in die Schale. Dann sah er, dass die vermeintlichen Auswüchse am Bauch des anderen weder Geschlechtsteile noch irgendwelche anderen Organe waren; es trug einen Gürtel, an dem verschiedene beutelartige Gegenstände hingen, und aus einem von diesen fügte es dem Wasser in der Muschelschale einige Tropfen Flüssigkeit hinzu. Dann hob es sie an die schwarzen Lippen und trank – nicht, indem es nach Menschenart den Kopf zurückbog, sondern indem es ihn vorbeugte und schlürfte wie ein Pferd. Als es ausgetrunken hatte, füllte es die Schale von Neuem und fügte wieder einige Tropfen aus dem Behälter – anscheinend eine Art Lederschlauch – hinzu. Es nahm die Muschel in beide Hände und streckte sie Ransom entgegen. Die Absicht war unverkennbar. Zögernd und beinahe scheu ging Ransom auf es zu und nahm die Schale. Seine Fingerspitzen berührten die Schwimmhäute an den Pfoten seines Gegenübers. Ein unbeschreiblicher Schauer überlief ihn und er fühlte sich angezogen und abgestoßen zugleich. Dann trank er. Was immer der andere in das Wasser getan hatte, es war offensichtlich alkoholisch; nie zuvor hatte er einen Trunk so genossen.

»Danke«, sagte er auf Englisch. »Vielen Dank.«

Das Geschöpf schlug sich auf die Brust und machte ein Geräusch. Zuerst wusste Ransom nicht, was es meinte. Dann begriff er, dass es versuchte, ihm seinen Namen zu sagen – vermutlich den Namen der Spezies.

»*Hross*«, sagte es, »Hross«, und schlug sich auf die Brust.

»Hross«, wiederholte Ransom und zeigte auf sein Gegenüber. Dann schlug er sich selbst auf die Brust und sagte: »Mann.«

»Hma-hma-hman«, ahmte der Hross ihn nach. Er hob eine Hand voll von der Erde auf, die an einigen Stellen des Ufers zwischen der flechtenartigen Vegetation und dem Wasser frei lag.

»*Handra*«, sagte er. Ransom wiederholte das Wort. Dann kam ihm ein Gedanke. »Malakandra?«, sagte er in fragendem Ton.

Der Hross rollte mit den Augen und schwenkte die Arme, offensichtlich bemüht, die ganze Landschaft zu bezeichnen. Ransom machte gute Fortschritte. Handra war die Erde als Element; Malakandra die Erde oder der Planet als Ganzes. Bald würde er herausbringen, was *Malak* bedeutete. Einstweilen merkte er sich, dass *H* nach *K* verschwand, und tat so den ersten Schritt auf dem Gebiet der malakandrischen Phonetik. Der Hross versuchte jetzt, ihm die Bedeutung von *Handramit* zu erklären. Ransom erkannte den Stamm *Handra* und stellte fest, dass diese Wesen sowohl Vor- als auch Nachsilben verwendeten, doch diesmal konnte er mit den Gesten des Hross nichts anfangen und verstand nicht, was Handramit war. Nun ergriff er die Initiative, zeigte auf seinen geöffneten Mund und machte die Geste des Essens. Das malakandrische Wort für Nahrung oder essen, das er daraufhin zu hören bekam, enthielt lauter für einen menschlichen Mund unaussprechliche Konsonanten. Also gestikulierte Ransom weiter und versuchte dem anderen zu erklären, dass sein Interesse sowohl praktischer als auch philologischer Art sei. Der Hross verstand ihn und antwortete in Zeichensprache, doch es dauerte eine ganze Weile, bis Ransom begriff, dass er dem anderen folgen sollte. Das tat er dann schließlich.

Der Hross führte ihn nur bis an die Stelle, wo er die Muschelschale aus dem Wasser geholt hatte, und, zu Unrecht verwundert, entdeckte Ransom, dass dort eine Art Boot vertäut lag. Wie die Menschen nun einmal sind, war Ransom beim Anblick eines solchen Gebrauchsgegenstandes eher bereit, an die Vernunft des Hross zu glauben. Ja, er schätzte den Hross umso höher ein, als das Boot, abgesehen von der typisch malakandrischen Höhe und Biegsamkeit, tatsächlich sehr an ein irdisches Boot erinnerte. Erst später stellte er sich die Frage, wie denn ein Boot anders aussehen könne. Der Hross holte eine ovale Scheibe aus einem zähen, aber leicht biegsamen Material hervor, legte Streifen einer schwammigen, orangefarbenen Substanz darauf und reichte sie Ransom. Dieser schnitt mit dem Messer ein kleines Stück ab und begann zu essen; unsicher zuerst, aber dann heißhungrig. Das Zeug schmeckte ein wenig wie Bohnen, aber süßer; gut genug für einen ausgehungerten Mann. Als er dann seinen Hunger gestillt hatte, wurde er sich mit einem Schlag seiner Situation wieder bewusst. Er empfand das riesige, robbenähnliche Geschöpf neben sich als unerträgliche Bedrohung. Es schien freundlich zu sein; aber es war sehr groß, sehr schwarz, und er wusste nicht das Mindeste von ihm. Welcher Art waren seine Beziehungen zu den Sornen? Und war es wirklich so vernunftbegabt, wie es den Anschein hatte?

Erst viele Tage später lernte Ransom, mit diesen plötzlichen Anwandlungen von Misstrauen fertig zu werden. Sie kamen immer dann, wenn er sich durch die Vernunft des Hross verleiten ließ, ihn als Mensch zu betrachten. Dann wurde der Hross zu einem Scheusal – einer sieben Fuß großen Gestalt mit einem schlangenhaft geschmeidigen Körper, von Kopf bis Fuß mit dichtem, schwarzem Tierfell bedeckt, und mit Schnurrhaaren wie ein Kater. Betrachtete man die Sache dagegen von der anderen Seite, so war das Geschöpf ein Tier mit allem, was dazugehört – einem weichen, glänzenden Fell, feuchten schimmernden Augen, reinem Atem und blendend weißen Zähnen. Und hinzu kam, als sei das Paradies nie verloren gegangen und als seien die frühesten Träume wahr geworden, der Zauber von Sprache und Vernunft. Nichts war abstoßender als die eine Betrachtungsweise; nichts wunderbarer als die andere. Alles hing vom Standpunkt ab.

## 10

Als Ransom seine Mahlzeit beendet und wieder von dem kräftigen Wasser Malakandras getrunken hatte, stand sein Gastgeber auf und stieg ins Boot. Er tat das wie ein Tier, mit dem Kopf voran, und sein Körper war so biegsam, dass er sich sowohl mit den Händen auf dem Boden des Bootes abstützen als auch mit den Füßen auf Grund stehen konnte. Schließlich schwang er Rumpf, Schwanz und Hinterbeine gleichzeitig etwa fünf Fuß hoch in die Luft und mit einer Geschicklichkeit an Bord, die auf der Erde für ein Tier seiner Größe unmöglich gewesen wäre.

Nachdem er so ins Boot gelangt war, stieg er wieder aus und zeigte darauf. Ransom verstand, dass er aufgefordert wurde, dem Beispiel des Hross zu folgen. Die Frage, die ihn am meisten beschäftigte, konnte er allerdings nicht stellen. Waren die *Hrossa* (er erfuhr später, dass dies der Plural von Hross war) die herrschende Rasse auf Malakandra und die Sorne, trotz ihrer mehr menschenähnlichen Gestalt, nur eine halbintelligente Art von Haustieren? Er hoffte inbrünstig, dass es so wäre. Vielleicht waren die Hrossa aber auch die Haustiere der Sorne, und in diesem Fall müssten Letztere superintelligente Wesen sein. In seiner Fantasie verband er übermenschliche Intelligenz irgendwie mit monströser Gestalt und einem unerbittlichen Willen. Kletterte er in das Boot des Hross, so würde er am Ende der Fahrt möglicherweise an die Sorne ausgeliefert. Die Einladung des Hross konnte jedoch auch eine günstige Gelegenheit sein, die von Sornen bevölkerten Wälder für immer zu verlassen. Mittlerweile wunderte sich der Hross, dass Ransom seine Aufforderung anscheinend nicht verstand. Angesichts der dringlichen Zeichensprache rang Ransom sich schließlich zu einer Entscheidung durch. Er dachte nicht ernsthaft daran, sich von dem Hross zu trennen; seine Tierhaftigkeit stieß ihn auf mancherlei Weise ab, aber Ransoms Verlangen, seine Sprache zu lernen, und mehr noch die scheue Faszination der beiden ungleichen Geschöpfe füreinander, das Gefühl, er halte den Schlüssel zu einem unvergleichlichen Abenteuer in Händen – all das fesselte ihn mit stärkeren Banden an den Hross, als er meinte. Also stieg er in das Boot.

In dem Boot waren keine Sitze. Es hatte einen hohen Bug, die Bordwände ragten weit aus dem Wasser und der Tiefgang schien Ransom viel zu gering. In der Tat lag es nur mit einer sehr kleinen Fläche auf dem Wasser auf. Ransom fühlte sich an ein modernes europäisches Schnellboot erinnert. Es war mit etwas vertäut, das auf den ersten Blick wie ein Strick aussah; aber der Hross hatte beim Losmachen keinen Knoten aufgeknüpft, sondern den scheinbaren Strick einfach auseinander gerissen, als ob er aus weicher Karamell- oder Knetmasse bestände. Nun kauerte der Hross im Heck nieder und ergriff ein Paddel – ein so breites Paddel, dass Ransom sich nicht vorstellen konnte, wie jemand ein derart ungefüges Ding handhaben könne, bis ihm wieder einfiel, wie leicht alles auf diesem Planeten war. Mit seiner Körperlänge konnte der Hross trotz der hohen Bordwand in seiner kauernden Position arbeiten. Er paddelte schnell.

Ein paar Minuten lang glitten sie zwischen den mit purpurnen Bäumen bestandenen Ufern auf einer Wasserstraße dahin, die höchstens hundert Schritt breit war. Dann umrundeten sie eine Landspitze und Ransom sah, dass sie auf eine sehr viel größere Wasserfläche hinauskamen – einen großen See, beinahe ein Meer. Der Hross, der nun sehr vorsichtig war, oft den Kurs änderte und umherblickte, paddelte auf den See hinaus. Die gleißende blaue Fläche um sie her weitete sich zusehends. Ransom konnte nicht lange darauf blicken. Die Wärme, die vom Wasser ausging, war drückend; er zog Mütze und Weste aus, womit er den Hross sehr überraschte.

Nach einer Weile stand er vorsichtig auf und betrachtete das malakandrische Panorama, das sich ihm nun auf allen Seiten bot. Vor und hinter ihnen lag der glitzernde See, hier mit Inseln besetzt, dort spiegelglatt zum blassblauen Himmel aufblickend. Ransom stellte fest, dass die Sonne fast senkrecht über ihnen stand – sie waren in den malakandrischen Tropen. An beiden Enden ging der See allmählich in ein unübersichtliches Durcheinander von Inseln und offenem Wasser über, hinter dem die gefiederten purpurnen Riesenpflanzen aufragten. Doch diese Sumpflandschaft oder Inselkette war auf jeder Seite von den rissigen Wänden der blassgrünen Berge begrenzt, die er noch immer nicht als Berge bezeichnen mochte, so scharf und spitz waren sie, so schmal und scheinbar aus dem Gleichgewicht geraten. Auf der Steuerbordseite waren diese Gebilde nicht weiter als eine Meile entfernt und schienen vom Wasser nur durch einen schmalen Waldgürtel getrennt; zur Linken waren sie viel weiter – vielleicht sieben Meilen vom Boot – entfernt, aber immer noch eindrucksvoll. So weit er sehen konnte, säumten sie vor und hinter ihnen den See zu beiden Seiten; das Boot glitt offenbar auf dem überfluteten Grund einer majestätischen Schlucht dahin, die etwa zehn Meilen breit und von unbekannter Länge war. Hinter und manchmal über den Berggipfeln konnte er an einigen Stellen gewaltige wogende Massen der rosaroten Substanz ausmachen, die er am Vortag für Wolken gehalten hatte. Hinter den Gebirgskämmen schien das Gelände nicht abzufallen; sie bildeten vielmehr den zerklüfteten Abbruch unermesslicher Hochebenen, die an vielen Stellen höher als die Randklippen waren und links wie rechts, so weit das Auge reichte, den malakandrischen Horizont ausmachten. Nur voraus und achtern wurde der Planet von der gewaltigen Schlucht durchschnitten, die vielleicht nicht mehr als ein Riss oder Spalt im Tafelland war.

Er überlegte, was die wolkenartigen roten Massen wohl sein mochten, und versuchte, mit Gesten danach zu fragen. Die Frage war jedoch zu schwierig für Zeichensprache. Mit einer Flut von Gebärden – denn seine Arme oder Vorderbeine waren geschmeidiger als Ransoms und fuhren bei schnellen Bewegungen beinahe wie Peitschen durch die Luft – gab der Hross zu verstehen, dass er die Frage auf die Hochebene im Allgemeinen bezog. Er nannte sie *Harandra*. Das tiefer gelegene, wasserreiche Land, die Schlucht oder der Canyon, schien *Handramit* zu heißen. Ransom schloss daraus, dass *Handra* Erde bedeutete; *Harandra* hohe Erde oder Berg; und *Handramit* tiefe Erde oder Tal. Hochland und Tiefland also. Erst später erfuhr er, welche besondere Bedeutung diese Unterscheidung in der malakandrischen Geografie hatte.

Inzwischen manövrierte der Hross nicht mehr so vorsichtig. Als sie einige Meilen vom Ufer entfernt waren, hörte er plötzlich auf zu paddeln und saß gespannt mit in die Luft gerecktem Paddel da; im nächsten Augenblick erbebte das Boot und schoss pfeilschnell davon. Sie machten sich offenbar eine Strömung zu Nutze. Sekunden später jagten sie mit etwa fünfzehn Meilen pro Stunde vorwärts, stiegen und fielen mit den seltsam schmalen steilen Wellen von Malakandra in ruckartigen Bewegungen, die anders und unangenehmer waren als alles, was Ransom auf der Erde selbst bei stark bewegter See erlebt hatte. Er fühlte sich an seine verheerenden Erfahrungen auf einem trabenden Pferd bei der Armee erinnert; und das war höchst unangenehm. Er griff mit der linken Hand nach der Bordwand und wischte sich mit der rechten die Stirn – die feuchte Wärme, die vom Wasser ausging, störte ihn jetzt sehr. Er fragte sich, ob ein menschlicher Magen die malakandrische Nahrung und erst recht die malakandrischen Getränke vertrug. Gott sei Dank war er seefest! Wenigstens leidlich seefest. Zumindest ...

Hastig beugte er sich über die Bordwand. Von dem blauen Wasser schlug ihm Hitze entgegen. In der Tiefe glaubte er spielende Aale zu sehen; lange, silbrige Aale. Dann passierte es, und nicht nur einmal, sondern viele Male. In seinem Elend erinnerte er sich lebhaft an seine Scham und Schande, als er sich auf einem Kindergeburtstag übergeben hatte – vor langer Zeit, auf dem Stern, auf dem er geboren war. Jetzt empfand er eine ähnliche Scham. Das war nicht die Art und Weise, wie der erste Vertreter der Menschheit sich bei einer neuen Spezies einführen sollte. Übergaben Hrossa sich auch? Verstand dieser Hross, was er tat? Zitternd und stöhnend sank er wieder ins Boot zurück. Der Hross behielt ihn im Auge, aber sein Gesicht wirkte ausdruckslos. Erst viel später lernte Ransom, in einem malakandrischen Gesicht zu lesen.

Unterdessen schien die Strömung stärker zu werden. In einem weiten Bogen wurden sie über den See nahe an das weiter abgelegene Ufer getragen, dann zurück und wieder nach vorn, in schwindelerregenden Spiralen und Achten, während purpurner Wald und zerklüftete Bergspitzen rückwärts jagten und Ransom die kurvenreiche Fahrt in neu aufsteigender Übelkeit mit dem widerlichen Schlängeln der Silberaale verglich. Er verlor rasch jegliches Interesse an Malakandra. Der Unterschied zwischen der Erde und anderen Planeten erschien ihm bedeutungslos, verglichen mit dem schrecklichen Unterschied zwischen Erde und Wasser. Verzweifelt fragte er sich, ob der Hross vielleicht ständig auf dem Wasser lebte. Möglicherweise mussten sie die ganze Nacht in diesem entsetzlichen Boot zubringen ...

Aber seine Leiden waren nicht von langer Dauer. Die stampfenden und stoßenden Bewegungen hörten bald auf, das Boot wurde langsamer, und Ransom sah, wie der Hross angestrengt gegen die Strömung paddelte. Sie waren immer noch auf dem Wasser, doch die Ufer waren zu beiden Seiten nahe herangerückt; zwischen ihnen schoss das Wasser mit wütendem Zischen durch einen engen Kanal. Er schien nicht tief zu sein. Dann sprang der Hross plötzlich über Bord, wobei er eine Menge warmes Wasser ins Boot spritzte. Ransom kletterte vorsichtig und mit wankenden Knien hinter ihm her. Das Wasser reichte ihm bis zu den Knien. Zu seiner Verblüffung hob der Hross das ganze Boot auf seinen Kopf, hielt es dort mit einer Vorderpfote im Gleichgewicht und ging, aufrecht wie eine griechische Karyatide, ans Ufer. Sie gingen am Kanal entlang weiter – sofern man bei den schwingenden Bewegungen des kurzbeinigen Hross aus seinen geschmeidigen Hüften heraus von gehen sprechen konnte – und nach einigen Minuten erblickte Ransom eine neue Landschaft.

Der Kanal war nicht nur flach, sondern hatte auch eine reißende Strömung – die erste einer Reihe von Stromschnellen, durch die das Wasser etwa eine halbe Meile steil hinabschoss. Vor ihnen fiel das Gelände ab und die Schlucht – oder das Handramit – setzte sich auf einer bedeutend tieferen Ebene fort. Die Steilwände sanken jedoch nicht mit ab und von seinem gegenwärtigen Standort aus gewann Ransom eine klarere Vorstellung von der Bodengestaltung. Er konnte jetzt zu beiden Seiten viel mehr von dem Hochland sehen, das zum Teil von der wolkenähnlichen roten Masse bedeckt war, häufiger jedoch eben, blass und kahl bis zur fernen, geraden Linie des Horizonts. Die zerklüfteten Berggipfel waren jetzt eindeutig als Begrenzung oder Umrandung des Hochlands zu erkennen, etwa so wie die unteren Zähne die Zunge umranden. Der starke Kontrast zwischen Harandra und Handramit verblüffte Ransom. Wie eine Kette von Edelsteinen zog sich das Tal unter ihm hin, purpurn, saphirblau, gelb und rosig weiß, wie ein prächtiges und vielfarbiges Intarsienmuster aus Waldland und dem allgegenwärtigen Wasser, das immer wieder verschwand und erneut zum Vorschein kam. Malakandra unterschied sich stärker von der Erde, als er bisher gedacht hatte. Das Handramit war kein echtes Tal, das mit der Gebirgskette, zu der es gehörte, anstieg oder abfiel. Es gehörte überhaupt nicht zu einer Gebirgskette. Es war nur ein gewaltiger, unterschiedlich tiefer Riss oder Grabenbruch durch das hohe und ebene Harandra. Dieses aber, so ahnte er jetzt, war die eigentliche Oberfläche des Planeten – oder jedenfalls das, was einem irdischen Astronomen als Oberfläche erscheinen würde. Das Handramit schien endlos zu sein; ununterbrochen und fast gerade erstreckte es sich vor ihm, ein allmählich schmaler werdender farbiger Streifen, der schließlich den Horizont erreichte und diesen mit einer v-förmigen Einkerbung spaltete. Ransom konnte etwa hundert Meilen weit sehen und schätzte, dass er seit dem Vortag vielleicht dreißig oder vierzig Meilen hinter sich gelegt hatte.

Sie stiegen neben den Stromschnellen bergab, bis das Tal wieder eben verlief und der Hross sein Boot zu Wasser bringen konnte. Während dieses Marsches lernte Ransom die Wörter für Boot, Stromschnelle, Wasser, Sonne und tragen; Letzteres, das erste Verb, interessierte ihn besonders. Auch gab der Hross sich beträchtliche Mühe, ihm eine Gedankenverbindung oder einen Zusammenhang zu erklären, die er durch mehrfache Wiederholung der Gegensatzpaare *Hrossa-Handramit* und *Séroni-Harandra* deutlich machen wollte. Ransom entnahm daraus, dass die Hrossa unten im Handramit lebten und die Séroni oben auf dem Harandra. Aber was zum Teufel waren Séroni? Die kahlen Hochebenen des Harandra machten nicht den Eindruck, als gebe es dort überhaupt Leben. Vielleicht hatten die Hrossa eine Mythologie – er war der festen Überzeugung, dass sie auf einer niedrigen Kulturstufe standen –, und die Séroni waren Götter oder Dämonen.

Die Fahrt ging weiter und Ransom litt noch mehrmals unter Übelkeit, wenn auch in immer schwächerem Maß.

Stunden später wurde ihm klar, dass *Séroni* möglicherweise der Plural von Sorn war.

Zu ihrer Rechten sank die Sonne. Dies ging rascher als auf der Erde, jedenfalls in den Teilen der Erde, die Ransom kannte, und an dem wolkenlosen Himmel entfaltete der Sonnenuntergang keine sonderliche Pracht. Seltsamerweise – und Ransom konnte nicht genau sagen, warum – schien die Sonne sich von derjenigen, die er kannte, zu unterscheiden; noch während er darüber nachdachte, tauchten die schwarzen Silhouetten der nadelspitzen Berggipfel vor der rasch sinkenden Scheibe auf und das Handramit versank in Dunkelheit, obgleich das Hochland des Harandra im Osten (zu ihrer Linken) noch in blassem Rosa schimmerte, entrückt, zart und still, wie eine andere, eher geistige Welt.

Bald legten sie wieder am Ufer an, betraten festen Boden und gingen in den purpurnen Wald. Ransom hatte sich so an die Bewegungen des Bootes gewöhnt, dass die Erde unter seinen Füßen zu schwanken schien. Auf Grund dessen, auf Grund des Zwielichtes und seiner Müdigkeit kam ihm der Rest des Weges wie ein Traum vor. Irgendwann blendete ihn ein Licht. Ein Feuer brannte. Es erleuchtete die riesigen Blätter in der Höhe und dahinter sah Ransom Sterne. Dann waren sie von Dutzenden von Hrossa umringt. In solcher Anzahl und so nah wirkten sie tierhafter und weniger menschlich als sein einzelner Führer. Ransom fürchtete sich ein wenig, aber mehr noch störte ihn das Gefühl einer schrecklichen Unangemessenheit. Er sehnte sich nach Menschen – irgendwelchen Menschen, und wenn es Weston und Devine gewesen wären. Er war zu müde, um sich mit diesen bedeutungslosen Rundköpfen und Pelzgesichtern zu befassen – war zu keiner Reaktion fähig. Und dann, weiter unten, mehr auf seiner Höhe und überaus lebhaft, kamen in Scharen die Jungen heran, die Welpen oder wie immer man sie nennen mochte. Plötzlich änderte sich seine Stimmung. Es waren lustige Kerlchen. Er legte die Hand auf einen der schwarzen Köpfe und lächelte; das kleine Ding stob davon.

Später konnte er sich nur undeutlich an diesen Abend erinnern. Es wurde gegessen und getrunken, schwarze Gestalten kamen und gingen, seltsame Augen leuchteten im Feuerschein; schließlich schlief er an irgendeinem dunklen, anscheinend überdachten Ort ein.

## 11

Seit Ransom an Bord des Raumschiffs aufgewacht war, hatte er oft darüber nachgedacht, was für ein erstaunliches Abenteuer es war, einen anderen Planeten aufzusuchen, und welche Aussichten er wohl hatte, von dort zurückzukehren. Nie jedoch hatte er über seinen Aufenthalt auf der fremden Welt nachgedacht. Nun wurde ihm jeden Morgen mit einer gewissen Verblüffung bewusst, dass er weder ankam noch flüchtete, sondern dass er einfach auf Malakandra lebte; dass er wachte, schlief, aß, schwamm und im Laufe der Zeit sogar Gespräche führte. Das Wunderbare daran ging ihm am eindringlichsten auf, als er – etwa drei Wochen nach seiner Ankunft – sogar einen Spaziergang machte. Noch ein paar Wochen später hatte er bereits Lieblingswege und Leibgerichte; er begann, Gewohnheiten zu entwickeln. Er konnte einen männlichen Hross auf den ersten Blick von einem weiblichen unterscheiden, und selbst individuelle Unterschiede wurden deutlich. Hyoi, der ihn – viele Meilen im Norden der Siedlung – gefunden hatte, hatte einen ganz anderen Charakter als der grauschnäuzige, ehrwürdige Hnohra, der ihm täglich Sprachunterricht erteilte; und die Jungen waren wieder anders. Sie waren einfach hinreißend. Im Umgang mit ihnen vergaß man die Rationalität der Hrossa. Sie waren zu jung, um ihn vor das verwirrende Rätsel der Vernunft in nichtmenschlicher Gestalt zu stellen. Sie trösteten ihn in seiner

Einsamkeit, so als ob es ihm erlaubt gewesen wäre, ein paar Hunde von der Erde mitzubringen. Die Jungen ihrerseits zeigten lebhaftes Interesse für den haarlosen Kobold, der bei ihnen aufgetaucht war. Ransom hatte bei ihnen – und dadurch indirekt auch bei ihren Müttern – großen Erfolg.

Was die Gemeinschaft der Hrossa im Allgemeinen betraf, so wurden seine ersten Eindrücke nach und nach berichtigt. Anfangs hatte er ihre Kulturstufe in Gedanken als »ältere Steinzeit« bezeichnet. Die wenigen Schneidwerkzeuge, die sie besaßen, waren aus Stein. Töpferwaren schienen sie nicht zu haben, abgesehen von einigen plumpen Behältern, in denen Dinge zum Kochen gebracht wurden; dies war die einzige Art und Weise, auf die sie ihre Nahrung zubereiteten. Trinkbecher, Teller und Schöpflöffel in einem war die austernähnliche Schale, aus der er zum ersten Mal die Gastfreundschaft eines Hross genossen hatte; die Muschel, die sich darin befand, war ihre einzige nichtpflanzliche Nahrung. Gemüsegerichte hatten sie in großer Vielfalt und Auswahl, und einige davon schmeckten köstlich. Selbst das rötlichweiße, elastische Kraut, das den Boden des Handramit bedeckte, war im Notfall essbar; wäre Ransom also vor seiner Begegnung mit Hyoi hungers gestorben, so wäre er mitten im Überfluss verhungert. Zwar aß kein Hross das Kraut *Honodraskrud* freiwillig, doch auf einer Reise griffen sie manchmal *faute de mieux* darauf zurück. Sie wohnten in bienenkorbartigen Hütten aus steifen Blättern und die Dörfer – von denen es in der Umgebung mehrere gab – lagen der Wärme wegen immer an Flussufern und oft stromaufwärts in der Nähe der Stufen des Handramit, da, wo das Wasser am heißesten war. Sie schliefen auf dem nackten Boden. Künste hatten sie anscheinend keine, abgesehen von einer Art Dichtung und Musik, die beinahe jeden Abend von einer Gruppe oder Truppe von vier Hrossa vorgetragen wurde. Einer rezitierte lange Passagen in einem Sprechgesang und die anderen drei unterbrachen ihn von Zeit zu Zeit mit Einzel- oder Wechselgesängen. Ransom fand nicht heraus, ob diese Unterbrechungen lyrische Zwischenspiele waren oder ob sie einen dramatischen Dialog darstellten, der sich aus der Erzählung des Vorsängers ergab. Er konnte mit der Musik nicht viel anfangen. Die Stimmen waren nicht unangenehm und die Tonart schien beinahe auf menschliche Ohren abgestimmt, doch die Zeitmaße waren seinem Rhythmusgefühl fremd. Das Tun und Treiben des Stammes oder der Familie kamen ihm anfangs ziemlich geheimnisvoll vor. Ständig verschwanden einige Dorfbewohner für ein paar Tage und tauchten dann wieder auf. Sie fischten ein wenig und fuhren viel in ihren Booten umher, ohne dass ihm Ziel und Zweck klar waren. Dann sah er eines Tages Hrossa in einer Art Karawane auf dem Landweg davonziehen. Jeder trug auf dem Kopf eine Ladung Gemüse. Anscheinend gab es auf Malakandra so etwas wie Handel.

Bereits in der ersten Woche lernte er ihre Landwirtschaft kennen. Ungefähr eine Meile talabwärts lagen weite, waldlose Flächen, die mit einer niedrigen, fleischigen Vegetation bedeckt waren. Gelbe, orangefarbene und blaue Farbtöne dominierten. Danach kamen salatähnliche Pflanzen, die ungefähr die Höhe irdischer Birken erreichten. Da, wo diese Pflanzen über dem warmen Wasser hingen, konnte man sich behaglich in eins der unteren Blätter wie in eine sanft schaukelnde, duftende Hängematte legen. Anderswo war es nicht warm genug, um längere Zeit im Freien zu sitzen; meist herrschten im Handramit Temperaturen wie an einem schönen und milden Wintermorgen auf der Erde. Die Felder wurden von den umliegenden Dörfern gemeinsam bestellt und die Arbeitsteilung schien höher entwickelt, als er erwartet hatte. Schneiden, Trocknen, Lagern, Transport sowie eine Art Düngung wurden gewissenhaft durchgeführt und Ransom vermutete, dass zumindest einige der Kanäle künstlich angelegt waren.

Aber regelrecht revolutioniert wurde sein Verständnis der Hrossa, als er ihre Sprache gut genug beherrschte, um ihre Neugierde über ihn selbst ein wenig zu befriedigen. Auf ihre Fragen hin sagte er zunächst, er sei aus dem Himmel gekommen. Sofort fragte Hnohra, von welchem Planeten oder welcher Erde (Handra). Ransom hatte aus Rücksicht auf die vermeintliche Unwissenheit seiner Zuhörer absichtlich eine kindliche Version der Wahrheit gegeben und es ärgerte ihn ein wenig, dass Hnohra nun umständlich erklärte, im Himmel könne er nicht gelebt haben, denn dort gebe es keine Luft; möglicherweise sei er durch den Himmel geflogen, aber er müsse von einer Handra gekommen sein. Ransom war außer Stande, ihnen am Nachthimmel die Erde zu zeigen. Seine Unfähigkeit schien sie zu überraschen und wiederholt zeigten sie ihm einen hellen Planeten tief am westlichen Horizont – ein wenig südlich von dem Punkt, an dem die Sonne untergegangen war. Es überraschte ihn, dass sie statt irgendeines Fixsterns einen Planeten auswählten und bei ihrer Wahl blieben; war es möglich, dass sie etwas von Astronomie verstanden? Leider kannte er ihre Sprache noch zu wenig, um mehr über ihr Wissen herausfinden zu können. Er lenkte das Gespräch auf den hellen südlichen Planeten und fragte, wie er heiße. Man sagte ihm, das sei Thulkandra – der »schweigende Stern« oder »schweigende Planet«.

»Warum nennt ihr ihn *Thulk?*«, fragte er. »Warum schweigt er?« Keiner wusste es.

»Die Séroni wissen es«, sagte Hnohra. »Solche Dinge wissen sie.«

Dann fragten sie ihn, wie er gekommen sei, und Ransom unternahm einen sehr unzulänglichen Versuch, das Raumschiff zu beschreiben. Und wieder hieß es: »Die Séroni werden darüber Bescheid wissen.«

Ob er allein gekommen sei? Nein, er sei mit zwei anderen seiner Art gekommen – bösen Männern (»verbogene« Männer war der hrossische Ausdruck, welcher der Sache am nächsten kam). Sie hätten versucht, ihn zu töten, aber er sei ihnen davongelaufen. Die Hrossa fanden dies sehr schwierig, aber alle stimmten schließlich darin überein, dass er zu Oyarsa gehen sollte. Oyarsa würde ihn schützen. Ransom fragte, wer Oyarsa sei. Langsam und unter mancherlei Missverständnissen kristallisierte sich heraus, dass Oyarsa erstens in Meldilorn wohnte; dass er zweitens alles wusste und über alle herrschte; dass er drittens seit jeher da gewesen war; und dass er viertens weder ein Hross noch einer von den Séroni war. Darauf fragte Ransom, der versuchte, sich eine Vorstellung zu machen, ob Oyarsa die Welt erschaffen habe. Die Hrossa verneinten entschieden, ja beinahe empört. Wussten die Leute auf Thulkandra nicht, dass Maleldil der Junge die Welt erschaffen hatte und noch immer regierte? Das wusste doch jedes Kind. Ransom fragte, wo Maleldil lebte.

»Bei dem Alten.«

Und wer war der Alte? Ransom verstand die Antwort nicht. Er versuchte es noch einmal.

»Wo wohnt der Alte?«

»Er ist nicht so beschaffen, dass er irgendwo wohnen muss«, sagte Hnohra und fügte eine Reihe Erläuterungen hinzu, denen Ransom nicht folgen konnte. Aber er verstand genug, um wieder eine gewisse Gereiztheit zu empfinden. Seit er entdeckt hatte, dass die Hrossa vernunftbegabte Wesen waren, stellte er sich die Gewissensfrage, ob es nicht seine Pflicht sei, sie in religiösen Dingen zu unterweisen; jetzt aber, zum Lohn für seine Mühe, sah er sich behandelt, als ob *er* der Wilde wäre und mit den Grundzügen einer Religion vertraut gemacht werden müsse – sozusagen durch das hrossische Gegenstück zum Katechismus. Es wurde deutlich, dass Maleldil ein Geist ohne Körper und Leidenschaften war.

»Er ist kein *Hnau*«, sagten die Hrossa.

»Was ist Hnau?«, fragte Ransom.

»Du bist Hnau. Ich bin Hnau. Die Séroni sind Hnau. Die *Pfifltriggi* sind Hnau.«

»Pfifltriggi?«, fragte Ransom.

»Mehr als zehn Tagereisen in Richtung Westen«, erklärte Hnohra, »sinkt das Harandra ab, nicht in ein Handramit, sondern in ein breites, nach allen Richtungen offenes Gebiet. Es erstreckt sich fünf Tagereisen von Norden nach Süden und zehn Tagereisen von Osten nach Westen. Die Wälder haben dort andere Farben als hier, sie sind blau und grün, und das Land liegt sehr tief, es reicht bis zu den Wurzeln der Welt. Dort gibt es die besten Dinge, die man aus der Erde graben kann. Dort leben die Pfifltriggi. Sie graben gern. Was sie ausgraben, machen sie im Feuer weich und fertigen Dinge daraus. Sie sind klein, kleiner als du, mit langen Schnauzen, blass und geschäftig. Vorn haben sie lange Gliedmaßen. Im Herstellen und Formen von Dingen kann es kein Hnau mit ihnen aufnehmen, so wie niemand es mit uns im Singen aufnehmen kann. Doch der Hman soll sehen.«

Er wandte sich um und sprach zu einem der jüngeren Hrossa. Sogleich ging eine kleine Schale von Hand zu Hand und wurde Ransom gereicht. Er betrachtete sie im Feuerschein. Sie war offensichtlich aus Gold, und auf einmal verstand er Devines Interesse an Malakandra.

»Gibt es viel von diesem Zeug?«, fragte er.

Ja, sagten sie, die meisten Flüsse führten es mit sich, doch das beste und meiste finde man bei den Pfifltriggi, und sie konnten auch am besten damit umgehen. *Arbol hru* nannten sie es – Sonnenblut. Wieder betrachtete Ransom die Schale. Sie war mit fein eingeritzten Figuren bedeckt. Er sah Darstellungen von Hrossa und kleineren, froschähnlichen Tieren; und dann von Sornen. Fragend zeigte er darauf.

»Séroni«, sagten die Hrossa und bestätigten seinen Verdacht. »Sie leben oben, fast auf dem Harandra. In den großen Höhlen.« Die froschähnlichen Tiere – oder tapirköpfigen Tiere mit Froschkörpern – waren Pfifltriggi. Ransom überlegte. Auf Malakandra gab es offenbar drei verschiedene vernunftbegabte Arten und bisher hatte keine von ihnen die anderen beiden ausgerottet. Er musste unbedingt herausfinden, welche die Herren waren.

»Welche Hnau herrschen?«, fragte er.

»Oyarsa herrscht«, war die Antwort.

»Ist er Hnau?«

Das verwirrte sie ein wenig. Die Séroni, meinten sie, könnten eine solche Frage besser beantworten. Vielleicht war Oyarsa Hnau, aber einer ganz anderen Art. Für ihn gab es weder Tod noch Jugend.

»Diese Séroni wissen mehr als die Hrossa?«, fragte Ransom.

Darauf erfolgte eher ein Streitgespräch als eine Antwort. Schließlich kam heraus, dass die Séroni oder Sorne in einem Boot völlig hilflos waren, nicht fischen konnten, um sich am Leben zu erhalten, kaum schwimmen und nicht dichten konnten. Selbst wenn die Hrossa es für sie taten, verstanden sie nur die einfachsten Formen der Dichtung. Aber sie waren zugegebenermaßen bewandert in allem, was die Sterne betraf, sie verstanden die geheimnisvolleren Äußerungen Oyarsas und wussten, was sich auf Malakandra vor Zeiten zugetragen hatte – Zeiten, an die sich niemand erinnern konnte.

»Aha – die Intelligenzija«, dachte Ransom. »Sie müssen die wahren Herren sein, auch wenn es nicht ganz offensichtlich ist.«

Er versuchte zu fragen, was geschähe, wenn die Sorne mit ihrem Wissen die Hrossa dazu bringen würden, Dinge zu tun – weiter kam er mit seinem stockenden Malakandrisch nicht. Die Frage klang in dieser Form nicht so hart, als wenn er hätte sagen können: »... wenn sie ihr überlegenes Wissen zur Ausbeutung ihrer unzivilisierten Nachbarn benutzen würden.« Aber er hätte sich die ganze Mühe sparen können. Als die Rede darauf kam, dass die Sorne mit der Dichtkunst nicht viel anzufangen wussten, wurde das ganze Gespräch in literarische Bahnen gelenkt. Von der hitzigen und offensichtlich fachlichen Diskussion, die nun folgte, verstand er nicht ein Wort.

Natürlich unterhielt er sich mit den Hrossa nicht nur über Malakandra. Er musste sich mit Informationen über die Erde erkenntlich zeigen. Dabei hemmte ihn sowohl die demütigende Erkenntnis, dass er eigentlich sehr wenig über seinen Heimatplaneten wusste, als auch seine Entschlossenheit, einen Teil der Wahrheit zu verschweigen. Er wollte ihnen nicht allzu viel von den Kriegen der Menschen und dem Industriezeitalter erzählen. Er erinnerte sich, wie H. G. Wells' Cavor auf dem Mond sein Ende fand. Und er schämte sich; jedes Mal, wenn sie ihn allzu eindringlich nach den Menschen – den *Hmana*, wie sie sie nannten – fragten, fühlte er sich beinahe körperlich nackt. Außerdem wollte er sie um keinen Preis wissen lassen, dass man ihn hergebracht hatte, um ihn den Sornen zu übergeben; denn mit jedem Tag wurde er sicherer, dass diese die herrschende Art waren. Seine Erzählungen beflügelten die Fantasie der Hrossa: Sie begannen, Gedichte über die seltsame Handra zu machen, wo die Pflanzen hart wie Stein waren, das Erdkraut grün wie Felsen und die Gewässer kalt und salzig, und wo die Hmana ganz oben auf dem Harandra lebten.

Mehr noch interessierte sie, was er über das Wassertier mit den schnappenden Kiefern erzählen konnte, vor dem er in ihrer eigenen Welt, ja sogar in ihrem eigenen Handramit geflohen war. Alle waren sich einig, dass das ein *Hnakra* gewesen sein müsse. Sie waren in heller Aufregung. Seit Jahren war im Tal kein Hnakra mehr gesehen worden. Die jungen Hrossa holten ihre Waffen hervor – primitive Harpunen mit Knochenspitzen – und sogar die Welpen begannen, im seichten Wasser Hnakrajagd zu spielen. Einige Mütter schienen besorgt und wollten ihre Kleinen nicht ins Wasser lassen, aber im Allgemeinen schien die Neuigkeit über den Hnakra große Begeisterung auszulösen. Hyoi machte sich sofort auf, um an seinem Boot zu arbeiten, und Ransom begleitete ihn. Er konnte mit den einfachen hrossischen Werkzeugen bereits recht geschickt umgehen und wollte sich nützlich machen. Sie gingen gemeinsam durch den Wald zu Hyois Anlegeplatz, der etwa einen Steinwurf weit entfernt war.

Unterwegs, wo der Pfad schmal war und Ransom hinter Hyoi ging, begegneten sie einem kleinen weiblichen Hross, einem halben Kind. Als sie an ihr vorbeigingen, redete sie, doch nicht zu ihnen: Ihre Augen waren auf eine etwa fünf Schritte entfernte Stelle gerichtet.

»Mit wem sprichst du, Hrikki?«, fragte Ransom.

»Mit dem *Eldil*.«

»Wo ist er?«

»Hast du ihn nicht gesehen?«

»Nein, ich habe nichts gesehen.«

»Da! Da!«, rief sie plötzlich. »Ach, jetzt ist er fort. Hast du ihn wirklich nicht gesehen?«

»Ich habe niemanden gesehen.«

»Hyoi«, sagte die Kleine. »Der Hman kann den Eldil nicht sehen.«

Aber Hyoi war langsam weitergegangen und bereits außer Hörweite; er hatte anscheinend nichts bemerkt. Ransom schloss daraus, dass Hrikki Geschichten erfand wie die Kinder seiner eigenen Rasse. Bald hatte er seinen Gefährten wieder eingeholt.

## 12

Bis zum Mittag arbeiteten sie hart an Hyois Boot, dann legten sie sich in das Kraut an den kleinen Kanal mit dem wannen Wasser und aßen zu Mittag. Die regelrecht kriegerischen Vorbereitungen veranlassten Ransom zu vielen Fragen. Er wusste kein Wort für Krieg, doch es gelang ihm, Hyoi verständlich zu machen, was er wissen wollte. Gingen die Séroni, die Hrossa und Pfifltriggi jemals auf ähnliche Art und Weise mit Waffen aufeinander los?

»Wozu?«, fragte Hyoi. Es war schwierig zu erklären. »Wenn beide dasselbe haben wollten und die einen gäben es nicht heraus«, sagte Ransom, »würden die anderen nicht schließlich kommen und Gewalt anwenden? Würden sie nicht sagen: Gebt es her oder wir töten euch?«

»Was sollten sie haben wollen?«

»Nun – Nahrung, zum Beispiel.«

»Wenn die anderen Hnau Nahrung wollen, warum sollten wir sie ihnen nicht geben? Wir tun es oft.«

»Und wenn ihr nicht genug für euch selbst hättet?«

»Aber Maleldil wird nicht aufhören, die Pflanzen wachsen zu lassen.«

»Hyoi, wenn ihr mehr und mehr Junge bekämt, würde Maleldil dann das Handramit verbreitern und genug Pflanzen für sie alle wachsen lassen?«

»Die Séroni wissen über solche Sachen Bescheid. Aber warum sollten wir mehr Junge bekommen?«

Ransom fand die Frage schwierig. Schließlich sagte er: »Ist es für die Hrossa kein Vergnügen, Junge zu zeugen?«

»Ein sehr großes, Hman. Wir nennen es Liebe.«

»Wenn etwas Freude macht«, sagte Ransom, »dann will ein Hman es immer wieder. Manchmal möchte er das Vergnügen so oft, dass er die Anzahl der Jungen gar nicht ernähren könnte.«

Es dauerte eine ganze Weile, bis Hyoi das begriffen hatte.

»Du meinst«, sagte er zögernd, »dass er es in seinem Leben nicht nur ein oder zwei Jahre lang tun möchte, sondern immer wieder?«

»Ja.«

»Aber warum? Wollte er denn auch den ganzen Tag lang zu Abend essen oder schlafen, wenn er schon geschlafen hat? Das verstehe ich nicht.«

»Ein Abendessen gibt es ja jeden Tag. Und diese Liebe, sagst du, gibt es nur ein einziges Mal im Leben eines Hross?«

»Aber sie beschäftigt ihn sein ganzes Leben«, erwiderte Hyoi. »Wenn er jung ist, muss er nach einer Gefährtin Ausschau halten; dann muss er um sie werben; dann zeugt er Junge; dann zieht er sie auf; dann erinnert er sich an all dies, dreht und wendet es in Gedanken, macht Gedichte darüber und erlangt Weisheit.«

»Und er muss sich mit der Erinnerung an das Vergnügen zufrieden geben?«

»Das ist, als würdest du sagen: Ich muss mich damit zufrieden geben, meine Nahrung nur zu essen.«

»Das verstehe ich nicht.«

»Ein Vergnügen wird erst in der Erinnerung vollkommen. Du sprichst, Hman, als sei das Vergnügen eine Sache und die Erinnerung daran eine andere. Es ist alles eins. Die Séroni könnten es besser sagen, als ich es jetzt sage. Allerdings nicht besser, als ich es in einem Gedicht sagen könnte. Was du Erinnerung nennst, ist der letzte Teil des Vergnügens, wie das *Crah* der letzte Teil eines Gedichts ist. Als wir beide einander begegnet sind, war der Augenblick der Begegnung rasch vorüber, er war nichts. Wenn wir uns jetzt daran erinnern, wird er größer. Dennoch wissen wir immer noch sehr wenig darüber. Was er in meiner Erinnerung ist, wenn ich mich zum Sterben niederlege, was er all meine Tage bis dahin in mir bewirkt – das ist die wahre Begegnung. Das andere ist nur der Anfang. Du sagst, ihr hättet Dichter in eurer Welt. Lehren sie euch das nicht?«

»Einige von ihnen tun es vielleicht«, sagte Ransom. »Aber hat ein Hross auch bei einem Gedicht nie das Verlangen, einen besonders schönen Vers immer wieder zu hören?«

Leider berührte Hyoi in seiner Antwort einen Bereich der Sprache, den Ransom noch nicht beherrschte. Es gab zwei Verben, die beide »sich sehnen« oder »verlangen nach« bedeuteten; aber die Hrossa unterschieden scharf zwischen ihnen und stellten sie sogar in Gegensatz zueinander. Hyoi schien einfach zu sagen, dass zwar jeder sich danach sehnen würde *(wondelone),* aber kein vernünftiger Hross sich danach sehnen könne *(hluntheline).*

»Und das Gedicht«, fuhr er fort, »ist wirklich ein gutes Beispiel. Denn auch der schönste Vers entfaltet seine volle Pracht erst durch die folgenden Verse; würdest du zu diesem einen Vers zurückkehren, so fändest du ihn weniger gelungen, als du gedacht hattest. Du würdest ihn zerstören. Ich meine, in einem guten Gedicht.«

»Und in einem verbogenen Gedicht, Hyoi?«

»Ein verbogenes Gedicht hört sich niemand an, Hman.«

»Und wie ist es mit der Liebe in einem verbogenen Leben?«

»Wie könnte das Leben eines Hnau verbogen sein?«

»Willst du damit sagen, Hyoi, dass es keine verbogenen Hrossa gibt?«

Hyoi dachte nach. »Ich habe von solchen Dingen gehört, die du meinst«, sagte er schließlich. »Es heißt, dass Junge in einem bestimmten Alter zuweilen seltsame Neigungen haben. Ich habe von einem gehört, der Erde essen wollte; es mag vielleicht auch irgendwo einen Hross geben, der die Jahre der Liebe verlängern möchte. Ich habe so etwas noch nie gehört, aber es könnte sein. Ich habe von etwas Seltsamerem gehört. Es gibt ein Gedicht über einen Hross, der vor langer Zeit lebte, in einem anderen Handramit, und der alle Dinge doppelt sah – zwei Sonnen am Himmel, zwei Köpfe auf einem Hals; und schließlich, so heißt es, sei er in eine solche Raserei verfallen, dass er zwei Gefährtinnen begehrte. Ich verlange nicht, dass du das glaubst, aber in der Geschichte heißt es, er habe zwei *Hressni* geliebt.«

Ransom dachte darüber nach. Wenn Hyoi ihn nicht täuschte, war dies hier eine von Natur aus enthaltsame und monogame Spezies. Aber war das so merkwürdig? Er wusste, dass einige Tierarten feste Paarungszeiten hatten; und wenn die Natur das Wunder vollbringen konnte, den Geschlechtstrieb überhaupt abzuschalten, warum sollte sie dann nicht noch weiter gehen und ihn – nicht moralisch, sondern instinktmäßig – auf ein einziges Objekt festlegen? Er erinnerte sich sogar undeutlich, gehört zu haben, dass verschiedene irdische Tiere, einige der »niederen« Tierarten, von Natur aus monogam waren. Jedenfalls war offensichtlich, dass bei den Hrossa unbegrenzte Fortpflanzung und Promiskuität so selten waren wie die seltensten Perversionen. Schließlich wurde ihm klar, dass nicht sie das Rätsel waren, sondern seine eigene Spezies. Dass die Hrossa solche Instinkte hatten, war nicht weiter überraschend; wie aber kam es, dass diese Triebe so sehr den unerreichten Idealen jener fernen Gattung Mensch mit ihren so bedauernswert andersartigen Trieben ähnelten? Wie war die Entwicklungsgeschichte des Menschen verlaufen? Doch Hyoi sprach weiter.

»Zweifellos hat Maleldil uns so gemacht«, sagte er. »Wie könnte es jemals genug zu essen geben, wenn jeder zwanzig Junge hätte? Und wie könnten wir das Leben und das Vergehen der Zeit ertragen, wenn wir immerfort einem bestimmten Tag oder einem bestimmten Jahr nachweinen würden? Wenn wir nicht wüssten, dass jeder einzelne Tag das ganze Leben mit Erwartung und Erinnerung erfüllt und dass diese jeden einzelnen Tag ausmachen?«

»Trotzdem«, sagte Ransom, der sich unbewusst mit seiner eigenen Welt identifizierte, gereizt, »Maleldil lässt den Hnakra gewähren.«

»Oh, das ist etwas ganz anderes. Ich möchte diesen Hnakra töten, ebenso wie er mich töten möchte. Ich hoffe, dass mein Boot das erste ist und ich als Erster in meinem Boot mit dem Speer zur Stelle bin, wenn der schwarze Rachen aufklappt. Und wenn er mich tötet, wird mein Volk um mich trauern und meine Brüder werden noch begieriger sein, ihn zu töten. Aber sie werden nicht wünschen, dass es keine *Hnéraki* gäbe; ebenso wenig wie ich. Wie kann ich dir das klar machen, wenn du die Dichter nicht verstehst? Der Hnakra ist unser Feind, aber er ist auch unser Geliebter. Wenn er von den Wasserbergen im Norden, wo er geboren ist, herabschaut, empfinden wir seine Freude in unseren Herzen; wenn er die Stromschnellen hinunterschießt, springen wir mit ihm; und wenn der Winter kommt und der Dampf aus dem See hoch über unsere Köpfe steigt, sehen wir das alles mit seinen Augen und wissen, dass seine Wanderzeit gekommen ist. Wir hängen Bilder von ihm in unseren Hütten auf und das Wahrzeichen aller Hrossa ist ein Hnakra. In ihm lebt der Geist des Tals; und unsere Jungen spielen Hnéraki, sobald sie im seichten Wasser umherplantschen können.«

»Und dann tötet er sie?«

»Nicht oft. Die Hrossa wären verbogene Hrossa, wenn sie ihn so nahe herankommen ließen. Lange bevor er so weit unten ist, sollten wir ihn aufgespürt haben. Nein, Hman, der eine oder andere Todesfall in seiner Umgebung machen einen Hnau noch nicht unglücklich. Nur ein verbogener Hnau würde die Welt schwarz sehen. Will sagen: Ich glaube nicht, dass der Wald so leuchtend, das Wasser so warm und die Liebe so süß wäre, wenn es in den Seen keine Gefahr gäbe. Ich will dir von einem Tag in meinem Leben erzählen, der mich sehr geprägt hat; einen solchen Tag erlebt man nur einmal, wie die Liebe oder den Dienst bei Oyarsa in Meldilorn. Damals war ich jung, fast noch ein Kind, und ich zog weit, weit das Handramit hinauf, bis zu dem Land, wo mittags die Sterne leuchten und sogar das Wasser kalt ist. Einen mächtigen Wasserfall stieg ich hoch. Dann stand ich am Rande des Balki-Beckens, der ehrfurchtgebietendsten Stätte aller Welten. Hoch und immer höher ragen seine gewaltigen Felswände auf, in die heilige Bilder eingemeißelt sind, Werke aus alten Zeiten. Dort befindet sich der Fall, den wir ›Wasserberg‹ nennen. Seitdem ich allein dort gestanden habe, allein mit Maleldil, denn nicht einmal Oyarsa hat zu mir gesprochen, schlägt mein Herz höher und ist mein Gesang inbrünstiger. Aber glaubst du, das wäre so, wenn ich nicht gewusst hätte, dass im Balki Hnéraki hausen? Dort habe ich das Leben getrunken, weil im Wasser der Tod lauerte. Das war der beste Trunk, bis auf einen.«

»Welchen?«, fragte Ransom.

»Den Tod selbst, an dem Tag, da ich ihn trinken und zu Maleldil gehen werde.«

Bald danach standen sie auf und machten sich wieder an ihre Arbeit. Die Sonne sank bereits, als sie durch den Wald heimkehrten. Ransom kam eine Frage in den Sinn.

»Hyoi«, sagte er, »mir fällt gerade ein, dass du bei unserer ersten Begegnung, noch bevor du mich gesehen hattest, mit jemandem sprachst. Daran habe ich erkannt, dass du ein Hnau warst, denn sonst hätte ich dich für ein Tier gehalten und wäre fortgelaufen. Aber mit wem hast du damals gesprochen?«

»Mit einem Eldil.«

»Was ist das? Ich habe niemanden gesehen.«

»Gibt es in deiner Welt keine Eldila, Hman? Das muss seltsam sein.«

»Aber was sind sie?«

»Sie kommen von Oyarsa – ich glaube, sie sind eine Art Hnau.«

»Heute Morgen sind wir auf unserem Weg zur Arbeit an einem Kind vorbeigekommen, das sagte, es spreche mit einem Eldil. Aber ich habe nichts gesehen.«

»Man kann sehen, Hman, dass deine Augen anders sind als unsere. Und Eldila sind schwer zu erkennen. Sie sind nicht wie wir. Das Licht geht durch sie hindurch. Du musst im richtigen Augenblick auf die richtige Stelle schauen, und das kommt sehr selten vor, es sei denn, der Eldil will gesehen werden. Manchmal hält man sie für einen Sonnenstrahl oder sogar für eine Bewegung der Blätter; aber wenn man wieder hinschaut, sieht man, dass es ein Eldil war und dass er nun fort ist. Aber ob deine Augen sie jemals sehen können, weiß ich nicht. Die Séroni wüssten es sicher.«

## 13

Am nächsten Morgen war das ganze Dorf bereits auf den Beinen, noch bevor das Sonnenlicht – das auf dem Harandra bereits schien – durch den Wald gedrungen war. Im Schein der Kochfeuer beobachtete Ransom das geschäftige Treiben der Hrossa. Die Frauen schöpften dampfendes Essen aus ihren plumpen Töpfen; Hnohra leitete den Transport von Speerbündeln zu den Booten; Hyoi, inmitten einer Gruppe der erfahrensten Jäger, redete zu schnell und zu fachmännisch, als dass Ransom hätte folgen können; weitere Gruppen trafen aus den benachbarten Dörfern ein; und die Jungen rannten quietschend vor Aufregung zwischen den Erwachsenen hin und her.

Man hielt es offenbar für selbstverständlich, dass Ransom an der Jagd teilnahm. Er sollte in Hyois Boot fahren, zusammen mit diesem und Whin. Die beiden Hrossa würden sich beim Paddeln abwechseln, während Ransom und der jeweils unbeschäftigte Hross im Bug sitzen sollten. Er kannte die Hrossa inzwischen gut genug, um zu wissen, dass dies das großzügigste Angebot war, das sie überhaupt machen konnten, und dass Hyoi wie Whin befürchteten, er könne gerade paddeln, wenn der Hnakra auftauchte. Vor einiger Zeit, in England, wäre Ransom nichts abwegiger vorgekommen als der Gedanke, bei der Jagd auf ein unbekanntes, aber sicher todbringendes Wasserungeheuer den ehrenvollsten und gefährlichsten Platz einzunehmen. Selbst vor Kurzem, als er zuerst vor den Sornen geflohen war und sich dann voller Selbstmitleid im nächtlichen Wald verkrochen hatte, wäre er kaum im Stande gewesen, seine heutige Absicht in die Tat umzusetzen. Und seine Absicht war klar. Was immer geschah, er musste zeigen, dass die Menschen auch Hnau waren. Ihm war nur allzu bewusst, was aus solchen Vorsätzen im entscheidenden Moment werden konnte, aber er fühlte sich ungewohnt sicher, dass er auf die eine oder andere Weise schon damit fertig würde. Es musste sein, und was sein musste, war immer möglich. Vielleicht bewirkten ja auch die Luft, die er hier atmete, oder der Umgang mit den Hrossa eine allmähliche Veränderung bei ihm.

Auf dem See spiegelten sich die ersten Sonnenstrahlen, als er Schulter an Schulter mit Whin im Bug von Hyois Boot kniete, ein kleines Bündel Wurfspeere zwischen den Knien und einen in der rechten Hand. Mit dem Körper fing er die Bootsbewegungen ab, als Hyoi sie zu ihrem Platz hinauspaddelte. Mindestens hundert Boote nahmen an der Jagd teil. Sie waren auf drei Gruppen verteilt. Die mittlere und kleinste Gruppe sollte sich die Strömung hinaufarbeiten, von der sich Hyoi und Ransom nach ihrer ersten Begegnung hatten flussabwärts tragen lassen. Dafür wurden Langboote verwendet, die Ransom jetzt zum ersten Mal sah und die jeweils mit acht Paddlern besetzt waren. Der Hnakra ließ sich normalerweise nach Möglichkeit von der Strömung tragen; wenn er auf die Langboote traf, würde er vermutlich blitzschnell aus der Strömung in das ruhige Wasser zur Rechten oder Linken ausweichen. Während die mittlere Gruppe also langsam die Strömung hinauf paddelte, sollten die kleinen, viel schnelleren Boote auf beiden Seiten kreuzen und die Beute abfangen, sobald sie sozusagen ihre »Deckung« verließ. Bei diesem Spiel waren Anzahl und Intelligenz auf Seiten der Hrossa; dem Hnakra kam seine Schnelligkeit zugute und auch seine Unsichtbarkeit, da er unter Wasser schwimmen konnte. Überdies galt er als nahezu unverwundbar, außer durch seinen offenen Rachen. Wenn die beiden Jäger im Bug des Boots, auf das er zuhielt, mit ihren Wurfspeeren dieses Ziel verfehlten, war es gewöhnlich um sie und ihr Boot geschehen.

Die Jäger in den kleinen Booten hatten die Wahl zwischen zwei Möglichkeiten. Sie konnten in der Nähe der Langboote bleiben, da, wo der Hnakra höchstwahrscheinlich ausbrechen würde, oder sie konnten so weit wie möglich vorpreschen, um den nichts ahnenden und in voller Geschwindigkeit herannahenden Hnakra mit einem wohlgezielten Speerwurf auf ihrer Höhe zum Verlassen der Strömung zu zwingen. So konnte man den Treibern zuvorkommen und – wenn keine unerwartete Wendung eintrat – die Bestie auf eigene Faust erlegen. Das war Hyois und Whins Ziel und beinahe auch Ransoms – so sehr hatten die beiden ihn mit ihrem Jagdfieber angesteckt. Kaum hatten die Langboote der Treiber inmitten einer Wand von Gischt ihren mühsamen Weg die Strömung hinauf angetreten, als Hyoi sich mit aller Macht ins Zeug legte und ihr Boot mit Höchstgeschwindigkeit in Richtung Norden davonstob. Sie überholten ein Boot nach dem anderen und gelangten schließlich in freies Wasser. Die Geschwindigkeit war berauschend und Ransom empfand die Wärme der weiten blauen Wasserfläche, über die sie jagten, in der Morgenkälte als nicht unangenehm. Die glockenartigen, tiefkehligen Stimmen von mehr als zweihundert Hrossa erhoben sich hinter ihnen und hallten von den fernen Felsspitzen zu beiden Seiten des Tals wider. Es klang musikalischer als das Kläffen einer Meute, war diesem jedoch in Art und Zweck verwandt. In Ransom erwachte etwas, das lange in seinem Blut geschlummert hatte, und in diesem Augenblick erschien es ihm nicht unmöglich, dass er selbst der Hnakra-Jäger sein könnte und dass der Ruhm des *Hman Hnakrapunt* der Nachwelt dieses Planeten überliefert würde, die keine anderen Menschen kannte. Aber solche Träume hatte er schon früher gehabt und wusste nur zu gut, wie sie endeten. Nachdem er diesen Überschwang seiner Gefühle gebändigt und zu angemessener Bescheidenheit zurückgefunden hatte, richtete er sein Augenmerk auf das aufgewühlte Wasser der Strömung, an deren Rand sie entlangfuhren, ohne sie zu berühren.

Lange Zeit geschah nichts. Er merkte, wie steif sein Körper geworden war, und entspannte vorsichtig seine Muskeln. Nach einiger Zeit stieg Whin widerwillig nach hinten, um weiterzupaddeln, und Hyoi nahm vorne seinen Platz ein. Kaum war die Ablösung vollzogen, als Hyoi, ohne den Blick von der Strömung abzuwenden, leise zu ihm sagte: »Dort kommt ein Eldil über das Wasser auf uns zu.«

Ransom konnte nichts erkennen – jedenfalls nichts, was er deutlich von einem Fantasiegebilde oder dem Tanz des Sonnenlichts auf dem Wasser hätte unterscheiden können. Einen Augenblick später sprach Hyoi wieder, doch nicht zu ihm.

»Was gibt es, Himmelsgeborener?«

Was dann geschah, war das Unheimlichste, was Ransom bisher auf Malakandra erlebt hatte. Er hörte die Stimme. Sie schien aus der Luft zu kommen, ungefähr drei Fuß über seinem Kopf, und sie war beinahe eine Oktave höher als die Stimme des Hross. Hätte er ein weniger feines Gehör, dachte er, wäre der Eldil für ihn ebenso unhörbar wie unsichtbar.

»Es geht um den Mann, der bei dir ist, Hyoi«, sagte die Stimme. »Er sollte nicht hier sein. Er sollte zu Oyarsa gehen. Verbogene Hnau seiner eigenen Art von Thulkandra folgen ihm; er sollte zu Oyarsa gehen. Wenn sie ihn an irgendeinem anderen Ort finden, wird Unheil geschehen.«

»Er hört dich, Himmelsgeborener«, sagte Hyoi. »Und hast du keine Botschaft für meine Frau? Du weißt, was sie gerne wissen möchte.«

»Ich habe eine Botschaft für Hleri«, sagte der Eldil. »Aber du wirst sie ihr nicht überbringen können. Ich gehe jetzt selbst zu ihr. Alles ist gut. Nur – lass den Mann zu Oyarsa gehen.«

Einen Augenblick lang war alles still.

»Er ist fort«, sagte Whin schließlich. »Und wir können bei der Jagd nicht mehr mitmachen.«

»Ja«, sagte Hyoi seufzend. »Wir müssen den Hman ans Ufer bringen und ihm den Weg nach Meldilorn erklären.«

Ransom war sich seines Mutes nicht so sicher, als dass nicht ein Teil von ihm sogleich erleichtert gewesen wäre über die Ablenkung von ihrem augenblicklichen Vorhaben. Aber der andere Teil drängte ihn, an seiner neuentdeckten Mannhaftigkeit festzuhalten. Jetzt oder nie – mit Gefährten wie diesen oder mit keinen –, er wollte sich an eine Tat erinnern und nicht an einen weiteren zerbrochenen Traum. Er gehorchte sozusagen seinem Gewissen, als er ausrief: »Nein, nein! Dafür ist nach der Jagd noch Zeit. Zuerst müssen wir den Hnakra töten.«

»Sobald ein Eldil gesprochen hat …«, setzte Hyoi an, als Whin einen gewaltigen Schrei ausstieß (vor drei Wochen hätte Ransom es noch ein Bellen genannt) und auf etwas zeigte. Dort, keine zweihundert Schritt entfernt, war die torpedoähnliche Schaumspur; dann konnten sie durch eine Wand von Gischt die metallisch glänzenden Flanken des Ungeheuers sehen. Whin paddelte wie rasend. Hyoi schoss und traf daneben. Als sein erster Speer ins Wasser tauchte, war der zweite bereits in der Luft. Jetzt hatte er den Hnakra wohl berührt. Dieser schwamm in einem scharfen Bogen aus der Strömung. Ransom sah, wie das riesige schwarze Loch seines Rachens zweimal aufklappte und die haiartigen Zähne zuschnappten. Auch er hatte inzwischen geworfen – hastig, aufgeregt, mit ungeübter Hand.

»Zurück!«, rief Hyoi Whin zu, der bereits mit aller Kraft rückwärts paddelte. Dann geriet alles durcheinander. Er hörte, wie Whin »Grund!« rief. Es gab einen Stoß, der ihn nach vorn und fast in den Rachen des Hnakra warf, und im nächsten Moment stand er bis zum Gürtel im Wasser. Die Zähne schnappten nach ihm. Dann, während er Speer um Speer in die gewaltige Höhle des aufgerissenen Rachens schleuderte, sah er, wie Hyoi in unglaublicher Kühnheit auf dem Rücken – nein, auf der Schnauze hockte, sich nach vorn beugte und seinen Speer in den Hals des Hnakra trieb. Das Ungeheuer warf ihn sofort ab und mit einem gewaltigen Platschen landete der Hross fast zehn Schritt weiter. Aber der Hnakra war tot. Er trieb auf der Seite und sein schwarzes Leben sprudelte aus ihm heraus. Das Wasser um ihn herum war dunkel und stank.

Als Ransom sich wieder gefasst hatte, waren sie alle am Ufer; nass, dampfend und vor Anstrengung zitternd umarmten sie einander. Es kam ihm jetzt nicht seltsam vor, an eine Brust mit nassem Pelz gedrückt zu werden. Der Atem der Hrossa, der zwar angenehm, aber kein menschlicher Atem war, stieß ihn nicht ab. Er fühlte sich eins mit ihnen. Das Unbehagen, das sie, an mehr als eine intelligente Spezies gewöhnt, vielleicht nie empfunden hatten, war nun überwunden. Sie waren alle Hnau. Schulter an Schulter hatten sie einem Feind gegenübergestanden und ihre Kopfform spielte keine Rolle mehr. Und selbst er, Ransom, hatte die Probe bestanden und war nicht in Ungnade gefallen. Er war reifer geworden.

Sie befanden sich auf einer unbewaldeten kleinen Halbinsel, auf die sie im Durcheinander des Kampfes aufgelaufen waren. Wrackteile des Boots lagen um das tote Ungeheuer verstreut vor ihnen im Wasser. Von der übrigen Jagdgesellschaft war nichts zu hören; sie waren ihr fast eine Meile voraus gewesen, als sie auf den Hnakra gestoßen waren. Alle drei setzten sich, um wieder zu Atem zu kommen.

»Nun sind wir also *Hnakrapunti*«, sagte Hyoi. »Das habe ich mir mein Leben lang gewünscht.«

In diesem Augenblick wurde Ransom von einem ohrenbetäubenden Knall aufgeschreckt – einem Geräusch, das ihm durchaus bekannt war und das er jetzt am allerwenigsten erwartet hätte. Es war ein irdisches, menschliches und zivilisiertes Geräusch; es war sogar europäisch. Es war ein Schuss aus einem englischen Gewehr; und zu seinen Füßen keuchte Hyoi und versuchte hochzukommen. Auf den weißen Flechten, auf denen er sich wand, war Blut. Ransom warf sich neben ihm auf die Knie. Der große Körper des Hross war so schwer, dass er ihn nicht herumwälzen konnte. Whin kam ihm zu Hilfe.

»Hyoi, kannst du mich hören?«, fragte Ransom, das Gesicht nahe an dem runden Seehundkopf. »Hyoi, dies ist wegen mir geschehen. Die beiden anderen Hmana, die Verbogenen, die mich nach Malakandra gebracht haben, haben dich verwundet. Sie besitzen ein Ding, mit dem sie aus der Entfernung den Tod schleudern können. Ich hätte es dir sagen sollen. Wir sind eine verbogene Rasse. Wir sind gekommen, um Unheil über Malakandra zu bringen. Wir sind nur halbe Hnau – Hyoi ...« Er begann zu stammeln; er kannte die Ausdrücke für Vergebung, Scham und Schuld nicht, wusste kaum, wie man sagte »es tut mir Leid«. Er konnte nur sprachlos und schuldbewusst in Hyois verzerrtes Gesicht blicken. Aber der Hross schien zu begreifen. Er versuchte, etwas zu sagen, und Ransom legte sein Ohr an den geöffneten Mund. Hyois brechende Augen sahen geradewegs in seine eigenen, aber nicht einmal jetzt konnte er den Gesichtsausdruck eines Hross vollkommen verstehen.

»Hma – kma«, flüsterte Hyoi und dann noch, als Letztes: »Hman Hnakrapunt.« Dann krampfte sich der ganze Körper zusammen, aus dem Mund schoss ein Schwall von Blut und Speichel. Ransoms Arme gaben unter dem plötzlich toten Gewicht des zurücksinkenden Kopfes nach und Hyois Gesicht wurde wieder so fremd und tierhaft, wie es ihm bei der ersten Begegnung erschienen war. Die glasigen Augen und das allmählich erstarrende, beschmutzte Fell sahen genauso aus wie bei irgendeinem verendeten Tier in einem irdischen Wald.

Ransom widerstand dem kindischen Impuls, Weston und Devine lauthals zu verfluchen. Stattdessen sah er auf und versuchte Whins Blick zu treffen. Whin kauerte – denn Hrossa knien nicht – auf der anderen Seite des Leichnams.

»Dein Volk hat mich in der Hand, Whin«, sagte er. »Sollen sie mit mir tun, was sie wollen. Aber wenn sie klug sind, werden sie mich töten, und sicher werden sie die beiden anderen töten.«

»Man tötet keine Hnau«, sagte Whin. »Nur Oyarsa tut das. Aber diese anderen, wo sind sie?«

Ransom sah sich um. Die Halbinsel war gut zu übersehen, aber wo sie mit dem Festland verbunden war, vielleicht zweihundert Schritt entfernt, begann ein dichter Wald.

»Irgendwo im Wald«, sagte er. »Leg dich flach auf den Boden, Whin, hier, wo es am niedrigsten ist. Sie könnten wieder aus ihrem Ding heraus schleudern.«

Nur mit Mühe konnte er Whin dazu bringen, seinem Vorschlag zu folgen. Als sie beide in Deckung lagen, die Füße beinahe im Wasser, fing der Hross wieder an.

»Warum haben sie ihn getötet?«, fragte er.

»Sie haben wohl nicht gewusst, dass er ein Hnau war«, sagte Ransom. »Ich habe dir ja erzählt, dass es auf unserer Welt nur eine Art Hnau gibt. Sie müssen ihn für ein Tier gehalten haben. In diesem Fall haben sie ihn zum Vergnügen getötet oder aus Angst, oder aber ...«, er zögerte, »... weil sie Hunger hatten. Aber um die Wahrheit zu sagen, Whin, sie würden einen Hnau auch töten in dem Wissen, dass er ein Hnau ist, solange sie glauben, sein Tod könne ihnen nützen.«

Es entstand ein kurzes Schweigen.

»Ich frage mich«, sagte Ransom, »ob sie mich gesehen haben. Ich bin es ja, den sie eigentlich suchen. Wenn ich jetzt zu ihnen ginge, würden sie sich vielleicht zufrieden geben und nicht weiter in euer Land eindringen. Aber warum kommen sie nicht aus dem Wald heraus und sehen nach, was sie getötet haben?«

»Unsere Leute kommen«, sagte Whin und wandte den

Kopf. Ransom blickte zurück und sah, dass der See schwarz von Booten war. In ein paar Minuten würde der größte Teil der Jäger bei ihnen sein.

»Sie fürchten sich vor den Hrossa«, sagte Ransom. »Deshalb kommen sie nicht aus dem Wald. Ich werde zu ihnen gehen, Whin.«

»Nein«, sagte Whin. »Ich habe nachgedacht. Dies alles ist geschehen, weil wir dem Eldil nicht gehorcht haben. Er hat gesagt, du solltest zu Oyarsa gehen. Du hättest dich sofort auf den Weg machen sollen. Du musst jetzt gehen.«

»Aber dann bleiben die verbogenen Hmana hier. Sie können noch mehr Unheil anrichten.«

»Sie werden die Hrossa nicht angreifen. Du hast selbst gesagt, sie hätten Angst. Es ist wahrscheinlicher, dass wir sie überfallen. Keine Angst – sie werden uns weder hören noch sehen. Wir werden sie zu Oyarsa bringen. Aber du musst jetzt gehen, wie der Eldil es befohlen hat.«

»Deine Leute werden meinen, ich sei davongelaufen, weil ich Angst habe, ihnen nach Hyois Tod in die Augen zu blicken.«

»Es geht nicht darum, was irgendjemand meint, sondern darum, was ein Eldil sagt. Du redest wie ein Kind. Jetzt hör gut zu, ich werde dir den Weg erklären.«

Der Hross erläuterte ihm, dass fünf Tagereisen in Richtung Süden das Handramit in ein anderes münde; wenn er diesem anderen Handramit drei Tagereisen weit in nordwestlicher Richtung aufwärts folge, werde er nach Meldilorn gelangen, dem Sitz Oyarsas. Aber es gebe einen kürzeren Weg, einen Gebirgspfad über das Harandra zwischen den beiden Schluchten, der ihn schon am zweiten Tag hinunter nach Meldilorn bringen werde. Er müsse in den vor ihnen liegenden Wald hineingehen und ihn durchqueren, bis er an die Steilwand des Handramit komme; dann müsse er am Fuß der Felsen nach Süden wandern, bis er auf einen in die Berge eingeschnittenen Weg stoße. Diesen Weg solle er nehmen und irgendwo hinter den

Gipfeln werde er dann zu Augrays Turm kommen. Augray werde ihm helfen. Er könne sich einen Vorrat an Pflanzen schneiden, bevor er den Wald verlasse und in die Felsregion komme. Es war Whin klar, dass Ransom den beiden anderen Hmana in die Arme laufen könnte, sobald er in den Wald käme.

»Wenn sie dich fangen«, sagte er, »dann wird es sein, wie du sagst, und sie werden nicht weiter in unser Land eindringen. Aber es ist besser, wenn du auf dem Weg zu Oyarsa gefangen wirst, als wenn du hier bleibst. Und wenn du erst auf dem Weg zu ihm bist, wird er sicher nicht zulassen, dass die Verbogenen dich aufhalten.«

Ransom war keineswegs überzeugt, dass dies der beste Plan für ihn selbst oder für die Hrossa sei. Aber die lähmende Demütigung, die seit Hyois Tod auf ihm lastete, verbot ihm jede Kritik. Er war darauf bedacht, zu tun, was immer sie von ihm wollten, ihnen so wenig Ärger wie möglich zu machen und vor allem von hier fortzukommen. Es war unmöglich herauszufinden, was Whin empfand; und Ransom unterdrückte eisern den beharrlichen Drang, immer wieder weinerlich sein Bedauern zu beteuern und sich selbst anzuklagen, um dem anderen vielleicht ein Wort der Verzeihung zu entlocken. Mit seinem letzten Atemzug hatte Hyoi ihn Hnakra-Jäger genannt; das war genug an großherziger Vergebung, und damit musste er sich begnügen. Sobald er sich die Einzelheiten seines Wegs eingeprägt hatte, nahm er Abschied von Whin und ging allein auf den Wald zu.

## 14

Bis Ransom den Wald erreichte, konnte er kaum an etwas anderes denken als an eine möglicherweise zweite Gewehrkugel von Weston oder Devine. Doch er sagte sich, dass sie ihn wahrscheinlich immer noch lieber lebend als tot haben wollten, und da er außerdem wusste, dass ein Hross ihn beobachtete, war er wenigstens in der Lage, äußerlich Haltung bewahren. Auch als er den Wald betreten hatte, hatte er noch das Gefühl, in Gefahr zu schweben. Die langen Stängel ohne Zweige boten nur Deckung, wenn man weit vom Feind entfernt war; und in diesem Fall konnte der Feind sehr nahe sein. Am liebsten hätte er laut nach Weston und Devine gerufen und sich ihnen ergeben; diese panische Regung wurde durch den ganz vernünftigen Gedanken bestärkt, das werde sie aus der Gegend fortlocken, da sie ihn wahrscheinlich zu den Sornen bringen und die Hrossa in Ruhe lassen würden. Aber Ransom verstand ein wenig von Psychologie und hatte von dem irrationalen Impuls gejagter Männer gehört, sich zu ergeben – einem Impuls, den er auch aus seinen Träumen kannte. Seine Nerven schienen ihm jetzt einen ähnlichen Streich zu spielen. Jedenfalls war er entschlossen, von nun an den Hrossa oder Eldila zu folgen. Sein Versuch, auf Malakandra der eigenen Urteilskraft zu vertrauen, hatte bisher tragisch genug geendet. Er fasste den festen Entschluss – und wappnete sich schon im Voraus gegen alle Anwandlungen von Kleinmut –, alles zu tun, um nach Meldilorn zu gelangen.

Dieser Entschluss erschien ihm umso richtiger, als er für den Weg die schlimmsten Befürchtungen hegte. Er wusste, dass das Harandra, das er überqueren musste, die Heimat der Sorne war. Nun ging er also aus eigenem, freien Willen in die Falle, die er seit seiner Ankunft auf Malakandra zu meiden versucht hatte. (Hier erhob die erste Anwandlung von Kleinmut das Haupt. Er rang sie nieder.) Und selbst wenn er unbehelligt durch das Gebiet der Sorne käme und Meldilorn erreichte, wer oder was mochte Oyarsa sein? Oyarsa, hatte Whin bedeutungsvoll angemerkt, hatte nicht so viele Bedenken wie die Hrossa, das Blut eines Hnau zu vergießen. Außerdem herrschte Oyarsa über die Sorne ebenso wie über die Hrossa und die Pfifltriggi. Vielleicht war er lediglich der Obersorn.

Hier bahnte sich die zweite Anwandlung von Kleinmut an. Die alten irdischen Ängste vor einer fremden, kalten Intelligenz von übermenschlicher Macht und unmenschlicher Grausamkeit, die unter den Hrossa ganz aus seinem Bewusstsein geschwunden waren, begehrten lärmend wieder Einlass. Aber er ging weiter. Er würde nach Meldilorn gehen. Es war nicht möglich, sagte er sich, dass die Hrossa irgendeinem bösen oder grausamen Wesen gehorchten; und sie hatten ihm gesagt – hatten sie wirklich? Er war nicht mehr ganz sicher –, dass Oyarsa kein Sorn sei. War Oyarsa ein Gott? Vielleicht war er der Götze, dem die Sorne einen Menschen opfern wollten? Andererseits bestritten die Hrossa – obwohl sie seltsame Äußerungen über Oyarsa gemacht hatten – entschieden, dass er ein Gott sei. Ihnen zufolge gab es nur einen Gott, Maleldil den Jungen. Außerdem war es unvorstellbar, dass Hyoi oder Hnohra ein blutbeflecktes Götzenbild anbeteten. Es sei denn, die Hrossa würden doch von den Sornen beherrscht, ihren Herren vielleicht in all den Eigenschaften überlegen, die von Menschen geschätzt werden, intellektuell jedoch unterlegen und von ihnen abhängig. Es wäre eine sonderbare, aber keine unvorstellbare Welt; Heldentum und Dichtkunst unter kaltem wissenschaftlichen Intellekt und über allem irgendein dunkler Aberglaube, den der wissenschaftliche Intellekt – hilflos gegen die Rache der emotionalen Tiefen, die er ignoriert hatte – weder abschaffen konnte noch wollte. Ein Popanz ... Aber Ransom rief sich zur Ordnung. Er wusste schon zu viel, um so daherzureden. Wie viele Menschen seiner Gesellschaftsschicht hätte er die Eldila als Aberglauben abgetan, wenn er sie nur vom Hörensagen gekannt hätte. Aber er hatte die Stimme selbst gehört. Nein, Oyarsa war eine reale Person, wenn er überhaupt eine Person war.

Ransom war nun seit etwa einer Stunde unterwegs und es war beinahe Mittag. Bis jetzt hatte er keine Schwierigkeiten mit der Orientierung gehabt; wenn er immer bergauf ging, würde er irgendwann aus dem Wald herauskommen und an den Fuß der Felswände gelangen. Er fühlte sich außerordentlich gut, obwohl er noch immer sehr zerknirscht war. Das stille, purpurne Zwielicht der Wälder umgab ihn wie am ersten Tag, den er auf Malakandra verbracht hatte, aber alles andere hatte sich verändert. Er blickte auf jene Zeit wie auf einen Albtraum zurück und seine damalige Stimmung kam ihm wie eine Art Krankheit vor – ein weinerliches, unüberlegtes, sich selbst immer wieder erneuerndes und verzehrendes Entsetzen. Jetzt, im klaren Licht der Verpflichtung, die er eingegangen war, verspürte er zwar immer noch Angst, aber zugleich auch ein starkes Vertrauen zu sich selbst und in die Welt und sogar ein gewisses Vergnügen. Der Unterschied war derselbe wie zwischen einem Passagier auf einem sinkenden Schiff und einem Reiter auf einem durchgehenden Pferd: Beide befinden sich in Lebensgefahr, doch der Reiter ist auch Agens, nicht nur Patiens.

Etwa eine Stunde nach Mittag kam er plötzlich aus dem Wald in hellen Sonnenschein. Er war ungefähr zwanzig Schritt vom Fuß der beinahe senkrecht aufragenden Felstürme entfernt, zu nahe, als dass er ihre Spitzen hätte sehen können. An der Stelle, an der er aus dem Wald getreten war, verlief zwischen zweien dieser Gebilde eine Art Tal, unmöglich zu erreichen, denn es bestand aus einem einzigen gewölbten Felskamin, der in seinem unteren Teil so steil anstieg wie das Dach eines Hauses und weiter oben beinahe senkrecht zu sein schien. Der Gipfel schien sogar ein wenig überzuhängen, wie eine steinerne Flutwelle in dem Augenblick, in dem sie bricht; aber das war wohl eine Sinnestäuschung. Er fragte sich, was die Hrossa unter einem Weg verstehen mochten.

Langsam arbeitete er sich über den schmalen Geröllstreifen zwischen Wald und Berg in Richtung Süden vor. Immer wieder musste er über mächtige Ausläufer der Felsen klettern, und das war selbst in dieser leichtgewichtigen Welt äußerst mühsam. Nach ungefähr einer halben Stunde kam er an einen Bach. Er ging ein paar Schritte in den Wald hinein, schnitt reichlich von dem flechtenartigen Bodenkraut und setzte sich zum Essen ans Ufer. Als er fertig war, steckte er den Rest in seine Taschen und ging weiter.

Bald hielt er besorgt Ausschau nach seinem Weg, denn wenn er diese Steilwände überhaupt ersteigen konnte, dann nur bei Tageslicht, und der Nachmittag schritt immer weiter vor. Doch seine Befürchtungen waren unbegründet. Die Stelle war unverkennbar. Zu seiner Linken kam ein breiter Weg aus dem Wald – er befand sich anscheinend auf der Höhe des Hross-Dorfes – und zu seiner Rechten sah er, dass der Pfad, eine einfache Rampe und an manchen Stellen eine Rinne, den Felsen entlang genauso einen Kamin hinaufführte, wie er ihn zuvor gesehen hatte. Ihm stockte der Atem – diese irrsinnig steile und schrecklich schmale Treppe ohne Stufen führte höher und höher hinauf, bis sie nur noch ein beinahe unsichtbarer Faden auf dem blassgrünen Felsen war. Aber er hatte keine Zeit dazustehen und hinaufzuschauen. Er konnte Höhenunterschiede schlecht abschätzen, doch zweifellos lag das obere Ende des Weges höher als jeder alpine Gipfel. Er würde mindestens bis Sonnenuntergang brauchen, um hinaufzukommen. Unverzüglich machte er sich auf den Weg.

Auf der Erde wäre ein solcher Aufstieg unmöglich gewesen; bereits die erste Viertelstunde hätte einen Mann von Ransoms Statur und Alter vollkommen erschöpft. Anfangs genoss er die Mühelosigkeit seiner Bewegungen, aber nicht lange, und er schwankte den steilen, langen Weg hinauf; selbst unter diesen malakandrischen Bedingungen musste er seinen Rücken bald beugen, begannen seine Knie zu zittern und seine Brust zu schmerzen. Aber das war nicht das Schlimmste. Er vernahm bereits ein leises Sausen in den Ohren und merkte, dass ihm trotz der Anstrengung kein Schweiß auf der Stirn stand. Die mit jedem Schritt zunehmende Kälte schien mehr an seinen Kräften zu zehren, als die größte Hitze es hätte tun können. Schon waren seine Lippen aufgerissen, er keuchte, sein Atem dampfte und seine Finger waren taub. Er arbeitete sich in eine schweigende arktische Welt hinauf und war bereits von einem englischen in einen lappländischen Winter gelangt. Das erschreckte ihn und er beschloss, wenn überhaupt, hier zu rasten; würde er sich auch nur ein paar hundert Schritte höher hinsetzen, bliebe er für alle Zeit dort sitzen. Er hockte sich ein paar Minuten lang auf den Pfad und schlug die Arme gegen den Körper. Die Landschaft jagte ihm Angst ein. Das Handramit, das so viele Wochen lang seine Welt gewesen war, war nur noch ein schmaler purpurner Einschnitt in der grenzenlosen ebenen Einöde des Harandra, das jetzt auf der anderen Seite deutlich zwischen und über den Berggipfeln zu sehen war. Aber lange bevor er ausgeruht war, wurde ihm klar, dass er weitergehen oder sterben müsse.

Die Welt wurde immer seltsamer. Bei den Hrossa hatte er das Gefühl, auf einem fremden Planeten zu sein, nahezu verloren; hier kehrte es mit verheerender Macht zurück. Es war nicht länger ›die Welt‹, nicht einmal ›eine Welt‹: Es war ein Planet, ein Stern, ein öder Ort im Universum, Millionen Meilen von der Welt der Menschen entfernt. Es war unmöglich, sich zu erinnern, was er für Hyoi oder Whin oder die Eldila oder Oyarsa empfunden hatte. Der Gedanke, er habe diesen Kobolden gegenüber – die vielleicht nur Halluzinationen waren und denen er irgendwo im Weltraum begegnet war – Pflichten, schien ihm absurd. Er hatte nichts mit ihnen zu schaffen; er war ein Mensch. Warum hatten Weston und Devine ihn so allein gelassen?

Doch die ganze Zeit trieb ihn sein früherer Entschluss, den er gefasst hatte, als er noch denken konnte, weiter den Gebirgspfad hinauf. Oft vergaß er, wohin er ging, und warum. Unwillkürlich folgte er einem bestimmten Rhythmus – die Müdigkeit ließ ihn stehen bleiben, wenn er stand, wurde ihm kalt, so unerträglich kalt, dass er sich wieder bewegen musste. Ihm fiel auf, dass das Handramit – inzwischen nur noch ein unbedeutender Teil der Landschaft – im Dunst zu liegen schien. Solange er dort unten gelebt hatte, war es nie nebelig gewesen. Vielleicht nahm sich die Luft des Handramit von oben gesehen so aus; und zweifellos war die Luft dort unten anders als hier. Irgendetwas stimmte nicht mit seinen Lungen und mit seinem Herz, und das hatte weder mit der Kälte noch mit seiner Erschöpfung zu tun. Obwohl kein Schnee lag, war es außergewöhnlich hell. Das Licht nahm zu, wurde schärfer und weißer; und der Himmel war so tiefblau, wie er ihn bisher auf Malakandra noch nicht gesehen hatte. Eigentlich war er dunkler als blau; er war beinahe schwarz, und die zerklüfteten Felstürme hoben sich von ihm ab – so hatte er sich eine Mondlandschaft vorgestellt. Einige Sterne waren zu sehen.

Plötzlich wurde ihm klar, was diese Phänomene bedeuteten. Es war nur noch sehr wenig Luft über ihm und bald würde es gar keine mehr geben. Die malakandrische Atmosphäre lag hauptsächlich in den Handramits; die eigentliche Oberfläche des Planeten war nicht oder nur von einer dünnen Schicht bedeckt. Das stechende Sonnenlicht und der schwarze Himmel über ihm waren jener Himmel, aus dem er auf die malakandrische Welt gefallen war; diese sah er bereits nur noch durch den letzten dünnen Luftschleier. Etwas mehr als hundert Schritt höher würde kein Mensch mehr atmen können. Er überlegte, ob die Hrossa andere Lungen besäßen und ihm einen Weg gewiesen hätten, der für einen Menschen den sicheren Tod bedeutete. Aber während er noch darüber nachdachte, sah er, dass er auf gleicher Höhe mit den Felszacken war, die vor einem fast schwarzen Himmel im Sonnenlicht gleißten. Er stieg nicht länger bergan. Vor ihm führte der Weg durch eine Mulde, zur Linken begrenzt von den Gipfeln der höchsten Felstürme, zur Rechten von einem sanft ansteigenden Felsrücken, der auf das eigentliche Harandra hinausführte.

Da, wo er jetzt stand, konnte er immer noch atmen, wenn auch unter Keuchen, Schmerzen und Schwindelgefühlen. Schlimmer war das gleißende, blendende Licht. Die Sonne ging gerade unter. Die Hrossa mussten das vorausgesehen haben. Sie konnten ebenso wenig wie er eine Nacht auf dem Harandra überleben. Er wankte weiter und hielt nach irgendwelchen Anzeichen von Augrays Turm Ausschau, wer oder was Augray auch immer sein mochte.

Wahrscheinlich kam ihm die Spanne, während der er so wanderte und die immer länger werdenden Felsschatten beobachtete, viel länger vor, als sie in Wirklichkeit war. Es konnte eigentlich nicht viel Zeit verstrichen sein, bis er das Licht sah – ein Licht, das zeigte, wie dunkel die Landschaft geworden war. Er versuchte zu laufen, aber sein Körper verweigerte den Gehorsam. Hastig und vor Schwäche stolpernd bewegte er sich auf das Licht zu, musste aber feststellen, dass es viel weiter entfernt war, als er angenommen hatte. Der Verzweiflung nahe taumelte er weiter, bis er schließlich an eine Art Höhleneingang kam. Das Licht im Innern flackerte und eine wohltuende Wärme flutete ihm entgegen. Es war der Schein eines Feuers. Er trat durch die Öffnung, ging um das Feuer herum ins Innere und blieb blinzelnd stehen. Als er sich endlich an das Licht gewöhnt hatte, sah er eine glatte, sehr hohe Kammer aus grünem Felsgestein. Zwei Dinge befanden sich darin. Das eine tanzte an Wänden und Decke und war der riesige, kantige Schatten eines Sorn; das andere hockte darunter und war der Sorn selbst.


## 15

»Komm herein, Kleiner«, dröhnte der Sorn. »Komm herein und lass dich ansehen.«

Nun, da Ransom von Angesicht zu Angesicht dem Gespenst gegenüberstand, das ihn, seit er auf Malakandra angekommen war, umgetrieben hatte, blieb er überraschend gleichgültig. Er hatte keine Ahnung, was ihm bevorstand, aber er war entschlossen, seinem Vorsatz treu zu bleiben; unterdessen waren die Wärme und die leichter zu atmende Luft an sich schon himmlisch. Er trat näher, bis er das Feuer im Rücken hatte, und antwortete dem Sorn. Seine eigene Stimme kam ihm hoch und schrill vor.

»Die Hrossa haben mich zu Oyarsa geschickt«, sagte er.

Der Sorn betrachtete ihn eingehend. »Du bist nicht von dieser Welt«, sagte er unvermittelt.

»Nein«, antwortete Ransom und setzte sich. Er war zu müde, um irgendetwas zu erklären.

»Ich glaube, du bist von Thulkandra, Kleiner«, sagte der Sorn.

»Warum?«, sagte Ransom.

»Du bist klein und dick, ganz so, wie die Lebewesen auf einer schwereren Welt beschaffen sein müssen. Du kannst nicht von Glundandra kommen, denn dort ist die Schwerkraft so groß, dass, wenn überhaupt irgendwelche Lebewesen existieren könnten, sie so flach wie Teller wären. Selbst dich, Kleiner, würde es zerreißen, wenn du auf jener Welt aufstehen wolltest. Ich glaube auch nicht, dass du von Perelandra bist, denn da muss es sehr heiß sein. Jemand von dort könnte hier nicht überleben. Daher schließe ich, dass du von Thulkandra bist.«

»Die Welt, von der ich komme, wird von ihren Bewohnern ›Erde‹ genannt«, sagte Ransom. »Und es ist dort viel wärmer als hier. Bevor ich in deine Höhle kam, war ich halb tot vor Kälte und wegen der dünnen Luft.«

Der Sorn machte eine jähe Bewegung mit einem seiner langen Vordergliedmaßen. Ransoms Muskeln spannten sich (obwohl er nicht zurückwich), denn das Wesen könnte ihn ja packen wollen. Doch seine Absichten waren freundlicher Natur. Es lehnte sich nach hinten in die Höhle und nahm einen becherartigen Gegenstand von der Wand. Dann sah Ransom, dass das Ding an einem biegsamen Schlauch befestigt war. Der Sorn reichte es ihm.

»Riech daran«, sagte er. »Die Hrossa brauchen es auch, wenn sie hier vorbeikommen.«

Ransom atmete ein und war augenblicklich erfrischt. Das schmerzvolle Keuchen ließ ebenso nach wie der Druck in Brust und Schläfen. Der Sorn und die erleuchtete Höhle, die bis dahin etwas Unbestimmtes und Unwirkliches gehabt hatten, nahmen feste Gestalt an.

»Sauerstoff?«, fragte er auf Englisch; aber natürlich war das Wort dem Sorn kein Begriff.

»Heißt du Augray?«

»Ja«, sagte der Sorn. »Wie heißt du?«

»Das Lebewesen, das ich bin, wird Mensch und in seiner männlichen Form Mann genannt, und darum nennen die Hrossa mich Hman. Aber mein eigener Name ist Ransom.«

»Mann – Ren-soom«, sagte der Sorn. Ransom fiel auf, dass er anders sprach als die Hrossa, ohne deren durchgängigen Anfangslaut H.

Der Sorn saß auf seinen langen, keilförmigen Hinterbacken und hatte die Füße dicht an sich herangezogen. Ein Mensch hätte in dieser Haltung das Kinn auf die Knie gestützt, doch dafür waren die Beine des Sorn zu lang. Seine Knie ragten zu beiden Seiten hoch empor – was grotesk aussah, so als hätte er riesige Ohren. Der Kopf saß tief dazwischen und ruhte mit dem Kinn auf der vorgewölbten Brust. Der Sorn schien entweder ein Doppelkinn oder einen Bart zu haben, genau konnte Ransom das im Feuerschein nicht erkennen. Er wirkte im Ganzen weiß oder cremefarben und sah aus, als sei er bis zu den Fußgelenken in irgendein weiches, das Licht reflektierendes Material gekleidet. An den langen, zerbrechlich wirkenden Unterschenkeln, die ihm am nächsten waren, erkannte Ransom, dass es eine natürliche Hülle war – weniger ein Pelz als eine Art Federkleid. Aus der Nähe betrachtet war das Wesen nicht so beängstigend, wie Ransom erwartet hatte, und sogar etwas kleiner. Allerdings war es nicht ganz einfach, sich an das Gesicht zu gewöhnen – es war zu lang, zu feierlich und zu farblos, und auf unangenehme Weise glich es einem menschlichen Gesicht mehr, als für eine nichtmenschliche Kreatur angemessen war. Die Augen schienen, wie bei allen sehr großen Lebewesen, zu klein zu sein. Doch die ganze Erscheinung war eher grotesk als schauerlich. Allmählich formte sich in Ransoms Vorstellung das Bild der Sorne neu: Die Begriffe Riese und Geist traten hinter solchen wie Kobold und Tollpatsch zurück.

»Vielleicht hast du Hunger, Kleiner«, sagte Augray.

Ransom hatte Hunger. Der Sorn erhob sich mit seltsam spinnenhaften Bewegungen und ging, gefolgt von seinem dünnen, ungelenken Schatten, in der Höhle hin und her. Er brachte Ransom die üblichen Gemüsegerichte von Malakandra, ein scharfes Getränk und als sehr willkommene Ergänzung eine glatte, braune Substanz, die sich für Nase, Augen und Gaumen und aller Wahrscheinlichkeit zum Trotz als Käse erwies. Ransom fragte, was es sei.

Der Sorn begann umständlich zu erklären, dass die weiblichen Tiere mancher Arten eine Flüssigkeit zur Ernährung der Jungen absonderten, und er hätte wohl den ganzen Vorgang des Melkens und der Käseherstellung beschrieben, wenn Ransom ihn nicht unterbrochen hätte.

»Ja, ja«, sagte er. »Auf der Erde machen wir es genauso. Welches Tier gebraucht ihr dazu?«

»Ein gelbes Tier mit einem langen Hals. Es weidet in den Wäldern des Handramit. Die Jungen unseres Volkes, die noch nicht viel anderes können, treiben die Tiere morgens dort hinunter und folgen ihnen, während sie weiden; wenn es Abend wird, treiben sie sie zurück und bringen sie in die Höhlen.«

Im ersten Moment hatte der Gedanke, dass die Sorne Hirten waren, für Ransom etwas Beruhigendes. Bis ihm einfiel, dass auch die Zyklopen bei Homer dieser Beschäftigung nachgingen.

»Ich glaube, ich habe einen von euch bei dieser Arbeit gesehen«, sagte er. »Aber die Hrossa – lassen sie zu, dass ihre Wälder kahl gefressen werden?«

»Warum nicht?«

»Herrscht ihr über die Hrossa?«

»Oyarsa herrscht über sie.«

»Und wer herrscht über euch?«

»Oyarsa.«

»Aber ihr wisst mehr als die Hrossa, nicht wahr?«

»Die Hrossa wissen nichts, sie können nur Gedichte machen, fischen und Dinge aus dem Boden wachsen lassen.«

»Und Oyarsa – ist er ein Sorn?«

»Nein, nein, Kleiner. Ich habe dir schon gesagt, dass er über alle Nau« (so sprach er das Wort Hnau aus) »und über alles auf Malakandra herrscht.«

»Dieser Oyarsa ist mir unbegreiflich«, sagte Ransom. »Erzähl mir mehr von ihm.«

»Oyarsa stirbt nicht«, sagte der Sorn. »Und er zeugt nicht. Er ist einer von der Art, die eingesetzt worden ist, über Malakandra zu herrschen, als Malakandra geschaffen wurde. Sein Körper ist nicht wie unserer oder deiner; er ist schwer zu sehen, denn das Licht geht durch ihn hindurch.«

»Wie bei einem Eldil?«

»Ja, er ist der größte der Eldila, die überhaupt auf eine Handra kommen.«

»Was sind diese Eldila?«

»Willst du damit sagen, Kleiner, dass es auf deiner Welt keine Eldila gibt?«

»Nicht dass ich wüsste. Aber was sind Eldila und warum kann ich sie nicht sehen? Haben sie keine Körper?«

»Natürlich haben sie Körper. Es gibt viele Körper, die du

nicht sehen kannst. Jedes Lebewesen kann mit seinen Augen einige Dinge sehen und andere nicht. Wisst ihr auf Thulkandra nicht, dass es viele Arten von Körpern gibt?«

Ransom versuchte, dem Sorn eine Vorstellung von der irdischen Einteilung in feste, flüssige und gasförmige Zustände zu vermitteln. Augray hörte aufmerksam zu.

»So kann man es nicht sagen«, erwiderte er. »Körper ist Bewegung. Bei einer Geschwindigkeit riecht man etwas; bei einer anderen hört man etwas; bei noch einer anderen sieht man etwas; bei wieder einer anderen kann man den Körper weder sehen noch hören noch riechen oder überhaupt wissen, dass er vorhanden ist. Aber du musst bedenken, Kleiner, dass das alles eng miteinander verbunden ist.«

»Wie meinst du das?«

»Je schneller eine Bewegung ist, desto eher ist das, was sich bewegt, an zwei Orten zugleich.«

»Das stimmt.«

»Und bei einer noch schnelleren Bewegung – es ist schwierig, denn du kennst viele Worte nicht –, siehst du, wenn man sie schneller und schneller machte, wäre das Bewegte schließlich an allen Orten zugleich, Kleiner.«

»Ich glaube, ich verstehe, was du meinst.«

»Nun, das ist das Ding über allen Körpern – so schnell, dass es sich im Ruhezustand befindet, und so vollkommen Körper, dass es aufgehört hat, Körper zu sein. Aber darüber wollen wir nicht sprechen. Beginnen wir hier mit uns, Kleiner. Das Schnellste, was unsere Sinne wahrnehmen können, ist das Licht. Wir sehen es nicht wirklich, wir sehen nur langsamere Gegenstände, die von ihm beleuchtet werden; das Licht ist für uns also die Grenze – das Letzte, was wir erkennen können, bevor die Dinge zu schnell für uns werden. Aber der Körper eines Eldil ist eine Bewegung so schnell wie das Licht; man könnte sagen, sein Körper sei aus Licht, aber nicht aus dem, was für den Eldil Licht ist. Sein Licht ist eine noch schnellere

Bewegung, die für uns überhaupt nichts ist; und was wir Licht nennen, ist für ihn etwas wie Wasser, etwas Sichtbares, etwas, das man berühren und worin man baden kann – sogar etwas Dunkles, wenn es nicht von dem Helleren beleuchtet wird. Und was wir fest nennen – Fleisch und Erde –, ist für ihn dünner und schwerer zu sehen als unser Licht; mehr wie Wolken, beinahe nichts. Für uns ist der Eldil ein dünner, halbwirklicher Körper, der durch Wände und Fels gehen kann; in seinen Augen kann er durch sie hindurchgehen, weil er hart und fest ist und sie wie Wolken sind. Was für ihn das wahre Licht ist und den Himmel erfüllt, die Sonnenstrahlen, in die er eintaucht, um sich zu erfrischen, ist für uns das schwarze Nichts des Nachthimmels. All dies ist keineswegs seltsam, Kleiner, auch wenn wir es mit unseren Sinnen nicht erfassen können. Seltsam ist nur, dass die Eldila nie nach Thulkandra kommen.«

»Da bin ich mir gar nicht so sicher«, sagte Ransom. Ihm war der Gedanke gekommen, dass es für die althergebrachte menschliche Überlieferung von hellen, flüchtigen Wesen – Elfen, Feen und dergleichen –, die manchmal auf der Erde erschienen, vielleicht doch eine andere Erklärung gab als die der Anthropologen. Das würde zwar die herkömmlichen Vorstellungen vom Universum auf den Kopf stellen, aber nach seinen Erfahrungen im Raumschiff kam ihm so etwas nicht unwahrscheinlich vor.

»Warum hat Oyarsa nach mir geschickt?«, fragte er.

»Oyarsa hat es mir nicht gesagt«, antwortete der Sorn. »Aber vermutlich möchte er jeden Fremden von einer anderen Handra sehen.«

»In meiner Welt gibt es keinen Oyarsa«, sagte Ransom.

»Das ist ein weiterer Beweis«, sagte der Sorn, »dass du von Thulkandra kommst, dem schweigenden Stern.«

»Was hat das damit zu tun?«

Der Sorn schien überrascht. »Es ist nicht sehr wahrscheinlich, dass, wenn ihr einen Oyarsa hättet, dieser niemals zu unserem sprechen würde.«

»Zu eurem sprechen? Aber wie könnte er – er ist Millionen von Meilen weit weg.«

»Oyarsa würde es nicht so sehen.«

»Du meinst, er erhält Botschaften von anderen Planeten?«

»Noch einmal: Er würde es so nicht ausdrücken. Oyarsa würde nicht sagen, dass er auf Malakandra lebt und dass ein anderer Oyarsa auf einer anderen Erde lebt. Für ihn ist Malakandra nur ein Ort in den Gefilden des Himmels; und in diesen Gefilden wohnen er und die anderen. Natürlich sprechen sie miteinander ...«

Ransoms Verstand scheute vor dem Gedanken zurück; er war jetzt sehr müde und meinte, er müsse den Sorn falsch verstanden haben.

»Ich glaube, ich muss schlafen, Augray«, sagte er. »Und ich weiß nicht, wovon du sprichst. Vielleicht komme ich auch gar nicht von dem Stern, den ihr Thulkandra nennt.«

»Wir gehen gleich schlafen«, sagte der Sorn. »Aber vorher will ich dir Thulkandra noch zeigen.«

Er stand auf und Ransom folgte ihm in den hinteren Teil der Höhle. Hier befand sich eine kleine Nische, in der eine Wendeltreppe nach oben führte. Die auf Sorne ausgerichteten Stufen waren zu groß, als dass ein Mensch sie auch nur halbwegs bequem hätte hochgehen können, doch mithilfe von Händen und Knien kam Ransom langsam vorwärts. Der Sorn ging ihm voraus. Ransom konnte sich das Licht, das aus einem kleinen runden Gegenstand in der Hand des Sorn zu kommen schien, nicht erklären. Sie mussten lange steigen, fast so als kletterten sie im Innern eines hohlen Berges hoch. Völlig außer Atem stand Ransom schließlich in einer dunklen, aber warmen Felsenkammer und hörte, wie der Sorn sagte: »Es ist noch ein gutes Stück über dem Südhorizont.« Er zeigte auf eine Art kleines Fenster. Was immer es war, es schien nicht wie ein irdisches Teleskop zu funktionieren, dachte Ransom. Aber als er am nächsten Tag versuchte, dem Sorn die Grundstruktur eines Teleskops zu beschreiben, kamen ihm ernste Zweifel an seiner eigenen Fähigkeit, den Unterschied zu benennen. Er beugte sich vor, stützte die Ellbogen auf den Sims der Öffnung und schaute. Mitten in vollkommener Schwärze schwebte, scheinbar nur eine Armlänge entfernt, eine helle Scheibe von der Größe einer Halb-Kronen-Münze. Der größte Teil der Oberfläche glänzte silbern, ohne dass man irgendetwas Bestimmtes ausmachen konnte; im unteren Teil waren Konturen zu erkennen und unter diesen wiederum eine weiße Kappe, genau wie die Polkappen, die er auf astronomischen Fotografien vom Mars gesehen hatte. Er fragte sich einen Moment lang, ob dies der Mars sei; dann, als seine Augen die Konturen besser erkennen konnten, wurde ihm klar, was sie waren – Nordeuropa und ein Teil von Nordamerika. Alles stand auf dem Kopf, und der Nordpol befand sich am unteren Rand des Bildes. Das schockierte ihn irgendwie, aber was er sah, war wirklich die Erde – war vielleicht sogar England, obgleich das Bild ein wenig flimmerte und seine Augen bald müde wurden. Vielleicht bildete er es sich ja nur ein. Auf dieser kleinen Scheibe war alles – London, Athen, Jerusalem, Shakespeare. Dort hatten alle gelebt und alles war dort geschehen; und dort lag vermutlich noch immer sein Rucksack vor der Tür eines leeren Hauses in der Nähe von Sterk.

»Ja«, sagte er matt zu dem Sorn, »das ist meine Welt.« Es war der trübseligste Augenblick seiner ganzen Reisen.

# 16

Am nächsten Morgen erwachte Ransom mit dem unbestimmten Gefühl, ihm sei eine schwere Last von der Seele genommen. Dann erinnerte er sich, dass er Gast eines Sorn war und dass das Wesen, das er seit seiner Landung gemieden hatte, sich als ebenso freundlich wie die Hrossa erwiesen hatte, obgleich er für den Sorn bei Weitem nicht die gleiche Zuneigung empfand. Er hatte auf Malakandra also nichts zu fürchten, ausgenommen Oyarsa ... Die letzte Hürde, dachte Ransom.

Augray gab ihm zu essen und zu trinken.

»Und wie soll ich nun den Weg zu Oyarsa finden?«, fragte Ransom.

»Ich werde dich tragen«, sagte der Sorn. »Du bist zu klein, um die Reise selbst zu machen, und ich gehe gerne nach Meldilorn. Die Hrossa hätten dir nicht diesen Weg weisen sollen. Anscheinend können sie einem Lebewesen nicht ansehen, welche Art von Lungen es hat und was es leisten kann. Aber so sind sie nun einmal. Wärst du auf dem Harandra gestorben, so hätten sie ein Gedicht über den tapferen Hman gemacht, wie der Himmel schwarz wurde und die kalten Sterne funkelten und er immer weiter und weiter wanderte; im Augenblick des Todes hätten sie dir schöne Worte in den Mund gelegt ... und all das wäre ihnen ebenso gut vorgekommen, als wenn sie dir mit ein wenig Voraussicht das Leben gerettet und dich auf den längeren, aber leichteren Weg geschickt hätten.«

»Ich mag die Hrossa«, sagte Ransom etwas linkisch. »Und ich finde es gut, wie sie über den Tod sprechen.«

»Sie haben Recht, ihn nicht zu fürchten, Ren-soom, aber sie scheinen nicht zu bedenken, dass er grundsätzlich ein Teil unserer Körper ist und daher häufig vermeidbar, wenn sie ihn für unvermeidlich halten. Dies hier beispielsweise hat vielen Hrossa das Leben gerettet, aber ein Hross wäre nie auf einen solchen Gedanken gekommen.«

Er zeigte Ransom eine Flasche mit einem Schlauch, an dessen Ende eine Art Tasse angebracht war – offenbar ein Sauerstoffgerät.

»Riech daran, wenn du es brauchst, Kleiner«, sagte der Sorn. »Und wenn nicht, mach es wieder zu.«

Augray befestigte das Ding auf seinem Rücken und reichte ihm über die Schulter hinweg den Schlauch. Ransom schauderte unwillkürlich, als die Hände des Sorn seinen Körper berührten; sie waren fächerförmig, hatten sieben Finger, bestanden wie die Beine eines Vogels nur aus Haut und Knochen und waren eiskalt. Um sich abzulenken, fragte er, wo das Gerät gemacht worden sei, denn er habe bisher nichts gesehen, was auch nur entfernt wie eine Fabrik oder ein Labor ausgesehen hätte.

»Wir haben es erdacht«, sagte der Sorn, »und die Pfifltriggi haben es gemacht.«

»Warum sie?«, fragte Ransom. Wieder einmal versuchte er, mit seinem unzulänglichen Wortschatz das politische und ökonomische System des Lebens auf Malakandra zu ergründen.

»Sie machen gern Dinge«, sagte Augray. »Zwar machen sie am liebsten unnütze Dinge, die nur schön anzusehen sind. Aber manchmal, wenn sie dazu keine Lust mehr haben, machen sie Dinge für uns, Dinge, die wir erdacht haben, vorausgesetzt, sie sind schwierig genug. Sie haben nicht die Geduld, Einfaches zu machen, so nützlich es auch sein mag. Aber lass uns gehen. Du wirst auf meiner Schulter sitzen.«

Der Vorschlag kam unerwartet und war beängstigend, aber da der Sorn sich bereits gebückt hatte, fühlte Ransom sich verpflichtet, auf die gefiederte Schulter zu klettern, sich neben das lange, bleiche Gesicht zu setzen, den rechten Arm so weit wie möglich um den mächtigen Hals zu schlingen und sich so gut er konnte auf diese unsichere Fortbewegungsart einzustellen. Der Riese richtete sich behutsam auf und Ransom blickte aus einer Höhe von vielleicht achtzehn Fuß auf die Landschaft hinab.

»Alles in Ordnung, Kleiner?«, fragte der Sorn.

»Alles bestens«, antwortete Ransom, und die Reise begann. Der Gang des Sorn war vielleicht das am wenigsten menschenähnliche an ihm. Er hob seine Füße sehr hoch und setzte sie sehr sanft auf. Ransom fühlte sich abwechselnd an eine schleichende Katze, einen stolzierenden Hahn und ein trabendes Kutschpferd erinnert; aber die Bewegung glich nicht wirklich der irgendeines irdischen Tieres. Für den Passagier war es überraschend bequem. Schon nach wenigen Minuten hatte er seine Benommenheit überwunden und empfand seine Position keineswegs mehr als unnatürlich. Stattdessen gingen ihm absurde und sogar zärtliche Gedanken durch den Kopf. Es war wie damals, als er noch ein Junge war und im Zoo auf einem Elefanten geritten war – oder, in noch früherer Zeit, auf den Schultern seines Vaters. Es machte Spaß. Sie schienen etwa sechs oder sieben Meilen in der Stunde zurückzulegen. Die Kälte war zwar streng, aber erträglich; und dank des Sauerstoffs hatte er nur wenig Atembeschwerden.

Von seinem hohen, schwankenden Aussichtspunkt aus bot die Landschaft einen erhabenen Anblick. Das Handramit war nicht mehr zu sehen. Zu beiden Seiten der schmalen, flachen Senke, durch die sie zogen, erstreckte sich bis zum Horizont eine Welt kahler, matt grünlicher Felsen, durchsetzt mit ausgedehnten roten Stellen. Der Himmel, tiefblau da, wo die Felsen ihn berührten, war im Zenit beinahe schwarz, und in jeder Richtung, in der das Sonnenlicht nicht blendete, waren Sterne zu sehen. Ransom erfuhr von dem Sorn, dass er Recht gehabt hatte und die Grenze der Atmosphäre beinahe erreicht war. Schon auf den zerklüfteten Bergen, die das Harandra säumten und die Wände des Handramit bildeten, oder in der engen Senke, durch die ihr Weg sie führte, war die Luft dünn wie im Himalaya, für einen Hross kaum zu atmen, und ein paar hundert Fuß höher, auf dem eigentlichen Harandra, der eigentlichen Oberfläche des Planeten, ließ sie kein Leben mehr zu. Daher gingen sie auch durch eine nahezu himmlische Helligkeit – ein außerirdisches Licht, kaum getrübt von einem Luftschleier.

Der Schatten des Sorn mit Ransom auf seiner Schulter

glitt mit unnatürlicher Schärfe über die unebenen Felsen, wie der Schatten eines Baumes im Scheinwerferlicht eines Autos; der Fels rings um den Schatten blendete Ransoms Augen schmerzhaft. Der ferne Horizont schien zum Greifen nahe. Die Furchen und Formen ferner Hänge waren klar wie der Hintergrund auf einem Gemälde aus dem Mittelalter, als die Menschen die Perspektive noch nicht kannten. Ransom befand sich an der Grenze zu jenen Himmelsweiten, die er im Raumschiff durchquert hatte, und Strahlungen, die in eine luftumhüllte Welt nicht eindringen, wirkten wieder auf seinen Körper ein. Wieder spürte er die alte Hochstimmung in sich aufsteigen, den feierlichen Ernst, das zugleich nüchterne und überschwängliche Gefühl, dass Leben und Macht ihm ungefragt und in unermesslicher Fülle dargeboten wurden. Hätte er genug Luft in den Lungen gehabt, er hätte laut gejubelt. Und nun wurde sogar die Landschaft in seiner unmittelbaren Umgebung schön. Am Rand der kleinen Talsenke kamen große Massen des rosafarbenen, wolkenähnlichen Zeugs zum Vorschein, das er so oft aus der Ferne gesehen hatte – so als schäume es von dem eigentlichen Harandra herab. Aus der Nähe gesehen, schien es hart wie Stein zu sein, jedoch wie Pflanzen auf Stielen zu sitzen und sich nach oben hin zu entfalten. Sein ursprünglicher Vergleich mit riesigen Blumenkohlköpfen stellte sich als überraschend zutreffend heraus – steinerne Blumenkohlköpfe, groß wie Kathedralen und zart rosa gefärbt. Er fragte den Sorn danach.

»Das sind die alten Wälder von Malakandra«, erklärte Augray. »Früher einmal gab es auch auf dem Harandra Luft und es war warm. Wenn du hinaufgehen und dort überleben könntest, würdest du noch heute die Knochen altertümlicher Lebewesen sehen, die dort überall verstreut liegen. In jener fernen Zeit, als das Harandra voller Leben war, wuchsen dort diese Wälder und in ihnen wohnte ein Volk, das seit vielen tausend Jahren von der Welt verschwunden ist. Die Angehörigen jenes Volkes waren nicht mit Fell bedeckt, sondern mit einem Kleid wie dem meinen. Sie schwammen nicht auf dem Wasser und gingen nicht auf dem Boden; sie glitten auf breiten, flachen Gliedern, die sie in der Schwebe hielten, durch die Luft. Es heißt, sie seien große Sänger gewesen und zu jener Zeit hätten die roten Wälder von ihrem Gesang widergehallt. Jetzt sind die Wälder zu Stein geworden und nur Eldila können sie durchstreifen.«

»Auf unserer Welt gibt es noch heute solche Geschöpfe«, sagte Ransom. »Wir nennen sie Vögel. Wo war Oyarsa, als all dies mit dem Harandra geschah?«

»Da, wo er jetzt ist.«

»Und er konnte es nicht verhindern?«

»Ich weiß nicht. Aber keine Welt bleibt ewig bestehen, und erst recht keine Rasse; das ist nicht Maleldils Art.«

Als sie weiterwanderten, kamen immer mehr versteinerte Wälder in Sicht und zuweilen erstrahlte der ganze Horizont der leblosen und fast luftlosen Öde ringsum in rötlichem Glanz wie ein englischer Garten im Sommer. Sie kamen an vielen Höhlen vorbei, in denen, wie Augray erzählte, Sorne wohnten; manchmal sah Ransom hohe Felsklippen, die bis zum Gipfel von unzähligen Löchern perforiert waren; aus dem Innern kamen unerklärliche, hohle Geräusche. Dort werde gearbeitet, sagte der Sorn; doch um welche Art von Arbeit es sich handelte, konnte er Ransom nicht begreiflich machen. Er hatte einen ganz anderen Wortschatz als die Hrossa. Nirgendwo sah Ransom ein Dorf oder eine Stadt der Sorne. Sie waren anscheinend Einzelgänger, ungesellige Geschöpfe. Dann und wann tauchte in einem Höhleneingang ein langes, bleiches Gesicht auf und tauschte mit den Reisenden einen trompetenden Gruß aus, zum überwiegenden Teil aber lag das Tal, die Felsenstraße des schweigenden Volkes, still und leer da wie das Harandra selbst.

Erst gegen Nachmittag, als der Weg in eine Mulde hinabführte, begegneten sie drei Sornen, die gemeinsam den Gegenhang herunterkamen. Auf Ransom wirkten sie eher wie Schlittschuhläufer und nicht wie Wanderer. In dieser leichten Welt und mit ihrer vollkommenen Haltung konnten sie sich im rechten Winkel zum Hang vorbeugen und diesen schnell wie voll getakelte Schiffe bei günstigem Wind hinabgleiten. Die Anmut ihrer Bewegungen, ihre hohen Gestalten und der weiche Glanz des Sonnenlichts auf ihren gefiederten Körpern wandelten endgültig Ransoms Einstellung zu ihrer Rasse. Menschenfresser, hatte er bei ihrem ersten Anblick gedacht, als er sich aus Westons und Devines Griff zu befreien versuchte. Titanen oder Engel schienen ihm jetzt die besseren Begriffe zu sein. Nicht einmal die Gesichter hatte er damals wohl richtig gesehen. Er hatte sie für gespenstisch gehalten, während sie doch nur erhaben waren, und seine erste menschliche Reaktion auf die lang gezogenen ernsten Züge und ihren vollkommen ruhigen Gesichtsausdruck kam ihm jetzt weniger feige als gemein und vulgär vor. So mochten Parmenides oder Konfuzius in den Augen eines Londoner Gassenjungen erscheinen! Die großen weißen Wesen segelten auf Ransom und Augray zu, neigten sich wie Bäume und glitten vorüber.

Trotz der Kälte, die Ransom des Öfteren zwang, abzusteigen und ein Stück zu Fuß zu gehen, sehnte er das Ende der Reise nicht herbei; aber Augray hatte seine eigenen Pläne und kehrte lange vor Sonnenuntergang für die Nacht bei einem älteren Sorn ein. Ransom begriff ziemlich bald, dass er einem großen Gelehrten vorgeführt werden sollte. Die Höhle oder, um genauer zu sein, das Höhlensystem war groß und bestand aus vielen Räumen, die eine Unmenge von rätselhaften Dingen enthielten. Ransom interessierte sich besonders für eine Sammlung von Schriftrollen, die anscheinend aus Leder, mit Schriftzeichen übersät und ganz eindeutig Bücher waren. Aber er vermutete, dass es auf Malakandra nur wenige Bücher gab.

»Es ist besser, man hat alles im Gedächtnis«, sagten die Sorne.

Als Ransom fragte, ob auf diese Weise nicht wertvolle Geheimnisse verloren gehen könnten, erwiderten sie, Oyarsa vergesse nichts und werde sie wieder ans Licht bringen, wenn er es für richtig halte.

»Die Hrossa hatten früher viele Gedichtbücher«, fügten sie hinzu. »Aber jetzt haben sie nur noch wenige. Sie sagen, das Bücherschreiben zerstöre die Dichtkunst.«

Ihr Gastgeber in diesen Höhlen wurde von einer Anzahl anderer Sorne bedient, die ihm in irgendeiner Weise unterstellt zu sein schienen; Ransom hielt sie zunächst für Diener, kam aber später zu dem Schluss, dass sie Schüler oder Gehilfen sein mussten.

Die Unterhaltung an diesem Abend wird einen irdischen Leser kaum interessieren, denn die Sorne hatten beschlossen, dass Ransom nicht selbst Fragen stellen, sondern auf ihre Fragen antworten sollte. Ihre Befragung unterschied sich sehr von den sprunghaften, fantasievollen Fragen der Hrossa. Sie arbeiteten sich systematisch von der Geologie der Erde bis zu ihrer gegenwärtigen Geografie vor und wandten sich dann der Flora, der Fauna, der Geschichte der Menschheit, den Sprachen, der Politik und den Künsten zu. Wenn sie merkten, dass Ransom ihnen zu einem bestimmten Gegenstand nichts mehr sagen konnte – und das war bei den meisten Themen ziemlich schnell der Fall –, ließen sie ihn sofort fallen und gingen zum nächsten über. Oft zogen sie aus seinen Antworten indirekt mehr Wissen, als er bewusst besaß, da sie offensichtlich über breite naturwissenschaftliche Kenntnisse verfügten. Eine beiläufige Bemerkung Ransoms über Bäume bei dem Versuch, die Papierherstellung zu erklären, schloss für sie eine Lücke in seinen unzureichenden Darstellungen der Botanik; seine Auskünfte über die irdische Navigation warfen ein Licht auf die Mineralogie; und seine Beschreibung der

Dampfmaschine vermittelte ihnen ein genaueres Bild von Luft und Wasser auf der Erde, als Ransom je besessen hatte. Gleich zu Anfang hatte er beschlossen, ganz offen zu sein, denn er hatte den Eindruck, dass jedes andere Verhalten eines Hnau unwürdig und überdies völlig nutzlos sei. Bestürzt waren sie über das, was er ihnen zur Geschichte der Menschheit erzählen musste – über Kriege, Sklaverei und Prostitution.

»Das ist so, weil sie keinen Oyarsa haben«, sagte einer der Schüler.

»Das ist so, weil jeder von ihnen selbst ein kleiner Oyarsa sein will«, sagte Augray.

»Sie können nichts dafür«, sagte der alte Sorn. »Ohne Herrschaft geht es nicht, und wie könnten Lebewesen über sich selbst herrschen? Hnau müssen über Tiere herrschen, Eldila über Hnau und Maleldil über die Eldila. Diese Wesen haben keine Eldila. Sie sind wie jemand, der versucht, sich an den eigenen Haaren hochzuziehen, wie jemand, der versucht, ein ganzes Land zu überblicken, wenn er sich auf gleicher Höhe mit ihm befindet, wie ein Weibchen, das versucht, selbst seine Jungen zu zeugen.«

Zwei Umstände auf unserer Welt beschäftigten sie besonders. Da war zum einen das außergewöhnliche Maß an Energie, das aufgebracht werden muss, um Dinge zu heben und zu transportieren; und zum anderen die Tatsache, dass wir nur eine Art von Hnau haben: Sie meinten, das müsse das Gefühlsleben und sogar die Gedankenwelt weitgehend verengen.

»Euer Denken muss von eurem Blut gesteuert sein«, sagte der alte Sorn. »Denn ihr könnt es nicht mit einem Denken vergleichen, das auf einem anderen Blut fließt.«

Für Ransom war die Unterhaltung ermüdend und sehr unerfreulich. Aber als er sich endlich zum Schlafen niederlegte, dachte er weder an die menschliche Unzulänglichkeit noch an seine eigene Unwissenheit. Er dachte nur an die alten Wälder von Malakandra und was es bedeuten mochte, hier aufzuwachsen und immer, nur wenige Meilen entfernt, ein farbenreiches Land vor Augen zu haben, das unerreichbar und früher einmal bewohnt gewesen war.

## 17

Früh am nächsten Tag nahm Ransom wieder seinen Platz auf Augrays Schulter ein. Länger als eine Stunde wanderten sie durch die helle Wildnis. Weit im Norden leuchtete eine wolkenähnliche Masse von trübem Rot oder Ockergelb am Himmel; sie war sehr groß und zog mit beängstigender Geschwindigkeit in einer Höhe von etwa zehn Meilen westwärts über das öde Land. Ransom, der am malakandrischen Himmel bisher noch keine Wolke gesehen hatte, fragte, was das sei. Der Sorn sagte ihm, es sei Sand aus den großen Wüsten des Nordens, aufgewirbelt von den Stürmen in jener furchtbaren Gegend. Dies sei eine häufige Erscheinung und zuweilen erreichten die Sandwolken eine Höhe von siebzehn Meilen, bis sie dann, gelegentlich in einem Handramit, als ein erstickender und blendender Staubsturm niedergingen. Der Anblick der bedrohlich dahinjagenden Wolke erinnerte Ransom wieder daran, dass sie ja auf der Außenseite von Malakandra waren – nicht mehr in der Geborgenheit einer Welt, sondern auf der nackten Oberfläche eines fremden Planeten. Schließlich schien die Wolke niederzugehen und fern am westlichen Horizont zu bersten, wo ein Lichtschein wie von einer Feuersbrunst noch zu sehen war, bis nach einer Biegung des Tals das ganze Gebiet verdeckt war.

Dieselbe Biegung eröffnete Ransom einen neuen Ausblick. Vor ihm lag eine zunächst seltsam irdisch anmutende Landschaft – eine Landschaft grauer Hügelrücken, die sich hoben und senkten wie Meereswogen. Weit dahinter ragten Klippen und Türme aus dem gewohnten grünen Gestein in den dunkelblauen Himmel. Einen Augenblick später sah er, dass die vermeintlichen Hügelrücken in Wirklichkeit die von Furchen und Rinnen durchzogene Oberfläche eines graublauen Talnebels waren – eines Nebels, der sich in nichts auflösen würde, wenn man in das Handramit hinabstieg. Sobald der Pfad leicht bergab führte, wurde er lichter und das bunte Muster des Tieflands schimmerte matt durch den Dunst. Rasch wurde der Weg steiler; wie die gezackten Zähne eines Riesen – eines Riesen mit sehr schlechten Zähnen – tauchten die höchsten Gipfel der Felswand, die sie hinabsteigen mussten, am Rand des Tales auf. Der Anblick des Himmels und die Beschaffenheit des Lichts begannen sich unmerklich zu verändern. Kurz darauf standen Ransom und der Sorn am Rand eines Hangs, den man nach irdischen Begriffen nur als Abgrund bezeichnen konnte. Diese Steilwand hinunter verlief ihr Pfad, bis er tief unten im leuchtenden Purpur der Vegetation verschwand. Ransom weigerte sich entschieden, den Abstieg auf Augrays Schulter zu machen. Obwohl der Sorn seine Einwände nicht ganz begriff, bückte er sich und ließ Ransom absteigen. Dann glitt er in der nach vorn geneigten Haltung eines Eisläufers als Erster hinab. Ransom folgte ihm, froh, seine ungelenken, steif gewordenen Beine bewegen zu können.

Die Schönheit des neuen Handramit, das sich nun vor ihm erstreckte, war atemberaubend. Es war breiter als das Tal, in dem er bisher gelebt hatte, und direkt unter ihm lag ein beinahe runder See – ein Saphir von vielleicht zwölf Meilen Durchmesser, eingefasst von dem purpurnen Wald. Inmitten des Sees erhob sich wie eine niedrige und flach ansteigende Pyramide oder wie der Busen einer Frau die sanfte Wölbung einer blassroten Insel, auf deren Kuppe ein Hain von Bäumen stand, wie Menschenaugen sie nie erblickt hatten. Ihre ebenmäßigen Stämme hatten die feine Glätte edler Buchen, doch sie waren höher als die Türme irdischer Kathedralen und ihre Wipfel entfalteten Blüten statt Laubwerk – ein goldgelbes Blütenmeer, leuchtend wie Tulpen, reglos wie Gestein und groß wie eine Sommerwolke. Es waren in der Tat Blumen und keine Bäume und tief unten, zwischen ihren Wurzeln, waren da und dort flache, lang gezogene Bauten zu sehen. Noch bevor sein Führer etwas sagte, wusste er, dass dies Meldilorn war. Er wusste nicht, was er erwartet hatte. Die alten, von der Erde mitgebrachten Traumbilder von irgendeinem hochmodernen, amerikanischen Bürokomplex oder einem Ingenieurparadies mit riesigen Maschinen hatte er längst über Bord geworfen. Aber auf etwas so Klassisches, so Unberührtes wie diesen leuchtenden Hain war er nicht gefasst gewesen. Er lag so still und geheimnisvoll in diesem farbenfrohen Tal und erhob sich mit unnachahmlicher Anmut viele hundert Fuß im Wintersonnenlicht. Mit jedem Schritt des Abstiegs schlug ihm die relativ warme Luft des Tales angenehmer entgen. Ransom blickte hinauf – das Blau des Himmels wurde blasser. Er blickte hinab – leicht und süß wehte der Duft der Riesenblüten zu ihm herauf. Die Umrisse ferner Klippen verloren an Schärfe und die Oberflächen waren weniger gleißend. Die Landschaft hatte wieder Tiefenschärfe und Perspektive, es gab wieder weiche und undeutliche Konturen. Die Felskante, an der sie ihren Abstieg begonnen hatten, war bereits hoch über ihnen; es schien unwahrscheinlich, dass sie wirklich von dort gekommen waren. Er atmete freier. Es tat gut, die Zehen, die so lange taub gewesen waren, in den Stiefeln zu bewegen. Er schlug die Ohrenklappen seiner Mütze hoch und augenblicklich klang das Geräusch fallenden Wassers an seine Ohren. Und dann ging er auf den weichen, niedrigen Flechten über ebenen Boden und über ihm wölbte sich das Dach des Waldes. Sie hatten das Harandra bezwungen und standen an der Schwelle zu Meldilorn.

Nach kurzer Wanderung gelangten sie zu einer Art Schneise – einem breiten Weg, der sich schnurgerade zwischen den purpurnen Stämmen hindurch bis zu dem leuchtend blauen See zog. Am Ufer stand ein Steinpfeiler mit einem Gong und einem Hammer. Alles war reich verziert und Gong wie Hammer waren aus einem grünlich blauen Metall, das Ransom nicht kannte. Augray schlug den Gong. Ransom war so aufgeregt, dass er die Verzierung des Steins keineswegs so ruhig betrachten konnte, wie er eigentlich wollte. Es waren teils Bilder, teils reine Dekoration. Besonders ins Auge fiel Ransom eine gewisse Ausgewogenheit zwischen bearbeiteten und unbearbeiteten Stellen. Reine Strichzeichnungen, schlicht wie die irdischen prähistorischen Bilder von Rentieren, wechselten ab mit Mustern, so dicht und verschlungen wie auf altnordischen oder keltischen Schmuckstücken. Und wenn man genauer hinsah, erkannte man, dass freiere und reich verzierte Flächen auch wieder nach einem übergreifenden Muster angeordnet waren. Ransom stellte fest, dass bildliche Darstellungen nicht nur auf den freieren Flächen vorkamen; oft waren in große Arabesken raffiniert kleine Bilder eingefügt. An anderen Stellen war man genau umgekehrt verfahren, und auch dieser Wechsel folgte einem bestimmten Rhythmus oder Muster. Ransom hatte gerade herausgefunden, dass die Bilder, obwohl stilisiert, offenbar eine Geschichte erzählten, als Augray ihn unterbrach. Ein Boot habe von der Insel Meldilorn abgelegt.

Als es näher kam, sah Ransom, dass es von einem Hross gepaddelt wurde, und ihm wurde warm ums Herz. Der Hross steuerte das Boot an die Stelle des Ufers, an der sie warteten, starrte Ransom an und blickte dann fragend zu Augray.

»Du wunderst dich über diesen Nau, Hrinha«, sagte der Sorn, »mit gutem Grund, denn so etwas hast du noch nie gesehen. Er heißt Ren-soom und ist von Thulkandra durch den Himmel gekommen.«

»Er sei willkommen, Augray«, sagte der Hross höflich. »Möchte er zu Oyarsa?«

»Oyarsa hat ihn rufen lassen.«

»Und dich auch, Augray?«

»Mich hat Oyarsa nicht gerufen. Wenn du Ren-soom hinüberbringst, gehe ich zu meinem Turm zurück.«

Der Hross bedeutete Ransom, ins Boot zu steigen. Ransom wollte dem Sorn seinen Dank erweisen und nach kurzer Überlegung streifte er seine Armbanduhr ab und reichte sie ihm; es war das Einzige, was er besaß und was als Geschenk für einen Sorn in Frage kam. Augray verstand die Absicht sofort; doch nachdem der Riese die Uhr betrachtet hatte, gab er sie mit Bedauern zurück.

»Das ist eher ein Geschenk für einen Pfifltrigg«, meinte er. »Mein Herz freut sich darüber, aber sie können mehr damit anfangen. Sicherlich wirst du in Meldilorn einigen dieser geschäftigen Leute begegnen: Gib es ihnen. Und was seinen Nutzen betrifft: Weiß dein Volk nicht, wie viel vom Tag vergangen ist, ohne auf dieses Ding zu blicken?«

»Ich glaube, es gibt Tiere, die eine solche Art Wissen haben«, sagte Ransom, »aber unsere Hnau haben es verloren.«

Dann nahm er Abschied von dem Sorn und stieg ein. In einem Boot zu sitzen, noch dazu mit einem Hross, die Wärme des Wassers in seinem Gesicht zu spüren und über sich einen blauen Himmel zu sehen, war beinahe wie eine Heimkehr. Er nahm seine Mütze ab, machte es sich im Bug bequem und überhäufte den Fährmann mit Fragen. Er erfuhr, dass der Dienst bei Oyarsa nicht ausschließlich Sache der Hrossa war, wie er beim Anblick eines Hross als Fährmann zunächst vermutet hatte. Alle drei Arten von Hnau dienten Oyarsa, jede mit ihren besonderen Fähigkeiten, und die Fähre war natürlich denjenigen anvertraut, die etwas von Booten verstanden. Er erfuhr auch, dass er nach seiner Ankunft auf Meldilorn gehen solle, wohin er wolle, und tun solle, was er wolle, bis Oyarsa ihn rufen lasse. Das könne nach einer Stunde oder auch erst nach mehreren Tagen geschehen. In der Nähe des Landeplatzes werde er Hütten finden, wo er, wenn nötig, schlafen könne und wo er Essen erhalten werde. Ransom wiederum erzählte so viel und so gut er konnte von seiner eigenen Welt und seiner Reise nach Malakandra; und er warnte den Hross vor den gefährlichen, verbogenen Hmana, die ihn gebracht hatten und immer noch frei auf Malakandra herumliefen. Dabei fiel ihm ein, dass er das Augray vielleicht nicht deutlich genug gesagt hatte; doch er tröstete sich mit dem Gedanken, dass Weston und Devine bereits in Verbindung mit den Sornen standen und dass sie so große und relativ menschenähnliche Wesen kaum behelligen würden. Jedenfalls vorläufig nicht. Über Devines Zukunftspläne machte er sich keine Illusionen; alles, was er tun konnte, war, Oyarsa reinen Wein einzuschenken. Und dann legte das Boot an.

Während der Hross das Boot festmachte, stand Ransom auf und sah sich um. Zur Linken, in der Nähe des kleinen Hafens, in den sie eingelaufen waren, standen niedrige Steinbauten – die ersten, die er auf Malakandra sah – und brannten Feuer. Dort finde er Obdach und Nahrung, sagte der Hross. Ansonsten schien die Insel unbewohnt und die sanften Hänge waren kahl bis auf den Hain, der die Kuppe krönte. Dort oben war wieder eine Steinanlage zu sehen, aber es schien weder ein Tempel noch ein Haus im menschlichen Sinne zu sein, sondern eher eine breite, von Monolithen gesäumte Allee – viel größer als in Stonehenge, imposant und unbewohnt führte sie auf die Hügelkuppe hinauf und verschwand dann im blassen Schatten der Blumenbäume. Alles war Einsamkeit; aber während Ransom sich umblickte, vermeinte er, in der Morgenstille unablässig einen leise schwingenden, silberhellen Ton zu vernehmen – kaum wahrnehmbar, wenn man genau hinhörte, und dennoch unmöglich zu überhören.

»Die Insel ist voller Eldila«, sagte der Hross mit gedämpfter Stimme.

Ransom ging an Land. Nach ein paar zögernden Schritten blieb er stehen, so als erwarte er, auf irgendein Hindernis zu stoßen, und ging dann auf diese Weise langsam weiter.

Obwohl das Bodenkraut ungewöhnlich dicht und weich war und seine Füße geräuschlos darüberglitten, verspürte er den Drang, auf Zehenspitzen zu gehen. Seine ganzen Bewegungen wurden sanft und bedächtig. Die weite Wasserfläche rings um die Insel hatte die Luft aufgeheizt und es war wärmer als irgendwo sonst auf Malakandra – etwa wie an einem der letzten warmen Septembertage auf der Erde, wenn trotz der Wärme schon eine erste Ahnung des kommenden Frostes zu spüren ist. Ein zunehmendes Gefühl ehrfürchtiger Scheu hielt ihn davon ab, sich der Hügelkuppe, dem Hain und der Allee mit den aufrecht stehenden Steinen zu nähern.

Etwa auf halber Höhe des Hügels stieg er nicht mehr weiter, sondern wandte sich nach rechts und ging, immer in gleicher Entfernung von der Küste, weiter. Er versuchte, sich einzureden, dass er die Insel anschaute, aber seinem Gefühl nach schaute die Insel eher ihn an. Dieses Gefühl wurde noch beträchtlich verstärkt durch eine Entdeckung, die er nach ungefähr einer Stunde machte und die er später nur schwer beschreiben konnte. Ganz abstrakt könnte man vielleicht sagen, dass die Oberfläche der Insel winzige Schwankungen von Licht und Schatten aufwies, die nicht auf Veränderungen am Himmel zurückzuführen waren. Wäre die Luft nicht still gewesen und das Bodenkraut nicht zu kurz und fest, um sich im Wind zu wiegen, so hätte er gesagt, eine schwache Brise spiele damit und bewirke wie in einem Getreidefeld auf der Erde die wechselnden Schattierungen. Wie die silberhellen Töne in der Luft entzogen sich auch diese Lichtspuren eindeutiger Wahrnehmung. Wenn er besonders genau hinsah, waren sie kaum zu erkennen; aber am Rand seines Gesichtsfeldes waren sie überall, so als bewege sich dort eine ganze Schar von ihnen vorwärts. Lenkte er jedoch seine Aufmerksamkeit auf eine einzelne, so wurde sie unsichtbar, und oft schien der winzige Lichtschimmer die Stelle, auf die sein Blick fiel, gerade verlassen zu haben. Er zweifelte nicht, dass er Eldila sah – so gut er sie je würde sehen können. Das löste ein sonderbares Gefühl in ihm aus. Ihm war nicht eigentlich unheimlich zu Mute, nicht als ob er von Gespenstern umringt gewesen wäre. Er hatte nicht einmal den Eindruck, belauert zu werden; er hatte eher das Gefühl, von Wesen betrachtet zu werden, die ein Recht dazu hatten. Er verspürte kaum Angst, fühlte sich eher verlegen, scheu, ehrfürchtig und vor allem zutiefst unbehaglich.

Er war müde, und weil er dachte, es sei warm genug, im Freien zu rasten, setzte er sich nieder. Das weiche Kraut, die Wärme und der süße Duft, der über der ganzen Insel hing, erinnerten ihn an die Erde und an Sommergärten. Er schloss einen Moment lang die Augen; als er sie wieder öffnete, entdeckte er weiter unterhalb Gebäude und über den See sah er ein Boot näher kommen. Plötzlich wusste er, wo er sich befand. Das war die Fähre und die Gebäude waren die Gästehäuser am Hafen; er war einmal um die ganze Insel gelaufen. Diese Entdeckung rief eine gewisse Enttäuschung in ihm hervor. Er bekam allmählich Hunger. Vielleicht wäre es am besten, hinunterzugehen und um etwas zu essen zu bitten; auf jeden Fall würde ihm das die Zeit vertreiben.

Aber dann tat er es doch nicht. Als er aufstand und die Gästehäuser eingehender betrachtete, entdeckte er dort ein reges Treiben und sah, dass jede Menge Passagiere von dem Boot an Land gingen. Im See bewegten sich einige Gestalten, die er anfangs nicht identifizieren konnte. Sie erwiesen sich als Sorne, die – bis zur Mitte des Körpers im Wasser – offenbar vom Festland nach Meldilorn hinübergewatet kamen. Es waren etwa zehn. Aus irgendeinem Grund ergoss sich ein Strom von Besuchern auf die Insel. Er glaubte nicht mehr, dass ihm etwas angetan würde, wenn er hinunterginge und sich unter die Menge mischte; trotzdem zögerte er. Die Situation erinnerte ihn lebhaft an seine Erlebnisse als Neuling auf der Schule – neue Schüler mussten einen Tag vor Unterrichtsbeginn kommen –, wie er herumgelungert war und die Ankunft der ›alten Hasen‹ beobachtet hatte. Schließlich beschloss er, nicht hinunterzugehen. Er schnitt etwas von den Bodenflechten ab, aß es und schlief ein wenig.

Am Nachmittag, als es kälter wurde, nahm er seine Wanderung wieder auf. Inzwischen streiften auch andere Hnau auf der Insel umher. Er sah vor allem Sorne, aber das lag daran, dass sie durch ihre Größe besonders auffielen. Kaum ein Geräusch war zu hören. Er scheute sich, mit den anderen Wanderern zusammenzutreffen, und da diese sich an das Ufer der Insel zu halten schienen, trieb es ihn unbewusst landeinwärts und weiter den Hügel hinauf. Schließlich stand er am Rand des Hains und blickte geradewegs durch die Allee mit den Monolithen. Aus unerfindlichen Gründen hatte er diese Allee nicht betreten wollen. Doch er begann, den ersten Stein zu betrachten, der auf allen vier Seiten reich mit Reliefs verziert war, und dann führte seine Neugierde ihn weiter von Stein zu Stein.

Die Bilder waren ziemlich verwirrend. Neben Darstellungen von Sornen und Hrossa sowie Wesen, die vermutlich Pfifltriggi waren, kam immer wieder eine aufrechte, wallende Gestalt vor, die nur die Andeutung eines Gesichtes hatte und Flügel. Die Flügel waren deutlich zu erkennen, und das verwirrte Ransom sehr. Konnte es sein, dass die Tradition malakandrischer Kunst bis in jene frühere geologische und biologische Zeit zurückreichte, in der es, wie Augray ihm erzählt hatte, auf dem Harandra noch Leben gegeben hatte, und eben auch Vögel? Die Steinreliefs schienen das zu bejahen. Er sah Bilder der alten roten Wälder, in denen unverkennbar Vögel flatterten und in denen es noch viele andere Geschöpfe gab, die er nicht kannte. Auf einem anderen Stein lag eine Vielzahl dieser Geschöpfe tot da und über ihnen am Himmel schwebte eine fantastische, hnakraähnliche Gestalt, die wahrscheinlich die Kälte symbolisierte und die mit Pfeilen auf sie heruntergeschoss. Noch lebende Tiere scharten sich um die geflügelte, wallende Erscheinung, die er für Oyarsa in der Gestalt einer geflügelten Flamme hielt. Auf dem nächsten Steinpfeiler war wieder Oyarsa dargestellt, wie er, gefolgt von zahlreichen Geschöpfen, mit einem spitzen Gegenstand eine Art Furche in den Boden ritzte. Ein weiteres Bild zeigte, wie die Furche von Pfifltriggi mit Grabwerkzeugen erweitert wurde. Sorne schütteten die Erde auf beiden Seiten zu spitzen Türmen auf und Hrossa schienen Wasserkanäle anzulegen. Ransom fragte sich, ob dies ein mythischer Bericht über die Erschaffung der Handramits sei oder ob diese möglicherweise einst wirklich künstlich angelegt worden waren.

Mit vielen Bildern konnte er nichts anfangen. Eines verwirrte ihn besonders. Es zeigte im unteren Teil ein Kreissegment, hinter und über dem drei Viertel einer Scheibe mit konzentrischen Kreisen zu sehen war. Er hielt dies für eine Darstellung der hinter einem Hügel aufgehenden Sonne; jedenfalls waren in dem Segment am unteren Rand lauter malakandrische Szenen abgebildet – Oyarsa in Meldilorn, Sorne am Gebirgsrand des Harandra und viele andere vertraute oder auch fremde Dinge. Dann untersuchte er die Scheibe dahinter genauer. Es war nicht die Sonne. Die Sonne war unverkennbar im Mittelpunkt der Scheibe. Um sie herum waren die konzentrischen Kreise angeordnet. Auf der ersten und kleinsten dieser Kreisbahnen war eine kleine Kugel dargestellt, auf der eine geflügelte Gestalt wie Oyarsa saß; aber sie schien etwas wie eine Trompete zu halten. Auf der nächsten Bahn befand sich eine ähnliche Kugel mit einer ebensolchen flammenden Gestalt. Diese hatte nicht einmal die Andeutung eines Gesichtes, sondern stattdessen zwei Auswüchse, die Ransom nach eingehender Betrachtung für die Euter oder Brüste eines weiblichen Säugetiers hielt. Er war jetzt ganz sicher, dass er eine Darstellung des Sonnensystems vor sich hatte. Die erste Kugel war der Merkur, die zweite die Venus. »Was für ein außerordentlicher Zufall«, dachte Ransom, »dass ihre Mythologie ebenso wie unsere die Venus mit dem Weiblichen in Verbindung bringt.« Das Problem hätte ihn länger beschäftigt, wäre sein Blick nicht von einer natürlichen Neugierde auf die nächste Kugel gelenkt worden, die die Erde darstellen musste. Als er sie sah, setzte sein Verstand einen Augenblick aus. Die Kugel war da, aber an Stelle der flammengleichen Figur war nur eine unregelmäßige Vertiefung zu sehen, so als sei die Gestalt ausgemeißelt worden. Es musste also einmal ... Aber seine Vermutungen gerieten ins Stocken und versiegten angesichts einer Reihe von Unbekannten. Er betrachtete die nächste Kreisbahn. Auf ihr fand sich keine Kugel. Stattdessen berührte der untere Rand dieses Kreises das große Segment mit den malakandrischen Szenen, sodass Malakandra an diesem Punkt das Sonnensystem berührte und es so aussah, als käme es dem Betrachter daraus entgegen. Nun, da Ransom den Aufbau begriffen hatte, staunte er über die Lebendigkeit der Bilder. Er trat zurück, holte tief Atem und machte sich daran, einige der Geheimnisse, von denen er umgeben war, aufzudecken. Malakandra war also der Mars. Die Erde – aber in diesem Augenblick wurde ein hämmerndes oder klopfendes Geräusch, das schon eine Weile angedauert hatte, ohne Eingang in sein Bewusstsein zu finden, so eindringlich, dass er es nicht länger überhören konnte. Irgendein Wesen, und gewiss kein Eldil, arbeitete ganz in seiner Nähe. Ein wenig erschrocken – denn er war tief in Gedanken versunken gewesen – wandte er sich um. Nichts war zu sehen. Er rief – unsinnigerweise auf Englisch: »Wer da?«

Das Klopfen hörte sofort auf und hinter einem der nächsten Monolithen tauchte ein sonderbares Gesicht auf.

Es war unbehaart wie das eines Menschen oder eines Sorn. Es war lang, spitzmausartig und gelb und sah irgendwie gemein aus. Die Stirn war so niedrig, dass, wäre der Kopf nicht hinten und hinter den Ohren (wie ein Haarbeutel) ausgeprägt gewesen, es nicht der Kopf eines intelligenten Geschöpfes hätte sein können. Einen Augenblick später kam das ganze Wesen mit einem überraschenden Sprung zum Vorschein. Ransom vermutete, dass es ein Pfifltrigg war, und war froh, dass er bei seiner Landung auf Malakandra nicht zuerst einem von dieser dritten Rasse begegnet war. Das Geschöpf war insektenähnlicher und reptilhafter als alles, was er bisher gesehen hatte. Es hatte eindeutig die Statur eines Frosches, und zuerst dachte Ransom, es stütze sich wie ein Frosch auf seine Hände. Dann stellte er fest, dass die Teile seiner Vordergliedmaßen, auf die es sich stützte, nach menschlichen Begriffen eher Ellbogen als Hände waren. Sie waren breit, hatten eine Art Ballen und offensichtlich ging der Pfifltrigg auf ihnen. In einem Winkel von fünfundvierzig Grad reckten sich die eigentlichen Unterarme empor – schmale, kräftige Unterarme, die in übergroßen, feingliedrigen Händen mit vielen Fingern endeten. Ransom konnte sich vorstellen, was für ein Vorteil es war, bei allen Arbeiten vom Erzabbau bis zum Gemmenschneiden die ganze Kraft vom aufgestützten Ellbogen aus einsetzen zu können. Die insektenhafte Wirkung beruhte vor allem auf den schnellen und ruckartigen Bewegungen des Pfifltrigg sowie darauf, dass er seinen Kopf wie eine Gottesanbeterin beinahe ganz herumdrehen konnte; verstärkt wurde dieser Eindruck noch durch die trockenen, kratzenden, scharrenden Geräusche, die seine Bewegungen verursachten. Er hatte etwas von einem Grashüpfer, von Arthur Rackhams Zwergen, von einem Frosch sowie von einem kleinen alten Tierausstopfer, den Ransom in London kannte.

»Ich komme von einer anderen Welt«, begann Ransom.

»Ich weiß, ich weiß«, erwiderte das Geschöpf mit lebhafter, piepsender und etwas ungeduldiger Stimme. »Komm her, hinter den Stein. Hier herum, hier herum. Befehl von Oyarsa. Viel zu tun. Muss sofort anfangen. Stell dich da hin.«

Ransom ging auf die andere Seite des Monolithen und erblickte ein noch in Arbeit befindliches Bild. Der Boden ringsum war mit Splittern übersät und in der Luft hing ein feiner Staub.

»Da«, sagte das Geschöpf. »Bleib da stehn. Nicht mich angucken. Guck dahin.«

Im ersten Moment wusste Ransom nicht genau, was von ihm erwartet wurde; dann, als er sah, wie der Pflifltrigg hin- und herblickte zwischen ihm und dem Stein, mit dem unverkennbaren, in allen Welten gleichen Blick des Künstlers zwischen Modell und Werk, begriff er und hätte beinahe laut aufgelacht. Er stand Porträt! Von seinem Standort aus sah er, dass das Geschöpf den Stein schnitt, als ob er Käse wäre, und seine Augen konnten den schnellen Bewegungen kaum folgen. Auf das Werk konnte er keinen Blick erhaschen, und so beobachtete er den Pfifltrigg. Er sah, dass das klimpernde, metallische Geräusch von einer Reihe kleiner Instrumente herrührte, die er an seinem Körper trug. Gelegentlich warf er das Werkzeug, mit dem er gerade arbeitete, mit einem Ausruf des Unmuts zu Boden und wählte ein anderes; aber die meisten von denen, die er ständig benutzte, trug er im Mund. Ransom stellte fest, dass der Pfifltrigg, wie er selbst, angefertigte Kleidung trug; sie bestand aus einem hellen, schuppigen Material, das reich verziert, aber voller Staub war. Um den Hals hatte er wie einen Schal Pelzstreifen gewickelt und eine dunkle, gewölbte Brille schützte seine Augen. Ringe und Ketten aus einem hellen Metall – nicht aus Gold, dachte Ransom – schmückten Gliedmaßen und Hals. Bei seiner Arbeit zischte und flüsterte der Pfifltrigg unaufhörlich vor sich hin, und wenn er – wie meist – aufgeregt war, zuckte seine Nasenspitze wie die eines Kaninchens. Plötzlich tat er wieder einen Sprung und landete etwa zehn Schritte von seinem Werk entfernt.

»Na ja«, sagte er. »Nicht so gut, wie ich gehofft hatte. Werd's nächstes Mal besser machen. Jetzt lassen wir's so. Komm und sieh selbst.«

Ransom gehorchte. Er sah eine Darstellung der Planeten, deren Anordnung diesmal jedoch keine Karte des Sonnensystems ergab. Sie kamen in einer Reihe auf den Betrachter zu und bis auf einen trugen sie alle ihren Feuerreiter. Unten lag Malakandra, und dort fand sich zu Ransoms Überraschung eine leidliche Wiedergabe des Raumschiffs. Daneben standen drei Figuren, für die Ransom anscheinend Modell gestanden hatte. Abgestoßen wich er zurück. Selbst wenn man zugestand, dass der Gegenstand einem malakandrischen Auge seltsam erscheinen musste, selbst wenn man eine gewisse Stilisierung der malakandrischen Kunst in Betracht zog, hätte der Pfifltrigg – so meinte Ransom – die menschliche Gestalt besser als durch diese steifen, puppenartigen Figuren wiedergeben können, die ebenso breit wie hoch waren und bei denen Hals und Kopf wie ein Pilz aus dem Körper hervorwuchsen.

Ransom äußerte sich vorsichtig. »Ich nehme an, so in etwa sehe ich in euren Augen aus«, sagte er. »So würde man mich auf meiner eigenen Welt aber nicht darstellen.«

»Nein«, sagte der Pfifltrigg. »Es soll gar nicht allzu ähnlich sein. Dann würden sie es nicht glauben – ich meine, die, die nach uns kommen.« Er sagte noch einiges mehr, was aber schwer zu verstehen war; während er sprach, wurde Ransom allmählich klar, dass die abscheulichen Figuren eine Idealisierung der menschlichen Gestalt sein sollten. Danach geriet die Unterhaltung ein wenig ins Stocken. Um das Thema zu wechseln, stellte Ransom eine Frage, die ihn bereits eine Weile beschäftigte: »Ich verstehe nicht, wie ihr und die Sorne und die Hrossa alle dieselbe Sprache sprechen könnt. Denn eure Zungen und Kehlen und Zähne sind doch sicher ganz verschieden.«

»Das stimmt«, sagte das Geschöpf. »Früher hatten wir alle verschiedene Sprachen und zu Hause sprechen wir sie nach wie vor. Aber alle haben die Sprache der Hrossa gelernt.«

»Warum?«, fragte Ransom, der immer noch in den Kategorien irdischer Geschichte dachte. »Haben die Hrossa früher über die anderen geherrscht?«

»Das verstehe ich nicht. Sie sind unsere großen Redner und Sänger. Sie haben die meisten und die besten Wörter. Niemand lernt die Sprache meines Volkes, denn was wir zu sagen haben, drücken wir in Stein und Sonnenblut und Sternenmilch aus, und alle können es sehen. Niemand lernt die Sprache der Sorne, denn ihr Wissen kann in alle Worte übertragen werden und bleibt immer das gleiche. Bei den Liedern der Hrossa ist das nicht möglich. Ihre Sprache ist auf ganz Malakandra verbreitet. Ich spreche sie mit dir, weil du ein Fremder bist. Ich würde sie auch mit einem Sorn sprechen. Aber zu Hause haben wir unsere alten Sprachen. Das kannst du an den Namen erkennen. Die Sorne haben volltönende Namen wie Augray und Arkal, Belmo und Falmay. Die Hrossa haben pelzige Namen, wie Hnoh und Hnihi, Hyoi und Hlithnahi.«

»Dann werden die besten Gedichte also in der rauhesten Sprache gemacht?«

»Vielleicht«, sagte der Pfifltrigg. »Genau wie die besten Bilder aus dem härtesten Stein gemacht werden. Aber meine Leute haben Namen wie Kalakaperi, Parakataru und Tafalakeruf. Ich heiße Kanakaberaka.«

Ransom nannte ihm seinen eigenen Namen.

»Unser Land«, sagte Kanakaberaka, »ist anders als dieses hier. Wir müssen uns nicht in ein enges Handramit zwängen. Bei uns gibt es richtige Wälder, grüne Schatten und tiefe Stollen. Es ist warm. Das Licht blendet nicht so wie hier und es ist nicht so still. Ich könnte dich dort zu einer Stelle in den Wäldern führen, wo du hundert Feuer zugleich sehen und hundert Hämmer hören könntest. Ich wünschte, du wärst in unser Land gekommen. Wir wohnen nicht in Löchern wie die Sorne oder in Bündeln aus Kraut wie die Hrossa. Ich könnte dir Häuser mit hundert Säulen zeigen, eine aus Sonnenblut und die nächste aus Sternenmilch und so weiter ... und auf die Wände ist die ganze Welt gemalt.«

»Und wie regiert ihr euch?«, fragte Ransom. »Die in den Minen schürfen – machen sie ihre Arbeit genauso gern wie diejenigen, die die Wände bemalen?«

»Alle halten die Stollen in Betrieb; das ist keine Arbeit für einen Einzelnen. Aber jeder trägt selbst das ab, was er für seine Arbeit braucht. Wie sollte es sonst sein?«

»Bei uns ist das nicht so.«

»Dann müsst ihr sehr verbogene Arbeit machen. Wie kann ein Handwerker etwas von der Arbeit mit Sonnenblut verstehen, wenn er nicht selbst hinabsteigt in die Heimat des Sonnenbluts und lernt, die verschiedenen Arten zu unterscheiden, wenn er nicht tagelang ohne das Licht des Himmels damit lebt, bis es in seinem Blut und in seinem Herzen ist, als ob er es denke, es esse und es speie?«

»Bei uns liegt es sehr tief; es ist schwer, daranzukommen, und die es abtragen, verbringen ihr ganzes Leben damit.«

»Und tun sie das gern?«

»Ich glaube nicht ... Ich weiß nicht. Sie bleiben dabei, weil man ihnen nichts zu essen gibt, wenn sie aufhören.«

Kanakaberaka rümpfte die Nase. »Dann gibt es auf deiner Welt nicht genug zu essen?«

»Ich weiß nicht«, sagte Ransom. »Ich habe oft gewünscht, ich wüsste die Antwort auf diese Frage, aber niemand kann sie mir geben. Hält niemand deine Leute zur Arbeit an, Kanakaberaka?«

»Doch, unsere Frauen«, sagte der andere und stieß einen pfeifenden Laut aus – anscheinend seine Art zu lachen.

»Gelten die Frauen bei euch mehr als bei den anderen Hnau?«

»Sehr viel mehr. Bei den Sornen gelten die Frauen am wenigsten und bei uns am meisten.«

# 18

In dieser Nacht schlief Ransom in einem der kleinen Gästehäuser, einem richtigen Haus, das von den Pfifltriggi gebaut und reich verziert war. Seine Freude, in dieser Hinsicht recht menschliche Verhältnisse anzutreffen, wurde von dem Unbehagen geschmälert, das er unwillkürlich und entgegen aller Vernunft in der Gegenwart so vieler auf engem Raum zusammengedrängter malakandrischer Lebewesen empfand. Alle drei Arten waren vertreten. Sie schienen keine Abneigung gegeneinander zu hegen, obwohl es einige Reibereien der Art gab, die auf der Erde in Eisenbahnabteilen aufkommen – die Sorne fanden es zu warm im Haus, die Pfifltriggi zu kalt. In dieser einen Nacht lernte er mehr über malakandrischen Humor und die Laute, in denen er sich ausdrückte, als während seines ganzen bisherigen Aufenthalts auf dem fremden Planeten. Denn fast alle Gespräche, an denen er auf Malakandra teilgenommen hatte, waren eher ernst gewesen. Anscheinend erwachte der Humor vor allem dann, wenn die verschiedenen Arten von Hnau zusammentrafen. Die Scherze aller drei Arten waren ihm gleichermaßen unverständlich. Er meinte, bestimmte Unterschiede feststellen zu können – wie etwa, dass die Sorne meist nur ironisch waren, während die Hrossa sich übermütig und ausgelassen gebärdeten und die Pfifltriggi hervorragend und scharfzüngig schimpfen konnten. Doch selbst wenn er jedes Wort verstand, entgingen ihm die Pointen. Er ging früh schlafen.

Früh am Morgen, zu einer Zeit, zu der die Menschen auf der Erde ihre Kühe melken, wurde Ransom aus dem Schlaf gerissen. Zuerst wusste er nicht, was ihn geweckt hatte. Die Kammer, in der er lag, war still, leer und fast dunkel. Er war gerade im Begriff, wieder einzuschlafen, als eine hohe Stimme direkt hinter ihm sagte: »Oyarsa schickt nach dir.« Er setzte sich auf und blickte angestrengt umher. Niemand war da, aber die Stimme wiederholte: »Oyarsa schickt nach dir.« Allmählich wich die

Benommenheit des Schlafs von ihm, und er begriff, dass ein Eldil im Raum sein musste. Er verspürte nicht eigentlich Angst, aber während er gehorsam aufstand und sich anzog, merkte er, dass sein Herz ziemlich schnell schlug. Er dachte weniger an das unsichtbare Wesen im Raum als an das bevorstehende Gespräch. Seine früheren Ängste, irgendeinem Ungeheuer oder Götzen gegenüberzutreten, waren längst verschwunden: Er war nervös wie als Student am Morgen vor einem Examen. Lieber als alles in der Welt hätte er eine Tasse guten Tee gehabt.

Das Gästehaus war leer. Er ging hinaus. Bläulicher Dunst stieg vom See auf und über der zerklüfteten Ostwand des Tals schimmerte hell der Himmel; in wenigen Minuten würde die Sonne aufgehen. Die Luft war noch immer sehr kalt, das Bodenkraut war nass von Tau und über allem lag eine seltsame Stimmung, die er bald der tiefen Stille zuschrieb. Die Stimmen der Eldila in der Luft waren verschwunden und mit ihnen das kaum merkliche Wechselspiel von Licht und Schatten. Ohne dass ihm jemand etwas gesagt hätte, wusste er, dass er zum Hain und zur Hügelkuppe der Insel hinaufgehen musste. Als er zur Allee der Monolithen kam, sank sein Mut, denn der Weg zwischen den Steinreihen war voll von malakandrischen Gestalten. Sie waren ganz still und bildeten eine Gasse. Alle kauerten oder saßen so, wie es ihrer jeweiligen Anatomie entsprach. Ransom ging langsam und unsicher weiter, wagte nicht stehen zu bleiben und lief Spießruten durch all diese nichtmenschlichen und starren Blicke. Als er die Höhe erreichte, auf der Hälfte der Allee, da, wo die größten Steinpfeiler standen, machte er halt – er konnte sich später nie erinnern, ob die Stimme eines Eldil es ihm geheißen hatte oder ob er seiner eigenen Intuition gefolgt war. Er setzte sich nicht, denn die Erde war zu kalt und nass, und er war nicht sicher, ob es nicht auch ungehörig wäre. Er blieb einfach stehen, reglos wie ein Zinnsoldat. Alle sahen ihn an und es war auch nicht der geringste Laut zu vernehmen.

Nach und nach wurde ihm klar, dass der Ort voller Eldila war. Die Lichterscheinungen oder Andeutungen von Lichterscheinungen, die er am Vortag auf der ganzen Insel angetroffen hatte, waren jetzt alle an diesem Fleck versammelt und standen still oder bewegten sich nur leise. Mittlerweile war die Sonne aufgegangen, und immer noch sprach niemand. Als er aufblickte, um zu sehen, wie die ersten, blassen Sonnenstrahlen auf die Monolithen fielen, merkte er, dass der Himmel über ihm von weit intensiverem Licht als dem der aufgehenden Sonne erfüllt war, Licht von einer anderen Art, Eldil-Licht. Es waren ebenso viele Eldila in der Luft wie am Boden; die sichtbaren Malakandrier machten nur den kleinsten Teil der stummen Versammlung aus, die ihn umgab. Wenn die Zeit kam, würde er seine Sache womöglich vor Tausenden oder Millionen vertreten müssen: In dichten Reihen um ihn herum und in Scharen über ihm schwebend erwarteten Wesen, die nie einen Menschen gesehen hatten und die ein Mensch nicht sehen konnte, den Beginn seines Verhörs. Er leckte sich über die trockenen Lippen und überlegte, ob er würde sprechen können, wenn man es von ihm verlangte. Dann kam ihm der Gedanke, dass dies – dieses Warten und Beobachtetwerden – vielleicht schon das Verhör war; vielleicht verriet er ihnen gerade jetzt unbewusst alles, was sie wissen wollten. Später – viel später – hörte er eine Bewegung. Jede sichtbare Gestalt im Hain hatte sich erhoben und blieb, noch stiller als zuvor, mit geneigtem Kopf stehen. Ransom sah (sofern man von sehen sprechen konnte), dass Oyarsa zwischen den langen Reihen der bebilderten Steine heraufkam. Zum Teil konnte er an den Gesichtern der Malakandrier ablesen, wann ihr Herr an ihnen vorüberging; zum Teil sah er – unbestreitbar – Oyarsa selbst. Er konnte ihn später nie beschreiben. Ein Hauch von Licht – nein, weniger noch, eine Andeutung von einem Schatten glitt über die unebene Oberfläche der Bodenflechten; oder vielleicht war es eher eine winzige Veränderung des Bodens, die da auf ihn zukam, zu geringfügig, um in der Sprache der fünf Sinne ausgedrückt zu werden. Wie ein Schweigen, das sich in einem Raum voller Menschen ausbreitet, wie eine kaum spürbare Brise an einem schwülen Tag, wie eine flüchtige Erinnerung an einen längst vergessenen Klang oder Duft, wie die leisesten, kleinsten, kaum noch wahrnehmbaren Phänomene zog Oyarsa an seinen Untertanen vorbei, kam näher und hielt, keine zehn Schritte von Ransom entfernt, im Mittelpunkt von Meldilorn inne. Das Blut schoss Ransom in den Kopf und seine Finger prickelten, als ob ein Blitz neben ihm eingeschlagen hätte; es kam ihm vor, als seien sein Herz und sein Körper aus Wasser.

Oyarsa sprach – eine weniger menschliche Stimme hatte Ransom nie gehört, sie war lieblich und schien von weit her zu kommen; eine feste Stimme; eine Stimme, wie einer der Hrossa später zu Ransom sagte, »ohne Blut, denn Licht ist sein Blut«. Oyarsas Worte waren nicht beängstigend.

»Wovor fürchtest du dich so, Ransom von Thulkandra?«, fragte er.

»Vor dir, Oyarsa, weil du anders bist als ich und ich dich nicht sehen kann.«

»Das sind keine guten Gründe«, sagte die Stimme. »Du bist auch anders als ich, und obwohl ich dich sehe, sehe ich dich sehr schlecht. Aber denke nicht, wir wären völlig unähnlich. Wir sind beide Ebenbilder Maleldils. Dies sind nicht die wirklichen Gründe.« Ransom schwieg.

»Du hattest schon Angst vor mir, bevor du überhaupt einen Fuß auf meine Welt gesetzt hast. Und seitdem hast du die ganze Zeit auf der Flucht vor mir gelebt. Meine Diener haben deine Furcht gesehen, als du noch in eurem Schiff im Himmel warst. Sie sahen, dass deine eigenen Artgenossen dich schlecht behandelten, auch wenn sie deren Sprache nicht verstehen konnten. Um dich aus den Händen dieser beiden zu befreien, habe ich dann einen Hnakra geschickt; ich wollte sehen, ob du aus freien

Stücken zu mir kommen würdest. Aber du hast dich bei den Hrossa verborgen, und obwohl sie dich zu mir geschickt haben, wolltest du nicht kommen. Danach habe ich meinen Eldil ausgeschickt, dich zu holen; und noch immer wolltest du nicht kommen. Am Ende haben deine Artgenossen dich zu mir gejagt und das Blut eines Hnau ist vergossen worden.«

»Ich verstehe nicht, Oyarsa. Willst du damit sagen, du hättest mich von Thulkandra holen lassen?«

»Ja. Haben die beiden anderen dir das nicht gesagt? Und warum bist du mit ihnen gekommen, wenn nicht, um meinem Ruf Folge zu leisten? Meine Diener konnten nicht verstehen, was zwischen euch gesprochen wurde, als euer Schiff im Himmel war.«

»Deine Diener ... ich ... ich verstehe nicht«, sagte Ransom.

»Frage nur«, sagte die Stimme.

»Hast du Diener draußen in den Himmeln?«

»Wo sonst? Alles ist Himmel.«

»Aber du, Oyarsa, du bist hier auf Malakandra, so wie ich.«

»Aber Malakandra schwebt im Himmel, wie alle Welten. Und ich bin nicht so vollkommen hier, wie du es bist, Ransom von Thulkandra. Geschöpfe deiner Art müssen aus dem Himmel auf eine Welt herunterfallen; für uns sind die Welten Orte im Himmel. Doch versuch jetzt nicht, das zu verstehen. Es reicht, wenn du weißt, dass ich und meine Diener auch jetzt im Himmel sind; sie waren in dem Raumschiff genauso um dich, wie sie jetzt hier um dich sind.«

»Dann hast du von unserer Reise gewusst, bevor wir Thulkandra verließen?«

»Nein. Thulkandra ist die Welt, die wir nicht kennen. Sie allein ist außerhalb des Himmels und keine Botschaft kommt von dort.«

Ransom sagte nichts, aber Oyarsa beantwortete seine stummen Fragen.

»Das war nicht immer so. Einst kannten wir den Oyarsa deiner Welt – er war heller und größer als ich –, und damals nannten wir sie nicht Thulkandra. Es ist die längste aller Geschichten, und die bitterste. Er wurde verbogen. Das war, bevor es auf deiner Welt irgendein Leben gab. Es waren die verbogenen Jahre, von denen wir in den Himmeln noch heute sprechen. Er war noch nicht an Thulkandra gebunden, sondern frei wie wir und wollte auch andere Welten außer der seinen verderben. Er schlug euren Mond mit der linken Hand und mit der rechten brachte er vorzeitig den kalten Tod über mein Harandra; hätte Maleldil nicht durch meinen Arm die Handramits geöffnet und die heißen Quellen sprudeln lassen, meine Welt wäre entvölkert worden. Wir ließen ihn nicht lange so sein Unwesen treiben. Es gab einen großen Krieg und wir trieben ihn aus den Himmeln zurück und banden ihn an die Atmosphäre seiner eigenen Welt, wie Maleldil es uns lehrte. Dort liegt er wohl bis zu dieser Stunde und wir wissen nichts mehr von diesem Planeten: Er schweigt. Wir glauben nicht, dass Maleldil ihn völlig dem Verbogenen überlässt, und es gibt Geschichten bei uns, denen zufolge Er einen seltsamen Rat angenommen und im Ringen mit dem Verbogenen auf Thulkandra Schreckliches gewagt hat. Aber darüber wissen wir weniger als du; es ist etwas, über das wir mehr wissen möchten.«

Es dauerte einige Zeit, bevor Ransom sprach, und Oyarsa respektierte sein Schweigen. Als Ransom sich wieder gesammelt hatte, ergriff er das Wort.

»Nach dieser Geschichte, Oyarsa, kann ich dir sagen, dass unsere Welt sehr verbogen ist. Die beiden, die mich hergebracht haben, wussten nichts von dir, sondern nur, dass die Sorne nach mir verlangt hatten. Ich denke, sie hielten dich für einen falschen Eldil. In den wilden Teilen unserer Welt gibt es falsche Eldila; Menschen töten andere Menschen vor ihnen, weil sie glauben, der Eldil trinke Blut. Meine Reisegefährten glaubten, die Sorne wollten mich für einen solchen oder einen anderen bösen Zweck. Sie haben mich mit Gewalt hergebracht. Ich hatte schreckliche Angst. Die Märchenerzähler unserer Welt machen uns weis, dass, wenn es irgendein Leben außerhalb unserer eigenen Welt gibt, es böse sein müsse.«

»Ich verstehe«, sagte die Stimme. »Und dies erklärt manches, was mich verwundert hat. Sobald euer Raumschiff die Atmosphäre Thulkandras verlassen hatte und in den Himmel eingedrungen war, sagten meine Diener mir, dass du nur widerwillig mitzukommen schienst und die beiden anderen Geheimnisse vor dir hätten. Ich habe nicht gedacht, dass irgendein Wesen so verbogen sein könnte, ein anderes von seiner eigenen Art gewaltsam hier herzubringen.«

»Sie wussten nicht, wozu du mich wolltest, Oyarsa. Auch ich weiß es noch nicht.«

»Ich will es dir sagen. Vor zwei Jahren – und das sind ungefähr vier von euren Jahren – drang dieses Schiff von eurer Welt in den Himmel ein. Wir folgten ihm auf seiner ganzen Reise hierher, Eldila begleiteten es, als es über das Harandra flog, und als es schließlich im Handramit landete, hatte sich mehr als die Hälfte meiner Diener dort versammelt, um die Fremdlinge herauskommen zu sehen. Wir hielten alle Tiere von der Stelle fern und kein Hnau wusste davon. Als die Fremden auf Malakandra umhergewandert waren, sich eine Hütte gebaut hatten und ihre Furcht vor einer neuen Welt gewichen sein musste, sandte ich einige Sorne hin, um sich zu zeigen und den Fremden unsere Sprache beizubringen. Ich hatte Sorne ausgesucht, weil ihre Gestalt am ehesten der euren gleicht. Die Thulkandrier hatten Angst vor den Sornen und waren unbelehrbar. Die Sorne gingen immer wieder zu ihnen hin und lehrten sie ein wenig. Sie erzählten mir, dass die Thulkandrier Sonnenblut aus den Wasserläufen holten, wo immer sie welches fanden. Nachdem ich mir aus den Berichten kein Bild von ihnen machen konnte, wies ich die Sorne an, sie zu mir zu bringen, nicht gewaltsam, sondern höflich. Sie wollten nicht kommen. Ich wollte wenigstens einen von ihnen sehen, aber nicht einmal einer kam. Es wäre leicht gewesen, sie zu holen; aber obwohl wir sahen, dass sie dumm waren, wussten wir noch nicht, wie verbogen sie waren, und ich wollte meine Autorität nicht auf andere Geschöpfe als die meiner eigenen Welt ausdehnen. Ich befahl den Sornen, sie wie Junge zu behandeln und ihnen zu sagen, dass sie kein Sonnenblut mehr sammeln dürften, bis einer von ihrer Rasse zu mir gekommen wäre. Daraufhin stopften sie so viel sie konnten in das Raumschiff und kehrten zu ihrer eigenen Welt zurück. Wir haben uns darüber gewundert, doch nun ist es klar. Sie dachten, ich wollte einen von eurer Rasse essen, und so machten sie sich auf den Weg, um einen zu holen. Wären sie ein paar Meilen gegangen und zu mir gekommen, so hätte ich sie in Ehren empfangen; nun haben sie für nichts und wieder nichts zweimal eine Reise von Millionen von Meilen unternommen und werden dennoch vor mir erscheinen. Und auch du, Ransom von Thulkandra, hast viele vergebliche Mühen auf dich genommen, um nicht dort zu stehen, wo du jetzt stehst.«

»Das stimmt, Oyarsa. Verbogene Geschöpfe sind voller Furcht. Aber ich bin jetzt hier und bereit zu erfahren, was dein Wille ist.«

»Zwei Fragen wollte ich deiner Rasse stellen. Erstens muss ich wissen, warum ihr hergekommen seid – das bin ich meiner Welt schuldig. Und zweitens möchte ich von Thulkandra hören und von den seltsamen Kriegen, die Maleldil dort gegen den Verbogenen führt; denn das ist, wie gesagt, etwas, über das wir mehr wissen möchten.«

»Was die erste Frage betrifft, Oyarsa, so bin ich gekommen, weil man mich hergebracht hat. Von den beiden anderen ist der eine nur auf Sonnenblut aus, weil er es auf unserer Welt gegen viele Vergnügungen und große Macht eintauschen kann. Aber der andere führt Böses gegen dich im Schilde. Ich glaube, er würde dein ganzes Volk vernichten, um Raum für unser Volk zu schaffen; und dann würde er das Gleiche mit anderen Welten tun. Er will anscheinend, dass unsere Rasse ewig weiterlebt, und hofft, sie werde von einer Welt zur nächsten springen ... Immer zu einer neuen Sonne, wenn eine alte erlischt ... Oder so ähnlich.«

»Ist sein Kopf krank?«

»Ich weiß nicht. Vielleicht gebe ich seine Gedanken nicht richtig wieder. Er ist gelehrter als ich.«

»Glaubt er, zu den großen Welten gelangen zu können? Glaubt er, Maleldil wolle, dass eine Rasse ewig lebt?«

»Er weiß nicht, dass es einen Maleldil gibt. Fest steht nur, dass er Böses gegen deine Welt im Schilde führt, Oyarsa. Es darf unserer Rasse nicht gestattet werden, noch einmal hierher zu kommen. Und wenn du das nur dadurch verhindern kannst, dass du uns alle drei tötest, so bin ich bereit«

»Wäret ihr von meinem eigenen Volk, so würde ich die beiden jetzt töten, Ransom, und dich bald danach; denn sie sind hoffnungslos verbogen und du, wenn du ein wenig tapferer geworden bist, wirst bereit sein, zu Maleldil zu gehen. Aber meine Macht erstreckt sich auf meine eigene Welt. Es ist schrecklich, eines anderen Hnau zu töten. Es wird nicht notwendig sein.«

»Sie sind stark, Oyarsa. Sie können den Tod viele Meilen weit schleudern und tödliche Luft auf ihre Feinde blasen.«

»Der geringste meiner Diener hätte ihr Schiff noch im Himmel, bevor es Malakandra erreichte, berühren und zu einer Masse mit anderen Bewegungen machen können – gar keine Masse mehr für deine Begriffe. Sei versichert, dass niemand von deiner Rasse wieder auf meine Welt kommen wird, es sei denn, ich riefe ihn. Doch genug davon. Jetzt erzähl mir von Thulkandra. Sag mir alles. Wir wissen nichts seit dem Tag, da der Verbogene aus dem Himmel in die Luft eurer Welt herabgesunken ist, getroffen im Lichte seines Lichts. Aber warum fürchtest du dich wieder?«

»Ich fürchte mich vor der Länge der Zeit, Oyarsa ... oder vielleicht habe ich dich nicht richtig verstanden. Hast du nicht gesagt, dies sei geschehen, bevor es Leben auf Thulkandra gab?«

»Ja.«

»Und du, Oyarsa? Du hast gelebt ... Und das Bild auf dem Stein, wo die Kälte alles auf dem Harandra tötet? Ist das ein Bild von etwas, das geschah, bevor es meine Welt gab?«

»Ich sehe, dass du doch ein Hnau bist«, sagte die Stimme. »Kein Stein, der damals der Luft ausgesetzt war, wäre heute noch ein Stein. Das Bild begann zu verwittern und wurde öfter nachgemacht, als Eldila über uns in der Luft sind. Aber es wurde genau nachgemacht. In diesem Sinne siehst du ein Bild, das vollendet wurde, als deine Welt erst halb fertig war. Aber denk nicht an solche Dinge. Einem Gesetz zufolge sprechen die Meinen mit euch anderen nicht viel über Größen oder Zahlen, nicht einmal mit den Sornen. Ihr begreift sie nicht und es verleitet euch nur, Nichtigkeiten zu verehren und an dem vorüberzugehen, was wahrhaft groß ist. Erzähl mir lieber, was Maleldil auf Thulkandra vollbracht hat.«

»Nach unserer Überlieferung ...«, begann Ransom, als eine unerwartete Störung die feierliche Stille der Versammlung durchbrach. Eine große Gruppe, beinahe eine Prozession, zog von der Fähre zum Hain hinauf. Soweit Ransom sehen konnte, bestand sie ausschließlich aus Hrossa, und sie schienen etwas zu tragen.

# 19

Als die Prozession näher kam, sah Ransom, dass die vorderen Hrossa drei lange und schmale Lasten trugen. Sie trugen sie auf ihren Köpfen, je vier Hrossa eine. Diesen Trägern folgte eine Anzahl anderer, die mit Wurfspeeren bewaffnet waren und offensichtlich zwei Wesen bewachten, die er nicht genau erkennen konnte. Die Sonne stand hinter ihnen und blendete Ransom, als sie zwischen den ersten beiden Monolithen hindurchschritten. Sie waren viel kleiner als alle Lebewesen, die er bisher auf Malakandra gesehen hatte, und er vermutete, dass sie Zweibeiner waren, obgleich ihre unteren Gliedmaßen so dick und wurstartig waren, dass er zögerte, sie Beine zu nennen. Die Körper waren oben ein wenig schmaler als unten, sodass sie leicht birnenförmig wirkten, und die Köpfe waren weder rund wie die der Hrossa noch lang wie die der Sorne, sondern fast viereckig. Sie stapften auf schmalen, schwerfällig aussehenden Füßen daher, die sie bei jedem Schritt unnötig heftig auf den Boden stießen. Und dann konnte er ihre Gesichter sehen – Massen von unförmigem und faltigem Fleisch unterschiedlicher Farbe, umrahmt von irgendetwas Borstigem, Dunklem ... Auf einmal wurde er sich mit einem unbeschreiblichen Umschwung seiner Gefühle bewusst, dass er Menschen vor sich hatte. Die beiden Gefangenen waren Weston und Devine, und einen begnadeten Augenblick lang hatte Ransom die menschliche Gestalt mit malakandrischen Augen gesehen.

Die Spitze der Prozession war nun bis auf wenige Schritte an Oyarsa herangekommen und die Träger legten ihre Lasten ab. Es waren drei tote Hrossa auf Bahren aus einem Ransom unbekannten Metall; sie lagen auf dem Rücken und ihre Augen, die man nicht geschlossen hatte, wie Menschen es bei ihren Toten tun, starrten auf beunruhigende Art und Weise in das hohe, goldgelbe Gewölbe des Hains hinauf. Einer von ihnen schien Hyoi zu sein, und der jetzt vortrat und nach einer Verneigung vor Oyarsa zu sprechen begann, war unzweifelhaft Hyois Bruder Hyahi.

Ransom hörte zuerst nicht, was er sagte, denn seine Aufmerksamkeit war auf Weston und Devine gerichtet. Sie waren unbewaffnet und wurden von den bewaffneten Hrossa, die sie umstanden, scharf bewacht. Beide hatten, wie auch Ransom, ihre Bärte wachsen lassen, und beide waren bleich und schmutzig von dem Marsch. Weston stand mit verschränkten Armen da und auf seinem Gesicht lag ein starrer, vielleicht sogar gewollter Ausdruck der Verzweiflung. Devine, die Hände in den Taschen, schien ebenso wütend wie beleidigt zu sein. Beide hielten ihre Lage ganz offensichtlich für gefährlich, doch keiner von ihnen ließ es an Mut fehlen. Umringt von ihren Bewachern und in Anspruch genommen von dem Geschehen vor ihnen, hatten sie Ransom noch nicht bemerkt.

Dann wurde Ransom gewahr, was Hyois Bruder sagte.

»Ich beklage nicht so sehr den Tod dieser beiden, Oyarsa, denn als wir bei Nacht über die Hmana herfielen, bekamen diese einen großen Schrecken. Es war gewissermaßen eine Jagd, und die beiden wurden getötet wie von einem Hnakra. Aber Hyoi haben sie aus der Ferne mit der Waffe eines Feiglings erschlagen, obwohl er sie in keiner Weise erschreckt hatte. Und nun liegt er hier, und – ich sage das nicht, weil er mein Bruder war, denn das ganze Handramit weiß es – er war ein Hnakrapunt und ein großer Dichter, und es ist ein schwerer Verlust für uns.«

Oyarsas Stimme sprach zum ersten Mal zu den beiden Menschen. »Warum habt ihr meinen Hnau getötet?«, fragte sie.

Weston und Devine blickten unruhig umher, um den Sprecher ausfindig zu machen.

»Gott!«, rief Devine auf Englisch. »Sag bloß, sie haben hier einen Lautsprecher.«

»Bauchrednerei«, flüsterte Weston heiser. »Ziemlich häufig bei Wilden. Der Zauberer oder Medizinmann gibt vor, in Trance zu fallen, und macht es dann. Wir müssen herausfinden, wer der Medizinmann ist, und sprechen dann immer nur ihn an, egal, woher die Stimme kommt; das macht ihn nervös und zeigt, dass wir ihn durchschaut haben. Siehst du eines der Scheusale in Trance? Da – Teufel noch mal! Ich hab ihn schon.«

Man musste es Weston lassen, er war ein guter Beobachter. Mit sicherem Blick hatte er den einzigen Teilnehmer der Versammlung herausgefunden, der nicht in ehrerbietiger, aufmerksamer Haltung dastand. Es war ein älterer Hross, ganz in seiner Nähe. Er kauerte am Boden und seine Augen waren geschlossen. Weston tat einen Schritt auf ihn zu, nahm eine herausfordernde Haltung an und rief laut (seine Kenntnisse der Sprache waren eher dürftig): »Warum ihr unsere Krach-bumm wegnehmen? Wir sehr böse auf euch. Wir nicht Angst.«

Westons eigener Theorie zufolge hätte sein Auftritt großen Eindruck machen müssen. Leider schätzte jedoch niemand das Benehmen des älteren Hross so ein wie er. Der Hross – den alle, einschließlich Ransom, gut kannten – war nicht mit der Trauerprozession gekommen. Er hatte schon seit Tagesanbruch an seinem Platz gesessen. Er wollte es keineswegs an Respekt Oyarsa gegenüber fehlen lassen; doch zugegebenermaßen hatte er schon zu einem viel früheren Zeitpunkt des Geschehens einer Schwäche nachgegeben, die ältere Hnau aller Arten befällt, und erfreute sich eines tiefen und erfrischenden Schlafes. Eines seiner langen Schnurrbarthaare zuckte ein wenig, als Weston ihm ins Gesicht brüllte, aber seine Augen blieben geschlossen.

Wieder ließ sich Oyarsas Stimme vernehmen. »Warum sprichst du zu ihm?«, sagte sie. »Ich bin es, der euch fragt: Warum habt ihr meinen Hnau getötet?«

»Du uns lassen gehen, dann wir reden!«, schrie Weston den schlafenden Hross an. »Du denken, wir keine Macht, ihr tun alles, was ihr wollen. Ihr nicht können. Großer dicker Häuptling im Himmel uns schicken. Ihr nicht tun, was ich sagen, er kommen und machen euch alle tot – Peng! Bumm!«

»Ich weiß nicht, was ›Bumm‹ bedeutet«, sagte die Stimme. »Aber warum habt ihr meinen Hnau getötet?«

»Sag, es war ein Versehen«, flüsterte Devine seinem Gefährten auf Englisch zu.

»Ich hab's dir schon mal gesagt«, antwortete Weston, ebenfalls auf Englisch. »Du weißt nicht, wie man mit Eingeborenen umgeht. Ein Zeichen von Schwäche, und sie springen uns an die Gurgel. Es gibt nur eins: Man muss sie einschüchtern.«

»Von mir aus!«, grollte Devine. »Mach, was du willst.« Er verlor offensichtlich das Vertrauen zu seinem Partner.

Weston räusperte sich und setzte zu einer neuen Runde gegen den alten Hross an.

»Wir ihn töten«, brüllte er. »Zeigen, was wir können. Alle, die nicht tun, was wir sagen – Peng! Bumm! Wir sie töten wie den da. Aber ihr tun alles, was wir sagen, wir euch geben viel schöne Sachen. Da! Da!« Zu Ransoms äußerstem Unbehagen zog Weston bei diesen Worten eine leuchtend bunte Glasperlenkette aus der Tasche – unzweifelhaft ein Erzeugnis des Herrn Woolworth. Er ließ sie vor den Gesichtern seiner Bewacher hin und her baumeln, drehte sich dazu langsam im Kreis und wiederholte ständig: »Schön, schön! Sehen, sehen!«

Das Ergebnis dieses Manövers war verblüffender, als selbst Weston erwartet hatte. Ein Getöse von Lauten, wie menschliche Ohren sie nie zuvor vernommen hatten – das Bellen der Hrossa, das Quieken der Pfifltriggi, das Dröhnen der Sorne –, brach los; es zerriss die Stille dieses erhabenen Ortes und hallte von den fernen Bergwänden wider. Selbst in der Luft über ihnen war das feine Geläut der Eldila-Stimmen zu hören. Es machte Weston große Ehre, dass er zwar erbleichte, aber nicht die Nerven verlor.

»Ihr mich nicht anbrüllen!«, donnerte er. »Nicht versuchen, mir Angst machen. Ich keine Angst vor euch!«

»Du musst meinen Leuten vergeben«, sagte Oyarsa, und selbst seine Stimme hatte einen leicht veränderten Klang. »Sie schreien dich nicht an. Sie lachen nur.«

Aber Weston kannte das malakandrische Wort für lachen nicht; es war ein Wort, mit dem er in keiner Sprache viel anzufangen wusste. Ransom biss sich vor Scham auf die Unterlippe und betete fast, dass der Wissenschaftler sich mit diesem einen Versuch mit den Glasperlen zufrieden geben möge. Aber er kannte Weston nicht. Dieser sah, dass der Aufruhr sich gelegt hatte. Er wusste, dass er die allgemein anerkannten Regeln zur Einschüchterung und dann Versöhnung primitiver Völker befolgte, und er war nicht der Mann, der sich von ein oder zwei Fehlschlägen entmutigen ließ. Das Gebrüll, das aus den Kehlen sämtlicher Zuschauer aufstieg, als er sich wieder wie ein Kreisel in Zeitlupentempo zu drehen begann – wobei er sich mit der Linken gelegentlich über die Stirn strich und mit der Rechten ruckartig die Perlenkette schwenkte –, übertönte alles, was er möglicherweise zu sagen versuchte; aber Ransom sah, wie seine Lippen sich bewegten, und zweifelte kaum daran, dass er fortwährend »Schön, schön!« wiederholte. Plötzlich schien die allgemeine Heiterkeit sich zu verdoppeln. Die Sterne standen ungünstig für Weston. Sein hoch spezialisierter Verstand schien sich nebelhaft an Anstrengungen zu erinnern, die er vor langer Zeit einmal zur Unterhaltung einer kleinen Nichte unternommen hatte. Er hatte den Kopf zur Seite gelegt und hüpfte auf und ab; es war, als tanze er, und dabei geriet er immer mehr in Wallung. Ransom glaubte, ihn trällern zu hören: »Dideldum, dideldei.«

Vollkommene Erschöpfung machte der Darbietung des großen Physikers – der weitaus erfolgreichsten Vorstellung dieser Art, die je auf Malakandra stattgefunden hatte – und damit dem geräuschvollen Entzücken seiner Zuschauer schließlich ein Ende. Ransom hörte, wie Devine in die Stille hinein sprach.

»Um Himmels willen, Weston«, sagte er auf Englisch, »hör endlich auf, dich zum Clown zu machen. Merkst du denn nicht, dass es bei ihnen nicht ankommt?«

»Es scheint tatsächlich nicht anzukommen«, gab Weston zu. »Um ihre Intelligenz ist es wohl noch schlechter bestellt, als wir vermutet hatten. Was meinst du, vielleicht versuche ich es noch einmal – oder willst du es diesmal probieren?«

»Ach, zum Teufel!«, sagte Devine, kehrte seinem Partner den Rücken, setzte sich abrupt auf den Boden, zog sein Zigarettenetui und begann zu rauchen.

»Ich werde sie dem Medizinmann geben«, sagte Weston in die kurze Stille hinein, die Devines Verhalten bei den verdutzten Zuschauern bewirkt hatte; und bevor jemand ihn daran hindern konnte, trat er einen Schritt vor und versuchte, die Glasperlenkette um den Hals des älteren Hross zu legen. Dessen Kopf war dafür jedoch zu groß und die Kette ruhte, ein wenig über das eine Auge gerutscht, auf seiner Stirn wie eine Krone. Der Hross bewegte leicht seinen Kopf, als wolle er ein paar lästige Fliegen verjagen, schnaubte leise und schlief weiter.

Oyarsas Stimme wandte sich jetzt an Ransom. »Sind die Gehirne deiner Artgenossen krank, Ransom von Thulkandra?«, sagte sie. »Oder fürchten sie sich zu sehr, um meine Fragen zu beantworten?«

»Ich denke, Oyarsa«, sagte Ransom, »sie glauben nicht, dass du hier bist. Und sie glauben, diese Hnau seien wie … wie ganz junge Welpen. Der dickere Hman versucht sie einzuschüchtern und ihnen dann mit Geschenken zu gefallen.«

Beim Klang von Ransoms Stimme fuhren die beiden Gefangenen herum. Weston wollte etwas sagen, doch Ransom unterbrach ihn hastig auf Englisch.

»Hören Sie, Weston. Das ist kein Trick. Dort in der Mitte – da, wo Sie einen Lichtschein oder so etwas sehen können, wenn Sie sich anstrengen, befindet sich wirklich ein Lebewesen. Es ist mindestens so intelligent wie ein Mensch und scheint eine unvorstellbare Lebensdauer zu haben. Hören Sie auf, es wie ein Kind zu behandeln, und beantworten Sie seine Fragen. Und wenn ich Ihnen einen Rat geben darf, sagen Sie die Wahrheit und blasen Sie sich nicht auf.«

»Die Scheusale scheinen jedenfalls intelligent genug zu sein, um Sie einzuwickeln«, grollte Weston. Doch dann wandte er sich, diesmal in einem etwas milderen Ton, wieder an den schlafenden Hross – er war geradezu davon besessen, den vermeintlichen Medizinmann zu wecken.

»Wir traurig, wir ihn töten«, sagte er und zeigte auf Hyoi. »Wir nicht wollen töten. Sorne uns sagen, bringen Mann. Sorne ihn geben großem Häuptling. Wir gehen zurück in Himmel. Er (hier zeigte er auf Ransom) kommen mit uns. Er ganz verbogener Mann, er weglaufen, nicht tun, was Sorne und wir sagen. Wir hinterherlaufen, wollen fangen für Sorne, wollen tun, wie wir sagen und Sorne sagen, verstehen? Er uns nicht lassen. Laufen weg, immer laufen, laufen. Wir hinterher, sehen großen Schwarzen, denken, er uns töten, wir ihn töten – paff, peng! Alles wegen verbogenem Mann. Er nicht weglaufen, er gut, wir nicht laufen hinterher, nicht töten großen Schwarzen, verstehen? Ihr jetzt haben verbogenen Mann, er machen allen Ärger. Ihr ihn behalten, uns lassen gehen. Er Angst vor euch, wir keine Angst. Du hören ...«

In diesem Moment hatte Westons ständiges Bellen endlich den gewünschten Erfolg. Der alte Hross schlug die Augen auf und staunte ihn freundlich und ein wenig verwirrt an. Dann wurde ihm allmählich klar, welch unpassendes Benehmen er sich hatte zu Schulden kommen lassen. Er stand langsam auf, verneigte sich ehrerbietig vor Oyarsa und trottete schließlich mit der Glasperlenkette über dem rechten Ohr und Auge davon. Mit offenem Mund blickte Weston der watschelnden Gestalt nach, bis sie zwischen den Stämmen des Hains verschwunden war.

Oyarsa brach das Schweigen. »Jetzt haben wir genug gelacht«, sagte er. »Es ist Zeit, richtige Antworten auf unsere Fragen zu hören. Etwas stimmt nicht in deinem Kopf, Hnau von Thulkandra. Es ist zu viel Blut darin. Ist Firikitekila da?«

»Hier, Oyarsa«, sagte ein Pfifltrigg.

»Habt ihr in euren Zisternen abgekühltes Wasser?«

»Ja, Oyarsa.«

»Dann lass diesen dicken Hnau zum Gästehaus bringen und seinen Kopf in kaltem Wasser baden. Nehmt viel Wasser und tut es mehrmals. Dann bringt ihn wieder. Inzwischen will ich mich um meine getöteten Hrossa kümmern.«

Weston verstand nicht genau, was die Stimme sagte – er war immer noch zu sehr damit beschäftigt herauszufinden, woher sie kam –, aber als er spürte, wie Hrossa ihre starken Arme um ihn legten und ihn fortschleppten, packte ihn nacktes Entsetzen. Ransom hätte ihm gern ein paar beruhigende Worte nachgerufen, aber Weston brüllte zu laut, als dass er sie hätte hören können. Er warf jetzt Englisch und Malakandrisch durcheinander, und als Letztes vernahm Ransom noch den Aufschrei: »Dafür zahlen – Peng! Bumm! Ransom, um Himmels willen –! Ransom! Ransom!«

»Und nun«, sagte Oyarsa, als wieder Stille eingekehrt war, »wollen wir meine toten Hnau ehren.«

Auf seine Worte hin scharten sich zehn Hrossa um die Bahren. Sie hoben die Köpfe, und ohne dass ein sichtbares Zeichen gegeben worden wäre, begannen sie zu singen.

Für jeden, der in die Geheimnisse einer neuen Kunst eindringt, kommt ein Zeitpunkt, da sich über dem, was bisher keine Bedeutung zu haben schien, ein Zipfel des Vorhangs hebt. In einem wahren Freudentaumel – an den ein späteres und umfassenderes Verständnis kaum je heranreicht – erhascht man einen Blick auf ihre grenzenlosen Möglichkeiten. Diesen Punkt hatte Ransom jetzt in seinem Verständnis des malakandrischen Gesangs erreicht. Zum ersten Mal erkannte er, dass die Rhythmen einem anderen als unserem Blut entsprangen, einem Herzen, das schneller schlug, und einer heftigeren inneren Glut. Da er die malakandrischen Wesen inzwischen kannte und eine große Zuneigung für sie empfand, begann er, wenn auch in noch so geringem Maße, mit ihren Ohren zu hören. Schon bei den ersten Takten des tiefen, kehligen Trauergesangs war ihm, als sehe er gewaltige Massen sich mit fantastischer Geschwindigkeit bewegen, als sehe er Riesen tanzen, als finde er ewigen Trost für ewiges Leid, als wisse er, was er nie gewusst und dennoch von jeher gewusst hatte, und sein Geist verneigte sich, als habe sich das Tor des Himmels vor ihm aufgetan.

»Lasst ihn ziehn von dannen«, sangen sie. »Lasst ihn ziehn von dannen, sich auflösen, nicht Leib mehr sein. Lasst ihn sinken, gebt ihn frei, lasst ihn sinken, sanft, wie ein Stein sich löst aus den Fingern und hinabsinkt in den stillen Teich. Lasst ihn untergehen, sinken, fallen. Unter der Oberfläche sind keine Grenzen, keine Schichten hat das Wasser, durchlässig ist es bis auf den Grund; eins und unverwundbar ist dieses Element. Schickt ihn auf die Reise, er wird nicht wiederkommen. Lasst ihn sinken; erheben daraus wird sich der Hnau. Dies ist das zweite Leben, der andere Anfang. Öffne dich, o farbige Welt ohne Gewicht, ohne Ufer. Du bist die zweite, die bessere; dies war die erste, die schwache. Einst waren die Welten heiß im Innern und brachten Leben hervor, doch nur die blassen Pflanzen, die dunklen. Wir sehen ihre Kinder, wenn sie heute an traurigen Orten aus dem Sonnenlicht heraus wachsen. Denn danach ließ der Himmel andere Welten wachsen, hoch kletternde Pflanzen, hellhaarige Wälder, Blumenwangen. Erst waren die dunkleren, dann die helleren; erst war die Weltenbrut, dann war die Sonnenbrut.«

Soviel hatte Ransom behalten und später übersetzen können. Als das Lied zu Ende war, sprach Oyarsa.

»Wir wollen die Bewegungen, die ihre Leiber waren, zerstreuen. So wird Maleldil einst alle Welten zerstreuen, wenn die erste, die schwache, sich erschöpft hat.«

Er gab einem der Pfifltriggi ein Zeichen. Dieser erhob sich augenblicklich und trat zu den Leichnamen. Die Hrossa, die jetzt wieder, aber sehr leise sangen, zogen sich mindestens zehn Schritte zurück. Der Pfifltrigg berührte die drei Toten nacheinander mit einem kleinen Gegenstand, der aus Glas oder Kristall zu sein schien, und sprang dann mit einem seiner froschartigen Sätze davon. Ransom schloss die Augen, um sie vor einem blendenden Licht zu schützen, und den Bruchteil einer Sekunde spürte er etwas wie einen starken Windstoß im Gesicht. Dann war alles wieder ruhig und die drei Bahren waren leer.

»Mann! Den Trick müsste man auf der Erde kennen«, sagte Devine zu Ransom. »Keine Scherereien mehr mit den Leichen für die Mörder, eh?«

Aber Ransom dachte an Hyoi und antwortete ihm nicht; bevor er wieder etwas sagte, wurde jedermanns Aufmerksamkeit von der Rückkehr des unglücklichen Weston zwischen seinen Bewachern abgelenkt.

## 20

Der Hross an der Spitze des Trupps war sehr gewissenhaft und begann sofort, sich mit unruhiger Stimme zu rechtfertigen.

»Ich hoffe, wir haben es richtig gemacht, Oyarsa«, sagte er. »Aber wir wissen es nicht. Wir haben seinen Kopf siebenmal in das kalte Wasser getaucht, und beim siebten Mal fiel etwas davon ab. Wir dachten, es sei der obere Teil seines Kopfes, aber dann haben wir gesehen, dass es eine Bedeckung aus der Haut eines anderen Geschöpfes war. Darauf sagten einige, wir hätten mit den sieben Malen deinem Willen Genüge getan, aber andere waren nicht der Meinung. Schließlich haben wir ihn weitere sieben Male untergetaucht. Wir hoffen, es war richtig so. In den Pausen hat der Hman viel und laut geredet, besonders während der zweiten sieben Male, aber wir konnten ihn nicht verstehen.«

»Ihr habt es sehr gut gemacht, Hnoo«, sagte Oyarsa. »Tretet zur Seite, damit ich ihn sehen kann, denn nun werde ich zu ihm sprechen.«

Die Bewacher stellten sich zu beiden Seiten auf. Westons normalerweise blasses Gesicht hatte unter dem erfrischenden Einfluss des kalten Wassers die Farbe einer reifen Tomate angenommen und sein Haar, das seit der Landung auf Malakandra natürlich nicht geschnitten worden war, klebte in geraden, glatten Strähnen auf seiner Stirn. Noch immer tropfte Wasser von Nase und Ohren. Seine Miene – leider ohne Wirkung auf ein Publikum, das das menschliche Mienenspiel nicht kannte – war die eines tapferen Mannes, der für eine große Sache leidet und eher begierig als abgeneigt ist, dem Schlimmsten ins Auge zu sehen oder es sogar heraufzubeschwören. Vielleicht erklärte sich dieses Verhalten daraus, dass er an diesem Morgen in Erwartung eines Martyriums bereits die größten Ängste ausgestanden hatte und dann von vierzehn unfreiwilligen kalten Duschen ernüchtert worden war. Devine, der seinen Gefährten kannte, rief ihm auf Englisch zu: »Ruhig Blut, Weston. Diese Teufel können das Atom spalten oder so was Ähnliches. Pass auf, was du zu ihnen sagst, und verschone uns mit deinem verdammten Blödsinn.«

»Aha!«, sagte Weston. »Du bist also auch zu den Wilden übergewechselt?«

»Schweig«, sagte Oyarsas Stimme. »Du, Dicker, hast mir nichts von dir erzählt, also werde jetzt ich es dir erzählen. Auf deiner Welt hast du großes Wissen über Körper erlangt, und so ist es dir gelungen, ein Schiff zu bauen, das den Himmel durchqueren kann; aber in allen anderen Dingen hast du den Verstand eines Tiers. Als ihr das erste Mal kamt, habe ich nach euch geschickt und wollte euch nichts als Ehre erweisen. Aber die Finsternis eures Geistes erfüllte euch mit Furcht. Ihr habt gedacht, ich wollte euch Böses, und so habt ihr wie Bestien gehandelt, die andere Tiere überfallen, und diesen Ransom in eine Falle gelockt. Ihn wolltet ihr dem Übel preisgeben, das ihr fürchtetet. Als ihr ihn heute hier gesehen habt, hättet ihr ihn mir ein zweites Mal gegeben, um euer eigenes Leben zu retten, denn ihr denkt immer noch, ich wollte ihm Schaden zufügen. So geht ihr mit euren eigenen Artgenossen um. Und was ihr gegen mein Volk im Sinn habt, weiß ich auch. Einige habt ihr schon getötet. Und ihr seid gekommen, sie alle zu töten. Euch bedeutet es nichts, ob ein Lebewesen Hnau ist oder nicht. Zuerst habe ich gedacht, es sei euch nur wichtig, ob ein Lebewesen den gleichen Körper hat wie ihr. Aber Ransom hat einen Körper wie ihr, und dennoch würdet ihr ihn ebenso bedenkenlos töten wie jeden meiner Hnau. Ich wusste nicht, dass der Verbogene in eurer Welt so viel bewirkt hat, und ich verstehe es immer noch nicht. Wäret ihr mein, so würde ich euch auf der Stelle entleiben. Denkt keinen Unsinn; durch meine Hand tut Maleldil Größeres als dies und ich kann euch selbst an den Grenzen der Atmosphäre eurer eigenen Welt zunichte machen. Aber noch bin ich dazu nicht entschlossen. Jetzt ist es an dir, zu sprechen. Lass mich sehen, ob außer Furcht, Gier und Tod noch irgendetwas anderes in deinem Kopf ist.«

Weston wandte sich Ransom zu. »Ich sehe«, sagte er, »dass Sie die entscheidende Krise in der Geschichte des Menschengeschlechtes gewählt haben, um es zu verraten.« Dann blickte er in die Richtung, aus der die Stimme kam.

»Ich wissen, ihr uns töten«, sagte er. »Ich keine Angst. Andere kommen, machen alles hier unsere Welt …«

Aber Devine war aufgesprungen und unterbrach ihn.

»Nein, nein, Oyarsa«, rief er. »Du ihn nicht anhören. Er dummer Mensch, er haben Träume. Wir kleine Leute, nur wollen schönes Sonnenblut. Ihr geben uns viel Sonnenblut, wir gehen zurück in Himmel und ihr uns nie mehr sehen. Alles vorbei, verstehen?«

»Schweig«, sagte Oyarsa. Das Licht – wenn man denn von Licht sprechen konnte –, aus dem die Stimme kam, veränderte sich fast unmerklich und Devine krümmte sich und fiel zu Boden. Als er sich wieder setzte, war er kreidebleich und keuchte.

»Sprich weiter«, sagte Oyarsa zu Weston.

»Ich nicht ... nicht ...«, begann Weston auf malakandrisch und brach dann ab. »Ich kann in ihrer verfluchten Sprache nicht ausdrücken, was ich sagen will«, fügte er auf Englisch hinzu.

»Sprich zu Ransom und er wird es in unserer Sprache wiedergeben«, erwiderte Oyarsa.

Weston ging sofort auf den Vorschlag ein. Er glaubte, die Stunde seines Todes sei gekommen, und war entschlossen, vorher noch das zu sagen, was er zu sagen hatte – das Einzige, was ihm außer seiner Wissenschaft wichtig war. Er räusperte sich, setzte sich in Positur und hub an.

»Ihr mögt einen gemeinen Räuber in mir sehen, doch auf meinen Schultern lastet das Geschick des Menschengeschlechts. Euer Stammesleben mit seinen Steinzeitwaffen und Bienenkorbhütten, seinen primitiven Booten und seiner unterentwickelten Gesellschaftsstruktur ist nicht mit unserer Zivilisation zu vergleichen – unserer Wissenschaft und Medizin, unserem Rechtswesen, unseren Armeen, unserer Architektur, unserem Handel und unseren Transportmitteln, die Raum und Zeit immer schneller überwinden. Unser Recht, euch zu verdrängen, ist das Vorrecht des Höheren gegenüber dem Niederen. Das Leben ...«

»Augenblick«, sagte Ransom. »Mehr kann ich auf einmal nicht schaffen.« Dann wandte er sich Oyarsa zu und übersetzte, so gut er konnte. Es war ein schwieriges Unterfangen und das Ergebnis – das er als ziemlich unbefriedigend empfand – nahm sich etwa folgendermaßen aus: »Bei uns, Oyarsa, gibt es eine Art von Hnau, die den anderen Hnau Nahrung und – und Dinge wegnehmen, wenn jene nicht Acht geben. Er sagt, er sei kein gewöhnlicher von dieser Sorte. Er sagt, was er jetzt tue, werde das Leben der noch Ungeborenen unserer Rasse verändern. Er sagt, bei euch lebten alle Hnau einer Sippe zusammen, die Hrossa hätten Speere gleich denen, die wir vor sehr langer Zeit benutzt haben, und eure Hütten seien klein und rund und eure Boote klein und leicht wie unsere alten, und ihr hättet einen einzigen Herrscher. Er sagt, bei uns sei das anders. Er sagt, wir wüssten viel. Bei uns geschehe etwas, wenn der Körper eines Lebewesens Schmerzen verspüre und schwach werde, und oft wüssten wir, dem Einhalt zu gebieten. Er sagt, bei uns gebe es viele verbogene Leute, die wir töten oder in Hütten einsperren, und dass es besondere Leute gebe, die Streitigkeiten zwischen den verbogenen Hnau über ihre Hütten und Frauen und Sachen schlichten. Er sagt, bei uns besäßen die Hnau eines Landes viele Möglichkeiten, die Hnau eines anderen Landes zu töten, und viele würden eigens ausgebildet, um es zu tun. Er sagt, wir bauten sehr große und feste Hütten aus Stein und andere Dinge – wie die Pfifltriggi. Und er sagt, wir tauschten viele Dinge untereinander und könnten schwere Lasten sehr schnell über weite Entfernungen tragen. Wegen all dieser Dinge, sagt er, wäre es nicht die Tat eines verbogenen Hnau, wenn unser Volk euer ganzes Volk tötete.«

Sobald Ransom geendet hatte, fuhr Weston fort.

»Das Leben ist größer als jede Moral; die Forderungen, die es stellt, sind absolut. Bei seinem unaufhaltsamen Vormarsch von der Amöbe zum Menschen und vom Menschen zur Zivilisation ist es weder Stammestabus noch Lehrbuchgrundsätzen gefolgt.«

»Er sagt«, begann Ransom, »Lebewesen seien stärker als die Frage, ob eine Tat verbogen oder gut ist – nein, das ist nicht ganz richtig – er sagt, es sei besser, lebendig und verbogen als tot zu sein – nein, er sagt ... er sagt – Oyarsa, ich kann in eurer Sprache nicht sagen, was er meint. Aber er sagt weiter, das einzig Gute sei, wenn es sehr viele lebendige Wesen gebe. Vor den ersten Hmana habe es viele andere Lebewesen gegeben, und die jüngeren seien immer besser gewesen als die älteren. Aber er sagt, die Lebewesen würden nicht wegen dem geboren, was die Älteren den Jungen über verbogene und gute Taten erzählen. Und er sagt, diese Lebewesen hätten keinerlei Mitleid empfunden.«

»Es ...«, begann Weston.

»Verzeihung«, unterbrach Ransom. »Aber ich habe vergessen, was Es ist.«

»Das Leben natürlich«, knurrte Weston. »Es hat rücksichtslos alle Hindernisse niedergerissen und alle Fehlentwicklungen ausgemerzt, und in seiner höchsten Form – dem zivilisierten Menschen und mir als seinem Vertreter – setzt es heute an zu jenem interplanetarischen Sprung, der es vielleicht für immer dem Zugriff des Todes entziehen wird.«

»Er sagt«, fasste Ransom zusammen, »diese Lebewesen hätten gelernt, viele schwierige Dinge zu vollbringen, außer denen, die das nicht konnten; diese starben, und die anderen Lebewesen hatten kein Mitleid mit ihnen. Und er sagt, das beste Lebewesen sei jetzt der Hman, der die großen Hütten baut und die schweren Lasten trägt und all die anderen Dinge macht, von denen ich dir erzählt habe; er ist einer von ihnen, und er sagt, wenn die anderen wüssten, was er tue, wären sie hocherfreut. Er sagt, wenn er euch alle töten und unsere Leute nach Malakandra bringen könnte, dann könnten sie hier vielleicht noch leben, wenn mit unserer Welt etwas schief geht. Und wenn dann mit Malakandra etwas schief ginge, könnten sie weiterziehen und alle Hnau auf einer anderen Welt töten. Und dann auf der nächsten, und so würden sie niemals aussterben.«

»Um des Rechtes oder, wenn Sie so wollen, um der Macht des Lebens selbst willen bin ich bereit, auf malakandrischem Boden die Flagge der Menschheit zu hissen«, sagte Weston. »Vorwärts zu schreiten, Schritt für Schritt, und wenn nötig, die niederen Lebensformen, auf die wir stoßen, zu beseitigen; Planeten um Planeten, Sonnensystem um Sonnensystem zu besetzen, bis unsere Nachfahren – welch seltsame Gestalt und ungeahnte Mentalität sie auch angenommen haben mögen – im Weltall leben, wo immer im Weltall Leben möglich ist.«

»Er sagt«, übersetzte Ransom, »dass es für ihn aus diesen Gründen keine verbogene Tat wäre … oder vielmehr, er sagt, es wäre eine mögliche Tat, euch alle zu töten und Hmana herzubringen. Und er hätte kein Mitleid. Er sagt wieder, dass die Hmana vielleicht im Stande wären, von einer Welt zur nächsten zu ziehen, und wohin auch immer sie kämen, würden sie alle töten. Ich glaube, er spricht jetzt von Welten, die um andere Sonnen kreisen. Er will, dass unsere Kinder und Kindeskinder auf möglichst vielen Welten leben, auch wenn er jetzt noch nicht weiß, was für Geschöpfe sie sein werden.«

»Vielleicht komme ich um«, sagte Weston. »Aber solange ich lebe, werde ich es, mit einem solchen Schlüssel in der Hand, nicht zulassen, dass meiner Rasse die Tore zur Zukunft verschlossen bleiben. Was diese Zukunft über unser heutiges Wissen hinaus birgt, übersteigt unser Vorstellungsvermögen: Mir genügt es, dass es ein ›Darüber-hinaus‹ gibt.«

»Er sagt«, übersetzte Ransom, »er werde nicht aufhören, das alles zu versuchen, außer ihr tötet ihn. Und er sagt, obwohl er nicht wisse, was unseren Kindeskindern geschehe, wünsche er sehr, dass es so komme.«

Weston war nun mit seiner Erklärung zu Ende gekommen und sah sich unwillkürlich nach einem Stuhl um, auf den er sinken könnte. Auf Erden sank er gewöhnlich auf einen Stuhl, wenn der Applaus einsetzte. Da er keinen fand und nicht zu den Menschen gehörte, die sich wie Devine einfach auf den

Boden setzen, verschränkte er die Arme und blickte mit einer gewissen Würde in die Runde.

»Es ist gut, dass ich dich gehört habe«, sagte Oyarsa. »Denn dein Geist ist zwar schwächer, dein Wille aber weniger verbogen, als ich gedacht habe. Nicht für dich selbst würdest du das alles tun.«

»Nein«, sagte Weston stolz auf malakandrisch. »Ich sterben. Hmana leben.«

»Doch du weißt, dass diese Lebewesen ganz anders sein müssten als du, wenn sie auf anderen Welten leben wollten.«

»Ja, ja. Ganz neu. Niemand wissen. Fremd! Groß!«

»Dann ist es nicht die Gestalt des Körpers, die dir so viel bedeutet?«

»Nein. Mir egal, welche Form.«

»Dann sollte man meinen, du legst Wert auf den Geist. Aber das kann nicht sein, denn dann müsstest du alle Hnau lieben, wo immer du ihnen begegnest.«

»Mir egal Hnau. Mir wichtig Hmana.«

»Aber wenn es weder um den Geist des Hman geht, der wie der Geist aller anderen Hnau ist – denn hat nicht Maleldil alle erschaffen? –, noch um seinen Körper, der sich wandeln wird – wenn dir beides nichts bedeutet, was verstehst du dann unter Hman?«

Das musste Weston übersetzt werden. Als er verstanden hatte, erwiderte er: »Mir wichtig Hmana – wichtig unsere Rasse, was Hman zeugen ...« Er musste Ransom nach den Wörtern für ›Rasse‹ und ›zeugen‹ fragen.

»Seltsam!«, sagte Oyarsa. »Du liebst keinen Einzelnen von deiner Rasse – du hättest mich Ransom töten lassen. Du liebst weder den Geist deiner Rasse noch ihren Körper. Jedes Geschöpf würde dir gefallen, wenn es nur von deiner Art, wie sie heute ist, gezeugt wäre. Mir scheint, Dicker, du liebst im Grunde nicht das vollendete Geschöpf, sondern nur den Samen: Denn das ist alles, was übrig bleibt.«

»Sagen Sie ihm«, meinte Weston, als ihm das begreiflich gemacht worden war, »dass ich nicht beanspruche, Metaphysiker zu sein. Ich bin nicht hergekommen, um logische Haarspalterei zu betreiben. Wenn er etwas so Grundlegendes wie die Loyalität eines Menschen zur Menschheit nicht versteht – ebenso wie Sie anscheinend –, dann kann ich es ihm nicht begreiflich machen.«

Aber Ransom war nicht im Stande, diese Antwort zu übersetzen, und Oyarsas Stimme fuhr fort.

»Ich sehe jetzt, wie der Herr des schweigenden Sterns dich verbogen hat. Es gibt Gebote, die alle Hnau kennen, wie Mitleid, Redlichkeit, Scham und dergleichen, und eines davon ist die Liebe zur eigenen Art. Er hat euch gelehrt, alle zu brechen bis auf dieses eine, das nicht einmal zu den höchsten Geboten gehört; dieses eine hat er zu einer Art Wahn verbogen und es euch dann wie einen kleinen blinden Oyarsa in den Kopf gesetzt. Nun könnt ihr nicht umhin, ihm zu gehorchen, obwohl ihr, wenn wir euch fragen, warum es ein Gebot ist, keinen anderen Grund dafür wisst als für alle die anderen und höheren Gebote, die ihr um dieses einen Gebotes willen brecht. Weißt du, warum er das getan hat?«

»Ich nicht glauben solche Person – ich weiser, neuer Hman. Nicht glauben dummes altes Geschwätz.«

»Ich will es dir sagen. Er hat euch dieses eine Gebot gelassen, weil ein verbogener Hnau mehr Unheil anrichten kann als ein gebrochener. Dich hat er nur verbogen; diesen Dünnen dagegen, der auf dem Boden sitzt, hat er gebrochen, denn er hat ihm nichts gelassen als Gier. Er ist jetzt nur noch ein sprechendes Tier, und auf meiner Welt könnte er nicht mehr Unheil anrichten als ein Her. Wenn er mein wäre, so würde ich seinen Körper auflösen, denn der Hnau in ihm ist bereits tot. Aber wenn du mein wärest, so würde ich versuchen, dich zu heilen. Sage mir, Dicker, warum bist du hergekommen?«

»Ich dir sagen. Machen Hmana leben alle Zeit.«

»Aber wissen eure weisen Männer denn nicht, dass Malakandra älter ist als eure Welt und seinem Tod näher? Der größte Teil ist bereits tot. Mein Volk lebt nur noch in den Handramits; Wärme und Wasser nehmen mehr und mehr ab. Bald, sehr bald werde ich meiner Welt ein Ende machen und mein Volk Maleldil zurückgeben.«

»Ich wissen all das. Das nur erster Versuch. Bald gehen auf andere Welt.«

»Aber wisst ihr nicht, dass alle Welten sterben werden?«

»Hmana springen von jeder Welt, bevor sterben – wieder, wieder, verstehen?«

»Und wenn alle tot sind?«

Weston sagte nichts. Nach einer Weile fuhr Oyarsa fort:

»Fragst du nicht, warum nicht vielmehr mein Volk, dessen Welt alt ist, schon längst zu eurer Welt gekommen ist und sie in Besitz genommen hat?«

»Haha!«, sagte Weston. »Ihr nicht wissen, wie.«

»Du irrst«, sagte Oyarsa. »Vor vielen tausenden von Jahren, als auf eurer Welt noch nichts lebte, kam der kalte Tod über mein Harandra. Damals war ich in großen Schwierigkeiten, nicht so sehr wegen des Todes meiner Hnau – denn Maleldil gewährt ihnen kein langes Leben – als wegen der Gedanken, die der Herr eurer Welt, der noch nicht gebunden war, ihnen eingab. Er hätte sie so gemacht, wie eure Leute jetzt sind – weise genug, um den Tod der eigenen Art kommen zu sehen, aber nicht weise genug, ihn zu ertragen. Nicht lange, und verbogene Ratgeber wären unter ihnen aufgetaucht. Sie waren sehr wohl im Stande, Himmelsschiffe zu bauen. Durch mich gebot Maleldil ihnen Einhalt. Einige habe ich geheilt, einige habe ich entleibt ...«

»Und was kommen dabei heraus?«, unterbrach Weston ihn. »Ihr jetzt sehr wenige, eingeschlossen in Handramit. Bald alle sterben.«

»Ja«, sagte Oyarsa, »aber eine Sache haben wir auf dem

Harandra zurückgelassen: Angst. Und mit der Angst Mord und Aufruhr. Nicht einmal die schwächsten meines Volkes fürchten den Tod. Der Verbogene, der Herr eurer Welt, verwüstet und besudelt eure Leben, wenn er euch dazu bringt, vor etwas zu fliehen, von dem ihr wisst, dass es euch schließlich doch einholen wird. Würdet ihr Maleldil folgen, so hättet ihr Frieden.«

Weston wand sich vor Wut, weil er sprechen wollte, die Sprache aber nicht richtig beherrschte.

»Unsinn! Defätistischer Unsinn!«, schrie er Oyarsa auf Englisch an; dann richtete er sich zu seiner vollen Größe auf und fügte auf Malakandrisch hinzu: »Du sagen, euer Maleldil lassen alle gehen tot. Anderer, Verbogener, er kämpfen, springen, leben – nicht nur bla-bla-bla. Mir nicht wichtig Maleldil, ich lieber mögen Verbogenen; ich auf seiner Seite!«

»Aber siehst du nicht, dass er niemals ...«, begann Oyarsa und brach ab, als ob er sich besänne. »Ich muss von Ransom mehr über eure Welt erfahren, und dafür brauche ich bis heute Abend Zeit. Ich werde euch nicht töten, nicht einmal den Dünnen, denn ihr seid nicht von meiner Welt. Morgen werdet ihr mit eurem Schiff wieder fortfahren.«

Devine klappte der Kiefer herunter. Er begann rasend schnell auf Englisch zu reden.

»Um Himmels willen, Weston, klär ihn doch auf! Wir sind seit Monaten hier – die Erde steht jetzt nicht in Opposition. Sag ihm, es ist nicht möglich. Dann könnte er uns ebenso gut gleich umbringen.«

»Wie lang wird eure Reise nach Thulkandra dauern?«, fragte Oyarsa.

Mit Ransoms Hilfe erklärte Weston, dass die Reise bei der gegenwärtigen Position der beiden Planeten fast unmöglich sei. Die Entfernung habe sich um viele Millionen Meilen vergrößert. Der Winkel ihrer Flugbahn zu den Sonnenstrahlen sei ganz anders als der, mit dem er gerechnet habe. Selbst wenn sie bei einer Wahrscheinlichkeit von eins zu hundert die Erde erreichen würden, sei es so gut wie sicher, dass ihr Sauerstoffvorrat lange vor der Ankunft erschöpft wäre.

»Sagen Sie ihm, er soll uns lieber jetzt töten«, fügte er hinzu.

»All das ist mir bekannt«, sagte Oyarsa. »Aber wenn ihr auf meiner Welt bleibt, muss ich euch töten: Geschöpfe wie euch werde ich auf Malakandra nicht dulden. Ich weiß, dass die Aussichten, eure Welt zu erreichen, gering sind; aber geringe Aussichten sind nicht dasselbe wie keinerlei Aussichten. Entscheidet bis morgen Mittag, was ihr wollt. Vorher aber sagt mir eins: Für den Fall, dass ihr eure Heimat erreicht, welches ist die längste Zeit, die ihr dazu benötigt?«

Nach reiflicher Überlegung erwiderte Weston mit unsicherer Stimme, dass, wenn sie es in neunzig Tagen nicht geschafft hätten, sie es niemals schaffen und überdies ersticken würden.

»Neunzig Tage sollt ihr haben«, sagte Oyarsa. »Meine Sorne und Pfifltriggi werden euch Luft (denn auch wir beherrschen diese Kunst) und Nahrung für neunzig Tage geben. Aber sie werden mit eurem Schiff noch etwas anderes machen. Ich möchte nicht, dass es wieder in den Himmel aufsteigt, nachdem es Thulkandra erreicht hat. Du, Dicker, warst nicht hier, als ich meine toten Hrossa, die du umgebracht hattest, entleibt habe; der Dünne wird dir davon erzählen. Ich kann dies über Raum und Zeit hinweg tun, wie Maleldil es mich gelehrt hat. Bevor dein Himmelsschiff aufsteigt, werden meine Sorne es so behandeln, dass es sich am neunzigsten Tag auflöst, zu dem wird, was ihr ›Nichts‹ nennt. Falls es sich an diesem neunzigsten Tag noch im Himmel befindet, werdet ihr keinen schweren Tod haben; aber bleibt nicht in eurem Schiff, wenn ihr auf Thulkandra gelandet seid. Jetzt führt diese beiden fort, und ihr, meine Kinder, mögt gehen, wohin ihr wollt. Ich aber muss mit Ransom sprechen.«

# 21

Den ganzen Nachmittag über blieb Ransom mit Oyarsa allein und antwortete auf seine Fragen. Ich bin nicht berechtigt, dieses Gespräch wiederzugeben; ich darf nur sagen, dass die Stimme mit den Worten schloss: »Du hast mir mehr Wunder gezeigt, als im ganzen Himmel bekannt sind.«

Danach besprachen sie Ransoms Zukunft. Es wurde ihm freigestellt, auf Malakandra zu bleiben oder die gewagte Reise zur Erde anzutreten. Er rang verzweifelt um eine Entscheidung. Am Ende beschloss er, Westons und Devines Los zu teilen.

»Die Liebe zur eigenen Art«, sagte er, »ist nicht das höchste der Gebote, aber du, Oyarsa, hast gesagt, es sei ein Gebot. Wenn ich nicht auf Thulkandra leben kann, ist es besser für mich, überhaupt nicht zu leben.«

»Du hast richtig entschieden«, sagte Oyarsa. »Und zwei Dinge will ich dir sagen. Meine Leute werden all die seltsamen Waffen aus dem Schiff nehmen, aber eine werden sie dir geben. Und die Eldila der Himmelsgefilde werden um euer Schiff und häufig auch darin sein, bis es die Atmosphäre Thulkandras erreicht. Sie werden nicht zulassen, dass die anderen beiden dich töten.«

Es war Ransom vorher nicht in den Sinn gekommen, dass Weston und Devine als eine der ersten Maßnahmen zur Einsparung von Nahrung und Sauerstoff einfallen könnte, ihn zu ermorden. Er war bestürzt ob seiner Kurzsichtigkeit und dankte Oyarsa für seinen Schutz. Dann entließ der große Eldil ihn mit den Worten: »Du hast dir nichts Böses zu Schulden kommen lassen, Ransom von Thulkandra, außer vielleicht eine gewisse Furchtsamkeit. Die Reise, die du nun antrittst, wird die Strafe dafür sein, vielleicht aber auch das Heilmittel, denn wenn sie zu Ende ist, musst du entweder wahnsinnig oder tapfer geworden sein. Aber ich erteile dir auch einen Befehl: Solltet ihr je auf Thulkandra eintreffen, musst du dort diesen Weston und diesen Devine im Auge behalten. Sie können immer noch auf und außerhalb eurer Welt viel Unheil anrichten. Deinem Bericht entnehme ich, dass es Eldila gibt, die in eure Luft hinabschweben, mitten in die Hochburg des Verbogenen; eure Welt ist nicht so abgeschottet, wie wir in diesem Teil des Himmels gedacht haben. Behalte diese beiden Verbogenen im Auge. Sei mutig. Bekämpfe sie. Und im Notfall werden einige von uns helfen. Maleldil wird sie zu dir führen. Es könnte sogar sein, dass du und ich einander wiederbegegnen, solange du noch deine leibliche Gestalt hast; denn es lag in Maleldils Weisheit beschlossen, dass wir uns jetzt begegnet sind und ich so viel über deine Welt gelernt habe. Mir scheint, dies sind die Anfänge eines Kommens und Gehens zwischen Himmeln und Welten und den Welten untereinander – wenn auch nicht in dem Sinne, wie der Dicke es gehofft hat. Es ist mir nicht verboten, dir Folgendes zu sagen: Für das Jahr, in dem wir uns jetzt befinden – aber himmlische Jahre sind nicht wie eure –, sind seit Langem Unruhen und große Veränderungen prophezeit, und es mag sein, dass die Besetzung Thulkandras dem Ende zugeht. Große Dinge sind im Gange. Wenn Maleldil es mir nicht verwehrt, werde ich nicht abseits stehen. Und nun, lebe wohl.«

Durch eine dicht gedrängte Menge von Malakandriern gingen die drei Menschen am nächsten Tag an Bord des Schiffes, um ihre schreckliche Reise anzutreten. Weston war bleich und abgespannt, nachdem er die Nacht mit Berechnungen zugebracht hatte, die kompliziert genug waren, jeden Mathematiker aus der Ruhe zu bringen, auch wenn nicht sein Leben davon abhing. Devine war laut, unbeherrscht und ein wenig hysterisch. Seine ganze Meinung von Malakandra hatte sich über Nacht geändert durch die Entdeckung, dass die »Eingeborenen« ein alkoholisches Getränk kannten, und er hatte sogar versucht, ihnen das Rauchen beizubringen. Nur die Pfifltriggi hatten Gefallen daran gefunden. Jetzt suchte er

Trost für seine heftigen Kopfschmerzen und die Aussicht auf einen langsamen Tod, indem er an Weston herumnörgelte. Keiner der beiden war erfreut über die Entdeckung, dass alle Waffen aus dem Raumschiff verschwunden waren, im Übrigen aber entsprach alles ihren Wünschen. Etwa eine Stunde nach Mittag ließ Ransom einen letzten langen Blick über die blauen Wasser, die purpurnen Wälder und die fernen grünlichen Wände des Handramits schweifen und folgte den beiden anderen durch die Einstiegsluke. Bevor sie geschlossen wurde, ermahnte Weston seine Reisegefährten, sich völlig still zu verhalten, da sie sparsam mit der Atemluft umgehen müssten. Während der ganzen Reise müsse jede unnötige Bewegung vermieden und selbst das Sprechen unterbunden werden.

»Ich werde nur in Notfällen sprechen«, sagte er.

»Gott sei Dank, das ist wenigstens etwas«, war Devines letzte Stichelei. Dann schraubten sie die Luke zu.

Ransom ging sofort zur Unterseite der Kugel und in die Kammer, die jetzt beinahe auf dem Kopf stand. Dort legte er sich auf den Streifen, der später zum Oberlicht würde. Zu seiner Überraschung stellte er fest, dass sie bereits tausende von Fuß hoch waren. Das Handramit war nur noch eine gerade, purpurne Linie auf der rosaroten Oberfläche des Harandra. Unter ihnen trafen zwei Handramits aufeinander. Das eine war zweifellos das, in dem er gelebt hatte, das andere das, in dem Meldilorn lag. Die Senke, die über das Harandra von einem zum anderen führte und durch die Augray ihn auf seinen Schultern getragen hatte, war nicht mehr zu sehen.

Mit jeder Minute kamen mehr Handramits in Sicht – lange, gerade Linien, von denen manche parallel verliefen, manche sich überschnitten oder ein Dreieck bildeten. Die Landschaft wurde immer geometrischer. Das Hochland zwischen den purpurnen Linien wirkte vollkommen eben und die versteinerten Wälder gaben ihm eine rosarote Tönung. Dann tauchten im Norden und Osten die großen Sandwüsten auf, von denen die Sorne ihm erzählt hatten – grenzenlose Flächen von Ocker und Gelb. Auch im Westen hatte die Landschaft eine andere Färbung. Ein unregelmäßiger grünlich blauer Flecken kam zum Vorschein, der aussah, als liege er tiefer als das Harandra um ihn herum. Ransom schloss daraus, dass dies das bewaldete Tiefland der Pfifltriggi sein müsse – oder vielmehr eines dieser Tiefländer, denn nun erschienen überall ähnliche Flecken; einige waren nur eine Art Tupfer an den Schnittpunkten von Handramits, andere hatten eine enorme Ausdehnung. Ihm wurde eindringlich bewusst, wie geringfügig und auf ein kleines Gebiet beschränkt seine Kenntnisse von Malakandra waren. Es war, als ob ein Sorn vierzig Millionen Meilen zur Erde gereist wäre und sich dann dort nur zwischen Worthing und Brighton aufgehalten hätte. Er überlegte, dass er nur sehr wenig vorzuweisen hätte, wenn er diese unglaubliche Reise überlebte: ein paar Brocken der Landessprache, einige Landschaften, einige halb verstandene physikalische Phänomene – aber wo waren die Statistiken, die Geschichte, der breit angelegte Überblick über die außerirdischen Lebensbedingungen, die man von einer solchen Reise mitbringen sollte? Diese Handramits, zum Beispiel. Aus der Höhe gesehen, die das Raumschiff jetzt erreicht hatte, waren sie unverkennbar geometrisch, und seine erste Vermutung, es handle sich um natürliche Täler, stellte sich als falsch heraus. Es waren gewaltige Ingenieurleistungen, über die er nichts erfahren hatte. Leistungen, die, wenn alles stimmte, entstanden waren, bevor die Geschichte der Menschheit begonnen hatte … Ja sogar bevor die Geschichte der Tiere begonnen hatte. Oder war das nur Mythologie? Er wusste, dass es ihm wie Mythologie vorkommen würde, sobald er wieder zurück auf der Erde war (wenn er je zurückkehren würde), aber die Begegnung mit Oyarsa war ihm noch zu frisch in Erinnerung, als dass ihm ernstliche Zweifel hätten kommen können. Ihm kam sogar der Gedanke, dass der Unterschied zwischen Geschichte und Mythologie außerhalb der Erde bedeutungslos sein könnte.

Der Gedanke verwirrte ihn und er wandte sich wieder der Landschaft zu, die tief unter ihm lag und mit jeder Minute weniger wie eine Landschaft und mehr wie ein Diagramm aussah. Inzwischen drängte sich im Osten eine größere und dunklere Verfärbung als die zuvor beobachteten in den rötlichen Ocker der malakandrischen Welt: ein seltsam geformter Flecken, eine Art Bucht wie die innere Rundung einer Sichel mit langen Armen oder Hörnern zu beiden Seiten. Der Flecken wuchs und wuchs. Die breiten dunklen Arme schienen immer länger zu werden und den ganzen Planeten umfassen zu wollen. Plötzlich sah Ransom einen hellen Lichtpunkt in der Mitte dieses dunklen Fleckens und begriff, dass es überhaupt kein Flecken auf dem Planeten war, sondern der schwarze Himmel, der hinter ihm zum Vorschein kam. Die gleichmäßige Rundung war der Rand der Planetenscheibe. Bei diesem Anblick überkam ihn zum ersten Mal seit ihrer Abreise Furcht. Langsam, aber so, dass er es deutlich sehen konnte, breiteten die dunklen Arme sich weiter und weiter aus, bis sie die helle Oberfläche ganz umschlossen. Die ganze Scheibe hing nun schwarz eingerahmt vor ihm. Die leichten Schläge der Meteoriten waren schon seit Langem wieder zu hören. Das Fenster, durch das er blickte, war nicht mehr eindeutig unter ihm. Seine Arme und Beine waren zwar schon sehr leicht, aber auch ganz steif geworden, und er verspürte großen Hunger. Er blickte auf seine Uhr. Seit nahezu acht Stunden harrte er wie gebannt auf seinem Beobachtungsposten aus.

Mit einiger Mühe ging er zur Sonnenseite des Schiffs hinüber, und geblendet vom strahlenden Glanz des Lichts taumelte er ein wenig zurück. Er tappte in seine alte Kabine, fand seine Sonnenbrille und holte sich etwas zu essen und Wasser; beides hatte Weston streng rationiert. Er öffnete die Tür zum

Kontrollraum und schaute hinein. Die beiden anderen saßen mit angstvollen Gesichtern vor einer Art Metalltisch; er war mit empfindlichen, leise vibrierenden Instrumenten bedeckt, die vorwiegend aus Kristall und feinen Drähten bestanden. Die beiden beachteten ihn nicht. Während der restlichen schweigsamen Reise konnte er sich im ganzen Schiff frei bewegen.

Als er auf die dunkle Seite zurückkehrte, hing die Welt, die sie verlassen hatten, nicht viel größer als der Erdenmond im sternübersäten Himmel. Die Farben waren noch zu erkennen – eine rötlich gelbe Scheibe, grünlich blau gefleckt mit weißen Polkappen. Er sah die beiden winzigen malakandrischen Monde, deren Umlaufbewegungen mit bloßem Auge sichtbar waren. Auch sie gehörten zu den tausend Dingen, auf die er während seines Aufenthalts nicht geachtet hatte. Er schlief, wachte wieder auf und sah die Scheibe noch immer im Himmel hängen. Sie war jetzt kleiner als der Mond und ihre Farben waren bis auf eine einheitliche, leicht rötliche Tönung des Lichts verschwunden; und selbst dieses Licht war jetzt kaum noch stärker als das der übrigen, unzähligen Sterne. Das war nicht mehr Malakandra; das war nur noch der Mars.

Bald ging er wieder seiner alten Gewohnheit nach, schlief, nahm Sonnenbäder und machte sich zwischendurch Notizen für sein malakandrisches Wörterbuch. Er wusste, wie gering die Wahrscheinlichkeit war, sein neuerworbenes Wissen den Menschen mitteilen zu können, und dass ein unbemerkter Tod in den Tiefen des Weltraums mit ziemlicher Gewissheit am Ende ihres Abenteuers stehen würde. Doch er konnte sich den Himmel schon nicht mehr als Weltraum vorstellen. Manchmal durchlebte er Augenblicke kalter Furcht, aber mit jedem Mal wurden sie kürzer und lösten sich rascher in einem Gefühl von Ehrfurcht auf, das sein persönliches Schicksal völlig unbedeutend erscheinen ließ. Er hatte nicht das Gefühl, sie seien eine Insel des Lebens, die durch einen Abgrund des

Todes trieb. Er empfand beinahe das Gegenteil – dass außerhalb der kleinen eisernen Nussschale, in der sie dahinglitten, das Leben wartete, bereit, jeden Augenblick einzudringen, und dass, wenn es sie tötete, es dies durch ein Übermaß an Lebenskraft tun würde. Er hoffte inständig, dass, wenn sie sterben mussten, sie durch die Entkörperung des Raumschiffs umkommen würden und nicht in seinem Innern erstickten. Hinausgelassen, freigesetzt zu werden, sich aufzulösen im Ozean des ewigen helllichten Tages, erschien ihm in manchen Augenblicken ein noch wünschenswerteres Ende als ihre Rückkehr zur Erde. Und das erhebende Gefühl der Hinreise, als er zum ersten Mal die Himmelsweiten durchquerte, empfand er jetzt zehnmal so stark, denn nun war er überzeugt, dass der Abgrund buchstäblich von Leben, von lebendigen Wesen erfüllt war.

Sein Vertrauen auf Oyarsas Worte über die Eldila nahm während der Reise eher zu als ab. Er sah keinen von ihnen; das intensive Licht, in dem das Schiff schwamm, ließ keine der flüchtigen Veränderungen, die ihre Gegenwart verraten hätten, erkennen. Aber er hörte oder glaubte alle möglichen zarten Klänge und klangähnlichen Schwingungen zu hören, die sich mit dem klingenden Regen der Meteoriten mischten, und oft spürte er, ohne etwas zu sehen, sogar im Raumschiff unverkennbar eine körperliche Gegenwart. Mehr als alles andere ließ ihm dies seine eigenen Überlebenschancen als vollkommen unwichtig erscheinen. Er und das ganze Menschengeschlecht waren angesichts solch unermesslicher Fülle klein und vergänglich. Bei dem Gedanken an die wahre Bevölkerung des Universums, an die dreidimensionale Unendlichkeit ihrer Gebiete und die nie beschriebenen Zeitalter ihrer Vergangenheit schwindelte ihm; aber sein Herz wurde ruhiger denn je.

Es war gut für ihn, dass er zu einer solchen Geisteshaltung gelangt war, bevor die wirklichen Schwierigkeiten der Reise anfingen. Seit ihrem Start von Malakandra war das Thermometer ständig gestiegen; inzwischen stand es höher als zu irgendeinem Zeitpunkt ihrer Hinreise, und es stieg immer noch weiter. Auch das Licht wurde stärker. Meistens hielt er seine Augen unter der Sonnenbrille fest geschlossen und öffnete sie nur kurz für die notwendigsten Verrichtungen. Er wusste, dass, wenn sie die Erde erreichten, er einen bleibenden Sehschaden davontragen würde. Aber das war nichts, verglichen mit den Qualen, die die Hitze verursachte. Alle drei waren rund um die Uhr wach und litten mit geschwollenen Augen, schwarzen Lippen und fiebergefleckten Wangen einen immer unerträglicheren Durst. Es wäre Wahnsinn gewesen, die knappen Trinkwasserrationen zu erhöhen; Wahnsinn sogar, für eine Diskussion darüber Atemluft zu verbrauchen.

Ransom sah deutlich, was geschah. In einem letzten Griff nach dem Leben wagte Weston sich ins Innere der Erdumlaufbahn hinein und führte das Schiff näher an der Sonne vorbei, als es je ein Mensch, vielleicht überhaupt ein lebendes Wesen, riskiert hatte. Wahrscheinlich war dies unvermeidlich. Man konnte einer sich entfernenden Erde nicht auf ihrer eigenen ausholenden Bahn nachjagen. Sie mussten versuchen, ihr den Weg abzuschneiden, sie auf der anderen Seite der Sonne zu treffen ... Es war Wahnsinn! Aber die Frage beschäftigte Ransom nicht sehr; es war nicht möglich, längere Zeit an etwas anderes als den Durst zu denken. Man dachte an Wasser; dann dachte man an Durst; dann dachte man an den Gedanken an Durst; dann wieder an Wasser. Und immer noch stieg das Thermometer. Die Außenwände des Schiffes waren so heiß, dass man sie nicht mehr berühren konnte. Bald musste eine Wende eintreten. Innerhalb der nächsten Stunden musste die Hitze sie töten oder abnehmen.

Sie nahm ab. Es kam eine Zeit, da sie erschöpft und zitternd in scheinbarer Kälte lagen, doch es war noch immer heißer als jedes irdische Klima. Weston hatte sein Ziel soweit erreicht; er hatte die höchste Temperatur riskiert, in der Menschen theoretisch überleben konnten, und sie hatten es überstanden. Aber sie waren nicht dieselben geblieben. Bisher hatte Weston nur wenig geschlafen, selbst wenn er keine Wache hatte; immer war er nach einer Stunde unruhigen Schlafs zu den Sternkarten und zu seinen endlosen, entmutigenden Berechnungen zurückgekehrt. Man hatte sehen können, wie er gegen die Verzweiflung ankämpfte und seine Angst mit immer neuen Zahlen betäubte. Jetzt warf er keinen Blick mehr darauf, und selbst im Kontrollraum wirkte er unaufmerksam. Devine sah aus und bewegte sich wie ein Schlafwandler. Ransom lebte zunehmend auf der Nachtseite des Schiffs und dachte oft stundenlang an nichts. Obwohl die erste große Gefahr hinter ihnen lag, machte sich keiner von ihnen ernsthafte Hoffnungen auf ein glückliches Ende ihrer Reise. Sie hatten jetzt fünfzig stumme Tage in ihrer stählernen Hülle verbracht und die Luft war bereits sehr schlecht.

Weston glich so wenig seinem früheren Selbst, dass er Ransom sogar erlaubte, im Kontrollraum Dienst zu tun. Mit Zeichen und wenigen geflüsterten Worten brachte er ihm alles bei, was für diesen Abschnitt der Reise notwendig war. Anscheinend rasten sie vor einer Art kosmischem Passatwind mit hoher Geschwindigkeit heimwärts – mit geringen Aussichten, es rechtzeitig zu schaffen. Ein paar Faustregeln versetzten Ransom in die Lage, den Stern, den Weston ihm gezeigt hatte, auf Position in der Mitte des Oberlichts zu halten; allerdings lag seine linke Hand immer auf der Klingel zu Westons Kabine.

Dieser Stern war nicht die Erde. Die Tage – die rein theoretischen Tage, die für die Reisenden eine so verzweifelt praktische Bedeutung hatten – beliefen sich auf achtundfünfzig, als Weston den Kurs änderte und ein anderer Himmelskörper ins Zentrum rückte. Sechzig Tage, und er war als Planet erkennbar. Sechsundsechzig, und er war so groß wie ein durch einen Feldstecher betrachteter Planet. Siebzig, und er sah anders aus als alles, was Ransom je gesehen hatte – eine kleine, blendendhelle Scheibe, zu groß für einen Planeten und viel zu klein für den Mond. Nun, da er das Raumschiff steuerte, war der himmlische Friede von ihm gewichen. In ihm erwachte eine wilde, unbändige Lebensgier, gemischt mit Heimweh und dem Verlangen nach frischer Luft, nach den Landschaften und Gerüchen der Erde – nach Gras, Fleisch, Bier und Tee und dem Klang menschlicher Stimmen. Anfangs hatte er während der Wache ständig gegen den Schlaf ankämpfen müssen; jetzt hielt eine fiebrige Erregung ihn wach, obwohl die Luft noch schlechter geworden war. Bei Dienstende war sein rechter Arm oft steif und schmerzte; stundenlang hatte er ihn unbewusst gegen das Steuerpult gepresst, als ob er so die Geschwindigkeit des Raumschiffes beschleunigen könnte.

Jetzt blieben ihnen noch zwanzig Tage. Dann neunzehn – achtzehn – und auf der weißen Erdenscheibe, die nun ein wenig größer war als eine Münze, glaubte er Australien und Südostasien erkennen zu können. Stunde um Stunde verging, und obwohl die Kontinente mit der Erdumdrehung langsam über die helle Scheibe wanderten, wollte diese nicht größer werden. »Los! Mach voran!«, murmelte Ransom dem Schiff zu. Nun waren noch zehn Tage übrig, und die Erde war so groß wie der Mond und so hell, dass man nicht lange hinschauen konnte. Die Luft in der kleinen Kugel war bedenklich schlecht, aber als Ransom und Devine einander bei der Wache ablösten, riskierten sie ein paar geflüsterte Worte.

»Wir schaffen es«, sagten sie. »Wir schaffen es doch noch.«

Am siebenundachtzigsten Tag, als Ransom Devine ablöste, hatte er den Eindruck, dass mit der Erde etwas nicht stimmte, und bevor seine Wache um war, war er sich dessen sicher. Die Erde war keine runde Scheibe mehr, sondern auf einer Seite ein wenig ausgebeult; sie hatte etwa die Form einer Birne. Als Weston die Wache übernahm, warf er einen Blick auf das Oberlicht, klingelte wie wild nach Devine, stieß Ransom zur

Seite und setzte sich ans Steuerpult. Sein Gesicht war aschfahl. Er schien die Hebel betätigen zu wollen, doch als Devine eintrat, blickte er auf und zuckte verzweifelt die Achseln. Dann schlug er die Hände vors Gesicht und legte seinen Kopf auf das Steuerpult.

Ransom und Devine wechselten einen Blick. Sie hoben Weston aus dem Sitz – er weinte wie ein Kind – und Devine nahm seinen Platz ein. Nun verstand Ransom endlich das Geheimnis der ausgebeulten Erde. Was wie eine Schwellung an ihrer Seite ausgesehen hatte, erwies sich als eine zweite, scheinbar ebenso große Scheibe, die mehr als die Hälfte der Erde bedeckte. Es war der Mond – zwischen ihnen und der Erde, und zweihundertvierzigtausend Meilen näher. Ransom wusste nicht, was das für das Raumschiff bedeutete, aber Devine wusste es offenbar, und noch nie hatte er eine so bewundernswerte Haltung an den Tag gelegt. Sein Gesicht war ebenso bleich wie das Westons, aber seine Augen waren klar und unnatürlich hell; er saß über die Instrumente gebeugt wie ein lauerndes Tier und pfiff leise durch die Zähne.

Stunden später begriff Ransom, was geschah. Der Mond war nun größer als die Erde und er merkte, dass beide Scheiben ganz allmählich kleiner wurden. Das Raumschiff steuerte weder mehr auf die Erde noch auf den Mond zu; es war weiter von ihnen entfernt als eine halbe Stunde zuvor, und das war auch das Ziel von Devines fieberhafter Betätigung der Hebel. Nicht nur, dass der Mond ihren Kurs kreuzte und sie von der Erde abschnitt; offenbar durften sie ihm auch aus irgendeinem Grund – wahrscheinlich wegen seiner Anziehungskraft – nicht zu nahe kommen, und Devine steuerte wieder in den Weltraum. Den sicheren Hafen vor Augen, mussten sie wieder auf die offene See hinaus. Ransom blickte zum Chronometer. Es war der Morgen des achtundachtzigsten Tages – zwei Tage, um die Erde zu erreichen, und sie entfernten sich von ihr!

»Ich denke, das gibt uns den Rest?«, flüsterte er.

»Wahrscheinlich«, flüsterte Devine zurück, ohne sich umzusehen.

Weston hatte sich inzwischen soweit erholt, dass er zurückkommen und sich neben Devine stellen konnte. Für Ransom gab es nichts mehr zu tun. Er war jetzt sicher, dass sie bald sterben würden. Bei dieser Erkenntnis wich die quälende Spannung plötzlich von ihm. Der Tod, ob jetzt oder dreißig Jahre später auf Erden, erhob sich und forderte sein Recht. Und der Mensch möchte gewisse Vorbereitungen treffen. Ransom verließ den Kontrollraum. Er kehrte in eine der Kabinen auf der Sonnenseite zurück, in die Gleichgültigkeit des reglosen Lichtes, der Wärme, der Stille und der scharf umrissenen Schatten. Nichts lag ihm ferner als der Gedanke an Schlaf, doch die verbrauchte Luft musste ihn müde gemacht haben. Er schlief ein.

Er erwachte in nahezu vollkommener Dunkelheit, umgeben von einem unaufhörlichen, lauten Geräusch, das er zuerst nicht erkannte. Es erinnerte ihn an etwas – etwas, das er in einem früheren Dasein gekannt hatte. Es war ein anhaltendes, trommelndes Geräusch direkt über seinem Kopf. Plötzlich tat sein Herz einen gewaltigen Sprung.

»Mein Gott«, schluchzte er. »Mein Gott! Das ist Regen.«

Er war auf der Erde. Die Luft um ihn herum war stickig und verbraucht, aber das würgende Gefühl, unter dem er gelitten hatte, war verschwunden. Ihm wurde klar, dass er noch immer im Raumschiff war. Aus Angst vor der drohenden Entkörperung hatten die anderen es sofort nach der Landung verlassen und ihn bezeichnenderweise seinem Schicksal überlassen. In der Dunkelheit und unter dem erdrückenden Gewicht der irdischen Schwerkraft hatte er Mühe, sich zurechtzufinden. Aber es gelang ihm. Er fand die Ausstiegsluke, kroch hindurch und rutschte an der Außenseite der Kugel hinunter, wobei er in langen Zügen die Luft einatmete. Er glitt auf der nassen Erde aus, genoss ihren Geruch und brachte schließlich die ungewohnte Last seines Körpers auf die Beine. Die Nacht war pechschwarz und er stand in strömendem Regen. Mit jeder Pore seines Körpers sog er ihn ein; mit der ganzen Sehnsucht seines Herzens nahm er den Geruch der Gegend in sich auf – ein Stück seines Heimatplaneten, wo Gras wuchs, wo Kühe weideten und wo er bald an Hecken und ein Gatter kommen würde.

Er war ungefähr eine halbe Stunde gegangen, als ein heller Lichtschein hinter ihm und ein jäher Windstoß anzeigten, dass das Raumschiff nicht mehr existierte. Es interessierte ihn kaum. Er hatte schwache Lichter gesehen, Lichter von Menschen. Irgendwie kam er auf einen Feldweg, dann auf eine Landstraße und schließlich auf eine Dorfstraße. Die Tür zu einem erleuchteten Raum stand offen. Aus dem Innern kamen Stimmen und sie sprachen Englisch. Ein vertrauter Geruch wehte ihm entgegen. Er trat über die Schwelle, und ohne sich um die Überraschung zu kümmern, die sein Kommen auslöste, ging er an die Theke.

»Ein großes Helles, bitte«, sagte Ransom.

## 22

Leiteten mich allein literarische Erwägungen, so wäre meine Geschichte an diesem Punkt zu Ende, aber es ist Zeit, die Maske abzunehmen und dem Leser den eigentlichen und praktischen Zweck mitzuteilen, zu dem dieses Buch geschrieben wurde. Zugleich wird er erfahren, wie die Niederschrift überhaupt möglich war.

Dr. Ransom – jetzt wird auch klar, dass dies nicht sein wirklicher Name ist – gab den Gedanken an ein malakandrisches Wörterbuch und überhaupt jeden Gedanken, seine Erlebnisse der Welt mitzuteilen, sehr bald auf. Er war mehrere Monate lang krank, und nach seiner Genesung befielen ihn beträchtliche Zweifel, ob das, woran er sich erinnerte, auch wirklich stattgefunden hatte. Es konnte auch eine durch seine Krankheit hervorgerufene Wahnvorstellung sein, und die meisten seiner scheinbaren Abenteuer ließen sich ebenso gut psychoanalytisch erklären. Er selbst maß dem zwar keine große Bedeutung bei, denn er hatte schon seit Langem bemerkt, dass zahlreiche wirkliche Phänomene der Fauna und Flora unserer eigenen Welt auch auf diese Weise erklärt werden konnten, wenn man davon ausging, dass sie Illusionen waren. Aber er hatte das Gefühl, dass, wenn er selbst seine eigene Geschichte nur halb glaubte, die übrige Welt ihr nicht den geringsten Glauben schenken würde. Er beschloss, den Mund zu halten, und dabei wäre es geblieben, wären nicht verschiedene Dinge auf seltsame Weise zusammengekommen.

Das ist der Punkt, an dem ich selbst in Erscheinung trete. Ich kannte Dr. Ransom seit mehreren Jahren flüchtig und hatte mit ihm über literarische und philologische Themen korrespondiert, aber wir sahen uns nur selten. Es entsprach also dem gewohnten Gang der Dinge, dass ich ihm vor einigen Monaten einen Brief schrieb, dessen wesentlichen Absatz ich hier zitieren möchte. Er lautete:

»Ich arbeite zurzeit über die Platoniker des zwölften Jahrhunderts und entdecke dabei, dass sie ein entsetzlich schwieriges Latein geschrieben haben. Bei einem von ihnen, Bernardus Silvestris, gibt es ein Wort, zu dem ich besonders gern Ihre Meinung hören würde – das Wort ›Oyarses‹. Es kommt in der Beschreibung einer Reise durch die Himmel vor und ein Oyarses scheint die ›Intelligenz‹ oder der Schutzgeist einer Himmelssphäre, in unserer Sprache also eines Planeten, zu sein. Ich habe C. J. danach gefragt und er meint, es müsse ›Ousiarches‹ heißen. Das ergäbe natürlich einen Sinn, aber die Erklärung stellt mich nicht ganz zufrieden. Ist Ihnen zufällig einmal ein Wort wie Oyarses begegnet oder haben Sie eine Ahnung, welcher Sprache es entstammen könnte?«

Das unmittelbare Resultat dieses Briefes war die Einladung, ein Wochenende bei Dr. Ransom zu verbringen. Er erzählte mir seine ganze Geschichte, und seither arbeiten er und ich fast ohne Unterbrechung an der Lösung des Rätsels. Zahlreiche Fakten, die ich jedoch derzeit nicht veröffentlichen möchte, sind uns in die Hände gefallen; Fakten über Planeten im Allgemeinen und den Mars im Besonderen, Fakten über mittelalterliche Platoniker und nicht zuletzt Fakten über den Professor, dem ich den fiktiven Namen Weston gegeben habe. Natürlich könnten wir der zivilisierten Welt einen systematischen Bericht über diese Fakten vorlegen; aber so etwas stieße mit großer Sicherheit auf allgemeinen Unglauben und hätte womöglich eine Verleumdungsklage von Weston zur Folge. Auf der anderen Seite sind wir beide der Meinung, dass wir nicht schweigen dürfen. Täglich fühlen wir uns in unserem Glauben bestärkt, dass der Oyarses des Mars Recht hatte, als er sagte, das gegenwärtige Himmelsjahr werde ein revolutionäres sein, die lange Isolation unseres Planeten nähere sich dem Ende und große Dinge stünden bevor. Wir haben allen Grund zu der Annahme, dass die mittelalterlichen Platoniker im gleichen Himmelsjahr wie wir lebten, ja, dass dieses Himmelsjahr im zwölften Jahrhundert unserer Zeitrechnung begonnen hat und dass der Name Oyarsa (latinisiert zu Oyarses) bei Bernardus Silvestris nicht zufällig auftaucht. Überdies haben wir Indizien – und beinahe täglich kommen neue hinzu –, dass Weston oder die Mächte hinter Weston bei den Ereignissen der nächsten Jahrhunderte eine sehr bedeutsame Rolle spielen werden – eine sehr verhängnisvolle Rolle, wenn wir sie nicht daran hindern. Wir meinen damit nicht, dass sie wahrscheinlich auf dem Mars einfallen werden – wir rufen nicht nur: »Hände weg von Malakandra.« Die drohenden Gefahren sind nicht planetarischen, sondern kosmischen oder zumindest solaren Ausmaßes, und sie sind nicht zeitgebunden, sondern ewig. Mehr zu sagen, wäre unklug.

Dr. Ransom erkannte als Erster, dass unsere einzige Möglichkeit darin bestand, in Form eines Romans zu veröffentlichen, was als Dokumentation mit Sicherheit auf taube Ohren stieße. Er meinte sogar – in Überschätzung meines literarischen Talents –, dies habe nebenbei den Vorteil, eine breite Öffentlichkeit zu erreichen, und sehr viele Leute erführen so eher davon als Weston. Auf meinen Einwand, dass unser Bericht als Roman erst recht als unwahr betrachtet würde, erwiderte er, dass es in der Erzählung genug Hinweise gebe für die wenigen – die sehr wenigen – Leser, die zum gegenwärtigen Zeitpunkt bereit seien, tiefer in die Materie einzusteigen.

»Und diese Leser«, sagte er, »werden Sie oder mich leicht zu finden wissen, und sie werden Weston mühelos identifizieren. Im Augenblick brauchen wir sowieso weniger eine Glaubensgemeinschaft als eine Gemeinschaft von Menschen, die mit bestimmten Gedanken vertraut sind. Könnten wir auch nur ein Prozent unserer Leser dazu bringen, von der Konzeption des Weltraums auf die Konzeption des Himmels umzuschwenken, so wäre das immerhin ein Anfang.«

Was keiner von uns vorausgesehen hatte, war der rasche Gang der Ereignisse, durch den das Buch bereits vor seinem Erscheinen überholt war. Daher ist es eher eine Einleitung zu unserer Geschichte geworden als die Geschichte selbst. Aber wir müssen es dabei belassen. Und was die späteren Etappen des Abenteuers betrifft – nun, schon lange vor Kipling hat Aristoteles uns die Formel gelehrt: »Das ist eine andere Geschichte.«

## Nachschrift

(Es handelt sich um Auszüge aus einem Brief, den der wirkliche Dr. Ransom an den Verfasser gerichtet hat.)

… Ich denke, Sie haben Recht, und abgesehen von den zwei oder drei (rot eingezeichneten) Korrekturen kann das Manuskript so bleiben, wie es ist. Ich will nicht leugnen, dass ich enttäuscht bin, aber jeder Versuch, eine solche Geschichte zu erzählen, muss zwangsläufig denjenigen, der wirklich dort gewesen ist, enttäuschen. Ich meine hier nicht die rigorose Art und Weise, in der Sie den ganzen philologischen Teil gekürzt haben, sodass wir unseren Lesern jetzt nur noch eine Karikatur der malakandrischen Sprache bieten. Ich meine etwas Schwierigeres – etwas, das ich gar nicht richtig in Worte fassen kann. Wie kann man die malakandrischen Gerüche ›rüberbringen‹? Nichts in meinen Träumen ist so intensiv wie sie … besonders der Duft des frühen Morgens in den Purpurwäldern, wobei schon allein die Worte früher Morgen und Wald irrige Vorstellungen von Erde, Moos und Spinnweben, von dem Geruch unseres eigenen Planeten wachrufen, während ich an etwas ganz anderes denke. Etwas Aromatischeres … aber nicht an das Warme oder Volle oder Exotische, das in diesem Wort anklingt. Ich denke an etwas Aromatisches, Würziges und dennoch sehr Kaltes, sehr Dünnes, das hinten in der Nase kitzelt und auf den Geruchssinn wirkt, wie hohe, glasklare Violintöne auf das Gehör. Und dazu höre ich immer den

Klang der Gesänge – erhabene, dumpfe, hundeartige Musik aus mächtigen Kehlen, tiefer als Schaljapins Gesang, warme, dunkle Laute. Wenn ich daran denke, bekomme ich Heimweh nach meinem malakandrischen Tal. Und als ich es dort hörte, hatte ich weiß Gott großes Heimweh nach der Erde.

Natürlich haben Sie Recht; wenn wir einen Roman daraus machen wollen, müssen wir die Zeit raffen, die ich im Dorf verbracht habe und in der ›nichts passierte‹. Aber ich tue es nur ungern. Diese stillen Wochen, während derer ich einfach nur bei den Hrossa gelebt habe, sind für mich das Wichtigste überhaupt. Ich kenne diese Leute wirklich, Lewis, und genau das fällt bei einer reinen Erzählung immer heraus. Weil ich in den Ferien immer ein Thermometer bei mir habe (wodurch mancher Urlaub gerettet worden ist), weiß ich beispielsweise, dass die Körpertemperatur eines Hross 103° Fahrenheit beträgt. Ich weiß – obgleich ich mich nicht erinnere, es gelernt zu haben –, dass ihre Lebensdauer bei 80 Marsjahren liegt, was 160 Erdenjahren entspricht; dass sie mit etwa 20 (= 40) heiraten; dass ihr Kot, wie der von Pferden, weder ihnen noch mir widerlich war und in der Landwirtschaft verwendet wird; dass sie weder Tränen vergießen noch mit den Augen zwinkern; dass sie bei den häufigen nächtlichen Feiern zwar ›beschwipst‹ sind, wie man so sagt, aber niemals betrunken. Aber was kann man mit solch bruchstückhaften Informationen anfangen? Ich habe sie aus dem nicht in Worte zu fassenden, lebendigen Gesamtbild meiner Erinnerung herausgelöst, und niemand auf dieser Welt wird im Stande sein, aus solchen Bruchstücken wieder ein vollständiges Bild zusammenzusetzen. Kann ich zum Beispiel selbst Ihnen verständlich machen, woher ich weiß, warum die Malakandrier keine Schoßtiere halten und warum sie im Allgemeinen eine andere Einstellung zu den ›niederen Tieren‹ haben als wir? Das gehört natürlich zu den Dingen, die sie selbst mir nie hätten erklären können. Man versteht es einfach, wenn man die drei Arten beisammen sieht.

Jede von ihnen ist für die beiden anderen, um bei unseren Begriffen zu bleiben, sowohl Mensch als auch Tier. Sie können miteinander reden, zusammenarbeiten, sie haben die gleiche Ethik; in diesem Sinne verkehren ein Sorn und ein Hross wie zwei Menschen miteinander. Zugleich aber findet jeder den anderen verschieden, komisch und anziehend, so wie ein Tier anziehend ist. Irgendein verkümmerter Trieb in uns, den wir zu besänftigen suchen, indem wir unvernünftige Geschöpfe beinahe so behandeln, als wären sie vernünftig, ist auf Malakandra wirklich befriedigt. Sie brauchen keine Schoßtiere.

Übrigens, da wir gerade bei den Arten sind – es ist schade, dass die Erfordernisse eines Romans die Biologie derart vereinfacht haben. Habe ich Ihnen den Eindruck vermittelt, jede der drei Arten sei homogen? Wenn ja, habe ich Sie irregeführt. Nehmen wir die Hrossa: Meine Freunde waren schwarze Hrossa, aber es gibt auch silbrige Hrossa, und in einigen der westlichen Handramits findet man die zehn Fuß großen Kamm-Hrossa – eher Tänzer als Sänger und abgesehen vom Menschen wohl das edelste Geschöpf, das mir je begegnet ist. Nur die Männer haben den Kamm. In Meldilorn habe ich auch einen ganz weißen Hross gesehen, aber in meiner Dummheit habe ich nicht herausgefunden, ob er einer Untergattung angehörte oder nur eine Ausnahme war, wie die Albinos bei uns. Auch gibt es noch mindestens eine andere Art von Sornen als die, die ich kennen gelernt habe – den Soroborn oder roten Sorn der Wüste, der im sandigen Norden lebt. Ein Mordskerl, nach allem, was ich gehört habe.

Ich finde es ebenso bedauerlich wie Sie, dass ich nie zu den Pfifltriggi gekommen bin. Ich weiß zwar annähernd genug über sie, dass ich einen Besuch bei ihnen fingieren und als Episode in das Buch einfügen könnte, aber ich denke, wir sollten von völlig freien Erfindungen absehen. »Nach einer wahren Begebenheit« klingt für irdische Ohren zwar recht gut, aber ich weiß nicht, wie ich es Oyarsa erklären sollte, und ich habe den Verdacht (siehe meinen letzten Brief), dass ich wieder von ihm hören werde. Überhaupt, warum sollten unsere Leser (über die Sie eine Menge zu wissen scheinen!), die sich so wenig für die Sprache interessieren, unbedingt mehr über die Pfifltriggi erfahren wollen? Aber wenn Sie es noch unterbringen können, wird es sicherlich nicht schaden zu sagen, dass die Pfifltriggi Eier legen, eine matriarchalische Familienstruktur haben und im Vergleich mit den beiden anderen Arten kurzlebig sind. Es ist ziemlich offensichtlich, dass die riesigen Senken, in denen sie leben, der frühere Meeresboden Malakandras ist. Hrossa, die sie besucht haben, haben berichtet, sie seien über Sand gegangen und in tiefe Wälder hinabgestiegen, über sich die »Knochensteine (Fossilien) früherer Wellendurchbohrer«. Zweifellos sind diese Wälder die dunklen Flecken, die man von der Erde aus auf der Marsscheibe sehen kann. Das bringt mich auf einen anderen Punkt – die Karten vom Mars, die ich nach meiner Rückkehr studiert habe, stimmen so wenig überein, dass ich es aufgegeben habe, ›mein‹ Handramit zu suchen. Wenn Sie Ihr Glück versuchen wollen: Das Desiderat ist ein ungefähr von Nordosten nach Südwesten verlaufender Kanal; er kreuzt einen Nord-Süd-Kanal und liegt etwa zwanzig Meilen vom Äquator entfernt. Aber die Meinungen der Astronomen über das, was sie sehen können, gehen sehr weit auseinander.

Nun zu Ihrer ärgerlichsten Frage: »Hat Augray bei seiner Beschreibung der Eldila nicht vielleicht die Vorstellung von einem feineren Körper mit der von einem höheren Wesen verwechselt?« Nein. Sie sind es, der die Dinge verwechselt. Er hat zweierlei gesagt: dass die Eldila andere Körper besäßen als die Lebewesen auf den Planeten und dass sie eine höhere Intelligenz hätten. Weder er noch sonst irgendjemand auf Malakandra hat je die eine Feststellung mit der anderen verwechselt oder aus dem einen auf das andere geschlossen. Ich habe Gründe für die Annahme, dass es auch vernunftlose Tiere mit eldilartigen Körpern gibt (erinnern Sie sich an Chaucers ›luftige Tiere‹?).

Ich frage mich, ob es klug von Ihnen ist, nichts über das Problem der Eldil-Sprache zu sagen. Sicherlich würde es den Ablauf der Erzählung stören, wenn Sie diese Frage während der Verhörszene in Meldilorn erörterten, aber bestimmt besitzen viele Leser genug gesunden Menschenverstand und fragen sich, wie die Eldila, die offensichtlich nicht atmen, sprechen können. Natürlich müssten wir zugeben, dass wir nichts darüber wissen, aber sollte man das den Lesern nicht auch sagen? Ich habe J. – dem einzigen Wissenschaftler hier, den ich ins Vertrauen gezogen habe – Ihre These erläutert, dass sie Instrumente oder sogar Organe haben könnten, mit denen sie die umgebende Luft bewegen und auf diese Art indirekt Geräusche erzeugen, aber er schien nicht viel davon zu halten. Er meinte, wahrscheinlich manipulierten sie direkt die Ohren derjenigen, zu denen sie sprächen. Das klingt ziemlich schwierig ... aber wir sollten bedenken, dass wir nichts über die Form und Größe eines Eldil oder über seine Beziehung zum Raum (unserem Raum) wissen. Eigentlich möchte man immer wieder nur betonen, dass uns so gut wie nichts über sie bekannt ist. Wie Sie kann auch ich nicht umhin, sie mit ähnlichen Erscheinungen in der irdischen Überlieferung in Verbindung zu bringen – Götter, Engel, Feen. Aber wir wissen keine Einzelheiten. Als ich versuchte, Oyarsa die christliche Engelslehre zu beschreiben, schien er unsere Engel ganz offensichtlich als etwas von ihm selbst Verschiedenes zu betrachten. Aber ob er meinte, dass sie einer anderen Gattung angehören, oder nur, dass sie eine Art Kriegerkaste darstellen (denn unsere arme alte Erde erweist sich als eine Art Ypern-Riegel im Universum), weiß ich nicht.

Warum müssen Sie auslassen, dass kurz vor unserer Landung auf Malakandra plötzlich die Blenden klemmten? Ohne diese Einzelheit drängt sich die Frage auf, warum wir bei der

Rückreise so unter dem grellen Licht gelitten, warum wir die Blenden nicht geschlossen haben. Ich glaube nicht an Ihre Theorie, dass Leser solche Dinge nicht merken. Mir würde es sicher auffallen.

Zwei Szenen gibt es, die ich gerne noch in dem Buch gehabt hätte; aber es macht nichts – ich trage sie in mir, sehe sie immer vor mir, wenn ich die Augen schließe.

In der ersten sehe ich den malakandrischen Morgenhimmel: blassblau, so blass, dass er mir jetzt, da ich mich wieder an den irdischen Himmel gewöhnt habe, fast weiß vorkommt. Davor stehen schwarz die Wipfel der nahen Riesenpflanzen – der Bäume, wie Sie sie nennen – und dahinter, meilenweit entfernt, auf der anderen Seite des leuchtend blauen Wassers, die entfernteren Wälder in blassem Purpur. Die Schatten auf dem hellen Waldboden ringsum sind wie Schatten auf Schnee. Vor mir gehen Gestalten; schlank und riesenhaft, schwarz und glatt wie lebende Zylinderhüte; mit ihren großen runden Köpfen auf den geschmeidigen schmalen Körpern sehen sie aus wie schwarze Tulpen. Singend gehen sie hinunter zum Seeufer. Die Musik erfüllt den Wald mit ihren Schwingungen, obgleich sie so leise ist, dass ich sie kaum hören kann: Sie klingt wie gedämpfte Orgelmusik. Einige der Gestalten besteigen die Boote, doch die meisten bleiben am Ufer. Alles geschieht langsam; dies ist keine gewöhnliche Ausfahrt, sondern eine Zeremonie. Es ist ein hrossischer Trauerzug. Die drei mit den grauen Schnauzen, denen die anderen ins Boot geholfen haben, reisen nach Meldilorn, um zu sterben. Denn in jener Welt stirbt, außer den wenigen, die dem Hnakra zum Opfer fallen, niemand vor der Zeit. Alle leben die gesamte Zeitspanne, die ihrer Gattung bestimmt ist, und der Tod ist für sie so vorhersehbar wie für uns eine Geburt. Das ganze Dorf hatte gewusst, dass diese drei in diesem Jahr und in diesem Monat sterben würden; es war nicht einmal schwer zu erraten, dass sie in dieser Woche sterben würden. Und nun sind sie auf dem

Weg, Oyarsas letzten Rat zu empfangen, zu sterben und entleibt zu werden von ihm. Die Leichname wird es als Leichname nur wenige Minuten geben: Es gibt keine Särge auf Malakandra, keine Totengräber, Kirchhöfe oder Leichenbestatter. Bei der Abfahrt herrscht eine ernste, feierliche Stimmung im Tal, aber ich sehe keine Anzeichen tiefer Trauer. Sie zweifeln nicht an ihrer Unsterblichkeit, und Freunde derselben Generation werden nicht auseinander gerissen. Man verlässt die Welt, wie man in sie eingetreten ist, zusammen mit den anderen desselben Jahrgangs. Dem Tod geht weder Furcht voraus noch folgt ihm Verwesung.

Das andere ist eine nächtliche Szene. Ich sehe, wie ich mit Hyoi im warmen See bade. Er lacht über meine ungeschickten Schwimmversuche; an eine schwerere Welt gewöhnt, tauche ich kaum tief genug ins Wasser ein, um voranzukommen. Und dann sehe ich den Nachthimmel. Der größte Teil davon gleicht dem unsrigen, obwohl die Tiefen schwärzer und die Sterne heller sind; aber im Westen geschieht etwas, und kein irdischer Vergleich kann Ihnen ein getreues Bild davon vermitteln. Stellen Sie sich eine Vergrößerung der Milchstraße vor – die Milchstraße in einer vollkommen klaren Nacht durch ein starkes Teleskop betrachtet. Und dann stellen Sie sich dies nicht im Zenit vor, sondern am Horizont, wie ein Sternbild, das hinter den Berggipfeln aufsteigt – eine strahlende Lichterkette aus funkelnden Sternen, hell wie Planeten, die sich langsam erhebt, bis sie ein Fünftel des Himmels ausfüllt und schließlich einen schwarzen Streifen zwischen sich und den Horizont legt. Es ist zu hell, um lange hinschauen zu können, aber das ist erst ein Vorspiel. Etwas anderes ist im Anzug. Ein Leuchten wie beim Aufgehen des Mondes liegt auf dem Harandra. »Ahihra!«, ruft Hyoi und andere bellende Stimmen antworten ihm aus der Dunkelheit rings um uns. Und nun ist der wahre König der Nacht aufgegangen; er zieht seine Bahn durch diese seltsame westliche Galaxis und seine Pracht lässt ihre Lichter trübe erscheinen. Ich wende meine Augen ab, denn die kleine Scheibe ist weit heller als der Mond in seinem vollen Glanz. Das ganze Handramit ist in farbloses Licht getaucht; ich könnte die Stämme des Waldes am anderen Seeufer zählen; ich sehe, dass meine Fingernägel abgebrochen und schmutzig sind. Und nun errate ich, was meine Augen gesehen haben – Jupiter, der hinter den Asteroiden aufgeht, vierzig Millionen Meilen näher, als er irdischen Betrachtern je gewesen ist. Aber die Malakandrier würden sagen: »Innerhalb der Asteroiden«, denn sie haben manchmal die eigenartige Gewohnheit, das Innere des Sonnensystems nach außen zu kehren. Sie nennen die Asteroiden die »Tänzer an der Schwelle zu den großen Welten«. Die Großen Welten sind – für unsere Begriffe – die Planeten hinter oder außerhalb der Asteroiden. Der größte von ihnen ist Glundandra (Jupiter) und er hat eine gewisse Bedeutung im malakandrischen Denken, die ich jedoch nicht ergründen kann. Er ist *der Mittelpunkt*, das *große Meldilorn*, *Thron* und *Fest*. Dabei ist den Malakandriern wohl bewusst, dass er unbewohnbar ist, zumindest für planetengebundene Lebewesen; und sie hängen keineswegs der heidnischen Vorstellung an, Maleldil habe seinen Sitz an einem bestimmten Ort. Aber jemand oder etwas von großer Bedeutung ist mit Jupiter verbunden. Wie üblich hieß es: »Die Séroni werden es wissen.« Aber sie haben es mir nie gesagt. Der vielleicht beste Kommentar stammt von dem Autor, den ich Ihnen genannt habe: »Denn wie über den großen Africanus treffend gesagt wurde, er sei niemals weniger einsam gewesen, als wenn er allein war, so können in unserer Philosophie keine Bereiche dieses Weltensystems mit weniger Recht einsam genannt werden als eben diejenigen, welche allgemein als die einsamsten angesehen werden, denn die Abwesenheit von Mensch und Tier bedeutet nur ein umso größeres Vorkommen weit trefflicherer Geschöpfe.«

Mehr von alledem, wenn Sie kommen. Ich versuche, zu

dem Thema jedes alte Buch zu lesen, von dem ich höre. Nun, da Weston die Tür zugeworfen hat, führt der Weg zu den Planeten durch die Vergangenheit; wenn es in Zukunft noch Reisen durch den Weltraum geben soll, so werden es zugleich Reisen durch die Zeit sein müssen ...!

DIE PERELANDRA-TRILOGIE


**Perelandra**
Zweites Buch

PERELANDRA previously published in paperback by Voyager 2000.
First published in Great Britain by John Lane (The Bodley Head) Ltd. 1943
Copyright © S.S. Lewis Pte Ltd 1943

**1** ———— Als ich den Bahnhof von Worchester verließ und mich auf den drei Meilen weiten Weg zu Ransoms kleinem Landhaus machte, ahnte wohl niemand auf dem Bahnsteig, was es mit dem Mann, den ich besuchen wollte, auf sich hatte. Vor mir (denn das Dorf lag im Norden, auf der anderen Seite der Bahnstation) erstreckte sich flaches, etwas eintöniges Heideland, und der Fünfuhrhimmel war trübe, wie so oft an Herbstnachmittagen. Die wenigen Häuser und die roten oder gelblichen Baumgruppen fielen in keiner Weise auf. Wer konnte sich vorstellen, dass ich weiter draußen in dieser stillen Landschaft einem Mann gegenübertreten und die Hand geben würde, der auf einer vierzig Millionen Meilen von London entfernten Welt gelebt, gegessen und getrunken hatte; einem Mann, der die Erde als kleinen grünen Lichtpunkt im All gesehen und von Angesicht zu Angesicht mit einem Wesen gesprochen hatte, das schon lebte, als unser Planet noch unbewohnbar war?

Denn auf dem Mars war Ransom nicht nur den Marsianern begegnet. Er hatte Eldila genannte Wesen gesehen und vor allem den großen Eldil kennen gelernt, den Herrscher des Mars oder, in ihrer Sprache, den Oyarsa von Malakandra. Die Eldila unterscheiden sich sehr von allen erdgebundenen Geschöpfen. Ihr physischer Organismus, wenn man überhaupt von einem Organismus sprechen kann, ist ganz anders als der eines Menschen oder Marsianers. Sie essen nicht, atmen nicht, zeugen nicht und sterben keines natürlichen Todes, sodass sie sich eher mit denkenden Mineralien vergleichen lassen als mit irgendwelchen uns bekannten Lebewesen. Obgleich sie auf Planeten erscheinen und es unseren Sinnen zuweilen so vorkommen mag, als hielten sie sich dort auf, bietet die genaue räumliche Lokalisierung eines Eldil zu einem bestimmten Zeitpunkt große Schwierigkeiten. Sie selbst sehen den Weltraum (oder die Himmelstiefen) als ihr eigentliches Element an, und die Planeten sind für sie keine geschlossenen Welten, sondern einfach bewegliche Punkte – vielleicht sogar Unterbrechungen – in dem, was wir das Sonnensystem und sie die Gefilde Arbols nennen.

Ich besuchte Ransom auf ein Telegramm hin, in dem es geheißen hatte: »Kommen Sie Donnerstag, wenn möglich. Geschäftlich.« Ich ahnte, welche Art von Geschäften er meinte, und versuchte mir immer wieder einzureden, dass es höchst angenehm wäre, einen Abend mit Ransom zu verbringen; doch ich merkte, dass die Aussicht mich weniger erfreute, als sie eigentlich sollte. Die Sache mit den Eldila machte mir zu schaffen. Ich konnte mich gerade noch an den Gedanken gewöhnen, dass Ransom auf dem Mars gewesen war ... aber einem Eldil begegnet zu sein, mit einem Wesen gesprochen zu haben, dessen Leben praktisch unendlich schien ... Die Reise zum Mars war schon schlimm genug. Ein Mann, der auf einer anderen Welt gewesen ist, kehrt nicht unverändert zurück. Der Unterschied lässt sich nicht in Worte fassen. Wenn der Mann ein Freund ist, kann es schmerzlich sein: Das alte Verhältnis ist nicht leicht wiederherzustellen. Aber weitaus schlimmer war meine zunehmende Überzeugung, dass die Eldila ihn nicht allein ließen. Kleine Ungereimtheiten im Gespräch mit ihm, eigenartige Wendungen, zufällige Anspielungen, die er dann mit einer unbeholfenen Entschuldigung zurücknahm, ließen darauf schließen, dass er sich in seltsamer Gesellschaft befand; dass es in seinem Landhaus – nun ja – Besucher gab.

Während ich die menschenleere Straße entlang durch das nicht eingezäunte Gemeindeland von Worchester stapfte, versuchte ich, mein wachsendes Unbehagen loszuwerden, indem ich es analysierte. Wovor fürchtete ich mich eigentlich? Kaum hatte ich mir diese Frage gestellt, als ich es auch schon bereute. Ich war bestürzt, dass ich in Gedanken das Wort »fürchten« gebraucht hatte. Bis dahin hatte ich versucht, mir weiszumachen, ich empfände nur Abneigung oder Verlegenheit oder sogar Langeweile. Doch das Wort »fürchten« hatte die Katze aus dem Sack gelassen. Mir wurde jetzt klar, dass ich Angst verspürte, nichts anderes, nicht mehr und nicht weniger. Und mir wurde klar, dass ich mich vor zweierlei fürchtete: davor, früher oder später selbst einem Eldil zu begegnen, und davor, mit hineingezogen zu werden. Wohl jeder kennt diese Angst, hineingezogen zu werden – den Augenblick, in dem einem klar wird, dass bisher rein theoretische Überlegungen einen plötzlich in die Arme der kommunistischen Partei oder einer christlichen Kirche treiben – das Gefühl, eine Tür sei hinter einem zugeschlagen. Ein solch unglückliches Zusammentreffen lag hier vor. Ransom selbst war gegen seinen Willen und beinahe durch Zufall zum Mars (beziehungsweise nach Malakandra) gebracht worden, und ein weiterer Zufall hatte mich in seine Angelegenheiten verwickelt. Doch nun gerieten wir beide mehr und mehr in den Sog von etwas, das ich nur als interplanetarische Politik bezeichnen kann. Was meinen heftigen Wunsch betrifft, niemals selbst mit den Eldila in Berührung zu kommen, so weiß ich nicht, ob ich ihn begreiflich machen kann. Es war mehr als das kluge Bedürfnis, fremdartigen, sehr mächtigen und sehr intelligenten Geschöpfen aus dem Weg zu gehen. Alles, was ich über sie gehört hatte, brachte zwei Dinge miteinander in Verbindung, die der Verstand gern trennt, und diese Verbindung versetzte einem gewissermaßen einen Schock. Wir neigen dazu, nichtmenschliche Intelligenzen in zwei unterschiedliche Kategorien einzuteilen – eine wissenschaftliche und eine übernatürliche. In einer bestimmten Stimmung denken wir an H. G. Wells'

Mond- und Marsbewohner (wobei letztere übrigens sehr wenig Ähnlichkeit mit den wirklichen Malakandriern aufweisen); in einer anderen Stimmung lassen wir unsere Gedanken um die Existenz von Engeln, Geistern, Feen und dergleichen kreisen. Aber sobald wir ein Geschöpf der einen oder anderen Kategorie als wirklich ansehen müssen, verwischt sich allmählich der Unterschied, und bei Geschöpfen wie den Eldila verschwindet der Unterschied gänzlich. Sie waren keine Lebewesen mit physischen Körpern – in dieser Hinsicht gehörten sie in die zweite Gruppe; aber es gab eine Art Trägersubstanz, die (im Prinzip) wissenschaftlich nachgewiesen werden konnte. In dieser Hinsicht gehörten sie in die erste Gruppe. Die Unterscheidung zwischen natürlich und übernatürlich wurde aufgehoben; und nachdem sie aufgehoben war, merkte man, wie tröstlich sie gewesen war – wie sehr sie die unerträgliche Fremdartigkeit des Universums gemildert hatte, indem sie sie säuberlich in zwei Hälften geteilt und den Verstand bestärkt hatte, diese niemals im gleichen Zusammenhang zu sehen. Welchen Preis an falscher Sicherheit und allgemein anerkannter Gedankenverwirrung wir möglicherweise für diesen Trost gezahlt haben, ist eine andere Frage.

»Was für eine lange, trostlose Straße«, dachte ich. »Nur gut, dass ich nichts zu tragen habe.« Und dann fiel mir mit Schrecken ein, dass ich eigentlich etwas tragen müsste, nämlich den Rucksack mit meinen Sachen für die Nacht. Ich fluchte vor mich hin. Ich musste ihn im Zug gelassen haben. Wird man mir glauben, dass mein erster Impuls war, zur Bahnstation zurückzukehren und »etwas zu unternehmen«? Natürlich gab es nichts zu unternehmen, was nicht genauso gut durch einen Anruf vom Landhaus aus erledigt werden konnte. Der Zug mit meinem Rucksack musste inzwischen weit über alle Berge sein.

Jetzt ist mir das ebenso klar wie meinen Lesern, doch damals hatte ich das unbedingte Gefühl, umkehren zu müssen, und auch bereits die ersten Schritte getan, ehe die Vernunft oder das Bewusstsein erwachte und ich in der bisherigen Richtung weiterging. Dabei spürte ich deutlicher als zuvor, wie wenig ich das eigentlich wollte. Es fiel mir so schwer, dass ich den Eindruck hatte, gegen den Wind zu gehen; dabei war es einer jener stillen, leblosen Abende, da kein Blatt sich regt, und ein leichter Nebel stieg auf.

Je weiter ich ging, desto unmöglicher war es mir, an etwas anderes als an diese Eldila zu denken. Was wusste Ransom wirklich über sie? Ihm zufolge besuchten die, die er kennen gelernt hatte, unseren Planeten nicht – oder erst seit seiner Rückkehr vom Mars. Wir hätten unsere eigenen Eldila, meinte er, irdische Eldila, doch sie gehörten einer anderen Art an und seien den Menschen meistens feindlich gesinnt. Dies sei der Grund, warum unsere Erde von der Verbindung mit den anderen Planeten abgeschnitten sei. Unsere Erde befinde sich in einer Art Belagerungszustand, sie sei genau genommen feindlich besetztes Gebiet, unterdrückt von Eldila, die sowohl mit uns als auch mit den Eldila der Himmelstiefen oder des Weltraums im Streit lägen. Wie Bakterien auf der mikroskopischen Ebene, so durchsetzten diese schädlichen Mitbewohner auf der makroskopischen unsichtbar unser ganzes Leben und seien die wahre Erklärung für die verhängnisvolle Wendung, die die Menschheitsgeschichte genommen habe. Wenn das alles stimmte, dann mussten wir natürlich begrüßen, dass Eldila einer besseren Art endlich die Grenze (die, wie es heißt, der Mondumlaufbahn entspricht) durchbrochen hatten und nun zu uns kamen. Immer unter der Voraussetzung, dass Ransoms Bericht der Wahrheit entsprach.

Ein hässlicher Gedanke kam mir in den Sinn. Vielleicht wurde Ransom zum Narren gehalten? Wenn jemand aus dem Weltraum eine Invasion unseres Planeten plante, konnte er sich kaum eine bessere Tarnung ausdenken als Ransoms Geschichte. Gab es überhaupt den geringsten Beweis für die

Existenz der angeblich bösartigen Eldila auf der Erde? Wie, wenn mein Freund, ohne es zu wissen, die Brücke wäre, das trojanische Pferd, das irgendwelchen Invasoren die Landung auf Tellus ermöglichte? Und wieder überkam mich der Impuls umzukehren, genau wie bei der Entdeckung, dass ich meinen Rucksack im Zug gelassen hatte. »Kehr um, kehr um«, wisperte es mir zu. »Schick ihm ein Telegramm, sag ihm, du wärest krank und kämest ein andermal – oder irgendetwas anderes.« Die Heftigkeit des Gefühls erstaunte mich. Ich blieb kurz stehen und ermahnte mich, mich nicht wie ein Dummkopf zu benehmen; als ich schließlich weiterging, fragte ich mich, ob sich so nicht vielleicht ein Nervenzusammenbruch ankündigte. Kaum war mir dieser Gedanke durch den Kopf gegangen, als er auch schon zu einem weiteren Grund wurde, Ransom nicht zu besuchen. Offensichtlich war ich nicht in der Verfassung für solch heikle »Geschäfte«, wie ich sie aus seinem Telegramm herausgelesen hatte. Ich war nicht einmal im Stande, ein gewöhnliches Wochenende fern von zu Hause zu verbringen. Das einzig Vernünftige war, sofort umzukehren und heimzufahren, bevor ich mein Gedächtnis verlor oder hysterisch wurde, und mich in die Hände eines Arztes zu begeben. Es war heller Wahnsinn weiterzugehen.

Das Heideland war jetzt zu Ende, und ich ging einen kleinen Hügel hinab; zu meiner Linken befand sich Gestrüpp, und zu meiner Rechten lagen einige anscheinend verlassene Fabrikgebäude. In der Talmulde hing stellenweise schon dichter Abendnebel. Zuerst sprechen sie von einem Zusammenbruch, dachte ich. Gab es nicht eine Geisteskrankheit, in der ganz gewöhnliche Gegenstände dem Patienten ungeheuer bedrohlich erschienen? Genau so, wie mir jetzt diese leer stehende Fabrik erschien? Große, wulstige Betongebilde, seltsame Schreckgespenster aus Ziegeln glotzten mich über verdorrte, struppige, mit grauen Pfützen durchsetzte und von schmalen Gleisen durchzogene Grasflächen hinweg drohend an. Ich fühlte mich an Wesen erinnert, die Ransom in jener anderen Welt gesehen hatte, nur waren es dort Leute gewesen. Lange, spindeldürre Riesen, die er Sorne nannte. Die Sache wurde noch schlimmer dadurch, dass er sie als gute Leute betrachtete – sehr viel angenehmer als unsere eigene Rasse. Er war mit ihnen im Bunde! Wie konnte ich wissen, ob er wirklich nur zum Narren gehalten wurde? Er mochte etwas Schlimmeres sein ... Und wieder blieb ich stehen.

Der Leser, der Ransom nicht kennt, wird nicht verstehen, wie sehr dieser Gedanke jeglicher Vernunft zuwiderlief. Der rationale Teil meines Verstandes wusste selbst in jenem Moment nur zu gut, dass, auch wenn das ganze Universum verrückt und feindselig wäre, Ransom vernünftig, gesund und aufrichtig war. Und dieser Teil meines Verstandes trieb mich schließlich weiter – doch ich ging mit einem Widerwillen und einer Mühe, die ich kaum in Worte fassen kann. Ich konnte nur weitergehen, weil ich (tief in meinem Innern) wusste, dass jeder Schritt mich dem Freund näher brachte; dennoch hatte ich das Gefühl, mich dem Feind zu nähern – dem Verräter und Hexenmeister, dem Mann, der mit ›ihnen‹ im Bunde war ... Mit offenen Augen, wie ein Narr in die Falle zu rennen. Zuerst sprechen sie von einem Zusammenbruch, ging es mir durch den Kopf, und bringen dich in ein Sanatorium; später stecken sie dich dann in eine Irrenanstalt.

Die verlassene Fabrik lag jetzt hinter mir, und ich ging unten im Nebel, wo es sehr kalt war. Dann kam der – erste – Augenblick nackten Entsetzens, und ich musste mir auf die Lippe beißen, um nicht laut aufzuschreien. Es war nur eine Katze über den Weg gelaufen, aber ich war völlig außer mir. Bald wirst du wirklich schreien, sagte mein innerer Peiniger. Du wirst schreiend im Kreis herumlaufen und nicht mehr damit aufhören können.

Am Straßenrand stand ein kleines, unbewohntes Haus. Die meisten Fenster waren mit Brettern vernagelt, aber eines starrte blind wie das Auge eines toten Fisches. Der Leser möge mir glauben, dass mir normalerweise die Vorstellung von einem Spukhaus nicht mehr ausmacht als ihm selbst. Nicht mehr, aber auch nicht weniger. Ich musste damals nicht eigentlich an Geister denken. Es war nur das Wort »Spuk«. Spuk, spuken ... Was beinhaltet dieses Wort nicht alles! Würde nicht ein Kind, das das Wort nie zuvor gehört hat und seine Bedeutung nicht kennt, schon beim bloßen Klang erschaudern, wenn es die Eltern am Abend sagen hörte: »In diesem Haus spukt es«?

Schließlich kam ich an die Straßenkreuzung bei der kleinen Methodistenkapelle, wo mein Weg mich nach links und unter den Buchen entlangführte. Inzwischen müsste ich das Licht in Ransoms Fenstern sehen können – oder war es schon Zeit für die Verdunkelung? Meine Uhr war stehen geblieben, und ich wusste es nicht. Es war ziemlich dunkel, aber das mochte am Nebel und an den Bäumen liegen. Nicht die Dunkelheit fürchtete ich, das kann ich versichern. Wir alle kennen Augenblicke, in denen unbelebte Gegenstände beinahe einen Gesichtsausdruck anzunehmen scheinen, und es war der Ausdruck dieses Straßenstücks, der mir nicht gefiel. Es stimmt nicht, ging es mir durch den Kopf, dass Leute, die verrückt werden, sich dessen niemals bewusst sind. Angenommen, ich würde gerade hier dem Wahnsinn verfallen, dann wäre die schwarze Feindseligkeit dieser tropfenden Bäume – ihr grausiges Abwarten – natürlich eine Halluzination. Aber das machte es nicht um ein Haar besser. Der Gedanke, das Gespenst, das man sieht, sei eine Sinnestäuschung, nimmt ihm nichts von seinem Schrecken; er fügt höchstens den Schrecken des eigenen Wahnsinns hinzu – und zudem die furchtbare Vermutung, die, die von den anderen für verrückt gehalten werden, hätten als Einzige die ganze Zeit hindurch die Welt so gesehen, wie sie wirklich ist.

All das bedrückte mich. Ich wankte weiter durch Kälte und Dunkelheit, schon halb überzeugt, dass ich am Rand des

Wahnsinns stünde. Aber mit jedem Augenblick änderte sich meine Auffassung von geistiger Gesundheit. War diese jemals mehr gewesen als eine Konvention – bequeme Scheuklappen, eine anerkannte Form von Wunschdenken, das die Augen verschließt vor der ganzen Fremdartigkeit und Feindseligkeit des Universums, in dem wir leben müssen? Was ich während der letzten Monate meiner Bekanntschaft mit Ransom erfahren hatte, war mehr, als ein »gesunder Geist« gelten lassen würde; doch ich war bereits zu weit vorgedrungen, um es als unwirklich abtun zu können. Ich zog seine Deutungen oder seine Gutgläubigkeit in Zweifel, nicht jedoch die Existenz dessen, was er auf dem Mars angetroffen hatte – der Pfifltriggi, der Hrossa, der Sorne oder jener interplanetarischen Eldila. Ich bezweifelte nicht einmal, dass es wirklich jenes geheimnisvolle Wesen gab, das die Eldila Maleldil nennen und dem sie anscheinend in einem so vollkommenen Gehorsam ergeben sind, wie kein irdischer Diktator ihn je gebieten könnte. Ich wusste auch, für wen Ransom Maleldil hielt.

Das musste Ransoms Landhaus sein. Es war sehr gut verdunkelt. Ein kindischer, weinerlicher Gedanke ging mir durch den Kopf: Warum stand er nicht draußen an der Gartenpforte, um mich zu begrüßen? Dann kam mir ein noch kindischerer Gedanke: Vielleicht war er tatsächlich im Garten und wartete auf mich, in einem Versteck. Vielleicht würde er sich hinterrücks auf mich stürzen. Vielleicht würde ich eine Gestalt sehen, die Ransom glich und mir den Rücken zukehrte; wenn ich sie anredete, würde sie sich umwenden und ein Gesicht zeigen, dem nichts Menschliches anhaftete …

Natürlich möchte ich diesen Teil meiner Geschichte nicht unnötig breittreten. Beschämt blicke ich heute auf den Gemütszustand zurück, in dem ich mich damals befunden habe. Und ich wäre auch darüber hinweggegangen, wenn ich es nicht für notwendig hielte, ihn wenigstens zu erwähnen, damit der Leser das Folgende – und vielleicht noch ein paar andere Dinge – besser versteht. Jedenfalls kann ich beim besten Willen nicht beschreiben, wie ich die Eingangstür des Hauses erreichte. Obwohl Abscheu und Angst mich zurückhielten und eine Art unsichtbarer Mauer sich mir entgegenzustemmen schien, obwohl ich vor Entsetzen beinahe laut geschrien hätte, als ein harmloser Zweig der Hecke mein Gesicht streifte, gelang es mir, durch die Gartenpforte zu treten und mich Schritt für Schritt den kleinen Weg vorwärts zu kämpfen. Dann stand ich endlich an der Schwelle, trommelte gegen die Tür, rüttelte an der Klinke und begehrte brüllend Einlass, als hinge mein Leben davon ab.

Keine Antwort – kein Laut außer dem Widerhall der Geräusche, die ich selbst gemacht hatte. Nur etwas Weißes flatterte am Türklopfer. Ich konnte mir natürlich denken, dass das eine Nachricht war. Als ich ein Streichholz anzündete, um sie zu lesen, merkte ich, wie zittrig meine Hände waren; und als das Zündholz erlosch, merkte ich, wie dunkel der Abend geworden war. Nach mehreren Anläufen hatte ich den Zettel gelesen. »Musste leider nach Cambridge und werde erst mit dem Spätzug zurückkommen. Essen in der Speisekammer, Bett in Ihrem gewohnten Zimmer gemacht. Warten Sie nicht mit dem Abendessen, wenn Ihnen nicht danach zu Mute ist. E. R.« Und sofort überfiel mich der Impuls kehrtzumachen, der mich bereits mehrmals bedrängt hatte, mit beinahe dämonischer Gewalt. Nun stand es mir frei umzukehren; ich wurde förmlich dazu aufgefordert. Dies war meine Chance. Wenn irgendjemand erwartete, ich würde in dieses Haus gehen und mehrere Stunden allein darin herumsitzen, so hatte er sich getäuscht! Doch dann nahm der Gedanke an den Rückweg in meinem Kopf Gestalt an, und ich zögerte. Die Vorstellung, wieder durch die Buchenallee zu gehen (die jetzt stockfinster sein musste) mit diesem Haus im Rücken (man hatte das absurde Gefühl, es könne einem folgen), war wenig verlockend. Und dann kam mir, wie ich hoffte, etwas Besseres in den Sinn – ein Fetzen Vernunft und eine gewisse Abneigung, Ransom im Stich zu lassen. Ich konnte ja wenigstens probieren, ob die Tür wirklich nicht abgeschlossen war. Ich tat es. Und sie war offen. Im nächsten Augenblick, ich weiss kaum wie, war ich drinnen und liess die Tür hinter mir zufallen.

Es war ganz dunkel und warm. Ich tastete mich einige Schritte vorwärts, stiess mit dem Schienbein heftig gegen etwas und fiel. Eine Weile sass ich still und rieb mein Bein. Ich glaubte, die Einrichtung von Ransoms Wohnzimmer, das zugleich Diele war, ziemlich gut zu kennen und konnte mir nicht vorstellen, worüber ich gestolpert war. Ich suchte in der Tasche, zog die Streichhölzer heraus und versuchte, Licht zu machen. Der Streichholzkopf sprang ab. Ich trat darauf und schnüffelte, um mich zu vergewissern, dass er nicht auf dem Teppich weiterglühte. Dabei fiel mir ein seltsamer Geruch im Raum auf. Ich konnte aber beim besten Willen nicht herausfinden, was es war. Er war ganz anders als die normalen häuslichen Gerüche, so wie der von Chemikalien, aber ein chemischer Geruch war es auch nicht. Dann zündete ich ein weiteres Streichholz an. Es flammte auf und erlosch gleich wieder – was nicht weiter erstaunlich war, da ich auf der Fussmatte sass und es selbst in solider gebauten Häusern als Ransoms wenige Eingangstüren gibt, unter denen es nicht zieht. Ich hatte nichts als meine hohle Handfläche gesehen, mit der ich die Flamme hatte abschirmen wollen. Ich musste weg von der Tür. Behutsam stand ich auf und tastete mich vorwärts. Ich stiess sogleich gegen ein Hindernis – etwas Glattes und sehr Kaltes, das ein wenig höher war als meine Knie. Als ich es berührte, merkte ich, dass der Geruch von ihm ausging. Ich tastete mich daran entlang nach links und gelangte an das Ende. Es schien mehrere Flächen zu haben, aber ich konnte mir die Form nicht vorstellen. Ein Tisch war es nicht, denn es hatte keine Deckplatte. Meine Hand tastete sich auf dem Rand einer Art niedrigen schmalen Wand entlang – der Daumen auf der Außenseite, und die Finger auf der Innenseite. Hätte es sich wie Holz angefühlt, so hätte ich es für eine große Kiste gehalten. Aber es war kein Holz. Zuerst glaubte ich, es sei nass, kam aber rasch zu dem Schluss, dass ich Kälte mit Nässe verwechselt hatte. Als ich am Ende des Dinges stand, zündete ich ein drittes Streichholz an.

Ich sah etwas Weißes und halb Durchsichtiges – ähnlich wie Eis. Es war groß und ziemlich lang, eine Art Kasten, ein offener Kasten von einer unheimlichen Form, die ich nicht sofort erkennen konnte. Der Kasten war so groß, dass ein Mensch hineinpasste. Ich trat einen Schritt zurück, hielt das Zündholz hoch, um einen besseren Überblick zu gewinnen, und stolperte über irgendetwas hinter mir. Ich lag lang ausgestreckt in der Dunkelheit, nicht auf dem Teppich, sondern auf dem kalten Material mit dem merkwürdigen Geruch. Wie viele von diesen Teufelsdingern gab es denn hier?

Ich wollte gerade wieder aufstehen und den Raum systematisch nach einer Kerze durchsuchen, als ich hörte, wie Ransoms Name ausgesprochen wurde; und beinahe gleichzeitig sah ich – sah ich das Ding, dessen Anblick ich so lange gefürchtet hatte. Ich hörte, wie Ransoms Name ausgesprochen wurde: Aber ich könnte nicht sagen, dass eine Stimme ihn aussprach. Die Laute glichen einer menschlichen Stimme erstaunlich wenig. Gleichwohl waren sie genau zu verstehen; man konnte sie sogar ausgesprochen schön finden. Aber die Stimme war, wenn man so will, anorganisch. Ich denke, wir empfinden den Unterschied zwischen Stimmen von Lebewesen (einschließlich derjenigen des Menschen) und allen anderen Geräuschen ziemlich deutlich, auch wenn er schwer zu bestimmen ist. Blut und Lungen und die warme, feuchte Mundhöhle schwingen irgendwie in jeder Stimme mit. Hier taten sie es nicht. Die beiden Silben klangen eher, als würden sie auf einem Instrument gespielt, dennoch hatten sie keinen mechanischen Klang. Eine Maschine stellen wir aus natürlichen Materialien her; diese Laute klangen eher so, als habe Gestein oder Kristall oder Licht gesprochen. Und durch meinen Körper ging ein Schauder, so wie er einen durchfährt, wenn man meint, beim Erklettern einer Felswand den Halt verloren zu haben.

Das war, was ich hörte. Was ich sah, war nur ein sehr schwacher Lichtstab oder Lichtpfeiler. Ich glaube nicht, dass er einen Lichtkreis auf Boden oder Decke warf, doch ich bin mir nicht sicher. Die Leuchtkraft war jedenfalls sehr gering und erhellte die nähere Umgebung kaum. Soweit ist alles ganz einfach. Aber das Ding hatte zwei andere Merkmale, die weniger leicht zu erfassen waren. Das eine war seine Farbe. Da ich das Wesen sah, muss ich es entweder weiß oder farbig gesehen haben; aber auch wenn ich mein Gedächtnis noch so sehr anstrenge: ich weiß beim besten Willen nicht mehr, welche Farbe es hatte. Ich habe es mit Blau und Gold, Violett und Rot versucht, aber nichts davon passt. Wie es möglich ist, eine visuelle Erfahrung so gründlich zu vergessen, versuche ich gar nicht erst zu erklären. Das andere war der Winkel; es befand sich nicht im rechten Winkel zum Boden. Aber ich muss sofort hinzufügen, dass ich das erst im Nachhinein so sehe. In jenem Augenblick schien die Lichtsäule vertikal, der Fußboden aber nicht horizontal zu sein; der ganze Raum schien Schlagseite zu haben, so wie an Bord eines Schiffes. Ich hatte den Eindruck – wie auch immer er zu Stande gekommen sein mochte – dieses Geschöpf stehe in Beziehung zu einer Horizontalen, ja einem ganzen Bezugssystem außerhalb der Erde, und seine bloße Gegenwart zwinge mir dieses fremde System auf und hebe den irdischen Horizont auf.

Ich zweifelte nicht im Geringsten daran, dass ich einen Eldil sah, wahrscheinlich den Statthalter des Mars, den Oyarsa von Malakandra. Und nun, da es geschehen war, war die panische Angst verschwunden. Allerdings empfand ich ein unbestimmtes, aber starkes Unbehagen. Die Tatsache, dass dieses

Wesen ganz offensichtlich nicht organisch war – das Wissen, dass irgendwo in diesem ebenmäßigen Lichtzylinder Intelligenz wohnte, aber nicht zu ihm in Beziehung stand, wie unser Bewusstsein zu Gehirn und Nerven in Beziehung steht – war höchst beunruhigend.[1] Es passte nicht in unsere Denkkategorien. Unser übliches Verhalten Lebewesen gegenüber schien hier ebenso unangebracht wie unser gewohnter Umgang mit unbelebten Dingen. Andererseits waren all die Zweifel, die ich hatte, bevor ich das Haus betrat, die Zweifel, ob diese Geschöpfe Freund oder Feind seien und ob Ransom ein Vorreiter oder ein Narr sei, einstweilen geschwunden. Ich hatte jetzt vor etwas ganz anderem Angst. Ich war sicher, dass dieses Wesen im landläufigen Sinne gut war, nicht aber, ob das Gute mir auch in dem Maße zusagte, wie ich geglaubt hatte. Das ist eine schreckliche Erfahrung. Solange man sich vor etwas Bösem fürchtet, kann man immer noch hoffen, das Gute werde

---

[1] Im Text halte ich mich natürlich an das, was ich damals dachte und empfand, denn dies allein ist Beweis aus erster Hand. Aber selbstverständlich kann man weiter über die Form spekulieren, in der Eldila unseren Sinnen erscheinen. Die einzigen ernsthaften Überlegungen zu diesem Problem stammen aus dem frühen 17. Jahrhundert. Als Ausgangspunkt für künftige Untersuchungen empfehle ich folgenden Text von Natvilcius: *De aethereo et aerio corpore,* Basel 1627, II, xii: »Liquet simplicem flammem sensibus nostris subjectam non esse corpus proprie dictum angeli vel daemonis, sed potius aut illius corporis sensorium aut superficiem corporis in coelesti dispositione loconim supra cogitationes humanas existentis« (Es scheint, dass die von unseren Sinnen wahrgenommene, ebenmäßige Flamme nicht der eigentliche Körper eines Engels oder Dämonen ist, sondern eher der Sitz der Sinne dieses Körpers oder die Oberfläche eines Körpers, der jenseits unseres Wahrnehmungsvermögens im himmlischen Rahmen räumlicher Beziehungen existiert). Mit dem »himmlischen Rahmen räumlicher Beziehungen« ist vermutlich gemeint, was wir heute als *mehrdimensionalen Raum* bezeichnen. Das soll natürlich nicht heißen, Natvilcius habe etwas über mehrdimensionale Geometrie gewusst, sondern nur, dass er empirisch zu den Ergebnissen gelangt sein mag, die im Folgenden von der Mathematik theoretisch erarbeitet worden sind.

einem zu Hilfe kommen. Doch angenommen, man ringt sich zum Guten durch und merkt dann, dass es ebenfalls schrecklich ist? Wie, wenn Nahrung sich gerade als das erweist, was man nicht essen kann, das Heim als die Stätte, wo man nicht leben kann, und der Tröster als derjenige, bei dem man sich unbehaglich fühlt? Dann ist wirklich keine Rettung möglich; dann ist das Spiel aus. Einen Moment lang war mir so ähnlich zu Mute. Hier war endlich etwas aus jener anderen Welt, die ich immer geliebt und herbeigesehnt zu haben meinte, in unsere Welt vorgestoßen und vor meinen Augen erschienen, und ich mochte es nicht, wollte, dass es wieder verschwand. Ich wollte irgendeine Distanz – einen Abgrund, einen Vorhang, eine Wolldecke – irgendeine Schranke zwischen diesem Wesen und mir schaffen. Aber kein Abgrund verschlang mich. Seltsamerweise rettete mich ausgerechnet meine Hilflosigkeit und gab mir Halt. Denn nun war ich ganz offensichtlich in die Sache verstrickt. Der Kampf war vorüber. Die nächste Entscheidung lag nicht bei mir.

Dann, mit einem Geräusch wie aus einer anderen Welt, öffnete sich die Tür; ich hörte das Scharren von Stiefeln auf dem Fußabstreifer, und in der Türöffnung vor dem grauen Nachthimmel sah ich Ransoms dunkle Silhouette. Wieder kam aus der Lichterscheinung das Sprechen, das keine Stimme war, und anstatt einzutreten, blieb Ransom auf der Fußmatte stehen und antwortete. Beide redeten in einer fremdartigen, vielsilbigen Sprache, die ich noch nie gehört hatte. Ich will gar nicht versuchen, die Gefühle zu entschuldigen, die in mir aufkamen, als dieses nichtmenschliche Ding meinen Freund ansprach und dieser ihm in der nichtmenschlichen Sprache antwortete. Sie sind im Grunde unentschuldbar; aber wer glaubt, sie wären in einem solchen Augenblick unwahrscheinlich, der kennt weder die Weltgeschichte richtig noch sein eigenes Herz. Ich empfand Unmut, Entsetzen und Eifersucht. Am liebsten hätte ich geschrien: »Lass doch deinen

Schutzgeist, verfluchter Magier, kümmer dich endlich um mich!«

Doch wirklich sagte ich: »Ah, Ransom. Gott sei Dank, dass Sie da sind!«

**2** _____ Die Tür fiel zu (zum zweiten Mal an diesem Abend), und nach kurzer Suche hatte Ransom eine Kerze gefunden und angezündet. Ich sah mich schnell um, konnte aber niemanden außer uns beiden sehen. Das Auffälligste im Raum war der große weiße Gegenstand. Jetzt konnte ich seine Form genau erkennen. Es war eine große, sargähnliche Kiste, und sie war offen. Auf dem Boden daneben lag der Deckel, über den ich wahrscheinlich gestolpert war. Beides bestand aus demselben weißen Material, das wie Eis aussah, doch trüber war und weniger glänzte.

»Mein Gott, bin ich froh, dass Sie hier sind!«, sagte Ransom. Er kam auf mich zu und gab mir die Hand. »Ich hatte Sie vom Bahnhof abholen wollen, aber alles musste in solcher Eile vorbereitet werden, und im letzten Moment musste ich noch nach Cambridge. Ich hatte wirklich nicht die Absicht, Sie diesen Weg allein machen zu lassen.« Dann merkte er offenbar, dass ich ihn noch immer ziemlich benommen ansah, und fügte hinzu: »Sagen Sie – es fehlt Ihnen doch nichts, oder? Sie sind ohne Schaden durch die Sperre gekommen?«

»Die Sperre? Ich verstehe nicht.«

»Ich dachte, Sie hätten vielleicht Schwierigkeiten gehabt, hierher zu kommen.«

»Ach, das!«, sagte ich. »Sie meinen, es waren nicht bloß meine Nerven? War da wirklich etwas?«

»Ja. Die anderen wollten nicht, dass Sie kommen. Ich habe schon befürchtet, dass so etwas passieren würde; aber ich hatte keine Zeit, etwas zu unternehmen. Außerdem war ich ziemlich sicher, dass Sie irgendwie durchkommen würden.«

»Wen meinen Sie mit den anderen? Unsere irdischen Eldila?«

»Natürlich. Sie haben Wind bekommen von dem, was hier vorgeht ...«

Ich unterbrach ihn. »Um die Wahrheit zu sagen, Ransom, die ganze Sache beunruhigt mich von Tag zu Tag mehr. Auf dem Weg hierher ging mir durch den Kopf ...«

»Oh, sie setzen Ihnen alle möglichen Dinge in den Kopf, wenn Sie es zulassen«, sagte Ransom leichthin. »Am besten ist es, sich nicht darum zu kümmern und einfach weiterzugehen. Versuchen Sie nicht, ihnen zu antworten. Sie verwickeln Sie dann gern in endlose Diskussionen.«

»Aber sehen Sie«, sagte ich, »dies ist kein Kinderspiel. Sind Sie ganz sicher, dass dieser Herr der Finsternis, dieser verdorbene Oyarsa der Erde, wirklich existiert? Wissen Sie genau, dass es zwei Seiten gibt, und auf welcher wir stehen?«

Er richtete plötzlich einen seiner sanften, aber seltsam Furcht erregenden Blicke auf mich.

»Sie zweifeln im Grunde an beidem, nicht wahr?«, fragte er.

»Nein«, antwortete ich nach einer Pause ziemlich beschämt.

»Dann ist es gut«, sagte Ransom vergnügt. »Kümmern wir uns also um das Abendessen; dabei kann ich Ihnen dann alles erklären.«

»Was ist mit diesem Sarg?«, fragte ich ihn, als wir in die Küche gingen.

»Darin soll ich reisen.«

»Ransom!«, rief ich. »Er – es – der Eldil will Sie doch wohl nicht nach Malakandra zurückbringen?«

»Nicht doch«, sagte er. »Sie verstehen nicht, Lewis. Wenn er mich nur wieder nach Malakandra bringen würde! Ich würde alles geben, was ich besitze, nur um noch einmal in eine dieser Talschluchten zu blicken und zu sehen, wie sich das herrlich blaue Wasser durch die Wälder schlängelt. Oder oben auf dem Hochland zu stehen und zu beobachten, wie ein Sorn die Hänge hinabgleitet. Oder um noch einmal einen Abend zu erleben wie jenen, an dem Jupiter aufgestiegen ist, so strahlend, dass man nicht hinsehen konnte, und an dem die Asteroiden wie eine Milchstraße waren, in der jeder Stern so hell leuchtete wie die Venus, wenn man sie von der Erde aus betrachtet! Und die Düfte! Sie wollen mir nicht aus dem Sinn. Man sollte meinen, es wäre am schlimmsten bei Nacht, wenn Malakandra am Himmel steht und ich es sehen kann. Aber nicht dann ist meine Sehnsucht am stärksten, sondern an heißen Sommertagen, wenn ich in das tiefe Blau hinaufblicke und denke, dass es dort, viele Millionen Meilen entfernt, wo ich nie, nie wieder hinkommen werde, einen Ort gibt, den ich kenne, dass dort in diesem Augenblick Blumen über Meldilorn blühen und Freunde von mir ihren Geschäften nachgehen und mich willkommen hießen, wenn ich wiederkäme. Nein, nichts dergleichen. Ich werde nicht nach Malakandra geschickt. Mein Ziel ist Perelandra.«

»Das, was wir Venus nennen?«

»Ja.«

»Und Sie sagen, Sie würden dort hingeschickt?«

»Ja. Vielleicht erinnern Sie sich, dass Oyarsa mir vor meiner Rückkehr von Malakandra zu verstehen gab, meine Reise könnte der Beginn eines neuen Abschnitts sein im Leben des Sonnensystems – den Gefilden Arbols. Es könnte bedeuten, sagte er, dass die Isolation unseres Planeten, die Belagerung, sich ihrem Ende nähere.«

»Ja, ich erinnere mich.«

»Nun, es sieht tatsächlich so aus, als sei etwas im Gange. Zum einen nehmen die beiden Seiten, wie Sie sagen, hier auf Erden allmählich deutlichere Konturen an, scheinen weniger in unsere menschlichen Angelegenheiten verwickelt. Man könnte sagen, sie beginnen, Farbe zu bekennen.«

»Ja, den Eindruck habe ich auch.«

»Zum anderen plant der Schwarze Statthalter – unser verbogener Oyarsa – irgendeinen Angriff auf Perelandra.«

»Aber kann er sich denn frei im Sonnensystem bewegen? Wie kommt er dort hin?«

»Genau das ist der springende Punkt. In seiner eigenen Gestalt kann er sich nicht dort hinbegeben. Wie Sie wissen, wurde er lange vor der Entstehung menschlichen Lebens in die Grenzen dieses Planeten verwiesen. Wenn er sich außerhalb der Mondbahn blicken ließe, würde man ihn zurücktreiben – und zwar mit Gewalt. Zu einem solchen Krieg könnten Sie oder ich so wenig beitragen wie ein Floh zur Verteidigung Moskaus. Nein. Wenn er auf Perelandra Fuß fassen will, muss er es auf andere Art und Weise versuchen.«

»Und was haben Sie damit zu tun?«

»Nun – ich bin einfach hinbeordert worden.«

»Von dem – von Oyarsa?«

»Nein. Der Befehl kommt von weiter oben. Alle Befehle kommen letzten Endes von dort, wissen Sie.«

»Und was sollen Sie tun, wenn Sie da sind?«

»Das hat man mir nicht gesagt.«

»Sie werden also einfach zu Oyarsas Gefolge gehören?«

»O nein. Er wird nicht dort sein. Er wird mich zur Venus bringen – mich dort abliefern. Soweit ich weiß, werde ich danach ganz auf mich gestellt sein.«

»Aber hören Sie, Ransom – ich meine ...« Die Stimme versagte mir.

»Ich weiß«, sagte er mit seinem entwaffnenden Lächeln, »es klingt absurd. Dr. Elwin Ransom im Alleingang gegen die Mächte der Finsternis. Vielleicht fragen Sie sich sogar, ob ich größenwahnsinnig geworden bin.«

»So habe ich es nicht gemeint«, sagte ich.

»Ich glaube doch. Jedenfalls habe ich selbst es so empfunden, seit ich von der Sache weiß. Aber wenn Sie es genau überlegen, ist es dann wirklich absonderlicher als das, was wir alle jeden Tag tun sollten? Wenn die Bibel vom Kampf gegen die Mächte der Finsternis und gefallene Engel spricht (unsere Übersetzung ist hier übrigens höchst irreführend), dann heißt das, dass ganz gewöhnliche Menschen diesen Kampf ausfechten müssen.«

»Nun, das mag sein«, sagte ich. »Aber das ist etwas völlig anderes. Das bezieht sich doch auf einen moralischen Konflikt.«

Ransom warf seinen Kopf zurück und lachte. »Ach, Lewis!«, sagte er, »Sie sind unnachahmlich, einfach unnachahmlich!«

»Sagen Sie, was Sie wollen, Ransom, da besteht einfach ein Unterschied.«

»Ja, das stimmt. Aber der Unterschied ist nicht so groß, dass die Vorstellung, jeder von uns könnte den Kampf womöglich in dieser und in jener Form ausfechten müssen, größenwahnsinnig wäre. Ich will Ihnen sagen, wie ich es sehe. Sie haben doch gemerkt, dass unser kleiner Krieg hier auf Erden verschiedene Phasen durchläuft, und bei jeder benehmen die Leute sich so, als werde diese Phase ewig dauern. Dabei ändert die Lage sich ständig vor unseren Augen, und die Chancen und Gefahren in diesem Jahr sind ganz andere als noch im letzten. Genauso ist Ihre Vorstellung, normale Menschen kämen nie oder höchstens auf psychologischer oder moralischer Ebene – in Form von Versuchungen und dergleichen – mit den dunklen Eldila in Berührung, einfach ein Gedanke, der während einer bestimmten Phase des kosmischen Krieges Gültigkeit hatte: nämlich während der Phase der großen Belagerung, der Phase, die unserem Planeten den Namen Thulkandra eintrug, der schweigende Stern. Aber angenommen, diese Phase ist vorbei? In der nächsten Phase kann es jedermanns Aufgabe sein, ihnen auf ... nun, auf völlig andere Art und Weise gegenüberzutreten.«

»Ich verstehe.«

»Denken Sie nur nicht, ich sei auserwählt worden, nach Perelandra zu gehen, weil ich etwas Besonderes sei. Man weiß nie, oder erst viel später, warum dieser oder jener für irgendeine Aufgabe auserwählt worden ist. Und wenn man es erfährt, hat man gewöhnlich keinen Grund zur Eitelkeit. Ganz gewiss wird niemand wegen der Eigenschaften ausgewählt, die er selbst als seine besonderen Stärken betrachtet. Ich denke eher, dass ich hingeschickt werde, weil die beiden Kerle, die mich nach Malakandra entführt haben, dadurch, ohne es zu wollen, einem Menschen Gelegenheit gegeben haben, die Sprache zu lernen.«

»Welche Sprache meinen Sie?«

»Hressa-Hlab natürlich. Die Sprache, die ich auf Malakandra gelernt habe.«

»Aber glauben Sie denn, dass diese Sprache auch auf der Venus gesprochen wird?«

»Habe ich Ihnen nichts davon erzählt?«, fragte Ransom und beugte sich vor. Wir saßen jetzt am Tisch und hatten unsere Mahlzeit aus kaltem Fleisch, Bier und Tee fast beendet. »Das überrascht mich, denn ich habe es schon vor zwei oder drei Monaten entdeckt, und aus wissenschaftlicher Sicht ist es einer der interessantesten Aspekte der ganzen Angelegenheit. Es scheint, dass wir uns mit der Annahme, Hressa-Hlab sei die eigentliche Sprache der Marsbewohner, gründlich getäuscht haben. Eigentlich müsste man diese Sprache Alt-Solarisch nennen, oder Hlab-Eribol-ef-Cordi.«

»Was in aller Welt wollen Sie damit sagen?«

»Ich will damit sagen, dass es für alle vernunftbegabten Lebewesen auf den Planeten unseres Sonnensystems ursprünglich eine gemeinsame Sprache gab. Ich meine die Planeten, die immer bewohnt waren und von den Eldila die ›Niederen Welten‹ genannt werden. Die meisten Planeten waren natürlich nie bewohnt und werden es nie sein, jedenfalls nicht in unserem Sinne. Diese ursprüngliche Sprache ging auf unserer Welt, auf Thulkandra, im Verlauf der ganzen Tragödie verloren.

Keine der jetzt bekannten menschlichen Sprachen hat sich aus ihr entwickelt.«

»Aber was ist mit den beiden anderen Sprachen auf dem Mars?«

»Ich muss gestehen, dass ich darüber nichts weiß. Eines jedoch weiß ich und könnte es wohl auch philologisch beweisen. Diese anderen Sprachen sind unvergleichlich jünger als Hressa-Hlab, vor allem Surnibur, die Sprache der Sorne. Ich glaube, es ließe sich zeigen, dass Surnibur eine für malakandrische Verhältnisse relativ neue Entwicklung ist. Wahrscheinlich ist es erst in einer Zeit entstanden, die etwa unserem Kambrium entspricht.«

»Und Sie glauben, auf der Venus wird Hressa-Hlab oder Alt-Solarisch gesprochen?«

»Ja. Ich kann also bereits die Sprache, wenn ich ankomme. Das macht vieles leichter, obwohl – als Philologe finde ich es eher enttäuschend.«

»Aber Sie haben keine Ahnung, was Sie tun sollen oder was für Verhältnisse Sie antreffen werden?«

»Nicht die geringste Ahnung. Wissen Sie, bei manchen Aufgaben darf man vorher nicht zu viel wissen ... Vielleicht muss man Dinge sagen, die nicht richtig zur Wirkung kämen, wenn man sie vorbereitet hätte. Und was die Verhältnisse betrifft, nun, so weiß ich nicht viel. Es ist warm, und ich werde nackt sein. Unsere Astronomen wissen überhaupt nichts über die Oberfläche von Perelandra. Die äußere Schicht der Atmosphäre ist zu dick. Die Hauptfrage scheint zu sein, ob der Planet sich um seine eigene Achse dreht oder nicht, und wenn ja, mit welcher Geschwindigkeit. Es gibt zwei Theorien. Ein Mann namens Schiaparelli glaubt, der Planet brauche für eine Umdrehung um die eigene Achse dieselbe Zeit wie für eine Umkreisung Arbols – ich meine der Sonne. Die anderen glauben, er drehe sich in dreiundzwanzig Stunden einmal um sich selbst. Das ist eines der Dinge, die ich herausfinden werde.«

»Wenn Schiaparelli Recht hat, dann wäre es auf der einen Seite der Venus immer Tag und auf der anderen immer Nacht, nicht wahr?«

Er nickte nachdenklich. »Und es gäbe eine eigenartige Übergangszone«, sagte er nach kurzer Pause. »Stellen Sie sich das einmal vor. Man käme in ein Land immer währenden Zwielichts, und mit jeder Meile würde es kälter und dunkler. Und dann könnte man nicht weitergehen, weil es keine Luft mehr gäbe. Ich frage mich, ob man an der Grenze, gerade noch im Hellen, stehen und in die unzugängliche Nacht hineinblicken könnte? Und vielleicht ein paar Sterne sehen – der einzige Ort, wo dies überhaupt möglich wäre, denn auf der Tagseite wären sie natürlich nie zu sehen ... Wenn es dort eine technische Zivilisation gibt, dann haben sie vielleicht eine Art Tauchanzüge oder U-Boote auf Rädern, um auf die Nachtseite vorzudringen.«

Seine Augen blitzten, und selbst ich, der ich hauptsächlich daran gedacht hatte, wie ich ihn vermissen würde und wie wohl die Chancen stünden, ihn lebend wiederzusehen, erschauderte vor Staunen und Wissbegierde. Dann sprach er weiter.

»Sie haben mich noch nicht gefragt, welche Rolle Ihnen zufällt«, sagte er.

»Heißt das etwa, dass ich mitkommen soll?«, sagte ich und erschauderte wieder, diesmal jedoch aus den genau entgegengesetzten Gründen.

»Keineswegs. Sie sollen mich hineinpacken und zur Stelle sein, um mich bei der Rückkehr wieder auszupacken – wenn alles gut geht.«

»Einpacken? Ach so, ich hatte diese Sache mit dem Sarg vergessen. Ransom, wie um alles in der Welt wollen Sie in diesem Ding reisen? Wie wird es angetrieben? Wie steht es mit Luft – und Nahrung – und Wasser? Es bietet gerade genug Platz, dass Sie darin liegen können.«

»Der Oyarsa von Malakandra selbst wird die Antriebskraft sein. Er wird den Behälter einfach zur Venus bewegen. Fragen Sie mich nicht wie. Ich habe keine Ahnung, welche Organe oder Werkzeuge sie benutzen. Aber ein Geschöpf, das seit mehreren Milliarden Jahren einen Planeten in seiner Umlaufbahn hält, wird wohl im Stande sein, mit einer Kiste fertig zu werden!«

»Aber was werden Sie essen? Wie werden Sie atmen?«

»Er sagt, keines von beiden sei nötig. Soweit ich verstanden habe, werde ich mich in einem scheintoten Zustand befinden. Aber das ist seine Sache.«

»Und Sie sind damit einverstanden?«, fragte ich, denn wieder beschlich mich eine Art Grauen.

»Wenn Sie fragen, ob mein Verstand darauf vertraut, dass er mich (sofern kein Unfall passiert) wohlbehalten auf Perelandra absetzt, dann ist die Antwort ja«, sagte Ransom. »Wenn Sie fragen, ob meine Nerven und meine Fantasie ebenso darauf vertrauen, dann, fürchte ich, ist die Antwort nein. Man kann viel von Anästhesie halten und trotzdem in Panik geraten, wenn einem die Maske über das Gesicht gezogen wird. Mir ist zu Mute wie einem Mann, der an ein Leben nach dem Tod glaubt, zu Mute sein mag, wenn er einem Erschießungskommando vorgeführt wird. Vielleicht ist es eine gute Übung.«

»Und ich soll Sie in dieses verwünschte Ding packen?«, fragte ich.

»Ja«, sagte Ransom. »Das ist der erste Schritt. Sobald die Sonne aufgegangen ist, müssen wir damit hinaus in den Garten und es so aufstellen, dass keine Bäume oder Gebäude im Weg sind. Das Gemüsebeet ist wohl der richtige Platz. Dann lege ich mich hinein – mit einer Augenbinde, weil diese Wände das Sonnenlicht außerhalb der Atmosphäre nicht hinreichend abhalten –, und Sie schrauben den Deckel darauf. Danach werden Sie wahrscheinlich sehen, wie das Ding davongleitet.«

»Und dann?«

»Nun, dann beginnt der schwierige Teil. Sie müssen sich bereithalten; sobald Sie verständigt werden, müssen Sie wieder herkommen, den Deckel abnehmen und mich herauslassen.«

»Wann werden Sie voraussichtlich zurückkommen?«

»Das kann niemand sagen. In sechs Monaten – einem Jahr – zwanzig Jahren. Das ist das Problem. Ich fürchte, es ist eine ziemlich schwere Bürde, die ich Ihnen da auferlege.«

»Ich könnte in der Zwischenzeit sterben.«

»Ich weiß. Sie werden sich die Mühe machen müssen, einen Nachfolger auszuwählen, und zwar umgehend. Es gibt vier oder fünf Menschen, denen wir vertrauen können.«

»Wie wird man mich verständigen?«

»Oyarsa wird Ihnen ein Zeichen geben. Es wird unmissverständlich sein. Darüber brauchen Sie sich keine Sorgen zu machen. Und noch etwas. Ich habe keinen besonderen Grund zu der Annahme, dass ich verletzt zurückkomme. Aber für alle Fälle – wenn Sie einen Arzt kennen, den wir in das Geheimnis einweihen könnten, wäre es vielleicht gut, ihn mitzubringen, wenn Sie kommen und mich herauslassen.«

»Käme Humphrey in Frage?«

»Genau der Richtige. Und nun zu den persönlichen Angelegenheiten. Ich konnte Sie in meinem Testament nicht berücksichtigen, und Sie sollen wissen, warum.«

»Lieber Ransom, ich habe bis jetzt noch nie an Ihr Testament gedacht.«

»Natürlich nicht. Aber ich würde Ihnen gerne etwas hinterlassen. Ich habe es aus folgendem Grund nicht getan. Ich werde verschwinden. Es ist möglich, dass ich nicht zurückkomme, und in dem Fall wäre ein Mordprozess durchaus denkbar. Wir können also gar nicht vorsichtig genug sein. Um Ihretwillen, meine ich. Und nun zu ein paar privaten Dingen.«

Wir steckten die Köpfe zusammen und redeten lange über Dinge, die man normalerweise mit Verwandten und nicht mit

Freunden bespricht. Ich erfuhr sehr viel mehr über Ransom, als ich zuvor gewusst hatte, und die Anzahl merkwürdiger Menschen, die er ›für den Fall, dass ich etwas für sie tun könne‹, meiner Fürsorge empfahl, machte mir Ausmaß und Verschwiegenheit seiner Wohltätigkeit deutlich. Mit jedem Satz schienen die Schatten der bevorstehenden Trennung und eine Art Grabesstimmung drückender auf uns zu lasten. Plötzlich fielen mir alle möglichen liebenswerten kleinen Eigenheiten und Wendungen an Ransom auf, so wie sie uns bei einer geliebten Frau auffallen, bei einem Mann jedoch nur, wenn die letzten Stunden seines Fronturlaubs ablaufen oder das Datum einer möglicherweise lebensgefährlichen Operation näher rückt. Wie wir Menschen nun einmal sind, konnte ich kaum glauben, dass jemand, der jetzt so nahe, so greifbar war und mir (in gewisser Weise) zur Verfügung stand, in wenigen Stunden völlig unerreichbar wäre, nur noch ein Bild – bald sogar nur noch ein flüchtiges – in meiner Erinnerung. Und schließlich kam zwischen uns eine Art Scheu auf, weil jeder wusste, was der andere empfand. Es war sehr kalt geworden.

»Bald geht es los«, sagte Ransom.

»Erst wenn er – der Oyarsa – zurückkommt«, sagte ich, obwohl ich nun, da der Augenblick der Trennung so nahe war, wünschte, es wäre schon vorbei.

»Er hat uns gar nicht verlassen«, sagte Ransom. »Er war die ganze Zeit hier im Haus.«

»Sie meinen, er hat all diese Stunden im Nebenzimmer gewartet?«

»Nicht gewartet. Das kennen sie gar nicht. Sie und ich, wir wissen, dass wir warten, weil wir Körper haben, die müde oder unruhig werden, und darum empfinden wir das Verstreichen der Zeit. Außerdem unterscheiden wir zwischen Pflicht und Freizeit und haben daher den Begriff der Muße. Das ist bei ihm nicht so. Er war die ganze Zeit hier, aber das können Sie ebenso wenig ›Warten‹ nennen, wie Sie seine gesamte Existenz als ›Warten‹ bezeichnen können. Genauso gut könnten Sie sagen, ein Baum warte im Wald, oder das Sonnenlicht warte am Hang eines Berges.« Ransom gähnte. »Ich bin müde«, sagte er, »und Sie sind es auch. Ich werde in meinem Sarg dort gut schlafen. Kommen Sie, wir tragen ihn hinaus.«

Wir gingen ins Nebenzimmer, und ich musste mich vor der gesichtslosen Flamme aufstellen, die nicht wartete, sondern einfach war, und mit Ransom als Übersetzer wurde ich dort gewissermaßen vorgestellt und auf das große Vorhaben eingeschworen. Dann nahmen wir die Verdunkelung ab und ließen den grauen, trostlosen Morgen ein. Gemeinsam trugen wir Sarg und Deckel hinaus, die sich so kalt anfühlten, dass es uns die Finger zu verbrennen schien. Das Gras troff von Nachttau, und meine Schuhe waren sofort durchnässt. Der Eldil war mit uns dort draußen auf dem kleinen Rasenplatz; meine Augen konnten ihn im trüben Tageslicht kaum erkennen. Ransom zeigte mir die Verschlüsse des Deckels und wie er befestigt werden musste; dann standen wir eine Weile verloren herum, bis schließlich der letzte Augenblick kam. Er ging ins Haus und kam nackt wieder zum Vorschein, eine lange, weiße, fröstelnde, müde Vogelscheuche von einem Mann in der bleichen, nasskalten Morgenstunde. Sobald er in die abscheuliche Kiste gestiegen war, musste ich ihm eine dicke Augenbinde anlegen. Dann legte er sich hin. Ich dachte jetzt nicht an den Planeten Venus und glaubte nicht wirklich, dass ich Ransom jemals wiedersehen würde. Hätte ich es gewagt, so wäre ich von dem ganzen Vorhaben zurückgetreten: Aber das andere Ding – das Wesen, das nicht wartete – war da, und die Furcht vor ihm lastete auf mir. Mit einem Gefühl, das seitdem oft in Albträumen wiederkehrt, befestigte ich den kalten Deckel über dem lebendigen Mann und trat zurück. Im nächsten Augenblick war ich allein. Ich hatte nicht gesehen, wie er verschwand. Ich ging wieder hinein, und mir wurde übel. Einige Stunden später schloss ich das Haus ab und kehrte nach Oxford zurück.

Die Monate verstrichen, wurden zu einem Jahr und sogar noch etwas mehr. Es gab Bombenangriffe, schlimme Nachrichten und enttäuschte Hoffnungen, und die Erde war voller Finsternis und grausamer Heimsuchungen. Dann kam eines Nachts Oyarsa wieder zu mir. Humphrey und ich mussten in aller Eile aufbrechen, stundenlang in überfüllten Zügen stehen und in frühen Morgenstunden auf zugigen Bahnsteigen warten, bis wir schließlich im klaren Morgensonnenlicht in der kleinen Unkrautwildnis standen, zu der Ransoms Garten inzwischen geworden war, und einen schwarzen Punkt am Himmel sahen; und dann war die Kiste plötzlich beinahe lautlos zwischen uns herabgeglitten. Wir machten uns an die Arbeit, und nach etwa anderthalb Minuten hatten wir den Deckel geöffnet.

»Großer Gott! Ganz zerfetzt!«, rief ich beim ersten Blick ins Innere.

»Moment«, sagte Humphrey. Da begann die Gestalt in dem Sarg sich zu regen und richtete sich auf, wobei sie eine Menge rotes Zeug abschüttelte, das Kopf und Schultern bedeckt hatte und das ich im ersten Augenblick für Fleisch und Blut gehalten hatte. Als es herunterfiel und vom Wind davongetragen wurde, sah ich, dass es Blumen waren. Ransom blinzelte ein wenig, dann rief er uns beim Namen, streckte jedem von uns eine Hand entgegen und stieg heraus ins Gras.

»Wie geht es euch beiden?«, fragte er. »Ihr seht ziemlich mitgenommen aus.«

Ich schwieg einen Augenblick, verblüfft über die Gestalt, die aus diesem engen Gehäuse gestiegen war – beinahe ein neuer Ransom, strahlend vor Gesundheit, mit kräftigen Muskeln und scheinbar zehn Jahre jünger. Früher hatte er bereits ein paar graue Strähnen gehabt; doch nun war der Bart, der ihm bis auf die Brust reichte, wie aus reinem Gold.

»Oh, Sie haben sich in den Fuß geschnitten«, sagte Humphrey. Und dann sah auch ich, dass Ransom an der Ferse blutete.

»Brr, es ist kalt hier unten«, sagte Ransom. »Hoffentlich haben Sie den Boiler angezündet und heißes Wasser gemacht. Und etwas zum Anziehen könnte ich auch gebrauchen.«

»Ja«, sagte ich, während wir ihm ins Haus folgten. »Humphrey hat an alles gedacht. Ich fürchte, mir wäre es nicht eingefallen.«

Ransom verschwand im Badezimmer, ließ die Tür offen und war bald in dichte Dampfwolken gehüllt. Humphrey und ich unterhielten uns mit ihm vom Treppenabsatz aus. Wir stellten ihm so viele Fragen, dass er sie kaum beantworten konnte.

»Die Theorie von Schiaparelli ist ganz falsch«, rief er. »Es gibt dort einen gewöhnlichen Wechsel von Tag und Nacht.« Und: »Nein, meine Ferse tut nicht weh – oder jedenfalls noch nicht lange.« Und: »Danke, irgendwelche alten Sachen. Legen Sie sie einfach auf den Stuhl.« Und: »Nein, danke. Mir ist nicht nach Spiegeleiern und Schinken oder dergleichen. Obst ist nicht da, sagen Sie? Nun, macht nichts. Brot oder Haferbrei oder so etwas.« Und: »In fünf Minuten bin ich fertig.«

Immer wieder fragte er, ob es uns wirklich gut ginge, er meinte wohl, wir sähen krank aus. Ich ging hinunter, um Frühstück zu machen; Humphrey wollte bleiben und die Schnittwunde an Ransoms Ferse untersuchen und verbinden. Als er wieder zu mir kam, betrachtete ich gerade eine der roten Blüten, die in der Kiste gelegen hatten.

»Eine sehr schöne Blume«, sagte ich und reichte sie ihm.

»Ja«, sagte Humphrey und untersuchte sie mit den Händen und Augen eines Naturwissenschaftlers. »Welch außerordentliche Zartheit! Ein Veilchen wirkt daneben wie gemeines Unkraut.«

»Wir könnten ein paar von ihnen in Wasser legen.«

»Hat keinen Zweck. Sehen Sie – sie ist schon verwelkt.«
»Wie finden Sie Ransom?«

»Im Großen und Ganzen scheint er in bester Verfassung. Aber diese Ferse gefällt mir nicht. Er sagt, sie blute schon lange.«

Bald darauf gesellte Ransom sich fertig angezogen zu uns, und ich schenkte Tee ein. Den ganzen Tag und bis tief in die Nacht hinein erzählte er uns die folgende Geschichte.

## 3

Wie es ist, in einem himmlischen Sarg zu reisen, hat Ransom nie beschrieben. Er sagte, er sei außer Stande dazu. Aber wenn er von ganz anderen Dingen sprach, machte er immer wieder die eine oder andere Andeutung über diese Reise.

Seiner Darstellung zufolge war er nicht im üblichen Sinne bei Bewusstsein, dennoch war es eine sehr deutliche Erfahrung ganz eigener Art. Bei einer anderen Gelegenheit hatte einmal jemand über Lebenserfahrung gesprochen und sich dabei ganz allgemein auf das Umherschweifen in der Welt und das Zusammentreffen mit fremden Menschen bezogen. B., der dabei war (er ist Anthroposoph), sagte etwas, an das ich mich nicht genau erinnern kann, in dem der Ausdruck ›Lebenserfahrung‹ aber eine ganz andere Bedeutung hatte. Ich glaube, er bezog sich auf eine Art der Meditation, die den Anspruch erhob, »die Gestalt des Lebens selbst« erfahrbar, dem inneren Auge sichtbar zu machen. Jedenfalls musste Ransom sich einem langen Kreuzverhör aussetzen, da er durchblicken ließ, dass er mit diesem Ausdruck eine ganz genaue Vorstellung verband. Als wir in ihn drangen, ging er sogar so weit, zu sagen, das Leben sei ihm in diesem Zustand als eine ›farbige Form‹ erschienen. Nach der Art der Farbe gefragt, sah er uns verwundert an und konnte nur sagen: »Welche Farben! Ja, welche Farben!« Aber dann machte er alles wieder zunichte, indem er hinzufügte: »Natürlich war es in Wirklichkeit gar keine Farbe. Ich meine, nicht, was wir Farbe nennen würden«, und an dem Abend keinen Ton mehr sagte. Eine andere Andeutung machte er, als ein skeptischer Freund namens McPhee Einwände gegen die christliche Doktrin von der Auferstehung des Fleisches vorbrachte. Zuerst war ich das Opfer McPhees gewesen, und er bedrängte mich in seiner schottischen Art mit Fragen wie: »Sie glauben also, Sie werden für ewige Zeiten Gedärme und Gaumen in einer Welt haben, in der es nichts zu essen gibt, und Geschlechtsorgane in einer Welt, in der niemand sich paart? Na, viel Vergnügen!« Da platzte Ransom plötzlich in großer Erregung heraus: »Sehen Sie denn nicht, Sie Esel, dass es einen Unterschied zwischen einem übersinnlichen und einem nichtsinnlichen Leben gibt?« Damit lenkte er natürlich McPhees Pfeile auf sich selbst. Schließlich kam heraus, dass Ransom zufolge die gegenwärtigen Funktionen und Triebe des Körpers verschwinden würden, nicht etwa, weil sie verkümmerten, sondern weil sie, wie er es ausdrückte, »überflutet« würden. Ich erinnere mich, dass er das Wort »übergeschlechtlich« gebrauchte und nach einer entsprechenden Bezeichnung für das Essen suchte (nachdem er das Wort »transgastronomisch« verworfen hatte); und da er nicht der einzige Philologe im Kreise war, geriet das Gespräch in andere Bahnen. Aber ich bin ziemlich sicher, dass er an eine Erfahrung dachte, die er auf seiner Reise zur Venus gemacht hatte. Die geheimnisvollste Äußerung, die er vielleicht je zu diesem Thema gemacht hat, war Folgende. Ich hatte ihm Fragen dazu gestellt – was er nur selten zuließ – und unbedachterweise gesagt: »Natürlich sehe ich ein, dass das alles viel zu unbestimmt ist, als dass Sie es in Worte fassen könnten.« Ziemlich scharf für einen so geduldigen Mann unterbrach er mich: »Ganz im Gegenteil, die Worte sind unbestimmt. Es lässt sich nicht ausdrücken, weil es zu eindeutig für die Ausdrucksmöglichkeiten der Sprache ist.« Und das ist auch schon alles, was ich über seine Reise berichten kann. Sicher ist jedenfalls, dass diese Reise ihn noch mehr verändert hat als die zum Mars. Aber das kann natürlich an dem liegen, was ihm nach seiner Landung dort widerfuhr.

Von dieser Landung will ich nun, so wie Ransom sie mir geschildert hat, berichten. Aus seinem himmlischen Dämmerzustand geweckt (wenn das der richtige Ausdruck ist) wurde er offenbar durch das Gefühl des Fallens – mit anderen Worten, als er der Venus nahe genug war, um sie als unter ihm liegend zu empfinden. Als Nächstes merkte er, dass seine eine Seite sehr warm und die andere sehr kalt war, doch keine der beiden Empfindungen war so stark, dass sie schmerzhaft gewesen wäre. Beide gingen ohnedies bald in einer Flut von weißem Licht unter, das jetzt von unten durch die halb durchsichtigen Wände des Behälters drang. Das Licht wurde immer stärker und blendete Ransom, obwohl seine Augen geschützt waren. Offenbar handelte es sich um die Albedo, den äußeren, die Sonnenstrahlen stark reflektierenden Bereich der sehr dichten Venusatmosphäre. Aus irgendeinem Grund war er sich – anders als bei seiner Landung auf dem Mars – seines rasch zunehmenden Gewichtes nicht bewusst. Als das weiße Licht nahezu unerträglich geworden war, verschwand es plötzlich ganz, und bald danach ließen die Kälte an seiner linken Seite und die Hitze an seiner rechten nach und machten einer gleichmäßigen Wärme Platz. Vermutlich war er nun in die äußeren Schichten der perelandrischen Atmosphäre eingedrungen – zuerst in ein blasses, dann in ein farbiges Zwielicht. Soweit er durch die Wände seines Behälters erkennen konnte, herrschten goldene oder kupferfarbene Töne vor. Inzwischen musste er der Oberfläche des Planeten sehr nahe sein, wobei der Behälter sich offenbar im rechten Winkel zu dieser Oberfläche befand und er mit den Füßen voran herabsank, wie in einem Aufzug. Das Gefühl zu fallen – hilflos und unfähig, die Arme zu bewegen – wurde beängstigend. Dann tauchte er plötzlich in eine große grüne Dunkelheit ein, erfüllt von unbestimmbaren Geräuschen – der ersten Botschaft aus der neuen Welt –, und zugleich wurde es spürbar kühler. Er schien sich jetzt in einer horizontalen Lage zu befinden und sich zu seiner großen Überraschung nicht abwärts, sondern aufwärts zu bewegen. Doch zuerst hielt er dies für eine Sinnestäuschung. Die ganze Zeit über musste er unbewusst schwache Versuche gemacht haben, Arme und Beine zu bewegen, denn plötzlich merkte er, dass die Seitenwände seines Gefängnisses auf Druck nachgaben. Er konnte seine Glieder bewegen, jedoch behindert von einer zähflüssigen Substanz. Wo war der Sarg? Seine Eindrücke waren sehr verworren. Bald schien er zu fallen, bald emporzufliegen, dann sich wieder in der Waagerechten fortzubewegen. Die zähflüssige Substanz war weiß. Sie schien mit jedem Augenblick weniger zu werden – weißes, wolkiges Zeug, genau wie das Material des Sargs, nur nicht fest. In jähem Schrecken begriff er, dass es tatsächlich der Sarg war; er schmolz, löste sich auf, machte einem unbeschreiblichen Durcheinander von Farben Platz, einer üppigen, bunten Welt, in der einstweilen nichts greifbar erschien. Jetzt war von dem Behälter nichts mehr da. Ransom war frei – ausgesetzt – allein. Er war auf Perelandra.

Zuerst hatte er nur den undeutlichen Eindruck einer Schräge – so als betrachte er eine Aufnahme, bei der der Fotograf die Kamera nicht gerade gehalten hatte. Doch das dauerte nur einen Augenblick. Die Schräge wich einer anderen Schräge; dann rasten zwei Schrägen aufeinander zu und bildeten eine Spitze, die Spitze flachte plötzlich zu einer horizontalen Linie ab, und die horizontale Linie kippte und wurde zum Rand eines unermesslichen, glänzenden Abhangs, der wild auf ihn zustürmte. Im gleichen Moment fühlte er, wie er emporgehoben wurde, immer höher und höher, bis er meinte, nach der flammenden goldenen Kuppel greifen zu können, die an Stelle eines Himmels über ihm hing. Dann war er auf einem

Gipfel; aber noch ehe sein Blick das riesige Tal erfasst hatte, das – leuchtend grün wie Glas und mit schaumig weißen Streifen marmoriert – unter ihm gähnte, sauste er mit vielleicht dreißig Meilen pro Stunde in dieses Tal hinab. Und nun merkte er, dass köstliche Kühle seinen Körper bis zum Hals umgab, dass er keinen Boden unter den Füßen spürte und dass er seit einiger Zeit unbewusst Schwimmbewegungen gemacht hatte. Er trieb auf den Wellen eines Ozeans, frisch und kühl nach den heißen Temperaturen des Himmels, aber für irdische Begriffe warm – warm wie das seichte Wasser einer sandigen Bucht in einer subtropischen Gegend. Als er sanft den breiten, gewölbten Abhang der nächsten Welle hinaufglitt, schluckte er einen Mund voll Wasser. Es schmeckte kaum salzig. Man konnte es trinken – wie Süßwasser, nur eine winzige Spur weniger schal. Obgleich er bisher keinen Durst verspürt hatte, verschaffte der Trunk ihm einen überraschenden Genuss. Es war beinahe, als begegne er zum ersten Mal dem Genuss selbst. Er tauchte sein gerötetes Gesicht in die grüne Durchsichtigkeit, und als er aufblickte, fand er sich wieder auf dem Kamm einer Woge.

Land war nicht in Sicht. Der Himmel war flach und golden wie der Hintergrund eines mittelalterlichen Gemäldes. Er wirkte sehr fern – so fern wie feine Schäfchenwolken vom Erdboden aus. Auch der Ozean war hier auf offener See golden und mit unzähligen Schatten übersät. Die Wellen in Ransoms Nähe waren golden, wo ihre Kämme das Licht auffingen, und an den Flanken grün: oben smaragdgrün und weiter unten von einem leuchtenden Flaschengrün, das sich im Schatten anderer Wellen zu Blau vertiefte.

All dies schoss wie ein Blitz an Ransoms Augen vorbei; dann sauste er abermals in ein Wellental hinab. Irgendwie hatte er sich auf den Rücken gedreht und sah nun das goldene Dach dieser Welt, auf dem hellere Lichter hin und her huschten, so wie Lichtreflexe an einer Badezimmerdecke, wenn man an einem Sommermorgen in die Wanne steigt. Das war wohl die Spiegelung der Wellen, in denen er schwamm. Diese Erscheinung ist auf dem Planeten der Liebe an drei von fünf Tagen zu sehen. Die Königin dieser Meere sieht sich ständig in einem himmlischen Spiegel.

Wieder hinauf auf den Kamm, und noch immer kein Land in Sicht. Weit zu seiner Linken etwas, das wie Wolken aussah – oder konnten es Schiffe sein? Und wieder hinunter, weiter und weiter ... Es schien kein Ende nehmen zu wollen. Jetzt fiel ihm auf, wie gedämpft das Licht war. Zu diesem Schwelgen im lauen Wasser – diesem für irdische Begriffe köstlichen Baden – schien eigentlich eine brennende Sonne zu gehören. Aber hier gab es nichts dergleichen. Das Wasser glänzte, der Himmel loderte in Goldtönen, alles war prächtig, aber gedämpft, und seine Augen weideten sich daran, ohne geblendet zu werden oder zu schmerzen. Schon die Farben Grün und Gold, mit denen er notgedrungen den Schauplatz beschrieb, waren zu grell für diese zarte, leicht schillernde, diese warme, mütterliche, wohlige, herrliche Welt. Sie war sanft wie der Abend, warm wie ein Sommertag, freundlich und gewinnend wie die frühe Morgendämmerung, eine einzige Wohltat. Er seufzte.

Vor ihm erhob sich jetzt eine Woge so hoch, dass er erschrak. Auf unserer Welt sprechen wir oft leichthin von Wellenbergen, wenn sie in Wirklichkeit nicht viel höher als ein Schiffsmast sind. Aber hier traf der Ausdruck zu. Wäre das mächtige Gebilde nicht aus Wasser gewesen, sondern ein Berg auf festem Land, so hätte er sicher einen ganzen Vormittag oder länger gebraucht, um den Gipfel zu erreichen. Die Riesenwelle riss ihn jetzt mit sich und schleuderte ihn innerhalb von Sekunden zum Kamm empor. Doch bevor er ihn ganz erreicht hatte, hätte er vor Schreck beinahe aufgeschrien. Denn diese Welle hatte keinen weichen, glatten Kamm wie die anderen. Ein furchtbarer Grat kam zum Vorschein; gezackte und wogende, fantastische Formen von unnatürlichem, nicht einmal flüssigem Aussehen ragten aus dem Wellenkamm hervor. Felsen? Schaum? Seeungeheuer? Kaum war ihm die Frage durch den Kopf geschossen, als das Ding auch schon über ihm war. Unwillkürlich schloss er die Augen. Dann wurde er wieder hinabgerissen. Was immer es war, es war an ihm vorbeigerauscht. Aber es war etwas gewesen, denn er war ins Gesicht geschlagen worden. Er befühlte es mit den Händen, fand aber kein Blut. Er war von etwas Weichem getroffen worden, das ihn nicht verletzt hatte und nur durch die Wucht des Aufpralls wie ein Peitschenschlag brannte. Er drehte sich wieder auf den Rücken und wurde dabei erneut tausende von Fuß zum nächsten Wellenkamm emporgehoben. Weit unter sich, in einem tiefen, momentanen Tal, sah er das Ding, mit dem er beinahe zusammengestoßen wäre. Es war unregelmäßig geformt mit vielen Vorsprüngen und Einbuchtungen und bunt wie ein Flickenteppich – feuerrot, ultramarin, blutrot, orange, ockergelb und violett. Mehr konnte er nicht sagen, denn er erhaschte nur einen flüchtigen Blick darauf. Was immer es war, es trieb auf dem Wasser, denn es glitt die Flanke der Welle gegenüber hinauf und über den Kamm außer Sicht. Es lag wie eine Haut auf dem Wasser und passte sich dessen Bewegungen an. Auf dem Kamm nahm es die Form der Welle an, sodass einen Augenblick lang die eine Hälfte schon auf der anderen Seite und nicht mehr zu sehen war, während sich die andere noch auf der diesseitigen Flanke befand. Das Ding verhielt sich ähnlich wie eine Schilfmatte auf einem Fluss, die jede Bewegung der kleinen, von einem vorbeirudernden Boot erzeugten Wellen mitmacht – nur in einem ganz anderen Maßstab. Das Ding hier mochte eine Fläche von dreißig Hektar oder mehr haben.

Worte sind umständlich. Man darf nicht vergessen, dass Ransom gerade erst fünf Minuten auf der Venus zugebracht hatte. Er war nicht im Mindesten müde und machte sich auch keine ernsthaften Sorgen, ob er in einer solchen Welt überleben könne. Er vertraute auf die, die ihn hergeschickt hatten, und einstweilen waren die Kühle des Wassers und die Bewegungsfreiheit seiner Glieder noch neu und angenehm. Bedeutsamer aber war etwas anderes, das ich bereits angedeutet habe und das sich kaum in Worte fassen lässt – das seltsame Gefühl eines übermäßigen Genusses, das ihm alle seine Sinne gleichzeitig zu vermitteln schienen. Ich verwende das Wort »übermäßig«, weil Ransom selbst die Empfindung nur so beschreiben konnte. Verfolgt wurde er in den ersten paar Tagen auf Perelandra nicht von einem Schuldgefühl, sondern von der Überraschung darüber, dass er ein solches nicht verspürte. Allein die Tatsache, lebendig zu sein, war ein so außerordentlich süßes und überschwängliches Gefühl, wie das Menschengeschlecht es meist mit Verboten und Ausschweifungen in Verbindung bringt. Doch es war auch eine heftige Welt. Kaum hatte er das treibende Ding aus den Augen verloren, als er von unerträglich grellem Licht geblendet wurde. Eine gleichmäßige, bläulich-violette Beleuchtung ließ den goldenen Himmel vergleichsweise dunkel erscheinen und enthüllte für wenige Augenblicke mehr von dem Planeten, als Ransom bisher gesehen hatte. Vor ihm erstreckte sich eine grenzenlose Wasserwüste, und in weiter Ferne, am Ende der Welt, erhob sich vor dem Himmel eine glatte Säule aus geisterhaftem Grün, das einzig Feste und Senkrechte in dieser Welt der gleitenden, sich verlagernden Ebenen. Dann kehrte das prächtige Zwielicht zurück (das ihm nun beinahe als Dunkelheit erschien), und er hörte Donner. Doch dieser hörte sich anders an als irdischer Donner, hallte länger nach, und in der Ferne schwang sogar eine Art Klingen mit. Der Himmel schien eher zu lachen als zu toben. Ein weiterer Blitz folgte, und noch einer, und dann war der Gewittersturm über ihm. Riesige, purpurne Wolken trieben zwischen ihm und dem goldenen Himmel, und ohne jedes Vorzeichen ging plötzlich ein Regen nieder, wie er ihn nie zuvor erlebt hatte. Es gab nicht einmal Tropfen; das Wasser über ihm schien nur etwas weniger dicht zu sein als das des Meeres, und er hatte Mühe zu atmen. Ein Blitz jagte den anderen. Wenn er zwischen zweien von ihnen über den Ozean blickte, sah er in jeder Richtung – außer da, wo sich die Wolken befanden – eine völlig veränderte Welt. Es war, als befände er sich im Mittelpunkt eines Regenbogens oder in einer Wolke aus vielfarbigem Dampf. Das Wasser, das nun die Luft erfüllte, verwandelte Himmel und Meer in ein Gewirr von farbenprächtigen, tanzenden Leuchtbildern. Ransom war geblendet und verspürte zum ersten Mal ein wenig Angst. Im Licht der Blitze sah er wie zuvor nur die endlose See und die unbewegliche grüne Säule am Ende der Welt. Nirgends Land – von einem Horizont zum anderen keine Spur eines Ufers.

Der Donner war ohrenbetäubend, und Ransom bekam kaum genug Luft. Alle möglichen Dinge schienen mit dem Regen herunterzukommen – anscheinend Lebewesen. Sie sahen wie seltsam luftige und anmutige, gewissermaßen veredelte Frösche aus und schillerten wie Libellen, aber er war nicht in der Lage, genauere Beobachtungen anzustellen. Er spürte jetzt die ersten Anzeichen von Müdigkeit, und von der Farborgie in der Atmosphäre war ihm ganz wirr im Kopf. Wie lang dies alles dauerte, konnte er nicht sagen, aber das Nächste, was er deutlich wahrnahm, war, dass der Seegang nachließ. Er hatte den Eindruck, sich am Rand eines Wassergebirges zu befinden und in tiefer gelegenes Land hinabzublicken. Lange kam er nicht in dieses Tiefland hinunter; was im Vergleich mit den Wellen, die er bei seiner Ankunft erlebt hatte, wie ruhiges Wasser aussah, erwies sich als eine nur geringfügig niedrigere Dünung, sobald er hineingeriet. Es schien hier viele von den großen treibenden Dingen zu geben. Aus der Ferne wirkten sie wie ein Archipel, doch wenn er näher kam und sie auf den noch immer hohen Wogen reiten sah, glichen sie eher einer Flotte. Schließlich aber gab es keinen Zweifel mehr, dass der Seegang nachließ. Der Regen hörte auf, und die Wellen erreichten nur noch atlantische Höhen. Die Regenbogenfarben verblassten und wurden zusehends durchsichtiger. Der goldene Himmel schien, schwach zuerst, hinter ihnen durch und breitete sich dann schließlich wieder von Horizont zu Horizont aus. Der Seegang ließ weiter nach. Ransom atmete freier, aber nun war er wirklich erschöpft und begann, sich Sorgen zu machen.

Eines der großen treibenden Dinger glitt nur wenige hundert Schritt entfernt eine Welle hinab. Ransom betrachtete es gespannt und überlegte, ob er wohl darauf steigen und sich dort ausruhen könnte. Er hatte die Befürchtung, dass es lediglich Teppiche aus Wasserpflanzen oder die obersten Äste unterseeischer Wälder waren, unfähig, ihn zu tragen. Aber während er dies dachte, wurde das Ding von der Dünung emporgehoben und geriet zwischen ihn und den Himmel. Es war nicht flach. Von seiner bräunlich gelben Oberfläche erhob sich eine Reihe gefiederter und wogender Gebilde von unterschiedlicher Höhe dunkel vor dem mattgoldenen Glanz des Himmelsgewölbes. Dann, als das Ding, das sie trug, über den Wellenkamm glitt, kippte alles auf eine Seite und war nicht mehr zu sehen. Aber da, keine dreißig Meter entfernt, glitt ein anderes zu ihm herab. Er schwamm darauf zu und merkte, wie matt und lahm seine Arme waren, und zum ersten Mal packte ihn wirkliche Angst. Als er sich dem Ding näherte, sah er, dass sein Rand unzweifelhaft aus Pflanzen bestand; es zog nämlich einen dunkelroten Saum aus Röhren, Ranken und Blasen hinter sich her. Ransom griff danach, doch er war noch nicht nahe genug. Er schwamm verzweifelt, denn die Insel glitt mit einer Geschwindigkeit von etwa zehn Meilen an ihm vorbei. Er griff wieder zu und bekam eine Hand voll peitschenartiger roter Ranken zu fassen, doch sie entglitten ihm wieder und zerschnitten ihm fast die Haut. Dann warf er sich mitten hinein und versuchte wie wild, irgendetwas zu packen. Eine Sekunde lang war er in einer Art Pflanzenbrühe aus blubbernden Röhren und platzenden Blasen; dann griff seine Hand etwas Festeres, etwas wie sehr weiches Holz. Schließlich lag er völlig außer Atem und mit aufgeschlagenem Knie bäuchlings auf einer festen Oberfläche. Er zog sich noch ein kleines Stückchen weiter. Ja – kein Zweifel: man brach nicht ein; es war etwas, worauf man liegen konnte.

Anscheinend war er sehr lange auf dem Bauch liegen geblieben, ohne etwas zu tun oder zu denken. Als er seine Umgebung wieder wahrnahm, war er jedenfalls ausgeruht. Als Erstes entdeckte er, dass er auf einer trockenen Oberfläche lag, die bei näherer Betrachtung und abgesehen von der kupferfarbenen Tönung eine gewisse Ähnlichkeit mit Heidekraut hatte. Als er mit den Fingern ein wenig darin wühlte, stieß er auf etwas, das wie trockene Erde zerbröckelte. Doch davon gab es nur sehr wenig, denn gleich darunter lag eine Schicht aus zähen, ineinander verflochtenen Fasern. Dann rollte er sich auf den Rücken und merkte, dass die Oberfläche, auf der er lag, außerordentlich elastisch war. Es war nicht nur die federnde, heideartige Vegetation; Ransom hatte den Eindruck, als sei die ganze schwimmende Insel unter dieser Vegetation eine Art Matratze. Er wandte sich um, sozusagen landeinwärts, und einen Augenblick lang glaubte er, festes Land zu sehen. Er blickte ein langes, einsames Tal hinauf, dessen kupferfarbener Grund zu beiden Seiten von sanften, mit vielfarbigen Wäldern bestandenen Hängen gesäumt war. Aber noch während er dieses Bild in sich aufnahm, wurde das Tal zu einem langen, kupferfarbenen Höhenrücken, von dem die Wälder sich nach beiden Seiten abwärts senkten. Natürlich hätte er damit rechnen müssen, aber er sagte, ihm sei vor Schrecken beinahe übel geworden. Das Ganze hatte auf den ersten Blick wie eine wirkliche Landschaft ausgesehen, und er hatte vergessen, dass er sich auf einer schwimmenden Insel befand – einer Insel mit Hügeln und Tälern, wenn man so will, aber Hügeln und Tälern, die ständig ihre Plätze wechselten, sodass man eine

Art Landkarte nur mithilfe eines Kinematographen hätte erstellen können. Und eben das ist die Eigenart der schwimmenden Inseln von Perelandra. Auf einer Schwarzweißphotographie, die die Farben und ständigen Formveränderungen nicht wiedergibt, sähen sie unseren irdischen Landschaften täuschend ähnlich, aber die Wirklichkeit ist ganz anders; denn sie sind zwar trocken und fruchtbar wie festes Land, aber sie haben die unbeständige Form des Wassers, auf dem sie treiben. Doch dem Anschein war schwer zu widerstehen. Mit seinem Verstand hatte Ransom zwar begriffen, was geschah, nicht aber mit seinen Muskeln und Nerven. Er stand auf, um ein paar Schritte landeinwärts zu gehen – bergab, wie es schien, als er aufstand –, und fiel sofort vornüber aufs Gesicht; das Kraut war so weich, dass er sich nicht verletzte. Er rappelte sich wieder auf, sah, dass er nun einen Steilhang hochsteigen musste – und fiel ein zweites Mal. Die Anspannung, die seit seiner Ankunft nicht von ihm gewichen war, löste sich wohltuend in einem leisen Lachen. Kichernd wie ein Schuljunge wälzte er sich auf der weichen, duftenden Oberfläche hin und her.

Das ging vorüber. Und dann brachte er sich während der nächsten ein oder zwei Stunden erst einmal das Gehen bei. Es war viel schwieriger, als sich auf einem Schiff fortzubewegen, denn ob die See stürmisch ist oder ruhig, das Schiffsdeck bleibt eine ebene Fläche. Aber dies war, als lerne er auf Wasser zu gehen. Er brauchte mehrere Stunden, um vom Rand oder der Küste der schwimmenden Insel hundert Schritt landeinwärts zu gehen; und er war stolz, als er fünf Schritte gehen konnte, ohne zu fallen – mit ausgestreckten Armen und tief in den Knien, um die plötzlichen Veränderungen auszugleichen; sein ganzer Körper war angespannt und schwankte, so als würde er Seiltanzen lernen. Vielleicht hätte er schneller gelernt, wenn er nicht so weich gefallen wäre, wenn es nicht so angenehm gewesen wäre, nach einem Fall still liegen zu bleiben, zum goldenen Himmel aufzublicken, dem leisen, gleichmäßigen Rauschen des Meeres zu lauschen und den eigenartigen, köstlichen Duft der Kräuter zu atmen. Und es war höchst eigenartig, nachdem er Hals über Kopf in eine Mulde gepurzelt war, die Augen zu öffnen und sich unvermittelt auf der höchsten Erhebung der Insel wieder zu finden, von wo man wie Robinson Crusoe nach allen Seiten bis zur Küste blicken konnte. Man musste einfach ein wenig sitzen bleiben und den Ausblick genießen – und wieder innehalten, denn kaum schickte man sich an aufzustehen, waren Berg und Tal verschwunden, und die ganze Insel war eine ebene Fläche.

Endlich erreichte er den bewaldeten Teil. Dort gab es eine Art Unterholz mit gefiederter Vegetation, die ungefähr die Höhe von Stachelbeerbüschen und die Farbe von Seeanemonen hatte. Darüber erhoben sich die höheren Gewächse; seltsame Bäume mit grauen und purpurnen Röhrenstämmen breiteten mächtige Baldachine über ihn, in denen orangene, silbrige und blaue Farbtöne vorherrschten. Mithilfe der Baumstämme konnte er sich jetzt leichter auf den Füßen halten. Die Düfte in diesem Wald hätte er sich nicht einmal im Traume vorstellen können. Es wäre irreführend zu sagen, sie hätten ihn hungrig oder durstig gemacht; sie weckten in ihm beinahe eine neue Art von Hunger und Durst, ein Verlangen, das vom Körper in die Seele zu fließen schien und das einfach himmlisch war. Immer wieder blieb er stehen, hielt sich an einem Ast fest, um nicht zu fallen, und atmete die Düfte ein, als ob das Atmen eine Art Ritus geworden wäre. Und zugleich bot die Waldlandschaft die wechselnden Kulissen von einem halben Dutzend Erdenlandschaften – bald ebenen Wald mit Bäumen so senkrecht wie Türme, bald einen tiefen Talgrund, in dem man einen Bach erwartet hätte, bald eine bewaldete Bergflanke und dann wieder eine Hügelkuppe, von der man durch schräg stehende Stämme die ferne See erblicken konnte. Bis auf die nicht organischen Geräusche der Wellen herrschte völlige Stille. Er empfand seine Einsamkeit jetzt sehr stark, aber keineswegs schmerzlich – es fügte den unirdischen Genüssen, die ihn umgaben, nur einen Hauch von Wildheit hinzu. Wenn er jetzt noch irgendeine Angst verspürte, dann die leise Befürchtung, sein Verstand könne in Gefahr sein. Perelandra hatte etwas, das vielleicht zu viel für ein menschliches Gehirn war.

Inzwischen war er zu einem Teil des Waldes gekommen, in dem große, kugelförmige gelbe Früchte von den Bäumen hingen – in Trauben, wie Luftballons eines Jahrmarkthändlers und ungefähr von der gleichen Größe. Er pflückte eine von ihnen und drehte sie hin und her. Die Schale war glatt und fest und schien sich nicht aufbrechen zu lassen. Dann stieß er zufällig mit einem Finger hinein und spürte etwas Kühles. Nach kurzem Zögern setzte er die kleine Öffnung an die Lippen. Er hatte nur einen winzigen Schluck probieren wollen, aber der Geschmack ließ ihn alle Vorsicht vergessen. Es war natürlich ein Geschmack, genauso wie sein Durst Durst und sein Hunger Hunger gewesen waren. Aber er unterschied sich so sehr von jedem anderen Geschmack, dass es beinahe Pedanterie gewesen wäre, überhaupt von Geschmack zu sprechen. Es war wie die Entdeckung einer völlig neuen Art von Genüssen, etwas Unerhörtes, Unvorstellbares, beinahe Unschickliches. Für eine einzige dieser Früchte wären auf Erden Kriege entfesselt und Völker verraten worden. Der Geschmack war nicht einzuordnen. Nach seiner Rückkehr auf die Welt der Menschen konnte Ransom uns nie sagen, ob er scharf oder mild, würzig oder süß, weich oder herb gewesen war. »Nein, so nicht«, war alles, was er auf solche Fragen antworten konnte. Er ließ die leere Schale fallen und wollte gerade eine zweite Frucht pflücken, als ihm bewusst wurde, dass er weder Hunger noch Durst hatte. Dennoch erschien es ihm das Nächstliegende, einen so herrlichen und beinahe geistigen Genuss erneut zu kosten. Sein Verstand, oder was wir in unserer Welt gewöhnlich für Verstand halten, war ganz dafür, dieses Wunder noch einmal zu erleben: der kindlich unschuldige Genuss einer Frucht, die Anstrengungen, die er hinter sich hatte, die Ungewissheit der Zukunft, alles schien dafür zu sprechen. Aber irgendetwas in ihm widersetzte sich dieser Vernunft. Es ist schwer, sich vorzustellen, dass dieses Widerstreben dem Verlangen entsprang, denn welches Verlangen würde schon von solch einer Köstlichkeit ablassen? Aber wie auch immer, es schien ihm besser, nicht noch einmal zu kosten. Vielleicht war die Erfahrung so vollkommen gewesen, dass eine Wiederholung sie entweiht hätte – so als wollte man an einem Tag zweimal dieselbe Symphonie hören.

Während er darüber nachdachte und überlegte, wie oft er sich – nicht auf Grund eines Verlangens, sondern gegen sein Verlangen und einem falschen Rationalismus gehorchend – auf der Erde immer wieder dieselben Genüsse verschafft hatte, merkte er, wie sich das Licht allmählich veränderte. Hinter ihm war es dunkler als zuvor, und vor ihm schimmerten Himmel und Meer mit einer neuen Intensität durch den Wald. Auf der Erde hätte er nicht mehr als eine Minute gebraucht, um den Wald zu verlassen; auf dieser schwankenden Insel brauchte er viel länger, und als er schließlich heraustrat, bot sich ihm ein außerordentliches Schauspiel. Den ganzen Tag hatte es an keinem Punkt des goldenen Himmels irgendeine Veränderung gegeben, die auf den Sonnenstand hätte schließen lassen; jetzt aber zeigte der halbe Himmel ihn an. Die Sonnenscheibe selbst blieb unsichtbar, doch auf dem Seehorizont ruhte ein Bogen von so strahlendem Grün, dass er nicht hinsehen konnte; darüber breitete sich fast bis zum Zenit wie das Rad eines Pfaus ein gewaltiger Farbenfächer aus. Als Ransom sich umblickte, sah er, dass die ganze Insel in leuchtendes Blau getaucht war und dass sich über sie und fast bis ans Ende jener Welt sein eigener riesengroßer Schatten erstreckte. Die See, die jetzt viel ruhiger war, als er sie bisher gesehen hatte, dampfte in mächtigen blauen und purpurnen Schwaden zum Himmel empor, und eine milde, angenehme Brise spielte mit seinem Stirnhaar. Der Tag verglühte. Von Minute zu Minute wurde das Wasser ruhiger; Ransom spürte, wie die Stille immer tiefer wurde. Er setzte sich mit übereinander geschlagenen Beinen am Ufer der Insel nieder, der einsame Herrscher, wie es schien, über all diese Feierlichkeit. Zum ersten Mal kam ihm der Gedanke, er könnte auf eine unbewohnte Welt geschickt worden sein, und der Schrecken darüber verlieh den verschwenderischen Genüssen einen bitteren Beigeschmack.

Wieder überraschte ihn ein Phänomen, das er hätte voraussehen können. Nackt zu sein und dennoch nicht zu frieren, zwischen köstlichen Fruchtbäumen zu wandeln und in duftendem Heidekraut zu liegen – dies alles hatte in ihm die Vorstellung vom warmen Halbdunkel einer Mittsommernacht geweckt. Aber noch ehe die großartigen, geheimnisvollen Farben im Westen erloschen waren, war der Himmel im Osten bereits schwarz. Nach wenigen Minuten hatte die Schwärze auch den westlichen Horizont erreicht. Im Zenit hielt sich noch eine Weile ein schwacher rötlicher Schimmer, in dessen Licht Ransom in den Wald zurückkroch. Man konnte buchstäblich »nicht mehr die Hand vor Augen sehen«. Und noch bevor er sich unter den Bäumen niedergelegt hatte, war es wirklich Nacht geworden – eine nahtlose Finsternis, nicht wie in der Nacht, sondern wie in einem Kohlenkeller. Absolute Schwärze, unermesslich und undurchdringlich, lastete auf seinen Augen. Es gibt keinen Mond in jenem Land, kein Sternenlicht dringt durch das goldene Dach. Aber die Finsternis war warm, und neue süße Düfte stahlen sich daraus hervor. Die Welt hatte jetzt keine Ausdehnung mehr; ihre Grenzen waren die Länge und Breite seines eigenen Körpers und der Flecken des weichen, duftenden Krauts, auf dem er wie in einer Hängematte sanft hin und her schaukelte. Die Nacht hüllte ihn wie eine Decke ein und hielt alle Einsamkeit fern. Diese Schwärze hätte auch in seinem eigenen Zimmer sein können. Der Schlaf kam wie eine Frucht, die einem in die Hand fällt, kaum dass man ihren Stiel berührt hat.

## 4

Beim Erwachen widerfuhr Ransom etwas, das vielleicht nur jemand erlebt, der seine eigene Welt verlassen hat: Er sah die Wirklichkeit und hielt sie für einen Traum. Er schlug die Augen auf und erblickte einen seltsam heraldisch gefärbten Baum mit gelben Früchten und silbrigem Laub. Um den unteren Teil des indigoblauen Stammes ringelte sich ein kleiner Drache mit rotgoldenen Schuppen. Sofort erkannte er den Garten der Hesperiden. »So einen deutlichen Traum habe ich noch nie gehabt«, dachte er. Irgendwie merkte er dann, dass er wach war; aber sowohl den Schlaf, der ihn gerade verlassen hatte, als auch die Erfahrung nach dem Erwachen erlebte er in einer Art Trance und empfand sie als so angenehm, dass er reglos liegen blieb. Er erinnerte sich, wie er auf jener ganz anderen Welt namens Malakandra – einer kalten und archaischen Welt, wie ihm jetzt schien – dem Urbild der Zyklopen begegnet war, einem Riesen, der in einer Höhle hauste und Hirt war. War am Ende alles, was auf Erden Mythologie war, auf anderen Welten Wirklichkeit? Dann erst fiel ihm wieder ein, dass er auf einem unbekannten Planeten war, nackt und allein, und dass dieses Tier gefährlich sein könnte. Aber er hatte keine große Angst. Er wusste, dass die Angriffslust irdischer Tiere im Kosmos eher die Ausnahme war, und seltsamere Geschöpfe als dieses hier waren ihm wohlgesonnen gewesen. So blieb er noch eine Weile liegen und beobachtete es. Es war eine Art Echse, groß wie ein Bernhardiner, und hatte einen gezackten Rückenkamm. Seine Augen waren offen.

Nach einer Weile richtete er sich ein wenig auf und stützte sich auf einen Ellbogen. Das Tier schaute ihn unverwandt an.

Die Insel war jetzt völlig eben. Er setzte sich auf und sah durch die Baumstämme, dass die Insel in ruhigem Wasser trieb. Die See sah wie vergoldetes Glas aus. Wieder beobachtete er den Drachen. Konnte dies ein intelligentes Lebewesen sein – ein Hnau, wie man auf Malakandra sagte –, und war er vielleicht hergeschickt worden, um mit diesem Geschöpf zusammenzutreffen? Es sah nicht danach aus, aber er konnte ja einen Versuch machen. Er bildete einen ersten Satz auf Alt-Solarisch, und seine eigene Stimme kam ihm fremd und ungewohnt vor.

»Fremder«, sagte er, »ich bin von den Dienern Maleldils durch den Himmel zu deiner Welt geschickt worden. Heißt du mich willkommen?«

Das Tier blickte ihn sehr fest und vielleicht sehr weise an. Dann schloss es die Augen. Kein viel versprechender Anfang. Ransom schickte sich an aufzustehen, und die Echse schlug die Augen wieder auf. Er stand da und sah sie an, ungewiss, was er als Nächstes tun sollte. Nach einer Weile sah er, dass das Tier sich langsam entrollte. Es kostete ihn große Willenskraft, stehen zu bleiben; ob das Geschöpf vernunftbegabt war oder nicht, mit Flucht war auf Dauer nichts gewonnen. Der Drache löste sich vom Baum, schüttelte sich und breitete zwei schimmernde Reptilienflügel aus – bläulich, golden und fledermausähnlich. Nachdem er sie geschwungen und wieder angelegt hatte, ließ er seinen Blick wieder auf Ransom ruhen; schließlich machte er sich halb watschelnd, halb kriechend auf den Weg zum Rand der Insel, wo er seine lange, metallische Schnauze ins Wasser tauchte. Als er getrunken hatte, hob er den Kopf und gab ein nicht ganz unmelodisches Blöken oder Krächzen von sich. Dann wandte er sich um, blickte wieder zu Ransom herüber und kam schließlich auf ihn zu. »Es ist Wahnsinn, auf das Untier zu warten«, flüsterte die falsche Vernunft, doch Ransom biss die Zähne zusammen und rührte sich nicht vom Fleck. Die Echse kam ganz nahe und stupste mit der kalten Schnauze gegen seine Knie. Ransom war völlig verwirrt. War das Tier intelligent, und war dies seine Sprache? War es unvernünftig, aber freundlich – und wenn ja, wie sollte er reagieren? Ein Tier mit Schuppen konnte man kaum streicheln! Oder scheuerte es sich bloß an seinen Beinen? In diesem Moment schien die Echse ihn so plötzlich zu vergessen, dass Ransom jetzt sicher war, nur ein Tier vor sich zu haben; sie wandte sich ab und begann, gierig das Unterholz abzufressen. Mit dem Gefühl, dass der Ehre nun Genüge getan sei, wandte auch Ransom sich ab und ging wieder in den Wald.

In seiner Nähe standen Bäume mit den Früchten, die er bereits gekostet hatte, aber seine Aufmerksamkeit wurde von einer seltsamen, etwas weiter entfernten Erscheinung in Anspruch genommen. Mitten im dunkleren Laubwerk eines graugrünen Dickichts schien etwas zu funkeln. Sein erster Eindruck, aus dem Augenwinkel heraus, war der eines Treibhausdaches im Sonnenschein. Auch als er es jetzt deutlicher sah, wirkte es noch wie Glas, aber wie Glas in ständiger Bewegung. Licht schien in unregelmäßigen Abständen zu kommen und gehen. Gerade als er dieses Phänomen genauer untersuchen wollte, schreckte er auf, weil ihn etwas an seinem linken Bein berührt hatte. Das Tier war ihm gefolgt. Wieder beschnupperte es ihn und stieß ihn leise an. Ransom ging schneller. Die Echse auch. Ransom blieb stehen. Die Echse auch. Als er weiterging, blieb sie so dicht an seiner Seite, dass ihre Flanke immer wieder seine Hüften streifte und ihr kalter, harter und schwerer Fuß gelegentlich auf seinen trat. Die Entwicklung der Dinge behagte ihm so wenig, dass er ernsthaft überlegte, wie er dem ein Ende machen könnte. Doch dann wurde seine ganze Aufmerksamkeit plötzlich auf etwas anderes gelenkt. Über seinem Kopf hing an einem haarigen, röhrenartigen Ast eine große, glänzende und beinahe durchsichtige Kugel. Das Licht spiegelte sich darin, und an einer Stelle spielten Regenbogenfarben. Das war also die Erklärung für die glasähnlichen Erscheinungen im Wald. Als er umherblickte, sah er überall unzählige dieser glänzenden Kugeln. Aufmerksam betrachtete er diejenige, die am nächsten hing. Zuerst schien sie sich zu bewegen, dann wieder nicht. Unwillkürlich streckte er die Hand aus und berührte sie. Im nächsten Augenblick ergoss sich eine für diese warme Welt eiskalte Dusche über Kopf, Gesicht und Schultern; zugleich erfüllte ein scharfer, durchdringender, erlesener Duft seine Nase, und wie von ungefähr ging ihm Popes Verszeile »An einer Rose sterben in duftiger Pein« durch den Kopf. Er fühlte sich so erfrischt, dass ihm war, als sei er bisher nur halb wach gewesen. Als er die Augen, die sich im ersten Schreck unwillkürlich geschlossen hatten, wieder öffnete, schienen alle Farben ringsum frischer zu sein, und sogar das Matte dieser Welt wirkte klarer. Wieder fühlte er sich wie verzaubert. Das goldene Tier an seiner Seite kam ihm nicht länger gefährlich oder lästig vor. Wenn ein nackter Mensch und ein weiser Drache wirklich die einzigen Bewohner dieses schwimmenden Paradieses sein sollten, dann war es gut so, denn in diesem Augenblick hatte er weniger das Gefühl, ein Abenteuer zu bestehen, als vielmehr einen Mythos darzustellen. Und er wollte gar nicht mehr als in diesem unirdischen Geschehen die Gestalt sein, die er war.

Wieder wandte er sich dem Baum zu. Das Ding, das ihn übergossen hatte, war verschwunden. Der röhrenartige Zweig endete, seiner hängenden Kugel beraubt, in einer kleinen zitternden Öffnung, an der ein Tropfen kristallklarer Flüssigkeit hing. Verdutzt sah Ransom sich um. Nach wie vor war der Wald voll von den schillernden Früchten, doch nun merkte er, dass irgendetwas langsam, aber stetig vor sich ging; einen Moment später wusste er auch, was. Jede der schimmernden Kugeln nahm langsam an Umfang zu, und wenn sie eine gewisse Größe erreicht hatte, verschwand sie mit einem leisen Geräusch; für kurze Zeit war da, wo sie gehangen hatte, der

Boden feucht, und in der Luft blieben ein köstlicher, flüchtiger Duft und eine gewisse Kühle zurück. Eigentlich waren die Dinger gar keine Früchte, sondern Blasen: Die Bäume (er taufte sie in dem Augenblick) waren Blasenbäume. Sie sogen anscheinend Wasser aus dem Ozean, reicherten es in ihrem saftigen Innern an und gaben es dann auf diese Weise wieder von sich. Er setzte sich nieder, um sich an dem Schauspiel zu ergötzen. Nun, da er das Geheimnis kannte, konnte er sich erklären, warum dieser Wald so anders aussah und wirkte als alle anderen Teile der Insel. Jede Blase konnte man, einzeln betrachtet, als erbsengroße Perle dem Mutterzweig entquellen, langsam anschwellen und platzen sehen; betrachtete man jedoch den Wald als Ganzes, so nahm man nur eine leichte Veränderung des Lichtes wahr, eine kaum merkliche Unterbrechung der allgegenwärtigen perelandrischen Stille, eine ungewöhnliche Kühle und einen frischeren Duft in der Luft. In diesem Wald hatte ein auf unserer Welt Geborener in weit stärkerem Maß das Gefühl, sich im Freien aufzuhalten, als in den unbewaldeten Teilen der Insel, oder sogar auf dem Meer. Ransom blickte zu einer schönen Traube von Blasen auf, die über seinem Kopf hing, und dachte, wie einfach es wäre aufzustehen, in die ganze Traube einzutauchen und diese magische Erfrischung verzehnfacht noch einmal zu genießen. Doch das gleiche Gefühl, das ihn am Abend zuvor gehindert hatte, eine zweite Frucht zu genießen, hielt ihn auch diesmal zurück. Er hatte immer etwas gegen Leute gehabt, die in der Oper ihre Lieblingsarie noch einmal gesungen haben wollten. Das verderbe den Genuss, hatte er gemeint. Hier nun schien ihm dieses Prinzip eine viel größere Tragweite und tiefere Bedeutung zu haben. Der Drang, sich etwas immer wieder zu verschaffen, so als wäre das Leben ein Film, der zweimal oder sogar rückwärts laufen könnte ... War das vielleicht die Wurzel allen Übels? Nein, die lag, wie man so sagte, in der Liebe zum Geld. Aber liebte man das Geld an sich? Vielleicht schätzte man es vor allem als Schutz vor Schicksalsschlägen, als Garantie, Dinge immer wieder bekommen zu können, als Mittel, den Ablauf des Films aufzuhalten ...

Er wurde unsanft aus seinen Betrachtungen gerissen, weil irgendetwas unangenehm auf sein Knie drückte. Der Drache hatte sich niedergelegt und seinen langen, schweren Kopf auf Ransoms Beine gebettet. »Weißt du eigentlich, dass du ziemlich lästig bist?«, fragte Ransom auf Englisch. Das Tier regte sich nicht. Er sollte vielleicht versuchen, sich mit ihm anzufreunden, und streichelte den harten, trockenen Kopf, aber es nahm keine Notiz davon. Er ließ seine Hand weiterwandern. Unten am Hals war die Haut weicher oder sogar ein Spalt im Schuppenpanzer. Aha – dort ließ es sich gerne kraulen. Es grunzte, ließ eine lange, zylindrische, schiefergraue Zunge herausschnellen und leckte ihn. Dann wälzte es sich auf den Rücken und enthüllte einen fast weißen Bauch, den Ransom mit den Zehen knetete. Seine Bekanntschaft mit dem Drachen entwickelte sich sehr zu seiner Zufriedenheit. Schließlich schlief das Tier ein.

Ransom stand auf und stellte sich wieder unter einen Blasenbaum. Die zweite Dusche machte ihn so frisch und wach, dass er allmählich Hunger verspürte. Er hatte vergessen, wo auf der Insel die gelben Kürbisfrüchte zu finden waren, und als er sich auf die Suche machte, merkte er, dass es schwierig geworden war zu gehen. Zuerst fragte er sich, ob die Flüssigkeit in den Blasen eine berauschende Wirkung haben mochte, doch ein Blick auf die Landschaft zeigte ihm den wahren Grund. Vor seinen Augen schwoll die ebene Fläche kupferfarbener Heide zu einem niedrigen Hügel an, der in seine Richtung wanderte. Der Anblick von Land, das wie Wasser in einer Welle auf ihn zurollte, schlug ihn aufs Neue in seinen Bann; er vergaß, sich der Bewegung anzupassen, und fiel. Nachdem er sich aufgerappelt hatte, ging er vorsichtiger weiter. Diesmal war kein Zweifel möglich: Die See wurde wieder unruhig.

Zwischen zwei Wäldern hindurch konnte er bis zum Rand dieses lebenden Floßes sehen; dort war das Wasser aufgewühlt, und der warme Wind war inzwischen so stark, dass er ihm das Haar zerzauste. Er bewegte sich behutsam auf die Küste zu, doch bevor er sie erreichte, kam er an einigen Büschen vorbei, die voller ovaler grüner Beeren hingen, etwa dreimal so groß wie Mandeln. Er pflückte eine und brach sie auf. Das Fleisch war eher trocken und wie Brot oder vielleicht wie eine Banane. Es schmeckte gut. Es verschaffte nicht den orgiastischen und schon fast beängstigenden Genuss wie die Kürbisfrüchte, sondern eher den Genuss eines einfachen Essens – das Vergnügen, zu kauen und satt zu werden, eine »nüchterne Gewissheit wachen Glücks«. Ein Mensch, oder wenigstens jemand wie Ransom, hat in solchen Augenblicken das Bedürfnis, ein Dankgebet zu sprechen; und das tat er auch. Zu den Kürbisfrüchten hätten eher ein Oratorium oder eine mystische Verzückung gepasst. Aber auch diese einfache Mahlzeit hatte ihre unerwarteten Höhepunkte. Hin und wieder stieß man auf Beeren, die in der Mitte hellrot waren; diese schmeckten vorzüglich, stachen aus tausendundeinem Aroma heraus, sodass er wohl nur nach ihnen Ausschau gehalten und sich nur von ihnen ernährt hätte, hätte ihn nicht derselbe innere Ratgeber, der ihn seit seiner Ankunft auf Perelandra schon zweimal ermahnt hatte, daran gehindert. Auf der Erde, dachte Ransom, würde man bald lernen, diese Rotherzen zu züchten, und sie wären viel teurer als die anderen. Und das Geld würde die Möglichkeit schaffen, mit gebieterischer Stimme »mehr!« zu rufen.

Als er fertig gegessen hatte, ging er hinunter zum Ufer, um zu trinken, aber ehe er dort anlangte, lief es bereits zum Ufer »hinauf«. Die Insel war in diesem Moment ein kleines Tal hellen Landes zwischen grünen Wasserhügeln, und als er auf dem Bauch lag und trank, machte er die außerordentliche Erfahrung, sein Gesicht in ein Meer zu tauchen, das höher war als die Küste. Dann saß er eine Weile aufrecht und ließ die Beine über den Rand in die roten Pflanzen hängen, die sein kleines Reich säumten. Seine Einsamkeit kam ihm immer deutlicher zu Bewusstsein. Wozu hatte man ihn hierher gebracht? Ihm ging die fantastische Idee durch den Kopf, diese leere Welt habe auf ihn als ersten Bewohner gewartet, er sei auserwählt als Begründer und Adam dieser Welt. Es war seltsam, dass die völlige Einsamkeit während all dieser Stunden ihn weit weniger bedrückt hatte als eine Nacht des Alleinseins auf dem Mars. Vielleicht lag der Unterschied darin, dass ein bloßer Zufall, oder was er für einen Zufall gehalten hatte, ihn nach Malakandra geführt hatte, während er hier Teil eines Plans war. Er war nicht mehr ungebunden, kein Außenstehender mehr.

Wenn seine Insel die glatten Hänge des matt schimmernden Wassers hinaufglitt, konnte er immer wieder sehen, dass viele andere Inseln in der Nähe waren. Sie unterschieden sich in den Farben von seiner Insel und untereinander mehr, als er für möglich gehalten hätte. Es war faszinierend, überall diese großen Matten oder Teppiche schaukeln zu sehen, wie Segelboote im Hafen an einem stürmischen Tag – und genau wie die Masten standen die Bäume jeden Augenblick in einem anderen Winkel. Es war faszinierend zu sehen, wie weit über ihm ein leuchtend grüner oder samtig roter Saum über einen Wellenkamm glitt, und dann zu warten, bis die ganze Insel über die Flanke herabkam und sich seinem Blick darbot. Zuweilen befanden sich seine und eine andere Insel auf den gegenüberliegenden Hängen eines Wellentals und waren nur durch eine schmale Wasserstraße voneinander getrennt; dann gaukelte einem ein Moment lang eine irdische Landschaft vor. Es sah aus, als wäre man in einem dicht bewaldeten Tal mit einem Fluss unten auf dem Grund. Aber während man es betrachtete, tat der vermeintliche Fluss das Unmögliche: Er hob sich empor, sodass das Land zu beiden Seiten abfiel, bis die eine Hälfte der Landschaft hinter dem Kamm nicht mehr zu sehen war. Gleich darauf ragte er als ein mächtiger goldgrüner Wasserrücken zum Himmel und drohte auch die andere Landhälfte zu verschlingen, die nun rückwärts hinuntergewirbelt und den nächsten Rücken hinaufgetragen wurde.

Ein brausendes, surrendes Geräusch schreckte ihn auf. Im ersten Augenblick dachte er, er sei in Europa und ein Flugzeug fliege dicht über ihn hinweg. Dann erkannte er seinen Freund, den Drachen. Das Tier hatte den Schwanz lang ausgestreckt und sah aus wie ein fliegender Wurm. Es hielt auf eine benachbarte, etwa eine halbe Meile entfernte Insel zu. Als Ransom ihm nachblickte, sah er geflügelte Lebewesen – dunkel vor dem goldenen Firmament – in zwei langen Reihen von links und rechts auf dieselbe Insel zusteuern. Aber es waren keine Reptilien mit Fledermausflügeln. Er versuchte, sie aus der Ferne zu erkennen, und kam zu der Überzeugung, dass es Vögel waren; als der Wind sich dann drehte und ihm melodisch schnatternde Töne zutrug, war er sich seiner Sache sicher. Sie mussten ein wenig größer als Schwäne sein. Dass sie alle auf dieselbe Insel wie der Drache zuhielten, ließ ihn aufmerken und erfüllte ihn mit einer unbestimmten Erwartung. Was dann geschah, steigerte diese zu regelrechter Erregung. Vor ihm, im Wasser, entdeckte er eine weiche, schäumende Unruhe, die ebenfalls der Insel zustrebte. Eine ganze Flotte von Dingern bewegte sich wie in einer Formation vorwärts. Er stand auf. Eine Welle erhob sich und nahm ihm die Sicht. Dann konnte er sie wieder sehen, hunderte von Fuß unter sich. Silbrige Dinger, die springende, kreisende Bewegungen vollführten … Wieder verlor er sie aus den Augen und fluchte. In einer so ereignisarmen Welt kam ihnen große Bedeutung zu. Aha, da waren sie wieder. Offensichtlich Fische, sehr große, dicke, delfinartige Fische, von denen einige regenbogenfarbene Wasserfontänen aus ihren Nasen bliesen. Sie schwammen in zwei langen Reihen, angeführt von einem

Leittier. Mit diesem schien etwas nicht zu stimmen, es hatte eine Art Buckel oder Verwachsung auf dem Rücken. Wenn sie doch nur ein einziges Mal länger als fünfzig Sekunden zu sehen wären! Mittlerweile hatten sie die andere Insel fast erreicht, und die Vögel kamen alle herunter, um am Ufer mit ihnen zusammenzutreffen. Da war wieder das Leittier mit seinem Buckel oder Sockel auf dem Rücken. Einen Augenblick lang schien Ransom seinen Augen nicht zu trauen, dann versuchte er, sich breitbeinig am äußersten Rand seiner Insel zu halten, und schrie aus Leibeskräften. Denn in dem Augenblick, da der Fisch die Nachbarinsel erreicht hatte, war diese von einer Welle zwischen Ransom und den Himmel gehoben worden; deutlich und unverkennbar hatte er in der Silhouette des Dinges auf dem Fischrücken eine menschliche Gestalt erkannt – eine menschliche Gestalt, die ans Ufer sprang, sich mit einer leichten Verneigung zum Fisch umwandte und dann aus Ransoms Gesichtskreis verschwand, als die ganze Insel über den Wellenkamm davonglitt. Mit pochendem Herzen wartete Ransom, bis er die andere Insel wieder sah. Diesmal war sie nicht zwischen ihm und dem Himmel, und anfangs konnte er die menschliche Gestalt nicht entdecken. Wie ein Stich durchfuhr ihn die Verzweiflung; doch da war sie wieder – eine winzige dunkle Figur, die langsam vor einem Stück blauer Vegetation entlangging. Er winkte, fuchtelte und schrie, bis er heiser war, aber die Gestalt beachtete ihn nicht. Immer wieder verlor er sie aus den Augen, und selbst wenn er sie dann wieder entdeckte, fragte er sich, ob es nicht doch eine optische Täuschung war – eine Form des Laubwerkes, der sein sehnlicher Wunsch Menschengestalt verliehen hatte. Aber jedes Mal, wenn er der Verzweiflung nahe war, tauchte sie unverkennbar wieder auf. Dann begannen seine Augen zu ermüden, und er wusste, dass er immer weniger sehen würde, je länger er hinüberspähte. Trotzdem hielt er weiter Ausschau.

Schließlich war er so erschöpft, dass er sich setzen musste.

Die Einsamkeit, die er bisher kaum als schmerzlich empfunden hatte, war ihm ein Gräuel geworden. Die Aussicht, wieder allein zu sein, schien unerträglich. Seine Umgebung hatte ihre überwältigende, betörende Schönheit verloren. Ohne diese eine menschliche Gestalt war der Rest dieser Welt auf einmal ein Albtraum, eine schreckliche Zelle oder Falle, in der er gefangen saß. Der Verdacht, er beginne an Halluzinationen zu leiden, ging ihm durch den Sinn. Er sah sich für immer und ewig auf dieser scheußlichen Insel leben, allein, doch umgetrieben von den Trugbildern menschlicher Wesen, die ihm lächelnd und mit ausgestreckten Händen entgegenkamen, sich aber verflüchtigten, sobald er auf sie zuging. Er legte den Kopf auf die Knie, biss die Zähne zusammen und versuchte, seine Gedanken zu ordnen. Zuerst lauschte er nur seinem eigenen Atmen und zählte seine Herzschläge. Aber er versuchte es noch einmal, und nun gelang es ihm. Wie eine Offenbarung kam ihm auf einmal der einfache Gedanke, dass er, um die Aufmerksamkeit dieses menschenähnlichen Wesens zu erregen, warten müsse, bis er auf dem Kamm einer Welle wäre. Wenn er dann aufstünde, müsste es seine Silhouette vor dem Himmel sehen.

Dreimal wartete er, bis das Ufer, auf dem er stand, zu einer Hügelkuppe wurde, erhob sich, schwankend auf diesem seltsamen Land, und winkte mit den Armen. Beim vierten Mal hatte er Erfolg. Die Nachbarinsel lag gerade wie ein Tal unter ihm, und die kleine dunkle Gestalt dort unten winkte unverkennbar zurück. Sie löste sich von einem undeutlichen Hintergrund grünlicher Vegetation und lief über ein orangefarbenes Feld auf ihn zu, das heißt zu dem Teil der Küste, der seiner Insel am nächsten war. Sie lief leichtfüßig; die wogende Oberfläche des Feldes schien sie nicht im Mindesten zu stören. Dann wirbelte Ransoms Insel rückwärts hinunter; eine gewaltige Wasserwand drängte zwischen den beiden Ländern empor und nahm ihnen die Sicht. Kurz darauf sah Ransom aus dem Tal, in dem er nun stand, hoch über sich das orangefarbene Feld wie einen beweglichen Hang über den leicht nach außen gewölbten Wellenkamm zu sich herabgleiten. Das Wesen lief immer noch. Der Wasserarm zwischen den beiden Inseln war nur noch etwa dreißig Fuß breit, und die Gestalt war jetzt weniger als hundert Schritt von ihm entfernt. Er sah, dass sie nicht nur menschenähnlich war, sondern ein Mensch – ein grüner Mensch auf einem orangefarbenen Feld, grün wie die prächtig schimmernden grünen Käfer in einem englischen Garten; er lief leichtfüßig und sehr schnell zu Ransom herunter. Dann hob das Meer Ransoms Insel, und der grüne Mensch wurde zu einer perspektivisch verkürzten Gestalt tief unter ihm, so wie ein Sänger in Covent Garden von der Galerie aus betrachtet. Ransom stand am äußersten Rand seiner Insel, beugte sich weit vor und brüllte. Der grüne Mensch blickte zu ihm auf. Auch er schien zu rufen und hatte die Hände wie einen Trichter an den Mund gelegt; aber das Rauschen der See übertönte die Stimmen, und im nächsten Augenblick sank Ransoms Insel in ein neues Wellental, und der hohe grüne Wasserrücken nahm ihm die Sicht. Es war zum Verrücktwerden. Quälende Angst, die Entfernung zwischen den beiden Inseln könnte sich vergrößern, befiel ihn. Gott sei Dank: da kam das orangefarbene Land über den Kamm und folgte ihm ins Tal hinab. Und dort war der andere jetzt unmittelbar am Ufer, direkt ihm gegenüber. Einen Moment lang blickten die fremden Augen voller Liebe und Erwartung in die seinen. Dann veränderte sich das ganze Gesicht schlagartig und nahm einen Ausdruck von Bestürzung und Enttäuschung an. Ransom begriff seinerseits enttäuscht, dass er für jemand anderen gehalten worden war. Das Laufen, das Winken und die Rufe hatten nicht ihm gegolten. Und der grüne Mensch war kein Mann, sondern eine Frau.

Es ist schwer zu sagen, warum ihn das so sehr überraschte. Wenn die Gestalt ein Mensch war, konnte sie ebenso gut eine

Frau wie ein Mann sein. Aber es hatte ihn überrascht, und erst als die beiden Inseln aufs Neue in verschiedene Wellentäler sanken, wurde ihm klar, dass er nichts gesagt, sondern sie nur närrisch angestarrt hatte. Und nun, da sie außer Sicht war, überfielen ihn die Zweifel. War sie es, wegen der man ihn hergeschickt hatte? Er hatte Wunder erwartet, war auf Wunder vorbereitet gewesen, doch nicht auf eine Göttin, die aussah wie aus grünem Stein gemeißelt, aber lebte. Und dann fiel ihm ein – er hatte es nicht bemerkt, solange er das Bild vor Augen gehabt hatte –, dass sie in seltsamer Begleitung gewesen war. Sie hatte zwischen allen möglichen Tieren und Vögeln gestanden wie ein junger Baum zwischen Büschen. Da waren große taubenblaue und feuerrote Vögel gewesen, Drachen und biberähnliche Geschöpfe so groß wie Ratten, und zu ihren Füßen im Wasser heraldisch aussehende Fische. Oder hatte er sich das eingebildet? Waren dies die ersten Sinnestäuschungen, wie er befürchtet hatte? Oder war hier ein weiterer Mythos Wirklichkeit – vielleicht ein schrecklicherer Mythos, von Circe oder Alcina? Und der Ausdruck auf ihrem Gesicht ... Wen mochte sie erwartet haben, dass sein Anblick sie so enttäuschte?

Die andere Insel kam wieder in Sicht. Mit den Tieren hatte er Recht gehabt. Etwa zehn oder zwanzig von ihnen umgaben die Frau, alle sahen sie an, die meisten reglos, doch einige suchten wie bei einer Zeremonie mit sanften, leisen Bewegungen ihre Plätze. Die Vögel bildeten lange Reihen, und immer mehr schienen sich auf der Insel niederzulassen und diesen Reihen anzuschließen. Aus einem Wald von Blasenbäumen hinter der Frau kam ein halbes Dutzend Tiere – wie längliche Schweine mit sehr kurzen Beinen, vielleicht eine Art Dackel unter den Schweinen – herangewatschelt und gesellte sich zu den anderen. Winzige froschartige Wesen, wie er sie im Regen hatte herabfallen sehen, sprangen um die Frau herum, gelegentlich über ihren Kopf hinaus, und landeten dann und wann auf ihren Schultern. Ihre Farben waren so lebhaft und leuchtend, dass er sie zuerst für Eisvögel hielt. Und die Frau stand inmitten dieses Gewimmels und blickte zu Ransom herüber. Ihre Füße waren geschlossen, ihre Arme hingen seitlich herab, ihr Blick war ruhig und furchtlos und verriet nichts. Ransom beschloss, sie auf Alt-Solarisch anzusprechen. »Ich bin von einer anderen Welt«, hub er an und brach gleich wieder ab. Die grüne Frau hatte etwas getan, worauf er nicht gefasst gewesen war. Sie hatte einen Arm gehoben und auf ihn gezeigt: nicht drohend, sondern so als fordere sie die anderen Geschöpfe auf, ihn anzusehen. Gleichzeitig veränderte sich ihr Gesichtsausdruck erneut, und einen Augenblick lang glaubte er, sie werde weinen. Stattdessen brach sie in schallendes Gelächter aus; Kaskaden von perlendem Gelächter brachen aus ihr hervor, sie schüttelte und bog sich, stützte die Hände auf die Knie, lachte weiter und deutete immer wieder auf ihn. Wie bei ähnlichen Gelegenheiten unsere Hunde, verstanden die Tiere, dass etwas Lustiges im Gange war; sie begannen herumzuspringen, mit den Flügeln zu schlagen, zu grunzen und sich auf die Hinterbeine zu stellen. Und die grüne Frau lachte, bis eine Welle sie wieder trennte und sie nicht mehr zu sehen war.

Ransom war wie vom Donner gerührt. Hatten die Eldila ihn hergeschickt, um mit einer Idiotin zusammenzutreffen? Oder mit einem bösen Geist, der ihn verspottete? Oder war es letztlich eine Sinnestäuschung? Denn genau so stellte man sich doch eine Sinnestäuschung vor. Dann kam ihm ein Gedanke, der bei dem Leser oder bei mir vielleicht länger auf sich hätte warten lassen: möglicherweise war nicht sie verrückt, sondern er lächerlich. Er sah an sich herunter. Seine Beine boten in der Tat einen seltsamen Anblick, denn das eine war rotbraun wie die Flanken eines tizianischen Satyrs, und das andere weiß – von einem vergleichsweise beinah leprösen Weiß. Soweit er sich selbst sehen konnte, war er von oben bis unten zweifarbig – ein natürliches Ergebnis der einseitigen Sonnenbestrahlung während seiner Reise. War das die Ursache ihrer Heiterkeit? Er wollte sich schon ärgern über das Geschöpf, das die Begegnung zweier Welten verdarb, indem es über eine solche Nebensächlichkeit lachte. Doch dann musste er wider Willen über seine wenig eindrucksvolle Karriere auf Perelandra lächeln. Auf Gefahren war er vorbereitet gewesen; aber zuerst eine Enttäuschung und dann etwas absolut Lächerliches zu sein ... Halt! Da kamen die Frau und ihre Insel wieder in Sicht.

Sie hatte sich von ihrem Lachanfall erholt, saß am Ufer und ließ die Beine ins Wasser hängen; halb abwesend liebkoste sie ein gazellenähnliches Tier, das die weiche Schnauze unter ihren Arm geschoben hatte. Es war kaum zu glauben, dass sie jemals gelacht oder irgendetwas anderes getan hatte, als am Rand ihrer schwimmenden Insel zu sitzen. Nie zuvor hatte Ransom ein so ruhiges und unirdisches Gesicht gesehen, trotz der vollkommen menschlichen Züge. Vielleicht rührte die unirdische Wirkung daher, meinte er später, dass in diesem Antlitz keine Spur von Resignation lag, die, wenn auch in noch so geringem Maße, bei jeder tiefen Ruhe auf irdischen Gesichtern immer mitschwingt. Dies hier war eine Ruhe, der noch nie ein Sturm vorausgegangen war. Vielleicht war es Schwachsinn, vielleicht war es Unsterblichkeit, vielleicht ein Geisteszustand, für den keine irdische Erfahrung irgendeinen Hinweis bot. Ein seltsames und erschreckendes Gefühl beschlich ihn. Auf dem alten Planeten Malakandra war er Geschöpfen begegnet, deren Gestalt nicht im Entferntesten menschlich gewesen war, die sich jedoch bei näherer Bekanntschaft als vernunftbegabt und freundlich erwiesen hatten. Unter einem fremdartigen Äußeren hatte er ein Herz wie sein eigenes entdeckt. Sollte er nun die umgekehrte Erfahrung machen? Denn jetzt wurde ihm klar, dass das Wort ›menschlich‹ mehr als nur die körperliche Gestalt oder den Verstand bezeichnete. Es bezeichnete auch das gemeinsame Blut und die gemeinsame Erfahrung, die alle Männer und Frauen auf der Erde verbindet. Aber dieses Geschöpf war nicht von seiner Rasse; keine noch so gewundenen Verästelungen irgendeines Stammbaums konnten jemals eine Verbindung zwischen ihm und ihr ziehen. In diesem Sinne war kein Tropfen ihres Blutes ›menschlich‹. Das Universum hatte ihre Art und die seine völlig unabhängig voneinander hervorgebracht.

All das schwirrte ihm durch den Kopf; doch bald wurde er in seinen Überlegungen unterbrochen, denn er merkte, dass das Licht sich veränderte. Anfangs dachte er, die grüne Frau habe sich von selbst bläulich verfärbt und eine seltsam elektrische Strahlung angenommen. Dann entdeckte er, dass die ganze Landschaft in blauen und purpurnen Tönen leuchtete – und dass die beiden Inseln nicht mehr so nah beieinander waren wie zuvor. Er blickte auf. Der Himmel schien in Flammen zu stehen, glühte in den Farben des kurzen Abends. In wenigen Minuten würde es stockfinster sein … Und die Inseln trieben auseinander. So laut und deutlich er konnte, rief er in der alten Sprache zu ihr hinüber: »Ich bin ein Fremder. Ich komme in Frieden. Möchtest du, dass ich zu dir hinüberschwimme?«

Die grüne Frau warf ihm einen schnellen, neugierigen Blick zu.

»Was ist Frieden?«, fragte sie.

Ransom konnte vor Ungeduld kaum stillhalten. Es wurde zusehends dunkler, und die Entfernung zwischen den beiden Inseln vergrößerte sich. Als er wieder sprechen wollte, erhob sich eine Welle zwischen ihnen, und wieder war die Frau außer Sicht; und als die im Licht des Sonnenuntergangs purpurn glänzende Welle über ihm hing, sah er, wie dunkel der Himmel dahinter geworden war. Vom nächsten Kamm sah er die tief unter ihm liegende andere Insel schon nur noch im Zwielicht. Er warf sich ins Wasser. Anfangs hatte er Schwierigkeiten, sich vom Ufer zu lösen, aber dann schien er es zu schaffen und legte sich ins Zeug. Augenblicklich befand er sich wieder zwischen den roten Ranken und Blasen. Sekundenlang schlug er wild um sich; dann war er frei, schwamm in gleichmäßigen Zügen – und befand sich urplötzlich in völliger Dunkelheit. Er schwamm weiter, aber Verzweiflung packte ihn – ob er die andere Insel wohl finden würde, ob er überhaupt sein Leben retten könnte? Die hohe Dünung nahm ihm jegliche Orientierung. Nur mit Glück würde er jetzt noch irgendwo an Land gehen können. Der Zeit nach zu urteilen, die er bereits im Wasser war, musste er den Kanal zwischen den Inseln entlanggeschwommen sein, statt ihn zu überqueren. Er versuchte, die Richtung zu ändern, bezweifelte, dass dies klug war, versuchte, seine ursprüngliche Richtung wieder einzuschlagen und war schließlich so durcheinander, dass er nicht mehr wusste, was er getan hatte. Er sagte sich immer wieder, dass er einen klaren Kopf behalten müsse. Allmählich wurde er müde. Er gab alle Orientierungsversuche auf. Plötzlich, sehr viel später, spürte er, wie Pflanzen an ihm vorbeiglitten. Er griff nach ihnen und zog. Köstliche Düfte von Früchten und Blumen wehten aus der Dunkelheit zu ihm herüber. Er zog fester mit seinen schmerzenden Armen. Schließlich lag er wohlbehalten und keuchend auf dem trockenen, duftenden, schwankenden Boden einer Insel.

## 5

Ransom musste sofort eingeschlafen sein, denn er erinnerte sich an nichts, bis eine Art Vogelgesang in seine Träume drang. Er öffnete die Augen und sah, dass es wirklich ein Vogel war, mit langen Beinen wie ein sehr kleiner Storch; sein Gesang erinnerte ein wenig an den eines Kanarienvogels. Helles Tageslicht – jedenfalls für perelandrische Verhältnisse – umgab ihn, und in seinem Herzen war eine so zuversichtliche

Ahnung, dass er sich unverzüglich hinsetzte und gleich darauf auch aufstand. Er reckte die Arme und blickte umher. Er war nicht auf der orangefarbenen Insel, sondern auf derjenigen, die ihn seit seiner Ankunft auf diesem Planeten beherbergt hatte. Das Wasser war vollkommen ruhig, und so hatte Ransom keine Mühe, zum Ufer zu gelangen. Dort blieb er verblüfft stehen. Die Insel der grünen Frau trieb neben der seinen, nur durch einen etwa fünf Fuß breiten Kanal von ihr getrennt. Die ganze Welt sah jetzt anders aus. Vom offenen Meer war nichts zu sehen — soweit das Auge reichte, nur flache, bewaldete Landschaft. Denn zehn oder zwölf Inseln lagen beisammen und bildeten für kurze Zeit einen Kontinent. Und da vorn, wie auf der anderen Seite eines Baches, ging die grüne Frau; sie hatte den Kopf leicht gesenkt und flocht gerade einige blaue Blumen zusammen. Sie sang leise vor sich hin; als er sie rief, blieb sie stehen und sah ihm geradewegs ins Gesicht.

»Gestern war ich jung«, begann sie, aber der Rest ihres Satzes entging ihm. Die Begegnung, die nun endlich Wirklichkeit geworden war, war überwältigend. Man darf die Dinge hier nicht missverstehen. Was ihn überwältigte, war keineswegs, dass sie gleich ihm völlig nackt war. Verlegenheit und Verlangen spielten bei diesem Erlebnis nicht die geringste Rolle; und wenn er sich seines eigenen Körpers ein bisschen schämte, dann hatte diese Scham nichts mit dem Geschlechtsunterschied zu tun und bezog sich nur darauf, dass er seinen eigenen Körper ein wenig hässlich und ein wenig lächerlich fand. Noch weniger fühlte er sich von ihrer Farbe abgestoßen. In ihrer eigenen Welt war dieses Grün schön und passend; hier waren sein teigiges Weiß und der heftige Sonnenbrand ungeheuerlich. Es war nichts von alledem; aber er war aufgeregt. Er musste sie bitten zu wiederholen, was sie gesagt hatte.

»Gestern war ich jung«, sagte sie. »Als ich über dich lachte. Jetzt weiß ich, dass die Leute deiner Welt nicht mögen, dass man über sie lacht.«

»Du sagst, du warst jung?«

»Ja.«

»Bist du nicht auch heute jung?«

Sie schien eine Weile nachzudenken und war so vertieft, dass sie die Blumen achtlos aus der Hand fallen ließ.

»Jetzt verstehe ich es«, sagte sie dann. »Es ist sehr seltsam, im Augenblick des Sprechens zu sagen, man sei jung. Aber morgen werde ich älter sein. Und dann werde ich sagen, heute sei ich jung gewesen. Du hast ganz Recht. Du bringst große Weisheit, gescheckter Mann.«

»Wie meinst du das?«

»Eine Linie entlang vorwärts und rückwärts zu schauen, zu erkennen, wie ein Tag aussieht, wenn er anbricht, dass er anders aussieht, wenn man darin ist, und wieder anders, wenn er vergangen ist. Wie die Wellen.«

»Aber du bist sehr wenig älter als gestern.«

»Woher willst du das wissen?«

»Ich meine«, sagte Ransom, »eine Nacht ist keine sehr lange Zeit.«

Sie dachte wieder nach, und als sie sprach, hellte ihre Miene sich auf. »Ich verstehe jetzt«, sagte sie. »Du denkst, die Zeit habe eine bestimmte Länge. Eine Nacht ist immer eine Nacht, was immer man in ihr tut, ebenso wie dieser Baum von jenem immer gleich viele Schritte entfernt ist, ob man sie schnell geht oder langsam. Ich glaube, das ist in gewisser Weise wahr. Aber die Wellen kommen nicht immer in gleichen Abständen. Ich sehe, dass du von einer weisen Welt kommst ... Wenn das Weisheit ist. Ich habe es noch nie getan – neben das Leben zu treten und es von außen zu betrachten, als wäre man nicht lebendig. Tun das alle in deiner Welt, Gescheckter?«

»Was weißt du über andere Welten?«, fragte Ransom.

»Dieses weiß ich: Hinter dem Dach ist überall Himmelstiefe, das Hohe. Und das Niedere ist in Wirklichkeit nicht so ausgebreitet, wie es hier aussieht,« (sie zeigte auf die Landschaft ringsum) »sondern zu kleinen Kugeln gerollt, kleinen Klumpen des Niederen, die im Hohen schwimmen. Und auf den ältesten und größten von ihnen ist das, was wir nie gesehen und wovon wir nie gehört haben und was wir nicht verstehen können. Aber auf den jüngeren hat Maleldil Dinge wie uns wachsen lassen, die atmen und sich fortpflanzen.«

»Wie hast du das alles herausgefunden? Euer Dach ist so dicht, dass deine Leute nicht hindurchsehen können in die Himmelstiefen zu den anderen Welten.«

Bis jetzt war ihr Gesicht ernst gewesen. Nun aber klatschte sie in die Hände, und ein Lächeln, wie Ransom noch nie eines gesehen hatte, verwandelte es. Hier sieht man ein solches Lächeln nur bei Kindern, aber dort hatte es nichts Kindliches.

»Oh, ich verstehe!«, sagte sie. »Ich bin jetzt älter. Deine Welt hat kein Dach. Du schaust direkt hinaus in das Hohe und siehst den großen Tanz mit eigenen Augen. Ihr lebt immer in diesem Schrecken und diesem Entzücken, und was wir glauben müssen, könnt ihr sehen. Ist das nicht eine wundervolle Erfindung von Maleldil? Als ich jung war, konnte ich mir keine andere Schönheit vorstellen als die unserer eigenen Welt. Aber Er kann sich alles vorstellen, und alles ist anders.«

»Das ist eines der Dinge, die mich verwirren«, sagte Ransom. »Du bist nicht anders. Du bist wie die Frauen meiner eigenen Art. Das hatte ich nicht erwartet. Ich bin auf einer anderen Welt außer meiner eigenen gewesen, aber die Bewohner dort sind ganz und gar nicht wie du und ich.«

»Was ist daran verwirrend?«

»Ich verstehe nicht, wieso verschiedene Welten die gleichen Lebewesen hervorbringen sollten. Tragen verschiedene Bäume die gleichen Früchte?«

»Aber diese andere Welt war älter als die deine«, sagte sie.

»Woher weißt du das?«, fragte Ransom überrascht.

»Maleldil sagt es mir«, antwortete die Frau. Und während sie sprach, veränderte sich die Landschaft, obgleich sich der

Unterschied mit keinem der Sinne erfassen ließ. Das Licht war gedämpft, die Luft mild, und Ransom schwamm in einem Meer von Seligkeit. Aber die Gartenwelt, in der er stand, schien überladen, und als ob eine unerträgliche Last auf seine Schultern gelegt würde, gaben seine Beine unter ihm nach, und er sank oder fiel beinahe zu Boden.

»Jetzt fällt mir alles wieder ein«, fuhr sie fort. »Ich sehe die großen pelzigen Wesen und die hellen Riesen – wie heißen sie noch? – die Sorne und die blauen Flüsse. Oh, was für ein Vergnügen müsste es sein, sie mit diesen Augen zu sehen und sie zu berühren; und das umso mehr, als es von dieser Art keine mehr geben wird. Nur auf den alten Welten leben sie noch.«

»Warum?«, fragte Ransom heiser und sah zu ihr auf.

»Das müsstest du besser wissen als ich«, sagte sie. »Denn ist all dies nicht auf deiner eigenen Welt geschehen?«

»Alles was?«

»Ich dachte, du würdest mir davon erzählen können«, sagte die Frau, nun ihrerseits verwirrt.

»Was meinst du?«, fragte Ransom.

»Ich meine«, sagte sie, »dass Maleldil auf deiner Welt zum ersten Mal Gestalt angenommen hat, die Gestalt deiner und meiner Rasse.«

»Das weißt du?«, fragte Ransom tonlos. Wer je einen schönen Traum geträumt hat und dennoch nichts sehnlicher wünschte, als daraus zu erwachen, wird seine Gefühle verstehen.

»Ja, das weiß ich. Maleldil hat mich um so viel älter gemacht, seit wir angefangen haben zu sprechen.« Ihr Antlitz hatte einen Ausdruck, wie er ihn noch nie gesehen hatte, und er musste seinen Blick abwenden. Dieses ganze Abenteuer schien ihm zu entgleiten. Es entstand eine lange Stille. Er beugte sich zum Wasser und trank, bevor er weitersprach.

»Warum, oh Herrin, sagst du, dass solche Geschöpfe nur noch auf den alten Welten leben?«

»Bist du so jung?«, gab sie zurück. »Wie könnten sie wiederkommen? Wie könnte der Geist auf irgendeiner Welt eine andere Form annehmen, nachdem unser innig Geliebter Mensch geworden ist? Verstehst du nicht? Das alles ist vorbei. Bei den Zeiten gibt es eine Zeit der Wende, und alles auf dieser Seite davon ist neu. Die Zeit schreitet nicht rückwärts.«

»Und kann eine kleine Welt wie meine die Wende bedeuten?«

»Ich verstehe nicht. Wende ist bei uns nicht die Bezeichnung für ein Maß.«

»Und weißt du auch«, fuhr Ransom zögernd fort, »weißt du, warum Er dergestalt auf meine Welt gekommen ist?«

Während dieses Teils der Unterhaltung fand er es schwierig, den Blick über ihre Füße hinaus zu erheben, sodass ihre Antwort nur eine Stimme in der Luft über ihm war. »Ja«, sagte die Stimme, »ich kenne den Grund. Aber es ist nicht der Grund, den du kennst. Es gab mehr als einen, und es gibt einen, den ich kenne und dir nicht sagen kann, und einen anderen, den du kennst und mir nicht sagen kannst.«

»Und in Zukunft«, sagte Ransom, »wird es nur noch Menschen geben.«

»Du sagst das, als würdest du es bedauern.«

»Ich glaube«, sagte Ransom, »ich habe nicht mehr Verstand als ein Tier. Ich weiß kaum, was ich sage. Aber die pelzigen Geschöpfe, die ich auf Malakandra, jener alten Welt, kennen gelernt habe, habe ich geliebt. Sollen sie hinweggefegt werden? Sind sie nur Abfall in den Himmelstiefen?«

»Ich weiß nicht, was Abfall bedeutet«, antwortete sie, »und ich verstehe auch nicht, was du sagst. Du meinst doch nicht, sie seien schlechter, weil sie früher in der Geschichte kommen und später nicht mehr da sind? Sie bilden ihren Teil der Geschichte und keinen anderen. Wir sind auf dieser Seite der Welle, und sie auf der anderen. Alles ist neu.«

Eine von Ransoms Schwierigkeiten bestand darin, dass er

nicht genau wusste, wer in welchem Moment in diesem Gespräch das Wort führte. Vielleicht (oder vielleicht auch nicht) lag es daran, dass er nicht lang in ihr Gesicht sehen konnte. Und nun wollte er das Gespräch beenden. Er hatte genug – nicht in dem halb ironischen Sinn, in dem wir die Redensart gebrauchen, wenn wir sagen wollen, dass jemand einer Sache überdrüssig ist, sondern im wörtlichen Sinn. Er hatte sein Bedürfnis gestillt, wie ein Mann, der genug gegessen oder geschlafen hat. Noch vor einer Stunde hätte er es schwierig gefunden, dies unumwunden auszusprechen, doch jetzt sagte er ganz selbstverständlich: »Ich möchte nicht mehr reden. Aber ich würde gern auf deine Insel hinüberkommen, damit wir einander wieder treffen können, wenn wir es wollen.«

»Welche nennst du meine Insel?«, fragte die Frau.

»Die, auf der du bist«, sagte Ransom. »Welche sonst?«

»Komm«, sagte sie mit einer Geste, die diese ganze Welt zu einem Haus und sie zur Gastgeberin machte. Er ließ sich ins Wasser gleiten und kletterte neben ihr ans Ufer. Dann verbeugte er sich, ein wenig unbeholfen, wie alle modernen Männer, und ging in einen nahe gelegenen Wald. Seine Beine schmerzten leicht, und er fühlte sich unsicher; denn eine sonderbare körperliche Erschöpfung hatte sich seiner bemächtigt. Er setzte sich, um ein paar Minuten auszuruhen, und fiel augenblicklich in einen traumlosen Schlaf.

Er erwachte vollkommen erfrischt, doch mit einem Gefühl von Unsicherheit. Das hatte nichts damit zu tun, dass er sich beim Erwachen in seltsamer Gesellschaft fand. Zu seinen Füßen lag der Drache, den Kopf quer über seine Beine gelegt; sein eines Auge war geschlossen, das andere offen. Als Ransom sich auf einen Ellbogen stützte und umherblickte, entdeckte er zu seinen Häuptern einen weiteren Bewacher: ein Tier, wie ein kleines Känguru, aber mit einem gelben Fell. Etwas so Gelbes hatte er noch nie gesehen. Sobald er sich regte, begannen beide Tiere, ihn zu stupsen. Sie gaben nicht eher Ruhe, bis er aufstand, und als er aufgestanden war, ließen sie ihn nur in eine bestimmte Richtung gehen. Der Drache war viel zu schwer, als dass er ihn hätte beiseite schieben können, und das gelbe Tier tänzelte in einer Art und Weise um ihn herum, dass er nur gehen konnte, wohin es wollte. Er gab nach und ließ sich führen, zuerst durch einen Wald hoher brauner Bäume, dann über eine kleine Lichtung und durch eine Art Allee von Blasenbäumen und weiter durch große Felder mit hüfthohen silbrigen Blumen. Dann sah er, dass sie ihn zu ihrer Herrin gebracht hatten. Sie stand ein paar Schritte von ihm entfernt, reglos, aber offenbar dennoch beschäftigt – mit ihrem Verstand, vielleicht sogar mit ihren Muskeln, tat sie etwas, das er nicht begriff. Zum ersten Mal konnte er sie unbeobachtet und eingehend betrachten, und sie erschien ihm noch seltsamer als zuvor. Es gab keine Kategorie, in die sein irdischer Verstand sie einordnen konnte. Gegensätze trafen in ihr aufeinander und verschmolzen auf eine Weise, für die wir keine Vorbilder haben. Vielleicht könnte man sagen, dass weder unsere religiöse noch unsere weltliche Kunst ihr Wesen würde erfassen können. Schön, nackt, jung, ohne Scham – sie war offensichtlich eine Göttin. Doch dieses Gesicht, so ruhig, dass es beinahe schon langweilig war, wäre da nicht diese konzentrierte Sanftmut gewesen; ein Gesicht wie die plötzliche Kühle und Stille einer Kirche, in die man von einer heißen Straße hereintritt – ein Gesicht, das sie zu einer Madonna machte. Die wache innere Ruhe, die aus diesen Augen blickte, machte einen tiefen Eindruck auf ihn; dennoch war sie jederzeit im Stande, wie ein Kind aufzulachen, wie Artemis davonzustürmen oder wie eine Mänade zu tanzen. Und all das unter dem goldenen Himmel, der sich nur eine Armeslänge über ihrem Kopf zu befinden schien. Die Tiere liefen, sie zu begrüßen, und als sie zwischen den gefiederten Pflanzen hindurchstürmten, scheuchten sie Scharen von Fröschen auf, sodass es aussah, als würden riesige, leuchtend bunte Tautropfen in die Luft geschleudert. Als die Tiere näher kamen, wandte die Frau sich um und begrüßte sie; wieder erinnerte das Bild an viele irdische Szenen und war insgesamt doch vollkommen anders. Sie glich weder einer Frau, die gut mit Pferden umgehen kann, noch einem Kind, das mit jungen Hunden spielt. Ihr Gesicht strahlte eine Autorität aus, und in ihren Liebkosungen lag eine Herablassung, die um die Unterlegenheit ihrer Verehrer wusste und diese dadurch irgendwie weniger unterlegen erscheinen ließ – sie gewissermaßen vom Stand der Schoßtiere in den von Sklaven erhob. Als Ransom zu ihr kam, bückte sie sich und flüsterte dem gelben Tier etwas ins Ohr; dann wandte sie sich dem Drachen zu und blökte beinahe so, wie er selbst es getan hatte. Beide Tiere verschwanden im Wald, nachdem sie so verabschiedet worden waren.

»Die Tiere auf deiner Welt scheinen beinahe Verstand zu haben«, sagte Ransom.

»Wir machen sie jeden Tag älter«, antwortete sie. »Ist es nicht das, was ein Tier ausmacht?«

Aber Ransom klammerte sich an das Wort »wir«. »Darüber wollte ich gerade mit dir sprechen«, sagte er. »Maleldil hat mich zu einem Zweck auf deine Welt geschickt. Weißt du, zu welchem?«

Sie stand einen Augenblick da, als lausche sie, und antwortete schließlich: »Nein.«

»Dann musst du mich zu deinem Heim führen und zu deinen Leuten bringen.«

»Leute? Ich verstehe nicht, was du meinst.«

»Deine Verwandten – die anderen deiner Art.«

»Du meinst den König?«

»Ja. Wenn ihr einen König habt, solltest du mich zu ihm bringen.«

»Das kann ich nicht«, antwortete sie. »Ich weiß nicht, wo er zu finden ist.«

»Dann bring mich zu deinem Heim.«

»Was ist das, ›Heim‹?«

»Der Ort, wo die Leute zusammen leben und ihre Sachen aufbewahren und ihre Kinder großziehen.«

Sie breitete die Hände aus und zeigte ringsum. »Dies ist mein Heim«, sagte sie.

»Lebst du allein hier?«, fragte Ransom.

»Was ist ›allein‹?«

Ransom versuchte es von neuem. »Bring mich dorthin, wo ich andere von deiner Art treffen kann.«

»Wenn du den König meinst, so habe ich dir schon gesagt, dass ich nicht weiß, wo er ist. Als wir jung waren – vor vielen Tagen – sprangen wir von Insel zu Insel; dann, als er auf einer und ich auf einer anderen war, erhoben sich die Wellen, und wir wurden auseinander getrieben.«

»Aber kannst du mich nicht zu anderen von deiner Art führen? Der König kann nicht der Einzige sein.«

»Er ist der Einzige. Hast du das nicht gewusst?«

»Aber es muss andere von deiner Art geben – deine Geschwister, deine Verwandten, deine Freunde.«

»Ich weiß nicht, was diese Worte bedeuten.«

»Wer ist dieser König?«, fragte Ransom verzweifelt.

»Er ist er selbst, er ist der König«, sagte sie. »Wie kann man eine solche Frage beantworten?«

»Pass auf«, sagte Ransom. »Du musst eine Mutter gehabt haben. Lebt sie noch? Wo ist sie? Wann hast du sie das letzte Mal gesehen?«

»Ich habe eine Mutter?«, fragte die grüne Frau und sah ihn mit großen Augen an. »Wie meinst du das? Ich bin die Mutter.« Und wieder überkam Ransom das Gefühl, nicht sie habe gesprochen, oder nicht sie allein. Kein anderer Laut klang an seine Ohren, denn Meer und Luft waren ruhig, doch er hatte den Eindruck, als ließen rings um ihn mächtige Chöre ihre Stimmen erschallen. Die ehrfürchtige Scheu, die ihre scheinbar unsinnigen Antworten in den letzten Minuten vertrieben hatten, befiel ihn erneut.

»Ich verstehe nicht«, sagte er.

»Ich auch nicht«, antwortete die Frau. »Doch meine Seele preist Maleldil, der aus den Himmelstiefen in diese Niederung herabsteigt und mich in allen kommenden Zeiten glücklich machen wird. Er ist stark, und er macht mich stark und füllt leere Welten mit guten Geschöpfen.«

»Wenn du eine Mutter bist, wo sind deine Kinder?«

»Noch nicht«, antwortete sie.

»Wer wird ihr Vater sein?«

»Der König – wer sonst?«

»Aber der König – hat er keinen Vater?«

»Er ist der Vater.«

»Du willst sagen«, erwiderte Ransom langsam, »du und er, ihr seid die Einzigen von eurer Art auf dieser ganzen Welt?«

»Freilich.« Dann änderte sich ihr Gesichtsausdruck. »Oh, wie jung bin ich gewesen«, sagte sie. »Jetzt verstehe ich. Ich wusste, dass es auf jener alten Welt der Hrossa und Sorne viele Geschöpfe gibt. Aber ich hatte vergessen, dass auch deine Welt älter ist als die unsere. Ich verstehe – inzwischen gibt es viele von euch. Ich hatte gedacht, von euch gäbe es auch nur zwei. Ich dachte, du seiest der König und Vater deiner Welt. Aber inzwischen gibt es dort Kinder und Kindeskinder, und du bist vielleicht eines von ihnen.«

»Ja«, sagte Ransom.

»Grüße deine Herrin und Mutter von mir, wenn du in deine Welt zurückkehrst«, sagte die grüne Frau. Und zum ersten Mal klang eine bewusste Höflichkeit, ja sogar Förmlichkeit in ihrer Worten durch. Ransom verstand. Sie wusste jetzt, dass sie nicht zu einem Ebenbürtigen sprach. Sie war eine Königin, die einer anderen Königin durch einen Gemeinen eine Botschaft zukommen ließ, und fortan war ihre Haltung ihm gegenüber ein wenig huldvoll. Er wusste nicht recht, wie er das Gespräch fortsetzen sollte.

»Unsere Mutter und Königin ist tot«, sagte er.

»Was ist ›tot‹?«

»Mit uns geht es nach einer bestimmten Zeit zu Ende. Maleldil nimmt unsere Seele und bringt sie an einen anderen Ort – in die Himmelstiefen, so hoffen wir. Das nennen wir Tod.«

»Dann wundere dich nicht, Gescheckter, dass deine Welt als Zeitenwende auserwählt wurde. Ihr lebt ständig im Angesicht des Himmels, in den ihr hinausschauen könnt, und als sei es damit nicht genug, nimmt Maleldil euch am Ende darin auf. Ihr seid begünstigt unter allen Welten.«

Ransom schüttelte den Kopf. »Nein, so ist es nicht«, sagte er.

»Ich frage mich«, sagte die Frau, »ob du nicht hergeschickt worden bist, uns den Tod zu lehren.«

»Du verstehst nicht«, sagte er. »So ist es nicht. Der Tod ist schrecklich. Er riecht nach Fäulnis. Selbst Maleldil weinte, als Er ihn sah.« Sein Tonfall und sein Gesichtsausdruck waren ihr anscheinend etwas Neues. Einen Augenblick lang sah er den Schock nicht des Entsetzens, aber völliger Verwirrung auf ihrem Antlitz; dann versank alles in den Fluten ihres inneren Friedens, als sei nichts gewesen, und sie fragte, was er gemeint habe.

»Du würdest es nicht verstehen«, erwiderte er. »Aber in unserer Welt sind nicht alle Ereignisse erfreulich oder angenehm. Es gibt Dinge, dass du Arme und Beine hergeben würdest, um zu verhindern, dass sie geschehen – und dennoch geschehen sie bei uns.«

»Aber wie könnte jemand wünschen, dass auch nur eine der Wellen, die Maleldil heranrollen lässt, uns nicht erreiche?«

Wider besseres Wissen ließ Ransom sich immer weiter in dieses Gespräch verwickeln.

»Aber auch du hattest erwartet und gehofft, ich sei der König, als du mich das erste Mal gesehen hast. Als du gemerkt hast, dass ich es nicht war, hat sich dein Gesichtsausdruck geändert. War nicht das ein unwillkommenes Ereignis? Hast du nicht gewünscht, es wäre anders gewesen?«

»Oh«, sagte die grüne Frau. Sie wandte sich mit gesenktem Kopf ab, verschlang die Hände ineinander und dachte angestrengt nach. Nach einer Weile blickte sie zu ihm auf und sagte: »Du machst mich rascher älter, als ich es ertragen kann.« Darauf entfernte sie sich einige Schritte von ihm. Ransom fragte sich, was er getan habe. Plötzlich ging ihm auf, dass ihre Reinheit und ihr Friede nicht, wie es den Anschein gehabt hatte, so fest gegründet und unerschütterlich waren wie die Reinheit und der Friede eines Tieres – dass sie vielmehr lebendig und darum zerbrechlich waren, ein seelisches und daher, zumindest theoretisch, zerstörbares Gleichgewicht. Es ist nicht einzusehen, warum ein Radfahrer auf gerader Strecke das Gleichgewicht verlieren sollte; aber es wäre möglich. Es war nicht einzusehen, warum sie aus ihrer Glückseligkeit heraus und in die Psychologie unserer Rasse eintreten sollte; aber es gab auch keinen Wall, der sie daran hinderte. Die Gefahr, die darin lag, erschreckte ihn, doch als sie ihn wieder ansah, ersetzte er das Wort »Gefahr« durch »Abenteuer«. Dann erstarben alle Worte in seinem Kopf. Wieder konnte er ihr nicht fest in die Augen sehen. Er wusste jetzt, was die alten Maler mit dem Heiligenschein zum Ausdruck zu bringen versuchten. Ihr Antlitz schien Frohsinn und Ernst zugleich auszustrahlen, die Herrlichkeit eines Märtyrertums ohne Schmerzen. Doch ihre nächsten Worte waren eine Enttäuschung.

»Bis zu diesem Augenblick bin ich so jung gewesen, dass mir mein ganzes Leben jetzt als eine Art Schlaf erscheint. Ich dachte, ich würde getragen, und siehe da, ich ging.«

Ransom fragte, was sie damit meine.

»Was du mir gezeigt hast«, antwortete die Frau, »ist so klar wie der Himmel, aber ich hatte es noch nie so gesehen. Dabei geschieht es jeden Tag. Man geht in den Wald, um Nahrung zu suchen, und schon kommt einem der Gedanke an eine bestimmte Frucht. Dann findet man vielleicht eine andere Frucht und nicht diejenige, an die man gedacht hat. Eine Freude wird erwartet, und eine andere wird gegeben. Aber eines war mir noch nie in den Sinn gekommen: dass man die zweite Frucht in dem Augenblick, in dem man sie findet, im Geiste gewissermaßen zurückweist oder verschmäht. Das Bild der ersten Frucht, die man nicht gefunden hat, steht einem noch vor Augen. Und wenn man wollte – wenn es möglich wäre zu wollen –, könnte man es dort festhalten. Man könnte die Seele dem erwarteten Guten hinterherschicken, statt sie dem erhaltenen Guten zuzuwenden. Man könnte das wahre Gute zurückweisen; man könnte der wahren Frucht einen schalen Geschmack verleihen, indem man an die andere dächte.«

»Das ist kaum das Gleiche«, unterbrach Ransom sie, »wie einen Fremden vorzufinden, wenn man seinen Mann erwartet.«

»Ja, aber so habe ich das Ganze überhaupt verstanden. Du und der König, ihr seid unterschiedlicher als zwei verschiedene Früchte. Die Freude, ihn wieder zu finden, und die Freude über all das neue Wissen, das ich von dir habe, unterscheiden sich stärker als ein Geschmack von einem anderen; und wenn der Unterschied so groß und jedes der beiden Dinge so erstrebenswert ist, dann steht das erste Bild, auch nachdem das andere Gute gekommen ist, noch lange – viele Herzschläge lang – vor dem geistigen Auge. Und dies, Gescheckter, ist das Wunderbare, das du mir gezeigt hast: dass ich selbst mich von dem erwarteten Guten dem erhaltenen Guten zuwende. Ich tue es aus tiefstem Herzen. Man kann sich auch ein Herz vorstellen, das anders handeln würde: das sich an das Gute klammert, dem sein erster Gedanke gegolten hatte, und das Gute, das ihm zuteil wurde, zu etwas Ungutem werden lässt.«

»Ich sehe darin nichts Wunderbares«, sagte Ransom.

Ihre Augen blitzten ihn so triumphierend und überlegen an, dass man auf der Erde von Verachtung gesprochen hätte; doch auf dieser Welt gab es keine Verachtung.

»Ich dachte«, sagte sie, »Sein Wille würde mich tragen, doch nun sehe ich, dass ich mit Seinem Willen gehe. Ich dachte, ich würde von den guten Dingen, die Er mir schickt, aufgesogen, so wie die Inseln von den Wellen emporgehoben werden; aber nun sehe ich, dass ich selbst mit meinen eigenen Armen und Beinen hineintauche, als wollte ich schwimmen. Mir ist, als lebte ich auf deiner Welt ohne Dach, wo die Menschen ungeschützt unter dem nackten Himmel gehen. Es ist ein Vergnügen voller Schrecken! Das eigene Selbst geht von einem Guten zu einem anderen, geht neben Ihm, ebenso wie Er selbst vielleicht geht, und hält nicht einmal Seine Hand! Wie hat Er mich so von Sich getrennt? Wie konnte Er so etwas ersinnen? Die Welt ist so viel größer, als ich dachte. Ich dachte, wir gingen Pfade entlang – doch es scheint keine Pfade zu geben. Das Gehen selbst ist der Pfad.«

»Und fürchtest du nicht«, sagte Ransom, »dass es dir einmal schwer fallen könnte, dein Herz abzuwenden von dem, was du gewünscht hast, und dem zuzuwenden, was Maledil dir gesandt hat?«

»Ich verstehe«, sagte die Frau nach einer Pause. »Die Welle, in die man taucht, könnte sehr schnell und mächtig sein. Man würde vielleicht seine ganze Kraft brauchen, um hineinzuschwimmen. Du meinst, so etwas könnte Er mir schicken?«

»Ja – oder auch eine Welle, die so schnell und mächtig ist, dass all deine Kräfte nicht ausreichen.«

»Das geschieht beim Schwimmen oft«, erwiderte die Frau. »Aber ist das nicht Teil des Vergnügens?«

»Bist du denn glücklich ohne den König? Willst du ihn nicht?«

»Ob ich ihn will?« sagte sie. »Wie könnte es etwas geben, das ich nicht will?«

Irgendetwas an ihren Antworten stieß Ransom vor den Kopf.

»Du kannst ihn nicht sehr wollen, wenn du ohne ihn glücklich bist«, sagte er und war selbst über den verdrießlichen Klang seiner Stimme überrascht.

»Warum?«, fragte die Frau. »Und warum, Gescheckter, machst du auf deiner Stirn kleine Hügel und Täler, und warum hebst du deine Schultern? Sind das auf deiner Welt Zeichen für etwas?«

»Es bedeutet nichts«, versicherte Ransom hastig. Das war nur eine kleine Lüge, aber hier ging sie anscheinend nicht durch. Als er sie hervorbrachte, würgte es ihn im Hals, als ob er sich übergeben müsse. Sie bekam unermessliche Bedeutung. Die silbrige Wiese und der goldene Himmel schienen sie auf ihn zurückzuwerfen. Als ob maßloser Zorn aus der Luft auf ihn herniederführe, verbesserte er sich stammelnd: »Es bedeutet nichts, das ich dir erklären könnte.« Die Frau sah ihn mit einem neuen und kritischeren Ausdruck an. Vielleicht ahnte sie schon hier in der Gegenwart des ersten Sohnes einer Mutter, den sie je gesehen hatte, die Probleme, die mit eigenen Kindern auf sie zukommen würden.

»Wir haben nun genug geredet«, sagte sie schließlich. Zuerst dachte er, sie werde sich abwenden und ihn allein lassen. Doch als sie sich nicht rührte, verneigte er sich und trat einen oder zwei Schritte zurück. Sie sagte immer noch nichts und schien ihn vergessen zu haben. Er drehte sich um und ging durch das Dickicht zurück, bis sie einander aus den Augen verloren hatten. Die Audienz war beendet.

# 6

Sobald die Frau außer Sicht war, wollte Ransom sich unwillkürlich mit den Händen durchs Haar fahren, geräuschvoll den Atem ausstoßen, sich eine Zigarette anzünden, die Hände in die Taschen stecken – kurzum, das ganze Entspannungsritual durchlaufen, das man vollzieht, wenn man nach einem anstrengenden Gespräch endlich alleine ist. Aber er hatte keine Zigaretten und keine Taschen, und außerdem fühlte er sich nicht allein. Dieses Gefühl, sich in jemandes Gegenwart zu befinden, das während der ersten Augenblicke seines Gesprächs mit der grünen Frau mit solch unerträglichem Druck auf ihm gelastet hatte, wich nicht von ihm, als er von ihr fortgegangen war. Es schien sich sogar zu verstärken. Ihre Gesellschaft war in gewisser Weise ein Schutz dagegen gewesen, und in ihrer Abwesenheit überfiel ihn nicht Einsamkeit, sondern eine bedrohlichere Form des Alleinseins. Anfangs war es beinahe unerträglich. »Es schien kein Platz da zu sein« – so drückte er es aus, als er uns seine Geschichte erzählte. Aber später merkte er, dass es nur in bestimmten Momenten unerträglich war – nämlich in eben den Momenten, (symbolisiert durch seinen Drang, zu rauchen und die Hände in die Taschen zu stecken), in denen er seine Unabhängigkeit, seine Selbstständigkeit geltend machen wollte. In dieser Situation schien die Luft von etwas erfüllt, das ihm den Atem benahm: Etwas beengte ihn und schien ihn von einem Platz verdrängen zu wollen, den er gar nicht verlassen konnte. Doch wenn er nachgab, sich ergab – dann wurde der Druck von ihm genommen. Es war keine Last mehr, sondern ein Medium – eine köstliche Pracht, wie Gold, das man essen, trinken und atmen konnte, das einen nährte und trug, das in einen hinein- und aus einem herausströmte. Wenn er sich sträubte, erstickte es ihn; nahm er es an, erschien ihm das irdische Leben im Vergleich dazu wie ein luftleerer Raum. Anfangs waren die schlechten Momente natürlich ziemlich häufig. Aber wie ein Mensch mit einer Verletzung, die ihm in bestimmten Lagen Schmerzen bereitet, allmählich lernt, diese Stellungen zu vermeiden, lernte Ransom, jene innere Haltung nicht einzunehmen. Von Stunde zu Stunde wurde es besser.

Im Laufe des Tages erforschte er die Insel ziemlich gründlich. Die See blieb ruhig, und an vielen Stellen hätte er mit einem Sprung auf diese oder jene Nachbarinsel überwechseln können. Wie auch immer, er befand sich am Rand dieses zeitweiligen Archipels, und von einem Ufer aus konnte er aufs offene Meer hinausblicken. Die Inselgruppe trieb in der Nähe der gewaltigen grünen Säule, die er kurz nach seiner Ankunft auf Perelandra entdeckt hatte. Jetzt konnte er sie aus etwa einer Meile Entfernung sehr gut sehen. Es war eindeutig eine gebirgige Insel. Die Säule war in Wirklichkeit ein Bündel von Säulen – dass heißt von Felsklippen, die weitaus höher als breit waren, etwa wie überhöhte Dolomitengipfel, nur glatter: so glatt nämlich, dass man sie mit den Pfeilern des Giant's Causeway an der nordirischen Küste vergleichen konnte, nur eben so hoch wie Berge. Doch diese ungeheure, emporstrebende Masse erhob sich nicht direkt aus dem Meer. Die Insel hatte einen zerklüfteten Sockel, der zur Küste hin etwas ebener wurde. Zwischen den Gebirgszügen waren bewachsene Täler zu erkennen, und selbst zwischen den hohen Felssäulen fanden sich steile, enge Schluchten. Es war zweifellos Land, richtiges festes Land, das in der eigentlichen Oberfläche des Planeten verankert war. Ransom konnte von seinem Platz aus undeutlich die Struktur der Felsen erkennen. Sie waren zumindest teilweise unbewohnbar. Er hatte nicht übel Lust, sie zu erforschen. Es sah aus, als bereite die Landung keine Schwierigkeiten, und vielleicht war sogar das gewaltige Zentralmassiv zu erklimmen.

An diesem Tag sah er die grüne Frau nicht wieder. Früh am nächsten Morgen, nachdem er sich die Zeit ein wenig mit Schwimmen vertrieben und etwas gegessen hatte, setzte er sich wieder ans Ufer und schaute zum Festen Land hinüber. Plötzlich hörte er ihre Stimme hinter sich und schaute sich um. Sie war aus dem Wald gekommen, und wie üblich folgten ihr einige Tiere. Ihre Worte waren eine Begrüßung gewesen, aber sie zeigte keinerlei Neigung zu sprechen. Sie kam heran, blieb neben ihm am Rand der schwimmenden Insel stehen und blickte wie er zum Festen Land hinüber.

»Dort werde ich hingehen«, sagte sie schließlich.

»Darf ich mit dir kommen?«, fragte Ransom.

»Wenn du willst«, sagte die Frau. »Aber du siehst, es ist das Feste Land.«

»Deshalb möchte ich hin«, sagte Ransom. »Auf meiner Welt ist alles Land fest, und es würde mir Spaß machen, wieder ein solches Land zu betreten.«

Sie stieß einen überraschten Laut aus und starrte ihn an.

»Wo wohnst du dann auf eurer Welt?«, fragte sie.

»Auf dem Land.«

»Aber du hast gesagt, alles Land sei fest.«

»Ja. Wir wohnen auf festem Land.«

Zum ersten Mal seit ihrer Begegnung malte sich etwas wie Schrecken und Abscheu in ihrem Gesicht ab.

»Aber was tut ihr während der Nächte?«

»Während der Nächte?«, fragte Ransom verblüfft. »Wieso, da schlafen wir natürlich.«

»Aber wo?«

»Wo wir leben. Auf dem Land.«

Sie versank so lange tief in Gedanken, dass Ransom schon fürchtete, sie werde überhaupt nicht wieder sprechen. Als sie es dann doch tat, klang ihre Stimme gedämpft und wieder ganz ruhig, doch die Unbekümmertheit war nicht zurückgekehrt.

»Er hat euch nie befohlen, das nicht zu tun«, sagte sie, und es war weniger eine Frage als eine Feststellung.

»Nein«, sagte Ransom.

»Dann kann es also auf verschiedenen Welten verschiedene Gesetze geben.«

»Gibt es auf deiner Welt ein Gesetz, dass man auf festem Land nicht schlafen darf?«

»Ja«, sagte die Frau. »Er will nicht, dass wir dort wohnen. Wir dürfen das Feste Land betreten und können dort umherwandern, denn es ist unsere Welt. Aber dort bleiben – dort schlafen und aufwachen ...« Sie erschauderte.

»Auf unserer Welt könnte es dieses Gesetz nicht geben«, sagte Ransom. »Bei uns gibt es keine schwimmenden Inseln.«

»Wie viele von euch gibt es dort?«, fragte die Frau plötzlich.

Ransom musste sich eingestehen, dass er nicht wusste, wie groß die Bevölkerung der Erde war, doch er konnte ihr eine Vorstellung von vielen Millionen vermitteln. Er hatte erwartet, dass sie erstaunt sein würde, aber Zahlen interessierten sie anscheinend nicht. »Wie findet ihr alle auf eurem Festen Land Platz?«, wollte sie wissen.

»Es gibt nicht bloß ein Festes Land, sondern viele«, antwortete er. »Und sie sind groß; beinahe so groß wie das Meer.«

»Wie könnt ihr das nur ertragen?«, platzte sie heraus. »Beinahe die Hälfte eurer Welt leer und tot. Massen und Massen von Land, und alles fest gebunden. Erdrückt euch nicht schon der bloße Gedanke daran?«

»Keineswegs«, sagte Ransom. »Der bloße Gedanke an eine Welt, die nur aus Meer besteht wie die deine, würde die Menschen meiner Welt erschrecken.«

»Wo soll das enden?«, sagte die Frau mehr zu sich selbst als zu ihm. »In diesen letzten Stunden bin ich so alt geworden, dass mein ganzes bisheriges Leben wie der Stamm eines Baumes ist, während ich jetzt wie die Äste bin, die sich nach allen Seiten verzweigen. Sie biegen sich so weit auseinander, dass ich es kaum ertragen kann. Zuerst habe ich gelernt, dass ich mit meinen eigenen Füßen von einem Guten zum anderen gehe ... Das war nicht einfach. Aber nun scheint es, dass das Gute nicht überall das Gleiche ist; dass Maleldil auf der einen Welt verbietet, was Er auf einer anderen gestattet.«

»Vielleicht tun wir unrecht daran«, sagte Ransom ziemlich kläglich, denn er war bestürzt über das, was er angerichtet hatte.

»Nein, das nicht«, sagte sie. »Maleldil selbst hat es mir jetzt erklärt. Und es kann auch nicht unrecht sein, wenn es auf deiner Welt keine schwimmenden Länder gibt. Aber Er sagt mir nicht, warum Er es uns verboten hat.«

»Wahrscheinlich gibt es irgendeinen guten Grund«, setzte Ransom an, doch sie lachte plötzlich auf.

»O Gescheckter, Gescheckter«, sagte sie, immer noch lachend. »Dass die Leute deiner Rasse immerzu reden!«

»Tut mir Leid«, sagte Ransom betreten.

»Was tut dir Leid?«

»Dass du denkst, ich rede zu viel.«

»Zu viel? Wie könnte ich sagen, was für dich zu viel ist?«

»Wenn man auf unserer Welt sagt, jemand rede immerzu, dann meint man damit, dass er still sein soll.«

»Wenn das damit gemeint ist, warum sagt man es dann nicht so?«

»Warum hast du eben gelacht?«, fragte Ransom, denn er fand ihre Frage zu schwierig.

»Ich habe gelacht, Gescheckter, weil du dich genau wie ich über dieses Gesetz gewundert hast, das Maleldil für die eine Welt, aber nicht für die andere erlassen hat. Du hattest nichts dazu zu sagen und hast dieses Nichts dennoch in Worte gekleidet.«

»Aber ich hatte etwas zu sagen«, sagte Ransom leise. »Jedenfalls«, fügte er mit festerer Stimme hinzu, »ist das kein hartes Verbot auf einer Welt wie deiner.«

»So etwas zu sagen, ist auch seltsam«, erwiderte die Frau. »Wer würde denken, dass es hart sei? Die Tiere würden nicht denken, es sei hart, wenn ich ihnen befehlen würde, auf den Köpfen zu gehen; sie würden es mit Freuden tun. Ich bin Sein Tier, und all Seine Gebote sind Freuden. Nicht das macht mich nachdenklich. Mir geht durch den Kopf, ob es zwei Arten von Geboten gibt.«

»Einige unserer Weisen haben gesagt ...«, begann Ransom, doch sie ließ ihn nicht ausreden.

»Lass uns warten und den König fragen«, sagte sie. »Denn ich glaube, Geschleckter, du weißt darüber nicht viel mehr als ich.«

»Ja, den König, unbedingt«, sagte Ransom. »Wenn wir ihn nur finden könnten.« Dann rief er unwillkürlich auf Englisch: »Meine Güte! Was war das?« Auch sie hatte aufgeschrien. Etwas wie eine Sternschnuppe war weit zu ihrer Linken über den Himmel geschossen, und ein paar Sekunden später drang ein unbestimmbares Geräusch an ihre Ohren.

»Was war das?«, fragte er wieder, diesmal auf Alt-Solarisch.

»Etwas ist aus den Himmelstiefen gefallen«, sagte die Frau. Auf ihrem Gesicht malten sich Verwunderung und Neugierde ab; doch da auf der Erde solche Empfindungen meist mit Abwehr und Furcht einhergehen, kam ihr Ausdruck ihm fremd vor.

»Ich glaube, du hast Recht«, sagte er. »He, was ist das?« Die ruhige See war in Bewegung geraten, und die Pflanzen am Ufer ihrer Insel hoben und senkten sich. Eine einzelne Welle ging unter der Insel hindurch, dann war alles wieder ruhig.

»Es ist wohl etwas ins Meer gefallen«, sagte die Frau. Dann nahm sie das Gespräch wieder auf, als ob nichts geschehen wäre.

»Ich wollte heute zum Festen Land, um nach dem König Ausschau zu halten. Er ist auf keiner dieser Inseln hier, denn ich habe sie alle durchsucht. Aber wenn wir auf dem Festen Land hoch hinaufsteigen, müssten wir weit sehen können. Wir könnten feststellen, ob noch andere Inseln in der Nähe sind.«

»Das wollen wir tun«, sagte Ransom. »Wenn wir so weit schwimmen können.«

»Wir werden leiten«, sagte die Frau. Dann kniete sie am

Ufer nieder, und ihre Bewegungen waren so voller Anmut, dass es herrlich war, ihr zuzusehen. Sie stieß dreimal denselben leisen Ton aus. Zuerst geschah nichts, doch schon bald sah Ransom Wasserwirbel näher kommen. Einen Augenblick später wimmelte das Meer beim Ufer von großen, silbrigen Fischen. Sie spritzten, schlugen Wellen, drängelten sich, um näher heranzukommen, und die vordersten stießen bereits mit der Nase ans Ufer. Sie glänzten nicht nur wie Silber, sondern waren auch ebenso glatt. Die größten waren etwa neun Fuß lang, und alle wirkten gedrungen und kraftvoll. Sie hatten keine Ähnlichkeit mit irgendeiner irdischen Art, denn der Kopfansatz war erheblich breiter als der Vorderteil des Rumpfes, welcher wiederum zum Schwanz hin dicker wurde. Ohne diese Verdickung am Schwanzende hätten sie wie riesige Kaulquappen ausgesehen. So erinnerten sie eher an dickbäuchige und schmalbrüstige alte Männer mit sehr großen Köpfen. Die Frau brauchte einige Zeit, um zwei von ihnen auszuwählen. Aber sobald sie ihre Wahl getroffen hatte, zogen sich die anderen ein wenig zurück; die beiden erfolgreichen Bewerber drehten sich um und blieben mit dem Schwanz zum Ufer und leise fächelnden Flossen ruhig liegen. »Pass auf, Gescheckter, so musst du es machen«, sagte sie und setzte sich rittlings auf die schmale Mitte des rechten Fisches. Ransom folgte ihrem Beispiel. Der Kopf vor ihm war so mächtig wie Schultern, sodass er nicht Gefahr lief abzurutschen. Er beobachtete seine Gastgeberin. Sie gab ihrem Fisch einen leichten Tritt mit den Fersen. Er tat es ihr nach, und schon glitten sie mit einer Geschwindigkeit von etwa sechs Meilen aufs Meer hinaus. Über dem Wasser war die Luft kühler, und der leichte Fahrtwind spielte mit seinem Haar. Für eine Welt, auf der er bisher nur geschwommen und gegangen war, schien der Fisch mit geradezu berauschender Geschwindigkeit dahinzugleiten. Er blickte zurück und sah, wie die gefiederte und wogende Inselgruppe immer kleiner und der Himmel immer größer und tiefer golden wurde. Vor ihnen beherrschte der fantastisch geformte grüne Berg das Bild. Mit Interesse stellte Ransom fest, dass der ganze Schwarm der abgewiesenen Fische sie begleitete; einige folgten ihnen, doch die meisten tollten zu beiden Seiten in einem weiten Bogen spielerisch um sie her.

»Folgen sie einem immer so?«, fragte er.

»Folgen euch die Tiere auf deiner Welt nicht?«, fragte sie zurück. »Wir können nur auf zweien reiten. Es wäre hart, wenn die, die wir nicht ausgewählt haben, uns nicht einmal begleiten dürften.«

»Hat es deshalb so lange gedauert, bis du die beiden Fische ausgewählt hattest?«, fragte er.

»Gewiss«, sagte sie. »Ich bemühe mich, nicht allzu oft denselben Fisch auszuwählen.«

Das Land kam rasch näher, und was wie ein gerader Küstenstrich ausgesehen hatte, gliederte sich allmählich in Buchten und Halbinseln auf. Dann waren sie nahe genug, um sehen zu können, dass dieser scheinbar spiegelglatte Ozean eine unsichtbare Dünung hatte, am Strand stieg und fiel das Wasser ganz sachte. Dann war es nicht mehr tief genug, und die Fische konnten nicht weiterschwimmen. Ransom ließ sich, dem Beispiel der grünen Frau folgend, von seinem Fisch gleiten und tastete mit den Zehen nach Grund. Wie herrlich! – sie berührten harte Kieselsteine. Erst jetzt wurde ihm bewusst, wie sehr er sich nach festem Land gesehnt hatte. Er blickte auf. Bis in die Bucht herab, in der sie gelandet waren, reichte ein steiles, enges Tal mit niedrigen, von rötlichen Felsbrocken durchsetzten Hängen; weiter unten wuchsen eine Art Mooskissen und einige Bäume. Die Bäume wirkten beinahe irdisch: in südlichen Breiten unseres Planeten wären sie höchstens einem ausgebildeten Botaniker aufgefallen. Doch das beste von allem – und für Ransoms Augen und Ohren wohltuend wie eine Ahnung der Heimat oder des Himmels – war ein kleiner Bach unten im Talgrund, ein dunkler, klarer Bach, in dem es Forellen hätte geben können.

»Magst du dieses Land, Gescheckter?«, fragte die Frau und sah ihn an.

»Ja«, sagte er. »Es ist wie meine eigene Welt.«

Sie wanderten das Tal hinauf. Als sie zu den Bäumen kamen, nahm die Ähnlichkeit mit einer Erdenlandschaft ab. Das Licht auf jener Welt war soviel schwächer, dass die Baumgruppe, die nur einen leichten Schatten hätte werfen sollen, wie ein dämmriger Wald wirkte. Bis zum Ende des Tales, wo dieses sich zu einer Schlucht zwischen niedrigen Felsen verengte, war es etwa eine Viertelmeile. Gewandt kletterte die Frau hinauf, und Ransom folgte ihr, verblüfft über ihre Kraft. Sie kamen auf eine abschüssige Hochfläche, die mit einer Art kurzem, bläulichem Gras bedeckt war. Dieses war, so weit das Auge reichte, mit etwas flauschig Weißem übersät.

»Blumen?«, fragte Ransom.

Die Frau lachte. »Nein. Das sind die Gescheckten. Nach ihnen habe ich dich benannt.« Zuerst war er verwirrt, aber dann setzten die Dinger sich in Bewegung und eilten zu dem Menschenpaar herab, das sie anscheinend gewittert hatten – denn hier in der Höhe wehte eine kräftige Brise. Nicht lange, und sie sprangen um die grüne Frau herum und begrüßten sie. Es waren weiße Tiere mit schwarzen Flecken; sie waren etwa so groß wie Schafe, hatten aber so große Ohren, so bewegliche Nasen und so lange Schwänze, dass sie eher aussahen wie riesige Mäuse. Ihre bekrallten Pfoten, die beinahe wie Hände aussahen, eigneten sich gut zum Klettern, und das bläuliche Gras war ihre Nahrung. Nach einem gebührenden Austausch von Freundlichkeiten mit diesen Tieren setzten Ransom und die Frau ihre Wanderung fort. Bis in weite Ferne erstreckte sich jetzt das Rund des goldenen Meeres unter ihnen, und die grünen Felspfeiler hoch oben schienen beinahe überzuhängen. Bis zu ihrem Fuß war es noch ein langer und mühseliger Aufstieg. Die Temperatur war hier oben wesentlich niedriger, doch es war immer noch warm. Auffällig war auch die Stille. Unten auf den Inseln hatte man, selbst wenn es einem nicht bewusst gewesen war, im Hintergrund ständig das leise Rauschen des Wassers und der Blasen und die Bewegungen der Tiere gehört.

Dann kamen sie zu einer grasbewachsenen Einbuchtung zwischen zweien der grünen Pfeiler. Von unten hatte es ausgesehen, als berührten sie einander; aber obwohl sie mittlerweile so weit vorgedrungen waren, dass die Felssäulen ihnen auf beiden Seiten die Aussicht versperrten, hätte noch ein ganzes Bataillon in Reih und Glied zwischen ihnen hindurchmarschieren können. Mit jedem Meter wurde der Hang steiler, und der Raum zwischen den Pfeilern verengte sich. Bald mühten sie sich hintereinander und auf allen vieren eine enge Scharte zwischen den grünen Wänden empor, und wenn Ransom aufblickte, konnte er kaum den Himmel über sich sehen. Schließlich standen sie vor einer regelrechten Wand – einer etwa acht Fuß hohen Felsstufe, die wie steinernes Zahnfleisch die beiden riesigen Zähne des Berges verband. »Was würde ich jetzt um eine Hose geben«, dachte Ransom bei diesem Anblick. Die Frau stand auf Zehenspitzen vor ihm, reckte die Arme und erfasste einen kleinen Felsvorsprung am oberen Rand. Dann sah er, wie sie sich hochzog. Offenbar wollte sie sich nur mit der Kraft ihrer Arme in einem Zug hinaufschwingen. »Pass auf, so schaffst du es nie!« Unwillkürlich war er ins Englische verfallen; doch bevor er sich noch verbessern konnte, stand sie schon auf der Kante über ihm. Er hatte nicht genau gesehen, wie sie es zu Wege gebracht hatte, aber es schien sie keine außergewöhnliche Anstrengung gekostet zu haben. Seine eigene Kletterei war eine weniger würdevolle Angelegenheit, und schließlich stand ein keuchender, schwitzender Mann mit einem blutigen Knie neben ihr. Das Blut interessierte sie sehr, und als er ihr, so gut er konnte, klargemacht hatte, was es damit auf sich hatte, wollte sie ein wenig Haut von ihrem eigenen Knie kratzen, um zu sehen, ob das Gleiche geschehen würde. Daraufhin versuchte er, ihr zu erklären, was Schmerz war, aber das machte sie nur noch gespannter auf das Experiment. Doch im letzten Augenblick gebot Maleldil ihr anscheinend, es zu lassen.

Ransom wandte seine Aufmerksamkeit der Umgebung zu. Hoch über ihnen, und aus seiner Perspektive scheinbar nach innen geneigt, erhoben sich die ungeheuren Felstürme und verdeckten fast den ganzen Himmel. Es waren nicht zwei oder drei, sondern neun. Einige standen nahe beisammen, so wie die, zwischen denen sie den Kreis betreten hatten. Andere waren viele Schritt weit auseinander. Sie umgaben ein ovales, etwa zwei Hektar großes Plateau, bedeckt mit so feinem Gras, wie wir es auf unserem Planeten gar nicht kennen, und gesprenkelt mit winzigen karmesinroten Blumen. Ein starker, singender Wind trug die kühleren und verfeinerten Essenzen aller Düfte aus der üppigeren Inselwelt herauf und hielt sie in ständiger Bewegung. Die Ausblicke zwischen den Felstürmen hindurch auf die weite Wasserfläche erinnerten einen ständig daran, dass man sich in großer Höhe befand; für Ransoms Augen, seit langem an das Gewirr von Rundungen und Farben der schwimmenden Inseln gewöhnt, waren die klaren Linien und das feste Gestein dieses Ortes eine große Wohltat. Er trat ein paar Schritte auf das geräumige, kathedralenartige Plateau hinaus, und als er sprach, hallte seine Stimme von den Felssäulen wider.

»Oh, das tut gut!«, sagte er. »Aber du, der es verboten ist, du empfindest es vielleicht nicht so.« Ein Blick ins Gesicht seiner Begleiterin sagte ihm jedoch, dass er irrte. Er wusste nicht, was in ihr vorging, aber ihr Antlitz strahlte, wie schon ein oder zwei Mal zuvor, etwas aus, vor dem er die Augen niederschlagen musste. »Lass uns das Meer absuchen«, sagte sie dann.

Sie gingen einmal um das Plateau herum. Hinter ihnen lag

die Inselgruppe, von der sie an diesem Morgen aufgebrochen waren. Aus der Höhe konnte man sehen, dass sie sogar noch größer war, als Ransom vermutet hatte. Mit ihren üppigen Farben – den orangenen, silbernen, purpurnen und (zu seiner Überraschung) schwarzen Tönen – sah sie aus der Ferne beinahe wie ein Wappen aus. Aus dieser Richtung kam auch der Wind; der Duft von den Inseln, wiewohl schwach, wirkte wie das sanfte Plätschern fließenden Wassers auf einen Durstigen. Auf allen anderen Seiten aber sahen sie nichts als den Ozean. Jedenfalls sahen sie keine Inseln. Doch als sie ihre Runde beinahe beendet hatten, stieß Ransom einen Schrei aus, und beinahe gleichzeitig zeigte die Frau auf das Meer hinaus. In einer Entfernung von etwa zwei Meilen trieb, dunkel auf dem goldgrünen Wasser, ein kleiner, runder Gegenstand. Hätte Ransom auf ein irdisches Meer hinausgesehen, hätte er es auf den ersten Blick für eine Boje gehalten.

»Ich weiß nicht, was es ist«, sagte die Frau. »Vielleicht ist es das, was heute Morgen aus den Himmelstiefen herabgefallen ist.«

»Ich wollte, ich hätte einen Feldstecher«, dachte Ransom, denn die Worte der Frau hatten plötzlich einen Verdacht in ihm geweckt. Und je länger er zu dem dunklen Punkt hinausstarrte, desto stärker wurde dieser Verdacht. Der Gegenstand schien kugelförmig zu sein, und er kam Ransom irgendwie bekannt vor.

Der Leser weiß bereits, dass Ransom auf jener Welt gewesen war, die wir Mars nennen, deren wahrer Name jedoch Malakandra ist. Aber nicht die Eldila hatten ihn dorthin gebracht, sondern Menschen in einem Raumschiff, einer Hohlkugel aus Stahl und Glas. Er war entführt worden von Männern, die geglaubt hatten, die herrschenden Mächte Malakandras verlangten ein Menschenopfer. Die ganze Sache war ein Missverständnis gewesen. Der große Oyarsa, seit Urzeiten Herrscher des Mars (ihn hatte ich in Ransoms Landhaus sozusagen mit eigenen Augen gesehen), hatte ihm nichts zu Leide getan und auch gar nichts Böses gewollt. Doch die treibende Kraft der beiden Entführer, Professor Weston, hatte ihm Böses gewollt. Er war besessen von einer Idee, die gegenwärtig überall auf unserem Planeten in obskuren Science-Fiction-Werken, in kleinen Gesellschaften und Klubs für Weltraumforschung und Raketentechnik sowie in grässlichen Zeitschriftenheften kursiert; einer Idee, die von den Intellektuellen verspottet oder ignoriert wird, die aber, falls sie sich je mit der Macht verbände, durchaus fähig wäre, das Universum ins Elend zu stürzen. Es ist die Idee, dass die Menschheit, die ihren eigenen Planeten weitgehend zu Grunde gerichtet hat, um jeden Preis versuchen müsse, sich über ein größeres Gebiet auszubreiten; dass die ungeheuren, astronomischen Entfernungen, gewissermaßen Gottes Quarantänemaßnahmen, irgendwie überwunden werden müssen. Das ist der Ausgangspunkt. Aber betörend wie süßes Gift steht dahinter eine falsche Unendlichkeit – der abenteuerliche Traum, dass Planet um Planet, Sonnensystem um Sonnensystem und schließlich Galaxis um Galaxis überall und für alle Zeit die Art von Leben aufgezwungen werden könnte, das den Lenden unserer eigenen Gattung entspringt – ein Traum, hervorgegangen aus dem Hass auf den Tod und der Furcht vor der wahren Unsterblichkeit und heimlich genährt von tausenden von Unwissenden und hunderten von Wissenden. Die Vernichtung oder Versklavung anderer Lebensformen im Universum, falls es solche gibt, ist für diese Leute eine willkommene Folgeerscheinung. In Professor Weston hatten Macht und Traum endlich zusammengefunden. Der bedeutende Physiker hatte eine Antriebskraft für sein Raumschiff entdeckt. Und dieser kleine schwarze Gegenstand, der nun dort draußen auf den sündenfreien Wassern von Perelandra trieb, sah mit jedem Moment mehr wie das Raumschiff aus. »Darum also bin ich hierher geschickt worden«, dachte Ransom. »Auf Malakandra ist er gescheitert, und nun versucht er es hier. Und es ist an mir, etwas dagegen zu tun.« Ihn überfiel ein quälendes Gefühl von Unzulänglichkeit. Das letzte Mal – auf dem Mars – hatte Weston nur einen Komplizen mitgebracht. Aber sie hatten Schusswaffen gehabt. Wie viele Komplizen mochte er wohl diesmal haben? Außerdem war er auf dem Mars nicht von Ransom besiegt worden, sondern von den Eldila und insbesondere dem großen Eldil, dem Oyarsa jener Welt. Ransom wandte sich der Frau zu.

»Ich habe auf deiner Welt keine Eldila gesehen«, sagte er.

»Eldila?«, wiederholte sie, als habe sie das Wort noch nie gehört.

»Ja, Eldila«, sagte Ransom, »die großen und ehrwürdigen Diener Maleldils. Die Wesen, die weder zeugen noch atmen. Deren Körper aus Licht sind. Die wir kaum sehen können. Denen wir gehorchen sollten.«

Sie überlegte eine Weile, dann sagte sie: »Sanft und behutsam macht Maleldil mich diesmal älter. Alle Züge dieser heiligen Geschöpfe zeigt er mir. Aber jetzt wird ihnen kein Gehorsam mehr zuteil, nicht auf dieser Welt. Das alles ist die alte Ordnung, Gescheckter, die andere Seite der Welle, die an uns vorübergerollt ist und nicht wiederkommen wird. Diese sehr alte Welt, zu der du gereist bist, war den Eldila unterstellt. Auch auf deiner Welt haben sie einst geherrscht: doch nicht mehr, seit unser Herr Mensch geworden ist. Auf deiner Welt gibt es sie noch. Aber auf unserer Welt, der ersten, die nach der großen Wende erwacht ist, haben sie keine Macht. Hier steht nichts mehr zwischen uns und Ihm. Sie sind weniger geworden, und wir mehr. Und eben lehrt Maleldil mich, dass ihnen dies zum Ruhm und zur Freude gereicht. Sie haben uns – uns Wesen der niederen Welten, die zeugen und atmen – als schwache und kleine Tiere erhalten, die sie mit der leisesten Berührung zerstören konnten; und ihr Stolz war es, uns zu hegen und älter zu machen, bis wir älter waren als sie – bis sie uns zu Füßen fallen konnten. Das ist eine Freude, die uns nicht zuteil werden wird. Was immer ich die Tiere lehren mag, sie werden niemals besser sein als ich. Aber das ist die Freude aller Freuden. Nicht dass sie besser wäre als unsere Freude. Jede Freude ist die Freude aller Freuden. Die Frucht, die wir gerade essen, ist immer die beste.«

»Es gab Eldila, die dies nicht für eine Freude hielten«, sagte Ransom.

»Wie?«

»Gestern hast du darüber gesprochen, dass man an dem alten Guten festhält, statt das Gute, das kommt, anzunehmen.«

»Ja – ein paar Herzschläge lang.«

»Es gibt einen Eldil, der länger daran festgehalten hat – der schon seit der Zeit vor der Erschaffung der Welten daran festhält.«

»Aber das alte Gute würde aufhören, gut zu sein, wenn er das täte.«

»Ja. Es hat aufgehört, gut zu sein. Und trotzdem hält er daran fest.«

Sie sah ihn verwundert an und wollte etwas sagen, doch er kam ihr zuvor.

»Jetzt ist keine Zeit für Erklärungen«, sagte er.

»Keine Zeit? Was ist mit der Zeit geschehen?«, fragte sie.

»Hör zu«, sagte er. »Dieses Ding dort unten ist durch die Himmelstiefen von meiner Welt gekommen. Ein Mann ist darin; vielleicht auch viele Männer …«

»Sieh mal«, sagte sie, »es werden zwei – ein großes und ein kleines.«

Ransom sah, dass ein kleiner dunkler Gegenstand sich von dem Raumschiff gelöst hatte und sich nun unsicher davon entfernte. Es überraschte ihn zuerst, aber dann fiel ihm ein, dass Weston – sofern es wirklich Weston war – wahrscheinlich von der Wasseroberfläche auf der Venus wusste und wohl eine Art Faltboot mitgebracht hatte. Aber war es möglich, dass er weder mit Flutwellen oder Stürmen gerechnet noch vorausgesehen hatte, dass er außer Stande sein könnte, das Raumschiff jemals wieder zu finden? Es sah Weston nicht ähnlich, sich selbst den Rückweg abzuschneiden. Und Ransom wollte gewiss nicht, dass Weston die Möglichkeit zur Rückkehr genommen würde. Ein Weston, der nicht einmal, wenn er wollte, zur Erde zurückkehren konnte, stellte ein unlösbares Problem dar. Wie auch immer, was konnte er, Ransom, ohne Unterstützung der Eldila überhaupt tun? Er empfand die Situation im höchsten Maße als ungerecht. Warum hatte man ihn – einen Geisteswissenschaftler – hierher geschickt, um mit einer solchen Situation fertig zu werden? Jeder gewöhnliche Boxer, oder eher noch, jeder Mann, der mit einer Maschinenpistole umgehen konnte, wäre besser dafür geeignet gewesen. Wenn sie nur diesen König finden könnten, von dem die grüne Frau ständig redete …

Während ihm diese Gedanken durch den Kopf gingen, wurde er sich eines dumpfen Murmelns oder Grollens bewusst, das seit geraumer Zeit zunehmend die Stille störte. »Schau!«, sagte die Frau plötzlich und zeigte auf die Inselgruppe. Die Oberfläche war nicht mehr eben, und Ransom wurde klar, dass das Geräusch von der Brandung herrührte. Die Wellen waren noch klein, aber schon brachen sie sich schäumend an den felsigen Ufern der festen Insel. »Die See steigt«, sagte die Frau. »Wir müssen hinuntergehen und dieses Land sofort verlassen. Bald werden die Wellen zu hoch sein – und ich darf nicht hier sein, wenn die Nacht kommt.«

»Nicht da entlang«, rief Ransom. »Nicht, wo du dem Mann aus meiner Welt begegnen wirst.«

»Warum nicht?«, sagte die Frau. »Ich bin die Herrin und Mutter dieser Welt. Wer sonst sollte einen Fremden begrüßen, wenn der König nicht hier ist?«

»Ich werde zu ihm gehen.«

»Das ist nicht deine Welt, Gescheckter«, erwiderte sie.

»Versteh doch«, sagte Ransom. »Dieser Mann ist ein Freund jenes Eldil, von dem ich dir erzählt habe – einem von denen, die an dem falschen Guten festhalten.«

»Dann muss ich es ihm erklären«, sagte die Frau. »Wir wollen zu ihm gehen und ihn älter machen.« Sprach's, schwang sich über die Felskante und begann den Steilhang hinunterzuklettern. In den Felsen war Ransom langsamer, aber sobald seine Füße wieder Grasboden unter sich hatten, lief er so schnell er konnte. Die Frau schrie überrascht auf, als er an ihr vorbeirannte, aber er nahm keine Notiz davon. Er konnte jetzt deutlich sehen, auf welche Bucht das kleine Boot zuhielt, und seine Aufmerksamkeit war völlig davon in Anspruch genommen, die richtige Richtung einzuschlagen und sich auf den Beinen zu halten. Nur ein Mann saß in dem Boot. Immer weiter rannte Ransom den langen Hang hinunter. Zuerst kam er in eine Senke, dann in ein gewundenes kleines Tal, das ihm vorübergehend die Sicht auf das Meer nahm. Endlich war er in der Bucht. Er blickte zurück und sah zu seinem Verdruss, dass die Frau ebenfalls gelaufen und nicht weit hinter ihm war. Er wandte sich wieder dem Meer zu. Wellen, wenn auch nicht sehr große, brachen sich am steinigen Strand. Ein Mann in Hemd, kurzer Hose und Tropenhelm watete durch knöcheltiefes Wasser an Land und zog ein kleines Schlauchboot hinter sich her. Es war tatsächlich Weston, obgleich der Ausdruck in seinem Gesicht Ransom irgendwie fremd vorkam. Es schien ihm von entscheidender Bedeutung, eine Begegnung Westons mit der grünen Frau zu verhindern. Er hatte gesehen, wie Weston einen Bewohner Malakandras ermordet hatte. Er wandte sich um, breitete die Arme aus, um ihr den Weg zu versperren, und rief: »Geh zurück!« Aber sie war schon zu nahe. Einen Augenblick lang war sie beinahe in seinen Armen. Dann trat sie zurück, außer Atem vom Laufen, überrascht, den Mund zum Sprechen geöffnet. In diesem Moment hörte er, wie Westons Stimme hinter ihm auf Englisch sagte: »Darf ich fragen, Doktor Ransom, was das zu bedeuten hat?«

## 7

Unter den gegebenen Umständen hätte Weston über Ransoms Anwesenheit eigentlich sehr viel überraschter sein müssen als umgekehrt. Doch wenn das der Fall war, ließ er es sich nicht anmerken, und Ransom konnte nicht umhin, den gewaltigen Egoismus zu bewundern, mit dem dieser Mann im Augenblick seiner Ankunft auf einer unbekannten Welt in seiner herrischen, vulgären Art ungerührt dastand, die Arme in die Seiten gestemmt, mit finsterer Miene, und die Füße so auf den unirdischen Boden gepflanzt, als stünde er mit dem Rücken zum Kaminfeuer in seinem Arbeitszimmer. Dann hörte Ransom entsetzt, dass Weston die grüne Frau fließend auf Alt-Solarisch ansprach. Auf Malakandra hatte er teils aus Unfähigkeit und mehr noch aus Geringschätzung der Einwohner nur ein paar Brocken dieser Sprache gelernt. Diese Neuigkeit war unerklärlich und beunruhigend. Ransom sah, dass er seinen einzigen Vorteil eingebüßt hatte. Er sah sich jetzt dem Unberechenbaren gegenüber. Wenn auf einmal so etwas in die Waagschale geworfen wurde, was mochte dann als Nächstes kommen?

Er erwachte aus seinen Gedanken und merkte, dass Weston und die Frau fließend miteinander sprachen, ohne sich indessen zu verstehen. »Es hat keinen Zweck«, sagte sie gerade. »Du und ich, wir sind nicht alt genug, um miteinander zu sprechen, wie es scheint. Die See steigt; lass uns zu den Inseln zurückkehren. Kommt er mit uns, Gescheckter?«

»Wo sind die beiden Fische?«, fragte Ransom.

»Sie warten in der nächsten Bucht«, sagte die Frau.

»Also los«, sagte Ransom zu ihr; und auf ihren fragenden Blick hin: »Nein, er kommt nicht mit.« Vermutlich verstand sie sein Drängen nicht, aber ihr Blick war auf das Meer gerichtet, und sie hatte ihre eigenen Gründe zur Eile. Sie stieg bereits den Hang hinauf, gefolgt von Ransom, als Weston rief: »Nein, Sie nicht!« Ransom wandte den Kopf und sah einen Revolver auf sich gerichtet. Eine plötzliche Hitzewelle war das einzige Zeichen, an dem er erkannte, dass er Angst hatte. Sein Kopf blieb klar.

»Wollen Sie auch auf dieser Welt als Erstes einen ihrer Bewohner ermorden?«, fragte er.

»Was sagst du?«, fragte die Frau, die stehen geblieben war und mit verwunderter, aber ruhigerer Miene auf die beiden Männer zurückblickte.

»Bleiben Sie da, wo Sie sind, Ransom«, sagte der Professor. »Diese Eingeborene kann gehen, wohin sie will; je eher desto besser.«

Ransom wollte sie beschwören, rasch zu fliehen, doch das war gar nicht nötig. Er hatte unsinnigerweise angenommen, sie würde die Situation verstehen; doch offensichtlich sah sie nur zwei Fremde über etwas reden, das sie nicht verstand – das und dass sie selbst das Feste Land umgehend verlassen musste.

»Du und er, ihr kommt nicht mit mir, Gescheckter?«, fragte sie.

»Nein«, sagte Ransom, ohne sich umzuwenden. »Mag sein, dass wir einander so bald nicht wieder sehen. Bringe dem König, wenn du ihn findest, meinen Gruß, und sprich immer zu Maleldil von mir. Ich bleibe hier.«

»Wir werden einander wieder sehen, wenn es Maleldil gefällt«, antwortete sie, »und wenn nicht, so wird uns stattdessen Besseres widerfahren.« Dann hörte er kurz ihre Schritte hinter sich, und als er nichts mehr hörte, wusste er, dass er mit Weston allein war.

»Sie haben sich eben erlaubt, das Wort ›Mord‹ zu gebrauchen, Doktor Ransom«, sagte der Professor, »und zwar im Zusammenhang mit einem unglücklichen Zufall während unseres Aufenthalts auf Malakandra. Jedenfalls war die getötete Kreatur kein menschliches Wesen. Erlauben Sie mir, Ihnen zu sagen, dass ich die Verführung eines Eingeborenenmädchens für ein beinahe ebenso verhängnisvolles Mittel zur Einführung der Zivilisation auf einem neuen Planeten halte.«

»Verführung?«, fragte Ransom. »Ah, ich verstehe. Sie dachten, ich hätte mit ihr geschlafen?«

»So nenne ich das, wenn ich sehe, wie ein nackter, zivilisierter Mann eine nackte Wilde an einem abgelegenen Ort umarmt.«

»Ich habe sie nicht umarmt«, sagte Ransom lustlos, denn sich gegen einen solchen Vorwurf verteidigen zu müssen, erschien ihm in diesem Augenblick lästig und ermüdend. »Außerdem trägt niemand hier Kleider. Aber was soll's? Erzählen Sie mir lieber, was Sie hier auf Perelandra wollen.«

»Sie wollen mir weismachen, dass Sie mit dieser Frau unter solchen Bedingungen in einem Zustand geschlechtsloser Unschuld gelebt haben?«

»Ach, geschlechtslos!«, sagte Ransom angewidert. »Also gut, wenn Sie so wollen. Es beschreibt das Leben auf Perelandra etwa ebenso gut, als würde man sagen, jemand habe das Wasser außer Acht gelassen, weil der Anblick der Niagarafälle ihn nicht sofort auf die Idee brachte, es in Teetassen abzufüllen. Aber Sie haben ganz Recht, wenn Sie annehmen, dass ich so wenig daran gedacht habe, sie zu begehren, wie – wie ...« Er fand keinen passenden Vergleich und schwieg. Dann fing er wieder an: »Aber sagen Sie nicht, ich wollte Ihnen das oder irgendetwas anderes weismachen. Ich möchte Sie lediglich bitten, das, was Sie dieser Welt an Gemetzel und Räuberei zugedacht haben, so schnell wie möglich hinter sich zu bringen.«

Weston sah ihn einen Augenblick lang mit einem sonderbaren Ausdruck an; dann steckte er unerwartet seinen Revolver wieder ein.

»Ransom«, sagte er, »Sie tun mir wirklich unrecht.«

Eine Weile lang schwiegen beide. Hohe Brecher mit weißen Schaumkronen rollten jetzt in die Bucht, wie auf der Erde.

»Ja«, sagte Weston schließlich, »und ich will zunächst ein freimütiges Eingeständnis vorausschicken. Sie können Kapital daraus schlagen, wenn Sie wollen. Das wird mich nicht abschrecken. Ich gebe zu, dass ich mit meiner Auffassung des ganzen interplanetarischen Problems in mancher Hinsicht falsch lag, als ich nach Malakandra fuhr.«

Die Erleichterung, die Ransom verspürte, als der Revolver verschwunden war, sowie der aufgesetzte Edelmut, mit dem der berühmte Wissenschaftler sprach, reizten Ransom sehr zum Lachen. Aber dann fiel ihm ein, dass Weston vielleicht zum ersten Mal in seinem Leben zugab, im Unrecht gewesen zu sein, und darum durfte selbst dieser erste falsche Anflug von Bescheidenheit, der immer noch zu neunundneunzig Prozent Hochmut war, nicht zurückgewiesen werden – jedenfalls nicht von ihm.

»Schön und gut«, sagte er. »Aber wie meinen Sie das?«

»Ich werde es Ihnen gleich erklären«, sagte Weston. »Doch vorher muss ich meine Sachen an Land bringen.«

Zu zweit zogen sie das Boot auf den Strand und trugen Westons Primuskocher, seine Büchsen, sein Zelt und sein übriges Gepäck zu einer Stelle etwa zweihundert Schritt landeinwärts. Obwohl Ransom wusste, dass diese ganze Ausrüstung überflüssig war, sagte er nichts, und in einer Viertelstunde hatten sie an einem bemoosten Platz unter Bäumen mit blauen Stämmen und silbrigen Blättern am Ufer eines kleinen Flusses eine Art Lager aufgeschlagen. Sie setzten sich, und Ransom hörte zu, zuerst interessiert, dann erstaunt und schließlich ungläubig. Weston räusperte sich, warf sich in die Brust und nahm eine dozierende Haltung ein. Während des ganzen darauf folgenden Gesprächs hatte Ransom das Gefühl, all das sei vollkommen verrückt und belanglos. Hier waren zwei Menschen auf einer fremden Welt unter den seltsamsten Bedingungen zusammengetroffen; der eine abgeschnitten von seinem Raumschiff, der andere gerade erst der Todesdrohung entronnen. War es normal – war es überhaupt vorstellbar –, dass sie sich sofort in ein philosophisches Streitgespräch vertieften, das ebenso gut in einem Seminarraum in Cambridge hätte geführt werden können? Aber genau darauf schien Weston es abzusehen. Er zeigte keinerlei Interesse für das Schicksal seines Raumschiffs; nicht einmal Ransoms Anwesenheit auf der Venus schien seine Neugier zu wecken. War es möglich, dass er mehr als dreißig Millionen Meilen durch den Weltraum gereist war, um ein Gespräch zu führen? Aber je länger Weston redete, desto stärker hatte Ransom das Gefühl, einem Monomanen gegenüberzusitzen. Wie ein Schauspieler, der nichts als seine Berühmtheit im Kopf hat, oder ein Liebhaber, der an nichts als die Geliebte denken kann, jagte Weston angespannt, weitschweifig und unermüdlich seiner fixen Idee nach.

»Die Tragödie meines Lebens«, sagte er, »und zugleich auch der ganzen modernen Geisteswelt ist die strikte Spezialisierung des Wissens, eine Folge des zunehmend komplexen Wissens. Mein eigener Anteil an dieser Tragödie ist, dass eine frühe Neigung zur Physik mich daran hinderte, der Biologie die nötige Aufmerksamkeit zu schenken, bis ich bereits die Fünfzig überschritten hatte. Um mir selbst Gerechtigkeit widerfahren zu lassen, möchte ich klarstellen, dass das falsche humanistische Ideal vom Wissen als Selbstzweck mir nie etwas bedeutet hat. Ich wollte immer wissen, um einen Nutzen davon zu haben. Zuerst war dieser Nutzen natürlich ein persönlicher – ich wollte eine akademische Laufbahn, ein Einkommen und jene allgemein anerkannte Position in der Gesellschaft, ohne die man keinen Einfluss hat. Als das erreicht war, blickte ich weiter: auf den Nutzen für das Menschengeschlecht!«

Er machte eine Pause, um seine Worte wirken zu lassen, und Ransom forderte ihn mit einem Nicken auf weiterzusprechen.

»Der Nutzen für das Menschengeschlecht«, fuhr Weston fort, »hängt langfristig eindeutig von der Möglichkeit interplanetarischer und sogar interstellarer Reisen ab. Dieses Problem habe ich gelöst. Der Schlüssel zum Schicksal der Menschheit wurde in meine Hände gelegt. Es ist unnötig – und für uns beide schmerzlich –, Sie daran zu erinnern, wie er mir auf Malakandra von einem Mitglied einer feindlichen intelligenten Spezies entrissen wurde, deren Existenz ich zugegebenermaßen nicht vorausgesehen hatte.«

»Nicht eigentlich feindlich«, sagte Ransom, »aber sprechen Sie weiter.«

»Die Strapazen unserer Rückreise von Malakandra haben bei mir zu einem schweren gesundheitlichen Zusammenbruch geführt ...«

»Bei mir auch«, sagte Ransom.

Weston schien ein wenig ungehalten über die Unterbrechung und fuhr fort: »Während meiner Genesung hatte ich die Muße nachzudenken, die ich mir seit vielen Jahren versagt hatte. Insbesondere dachte ich über die Einwände nach, die Sie gegen die Liquidierung der nichtmenschlichen Bewohner Malakandras erhoben hatten – eine notwendige Voraussetzung zur Besiedelung des Planeten durch unsere eigene Art. Die traditionelle und, wenn ich so sagen darf, humanitäre Form, in der Sie diese Einwände vortrugen, hatte mich bis dahin über ihre wahre Kraft getäuscht. Diese Kraft begann ich nun zu verstehen. Ich sah, dass meine ausschließlich dem Wohl der Menschheit verpflichtete Einstellung auf einem unbewussten Dualismus beruhte.«

»Wie meinen Sie das?«

»Ich meine, dass ich mein Leben lang eine völlig unwissenschaftliche Dichotomie oder Antithese zwischen Mensch und

Natur vertreten und mich selbst als Kämpfer für die Menschheit und gegen ihre nichtmenschliche Umwelt verstanden hatte. Während meiner Krankheit habe ich mich mit Biologie beschäftigt und besonders mit dem, was man als organische Philosophie bezeichnen könnte. Bis dahin hatte ich mich als Physiker damit begnügt, das Leben als einen Gegenstand zu betrachten, der außerhalb meines Fachbereichs liegt. Die widersprüchlichen Ansichten derer, die eine scharfe Trennungslinie zwischen dem Organischen und dem Anorganischen ziehen, und derer, die behaupten, das, was wir Leben nennen, sei von Anfang an der Materie inhärent, hatten mich nicht interessiert. Das war jetzt anders. Ich verstand schnell, dass ich im Ablauf des kosmischen Prozesses keinen Bruch, keine Diskontinuität gelten lassen konnte. Ich wurde ein überzeugter Anhänger der Evolution. Alles ist eins. Der Grundstoff für das Gehirn, die unbewusst zweckgerichtete Dynamik, ist von Anfang an vorhanden.«

Er hielt inne. Ransom hatte dergleichen schon oft gehört und fragte sich, wann sein Gegenüber zur Sache kommen würde. Als Weston den Faden wieder aufnahm, tat er dies in einem beinahe feierlichen Ton.

»Das majestätische Schauspiel dieser stummen, verborgenen Zielgerichtetheit, die in einem endlosen Strom verschiedenster Errungenschaften höher und höher drängt zu einem immer komplexeren System, zu Spontaneität und Spiritualität – dieses Schauspiel hat mit meiner alten Auffassung von einer Verpflichtung gegenüber dem Menschen an sich gründlich aufgeräumt. Der Mensch an sich ist nichts. Die Vorwärtsbewegung des Lebens – die zunehmende Spiritualität – ist alles. Ich sage Ihnen ganz offen, Ransom, dass es falsch gewesen wäre, die Malakandrier zu liquidieren. Auf Grund eines bloßen Vorurteils habe ich unsere eigene Rasse der ihren vorgezogen. Nicht die menschliche Rasse, sondern die Spiritualität vorwärtszubringen, ist hinfort meine Mission. Das wird die Krönung meiner Karriere sein. Zuerst habe ich für mich selbst gearbeitet; dann für die Wissenschaft; dann für die Menschheit; und nun endlich für den Geist – für den Heiligen Geist, um einen Ausdruck zu gebrauchen, der Ihnen vertrauter sein dürfte.«

»Und was meinen Sie damit genau?«, fragte Ransom.

»Ich meine«, sagte Weston, »dass uns jetzt nichts mehr trennt, außer einigen fadenscheinigen theologischen Spitzfindigkeiten, von denen die organisierte Religion sich leider hat verkrusten lassen. Doch ich habe diese Kruste durchstoßen. Der darunter verborgene Sinn ist so wahr und lebendig wie je. Wenn Sie entschuldigen wollen, dass ich es so ausdrücke: Die Grundwahrheit religiöser Lebensanschauung findet einen beredten Zeugen in der Tatsache, dass sie Sie auf Malakandra befähigte, mit Ihrer mythischen und fantasievollen Art eine Wahrheit zu erfassen, die mir verborgen geblieben war.«

»Ich weiß nicht viel über das, was die Leute religiöse Lebensanschauung nennen«, sagte Ransom stirnrunzelnd. »Sehen Sie, ich bin Christ. Und was wir unter dem Heiligen Geist verstehen, ist eben keine stumme, verborgene Zielgerichtetheit.«

»Mein lieber Ransom«, sagte Weston, »ich verstehe Sie vollkommen. Es ist mir klar, dass meine Ausdrucksweise Ihnen seltsam, vielleicht sogar schockierend vorkommt. Frühe und lieb gewonnene Gedankenverbindungen mögen es Ihnen unmöglich machen, in dieser neuen Gestalt dieselben Wahrheiten wieder zu erkennen, die die Religion so lange bewahrt hat und die nun endlich von der Wissenschaft wieder entdeckt werden. Aber ob Sie es sehen können oder nicht, glauben Sie mir, wir sprechen genau von derselben Sache.«

»Davon bin ich nicht ganz überzeugt.«

»Das ist, wenn ich einmal so sagen darf, eine der wirklichen Schwächen organisierter Religion – dieses Festhalten an Formeln, diese Unfähigkeit, die eigenen Freunde zu erkennen.

Gott ist ein Geist, Ransom. Vergegenwärtigen Sie sich das. Sie sind bereits damit vertraut. Halten Sie daran fest. Gott ist ein Geist.«

»Ja, natürlich. Und weiter?«

»Und weiter? Wieso, Geist – Vernunft – Freiheit – Unmittelbarkeit – davon spreche ich. Das ist das Ziel, dem der gesamte kosmische Prozess entgegenstrebt. Die endgültige Durchsetzung dieser Freiheit, dieser Spiritualität ist die Aufgabe, der ich mein eigenes Leben und das der Menschheit verschrieben habe. Das Ziel, Ransom, das Ziel: bedenken Sie! Der reine Geist: der endgültige Höhepunkt aus sich selbst heraus denkender, aus sich selbst heraus schöpfender Tätigkeit.«

»Ziel?«, sagte Ransom. »Sie meinen, es gebe ihn noch nicht?«

»Ach so«, sagte Weston, »ich sehe, was Sie stört. Natürlich. Die Religion stellt ihn als etwas von Anfang an Dagewesenes dar. Aber das ist doch kein grundlegender Unterschied, oder? Darin einen solchen zu sehen hieße, die Zeit zu ernst nehmen. Ist er erst einmal erreicht, so könnten Sie sagen, er stehe am Anfang ebenso wie am Ende. Zeit ist eines der Dinge, über die er erhaben sein wird.«

»Sagen Sie«, wandte Ransom ein, »ist er in irgendeinem Sinne persönlich – ist er lebendig?«

Ein unbeschreiblicher Ausdruck huschte über Westons Gesicht. Er rückte ein wenig näher zu Ransom und fuhr mit leiserer Stimme fort.

»Eben das ist es, was keiner von denen versteht«, raunte er, nicht in seinem gewohnten, hochtönenden Vortragsstil, sondern vertraulich wie ein Gangster oder ein Schuljunge, sodass Ransom einen Augenblick lang beinahe Abscheu vor ihm empfand.

»Ja«, sagte Weston, »bis vor kurzem hätte ich es selbst nicht geglaubt. Keine Person, natürlich nicht. Anthropomorphismus ist eine der Kinderkrankheiten volkstümlicher Religion« (hier fand er zu seinem dozierenden Ton zurück), »aber das andere Extrem, die übertriebene Abstraktion, hat sich insgesamt vielleicht als noch verhängnisvoller erwiesen. Nennen wir es eine Kraft. Eine gewaltige, unergründliche Kraft, die aus den dunklen Urgründen des Seins in uns einströmt. Eine Kraft, die ihre Werkzeuge auswählen kann. Erst kürzlich habe ich am eigenen Leibe etwas erfahren, das Sie, Ransom, als Teil Ihrer Religion Ihr Leben lang geglaubt haben.« Hier verfiel er plötzlich wieder in ein Raunen – ein krächzendes Flüstern, ganz anders als seine gewohnte Stimme. »Geleitet«, sagte er. »Auserwählt. Geleitet. Mir ist bewusst geworden, dass ich ein besonderer Mensch bin. Warum habe ich mich für die Physik entschieden? Warum habe ich die Weston-Strahlen entdeckt? Warum bin ich nach Malakandra gefahren? Er – die Kraft – hat mich die ganze Zeit vorwärts getrieben. Ich werde geleitet. Ich weiß jetzt, dass ich der größte Wissenschaftler bin, den die Welt bisher hervorgebracht hat. Das bin ich zu einem bestimmten Zweck geworden. Durch mich drängt der Geist selbst in dieser Stunde hin auf sein Ziel.«

»Schauen Sie«, sagte Ransom, »mit solchen Dingen sollte man vorsichtig sein. Es gibt Geister und Geister, wenn Sie verstehen, was ich meine.«

»Eh?«, sagte Weston. »Wovon reden Sie?«

»Ich meine, etwas könnte ein Geist sein, aber nicht einer, der gut für Sie ist.«

»Aber ich dachte, wir seien uns einig, dass der Geist das Gute ist – der Endpunkt des ganzen Prozesses? Ich dachte, für euch Religiöse wäre Spiritualität das Höchste? Was ist denn der Sinn der Askese – des Fastens, der Ehelosigkeit und dieser Dinge? Waren wir uns nicht einig, dass Gott ein Geist ist? Verehren Sie Ihn nicht, weil Er reiner Geist ist?«

»Lieber Himmel, nein! Wir verehren Ihn, weil Er weise und gut ist. Ein Geist zu sein, ist nicht schon etwas Großartiges an sich. Der Teufel ist auch ein Geist.«

»Dass Sie den Teufel erwähnen, ist sehr interessant«, sagte Weston, nun wieder ganz er selbst. »Diese Tendenz, zu spalten und Gegensatzpaare zu bilden, ist ein hochinteressanter Aspekt vieler volkstümlicher Religionen: Himmel und Hölle, Gott und Teufel. Ich brauche wohl kaum zu betonen, dass meiner Meinung nach für das Universum kein wirklicher Dualismus anzunehmen ist. Und aus diesem Grund hätte ich noch vor ein paar Wochen dazu tendiert, solche Gegensatzpaare als reine Mythologie zu verwerfen. Die Ursache für diese universale Tendenz der Religionen liegt viel tiefer. Die Paare sind in Wirklichkeit Bildnisse des Geistes, der kosmischen Energie – genau genommen Selbstbildnisse, denn die Lebenskraft selbst hat sie uns eingegeben.«

»Was in aller Welt meinen Sie damit?«, fragte Ransom. Er stand auf und vertrat sich ein wenig die Beine. Eine entsetzliche Erschöpfung und ein tiefes Unbehagen hatten ihn befallen.

»Euer Teufel und euer Gott«, sagte Weston, »sind beides Bilder derselben Kraft. Euer Himmel ist ein Bild der vollkommenen künftigen Spiritualität; eure Hölle ein Bild des dorthin drängenden Bestrebens. Daher der statische Friede des einen und das Feuer und die Dunkelheit der anderen. Das nächste, vorwärts lockende Stadium der Evolution ist Gott; das überwundene, hinter uns liegende Stadium der Teufel. Eure eigene Religion geht ja auch davon aus, dass die Teufel gefallene Engel sind.«

»Und wenn ich Sie recht verstehe, sagen Sie genau das Gegenteil – dass die Engel zur Welt emporgestiegene Teufel seien.«

»Das läuft auf das Gleiche hinaus«, sagte Weston.

Wieder entstand eine lange Pause. »Sehen Sie«, sagte Ransom, »in einem solchen Punkt kann man sich leicht missverstehen. Was Sie sagen, hört sich für mich nach dem schrecklichsten Fehler an, in den ein Mensch verfallen kann. Aber das mag daran liegen, dass Sie versuchen, sich auf meine vermeintlichen ›religiösen Ansichten‹ einzustellen, und viel mehr sagen, als Sie meinen. Was Sie da über Geister und Kräfte sagen, ist doch wohl eine Metapher, oder? Ich nehme an, Sie hatten im Grunde nur sagen wollen, dass Sie es für Ihre Pflicht halten, für die Verbreitung der Kultur und des Wissens und dieser Dinge zu arbeiten.« Er versuchte, die unwillkürliche Angst, die er auf einmal verspürte, aus seiner Stimme herauszuhalten. Im nächsten Augenblick zuckte er erschrocken zusammen, denn Weston antwortete mit einem scheppernden, beinahe schon infantilen oder senilen Gelächter.

»Da haben wir es wieder!«, rief er. »Ihr religiösen Leute seid alle gleich. Ihr redet und redet euer Leben lang über diese Dinge, und wenn euch dann die Wirklichkeit gegenübertritt, bekommt ihr es mit der Angst zu tun.«

»Welchen Beweis«, sagte Ransom, der in der Tat Angst hatte, »welchen Beweis haben Sie dafür, dass Sie von etwas anderem als Ihrem eigenen Verstand und anderer Leute Bücher geleitet oder unterstützt werden?«

»Es scheint Ihnen entgangen zu sein, mein lieber Ransom«, sagte Weston, »dass ich meine Kenntnisse der extraterrestrischen Sprache seit unserer letzten Begegnung ein wenig erweitert habe. Man hat mir gesagt, Sie seien Philologe.«

Ransom erschrak. »Wie haben Sie das geschafft?«, platzte er heraus.

»Führung, mein Lieber, Führung«, krächzte Weston. Er hockte mit angezogenen Knien auf den Wurzeln des Baums, und auf seinem wachsbleichen Gesicht lag ein starres und leicht verzerrtes Grinsen. »Führung. Dinge kommen mir in den Sinn. Ich werde die ganze Zeit vorbereitet. Werde zu einem fruchtbaren Boden dafür gemacht.«

»Das dürfte ziemlich einfach sein«, sagte Ransom ungeduldig. »Wenn diese Lebenskraft etwas so Verschwommenes ist, dass Gott und der Teufel gleich gute Bilder dafür sind, dann ist wahrscheinlich auch jeder Boden gleich fruchtbar, und was immer Sie tun, ist ein Ausdruck von ihr.«

»Es gibt so etwas wie eine Hauptströmung«, sagte Weston. »Es kommt darauf an, sich in ihren Dienst zu stellen, an die Spitze der lebendigen, brennenden, zentralen Angelegenheit, die Hand zu werden, die sich nach vorne streckt.«

»Ich dachte, das sei der höllische Aspekt.«

»Das ist das fundamentale Paradoxon. Das, worauf wir zustreben, ist, was Sie Gott nennen. Aber das Vorwärtsstreben an sich, die Dynamik, ist, was Leute wie Sie immer den Teufel nennen. Menschen wie ich, die dieses Vorwärtsstreben verkörpern, sind immer Märtyrer. Ihr schmäht uns, aber durch uns gelangt ihr an euer Ziel.«

»Bedeutet das, einfacher ausgedrückt, dass die Kraft Dinge von Ihnen verlangt, die normale Leute teuflisch nennen würden?«

»Mein lieber Ransom, ich wünschte, Sie würden nicht immer wieder auf das populäre Niveau zurückfallen. Beides sind nur Aspekte der einen, einzigen Wirklichkeit. Der Fortschritt der Welt vollzieht sich durch große Männer, und Größe setzt sich immer über bloßen Moralismus hinweg. Wenn die Entwicklung weiter fortgeschritten ist, wird das, was Sie als teuflisch bezeichnen, die Moral des nächsten Stadiums sein; aber während wir den Schritt vollziehen, schimpft man uns Verbrecher, Ketzer und Gotteslästerer ...«

»Wie weit geht das? Würden Sie dieser Lebenskraft auch dann gehorchen, wenn sie Sie drängte, mich zu ermorden?«

»Ja.«

»Oder England den Deutschen zu verkaufen?«

»Ja.«

»Oder in einer wissenschaftlichen Zeitschrift Lügen als seriöse Forschungsergebnisse drucken zu lassen?«

»Ja.«

»Gott steh Ihnen bei!«, sagte Ransom.

»Sie sind immer noch Ihren Konventionen verhaftet«, sagte Weston, »ergehen sich noch immer in Abstraktionen. Können Sie sich ein totales Engagement nicht einmal vorstellen – ein Engagement für etwas, das unser ganzes engstirniges, ethisches Schubladendenken über den Haufen wirft?«

Ransom griff nach dem Strohhalm. »Einen Moment, Weston«, sagte er unvermittelt. »Das könnte ein Berührungspunkt sein. Sie sagen, es sei ein totales Engagement. Das heißt, dass Sie sich selbst aufgeben. Sie sind nicht auf Ihren eigenen Vorteil aus. Nein, warten Sie einen Moment. Dies ist der Berührungspunkt zwischen Ihrer Moral und der meinen. Wir erkennen beide an ...«

»Idiot!«, sagte Weston. Es klang beinahe wie ein Heulen, und er war aufgestanden. »Idiot«, wiederholte er. »Begreifen Sie denn gar nichts? Müssen Sie immer alles in diesen jämmerlichen Rahmen, in Ihr ewiges Gerede von Selbst und Aufopferung pressen? Das ist der verfluchte alte Dualismus in anderer Form. Im konkreten Sinne gibt es zwischen mir und dem Universum keine mögliche Unterscheidung. Ich lenke die vorwärts drängenden Kräfte des Universums, und insofern bin ich das Universum. Verstehen Sie, was ich meine, Sie dumme, moralische Krämerseele? Ich bin das Universum. Ich, Weston, bin Ihr Gott und Ihr Teufel. Ich rufe diese Kraft ganz in mich hinein ...«

Dann geschah etwas Schreckliches. Ein Krampf wie von einem tödlichen Brechreiz verzerrte Westons Gesicht bis zur Unkenntlichkeit. Als er vorüber war, kam für kurze Zeit etwas von dem alten Weston zum Vorschein, starrte Ransom mit entsetzten Augen an und heulte: »Ransom, Ransom! Um Himmels willen, lassen Sie sie nicht ...« Im nächsten Moment taumelte sein Körper wie von einer Kugel getroffen und stürzte zu Boden. Dann wälzte er sich geifernd und zähneklappernd zu Ransoms Füßen und riss mit beiden Händen das Moos aus. Allmählich ließen die Krämpfe nach. Er lag still und atmete schwer; seine Augen waren offen, aber ausdruckslos. Ransom kniete neben ihm nieder. Der Körper lebte offensichtlich, und Ransom fragte sich, ob dies wohl ein epileptischer Anfall oder ein Schlaganfall war, denn er hatte weder das eine noch das andere je erlebt. Er wühlte im Gepäck und fand eine Flasche Branntwein, die er entkorkte und dem Patienten zwischen die Lippen schob. Zu seiner Bestürzung öffnete sich der Mund, die Zähne legten sich um den Flaschenhals und bissen ihn durch. Das Glas kam nicht wieder heraus. »O Gott, ich habe ihn umgebracht!«, murmelte Ransom. Aber bis auf einen Blutspritzer an der Unterlippe sah Weston unverändert aus. Das Gesicht ließ vermuten, dass er entweder keine Schmerzen hatte oder Schmerzen durchlitt, die jede menschliche Vorstellung überstiegen. Schließlich stand Ransom auf, zog aber vorher noch den Revolver aus Westons Gürtel. Dann ging er hinunter zum Strand und warf die Waffe so weit er konnte ins Meer.

Eine Zeit lang blieb er dort stehen und blickte über die Bucht, unschlüssig, was er tun sollte. Schließlich wandte er sich um und stieg den grasbewachsenen Hang, der das kleine Tal zu seiner Linken begrenzte, hinauf. Er kam auf eine hoch gelegene, ziemlich ebene Fläche, die eine gute Sicht auf das Meer bot. Die Wellen gingen bereits hoch, und die goldene Glätte des Wasser war einem ständig wechselnden Muster von Licht und Schatten gewichen. Anfangs konnte er die Inseln nicht sehen; dann kamen plötzlich die Baumwipfel zum Vorschein, hoch am Himmel und weit voneinander entfernt. Das Unwetter trieb sie offenbar bereits auseinander, und noch bevor er diesen Gedanken zu Ende gedacht hatte, verschwanden sie in irgendeinem Wellental. Wie mochten wohl seine Aussichten sein, je wieder auf die Inseln zu gelangen? Ein Gefühl von Einsamkeit und zorniger Enttäuschung stieg in ihm auf. Ob Weston starb oder am Leben blieb, gefangen mit ihm auf einer Insel, die sie nicht verlassen konnten, wusste er nicht einmal, worin die Gefahr bestand, die er von Perelandra hätte abwenden sollen? Als er so über sich selbst nachdachte, merkte er, dass er hungrig war. Er hatte auf der festen Insel keine Früchte gesehen. Vielleicht war sie eine Todesfalle. Er lächelte bitter über die dumme Freude, mit der er an diesem Morgen von jenen schwimmenden Paradiesen, wo jeder Hain die köstlichsten Annehmlichkeiten bereithielt, auf diesen kahlen Felsen übergewechselt war. Aber vielleicht war er nicht völlig unfruchtbar. Trotz zunehmender Müdigkeit war er entschlossen, Nahrung zu suchen; er wollte sich gerade landeinwärts wenden, als ihn die raschen Farbveränderungen überraschten, die auf jener Welt den Abend ankündigen. Vergeblich beschleunigte er seinen Schritt. Bevor er das Tal erreicht hatte, war die Baumgruppe, bei der er Weston zurückgelassen hatte, nur noch eine dunkle Wolke. Und noch ehe er dort ankam, umgab ihn unendliche, undurchdringliche Nacht. Seine Bemühungen, sich zu der Stelle zu vorzutasten, wo Westons Vorräte lagen, verwirrten nur vollends seinen Orientierungssinn. Ihm blieb nichts anderes übrig, als sich zu setzen. Ein oder zwei Mal rief er laut Westons Namen, doch wie erwartet blieb eine Antwort aus. »Jedenfalls bin ich froh, dass ich ihm die Waffe abgenommen habe«, dachte Ransom, und dann: »Nun, *qui dort dine,* ich fürchte, ich muss bis zum Morgen das Beste daraus machen.« Als er sich hinlegte, merkte er, dass die steinige Erde und das Gras des Festlandes sehr viel unbequemer waren als die Lagerstätten, an die er in letzter Zeit gewöhnt war. Dies und der Gedanke an den anderen Menschen, der mit offenen Augen und zersplittertem Glas zwischen den Zähnen in seiner Nähe liegen musste, sowie das dumpfe, eintönige Geräusch der Wellen auf dem Strand sorgten für eine unruhige Nacht. »Wenn ich auf Perelandra leben würde«, murmelte er, »brauchte Maledil dieses Festland gar nicht erst zu verbieten. Ich wollte, ich hätte es nie zu Gesicht bekommen.«

**8** _____ Nach einem unerquicklichen Schlaf voll wirrer Träume erwachte er bei hellem Tageslicht. Sein Mund war trocken, sein Genick steif, und alle Glieder schmerzten. Er fühlte sich so anders als die übrigen Male, die er auf der Venuswelt aufgewacht war, dass er einen Augenblick lang glaubte, wieder auf der Erde zu sein; und der Traum (denn so kam es ihm vor), auf den Ozeanen des Abendsterns gelebt zu haben und umhergegangen zu sein, zog mit einem beinahe unerträglichen Gefühl verlorenen Glücks durch seine Erinnerung. Dann setzte er sich auf, und die Wirklichkeit brach wieder über ihn herein. »Aber es ist genauso, als sei ich aus einem Traum erwacht«, dachte er. Hunger und Durst machten sich umgehend und unübersehbar bemerkbar, doch er hielt es für seine Pflicht, sich zuerst um den Kranken zu kümmern – wenn auch ohne viel Hoffnung, ihm helfen zu können. Er sah sich um. Da war die Baumgruppe mit dem silbrigen Laub, aber Weston konnte er nicht entdecken. Er blickte zum Strand; auch das Schlauchboot war verschwunden. Vielleicht war er in der Dunkelheit ja in das falsche Tal geraten; er stand auf und ging zu dem kleinen Fluss, um zu trinken. Als er sein Gesicht mit einem langen, zufriedenen Seufzer wieder hob, fiel sein Blick auf eine kleine Holzkiste – und dann auf ein paar Konservendosen dahinter. Sein Gehirn arbeitete recht langsam, und es dauerte eine Weile, bis ihm klar wurde, dass er sich doch im richtigen Tal befand, und noch ein bisschen länger, bis er die richtigen Schlüsse aus der Tatsache zog, dass die Kiste offen und leer war und dass ein Teil der Vorräte fehlte, während anderes noch dalag. Aber war es möglich, dass ein Mann in Westons körperlicher Verfassung sich während der Nacht soweit erholt hatte, dass er das Lager abbrechen und mit Gepäck beladen fortgehen konnte? War es möglich, dass überhaupt ein Mann sich in einem Faltboot auf eine solche See hinauswagte? Zwar war der Sturm (der für perelandrische Verhältnisse nur ein böiger Wind gewesen war) offenbar während der Nacht abgeflaut, aber die Dünung war immer noch hoch, und es schien ihm ausgeschlossen, dass der Professor die Insel verlassen haben konnte. Sehr viel wahrscheinlicher war, dass er das Tal zu Fuß verlassen und das Faltboot getragen hatte. Ransom beschloss, dass er Weston sofort suchen müsse; er durfte seinen Feind nicht aus den Augen verlieren. Denn wenn Weston sich erholt hatte, führte er zweifellos irgendetwas Böses im Schilde. Ransom war keineswegs sicher, ob er sein wirres Gerede vom Vortag ganz verstanden hatte; aber was er davon verstanden hatte, gefiel ihm nicht, und er befürchtete, dass diese mystische Schwärmerei von der »Spiritualität« sich als etwas noch Schlimmeres erweisen werde als sein vergleichsweise einfaches Programm eines planetarischen Imperialismus. Es wäre sicher unlauter gewesen, ernst zu nehmen, was Weston unmittelbar vor seinem Anfall gesagt hatte; aber da war noch genug anderes.

Während der nächsten Stunden suchte Ransom auf der Insel nach Nahrung und nach Weston. Die Suche nach Nahrung wurde belohnt. Auf den oberen Hängen gediehen große Mengen heidelbeerähnlicher Früchte, und in den bewaldeten Tälern gab es eine Art ovaler Nüsse im Überfluss. Der Kern war zäh und weich, etwa wie Kork oder Nieren, und der Geschmack im Vergleich mit den Früchten der schwimmenden Inseln zwar einigermaßen streng und herb, aber nicht unangenehm. Die Riesenmäuse waren zahm wie andere perelandrische Tiere, anscheinend jedoch stumpfsinniger. Ransom stieg zu dem in der Mitte gelegenen Plateau hinauf. Ringsum war das Meer mit Inseln gesprenkelt, die mit der Dünung stiegen und sanken, und alle waren durch weite Wasserflächen voneinander getrennt. Sein Blick fiel sofort auf eine orangefarbene Insel, aber er wusste nicht, ob es diejenige war, auf der er gelebt hatte, denn er sah noch mindestens zwei andere, auf denen die gleiche Farbe vorherrschte. Insgesamt zählte er dreiundzwanzig schwimmende Inseln. Das, dachte er, waren mehr, als zu dem zeitweiligen Archipel gehört hatten, und ließ in ihm die Hoffnung aufkeimen, dass eine von ihnen den König beherbergte – oder dass der König in diesem Augenblick vielleicht wieder mit der grünen Frau vereint war. Ohne genauer darüber nachzudenken, setzte er inzwischen beinahe all seine Hoffnungen auf den König.

Von Weston war keine Spur zu finden. So unwahrscheinlich es auch war, irgendwie schien es ihm gelungen zu sein, die Feste Insel zu verlassen, was Ransom sehr beunruhigte. Er hatte keine Ahnung, was Weston mit seiner neuen Einstellung im Schilde führte; im besten Falle würde er den Herrn und die Herrin von Perelandra als »Wilde« oder »Eingeborene« außer Acht lassen.

Am Nachmittag wurde Ransom müde und setzte sich an den Strand. Der Seegang hatte weiter nachgelassen, und bevor die Wellen brachen, waren sie nicht einmal mehr kniehoch. Seine Füße, verwöhnt von der elastischen Oberfläche der schwimmenden Inseln, waren wund und brannten. Er beschloss, sie zu erfrischen und ein wenig durchs Wasser zu waten. Die angenehme Kühle des Wassers lockte ihn hinaus, und er ging immer weiter, bis es ihm bis zur Hüfte reichte. Als er so dastand, tief in Gedanken versunken, sah er plötzlich, dass das, was er für eine Lichtspiegelung auf dem Wasser gehalten hatte, in Wirklichkeit der Rücken eines der großen, silbrigen Fische war. »Ob er mich wohl aufsteigen ließe?«, fragte er sich; und als er sah, wie das Tier vorsichtig auf ihn zukam, sich so weit wie möglich in das seichte Wasser vorwagte, wurde ihm klar, dass es versuchte, seine Aufmerksamkeit zu erregen. Konnte es von jemandem geschickt worden sein? Kaum war ihm der Gedanke gekommen, als er beschloss, es auf einen Versuch ankommen zu lassen. Er legte die Hand auf den Rücken des Tieres, und es zuckte bei der Berührung nicht zurück. Dann kletterte er mit einiger Mühe auf den schmalen

Rückenteil hinter dem breiten Kopf, und währenddessen verhielt der Fisch sich ganz ruhig; aber sobald Ransom fest obenauf saß, fuhr er herum und schwamm hinaus auf die offene See.

Hätte er umkehren wollen, so wäre dies schon bald nicht mehr möglich gewesen. Als er zurückblickte, hatten die grünen Felssäulen ihre Gipfel bereits aus dem Himmel zurückgezogen, und die Küste begann, ihre Buchten und Vorgebirge zu verschleiern. Von der Brandung war nichts mehr zu hören – nur noch das endlos zischende, murmelnde Geräusch des Wassers um ihn herum drang an sein Ohr. Viele schwimmende Inseln waren zu sehen, obgleich sie aus diesem Blickwinkel nur gefiederte Silhouetten waren. Aber der Fisch schien auf keine von ihnen zuzuhalten. Immer geradeaus, als kenne er seinen Weg genau, trug er Ransom mehr als eine Stunde lang übers Meer. Dann versank die Welt in Grün und Purpur und schließlich in Dunkelheit.

Irgendwie fühlte Ransom sich kaum unsicher, als er in schwarzer Nacht rasch die niedrigen Wasserhügel hinauf- und hinunterglitt. Außerdem war die Nacht hier gar nicht völlig schwarz. Himmel und Meeresoberfläche waren zwar unsichtbar, aber weit, weit unter ihm, mitten in dem Nichts, durch das die Reise ihn führte, waren seltsame, berstende Leuchtkugeln und gewundene bläulich-grüne Lichtstreifen zu sehen. Zuerst waren sie sehr weit entfernt, doch soweit er erkennen konnte, kamen sie bald näher. Eine ganze Welt phosphoreszierender Lebewesen schien nicht weit unter der Oberfläche zu spielen – schlängelnde Aale, gepanzerte, hin und her schießende Tiere sowie fantastische Wesen, im Vergleich zu denen die Seepferdchen unserer Meere eine nichtssagende Form hatten. Sie waren rings um ihn herum – zuweilen konnte er zwanzig oder dreißig gleichzeitig sehen. Und inmitten dieses Durcheinanders von Meereszentauren und Seedrachen sah er noch seltsamere Gestalten: Fische – wenn es überhaupt Fische waren –, die von vorne so sehr wie Menschen aussahen, dass er zu träumen glaubte, als er den ersten von ihnen sah, und sich schüttelte, um wach zu werden. Aber es war kein Traum. Da – und da wieder – es war unverkennbar: hier eine Schulter, dort ein Profil, und dann eine Sekunde lang ein ganzes Gesicht: wirkliche Wassermänner und Seejungfrauen. Ihre Ähnlichkeit mit Menschen war sogar größer und nicht geringer, als er zunächst angenommen hatte. Im ersten Moment hatte er sich davon täuschen lassen, dass die Gesichter keinerlei menschlichen Ausdruck aufwiesen. Dennoch wirkten sie nicht idiotisch; sie waren nicht einmal grobe Parodien des Menschen wie die Gesichter unserer irdischen Affen. Sie glichen eher schlafenden menschlichen Gesichtern, oder Gesichtern, in denen das Menschliche schlief, während irgendein anderes, weder tierisches noch teuflisches, sondern rein elfenhaftes, unirdisches Leben unmerklich wachte. Wieder ging ihm durch den Kopf, dass das, was auf der einen Welt Mythos, auf einer anderen vielleicht Wirklichkeit war. Er fragte sich auch, ob der König und die Königin von Perelandra, wenngleich ohne Zweifel das erste menschliche Paar auf diesem Planeten, physisch von Meeresbewohnern abstammten. Und wenn ja, was war dann mit den menschenähnlichen Wesen, die vor dem Menschen auf unserer eigenen Welt existiert hatten? Waren sie wirklich solch anrührende Rohlinge, wie sie auf den Bildern in populärwissenschaftlichen Büchern über die Evolution zu finden sind? Oder waren die alten Mythen wahrer als die modernen Mythen? Hatte es wirklich eine Zeit gegeben, da Satyrn in den Wäldern Italiens getanzt hatten? Doch an diesem Punkt hieß er seine Gedanken schweigen, um des reinen Genusses willen, die Düfte einzuatmen, die ihm nun aus der Schwärze entgegenwehten. Warm und süß waren sie, und mit jedem Augenblick wurden sie süßer und reiner, stärker und köstlicher. Er wusste gut, was sie waren. Er würde sie fortan immer und überall im gesamten Universum wieder erkennen – sie waren der nächtliche Atemhauch einer schwimmenden Insel auf dem Abendstern. Es war seltsam, Heimweh nach einem Ort zu haben, an dem man nur so kurz gewesen war und der nach allem objektiven Ermessen unserer Gattung so fremd sein musste. Aber war das wirklich so? In diesem Augenblick kam es ihm so vor, als sei das Band der Sehnsucht, das ihn zu der unsichtbaren Insel zog, schon lange, lange vor seiner Reise nach Perelandra geknüpft worden, lange vor den frühesten Kinderzeiten, an die er sich erinnern konnte, vor seiner Geburt, vor der Geburt der Menschheit, vor dem Ursprung der Zeit. Der Duft war scharf und süß, wild und heilig, alles zugleich, und in jeder Welt, in der die Begierden des Menschen seinem Willen nicht mehr gehorchen, wäre er zweifellos ein Aphrodisiakum gewesen, nicht jedoch auf Perelandra. Der Fisch schwamm nicht mehr weiter. Ransom streckte eine Hand aus und bekam Pflanzen zu fassen. Er kroch über den Kopf des Riesenfisches und zog sich auf die sanft wogende Oberfläche der Insel. Er hatte die schwimmende Insel zwar nur für kurze Zeit verlassen, aber schnell wieder seinen gewohnten irdischen Gang angenommen, und mehr als einmal fiel er hin, als er sich auf dem federnden, schwankenden Boden vorwärts tastete. Aber es machte nichts, wenn man hier fiel. In der Dunkelheit ringsum standen Bäume, und als ein glatter, kühler, runder Gegenstand in seine Hand fiel, führte er ihn ohne zu zögern an die Lippen. Es war keine von den Früchten, die er bereits gekostet hatte. Sie war besser als alle bisherigen. Die grüne Frau konnte mit Recht von ihrer Welt sagen, die Frucht, die man gerade esse, sei immer die beste. Müde von den Anstrengungen des Tages und restlos befriedigt sank er in einen traumlosen Schlaf.

Obwohl ihn immer noch Dunkelheit umgab, als er erwachte, hatte er das Gefühl, es müssten mehrere Stunden vergangen sein. Er wusste auch, dass er jäh aus dem Schlaf gerissen worden war; und dann hörte er die Laute, die ihn geweckt hatten. Es waren Stimmen – die Stimme eines Mannes und die einer Frau in ernstem Gespräch miteinander. Sie mussten ganz in der Nähe sein, aber sehen konnte er sie nicht – denn in einer perelandrischen Nacht ist etwas direkt vor Augen ebenso wenig zu sehen wie auf sechs Meilen Entfernung. Er erkannte die Sprecher sofort; doch ihre Stimmen klangen fremd, und er wusste nicht, was sie empfanden, denn kein Mienenspiel konnte es ihm verdeutlichen.

»Ich möchte wissen«, sagte die Frauenstimme, »ob alle Leute auf deiner Welt die Angewohnheit haben, mehr als einmal über die gleiche Sache zu sprechen. Ich habe schon gesagt, dass es uns verboten ist, auf dem Festen Land zu wohnen. Warum sprichst du nicht entweder von etwas anderem oder schweigst?«

»Weil dieses Verbot so seltsam ist«, sagte die Männerstimme. »Und so verschieden von den Wegen Maleldils auf meiner Welt. Außerdem hat Er nicht verboten, dass du über das Wohnen auf dem Festen Land nachdenkst.«

»Das wäre sehr seltsam – über etwas nachzudenken, das nie geschehen wird.«

»Nun, auf unserer Welt tun wir es ständig. Wir fügen Worte zusammen, um Dinge zu beschreiben, die nie geschehen sind, und Orte, die es nie gegeben hat: schöne Worte, geschickt zusammengefügt. Und dann erzählen wir sie einander. Wir nennen das Geschichten oder Dichtung. Auf jener alten Welt, von der du gesprochen hast, auf Malakandra, tun sie das Gleiche. Es dient der Unterhaltung, dem Staunen und der Weisheit.«

»Was für eine Weisheit liegt darin?«

»Dass die Welt nicht nur aus dem gemacht ist, was ist, sondern auch aus dem, was sein könnte. Maleldil kennt beides und will, dass auch wir beides kennen.«

»Darüber habe ich noch nie nachgedacht. Der andere – der Gescheckte – hat mir schon manches erzählt, sodass ich mich wie ein Baum gefühlt habe, dessen Äste sich weiter und weiter verzweigen. Aber dies geht weit darüber hinaus. Aus dem, was ist, hinaustreten in das, was sein könnte, und dort reden und Dinge tun – außerhalb der Welt. Ich werde den König fragen, was er davon hält.«

»Siehst du, darauf kommen wir immer wieder zurück. Wärst du nur nicht vom König getrennt worden.«

»Ah, ich verstehe. Auch das gehört zu den Dingen, die sein könnten. Die Welt könnte so sein, dass der König und ich nie getrennt worden wären.«

»Die Welt müsste gar nicht anders sein – nur deine Lebensweise. Auf einer Welt, wo die Leute auf Festem Land wohnen, werden sie nicht plötzlich getrennt.«

»Aber vergiss nicht, dass wir auf dem Festen Land nicht leben sollen.«

»Richtig, aber Er hat euch nie verboten, darüber nachzudenken. Könnte das nicht einer der Gründe für das Verbot sein – dass ihr ein ›Es könnte sein‹ habt, um darüber nachzudenken, um eine Geschichte daraus zu machen, wie wir es nennen?«

»Ich werde mehr darüber nachdenken. Ich werde den König dazu bringen, mich in diesem Punkt älter zu machen.«

»Wie gern würde ich diesen König treffen, von dem du sprichst! Aber was die Geschichten betrifft, ist er vielleicht gar nicht älter als du.«

»Deine Worte sind wie ein Baum ohne Früchte. Der König ist immer älter als ich, und in allen Dingen.«

»Aber der Gescheckte und ich haben dich bereits in bestimmten Punkten älter gemacht, über die der König nie zu dir gesprochen hat. Das ist das neue Gute, das du nicht erwartet hast. Du hast gemeint, du würdest immer alles vom König lernen; aber nun hat Maleldil dir andere Männer geschickt, an die du im Leben nicht gedacht hast, und sie haben dir Dinge erzählt, die selbst der König nicht wissen konnte.«

»Ich verstehe jetzt allmählich, warum der König und ich zu

diesem Zeitpunkt getrennt wurden. Ein seltsames und großes Gutes hat Er mir da bestimmt.«

»Und wenn du dich weigerst, von mir zu lernen, und immer nur sagst, du würdest warten und den König fragen, wendest du dich damit nicht von der gefundenen Frucht ab und derjenigen zu, die du erwartet hattest?«

»Das sind tief greifende Fragen, Fremder. Maleldil gibt mir dazu nicht viele Gedanken ein.«

»Verstehst du nicht, warum?«

»Nein.«

»Seit der Gescheckte und ich auf deine Welt gekommen sind, haben wir dir viele Gedanken eingegeben, die Maleldil dir nicht eingab. Siehst du nicht, dass Er dich ein wenig lockerer an der Hand hält?«

»Wie könnte Er? Er ist mit uns auf allen unsren Wegen.«

»Ja, aber auf andere Weise. Er macht dich älter – gibt, dass du nicht nur direkt von Ihm lernst, sondern auch durch deine Begegnungen mit anderen und deine eigenen Fragen und Gedanken.«

»Das tut Er sicher.«

»Ja. Er macht dich zu einer ganzen Frau, denn bis jetzt warst du es nur zur Hälfte – wie die Tiere, die nichts aus sich selbst heraus tun. Wenn du diesmal dem König wieder begegnest, wirst du es sein, die Ihm etwas zu sagen hat. Du wirst es sein, die älter ist als Er und die ihn älter macht.«

»Maleldil würde so etwas nicht geschehen lassen. Es wäre wie eine Frucht ohne Geschmack.«

»Aber Er fände vielleicht Geschmack daran. Meinst du nicht, dass der König es manchmal leid ist, der Ältere zu sein? Würde Er dich nicht mehr lieben, wenn du weiser wärest als er?«

»Ist dies, was du Dichtung nennst, oder meinst du, dass es wirklich so ist?«

»Ich meine etwas Wirkliches.«

»Aber wie könnte irgendjemand irgendetwas mehr lieben? Es ist, als würde man sagen, etwas könne größer sein als es selbst.«

»Ich meinte nur, du könntest mehr wie die Frauen meiner Welt werden.«

»Wie sind sie?«

»Sie sind von großem Geist. Immer strecken sie die Hände nach dem neuen und unerwarteten Guten aus und sehen, dass es gut ist, lange bevor die Männer es verstehen. In ihrem Denken eilen sie dem, was Maleldil ihnen gesagt hat, voraus. Sie brauchen nicht zu warten, bis Er ihnen sagt, was gut ist, sie wissen es von selbst wie Er. Sie sind gewissermaßen kleine Maleldils. Und wegen ihrer Weisheit ist ihre Schönheit so viel größer als deine, so wie die Süße dieser Früchte hier den Geschmack von Wasser übertrifft. Und wegen ihrer Schönheit ist die Liebe der Männer zu ihnen so viel größer als die des Königs zu dir, so wie das unverhüllte Glühen der Himmelstiefen von meiner Welt aus gesehen herrlicher ist als euer goldenes Dach.«

»Ich wollte, ich könnte sie sehen.«

»Das wollte ich auch.«

»Wie schön ist Maleldil und wie wunderbar sind alle Seine Werke: vielleicht wird Er Töchter aus mir hervorgehen lassen, die so viel größer sind als ich, wie ich größer bin als die Tiere. Es wird besser sein, als ich dachte. Ich hatte geglaubt, ich würde immer Königin und Herrin sein. Aber nun sehe ich, dass ich wie die Eldila werden kann. Vielleicht bin ich dazu berufen, kleine, schwache Kinder zu hegen und zu pflegen. Wenn sie dann größer werden, wachsen sie über mich hinaus, und ich werde ihnen zu Füßen fallen. Ich sehe, dass es nicht nur Fragen und Gedanken sind, die sich wie Äste weiter und weiter verzweigen. Auch die Freude verzweigt sich und kommt, wo wir sie nicht erwartet haben.«

»Ich will nun schlafen«, sagte die männliche Stimme. Jetzt

war es zum ersten Mal unverkennbar Westons Stimme – eines verdrießlichen und gereizten Weston. Bisher war Ransom, obwohl entschlossen, in das Gespräch einzugreifen, vom Widerstreit gegensätzlicher Empfindungen zurückgehalten worden. Einerseits war er auf Grund der Stimme und vieler Dinge, die sie sagte, sicher, dass der männliche Sprecher Weston war. Andererseits klang diese Stimme, losgelöst von der äußeren Erscheinung des Mannes, eigenartig verändert. Überdies glich die geduldige, beharrliche Art, in der sie sprach, in keiner Weise Westons üblichem Pendeln zwischen hochtrabendem Dozieren und abruptem Poltern. Und wie konnte jemand nur wenige Stunden nach einem Anfall, wie Weston ihn erlitten hatte, so viel Selbstbeherrschung aufbringen? Und wie hatte Weston wohl die schwimmende Insel erreicht? Während des ganzen Dialogs hatte Ransom sich einem unerträglichem Widerspruch ausgesetzt gefühlt. Etwas, das Weston und auch wieder nicht Weston war, hatte gesprochen, und der Gedanke, dass nur wenige Schritte entfernt in der Dunkelheit etwas Ungeheuerliches vor sich ging, hatte ihm Schauer äußersten Entsetzens über den Rücken gejagt und in seinem Kopf Fragen aufgeworfen, die er als fantastisch abzutun suchte. Nun, da das Gespräch beendet war, erkannte er auch, mit welcher Anspannung und Sorge er es verfolgt hatte. Zugleich verspürte er eine Art Triumphgefühl. Doch nicht er selbst triumphierte. In der ganzen Dunkelheit ringsum schien Siegesgesang zu erschallen. Er fuhr zusammen und richtete sich halb auf. War das wirklich ein Ton gewesen? Er lauschte angestrengt, hörte aber nichts als das leise Rauschen des warmen Windes und das sanfte Plätschern des Wassers. Der ferne Klang von Musik musste aus seinem Innern gekommen sein. Aber sobald er sich wieder hinlegte, war er überzeugt, dass es nicht so war. Von außen, höchstwahrscheinlich von außen, aber nicht durch sein Gehör strömten Festgepränge, Tanz und herrlicher Glanz in ihn hinein – es war kein Klang, aber dennoch konnte er es sich nur als Musik vorstellen. Es war, als ob er ein neues Sinnesorgan hätte. Es war, als höre er den Morgensternen bei ihrem Gesang zu. Es war, als sei Perelandra in diesem Moment erschaffen worden – und vielleicht traf das in gewissem Sinne auch zu. Das Gefühl, ein großes Unheil sei abgewendet worden, überkam ihn, und damit einher ging die Hoffnung, dass es keinen zweiten Versuch geben würde; und – beglückender als alles andere – der Gedanke, er könnte hergebracht worden sein, nicht um etwas zu tun, sondern nur als Beobachter oder Zeuge. Minuten später war er eingeschlafen.

**9** ———— Während der Nacht war das Wetter umgeschlagen. Ransom saß am Rand des Waldes, in dem er geschlafen hatte, und blickte auf ein unbewegtes Meer hinaus. Keine der anderen Inseln war in Sicht. Er war einige Minuten zuvor aufgewacht und hatte sich allein in einem Dickicht von Stämmen gefunden, die ähnlich wie Schilfrohr aussahen, aber so dick wie Birkenstämme waren und ein dichtes, beinahe flaches Laubdach trugen. An den Zweigen hingen glatte, helle Beeren wie Hagebutten, von denen Ransom einige aß. Dann bahnte er sich einen Weg hinaus auf das baumlose Gelände in Ufernähe und hielt Ausschau. Weder Weston noch die Frau waren zu sehen, und er schlenderte müßig am Wasser entlang. Er ging auf einem Teppich safrangelber Pflanzen, auf dem seine bloßen Füße leicht einsanken und mit duftendem Staub bedeckt wurden. Als er darauf hinuntersah, fiel sein Blick plötzlich auf etwas anderes. Zuerst dachte er, es sei ein Geschöpf von noch fantastischerer Gestalt, als er bisher auf Perelandra gesehen hatte. Es war nicht nur fantastisch, es war abscheulich. Er ließ sich auf ein Knie nieder, um es näher zu betrachten. Schließlich berührte er es widerstrebend, zog die Hand aber sogleich wieder zurück, als hätte er eine Schlange angefasst.

Es war ein verletztes Tier, einer jener leuchtend bunten Frösche. Aber irgendein Unglück war ihm zugestoßen. Der ganze Rücken war zu einem klaffenden V aufgerissen, dessen Spitze kurz hinter dem Kopf ansetzte. Jemand oder etwas hatte ihm der Wirbelsäule entlang eine immer breiter werdende Wunde geschlagen, so weit, dass die hinteren Sprungbeine beinahe mit weggerissen waren. Der Frosch konnte sie nicht mehr gebrauchen. Auf Erden wäre es lediglich ein hässlicher Anblick gewesen, aber bis zu diesem Augenblick hatte Ransom noch nichts Totes oder Krankes auf Perelandra gesehen, und nun traf ihn der Anblick wie ein Schlag ins Gesicht. Es war wie der erste Stich eines nur allzu gut bekannten Schmerzes, der dem vermeintlich Geheilten sagt, dass seine Familie ihn getäuscht hat und er doch sterben muss. Es war wie die erste Lüge aus dem Mund eines Freundes, auf dessen Wahrhaftigkeit man Stein und Bein geschworen hätte. Es war unwiderruflich. Der lauwarm über die goldene See wehende Wind, die blauen, silbernen und grünen Farbtöne des schwimmenden Gartens, der Himmel selbst – all das war von einem Augenblick auf den anderen zu einer kostbaren Verzierung in einem Buch geworden, dessen eigentlicher Inhalt der zuckende kleine Schrecken zu seinen Füßen war. Ransom selbst verfiel daraufhin in einen Gemütszustand, den er weder steuern noch verstehen konnte. Er sagte sich, dass ein Geschöpf dieser Art wahrscheinlich sehr wenig Schmerz empfand, aber dadurch wurde es nicht besser. Nicht nur Mitleid hatte den Rhythmus seiner Herzschläge plötzlich verändert; das Ding war eine unerträgliche Obszönität, die ihn mit Scham erfüllte. Es wäre besser gewesen, so in etwa dachte er, das Universum hätte nie existiert, als dass dies hier hätte geschehen dürfen. Trotz seiner theoretischen Überzeugung, dass ein so niedriger Organismus nicht allzu viel Schmerz empfinden könne, beschloss er dann, das Tier zu töten. Er hatte weder Stiefel noch einen Stein oder Stock. Der Frosch erwies sich als außerordentlich zählebig. Als es viel zu spät war, um noch von dem Tier abzulassen, erkannte Ransom, wie dumm es von ihm gewesen war, den Versuch überhaupt zu unternehmen. Wie groß oder wie gering das Leiden des Tieres auch gewesen sein mochte, er hatte es zweifellos vermehrt und nicht verringert. Aber nun musste er es zu Ende bringen. Das schien beinahe eine Stunde in Anspruch zu nehmen, und als sich der entstellte Körper endlich nicht mehr regte und Ransom zum Wasser ging, um sich zu waschen, fühlte er sich elend und erschüttert. Das mag seltsam anmuten bei einem Mann, der in der Schlacht an der Somme mitgekämpft hat, doch die Architekten lehren uns, dass alles nur aus einem bestimmten Blickwinkel groß oder klein ist.

Schließlich raffte er sich auf und ging weiter. Schon nach wenigen Schritten stutzte er und blickte wieder zu Boden. Er beschleunigte seinen Schritt, blieb dann wieder stehen und schaute. Er stand stockstill da und schlug die Hände vors Gesicht. Mit lauter Stimme rief er den Himmel an, er möge dem Albtraum ein Ende bereiten oder ihm begreiflich machen, was geschah. Eine Spur verstümmelter Frösche führte am Rand der Insel entlang. Vorsichtig folgte er ihr und gab genau Acht, wohin er trat. Er zählte zehn, fünfzehn, zwanzig: und der einundzwanzigste brachte ihn zu einer Stelle, wo der Wald bis ans Wasser reichte. Er ging in den Wald und trat auf der anderen Seite wieder ins Freie. Dort blieb er wie angewurzelt stehen. Etwa dreißig Schritte entfernt stand Weston, nach wie vor in Hemd und kurzer Hose, aber ohne den Tropenhelm, und Ransom beobachtete, wie er einen Frosch aufriss – ruhig, beinahe wie ein Chirurg stieß er den langen, spitzen Nagel seines Zeigefingers unter die Haut hinter dem Kopf des Tieres und riss sie auf. Ransom war bisher nicht aufgefallen, dass Weston so erstaunliche Fingernägel hatte. Dann war der andere mit seinem Eingriff fertig, warf den blutigen Fetzen fort und sah auf. Ihre Blicke trafen sich.

Ransom brachte kein Wort hervor. Er sah einen Mann, der, seiner entspannten Haltung und der Kraft in seinen Händen nach zu urteilen, ganz gewiss nicht krank war. Er sah einen Mann, der, seiner Größe, seinem Körperbau, seiner Haarfarbe und seinen Zügen nach zu urteilen, ganz gewiss Weston war. In dieser Hinsicht war er auf den ersten Blick zu erkennen. Das Schreckliche aber war, dass er zugleich nicht wieder zu erkennen war. Er sah nicht aus wie ein kranker Mann; aber er sah sehr wie ein Toter aus. Das Gesicht, das er von dem gemarterten Frosch hob, hatte jene furchtbare Kraft, die manchmal im Gesicht eines Leichnams zu finden ist und die jede menschliche Haltung dem Toten gegenüber einfach zurückweist. Der ausdruckslose Mund, der starre Blick der Augen, etwas Schweres und Lebloses in den Falten der Wangen sagten deutlich: »Ich habe Züge wie du, aber du und ich, wir haben nichts miteinander gemein.« Das war es, was Ransom die Sprache verschlug. Was konnte er sagen, welche Beschwörung oder Drohung konnte irgendeine Bedeutung haben – für den da? Und nun drängte an allen Denkgewohnheiten, an dem Wunsch, es nicht glauben zu müssen, vorbei die Überzeugung in sein Bewusstsein, dass dies in Wirklichkeit kein Mensch mehr sei, dass Westons Körper auf Perelandra von einer ganz anderen Art von Leben bewegt und erhalten wurde und dass Weston selbst nicht mehr existierte.

Der andere blickte Ransom schweigend an und grinste schließlich. Wie wir alle, hatte auch Ransom oft von einem teuflischen Grinsen gesprochen. Nun erkannte er, dass er die Worte niemals ernst genommen hatte. Das Grinsen war nicht bitter oder hasserfüllt, noch im üblichen Sinne unheimlich; es war nicht einmal spöttisch. Es schien Ransom mit einer schrecklichen Naivität in die Welt seiner eigenen Vergnügungen einzuladen, als seien sich alle Menschen über jene Vergnügungen einig, als seien sie die natürlichste Sache der Welt, als ließe sich darüber in keiner Weise streiten. Das Grinsen war nicht verstohlen oder schamhaft, hatte nichts Komplizenhaftes. Es trotzte dem Guten nicht, sondern es ignorierte es derart, dass es einfach aufgehoben schien. Ransom begriff, dass er bisher immer nur halbherzige und beklommene Versuche zum Bösen erlebt hatte. Dieses Wesen war nicht halbherzig. Es war in solch extremem Maße böse, dass es jeglichen Kampf hinter sich gelassen hatte und sich in einem Zustand befand, der eine schreckliche Ähnlichkeit mit der Unschuld hatte. Es stand über dem Laster, so wie die Frau über der Tugend stand.

Das Schweigen und das Grinsen hielten volle zwei Minuten an, eher länger. Dann ging Ransom einen Schritt auf den anderen zu, ohne klare Vorstellung, was er tun würde, wenn er bei ihm wäre. Er stolperte und fiel hin. Merkwürdigerweise hatte er Schwierigkeiten, wieder auf die Beine zu kommen, und als er endlich stand, verlor er das Gleichgewicht und fiel zum zweiten Mal. Dann wurde es einen Augenblick lang dunkel, und ein Lärm wie von vorbeidonnernden Schnellzügen dröhnte ihm in den Ohren. Schließlich kehrten der goldene Himmel und die Farben der See wieder, und er wusste, dass er aus einer Ohnmacht erwacht und allein war. Als er so dalag, noch nicht fähig und vielleicht auch nicht bereit aufzustehen, fiel ihm ein, dass er bei einigen alten Philosophen und Dichtern gelesen hatte, der bloße Anblick von Teufeln sei eine der größten Höllenqualen. Bis jetzt hatte er das für einen kuriosen Einfall gehalten. Dabei (das erkannte er nun) wussten es sogar die Kinder besser: Jedes Kind würde verstehen, dass es Gesichter gab, deren bloßer Anblick den Tod bedeutete. Die Kinder, die Dichter und die alten christlichen Philosophen hatten Recht. Wie es ein Antlitz über allen Welten gibt, das nur zu erblicken eine einzige Freude ist, so wartet am Grund aller Welten jene Fratze, deren Anblick allein über jeden, der es sieht, unsägliches Elend bringt. Und obwohl es tausend Wege zu geben schien – und tatsächlich gab –, auf denen man durch die Welt wandeln konnte, war doch kein einziger darunter, der nicht früher oder später entweder zu dem selig machenden oder zu dem elendiglichen Bild führte. Er selbst hatte von letzterem natürlich nur eine Maske oder einen flüchtigen Schatten gesehen; aber er war nicht einmal sicher, ob er selbst das überleben würde.

Sobald er konnte, stand er auf und machte sich auf die Suche nach dem anderen. Er musste ihn daran hindern, die Frau zu treffen, oder doch wenigstens dabei sein, wenn sie sich trafen. Er wusste nicht, was er ausrichten konnte, aber es gab nicht den geringsten Zweifel, dass dies der Grund war, aus dem er hierhergeschickt worden war. Westons Körper, mit dem Raumschiff gekommen, war die Brücke, über die etwas anderes in Perelandra eingedrungen war – ob jenes äußerste und ursprüngliche Böse, das auf dem Mars der »Verbogene« genannt wurde, oder einer seiner Gefolgsleute, machte keinen Unterschied. Ransom überlief eine Gänsehaut, und seine Knie stießen gegeneinander. Es überraschte ihn, dass er einen solch tödlichen Schrecken empfinden und doch gehen und denken konnte – wie Menschen in Krieg und Krankheit überrascht sind, wie viel sie ertragen können. Wir sagen, etwas »macht uns wahnsinnig« oder »bringt uns um«; und dann stellt sich heraus, dass wir weder wahnsinnig werden noch sterben, sondern weitermachen.

Das Wetter änderte sich. Die Ebene, auf der er ging, schwoll zu einer Welle aus Land. Der Himmel wurde blasser; binnen kurzem war er eher hellgelb als golden. Das Wasser wurde dunkler, hatte beinahe die Farbe von Bronze. Bald glitt die Insel beträchtliche Wasserberge hinauf und hinunter. Ein oder zwei Mal musste Ransom sich niedersetzen und ausruhen. Nach mehreren Stunden (denn er kam sehr langsam voran) sah er auf einmal zwei menschliche Silhouetten vor dem flüchtigen Horizont. Einen Augenblick später hob das Land sich zwischen ihnen und ihm, und sie waren wieder außer Sicht. Er brauchte fast eine halbe Stunde, um zu ihnen zu gelangen. Westons Körper stand schwankend und balancierend, um jede Bodenveränderung auszugleichen, und er tat es mit einer Geschicklichkeit, derer der wirkliche Weston unfähig gewesen wäre. Er sprach zu der Frau. Und was Ransom am meisten verwunderte, war, dass sie dem anderen weiterhin zuhörte, ohne ihn zu begrüßen oder über seine Ankunft auch nur ein Wort zu verlieren, als er sich neben sie auf den federnden Boden setzte.

»Das Ersinnen von Geschichten oder Gedichten über Dinge, die sein könnten, aber nicht sind, ist wirklich ein großartiges Verzweigen«, sagte der andere. »Wenn du davor zurückschreckst, entziehst du dich dann nicht der Frucht, die dir geboten wird?«

»Ich schrecke nicht davor zurück, eine Geschichte zu ersinnen, o Fremder«, antwortete sie, »sondern vor dieser einen Geschichte, die du mir in den Kopf gesetzt hast. Ich kann mir selbst Geschichten über meine Kinder oder den König machen. Ich kann die Fische fliegen und die Landtiere schwimmen lassen. Aber wenn ich versuche, die Geschichte über das Leben auf dem Festen Land zu machen, weiß ich nicht, wie ich es mit Maleldil halten soll. Denn ich kann sie nicht so machen, dass Er Sein Gebot geändert hat. Und wenn ich sie so mache, dass wir gegen Sein Gebot dort leben, dann wäre das so, als machte ich den Himmel ganz schwarz und das Wasser so, dass wir es nicht trinken können, und die Luft so, dass wir sie nicht atmen können. Aber ich sehe auch nicht, worin die Freude besteht, solche Dinge zu versuchen.«

»Sie sollen dich weiser und älter machen«, sagte Westons Körper.

»Weißt du genau, dass das dadurch geschieht?«, fragte sie.

»Ja, ganz genau«, erwiderte er. »Dadurch sind die Frauen meiner Welt so groß und so schön geworden.«

»Hör nicht auf ihn«, fuhr Ransom dazwischen. »Schick ihn fort. Hör nicht auf das, was er sagt, denk nicht darüber nach.«

Zum ersten Mal wandte sie sich Ransom zu. Seit er sie das letzte Mal gesehen hatte, hatte ihr Gesicht sich beinahe unmerklich verändert. Es war weder traurig noch verwirrt, aber der Anflug von Unsicherheit war stärker geworden. Andererseits war sie erfreut, ihn zu sehen, wenn auch erstaunt über seine Einmischung, und ihre ersten Worte zeigten, dass sie ihn nur deshalb nicht gleich begrüßt hatte, weil es ihr nie in den Sinn gekommen war, mit mehr als einer Person gleichzeitig zu sprechen. Das ganze weitere Gespräch verlief in einer seltsamen und beunruhigenden Atmosphäre, weil sie die übliche Konversationstechnik nicht beherrschte. Sie wusste nicht, wie man schnell von einem Gesicht zum anderen blickte oder zwei Bemerkungen gleichzeitig in sich aufnahm. Manchmal hörte sie nur Ransom zu, manchmal nur dem anderen, aber niemals beiden zugleich.

»Warum sprichst du, bevor dieser Mann geendet hat, Gescheckter?«, fragte sie. »Wie machen sie es in eurer Welt, wo ihr viele und wohl oft mehr als zwei zusammen seid? Sprechen sie dort nicht abwechselnd, oder beherrscht ihr eine Kunst, euch auch dann zu verstehen, wenn alle auf einmal sprechen? Ich bin dafür nicht alt genug.«

»Ich will nicht, dass du ihm überhaupt zuhörst«, sagte Ransom. »Er ist ...« Er zögerte. Schlecht, ein Lügner, ein Feind – keines dieser Worte würde ihr irgendetwas sagen. Er zerbrach sich den Kopf, bis ihm das frühere Gespräch über den großen Eldil in den Sinn kam, der am alten Guten festgehalten und das neue Gute verworfen hatte. Ja, das wäre die einzige Möglichkeit, ihr klarzumachen, was Schlechtigkeit war. Er wollte gerade anheben, aber es war schon zu spät. Westons Stimme kam ihm zuvor.

»Dieser Gescheckte«, sagte er, »will nicht, dass du mich anhörst, weil er dich jung halten möchte. Er will nicht, dass du zu den neuen Früchten gehst, die du noch nie gekostet hast.«

»Aber wie könnte er mich jünger halten wollen?«

»Hast du noch nicht gemerkt«, sagte Westons Körper, »dass der Gescheckte einer ist, der immer vor der Welle zurückschreckt, die auf ihn zukommt, und gern die Welle, die vorbei ist, zurückbringen würde, wenn er nur könnte? Hat er das nicht schon in der allerersten Stunde eures Gesprächs verraten? Er wusste nicht, dass alles neu ist, seit Maleldil Mensch geworden ist, und dass alle vernunftbegabten Geschöpfe nun Menschen sein werden. Das musstest du ihn lehren. Und als er es gelernt hatte, war er nicht froh darüber. Er bedauerte, dass es die alten pelzigen Leute in Zukunft nicht mehr geben sollte. Er würde diese alte Welt zurückbringen, wenn er nur könnte. Und als du ihn gebeten hast, er möge dich den Tod lehren, wollte er es nicht. Er wollte, dass du jung bleibst und nichts über den Tod lernst. Hat nicht er dir zuerst den Gedanken eingegeben, es sei möglich, die Welle, die Maleldil auf uns zurollen lässt, nicht herbeizuwünschen, sondern sie so sehr zu fürchten, dass man Arme und Beine hergeben würde, wenn man ihr Nahen dadurch verhindern könnte?«

»Du meinst, er sei so jung?«

»Er ist das, was wir auf meiner Welt ›schlecht‹ nennen«, sagte Westons Körper. »Einer, der die dargebotene Frucht zu Gunsten jener zurückweist, die er erwartet oder beim letzten Mal gefunden hat.«

»Dann müssen wir ihn älter machen«, sagte die Frau, und obwohl sie Ransom nicht ansah, offenbarte sich ihm die Königin und Mutter, und er wusste, dass sie ihm und allen Dingen unendlich wohl wollte. Und er – er konnte nichts tun. Seine Waffe war ihm aus der Hand geschlagen worden.

»Und wirst du uns den Tod lehren?«, sagte die Frau zu Westons Gestalt.

»Ja«, sagte er, »darum bin ich gekommen, dass der Tod euch im Übermaß zuteil werde. Aber du musst sehr tapfer sein.«

»Tapfer? Was ist das?«

»Es ist das, was dich dazu bringt, auch dann zu schwimmen, wenn die Wellen so hoch und so schnell sind, dass etwas in dir dich heißt, auf der Insel zu bleiben.«

»Ich weiß. Und diese Tage sind zum Schwimmen die besten von allen.«

»Ja. Aber um den Tod zu finden und mit dem Tod wahrhaft alt zu werden, stark und schön und dich so weit wie möglich zu verzweigen, musst du in Dinge tauchen, die größer sind als die Wellen des Meeres.«

»Sprich weiter. Deine Worte sind anders als alle Worte, die ich je gehört habe. Sie sind wie die Blasen, die am Baum zerbersten. Wenn ich sie höre, denke ich an – an … Ich weiß nicht, woran ich dann denke.«

»Ich werde größere Worte als diese sprechen; aber ich muss warten, bis du älter bist.«

»Mach mich älter.«

»Hör nicht auf ihn!«, fiel Ransom ein. »Wird Maleldil dich nicht zu Seiner Zeit und auf Seine Weise älter machen, und wird das nicht weit besser sein?«

Weder jetzt noch zu irgendeinem anderen Zeitpunkt des Gesprächs wandte Weston den Kopf in seine Richtung, aber seine Stimme, allein an die Frau gerichtet, antwortete auf Ransoms Unterbrechung.

»Siehst du? Obwohl er es nicht beabsichtigte oder wollte, hat er selbst dir vor wenigen Tagen gezeigt, wie Maleldil dir allmählich beibringt, ohne Hilfe zu gehen – ohne dass Er dich an der Hand hält. Da haben sich die ersten Zweige ausgebreitet. Als du das begriffen hattest, warst du wirklich älter geworden. Und seitdem hat Maleldil dich vieles gelehrt – nicht durch Seine eigene Stimme, sondern durch meine. Du beginnst dir selbst zu gehören. Das ist, was Maleldil von dir erwartet. Darum hat Er zugelassen, dass du vom König und in gewisser Weise sogar von Ihm selbst getrennt wurdest. Seine Art, dich älter zu machen, ist, dass du selbst dich älter machen sollst. Und trotz alledem möchte dieser Gescheckte, dass du sitzen bleibst und wartest, dass Maleldil alles für dich tut.«

»Was müssen wir mit dem Gescheckten tun, um ihn älter zu machen?«, fragte die Frau.

»Ich glaube nicht, dass du ihm helfen kannst, solange du nicht selbst älter bist«, sagte Westons Stimme. »Vorerst kannst du niemandem helfen. Du bist wie ein Baum ohne Früchte.«

»Das ist sehr wahr«, sagte die Frau. »Sprich weiter.«

»Dann hör zu«, sagte Westons Körper. »Hast du verstanden, dass es eine Art von Ungehorsam ist, auf Maleldils Stimme zu warten, wenn Maleldil möchte, dass du aus eigener Kraft gehst?«

»Ich glaube, ja.«

»Die falsche Art von Gehorsam kann Ungehorsam sein.«

Sie dachte eine Weile darüber nach, dann klatschte sie in die Hände. »Ich verstehe«, sagte sie, »oh, ich verstehe! Wie alt du mich machst! Früher habe ich oft zum Spaß ein Tier gejagt. Es verstand und lief davon. Wäre es stehen geblieben und hätte sich von mir fangen lassen, so wäre das eine Art von Gehorsam gewesen – aber nicht die beste.«

»Du verstehst sehr gut. Wenn du ganz erwachsen bist, wirst du noch weiser und schöner sein als die Frauen meiner eigenen Welt. Und du verstehst, dass es mit Maleldils Geboten genauso sein könnte.«

»Ich glaube, das verstehe ich nicht ganz.«

»Bist du sicher, dass Er wirklich immer Gehorsam verlangt?«

»Wie könnten wir dem nicht gehorchen, was wir lieben?«

»Das Tier, das vor dir davongelaufen ist, hat dich geliebt.«

»Ich frage mich«, sagte die Frau, »ob das das Gleiche ist. Das Tier weiß sehr gut, wann ich will, dass es wegläuft, und wann ich will, dass es zu mir kommt. Aber Maleldil hat uns nie gesagt, dass irgendein Wort oder irgendeine Tat von Ihm ein Spiel sei. Wie könnte Er gleich uns Spiele treiben und umhertollen wollen? Er ist eine übergroße Freude und eine Kraft. Es wäre wie der Gedanke, dass Er Schlaf oder Nahrung brauchte.«

»Nein, es wäre kein Spiel. Das gleicht nur der Sache, ist aber nicht die Sache selbst. Aber wenn du deine Hand aus Seiner nimmst – wenn du erwachsen wirst und eigene Wege gehst –, könnte das jemals vollkommen sein, wenn du nicht wenigstens ein einziges Mal dem Anschein nach Maleldil ungehorsam gewesen wärst?«

»Wie könnte man dem Anschein nach ungehorsam sein?«

»Indem man tut, was Er nur dem Anschein nach verboten hat. Es könnte ein Gebot geben, von dem Er möchte, dass ihr es übertretet.«

»Aber wenn Er uns sagte, wir sollten es übertreten, dann wäre es kein Gebot mehr. Und wenn Er es uns nicht sagte, wie sollten wir es dann wissen?«

»Wie weise du wirst, du Schöne«, sagte Westons Mund. »Nein. Wenn Er euch befähle, Sein Gebot zu übertreten, dann wäre es kein wirkliches Gebot, wie du selbst gesagt hast. Denn du hast Recht, Er spielt nicht. Wirklichen Ungehorsam, ein wirkliches Verzweigen, das wünscht Er sich insgeheim, insgeheim deshalb, weil alles zunichte würde, wenn Er es euch sagte.«

»Ich frage mich allmählich«, sagte die Frau nach einer Pause, »ob du wirklich so viel älter bist als ich. Denn was du sagst, ist wie eine Frucht ohne Geschmack. Wie kann ich aus Seinem Willen heraustreten, ohne in etwas hineinzutreten, das man gar nicht wollen kann? Soll ich als Erstes versuchen, Ihn – oder den König oder die Tiere – nicht zu lieben? Das wäre, als wollte man auf Wasser gehen oder durch Inseln schwimmen. Soll ich versuchen, nicht zu schlafen oder zu trinken oder zu lachen? Ich dachte, deine Worte hätten einen Sinn. Aber nun scheint mir, dass sie keinen haben. Aus Seinem Willen treten heißt ins Nichts gehen.«

»Das gilt für alle seine Gebote, bis auf eines.«

»Aber kann denn eines anders sein?«

»Nun, du siehst selbst, dass es anders ist. Bei Seinen übrigen Geboten – zu lieben, zu schlafen, die Welt mit deinen Kindern zu füllen – kannst du sehen, dass sie gut sind. Und sie sind auf allen Welten die gleichen. Doch das Gebot, nicht auf der Festen Insel zu leben, ist nicht so. Du hast schon gehört, dass Er auf meiner Welt kein solches Gebot erlassen hat. Und du verstehst selbst nicht, was das Gute an diesem Gebot sein könnte. Kein Wunder. Wäre es wirklich gut, so müsste Er es allen Welten in gleicher Weise geboten haben, nicht wahr? Denn wie könnte Maledil nicht gebieten, was gut ist? An diesem Gebot aber ist nichts Gutes. Maledil selbst zeigt es dir in diesem Augenblick durch deine eigene Vernunft. Es ist ein bloßer Befehl. Es ist ein Verbot um des Verbietens willen.«

»Aber warum ...?«

»Damit ihr es übertretet. Welchen anderen Grund könnte es geben? Es ist kein gutes Gebot. Es gilt nicht für andere Welten. Es steht zwischen euch und allem sesshaften Leben, aller Selbstbestimmung über eure Tage. Zeigt Maledil dir nicht so deutlich Er kann, dass es als eine Prüfung gedacht ist – als eine große Welle, die du überwinden musst, um wirklich alt zu werden, dich wirklich von Ihm zu lösen?«

»Aber wenn dies so wichtig für mich ist, warum legt Er nichts davon in meine Gedanken? Es kommt alles von dir, Fremder. Die Stimme sagt nicht ja zu deinen Worten, sie flüstert es nicht einmal.«

»Aber siehst du nicht, dass das nicht sein kann? Er hofft – oh, wie sehr hofft er! –, dass Sein Geschöpf selbstständig wird, dass es aus eigener Vernunft und eigenem Mut aufsteht, sogar gegen Ihn selbst. Aber wie könnte Er es dir sagen? Das würde alles zunichte machen. Was immer du dann tätest, es wäre nur ein weiterer Schritt an Seiner Hand. Über alles wünscht Er es sich, doch darf Er sich nicht einmischen. Glaubst du nicht, dass

Er es müde ist, in allem, was Er geschaffen hat, nur Sich selbst zu sehen? Wenn Ihm das genügte, warum sollte Er dann überhaupt etwas erschaffen? Das andere zu finden – das, dessen Wille nicht länger der Seine ist –, das ist Maleldils Wunsch.«

»Wenn ich das nur genau wüsste ...«

»Er darf es dir nicht sagen. Er kann es dir nicht sagen. Er kann allerhöchstens so weit gehen, es dir durch einen anderen sagen zu lassen. Und siehe, das hat Er getan. Bin ich ohne Grund oder ohne Seinen Willen durch die Himmelstiefen gereist, um dich zu lehren, was Er dich wissen lassen will, dich aber selbst nicht lehren darf?«

»Willst du mich anhören, wenn ich spreche?«, fragte Ransom.

»Gern, Gescheckter.«

»Dieser Mann sagt, das Gebot gegen das Leben auf dem Festen Land sei anders als die übrigen Gebote, denn es gelte nicht für alle Welten, und außerdem könnten wir das Gute daran nicht sehen. Und soweit hat er Recht. Aber dann sagt er, dieses Gebot sei anders, weil du es übertreten sollst. Aber es könnte auch einen anderen Grund geben.«

»Sag ihn mir, Gescheckter.«

»Ich glaube, Er hat ein solches Gebot erlassen, damit es Gehorsam gibt. In allen anderen Dingen tust du, wenn du Ihm gehorchst, nur das, was auch dir gut und richtig erscheint. Ist das der Liebe genug? Du befolgst diese Gebote, weil sie Sein Wille sind, aber nicht nur weil sie Sein Wille sind. Wie könntest du die Freude des Gehorsams kosten, würde Er dir nicht etwas gebieten, wofür Sein Gebot der einzige Grund ist? Als wir das letzte Mal sprachen, hast du gesagt, dass die Tiere mit Freuden auf ihren Köpfen gehen würden, wenn du es sie hießest. Also weiß ich, dass du gut verstehst, was ich dir sage.«

»O wackerer Gescheckter«, sagte die grüne Frau, »dies ist das Beste, was du bisher gesagt hast. Es macht mich viel älter, doch ich empfinde es nicht wie das Altsein, das dieser andere mir gibt. Wie gut verstehe ich es! Wir können nicht aus Maleldils Willen heraustreten, aber Er hat uns einen Weg gewiesen, aus unserem eigenen Willen herauszutreten. Und ohne ein Gebot wie dieses gäbe es einen solchen Weg nicht. Aus unserem eigenen Willen hinaus. Es ist, als dringe man durch das Dach der Welt in die Himmelstiefen ein. Alles dort ist Seine Liebe. Ich wusste, dass es Freude war, zur Festen Insel hinüberzuschauen und alle Gedanken, jemals dort zu wohnen, niederzulegen; aber bis jetzt hatte ich es nicht verstanden.« Ihr Gesicht strahlte, während sie sprach, doch dann glitt ein Schatten von Verwirrung darüber. »Gescheckter«, sagte sie, »wenn du so jung bist, wie dieser andere sagt, woher weißt du dann diese Dinge?«

»Er sagt, ich sei jung, aber ich sage, ich bin es nicht.«

Plötzlich sprach die Stimme aus Westons Gesicht, und sie war lauter und tiefer als vorher und weniger wie Westons Stimme. »Ich bin älter als er«, sagte sie, »und er wird nicht wagen, es zu leugnen. Bevor die Mütter der Mütter seiner Mutter geboren waren, war ich bereits älter, als er sich vorstellen kann. Ich war bei Maleldil in den Himmelstiefen, wohin er nie gekommen ist, und ich habe die ewigen Ratschlüsse gehört. Und in der Schöpfungsordnung bin ich größer als er, und vor mir ist er nichts. Ist es nicht so?« Nicht einmal jetzt wandte das leichenhafte Gesicht sich ihm zu, aber der Sprecher und die Frau schienen beide auf eine Antwort von Ransom zu warten. Die Unwahrheit, die ihm durch den Kopf ging, erstarb auf seinen Lippen. Hier nützte nur die Wahrheit, selbst wenn sie verhängnisvoll schien. Ransom befeuchtete seine Lippen und unterdrückte ein Gefühl von Übelkeit, bevor er antwortete: »Auf unserer Welt ist der Ältere nicht immer auch der Weisere.«

»Sieh ihn dir an«, sagte Westons Körper zu der Frau. »Beachte, wie weiß seine Wangen geworden sind und wie nass seine Stirn ist. Du hast so etwas noch nicht gesehen, doch von nun an wirst du es häufiger sehen. Das geschieht – das ist der Beginn dessen, was mit kleinen Geschöpfen geschieht, wenn sie sich gegen große auflehnen.«

Ein Schauder äußerster Angst lief Ransom über den Rücken. Was ihn rettete, war das Gesicht der Frau. Unberührt von dem Bösen, das ihr so nahe war, entrückt und geborgen in ihrer Unschuld, einer Unschuld, die sie beschützte und zugleich so gefährdete, blickte sie zu dem stehenden Tod auf, verwirrt zwar, aber nicht über das Maß einer heiteren Neugierde hinaus, und sagte: »Aber er hatte Recht mit dem, was er über dieses Verbot sagte, Fremder. Du bist es, der älter gemacht werden muss. Kannst du das nicht sehen?«

»Ich habe immer das Ganze gesehen, während er nur die Hälfte sieht. Es stimmt, dass Maleldil dir einen Weg gewiesen hat, aus deinem eigenen Willen herauszutreten – aber aus deinem innersten Willen.«

»Und was ist das?«

»Dein tiefster Wille ist jetzt, Ihm zu gehorchen – für alle Zeit zu sein, wie du jetzt bist, nichts als Sein Tier oder Sein kleines Kind. Der Weg da heraus ist hart. Er ist hart gemacht worden, damit nur die sehr Großen, die sehr Weisen und die sehr Mutigen es wagen sollten, ihn zu beschreiten, aus dieser Kleinheit, in der du jetzt lebst, heraus- und weiterzugehen durch die dunkle Welle seines Verbots in das wahre Leben, das Tiefe Leben mit all seinen Freuden, seiner Herrlichkeit und seiner Härte.«

»Hör mich an«, sagte Ransom. »Er hat dir nicht alles gesagt. Was wir hier sagen, ist früher schon gesagt worden. Was du ihm zufolge versuchen sollst, ist schon früher versucht worden. Vor langer Zeit, als unsere Welt begann, gab es auf ihr nur einen Mann und eine Frau, so wie dich und den König auf dieser Welt. Und dort stand der hier schon einmal, wie er jetzt hier steht, und sprach zu der Frau. Er hatte sie allein angetroffen, wie er auch dich allein angetroffen hat. Und sie hörte auf ihn und tat, was Maleldil ihr verboten hatte. Aber keine Freude und keine Herrlichkeit gingen daraus hervor. Was daraus hervorging, kann ich dir nicht sagen, denn du hast in deiner Vorstellung kein Bild dafür. Aber alle Liebe wurde getrübt und kalt, und Maleldils Stimme war schwer zu hören, sodass die Weisheit unter ihnen gering wurde; und die Frau war gegen den Mann, und die Mutter gegen das Kind; und wenn sie nach Nahrung Ausschau hielten, waren keine Früchte an ihren Bäumen, und die Jagd nach Nahrung nahm all ihre Zeit in Anspruch, sodass ihr Leben enger wurde, nicht weiter.«

»Er hat die Hälfte dessen, was geschah, verschwiegen«, sagte Westons leichenhafter Mund. »Härten gingen daraus hervor, aber auch Herrlichkeit. Mit ihren eigenen Händen haben sie Berge gemacht, höher als deine Feste Insel. Sie haben sich selbst schwimmende Inseln gebaut, größer als eure, die sie nach Belieben durch den Ozean bewegen konnten, schneller als jeder Vogel fliegt. Weil es nicht immer genug Nahrung gab, konnte eine Frau die letzte Frucht ihrem Kind oder ihrem Mann geben und selbst den Tod essen – konnte ihnen alles geben, wie du es in deinem kleinen, engen Leben des Spielens und Küssens und Fischereitens niemals getan hast und auch nicht tun wirst, bis du das Gebot übertreten hast. Weil Wissen schwieriger zu erlangen war, wurden die wenigen, die es erlangten, umso schöner und übertrafen ihre Mitmenschen, wie du die Tiere übertriffst; und tausende wetteiferten um ihre Liebe ...«

»Ich glaube, ich werde mich jetzt schlafen legen«, sagte die Frau ganz unvermittelt. Bis dahin hatte sie Westons Körper mit offenem Mund und großen Augen zugehört, aber als er von den Frauen mit den tausenden von Liebhabern sprach, gähnte sie unverhohlen und unbekümmert wie eine junge Katze.

»Noch nicht«, sagte der andere. »Da ist noch etwas. Er hat dir nicht gesagt, dass es diese Übertretung des Gebotes war, die Maleldil auf unsere Welt gebracht hat und weswegen er Mensch geworden ist. Er wird nicht wagen, es zu leugnen.«

»Stimmt das, Gescheckter?«, fragte die Frau.

Ransoms Finger krampften sich ineinander, und die Knöchel traten weiß hervor. Die Ungerechtigkeit des Ganzen verletzte ihn so, als würde ihm ein Messer in den Leib gestoßen. Ungerecht ... ungerecht. Wie konnte Maleldil von ihm erwarten, dass er gegen so etwas kämpfte, wenn ihm jede Waffe genommen war, wenn er nicht lügen durfte, die Wahrheit in dieser Situation jedoch verhängnisvoll schien? Es war nicht gerecht! Plötzlich regte sich heftige Empörung in ihm, und gleich darauf brach der Zweifel wie eine ungeheure Woge über ihn herein. Und wenn der Feind schließlich doch Recht hatte? *Felix peccatum Adae.* Selbst die Kirche würde sagen, dass am Ende auch aus Ungehorsam Gutes entstehen konnte. Ja, und es stimmte auch, dass er, Ransom, ein furchtsamer Mensch war, ein Mann, der vor neuen und schwierigen Dingen zurückschreckte. Auf welcher Seite lag denn nun die Versuchung? In einer kurzen, großartigen Vision passierte der Fortschritt vor seinen Augen Revue: Städte, Armeen, stolze Schiffe, Bibliotheken, Ruhm und die Großartigkeit der Poesie – ein Quell, der den Mühen und dem Streben der Menschen entsprang. Wer konnte mit Gewissheit sagen, ob nicht doch die Evolution die letzte Wahrheit war? Aus allen möglichen verborgenen Winkeln in seinem Innern, von denen er nicht einmal etwas geahnt hatte, kroch etwas Wildes und Berauschendes und Köstliches hervor und strömte Westons Gestalt entgegen. »Er ist ein Geist, er ist ein Geist«, sagte diese innere Stimme, »und du bist nur ein Mensch. Er dauert fort, von Jahrhundert zu Jahrhundert. Du bist nur ein Mensch ...«

»Stimmt das, Gescheckter?«, fragte die Frau wieder.

Der Bann war gebrochen.

»Ich will dir sagen, was ich davon halte«, antwortete Ransom und sprang auf. »Natürlich ist Gutes daraus entstanden. Ist

Maleldil ein Tier, dem wir uns in den Weg stellen, oder ein Blatt, das wir hin und her wenden können? Was immer du tust, Er wird etwas Gutes daraus machen. Aber nicht das Gute, das Er für dich bereithält, wenn du Ihm gehorchst. Das wäre für immer verloren. Der erste König und die erste Mutter unserer Welt taten das Verbotene; und Er wandte es am Ende zum Guten. Aber was sie taten, war nicht gut, und was sie verloren haben, wissen wir nicht. Und es gab einige, denen nichts Gutes zuteil wurde oder je zuteil werden wird.« Er wandte sich Westons Körper zu. »Sag ihr alles«, sagte er. »Wurde dir Gutes zuteil? Ist es dir eine Freude, dass Maleldil Mensch geworden ist? Erzähl ihr von deinen Freuden, und welchen Nutzen du davon hattest, Maleldil mit dem Tod bekannt zu machen.«

Nach diesen Worten geschahen zwei Dinge, die mit keinem irdischen Erlebnis zu vergleichen sind. Der Körper, der einmal Weston gehört hatte, warf den Kopf in den Nacken, öffnete den Mund und stieß ein langes, melancholisches Heulen aus, ähnlich wie ein Hund; und die Frau legte sich völlig unbekümmert nieder, schloss die Augen und war auf der Stelle eingeschlafen. Und während dies geschah, glitt der Boden, auf dem die beiden Männer standen und die Frau lag, den Hang eines riesigen Wellenbergs hinab.

Ransom hielt den Blick fest auf den Feind gerichtet, aber der nahm keine Notiz von ihm. Seine Augen bewegten sich wie die eines lebenden Menschen, aber es war schwer zu sagen, was sie sahen oder ob er die Augen tatsächlich als Sehorgane benutzte. Man hatte den Eindruck, dass, wenn der Mund sprach, eine Kraft die Pupillen dieser Augen geschickt in die richtige Richtung lenkte, dass diese Kraft für ihre eigenen Zwecke jedoch eine völlig andere Art der Wahrnehmung hatte. Westons Körper setzte sich auf der anderen Seite der Frau neben ihrem Kopf nieder – sofern man überhaupt von niedersetzen sprechen konnte. Der Körper nahm seine sitzende

Haltung nicht durch normale menschliche Bewegungen ein; es war mehr, als manövriere irgendeine äußere Kraft ihn in die richtige Position und ließe ihn dann sinken. Es war unmöglich, eine bestimmte Bewegung als eindeutig nichtmenschlich herauszugreifen. Ransom hatte das Gefühl, dass die lebendigen Bewegungen gründlich studiert worden waren und technisch korrekt nachgeahmt wurden: aber irgendwie fehlte ihnen wirkliche Geschmeidigkeit. Und er empfand einen unaussprechlichen, an nächtliche Ängste im Kinderzimmer mahnenden Schrecken vor dem Ding, mit dem er fertig werden musste – dem bewegten Leichnam, dem Gespenst, dem Nichtmenschen.

Er konnte nichts tun als warten: dasitzen, wenn es sein musste, für immer, und die Frau vor dem Nichtmenschen schützen, während ihre Insel unablässig über Alpen und Anden aus glänzendem Wasser glitt. Sie waren alle drei ganz still. Oft kamen Tiere und Vögel und betrachteten sie. Stunden später begann der Nichtmensch zu sprechen. Er schaute dabei nicht einmal in Ransoms Richtung; langsam und schwerfällig wie eine Maschine, die geölt werden müsste, sprachen Mund und Lippen seinen Namen aus.

»Ransom«, sagte er.

»Ja?«, sagte Ransom.

»Nichts«, sagte der Nichtmensch. Ransom warf ihm einen fragenden Blick zu. War der andere verrückt? Aber er sah, wie schon zuvor, eher tot als verrückt aus; er saß da im Schneidersitz mit gesenktem Kopf und leicht geöffnetem Mund; etwas gelber Blütenstaub des Mooses hatte sich in die Falten seiner Wangen gesetzt, und die Hände mit ihren langen, metallisch aussehenden Nägeln ruhten flach aneinander gelegt auf dem Boden vor ihm. Ransom verdrängte den Gedanken und kehrte zu seinen eigenen unangenehmen Überlegungen zurück.

»Ransom«, sagte der andere wieder.

»Was ist?«, fragte Ransom scharf.

»Nichts«, antwortete er.

Wieder wurde es still; und wieder, nach etwa einer Minute, sagte der schreckliche Mund: »Ransom!«

Diesmal antwortete Ransom nicht. Eine weitere Minute verstrich, und wieder stieß der andere seinen Namen hervor; und dann, wie ein Maschinengewehr im Minutentakt, wohl an die hundert Mal: »Ransom ... Ransom ... Ransom ...«

»Was zum Teufel willst du?«, brüllte er schließlich.

»Nichts«, sagte die Stimme. Ransom beschloss, das nächste Mal nichts zu erwidern, doch als der andere ihn etwa tausendmal gerufen hatte, antwortete er, ob er wollte oder nicht, und wieder war die Antwort: »Nichts.« Schließlich zwang er sich, still zu bleiben. Nicht, weil es weniger qualvoll gewesen wäre, den Drang zum Sprechen zu unterdrücken, als zu antworten, sondern weil sich irgendetwas in ihm regte und gegen die Gewissheit des Peinigers ankämpfte, am Ende müsse er doch nachgeben. Wäre der Angriff in irgendeiner Weise heftiger gewesen, so hätte er ihm vielleicht leichter widerstehen können. Was ihn entmutigte und beinahe einschüchterte, war die Verbindung von Bösartigkeit mit etwas nahezu Kindischem. Auf Versuchung, Blasphemie, auf eine ganze Reihe von Schrecken war er in gewisser Weise vorbereitet, nicht aber auf dieses kleinliche unermüdliche Nörgeln wie von einem ungezogenen kleinen Kindergartenjungen. In der Tat konnte man sich keinen schlimmeren Schrecken vorstellen als das mit jeder langsam verstreichenden Stunde immer stärkere Gefühl, dass diese Kreatur nach allen menschlichen Maßstäben das Innere nach außen gekehrt hatte, dass sie ihr Herz an der Oberfläche und die Oberflächlichkeit im Herzen trug. Nach außen hin großartige Entwürfe und eine Gegnerschaft zum Himmel, die das Schicksal ganzer Welten beeinflusste; aber tief im Innern, wenn alle Schleier weggezogen waren, nichts als eine schwarze Unreife, eine ziellos leere Gehässigkeit, die sich mit den winzigsten Grausamkeiten begnügen konnte, ebenso wie die

Liebe sich mit der kleinsten Aufmerksamkeit zufrieden gibt. Was Ransom, lange nachdem es unmöglich geworden war, an etwas anderes zu denken, Halt gab, war die Überlegung, dass, wenn er schon das Wort »Ransom« oder das Wort »nichts« Millionen Mal hören musste, er das Wort »Ransom« vorzog.

Und während der ganzen Zeit schnellte die leuchtend bunte Insel zum gelben Firmament hinauf, verharrte dort einen Moment, bis die Wälder sich neigten, und schoss dann in die warmen, glänzenden Tiefen zwischen den Wellen hinab. Die Frau schlief mit einem Arm unter dem Kopf und leicht geöffneten Lippen. Sie schlief ganz ohne Zweifel, denn ihre Augen waren geschlossen, und ihr Atem ging gleichmäßig, doch sie sah nicht ganz aus wie Schläfer auf unserer Welt, denn ihr Gesicht wirkte ausdrucksvoll und intelligent, und ihre Glieder schienen bereit, jeden Augenblick aufzuspringen; alles in allem hatte man den Eindruck, der Schlaf sei nicht etwas, das über sie kam, sondern eine Tat, die sie vollbrachte.

Dann war es auf einmal wieder Nacht. »Ransom ... Ransom ... Ransom ... Ransom ...«, sagte die Stimme unaufhörlich. Und Ransom fiel plötzlich ein, dass zwar er irgendwann würde schlafen müssen, der Nichtmensch aber möglicherweise nicht.

## 10

Der Schlaf erwies sich in der Tat als Problem. Ransom kam es vor, als habe er lange verkrampft, müde und bald auch hungrig und durstig still in der Dunkelheit gesessen und versucht, nicht auf die unentwegte Wiederholung von »Ransom – Ransom – Ransom« zu achten. Aber irgendwann merkte er, dass er einem Gespräch lauschte, dessen Anfang er nicht mitgehört hatte, und ihm wurde klar, dass er geschlafen hatte. Die Frau schien sehr wenig zu sagen. Westons Stimme sprach sanft und ununterbrochen. Sie sprach nicht über das

Feste Land, nicht einmal über Maleldil. Sie schien außerordentlich schön und pathetisch eine Reihe von Geschichten zu erzählen, zwischen denen Ransom zunächst keine Verbindung sah. Sie handelten alle von Frauen, die anscheinend in verschiedenen Epochen der Weltgeschichte und unter ganz verschiedenen Umständen gelebt hatten. Die Worte der Frau machten deutlich, dass sie vieles an den Geschichten nicht verstand; aber das kümmerte den Nichtmenschen seltsamerweise nicht. Wenn die Fragen zu einer Geschichte in irgendeiner Weise schwierig zu beantworten waren, ließ der Sprecher diese Geschichte einfach fallen und begann sofort eine neue. Die Heldinnen der Geschichten schienen alle viel erlitten zu haben – sie waren von ihren Vätern unterdrückt, von ihren Männern verstoßen oder von ihren Liebhabern verlassen worden. Ihre Kinder hatten sich gegen sie erhoben, und die Gesellschaft hatte sie geächtet. Doch alle Geschichten gingen in gewissem Sinne gut aus: manchmal mit Ehren und Lobpreisungen für eine noch lebende Heldin, häufiger noch mit verspäteter Anerkennung und vergeblichen Tränen nach ihrem Tod. Je länger dieses endlose Erzählen dauerte, desto seltener wurden die Fragen der Frau; irgendeine Bedeutung für die Worte »Tod« und »Trauer« – welche, konnte Ransom nicht einmal erahnen – schien sich für sie aus der bloßen Wiederholung zu ergeben. Endlich wurde ihm klar, worum es in all diesen Geschichten ging. Jede dieser Frauen hatte allein gestanden und furchtbaren Gefahren für ihr Kind, ihren Liebhaber oder ihr Volk getrotzt. Jede von ihnen war missverstanden, geschmäht und verfolgt worden: aber jede von ihnen wurde durch den Verlauf der Ereignisse aufs Wunderbarste bestätigt. Es war nicht immer leicht, allen Einzelheiten zu folgen. Ransom hatte den starken Verdacht, dass viele dieser edlen Vorkämpferinnen das gewesen waren, was wir auf der Erde Hexen und Häretikerinnen nennen. Aber das blieb alles im Hintergrund. Die Geschichten vermittelten eher ein Bild als einen Gedanken – das Bild einer hohen, schlanken Gestalt, ungebeugt, obwohl das Gewicht der Welt auf ihr lastete; furchtlos und allein schritt sie ins Dunkel voran, um für andere zu tun, was diese ihr verboten hatten, was aber dennoch getan werden musste. Und nebenbei, gewissermaßen als Hintergrund für all diese Göttinnen, zeichnete der Sprecher ein Bild des anderen Geschlechts. Das Thema wurde nie direkt angesprochen, aber man ahnte die Gegenwart der Männer, einer gewaltigen, dumpfen Masse von jämmerlich kindischen, selbstgefälligen und arroganten Geschöpfen, furchtsam, pedantisch, fantasielos; schwerfällig wie Ochsen, nahezu in der Erde verwurzelt vor Trägheit, nicht bereit, etwas zu wagen, sich irgendeiner Anstrengung auszusetzen und nur durch die selbstlose und aufsässige Tapferkeit ihrer Frauen ins volle Leben emporgehoben. Es war sehr gut gemacht. Ransom, der wenig männliches Überlegenheitsgefühl besaß, hätte es manchmal beinahe selbst geglaubt.

Mitten in einer Erzählung wurde die Dunkelheit plötzlich von einem Blitzstrahl zerrissen; Sekunden später ertönte der mächtige perelandrische Donner wie ein himmlischer Paukenschlag, und dann fiel warmer Regen. Ransom beachtete ihn kaum. Er dachte über das Bild nach, das der Blitz ihm gezeigt hatte: der Nichtmensch saß kerzengerade, die Frau hatte sich auf einen Ellbogen gestützt, der Drache wachte dicht neben ihrem Kopf, dahinter ein Wald mit gefiederten Bäumen und große Wellen vor dem Horizont. Er fragte sich, wie die Frau dieses Gesicht – dessen Kinnbacken sich gleichförmig bewegten, als würden sie kauen und nicht sprechen – ansehen konnte, ohne das Böse darin zu erkennen. Er wusste natürlich, dass das unsinnig war. In ihren Augen gab wahrscheinlich auch er eine seltsame Figur ab; sie konnte nicht wissen, wie böse und wie normale Erdenmenschen aussahen. Der Ausdruck auf ihrem Gesicht, den er in dem plötzlichen Lichtschein gesehen hatte, war ihm ganz neu. Ihre Augen waren nicht auf den Erzähler gerichtet, sondern blickten in die Ferne, als wäre sie mit ihren Gedanken tausende von Meilen weit fort. Ihre Lippen waren geschlossen und ein wenig geschürzt, die Augenbrauen leicht angehoben. Nie zuvor hatte sie einer Menschenfrau so ähnlich gesehen; und doch war er einem solchen Gesichtsausdruck auf Erden nicht sehr oft begegnet – außer, wie ihm mit jähem Schrecken einfiel, auf der Bühne. Wie die Königin in einer Tragödie war der unschöne Vergleich, der ihm in den Sinn kam. Das war natürlich eine grobe Übertreibung. Es war eine Kränkung, die er sich selbst nicht verzieh. Und dennoch ... Das Bild, das der Blitz ihm offenbart hatte, hatte sich ihm mit fotografischer Genauigkeit eingeprägt. Ob er wollte oder nicht, er musste ständig an diesen neuen Ausdruck in ihrem Gesicht denken. Eine sehr gute tragische Königin, kein Zweifel. Die Heldin einer bedeutenden Tragödie, vortrefflich dargestellt von einer Schauspielerin, die im Alltagsleben eine gute Frau war. Für irdische Verhältnisse war es ein Gesichtsausdruck, den man rühmen, ja vielleicht sogar bewundern musste. Aber Ransom dachte an all das, was er vorher in ihrem Antlitz gelesen hatte, an das unbewusste Strahlen, die übermütige Heiligkeit, die tiefe Ruhe, die ihn manchmal an die Kindheit und manchmal an hohes Alter erinnert hatte, während die Jugendlichkeit und Kraft von Gesicht und Körper beides bestritten, und er fand diesen neuen Ausdruck erschreckend. Der verhängnisvolle Anflug von gestellter Erhabenheit, Freude am Pathos – die, wenn auch nur andeutungsweise, übernommene Rolle – erschien ihm abscheulich vulgär. Vielleicht – und er war recht zuversichtlich, dass es sich so verhielt – war nur ihre Fantasie für diese neue Kunst der Erzählung oder Dichtung empfänglich. Aber Ransom sah die Gefahr, und zum ersten Mal kam ihm der Gedanke, dass es so nicht weitergehen könne.

»Ich will dorthin gehen, wo die Blätter uns vor dem Regen schützen«, sagte ihre Stimme in der Dunkelheit. Ransom hatte kaum bemerkt, dass er nass wurde – in einer Welt ohne Kleider spielte es keine Rolle. Doch als er ihre Bewegungen hörte, stand er auf und folgte ihr so gut er konnte nach dem Gehör. Der Nichtmensch schien das Gleiche zu tun. In völliger Dunkelheit bewegten sie sich über die schwankende Oberfläche, die in Abständen von Blitzen erhellt wurde. Die Frau ging aufrecht; neben ihr her schlurfte der Nichtmensch mit hängenden Schultern; Westons Hemd und Hose waren durchnässt und klebten ihm am Körper; der Drache schließlich schnaufte und watschelte hinterdrein. Dann kamen sie an eine Stelle, wo der federnde Teppich unter ihren Füßen trocken war und der Regen über ihren Köpfen auf ein dichtes Laubdach trommelte. Sie legten sich wieder hin. »Und zu einer anderen Zeit«, begann der Nichtmensch sofort, »lebte auf unserer Welt eine Königin, die über ein kleines Land herrschte ...«

»Still!«, sagte die Frau. »Wir wollen dem Regen lauschen.« Kurz darauf setzte sie hinzu: »Was war das? Es war irgendein Tier, das ich noch nie gehört habe.« Und tatsächlich hatte etwas in ihrer Nähe leise geknurrt.

»Ich weiß es nicht«, sagte Westons Stimme.

»Ich glaube, ich weiß es«, sagte Ransom.

»Still!«, sagte die Frau wieder, und in dieser Nacht wurde nichts mehr gesagt.

Das war der Beginn einer Reihe von Tagen und Nächten, an die Ransom sich, so lange er lebte, voller Abscheu erinnerte. Er hatte mit der Annahme, dass sein Feind keinen Schlaf brauchte, nur allzu Recht gehabt. Zum Glück war es bei der Frau anders, aber sie kam mit viel weniger Schlaf aus als Ransom, und wahrscheinlich kam im Laufe jener Tage sogar ihr geringes Schlafbedürfnis zu kurz. Wann immer Ransom eingenickt war und wieder erwachte, schien der Nichtmensch bereits mit ihr im Gespräch zu sein. Ransom war todmüde. Er hätte das alles kaum ertragen, wenn die Frau ihn und den anderen nicht häufig einfach fortgeschickt hätte. Ransom blieb dann immer in der Nähe des Nichtmenschen. Es war eine Ruhepause vor der eigentlichen Schlacht, aber eine höchst unvollkommene. Er wagte es nicht, den Feind auch nur einen Augenblick aus den Augen zu lassen, und von Tag zu Tag wurde die Gesellschaft des anderen unerträglicher. Er konnte sich zur Genüge davon überzeugen, dass die Maxime, der Fürst der Finsternis sei ein feiner Herr, falsch war. Immer wieder ging ihm durch den Kopf, dass ein höflicher und schlauer Mephisto mit rotem Umhang, Degen und einer Feder am Hut oder sogar ein düsterer, tragischer Satan wie aus Miltons »Verlorenem Paradies« eine willkommene Erlösung von dem Wesen wäre, das er hier im Auge behalten musste. Er hatte es in keiner Weise mit einem gewieften Taktiker zu tun: Es war eher so, als sei er zum Wächter eines Schwachsinnigen, eines Affen oder eines sehr ungezogenen Kindes bestellt worden. Was ihn durcheinander gebracht und angewidert hatte, als der andere mit seinem »Ransom ... Ransom ...« angefangen hatte, widerte ihn auch weiterhin Tag für Tag und Stunde um Stunde an. Wenn der andere mit der Frau sprach, bewies er viel Einfühlungsvermögen und Intelligenz; aber Ransom begriff bald, dass er Intelligenz einzig und allein als eine Waffe ansah, für die er in seinen dienstfreien Stunden genauso wenig Interesse aufbrachte wie ein Soldat auf Urlaub für sein Bajonett. Das Denken war für ihn ein Mittel zum Zweck, das Denken an sich interessierte ihn nicht. Er nahm die Vernunft ebenso äußerlich und künstlich an, wie er Westons Körper angenommen hatte. Sobald die Frau außer Sicht war, fiel er wieder in sein eigentliches Verhalten zurück. Ransom verbrachte einen großen Teil seiner Zeit damit, die Tiere vor dem Nichtmenschen zu schützen. Kaum war er Ransom aus den Augen oder nur ein paar Schritte voraus, so stürzte er sich auf den nächstbesten Vierbeiner oder Vogel, um ihm ein Stück Fell oder Federn auszureißen. Sooft er konnte, versuchte Ransom, zwischen den anderen und sein Opfer zu treten. Bei solchen

Anlässen gab es schlimme Augenblicke, wenn die beiden einander gegenüberstanden. Aber es kam nie zu einem Kampf, denn der Nichtmensch grinste meist nur, spuckte vielleicht aus oder wich einen Schritt zurück; dennoch merkte Ransom bei diesen Gelegenheiten immer wieder, wie sehr er den anderen fürchtete. Denn so wenig wie sein Abscheu wich auch das eher kindliche Entsetzen, mit einem Geist oder einem bewegten Leichnam zusammen zu sein, nie lange von ihm. Schon das bloße Alleinsein mit dem anderen erfüllte ihn manchmal mit solcher Panik, dass er seinen ganzen Verstand zusammennehmen musste, um dem Verlangen nach Gesellschaft zu widerstehen – dem Impuls, wie verrückt über die Insel zu rennen, bis er die Frau gefunden hatte, und um ihren Schutz zu bitten. Konnte der Nichtmensch keine Tiere erwischen, so gab er sich mit Pflanzen zufrieden. Er schlitzte mit den Fingernägeln die Rinde auf, riss Wurzeln aus und Blätter ab oder rupfte ganze Grasbüschel aus dem Boden. Auch mit Ransom wusste er unzählige Spielchen zu treiben. Er hatte ein ganzes Repertoire von Obszönitäten, die er mit seinem – oder vielmehr mit Westons – Körper vollführte; und die Albernheit war beinahe schlimmer als die Unanständigkeit. Auch konnte er stundenlang dasitzen und ihm Grimassen schneiden; und dann verfiel er für Stunden wieder in sein endloses »Ransom ... Ransom ...« Oft hatten seine Grimassen eine erschreckende Ähnlichkeit mit Menschen, die Ransom auf der Erde gekannt und geliebt hatte. Am schlimmsten aber war es, wenn der andere Weston erlaubte, in seinen früheren Körper zurückzukehren. Dann begann seine Stimme, die immer Westons Stimme war, jämmerlich und stockend zu murmeln: »Seien Sie vorsichtig, Ransom. Ich bin hier unten am Grund eines großen schwarzen Loches. Nein, das stimmt gar nicht. Ich bin auf Perelandra. Ich kann jetzt nicht klar denken, aber das spielt keine Rolle, er besorgt das Denken für mich. Bald wird es ganz einfach sein. Dieser Bursche macht ständig die Fenster zu. In Ordnung, man hat mir den Kopf abgenommen und einen anderen aufgesetzt. Bald werde ich wieder auf der Höhe sein. Sie wollen mich meine Zeitungsausschnitte nicht sehen lassen. Dann bin ich also hingegangen und habe ihm gesagt, wenn Sie mich nicht unter den ersten fünfzehn wollen, müssen Sie ohne mich zurechtkommen, verstehen Sie. Wir werden diesem jungen Spund sagen, dass es eine Beleidigung für den Prüfungsausschuss ist, eine solche Arbeit vorzulegen. Ich möchte wissen, warum ich eine Fahrkarte erster Klasse bezahlt habe und dann so hinausgedrängt werde. Das ist nicht fair. Nicht fair. Ich habe es immer gut gemeint. Könnten Sie mir nicht diese Last von der Brust nehmen, ich will all diese Kleider nicht. Lasst mich in Ruhe. Lasst mich in Ruhe. Es ist nicht fair. Es ist nicht fair. Was für riesige Schmeißfliegen. Es heißt ja, man gewöhnt sich an sie ...« Und dann endete es in einem hundeartigen Geheul. Ransom war sich nie sicher, ob das Ganze ein Trick war oder ob tatsächlich eine immer weiter verfallende geistige Energie, die einmal Weston gewesen war, ein elendes, gelegentlich noch aufflackerndes Leben in dem Körper fristete, der dort neben ihm saß. Aller Hass, den er einmal gegen den Professor gehegt hatte, war von ihm gewichen. Er fand es natürlich, inbrünstig für Westons Seele zu beten. Doch es war nicht eigentlich Mitleid, was er für Weston empfand. Wann immer er an die Hölle gedacht hatte, hatte er sich bisher die verlorenen Seelen immer noch als menschlich vorgestellt; jetzt, da sich der schreckliche Abgrund, der die Geisterwelt von der Menschheit scheidet, vor ihm auftat, ging das Mitleid fast im Entsetzen unter – im unbezwingbaren Widerwillen des Lebens gegen den endgültigen und selbstzerstörerischen Tod. Wenn es die Überreste Westons waren, die in solchen Augenblicken durch den Mund des Nichtmenschen sprachen, dann war Weston jetzt kein Mensch mehr. Die Kräfte, die vielleicht schon vor Jahren begonnen hatten, seine Menschlichkeit zu zerfressen, hatten ihr

Werk vollendet. Der vergiftete Wille, der langsam seine Intelligenz und seine Gefühle durchsetzt hatte, hatte sich schließlich selbst vergiftet, und der ganze psychische Organismus war zerfallen. Nur ein Gespenst war zurückgeblieben – eine immer während Unrast, ein Zerbröckeln, eine Ruine, ein Geruch von Verwesung und Zerfall. Und dies, dachte Ransom, könnte mein Schicksal sein, oder das ihre.

Aber natürlich waren die Stunden, die er allein mit dem Nichtmenschen verbrachte, nur etwas Nebensächliches. Die eigentliche Herausforderung war das endlose Gespräch zwischen dem Versucher und der grünen Frau. Nach ein paar Stunden war es schwierig einzuschätzen, welchen Fortschritt der andere erzielt hatte; aber nach mehreren Tagen konnte Ransom sich nicht mehr der Erkenntnis verschließen, dass die allgemeine Entwicklung zu Gunsten des Feindes verlief. Es gab zwar Aufs und Abs, und oft wurde der Nichtmensch unerwartet durch irgendeinen schlichten Einwand geschlagen, auf den er nicht gefasst gewesen war. Oft waren auch Ransoms Beiträge zu der schrecklichen Debatte im Augenblick erfolgreich. Es gab Zeiten, da er dachte: »Gott sei Dank! Nun haben wir doch gewonnen.« Aber der Feind war nie erschöpft, und Ransoms Müdigkeit nahm ständig zu; bald glaubte er Anzeichen dafür zu sehen, dass auch die Frau immer müder wurde. Schließlich sprach er sie darauf an und bat sie, ihn und den anderen fortzuschicken. Aber sie rügte ihn, und ihre Rüge zeigte, wie gefährlich die Situation bereits geworden war. »Soll ich hingehen, mich ausruhen und spielen«, fragte sie, »während dies alles entschieden sein will? Nicht, ehe ich nicht ganz sicher bin, dass ich nicht eine große Tat für den König und die Kinder unserer Kinder zu vollbringen habe.«

Das war der Punkt, in dem der Feind sie nun fast ausschließlich bearbeitete. Obwohl die Frau kein Wort für »Pflicht« hatte, ließ er es ihr im Lichte einer Pflicht erscheinen, an der Idee des Ungehorsams festzuhalten, und überzeugte sie, dass es Feigheit wäre, sie zurückzuweisen. Die Idee von der großen Tat, dem großen Wagnis, von Aufopferung und Märtyrertum wurden ihr jeden Tag in tausend Variationen eingeflüstert. Der Gedanke, abzuwarten und den König zu fragen, bevor eine Entscheidung getroffen würde, war längst unauffällig beiseite geschoben worden. An eine solche »Feigheit« dürfe jetzt nicht mehr gedacht werden. Der ganze Sinn ihres Handelns – die ganze Größe – liege darin, dass sie es ohne Wissen des Königs vollbringe, dass ihm völlig freigestellt bliebe, es zu missbilligen, sodass alle die Vorteile bei ihm und alles Wagnis bei ihr lägen: und mit dem Wagnis natürlich der Edelmut, das Pathos, das Tragische und die Selbstständigkeit. Außerdem, gab der Versucher ihr zu verstehen, habe es keinen Zweck, den König zu fragen, denn der würde die Tat sicherlich nicht billigen: so seien die Männer nun einmal. Dem König müsse die Freiheit aufgezwungen werden. Jetzt, da sie allein sei – jetzt oder nie – müsse die edle Tat vollbracht werden. Und mit diesem »Jetzt oder Nie« brachte er geschickt eine Befürchtung ins Spiel, die die Frau anscheinend mit ihren Geschlechtsgenossinnen auf der Erde teilte – die Befürchtung, man könne sein Leben vergeuden oder eine große Gelegenheit ungenutzt verstreichen lassen. »Als ob ich ein Baum wäre, der Früchte tragen könnte und doch keine trägt«, sagte sie. Ransom suchte sie zu überzeugen, dass Kinder Frucht genug seien. Aber der Nichtmensch fragte, ob diese ausgeklügelte Teilung der Rasse in zwei Geschlechter wirklich nur den Zweck habe, Nachkommen zu erzeugen? Schließlich sei dies auch einfacher zu bewerkstelligen, wie an zahlreichen Pflanzen zu sehen sei. Dann erklärte er, auf seiner eigenen Welt seien Männer wie Ransom – Männer jenes ausgesprochen männlichen und rückwärts blickenden Typs, die vor dem neuen Guten immer zurückschreckten – ständig bestrebt, die Rolle der Frau auf das Kindergebären zu beschränken und die hohe Bestimmung außer Acht zu lassen, für die Maleldil sie in

Wahrheit erschaffen habe. Solche Männer hätten bereits unermesslichen Schaden angerichtet. Sie solle darauf bedacht sein, dass nichts dergleichen auf Perelandra geschehe. In diesem Stadium lehrte er sie viele neue Worte, Worte wie »schöpferisch«, »Intuition« und »geistig«. Aber das war einer seiner Fehler. Als er ihr endlich klargemacht hatte, was »schöpferisch« bedeutete, vergaß sie alles über das große Wagnis und die tragische Einsamkeit und lachte eine ganze Minute lang. Schließlich sagte sie dem Nichtmenschen, er sei sogar noch jünger als der Gescheckte, und schickte sie beide fort.

Dadurch hatte Ransom an Boden gewonnen; doch am folgenden Tag machte er alles wieder zunichte, weil er seine Selbstbeherrschung verlor. Der Feind hatte ihr leidenschaftlicher als sonst die edle Erhabenheit von Aufopferung und Hingabe vor Augen geführt, und ihre Bezauberung schien sich mit jedem Augenblick zu vertiefen. Da verlor Ransom die Geduld, sprang auf und redete heftig auf sie ein, wobei er viel zu schnell sprach, beinahe brüllte und in der Aufregung sein Alt-Solarisch vergaß und englische Brocken einflocht. Er versuchte, ihr zu erklären, dass er diese Art von ›Selbstlosigkeit‹ kannte, versuchte ihr von Frauen zu erzählen, die lieber hungerten, bis ihnen übel wurde, statt vor der Heimkehr des Mannes mit der Mahlzeit anzufangen, obwohl sie genau wussten, dass er das nicht leiden konnte; von Müttern, die sich abrackerten, um eine Tochter mit einem Mann zu verheiraten, den die Tochter verabscheute; von Agrippina und Lady Macbeth. »Kannst du denn nicht begreifen«, schrie er, »dass er dir Worte in den Mund legt, die nichts bedeuten? Was bringt es zu sagen, du würdest dies oder jenes für den König tun, wenn du genau weißt, dass der König nichts davon wissen will? Bist du Maleldil, dass du bestimmst, was gut ist für den König?« Aber sie verstand nur einen sehr kleinen Teil des Gesagten, und sein Benehmen verwirrte sie. Der Nichtmensch schlug Kapital aus dieser Rede.

Aber durch all diese Aufs und Abs, durch all die Frontwechsel, Gegenangriffe und Rückzüge hindurch erkannte Ransom allmählich die Strategie des anderen. Die Reaktion der Frau auf die Anregung, das große Wagnis auf sich zu nehmen und eine tragische Vorkämpferin zu werden, entsprang noch immer hauptsächlich ihrer Liebe zum König und zu ihren ungeborenen Kindern, in gewissem Sinn sogar ihrer Liebe zu Maleldil selbst. Die Vorstellung, dass Er vielleicht nicht wirklich blinden Gehorsam wünschte, war der Spalt, durch den die ganze Flut von Eingebungen allmählich in ihr Denken gesickert war. Aber seit der Nichtmensch begonnen hatte, seine tragischen Geschichten zu erzählen, wurde diese Reaktion eine Spur theatralisch, wurde ein Hauch von Selbstbewunderung spürbar, eine Neigung, im Drama ihrer Welt eine eindrucksvolle Rolle zu spielen. Es versteht sich, dass der Nichtmensch dieses Element nach Kräften zu stärken versuchte. Solange es sozusagen im Ozean ihres Geistes nur ein Tropfen war, würde ihm der wirkliche Erfolg versagt bleiben. Vielleicht war sie, solange es sich so verhielt, vor tatsächlichem Ungehorsam geschützt; vielleicht konnte, solange ein solches Motiv nicht vorherrschte, ein vernunftbegabtes Wesen sein Glück nicht für etwas so Unbestimmtes wie das Geschwätz des Versuchers von »tieferem Leben« und dem »Weg empor« über Bord werfen. Der hinter der Idee des edlen Ungehorsams verborgene Egoismus musste bestärkt werden. Und trotz vieler Einwände der Frau und vieler Rückschläge für den Feind hatte Ransom den Eindruck, dass dieser Egoismus in der Tat sehr langsam, aber merklich stärker wurde. Das Ganze war natürlich höchst kompliziert. Was der Nichtmensch sagte, kam der Wahrheit immer sehr nahe. Sicherlich musste es Teil des göttlichen Planes sein, dass dieses glückselige Geschöpf heranreifte und allmählich einen freien Willen erlangte, dass es sich von Gott und von seinem Mann in gewisser Weise entfernte, um dadurch auf vollkommenere Weise eins mit ihnen werden zu können. Er hatte ja gesehen, wie dieser Prozess seit seiner Begegnung mit ihr vorangeschritten war, und er hatte ihn unbewusst gefördert. Wenn sie die gegenwärtige Versuchung besiegte, wäre das der nächste und größte Schritt in diese Richtung: Sie würde zu einem freieren, überlegteren und bewussteren Gehorsam finden, als sie ihn bisher gekannt hatte. Aber genau darum konnte der verhängnisvolle falsche Schritt, der, einmal getan, sie in die uns Menschen so wohl bekannte, schreckliche Abhängigkeit von Begierde und Hass, Wirtschaft und Regierung stürzen würde, ihr als der richtige dargestellt werden. Was Ransom davon überzeugte, dass sie dem gefährlichen Element immer mehr Interesse entgegenbrachte, war ihre zunehmende Gleichgültigkeit gegenüber der einfachen Logik des Problems. Es wurde schwieriger, sie an den Ausgangspunkt zu erinnern – ein Gebot Maleldils, die Ungewissheit, welche Folgen eine Übertretung dieses Gebotes hätte, und ihr gegenwärtiges Glück, so groß, dass eine Veränderung kaum eine Verbesserung bedeuten konnte. Die zahllosen, verschwommenen, aber glanzvollen Bilder, die der Nichtmensch heraufbeschwor, und die überragende Bedeutung des zentralen Gedankens schwemmten all das hinweg. Noch war sie im Zustand der Unschuld. Noch hegte sie keine böse Absicht. Aber wenn ihr Wille auch unverdorben war, so war die Hälfte ihrer Fantasie doch bereits bevölkert von strahlenden, giftigen Gestalten. »So kann es nicht weitergehen«, dachte Ransom zum zweiten Mal. Aber alle seine Einwände erwiesen sich auf die Dauer als nutzlos, und es ging doch weiter.

Dann kam eine Nacht, in der er so erschöpft war, dass er gegen Morgen in bleiernen Schlaf sank und bis weit in den nächsten Tag hinein schlief. Als er erwachte, war er allein. Ein großer Schrecken überkam ihn. »Was hätte ich tun können? Was hätte ich tun können?«, rief er, denn er glaubte alles verloren. Unglücklich und mit schmerzendem Kopf wankte er zum Ufer der Insel: Er wollte versuchen, einen Fisch zu finden, und die Entwichenen zum Festland verfolgen, das sicher ihr Ziel war. In seiner Bitterkeit und Verwirrung vergaß er, dass er keine Ahnung hatte, in welcher Richtung dieses Land jetzt lag und wie weit es entfernt war. Er eilte durch den Wald, und als er auf eine Lichtung kam, merkte er plötzlich, dass er nicht allein war. Zwei menschliche Gestalten in langen Gewändern standen vor ihm, stumm unter dem goldenen Himmel. Ihre Gewänder waren purpurn und blau, auf den Köpfen trugen sie Kränze aus silbrigen Blättern, und ihre Füße waren nackt. Die eine Gestalt schien das hässlichste und die andere das schönste aller Menschenkinder zu verkörpern. Dann sprach eine von ihnen, und er begriff, dass sie niemand anders waren als die grüne Frau und der besessene Körper des unglücklichen Weston. Die Gewänder waren aus Federn, und Ransom wusste genau, von welchen perelandrischen Vögeln sie stammten; wie sie, wenn überhaupt, zusammengeknüpft waren, entzog sich seiner Kenntnis.

»Willkommen, Gescheckter«, sagte die Frau. »Du hast lange geschlafen. Wie findest du uns in unseren Blättern?«

»Die Vögel«, sagte Ransom. »Die armen Vögel! Was hat er ihnen angetan?«

»Er hat die Federn irgendwo gefunden«, sagte die Frau achtlos. »Die Vögel verlieren sie.«

»Warum hast du das getan?«

»Er hat mich wieder älter gemacht. Warum hast du es mir nie gesagt, Gescheckter?«

»Was gesagt?«

»Wir haben es nicht gewusst. Dieser hier hat mir gezeigt, dass die Bäume Blätter und die Tiere Felle haben, und gesagt, dass die Männer und Frauen eurer Welt sich auch mit schönen Dingen behängen. Warum sagst du uns nicht, wie wir aussehen? Ach, Gescheckter, ich hoffe, dies ist nicht schon wieder ein neues Gutes, von dem du deine Hand zurückziehst.

Es kann dir nicht neu sein, wenn alle auf deiner Welt es tun.«

»Das ist etwas anderes«, sagte Ransom. »Dort ist es kalt.«

»Das hat der Fremde auch gesagt«, antwortete sie. »Aber nicht in allen Teilen deiner Welt. Er sagt, man tue es auch dort, wo es warm ist.«

»Hat er dir auch gesagt, warum die Leute es tun?«

»Um schön zu sein. Warum sonst?«, sagte die Frau ein wenig verwundert.

»Dem Himmel sei Dank«, dachte Ransom, »er lehrt sie nur Eitelkeit.« Er hatte Schlimmeres befürchtet. Aber war es auf lange Sicht möglich, Kleider zu tragen, ohne ein Schamgefühl zu entwickeln, und mit diesem Schamgefühl auch die Unkeuschheit kennen zu lernen?

»Findest du, dass wir jetzt schöner sind?«, fragte die Frau und unterbrach ihn in seinen Gedanken.

»Nein«, sagte Ransom, verbesserte sich aber sogleich: »Ich weiß nicht.« Es war wirklich nicht leicht, die Frage zu beantworten. Der Nichtmensch sah nun, da Westons Alltagshemd und kurze Hose verhüllt waren, exotischer und fantastischer, weniger schmutzig und abscheulich aus. Was die Frau anging, so sah sie in gewissem Sinn weniger schön aus. Ihre Nacktheit war einfach und schlicht gewesen – etwa so wie wir von einer einfachen Mahlzeit sprechen. Mit dem purpurnen Gewand dagegen waren Üppigkeit und Überladenheit hinzugekommen, Zugeständnisse an eine niedere Konzeption des Schönen. Zum ersten (und letzten) Male erschien sie ihm in diesem Augenblick als eine Frau, die ein erdgeborener Mann möglicherweise lieben könnte. Und das war unerträglich. Diese grässliche, unangemessene Vorstellung hatte den Farben der Landschaft und den Düften der Blumen schlagartig etwas von ihrem Reiz genommen.

»Findest du, dass wir jetzt schöner sind?«, fragte die Frau wieder.

»Was tut das zur Sache?«, fragte Ransom unwillig.

»Jeder sollte so schön sein wollen wie möglich«, antwortete sie. »Und wir können uns selbst nicht sehen.«

»Können wir doch«, sagte Westons Körper.

»Und wie?«, sagte die Frau und wandte sich dem anderen zu. »Selbst wenn du deine Augen ganz herumdrehen könntest, dass sie nach innen schauen, würden sie nur Schwärze sehen.«

»Nicht so«, antwortete Westons Körper. »Ich werde es dir zeigen.« Er ging ein paar Schritte zu der Stelle, wo Westons Rucksack im gelben Moos lag. Mit jener seltsam scharfen Wahrnehmung, die wir entwickeln, wenn wir voller Angst und Sorge sind, sah Ransom genau, wie dieser Rucksack verarbeitet war und welches Muster er hatte. Er musste aus demselben Londoner Geschäft stammen, wo er seinen eigenen gekauft hatte; und diese Einzelheit, die ihn plötzlich daran erinnerte, dass Weston einmal ein Mensch gewesen war, dass auch er einmal Freuden und Schmerzen gekannt und einen menschlichen Geist gehabt hatte, trieb ihm fast die Tränen in die Augen. Die abscheulichen Finger, die Weston nie wieder gebrauchen würde, öffneten die Schnallen und brachten einen kleinen, glänzenden Gegenstand zum Vorschein – einen billigen kleinen Taschenspiegel. Er gab ihn der grünen Frau. Sie drehte ihn in den Händen.

»Was ist das? Was soll ich damit?«, sagte sie.

»Schau hinein«, sagte der Nichtmensch.

»Wie?«

»So!«, sagte er. Er nahm ihr den Spiegel aus der Hand und hielt ihn ihr vors Gesicht. Sie blickte eine ganze Weile hinein, offenbar ohne zu verstehen, was sie darin sah. Dann schrak sie zusammen, stieß einen Schrei aus und bedeckte ihr Gesicht mit den Händen. Auch Ransom erschrak. Zum ersten Mal erlebte er, wie sie eine Gefühlsregung passiv entgegennahm. Veränderung lag in der Luft.

»Oh!« rief sie. »Oh! Was ist das? Ich habe ein Gesicht gesehen.«

»Nur dein eigenes Gesicht, du Schöne«, sagte der Nichtmensch.

»Ich weiß«, sagte die Frau; immer noch hatte sie ihre Augen vom Spiegel abwandt. »Mein Gesicht ist dort draußen – und schaut mich an. Werde ich älter, oder ist es etwas anderes? Ich fühle ... Ich fühle ... Mein Herz schlägt zu schnell. Mir ist nicht warm. Was ist das?« Sie blickte von einem zum anderen. Alle Geheimnisse waren aus ihrem Gesicht verschwunden. Es war so leicht zu lesen wie das eines Menschen im Luftschutzkeller, wenn eine Bombe niedergeht.

»Was ist das?«, wiederholte sie.

»Wir nennen es Angst«, sagte Westons Mund. Dann sah der andere Ransom geradewegs ins Gesicht und grinste.

»Angst«, meinte sie. »Das also ist Angst.« Sie dachte über ihre Entdeckung nach; dann sagte sie schroff und entschieden: »Es gefällt mir nicht.«

»Es wird wieder vergehen«, sagte der Nichtmensch, doch Ransom fuhr dazwischen.

»Es wird niemals vergehen, wenn du tust, was er will. Er wird dich immer tiefer und tiefer in die Angst hineinführen.«

»Ich führe dich«, sagte der Nichtmensch, »in die großen Wellen hinein, durch sie hindurch und über sie hinaus. Nun, da du die Angst kennst, weißt du, dass nur du sie um deiner Nachkommen willen erfahren wirst. Du weißt, dass es nicht der König sein wird, und du willst es auch nicht. Doch dieses kleine Ding ist kein Grund zur Angst, eher zur Freude. Was ängstigt dich daran?«

»Dass etwas zwei ist, wo es doch eins ist«, antwortete die Frau bestimmt. »Dieses Ding« (sie deutete auf den Spiegel), »bin ich und bin ich doch nicht.«

»Aber wenn du nicht hineinsiehst, wirst du nie wissen, wie schön du bist.«

»Ich denke, Fremder«, antwortete sie, »dass eine Frucht nicht sich selbst isst und ein Mensch nicht mit sich selbst zusammen sein kann.«

»Eine Frucht kann das nicht, weil sie nur eine Frucht ist«, sagte der Nichtmensch. »Aber wir können es. Wir nennen dieses Ding einen Spiegel. Ein Mensch kann sich selbst lieben und mit sich selbst zusammen sein. Das bedeutet es, ein Mann oder eine Frau zu sein – neben sich selbst einherzugehen, als ob man ein zweiter wäre, und sich an der eigenen Schönheit zu freuen. Spiegel werden gemacht, um diese Kunst zu lehren.«

»Ist es ein Gutes?«, fragte die Frau.

»Nein«, sagte Ransom.

»Wie kannst du das herausfinden, ohne einen Versuch zu machen?«, fragte der Nichtmensch.

»Wenn du es versuchst, und es ist nicht gut«, sagte Ransom, »wie willst du wissen, ob du auch wieder damit aufhören kannst?«

»Ich gehe schon neben mir einher«, sagte die Frau. »Aber ich weiß noch nicht, wie ich aussehe. Wenn ich zwei geworden bin, sollte ich wissen, wie die andere ist. Was deine Frage betrifft, Gescheckter, so wird mir ein Blick das Gesicht dieser Frau zeigen, und warum sollte ich mehr als einmal hinschauen?«

Sie nahm dem Nichtmenschen ein wenig furchtsam, aber entschlossen den Spiegel aus der Hand und schaute eine Zeit lang schweigend hinein. Dann ließ sie ihn sinken, stand da und hielt ihn in der hängenden Hand.

»Es ist sehr seltsam«, sagte sie schließlich.

»Es ist sehr schön«, sagte der Nichtmensch. »Meinst du nicht auch?«

»Ja.«

»Aber du hast noch nicht herausgefunden, was du wissen wolltest.«

»Was war das? Ich habe es vergessen.«

»Ob das Federgewand dich schöner oder hässlicher macht.«

»Ich habe nur ein Gesicht gesehen.«

»Halt den Spiegel weiter weg, und du wirst die Frau neben dir ganz sehen – die andere, die du bist. Warte – ich halte ihn dir.«

Nun folgte eine so alltägliche Szene, dass es schon beinahe grotesk war. Sie betrachtete sich zuerst mit dem Gewand, dann ohne, dann wieder damit; schließlich entschied sie sich dagegen und warf es fort. Der Nichtmensch hob es auf.

»Willst du es nicht behalten?«, sagte er. »Vielleicht willst du es an manchen Tagen tragen, auch wenn du es nicht für jeden Tag haben willst.«

»Behalten?«, fragte sie, ohne zu verstehen.

»Ich hatte es vergessen«, sagte der Nichtmensch. »Ich hatte vergessen, dass du nicht auf dem Festen Land leben noch ein Haus bauen oder in irgendeiner Weise Herrin über dein eigenes Geschick werden willst. ›Behalten‹ heißt ein Ding dort hinlegen, wo du es immer wieder finden kannst und wo Regen, Tiere und andere Leute ihm nichts anhaben können. Ich würde dir auch diesen Spiegel zum Behalten geben. Es wäre der Spiegel der Königin, ein Geschenk, das aus den Himmelstiefen auf diese Welt gebracht wurde; die anderen Frauen hätten nichts Derartiges. Aber du hast mich daran erinnert. Es kann keine Geschenke, kein Behalten und keine Voraussicht geben, solange du lebst wie jetzt – in den Tag hinein, wie die Tiere.«

Aber die Frau schien ihm nicht zuzuhören. Sie stand da, wie benommen von einem prächtigen Tagtraum. Sie sah nicht im Mindesten wie eine Frau aus, die an ein neues Kleid denkt. Der Ausdruck ihres Gesichts war edel. Er war viel zu edel. Größe, Tragik, hochherzige Gefühle – solche Dinge bewegten offensichtlich ihr Gemüt. Ransom erkannte, dass die Sache mit dem Gewand und dem Spiegel nur oberflächlich mit dem zusammenhing, was man gemeinhin weibliche Eitelkeit nennt. Das Bild ihres schönen Körpers war ihr nur gezeigt worden, um ihr das weitaus gefährlichere Bild ihrer großen Seele zum Bewusstsein zu bringen. Eine äußerliche und sozusagen bühnenwirksame Auffassung des Selbst war das eigentliche Ziel des Feindes. Er machte ihre Seele zu einem Theater, in dem dieses Schein-Selbst die Bühne beherrschen sollte. Das Stück hatte er bereits geschrieben.

## 11

Weil Ransom an diesem Morgen so lange geschlafen hatte, fiel es ihm leicht, am Abend wach zu bleiben. Die See hatte sich wieder beruhigt, der Regen aufgehört. Er saß aufrecht in der Dunkelheit, den Rücken gegen einen Baum gelehnt. Die anderen waren in seiner Nähe. Die Frau schlief, ihrem Atem nach zu urteilen, und der Nichtmensch wartete zweifellos nur darauf, dass Ransom einnickte, um sie zu wecken und seine Überredungsversuche wieder aufzunehmen. Zum dritten Mal, und dringlicher denn je, kam Ransom der Gedanke, dass es so nicht weitergehen könne.

Der Feind ging vor wie bei einem Kreuzverhör. Wenn nicht ein Wunder geschah, musste der Widerstand der Frau früher oder später erlahmen. Warum geschah kein Wunder? Oder vielmehr: Warum geschah kein Wunder auf der richtigen Seite? Denn dass der Feind überhaupt hier war, war an sich schon eine Art Wunder. Hatte die Hölle ein Vorrecht, Wunder zu wirken? Warum griff der Himmel nicht ein? Nicht zum ersten Mal zweifelte Ransom an der göttlichen Gerechtigkeit. Er konnte nicht verstehen, warum Maleldil fernblieb, wenn der Feind in Person zur Stelle war.

Doch während er dies noch dachte, erkannte er so plötzlich und klar, als ob die schwarze Finsternis um ihn her mit lauter und deutlicher Stimme gesprochen hätte, dass Maleldil nicht abwesend war. Das Gefühl einer Gegenwart – so willkommen, und zu deren Begrüßung doch erst ein gewisses Widerstreben überwunden werden musste –, dieses Gefühl, das er auf Perelandra schon einige Male empfunden hatte, stellte sich erneut ein. Die Dunkelheit war erfüllt von der Gegenwart, und sie schien auf seiner Brust zu lasten, sodass er kaum atmen konnte; wie eine Krone von unerträglichem Gewicht schien sie sich um seinen Schädel zu legen, sodass er eine Zeit lang kaum denken konnte. Überdies wurde ihm auf unerklärliche Art und Weise bewusst, dass sie niemals fern gewesen war und dass irgendetwas in ihm, das ihm selbst nicht bewusst war, ihn nur in den vergangenen Tagen dazu gebracht hatte, sie nicht zu beachten.

Inneres Schweigen ist für uns Menschen nur mühsam zu erringen. In unserem Verstand gibt es einen schwatzhaften Teil, der sogar an den heiligsten Stätten plappert, bis er zurechtgewiesen wird. So kam es, dass sich ein Teil von Ransom in angstvollem und demütigem Schweigen, das beinahe dem Tode glich, unterwarf, während der andere, völlig unberührt davon, sich weiterhin in Fragen und Einwänden erging. »Ist ja schön und gut«, sagte dieser zungenfertige Kritiker, »eine Gegenwart dieser Art! Aber der Feind ist wirklich hier und redet und handelt wirklich. Wo ist Maleldils Vertreter?«

Die Antwort, die schnell wie der Gegenschlag eines Fechters oder Tennisspielers aus der Stille und der Dunkelheit zurückkam, nahm ihm fast den Atem. Sie kam ihm vor wie eine Blasphemie. »Was kann ich denn tun?«, stammelte sein redseliges Selbst. »Ich habe getan, was ich konnte. Ich habe mich krank geredet. Es hat keinen Zweck, sage ich dir.« Er versuchte, sich zu überzeugen, dass er, Ransom, unmöglich Maleldils Vertreter sein konnte, wie der Nichtmensch der Vertreter der Hölle war. Die Unterstellung selbst war, so argumentierte er, diabolisch – eine Verführung zu selbstgefälligem Stolz und

Größenwahn. Er war entsetzt, als die Dunkelheit ihm seine Antwort beinahe ungeduldig einfach ins Gesicht zurückschleuderte. Er musste einsehen, und fragte sich, wie es ihm bis jetzt entgangen sein konnte, dass seine eigene Anwesenheit auf Perelandra ein zumindest ebenso großes Wunder war wie diejenige des Feindes. Dieses Wunder auf der richtigen Seite, das er verlangt hatte, war tatsächlich geschehen. Er selbst war das Wunder.

»Ach, das ist doch Unsinn«, sagte das geschwätzige Selbst. Er, Ransom, mit seinem lächerlich gescheckten Körper und seinen zehnfach widerlegten Argumenten – was war denn das für ein Wunder? Sein Verstand rettete sich voller Hoffnung in eine Seitengasse, die ein Entkommen zu verheißen schien. Also gut, er war durch ein Wunder hierher gebracht worden. Er war in Gottes Hand. Solange er sein Bestes tat – und er hatte sein Bestes getan –, würde Gott sich des endgültigen Ausgangs annehmen. Er, Ransom, hatte keinen Erfolg gehabt, aber er hatte sein Bestes getan. Niemand konnte mehr von ihm verlangen. »Nicht an den Sterblichen ist es, Erfolg zu gebieten.« Er brauchte sich um das Endergebnis keine Sorgen zu machen. Maleldil würde sich darum kümmern. Und Maleldil würde ihn nach seinen angestrengten, wenn auch vergeblichen Bemühungen wohlbehalten zur Erde zurückbringen. Wahrscheinlich war es Maleldils eigentliche Absicht gewesen, dass Ransom der Menschheit die Wahrheiten verkünden sollte, die er auf dem Planeten Venus erfahren hatte. Was das Schicksal der Venus betraf, nun, das konnte unmöglich auf seinen Schultern ruhen. Das lag in Gottes Hand. Man musste sich damit bescheiden, es dort zu lassen. Man musste Gottvertrauen haben ...

Etwas zersprang wie eine Violinsaite. Von all diesen Ausflüchten blieb nicht ein Fetzen übrig. Erbarmungslos und unmissverständlich zwang die Dunkelheit ihm die Gewissheit auf, dass diese Darstellung der Situation völlig falsch war.

Seine Reise nach Perelandra war weder eine moralische Übung noch ein Scheingefecht. Lag der Ausgang in Maleldils Händen, so waren Ransom und die Frau diese Hände. Das Schicksal einer Welt hing tatsächlich davon ab, wie sie sich in den nächsten Stunden verhielten. Das war die unverrückbare, unverblümte Wahrheit. Wenn sie wollten, konnten sie sich weigern, die Unschuld dieses neuen Geschlechtes zu retten, und dann würde diese Unschuld nicht gerettet. Es lag bei keinem anderen Geschöpf in Raum und Zeit. Ransom sah das alles deutlich, aber er hatte keine Ahnung, was er tun sollte.

Das redselige Selbst protestierte wild, wie eine Schiffsschraube außerhalb des Wassers. Wie unklug, wie unfair, wie unsinnig es war! Wollte Maleldil etwa diese Welt verlieren? Was für einen Sinn hatte ein Plan, der darauf hinauslief, dass so ungeheuer wichtige Dinge völlig und unwiderruflich von einem Strohmann wie ihm abhingen? Und dann musste er daran denken, dass im gleichen Augenblick auf der fernen Erde die Menschen Krieg führten; milchgesichtige Soldaten und sommersprossige Unteroffiziere, die sich erst seit kurzem rasierten, standen in schrecklichen Schützengräben oder robbten durch eine mörderische Dunkelheit und wurden sich wie er der widersinnigen Wahrheit bewusst, dass wirklich alles von ihrem Handeln abhing. Und weit entfernt in der Zeit stand Horatius auf der Brücke, Konstantin grübelte darüber nach, ob er die neue Religion annehmen würde oder nicht, Eva stand da und betrachtete die verbotene Frucht, und der Himmel wartete auf ihre Entscheidung. Ransom wand sich und knirschte mit den Zähnen, aber er konnte sich der Einsicht nicht verschließen. So und nicht anders war die Welt beschaffen. Entweder konnte etwas von einer individuellen Entscheidung abhängen – oder überhaupt nichts. Und wenn etwas davon abhing, wer wollte dann die Grenzen setzen? Ein Stein konnte den Lauf eines Flusses bestimmen. Er war jener Stein in diesem furchtbaren Augenblick, der zum Mittelpunkt des ganzen Universums geworden war. Die Eldila aller Welten, die sündenfreien Organismen aus immer währendem Licht, warteten schweigend in ihren Himmelstiefen, was Elwin Ransom aus Cambridge tun würde.

Dann kam selige Erleichterung. Ihm wurde plötzlich klar, dass er gar nicht wusste, was er überhaupt tun sollte. Beinahe hätte er vor Freude laut aufgelacht. Das ganze Entsetzen war verfrüht gewesen. Keine bestimmte Aufgabe lag vor ihm. Alles, was von ihm verlangt wurde, war eine allgemeine und grundsätzliche Entschlossenheit, den Feind auf jede nur erdenkliche Weise zu bekämpfen, die die Umstände verlangten. Im Grunde – und er stürzte sich auf die tröstlichen Worte wie ein Kind in die Arme seiner Mutter – lief es wieder darauf hinaus, »sein Bestes zu tun« – oder vielmehr, es auch weiterhin zu tun, denn er hatte es ja bereits die ganze Zeit getan. »Wie bauschen wir die Dinge doch immer auf«, murmelte er und setzte sich ein wenig bequemer. Sanft stieg eine Welle, wie ihm schien, heiterer und vernünftiger Frömmigkeit in ihm auf, und er ließ sich von ihr mitreißen.

Aber was war das? Er saß plötzlich wieder kerzengerade, und sein Herz hämmerte wild gegen die Rippen. Seine Gedanken waren auf eine Idee gestoßen, vor der sie zurückschreckten wie eine Hand vor einem glühenden Schürhaken. Aber diesmal war die Idee wirklich zu kindisch, um sich damit abzugeben. Diesmal musste sie eine Täuschung sein, ein Produkt seiner eigenen Fantasie. Es verstand sich von selbst, dass ein Kampf mit dem Teufel ein geistiger Kampf war ... Ein körperlicher Kampf war allenfalls einem Wilden angemessen. Wäre es doch nur wirklich so einfach ... Aber hier hatte das schwatzhafte Selbst einen verhängnisvollen Fehler gemacht. Tief im Innern war Ransom viel zu ehrlich, als dass er sich länger als einen Augenblick der Täuschung hätte hingeben können, er scheue den körperlichen Kampf mit dem Nichtmenschen weniger als alles andere. Lebhafte Bilder stürmten auf ihn ein ... Die Todeskälte dieser Hände (er hatte sie vor einigen Stunden zufällig berührt) ... Die langen, metallischen Fingernägel, die schmale Hautstreifen herausrissen und Sehnen zerfetzten. Es wäre ein langsamer Tod, und bis zum Ende würde einen dieses grausam idiotische Gesicht angrinsen. Man würde lange vor dem Tod aufgeben – um Gnade flehen, dem anderen Hilfe antragen, ihn anbeten, alles.

Ein Glück, dass etwas so Schreckliches ganz offensichtlich nicht in Frage kam. Ransom beschloss – allerdings nicht vollkommen überzeugt –, dass ungeachtet dessen, was Dunkelheit und Stille darüber zu sagen schienen, ein so roher, brutal körperlicher Zweikampf unmöglich Maleldils Absicht sein konnte. Jeder gegenteilige Gedanke musste seiner eigenen morbiden Fantasie entspringen. Es würde den geistigen Krieg auf die Ebene bloßer Mythologie herabsetzen. Aber hier wurde ihm abermals Einhalt geboten. Vor langer Zeit auf dem Mars und mehr noch seit seiner Ankunft auf Perelandra hatte Ransom die Erkenntnis gewonnen, dass die dreifache Unterscheidung zwischen Wahrheit und Mythos und zwischen diesen beiden und der Wirklichkeit nur auf der Erde galt und Teil jener unseligen Trennung zwischen Seele und Körper war, die sich aus dem Sündenfall ergeben hatte. Und selbst auf der Erde gemahnten die Sakramente beständig daran, dass die Trennung weder zuträglich noch endgültig war. Die Menschwerdung Gottes war der Beginn ihrer Aufhebung gewesen. Auf Perelandra würde sie überhaupt keine Bedeutung haben. Was immer hier geschah, es würde so beschaffen sein, dass Erdenmenschen es als Mythologie bezeichnen würden. Über all das hatte er schon früher nachgedacht; jetzt wusste er es. Die Gegenwart im Dunkeln, die er nie zuvor so machtvoll empfunden hatte, legte ihm diese Wahrheiten wie schreckliche Juwelen in die Hände.

Das redselige Selbst war beinahe aus seinem argumentativen Tritt gekommen und klang einen Moment lang wie die

Stimme eines weinerlichen Kindes, das bettelte, losgelassen zu werden, heimgehen zu dürfen. Dann raffte es sich wieder auf und erklärte genau, worin die Absurdität eines körperlichen Kampfes mit dem Nichtmenschen lag. Für die geistige Streitfrage wäre ein solcher Kampf nämlich völlig bedeutungslos. Welchen Sinn hätte es, wenn die Frau nur durch die gewaltsame Beseitigung des Versuchers zum Gehorsam angehalten werden könnte? Was wäre damit bewiesen? Und wenn die Versuchung keine Erprobung oder Prüfung war, warum durfte sie dann überhaupt stattfinden? Wollte Maleldil damit sagen, dass unsere eigene Welt möglicherweise gerettet worden wäre, wenn einen Augenblick, bevor Eva nachgab, ein Elefant versehentlich auf die Schlange getreten wäre? War es so einfach und so fernab jeglicher Moral? Das war völlig absurd!

Das furchtbare Schweigen dauerte an. Es nahm mehr und mehr die Gestalt eines Gesichtes an, eines etwas traurigen Gesichtes, das einen ansieht, während man sich in Lügen verstrickt, das niemals unterbricht, von dem man aber weiß, dass es einen durchschaut, und allmählich gerät man ins Stocken, widerspricht sich und verstummt schließlich. Das geschwätzige Selbst hatte sich verausgabt. Es war, als sage die Dunkelheit zu Ransom, er vergeude nur seine Zeit. Mit jeder Minute wurde ihm klarer, dass die Parallele, die er zwischen dem Garten Eden und Perelandra gezogen hatte, undurchdacht und unvollständig war. Was auf der Erde geschehen war, wo Maleldil in Bethlehem als Mensch geboren worden war, hatte das Universum für immer verändert. Die neue Welt Perelandra war keine bloße Wiederholung der alten Erdenwelt. Maleldil wiederholte Sich niemals. Wie die Frau gesagt hatte: Dieselbe Welle kam kein zweites Mal. Bei Evas Sündenfall war Gott nicht Mensch gewesen. Er hatte die Menschen noch nicht zu Gliedern seines Leibes gemacht: Inzwischen war das jedoch geschehen, und künftig würde Er durch sie erlösen und leiden. Einer der Zwecke, zu dem Er dies alles getan hatte, war die Rettung Perelandras nicht durch Ihn, sondern durch Ihn in Ransom. Weigerte Ransom sich, war der Plan insoweit gescheitert. Für diesen Punkt der Geschichte, einer viel komplizierteren Geschichte, als er gedacht hatte, war er auserwählt worden. Mit dem seltsamen Gefühl, dass etwas von ihm abfalle, verschwinde, verstand er, dass man genauso gut Perelandra und nicht die Erde als den Mittelpunkt ansehen konnte. Man konnte die perelandrische Geschichte lediglich als eine indirekte Folge der Menschwerdung auf Erden betrachten. Man konnte aber auch die Menschheitsgeschichte als bloße Vorbereitung für die neuen Welten sehen, von denen Perelandra die Erste war. Das eine war nicht mehr und nicht weniger wahr als das andere. Nichts war wichtiger oder unwichtiger als irgendetwas anderes, nichts war Vorbild für etwas anderes oder Nachbildung von etwas anderem.

Und zugleich wurde ihm klar, dass sein geschwätziges Selbst von einer falschen Voraussetzung ausgegangen war. Bisher hatte die Frau den Angreifer abgewehrt. Sie war erschöpft und müde, und vielleicht war ihre Vorstellungskraft nicht mehr so rein, aber sie hatte standgehalten. In dieser Hinsicht unterschied die Geschichte sich bereits von allem, was er über die Mutter des Menschengeschlechtes wusste. Er wusste nicht, ob Eva überhaupt Widerstand geleistet hatte, und wenn ja, wie lange. Und noch weniger wusste er, wie dann die Geschichte ausgegangen wäre. Wenn die Schlange zurückgeschlagen worden und am nächsten Tag wiedergekommen wäre, und am übernächsten ... Was wäre dann gewesen? Hätte die Prüfung dann ewig gewährt? Wie hätte Maleldil ihr ein Ende gesetzt? Hier auf Perelandra hatte sein eigenes Gefühl ihm nicht gesagt, dass es keine Versuchung geben dürfe, sondern nur, dass es so nicht weitergehen könne. Wie sollte er dieser Verführung mit Kreuzverhörmethoden Einhalt gebieten? Der irdische Sündenfall bot hierfür keine Anhaltspunkte, die neue Aufgabe erforderte einen neuen Darsteller im Drama. Unglücklicherweise schien er selbst dieser Darsteller zu sein. Vergebens griff sein Verstand von Zeit zu Zeit auf das Buch Genesis zurück und fragte: »Was wäre geschehen, wenn ...?« Darauf gab die Dunkelheit ihm keine Antwort. Geduldig und unerbittlich führte sie ihn zum Hier und Jetzt zurück, zur immer stärkeren Gewissheit dessen, was hier und jetzt verlangt wurde. Er spürte beinahe körperlich, dass die Worte »Was wäre geschehen, wenn ...« bedeutungslos waren, bloße Aufforderung, umherzuwandern in dem, was die Frau als unwirkliche Nebenwelt bezeichnen würde. Nur das Gegenwärtige war wirklich, und jede gegenwärtige Situation war neu. Hier auf Perelandra musste Ransom der Versuchung Einhalt gebieten, oder ihr würde überhaupt kein Einhalt geboten. Die Stimme – denn nun stritt er beinahe mit einer Stimme – schien um diese Alternative herum eine unendliche Leere zu schaffen. Dieses Kapitel, diese Seite, ja dieser Satz in der kosmischen Geschichte war unabänderlich und auf immer unverwechselbar; kein anderer Abschnitt, der je vorgekommen war oder je vorkommen würde, konnte an diese Stelle treten.

Er verfiel auf eine andere Verteidigungstaktik. Wie konnte er überhaupt den unsterblichen Feind bekämpfen? Selbst wenn er eine Kämpfernatur gewesen wäre – statt ein Stubenhocker und Gelehrter mit schlechten Augen und einer bösen Narbe aus dem letzten Krieg –, was für einen Zweck hätte es, den Kampf auszufechten? Der andere konnte nicht getötet werden. Aber die Antwort war klar: Westons Körper konnte vernichtet werden, und dieser Körper war vermutlich der einzige Halt des Feindes auf Perelandra. Als dieser Körper noch einem menschlichen Willen gehorcht hatte, war der andere in ihm in die neue Welt eingedrungen. Aus diesem Körper vertrieben, würde er wahrscheinlich keine andere Zuflucht haben. Er hatte auf Westons eigene Aufforderung Eingang in dessen Körper gefunden und konnte ohne ähnliche Aufforderung in keinen anderen Körper Eingang finden. Ransom erinnerte sich daran, dass die unreinen Geister in der Bibel schreckliche Angst davor hatten, ›in die Tiefe‹ ausgetrieben zu werden. Und sein Mut sank, als er darüber nachdachte und erkannte, dass die körperliche Leistung, die offenbar von ihm verlangt wurde, weder unmöglich noch aussichtslos war. Auf der körperlichen Ebene würden zwei Stubenhocker mittleren Alters aufeinander treffen, beide unbewaffnet bis auf Fäuste, Zähne und Nägel. Beim Gedanken an diese Einzelheiten überkamen ihn Abscheu und Entsetzen. Den anderen mit solchen Waffen zu töten – er erinnerte sich daran, wie er den verwundeten Frosch getötet hatte – würde ein Albtraum sein; selbst getötet zu werden – und wer wusste, wie langsam? – war mehr, als er auch nur in Gedanken ertragen konnte. Dass er den Tod finden würde, schien ihm gewiss. Wann, so fragte er sich, habe ich je in meinem Leben einen Kampf gewonnen?

Er versuchte nicht länger, sich dem Unvermeidlichen zu widersetzen. Seine Argumente waren erschöpft. Die Antwort war klar und ließ keine Ausflüchte mehr zu. Die Stimme der Nacht hatte sie ihm so unmissverständlich verkündet, dass er, obwohl kein Laut zu hören gewesen war, meinte, die Frau, die in der Nähe schlief, müsse davon erwachen. Er sah sich mit dem Unmöglichen konfrontiert. Er musste es tun, aber er konnte es nicht tun. Vergebens führte er sich vor Augen, was ungläubige Männer auf der Erde in diesen Stunden für eine geringere Sache vollbrachten. Sein Wille war in jenem Tal, wo selbst der Hinweis auf die Schande nichts nützt – ja das Tal nur noch dunkler und tiefer werden lässt. Mit einer Feuerwaffe hätte er dem Nichtmenschen gegenübertreten können; er hätte ihm sogar unbewaffnet entgegentreten und dem sicheren Tod ins Auge blicken können, wenn der andere immer noch Westons Revolver gehabt hätte. Aber ihm zu Leibe zu rücken, sich freiwillig diesen leichenkalten und doch lebendigen Armen auszuliefern, mit ihm zu ringen, nackte Brust an nackter Brust ... Furchtbare Torheiten gingen ihm durch den

Sinn. Er würde der Stimme nicht gehorchen, aber das machte nichts, denn später, wenn er wieder auf der Erde wäre, könnte er seinen Ungehorsam bereuen. Wie Petrus würde er die Nerven verlieren und wie Petrus Vergebung erlangen. Sein Verstand kannte die Antwort auf diese Versuchungen nur zu gut; aber er befand sich in einem Zustand, in dem alle Äußerungen des Verstandes wie alte, abgedroschene Phrasen klangen. Dann wechselte seine Stimmung plötzlich. Vielleicht würde er kämpfen und siegen, vielleicht nicht einmal ernstlich verwundet werden. Aber die Dunkelheit bot ihm nicht die geringste Gewähr in dieser Richtung. Die Zukunft war schwarz wie die Nacht.

»Nicht umsonst trägst du den Namen Ransom«, sagte die Stimme.

Und er wusste, dass er sich das nicht bloß einbildete. Er wusste es aus einem recht eigenartigen Grund – seit vielen Jahren wusste er nämlich, dass sein Nachname nichts mit der üblichen Bedeutung von »ransom«, nichts mit Freikauf oder Erlösung zu tun hatte, sondern sich von Ranolfson, Ranolfs Sohn ableitete. Es wäre ihm nie in den Sinn gekommen, die beiden Wörter so in Zusammenhang zu bringen. Den Namen Ransom mit dem Akt des Erlösens zu verbinden, wäre für ihn lediglich ein Wortspiel gewesen. Doch nicht einmal sein geschwätziges Selbst wagte jetzt zu denken, dass die Stimme sich mit Wortspielereien abgebe. In einem einzigen Augenblick durchschaute er, dass das, was für irdische Philologen eine rein zufällige Ähnlichkeit zweier Lautketten darstellte, in Wahrheit kein Zufall war. Die ganze Unterscheidung zwischen Zufall und Vorbestimmung war, wie die Unterscheidung zwischen Wirklichkeit und Mythos, ausschließlich irdisch. Das Gesamtbild ist so groß, dass in dem kleinen Rahmen irdischer Erfahrung Teile davon erscheinen, zwischen denen wir keine Verbindung sehen können, und andere, zwischen denen wir einen Zusammenhang erkennen. Daher unterscheiden wir für unseren Gebrauch zu Recht das Zufällige vom Wesentlichen. Doch sobald man aus diesem Bezugsrahmen hinaustritt, fällt die Unterscheidung ins Leere, schlägt mit unbrauchbaren Flügeln. Ransom war aus dem Rahmen herausgedrängt und in das große Gesamtbild gestellt worden. Er wusste jetzt, warum die alten Philosophen gesagt hatten, dass es jenseits des Mondes weder Zufall noch Glück gebe. Bevor seine Mutter ihn geboren hatte, bevor seine Vorfahren Ransom hießen, bevor ›ransom‹ die Bedeutung von Freikauf oder Erlösung hatte, bevor die Welt erschaffen worden war, hatten all diese Dinge in der Ewigkeit ganz nahe beieinander gelegen, und der tiefere Sinn des Gesamtbildes bestand darin, dass sie an dieser Stelle und auf diese Weise wieder zusammentrafen. Und er senkte den Kopf, seufzte und haderte mit seinem Schicksal – immer noch Mensch und dennoch gezwungen zu sein, in die metaphysische Welt aufzusteigen und in die Tat umzusetzen, was die Philosophie nur denkt.

»Auch mein Name ist Ransom«, sagte die Stimme.

Es dauerte eine Weile, bis ihm der Sinn dieser Worte klar wurde. Er, den die anderen Welten Maleldil nannten, war die Erlösung der Welt, seine eigene Erlösung, wie er wohl wusste. Aber zu welchem Zweck wurde das jetzt gesagt? Er spürte, wie die unerträgliche Antwort immer näher kam, und streckte abwehrend seine Arme aus, als könne er sie daran hindern, die Tür zu seinem Verstand aufzustoßen. Aber sie kam. Das also war der eigentliche Punkt. Wenn er jetzt versagte, würde auch diese Welt später erlöst. Wenn nicht er die Erlösung war, so würde ein anderer es sein. Doch nichts wiederholte sich. Es würde keine zweite Kreuzigung geben; wer weiß, vielleicht nicht einmal eine zweite Menschwerdung, sondern einen Akt noch erschreckenderer Liebe, eine himmlische Herrlichkeit von noch tieferer Demut. Denn er hatte bereits erkannt, wie das Bild größer wurde und wie von einer Welt zur nächsten immer eine Dimension hinzukam. Das kleine, äußerliche Unheil, das Satan auf Malakandra angerichtet hatte, war wie eine Linie; das größere Unheil, das er auf der Erde angerichtet hatte, war wie ein Quadrat; wenn die Venus fiel, so wäre das Unheil wie ein Würfel, und von ihrer Erlösung könnte man sich keine Vorstellung mehr machen. Dennoch würde sie erlöst. Er hatte seit langem gewusst, dass große Dinge von seiner Entscheidung abhingen; doch als er nun die wahre Tragweite der furchtbaren Freiheit erkannte, die in seine Hände gelegt wurde – eine Weite, im Vergleich zu der jede rein räumliche Unendlichkeit eng zu sein schien –, kam er sich vor wie ein Mensch, der unter klarem Himmel am Rand eines Abgrunds einem schneidenden Polarwind ausgesetzt wird. Bis jetzt hatte er sich wie Petrus vor dem Herrn stehend gesehen. Aber es war schlimmer. Er saß vor Ihm wie Pilatus. Es lag bei ihm, zu retten oder Blut zu vergießen. Seine Hände hatten sich rot gefärbt wie die Hände aller Menschen in der Schlacht vor der Erschaffung der Welt; und wenn er wollte, würde er sie jetzt wieder in dasselbe Blut tauchen. »Gnade!«, stöhnte er; und dann: »Herr, warum ich?« Aber es kam keine Antwort.

Die Aufgabe erschien ihm noch immer unmöglich. Doch dann geschah etwas mit ihm, das ihm bisher nur zweimal in seinem Leben widerfahren war. Einmal, als er während des letzten Krieges versucht hatte, sich geistig auf einen sehr gefährlichen Auftrag vorzubereiten. Und das zweite Mal, als er mit dem Entschluss gerungen hatte, einen bestimmten Mann in London aufzusuchen und ihm ein äußerst peinliches Geständnis zu machen, das die Gerechtigkeit verlangte. In beiden Fällen war ihm die Aufgabe unmöglich vorgekommen; er hatte nicht geglaubt, sondern gewusst, dass er psychologisch unfähig war, sie zu bewältigen. Und dann, ohne erkennbare Willensanstrengung, objektiv und nüchtern wie die Anzeige auf einem Messinstrument, stand plötzlich vor ihm die absolute Gewissheit: »Morgen um diese Zeit wirst du das Unmögliche getan haben.« Genauso war es jetzt. Seine Angst, seine Scham, seine Liebe, alle seine Argumente hatten sich nicht im Mindesten gewandelt. Die Aufgabe, vor der er stand, war genauso abschreckend wie zuvor. Der einzige Unterschied war, dass er wusste – fast so als gehöre es bereits der Vergangenheit an –, es würde geschehen. Er konnte betteln, weinen, sich auflehnen, den Himmel verfluchen oder verherrlichen, singen wie ein Märtyrer oder lästern wie ein Teufel. Es würde nicht den geringsten Unterschied machen. Es musste getan werden. Irgendwann käme ein Zeitpunkt, da er alles hinter sich hätte. Die künftige Tat stand fest umrissen und unabänderlich vor ihm, als hätte er sie bereits vollbracht. Es war nur ein belangloses Detail, ein Zufall, dass sie dem angehörte, was wir Zukunft, und nicht dem, was wir Vergangenheit nennen. Der Kampf war vorbei, und doch war der Sieg noch nicht errungen. Man könnte sagen, die freie Wahl sei einfach beiseite geschoben und durch ein unbeugsames Schicksal ersetzt worden. Man könnte aber auch ebenso gut sagen, er sei von der Redegewandtheit seiner Leidenschaften erlöst worden und habe eine unantastbare Freiheit erlangt. Nie im Leben hätte Ransom irgendeinen Unterschied zwischen diesen beiden Darstellungen gesehen. Prädestination und Freiheit waren anscheinend identisch. Er sah keinen Sinn mehr in den vielen Streitgesprächen, die er zu diesem Thema gehört hatte.

Kaum war er sich darüber klar geworden, dass er am nächsten Tag versuchen würde, den Nichtmenschen zu töten, als die Tat ihm auch schon unbedeutender vorkam als zu Beginn. Er konnte kaum verstehen, warum er sich des Größenwahns beschuldigt hatte, als der Gedanke ihm das erste Mal durch den Kopf gegangen war. Zwar würde Maleldil selbst etwas Größeres vollbringen, wenn er, Ransom, seinen Auftrag nicht ausführte. In diesem Sinn war er Maleldils Stellvertreter, doch nicht mehr, als Eva es gewesen wäre, wenn sie den Apfel nicht gegessen hätte, oder irgendein beliebiger Mensch, der eine gute Tat vollbringt. Wie es keinen Vergleich zwischen den

Personen gab, so gab es keinen im Leiden – oder nur einen Vergleich wie den zwischen einem Mann, der sich beim Auslöschen eines Funkens den Finger verbrennt, und einem Feuerwehrmann, der sein Leben bei der Bekämpfung einer Feuersbrunst verliert, die ausgebrochen ist, weil jener Funke nicht gelöscht worden war. Er fragte nicht länger: »Warum ich?« Es konnte geradeso gut er wie ein anderer sein, und er hätte auch vor eine andere Wahl als diese gestellt werden können. Das grelle Licht, in dem er diesen Augenblick der Entscheidung gesehen hatte, ruhte in Wirklichkeit auf allem.

»Ich habe Schlaf über deinen Feind gebracht«, sagte die Stimme. »Er wird nicht aufwachen vor dem Morgen. Steh auf. Geh zwanzig Schritte tiefer in den Wald. Dort wirst du schlafen. Auch deine Schwester schläft.«

**12** _____ Wenn ein gefürchteter Tag anbricht, sind wir gewöhnlich sofort hellwach. Auch als Ransom aus einem traumlosen Schlaf erwachte, stand ihm seine Aufgabe sogleich deutlich vor Augen. Er war allein. Die Insel schaukelte sanft auf einer See, die weder ruhig noch stürmisch war. Das goldene Licht blinkte zwischen den indigofarbenen Stämmen der Bäume hindurch und sagte ihm, in welcher Richtung das Wasser war. Er ging zum Ufer und badete; als er wieder an Land war, legte er sich nieder und trank. Dann stand er eine Weile da, fuhr sich mit den Fingern durchs nasse Haar und rieb sich Arme und Beine. Als er seinen Körper betrachtete, stellte er fest, wie sehr der Sonnenbrand auf der einen und die Blässe auf der anderen Seite nachgelassen hatten. Würde die Frau ihm jetzt zum ersten Mal begegnen, würde sie ihn wohl kaum »Gescheckter« taufen. Seine Haut hatte jetzt eine Farbe wie Elfenbein, und nachdem er so viele Tage barfuß gelaufen war, verloren seine Zehen allmählich die verkrampfte, hässliche Form, die ihnen von den Schuhen aufgezwungen worden war. Alles in allem gefiel er sich besser als zuvor. Er war ziemlich sicher, dass er erst wieder über einen makellosen Körper verfügen würde, wenn für das ganze Universum ein größerer Morgen anbräche, doch er war froh, dass das Instrument für das Konzert gut gestimmt war, bevor er es abgeben musste. »Wenn ich beim Erwachen deinem Bild gleiche«, sagte er vor sich hin, »will ich es zufrieden sein.«

Er ging wieder in den Wald. Zufällig – denn eigentlich suchte er etwas zu essen – tappte er in eine ganze Traube der von den Bäumen herabhängenden Blasen. Die Erfrischung war so köstlich wie beim ersten Mal, und danach schritt er ganz anders aus. Obwohl dies seine letzte Mahlzeit sein sollte, empfand er es als unangemessen, nach irgendeiner besonderen Frucht Ausschau zu halten. Als Erstes kamen ihm die kürbisähnlichen Früchte vor Augen. Eine gute Henkersmahlzeit, dachte er belustigt, als er die leere Schale fallen ließ – noch wie benommen von dem Genuss, der die ganze Welt sich wie im Tanze drehen ließ. »Alles in allem«, dachte er, »hat es sich gelohnt. Es war eine gute Zeit. Ich habe im Paradies gelebt.«

Er ging ein wenig tiefer in den Wald, der hier sehr dicht war, und wäre beinahe über die schlafende Frau gestolpert. Es war ungewöhnlich, dass sie um diese Tageszeit so fest schlief, und er nahm an, dass es Maleldils Werk war. »Ich werde sie nie wieder sehen«, dachte er. »Nie wieder werde ich den weiblichen Körper auf eine solche Weise betrachten wie jetzt diesen.« Als er so dastand und auf sie niederblickte, verspürte er die starke und unerfüllbare Sehnsucht, wenigstens ein einziges Mal die große Mutter des irdischen Menschengeschlechts so in ihrer Unschuld und Herrlichkeit gesehen zu haben. »Andere Dinge, andere Segnungen, andere Pracht«, murmelte er. »Doch das nie. Nie und nimmer. Gott mag alles zum Guten wenden. Doch das ist wirklich zu bedauern.« Noch einmal blickte er auf die schlafende Gestalt, dann ging er schnell weiter. »Ich hatte Recht«, dachte er. »So hätte es nicht weitergehen können. Es war Zeit, ein Ende zu machen.«

Er musste lange durch dunkles, farbiges Dickicht wandern, bis er seinen Feind fand. Er kam an seinem alten Freund, dem Drachen, vorbei, der sich wie beim ersten Mal um einen Baumstamm geschlängelt hatte; aber auch er schlief; und nun bemerkte Ransom, dass, seit er wach war, kein Vogel gezwitschert hatte, kein schlanker Körper durch das Unterholz geglitten war, keine braunen Augen durch das Laubwerk gespäht hatten, keine Geräusche als die des Wassers zu hören gewesen waren. Es war, als habe der Herrgott die ganze Insel oder vielleicht die ganze Welt in tiefen Schlaf versenkt. Im ersten Moment fühlte er sich ein wenig verlassen, doch dann war er froh, dass diesen glücklichen Geschöpfen keine Erinnerung an Blut und Hass bleiben sollte.

Als er nach etwa einer Stunde um eine kleine Gruppe von Blasenbäumen bog, stand er plötzlich dem Nichtmenschen gegenüber. »Ob er schon verwundet ist?«, fragte er sich, als er die blutbefleckte Brust des anderen sah; doch der zweite Blick zeigte ihm, dass es natürlich nicht das Blut des Nichtmenschen war. Ein schon halb gerupfter Vögel, den Schnabel in einem lautlosen, erstickten Schrei weit aufgesperrt, zappelte schwach in den langen, geschickten Händen. Ransom handelte, ohne zu wissen, was er tat. Die Erinnerung an Boxkämpfe aus früher Schulzeit musste in ihm erwacht sein, denn ehe er sich's versah, hatte er mit aller Kraft eine linke Gerade am Unterkiefer des Nichtmenschen gelandet. Aber er hatte vergessen, dass er ohne Handschuhe kämpfte; was ihn wieder zu sich brachte, waren der Schmerz und der grässliche Stoß, die ihm durch den ganzen Arm fuhren, als seine Faust gegen die Kinnlade prallte. Es war, als habe er sich die Knöchel gebrochen. Er blieb einen Augenblick stehen, und das gab dem Nichtmenschen Zeit, etwa sechs Schritte zurückzufallen. Auch ihm hatte die erste Kostprobe des Zusammenstoßes nicht gefallen. Anscheinend hatte er sich in die Zunge gebissen, denn als er zu sprechen versuchte, quoll ihm Blut aus dem Mund. Er hielt immer noch den Vogel in Händen.

»Du willst also deine Kräfte mit mir messen?«, sagte er undeutlich und auf Englisch.

»Leg den Vogel hin«, sagte Ransom.

»Aber das ist sehr töricht von dir«, sagte der Nichtmensch. »Weißt du nicht, wer ich bin?«

»Ich weiß, *was* du bist«, sagte Ransom. »Welcher von ihnen, spielt keine Rolle.«

»Und du denkst, Kleiner«, erwiderte der andere, »du könntest mit mir kämpfen? Meinst du vielleicht, Er würde dir helfen? Das haben schon viele gedacht. Ich kenne Ihn länger als du, Kleiner. Alle denken, Er würde ihnen helfen – bis sie zur Besinnung kommen und schreiend widerrufen, zu spät, mitten in den Flammen, oder wenn sie bereits in Konzentrationslagern verfaulen, sich wimmernd unter Sägen winden, in Irrenhäusern geifern oder an Kreuze genagelt werden. Hat Er Sich vielleicht Selbst helfen können?« Plötzlich warf die Kreatur den Kopf in den Nacken und rief mit so lauter Stimme, dass es schien, das goldene Himmelsdach müsse zerspringen: »Eloi, Eloi, lama sabachthani.«

Als Ransom die Worte hörte, war er überzeugt, dass sie reines Aramäisch des ersten Jahrhunderts waren. Der Nichtmensch zitierte nicht; er erinnerte sich. Dies waren die Worte, die am Kreuz gesprochen worden waren, und der Verstoßene hatte sie gehört und über die Jahrhunderte hinweg wie einen Schatz in seiner brennenden Erinnerung bewahrt, um sie jetzt in furchtbarer Parodie hinauszuschreien. Ransom wurde übel vor Grauen. Bevor er sich wieder erholt hatte, war der Nichtmensch auf ihm, heulend wie ein Sturm, die Augen so weit aufgerissen, dass sie keine Lider zu haben schienen, und das Haar gesträubt. Er presste Ransom fest an sich, hatte die Arme um ihn geschlungen, und seine Nägel rissen Ransom lange

Hautfetzen aus dem Rücken. Ransoms Arme waren mit umklammert, und obwohl er wie wild mit den Fäusten trommelte, konnte er keinen gezielten Schlag führen. Er drehte den Kopf und biss tief in den rechten Oberarmmuskel des anderen, zuerst ohne Erfolg, dann tiefer. Der Nichtmensch heulte auf, versuchte, weiter festzuhalten, doch dann war Ransom plötzlich frei. Der andere ging nicht sofort in Deckung, und Ransoms Schläge trafen seine Herzgegend schneller und härter, als er selbst es je für möglich gehalten hätte. Er konnte hören, wie der Atem in Stößen aus dem offenen Mund fuhr, als er auf ihn einschlug. Dann kamen die Hände des anderen wieder, die Finger gekrümmt wie Krallen: er wollte nicht boxen, er wollte ringen. Ransom schlug ihm den rechten Arm mit einem schmerzhaften Aufprall von Knochen gegen Knochen zur Seite und landete einen Schwinger am fleischigen Teil des Kinns; im selben Augenblick rissen die Nägel seine rechte Seite auf. Er griff nach den Armen seines Gegners, und mehr durch Glück als durch Geschicklichkeit bekam er beide Handgelenke zu fassen.

Was nun folgte, hätte für einen Betrachter kaum wie ein Kampf ausgesehen. Der Nichtmensch versuchte mit aller Kraft, die er in Westons Körper finden konnte, seine Arme aus Ransoms Händen zu winden, während dieser mit aller Kraft seinen eisernen Griff um die Handgelenke des anderen zu halten suchte. Aber diese Anstrengung, die beiden Kämpfern den Schweiß in Strömen vom Rücken rinnen ließ, äußerte sich nur in langsamen, träge und ziellos scheinenden Armbewegungen. Eine Weile konnte keiner dem anderen schaden. Der Nichtmensch beugte sich vor und versuchte zu beißen, aber Ransom hielt ihn auf Armeslänge von sich. Es schien keinen Grund zu geben, warum dies je enden sollte.

Da streckte der andere plötzlich sein Bein aus, winkelte es wieder an und brachte Ransom durch einen Stoß in die Kniekehle beinahe zu Fall. Die Bewegungen wurden auf beiden Seiten schnell und hastig. Ransom versuchte, dem Nichtmenschen ein Bein zu stellen, doch ohne Erfolg. Dann bog er den linken Arm des Gegners mit aller Kraft zurück, um ihn zu brechen oder wenigstens auszurenken. Doch dabei lockerte sich sein Griff um das zweite Handgelenk, und der andere befreite seine rechte Hand. Ransom konnte gerade noch die Augen schließen, bevor die Nägel seine Wange aufrissen und der Schmerz den Schlägen, die er bereits mit der Linken auf die Rippen des anderen hageln ließ, ein Ende setzte. Eine Sekunde später – er wusste selbst nicht, wie es gekommen war – standen sie einander keuchend gegenüber, und jeder sah den anderen lauernd an.

Beide boten einen jämmerlichen Anblick. Ransom konnte seine eigenen Verletzungen nicht sehen, aber er schien voller Blut zu sein. Die Augen des Feindes waren fast geschlossen, und wo Westons zerfetztes Hemd den Oberkörper nicht bedeckte, war eine Prellung neben der anderen zu sehen. Dies, das mühevolle Atmen des anderen und der erste Vorgeschmack der Kraftprobe hatten Ransoms Gemütszustand völlig verändert. Er war überrascht, dass der Gegner nicht stärker war. Entgegen aller Vernunft hatte er die ganze Zeit erwartet, der andere werde eine übermenschliche, dämonische Kraft an den Tag legen. Er hatte mit Armen gerechnet, die sich so wenig fangen und halten ließen wie Flugzeugpropeller. Doch nun hatte er erfahren, dass der Feind nur über Westons Körperkräfte verfügte. Auf der physischen Ebene stand ein Gelehrter mittleren Alters gegen den anderen. Weston war kräftiger gebaut, aber er war fett, und sein Körper würde nicht viel einstecken können. Ransom war flinker und ausdauernder. Seine anfängliche Gewissheit, er werde den Tod finden, kam ihm jetzt lächerlich vor. Der Kampf war ausgeglichen, und es gab keinen Grund, warum er nicht gewinnen und überleben sollte.

Diesmal griff Ransom an, und die zweite Runde verlief

ganz ähnlich wie die erste. Wann immer er boxen konnte, hatte er die Oberhand; wann immer er den Zähnen und Klauen des anderen ausgesetzt war, zog er den Kürzeren. Selbst im wildesten Handgemenge behielt er jetzt einen klaren Kopf. Er begriff, dass der Ausgang von einer sehr einfachen Frage abhing, nämlich, ob der Blutverlust ihn erledigen würde, bevor er mit seinen Schlägen auf Herz und Nieren den anderen erledigen konnte.

Die ganze prächtige Welt ringsum schlief. Es gab keine Regeln, keinen Schiedsrichter, keine Zuschauer; aber die Erschöpfung zwang sie immer wieder, sich zu trennen, und unterteilte das groteske Duell so präzise in Runden, wie man es sich nur wünschen konnte. Wie viele solcher Runden gekämpft wurden, konnte Ransom nicht sagen. Das Ganze war wie ständig wiederkehrende Anfälle von Wahn, und der Durst war schlimmer als jeder Schmerz, den der andere ihm zufügen konnte. Oft wälzten sie sich am Boden, und einmal saß Ransom tatsächlich rittlings auf der Brust des Feindes, drückte ihm mit beiden Händen die Kehle zu und brüllte – zu seiner eigenen Überraschung – einen Vers aus der »Schlacht von Maldon«. Aber der andere zerfleischte ihm mit den Nägeln so die Arme und trommelte mit den Knien so gegen seinen Rücken, dass er seine Stellung nicht behaupten konnte.

Dann erinnerte er sich – wie man sich an ein kurzes Auftauchen aus einer langen Bewusstlosigkeit erinnert –, wie er dem Nichtmenschen wohl zum tausendsten Male entgegentrat und genau wusste, dass er nicht mehr lange kämpfen konnte. Er erinnerte sich, dass der Feind auf einmal nicht wie Weston, sondern wie ein Mandrill aussah, und dass er daran sofort das Delirium erkannte. Er taumelte. Dann machte er eine Erfahrung, die vielleicht kein guter Mensch auf unserer Welt jemals nachempfinden kann – eine Welle ungetrübten und gerechtfertigten Hasses überkam ihn. Die Kraft des Hasses, niemals zuvor ohne Schuldgefühle verspürt, ohne den vagen Eindruck, dass er den Sünder nicht sorgfältig genug von der Sünde unterschied, strömte in seine Arme und Beine, bis sie sich wie Säulen kochenden Blutes anfühlten. Ihm schien, als habe er nicht länger ein Geschöpf mit verderbtem Willen vor sich. Es war die Verderbtheit selbst, die sich des Willens nur als Werkzeug bediente. Vor undenklichen Zeiten war dies einmal eine Person gewesen, aber die Trümmer dieser Persönlichkeit lebten in ihm nur noch fort als Waffen im Dienste einer wütenden Negation, die sich selbst in die Verbannung geschickt hatte. Es ist vielleicht schwierig zu verstehen, warum dies Ransom nicht mit Schrecken, sondern mit einer gewissen Freude erfüllte. Die Freude rührte daher, dass er endlich verstand, wozu Hass gut war. Wie ein Junge mit einer Axt sich über einen Baum freut oder ein Junge mit einer Schachtel Farbstifte über einen Block weißen Papiers, so freute er sich über die vollkommene Übereinstimmung zwischen seinem Gefühl und dessen Gegenstand. Obwohl er blutete und vor Erschöpfung zitterte, spürte er eine unermessliche Kraft in sich, und als er sich wieder auf den lebenden Tod warf, die ewig irrationale Zahl in der Mathematik des Universums, war er verblüfft – und tief im Innern doch auch wieder nicht – über seine Stärke. Seine Arme schienen schneller als seine Gedanken. Seine Hände lehrten ihn schreckliche Dinge. Er spürte, wie die Rippen des anderen brachen, hörte, wie die Kinnlade barst; die ganze Kreatur schien unter seinen Schlägen zu krachen und zu splittern. Die Schmerzen, die ihn selbst quälten, spielten keine Rolle mehr. Er war überzeugt, ein ganzes Jahr so weiterkämpfen und weiterhassen zu können.

Plötzlich merkte er, dass er ins Leere schlug. In seiner Verfassung begriff er zunächst nicht, was geschah – konnte nicht glauben, dass der Nichtmensch geflohen war. Seine kurze Benommenheit gab dem anderen einen Vorsprung; und als er zur Besinnung kam, sah er ihn gerade noch im Wald verschwinden, hinkend und taumelnd, mit einem unbrauchbar he-

*381*

runterhängenden Arm und dem hundeartigen Geheul. Er stürzte ihm nach. Sekundenlang verlor er den anderen hinter Baumstämmen aus den Augen, dann war er wieder zu sehen. Er begann zu laufen, so schnell er konnte, aber der andere hielt seinen Vorsprung.

Es war eine fantastische Jagd durch Licht und Schatten und über die sich gemächlich verformenden Hügel und Täler. Sie kamen an der Stelle vorüber, wo der Drache schlief, und an der Frau, die im Schlaf lächelte. Der Nichtmensch bückte sich tief, als er an ihr vorbeikam, die Finger der Linken bereits gekrümmt, um zu kratzen. Er hätte ihr die Haut aufgerissen, wenn er es gewagt hätte, aber Ransom war dicht hinter ihm, und er konnte die Verzögerung nicht riskieren. Sie hasteten durch eine Schar großer, orangefarbener Vögel, die alle auf einem Bein standen und mit den Köpfen unter den Flügeln schliefen, sodass sie wie ein Feld blühender Stauden aussahen. Sie stiegen über Paare und ganze Familien der gelben Kängurus, die mit geschlossenen Augen auf dem Rücken lagen, die kleinen Vorderpfoten auf der Brust gekreuzt wie Kreuzritterfiguren auf Grabplatten. Sie krochen unter tief hängenden Zweigen hindurch, auf denen sich Baumschweine wiegten und wie kleine Kinder schnarchten. Sie brachen durch Dickichte von Blasenbäumen und vergaßen einen Augenblick lang ihre Erschöpfung. Es war eine große Insel. Sie ließen den Wald hinter sich und eilten über weite safrangelbe und silbrige Felder, die ihnen manchmal bis zum Knöchel, manchmal bis zur Hüfte reichten und erfrischende oder schwere Düfte ausströmten. Sie stürmten hinunter in weitere Wälder, die, wenn sie darauf zuliefen, auf dem Grunde eines einsamen Tales standen, sich aber dann, bevor sie dort ankamen, emporhoben und die Kämme stiller Hügel krönten. Ransom konnte seine Beute nicht einholen. Es war erstaunlich, dass jemand, der so schwer verletzt war und humpeln musste, diese Geschwindigkeit durchhalten konnte. Wenn der Knöchel wirklich verstaucht war, wie Ransom vermutete, musste er bei jedem Schritt unbeschreiblich leiden. Dann kam Ransom der schreckliche Gedanke, dass der Nichtmensch vielleicht irgendwie die Schmerzen auf das abwälzen konnte, was in diesem Körper noch von Westons Bewusstsein fortlebte. Die Vorstellung, dass ein Mensch wie er, an einem menschlichen Busen genährt, noch jetzt in der Gestalt, die er verfolgte, eingekerkert sein mochte, verdoppelte seinen Hass, der keinem Hass glich, den er je gekannt hatte, weil er seine Kräfte vermehrte.

Als sie aus dem vielleicht vierten Wald kamen, sah er keine dreißig Schritte vor sich das Meer. Der Nichtmensch stürzte darauf zu, als gebe es für ihn keinen Unterschied zwischen Land und Wasser, und warf sich mit einem gewaltigen Platscher hinein. Ransom sah den Kopf des Schwimmenden, der sich dunkel von der kupfernen See abhob. Er frohlockte, denn Schwimmen war der einzige Sport, in dem er es je zu einer gewissen Meisterschaft gebracht hatte. Als er ins Wasser sprang, verlor er den Nichtmenschen einen Moment lang aus den Augen; dann, als er hochkam, das nasse Haar (es war inzwischen sehr lang) aus dem Gesicht schüttelte und gerade die Verfolgung aufnehmen wollte, sah er den ganzen Oberkörper des anderen aufrecht über dem Wasser, so als säße er darauf. Ein zweiter Blick zeigte Ransom, dass der andere auf einen Fisch gestiegen war. Anscheinend lag der Zauberschlaf nur über der Insel, denn der Nichtmensch entfernte sich rasch auf seinem Reittier. Er beugte sich nach vorn und machte etwas mit dem Fisch, was, konnte Ransom nicht erkennen. Zweifellos wusste er viele Mittel, um das Tier anzutreiben.

Einen Moment lang war er verzweifelt, aber er hatte die menschenfreundliche Art der Seepferde vergessen. Bald sah er sich von einer ganzen Schar dieser Tiere umgeben, die um ihn her tollten und sprangen, um seine Aufmerksamkeit zu erregen. Trotz allen guten Willens war es nicht einfach, auf den schlüpfrigen Rücken des prachtvollen Exemplars zu gelangen, das er als Erstes zu fassen bekam; während er sich mühte aufzusteigen, wurde die Entfernung zwischen ihm und dem Flüchtling immer größer. Aber endlich war es geschafft. Er setzte sich hinter den breiten Kopf mit den kugeligen Augen, stupste das Tier mit den Knien, stieß es mit den Fersen, flüsterte Worte des Lobes und der Ermutigung – kurz, er tat alles, was er konnte, um es zu ermuntern. Der Fisch setzte sich in Bewegung, doch als Ransom über das Wasser blickte, war keine Spur von dem Nichtmenschen zu sehen, nur der lange, leere Kamm der nächsten heranrollenden Welle. Seine Beute befand sich wohl auf der anderen Seite. Dann sah er, dass er sich wegen der Richtung keine Sorgen zu machen brauchte. Die Flanke der Welle war mit großen Fischleibern übersät; jedes Tier war umgeben von gelbem Schaum, und manche spien auch Wasser. Wahrscheinlich hatte der Nichtmensch nicht mit dem Instinkt der Fische gerechnet, jedem von ihnen, der einen Menschen trug, zu folgen. Sie schwammen alle geradeaus und schienen sich ihrer Richtung ebenso sicher zu sein wie heimkehrende Brieftauben oder Bluthunde auf einer Fährte. Als Ransom und sein Seepferd auf den Kamm der Welle gehoben wurden, blickte er in eine weite, flache Mulde, deren Form ihn an die Täler der heimatlichen Grafschaften erinnerte. Weit vorne glitt die puppenhafte Silhouette des Nichtmenschen bereits die gegenüberliegende Welle hinauf; und zwischen ihnen breitete sich in drei oder vier Reihen der ganze Fischschwarm aus. Die Gefahr, die Verbindung zu verlieren, bestand ganz offensichtlich nicht. Ransom jagte den anderen mit den Fischen, und sie würden ihm weiter folgen. Er lachte laut und brüllte: »Meine Meute ist von spartanischer Zucht, so schnell, so zahllos.«

Jetzt kam ihm zum ersten Mal voller Erleichterung zu Bewusstsein, dass er nicht mehr kämpfte, ja nicht einmal mehr stehen musste. Er versuchte eine bequemere Haltung einzunehmen, doch ein brennender Schmerz auf dem Rücken zwang ihn in die vorherige Position zurück. Gedankenlos griff er nach hinten, um seine Schultern zu betasten, und schrie bei der Berührung beinahe laut auf vor Schmerz. Sein Rücken war anscheinend zerfetzt, und die Hautstücke schienen alle zusammenzukleben. Zugleich stellte er fest, dass er einen Zahn verloren hatte und dass die Haut von seinen Fingerknöcheln nahezu abgeschürft war; und unter der stark schmerzenden Haut quälten ihn von Kopf bis Fuß heftigere und gefährlichere Schmerzen. Er hatte nicht gewusst, dass er so übel zugerichtet war.

Dann fiel ihm wieder ein, dass er Durst hatte. Nun, da er abgekühlt war und steif geworden, fand er es unglaublich schwierig, einen Schluck des vorbeirauschenden Wassers zu nehmen. Zuerst hatte er sich einfach vorbeugen und das Gesicht ins Wasser tauchen wollen, doch gleich der erste Versuch brachte ihn davon ab. Er konnte das Wasser nur mit der hohlen Hand schöpfen, und da er allmählich immer steifer wurde, musste er selbst dabei unter Ächzen und Stöhnen äußerst behutsam vorgehen. Er brauchte mehrere Minuten, um zu einem winzigen Schluck zu kommen, der seines Durstes spottete. Eine halbe Stunde lang war er damit beschäftigt, diesen Durst zu löschen – eine halbe Stunde rasender Schmerzen und irrsinniger Genüsse. Nichts hatte ihm je so gut geschmeckt. Selbst als er genug getrunken hatte, schöpfte er mit den Händen weiterhin Wasser und benetzte sich damit. Es wäre einer der glücklichsten Augenblicke seines Lebens gewesen, hätten die Schmerzen am Rücken nicht zugenommen und hätte ihn nicht die Befürchtung geplagt, dass in den Schnittwunden Gift sei. Seine Beine klebten immer wieder am Fischrumpf fest und mussten behutsam und unter Schmerzen abgelöst werden. Dann und wann drohte ihm schwarz vor Augen zu werden. Er hätte leicht in Ohnmacht fallen können, aber das durfte nicht geschehen, und so richtete er seinen Blick auf Dinge in seiner Nähe, dachte einfache Gedanken und hielt sich bei Bewusstsein.

Die ganze Zeit lang glitt der Nichtmensch vor ihm die Wellen hinauf und hinunter; die Fische folgten ihm, und Ransom folgte den Fischen. Sie schienen mehr geworden zu sein, als sei der Schwarm auf weitere Schwärme gestoßen, die sich ihm angeschlossen hätten; und dann kamen andere Tiere hinzu. Vögel mit langen Schwanenhälsen, deren Farbe er nicht erkennen konnte, da sie gegen den Himmel schwarz aussahen, kreisten zuerst über ihm und gingen dann in langen Reihen aufs Wasser nieder; auch sie folgten dem Nichtmenschen. Oft waren die Rufe dieser Vögel zu hören, und es war der wildeste und einsamste Laut, den Ransom je vernommen hatte, ein Laut, der dem Menschen äußerst fremd war. Seit Stunden schon hatte Ransom kein Land gesehen; er war auf hoher See, inmitten der Einöden Perelandras, in die er bisher noch nicht vorgedrungen war. Die Geräusche der See klangen ununterbrochen an sein Ohr; der Geruch der See, unverwechselbar und erregend wie der Geruch unserer irdischen Ozeane, und dennoch ganz anders in seiner Wärme und goldenen Lieblichkeit, drang in sein Bewusstsein. Auch all dies war wild und fremd, aber es war nicht feindlich. Wäre es feindlich gewesen, so wären Wildheit und Fremdheit entsprechend geringer gewesen, denn Feindseligkeit ist eine Beziehung, und ein Feind ist einem nicht vollkommen fremd. Er sah, dass er nichts über diese Welt wusste. Eines fernen Tages würde sie von den Abkömmlingen des Königs und der Königin bevölkert sein. Aber all ihre Millionen Jahre unbevölkerter Vergangenheit, all ihre zahllosen Meilen heiterer Gewässer in der einsamen Gegenwart – existierten sie nur dafür? Es war seltsam, dass er, für den ein Wald oder ein Morgenhimmel auf Erden manchmal ein Labsal gewesen war, erst auf einen anderen Planeten hatte kommen müssen, um die Natur als etwas zu begreifen, das sein eigenes Daseinsrecht hatte. Der vage Zweck, das unergründliche Wesen Perelandras – etwas, das auch der Erde, das beiden Planeten eigen war, seit sie sich von der Sonne abgespalten hatten, und das in gewissem Sinne durch das Erscheinen des gebieterischen Menschen verdrängt würde, in einem anderen Sinne jedoch überhaupt nicht verdrängt würde, umgab ihn auf allen Seiten und nahm ihn in sich auf.

## 13

Die Dunkelheit kam so plötzlich über das Meer, als wäre sie aus einer Flasche gegossen worden. Mit dem Verschwinden der Farben und Entfernungen gewannen Geräusche und Schmerzen an Intensität. Die Welt war reduziert auf dumpfe Qual und jähe Stiche, auf Flossenschläge und die monotonen und doch unendlich verschiedenen Geräusche des Wassers. Dann merkte er plötzlich, dass er im Begriff war, von seinem Seepferd zu fallen, zog sich mühsam wieder hoch und erkannte, dass er geschlafen hatte, vielleicht sogar Stunden. Er befürchtete, dass dies sich wiederholen würde, und nach einiger Überlegung stemmte er sich unter Schmerzen aus dem schmalen Sattel hinter dem Kopf und legte sich bäuchlings auf den Rücken des Tieres. Er spreizte die Beine und umschlang, so gut es ging, den Fischrumpf. Dasselbe tat er mit den Armen und hoffte, dass er sich auf diese Weise auch im Schlaf auf seinem Reittier halten würde. Mehr konnte er nicht tun. Ein seltsames Gefühl durchfuhr ihn, die Bewegungen des Fischleibes schienen sich auf ihn zu übertragen; er hatte den Eindruck, an dem starken tierischen Leben teilzuhaben, selbst zu einem Fisch zu werden.

Viel später wurde er gewahr, dass er in eine Art menschliches Gesicht starrte. Es hätte ihn erschrecken müssen, aber wie es uns bisweilen im Traum geschieht, erschrak er nicht. Es war ein bläulich grünes, scheinbar von innen leuchtendes Gesicht. Die Augen waren viel größer als die eines Menschen und verliehen dem Wesen das Aussehen eines Kobolds. Ein Saum von gewellten Membranen an den Seiten ließ an einen Bart denken. Voller Schrecken merkte Ransom, dass er nicht träumte, sondern wach war. Das Ding war wirklich. Er selbst lag noch immer wund und erschöpft auf dem Rücken des Fischs, und dieses Gesicht gehörte zu etwas, das neben ihm schwamm. Er entsann sich der schwimmenden Meermänner und Seejungfrauen, die er schon einmal gesehen hatte. Er fürchtete sich nicht und vermutete, dass die Reaktion des Wassermanns auf ihn ähnlich war wie seine eigene – eine beklommene, doch nicht feindselige Verwirrung. Jeder war für den anderen vollkommen belanglos. Sie begegneten einander wie die Zweige zweier Bäume, wenn der Wind sie zusammenbringt.

Ransom richtete sich wieder auf. Die Dunkelheit war nicht vollkommen. Sein eigener Fisch war umgeben von phosphoreszierendem Wasser und der Fremde neben ihm genauso. Rings um ihn waren andere, bläulich leuchtende Schemen, und an ihren Umrissen konnte er in etwa erkennen, welche von ihnen Fische und welche Wasserleute waren. Ihre Bewegungen ließen auf die Wellenform schließen und verliehen der Finsternis eine Spur von Räumlichkeit. Dann sah er, dass mehrere Wasserleute in seiner Nähe zu essen schienen. Ihre froschähnlichen Hände mit den Schwimmhäuten zogen irgendetwas Dunkles aus dem Wasser und verschlangen es; wenn sie kauten, hing das Zeug in buschigen und faserigen Streifen aus ihren Mündern und sah aus wie lange Schnurrbärte. Bezeichnenderweise kam es Ransom keinen Augenblick in den Sinn, mit diesen Wesen Beziehungen anzuknüpfen wie mit allen anderen Tieren auf Perelandra, und auch sie versuchten nicht, Kontakt mit ihm aufzunehmen. Sie schienen dem Menschen nicht auf natürliche Weise untertan, wie die anderen Geschöpfe. Er hatte das Gefühl, dass sie den Planeten mit ihm teilten, wie Schafe und Pferde eine Weide teilen, ohne dass eine Gattung die andere beachtet. Später gab ihm das zu denken, im Augenblick aber beschäftigte ihn ein eher praktisches Problem. Der Anblick der Essenden erinnerte ihn daran, dass er Hunger hatte, und er überlegte, ob das, was sie aßen, auch für ihn genießbar war. Lange musste er mit den Fingern das vorbeiströmende Wasser durchkämmen, bis er etwas von dem Zeug erwischte. Es erwies sich als eine Art Algengewächs mit kleinen Blasen, die zerplatzten, wenn man darauf drückte. Es war zäh und schleimig, aber nicht salzig wie die Algen der irdischen Meere. Wie es schmeckte, konnte er später nie genau beschreiben. Der Leser möge bedenken, dass während der ganzen Zeit, die Ransom auf Perelandra zubrachte, sein Geschmackssinn weiter entwickelt war als auf der Erde: Er vermittelte nicht nur Genuss, sondern auch Wissen, ein Wissen allerdings, das sich nicht in Worte fassen lässt. Sobald er etwas von den Meeresalgen gegessen hatte, ging eine seltsame Veränderung mit seinem Bewusstsein vor. Ihm war, als sei die Meeresoberfläche der Himmel der Welt, und die schwimmenden Inseln kamen ihm vor wie Wolken an diesem Himmel; er stellte sich vor, wie sie von unten aussehen würden – Matten aus Wurzelfasern mit lang herabhängenden Strängen. Dass er selbst auf der Oberseite umhergegangen war, schien ihm auf einmal ein Wunder oder Mythos. Seine Erinnerung an die grüne Frau, an die ihr verheißenen Nachkommen und an alle anderen Dinge, die ihn seit seiner Ankunft auf Perelandra beschäftigt hatten, verblasste rasch und verlor sich aus seinem Gedächtnis wie die Erinnerung an einen Traum, der sich beim Erwachen verflüchtigt, oder als würde das alles von einer ganzen Welt fremdartiger Interessen und Gefühle verdrängt, die er nicht benennen konnte. Das machte ihm Angst, und ungeachtet seines Hungers warf er den Rest der Algen fort.

Er musste wieder geschlafen haben, denn die nächste Szene, an die er sich erinnert, spielte bei Tageslicht. Der Nichtmensch war immer noch vor ihm, und zwischen ihm und

Ransom breitete sich der Fischschwarm aus. Die Vögel hatten die Jagd aufgegeben. Und jetzt endlich wurde Ransom sich seiner tatsächlichen Lage voll bewusst. Ransoms Erfahrung nach machte man, wenn man auf einen fremden Planeten kam, leicht einen seltsamen Denkfehler und vergaß zunächst vollkommen die Größe der neuen Welt. Diese war so klein verglichen mit seiner Reise durch den Weltraum, dass man die Entfernungen auf ihr unterschätzte: Zwei verschiedene Orte auf dem Mars oder auf der Venus kamen ihm immer so vor wie zwei Orte in derselben Stadt. Aber nun, als Ransom wieder umherblickte und in allen Richtungen nichts als goldenen Himmel und gleichmäßige Dünung sah, ging ihm auf, wie absurd dieser Irrtum war. Selbst wenn es auf Perelandra Kontinente gab, konnte er vom nächstgelegenen durch die Breite des Stillen Ozeans getrennt sein. Aber er konnte nicht davon ausgehen, dass es überhaupt welche gab. Er konnte nicht einmal davon ausgehen, dass die schwimmenden Inseln sehr zahlreich oder gleichmäßig über die Oberfläche des Planeten verteilt waren. Selbst wenn ihr lockerer Archipel sich über tausend Quadratmeilen ausdehnte, so wäre das nur ein verschwindend kleiner Fleck in einer endlosen Wasserwüste, die ewig einen Himmelskörper etwa von der Größe der Erde umwogte. Bald würde sein Fisch erschöpft sein. Schon jetzt bildete er sich ein, das Tier sei langsamer geworden. Der andere würde seinen Fisch zweifellos antreiben und quälen, bis er verendete. Aber er konnte das nicht tun. Als er darüber nachdachte und nach vorn blickte, sah er etwas, das ihm das Blut in den Adern gefrieren ließ. Einer der Fische scherte aus der Reihe aus, blies eine schaumige Fontäne in die Luft, tauchte unter und kam ein gutes Stück abseits wieder zum Vorschein. Wenige Minuten später war er nicht mehr zu sehen. Er hatte genug.

Und nun griffen die Ereignisse des vergangenen Tages und der Nacht allmählich seinen Glauben an. Die Einsamkeit der

Meere und mehr noch seine Erfahrungen, nachdem er von den Algen gekostet hatte, hatten in ihm Zweifel geweckt, ob diese Welt wirklich denen gehörte, die sich ihr König und ihre Königin nannten. Wie konnte Perelandra für sie gemacht sein, wenn der weitaus größte Teil für sie unbewohnbar war? War der bloße Gedanke nicht im höchsten Maße naiv und anthropozentrisch? Und das große Verbot, von dem so viel abzuhängen schien – war es wirklich so wichtig? Was kümmerte es diese Wellenberge mit dem gelben Schaum und die seltsamen Leute, die in ihnen lebten, ob weit entfernt zwei kleine Geschöpfe auf einem bestimmten Felsen lebten oder nicht? Die Parallelen zwischen seinen Erlebnissen der letzten Zeit und den in der Schöpfungsgeschichte aufgezeichneten Ereignissen, Parallelen, die ihm bisher das Gefühl verliehen hatten, aus Erfahrung zu wissen, was andere Menschen nur glaubten, verloren immer mehr an Bedeutung. Was bewiesen sie mehr, als dass auf zwei verschiedenen Welten ähnlich irrationale Tabus das Erwachen der Vernunft begleitet hatten? Es war gut und schön, von Maleldil zu reden: aber wo war Maleldil jetzt? Wenn dieser grenzenlose Ozean überhaupt etwas aussagte, dann war es jedenfalls etwas ganz anderes. Wie alle Einsamkeiten war auch er beherrscht, aber nicht von einer anthropomorphen Gottheit, sondern von dem völlig Unergründlichen, für das der Mensch und sein Leben gänzlich irrelevant waren. Und hinter diesem Ozean war der Weltraum. Vergebens suchte Ransom sich zu erinnern, dass er im Weltraum gewesen war und ihn als den Himmel erkannt hatte, so voller Leben, dass selbst die Unendlichkeit dafür keinen Kubikzoll zu groß war. Alles das kam ihm nun wie ein Traum vor. Jene andere Denkweise, die er oft verspottet und im Spott den ›empirischen Popanz‹ genannt hatte, überflutete auf einmal seinen Geist – der große Mythos unseres Jahrhunderts mit seinen Gaswolken und Galaxien, seinen Lichtjahren und Evolutionen, seiner Schwindel erregenden Arithmetik, der alles, was für Geist und Seele möglicherweise Bedeutung haben könnte, zum bloßen Nebenprodukt einer grundlegenden Unordnung macht. Bisher hatte er auf diesen Mythos immer herabgesehen, hatte seine faden Superlative, sein blödes Staunen darüber, dass verschiedene Dinge auch verschieden groß waren, hatte seinen gewandten und großzügigen Umgang mit Zahlen immer mit einer gewissen Geringschätzung behandelt. Selbst jetzt war sein Verstand noch nicht ganz unterworfen, obwohl sein Herz nicht mehr auf den Verstand hören wollte. Ein Teil von ihm wusste noch immer, dass die Größe eines Objekts dessen unbedeutendstes Merkmal ist, dass das materielle Universum von der vergleichenden und Mythen schaffenden Kraft in ihm, Ransom, gerade jene Erhabenheit herleitete, vor der er nun in den Staub sinken sollte, und dass bloße Zahlen uns nicht so tief beeindrucken könnten, verliehen wir ihnen nicht aus eigenem Antrieb jene Ehrwürdigkeit, die ihnen selbst genauso wenig innewohnt wie den Büchern eines Bankiers. Aber dieses Wissen blieb abstrakt. Größe und Einsamkeit überwältigten ihn.

Diese und ähnliche Gedanken mussten ihn mehrere Stunden lang beschäftigt und seine ganze Aufmerksamkeit in Anspruch genommen haben. Er wurde von etwas aufgestört, worauf er am allerwenigsten gefasst war – vom Klang einer menschlichen Stimme. Als er aus seinen Träumereien erwachte, sah er, dass alle Fische fort waren. Sein eigener schwamm matt. Und dort, nur wenige Schritte entfernt, nicht länger auf der Flucht, sondern langsam näher kommend, saß der Nichtmensch auf seinem Fisch. Er hatte die Arme um seinen Körper geschlungen, seine Augen waren vor Blutergüssen beinahe zugeschwollen, sein Körper hatte die Farbe einer Leber, ein Bein war anscheinend gebrochen, der Mund schmerzverzerrt.

»Ransom«, sagte er schwach.

Ransom schwieg. Er wollte ihn nicht ermuntern, wieder mit diesem Spiel anzufangen.

»Ransom«, wiederholte der andere mit gebrochener Stimme. »Um Himmels willen, so reden Sie doch.«

Ransom blickte ihn überrascht an, sah Tränen auf seinen Wangen.

»Ransom, so antworten Sie doch«, sagte der andere. »Sagen Sie mir, was geschehen ist. Was hat man uns angetan? Sie ... Sie bluten. Mein Bein ist gebrochen ...« Seine Stimme ging in ein Wimmern über.

»Wer bist du?«, fragte Ransom scharf.

»Oh, tun Sie nicht so, als würden Sie mich nicht kennen«, murmelte Westons Stimme. »Ich bin Weston. Sie sind Ransom – Elwin Ransom vom Leicester College in Cambridge, der Philologe. Wir hatten Streit miteinander, ich weiß. Tut mir Leid. Ich war wohl im Unrecht. Ransom, Sie werden mich doch nicht an diesem furchtbaren Ort sterben lassen?«

»Wo haben Sie Aramäisch gelernt?«, fragte Ransom, ohne den anderen aus den Augen zu lassen.

»Aramäisch?«, erwiderte Westons Stimme. »Ich weiß nicht, wovon Sie reden. Es ist nicht sehr nett, sich über einen Sterbenden lustig zu machen.«

»Aber sind Sie wirklich Weston?«, fragte Ransom, der allmählich glaubte, dass Weston tatsächlich zurückgekehrt war.

»Wer sollte ich sonst sein?«, antwortete die Stimme gereizt und den Tränen nahe.

»Wo sind Sie gewesen?«

Weston – wenn es Weston war – erbebte. »Wo sind wir jetzt?«, fragte er dann.

»Auf Perelandra – auf der Venus, wissen Sie«, antwortete Ransom.

»Haben Sie das Raumschiff gefunden?«, fragte Weston.

»Ich habe es nur aus der Ferne gesehen«, sagte Ransom. »Und ich habe keine Ahnung, wo es jetzt ist. Ein paar hundert Meilen von hier wahrscheinlich.«

»Sie meinen, wir sitzen hier fest?«, fragte Weston schrill.

Ransom sagte nichts, und der andere senkte den Kopf und weinte wie ein Kind.

»Kommen Sie«, sagte Ransom schließlich. »Es hat keinen Zweck, es so schwer zu nehmen. Zum Henker, auf der Erde wären Sie auch nicht besser dran. Dort herrscht Krieg, wie Sie vielleicht wissen. Könnte sein, dass die Deutschen mit ihren Bomben gerade London in Schutt und Asche legen!« Dann, als er sah, dass der andere immer noch weinte, fügte er hinzu: »Kopf hoch, Weston, es ist doch nur der Tod. Eines Tages müssten wir sowieso sterben, wissen Sie. An Wasser wird es uns nicht fehlen, und Hunger ohne Durst ist nicht allzu schlimm. Was das Ertrinken angeht – nun, ein Bajonettstich oder ein Krebsgeschwür wären schlimmer.«

»Sie wollen mich also im Stich lassen«, sagte Weston.

»Ich kann es nicht, selbst wenn ich es wollte«, sagte Ransom. »Sie sehen doch, dass ich in der gleichen Lage bin wie Sie!«

»Versprechen Sie mir, dass Sie nicht verschwinden und mich im Stich lassen?«, flehte Weston.

»Gut, ich verspreche es. Wohin sollte ich auch verschwinden?«

Weston sah sich schwerfällig um, dann drängte er seinen Fisch ein wenig näher zu Ransoms.

»Wo ist ... er?«, fragte er flüsternd. »Sie wissen schon.« Und er machte eine bedeutungslose Gebärde.

»Das Gleiche könnte ich Sie fragen«, sagte Ransom.

»Mich?«, fragte Weston. Sein Gesicht war in jeder Hinsicht so entstellt, dass es schwierig war, seinen Ausdruck zu deuten.

»Haben Sie irgendeine Vorstellung davon, was Ihnen in den letzten Tagen zugestoßen ist?«, fragte Ransom.

Wieder sah Weston sich beklommen um.

»Es ist alles wahr, wissen Sie«, sagte er schließlich.

»Was ist alles wahr?«, fragte Ransom.

Plötzlich knurrte Weston ihn wütend an. »Für Sie ist das

alles in Ordnung«, sagte er. »Ertrinken tut nicht weh, und der Tod kommt sowieso, und all dieser Unsinn. Was wissen Sie denn schon über den Tod? Ich sage Ihnen, es ist alles wahr.«

»Wovon reden Sie überhaupt?«

»Ich habe mich mein Leben lang mit allem möglichen Unsinn voll gestopft«, sagte Weston. »Habe versucht, mich zu überzeugen, dass es eine Rolle spielt, was aus der menschlichen Rasse wird ... Habe versucht zu glauben, dass alles, was man tut, das Universum erträglicher macht. Alles Mist, verstehen Sie?«

»Und etwas anderes ist wahrer!«

»Ja«, sagte Weston und verfiel in ein langes Schweigen.

»Wir sollten unsere Fische lieber mit der Dünung schwimmen lassen als quer zu ihr«, sagte Ransom mit einem Blick auf das Wasser. »Sonst werden wir auseinander getrieben.« Weston gehorchte, offenbar ohne zu merken, was er tat, und eine Zeit lang schwammen die beiden sehr langsam Seite an Seite.

»Ich werde Ihnen sagen, was wahrer ist«, fing Weston schließlich wieder an.

»Was?«

»Ein kleines Kind, das die Treppe hinaufschleicht, wenn niemand es sieht, und ganz langsam die Klinke niederdrückt, um einen verstohlenen Blick in das Zimmer zu werfen, wo die Leiche seiner Großmutter aufgebahrt ist – und dann wegläuft und schlimme Träume hat. Eine grauenhafte Großmutter, verstehen Sie.«

»Was meinen Sie damit, wenn Sie sagen, das sei wahrer?«

»Ich meine, dieses Kind weiß etwas über das Universum, das alle Wissenschaft und alle Religion zu verbergen suchen.«

Ransom sagte nichts.

»Viele Dinge«, fuhr Weston fort. »Kinder haben Angst, bei Nacht über einen Friedhof zu gehen, und die Erwachsenen sagen, sie sollen nicht albern sein, aber die Kinder wissen es besser als die Erwachsenen. Mitten in Afrika setzen die Leute nachts Masken auf und tun abscheuliche Dinge. Die Missionare und Beamten sagen, das sei alles Aberglaube. Nun, die Schwarzen wissen mehr über das Universum als der weiße Mann. In den Seitengassen von Dublin erschrecken schmutzige Priester schwachsinnige Kinder mit Geschichten darüber zu Tode. Sie werden sagen, die Priester seien rückständig. Sie sind es nicht, außer in ihrem Glauben, es gebe ein Entrinnen. Es gibt kein Entrinnen. So ist das Universum wirklich, so ist es immer gewesen, und so wird es immer sein. Das ist es, was ich meine.«

»Ich verstehe nicht ganz ...«, begann Ransom, doch Weston unterbrach ihn sogleich wieder.

»Darum ist es so wichtig, so lange zu leben, wie man nur kann. Alle guten Dinge gibt es nur jetzt – eine dünne Rinde von dem, was wir Leben nennen, zum Vorzeigen, und dann für immer und ewig das wirkliche Universum. Die Rinde einen Zentimeter dicker zu machen – eine Woche, einen Tag, eine halbe Stunde länger zu leben –, das ist das Einzige, worauf es ankommt. Sie wissen es natürlich nicht, aber jeder, der unter dem Galgen auf den Henker wartet, weiß es. Sie fragen, was ein kurzer Aufschub denn nütze? Eine ganze Menge, sage ich Ihnen!«

»Aber niemand braucht es soweit kommen zu lassen«, sagte Ransom.

»Ich weiß, dass Sie das glauben«, entgegnete Weston. »Aber Sie irren. Nur eine Hand voll zivilisierter Leute denkt so. Die Menschheit als Ganzes weiß es besser. Sie weiß – schon Homer wusste es –, dass alle Toten in der Dunkelheit verschwinden, in der Dunkelheit unter der Rinde. Alle hirnlos, zitternd, schnatternd, verwesend. Schreckgespenster. Jeder Wilde weiß, dass alle Geister die Lebenden hassen, die sich noch der Rinde erfreuen: genau wie alte Frauen die schönen jungen Mädchen hassen. Es ist ganz richtig, vor den Geistern Angst zu haben, auch wenn wir selbst welche sein werden.«

»Sie glauben nicht an Gott«, sagte Ransom.

»Nun, das ist auch so ein Punkt«, sagte Weston. »In meiner Kindheit bin ich genau wie Sie zur Kirche gegangen. In manchen Passagen der Bibel steckt mehr, als ihr religiösen Leute denkt. Heißt es nicht: Er sei der Gott der Lebenden und nicht der Toten? Genau das ist der Punkt! Vielleicht existiert euer Gott wirklich – aber das spielt im Grunde gar keine Rolle. Nein, natürlich verstehen Sie das nicht; aber eines Tages werden Sie es verstehen. Ich glaube nicht, dass Sie das mit der Rinde – der dünnen äußeren Haut, die wir Leben nennen – richtig begriffen haben. Sie müssen sich das Universum als eine unendlich große Kugel mit einer sehr dünnen, äußeren Schale vorstellen. Aber bedenken Sie, ihre Dicke ist die Dicke der Zeit. An den besten Stellen ist sie ungefähr siebzig Jahre dick. Wir werden auf der Oberfläche geboren, und im Laufe unseres Lebens sinken wir allmählich nach innen. Wenn wir ganz durch sind, dann sind wir das, was man tot nennt; wir sind in den dunklen inneren Teil gelangt, in die eigentliche Kugel. Wenn euer Gott existiert, dann befindet Er sich nicht in der Kugel, sondern außerhalb, wie ein Mond. Während wir ins Innere absinken, verlassen wir Seinen Bereich. Er folgt uns nicht hinein. Sie würden sagen, Gott sei nicht in der Zeit – was Sie als tröstlich empfinden! Mit anderen Worten, Er bleibt, wo Er ist – draußen in Licht und Luft. Aber wir sind in der Zeit. Wir ›gehen mit der Zeit‹. Das heißt, von Gottes Standpunkt aus gesehen, entfernen wir uns in das, was Er als das Nichts betrachtet und wohin Er nie geht. Das ist alles, was es für uns gibt und jemals gegeben hat. Gott mag in dem sein, was Sie ›Leben‹ nennen, oder auch nicht. Was macht es für einen Unterschied? Wir jedenfalls sind nicht lange darin!«

»Das kann kaum alles sein«, sagte Ransom. »Wenn das gesamte Universum so wäre, dann würden wir als seine Teile uns darin wohl fühlen. Allein schon die Tatsache, dass es uns ungeheuerlich vorkommt ...«

»Ja«, unterbrach Weston, »das wäre alles schön und gut, wenn nicht das Denken selbst nur Gültigkeit besäße, solange Sie in der Rinde bleiben. Es hat nichts mit dem wirklichen Universum zu tun. Selbst die gewöhnlichen Wissenschaftler – zu denen auch ich gezählt habe – kommen allmählich darauf. Haben Sie denn die wirkliche Bedeutung von all diesem modernen Zeug über die Gefahren der Extrapolation und den gekrümmten Raum und die Unbestimmtheit des Atoms nicht begriffen? Die Wissenschaftler machen natürlich nicht viel Aufhebens davon, aber heutzutage kommen sie, sogar bevor sie sterben, auf etwas, worauf alle Menschen kommen, wenn sie tot sind – die Erkenntnis, dass Realität weder vernünftig noch folgerichtig noch sonst was ist. In gewissem Sinn könnte man sagen, sie sei überhaupt nicht vorhanden. ›Wirklich‹ und ›unwirklich‹, ›wahr‹ und ›falsch‹ – das alles ist nur Oberfläche. Nichts dahinter.«

»Wenn das alles stimmte«, sagte Ransom, »welchen Sinn hätte es dann, davon zu sprechen?«

»Und welchen Sinn hätte es, von irgendetwas anderem zu sprechen?«, erwiderte Weston. »Der einzige Sinn in allem ist, dass es keinen Sinn hat. Warum sollten Geister erschrecken? Weil sie Geister sind. Was sollten sie sonst tun?«

»Ich glaube, ich verstehe«, sagte Ransom. »Die Beschreibung, die jemand vom Universum oder irgendeinem anderen System gibt, hängt weitgehend von seinem Standpunkt ab.«

»Und besonders davon«, sagte Weston, »ob er drinnen oder draußen ist. Alle Dinge, bei denen wir gerne verweilen, sind draußen. Unser eigener Planet oder Perelandra zum Beispiel. Oder ein schöner menschlicher Körper. Alle Farben und schönen Formen sind nur außen, an der Oberfläche. Und im Innern, was gibt es da? Finsternis, Würmer, Hitze, Druck, Salz, Beklemmung, Gestank.«

Minutenlang ritten sie schweigend über Wellen, die

allmählich wieder größer wurden. Die Fische schwammen langsam.

»Natürlich schert Sie das nicht«, sagte Weston. »Was schert ihr Leute in der Rinde euch um uns? Ihr seid noch nicht hinuntergezogen worden. Es ist wie in einem Traum, den ich einmal hatte, obwohl ich damals nicht wusste, wie wahr er war. Mir träumte, ich läge tot da – schön aufgebahrt in der Leichenhalle eines Krankenhauses, wissen Sie, das Gesicht von der Leichenwäscherin zurechtgemacht, rechts und links große Lilien und so weiter. Und dann kam ein völlig verfallener Kerl herein – wie ein Landstreicher, wissen Sie, bloß war er selber in Fetzen und nicht seine Kleider –, und er stellte sich ans Fußende meines Sargs und sah mich voller Hass an. ›Ja, ja‹, sagte er, ›ja, ja. Du kommst dir mächtig fein vor, mit deinen weißen Laken und deinem glänzenden Sarg. So habe ich auch mal angefangen. Wir alle haben so angefangen. Warte nur ab, was am Ende aus dir wird.‹«

»Wirklich«, sagte Ransom, »ich glaube, Sie halten besser den Mund.«

»Und dann ist da noch der Spiritismus«, sagte Weston, ohne Ransoms Einwurf zu beachten. »Ich habe das immer für einen ausgemachten Schwindel gehalten. Ist er aber nicht. Es ist alles wahr. Ist Ihnen schon aufgefallen, dass alle angenehmen Berichte von Toten der traditionellen Überlieferung oder der Philosophie entstammen? Die konkreten Experimente fördern etwas völlig anderes zu Tage. Ektoplasma – schleimige Fäden treten aus dem Bauch des Mediums und bilden große, wirre, eingefallene Gesichter. Automatisches Schreiben, das einen furchtbaren Unsinn ergibt.«

»Sind Sie wirklich Weston?«, fragte Ransom in einer plötzlichen Aufwallung zu seinem Gefährten. Die unaufhörlich murmelnde Stimme, die gerade so deutlich war, dass man ihr zuhören musste, zugleich aber so undeutlich, dass es anstrengend war, ihr zu folgen, machte ihn langsam rasend.

»Ärgern Sie sich nicht«, sagte die Stimme. »Es hat keinen Zweck, sich über mich zu ärgern. Ich dachte, Sie würden vielleicht Mitleid empfinden. Mein Gott, Ransom, es ist fürchterlich. Sie können es nicht verstehen. Ganz unten zu sein, unter Schichten und Schichten. Lebendig begraben. Man versucht Zusammenhänge herzustellen und kann es nicht. Sie nehmen einem den Kopf ab ... Und man kann nicht einmal auf das Leben in der Rinde zurückblicken und sehen, wie es war, weil man weiß, dass es von Anfang an keinen Sinn hatte ...«

»Was sind Sie?«, rief Ransom entsetzt. »Woher wissen Sie, wie der Tod ist? Weiß Gott, ich würde Ihnen helfen, wenn ich könnte. Aber ich will Tatsachen. Wo sind Sie diese letzten Tage gewesen?«

»Still!«, sagte der andere plötzlich. »Was ist das?«

Ransom lauschte. Tatsächlich schien es in der Vielfalt von Geräuschen, die sie umgab, ein neues Element zu geben. Zuerst konnte er es nicht bestimmen, denn die See ging mittlerweile hoch, und ein kräftiger Wind blies. Plötzlich streckte sein Gefährte die Hand aus und packte Ransoms Arm.

»Oh, mein Gott!«, schrie er. »Ransom, Ransom! Wir werden getötet! Getötet und wieder unter die Rinde gestoßen! Ransom, Sie müssen mir helfen, Sie haben es versprochen! Lassen Sie nicht zu, dass sie mich wieder kriegen!«

»Ruhe!«, sagte Ransom angewidert, denn der andere winselte und schluchzte so, dass er nichts hören konnte. Und er wollte herausfinden, was es mit dem tieferen Ton auf sich hatte, der jetzt im Pfeifen des Windes und im Rauschen des Wassers mitklang.

»Brandung!«, rief Weston auf einmal. »Brandung, Sie Dummkopf! Können Sie es nicht hören? Dort ist Land! Eine Steilküste. Sehen Sie, da – nein, weiter rechts. Die Brandung wird uns zermalmen! Sehen Sie – o Gott, die Nacht kommt!«

Und die Nacht kam. Eine Todesfurcht, wie Ransom sie noch nie empfunden hatte, verschmolz mit dem Entsetzen, das die angstschlotternde Gestalt an seiner Seite ihm einflößte, zu einer unbestimmten Angst. Wenige Minuten später sah er durch die tiefschwarze Finsternis eine leuchtende Gischtwolke. Sie schoss so steil hoch, dass die Brandung gegen Klippen schlagen musste. Unsichtbare Vögel flogen kreischend und mit klatschenden Flügeln dicht über ihren Köpfen hinweg.

»Sind Sie noch da, Weston?«, brüllte er. »Nur Mut! Reißen Sie sich zusammen! All das Zeug, das Sie geschwafelt haben, ist der reine Blödsinn. Beten Sie. Sagen Sie ein Kindergebet, wenn Sie kein anderes wissen. Bereuen Sie Ihre Sünden. Hier, nehmen Sie meine Hand. Auf der Erde gibt es hunderte kaum erwachsener Jungen, die in diesem Augenblick dem Tod ins Auge sehen. Wir werden schon durchkommen.«

Seine Hand wurde in der Dunkelheit ergriffen, fester als ihm lieb war. »Ich ertrage es nicht, ich ertrage es nicht«, wimmerte Westons Stimme.

»Ruhig jetzt. Lassen Sie das!«, rief er zurück, denn Weston hatte seinen Arm plötzlich mit beiden Händen gepackt.

»Ich halt's nicht aus!«, schrie die Stimme wieder.

»He! Loslassen!«, brüllte Ransom. »Was zum Teufel machen Sie da?« Noch während er sprach, zerrten kräftige Arme ihn aus seinem Sitz, schlossen sich in einer schrecklichen Umarmung um seine Hüften und zogen ihn in die Tiefe. Vergebens suchte er an dem glatten Fischleib Halt. Das Wasser schlug über seinem Kopf zusammen. Und sein Feind zog ihn weiter hinab in die warme Tiefe, immer weiter bis dorthin, wo es nicht mehr warm war.

# 14

Ich kann den Atem nicht länger anhalten«, dachte Ransom. »Ich kann nicht. Ich kann nicht.« Kaltes, schleimiges Zeug glitt von unten nach oben über seinen gemarterten Körper. Er beschloss, die Luft hinauszulassen, den

Mund zu öffnen und zu sterben, aber sein Wille gehorchte dieser Entscheidung nicht. Nicht nur sein Brustkorb, auch seine Schläfen fühlten sich an, als wollten sie zerspringen. Es war sinnlos weiterzukämpfen. Seine Arme fanden keinen Gegner, und seine Beine wurden fest umklammert. Dann merkte er, dass es wieder hinaufging. Aber das gab ihm keine Hoffnung. Die Oberfläche war zu weit entfernt, er konnte nicht aushalten, bis sie sie erreichten. In der unmittelbaren Nähe des Todes waren alle Gedanken an ein Weiterleben im Jenseits ausgelöscht. Teilnahmslos sah er vor seinem geistigen Auge den rein abstrakten Satz: »Das ist ein sterbender Mann.« Plötzlich brach ein ohrenbetäubendes Getöse über ihn herein – ein unerträgliches Dröhnen und Hallen. Sein Mund öffnete sich von selbst. Er atmete wieder. In pechschwarzer, von Echos erfüllter Dunkelheit klammerte er sich an etwas, das Geröll zu sein schien, und trat wild um sich, um den Griff zu lockern, der noch immer seine Beine festhielt. Dann war er frei und kämpfte wieder. Es war ein blinder Kampf, halb im, halb außerhalb des Wassers auf einer Art Kiesstrand, da und dort durchsetzt von scharfkantigen Felsen, die seine Füße und Ellbogen aufrissen. Die Finsternis hallte wider von gekeuchten Flüchen, bald von seiner, bald von Westons Stimme, von Schmerzensschreien, dumpfen Erschütterungen und röchelndem Atem. Schließlich saß er rittlings auf dem Feind. Er presste ihm den Brustkorb mit den Knien zusammen, bis die Rippen brachen, und umklammerte mit beiden Händen seine Kehle. Irgendwie gelang es ihm, den wütenden Krallen an seinen Armen zu widerstehen und seinen Würgegriff nicht zu lockern. Nur einmal hatte er bisher auf ähnliche Weise etwas zusammengepresst, aber das war eine Schlagader gewesen, und er hatte es getan, um Leben zu retten, und nicht, um zu töten. Es schien eine Ewigkeit zu dauern. Noch lange nachdem die Gegenwehr des anderen aufgehört hatte, wagte er nicht, seinen Griff zu lockern. Selbst als er ganz sicher war, dass Westons

Körper nicht mehr atmete, blieb er auf ihm sitzen und ließ seine erschöpften Hände, wenn auch lose, an seiner Kehle. Er war selber einer Ohnmacht nahe, aber er zählte bis tausend, bevor er seine Stellung änderte, und auch dann blieb er noch auf dem Körper sitzen. Er wusste nicht, ob das, was während der letzten Stunden zu ihm gesprochen hatte, wirklich Westons Geist gewesen war oder ob er einer List zum Opfer gefallen war. Doch das machte kaum einen Unterschied. Zweifellos gab es in der Verdammnis ein heilloses Durcheinander von Personen: Was Pantheisten irrtümlich vom Himmel erhofften, erwartete die schlechten Menschen in der Hölle. Sie verschmolzen mit ihrem Herrn und Meister, so wie ein Zinnsoldat in sich zusammensinkt und seine Form verliert, wenn er in einer Kelle über die Gasflamme gehalten wird. Die Frage, ob bei irgendeiner Gelegenheit Satan selbst oder einer von jenen handelte, die er sich einverleibt hatte, war letzten Endes bedeutungslos. Für Ransom kam es einstweilen nur darauf an, nicht abermals getäuscht zu werden.

Dann konnte er nichts mehr tun, als auf den Morgen zu warten. Aus den dröhnenden Echos ringsum schloss er, dass sie in einer sehr engen Bucht zwischen Felsklippen waren. Wie sie es geschafft hatten, blieb ein Rätsel. Der Morgen musste noch viele Stunden entfernt sein. Das war äußerst unangenehm. Ransom beschloss, den Körper nicht zurückzulassen, ehe er ihn bei Tageslicht untersucht und vielleicht ein Übriges getan hätte, um eine Wiederbelebung unmöglich zu machen. Bis dahin musste er die Zeit zubringen, so gut es eben ging. Der Kiesstrand war nicht sehr bequem, und wenn er sich zurücklehnte, stieß er gegen eine zerklüftete Felswand. Glücklicherweise war er so müde und erschöpft, dass eine Weile allein das Sitzen schon eine Wohltat war. Aber diese Phase ging vorüber.

Er versuchte, das Beste daraus zu machen, und gab es auf abzuschätzen, wie viel Zeit wohl verstrichen sein mochte.

»Der einzig sichere Weg ist«, dachte er bei sich, »zu überlegen, welche Stunde es mindestens sein muss, und dann anzunehmen, dass es in Wirklichkeit noch zwei Stunden früher ist.« Er lenkte sich ab, indem er die ganze Geschichte seines Abenteuers auf Perelandra rekapitulierte. Dann rezitierte er alle Passagen, an die er sich erinnerte, aus der *Ilias,* der *Odyssee,* der *Aeneis,* dem *Rolandslied,* dem *Verlorenen Paradies,* dem *Kalevala,* der *Jagd nach dem Schiarg* und einen Reim über germanische Lautgesetze, den er als Student verfasst hatte. Er suchte so lange wie möglich nach Verszeilen, die ihm nicht einfallen wollten. Er stellte sich ein Schachproblem. Er versuchte, ein Kapitel für ein Buch zu entwerfen, an dem er schrieb. Aber es nützte alles nicht viel.

So ging es weiter, unterbrochen von Momenten angespannter Untätigkeit, bis ihm war, als erinnere er sich kaum mehr an die Zeit vor dieser Nacht. Er konnte kaum glauben, dass selbst einem gelangweilten Mann, der nicht schlafen konnte, zwölf Stunden so lang vorkamen. Und das Getöse – die unebene, schlüpfrige Unbequemlichkeit! Es kam ihm sehr sonderbar vor, dass in diesem Land nicht die sanften nächtlichen Brisen wehten wie überall sonst auf Perelandra. Sonderbar war auch (aber dieser Gedanke kam ihm erst viel später), dass er seine Augen nicht einmal an den phosphoreszierenden Wellenkämmen weiden konnte. Ganz allmählich wurde ihm klar, wie sich die beiden Tatsachen möglicherweise erklären ließen; und das würde außerdem erklären, warum die Dunkelheit so lang andauerte. Der Gedanke war zu schrecklich, als dass er sich ihm hätte überlassen dürfen. Er beherrschte sich, stand mit steifen Bewegungen auf und tastete sich vorsichtig den Strand entlang. Er kam sehr langsam voran, aber schon bald berührten seine ausgestreckten Hände senkrechten Fels. Er stellte sich auf die Zehenspitzen und reckte die Arme so hoch er konnte. Seine Finger spürten nichts als Fels. »Nur keine Panik«, murmelte er vor sich hin. Er tastete sich zurück, am Leichnam des Nichtmenschen vorbei, und folgte dem Strand in die andere Richtung. Dieser beschrieb hier eine starke Kurve, und bevor Ransom zwanzig Schritte gegangen war, berührten seine Hände – die er über den Kopf hielt – nicht eine Wand, sondern ein Dach aus Fels. Ein paar Schritte weiter war es niedriger, und dann musste er sich bücken. Noch ein kleines Stück weiter, und er musste auf allen vieren kriechen. Offensichtlich senkte das Felsdach sich und traf schließlich auf den Strand.

Voller Verzweiflung tastete er sich zu dem Körper zurück und setzte sich. Die Wahrheit lag nun offen vor ihm. Es hatte keinen Zweck, auf den Morgen zu warten. Hier würde es bis zum Ende der Welt keinen Morgen geben, und vielleicht hatte er bereits eine Nacht und einen Tag gewartet. Die hallenden Echos, die unbewegte Luft, der Geruch dieses Ortes – alles bestätigte es. Während er und sein Feind gesunken waren, hatte das Wasser sie offensichtlich durch ein unterseeisches Loch der Steilküste gedrückt, und dann waren sie in einer Höhle wieder an die Oberfläche gelangt. Konnte man wohl auf demselben Weg wieder herauskommen? Er ging zum Wasser hinunter – oder vielmehr kam ihm das Wasser bereits entgegen, als er sich bis dorthin vorgetastet hatte, wo die Kiesel nass waren. Es donnerte über seinen Kopf hinweg bis weit hinter ihm und lief dann mit einem so starken Sog wieder ab, dass er sich mit gespreizten Armen und Beinen auf den Strand legen und mit beiden Händen am Gestein festkrallen musste, um nicht mitgerissen zu werden. Es wäre sinnlos, sich da hineinzustürzen – die See würde ihn nur an der gegenüberliegenden Höhlenwand zerschmettern. Hätte er Licht und könnte er von einer hohen Stelle aus springen, so könnte er unter Umständen bis zum Grund gelangen und den Ausgang finden, aber das war sehr zweifelhaft. Und er hatte ohnedies kein Licht.

Obwohl die Luft nicht sehr gut war, vermutete er, dass von

irgendwo frische Luft in sein Gefängnis drang – ob allerdings durch eine Öffnung, zu der er gelangen konnte, war eine andere Frage. Er machte sofort kehrt und begann mit der Erforschung der Felsen hinter dem Strand. Zuerst schien es hoffnungslos, aber die Überzeugung, dass Höhlen irgendwo hinführen können, hielt sich hartnäckig, und nach einiger Zeit fanden seine tastenden Hände in etwa drei Fuß Höhe eine Felsstufe. Er kletterte hinauf. Er hatte erwartet, dass sie nur ein paar Zoll tief wäre, aber seine Hände fanden keine Wand. Sehr vorsichtig bewegte er sich einige Schritte weiter, dann stieß sein rechter Fuß gegen etwas Scharfkantiges. Er pfiff vor Schmerz durch die Zähne und ging noch vorsichtiger weiter. Schließlich stieß er auf senkrechten und, so hoch er reichen konnte, glatten Fels. Er wandte sich nach rechts, wo er aber den Fels nicht mehr spürte. Darauf versuchte er es links, tastete sich ein wenig vorwärts und stieß sich sofort die große Zehe an. Nachdem er sie eine Weile gerieben hatte, kroch er auf Händen und Knien weiter. Er schien sich zwischen Felsblöcken zu befinden, aber der Weg war gangbar. Zehn Minuten lang kam er ziemlich gut voran; es ging steil aufwärts, teils über schlüpfrigen Kies, teils über mächtige Steinblöcke hinweg. Dann stieß er auf eine weitere Wand. In etwa vier Fuß Höhe fand sich auch hier eine Stufe, die sich jedoch als ein schmaler Sims erwies. Irgendwie gelangte er hinauf, drückte sich so eng er konnte an die Steinfläche und tastete links und rechts nach einem Halt.

Als seine Hände einen Halt gefunden hatten und er begriff, dass er nun wirklich klettern musste, zögerte er. Über ihm mochte eine Wand sein, in die er sich nicht einmal bei Tag und mit geeigneter Ausrüstung wagen würde. Aber die Hoffnung flüsterte ihm ein, sie könne genauso gut nur sieben Fuß hoch sein, und wenn er ein paar Minuten lang kaltes Blut bewahrte, würde er vielleicht in einen jener leicht gewundenen und ansteigenden Höhlengänge gelangen, die inzwischen einen festen Platz in seiner Vorstellung hatten. Er beschloss, den Aufstieg zu wagen. Was ihm Sorgen machte, war weniger die Angst vor dem Absturz als die Angst, sich den Weg zum Wasser abzuschneiden. Dem Hungertod konnte er ins Auge sehen, nicht aber dem Verdursten. Doch er kletterte weiter. Eine Zeit lang tat er Dinge, die er auf Erden nie gewagt hätte. In gewisser Weise war die Dunkelheit ihm dabei eine Hilfe: Er hatte kein Gefühl für die Höhe, in der er sich befand, und empfand kein Schwindelgefühl. Andererseits wurde die Kletterei dadurch, dass er nur mit dem Tastsinn arbeiten konnte, ungemein erschwert. Hätte ihn jemand beobachtet, so hätte er wohl in einem Augenblick unverantwortlich leichtsinnig und im nächsten übervorsichtig gewirkt. Er versuchte, nicht daran zu denken, dass er möglicherweise nur zur Höhlendecke emporstieg.

Nach etwa einer Viertelstunde gelangte er auf eine weite, ebene Fläche – entweder eine sehr viel tiefere Stufe oder die Kante des Abgrundes. Dort ruhte er eine Weile aus und leckte seine Wunden. Dann stand er auf und tastete sich weiter. Er erwartete, jeden Augenblick auf eine weitere Wand zu stoßen, und als dies nach dreißig Schritten immer noch nicht geschehen war, fing er an, laut zu rufen, und schloss aus dem Echo, dass er sich in einem ziemlich weiten Raum befinden musste. Er ging weiter. Der Boden bestand aus kleinen Kieseln und stieg ziemlich steil an. Hin und wieder lagen auch größere Steine im Weg, doch wenn sein Fuß sich jetzt vortastete, rollte er seine Zehen ein und stieß sie sich nur noch selten an. Eine seiner Schwierigkeiten bestand darin, dass er selbst in dieser absoluten Schwärze nicht umhin konnte, seine Augen anzustrengen, um etwas zu sehen. Das bereitete ihm Kopfschmerzen und gaukelte ihm Lichter und Farben vor.

Dieser langsame Aufstieg durch die Finsternis dauerte so lange, dass er bereits befürchtete, er bewege sich im Kreis oder sei in einen Stollen geraten, der sich endlos unter der Oberfläche des Planeten hinzog. Das stetige Ansteigen beruhigte ihn wieder ein wenig, dagegen wurde das Verlangen nach Licht allmählich zur Qual. Er dachte an das Licht wie ein Hungriger ans Essen – träumte von grünen Hügeln im April unter rasch am blauen Himmel dahinziehenden Wattewolken und vom anheimelnden Lichtkreis der Lampe auf einem mit Büchern und Pfeifen übersäten Tisch. In einer seltsamen geistigen Verwirrung konnte er nicht umhin, sich vorzustellen, dass er nicht im Dunkeln über einen Abhang lief, sondern dass dieser Abhang selbst schwarz war, so als sei er völlig verrußt. Er hatte den Eindruck, seine Hände und Füße müssten schwarz werden, wenn er ihn berührte. Wann immer er sich vorstellte, ein Licht würde in diese Welt dringen, stellte er sich vor, sie bestände so weit sein Auge reichte aus Ruß.

Er stieß hart mit dem Kopf gegen etwas und setzte sich benommen nieder. Als er sich erholt hatte, fanden seine Hände heraus, dass der Kieshang auf eine Decke aus glattem Fels getroffen war. Entmutigt setzte er sich in den Winkel, mit dieser Entdeckung musste er erst einmal fertig werden. Das Tosen der Brandung drang schwach und melancholisch von unten herauf, und er erkannte, dass er in großer Höhe sein musste. Schließlich bewegte er sich ohne viel Hoffnung nach rechts, wobei er die Arme hob und so immer mit der Decke in Berührung blieb. Bald stieg sie an und entzog sich seinen Händen. Lange Zeit später hörte er Wasser plätschern und verdoppelte seine Vorsicht, da er fürchtete, auf einen Wasserfall zu stoßen. Der Kies war jetzt nass, und kurz darauf stand Ransom in einem kleinen Becken. Zu seiner Linken befand sich tatsächlich ein Wasserfall, aber es war nur ein Rinnsal, dessen Strömung ihm nicht gefährlich werden konnte. Er kniete sich in das Becken, trank von dem herabfließenden Wasser und ließ es über seinen schmerzenden Kopf und seine matten Schultern laufen. Dann versuchte er, dem Wasserlauf zu folgen.

Obgleich eine Art Moos die Steine schlüpfrig machte und viele der ausgewaschenen Becken tief waren, bereitete der Aufstieg ihm keine ernsthaften Schwierigkeiten. Nach etwa zwanzig Minuten war er oben. Er rief laut, und den Echos nach zu urteilen, befand er sich jetzt in einer sehr weitläufigen Höhle. Er nahm den Wasserlauf als Wegweiser und folgte ihm. In der gestaltlosen Dunkelheit war er wie ein Gefährte. Wirkliche Hoffnung – nicht die unwillkürliche Hoffnung, die die Menschen in ausweglosen Situationen aufrechthält – keimte in ihm auf.

Bald darauf begannen die Geräusche ihm ein wenig Angst zu machen. Das letzte schwache Dröhnen der See aus dem fernen Höhlengewölbe, von wo er vor Stunden aufgebrochen war, war inzwischen verklungen, und nur das sanfte Plätschern des Baches war zu hören. Doch dann meinte Ransom zu vernehmen, dass sich andere Geräusche kaum merklich darunter mischten. Manchmal klang es wie ein dumpfes Plumpsen, als sei etwas in einen der Felstümpel hinter ihm gefallen; manchmal war es geheimnisvoller: ein trockenes Rasseln, als ob Metall über den Felsboden geschleift würde. Anfangs schrieb er es seiner Fantasie zu; dann blieb er ein oder zwei Mal stehen und lauschte, hörte aber nichts; doch jedes Mal, wenn er weiterging, fing es wieder an. Schließlich, als er wieder einmal stehen geblieben war, hörte er es unverkennbar. Konnte es sein, dass der Nichtmensch doch wieder zum Leben erwacht war und ihm folgte? Aber das schien unwahrscheinlich, denn der andere hatte nichts im Sinn gehabt als zu entkommen. Weniger einfach war es, die andere Möglichkeit auszuschließen – dass diese Höhlen Bewohner hatten. All seine Erfahrung sagte ihm, dass solche Bewohner – wenn es sie gab – wahrscheinlich harmlos waren; trotzdem konnte er nicht recht glauben, dass irgendetwas, das an einem solchen Ort lebte, erfreulich war, und ein leises Echo der Worte des Nichtmenschen – oder hatte Weston es gesagt? – hallte durch seinen

Kopf: »Alles Schöne nur außen, und im Innern – Finsternis, Hitze, Entsetzen, Gestank.« Dann kam ihm der Gedanke, dass, falls ihm wirklich irgendein Wesen den Bach hinauf folgte, er vielleicht das Ufer verlassen und warten sollte, bis es vorbeigegangen wäre. Wenn es allerdings hinter ihm her war, würde es vermutlich der Witterung folgen; und auf keinen Fall wollte Ransom vom Bach abkommen. Schließlich ging er weiter.

Ob vor Schwäche – denn er war mittlerweile sehr hungrig – oder weil die Geräusche hinter ihm seine Schritte unwillkürlich beschleunigten, ihm wurde unangenehm warm, und selbst der Bach erfrischte ihn nicht mehr, als er seine Füße hineinsetzte. Er brauchte wohl eine kleine Ruhepause, Verfolger hin oder her – doch genau in diesem Moment sah er das Licht. Zuerst wollte er seinen Augen nicht trauen, so oft waren sie in die Irre geführt worden. Er schloss sie, zählte bis hundert und sah noch einmal hin. Er wandte sich ab, setzte sich ein paar Minuten lang, betete, dass es diesmal keine Täuschung sein möge, und sah wieder hin. »Nun«, dachte Ransom, »wenn das eine Täuschung ist, dann ist es eine recht hartnäckige.« Vor ihm lag ein gedämpfter, winziger, zitternder, leicht rötlicher Lichtschimmer. Er war zu schwach, um irgendetwas zu erhellen, und in dieser Welt der Schwärze vermochte Ransom nicht zu sagen, ob er fünf Schritte oder fünf Meilen entfernt war. Sofort machte Ransom sich mit pochendem Herzen auf den Weg. Glücklicherweise schien der Wasserlauf ihn auf das Licht zuzuführen.

Während er noch meinte, das Licht sei weit entfernt, stand er schon beinahe darin. Es war ein Lichtkreis auf dem Wasser, das sich hier in einem etwas tieferen Becken gesammelt hatte und dessen Oberfläche leicht bebte. Das Licht kam von oben. Ransom stieg in das Becken und blickte hinauf. Unmittelbar über ihm war ein unregelmäßiger, jetzt eindeutig roter Lichtfleck. Diesmal war der Schein kräftig genug, um die nächste

Umgebung zu erhellen. Als Ransoms Augen sich angepasst hatten, wurde ihm klar, dass er durch einen Spalt oder Schacht aufblickte, dessen untere Öffnung sich im Dach seiner Höhle nur wenige Fuß über seinem Kopf befand. Die obere Öffnung musste sich im Boden einer anderen, höher gelegenen Kammer befinden, aus der das Licht kam. Er konnte die schwach beleuchteten, unebenen Wände des Schachtes sehen. Sie waren bedeckt mit Polstern und Fäden einer gallertartigen und ziemlich unappetitlichen Vegetation. Durch diesen Schacht rieselte und troff das Wasser wie ein warmer Regen auf Ransoms Kopf und Schultern. Die Wärme und das Rot des Lichtes ließen vermuten, dass die obere Höhle von einem unterirdischen Feuer erleuchtet wurde. Es wird dem Leser nicht klar sein, ebenso wenig wie Ransom, als er später darüber nachdachte, warum er augenblicklich den Entschluss fasste, wenn irgend möglich in die obere Höhle hinaufzuklettern. Er meint, das bloße Verlangen nach Licht sei der eigentliche Antrieb gewesen. Bereits der erste Blick durch die Öffnung verlieh dieser Welt wieder Dimensionen und Perspektive, und allein das war schon wie die Befreiung aus einem Gefängnis. Es schien ihm viel mehr über seine Umgebung zu sagen, als tatsächlich der Fall war: Es gab ihm den ganzen räumlichen Bezugsrahmen zurück, ohne den ein Mensch kaum den eigenen Körper sein Eigen nennen kann. Danach kam eine Rückkehr in die schreckliche schwarze Leere, die Welt von Kohle und Ruß, die Welt ohne Größen und Entfernungen, durch die er gewandert war, nicht mehr in Frage. Vielleicht spielte auch der Gedanke eine Rolle, dass, was immer ihm da folgte, vielleicht von ihm abließe, wenn er in die erleuchtete Höhle gelangen könnte.

Aber das war nicht so einfach. Er kam an die untere Öffnung des Schachtes nicht heran. Selbst wenn er hochsprang, berührten seine Finger nur die herabhängenden Pflanzenfäden. Schließlich fasste er einen vielleicht aussichtslosen Plan, denn etwas Besseres fiel ihm nicht ein. Es war gerade hell genug, dass er eine Anzahl größerer Steine zwischen den Kieseln erkennen konnte, und so machte er sich daran, in der Mitte des Beckens einen Haufen aufzuschichten. Er arbeitete fieberhaft und musste oft wieder abbauen, was er aufgetürmt hatte; mehrmals stieg er hinauf, bis er wirklich hoch genug war. Als er schließlich fertig war und schwankend und schwitzend auf dem Sockel stand, lag der schwierigste Teil des Unternehmens noch vor ihm. Er musste die Pflanzen zu beiden Seiten über seinem Kopf greifen, darauf vertrauen, dass sie ihn hielten, und dann halb springen, halb sich hochziehen, so schnell er konnte, denn wenn das Zeug überhaupt hielt, so sicher nicht sehr lange. Irgendwie gelang es ihm. Wie ein Bergsteiger in einem so genannten Kamin stemmte er sich mit dem Rücken gegen die eine und mit den Füßen gegen die andere Wand des Schachtes. Der dicke, schwammige Bewuchs schützte seine Haut, und nachdem er sich mühsam ein Stückchen weiter hochgeschoben hatte, wurden die Wände des Schachtes so griffig, dass Ransom ganz normal hinaufklettern konnte. Die Hitze nahm rasch zu. »Wie dumm von mir, hier heraufzukommen«, meinte Ransom, doch in dem Augenblick war er auch schon oben.

Zuerst blendete ihn das Licht. Als er endlich seine Umgebung wahrnehmen konnte, sah er, dass er sich in einer großen Halle befand. Diese war so von Feuerschein erfüllt, dass sie aussah, als bestünde sie aus rotem Ton. Er blickte von einem Ende zum anderen. Zur Linken senkte sich der Boden. Nach rechts stieg er zu einer Art Klippenrand an, hinter dem ein gleißend heller Abgrund gähnte. Ein breiter, seichter Bach floss mitten durch die Höhle. Die Decke war so hoch, dass Ransom sie nur ahnen konnte, und die Wände schwangen sich in einem weiten Bogen in die Dunkelheit empor.

Ransom erhob sich wankend, platschte durch den Bach

(dessen Wasser heiß war) und ging zum Klippenrand. Das Feuer schien tausende von Fuß unter ihm zu sein, und er konnte die andere Seite des Kraters, in dem es brodelte, spuckte und fauchte, nicht sehen. Seine Augen konnten die grelle Glut nur sekundenlang ertragen, und wenn er sich abwandte, schien der Rest der Höhle in Dunkelheit getaucht. Die Hitze quälte ihn. Er zog sich vom Klippenrand zurück, setzte sich mit dem Rücken zum Feuer und versuchte, seine Gedanken zu ordnen.

Sie wurden in ganz unerwarteter Weise geordnet. Plötzlich und wehrlos wurde sein Bewusstsein wie von einem Panzerangriff von der Weltsicht überrollt, die Weston (wenn er es gewesen war) ihm unlängst gepredigt hatte. Er vermeinte zu begreifen, dass er sein Leben lang in einer Welt der Illusion gelebt hatte. Die Geister, die verdammten Geister hatten Recht. Die Schönheit Perelandras, die Unschuld der grünen Frau, die Leiden der Heiligen und die Freundlichkeiten der Menschen, all das war nur Schau und schöner Schein. Was er für die Welten selbst gehalten hatte, war nur ihre Rinde: Eine Viertelmeile unter der Oberfläche und dann Tausende von Meilen bis tief in Finsternis und Schweigen und höllisches Feuer hinein lebte die Wirklichkeit – die sinnlose, allumfassende Geistlosigkeit, für die alles Denken bedeutungslos und angesichts deren alles Mühen vergeblich war. Was immer ihm folgte, es würde durch dieses nasse, dunkle Loch heraufkommen, würde von dieser abscheulichen Röhre ausgeschieden werden, und dann würde er sterben. Er richtete die Augen auf die schwarze Öffnung, aus der er selbst gerade geklettert war. Und dann – »Dachte ich mir's doch!«, sagte er.

Langsam, ruckhaft, mit unnatürlichen und nichtmenschlichen Bewegungen kroch eine menschliche Gestalt auf den Boden der Höhle heraus, scharlachrot im Widerschein des Feuers. Natürlich war es der Nichtmensch: das gebrochene Bein zog er nach, und mit leichenhaft herabhängendem

Unterkiefer erhob er sich langsam auf die Füße. Und dann kroch dicht hinter ihm noch etwas aus dem Loch. Zuerst kam etwas, das wie Zweige eines Baumes aussah, dann sieben oder acht unregelmäßig wie ein Sternbild angeordnete Lichtpunkte und schließlich eine schlauchförmige Masse, die den rötlichen Lichtschein reflektierte, als sei sie poliert. Ransoms Herz setzte einen Augenblick lang aus, denn die Zweige entpuppten sich plötzlich als lange, drahtige Fühler und die Lichtpunkte als die vielen Augen eines gepanzerten Kopfes. Die anhängende Masse erwies sich als ein großer, in etwa zylindrischer Körper. Scheußliche Dinge folgten – kantige, vielgliedrige Beine, und dann, als er schon glaubte, der ganze Körper sei in Sicht, folgte eine zweite Gestalt und schließlich eine Dritte. Das Wesen war dreiteilig, verbunden durch eine Art Wespentaillen, doch die drei Teile hingen nicht richtig aneinander und sahen so aus, als sei jemand daraufgetreten – eine riesige, vielbeinige, bebende Unförmigkeit, die sich hinter den Nichtmenschen stellte, sodass die grässlichen Schatten der beiden in ungeheuerlicher und vereinter Bedrohung über die Felswände tanzten.

»Man will mich ängstigen«, sagte etwas in Ransoms Hirn, und im gleichen Augenblick wurde ihm klar, dass der Nichtmensch nicht nur dieses riesige Kriechtier aufgeboten, sondern ihm auch die furchtbaren Gedanken eingegeben hatte, von denen er kurz vor dem Erscheinen des Feindes heimgesucht worden war. Die Erkenntnis, dass seine Gedanken in dieser Weise von außen gelenkt werden konnten, erfüllte Ransom mit Wut statt mit Schrecken. Unwillkürlich sprang er auf, ging auf den Nichtmenschen zu und sagte Dinge, vielleicht törichte Dinge auf Englisch. »Glaubst du, ich lass mir das gefallen?«, schrie er. »Geh mir aus dem Kopf! Es ist nicht deiner! Ich warne dich! Verschwinde!« Während er das brüllte, hob er einen großen, scharfkantigen Felsbrocken vom Ufer des Baches auf.

»Ransom«, krächzte der Nichtmensch, »warten Sie! Wir sitzen beide in der Falle ...« Aber Ransom hatte sich bereits auf ihn gestürzt.

»Im Namen des Vaters und des Sohnes und des Heiligen Geistes – da hast du! Ich meine, Amen!«, rief Ransom und schleuderte den Steinbrocken mit aller Kraft dem anderen ins Gesicht. Der Nichtmensch fiel der Länge nach hin, das Gesicht bis zur Unkenntlichkeit zerschmettert. Ransom beachtete ihn nicht weiter und wollte sich der anderen Schreckensgestalt zuwenden. Aber wo war der Schrecken geblieben? Das Wesen war da und hatte ohne Zweifel eine sonderbare Gestalt, aber aller Abscheu war aus Ransoms Gedanken gewichen, sodass er sich überhaupt nicht mehr daran erinnern oder gar verstehen konnte, wieso man ein Tier bekämpfen sollte, weil es mehr Beine oder Augen hatte als man selbst. Alles, was er seit seiner Kindheit gegenüber Insekten und Reptilien empfunden hatte, war verstummt; so vollkommen verstummt wie eine unangenehme Musik, wenn man das Radio ausschaltet. Anscheinend war das alles von Anfang an ein finsterer Zauber des Feindes gewesen. Einmal, als Ransom in Cambridge am offenen Fenster geschrieben hatte, war er schaudernd zusammengefahren, als er einen vielfarbigen Käfer von ungewöhnlich scheußlicher Gestalt zu sehen meinte, der über sein Papier krabbelte. Der zweite Blick hatte ihm gezeigt, dass es ein vom Wind bewegtes Herbstblatt gewesen war; und plötzlich machten die Krümmungen und Ausbuchtungen, die ihm so hässlich vorgekommen waren, die Schönheit des Blattes aus. Jetzt hatte er beinah das gleiche Gefühl. Er sah sogleich, dass das Wesen keine bösen Absichten hegte – es hegte überhaupt keine Absichten. Der Nichtmensch hatte es heraufgetrieben, und nun stand es ruhig da und bewegte prüfend die Fühler. Offenbar behagte ihm die Umgebung nicht, denn es drehte sich unbeholfen um und zog sich wieder in das Loch zurück, aus dem es gekommen war. Als Ransom sah, wie das Endstück des dreiteiligen Körpers über dem Rand des Loches schwankte und dann sein torpedoartiger Schwanz in die Luft ragte, hätte er beinahe gelacht. »Wie eine lebendige Eisenbahn«, meinte er.

Er wandte sich dem Nichtmenschen zu. Von dessen Kopf war kaum noch etwas übrig, aber Ransom hielt es für besser, keinerlei Risiko einzugehen. Er packte den Körper bei den Knöcheln und schleifte ihn zum Klippenrand hinauf; dann, nachdem er kurz verschnauft hatte, stieß er ihn in die Tiefe. Einen Augenblick lang sah er die schwarze Silhouette vor dem Flammenmeer, und dann war es zu Ende.

Ransom kroch erschöpft zum Bach zurück und trank in langen Zügen. »Ob dies nun mein Ende ist oder nicht«, dachte er, »ob es einen Weg aus dieser Höhle heraus gibt oder nicht, ich werde heute keinen einzigen Schritt mehr tun, nicht einmal, um mich zu retten – nicht einmal, um mein Leben zu retten. Das steht fest. Ehre sei Gott. Ich bin müde.« Und im gleichen Augenblick war er auch schon eingeschlafen.

## 15

Als Ransom nach seinem langen Schlaf in der vom Feuer erhellten Höhle weiter durch diese unterirdische Welt wanderte, war er von Hunger und Erschöpfung ein wenig benommen. Er erinnerte sich, dass er nach dem Erwachen noch viele Stunden liegen geblieben war und sogar überlegt hatte, ob es sich überhaupt lohnte, die Wanderung fortzusetzen. Wann er sich dennoch zum Weitergehen entschlossen hatte, war ihm entfallen. Nur wirre und zusammenhanglose Bilder kamen ihm in den Sinn. Da war ein langer, auf der einen Seite zu dem glühenden Krater hin offener Steg und eine schreckliche Stelle, an der immer neue Dampfwolken emporquollen. Wahrscheinlich fiel hier einer der vielen Sturzbäche, die in der Nähe tosten, in den Feuerschlund. Dahinter kamen immer noch matt erhellte Höhlensäle, von deren Wänden unbekannte Minerale prächtig funkelten und im Licht tanzten; das narrte seine Augen, als würde er einen Spiegelsaal mithilfe einer Taschenlampe erforschen. Auch war ihm – obwohl das vielleicht eine Halluzination war –, als sei er durch einen riesigen kathedralenartigen Raum gekommen, der eher wie ein Kunstwerk als wie ein Werk der Natur aussah; an einem Ende standen zwei große Throne und zu beiden Seiten lange Sitzreihen, alles viel zu groß für Menschen. Wenn diese Dinge wirklich existierten, fand er nie eine Erklärung für sie. Dann war da ein dunkler Höhlengang, in dem von Gott weiß woher ein Wind blies und ihm Sand ins Gesicht fegte; dann wieder ging er selbst in tiefer Dunkelheit und blickte viele Faden tief zwischen Säulen, natürlichen Bogen und gewundenen Abgründen hindurch auf eine ebene, von kaltem grünem Licht erleuchtete Fläche. Und als er stehen blieb und hinunterschaute, schien ihm, als kämen vier der großen Erdkäfer, durch die Entfernung auf die Größe von Mücken verkleinert, zu je zweien nebeneinander langsam dahergekrochen. Sie zogen einen flachen Wagen, und auf diesem stand aufrecht eine verhüllte Gestalt, groß, schlank und unbewegt. Sie lenkte dieses seltsame Gespann und glitt mit unerträglicher Majestät über die Fläche, bis Ransom sie nicht mehr sehen konnte. Zweifellos war das Innere dieser Welt nicht für Menschen bestimmt. Aber für irgendetwas war sie bestimmt. Und vielleicht, dachte Ransom, gab es ja eine Möglichkeit – wenn ein Mensch sie überhaupt herausfinden konnte –, den alten heidnischen Brauch, die lokalen Gottheiten zu versöhnen, in einer Form wieder zu beleben, dass sie Gott selbst nicht beleidigte, aber eine höfliche Entschuldigung für das ungefragte Eindringen war. Die verhüllte Gestalt auf ihrem Wagen war zweifellos seinesgleichen – was nicht besagte, dass sie einander ebenbürtig waren oder in der Unterwelt die gleichen Rechte hatten.

Lange Zeit später waren Trommeln in der pechschwarzen Finsternis zu vernehmen, anfangs von ferne, dann rings um ihn herum, bis sie schließlich mit endlos hallenden Echos im dunklen Labyrinth verklangen. Später sah er eine Fontäne kalten Lichts – eine Säule wie aus Wasser, die von innen heraus strahlte und pulsierte und nicht näher zu rücken schien, so lange er auch auf sie zuging, und die zuletzt unvermittelt erlosch. Er fand nicht heraus, was es gewesen war. Und so kam nach mehr Seltsamkeiten und Pracht und Mühen, als ich überhaupt beschreiben kann, ein Augenblick, in dem seine Füße unvermittelt auf lehmigem Boden ausrutschten – er griff erschrocken um sich – Entsetzen durchfuhr ihn – und schon spritzte und strampelte er in tiefem, reißenden Wasser. Er war überzeugt, dass, wenn er nicht an den Wänden des Kanals zerschmettert würde, der Wasserlauf ihn wohl mit in den Feuerschlund reißen würde. Aber der Kanal verlief anscheinend sehr gerade, und die Strömung war weniger reißend, als er gedacht hatte. Zu keinem Zeitpunkt berührte er die Wände; hilflos lag er auf dem Wasser und schoss durch die hallende Dunkelheit. Das ging sehr lange so.

Man wird verstehen, dass Todeserwartung, Erschöpfung und das Tosen ihn verwirrten. Als er später auf das Abenteuer zurückblickte, meinte er, er sei aus der Schwärze in ein Grau und dann in ein unerklärliches Durcheinander aus halb transparenten blauen, grünen und weißen Tönen geraten. Über ihm deuteten sich Bogen und leicht schimmernde Säulen an, aber alles war unbestimmt und verschwamm ineinander, sobald Ransom darauf blickte. Das Ganze sah aus wie eine Eishöhle, aber dafür war es zu warm. Und das Dach über ihm schien kleine Wellen zu schlagen wie Wasser, aber das war wohl eine Spiegelung. Gleich darauf wurde er hinausgetragen in helles Tageslicht und Luft und Wärme, wurde umhergewirbelt und landete dann benommen und atemlos im seichten Wasser eines großen Beckens.

Er war jetzt so schwach, dass er sich kaum bewegen konnte. Etwas in der Luft und die weite, nur von einsamen Vogelschreien unterbrochene Stille sagten ihm, dass er hoch oben auf einem Berg sein musste. Mit Mühe kroch er aus dem Teich in süßduftendes blaues Gras. Als er zurückblickte, sah er einen Fluss aus der Öffnung einer Höhle strömen, einer Höhle, die tatsächlich aus Eis zu bestehen schien. Das Wasser dort war von einem geisterhaften Blau, während der Teich in seiner Nähe einen warmen, bernsteinfarbenen Ton aufwies. Er war umgeben von Dunst und Frische und Tau. Nicht weit von ihm erhob sich eine Steilwand, von der leuchtend bunte Ranken herabhingen, und wo die Oberfläche freilag, glänzte der Fels wie Glas. Doch all das beachtete er kaum. Unter den kleinen, spitzen Blättern hingen dicke Trauben kleiner, runder Früchte, die er greifen konnte, ohne aufzustehen. Vom Essen sank er sofort in Schlaf; an einen Übergang konnte er sich nicht erinnern.

Von diesem Punkt an wird es immer schwieriger, Ransoms Erlebnisse in ihrer wirklichen Abfolge wiederzugeben. Er hat keine Ahnung, wie lang er bei der Höhlenöffnung am Flussufer lag, aß und schlief und nur aufwachte, um wieder zu essen und zu schlafen. Er meint, es habe nur einen oder zwei Tage gedauert, aber aus seiner körperlichen Verfassung am Ende dieser Genesung würde ich schließen, dass es eher zwei oder drei Wochen waren. Es war eine Zeit, an die man sich nur im Traum erinnert, wie an die frühe Kindheit. Und es war in der Tat eine Art zweiter Kindheit, während der er am Busen des Planeten Venus lag und genährt wurde – und entwöhnt erst, als er diesen Ort verließ. Drei Eindrücke blieben ihm von diesem langen Sabbat. Der eine ist das immer währende Geräusch fröhlich plätschernden Wassers. Ein zweiter ist die köstliche Lebenskraft, die er aus den Traubenfrüchten sog, die sich wie von selbst seiner ausgestreckten Hand entgegenzuneigen schienen. Der dritte ist das Singen. Bald hoch in der Luft über ihm, bald wie aus tief gelegenen Schluchten und Tälern emporquellend, schwebte es durch seinen Schlaf und war das Erste, was er beim Erwachen hörte. Wie der Gesang eines Vogels hatte es keine bestimmte Form, doch es war nicht die Stimme eines Vogels. Wie eine Vogelstimme sich zu einer Flöte verhält, so verhielt dieses Singen sich zu einem Cello: tief und reif und zart, volltönend und goldbraun; auch leidenschaftlich, doch nicht von menschlicher Leidenschaft.

Da Ransom dieses Ruhezustands ganz allmählich entwöhnt wurde, kann ich die Eindrücke, die er nach und nach von seiner weiteren Umgebung gewann, nicht so Stück für Stück wiedergeben, wie er selbst sie in sich aufnahm. Aber als er geheilt war und wieder einen klaren Kopf hatte, bot sich ihm folgendes Gesamtbild: Die Felswand, aus der der Fluss ans Tageslicht trat, war nicht aus Eis, sondern aus einem durchscheinenden Gestein. Brach man kleine Splitter heraus, waren sie durchsichtig wie Glas, aber die Felsen selbst wurden ungefähr sechs Zoll unter der Oberfläche trüb und undurchsichtig. Wenn man flussaufwärts in die Höhle watete und sich dort umwandte und ins Licht hinausblickte, so erwiesen sich die Ränder des Bogens, der die Höhlenöffnung bildete, als transparent; und im Innern der Höhle war alles blau. Wie es oben auf den Felsen aussah, wusste er nicht.

Die blaue Grasfläche vor ihm erstreckte sich etwa dreißig Schritte weit ziemlich eben und ging dann in einen Steilhang über, der den in vielen Stromschnellen talwärts schießenden Fluss begleitete. Der Hang war mit Blumen bedeckt, die sich immerzu in einer leichten Brise wiegten. Tief unter ihm endete der Hang in einem gewundenen und bewaldeten Tal, das schließlich zur Rechten hinter einer majestätischen Bergflanke verschwand. Dahinter und wesentlich tiefer – so viel tiefer, dass er seinen Augen kaum traute – waren weitere Berggipfel zu erkennen, und dahinter noch undeutlicher noch tiefer gelegene Täler, bis schließlich alles in einem goldenen Dunst verschwand. Auf der anderen Seite des Tals erhob sich das Land in mächtigen Schwüngen und Falten zu roten Felsgipfeln, hoch wie Himalayariesen. Sie waren nicht rot wie die Klippen in Devonshire, sondern regelrecht rosarot, so als habe man sie angestrichen. Es überraschte Ransom, dass sie so leuchteten und dass ihre Gipfel spitz waren wie Nadeln, doch dann fiel ihm ein, dass er auf einer jungen Welt war und dass diese Berge, geologisch gesehen, noch in den Kinderschuhen steckten. Vielleicht waren sie auch weiter entfernt, als es den Anschein hatte.

Zu seiner Linken und hinter ihm versperrten ihm die kristallenen Felswände den Ausblick. Zu seiner Rechten endeten sie bald, und dahinter stieg der Boden zu einem weiteren und näheren Gipfel an – der freilich viel niedriger war als die auf der anderen Seite des Tals. Die fantastische Steilheit der Hänge bestätigte seine Vermutung, dass er sich auf einem sehr jungen Berg befand.

Bis auf das Singen war es sehr still. Wenn er Vögel fliegen sah, dann gewöhnlich tief unter ihm. Auf den Hängen zu seiner Rechten und, in etwas abgeschwächter Form, auch auf den Hängen des großen, gegenüberliegenden Massivs war eine ständige wellenartige Bewegung zu sehen, die er sich nicht erklären konnte. Es sah aus wie fließendes Wasser, aber wenn das auf dem weiter entfernten Berg ein Fluss war, so müsste er zwei oder drei Meilen breit sein, und das war unwahrscheinlich.

Bei dem Versuch, das Bild zusammenzufügen, habe ich etwas ausgelassen, das die Erlangung dieses Gesamtbilds für Ransom zu einer langwierigen Angelegenheit machte. Der ganze Ort war häufig in Wolken gehüllt; immer wieder verschwand er hinter einem safrangelben oder blassgoldenen Schleier, fast so als öffne sich das goldene Himmelsdach, das sich nur ein paar Fuß über den Berggipfeln zu befinden schien, und überschütte die Welt mit Reichtümern.

Tag für Tag erfuhr Ransom mehr über diesen Ort, ebenso wie er immer mehr über seine körperliche Verfassung erfuhr. Lange Zeit war er beinahe zu steif, um sich zu bewegen, und selbst ein unbedachter Atemzug ließ ihn zusammenzucken. Doch seine Verletzungen heilten erstaunlich schnell. Wie man nach einem Sturz das eigentliche Übel erst entdeckt, wenn die kleineren Prellungen und Schürfungen nicht mehr so schmerzen, war Ransom schon beinahe wiederhergestellt, als er seine schlimmste Verletzung entdeckte. Es war eine Wunde an seiner Ferse. Ihre Form zeigte deutlich, dass die Wunde von einem menschlichen Gebiss herrührte – den bösen stumpfen Zähnen unserer Art, die eher zerreiben und quetschen als schneiden. Seltsamerweise konnte er sich nicht erinnern, bei seinen zahllosen Kampfrunden mit dem Nichtmenschen gerade diesen Biss abbekommen zu haben. Die Wunde sah nicht schlimm aus, aber sie blutete noch immer. Die Blutung war nicht stark, aber er konnte sie auf keinerlei Weise stillen. Doch er machte sich keine Gedanken darüber; zu dieser Zeit kümmerten ihn weder Vergangenheit noch Zukunft. Wünschen und Fürchten waren Gemütszustände, derer er nicht mehr fähig schien.

Nichtsdestoweniger kam ein Tag, da er das Bedürfnis verspürte, etwas zu unternehmen, sich aber noch nicht im Stande fühlte, den kleinen Schlupfwinkel zwischen Teich und Felsen zu verlassen, der ihm zu einer Art Heimstatt geworden war. Er verwendete diesen Tag darauf, etwas zu tun, das ziemlich albern erscheinen mag, für ihn jedoch zu jenem Zeitpunkt von Bedeutung war. Er hatte festgestellt, dass das glasige Material der Felsen nicht sehr hart war. Er nahm einen anderen, scharfen Stein und entfernte von einer größeren Fläche der Felswand die Pflanzen. Dann nahm er Maß, teilte alles sorgfältig ein, und nach ein paar Stunden stand auf Altsolarisch und in römischen Buchstaben Folgendes da:

IN DIESEN HÖHLEN WURDE VERBRANNT
DER LEICHNAM
DES

EDWARD ROLLES WESTON

EINES GELEHRTEN HNAU VON DER WELT,
DIE VON IHREN BEWOHNERN
ERDE GENANNT WIRD,
DOCH VON DEN ELDILA DES HIMMELS
THULKANDRA.
ER WURDE GEBOREN,
ALS DIE ERDE VOLLENDET HATTE IHREN
EINTAUSENDACHTHUNDERTSECHS-
UNDNEUNZIGSTEN KREISLAUF
UM ARBOL
SEIT DER ZEIT, DA
MALELDIL,
GEPRIESEN SEI SEIN NAME,
ALS EIN HNAU AUF THULKANDRA
GEBOREN WURDE.
ER STUDIERTE DIE EIGENSCHAFTEN
VON KÖRPERN,
UND ALS ERSTER ERDENBEWOHNER
REISTE ER
DURCH DIE HIMMELSTIEFEN NACH
MALAKANDRA UND PERELANDRA,
WO ER WILLEN UND VERSTAND PREISGAB
DEM VERBORGENEN ELDIL,
ALS DIE ERDE VOLLFÜHRTE DEN
EINTAUSENDNEUNHUNDERTZWEI-
UNDVIERZIGSTEN KREISLAUF
NACH DER GEBURT MALELDILS,
GEPRIESEN SEI SEIN NAME.

»So etwas Albernes«, sagte Ransom sich zufrieden, als er sich wieder hinlegte. »Niemand wird es je lesen. Aber irgendwie musste man es doch festhalten. Schließlich war er ein großer Physiker. Und ich habe mich ein wenig verausgabt.« Er gähnte herzhaft und machte es sich für weitere zwölf Stunden Schlaf bequem.

Am nächsten Tag ging es ihm besser, und er ging ein wenig spazieren, nicht den Hang hinunter, sondern auf der Grasfläche vor der Höhle auf und ab. Am darauf folgenden Tag ging es ihm wieder besser. Am dritten Tag schließlich ging es ihm gut, und er war bereit für Abenteuer.

Früh am nächsten Morgen brach er auf und folgte dem Wasserlauf abwärts. Der Hang war sehr steil, aber keine Felsbrocken standen im Weg, und das Gras war weich und federnd; zu seiner Überraschung ermüdete der Abstieg seine Knie keineswegs. Als nach etwa einer halben Stunde die Gipfel der gegenüberliegenden Berge so hoch aufragten, dass er sie nicht mehr sehen konnte, und die kristallenen Klippen hinter ihm nur noch ein ferner Schimmer waren, kam er in eine neue Vegetationszone. Er gelangte zu einem Wald aus kleinen Bäumen, deren Stämme kaum zweieinhalb Fuß hoch waren. Aus ihren Wipfeln wuchsen lange Bänder, die sich jedoch nicht in die Luft erhoben, sondern im Wind hangabwärts, parallel zum Boden wehten. Als er den Wald betrat, watete er knietief durch ein leicht gewelltes Meer dieser Bänder – ein Meer, das ihn umwogte, soweit das Auge reichte. Es war blau, jedes Band war in der Mitte blau, aber viel heller als das Gras, und ging an den ausgefransten, gefiederten Rändern in ein zartes Blaugrau über, mit dem es in unserer Welt höchstens die feinsten Farbabstufungen von Rauch und Wolken aufnehmen konnten. Das sanfte, kaum spürbare Streicheln der langen, dünnen Blätter auf seiner Haut, die leise, melodiöse, rauschende, flüsternde Musik und die fröhliche Bewegung ringsumher ließen sein Herz höher schlagen und riefen jenes beinahe beängstigende Wohlgefühl hervor, das er schon früher auf Perelandra verspürt hatte. Diese Zwergwälder – diese Wellenbäume, wie er sie nannte – waren also die Erklärung für die wasserähnliche Bewegung, die er auf den fernen Hängen gesehen hatte.

Als er müde wurde, setzte er sich hin und fand sich in einer neuen Welt. Die Bänder wehten nun über seinem Kopf. Er war in einem Wald für Zwerge, einem Wald mit durchscheinendem, blauen Dach, das unaufhörlich in Bewegung war und einen endlosen Reigen von Licht und Schatten auf den moosbewachsenen Boden warf. Dann merkte er, dass es wirklich ein Wald für Zwerge war. Durch das Moos, das hier sehr fein war, sah er ein Hin und Her von etwas, das er zuerst für Insekten hielt, das sich bei näherer Betrachtung aber als eine Art von winzigen Säugetieren erwies. Es waren Bergmäuse, zierliche kleine Ausgaben derjenigen, die er auf der verbotenen Insel gesehen hatte, etwa so groß wie Hummeln. Er entdeckte auch anmutige kleine Tiere, die Pferden ähnlicher sahen als alles, was er bisher auf diesem Planeten beobachtet hatte, obwohl sie eher Urpferden glichen als deren neuzeitlichen Nachfolgern.

»Wie kann ich es nur verhindern, dass ich tausende von ihnen zertrete?«, fragte er sich. Aber sie waren nicht sehr zahlreich, und die meisten von ihnen schienen sich nach links von ihm fortzubewegen. Als er aufstand, waren nur noch wenige zu sehen.

Noch eine Stunde lang watete er durch die wehenden Bänder (es war wie ein Wellenbad in Pflanzen). Dann kam er in Wälder und an einen Gebirgsbach, der von rechts herankam und seinen Weg kreuzte. Er stand in dem bewaldeten Tal, das er von oben gesehen hatte, und wusste, dass der auf der anderen Seite des Wassers unter den Bäumen ansteigende Hang der Fuß der gewaltigen Hochgipfel war. Unter dem hohen, erhabenen Walddach herrschte bernsteinfarbenes Zwielicht, die Felsen waren nass vom Wasser der Stromschnellen, und über allem schwebte der volltönende Gesang. Er war jetzt so laut und melodisch, dass Ransom einen kleinen Umweg machte und bachabwärts ging, um zu erkunden, woher diese Musik kam. Das führte ihn bald aus dem kathedralenartigen Hochwald mit seinen lieblichen Lichtungen in einen ganz anderen Wald. Er musste sich seinen Weg durch dornenlose Sträucher bahnen, die alle in Blüte standen. Blütenblätter regneten auf ihn nieder und bedeckten seinen Kopf, und Blütenstaub vergoldete seinen Körper. Vieles von dem, was seine Finger berührten, war klebrig, und mit jedem Schritt schien die Berührung der Büsche und des Erdbodens neue Düfte freizusetzen, die ihm zu Kopf stiegen und dort ungeheure, unbändige Genüsse erzeugten. Der Gesang war nun sehr laut, das Gesträuch aber so dicht, dass er nicht einmal einen Schritt weit sehen konnte. Plötzlich hörte die Musik auf. Es raschelte, Zweige knackten, und er arbeitete sich eilig in diese Richtung vor, fand jedoch nichts. Er wollte die Suche bereits aufgeben, als das Singen ein kleines Stück weiter von neuem einsetzte. Wieder ging er ihm nach, und wieder hörte das Geschöpf zu singen auf und entfloh. Dieses Versteckspiel ging annähernd eine Stunde, bevor seine Mühe belohnt wurde.

Nachdem er sich bei den lauteren Stellen des Gesangs behutsam vorwärts geschlichen hatte, sah er endlich etwas Dunkles zwischen den blühenden Zweigen. Sowie das Singen aufhörte, blieb er stehen, sowie es erneut einsetzte, ging er vorsichtig weiter; zehn Minuten lang pirschte er sich auf diese Weise an das Geschöpf heran und hatte es schließlich in voller Größe vor sich; es sang weiter, ohne zu ahnen, dass es beobachtet wurde. Es saß aufrecht wie ein Hund, schwarz, geschmeidig und glänzend, aber seine Schultern befanden sich hoch über Ransoms Kopf, die Vorderbeine glichen jungen Bäumen, und die breiten weichen Pfoten, auf die es sich stützte, waren groß wie Kamelhufe. Der enorme runde Bauch war weiß, und hoch über den Schultern erhob sich ein Hals wie der eines Pferdes. Von dort, wo Ransom stand, sah er den Kopf im Profil – den Mund weit geöffnet, während er in tiefen Trillern die Freude besang; die Töne pulsierten beinahe sichtbar in der schimmernden Kehle. Verwundert betrachtete Ransom die großen feuchten Augen und die bebenden, empfindsamen Nüstern. Dann brach der Gesang ab, das Geschöpf hatte Ransom gesehen, sprang davon und blieb nun in einiger Entfernung auf allen vieren stehen; es war nicht viel kleiner als ein junger Elefant und wedelte mit seinem langen, buschigen Schwanz. Es war das erste Tier auf Perelandra, das Menschen zu fürchten schien. Aber es war keine Furcht. Als Ransom es rief, kam es heran. Es legte seine samtigen Nüstern in Ransoms Hand und duldete seine Berührung. Doch sogleich sprang es wieder davon, bog seinen langen Hals und bedeckte seinen Kopf mit den Pfoten. Ransom kam mit seinen Bemühungen nicht weiter, und als das Tier sich schließlich vollends zurückzog, verfolgte er es nicht weiter. Das hätte seine rehkitzhafte Scheu, seinen gefügigen, sanften Ausdruck und sein offenkundiges Verlangen verletzt, für immer ein Klingen und nur ein Klingen inmitten der dichten, unbegangenen Wälder zu sein. Ransom nahm seine Wanderung wieder auf, und kurz darauf begann das Geschöpf wieder zu singen, lauter und lieblicher als zuvor, wie ein Freudengesang darüber, dass es nun wieder ungestört war.

Dann machte Ransom sich ernsthaft daran, den großen Berg zu ersteigen. Nach ein paar Minuten kam er aus dem Wald heraus und auf die unteren Hänge. Es ging so steil bergauf, dass er etwa eine halbe Stunde lang Hände und Füße zu Hilfe nehmen musste; er wunderte sich, dass ihn das kaum ermüdete. Dann kam er wieder in einen Zwergwald. Diesmal blies der Wind die Bänder nicht den Berg hinab, sondern hinauf, sodass er den seltsamen Eindruck hatte, sein Weg führe ihn durch einen breiten blauen Wasserfall, der in die falsche

Richtung stürze und sich den Gipfeln entgegenschwinge und schäume. Wann immer der Wind einen Moment nachließ, sanken die Enden der Bänder unter dem Einfluss der Schwerkraft zurück, sodass es aussah, als würden Wellenkämme von einem stürmischen Gegenwind zurückgedrängt. Lange stieg er so, ohne jemals wirklich das Bedürfnis nach einer Ruhepause zu verspüren; dennoch ruhte er gelegentlich aus. Er war nun so hoch, dass die kristallenen Felswände, von denen er aufgebrochen war, auf gleicher Höhe mit ihm waren, wenn er über das Tal hinwegblickte. Er konnte jetzt sehen, dass sich dahinter eine ganze Einöde aus ähnlichen, durchscheinenden Steilwänden auftürmte und dann in einer Art gläsernem Hochplateau endete. Unter der nackten Sonne unseres Planeten wäre das zu hell gewesen, als dass man hätte hinsehen können: Hier war es ein changierender Glanz, ständig in leichter Bewegung auf Grund der Lichtreflexe, die die Wellen des Ozeans auf den perelandrischen Himmel warfen. Zur Linken dieses Hochplateaus ragten einige Gipfel aus grünlichem Gestein empor. Ransom stieg weiter. Allmählich sanken die Gipfel und das Tafelland und wurden kleiner, und dann erschien hinter ihnen ein feiner Dunst wie von zerstäubtem Amethyst und Smaragd und Gold; der Rand dieses Dunstes stieg höher, je höher er stieg, und wurde schließlich zum Meereshorizont hoch über den Bergen. Die See ringsum wurde immer größer und die Berge immer kleiner; der Meereshorizont stieg und stieg, bis die niedrigeren Berge hinter ihm auf dem Grund einer riesigen Meeresschüssel zu liegen schienen; aber vor ihm erhob sich der nicht enden wollende Hang – bald blau, bald violett, bald grau wie Rauchschwaden von den Bändern der Wellenbäume – höher und immer höher in den Himmel empor. Und dann war das bewaldete Tal, in dem er das singende Tier getroffen hatte, nicht mehr zu sehen, und der Berg, von dem er aufgebrochen war, war nur noch ein kleiner Buckel auf dem Hang des großen Berges, und kein Vogel war in der

Luft, kein Tier unter den wogenden Bändern des Zwergwalds, und noch immer stieg er unermüdlich, wobei seine Ferse ständig ein wenig blutete. Er fühlte sich weder einsam, noch hatte er Angst. Er hatte keine Wünsche und dachte nicht einmal daran, den Gipfel zu erreichen, oder warum er ihn erreichen sollte. Das Steigen war in seiner gegenwärtigen Stimmung kein Vorgang, sondern ein Zustand, und in diesem Zustand war er zufrieden. Einmal ging ihm durch den Sinn, dass er gestorben sei und keine Müdigkeit verspürte, weil er keinen Körper mehr habe. Doch die Wunde an seiner Ferse belehrte ihn eines Besseren; doch auch wenn es so gewesen wäre und sich diese Berge im Jenseits befunden hätten, hätte sein Weg nicht großartiger oder seltsamer sein können.

In dieser Nacht lag er am Hang zwischen den Stämmen der Wellenbäume, über sich das süß duftende, winddichte, leise wispernde Dach, und als der Morgen kam, setzte er seinen Aufstieg fort. Anfangs stieg er durch dichten Nebel, und als dieser sich auflöste, befand er sich so hoch, dass das Meeresrund ihn auf allen Seiten bis auf eine umschloss. Und auf dieser einen Seite sah er nicht weit entfernt die rosaroten Gipfel, und zwischen den beiden, die ihm am nächsten waren, eine Passhöhe, hinter der er einen Blick auf etwas Weiches, Rotes erhaschte. Und nun überkamen ihn seltsam widerstreitende Empfindungen – das Gefühl, die Pflicht gebiete ihm, diesen geheimen Ort, den die Felsgipfel bewachten, zu betreten, verbunden mit einem ebenso starken Gefühl, etwas Unerlaubtes zu tun. Er wagte nicht, auf diesen Pass hinaufzusteigen, und er wagte nicht, etwas anderes zu tun. Er hielt Ausschau nach einem Engel mit einem Flammenschwert: Er wusste, dass Maledil ihm befahl, weiterzugehen. »Das ist das Heiligste und zugleich das Unheiligste, was ich je getan habe«, dachte er; aber er ging weiter. Und dann war er auf der Passhöhe. Die Gipfel zu beiden Seiten bestanden nicht aus rotem Fels. Ihr Kern war wohl Fels, doch was er sah, waren über und über von Blumen bedeckte Bergzinnen – Blumen, die die Form von Lilien, aber die Farbe von Rosen hatten. Und bald war auch der Boden, auf dem er ging, mit einem Teppich der gleichen Blumen bedeckt, und er musste sie beim Gehen zertreten; und hier endlich hinterließ seine Ferse keine sichtbare Spur.

Vom Sattel zwischen den beiden Gipfeln blickte er hinab in eine flache Talmulde, wenige Hektar groß und so abgeschieden wie ein Tal hoch oben in einer Wolke. Es war ein rosenrotes Tal, eingerahmt von zehn oder zwölf leuchtenden Gipfeln, mit einem kleinen Teich in der Mitte, dessen reine, reglose Klarheit sich mit dem Gold des Himmels verband. Die Lilien wuchsen bis zum Ufer hinab und säumten seine Buchten und Landzungen. Widerstandslos gab Ransom sich der Ehrfurcht hin, die in ihm aufkam, und ging mit langsamen Schritten und geneigtem Kopf weiter. Nahe am Wasser war etwas Weißes. Ein Altar? Ein Flecken weißer Lilien zwischen den roten? Ein Grab? Aber wessen Grab? Nein, es war kein Grab, sondern ein Sarg, offen und leer, und der Deckel lag daneben.

Dann verstand er. Dieses Ding war das Ebenbild des sargähnlichen Gefährts, in dem die Kraft von Engeln ihn von der Erde zur Venus gebracht hatte. Es stand bereit für seine Rückkehr. Hätte er gesagt: »Es ist für mein Begräbnis«, so wären seine Gefühle nicht sehr viel anders gewesen. Und als er darüber nachdachte, wurde ihm allmählich bewusst, dass an zwei Stellen in seiner unmittelbaren Nähe die Blumen irgendwie seltsam aussahen. Dann merkte er, dass es das Licht war, das dies bewirkte, und dann, dass dies nicht nur am Boden, sondern auch in der Luft darüber so war. Als dann ein Prickeln durch seine Adern lief und ein vertrautes und dennoch eigenartiges Gefühl, kleiner zu werden, sich seiner bemächtigte, begriff er, dass er sich in Gegenwart zweier Eldila befand. Er blieb stehen. Es war nicht an ihm zu sprechen.

**16** _____ Eine klare Stimme wie der Klang ferner Glocken, eine Stimme ohne Blut sprach aus der Luft und ließ Ransom erschaudern.

»Sie haben den Sand betreten und beginnen den Aufstieg«, sagte sie.

»Der Kleine von Thulkandra ist bereits hier«, sagte eine zweite Stimme.

»Sieh ihn an, Geliebter im Herrn, und liebe ihn«, sagte die erste Stimme. »Er ist nur atmender Staub, und eine achtlose Berührung würde ihn entleiben. Und in seine besten Gedanken mischen sich Dinge, die, dächten wir sie, unser Licht zum Erlöschen brächten. Aber er ist im Leibe Maleldils, und seine Sünden sind vergeben. Sogar sein Name in seiner eigenen Sprache ist Elwin, der Freund der Eldila.«

»Wie groß ist dein Wissen!«, sagte die zweite Stimme.

»Ich war unten in der Luft von Thulkandra«, sagte die erste, »das die Kleinen Erde nennen. Eine trübe Luft und so erfüllt von den dunklen wie die Himmelstiefen von den lichten Wesen. Ich habe die Gefangenen dort in ihren verschiedenen Sprachen reden gehört, und Elwin hat mich gelehrt, wie es mit ihnen steht.«

An diesen Worten erkannte Ransom, dass der Sprecher der Oyarsa von Malakandra war, der große Statthalter des Mars. Natürlich erkannte er ihn nicht an der Stimme, da es keinen Unterschied zwischen den Stimmen der Eldila gibt. Ihre Worte werden ohne Lungen und Lippen geformt, und auf künstlichem, nicht auf natürlichem Wege erreichen sie das menschliche Ohr.

»Wenn es gut ist, Oyarsa«, sagte Ransom, »dann sag mir, wer dieser andere ist.«

»Es ist Oyarsa«, sagte Oyarsa, »denn hier ist das nicht mein Name. Auf meiner eigenen Himmelskugel bin ich Oyarsa. Hier bin ich nur Malakandra.«

»Ich bin Perelandra«, sagte die andere Stimme.

»Ich verstehe nicht«, sagte Ransom. »Die Frau hat mir gesagt, auf dieser Welt gebe es keine Eldila.«

»Sie haben mein Gesicht bis heute nicht gesehen«, sagte die zweite Stimme. »Sie sehen es nur im Wasser und im Himmelsdach, in den Inseln und Höhlen und Bäumen. Ich bin nicht eingesetzt worden, sie zu beherrschen, aber solange sie jung waren, habe ich über alles andere geherrscht. Ich habe diese Kugel gerundet, nachdem sie sich von Arbol gelöst hatte. Ich habe sie mit Luft umsponnen und das Dach gewebt. Ich habe die Feste Insel erbaut und dies hier, den heiligen Berg, wie Maleldil es mich gelehrt hat. Die Tiere, die singen, und die Tiere, die fliegen, und alles, was auf meiner Brust schwimmt und in mir kriecht und gräbt bis hinunter zum Mittelpunkt, ist mein gewesen. Und heute wird dies alles mir genommen. Gepriesen sei Sein Name.«

»Der Kleine wird dich nicht verstehen«, sagte der Herr von Malakandra. »Er wird denken, dies sei schmerzlich für dich.«

»Aber er sagt es nicht, Malakandra.«

»Nein. Das ist eine weitere seltsame Eigenschaft der Kinder Adams.«

Nach kurzem Schweigen richtete Malakandra das Wort an Ransom. »Du wirst es am besten verstehen, wenn du es mit bestimmten Geschehnissen auf deiner eigenen Welt vergleichst.«

»Ich glaube, ich verstehe es«, erwiderte Ransom, »denn einer von Maleldils Verkündern hat es uns gesagt. Es ist, wie wenn Kinder aus großem Geschlechte mündig werden. Dann kommen die Verwalter ihres Vermögens, die sie vielleicht nie gesehen haben, und legen alles in ihre Hände und übergeben ihnen die Schlüssel.«

»Du verstehst gut«, sagte Perelandra. »Oder es ist, wie wenn das singende Tier die stumme Hirschkuh verlässt, die es gesäugt hat.«

»Das singende Tier?«, sagte Ransom. »Ich würde gern mehr von ihm erfahren.«

»Die Muttertiere dieser Art haben keine Milch, und ihre Jungen werden vom Muttertier einer anderen Gattung gesäugt, das groß und schön und stumm ist. Solange das junge singende Tier gesäugt wird, wächst es mit den Jungen der Pflegemutter heran und muss ihr gehorchen. Aber wenn es erwachsen ist, wird es das herrlichste und zartfühlendste aller Geschöpfe und geht von ihr. Und sie bestaunt seinen Gesang.«

»Warum hat Maleldil so etwas gemacht?«, fragte Ransom.

»Du könntest ebenso gut fragen, warum Maleldil mich gemacht hat«, sagte Perelandra. »Jetzt mag es genügen zu sagen, dass durch die Gewohnheiten dieser Tiere meinem König und meiner Königin und ihren Kindern viel Weisheit zuteil werden wird. Aber die Stunde ist gekommen, und es sei genug der Worte.«

»Welche Stunde?«, fragte Ransom.

»Heute ist der Morgentag«, sagte die eine oder die andere oder beide Stimmen. Aber Ransom war von viel mehr als bloßem Klang umgeben, und sein Herz schlug schneller.

»Der Morgen ... Meint ihr vielleicht ...?«, fragte er. »Ist alles gut? Hat die Königin den König gefunden?«

»Die Welt ist heute geboren«, sagte Malakandra. »Heute steigen zum ersten Mal zwei Geschöpfe der niederen Welten, zwei Abbilder Maleldils, die atmen und zeugen wie die Tiere, jene Stufe hinauf, an der deine Urelten strauchelten, und sitzen auf dem Thron, der ihnen bestimmt war. Das ist nie zuvor geschehen. Weil es auf deiner Welt nicht geschah, geschah dort Größeres, aber nicht dies. Weil das Größere auf Thulkandra geschah, geschieht hier dies und nicht das Größere.«

»Elwin fällt zu Boden«, sagte die andere Stimme.

»Sei getrost«, sagte Malakandra zu Ransom. »Das hast nicht du getan. Du bist nicht groß, obwohl du etwas so Großes hast verhindern können, dass die Himmelstiefen es mit Staunen sehen. Sei getrost, Kleiner, in deiner Kleinheit. Er erlegt dir kein Verdienst auf. Empfange und freue dich. Fürchte nicht, dass deine Schultern diese Welt tragen sollen. Siehe, sie ist unter dir und trägt dich.«

»Werden sie hierher kommen?«, fragte Ransom etwas später.

»Sie sind schon ein gutes Stück den Berg herauf«, sagte Perelandra. »Und unsere Stunde ist gekommen. Wir wollen unsere Gestalten vorbereiten. Wir sind nur schwer für sie zu sehen, wenn wir in uns bleiben.«

»Das ist sehr gut gesagt«, antwortete Malakandra, »aber in welcher Gestalt sollen wir uns zeigen, um ihnen Ehre zu erweisen?«

»Lass uns dem Kleinen hier erscheinen«, sagte der andere. »Er ist ein Mensch und kann uns sagen, was ihre Sinne erfreut.«

»Ich kann – ich kann auch jetzt schon etwas sehen«, sagte Ransom.

»Soll der König seine Augen anstrengen, um die zu sehen, die kommen, ihm Ehre zu erweisen?«, fragte der Statthalter von Perelandra. »Aber schau her und sag uns, wie es auf dich wirkt.«

Das sehr schwache Licht – die beinahe unmerkliche Veränderung im Gesichtsfeld –, das einen Eldil verrät, war plötzlich verschwunden. Die rosigen Gipfel und der stille Teich verschwanden gleichfalls. Ein Wirbelsturm ungeheuerlicher Dinge schien über Ransom hereinzubrechen.

Fliegende Säulen voller Augen, zuckende Flammen, Schnäbel und Klauen und wolkige Massen wie von Schnee schossen durch Vierecke und Siebenecke in eine unendliche schwarze Leere. »Aufhören – aufhören!«, schrie Ransom, und der Sturm legte sich. Er sah blinzelnd auf die Lilienfelder, und dann gab er den Eldila zu verstehen, dass solche Verkörperungen für menschliche Sinne ungeeignet waren. »Dann sieh dies an«, sagten die Stimmen. Er folgte der Aufforderung mit einigem

Widerwillen und sah, wie von der anderen Seite des kleinen Tals Kreise herangerollt kamen. Das war alles – konzentrische Kreise, die sich, einer im anderen, unangenehm langsam bewegten. Es war nichts Schreckliches daran, wenn man sich an ihre Furcht erregende Größe gewöhnen konnte, aber auch nichts Bedeutsames. Ransom bat sie, es ein drittes Mal zu versuchen. Und plötzlich standen am anderen Ufer des Teichs zwei menschliche Gestalten.

Sie waren größer als die Sorne, die Riesen, denen er auf Malakandra begegnet war. Sie erreichten eine Höhe von vielleicht dreißig Fuß und waren von einem brennenden Weiß wie weiß glühendes Eisen. Wenn er genau hinsah, flimmerten die Umrisse ihrer Körper leicht vor dem roten Hintergrund der Landschaft, als ob die Beständigkeit ihrer Gestalt wie bei Wasserfällen oder Flammen mit der schnellen Bewegung der Materie, aus der sie bestanden, zusammengehörte. Ganz am Rand konnte er durch ihre Umrisse die Landschaft sehen; abgesehen davon waren sie undurchsichtig.

Wenn er nur sie ansah, schienen sie mit enormer Geschwindigkeit auf ihn zuzustürzen; betrachtete er sie dagegen in ihrer Umgebung, merkte er, dass sie sich nicht von der Stelle rührten. Dieser Eindruck mochte darauf beruhen, dass ihr langes und funkelndes Haar wie im Sturm waagerecht hinter ihnen stand. Aber wenn es einen Wind gab, dann war er nicht aus Luft, denn kein Blütenblatt regte sich. Auch schienen sie im Verhältnis zum Talboden nicht ganz senkrecht zu stehen; aber Ransom kam es vor (wie mir auf der Erde, als ich einen von ihnen sah), als seien die Eldila selbst senkrecht. Schräg war das Tal – die ganze perelandrische Welt. Ransom erinnerte sich an die Worte, die Oyarsa vor langer Zeit auf dem Mars zu ihm gesprochen hatte: »Ich bin nicht hier auf dieselbe Art und Weise wie du.« Ransom wurde klar, dass sie sich tatsächlich in Bewegung befanden, aber nicht in Beziehung zu ihm. Dieser Planet, der ihm, während er sich darauf befand, als eine feste, unbewegte Welt erschien – als die Welt schlechthin –, war für sie ein Körper, der sich durch die Himmelstiefen bewegte. Gefangen in ihrem eigenen himmlischen Bezugsrahmen, eilten sie vorwärts, um ihren Platz in diesem Hochtal zu halten. Wären sie stehen geblieben, hätten die Umdrehung des Planeten um sich selbst sowie seine Bahn um die Sonne den Schauplatz des Geschehens im Nu unter ihnen weggezogen.

Ihre Körper waren weiß, aber ein farbiger Glanz ging von ihren Schultern aus, strömte über Nacken und Gesicht und umrahmte den Kopf wie ein Federschmuck oder Heiligenschein. Ransom meinte, in gewisser Weise könne er sich an diese Farben erinnern – dass heißt, er würde sie erkennen, wenn er sie wiedersähe –, aber selbst wenn er sich noch so viel Mühe gebe, könne er sie sich nicht bildlich vorstellen oder benennen. Die sehr wenigen Leute, mit denen er und ich solche Dinge besprechen können, geben alle dieselbe Erklärung dafür. Wir denken, dass, wenn hypersomatische Geschöpfe uns erscheinen wollen, sie nicht auf unsere Netzhaut einwirken, sondern direkt die entsprechenden Teile in unserem Gehirn beeinflussen. Wenn das zutrifft, so ist es durchaus möglich, dass sie die Empfindungen hervorrufen können, die wir haben sollten, wenn unsere Augen diese Töne im Farbenspektrum wahrnehmen könnten, Farbtöne, die in Wirklichkeit außerhalb unseres Wahrnehmungsbereiches liegen. Die Strahlenkränze der beiden Eldila unterschieden sich deutlich voneinander. Der Oyarsa des Mars glänzte in kühlen Morgenfarben, ein wenig metallisch, rein, hart und erfrischend. Der Oyarsa der Venus leuchtete in warmer Pracht, voll des Versprechens üppigen organischen Lebens.

Die Gesichter überraschten ihn sehr. Nichts glich den Engeln der volkstümlichen Kunst weniger. Die reiche Vielfalt, die Andeutung nicht ausgeschöpfter Möglichkeiten, all das, was menschliche Gesichter so interessant macht, fehlte gänzlich. Ein einziger, unveränderlicher Ausdruck – so klar, dass er

Ransom schmerzte und verwirrte – prägte beide Gesichter, und sonst war da nichts. In diesem Sinn waren ihre Gesichter so unnatürlich oder, wenn man so will, so primitiv wie die der archaischen Plastiken aus Ägina. Was dieser eine Ausdruck bedeutete, konnte Ransom nicht mit Bestimmtheit sagen. Schließlich hielt er es für Nächstenliebe. Aber es unterschied sich beängstigend vom Ausdruck menschlicher Nächstenliebe, die immer aus natürlicher Zuneigung erblüht oder zu dieser hinuntereilt. Hier gab es überhaupt keine Zuneigung: nicht den Hauch einer Erinnerung daran in zehn Millionen Jahren, keinen Keim, aus dem sie auch in noch so ferner Zukunft entspringen könnte. Eine rein geistige, intellektuelle Liebe strahlte aus ihren Gesichtern wie ein stacheliger Blitz. Es war so anders als das, was wir Liebe nennen, dass man den Ausdruck leicht mit Grausamkeit verwechseln konnte.

Beide Körper waren nackt, und beide wiesen keinerlei Geschlechtsmerkmale auf, weder primäre noch sekundäre. Das war zu erwarten gewesen. Aber woher rührte der eigenartige Unterschied zwischen ihnen? Ransom konnte keinen einzelnen Wesenszug benennen, in dem der Unterschied zum Ausdruck kam, und doch war er nicht zu übersehen. Man konnte versuchen – und Ransom hat es hundert Mal versucht –, ihn in Worte zu fassen. Er sagte, Malakandra sei wie Rhythmus gewesen, Perelandra wie Melodie. Er sagte auch, Malakandra habe wie ein quantitatives Versmaß auf ihn gewirkt, Perelandra wie ein akzentuiertes. Er meinte, Malakandra habe einen Speer in den Händen gehalten, während Perelandras Hände offen und ihm entgegengestreckt gewesen seien. Aber keiner dieser Erklärungsversuche hat mir viel weitergeholfen. Jedenfalls erkannte Ransom in diesem Moment die wahre Bedeutung des Geschlechtes. Jeder wird sich zuweilen gefragt haben, warum in fast allen Sprachen bestimmte unbelebte Objekte männlich und andere weiblich sind. Was ist an einem Berg männlich oder an bestimmten Bäumen weiblich? Ransom hat mich von dem Glauben geheilt, dies sei ein rein morphologisches, von der Wortform abhängiges Phänomen. Noch weniger ist das Geschlecht eine imaginäre Erweiterung der Sexualität. Unsere Vorfahren machten Berge nicht männlich, weil sie männliche Merkmale in ihnen sahen. Das Gegenteil ist der Fall. Das Geschlecht ist eine Realität, eine grundlegendere Realität als die Sexualität. Die Sexualität ist nur die Anpassung organischen Lebens an eine grundsätzliche Polarität, die alle erschaffenen Geschöpfe scheidet. Weibliche Sexualität ist nur einer der Aspekte weiblichen Geschlechtes; es gibt noch viele andere, und das Maskuline wie das Feminine begegnen uns auf Realitätsebenen, wo das Männliche oder das Weibliche keinerlei Bedeutung haben. Das Maskuline ist nicht eine abgeschwächte Form des Männlichen, das Feminine nicht eine abgeschwächte Form des Weiblichen. Im Gegenteil, männliche und weibliche organische Lebewesen sind nur schwache und undeutliche Widerspiegelungen des Maskulinen beziehungsweise Femininen. Ihre reproduktiven Funktionen, ihre Unterschiede in Kraft und Größe stellen einerseits die wirkliche Polarität heraus, verwirren und verfälschen diese andererseits jedoch auch. Alles das sah Ransom mit eigenen Augen. Die beiden weißen Gestalten waren geschlechtslos, aber Malakandra verkörperte das Maskuline (nicht das Männliche), und Perelandra das Feminine (nicht das Weibliche). Malakandra schien den Blick eines Bewaffneten zu haben, der in immer währender Wachsamkeit auf den Zinnen seiner entlegenen, archaischen Welt stand, den Blick stets auf den der Erde zugewandten Horizont gerichtet, von wo vor langer Zeit die Gefahr kam. »Es war der Blick eines Seemanns«, sagte Ransom einmal zu mir; »wissen Sie ... Augen, in denen die Ferne wohnte.« Die Augen Perelandras aber öffneten sich gewissermaßen nach innen, als seien sie der verhängte Eingang zu einer Welt murmelnder Wellen und lauer Lüfte, eines Lebens, das sich im Winde wiegt und über bemooste Steine plätschert, als Tau herabsinkt und als zartes Nebelgespinst sonnenwärts steigt. Auf dem Mars sind selbst die Wälder aus Stein; auf der Venus schwimmt selbst das Land. Denn nun nannte er die beiden Planeten in Gedanken nicht mehr Malakandra und Perelandra, sondern bei ihren irdischen Namen. »Meine Augen haben Mars und Venus gesehen«, dachte er in tiefer Verwunderung. »Ich habe Ares und Aphrodite gesehen.« Er fragte die beiden, wie es möglich sei, dass die Dichter des Altertums sie gekannt hatten. Wann und von wem hatten die Kinder Adams erfahren, dass Ares ein Krieger und Aphrodite dem Meeresschaum entstiegen war? Die Erde war schon vor Beginn jeder Geschichtsschreibung belagert gewesen, ein vom Feind besetztes Gebiet. Die Götter kamen dort nicht hin. Wie also kam es, dass wir von ihnen wussten? Dieses Wissen, sagten die beiden Eldila, sei den Menschen auf Umwegen und im Laufe einer langen Zeit zuteil geworden. Ebenso wie eine räumliche Umgebung gibt es eine geistige. Das Universum ist eins – ein Spinnengewebe, worin jede Seele mit jedem Faden verbunden ist, eine riesige Flüstergalerie, in der (abgesehen von Maleldils unmittelbarem Handeln) keine Nachricht unverändert von einem Ende zum anderen gelangt, aber auch kein Geheimnis streng gewahrt werden kann. Im Geist des gefallenen Statthalters, unter dem unser Planet ächzt, ist die Erinnerung an die Himmelstiefen und die Götter, mit denen er einst verkehrte, noch immer lebendig. Selbst in der Materie unserer Welt finden sich noch Spuren der himmlischen Gemeinschaft. Die Erinnerung schwebt im Schoß der Lüfte. Die Musen sind Wirklichkeit. Der leiseste Atemhauch erreicht, wie Vergil sagt, die späteren Generationen. Unsere Mythologie basiert auf einer soliden Wirklichkeit, als wir uns träumen lassen; zugleich aber ist sie von dieser Basis unendlich weit entfernt. Und als sie ihm dies sagten, verstand Ransom endlich, warum Mythologie das war, was sie war – Lichtschimmer himmlischer Kraft und Schönheit, die auf einen

Dschungel von Schmutz und Dummheit herniedergingen. Seine Wangen brannten vor Scham über das Menschengeschlecht, als er den echten Mars, die echte Venus ansah und an die Torheiten dachte, die auf Erden von ihnen erzählt wurden. Dann überkamen ihn Zweifel.

»Aber sehe ich euch, wie ihr wirklich seid?«, fragte er.

»Nur Maleldil sieht ein Geschöpf, wie es wirklich ist«, sagte Mars.

»Wie seht ihr einander?«, fragte Ransom.

»In deinem Verstand ist kein Raum für eine Antwort darauf.«

»Sehe ich nur eine Erscheinung? Ist es nicht wirklich?«

»Du siehst nur eine Erscheinung, Kleiner. Du hast niemals mehr als eine Erscheinung von irgendetwas gesehen – weder von Arbol noch von einem Stein oder deinem eigenen Körper. Diese Erscheinung ist so wahr wie das, was du von allem anderen siehst.«

»Aber da waren diese anderen Erscheinungen.«

»Nein. Das war nur eine misslungene Erscheinung.«

»Ich verstehe nicht«, sagte Ransom. »Waren alle die anderen Dinge – die Räder und die Augen – mehr oder weniger wahr als dies?«

»Deine Frage hat keinen Sinn«, sagte Mars. »Du kannst einen Stein sehen, wenn er in entsprechender Entfernung von dir ist und ihr euch in etwa gleich schnell bewegt. Aber wenn dir jemand einen Stein ins Auge wirft, in welcher Form erscheint er dann?«

»Ich würde Schmerzen fühlen und vielleicht Sterne sehen«, sagte Ransom. »Aber ich glaube nicht, dass ich das eine Erscheinungsform des Steins nennen würde.«

»Doch es wäre die wahre Wirkung des Steins. Und damit ist deine Frage beantwortet. Wir sind jetzt in der richtigen Entfernung von dir.«

»Und wart ihr näher, als ich euch zuerst gesehen habe?«

»Ich meine nicht diese Art von Entfernung.«

»Und dann«, sagte Ransom immer noch nachdenklich, »gibt es noch, was ich für deine gewohnte Erscheinungsform gehalten hatte – das ganz schwache Licht, Oyarsa, das ich immer auf deiner eigenen Welt gesehen habe. Was hat es damit auf sich?«

»In der Form sind wir dir erschienen, um mit dir sprechen zu können; mehr war nicht nötig, und mehr ist auch jetzt nicht nötig. Wenn wir nun eine andere Erscheinung annehmen, so, um den König zu ehren. Jener Lichtschein, der in die Welt deiner Sinne dringt, ist der Überfluss oder das Echo des Mittels, mit dem wir einander und den größeren Eldila erscheinen können.«

In diesem Moment bemerkte Ransom hinter sich eine immer größere Unruhe, ein Durcheinander von rauen und trappelnden Geräuschen, die mit einem köstlich warmen und tierhaften Klang die Hochgebirgsstille und die Kristallstimmen der Götter durchbrachen. Er sah sich um. Hüpfend, schreitend, flatternd, gleitend, kriechend, watschelnd, in jeder nur denkbaren Fortbewegungsart und jeder nur denkbaren Gestalt, Farbe und Größe, strömte ein ganzer Zoo von Tieren und Vögeln über die Passhöhen zwischen den Felsgipfeln in das Blumental. Die meisten kamen in Paaren, Männchen und Weibchen zusammen, schmiegten sich aneinander, sprangen übereinander und liefen untereinander her oder trugen einander auf ihren Rücken. Leuchtendes Gefieder, goldene Schnäbel, glänzende Flanken, feuchte Augen, große rote Höhlen wiehernder oder blökender Mäuler und ganze Dickichte wedelnder Schwänze umgaben Ransom auf allen Seiten. »Eine wahre Arche Noah«, dachte Ransom und wurde plötzlich ganz ernst: »Auf dieser Welt wird es keine Arche zu geben brauchen.«

Der Gesang von vieren der singenden Tiere erhob sich beinahe ohrenbetäubend und triumphierend über der unruhigen Menge. Der große Eldil von Perelandra hielt die Tiere auf der einen Seite des Teiches zurück, sodass die andere Talseite bis auf den sargähnlichen Gegenstand frei blieb. Ransom vermochte nicht zu sagen, ob Venus zu den Tieren sprach oder ob sie sich ihrer Gegenwart überhaupt bewusst waren. Die Verbindung zwischen ihnen war vielleicht von feinerer Art – jedenfalls ganz anders als die Beziehungen der grünen Frau zu den Tieren ihrer Insel. Beide Eldila standen jetzt am gleichen Ufer wie Ransom. Sie, er und alle Tiere blickten in die gleiche Richtung. Die Versammlung begann sich zu ordnen. Vorne, unmittelbar am Ufer, standen die Eldila; zwischen ihnen, aber ein wenig weiter hinten, saß Ransom immer noch inmitten der Lilien. Hinter ihm saßen die vier singenden Tiere auf ihren Hinterbeinen und verkündeten lauthals Freude. Hinter diesen wiederum drängten sich die übrigen Tiere. Die Stimmung wurde feierlicher. Die Spannung wuchs. In unserer einfältigen menschlichen Art stellte Ransom eine Frage, nur um diese Spannung zu brechen. »Wie können sie hier heraufsteigen und wieder hinuntergehen und die Insel noch vor Anbruch der Nacht verlassen?« Niemand antwortete ihm. Er brauchte auch keine Antwort, denn eigentlich war ihm vollkommen klar, dass ihnen diese Insel nie verboten gewesen war und dass einer der Gründe für das Verbot der anderen darin bestanden hatte, sie zu dem ihnen bestimmten Thron zu führen. Anstatt zu antworten, sagten die Götter: »Sei still.«

Ransoms Augen hatten sich so an das farbige, weiche perelandrische Tageslicht gewöhnt – besonders seit seiner Wanderung durch die dunklen Eingeweide des Berges –, dass ihm der Unterschied zum Tageslicht unserer Welt nicht mehr bewusst war. Daher war er doppelt erstaunt, als sich plötzlich die Gipfel auf der anderen Seite des Tals dunkel vor einem irdisch anmutenden Sonnenaufgang abhoben. Einen Augenblick später warf jedes Lebewesen und jede Unebenheit im Tal lange, scharf umrissene Schatten – wie im frühen Morgenlicht auf der Erde –, und jede Lilie hatte eine helle und eine dunkle Seite. Höher und höher stieg das Licht über den Berg, bis es das ganze Tal erfüllte. Die Schatten verschwanden wieder. Alles war in ein reines Tageslicht getaucht, das von nirgendwo zu kommen schien. Danach wusste Ransom genau, was mit einem Licht gemeint war, das auf etwas Heiligem ruhte oder es überschattete, ohne von ihm auszugehen. Denn als das Licht vollkommen war und sich wie ein Herrscher auf dem Thron niederließ und mit seiner Reinheit die ganze Blumenschale des Gebirgstals bis in den letzten Winkel erfüllte, kam auf dem Sattel zwischen zwei Gipfeln das Heilige in Sicht, das paradiesische Menschenpaar, Hand in Hand strahlten sie wie Smaragde in dem Licht, ohne das Auge zu blenden; sie verharrten einen Augenblick, die männliche rechte Hand in königlicher und priesterlicher Segensgebärde erhoben, und schritten dann herunter und blieben am anderen Ufer des Teichs stehen. Und die mächtigen Göttergestalten knieten nieder und verneigten sich vor den kleinen Figuren dieses jungen Königspaars.

## 17

Tiefe Stille lag zwischen den Gipfeln, und auch Ransom war vor dem Menschenpaar auf die Knie gefallen. Als er seinen Blick von den vier gesegneten Füßen erhob, hörte er sich unwillkürlich sprechen, obwohl seine Stimme heiser war und vor seinen Augen alles verschwamm. »Geht nicht fort, hebt mich nicht empor«, sagte er. »Ich habe nie zuvor einen Mann oder eine Frau gesehen. Ich habe mein Leben zwischen Schatten und zerbrochenen Abbildern verbracht. O mein Vater und meine Mutter, mein Herr und meine Herrin, geht nicht fort, antwortet noch nicht. Meinen eigenen Vater und meine eigene Mutter habe ich nie gesehen. Nehmt mich als euren Sohn an. Wir sind auf meiner Welt lange Zeit allein gewesen.«

Die Augen der grünen Frau grüßten ihn liebevoll, aber seine Gedanken galten weniger ihr. Er fand es schwierig, an etwas anderes als den König zu denken. Und wie soll ich – ich, der ich ihn nicht gesehen habe – beschreiben, wie er aussah? Selbst Ransom fand es schwierig, mir das Gesicht des Königs zu beschreiben. Aber wir dürfen die Wahrheit nicht verschweigen. Es war das Antlitz, von dem niemand sagen kann, er kenne es nicht. Man könnte fragen, wie es möglich war, es zu sehen und nicht in Götzenanbetung zu verfallen, es nicht für das zu nehmen, dem es nachgebildet war. Denn die Ähnlichkeit war unendlich groß, sodass man sich wunderte, keine Trauer in den Augen und keine Wundmale an Händen und Füßen zu finden. Trotzdem bestand keine Gefahr der Verwechslung, gab es keinen Moment der Verwirrung, nicht die geringste Neigung zu verbotener Verehrung. Wo die Ähnlichkeit am größten war, da war ein Irrtum am wenigsten möglich. Vielleicht ist dies immer so. Eine gut gemachte Wachsfigur kann einem Menschen so ähnlich sein, dass sie uns einen Moment lang täuscht: Das gemalte Porträt, das ihm in einem tieferen Sinne gleicht, täuscht uns nicht. Vielleicht wurde Gipsfiguren die Anbetung zuteil, die dem wirklichen Gottessohn galt. Aber hier, wo Sein lebendiges Ebenbild, äußerlich und innerlich wie Er, von Ihm mit eigener Hand in göttlicher Kunstfertigkeit erschaffen, Sein meisterliches Selbstporträt, das aus Seiner Werkstatt hervorging, um alle Welt zu erfreuen, vor Ransoms Augen ging und sprach, konnte es keinesfalls für mehr als ein Abbild gehalten werden. Seine Schönheit lag vielmehr in der Gewissheit, dass es eine Nachbildung war, ähnlich und doch nicht dasselbe, ein Echo, ein Reim, ein erlesener Nachhall noch nicht erschaffener Musik in einem erschaffenen Medium.

Ransom war eine ganze Weile in Staunen über diese Dinge versunken; als er wieder zu sich kam, hörte er Perelandra sprechen, und was er vernahm, schien der Schluss einer langen

Rede zu sein. »Die schwimmenden und die festen Länder«, sagte sie, »die Luft und die Vorhänge an den Toren der Himmelstiefen, die Meere und der heilige Berg, die oberirdischen und unterirdischen Flüsse, das Feuer, die Fische, die Vögel, die Tiere und die Lebewesen in den Meeren, die ihr noch nicht kennt: Sie alle legt Maleldil mit diesem Tag in eure Hände, so lange ihr lebt in der Zeit und darüber hinaus. Mein Wort bedeutet hinfort nichts, euer Wort ist unabänderliches Gesetz, Tochter Seiner Stimme. In dem Kreis, den diese Welt um Arbol zieht, seid ihr Oyarsa. Erfreut euch daran. Gebt allen Geschöpfen Namen, führt alle Wesen zur Vollendung. Stärkt die Schwachen, erleuchtet die Unwissenden und liebt alle. Heil euch, oh Mann und Frau, Oyarsa-Perelendri, Adam, Herrscher, Tor und Tinidril, Baru und Baru'ah, Ask und Embla, Yatsur und Yatsurah, die ihr Maleldil teuer seid. Gepriesen sei Sein Name!«

Als der König antwortete, blickte Ransom wieder zu ihm auf. Das Menschenpaar hatte sich auf einer niedrigen Felsbank am anderen Ufer niedergelassen. Das Licht war so stark, dass sie sich deutlich im Wasser spiegelten, wie sie es auf Erden getan hätten.

»Wir sagen dir Dank, schöne Pflegemutter«, sagte der König, »und besonders für diese Welt, in der du so lange Zeiten als Maleldils Hand gearbeitet hast, dass alles bereit sei, wenn wir erwachten. Wir haben dich bis heute nicht gekannt. Wir haben uns oft gefragt, wessen Hand wir in den langen Wellen und den leuchtenden Inseln sahen und wessen Atem uns des Morgens im Wind erfreute. Denn obgleich wir damals jung waren, ahnten wir, dass es zwar richtig war zu sagen: ›Es ist Maleldil‹, dass dies aber nicht die ganze Wahrheit war. Wir erhalten diese Welt: unsere Freude ist umso größer, als wir sie in gleicher Weise als deine wie als Seine Gabe empfangen. Doch was heißt Maleldil dich künftig tun?«

»Es liegt in deinem Willen, Tor-Oyarsa«, sagte Perelandra,

»ob ich jetzt nur in den Himmelstiefen verkehre oder auch in jenem Teil davon, der euch eine Welt ist.«

»Es ist sehr unser Wille«, sagte der König, »dass du bei uns bleibst, sowohl um der Liebe willen, die wir für dich empfinden, als auch in dem Wunsch, dass du uns mit Rat und Tat hilfreich zur Seite stehst. Erst wenn wir viele Male den Kreis um Arbol gezogen haben, werden wir alt genug sein, richtig über das Land zu herrschen, das Maleldil in unsere Hände legt. Auch sind wir noch nicht reif genug, die Welt durch den Himmel zu lenken oder Regen und gutes Wetter über uns zu bringen. Wenn es dir gut erscheint, so bleibe.«

»Ich bin es zufrieden«, sagte Perelandra.

Es war erstaunlich, dass der Gegensatz zwischen den Eldila und dem Adam bei diesem Zwiegespräch keinen Missklang hervorrief. Auf der einen Seite die kristallene, blutleere Stimme und der unwandelbare Ausdruck des schneeweißen Gesichts; auf der anderen das Blut, das durch die Adern strömte, die gefühlvollen Lippen und leuchtenden Augen, die kräftigen Schultern des Mannes und die wundervollen Brüste der Frau, eine männliche Pracht und eine weibliche Üppigkeit, wie man sie auf Erden nicht kennt, ein lebendiger Strom vollkommener Tierhaftigkeit – doch als beide sich begegneten, schien weder das eine abstoßend noch das andere gespenstisch. *Animal rationale* – ein Tier, doch mit Vernunft begabt: so lautete die alte Definition des Menschen. Aber bisher hatte er nie die Wirklichkeit erblickt. Nun aber sah er dieses lebendige Paradies, den Herrn und die Herrin als die Auflösung von Widersprüchen, die Brücke, die überspannte, was ohne sie eine Kluft in der Schöpfung wäre, der Schlussstein des ganzen Bogens. Als sie das Gebirgstal betraten, hatten sie plötzlich die warme Menge der Tiere hinter ihm mit den körperlosen Intelligenzen zu seinen Seiten vereint. Sie schlossen den Kreis, und mit ihrem Erscheinen wurden all die einzelnen Noten von Kraft oder Schönheit, die diese Versammlung bisher angeschlagen hatte, zu einer Musik. Aber nun sprach der König wieder. »Und wie es nicht nur Maleldils Geschenk ist«, sagte er, »sondern zugleich Maleldils Geschenk durch dich und darum um so reicher, so kommt es nicht nur durch dich, sondern durch einen dritten, und das macht es wiederum reicher. Und dies ist das erste Wort, das ich als Tor-Oyarsa-Perelendri spreche: Solange diese Welt eine Welt ist, soll es weder Morgen noch Nacht werden, ohne dass wir und alle unsere Kinder zu Maleldil von Ransom sprechen, dem Mann von Thulkandra, und ihn untereinander preisen. Und dir, Ransom, sage ich dies: Du hast uns Herr und Vater, Herrin und Mutter genannt. Und mit Recht, denn das ist unser Name. Aber in einer anderen Weise nennen wir dich Herr und Vater. Denn es scheint uns, dass Maleldil dich an dem Tag zu uns schickte, da unser Jungsein zu Ende ging, und von dort mussten wir emporsteigen oder hinabsinken, in das Verderben oder zur Vollkommenheit. Maleldil hat uns geführt, wohin uns zu führen Sein Wille war; doch von Maleldils Werkzeugen dabei warst du das wichtigste.«

Sie bedeuteten ihm, durch das Wasser zu ihnen zu waten; es reichte ihm gerade bis an die Knie. Er hätte sich ihnen vor die Füße geworfen, aber sie ließen es nicht zu. Sie standen auf und erwarteten ihn, und beide küssten ihn, Mund an Mund und Herz an Herz, wie Ebenbürtige sich umarmen. Sie wollten, dass er sich zwischen sie setze, doch als sie sahen, dass es ihn verwirrte, bestanden sie nicht darauf. Er ging und setzte sich auf den Boden zu ihrer Linken. Von dort sah er auf die Versammlung – die Riesengestalten der Götter und die unzähligen Tiere. Und dann sprach die Königin.

»Sobald du den Bösen beseitigt hattest und ich aus dem Schlaf erwachte«, sagte sie, »waren meine Gedanken klar. Es wundert mich noch immer, Gescheckter, dass du und ich während all jener Tage so jung gewesen sein konnten. Der Grund, warum wir damals nicht auf dem Festen Land leben durften, ist jetzt so leicht zu sehen. Wie hätte ich wünschen können, dort zu leben, wenn nicht darum, weil es fest war? Und wie hätte ich das Feste wünschen können, wenn nicht aus dem Verlangen nach Sicherheit – aus dem Verlangen, an einem Tag zu bestimmen, wo ich am nächsten sein und was mir geschehen würde? Das hätte geheißen, die Welle zurückzuweisen und meine Hand aus Maleldils Hand zu ziehen und Ihm zu sagen: ›Nicht so, sondern so‹, und in unsere eigene Macht zu stellen, was die Zeit uns bringen sollte, als sammle man heute Früchte, um sie morgen zu essen, statt zu nehmen, was kommt. Das wäre eine kalte Liebe und ein schwaches Vertrauen gewesen. Und wie hätten wir daraus je wieder zu Liebe und Vertrauen zurückfinden können?«

»Ich verstehe es gut«, sagte Ransom. »Obwohl es auf unserer Welt als Torheit gelten würde. Wir sind so lange böse gewesen ...« Er hielt inne, voller Zweifel, ob sie ihn verstanden, und überrascht, dass er ein Wort für »böse« verwendet hatte, von dem er bisher nicht wusste, dass er es kannte, und das er weder auf dem Mars noch auf der Venus gehört hatte.

»Wir wissen jetzt um diese Dinge«, sagte der König, als er Ransoms Zögern sah. »Maleldil hat uns gelehrt, was auf deiner Welt geschehen ist. Wir haben gelernt, was böse ist, aber nicht so, wie der Böse es uns lehren wollte. Wir haben es besser gelernt und wissen es genauer, denn schließlich begreift das Wachsein den Schlaf, und nicht der Schlaf das Wachsein. Es gibt eine Unkenntnis des Bösen, die daher kommt, dass man jung ist. Und es gibt eine unheilvollere Unkenntnis, die daher kommt, dass man das Böse tut – so wie man im Schlaf nicht weiß, dass man schläft. Ihr in Thulkandra wisst jetzt weniger über das Böse als in den Tagen, bevor euer Herr und eure Herrin es taten. Doch Maleldil hat uns aus der einen Unkenntnis heraus – aber nicht in die andere hineingeführt. Durch den Bösen selbst hat er uns aus der ersten herausgeführt. Wenig wusste diese finstere Seele darüber, welcher Auftrag sie wirklich nach Perelandra führte!«

»Vergib mir, mein Vater, wenn ich töricht rede«, sagte Ransom. »Ich weiß, wie die Königin mit dem Bösen bekannt gemacht wurde, aber ich weiß nicht, wie du davon erfahren hast.«

Da lachte der König unvermittelt. Sein Körper war groß und kräftig, und sein Lachen wie ein Erdbeben darin, laut und tief und anhaltend, bis Ransom schließlich auch lachen musste, obwohl er nicht genau verstand, warum. Dann fiel auch die Königin ein, und die Vögel schlugen mit den Flügeln, und die Tiere wedelten mit den Schwänzen, und das Licht schien noch zuzunehmen, und der Puls der ganzen Versammlung ging schneller, und neue Freude, die nichts mit menschlicher Fröhlichkeit zu tun hatte, ergriff von allen Besitz, als käme sie aus der Luft oder als würde in den Himmelstiefen getanzt. Manche sagen, dort würde immer getanzt.

»Ich weiß, was er denkt«, sagte der König zur Königin gewandt. »Er denkt, du habest gelitten und gerungen, und ich hätte als Lohn dafür eine Welt bekommen.« Wieder zu Ransom gewandt, fuhr er fort: »Du hast Recht. Ich weiß jetzt, was man auf deiner Welt über Gerechtigkeit sagt. Und vielleicht ist es gut so, denn auf jener Welt bleibt alles stets unterhalb der Gerechtigkeit. Maleldil aber ist über sie erhaben. Alles ist Geschenk. Ich bin Oyarsa nicht allein durch Sein Geschenk, sondern auch durch das unserer Pflegemutter, aber nicht durch ihres allein, sondern auch durch das deine, und nicht durch das deine allein, sondern auch durch das meiner Frau – und in gewisser Weise sogar durch das Geschenk der Tiere und Vögel. Durch viele Hände, bereichert durch mancherlei Art von Liebe und Mühsal, gelangt das Geschenk in meine Hände. Das ist das Gesetz. Für jeden werden die besten Früchte von einer Hand gepflückt, die nicht die seine ist.«

»Und das ist nicht alles, Gescheckter«, sagte die Frau. »Der König hat dir nicht alles gesagt. Maleldil brachte ihn weit fort in ein grünes Meer, wo Wälder vom Boden durch das Wasser emporwachsen ...«

»Der Name dieses Meeres ist Lur«, sagte der König.

»Sein Name ist Lur«, wiederholten die Eldila. Und Ransom wurde klar, dass der König nicht eine Bemerkung gemacht, sondern eine Verordnung erlassen hatte.

»Und dort in Lur, fern von hier«, fuhr sie fort, »sind ihm seltsame Dinge widerfahren.«

»Ist es gut, nach diesen Dingen zu fragen?«, wollte Ransom wissen.

»Dort gab es viele Dinge«, sagte Tor, der König. »Manche Stunde lernte ich etwas über Formen, indem ich Linien in den Boden der kleinen Insel ritzte, auf der ich trieb. Manche Stunde erfuhr ich Neues über Maleldil und Seinen Vater und den Dritten. Solange wir jung waren, wussten wir sehr wenig darüber. Und dann zeigte Er mir in einer Dunkelheit, was der Königin geschah, und ich sah, dass sie zu Grunde gerichtet werden konnte. Und dann sah ich, was auf deiner Welt geschehen war und wie deine Mutter in Sünde fiel und dein Vater mit ihr, womit er ihr nichts Gutes tat und Dunkelheit über alle ihre Kinder brachte. Und mir stand vor Augen – wie etwas, das mir in die Hand gelegt wird –, was ich in einem solchen Fall tun müsste. So lernte ich von gut und böse, von Angst und Freude.«

Ransom hatte erwartet, er werde diesen Schritt erläutern, aber als der König nachdenklich schwieg, hatte er nicht die Selbstsicherheit, ihn zu fragen.

»Ja …«, sagte der König sinnend. »Auch wenn ein Mensch in zwei Stücke gerissen würde – auch wenn eine Hälfte zu Erde würde –, die lebendige Hälfte müsste doch Maleldil folgen. Legte sie sich ebenfalls nieder und würde zu Erde, welche Hoffnung gäbe es dann für das Ganze? Aber solange eine Hälfte lebte, könnte Er durch sie Leben in die andere zurückbringen.« Er machte eine lange Pause und fuhr dann schneller als zuvor fort: »Er gab mir keine Sicherheit. Kein festes Land. Immerzu muss man sich in die Wellen werfen.« Dann glättete sich seine Stirn, und als er sich an die Eldila wandte, hatte seine Stimme einen neuen Klang.

»Gewiss, o Pflegemutter«, sagte er, »brauchen wir Rat noch sehr, denn schon spüren wir in uns, wie wir erwachsen werden, doch unsere junge Weisheit kann kaum damit Schritt halten. Unsere Körper werden nicht für alle Zeit an die niederen Welten gebunden sein. Höre das zweite Wort, das ich als Tor-Oyarsa-Perelendri spreche. Während diese Welt zehntausendmal um Arbol zieht, werden wir unser Volk von diesem Thron aus richten und ermutigen. Sein Name ist Tai Harendrimar, der Berg des Lebens.«

»Sein Name ist Tai Harendrimar«, sagten die Eldila.

»Auf dem Festen Land, das einst verboten war«, sagte Tor, der König, »werden wir Maleldil zum Ruhme eine große Stätte errichten. Unsere Söhne sollen die Steinsäulen zu Bogen wölben ...«

»Was sind Bogen?«, fragte Tinidril, die Königin.

»Bogen«, sagte Tor, der König, »entstehen, wenn steinerne Säulen gleich Bäumen Äste ausbreiten und diese Äste miteinander verflechten und so eine große Kuppel wie ein Laubdach tragen, aber die Blätter sollen geformte Steine sein. Und dort werden unsere Söhne Standbilder errichten.«

»Was sind Standbilder?«, fragte Tinidril.

»O Herrlichkeit der Himmelstiefen!«, rief der König und lachte laut. »Mir scheint, es liegen zu viele neue Wörter in der Luft! Ich dachte, diese Dinge kämen aus deinem Geist in den meinen, und siehe da! Du hast sie gar nicht gedacht. Doch ich glaube, Maleldil hat sie dennoch durch dich zu mir geschickt. Ich werde dir Standbilder zeigen, ich werde dir Häuser zeigen. Es mag sein, dass in diesem Fall unsere Naturen vertauscht sind, sodass du es bist, die zeugt, und ich derjenige, der austrägt. Aber lass uns von einfacheren Dingen sprechen. Wir werden diese Welt mit unseren Kindern füllen. Wir werden diese Welt bis ins Innerste kennen lernen. Wir werden die edleren Tiere so weise machen, dass sie Hnau werden und sprechen. Ihr Leben soll in uns zu einem neuen Leben erwachen, wie wir in Maleldil erwachen. Wenn die Zeit dafür reif ist und die zehntausend Umkreisungen sich ihrem Ende nähern, werden wir den Himmelsvorhang zerreißen, und die Himmelstiefen sollen den Augen unserer Kinder so vertraut sein wie die Bäume und die Wellen den unseren.«

»Und was soll danach geschehen, Tor-Oyarsa?«, fragte Malakandra.

»Dann ist es Maleldils Absicht, uns freien Zutritt zu den Himmelstiefen zu gewähren. Unsere Körper werden verändert werden, aber nicht ganz und gar. Wir werden wie die Eldila sein, aber nicht ganz und gar. Und genauso werden alle unsere Söhne und Töchter zur Zeit ihrer Reife verändert werden, bis die Zahl erfüllt ist, die Maleldil vor dem Ursprung der Zeit in Seines Vaters Geist las.«

»Und das«, fragte Ransom, »wird das Ende sein?«

Tor, der König, sah ihn erstaunt an.

»Das Ende?«, erwiderte er. »Wer hat von einem Ende gesprochen?«

»Ich meine, das Ende deiner Welt«, sagte Ransom.

»Herrlichkeit des Himmels!«, rief Tor. »Deine Gedanken sind nicht wie die unseren. Zu jener Zeit werden wir nicht weit vom Anfang aller Dinge sein. Aber eine Sache wird noch zu regeln sein, bevor der Anfang richtig beginnen kann.«

»Welche Sache?«, fragte Ransom.

»Deine eigene Welt«, sagte Tor. »Thulkandra. Die Belagerung deiner Welt wird aufgehoben und der schwarze Fleck beseitigt werden, bevor es zum richtigen Anfang kommt. In jenen Tagen wird Maleldil in den Krieg ziehen – in uns und vielen anderen, die einst Hnau auf deiner Welt waren, und in vielen aus weiter Ferne und in vielen Eldila und schließlich in Seiner eigenen unverhüllten Gestalt. Er wird auf Thulkandra hinabsteigen. Einige von uns werden vor Ihm gehen. Ich denke, Malakandra, dass du und ich unter diesen sein werden. Wir werden über euren Mond herfallen, in dem ein verborgenes Böses wohnt und der dem dunklen Herrn von Thulkandra als Schild dient – gezeichnet von vielen Schlägen. Wir wer-den den Mond zerbrechen. Sein Licht wird erlöschen. Seine Trümmer werden auf eure Welt fallen und in die Meere, und Rauch wird aufsteigen, sodass die Bewohner Thulkandras das Licht Arbols nicht länger sehen. Und wenn Maleldil naht, wird das Böse deiner Welt seiner Tarnung beraubt werden, sodass Seuchen und Schrecken die Länder und Meere überziehen. Aber am Ende wird alles rein gewaschen und selbst die Erinnerung an euren Schwarzen Oyarsa ausgelöscht sein, und eure Welt wird schön und süß und wieder mit den Gefielden Arbols vereint sein, und man wird wieder ihren wahren Namen hören. Aber kann es sein, Freund, dass auf Thulkandra von alledem kein Gerücht zu hören ist? Glaubt dein Volk, dass euer Dunkler Herr seine Beute für immer behalten werde?«

»Die meisten«, sagte Ransom, »haben aufgehört, überhaupt an solche Dinge zu denken. Einige von uns bewahren das Wissen noch immer. Aber auch ich habe nicht sogleich verstanden, wovon du sprichst, denn was du den Anfang nennst, bezeichnen wir gewöhnlich als die letzten Dinge.«

»Ich nenne es nicht Anfang«, sagte Tor, der König. »Es ist nur das Auslöschen eines falschen Anfangs, damit die Welt dann beginnen kann. Wenn ein Mann sich zum Schlafen niederlegt und eine harte Wurzel unter seiner Schulter spürt, wird er seine Lage ändern – und danach beginnt sein wirklicher Schlaf. Oder ein Mann, der eine Insel betritt und stolpert. Er wird sich wieder fangen und dann seinen Weg einschlagen. Du würdest dieses Sichfangen doch nicht ein letztes Ding nennen?«

»Und ist die ganze Geschichte meiner Rasse nicht mehr als dies?«, fragte Ransom.

»Ich sehe in der Geschichte der niederen Welten nicht

mehr als Anfänge«, sagte Tor, der König, »und in eurer ein Ausbleiben des Anfangs. Du sprichst von Abenden, bevor der Tag angebrochen ist. Ich beginne eben jetzt mit zehntausend Jahren der Vorbereitung – ich, der Erste meiner Rasse, und meine Rasse, die Erste der Rassen, für den Anfang. Ich sage dir, wenn die Letzten meiner Kinder gereift sein werden und die Reife von ihnen auf alle niederen Welten übergegangen ist, dann wird es ein Raunen geben, dass der Morgen nahe sei.«

»Ich bin voller Zweifel und Unwissenheit«, sagte Ransom. »Auf unserer Welt glauben jene, die Maleldil überhaupt anerkennen, Seine Herabkunft und Menschwerdung sei der Mittelpunkt von allem, was geschieht. Wenn du mir das nimmst, Vater, wohin wirst du mich dann führen? Sicherlich nicht zu den Reden des Feindes, der meine Welt und meine Rasse in einen entlegenen Winkel des Universums verweist – eines Universums, das keinen Mittelpunkt hat, sondern aus Milliarden von Welten besteht, die nirgendwo hinführen oder, was noch schlimmer ist, immer und ewig zu andern Welten – ein Feind, der mich mit Zahlen und leeren Räumen überschüttet und verlangt, dass ich vor solchen Ausmaßen mein Haupt neige. Oder willst du deine Welt zum Mittelpunkt machen? Aber das verwirrt mich. Was ist mit den Leuten auf Malakandra? Denken nicht auch sie, ihre Welt sei der Mittelpunkt? Ich sehe nicht einmal, wie deine Welt rechtmäßig die deine genannt werden kann. Du bist gestern gemacht worden, und sie besteht seit alter Zeit. Sie ist größtenteils mit Wasser bedeckt, wo du nicht leben kannst. Und was ist mit den Geschöpfen unter ihrer Kruste? Und mit den gewaltigen Räumen, in denen es überhaupt keine Welt gibt? Ist der Feind leicht zu widerlegen, wenn er sagt, alles sei ohne Sinn und Zweck? Sobald wir einen zu erkennen meinen, zerrinnt er oder wird zu einem anderen Zweck, den wir uns nicht einmal träumen ließen, und was der Mittelpunkt war, wird zum Rand, bis wir zweifeln, ob nicht unsere Augen uns jede Form, jeden Zweck und jeden Sinn nur vorgegaukelt haben, vielleicht aus Hoffnung, vielleicht weil sie vom vielen Sehen müde waren. Wohin führt das alles? Was ist der Morgen, von dem du sprichst? Wovon ist er der Beginn?«

»Der Beginn des Großen Spiels, des Großen Tanzes«, sagte Tor. »Ich weiß noch wenig davon. Lass die Eldila sprechen.«

Die Stimme, die nun das Wort ergriff, schien Mars zu gehören, aber Ransom war sich nicht sicher. Und wer danach sprach, weiß er überhaupt nicht. Er glaubt zwar, dass in dem Gespräch, das nun folgte – wenn man es ein Gespräch nennen kann –, er selbst zuweilen der Sprecher war, konnte aber nie sagen, welche Worte die seinen und welche die eines anderen waren, und wusste nicht einmal, ob ein Mensch oder ein Eldil sprach. Die Ansprachen folgten aufeinander – wenn sie nicht in Wahrheit alle gleichzeitig erfolgten – wie die Stimmen einer Musik, worin jeder der fünf ein Instrument spielte, oder wie ein Wind, der durch eine Gruppe von fünf Bäumen auf einer Hügelkuppe bläst.

»Wir würden nicht so darüber reden«, sagte die erste Stimme. »Der Große Tanz wartet nicht, bis die Bewohner der niederen Welten an ihm teilnehmen. Wir sprechen nicht davon, wann er beginnt. Er hat vor aller Ewigkeit begonnen. Es gab keine Zeit, da wir nicht wie jetzt vor Seinem Antlitz frohlockten. Der Tanz, den wir tanzen, ist der Mittelpunkt, und um seinetwillen wurde alles geschaffen. Gepriesen sei Sein Name!«

Eine andere Stimme sagte: »Nie hat Er zwei Dinge gleich gemacht; nie hat Er ein Wort zweimal gesprochen. Nach Erden nicht bessere Erden, sondern Tiere; nach Tieren nicht bessere Tiere, sondern Geister. Nach einem Fall keine Genesung, sondern eine neue Schöpfung. Aus der neuen Schöpfung geht keine dritte hervor, sondern die Art der Veränderung wird auf immer verändert. Gepriesen sei Sein Name!«

Und eine andere Stimme sagte: »Sein Werk ist voll Gerechtigkeit wie ein Baum, der sich unter Früchten biegt. Alles ist

Rechtschaffenheit, und es gibt keine Gleichheit. Nicht, wie wenn Steine Seite an Seite liegen, sondern wie wenn Steine einen Bogen tragen und von ihm getragen werden: von solcher Art ist Seine Ordnung. Herrschaft und Gehorsam, Zeugen und Gebären, niederstrahlende Wärme, emporwachsendes Leben. Gepriesen sei Sein Name!«

Einer sagte: »Die da in plumper Häufung Jahre zu Jahren zählen oder Meilen zu Meilen und Galaxien zu Galaxien, werden Seiner Größe nicht nahe kommen. Die Tage der Gefilde Arbols werden verblassen, und selbst die Tage der Himmelstiefen sind gezählt. Nicht darin besteht Seine Größe. Er wohnt im Samenkorn der kleinsten Blume und ist nicht beengt. Die Himmelstiefen sind in Ihm, der im Samenkorn ist, und sie dehnen Ihn nicht. Gepriesen sei Sein Name!«

»Die Grenze jeder Natur rührt an das, davon sie weder Schatten noch Ebenbild enthält. Aus vielen Punkten eine Linie; aus vielen Linien eine Form; aus vielen Formen ein fester Körper; aus vielen Sinnen und Gedanken eine Person; aus drei Personen Er. Wie der Kreis zur Kugel, so verhalten sich die alten Welten, die keiner Erlösung bedurften, zu der Welt, in der Er geboren wurde und starb. Wie ein Punkt zur Linie, so verhält sich jene Welt zu den fernen Früchten ihrer Erlösung. Gepriesen sei Sein Name!«

»Doch der Kreis ist nicht weniger rund als die Kugel, und die Kugel ist Heimat und Vaterland der Kreise. Unendliche Mengen von Kreisen liegen in jeder Kugel beschlossen, und wenn sie sprächen, würden sie sagen: ›Für uns wurden Kugeln erschaffen.‹ Kein Mund soll sich auftun und ihnen widersprechen. Gepriesen sei Sein Name!«

»Die Völker der alten Welten, die niemals sündigten, für die Er niemals herabstieg, sind die Völker, um derentwillen die niederen Welten geschaffen wurden. Denn obgleich das Heilen der Wunden und das Geradmachen des Verbogenen eine neue Dimension des Ruhms ist, wurde das Gerade nicht gemacht, dass es verbogen, noch das Ganze, dass es verwundet werde. Die alten Völker sind im Mittelpunkt. Gepriesen sei Sein Name!«

»Was nicht selbst der Große Tanz ist, wurde erschaffen, dass Er darein hinabsteigen könne. Auf der Gefallenen Welt erschuf Er sich einen Körper und wurde zu Staub und machte ihn glorreich für alle Zeit. Dies ist das Ziel und der letzte Grund aller Schöpfung, und die Sünde, durch die es geschah, wird die glückliche genannt, und die Welt, wo es geschah, ist die Mitte der Welten. Gepriesen sei Sein Name!«

»Der Baum wurde in jener Welt gepflanzt, doch die Frucht ist in dieser gereift. Der Quell, dem in der Dunklen Welt Blut und Leben entsprang, spendet hier nur Leben. Wir haben die ersten Stromschnellen hinter uns, und von hier an strömt der Fluss ruhig dahin und wendet sich zum Meer. Dies ist der Morgenstern, den Er den Eroberern versprach; dies ist die Mitte der Welten. Bis jetzt hat alles gewartet, aber nun ist die Trompete erschollen, und das Heer ist auf dem Marsch. Gepriesen sei Sein Name!«

»Ob Menschen oder Engel sie regieren, die Welten sind für sich selbst. Die Wasser, auf denen ihr nicht gefahren, die Früchte, die ihr nicht gepflückt, die Höhlen, in die ihr nicht hinabgestiegen, und das Feuer, durch das eure Körper nicht gehen können, erreichen auch ohne euch Vollkommenheit, obwohl sie euch dienen, wenn ihr kommt. Ungezählte Male habe ich Arbol umkreist, als ihr nicht lebtet, und jene Zeiten waren nicht leer. Ihre eigene Stimme war in ihnen, nicht bloß ein Träumen von dem Tag, da ihr erwachen solltet. Auch sie waren im Mittelpunkt. Seid getrost, kleine Unsterbliche. Ihr seid nicht die Stimme aller Dinge, noch herrscht ewiges Schweigen an den Orten, an die ihr nicht gelangen könnt. Kein Fuß hat das Eis von Glund betreten oder wird es je tun; kein Auge hat von unten zum Ring von Lurga aufgeblickt, und die eiserne Ebene von Neruval ist keusch und leer. Doch nicht umsonst sind die Götter unaufhörlich um die Gefilde Arbols gegangen. Gepriesen sei Sein Name!«

»Der Staub, der so spärlich im Himmel gesät ist und aus dem alle Welten und alle Körper, die keine Welten sind, gemacht sind, ist im Mittelpunkt. Er wartet nicht, bis erschaffene Augen ihn gesehen oder Hände ihn berührt haben, um teilzuhaben an Maleldils Kraft und Herrlichkeit. Nur sein geringster Teil hat einem Menschen, einem Tier oder einem Gott gedient oder wird es je tun. Aber immer und für alle Zeit, bevor sie kamen und nachdem sie gegangen sein werden, ist er, was er ist, und verkündet Seinen Namen. Von allen Dingen ist er Ihm am fernsten, denn er hat weder Leben noch Gefühl oder Vernunft. Von allen Dingen ist er Ihm am nächsten, denn ohne mittelnde Seele, wie Funken aus Feuer hervorsprühen, zeigt Er in jedem Körnchen das wahre Bild Seiner Kraft. Jedes Staubkorn, könnte es sprechen, würde sagen, es sei im Mittelpunkt, um seinetwillen seien alle Dinge erschaffen. Kein Mund soll sich auftun und ihm widersprechen. Gepriesen sei Sein Name.«

»Jedes Staubkorn ist im Mittelpunkt. Der Staub ist im Mittelpunkt. Die Welten sind im Mittelpunkt. Die Tiere sind im Mittelpunkt. Die alten Völker sind dort. Die Rasse, die sündigte, ist dort. Tor und Tinidril sind dort. Auch die Götter sind dort. Gepriesen sei Sein Name!«

»Wo Maleldil ist, da ist der Mittelpunkt. Er ist an jedem Ort. Nicht etwas von Ihm an einem Ort und etwas an einem anderen, sondern an jedem Ort ist Maleldil ganz, selbst in dem undenkbar Kleinen. Es gibt keinen Weg aus dem Mittelpunkt, außer in den verbogenen Willen, der sich ins Nichts wirft. Gepriesen sei Sein Name!«

»Jedes Ding ist für Ihn gemacht. Er ist der Mittelpunkt. Weil wir bei Ihm sind, ist jeder von uns im Mittelpunkt. Es ist nicht wie in einer Stadt der Dunklen Welt, wo es heißt, jeder müsse für alle da sein. In Seiner Stadt sind alle Dinge für jeden gemacht. Als Er auf der Versehrten Welt starb, da starb er nicht für mich, sondern für jeden Menschen. Wäre jeder Mensch der einzige Mensch gewesen, so hätte Er nicht weniger getan. Jedes Ding, vom einzelnen Staubkorn bis zum größten Eldil, ist Ziel und letzter Grund aller Schöpfung und der Spiegel, in dem der Lichtstrahl Seines Glanzes zur Ruhe kommt und zu Ihm zurückkehrt. Gepriesen sei Sein Name!«

»Im Plan des Großen Tanzes greifen Pläne ohne Zahl ineinander, und jede Bewegung führt zu ihrer Zeit zur Blüte des ganzen Entwurfs, auf den alles andere gerichtet ist. Jede Bewegung ist gleichermaßen im Mittelpunkt, und keine ist dort, weil sie den anderen gleich wäre, sondern einige, indem sie Platz machen, und andere, indem sie ihn einnehmen, die Kleinen durch ihre Kleinheit und die Großen durch ihre Größe, und alle Figuren sind miteinander verknüpft und verwoben durch die Verbindung eines Kniefalls mit einer königlichen Liebe. Gepriesen sei Sein Name!«

»Er hat unermessliche Verwendung für alles, was erschaffen ist, sodass Seine Liebe und Herrlichkeit strömen können wie ein starker Fluss, der ein großes Bett braucht und gleichermaßen die tiefen Tümpel wie die kleinen Spalten füllt; er füllt sie gleichermaßen, und doch bleiben sie ungleich; und wenn er sie bis zum Rand gefüllt hat, dann fließt er über und macht neue Kanäle. Auch wir brauchen über die Maßen alles, was Er gemacht hat. Liebt mich, meine Brüder, denn ihr braucht mich unendlich, und euch zur Freude wurde ich erschaffen. Gepriesen sei Sein Name!«

»Er braucht überhaupt nichts von dem, was erschaffen ist, einen Eldil so wenig wie ein Staubkorn; eine bevölkerte Welt so wenig wie eine leere. Alles gleich überflüssig, und was alles zusammen zu Ihm beiträgt, ist nichts. Auch wir brauchen nichts von all dem, was erschaffen ist. Liebt mich, meine Brüder, denn ich bin unendlich überflüssig, und eure Liebe soll wie die seine sein, entstanden weder aus eurem Bedürfnis noch aus meinem Verdienst, sondern aus schlichter Freigebigkeit. Gepriesen sei Sein Name!«

»Alle Dinge sind von Ihm und für Ihn. Er bringt sich auch zu Seiner eigenen Freude zum Ausdruck und sieht, dass Er gut ist. Er ist Sein eigener Erzeuger, und was aus Ihm entspringt, ist Er Selbst. Gepriesen sei Sein Name!«

»Alles, was erschaffen ist, scheint dem verdunkelten Geist planlos, weil es mehr Pläne gibt, als er gesucht hat. Auf diesen Meeren gibt es Inseln, auf denen die Grashalme so fein sind und so dicht ineinander verwoben, dass einer, der nicht sehr gründlich nachschaut, keinen Halm und nichts von dem Gewebe sieht, sondern nur die Gleichheit und die Fläche. So ist es mit dem Großen Tanz. Richte deinen Blick auf eine Bewegung, und sie wird dich durch alle Bilder führen und dir als Hauptbewegung erscheinen. Aber der Anschein wird wahr sein. Kein Mund soll sich auftun und widersprechen. Es scheint keinen Plan zu geben, weil alles Plan ist; es scheint keinen Mittelpunkt zu geben, weil alles Mittelpunkt ist. Gepriesen sei Sein Name!«

»Doch dieser Anschein ist das Ziel und der letzte Grund dafür, dass Er die Zeit so lang und den Himmel so tief ausbreitet. Denn wenn wir nie dem Dunkel begegneten, nie der Straße, die nach nirgendwo führt, und nie auf die Frage stießen, auf die keine Antwort vorstellbar ist, dann hätten wir in unserem Geist kein Gleichnis für die Abgrundtiefe des Vaters, aus der, auch wenn ein Geschöpf für immer seine Gedanken hineinfallen lässt, niemals ein Echo zurückkehren wird. Gepriesen, gepriesen, gepriesen sei Sein Name!«

Und auf einmal – einen Übergang hatte Ransom nicht bemerkt – schien alles, was als Sprache begonnen hatte, in einen Anblick verwandelt, oder in etwas, das man nur als etwas Gesehenes im Gedächtnis behalten kann. Er glaubte den Großen Tanz zu sehen, gewebt aus ineinander verflochtenen, wogenden Strängen oder Bändern aus Licht, die über- und untereinander hersprangen und einander in Arabesken und blumenartigen Ornamenten umarmten. Jede Gestalt wurde, wenn er sie beobachtete, zur Hauptfigur oder zum Brennpunkt des ganzen Geschehens, mittels derer sein Auge alles andere entwirrte und eine Einheitlichkeit hineinbrachte – nur um selbst hineingezogen zu werden, wenn er etwas betrachtete, was er zunächst für bloße Randverzierungen gehalten hatte, und entdeckte, dass dort der gleiche Vorrang beansprucht wurde. Und der Anspruch wurde erfüllt, doch das frühere Muster wurde dadurch nicht entwertet, sondern schien in seiner neuen Unterordnung eine noch größere Bedeutung zu erlangen als die, welche es hatte abtreten müssen. Ransom konnte auch sehen (aber das Wort ›sehen‹ ist hier unzureichend), wie winzige Körperchen aus ephemerer Helligkeit erschienen, wo immer die Lichtbänder oder Lichtschlangen sich kreuzten: und irgendwie wusste er, dass diese Partikel das allgemein Weltliche waren, von dem die Geschichte erzählt – Völker, Institutionen, Meinungen, Zivilisationen, Künste, Wissenschaften und dergleichen – flüchtige Blitze, die ihr kurzes Lied pfiffen und verschwanden. Die Bänder oder Stränge selbst, in denen Millionen Partikel lebten und starben, waren von anderer Art. Zuerst konnte Ransom nicht sagen, von welcher, aber schließlich wusste er, dass die meisten von ihnen individuelle Einheiten sein mussten. Wenn es sich so verhielt, ist die Zeit, in der sich der Große Tanz vollzieht, dem uns geläufigen Zeitbegriff sehr unähnlich. Einige der dünneren und feineren Stränge stellten Wesen dar, die wir kurzlebig nennen: Blumen und Insekten, Früchte und Gewitter, und einmal (so bildete er sich ein) eine Meereswoge. Andere schienen Dinge zu verkörpern, die wir uns als beständig vorstellen: Kristalle, Flüsse, Berge oder sogar Sterne. An Umfang und Leuchtkraft stärker als diese und in Farben außerhalb unseres Spektrums erstrahlend, waren die Linien der persönlichen Wesen doch untereinander so verschieden, wie sie sich insgesamt von der vorigen Klasse unterschieden. Doch nicht alle Stränge waren Individuen: Manche waren universale Wahrheiten oder universale Eigenschaften. Es wunderte Ransom damals nicht, dass diese und die Personen beides Bänder waren und zusammengehörten im Gegensatz zu den bloßen Atomen des Allgemeinen, die nur an den Berührungspunkten der Bewegungen lebten und starben; aber später, als er auf die Erde zurückgekehrt war, wunderte er sich darüber. Und dann musste das Geschehen ganz aus dem Bereich des Sehens, wie wir es verstehen, entschwunden sein. Denn Ransom sagte, das ganze beständige Bild dieser verliebt sich umschlingenden Arabesken habe sich auf einmal als die bloße Oberfläche eines unermesslich viel größeren vierdimensionalen Modells erwiesen, und auch dieses wieder als die Grenze noch anderer in anderen Welten. Die Bewegung wurde noch schneller, die Bänder verwoben sich noch ekstatischer ineinander, die Bedeutungen von allem für alles wurden noch eindringlicher, Dimension kam zu Dimension, und der Teil seines Selbst, der vernünftig denken und erinnern konnte, blieb immer weiter hinter dem Teil seines Selbst zurück, der nur sah – und dann, auf dem Höhepunkt der Komplexität, wurde alle Komplexität aufgesogen und verging wie eine kleine weiße Wolke im leuchtenden Blau des Himmels, und eine unfassbare Einfachheit, alt und jung wie der Frühling, unbegrenzt und klar, zog ihn mit Bändern unendlicher Sehnsucht in ihre Stille hinein. Er ging auf in einer solchen Ruhe, Abgeschiedenheit und Frische, dass genau in dem Augenblick, in dem er unserem gewöhnlichen Dasein am fernsten war, er das Gefühl hatte, alles Hindernde abzustreifen, aus einer Trance zu erwachen und zu sich selbst zu kommen. Entspannt blickte er umher ...

Die Tiere waren fort. Die beiden weißen Gestalten waren verschwunden. Tor und Tinidril und er waren allein, und es war ein gewöhnlicher perelandrischer Morgen.

»Wo sind die Tiere?«, fragte Ransom.

»Sie gehen ihren kleinen Verrichtungen nach«, sagte Tinidril. »Sie ziehen ihre Jungen groß und legen ihre Eier und bauen ihre Nester und spinnen ihre Netze und graben ihre Baue. Sie singen und spielen und essen und trinken.«

»Sie haben nicht lange gewartet«, sagte Ransom, »denn ich denke, es ist noch früh am Morgen.«

»Aber es ist nicht derselbe Morgen«, sagte Tor.

»Dann sind wir lange hier gewesen?«, fragte Ransom.

»Ja«, sagte Tor. »Bis jetzt habe ich es nicht gewusst, aber seit wir auf diesem Berggipfel zusammengekommen sind, haben wir einen ganzen Kreis um Arbol gezogen.«

»Ein Jahr?«, fragte Ransom. »Ein ganzes Jahr? O Himmel, was mag inzwischen auf meiner eigenen dunklen Welt geschehen sein? Hast du gewusst, Vater, dass so viel Zeit verstrichen ist?«

»Ich habe nicht gemerkt, wie sie vergangen ist«, erwiderte Tor. »Ich glaube, die Wellen der Zeit werden sich für uns von nun an häufig ändern. Wir kommen zu dem Punkt, an dem es in unserer Wahl steht, ob wir über ihnen sein und viele Wellen gleichzeitig sehen oder ob wir sie einzeln herankommen lassen, wie es bisher war.«

»Mir fällt ein«, sagte Tinidril, »dass heute, da die Jahresbahn uns an dieselbe Stelle des Himmels zurückgebracht hat, die Eldila kommen werden, um den Gescheckten in seine eigene Welt heimzubringen.«

»Du hast Recht, Tinidril«, sagte Tor. Dann sah er Ransom an und sagte: »Aus deinem Fuß kommt roter Tau, wie eine winzige Quelle.«

Ransom sah hinunter und stellte fest, dass seine Ferse noch immer blutete. »Ja«, sagte er. »Das ist die Stelle, wo der Böse mich gebissen hat. Das Rote ist *Hru* (Blut).«

»Setz dich, Freund«, sagte Tor, »und lass mich deinen Fuß in diesem Teich waschen.« Ransom zögerte, aber Tor nötigte ihn, sich ans Ufer zu setzen. Dann kniete der König sich vor ihn in das seichte Wasser und nahm den verletzten Fuß in die Hand. Er hielt inne und betrachtete ihn.

»Das also ist Hru«, meinte er schließlich. »Ich habe eine solche Flüssigkeit noch nie gesehen. Und dies ist der Stoff, womit Maleldil die Welten neu schuf, ehe irgendeine Welt erschaffen wurde.«

Er wusch den Fuß lange, aber die Blutung hörte nicht auf. »Bedeutet das, dass der Gescheckte sterben wird?«, fragte Tinidril schließlich.

»Das glaube ich nicht«, wiederholte Tor. »Ich denke, dass jeder von seiner Rasse, der die Luft geamtet hat, die er atmete, und von den Wassern getrunken hat, von denen er trank, seit er zum Heiligen Berg gekommen ist, nicht so leicht sterben wird. Sage mir, Freund, war es auf deiner Welt nicht so, dass, nachdem die Menschen deiner Rasse das Paradies verloren hatten, sie nicht mehr rasch sterben konnten?«

»Ich habe gehört«, sagte Ransom, »dass die Menschen dieser ersten Generationen sehr lange gelebt haben sollen. Die meisten halten das jedoch nur für eine erfundene Geschichte oder Dichtung, und ich habe bisher nicht darüber nachgedacht.«

»Oh!«, sagte Tinidril plötzlich. »Die Eldila kommen ihn holen.«

Ransom sah sich um und erblickte nicht die menschenähnlichen weißen Gestalten, in denen er Mars und Venus zuletzt gesehen hatte, sondern nur die beinahe unsichtbaren Lichterscheinungen. Auch der König und die Königin schienen die Geister in dieser Gestalt wieder zu erkennen: genauso leicht, dachte er, wie ein irdischer König seine Vertrauten erkennen würde, selbst wenn sie nicht in höfischer Tracht erschienen.

Der König ließ Ransoms Fuß los, und zu dritt gingen sie auf den weißen Sarg zu. Der Deckel lag im Gras daneben. Alle hatten das Bedürfnis, den Abschied hinauszuschieben.

»Was ist es, das wir fühlen, Tor?«, fragte Tinidril.

»Ich weiß es nicht«, sagte der König. »Eines Tages werde ich dem Gefühl einen Namen geben. Dies ist kein Tag zum Ausdenken von Namen.«

»Es ist wie eine Frucht mit einer sehr dicken Schale«, sagte Tinidril. »Die Freude, wenn wir im Großen Tanz wieder zusammentreffen, ist das süße Innere. Aber die Schale ist dick – mehr Jahre, als ich zählen kann.«

»Du siehst jetzt«, sagte Tor, »was der Böse uns angetan hätte. Wenn wir auf ihn gehört hätten, würden wir jetzt versuchen, an das Süße heranzukommen, ohne die Schale zu durchbeißen.«

»Und dann wäre es nicht mehr süß«, sagte Tinidril.

»Es ist jetzt Zeit zu gehen«, sagte die klingende Stimme eines Eldil. Ransom fand keine Worte, als er sich in den Behälter legte. Die Seitenwände erhoben sich hoch über ihn wie Mauern, und wie durch ein sargförmiges Fenster sah er über sich den goldenen Himmel und die Gesichter von Tor und Tinidril.

»Ihr müsst meine Augen bedecken«, sagte er, und die beiden verschwanden. Als sie kurz darauf zurückkehrten, waren ihre Arme voll rosenroter Lilien. Beide beugten sich herab und küssten ihn. Als Letztes von dieser Welt sah er, wie der König segnend die Hand erhob. Sie bedeckten sein Gesicht mit den kühlen Blütenblättern, und eine rote, süß duftende Wolke nahm ihm die Sicht.

»Ist alles bereit?«, sagte die Stimme des Königs. »Leb wohl, Freund und Retter, leb wohl«, sagten beide Stimmen. »Leb wohl, bis wir drei die Dimensionen der Zeit verlassen. Sprich immer von uns zu Maleldil, wie wir immer von dir sprechen. Herrlichkeit, Liebe und Kraft seien mit dir.«

Dann wurde der Deckel über ihm mit einem polternden Geräusch geschlossen. Einige Augenblicke lang hörte er noch Geräusche von draußen, aus einer Welt, von der er in alle Ewigkeit getrennt wurde. Dann verlor er das Bewusstsein.

DIE PERELANDRA-TRILOGIE

**Die böse Macht**
Drittes Buch

THAT HIDEOUS STRENGTH previously published in paperback by Voyage 2000.
First published in Great Britain by John Lane (The Bodley Head) Ltd. 1945
Copyright © S.S. Lewis Pte Ltd 1945

**Vorwort**

Ich habe dieses Buch ein Märchen genannt, damit nicht diejenigen, die keine fantastische Literatur mögen, von den ersten beiden Kapiteln zum Weiterlesen verführt werden und sich dann hinterher enttäuscht beklagen. Wenn Sie fragen, warum ich – wenn ich über Zauberer, Teufel, pantomimische Tiere und planetarische Engel schreiben will – dennoch mit ganz alltäglichen Szenen und Personen beginne, dann antworte ich, dass ich damit nur der Form des herkömmlichen Märchens folge. Wir erkennen diese Form nicht immer sogleich, weil die Hütten und Schlösser, die Holzfäller und Könige uns heute ebenso fern liegen wie die Hexen und Ungeheuer, mit denen das Märchen dann fortfährt. Doch den Menschen, die die Geschichten ersonnen und sich als Erste daran erfreut haben, waren diese Dinge ganz und gar nicht fremd. Sie waren für diese Leute sogar wirklicher und alltäglicher, als Bracton College für mich ist: denn viele deutsche Bauern hatten selbst grausame Stiefmütter, während ich an keiner Universität ein College wie Bracton angetroffen habe. Dies ist eine unglaubliche Geschichte über Teufelswerk, doch dahinter steht eine ernste Absicht, die ich in meinem Buch *Die Abschaffung des Menschen* darzustellen versucht habe. In der Geschichte sollte gezeigt werden, wie der äußere Rand dieses Teufelswerks das Leben eines gewöhnlichen und geachteten Berufsstandes berührt. Meinen eigenen Beruf habe ich selbstverständlich nicht deshalb gewählt, weil ich etwa dächte, Universitätslehrer erlägen einem solch verderblichen Einfluss eher als andere, sondern weil mein eigener Beruf der einzige ist, den ich gut genug kenne, um darüber schreiben zu können. Ich habe mir eine sehr kleine Universität ausgedacht, weil das für einen Roman bestimmte Vorteile bietet. Edgestow hat, abgesehen von der Größe, keinerlei Ähnlichkeit mit Durham, einer Universität, mit der ich nur Angenehmes verbinde.

Einen der zentralen Gedanken dieser Erzählung verdanke ich Gesprächen, geführt mit einem wissenschaftlichen Kollegen, einige Zeit bevor ich in Olaf Stapledons Werken auf eine ähnliche Anregung stieß. Sollte ich in diesem Punkte irren, so ist Herr Stapledon doch so reich an Einfällen, dass er ohne weiteres einen davon ausleihen kann; und ich bewundere seinen Einfallsreichtum (wenn auch nicht seine Philosophie) so sehr, dass ich mich einer Anleihe keineswegs schäme.

Wer gerne mehr über Numinor und den Wahren Westen erfahren möchte, muss (leider!) die Veröffentlichung dessen abwarten, was bislang nur in den Manuskripten meines Freundes J. R. R. Tolkien existiert.

Der vorliegende Roman spielt irgendwann in der Zeit nach dem Zweiten Weltkrieg. Er beschließt die Trilogie, deren erster Band *Jenseits des schweigenden Sterns* und deren zweiter Band *Perelandra* war, kann aber auch für sich gelesen werden.

Magdalen College, Oxford

C. S. Lewis
Weihnachtsabend 1943

## 1 Verkauf von Universitätsgelände

»Und drittens wurde die Ehe eingesetzt«, murmelte Jane Studock vor sich hin, »damit jeder des anderen Gesellschaft, Stütze und Trost sei.« Seit ihrer Schulzeit war sie nicht mehr in der Kirche gewesen, bis sie vor einem halben Jahr dort die Ehe geschlossen hatte, und die Worte des Gottesdienstes hafteten ihr noch immer im Gedächtnis.

Durch die offene Tür konnte sie die winzige Küche der Wohnung sehen und das laute, unangenehme Ticken der Uhr hören. Sie war gerade aus der Küche gekommen und wusste, wie ordentlich es dort war. Das Frühstücksgeschirr war gespült, die Tücher hingen über dem Herd, und der Boden war aufgewischt. Die Betten waren gemacht und die Zimmer aufgeräumt. Den einzigen Einkauf, der an diesem Tag nötig war, hatte sie getätigt, und es war erst eine Minute vor elf. Sie musste sich nur noch selbst ein Mittagessen und den Tee bereiten, ansonsten hatte sie bis sechs Uhr nichts mehr zu tun, selbst wenn sie davon ausging, dass Mark zum Abendessen nach Hause käme. Aber heute war im College eine Sitzung anberaumt. Sehr wahrscheinlich würde Mark zur Teestunde anrufen und sagen, dass die Sitzung länger als erwartet dauere und er im College werde essen müssen. Die Stunden, die vor ihr lagen, waren leer wie die Wohnung. Die Sonne schien, und die Uhr tickte.

»Gesellschaft, Stütze und Trost«, sagte Jane bitter. In Wahrheit hatte die Ehe sich als eine Tür erwiesen, die aus einer

Welt voller Arbeit und Kameradschaft, Frohsinn und Geschäftigkeit in eine Art Einzelhaft geführt hatte. In den Jahren vor ihrer Heirat hatte sie nie so wenig von Mark gesehen wie in den vergangenen sechs Monaten. Selbst wenn er zu Hause war, sprach er fast nie. Immer war er entweder müde oder in Gedanken. Solange sie Freunde gewesen waren, und auch später als Liebespaar, hatten sie geglaubt, das Leben sei zu kurz für all das, was sie einander zu sagen hatten. Aber nun ... Warum hatte er sie überhaupt geheiratet? Liebte er sie noch? Dann musste Liebe für Männer etwas ganz anderes sein als für Frauen. War es die bittere Wahrheit, dass all die endlosen Gespräche, die ihr selbst vor der Ehe als das eigentliche Medium der Liebe erschienen waren, für ihn nicht mehr als ein Vorspiel gewesen waren?

»Schon wieder bin ich drauf und dran, einen Tag zu vertrödeln«, tadelte sie sich. »Ich muss etwas arbeiten.« Damit meinte sie ihre Doktorarbeit über den Dichter John Donne. Sie hatte vorgehabt, auch als verheiratete Frau ihre wissenschaftliche Karriere fortzusetzen; dies war einer der Gründe, warum sie, wenigstens auf absehbare Zeit, keine Kinder haben wollten. Jane war keine sehr originelle Denkerin; sie hatte vorgehabt, besonderes Gewicht auf Donnes ›triumphale Aufwertung des Körpers‹ zu legen. Sie glaubte noch immer, ihre einstige Begeisterung für diesen Gegenstand werde wieder erwachen, wenn sie erst alle ihre Aufzeichnungen und Bücher hervorgeholt und sich ernsthaft an die Arbeit gemacht hätte. Doch zunächst einmal, vielleicht um den Arbeitsbeginn ein wenig hinauszuschieben, drehte sie eine Zeitung um, die auf dem Tisch lag, und überflog die letzte Seite.

In dem Augenblick, in dem sie das Bild sah, fiel ihr der Traum ein. Sie erinnerte sich nicht nur an den Traum, sondern auch daran, wie sie aus dem Bett gekrochen war und eine endlos lange Zeit im Sitzen auf die ersten Anzeichen des Morgens gewartet hatte; aus Angst, Mark könnte wach werden und sich unnötig aufregen, hatte sie kein Licht gemacht; dennoch kränkte sie das Geräusch seines gleichmäßigen Atems. Er hatte einen ausgezeichneten Schlaf. Nur eins schien im Stande, ihn wach zu halten, nachdem er zu Bett gegangen war, und auch das nicht lange.

Der Schrecken dieses Traums wird sich wie die Schrecken der meisten Träume mit dem Erzählen verflüchtigen, aber um der folgenden Ereignisse willen muss er festgehalten werden.

Zu Anfang hatte sie nur ein Gesicht gesehen. Es war ein fremdländisches Gesicht, bärtig und eher gelb, mit einer Hakennase. Seine Miene machte Angst, weil sie selbst Angst ausdrückte. Der Unterkiefer hing herab, und die Augen stierten wie die Augen eines Menschen, der im Augenblick unter dem Eindruck eines jähen Schockes steht. Nur schien dieses Gesicht einem stundenlangen Schock ausgesetzt. Dann sah sie allmählich mehr. Das Gesicht gehörte einem Mann, der zusammengekauert in der Ecke eines kleinen viereckigen Raumes mit weiß getünchten Wänden hockte und offenbar darauf wartete, dass diejenigen, in deren Gewalt er sich befand, hereinkommen und ihm irgendetwas Schreckliches antun würden. Schließlich wurde die Tür geöffnet, und ein recht gut aussehender Mann mit grauem Spitzbart kam herein. Der Gefangene schien in ihm einen alten Bekannten wieder zu erkennen, und sie setzten sich zusammen und begannen zu sprechen. In allen Träumen, die Jane bisher geträumt hatte, verstand man entweder, was die Traumgestalten sagten, oder man hörte es nicht. Aber in diesem Traum – und das machte ihn außerordentlich realistisch – wurde das Gespräch auf Französisch geführt, und Jane verstand einzelne Brocken, keineswegs alles, genau wie es im wirklichen Leben gewesen wäre. Der Besucher erzählte dem Gefangenen etwas, das dieser anscheinend als gute Nachricht betrachten sollte. Und der Gefangene blickte zuerst auch mit einem Hoffnungsschimmer in den Augen auf und sagte: »*Tiens ... ah ... ça marche*«, aber dann wurde er unsicher und schien seine Meinung zu ändern. Der Besucher redete weiter mit leiser, gleichmäßiger Stimme auf ihn ein. Er war ein gut aussehender Mann von einer eher kühlen Art, er trug einen Kneifer, in dessen Gläsern sich das Licht spiegelte und seine Augen verbarg. Dies und die beinahe unnatürliche Vollkommenheit seiner Zähne machten auf Jane einen irgendwie unangenehmen Eindruck. Dieser wurde noch verstärkt von der wachsenden Unruhe und schließlich dem Entsetzen des Gefangenen. Jane konnte nicht verstehen, was der Besucher dem Mann vorschlug, aber sie hörte heraus, dass der Gefangene zum Tode verurteilt worden war. Was immer der Besucher ihm anbot, es schien den anderen mehr zu ängstigen als der Gedanke an die Hinrichtung. An diesem Punkt verlor der Traum allen Anschein von Wirklichkeitsnähe und wurde zu einem gewöhnlichen Albtraum. Der Besucher rückte seinen Kneifer zurecht, lächelte weiter sein kühles Lächeln und fasste den Kopf des Gefangenen mit beiden Händen. Er drehte ihn mit einem scharfen Ruck herum und schraubte ihn ab – wie einen Taucherhelm. Der Besucher nahm den Kopf des Gefangenen mit, und dann ging alles durcheinander. Der Kopf stand zwar noch immer im Mittelpunkt des Traums, aber jetzt war es ein ganz anderer Kopf – ein Kopf mit einem wallenden weißen Bart, der über und über mit Erde bedeckt war. Er gehörte einem alten Mann, den irgendwelche Leute in einer Art Friedhof ausgruben – einem alten Briten, einer Art Druiden in einem langen Umhang. Jane dachte sich anfangs nicht viel dabei, weil sie glaubte, es sei ein Leichnam. Doch plötzlich merkte sie, dass dieses alte Ding zum Leben erwachte. »Passt auf!«, rief sie in ihrem Traum. »Er lebt. Halt! Halt! Ihr weckt ihn.« Aber die Leute kümmerten sich nicht um sie. Der ausgegrabene alte Mann richtete sich auf und begann, in einer Sprache zu reden, die ein wenig wie Spanisch klang. Und dies erschreckte Jane aus irgendeinem Grund so sehr, dass sie erwachte.

Das war der Traum, nicht schlimmer, aber auch nicht besser als viele andere Albträume. Doch es war nicht die bloße Erinnerung daran, die das Wohnzimmer vor ihren Augen verschwimmen ließ, sodass sie sich rasch setzen musste, um nicht hinzufallen. Die Anwandlung hatte einen anderen Grund. Dort, auf der Rückseite der Zeitung, war der Kopf, den sie im Albtraum gesehen hatte: der erste Kopf (wenn es überhaupt zwei gewesen waren) – der Kopf des Gefangenen. Mit äußerstem Widerwillen nahm sie die Zeitung vom Tisch. »Alcasans Hinrichtung«, lautete die Überschrift, und darunter hieß es: »Wissenschaftlicher Blaubart kommt unter die Guillotine«. Sie erinnerte sich undeutlich, den Fall verfolgt zu haben. Alcasan war ein bekannter Radiologe in einem Nachbarland – arabischer Abstammung, wie es hieß –, der seine Frau vergiftet und damit seine glänzende Karriere zerstört hatte. Daher also kam ihr Traum. Sie musste sich dieses Zeitungsfoto – der Mann hatte wirklich ein sehr unangenehmes Gesicht – angesehen haben, bevor sie zu Bett gegangen war. Aber nein, das konnte nicht sein. Die Zeitung war von diesem Morgen. Nun, dann hatte sie wohl vorher schon einmal ein Bild gesehen und es wieder vergessen – wahrscheinlich vor Wochen, als der Prozess begonnen hatte. Es war albern, sich so darüber aufzuregen. Und jetzt zu Donne. Mal sehen, wo waren wir stehen geblieben? An der zweifelhaften Stelle am Schluss der *Alchimie der Liebe:*

> Nicht auf Verstand bei Frauen hoffe;
> an Süßigkeit und Witz im besten Falle reich,
> sind sie doch nur beseeltem Wachse gleich.

»Nicht auf Verstand bei Frauen hoffe.« Gab es Männer, die wirklich Frauen mit Verstand wollten? Aber darum ging es nicht. »Ich muss wieder lernen, mich zu konzentrieren«, sagte Jane zu sich selbst, und dann: »Habe ich wirklich schon früher ein Bild von diesem Alcasan gesehen? Angenommen ...«

Fünf Minuten später schob sie ihre Bücher beiseite, ging zum Spiegel, setzte ihren Hut auf und verließ das Haus. Sie wusste nicht genau, wohin sie wollte. Irgendwohin, nur fort aus diesem Zimmer, dieser Wohnung, diesem ganzen Haus.

## 2

Mark ging unterdessen zum Bracton College hinunter und dachte an ganz andere Dinge. Er bemerkte nichts von der morgendlichen Schönheit der kleinen Straße, die ihn von dem höher gelegenen Vorort, in dem er und Jane wohnten, zur Stadtmitte und zum Universitätsviertel von Edgestow hinabführte.

Obwohl ich in Oxford studiert habe und Cambridge sehr schätze, finde ich Edgestow schöner als beide. Zum einen, weil es so klein ist; kein Hersteller von Autos oder Würstchen oder Marmeladen hat die ländliche Umgebung der kleinen Stadt bisher industrialisiert. Und auch die Universität selbst ist winzig. Außer Bracton und dem auf der anderen Seite der Eisenbahnlinie gelegenen Frauencollege aus dem neunzehnten Jahrhundert gibt es nur zwei Colleges: Northumberland, das flussabwärts von Bracton am Ufer des Wynd steht, und Duke's gegenüber dem Kloster. Bracton nimmt keine Studienanfänger auf. Es wurde um dreizehnhundert gegründet, um den Lebensunterhalt zehn gelehrter Männer zu sichern, deren Pflichten darin bestanden, für Henry de Bractons Seele zu beten und die Gesetze Englands zu studieren. Die Zahl der Dozenten ist allmählich auf vierzig angestiegen, von denen nur sechs Juristen sind und von denen vermutlich keiner mehr für Bractons Seele betet. Mark Studdock war Soziologe und vor fünf Jahren auf einen Lehrstuhl dieses Fachs berufen worden. Er begann, allmählich Fuß zu fassen. Wenn er daran gezweifelt hätte (was er nicht tat), so wäre er beruhigt gewesen, als er vor der Post mit Curry zusammentraf und sah, wie selbstverständlich Curry mit ihm zusammen zum College ging und über die Tagesordnung der bevorstehenden Sitzung diskutierte. Curry war der Vizerektor von Bracton.

»Ja«, sagte Curry. »Es wird verteufelt lange dauern; wahrscheinlich nach dem Abendessen noch weitergehen. Die Obstruktionisten werden nach Kräften Zeit vergeuden. Aber das ist zum Glück alles, was sie können.«

Dem Ton von Studdocks Antwort war nicht zu entnehmen, wie ungemein wohltuend er Currys Gebrauch des Pronomens ›wir‹ empfunden hatte. Noch bis vor kurzem war er ein Außenseiter gewesen, der die Aktivitäten von ›Curry und seiner Clique‹ mit ehrfürchtiger Scheu und ein wenig verständnislos beobachtet und bei Sitzungen kurze, nervöse Ansprachen gehalten hatte, die den Gang der Ereignisse niemals beeinflussten. Jetzt gehörte er dazu, und aus ›Curry und seiner Clique‹ waren ›wir‹ oder ›das Fortschrittliche Element‹ am College geworden. Das war alles ziemlich plötzlich gekommen und schmeckte immer noch süß.

»Sie glauben also, es wird durchgehen?«, sagte Studdock.

»Ganz sicher«, antwortete Curry. »Wir haben den Rektor, den Schatzmeister und alle Chemiker und Biochemiker auf unserer Seite. Pelham und Ted habe ich bearbeitet, von ihnen ist nichts zu befürchten. Außerdem habe ich Sancho eingeredet, er wisse, worum es gehe, und sei dafür. Bill der Blizzard wird wahrscheinlich wüten, aber wenn es zur Abstimmung kommt, wird er sich auf unsere Seite schlagen müssen. Übrigens habe ich Ihnen noch nicht gesagt, dass Dick dabei sein wird. Er ist gestern Abend gekommen und hat sich gleich an die Arbeit gemacht.«

Studdock überlegte verzweifelt, wie er verbergen könnte, dass er nicht wusste, wer Dick war. Im letzten Augenblick fiel ihm ein sehr unbedeutender Kollege mit Vornamen Richard ein.

»Telford?«, fragte er verwundert. Er wusste sehr gut, dass Telford nicht der Dick sein konnte, den Curry meinte, und darum gab er seiner Frage einen leicht belustigten und ironischen Unterton.

»Lieber Himmel! Telford!«, sagte Curry und lachte. »Nein. Ich meine Lord Feverstone – Dick Devine, wie er früher hieß.«

»Der Gedanke an Telford kam mir auch ein bisschen komisch vor«, sagte Studdock und stimmte in das Lachen ein. »Es freut mich, dass Feverstone kommt. Ich kenne ihn noch gar nicht, wissen Sie.«

»Nun, dann wird es höchste Zeit«, sagte Curry. »Hören Sie, kommen Sie heute zum Abendessen zu mir. Ich habe ihn auch eingeladen.«

»Mit Vergnügen«, sagte Studdock wahrheitsgemäß. Nach einer kurzen Pause fügte er hinzu: »Ich nehme an, dass Feverstones Position sicher ist, oder?«

»Wie meinen Sie das?«, fragte Curry.

»Nun, Sie werden sich erinnern, dass darüber geredet wurde, ob jemand, der so viel abwesend ist, seinen Lehrstuhl hier behalten kann.«

»Ach, Sie meinen Glossop und all diesen Schwindel. Das hat nichts zu bedeuten. Haben Sie es nicht für blanken Unsinn gehalten?«

»Unter uns gesagt, ja. Aber ich gebe zu, wenn ich öffentlich erklären müsste, warum jemand, der fast immer in London ist, weiterhin einen Lehrstuhl in Bracton haben sollte, würde ich mich nicht ganz leicht tun. Die wahren Gründe sind das, was Watson Imponderabilien nennen würde.«

»Da bin ich anderer Meinung. Ich hätte nichts dagegen, die wahren Gründe öffentlich zu erläutern. Ist es für ein College wie dieses nicht wichtig, einflussreiche Verbindungen zur Außenwelt zu haben? Es ist nicht ausgeschlossen, dass Dick im nächsten Kabinett sitzt. Schon bisher war Dick dem College von London aus nützlicher als Glossop und ein halbes Dutzend andere von der Sorte, die ihr ganzes Leben hier herumsitzen.«

»Ja. Das ist natürlich der springende Punkt. Trotzdem wäre es schwierig, das in dieser Form bei einer Sitzung des Kollegiums vorzubringen.«

»Da ist übrigens etwas«, sagte Curry in einem etwas weniger vertraulichen Ton, »das Sie über Dick wissen sollten.«

»Was denn?«

»Er hat Ihnen den Lehrstuhl verschafft.«

Mark schwieg. Er ließ sich nicht gern daran erinnern, dass er einmal nicht nur außerhalb des Progressiven Elements gestanden hatte, sondern sogar außerhalb des Colleges. Curry war ihm keineswegs immer sympathisch. Er genoss das Zusammensein mit ihm nicht auf diese Weise.

»Ja«, sagte Curry. »Denniston war Ihr Hauptrivale. Unter uns gesagt, vielen Leuten gefielen seine Arbeiten besser als die Ihren. Aber Dick bestand die ganze Zeit darauf, dass Sie der richtige Mann für uns seien. Er ging hinüber zum Duke's College und hat alles über Sie in Erfahrung gebracht. Er war der Meinung, es komme darauf an, den Mann zu finden, den wir wirklich brauchen, zum Teufel mit den Arbeiten und der Qualifikation. Und ich muss sagen, er hat Recht gehabt.«

»Sehr freundlich von Ihnen«, sagte Studdock mit einer ironischen Verbeugung. Er war überrascht über die Wendung, die das Gespräch genommen hatte. In Bracton war es, wie vermutlich in den meisten anderen Colleges, seit jeher ein ungeschriebenes Gesetz, dass man in der Gegenwart eines Mannes niemals die Umstände erwähnte, die zu seiner Ernennung geführt hatten, und Studdock hatte bis zu diesem Augenblick nicht daran gedacht, dass auch dies eine der Traditionen sein könnte, die das Progressive Element abschaffen wollte. Auch war ihm bisher nie in den Sinn gekommen, seine Wahl könnte von etwas anderem als der Qualität seiner Arbeiten abhängig gewesen sein. Und erst recht nicht, dass sie eine so knappe Angelegenheit gewesen war. Er hatte sich inzwischen so an seine Position gewöhnt, dass der Gedanke eine seltsam zwiespältige Empfindung in ihm wachrief, etwa so, als habe er entdeckt, dass der eigene Vater einst beinahe eine andere Frau geheiratet hätte.

»Ja«, fuhr Curry fort, der inzwischen einen anderen Gedankengang verfolgte. »Heute sieht man, dass wir mit Denniston nicht gut gefahren wären. In keiner Weise. Damals war er natürlich ein brillanter Mann, aber inzwischen scheint er mit seiner Verteilungstheorie und all diesem Zeug völlig entgleist zu sein. Ich habe gehört, dass er möglicherweise in einem Kloster enden wird.«

»Ein Dummkopf ist er nicht gerade«, sagte Studdock.

»Ich bin froh, dass Sie Dick kennen lernen werden«, sagte Curry. »Wir haben jetzt keine Zeit, aber es gibt da etwas, das ihn betrifft und das ich mit Ihnen besprechen wollte.«

Studdock sah ihn fragend an.

»James und ich und ein paar andere«, sagte Curry mit gedämpfter Stimme, »haben uns gedacht, dass er der neue Rektor werden sollte. Aber wir sind da.«

»Es ist noch nicht zwölf«, sagte Studdock. »Wie wär's, wenn wir auf ein Glas ins Bristol gingen?«

Also gingen sie ins Bristol. Ohne diese kleinen Aufmerksamkeiten wäre es nicht einfach gewesen, die Atmosphäre zu erhalten, in der das Progressive Element sich bewegte. Das belastete Studdock stärker als Curry, der unverheiratet war und das Gehalt eines Vizerektors bezog. Aber das Bristol war ein sehr angenehmes Lokal. Studdock bestellte einen doppelten Whisky für seinen Begleiter und ein kleines Bier für sich.

# 3

Das einzige Mal, als ich Gast am Bracton College war, überredete ich meinen Gastgeber, mich für eine Stunde allein in den Wald gehen zu lassen. Er entschuldigte sich dafür, dass er mich dort einschließen musste.

Nur wenige Leute hatten Zutritt zum Bragdon-Wald. Das Tor von Inigo Jones war der einzige Eingang. Eine hohe Mauer umschloss den Wald, der etwa eine viertel Meile breit und von Westen nach Osten eine Meile lang war. Wenn man von der Straße kam und sich durch das College dorthin begab, hatte man das starke Gefühl, allmählich zu einem Allerheiligsten vorzudringen. Zuerst ging man über den kahlen, kiesbedeckten Newton-Hof; überladene, aber schöne georgianische Gebäude blicken auf ihn herab.

Dann kam man durch einen kühlen, tunnelartigen Gang, der selbst zur Mittagszeit beinahe dunkel war, es sei denn, zur Rechten stand die Tür zum Speisesaal oder zur Linken die Tür zum Vorratsraum offen und gewährte flüchtige Blicke auf gedämpftes Tageslicht an dunkel getäfelten Wänden oder ließ einem den Duft nach frischem Brot um die Nase wehen. Am Ende dieses Tunnels fand man sich im mittelalterlichen College wieder: im Säulengang des viel kleineren, so genannten Hofes der Republik. Nach der Kargheit des Newton-Hofs sieht das Gras hier sehr grün aus, und selbst der Stein, aus dem die Säulen sind, wirkt weich und lebendig. Die Kapelle ist nicht weit, und von oben hört man das raue, schwerfällige Werk einer mächtigen alten Uhr. Dieser Säulengang führt vorüber an Grabplatten, Urnen und Büsten, die an verstorbene Mitglieder des Kollegiums von Bracton erinnern; dann führen flache Stufen hinab ins helle Tageslicht des Lady-Alice-Hofs. Die Gebäude links und rechts stammen aus dem siebzehnten Jahrhundert, bescheidene, fast anheimelnde Häuser mit Fenstern in den bemoosten, schiefergrauen Dächern. Eine freundliche protestantische Welt, die an Bunyan oder an Waltons *Leben* denken lässt. Auf der vierten Seite des Lady-Alice-Hofs, derjenigen, auf die man blickt, gibt es keine Gebäude: nur eine Reihe Ulmen und eine Mauer. Und hier hört man zum ersten Mal Wasser fließen und Wildtauben gurren. Die Straße ist mittlerweile so weit entfernt, dass keine anderen Geräusche zu hören sind. In der Mauer befindet sich eine Tür. Sie führt in einen überdachten Gang mit schmalen Fenstern auf beiden Seiten. Blickt man durch diese hinaus, so stellt man fest, dass man über eine Brücke geht und unter einem das dunkelbraune, gekräuselte Wasser des Wynd herfließt. Nun ist man dem Ziel sehr nahe. Durch eine Pforte am anderen Ende der Brücke gelangt man auf den grünen Kricketrasen der Dozenten. Dahinter erhebt sich die hohe Mauer des Waldes, und das Tor von Inigo Jones gewährt einen Blick in sonnenbeschienenes Grün und tiefe Schatten.

Ich glaube, allein schon die Einfriedung verlieh dem Wald einen Teil seiner eigenartigen Stimmung, denn sobald etwas umschlossen ist, betrachten wir es gern als etwas Besonderes. Als ich über die stillen Rasenflächen ging, hatte ich das Gefühl, erwartet zu werden. Die Bäume standen gerade so weit auseinander, dass man in der Ferne ein lückenloses Laubdach sah, doch die Stelle, an der man stand, schien immer eine kleine Lichtung zu sein; umgeben von einer Schattenwelt, ging man im milden Sonnenschein. Bis auf die Schafe, die das Gras kurz hielten und gelegentlich ihre langen, einfältigen Gesichter hoben, um mich anzustarren, war ich ganz allein; doch es war eher die Einsamkeit eines sehr großen Raumes in einem verlassenen Haus als das ganz normale Alleinsein im Freien. Ich weiß noch, dass ich dachte: »Dies ist einer der Orte, die man als Kind entweder fürchtet oder sehr liebt.« Und einen Augenblick später: »Aber allein – wirklich allein – ist jeder ein Kind. Oder niemand?« Jugend und Alter berühren nur die Oberfläche unseres Daseins.

Eine halbe Meile ist ein kurzer Spaziergang. Dennoch schien es lange zu dauern, bis ich in die Mitte des Waldes kam. Ich wusste, dass es die Mitte war, denn hier befand sich das, weswegen ich eigentlich hergekommen war. Es war eine Quelle, eine Quelle, zu der Stufen hinabführten und die eingefasst war von den Überresten eines alten, schlecht erhaltenen Steinpflasters. Ich betrat es nicht, sondern legte mich ins

Gras und berührte es mit den Fingern. Denn dies war das Herz von Bracton oder vielmehr des Bragdon-Waldes. Dies war der Ursprung aller Legenden, und auf Grund dieses Ortes, so vermutete ich, war das College einst hier gegründet worden. Die Archäologen stimmen darin überein, dass das Mauerwerk der Fassung aus der späten britisch-römischen Zeit, kurz vor der angelsächsischen Invasion stammt. Wie der Wald von Bragdon mit dem Rechtsgelehrten Bracton zusammenhängt, ist ein Rätsel, aber ich denke, dass die Familie der Bradons sich eine zufällige Ähnlichkeit der Namen zu Nutze machte, um glauben zu können oder weiszumachen, sie habe etwas damit zu tun. Wenn die Legenden nur zur Hälfte der Wahrheit entsprachen, dann war der Wald viel älter als das Geschlecht der Bractons. Heute würde vermutlich niemand Strabons *Geografika* viel Bedeutung beimessen, aber im sechzehnten Jahrhundert veranlasste dieses Werk einen Rektor des Colleges zu der Bemerkung, dass »wir selbst in der ältesten Überlieferung von keinem Britannien ohne Bragdon wissen«. Doch es gibt ein mittelalterliches Lied, das uns ins vierzehnte Jahrhundert zurückführt:

In Bragdon, als der Abend fiel,
erlauscht' ich Merlins Saitenspiel
und hörte Singens und Sagens viel.

Das mag genügen als Beweis, dass die Quelle mit der britisch-römischen Einfassung bereits ›Merlins Brunnen‹ war, auch wenn dieser Name erst zur Zeit der Königin Elizabeth auftaucht, zu der Zeit, da der wackere Rektor Shovel den Wald mit einer Mauer umgab, »um allem profanen und heidnischen Aberglauben zu wehren und das gemeine Volk von allerlei Lustbarkeit, Maienspiel, Tanz, Mummenschanz und dem Backen von Morganbrot abzubringen, wie es ehedem bei der voller Stolz ›Merlins Brunnen‹ genannten Quelle Brauch war und als eine Verquickung von Papismus, Heidentum, Liederlichkeit und nichtswürdiger Narretei entschieden zu verwerfen und zu verabscheuen ist«. Nicht dass das College damit sein eigenes Interesse an dem Ort aufgegeben hätte. Der alte Doktor Shovel, der beinahe hundert Jahre alt wurde, war kaum in seinem Grab erkaltet, als einer von Cromwells Generälen, der es für seine Aufgabe hielt, »Haine und heilige Stätten« zu zerstören, einige Soldaten ausschickte, um die Landbevölkerung für dieses fromme Werk zu gewinnen. Es wurde dann doch nichts daraus, aber mitten im Bragdon-Wald kam es zu einem Streit zwischen dem College und den Soldaten, wobei der höchst gelehrte und gottesfürchtige Richard Crowe auf den Stufen des Brunnens von einer Musketenkugel niedergestreckt wurde. Niemand würde Crowe des Papismus oder des Heidentums bezichtigen, doch der Überlieferung zufolge waren seine letzten Worte: »Wahrlich, ihr Herren, wenn Merlin, der Sohn des Teufels, ein treuer Gefolgsmann des Königs war, ist es dann nicht eine Schande, dass ihr, die ihr nur Hundesöhne seid, Rebellen und Königsmörder sein müsst?« Und durch alle wechselnden Zeiten hindurch hatte jeder Rektor von Bracton am Tag seiner Wahl feierlich einen Schluck Wasser aus Merlins Brunnen getrunken mit dem großen Becher, der auf Grund seiner Schönheit und seines Alters Bradons größte Kostbarkeit war.

An all dies dachte ich, als ich bei Merlins Brunnen lag, dem Brunnen, der sicherlich aus Merlins Zeit stammte, wenn es jemals einen wirklichen Merlin gegeben hatte; als ich da lag, wo Sir Kenelm Digby eine ganze Sommernacht gelegen und eine seltsame Erscheinung gehabt hatte; wo der Dichter Collins gelegen und George III. Tränen vergossen hatte; wo der brillante und viel geliebte Nathaniel Fox drei Wochen vor seinem Tod in Frankreich das berühmte Gedicht verfasst hatte. Die Luft war so still und das Laubwerk über mir bauschte sich so üppig, dass ich einschlief. Ich wurde von meinem Freund geweckt, der mich von ferne rief.

**4** _____ Die umstrittenste Frage bei der Sitzung des Kollegiums war der Verkauf des Bragdon-Waldes. Käufer war das N.I.C.E., das ›National Institute of Co-ordinated Experiments‹. Diese bemerkenswerte Organisation suchte ein Grundstück für das Gebäude, das sie angemessen beherbergen sollte. Das N.I.C.E. war die erste Frucht jener konstruktiven Verbindung zwischen Staat und Wissenschaft, auf die so viele nachdenkliche Menschen ihre Hoffnungen auf eine bessere Welt setzen. Es sollte frei sein von möglichst allen lästigen Einschränkungen – Bürokratismus war der Ausdruck, den seine Anhänger gebrauchten –, die die Forschung in diesem Lande bisher gehemmt hatten. Auch war es weitgehend frei von ökonomischen Zwängen, denn ein Staat, so argumentierte man, der täglich viele Millionen für einen Krieg ausgegeben hatte, konnte sich in Friedenszeiten gewiss ein paar Millionen im Monat für produktive Forschung leisten. Das geplante Gebäude hätte eine beachtliche Bereicherung der Skyline von New York abgegeben, der Mitarbeiterstab sollte ungewöhnlich groß sein, die Gehälter fürstlich. Beharrlicher Nachdruck und endlose diplomatische Bemühungen des Senats von Edgestow hatten das neue Institut von Oxford, von Cambridge und von London fortgelockt, die nacheinander als mögliche Standorte in Betracht gezogen worden waren. Zuweilen war das Progressive Element in Edgestow der Verzweiflung nahe gewesen. Aber nun war der Erfolg so gut wie sicher. Wenn das N.I.C.E. den nötigen Grund und Boden bekäme, würde es nach Edgestow kommen. Und wäre es erst einmal da, dann – das spürte jeder – würden die Dinge endlich in Bewegung kommen. Curry hatte sogar Zweifel geäußert, ob Oxford und Cambridge überhaupt als bedeutende Universitäten überdauern könnten.

Wäre Mark Studdock vor drei Jahren zu einer Sitzung gekommen, in der eine solche Frage entschieden werden sollte, hätte er erwartet, dass gefühlsmäßige Einwände gegen den

Fortschritt vorgebracht, dass Schönheit gegen Nützlichkeit abgewogen und all das offen diskutiert würde. Als er heute seinen Platz in dem langen Konferenzsaal auf der Südseite des Lady-Alice-Hofs einnahm, erwartete er nichts dergleichen. Er wusste inzwischen, dass die Dinge nicht auf diese Art und Weise angegangen wurden.

Die Fortschrittlichen Kräfte hatten ihre Sache wirklich sehr gut vorbereitet. Die meisten Mitglieder des Kollegiums wussten, als sie den Konferenzraum betraten, nicht, dass es um den Verkauf des Waldes ging. Natürlich entnahmen sie der Tagesordnung, dass es unter Punkt fünfzehn um den »Verkauf von Collegegelände« ging; da solche Pläne aber in fast jeder Sitzung zur Sprache kamen, machten sie sich darüber keine Gedanken. Und sie sahen auch, dass Punkt eins der Tagesordnung »Fragen im Zusammenhang mit dem Bragdon-Wald« aufwarf, aber diese schienen mit dem vorgeschlagenen Verkauf nichts zu tun zu haben. Curry erhob sich, um die Fragen in seiner Eigenschaft als Vizerektor zur Sprache zu bringen. Er hatte dem Kollegium einige Briefe vorzulesen. Der erste kam von einer Gesellschaft, die sich mit der Erhaltung von Kulturdenkmälern befasste. Ich denke, die Vereinigung war schlecht beraten, in einem Brief gleich zwei Beschwerden vorzubringen. Es wäre klüger gewesen, wenn sie sich darauf beschränkt hätte, die Collegeverwaltung auf den schlechten Zustand der Umfassungsmauer des Waldes hinzuweisen. Als sie jedoch drängte, ein Schutzdach über dem Brunnen selbst errichten zu lassen, und obendrein betonte, dass sie bereits früher darauf gedrängt hatte, wurde das Kollegium unruhig. Und als am Ende des Briefes gleichsam als Nachsatz der Wunsch geäußert wurde, das Collegemöge sich ernsthaften Altertumsforschern, die den Brunnen untersuchen wollten, ein wenig entgegenkommender zeigen, wurde das Kollegium deutlich ungehalten. Ich möchte einen Mann in Currys Position nicht gern beschuldigen, einen Brief falsch zu verlesen; aber seine Wiedergabe war gewiss nicht geeignet, irgendwelche Mängel im Tonfall des Originals auszugleichen. Noch ehe er sich niedersetzte, verspürte beinahe jeder im Raum das Bedürfnis, der Außenwelt klarzumachen, dass der Bragdon-Wald Privateigentum des Bracton Colleges sei und dass die Außenwelt sich besser um ihre eigenen Angelegenheiten kümmerte. Dann verlas Curry einen zweiten Brief. Dieser kam von einer spiritistischen Vereinigung, die um Erlaubnis bat, »gewisse Phänomene« im Bragdon-Wald zu erforschen – ein Brief, der, wie Curry sagte, »in Zusammenhang stand mit dem nächsten, den ich mit der Erlaubnis des Rektors nun verlesen werde«. Dieser dritte Brief war von einer Firma, die über das Anliegen der Spiritistenvereinigung im Bilde war und einen Film drehen wollte, allerdings weniger über die Phänomene selbst als vielmehr über die Spiritisten, die nach den Phänomenen Ausschau hielten. Curry wurde beauftragt, alle drei Briefe mit knappen Absagen zu beantworten.

Dann meldete sich eine neue Stimme aus einer anderen Ecke des Raums. Lord Feverstone war aufgestanden. Er stimmte mit der Haltung des Colleges gegenüber diesen impertinenten Briefen verschiedener Wichtigtuer völlig überein. Aber war es nicht auch eine Tatsache, dass die Umfassungsmauer des Waldes in einem höchst unbefriedigenden Zustand war? Viele Kollegiumsmitglieder – Studdock allerdings nicht – meinten, dies sei ein Versuch Feverstones, sich gegen ›Curry und seine Clique‹ aufzulehnen, und begannen, sich sehr für die Vorgänge zu interessieren. Der Quästor, James Busby, sprang auf. Er begrüßte Lord Feverstones Frage. In seiner Eigenschaft als Schatzmeister hatte er erst kürzlich ein Expertengutachten über die Umfassungsmauer eingeholt. ›Unbefriedigend‹ war, fürchtete er, ein eher beschönigender Ausdruck, um ihren Zustand zu beschreiben. Nur eine völlig neue Mauer würde hier wirklich Abhilfe schaffen. Unter großen Schwierigkeiten wurde ihm eine Schätzung der wahrscheinlichen Kosten eines solchen Vorhabens entlockt; und als das Kollegium die Zahl hörte, rang es nach Atem. Lord Feverstone fragte eisig, ob der Quästor dem College ernsthaft eine solche Ausgabe vorschlage. Busby (ein sehr großer ehemaliger Geistlicher mit einem buschigen schwarzen Bart) erwiderte ein wenig gereizt, er habe überhaupt nichts vorgeschlagen: wenn er einen Vorschlag zu machen hätte, dann den, die Frage nicht losgelöst von einigen wichtigen finanziellen Überlegungen zu behandeln, die er den Kollegen pflichtgemäß im weiteren Verlauf der Sitzung vortragen werde. Auf diese Unheil verkündende Feststellung folgte eine Pause, bis nach und nach die ›Außenseiter‹ und ›Obstruktionisten‹, das heißt diejenigen, die nicht zum Progressiven Element zählten, in die Debatte eingriffen. Die meisten von ihnen konnten kaum glauben, dass nichts anderes als eine völlig neue Mauer infrage käme. Die Fortschrittlichen Kräfte ließen sie ungefähr zehn Minuten lang reden, dann ergriff Lord Feverstone wieder das Wort, und es schien, als führe er tatsächlich die Außenseiter an. Er wollte wissen, ob der Quästor und der Instandsetzungsausschuss wirklich keine andere Möglichkeit sähen, als eine neue Mauer zu errichten oder den Bragdon-Wald zu einem Stadtpark verkommen zu lassen. Er drängte auf eine Antwort. Einige der Außenseiter fanden allmählich sogar, dass er zu grob mit dem Schatzmeister umspringe. Dieser antwortete schließlich mit leiser Stimme, dass er sich tatsächlich rein theoretisch über mögliche Alternativen erkundigt habe. Ein Stacheldrahtzaun, zum Beispiel ... Der Rest ging unter in einem missbilligenden Getöse, aus dem man die Worte des alten Canon Jewel heraushören konnte: er würde lieber jeden Baum im Bragdon-Wald fällen lassen, als ihn hinter Stacheldraht zu sehen. Schließlich wurde die Angelegenheit auf die nächste Sitzung vertagt.

Bei dem folgenden Punkt der Tagesordnung verstand die Mehrheit des Kollegiums kaum, worum es ging. Zunächst rekapitulierte Curry einen langen Briefwechsel zwischen dem College und dem Senat der Universität über die vorgeschlagene Eingliederung des N.I.C.E. in die Universität Edgestow. In der folgenden Debatte wurde immer wieder von einer Festlegung gesprochen. »Es scheint«, sagte Watson, »dass wir uns als College verpflichtet haben, dem neuen Institut die größtmögliche Unterstützung zu gewähren.«

»Es scheint«, sagte Feverstone, »dass uns die Hände gebunden sind und wir der Universität *carte blanche* erteilt haben.« Worauf das alles tatsächlich hinauslief, war keinem der Außenseiter klar. Bei der vorausgegangenen Sitzung hatten sie entschieden gegen das N.I.C.E. und seine Pläne angekämpft und waren überstimmt worden; jede Bemühung herauszufinden, was ihre Niederlage bedeutete, wurde zwar von Curry mit großer Klarheit beantwortet, führte sie aber nur noch tiefer in das undurchdringliche Dickicht der Universitätsverfassung und die noch geheimnisvolleren Beziehungen zwischen Universität und College. Am Ende der Diskussion hatten sie den Eindruck, die Ehre des Colleges sei durch die Ansiedlung des N.I.C.E. in Edgestow nicht betroffen.

Während dieser Erörterungen wanderten die Gedanken vieler Sitzungsteilnehmer zum Mittagessen, und die Aufmerksamkeit ließ nach. Als Curry sich jedoch um fünf vor eins erhob, um Punkt 3 der Tagesordnung anzukündigen, lebte das allgemeine Interesse rasch wieder auf. Es ging um die »Berichtigung von Missverhältnissen bei der Besoldung junger Kollegiumsmitglieder«. Ich möchte nicht sagen, was die meisten jungen Dozenten am Bracton College zu jener Zeit erhielten, aber ich glaube, es deckte kaum die Ausgaben für die obligatorische Unterkunft im College. Studdock, der erst vor kurzem aus dieser Gruppe aufgestiegen war, nahm großen Anteil daran. Er verstand den Ausdruck auf ihren Gesichtern. Wenn die Erhöhung ihrer Gehälter genehmigt wurde, bedeutete das für sie Kleidung und Ferien, Fleisch zum Mittagessen und die Möglichkeit, statt eines Fünftels die Hälfte der Bücher zu kaufen, die sie brauchten. Ihrer aller Augen waren auf den

Schatzmeister gerichtet, als er sich erhob, um auf Currys Vorschlag zu antworten. Er gab seiner Hoffnung Ausdruck, dass niemand glaube, er billige die Regelung, die im Jahre 1910 die unterste Klasse der akademischen Lehrer von den neuen Klauseln in § 18 des Statuts 17 ausgeschlossen hatte. Er sei überzeugt, sagte er, dass alle Anwesenden eine Berichtigung dieser Regelung wünschten. Es sei jedoch seine Pflicht als Quästor, darauf hinzuweisen, dass das an diesem Morgen bereits der zweite Vorschlag sei, der erhebliche finanzielle Belastungen bedeute. Wie zu dem vorhergehenden Problem könne er auch hierzu nur sagen, dass man die Frage nicht losgelöst vom gesamten Problem der gegenwärtigen finanziellen Situation des Colleges behandeln könne, die er im Laufe des Nachmittags darlegen wolle. Es wurde noch mehr geredet, aber niemand hatte den Ausführungen des Schatzmeisters etwas entgegenzusetzen, und so wurde die Entscheidung aufgeschoben. Als das Kollegium um Viertel vor zwei aus dem Sitzungssaal zum Mittagessen strömte, hungrig, mit Kopfschmerzen und einem heftigen Verlangen nach Tabak, war es jedem der jüngeren Dozenten klar, dass eine neue Umfassungsmauer für den Wald und eine Erhöhung des eigenen Gehalts Alternativen waren, die einander strikt ausschlossen. »Dieser verdammte Wald war uns den ganzen Vormittag im Weg«, sagte einer. »Wir sind noch nicht aus ihm heraus«, antwortete ein anderer.

In dieser Stimmung kehrte das Kollegium nach dem Mittagessen in den Sitzungssaal zurück, um die finanzielle Lage des Colleges ins Auge zu fassen. Natürlich sprach vor allem Busby, der Quästor. An sonnigen Nachmittagen konnte es im Sitzungssaal sehr heiß werden; der ruhige Redefluss des Schatzmeisters und sogar das Blitzen seiner ebenmäßigen weißen Zähne über dem Bart (er hatte beachtlich schöne Zähne) hatten eine beinahe hypnotische Wirkung. Universitätslehrer finden sich in Geldangelegenheiten nicht immer mühelos zurecht; wahrscheinlich wären sie andernfalls auch nicht Hochschullehrer geworden. Sie begriffen, dass die finanzielle Situation schlecht war, sehr schlecht sogar. Einige der jüngsten und unerfahrensten Kollegen überlegten schon nicht mehr, ob sie eine neue Umfassungsmauer oder eine Gehaltserhöhung bekommen würden, sondern fragten sich, ob der Fortbestand des Colleges überhaupt noch gewährleistet sei. Die Zeiten waren, wie der Quästor so treffend sagte, überaus schwierig. Ältere Mitglieder hatten von Dutzenden früherer Schatzmeister sehr oft von solchen Zeiten gehört und waren weniger beunruhigt. Ich will damit keineswegs andeuten, dass der Quästor des Bracton Colleges die Situation falsch darstellte. Es ist sehr selten, dass die Geschäftslage einer großen Körperschaft, die sich der Förderung von Forschung und Lehre verschrieben hat, als rundum zufrieden stellend bezeichnet werden kann. Busbys Vortrag war ausgezeichnet, jeder Satz ein Muster an Klarheit: Und wenn seine Zuhörer den Kern seiner Darlegungen weniger klar fanden als die Einzelheiten, dann lag das wohl an ihnen selbst. Einige kleinere Sparmaßnahmen und Investitionen, die er vorschlug, wurden einstimmig gebilligt, und ernüchtert vertagte sich das Kollegium bis nach der Teestunde. Studdock rief Jane an und sagte ihr, dass er zum Abendessen nicht heimkommen werde.

Erst um sechs Uhr mündeten all die verschiedenen, von den vorhergehenden Punkten aufgeworfenen Gedankengänge und Gefühle in die Frage, ob der Bragdon-Wald verkauft werden solle. Es wurde nicht direkt vom Verkauf des Bragdon-Waldes gesprochen. Der Schatzmeister sprach vom »Verkauf der rotumrandeten Fläche auf dem Plan, den ich jetzt mit Erlaubnis des Rektors herumgehen lasse«. Er wies ganz offen darauf hin, dass dies den Verlust eines Teils des Bragdon-Waldes bedeutete. In Wirklichkeit würde dem College nach dem Verkauf lediglich ein etwa sechzehn Fuß breiter Streifen entlang der Südseite verbleiben, aber von Täuschung konnte keine Rede sein, weil jeder Gelegenheit hatte, den Plan mit eigenen Augen zu begutachten. Der Plan hatte einen kleinen Maßstab und war vielleicht nicht ganz genau – nur gedacht, um eine ungefähre Vorstellung zu vermitteln. Auf Fragen hin räumte Busby ein, dass der Brunnen selbst unglücklicherweise – oder vielleicht glücklicherweise – auf dem Gebiet liege, welches das N.I.C.E. haben wollte. Selbstverständlich würde dem College ein Zugangsrecht gewährt; Brunnen und Fassung würden überdies vom Institut in einem Zustand erhalten, der alle Archäologen der Welt zufrieden stellen dürfte. Busby enthielt sich aller Ratschläge und erwähnte nur die höchst erstaunliche Summe, die das N.I.C.E. bot. Da kam Leben in die Versammlung. Schritt für Schritt offenbarten sich die Vorteile des Verkaufs – wie reife Früchte, die einem in die Hand fallen. Der Verkauf löste das Problem mit der Mauer; er löste das Problem der Denkmalpflege; er löste die finanziellen Probleme; und er versprach das Problem der Gehaltserhöhung für die jungen Kollegen zu lösen. Ferner stellte sich heraus, dass das Institut dieses Gelände als den einzig möglichen Standort in Edgestow betrachtete. Wenn das College aus irgendeinem Grund nicht verkaufte, so fiele der ganze Plan ins Wasser, und das Institut würde wahrscheinlich nach Cambridge gehen. Die vielen Fragen entlockten dem Quästor sogar den Hinweis, dass er von einem College in Cambridge wusste, das sehr daran interessiert sei zu verkaufen.

Die wenigen wirklich Unbeugsamen unter den Anwesenden, für die der Bragdon-Wald eine Art Lebensnotwendigkeit darstellte, konnten kaum fassen, was geschah. Als sie endlich ihre Sprache wieder fanden, brachten sie einen Missklang in das allgemeine Gesumm fröhlicher Bemerkungen. Sie waren an den Rand gedrängt worden und erschienen nun als die Gruppe, die den Wald unbedingt mit Stacheldraht einzäunen wollte. Als schließlich der alte Jewel aufstand, blind, zitternd und den Tränen nahe, war seine Stimme kaum zu hören. Einige wandten sich um und betrachteten – manche voller

Bewunderung – die scharfgeschnittenen, halb kindlichen Gesichtszüge und das weiße Haar, das in dem allmählich dunkler werdenden Raum zu leuchten schien. Aber nur die in seiner Nähe konnten hören, was er sagte. In diesem Augenblick stand Lord Feverstone auf, verschränkte die Arme auf der Brust und blickte den alten Mann geradewegs an.

»Wenn der ehrenwerte Kollege Jewel wünscht«, sagte er sehr laut, »dass wir seine Ansichten nicht hören, dann erreicht er sein Ziel besser durch Schweigen.«

Jewel war schon vor dem Ersten Weltkrieg ein alter Mann gewesen, zu einer Zeit, da alte Männer noch zuvorkommend behandelt wurden, und er hatte sich nie an die moderne Welt gewöhnen können. Als er so mit vorgestrecktem Kopf dastand, dachten die anderen einen Moment lang, er werde antworten. Dann breitete er ganz plötzlich in einer Geste der Hilflosigkeit die Hände aus, zog seinen Kopf zurück und setzte sich umständlich wieder hin.

Der Antrag wurde angenommen.

## 5

Nachdem Jane die Wohnung verlassen hatte, ging sie in die Innenstadt und kaufte sich einen Hut. Früher hatte sie abfällig von jener Sorte Frauen gesprochen, die sich zum Trost und als Anregung Hüte kauften, so wie Männer Alkohol tranken. Es kam ihr nicht in den Sinn, dass sie jetzt das Gleiche tat. Sie bevorzugte ziemlich streng geschnittene Kleider in gedeckten Farben, wie sie einem ernsthaften Geschmack entsprachen, Kleider, die jedem deutlich machen sollten, dass sie eine intelligente Erwachsene war und nicht so ein aufgedonnertes Ding wie auf den Werbeplakaten. Auf Grund dieser Vorliebe war ihr gar nicht bewusst, dass sie sich überhaupt für Kleider interessierte, und so verdross es sie ein wenig, als sie beim Verlassen des Hutladens Mrs. Dimble begegnete und mit den Worten begrüßt wurde: »Hallo, meine Liebe! Haben Sie sich einen Hut gekauft? Kommen Sie zum Mittagessen zu uns, und lassen Sie sich damit anschauen. Cecil steht mit dem Wagen gleich um die Ecke.«

Cecil Dimble, Professor am Northumberland College, war während Janes letztem Studienjahr ihr Tutor gewesen, und seine Frau (man würde sie am liebsten Mutter Dimble nennen) war allen Mädchen ihres Jahrgangs eine Art Tante gewesen. Sympathie für die Studentinnen des eigenen Mannes ist unter Professorenfrauen vielleicht weniger verbreitet, als zu wünschen wäre; aber Mrs. Dimble schien alle Studenten beiderlei Geschlechts ihres Mannes zu mögen, und das Haus der Dimbles, etwas abseits auf der anderen Seite des Flusses gelegen, war während des Semesters immer eine Art geräuschvoller Salon. Mrs. Dimble hatte Jane besonders gern gemocht und ihr jene Art von Zuneigung entgegengebracht, wie sie eine humorvolle, unkomplizierte und kinderlose Frau zuweilen für ein Mädchen empfindet, das sie hübsch und ein wenig eigenartig findet. Im letzten Jahr hatte Jane die Dimbles etwas aus den Augen verloren und hatte deswegen ein schlechtes Gewissen. Sie nahm die Einladung zum Mittagessen an.

Sie fuhren nördlich vom Bracton College über die Brücke und dann am Ufer des Wynd entlang und an kleinen Häusern vorbei nach Süden. An der normannischen Kirche bogen sie links ab und folgten der geraden Landstraße mit den Pappeln auf der einen und der Mauer des Bragdon-Waldes auf der anderen Seite Richtung Osten bis vor die Haustür der Dimbles.

»Wie schön es hier ist!«, sagte Jane spontan, als sie aus dem Wagen stieg. Die Dimbles hatten einen prächtigen Garten.

»Dann sollten Sie sich alles gut ansehen«, sagte Professor Dimble.

»Wie meinen Sie das?«, fragte Jane.

»Hast du es ihr noch nicht erzählt?«, fragte Professor Dimble seine Frau.

»Ich habe mich noch nicht dazu durchringen können«, sagte Mrs. Dimble. »Außerdem ist ihr Mann einer der Schurken in dem Stück. Armes Mädchen! Außerdem nehme ich an, dass sie es weiß.«

»Ich habe keine Ahnung, wovon Sie reden«, sagte Jane.

»Ihr College macht uns große Schwierigkeiten. Sie werfen uns hinaus. Sie wollen den Mietvertrag nicht verlängern.«

»Ach, Mrs. Dimble!«, rief Jane aus. »Und ich habe nicht einmal gewusst, dass dieses Haus dem College gehört.«

»Da haben wir es!«, sagte Mrs. Dimble. »Die eine Hälfte der Welt weiß nicht, wie die andere lebt. Und ich habe gedacht, Sie würden Ihren ganzen Einfluss aufbieten, um Ihren Mann dazu zu bewegen, uns zu helfen. In Wirklichkeit dagegen ...«

»Mark spricht nie mit mir über Collegeangelegenheiten.«

»Das tun gute Ehemänner nie«, sagte Professor Dimble. »Höchstens über die Angelegenheiten anderer Colleges. Deshalb weiß Margaret alles über Bracton und nichts über Northumberland. Aber wollen wir nicht hineingehen?«

Dimble vermutete, dass Bracton den Wald und alles andere, was dem College auf dieser Seite des Flusses gehörte, verkaufen würde. Die ganze Gegend erschien ihm jetzt noch paradiesischer als bei seinem Einzug vor fünfundzwanzig Jahren, und er war über die jüngste Entwicklung viel zu bekümmert, um vor der Frau eines Bracton-Dozenten darüber zu sprechen.

»Du wirst auf dein Mittagessen warten müssen, bis ich Janes neuen Hut gesehen habe«, sagte Mutter Dimble und eilte mit Jane die Treppe hinauf. Es folgte ein im altmodischen Sinne sehr weibliches Gespräch. Doch obwohl Jane sich in gewisser Weise darüber erhaben fühlte, empfand sie es als wohltuend. Und obwohl Mrs. Dimble zu solchen Dingen wirklich eine falsche Einstellung hatte, war nicht zu leugnen, dass die eine kleine Änderung, die sie vorschlug, eine entscheidende Verbesserung war. Als der Hut wieder eingepackt war, sagte Mrs. Dimble unvermittelt: »Es ist doch nichts Unangenehmes passiert?«

»Wieso?«, sagte Jane. »Was sollte passiert sein?«

»Sie sehen so verändert aus.«

»Oh, mir fehlt nichts«, sagte Jane laut. Und in Gedanken fügte sie hinzu: »Sie platzt vor Neugierde, ob ich ein Baby erwarte. So sind Frauen wie sie nun einmal.«

»Mögen Sie nicht geküsst werden?«, fragte Mrs. Dimble unerwartet.

»Mag ich nicht geküsst werden?«, dachte Jane. »Das ist in der Tat die Frage. Mag ich nicht geküsst werden? Nicht auf Verstand bei Frauen hoffe …« Sie hatte erwidern wollen: »Natürlich nicht«, brach aber aus unerklärlichen Gründen und zu ihrem großen Verdruss stattdessen in Tränen aus. Und dann wurde Mrs. Dimble für einen Augenblick einfach eine Erwachsene, wie Erwachsene für ein sehr kleines Kind sind: große, warme, weiche Wesen, zu denen man mit aufgeschlagenen Knien oder zerbrochenem Spielzeug läuft. Wenn Jane an ihre Kindheit dachte, erinnerte sie sich gewöhnlich an Anlässe, wo die vereinnahmende Umarmung von Kindermädchen oder Mutter unerwünscht war und sie sich gegen diese Beleidigung der eigenen Reife gesträubt hatte. Nun aber dachte sie an jene vergessenen und seltenen Male, wo sie sich aus Angst oder Kummer der Umarmung willig überlassen und Trost gefunden hatte. Getätschelt und liebkost zu werden widersprach ihrer ganzen Lebensauffassung; doch als sie wieder hinuntergingen, hatte sie Mrs. Dimble erzählt, dass sie kein Kind erwarte und nur ein wenig niedergeschlagen sei, weil sie zu viel allein war und einen Albtraum gehabt hatte.

Beim Essen sprach Professor Dimble über die Artussage. »Es ist wirklich wundervoll«, sagte er, »wie alles zusammenhängt, selbst in einer späten Version wie der von Malory. Haben Sie bemerkt, dass es zwei Gruppen von Charakteren gibt? Im Mittelpunkt stehen Ginevra und Lanzelot und all diese Leute: sehr höfisch und ohne spezifisch britische Züge. Aber im Hintergrund – auf Artus' anderer Seite sozusagen – gibt es all diese dunklen Gestalten wie Morgane und Morgause, sehr britisch und mehr oder weniger feindselig, obgleich sie seine eigenen Verwandten sind. Voller Magie. Sicherlich erinnern Sie sich an die wundervolle Wendung, wie die Königin Morgane ›mit ihren Zauberinnen das ganze Land in Brand setzte‹. Auch Merlin ist natürlich britisch, allerdings nicht feindselig. Sieht das nicht ganz nach einem Bild Britanniens aus, wie es kurz vor der Invasion gewesen sein muss?«

»Wie meinen Sie das, Mr. Dimble?«, fragte Jane.

»Nun, muss nicht ein Teil der Gesellschaft entweder römisch oder weitgehend romanisiert gewesen sein? Leute, die sich in Togen hüllten und ein keltisiertes Latein sprachen – etwas, das für uns etwa wie Spanisch klingen würde? Und die natürlich Christen waren. Aber im Landesinnern, in den abgelegenen Gegenden tief in den Wäldern wird es kleine Königshöfe gegeben haben, regiert von echten alten britischen Stammeskönigen, die eine Art Walisisch sprachen und sicherlich noch weitgehend dem alten Druidenglauben anhingen.«

»Und zu welcher Gruppe würde Artus selbst gehört haben?«, fragte Jane. Es war albern, dass ihr Herz bei den Worten »wie Spanisch« einen Schlag lang ausgesetzt hatte.

»Das ist der springende Punkt«, sagte Professor Dimble. »Man kann sich ihn als einen altbritischen Stammeskönig vorstellen, aber auch als einen christlichen und in römischer Kriegstechnik ausgebildeten Feldherrn, der diese ganze Gesellschaft zusammenzuhalten versucht, was ihm beinahe gelingt. Nun, aufseiten seiner eigenen britischen Sippe wird es Missgunst gegeben haben, und die romanisierte Schicht, die Lanzelots und Lyoneis sahen sicher auf die Briten herab. Das würde erklären, warum Key immer als ein grober, bäurischer Mensch dargestellt wird: er gehört dem bodenständigen Element an. Und immer diese unterschwellige Strömung, dieser Zug zurück zum Druidenglauben.«

»Und welchen Platz würde Merlin einnehmen?«

»Ja ... er ist die eigentlich interessante Gestalt. Ist alles gescheitert, weil er so früh gestorben ist? Haben Sie sich einmal überlegt, was für ein seltsames Geschöpf Merlin ist? Er ist nicht böse, aber er ist ein Zauberer. Er ist offensichtlich ein Druide, dennoch weiß er alles über den Gral. Er ist ›des Teufels Sohn‹, aber Layamon macht sich die Mühe zu erklären, dass das Wesen, das Merlin gezeugt hat, nicht unbedingt böse gewesen sein muss. Bedenken Sie: ›Im Himmel wohnen Geschöpfe mancherlei Art. Einige sind gut, und andere tun Böses.‹«

»Ja, das ist ziemlich sonderbar. Es war mir noch nie aufgefallen.«

»Ich frage mich oft«, sagte Dimble, »ob Merlin nicht die letzte Spur von etwas darstellt, das die spätere Tradition völlig vergessen hat – etwas, das unmöglich wurde, als die einzigen Leute, die mit dem Übernatürlichen in Berührung kamen, entweder weiß oder schwarz, entweder Priester oder Hexenmeister waren.«

»Was für ein schrecklicher Gedanke«, sagte Mrs. Dimble, die bemerkt hatte, dass Jane nachdenklich schien. »Wie auch immer, Merlin hat, wenn überhaupt, vor langer Zeit gelebt, und wie jeder von uns weiß, ist er unwiderruflich tot und liegt unter dem Bragdon-Wald begraben.«

»Begraben ja, aber der Legende zufolge nicht tot«, verbesserte Professor Dimble.

»Oh!«, sagte Jane unwillkürlich, aber Professor Dimble dachte laut weiter.

»Ich frage mich, was sie wohl finden, wenn sie dort für die Fundamente ihres Instituts die Erde ausheben«, sagte er.

»Zuerst Lehm und dann Wasser«, sagte Mrs. Dimble. »Deshalb können sie dort eigentlich gar nicht bauen.«

»Sollte man meinen«, sagte ihr Mann. »Aber warum kommen sie überhaupt hierher? Ein Cockney wie Jules wird sich kaum von der poetischen Einbildung leiten lassen, Merlins Mantel habe sich um seine Schultern gelegt.«

»Was denn!«, sagte Mrs. Dimble. »Merlins Mantel!«

»Ja«, sagte der Professor. »Es ist eine Schnapsidee. Sicherlich würden manche von seinen Freunden den Umhang gern finden. Ob sie aber auch groß genug sind, ihn auszufüllen, ist eine andere Sache! Es würde ihnen wohl kaum gefallen, wenn mit dem Mantel auch der Alte selbst wieder lebendig würde.«

»Sie wird ohnmächtig!« sagte Mrs. Dimble plötzlich und sprang auf.

»Nanu, was ist mit Ihnen?«, fragte Professor Dimble und blickte verwundert in Janes blasses Gesicht. »Ist es Ihnen hier zu heiß?«

»Ach, es ist einfach lächerlich«, sagte Jane.

»Kommen Sie, wir gehen ins Wohnzimmer«, sagte der Professor. »Hier, stützen Sie sich auf meinen Arm.«

Kurz darauf saß Jane an einem Wohnzimmerfenster, das auf den mit leuchtend gelben Blättern übersäten Rasen hinausging, und versuchte ihr sonderbares Benehmen zu erklären, indem sie ihren Traum schilderte. »Wahrscheinlich habe ich mich schrecklich blamiert«, sagte sie abschließend. »Jetzt können Sie beide sich als Psychoanalytiker versuchen.«

In der Tat hätte Jane Professor Dimbles Gesicht ansehen können, dass Janes Traum ihn sehr schockiert hatte. »Höchst ungewöhnlich ... höchst ungewöhnlich«, murmelte er immer wieder. »Zwei Köpfe. Und einer davon Alcasans. Könnte das eine falsche Fährte sein?«

»Lass doch, Cecil«, sagte Mrs. Dimble.

»Meinen Sie, ich sollte mich analysieren lassen?«, sagte Jane.

»Analysieren?«, erwiderte Professor Dimble und blickte sie an, als habe er nicht ganz verstanden. »Oh, ich verstehe. Sie meinen, ob Sie zu Brizeacre oder so jemandem gehen sollen?« Jane merkte, dass ihre Frage ihn von einem völlig anderen Gedankengang abgebracht hatte, und es berührte sie ein wenig seltsam, dass das Problem ihrer eigenen Gesundheit ganz beiseite geschoben worden war. Die Darstellung ihres Traums hatte irgendein anderes Problem in den Vordergrund gerückt, aber sie hatte keine Ahnung, welcher Art dieses Problem war.

Professor Dimble blickte aus dem Fenster. »Da kommt mein dümmster Student«, sagte er. »Ich muss ins Arbeitszimmer und mir einen Aufsatz über Swift anhören, der mit den Worten beginnt ›Swift wurde geboren …‹ Und ich muss versuchen, bei der Sache zu bleiben; das wird nicht einfach sein.« Er stand auf, legte die Hand auf Janes Schulter und blieb einen Augenblick so stehen. »Wissen Sie«, sagte er, »ich möchte Ihnen keinen Rat geben. Sollten Sie sich aber entschließen, wegen dieses Traums jemanden aufzusuchen, so möchte ich Sie bitten, zuerst zu jemandem zu gehen, dessen Adresse Margaret oder ich Ihnen geben werden.«

»Sie halten nichts von Mr. Brizeacre?«, fragte Jane.

»Ich kann es nicht erklären«, antwortete Dimble. »Nicht jetzt. Es ist alles so kompliziert. Versuchen Sie, nicht darüber nachzudenken. Aber wenn Sie etwas unternehmen, lassen Sie es uns vorher wissen. Auf Wiedersehn.«

Kaum war er gegangen, kamen andere Besucher, sodass Jane und ihre Gastgeberin keine Gelegenheit mehr hatten, sich ungestört zu unterhalten. Etwa eine halbe Stunde später verließ Jane die Dimbles und ging nach Hause, nicht die Pappelallee entlang, sondern auf dem Fußweg über die Gemeindewiesen, vorbei an Eseln und Gänsen, mit den Türmen von Edgestow zur Linken und der alten Windmühle am Horizont zu ihrer Rechten.

## 2 Abendessen beim Vizerektor

So ein Mist!«, sagte Curry. Er stand vor dem Kamin in seinen prachtvollen Räumen am Newton-Hof. Er hatte die beste Wohnung im College.

»Etwas von N. O.?«, fragte James Busby. Er, Lord Feverstone und Mark tranken vor dem Abendessen bei Curry miteinander Sherry. N. O. stand für »Non Olet« und war der Spitzname des Rektors von Bracton, Charles Place. Seine Wahl auf diesen Posten, die schon etwa fünfzehn Jahre zurücklag, war einer der frühesten Triumphe des Progressiven Elementes gewesen. Mit dem Argument, das College brauche ›frisches Blut‹ und müsse die ›eingefahrenen akademischen Gleise‹ verlassen, war es ihnen gelungen, einen älteren Verwaltungsbeamten an die Spitze zu bringen, einen Mann, der sich gewiss von keiner akademischen Strömung hatte mitreißen lassen, seit er – noch im vorigen Jahrhundert – sein ziemlich obskures College an der Universität Cambridge absolviert hatte, der jedoch einen monumentalen Untersuchungsbericht über das staatliche Gesundheitswesen verfasst hatte. Das hatte ihn den Fortschrittlichen Kräften sogar eher empfohlen. Sie sahen darin einen Schlag ins Gesicht der Konservativen und Ästheten, die sich revanchierten, indem sie ihren neuen Rektor »Non Olet« tauften. Aber nach und nach hatten auch Places Anhänger den Spitznamen übernommen. Denn Place hatte ihre Erwartungen nicht erfüllt und sich als ein Eigenbrötler mit Hang zur Philatelie erwiesen, dessen Stimme man so selten hörte, dass einige der jüngeren Kollegen nicht wussten, wie sie klang.

»Ja, der Henker soll ihn holen«, sagte Curry. »Will mich gleich nach dem Abendessen in einer äußerst wichtigen Angelegenheit sprechen.«

»Das bedeutet«, sagte der Schatzmeister, »dass Jewel und Co. bei ihm gewesen sind und nach Möglichkeiten suchen, die ganze Sache rückgängig zu machen.«

»Das kümmert mich verdammt wenig«, erklärte Curry. »Wie kann man einen Mehrheitsbeschluss rückgängig machen? Nein, das ist es nicht. Aber es reicht aus, einem den ganzen Abend zu verderben.«

»Nur Ihren Abend«, erwiderte Feverstone. »Vergessen Sie

nicht, uns Ihren speziellen Kognak herauszustellen, bevor Sie gehen.«

»Jewel! Lieber Himmel!«, sagte Busby und vergrub die linke Hand in seinem Bart.

»Eigentlich hat mir der alte Jewel Leid getan«, sagte Mark. Er hatte ganz unterschiedliche Beweggründe für diese Bemerkung. Der Gerechtigkeit halber muss man sagen, dass die völlig unerwartete und offensichtlich unnötige Brutalität, mit der Feverstone dem alten Mann begegnet war, ihn abgestoßen hatte. Außerdem verdross ihn die Vorstellung, seinen Lehrstuhl Feverstones Fürsprache zu verdanken und in seiner Schuld zu stehen. Wer war dieser Feverstone? Er meinte, es sei Zeit, seine Unabhängigkeit herauszustellen und zu zeigen, dass seine Zustimmung zu den Methoden des Progressiven Elements nicht als selbstverständlich angesehen werden konnte. Ein gewisses Maß an Unabhängigkeit würde ihm sogar innerhalb dieses Elements zu einer höheren Position verhelfen. Wäre der Gedanke, Feverstone werde eine umso höhere Meinung von ihm haben, wenn er ein wenig die Zähne zeige, ihm in dieser Deutlichkeit gekommen, hätte er ihn wohl als unterwürfig abgetan; aber das war nicht der Fall.

»Mitleid mit Jewel?«, fragte Curry und wandte sich um. »Das würden Sie nicht sagen, wenn Sie wüssten, wie er in seiner Glanzzeit war.«

»Ich stimme Ihnen zu«, sagte Feverstone zu Mark, »aber ich halte es mit Clausewitz. Auf lange Sicht ist der totale Krieg am menschlichsten. Ich habe ihn sofort zum Schweigen gebracht. Wenn er den Schock überwunden hat, wird er seine Freude an der Sache haben, denn ich habe ihn in all dem bestätigt, was er seit vierzig Jahren über die jüngere Generation sagt. Welche Alternative hätten wir denn gehabt? Ihn weiterfaseln zu lassen, bis er sich in einen Hustenanfall oder gar in einen Herzinfarkt hineingesteigert hätte, und ihm dazu noch die Enttäuschung einer höflichen Behandlung zu bereiten.«

»So kann man es natürlich auch sehen«, sagte Mark.

»Verdammt noch mal«, fuhr Feverstone fort, »niemand lässt sich gern sein Kapital nehmen. Was würde der arme Curry hier tun, wenn die Reaktionäre eines Tages aufhörten, reaktionär zu sein? Othello hätte nichts mehr zu tun.«

»Es ist angerichtet, Sir«, sagte Currys ›Schütze‹ – wie man in Bracton die Collegediener nannte.

»Das ist alles Unfug, Dick«, sagte Curry, als sie sich zu Tisch setzten. »Nichts wäre mir lieber, als all diese Reaktionäre und Obstruktionisten loszuwerden und mit der Arbeit voranzukommen. Sie glauben doch nicht etwa, dass es mir Spaß macht, meine ganze Zeit bloß darauf zu verwenden, den Weg freizumachen?« Mark merkte, dass sein Gastgeber über Lord Feverstones Spöttelei ein wenig verärgert war. Letzterer hatte ein männliches und sehr ansteckendes Lachen. Mark fand ihn allmählich sympathisch.

»Und die Arbeit wäre …?«, fragte Feverstone. Ohne Mark direkt anzusehen oder ihm gar zuzuzwinkern, bezog er ihn irgendwie in den Scherz mit ein.

»Nun, manche von uns haben auch noch eine eigene Arbeit«, erwiderte Curry und senkte seine Stimme, um ihr einen ernsteren Ton zu verleihen – etwa so wie manche Menschen ihre Stimmen senken, wenn sie von medizinischen oder religiösen Dingen sprechen.

»Ich wusste nicht, dass Sie so einer sind«, sagte Feverstone.

»Das ist das Schlimme an der Sache«, erwiderte Curry. »Entweder gibt man sich damit zufrieden, dass alles vor die Hunde geht – ich meine: stagniert –, oder man opfert die eigene wissenschaftliche Karriere dieser verfluchten Collegepolitik. Eines Tages werde ich den ganzen Krempel hinwerfen und mich an mein Buch machen. Das Material habe ich alles beisammen, wissen Sie. Eine lange und ungestörte Ferienzeit, und ich glaube, ich könnte wirklich etwas daraus machen.«

Mark, der Curry noch nie in Bedrängnis gesehen hatte, begann, sich zu amüsieren.

»Verstehe«, sagte Feverstone. »Um den Betrieb des Colleges als Bildungsstätte aufrechtzuerhalten, müssen die besten Köpfe jede Beschäftigung mit ihrem eigenen Fach aufgeben.«

»Genau!«, sagte Curry. »Das ist...« Dann brach er ab, unsicher, ob er nun ernst genommen wurde oder nicht. Feverstone lachte laut los. Der Schatzmeister, der sich bisher ausschließlich dem Essen gewidmet hatte, wischte sich sorgfältig den Bart und ergriff das Wort.

»In der Theorie klingt das alles schön und gut«, sagte er, »aber ich glaube, Curry hat ganz Recht. Angenommen, er gäbe sein Amt als Vizerektor auf und zöge sich in seine Studierstube zurück. Er wäre im Stande, uns mit einem verteufelt guten Buch über Volkswirtschaft zu überraschen ...«

»Volkswirtschaft?«, fragte Feverstone mit hochgezogenen Brauen.

»Ich bin zufällig Militärhistoriker, James«, sagte Curry. Er ärgerte sich häufig darüber, dass seine Kollegen anscheinend immer Schwierigkeiten hatten zu behalten, in welchem Fachgebiet er eigentlich arbeitete.

»Ich meine natürlich Militärgeschichte«, sagte Busby. »Aber wie gesagt: er wäre im Stande, uns mit einem verteufelt guten Buch über Militärgeschichte zu überraschen. Das wäre in zwanzig Jahren allerdings überholt. Dagegen wird das College für Jahrhunderte von der Arbeit profitieren, die er jetzt tut. Diese ganze Mühe, das N.I.C.E. nach Edgestow zu holen. Was ist damit, Feverstone? Ich spreche nicht nur von der finanziellen Seite, obwohl ich sie als Quästor natürlich für sehr wichtig halte. Aber denken Sie an das neue Leben, die neuen Perspektiven, die Impulse, die von so etwas ausgehen. Was würde irgendein Buch über Volkswirtschaft ...«

»Militärgeschichte«, sagte Feverstone sanft, doch diesmal hörte Busby ihn nicht.

»Was würde irgendein Buch über Volkswirtschaft bewirken, verglichen mit einer solchen Sache?«, fuhr er fort. »Ich betrachte sie als den bisher größten Triumph des angewandten Idealismus in diesem Jahrhundert.«

Der gute Wein tat langsam seine Wirkung. Wir alle kennen die Art von Geistlichen, die nach dem dritten Glas dazu neigen, ihre Amtswürde zu vergessen. Bei Busby war es umgekehrt; nach dem dritten Glas begann er sich seiner geistlichen Würde zu entsinnen. Als Wein und Kerzenlicht seine Zunge lösten, gab der nach dreißig Jahren Abtrünnigkeit noch immer latent in ihm vorhandene Pfarrer seltsame Lebenszeichen von sich.

»Wie Sie wissen«, sagte er, »bin ich keineswegs strenggläubig. Aber ich würde, ohne zu zögern, sagen, dass Curry dadurch, dass er das Institut nach Edgestow gebracht hat, für die Religion in einem weiteren Sinne mehr getan hat als ein Theologe wie Jewel in seinem ganzen Leben.«

»Nun«, erwiderte Curry bescheiden, »das ist natürlich, was man sich erhofft. Ich würde es vielleicht nicht so ausdrücken wie Sie, James ...«

»Nein, nein«, sagte der Schatzmeister. »Natürlich nicht. Jeder hat seine eigene Sprache, aber wir meinen wirklich alle das Gleiche.«

»Hat eigentlich schon jemand herausgefunden«, fragte Feverstone, »was das N.I.C.E. eigentlich ist und was es tun will?«

Curry sah ihn überrascht an. »Aus Ihrem Mund, Dick, klingt das merkwürdig«, sagte er. »Ich dachte, Sie gehören selbst dazu.«

»Ist es nicht ein wenig naiv«, sagte Feverstone, »anzunehmen, dass man, wenn man irgendwo dazugehört, auch das offizielle Programm genau kennt?«

»Na schön, wenn Sie Einzelheiten meinen«, sagte Curry und brach dann ab.

»Sie machen ein großes Geheimnis um nichts, Feverstone«,

sagte Busby. »Ich dachte, die Zielsetzungen des N.I.C.E. wären völlig klar. Es ist der erste Versuch, die angewandte Wissenschaft auf nationaler Ebene ernst zu nehmen. Der Größenunterschied zwischen dem geplanten Institut und allem, was wir bisher hatten, ist beinahe schon ein qualitativer Unterschied. Allein die Gebäude, allein der Apparat – bedenken Sie, was das für die Industrie bedeutet. Bedenken Sie, in welchem Umfang es die Talente des Landes mobilisieren wird; und nicht nur die wissenschaftlichen Talente im engeren Sinn. Fünfzehn Abteilungsdirektoren, jeder mit einem Jahresgehalt von fünfzehntausend Pfund! Eine eigene Rechtsabteilung, eine eigene Polizei, wie ich höre! Ein eigener ständiger Stab von Architekten, Sachverständigen und Ingenieuren! Die Sache ist kolossal!«

»Karrieren für unsere Söhne«, sagte Feverstone. »Ich verstehe.«

»Was wollen Sie damit sagen, Lord Feverstone?«, fragte Busby und setzte sein Glas ab.

»Ach Gott!«, sagte Feverstone, und seine Augen lachten. »Wie taktlos von mir. Ich hatte ganz vergessen, dass Sie Familie haben, James.«

»Ich stimme James zu«, sagte Curry, der ungeduldig auf eine Gelegenheit gewartet hatte, wieder das Wort zu ergreifen. »Das Institut steht für den Beginn eines neuen Zeitalters – des wirklich wissenschaftlichen Zeitalters. Bisher war alles mehr oder weniger zufällig. Von nun an wird die Wissenschaft selbst auf eine wissenschaftliche Grundlage gestellt. Es wird vierzig ständige Ausschüsse geben, die jeden Tag zusammentreten und über ein großartiges Gerät verfügen – das Modell habe ich gesehen, als ich das letzte Mal in der Stadt war. Es ist ein Gerät, das die Arbeitsergebnisse eines jeden Ausschusses fortlaufend und selbsttätig auf eine analytische Anzeigetafel projiziert. Jeder einlaufende Bericht stellt sich selbst in seinen sachlichen Zusammenhang und weist durch kleine Pfeile auf die entsprechenden Teile der anderen Berichte hin. Ein Blick auf die Tafel, und die Arbeit des gesamten Instituts nimmt vor unseren Augen Gestalt an. Im obersten Geschoss wird ein Stab von mindestens zwanzig Fachleuten an der Anzeigetafel arbeiten – in einem Raum etwa wie die Kontrollräume der Untergrundbahn. Es ist ein großartiges Gerät. Jeder Arbeitsbereich erscheint in einer anderen farbigen Leuchtschrift. Das Gerät muss eine halbe Million gekostet haben. Sie nennen es ein Pragmatometer.«

»Und daran können Sie sehen«, sagte Busby, »was das Institut bereits für das Land tut. Die Pragmatometrie wird eine große Zukunft haben. Hunderte von Leuten spezialisieren sich darauf. Wahrscheinlich wird diese analytische Anzeigetafel schon veraltet sein, bevor das Gebäude überhaupt fertig ist!«

»Ja, bei Gott«, sagte Feverstone. »Und N. O. selbst hat mir heute Morgen erzählt, dass die sanitären Einrichtungen des Institutsgebäudes ganz außergewöhnlich sein würden.«

»Das stimmt«, sagte Busby mit Nachdruck. »Ich sehe nicht, warum man das für unwichtig halten sollte.«

»Und was halten Sie davon, Studdock?«, fragte Feverstone.

»Ich denke«, sagte Mark, »James hat bereits den wichtigsten Punkt erwähnt, dass nämlich das Institut seine eigene Rechtsabteilung und seine eigene Polizei haben wird. Ich gebe keinen Pfifferling auf Pragmatometer und Luxustoiletten. Das Wesentliche ist, dass wir diesmal wissenschaftlich an die großen sozialen Aufgaben herangehen und dabei von der ganzen Macht des Staates unterstützt werden, ebenso wie in der Vergangenheit Kriege von der ganzen Macht des Staates unterstützt wurden. Es ist natürlich zu hoffen, dass man mit diesen Mitteln weiter kommt als die alte ungebundene Wissenschaft. Auf jeden Fall wird es mehr Möglichkeiten geben.«

»Verdammt«, sagte Curry mit einem Blick auf seine Uhr. »Ich muss jetzt gehen und mit N. O. reden. Wenn Sie nach dem Wein noch Kognak möchten, die Flasche steht in diesem

Schrank. Schwenker sind in dem Fach darüber. Ich werde so bald wie möglich zurückkommen. Sie wollen doch nicht schon gehen, James?«

»Doch«, erwiderte der Quästor. »Ich will früh zu Bett. Aber lasst ihr beiden euch nicht stören. Ich bin schon den ganzen Tag auf den Beinen, müssen Sie wissen. Wer an diesem College ein Amt bekleidet, ist ein Dummkopf. Ständige Sorgen. Erdrückende Verantwortung. Und dann gibt es Leute, die einem erzählen wollen, dass all die kleinen Bücherwürmer, die ihre Nasen bloß in die Bibliotheken und Labors stecken, die eigentliche Arbeit tun! Ich wüsste gern, wie Glossop und seine Freunde ein Tagespensum bewältigen würden, wie ich es heute hinter mir habe. Auch Sie, Curry, hätten ein leichteres Leben, wenn Sie bei der Volkswirtschaft geblieben wären.«

»Ich habe Ihnen schon einmal gesagt ...«, begann Curry, doch der Schatzmeister hatte sich bereits erhoben, beugte sich über Lord Feverstone und erzählte ihm irgendeine lustige Anekdote.

Als die beiden Männer den Raum verlassen hatten, sah Lord Feverstone Mark einige Sekunden lang mit einem rätselhaften Ausdruck an. Dann schmunzelte er, und aus dem Schmunzeln wurde ein Lachen. Er warf seinen schlanken, kräftigen Körper in den Sessel zurück und lachte lauter und immer lauter. Sein Lachen war sehr ansteckend, und auch Mark lachte unwillkürlich – ganz aufrichtig und sogar hilflos, wie ein Kind. »Pragmatometer – Luxustoiletten – angewandter Idealismus!«, keuchte Feverstone. Außerordentliche Erleichterung überkam Mark. Alle möglichen Eigenheiten an Curry und Busby, die er in seiner Ehrfurcht vor dem Progressiven Element zuvor gar nicht oder nur flüchtig wahrgenommen hatte, fielen ihm jetzt ein. Er fragte sich, wie er die komischen Seiten an ihnen nicht hatte sehen können.

»Es ist wirklich ziemlich verheerend«, sagte Feverstone, als er sich halbwegs erholt hatte, »dass die Leute, auf die man zur

Erledigung der Arbeit angewiesen ist, solchen Blödsinn reden, sobald man sie über die Arbeit selbst ausfragt.«

»Und doch sind sie in gewisser Weise das Hirn von Bracton«, sagte Mark.

»Großer Gott, nein! Glossop und Bill der Blizzard und selbst der alte Jewel sind zehnmal klüger.«

»Ich wusste nicht, dass Sie das so sehen.«

»Ich denke, dass Glossop und seine Freunde im Irrtum sind. Ich halte ihre Vorstellungen von Kultur und Wissen und so weiter für unrealistisch. Sie passen nicht mehr in die Welt, in der wir leben. Es sind reine Hirngespinste. Aber es sind immerhin klare Vorstellungen, und sie versuchen, konsequent danach zu handeln. Sie wissen, was sie wollen. Unsere beiden armen Freunde dagegen kann man zwar überreden, den richtigen Zug zu nehmen und ihn sogar zu lenken, doch sie haben nicht die leiseste Ahnung, wohin der Zug fährt oder warum. Sie werden Blut und Wasser schwitzen, um das N.I.C.E. nach Edgestow zu holen: darum sind sie unentbehrlich. Aber worum es dem Institut geht, worum es bei irgendetwas geht – fragen Sie sie besser nicht danach. Pragmatometrie! Fünfzehn Abteilungsdirektoren!«

»Nun, vielleicht bin ich genauso.«

»Ganz und gar nicht. Sie haben den entscheidenden Punkt sofort erkannt. Ich hatte es auch nicht anders von Ihnen erwartet. Ich habe alles gelesen, was Sie seit Ihrer Bewerbung um den Lehrstuhl hier geschrieben haben. Darüber wollte ich mit Ihnen reden.«

Mark schwieg. Das Schwindel erregende Gefühl, plötzlich von einer Geheimnisebene auf eine andere gewirbelt zu werden, verbunden mit der zunehmenden Wirkung von Currys ausgezeichnetem Portwein, verschlug ihm die Sprache.

»Ich möchte, dass Sie zum Institut kommen«, sagte Feverstone.

»Sie meinen – ich soll Bracton verlassen?«

»Das wäre doch denkbar, oder? Jedenfalls denke ich, dass Sie hier nichts verloren haben. Wenn N. O. in den Ruhestand geht, machen wir Curry zum Rektor und ...«

»Es wurde davon gesprochen, Sie zum Rektor zu wählen.«

»O Gott!« sagte Feverstone erstaunt. Mark begriff, dass der Vorschlag sich in Feverstones Augen ausnehmen musste wie die Anregung, er solle Rektor einer kleinen Hilfsschule werden, und er war froh, dass er seine Bemerkung in einem nicht allzu ernsten Ton vorgebracht hatte. Dann lachten sie wieder.

»Sie, Mark, zum Rektor zu machen«, sagte Feverstone, »wäre absolute Verschwendung. Das ist der richtige Job für Curry. Er wird ihn sehr gut machen. Wir brauchen jemanden, der die Tagesgeschäfte und das Drahtziehen als Selbstzweck betrachtet und nicht ernsthaft fragt, wozu das alles gut ist. Wenn er das täte, würde er anfangen, seine eigenen – nun, wahrscheinlich würde er sie ›Gedanken‹ nennen – einzubringen. Wie die Dinge liegen, brauchen wir ihm nur zu sagen, er halte Soundso für einen Mann, den das College braucht, und er wird ihn dafür halten. Er wird dann keine Ruhe geben, bis dieser Soundso einen Lehrstuhl bekommt. Und genau dafür brauchen wir das College: als ein Schleppnetz, ein Rekrutierungsbüro.«

»Als ein Rekrutierungsbüro für das Institut, meinen Sie?«

»Ja, in erster Linie. Aber das ist nur ein Teilaspekt.«

»Ich bin nicht sicher, dass ich Sie verstanden habe.«

»Bald werden Sie verstehen. Die richtige Seite und all das, Sie wissen schon. Typisch Busby, zu sagen, die Menschheit stehe am Scheideweg. Aber im Moment ist die entscheidende Frage, auf welcher Seite man steht – Obskurantismus oder Ordnung. Es sieht wirklich so aus, als könnten wir als Spezies jetzt endlich für recht lange Zeit eine feste Stellung beziehen und unser Schicksal in die eigenen Hände nehmen. Wenn der Wissenschaft wirklich freie Hand gelassen wird, kann sie jetzt die menschliche Rasse beherrschen und umformen, den Menschen zu einem wirklich leistungsfähigen Tier machen. Wenn sie es nicht schafft – nun, dann sind wir erledigt.«

»Fahren Sie fort.«

»Es gibt drei Hauptprobleme. Erstens: das interplanetarische Problem.«

»Was in aller Welt wollen Sie damit sagen?«

»Nun, das tut nichts zur Sache. Hier können wir gegenwärtig nichts tun. Der einzige Mann, der uns da weiterhelfen konnte, war Weston.«

»Er kam bei einem Bombenangriff um, nicht wahr?«

»Er wurde ermordet.«

»Ermordet?«

»Ich bin ziemlich sicher, und ich denke, ich weiß sogar, wer der Mörder war.«

»Großer Gott! Und da kann man nichts machen?«

»Es gibt keine Beweise. Der Mörder ist ein angesehener Professor in Cambridge, hat schlechte Augen, ein lahmes Bein und einen blonden Bart. Er war schon hier bei uns zu Gast.«

»Und weshalb wurde Weston ermordet?«

»Weil er auf unserer Seite stand. Der Mörder ist einer von der feindlichen Seite.«

»Wollen Sie allen Ernstes behaupten, er habe ihn deshalb ermordet?«

»Jawohl!«, sagte Feverstone und schlug mit der Hand auf den Tisch. »Das ist der springende Punkt. Leute wie Curry oder James plappern über den Kampf gegen die Reaktion. Dabei kommt ihnen nie in den Sinn, dass es ein wirklicher Kampf mit wirklichen Verlusten sein könnte. Sie denken, der gewaltsame Widerstand der anderen Seite habe mit der Verfolgung Galileis und alledem aufgehört. Glauben Sie das bloß nicht. Jetzt geht es überhaupt erst richtig los. Die andere Seite weiß, dass wir endlich über tatsächliche Kräfte verfügen; dass die Frage, welchen Weg die Menschheit gehen wird, in den nächsten sechzig Jahren entschieden wird. Sie werden um jeden Zollbreit kämpfen und vor nichts zurückschrecken.«

»Sie können nicht gewinnen«, sagte Mark.

»Hoffen wir es«, sagte Lord Feverstone. »Ich glaube es auch nicht. Aber gerade darum ist es von so immenser Bedeutung für jeden von uns, die richtige Seite zu wählen. Wenn Sie versuchen, neutral zu bleiben, werden Sie einfach zu einer Schachfigur.«

»Oh, ich habe nicht den leisesten Zweifel, auf welcher Seite ich stehe«, sagte Mark. »Zum Teufel – der Fortbestand der Menschheit ist eine verdammt grundsätzliche Verpflichtung.«

»Nun, ich persönlich teile Busbys Begeisterung nicht«, sagte Feverstone. »Es ist ein bisschen versponnen, sich in seinem Handeln leiten zu lassen von der angeblichen Sorge darum, was in ein paar Millionen Jahren geschehen wird; und Sie dürfen nicht vergessen, dass auch die andere Seite behauptet, das Wohl und den Fortbestand der Menschheit zu verteidigen. Beide Haltungen lassen sich psychologisch erklären. Der praktische Aspekt ist, dass Sie und ich nicht gern anderer Leute Schachfiguren sind und lieber kämpfen – besonders auf der Seite der Gewinner.«

»Und welches ist der erste praktische Schritt?«

»Ja, das ist die eigentliche Frage. Das interplanetarische Problem muss, wie gesagt, einstweilen beiseite gelassen werden. Das zweite Problem sind unsere Konkurrenten auf diesem Planeten. Ich meine damit nicht bloß Insekten und Bakterien. Es gibt viel zu viel Leben jeglicher Art, tierisches und pflanzliches. Wir haben noch nicht richtig aufgeräumt. Zuerst konnten wir nicht, und dann hatten wir ästhetische und humanitäre Skrupel. Und wir haben die Frage des Gleichgewichts in der Natur noch immer nicht gelöst. All das muss noch untersucht werden. Das dritte Problem ist der Mensch selbst.«

»Fahren Sie fort. Dies interessiert mich sehr.«

»Der Mensch muss sich des Menschen annehmen. Das bedeutet natürlich, dass einige Menschen sich des Restes annehmen müssen – und dies ist ein weiterer Grund, so bald wie möglich einzusteigen. Schließlich wollen Sie und ich zu denen gehören, die sich der anderen annehmen, nicht zu denen, derer man sich annimmt.«

»Und was haben Sie vor?«

»Am Anfang stehen ganz einfache und nahe liegende Dinge – Sterilisierung der Untauglichen, Liquidierung rückständiger Rassen (Ballast können wir nicht gebrauchen) und Zuchtwahl. Dann richtige Erziehung, einschließlich pränataler Erziehung. Unter richtiger Erziehung verstehe ich eine, die mit dem Prinzip der Freiwilligkeit und ähnlichem Unsinn aufräumt. Eine richtige Erziehung bringt den Schüler unfehlbar dorthin, wo sie ihn haben will, was immer er oder seine Eltern auch dagegen unternehmen mögen. Natürlich wird sie zuerst hauptsächlich psychologisch sein müssen; aber am Ende werden wir mit biochemischer Konditionierung und direkter Manipulation des Gehirns arbeiten.«

»Aber das ist ja umwerfend, Feverstone.«

»Es ist das einzig Wahre: ein neuer Menschentyp. Und Leute wie Sie müssen den Anfang machen.«

»Da liegt ein Problem für mich. Bitte halten Sie es nicht für falsche Bescheidenheit, aber ich weiß nicht, was ich dazu beitragen könnte.«

»Nein, aber wir wissen es. Sie sind genau, was wir brauchen: ein ausgebildeter Soziologe mit radikal realistischen Ansichten, der sich nicht scheut, Verantwortung zu übernehmen. Außerdem ein Soziologe, der schreiben kann.«

»Sie wollen doch nicht, dass ich dies alles niederschreibe?«

»Nein. Wir wollen, dass Sie es umschreiben – es verschleiern. Natürlich nur für den Anfang. Ist die Sache erst einmal in Gang gekommen, werden wir uns um die Großherzigkeit der britischen Öffentlichkeit nicht weiter kümmern brauchen. Wir werden daraus machen, was wir wollen. Aber bis es soweit ist, kann uns nicht gleichgültig sein, wie die Dinge dargestellt werden. Würde zum Beispiel nur andeutungsweise bekannt, dass das Institut Vollmachten für Experimente an Kriminellen will, so hätten wir sofort alle alten Weiber beiderlei Geschlechts mit ihrem Gezeter über Humanität am Hals. Nennen Sie es dagegen Umerziehung der Nichtangepassten, und schon geifern sie vor Freude, dass die Zeit des vergeltenden Strafrechts endlich zu Ende ist. Ein seltsames Phänomen: Das Wort ›experimentieren‹ zum Beispiel ist unpopulär, nicht aber das Wort ›experimentell‹. Mit Kindern darf man nicht experimentieren: aber bieten Sie den lieben Kleinen kostenlose Erziehung in einer experimentellen Schule, die dem Institut angeschlossen ist, und alles ist in bester Ordnung.«

»Wollen Sie damit sagen, dass diese — hm – journalistische Tätigkeit meine Hauptaufgabe sein würde?«

»Es hat nichts mit Journalismus zu tun. Ihre Leser wären in erster Linie die Ausschüsse des Unterhauses, nicht die Öffentlichkeit. Aber das wäre in jedem Falle nur ein Nebenaspekt. Was die Stelle selbst angeht – nun, es ist unmöglich vorauszusagen, wie sich das entwickeln wird. Bei einem Mann wie Ihnen brauche ich die finanzielle Seite nicht eigens zu betonen. Sie würden in einem relativ bescheidenen Rahmen anfangen, vielleicht fünfzehnhundert Pfund im Jahr.«

»Daran habe ich noch gar nicht gedacht«, sagte Mark, der dennoch vor Aufregung ganz rot wurde.

»Natürlich muss ich Sie warnen«, sagte Feverstone. »Die Sache ist gefährlich. Vielleicht jetzt noch nicht, aber wenn die Dinge wirklich ins Rollen kommen, dann ist es durchaus möglich, dass man versuchen wird, Sie um die Ecke zu bringen, wie den armen alten Weston.«

»Ich glaube, daran habe ich auch nicht gedacht«, sagte Mark.

»Hören Sie zu«, sagte Feverstone. »Ich fahre Sie morgen zu John Wither. Er hat mir gesagt, ich solle Sie am Wochenende mitbringen, wenn Sie interessiert wären. Sie werden dort alle wichtigen Leute kennen lernen, und es wird Ihnen helfen, Ihre Entscheidung zu treffen.«

»Was hat Wither damit zu tun? Ich dachte, Jules stehe an der Spitze des N.I.C.E.« Horace Jules war ein bekannter Schriftsteller und Autor populärwissenschaftlicher Bücher, dessen Name in der Öffentlichkeit fast immer in Verbindung mit dem neuen Institut genannt wurde.

»Jules! Er ist das Aushängeschild«, sagte Feverstone. »Sie glauben doch nicht, dass dieses kleine Maskottchen im Ernst etwas zu sagen hätte! Er ist der richtige Mann, um dem britischen Publikum in den Wochenendzeitungen das Institut nahe zu bringen, und dafür bezieht er ein üppiges Gehalt. Für die eigentliche Arbeit taugt er nicht. In seinem Kopf hat er nichts als sozialistische Ideen des neunzehnten Jahrhunderts und dummes Zeug über die Menschenrechte. Er ist ungefähr so weit wie Darwin gekommen!«

»Kann ich mir denken«, sagte Mark. »Ich habe mich immer gewundert, dass er überhaupt mit von der Partie ist. Nun, da Sie so freundlich sind, werde ich Ihr Angebot annehmen und das Wochenende mit zu Wither fahren. Wann wollen Sie los?«

»Gegen Viertel vor elf. Sie wohnen draußen in Sandawn, nicht wahr? Ich könnte vorbeikommen und Sie abholen.«

»Vielen Dank. Nun erzählen Sie mir von Wither.«

»John Wither«, begann Feverstone, brach aber plötzlich ab. »Mist!«, sagte er. »Da kommt Curry. Jetzt müssen wir uns alles anhören, was N. O. gesagt hat und wie geschickt unser Obertaktiker ihn eingewickelt hat. Laufen Sie nicht weg. Ich werde Ihre moralische Unterstützung brauchen.«

**2** Der letzte Bus war längst fort, als Mark das College verließ, und er ging im hellen Mondlicht zu Fuß nach Hause. Sobald er die Wohnung betreten hatte, geschah etwas sehr Ungewöhnliches. Noch auf der Fußmatte hatte er plötzlich eine verängstigte, halb schluchzende Jane in den Armen – wie ein Häuflein Elend. Sie sagte: »Oh, Mark, ich habe mich so gefürchtet.«

Irgendwie fühlte sich der Körper seiner Frau ungewohnt an; eine gewisse unbestimmte Abwehrhaltung war vorübergehend von ihr gewichen. Er hatte solche Augenblicke schon früher erlebt, aber sie waren selten und wurden immer seltener. Aus Erfahrung wusste er, dass ihnen am nächsten Morgen meist unerklärliche Streitereien folgten. Das verwirrte ihn sehr, aber er hatte diese Verwirrung nie in Worte gefasst.

Es ist zweifelhaft, ob er ihre Gefühle verstanden hätte, selbst wenn man sie ihm erklärt hätte; und Jane konnte sowieso nichts erklären. Sie war völlig verwirrt. Doch die Gründe für ihr ungewöhnliches Verhalten gerade an diesem Abend waren sehr einfach. Um halb fünf war sie von den Dimbles zurückgekehrt, erfrischt und hungrig von ihrem Spaziergang und fest überzeugt, dass ihre Erlebnisse der vergangenen Nacht und beim Mittagessen ein für alle Mal vorbei wären. Bevor sie ihren Tee getrunken hatte, musste sie Licht machen und die Vorhänge zuziehen, denn die Tage wurden bereits kürzer. Während sie das tat, ging ihr der Gedanke durch den Kopf, dass ihr Entsetzen vor dem Traum und bei der bloßen Erwähnung eines Mantels, eines alten Mannes, eines begrabenen, aber nicht toten alten Mannes und einer Sprache wie Spanisch wirklich so unvernünftig war wie die Angst eines Kindes vor der Dunkelheit. Dies rief ihr die Augenblicke ihrer Kindheit in Erinnerung, als sie sich vor der Dunkelheit gefürchtet hatte. Vielleicht verweilte sie zu lange bei diesen Erinnerungen. Wie auch immer, als sie sich setzte, um ihre letzte Tasse Tee zu trinken, war der Abend irgendwie verdorben. Und es ließ sich auch nichts mehr aus ihm machen. Zuerst fand sie es ziemlich schwierig, sich auf ihr Buch zu konzentrieren; dann, als sie diese Schwierigkeit erkannt hatte, fand sie es schwierig, sich überhaupt auf irgendein Buch zu konzentrieren. Sie merkte, dass sie unruhig war. Und das Bewusstsein, unruhig zu sein, machte sie nervös. Danach hatte sie eine lange Zeit zwar nicht direkt Angst, wusste aber, dass sie sofort Angst bekommen würde, wenn sie sich nicht zusammennahm. Dann überkam sie eine merkwürdige Abneigung, in die Küche zu gehen und das Abendessen zu bereiten, und als sie sich überwunden und es doch getan hatte, konnte sie nichts essen. Es war nicht länger zu leugnen, dass sie sich fürchtete. Verzweifelt rief sie bei den Dimbles an. »Ich glaube, ich sollte vielleicht doch die Person aufsuchen, die Sie vorgeschlagen haben«, sagte sie. Nach einer seltsamen kleinen Pause antwortete Mrs. Dimbles Stimme und gab ihr die Adresse. Ironwood war der Name, anscheinend Miss Ironwood. Jane hatte angenommen, es werde ein Mann sein, und fühlte sich etwas abgestoßen. Miss Ironwood wohnte draußen in St. Anne's on the Hill. Jane fragte, ob sie sich anmelden solle. »Nein«, sagte Mrs. Dimble, »Sie werden ... Sie brauchen sich nicht anzumelden.« Jane versuchte, das Gespräch nach Kräften in die Länge zu ziehen. Sie hatte im Grunde nicht angerufen, um die Adresse zu erfahren, sondern um Mutter Dimbles Stimme zu hören. Insgeheim hatte sie darauf gehofft, dass Mutter Dimble ihre Not spüren und sagen würde: »Ich setze mich gleich in den Wagen und komme zu Ihnen.« Stattdessen bekam Jane nur schnell die gewünschte Information und ein hastiges »Gute Nacht«. Mrs. Dimbles Stimme war ihr etwas seltsam vorgekommen. Sie hatte das Gefühl, mit ihrem Anruf ein Gespräch unterbrochen zu haben, dessen Gegenstand sie selbst gewesen war – nein, nicht sie selbst, sondern etwas anderes. Wichtigeres, das in irgendeinem Zusammenhang mit ihr stand. Und was hatte Mrs. Dimble mit »Sie werden ...« gemeint? »Sie werden dort erwartet?« Schreckliche, kindisch-albtraumhafte Vorstellungen von denen, die sie erwarten mochten, gingen ihr durch den Kopf. Sie sah Miss Ironwood ganz in Schwarz gekleidet dasitzen, die gefalteten Hände auf den Knien; dann führte jemand sie vor Miss Ironwood, sagte »Sie ist gekommen« und ließ sie dort allein.

»Zum Teufel mit den Dimbles!« murmelte Jane vor sich hin, und dann machte sie es in Gedanken schnell rückgängig, mehr aus Angst als aus Reue. Und nun, da der rettende Telefondraht in Anspruch genommen worden war und keinen Trost gebracht hatte, brach der Schrecken, wie ergrimmt über ihren vergeblichen Versuch, ihm zu entfliehen, mit voller Macht wieder über sie herein. Sie konnte sich später nicht erinnern, ob der grässliche alte Mann und der Mantel ihr tatsächlich in einem Traum erschienen waren oder ob sie bloß zusammengekauert dagesessen hatte, ängstliche Blicke um sich warf und inständig hoffte, ja sogar betete (obwohl sie an niemanden glaubte, zu dem sie hätte beten können), dieser schreckliche Greis möge sie verschonen.

Und so kam es, dass Mark Jane völlig unerwartet auf der Türschwelle vorfand. Äußerst schade, dachte er, dass dies ausgerechnet an einem Abend passieren musste, an dem er so spät kam und so müde und – um die Wahrheit zu sagen – nicht mehr ganz nüchtern war.

## 3

»Fühlst du dich heute Morgen besser?«, fragte Mark.

»Ja, danke«, sagte Jane kurz angebunden.

Mark lag im Bett und trank eine Tasse Tee. Jane saß halb angekleidet vor der Frisierkommode und bürstete ihr Haar. Marks Blick ruhte mit trägem, morgendlichem Vergnügen auf ihr. Wenn er von der mangelnden Übereinstimmung zwischen ihnen nur sehr wenig spürte, dann lag dies zum Teil an unserer unverbesserlichen Gewohnheit zu projizieren. Wir halten das Lamm für sanft, weil seine Wolle sich weich anfühlt. Männer nennen eine Frau sinnlich, wenn sie sinnliche Gefühle in ihnen weckt. Janes Körper, weich und doch fest, schlank und doch rund, war so sehr nach Marks Geschmack, dass es ihm nahezu unmöglich war, ihr nicht die gleichen Empfindungen zuzuschreiben, die sie in ihm erregte.

»Bist du ganz sicher, dass dir nichts fehlt?«, fragte er wieder.

»Absolut«, sagte Jane wortkarg.

Sie dachte, sie sei ärgerlich, weil ihr Haar so widerspenstig wäre und weil Mark so ein Getue machte. Natürlich ärgerte sie sich wegen ihres Anfalls von Schwäche am Vorabend auch über sich selbst. Er hatte sie zu dem gemacht, was sie am meisten verabscheute – zu dem zitternden, tränenreichen Frauchen sentimentaler Romane, das sich Trost suchend in männliche Arme flüchtet. Aber sie glaubte, dieser Ärger existiere nur irgendwo hinten in ihrem Kopf, und ahnte nicht, dass er durch jede Ader pulsierte und die Ungeschicklichkeit in ihren Fingern bewirkte, die ihr Haar so widerspenstig erscheinen ließ.

»Denn wenn du dich auch nur im Geringsten unwohl fühlst«, fuhr Mark fort, »könnte ich den Besuch bei diesem Wither verschieben.«

Jane sagte nichts.

»Wenn ich fahre«, sagte Mark, »werde ich sicher eine Nacht fortbleiben müssen; vielleicht auch zwei.«

Jane presste die Lippen ein wenig fester zusammen und sagte noch immer nichts.

»Angenommen, ich fahre«, sagte Mark. »Willst du nicht Myrtle bitten herüberzukommen?«

»Nein, danke«, sagte Jane mit Nachdruck und fügte hinzu: »Ich bin es gewohnt, allein zu sein.«

»Ich weiß«, sagte Mark abwehrend. »Zurzeit ist im College der Teufel los. Hauptsächlich aus diesem Grund überlege ich auch, eine neue Stelle anzunehmen.«

Jane schwieg.

»Hör zu«, sagte Mark, richtete sich mit einem Ruck auf

und schwang seine Beine aus dem Bett. »Es hat keinen Sinn, um den heißen Brei herumzureden. Ich gehe nicht gern fort, wenn du in diesem Zustand bist ...«

»In welchem Zustand?« fragte Jane, die sich nun umwandte und ihn zum ersten Mal ansah.

»Nun – ich meine ... ein bisschen nervös, wie es jeder manchmal ist.«

»Weil ich zufällig einen Albtraum hatte, als du gestern Abend – oder, besser gesagt, heute Morgen nach Haus kamst, brauchst du noch nicht so zu tun, als ob ich eine Neurasthenikerin wäre.« Das war ganz und gar nicht, was Jane hatte sagen wollen.

»Es hat doch keinen Sinn, gleich loszulegen, als ob ...«, begann Mark.

»Als ob was?« fragte Jane eisig, und bevor er etwas erwidern konnte, fuhr sie fort: »Wenn du meinst, ich werde verrückt, kannst du ja Brizeacre kommen und mich einweisen lassen. Es wäre günstig, es während deiner Abwesenheit zu erledigen. Sie könnten mich ohne großes Aufhebens abtransportieren, während du bei Mr. Wither bist. Ich werde mich jetzt um das Frühstück kümmern. Wenn du dich nicht schnell rasierst und anziehst, bist du nicht fertig, wenn Lord Feverstone kommt.«

Das Ergebnis war, dass Mark sich beim Rasieren einen sehr bösen Schnitt zuzog (und sich sofort vorstellte, wie er, einen großen Wattebausch auf der Oberlippe, mit dem überaus bedeutenden Mr. Wither sprach), während Jane aus verschiedenen Gründen beschloss, Mark ein ungewöhnlich reichhaltiges Frühstück zu bereiten – lieber wäre sie gestorben, als selbst davon zu essen. Sie tat das mit den schnellen, geschickten Bewegungen einer zornigen Frau, nur um im letzten Moment alles über dem neuen Herd zu verschütten. Sie saßen noch am Frühstückstisch und taten beide so, als läsen sie Zeitung, als Lord Feverstone kam. Bedauerlicherweise traf Mrs. Maggs gleichzeitig mit ihm ein. Mrs. Maggs war jenes Element in

Janes Haushalt, das sie mit der Redewendung zu umschreiben pflegte: »Ich habe eine Frau, die zweimal in der Woche kommt.« Zwanzig Jahre früher hätte Janes Mutter eine solche Frau einfach mit »Maggs« angeredet und wäre ihrerseits als »Madam« tituliert worden. Aber Jane und ihre Zugehfrau nannten einander Mrs. Maggs und Mrs. Studdock. Sie waren ungefähr gleichaltrig, und das Auge eines Junggesellen hätte in der Art, sich zu kleiden, keinen großen Unterschied gesehen. So war es vielleicht nicht unentschuldbar, dass Feverstone, als Mark ihn seiner Frau vorstellen wollte, Mrs. Maggs die Hand schüttelte; aber es machte die letzten Minuten, bevor die beiden Männer wegfuhren, nicht gerade angenehmer.

Unter dem Vorwand, einkaufen zu gehen, verließ Jane gleich darauf ebenfalls die Wohnung. »Ich könnte Mrs. Maggs heute wirklich nicht ertragen«, sagte sie zu sich selbst. »Sie ist furchtbar geschwätzig.« Das war auch Lord Feverstone – dieser Mann mit dem lauten, unnatürlichen Lachen, dessen Mund an einen Hai erinnerte, der offensichtlich keine Manieren hatte und zudem anscheinend ein ziemlicher Dummkopf war. Was konnte es Mark nützen, mit einem solchen Mann zu verkehren? Sein Gesicht hatte Janes Misstrauen geweckt. Sie hatte einen Blick dafür – er wirkte irgendwie verschlagen. Wahrscheinlich hielt er Mark zum Narren. Mark war so leicht hereinzulegen. Wäre er bloß nicht in Bracton! Es war ein grässliches College. Was fand Mark nur an Leuten wie Mr. Curry und dem abscheulichen alten Geistlichen mit dem Bart? Und was war mit dem Tag, der ihr bevorstand, und der Nacht, und so weiter – denn wenn Männer sagen, dass sie möglicherweise zwei Nächte ausbleiben, dann bedeutet das mindestens zwei Nächte und wahrscheinlich eine ganze Woche. Ein Telegramm (niemals ein Ferngespräch) brachte das für sie in Ordnung.

Sie musste etwas tun. Sie dachte sogar daran, Marks Rat zu befolgen und Myrtle einzuladen. Aber Myrtle war ihre

Schwägerin, Marks Zwillingsschwester, und sie blickte viel zu ehrfürchtig zu ihrem erfolgreichen Bruder auf. Sie würde über Marks Gesundheit und seine Hemden und Socken reden, und in allem würde eine unausgesprochene, aber unverkennbare Verwunderung über Janes Glück mitschwingen, einen solchen Mann geheiratet zu haben. Nein, bestimmt nicht Myrtle. Dann dachte sie daran, als Patientin Dr. Brizeacre aufzusuchen. Er war ein Bracton-Mann und würde ihr deshalb wahrscheinlich nichts berechnen. Aber als sie sich vorstellte, wie sie ausgerechnet Brizeacre die Art von Fragen beantworten sollte, die er mit Gewissheit stellen würde, erwies sich dieses Unterfangen als unmöglich. Aber sie musste etwas tun. Schließlich entdeckte sie gewissermaßen zu ihrer eigenen Überraschung, dass sie beschlossen hatte, nach St. Anne's hinauszufahren und Miss Ironwood aufzusuchen. Sie kam sich ziemlich töricht vor.

## 4

Ein Beobachter hoch über Edgestow hätte an diesem Tag weit im Süden einen Punkt sehen können, der sich auf einer Landstraße vorwärts bewegte, und später – im Osten und näher zum silbernen Band des Wynd – den viel langsamer dahinziehenden Rauch eines Zuges.

Der Punkt war der Wagen, der Mark Studdock zum Blutspendezentrum in Belbury brachte, dem vorläufigen Sitz der N.I.C.E.-Zentrale. Größe und Art des Wagens hatten vom ersten Augenblick an Eindruck auf ihn gemacht. Die Polsterung war hervorragend, weich und einladend. Und welch herrliche männliche Kraft (Mark war des weiblichen Geschlechts momentan überdrüssig) sprach aus den Gesten, mit denen Feverstone es sich hinter dem Lenkrad bequem machte, den Ellbogen lässig auflegte und die Pfeife fest zwischen die Zähne klemmte! Die Geschwindigkeit des Wagens war selbst in den schmalen Straßen von Edgestow beeindruckend, und das Gleiche galt für die lakonische Kritik, mit der Feverstone andere Fahrer und Fußgänger bedachte. Als sie den Bahnübergang und Janes altes College (St. Elizabeth's) hinter sich gelassen hatten, zeigte er, was in seinem Wagen steckte. Sie fuhren so schnell, dass selbst auf der fast leeren Landstraße die unverzeihlich schlechten Autofahrer, die offensichtlich schwachsinnigen Fußgänger und Leute mit Pferden, die Hühner, die sie tatsächlich überfuhren, und die Hunde und Hühner, die, wie Feverstone erklärte, »noch mal verdammtes Glück gehabt hatten«, fast ununterbrochen aufeinander zu folgen schienen. Telegrafenmasten rasten vorbei, Brücken rauschten über ihnen hinweg, Dörfer blieben zurück und verschmolzen mit der bereits hinter ihnen liegenden Landschaft. Mark, trunken von der frischen Luft und von Feverstones unverschämtem Fahrstil fasziniert und abgestoßen zugleich, saß da und sagte »ja« und »ganz recht« und »sie sind selbst schuld« und warf seinem Begleiter verstohlene Seitenblicke zu. Welche Abwechslung von der geschäftigen Wichtigtuerei Currys und des Schatzmeisters! Die lange gerade Nase und die aufeinander gepressten Zähne, die harten knochigen Gesichtszüge, die Art und Weise, wie er seine Kleider trug: all das zeugte von einem großen Mann, der einen großen Wagen irgendwohin fuhr, wo große Dinge vor sich gingen. Und er, Mark, sollte dazugehören. Ein- oder zweimal blieb sein Herz beinahe stehen, und er fragte sich, ob Lord Feverstone für seine Fahrkünste nicht doch zu schnell fuhr. »Eine Kreuzung wie die braucht man nie ernst zu nehmen«, rief Feverstone, als sie, wieder um Haaresbreite einem Zusammenstoß entgangen, weiterjagten. »Ganz recht«, brüllte Mark zurück. »Hat keinen Zweck, einen Kult damit zu treiben!«

»Fahren Sie selbst?«, fragte Feverstone.

»Früher ziemlich viel«, sagte Mark.

Der Rauch, den unser imaginärer Beobachter im Osten

von Edgestow gesehen hätte, kam von dem Zug, in dem Jane Studdock langsam auf das Dorf St. Anne's zufuhr. Für diejenigen, die mit der Eisenbahn aus London kamen, schien Edgestow die Endstation zu sein; aber wenn man umherblickte, konnte man auf einem Nebengleis einen kleinen Zug mit zwei oder drei Personenwagen und einem Kohlenwagen sehen – einen Zug, der zischte, unter dessen Trittbrettern Dampf hervorquoll und in dem die meisten Fahrgäste sich zu kennen schienen. An manchen Tagen wurde an Stelle des dritten Wagens ein Güterwagon angehängt, und auf dem Bahnsteig davor standen Kisten und Körbe mit toten Kaninchen oder lebendem Geflügel, beaufsichtigt von Männern mit braunen Hüten und Gamaschen und vielleicht einem Terrier oder Schäferhund, die an das Reisen gewöhnt schienen. In diesem Zug, der Edgestow täglich um halb zwei verließ, ratterte und schlingerte Jane einen Bahndamm entlang, von dem aus sie durch kahle Äste und mit roten und gelben Blättern gesprenkelte Zweige geradewegs in den Bragdon-Wald hinabsehen konnte; dann ging es weiter durch eine Schneise, über den Bahnübergang bei Bragdon-Camp, am Rand des Brawell-Parks entlang (der Landsitz war nur von einer Stelle aus kurz zu sehen) und zum ersten Halt Dukes Eaton. Hier kam der Zug wie in Woolham, Cure Hardy und Fourstones mit einem kleinen Ruck und einer Art Seufzer zum Stehen. Man hörte das Klappern leerer Milchkannen, schwere Stiefel knirschten auf dem Bahnsteig, und dann gab es eine längere Pause, während der die Herbstsonne warm durch die Zugfenster schien und die Gerüche aus den Wäldern und Feldern hinter dem winzigen Bahnhof in die Wagons drangen und die Bahn als einen Teil der Landschaft zu beanspruchen schienen. Bei jedem Halt stiegen Fahrgäste ein und aus; rotbackige Männer und Frauen mit Gummistiefeln und imitierten Früchten auf den Hüten und Schuljungen. Jane nahm kaum Notiz von ihnen; denn obgleich sie theoretisch eine extreme Demokratin war, war sie außer in Büchern noch nie mit einer anderen als ihrer eigenen sozialen Schicht in Berührung gekommen. Und zwischen den Stationen glitten Dinge vorbei, so losgelöst aus ihrem Zusammenhang, dass jedes von ihnen irgendeine unirdische Glückseligkeit zu verheißen schien, wenn man nur in genau diesem Augenblick hätte aussteigen und es ergreifen können: ein Haus, umgeben von einer Reihe von Heuhaufen und weiten braunen Feldern, zwei alte Pferde Kopf an Kopf, ein kleiner Obstgarten, in dem Wäsche auf der Leine hing, und ein Feldhase, der auf den Zug starrte und dessen steil aufgestellte Ohren mit den Augen darunter wie ein doppeltes Ausrufungszeichen aussahen. Um Viertel nach zwei traf Jane in St. Anne's ein, der Endstation, dem Ende der Welt überhaupt. Als sie aus dem Bahnhof heraustrat, schlug ihr kalte Luft erfrischend entgegen.

Obwohl der Zug während des letzten Teils der Reise mühsam bergauf gekeucht und geschnauft war, musste Jane noch ein Stück zu Fuß aufsteigen, denn St. Anne's war eines jener in Irland häufiger als in England anzutreffenden Dörfer, die auf einer Hügelkuppe liegen und deren Bahnstation ein gutes Stück vom Ort entfernt ist. Zwischen hohen Böschungen führte eine gewundene Straße bergauf. Sobald Jane an der Kirche vorbei war, bog sie beim sächsischen Kreuz nach links ab, wie Mutter Dimble sie angewiesen hatte. Zu ihrer Linken gab es keine Häuser, nur eine Reihe Buchen und einen nicht eingezäunten, steil abfallenden Acker. Dahinter erstreckte sich – in der Ferne blau – die bewaldete mittelenglische Ebene, so weit das Auge reichte. Jane stand auf der höchsten Erhebung dieser Gegend. Bald kam sie zu einer hohen Mauer, die den Weg zur Rechten ein gutes Stück weit säumte. In dieser Mauer befand sich eine Tür und daneben ein alter eiserner Glockenzug. Sie war ein wenig niedergeschlagen und sicher, umsonst gekommen zu sein. Dennoch läutete sie. Als das scheppernde Geräusch verklungen war, war es so lange still und so kalt auf dieser Kuppe, dass Jane sich fragte, ob das Haus überhaupt bewohnt sei. Dann, als sie gerade überlegte, ob sie noch einmal läuten oder fortgehen solle, hörte sie hinter der Mauer lebhafte Schritte näher kommen.

Unterdessen war Lord Feverstones Wagen längst in Belbury eingetroffen – einem prunkvollen Herrensitz, der für einen Millionär und Bewunderer von Versailles erbaut worden war. Zu beiden Seiten wucherten neuere, weitläufige Betongebäude, die das Blutspendezentrum beherbergten.

## 3 Belbury und St. Anne's on the Hill

Als Mark Studdock die breite Treppe hinaufstieg, sah er sich und seinen Begleiter in einem Spiegel. Feverstone war wie immer Herr der Lage, selbstsicher und von lässiger Eleganz. Der Wattebausch auf Marks Oberlippe war während der Autofahrt verrutscht und sah wie die eine Hälfte eines keck aufgezwirbelten falschen Schnurrbarts aus, unter dem ein wenig schwärzliches Blut hervorschaute. Gleich darauf standen sie in einem großen Raum mit hohen Fenstern und einem lodernden Kaminfeuer, und Feverstone stellte ihn John Wither vor, dem stellvertretenden Direktor des Instituts.

Wither war ein weißhaariger alter Mann mit höflichen Manieren. Sein Gesicht war glatt rasiert und sehr groß, er hatte wässrige blaue Augen und einen unbestimmten, unruhigen Ausdruck. Er schien ihnen nicht seine ganze Aufmerksamkeit zuzuwenden, und ich denke, dieser Eindruck war den Augen zuzuschreiben, denn seine Worte und Gesten waren beinahe übertrieben höflich. Er sagte, es sei ihm ein großes, ein sehr großes Vergnügen, Mr. Studdock in ihrem Kreis willkommen zu heißen. Er fühle sich Lord Feverstone dadurch zu noch größerem Dank verpflichtet, als er ihm ohnedies schon schulde. Er hoffte, sie hätten eine angenehme Reise gehabt. Mr.

Wither schien der Meinung zu sein, dass sie mit dem Flugzeug gekommen und, als dies richtig gestellt war, dass sie mit dem Zug aus London eingetroffen seien. Dann erkundigte er sich, ob Mr. Studdock sich in seinem Quartier auch wirklich wohl fühle, und musste daran erinnert werden, dass sie gerade erst angekommen waren. Mark vermutete, dass der alte Mann ihm die Befangenheit nehmen wollte, doch in Wirklichkeit hatten Mr. Withers Worte genau den gegenteiligen Effekt. Mark wünschte, er würde ihm eine Zigarette anbieten. Seine wachsende Überzeugung, dass dieser Mann in Wirklichkeit nichts über ihn wusste, und sein Gefühl, dass Feverstones scheinbar so durchdachte Pläne und Versprechungen sich hier in eine Art Nebel auflösten, waren äußerst unangenehm. Schließlich nahm er sich ein Herz und versuchte, Mr. Wither zur Sache zu bringen, indem er sagte, dass ihm noch immer nicht ganz klar sei, in welcher Eigenschaft er dem Institut nützlich sein könne.

»Ich versichere Ihnen, Mr. Studdock«, sagte der Vizedirektor mit einem ungewöhnlich geistesabwesenden Blick, »dass Sie in diesem Punkt nicht die geringsten … äh … Schwierigkeiten zu befürchten haben. Es ist nie daran gedacht worden, Ihren Aktivitäten und Ihrem allgemeinen Einfluss auf die Politik des Instituts irgendwelche Grenzen zu setzen, ohne Ihre eigenen Ansichten und Ihren eigenen Rat so weitgehend wie möglich zu berücksichtigen. Dies gilt selbstverständlich erst recht für die Beziehungen zu Ihren Kollegen und für das, was ich ganz allgemein die Richtlinien nennen möchte, unter denen Sie mit uns zusammenarbeiten würden. Sie werden feststellen, Mr. Studdock, dass wir hier in Belbury, wenn ich einmal so sagen darf, eine sehr glückliche Familie sind.«

»Oh, bitte verstehen Sie mich nicht falsch, Sir«, sagte Mark. »Das habe ich gar nicht gemeint. Ich meinte nur, dass ich gern eine Vorstellung von der Arbeit hätte, die ich tun müsste, wenn ich zu Ihnen käme.«

»Nun, wenn Sie überlegen, zu uns zu kommen«, sagte der Vizedirektor, »dann ist da ein Punkt, über den es hoffentlich kein Missverständnis geben wird. Ich denke, wir sind übereingekommen, dass die Frage des Wohnsitzes keiner Erörterung bedarf – ich meine, nicht in diesem Stadium. Wir haben gedacht, wir alle haben gedacht, dass Sie völlig frei sein sollten, in Ihrer Arbeit fortzufahren, wo immer Sie wollen. Wenn Sie in London oder Cambridge bleiben möchten ...«

»Edgestow«, warf Lord Feverstone ein.

»Ach ja, Edgestow.« Der stellvertretende Direktor wandte sich zu Feverstone. »Ich erkläre Mr. ... äh ... Studdock gerade, und Sie werden mir sicherlich zustimmen, dass dem Ausschuss nichts ferner liegt, als Mr. ... Ihrem Freund vorzuschreiben oder auch nur anzuraten, wo er wohnen soll. Wo immer er lebt, wir werden ihm selbstverständlich Beförderungsmittel in der Luft und zu Lande zur Verfügung stellen. Ich nehme an, Lord Feverstone, Sie haben ihm bereits erläutert, dass alle Fragen dieser Art sich ohne die geringste Schwierigkeit von selbst regeln werden.«

»Wirklich, Sir«, sagte Mark, »daran habe ich überhaupt nicht gedacht. Ich habe – ich meine, ich hätte keinerlei Einwände gegen diesen oder jenen Wohnort. Ich wollte nur ...«

Der stellvertretende Direktor unterbrach ihn mit so sanfter Stimme, dass man kaum von einer Unterbrechung sprechen konnte. »Aber ich versichere Ihnen, Mr. ... äh ... ich versichere Ihnen, Sir, Sie können Ihren Wohnsitz haben, wo immer es Ihnen angenehm erscheint. Es wurde niemals, in keinem Stadium des Projekts, die leiseste Andeutung gemacht ...« Aber hier wagte Mark es beinahe verzweifelt, seinerseits den anderen zu unterbrechen.

»Ich wollte nur etwas mehr Klarheit über die genaue Art der Arbeit«, sagte er, »und über die erforderliche Qualifikation.«

»Mein lieber Freund«, sagte Wither, »auch in dieser Hinsicht brauchen Sie sich keinerlei Sorgen zu machen. Wie ich schon sagte, Sie werden eine glückliche Familie kennen lernen und können überzeugt sein, dass niemand auch nur den geringsten Zweifel an Ihrer Eignung hegt. Ich würde Ihnen keine Position bei uns anbieten, wenn auch nur die geringste Gefahr bestünde, dass Sie nicht allen von uns willkommen wären oder dass man Ihre sehr wertvollen Fähigkeiten nicht von Grund auf zu schätzen wüsste. Sie sind – Sie sind hier unter Freunden, Mr. Studdock. Ich wäre der Letzte, der Ihnen raten würde, sich mit irgendeiner Organisation zu verbinden, bei der Sie Gefahr liefen, sich unerfreulichen ... äh ... persönlichen Kontakten auszusetzen.«

Mark fragte nicht weiter nach, was für eine Arbeit das N.I.C.E. von ihm verlangte; teils, weil er langsam befürchtete, dass man davon ausging, dass er das bereits wisse, und teils, weil eine ganz direkte Frage in diesem Raum derb und ungehobelt klingen würde und ihn plötzlich von der warmen und beinahe betäubenden Atmosphäre unbestimmter und doch bedeutsamer Vertraulichkeit, die ihn allmählich umhüllte, hätte ausschließen können.

»Sie sind sehr freundlich«, sagte er. »Das Einzige, worüber ich gern etwas mehr Klarheit hätte, ist das genaue – nun, das eigentliche Arbeitsgebiet meiner künftigen Stellung.«

»Also«, sagte Mr. Wither so leise und weich, dass es fast wie ein Seufzer klang, »ich bin sehr froh, dass Sie diesen Punkt ganz zwanglos angesprochen haben. Natürlich läge es weder in Ihrem noch in meinem Interesse, wenn wir uns jetzt in irgendeinem Sinne festlegten, der die Machtbefugnisse des Ausschusses verletzen würde. Ich verstehe Ihre Beweggründe und ... äh ... respektiere sie. Selbstverständlich sprechen wir nicht von einer Stellung im gewissermaßen technischen Sinne des Worts; das wäre für uns beide unpassend, wenn auch aus unterschiedlichen Gründen, oder könnte doch zu gewissen Unannehmlichkeiten führen. Aber ich denke, ich kann Ihnen mit aller Entschiedenheit versichern, dass niemand Sie in irgendeine Art von Zwangsjacke oder Prokrustesbett stecken will. Wir denken hier eigentlich nicht im Rahmen streng abgegrenzter Funktionen. Eine solche Auffassung liegt, wenn ich das richtig sehe, Männern wie Ihnen und mir eher fern. Jeder im Institut empfindet seine eigene Arbeit nicht so sehr als den Beitrag einer Abteilung zu einem bestimmten Zweck, sondern vielmehr als ein Moment oder eine Stufe in der fortschreitenden Entwicklung eines organischen Ganzen.«

Und Mark – Gott vergebe ihm, denn er war jung und schüchtern und eitel und furchtsam, alles zugleich – sagte: »Ich glaube, gerade das ist sehr wichtig. Die Flexibilität Ihrer Organisation ist eines der Dinge, die mich so reizen.« Danach hatte er keine Gelegenheit mehr, den stellvertretenden Direktor zum Kern der Sache zu bringen, und wann immer die langsame, sanfte Stimme verstummte, antwortete Mark auf dieselbe Art, anscheinend unfähig, sich anders zu verhalten, obwohl er sich immer wieder die quälende Frage stellte, worüber sie eigentlich redeten. Am Ende des Gesprächs gab es dann noch einen klaren Punkt. Mr. Wither meinte, es sei für ihn, Mark, bequemer, dem Club des Instituts beizutreten. Denn schon vom ersten Tag an habe er als Mitglied mehr Bewegungsfreiheit als ein Gast. Mark war einverstanden und errötete dann wie ein kleiner Junge, als er erfuhr, die einfachste Möglichkeit sei der Erwerb einer lebenslangen Mitgliedschaft zum Preis von zweihundert Pfund. Einen solchen Betrag hatte er gar nicht auf der Bank. Natürlich, wenn er den neuen Job mit den fünfzehnhundert im Jahr bekäme, wäre alles in Ordnung. Aber hatte er ihn? Gab es überhaupt einen Job?

»Wie dumm!«, sagte er laut. »Ich habe mein Scheckbuch nicht bei mir.«

Dann fand er sich mit Feverstone draußen auf der Treppe wieder.

»Nun?«, fragte er gespannt. Feverstone schien ihn nicht zu hören.

»Nun?«, wiederholte Mark. »Wann wird sich mein Schicksal entscheiden? Ich meine, habe ich den Job?«

»Hallo, Guy!«, rief Feverstone plötzlich einem Mann unten in der Eingangshalle zu. Im nächsten Moment war er die Treppe hinuntergelaufen, schüttelte seinem Bekannten herzlich die Hand und verschwand. Mark folgte ihm langsam und stand allein in der Eingangshalle herum, stumm und unsicher zwischen Gruppen und Paaren eifrig redender Männer, die alle nach links zu einer großen Schiebetür gingen.

## 2

Er schien eine lange Zeit herumgestanden zu haben, ratlos, bemüht, sich natürlich zu geben und den Blick keines Fremden aufzufangen. Die Geräusche und angenehmen Düfte, die hinter der Schiebetür herkamen, zeigten an, dass die Leute dort ihr Mittagessen einnahmen. Mark zögerte, im Ungewissen über seinen Status. Schließlich sagte er sich, dass er nicht länger wie ein Trottel in der Halle herumstehen könne, und ging hinein.

Er hatte gehofft, es gebe mehrere kleine Tische, sodass er sich allein an einen von ihnen setzen konnte. Aber es gab nur eine einzige lange Tafel, die bereits so dicht besetzt war, dass er, nachdem er vergeblich nach Feverstone Ausschau gehalten hatte, sich neben einen Fremden setzen musste. »Ich nehme an, jeder setzt sich dorthin, wo er will?«, murmelte er, als er sich niederließ, doch der Fremde hörte ihn offensichtlich nicht. Er war ein geschäftiger Typ, der sehr hastig aß und gleichzeitig mit seinem Nachbarn auf der anderen Seite redete.

»Das ist es ja gerade«, sagte er. »Wie ich ihm sagte, mir ist es gleich, wie sie es regeln. Von mir aus können die IVD-Leute das Ganze übernehmen, wenn der VD es will, aber mir missfällt, dass ein Mann dafür verantwortlich sein soll, wenn die halbe Arbeit von jemand anderes getan wird. Ich habe ihm gesagt, dass er jetzt drei Abteilungsdirektoren hat, die sich nur gegenseitig auf die Füße treten und die gleiche Arbeit leisten, die ein Sachbearbeiter erledigen könnte. Es wird allmählich lächerlich. Denken Sie bloß daran, was heute Morgen passiert ist.«

Gespräche dieser Art wurden während der ganzen Mahlzeit geführt. Trotz des ausgezeichneten Essens und der hervorragenden Getränke war Mark erleichtert, als die Leute von den Tischen aufstanden. Er folgte dem allgemeinen Strom durch die Eingangshalle und kam in einen großen Gesellschaftsraum, wo Kaffee serviert wurde. Hier endlich sah er Feverstone wieder. Es wäre auch wirklich schwierig gewesen, ihn nicht zu sehen, denn er war der Mittelpunkt einer Gruppe und lachte schallend. Mark wäre gern auf ihn zugegangen, und sei es nur, um zu erfahren, ob er über Nacht bleiben solle und ob ihm ein Zimmer zugewiesen sei. Aber der Kreis um Feverstone bestand offenbar aus lauter Vertrauten, sodass Mark sich nicht einfach dazustellen wollte. Er ging zu einem der vielen Tische und blätterte in einem Hochglanzmagazin. Alle paar Sekunden blickte er auf, um zu sehen, ob es eine Gelegenheit gebe, mit Feverstone ein Wort unter vier Augen zu sprechen. Als er zum fünften Mal aufschaute, blickte er ins Gesicht eines seiner eigenen Kollegen, eines Professors vom Bracton College mit Namen William Hingest. Die Fortschrittlichen Kräfte nannten ihn unter sich Bill den Blizzard.

Hingest hatte, anders als Curry vermutet hatte, nicht an der Sitzung des Kollegiums teilgenommen. Mit Lord Feverstone sprach er kaum noch. Mark machte sich mit einer gewissen Ehrfurcht klar, dass hier ein Mann vor ihm stand, der direkte Verbindungen zum N.I.C.E. hatte – einer, der sozusagen von einem Punkt hinter Feverstone ausging. Hingest war Chemophysiker und einer der beiden Wissenschaftler am Bracton College, deren Namen auch außerhalb Englands bekannt waren. Ich hoffe, der Leser hat sich nicht zu der Annahme verleiten lassen, das Kollegium von Bracton sei eine besonders illustre Gesellschaft. Es lag gewiss nicht in der Absicht des Progressiven Elements, mittelmäßige Leute auf Lehrstühle zu berufen, aber ihre Entschlossenheit, nur »vernünftige Leute« zu wählen, engte ihre Auswahl sehr ein, und wie Busby einmal gesagt hatte: »Man kann nicht alles haben.« Bill der Blizzard hatte einen altmodisch gezwirbelten Schnurrbart, in dem das Weiß beinahe, aber noch nicht ganz, über das Gelb triumphierte, eine große Hakennase und einen kahlen Schädel.

»Welch unerwartetes Vergnügen«, sagte Mark ein wenig förmlich. Er hatte immer ein bisschen Angst vor Hingest.

»Hmm?«, brummte dieser. »Ach, Sie sind es, Studdock. Ich wusste nicht, dass man sich Ihre Dienste hier schon gesichert hat.«

»Ich habe Sie leider bei der gestrigen Sitzung des Kollegiums nicht gesehen«, sagte Mark.

Das war gelogen. Hingests Anwesenheit brachte das Progressive Element immer in Verlegenheit. Als Wissenschaftler – der einzige wirklich bedeutende Wissenschaftler, den sie hatten – gehörte er von Rechts wegen zu ihnen; aber er war eine abscheuliche Anomalie, die falsche Art von Wissenschaftler. Glossop, ein klassischer Philologe, war sein bester Freund im College. Er pflegte (was Curry »affektiert« fand) seinen eigenen bahnbrechenden Entdeckungen auf dem Gebiet der Chemie nicht viel Bedeutung beizumessen und sich viel mehr darauf zugute zu halten, ein Hingest zu sein: Sein Stammbaum reichte in nahezu mythische Zeiten zurück und war nach dem Zeugnis eines Genealogen aus dem neunzehnten Jahrhundert »niemals durch einen Verräter, Politiker oder Baron entehrt worden«. Besonderen Anstoß hatte Hingest anlässlich eines Besuchs des Herzogs von Broglie in Edgestow erregt. Der Franzose hatte seine freie Zeit ausschließlich mit Bill dem Blizzard verbracht, aber als ein übereifriger junger Dozent seine Fühler ausstreckte und wissen wollte, welches wissenschaftliche Festmahl die beiden *savants* denn genossen hätten, hatte Bill der Blizzard einen Augenblick überlegt und dann erwidert, dass sie auf dieses Thema gar nicht zu sprechen gekommen seien. »Wahrscheinlich«, hatte Curry hinter Hingests Rücken gespottet, »haben sie über diesen blödsinnigen Gothaischen Adelskalender geredet.«

»Wie? Was meinen Sie? Sitzung des Kollegiums?«, sagte der Blizzard. »Und worüber ist gesprochen worden?«

»Über den Verkauf des Bragdon-Waldes.«

»Alles Unsinn«, knurrte der Blizzard.

»Ich hoffe, Sie hätten unserem Beschluss zugestimmt.«

»Völlig einerlei, welcher Beschluss gefasst worden ist.«

»Oh!«, sagte Mark überrascht.

»Es war alles Unsinn. Das N.I.C.E. hätte den Wald in jedem Fall bekommen. Es hatte die Macht, einen Zwangsverkauf zu erwirken.«

»Sehr merkwürdig! Es sah so aus, als ginge das Institut nach Cambridge, wenn wir nicht verkauften.«

»Daran ist kein wahres Wort. Und was das Merkwürdige angeht, nun, das hängt davon ab, was Sie meinen. Es ist nichts Merkwürdiges daran, wenn das Kollegium von Bracton den ganzen Nachmittag über eine eingebildete Streitfrage diskutiert. Und es liegt nichts Merkwürdiges in der Tatsache, dass das N.I.C.E. nach Möglichkeit Bracton die Schande zuschieben möchte, das Herz Englands in eine Kreuzung zwischen einem misslungenen Wolkenkratzerhotel und einem besseren Gaswerk verwandelt zu haben. Das einzige echte Rätsel ist, warum das Institut gerade dieses Stück Land will.«

»Ich nehme an, wir werden es im weiteren Verlauf erfahren.«

»Sie vielleicht. Ich nicht.«

»Warum nicht?« fragte Mark.

»Ich habe genug«, sagte Hingest etwas leiser. »Ich reise noch heute ab. Ich weiß nicht, was Sie am College getan haben, aber wenn es was taugte, dann gebe ich Ihnen den guten Rat, zurückzugehen und dabeizubleiben.«

»Wirklich?«, sagte Mark. »Warum sagen Sie das?«

»Für einen alten Kerl wie mich spielt es keine Rolle«, sagte Hingest, »aber Ihnen könnten sie übel mitspielen. Natürlich hängt alles davon ab, wie man über die Sache denkt.«

»Um die Wahrheit zu sagen, ich habe mich noch nicht endgültig entschieden«, sagte Mark. Man hatte ihn dazu gebracht, Hingest als einen verknöcherten Reaktionär zu betrachten. »Ich weiß nicht einmal, was für eine Arbeit ich hier tun sollte, wenn ich bliebe.«

»Welches Fachgebiet haben Sie?«

»Soziologie.«

»Hm«, machte Hingest. »In diesem Fall kann ich Ihnen sagen, wem Sie unterstellt wären. Einem Burschen namens Steele. Er ist dort drüben beim Fenster, sehen Sie?«

»Vielleicht könnten Sie mich vorstellen?«

»Dann sind Sie also entschlossen zu bleiben?«

»Nun, ich denke, ich sollte wenigstens einmal mit ihm reden.«

»Von mir aus«, sagte Hingest. »Geht mich ja nichts an.« Dann fügte er mit lauter Stimme hinzu: »Steele!«

Steele wandte sich um. Er war ein großer, unfreundlicher Mann mit einem länglichen, pferdeartigen Gesicht, das nicht so recht zu den dicken, aufgeworfenen Lippen zu passen schien.

»Das ist Studdock«, sagte Hingest. »Der neue Mann für Ihre Abteilung.« Dann wandte er sich ab.

»Oh«, sagte Steele verdutzt. Nach einer kurzen Pause fügte er hinzu: »Hat er gesagt, meine Abteilung?«

»Ja, das hat er gesagt«, erwiderte Mark und versuchte zu lächeln. »Aber vielleicht hat er es falsch verstanden. Ich bin Soziologe, wenn Ihnen das weiterhilft.«

»Ich bin Abteilungsleiter für Soziologie, das stimmt«, sagte

Steele. »Aber ich höre Ihren Namen zum ersten Mal. Wer hat Ihnen gesagt, dass Sie in dieser Abteilung arbeiten werden?«

»Nun, um die Wahrheit zu sagen«, sagte Mark, »die ganze Geschichte ist ziemlich vage. Ich hatte gerade ein Gespräch mit dem stellvertretenden Direktor, aber wir haben keine Einzelheiten besprochen.«

»Wie haben Sie es fertig gebracht, mit ihm zu sprechen?«

»Lord Feverstone hat mich vorgestellt.«

Steele pfiff leise durch die Zähne. »He, Cosser!«, rief er einem sommersprossigen Mann zu, der gerade vorbeiging. »Hören Sie sich das an. Feverstone hat gerade diesen Burschen auf unsere Abteilung abgeladen. Hat ihn gleich zum VD geführt, ohne mir ein Wort davon zu sagen. Wie finden Sie das?«

»Das ist die Höhe!«, sagte Cosser, der Mark kaum eines Blickes würdigte, aber Steele unverwandt anblickte.

»Tut mir Leid«, sagte Mark ein wenig lauter und förmlicher als bisher. »Kein Grund zur Beunruhigung. Anscheinend hat mich jemand für die falsche Position vorgeschlagen. Da muss wohl ein Missverständnis vorliegen. Außerdem bin ich vorläufig nur hier, um mich umzusehen. Ich bin keineswegs sicher, ob ich bleiben werde.«

Keiner der beiden anderen schenkte dieser letzten Bemerkung auch nur die geringste Beachtung.

»Das sieht Feverstone wieder mal ähnlich«, sagte Cosser zu Steele.

Steele wandte sich zu Mark. »Ich würde Ihnen raten, nicht allzu viel darauf zu geben, was Lord Feverstone hier sagt«, meinte er. »Das geht ihn nämlich überhaupt nichts an.«

»Ich will mich keineswegs«, sagte Mark und wurde puterrot, »auf eine falsche Stelle setzen lassen. Ich bin nur hier, um mir einen Überblick zu verschaffen. Es ist mir ziemlich gleichgültig, ob ich für das Institut arbeite oder nicht.«

»Wissen Sie«, sagte Steele zu Cosser, »in unserer Mannschaft ist gar kein Platz für einen weiteren Mann – schon gar nicht für einen, der den Betrieb nicht kennt.«

»Stimmt«, sagte Cosser.

»Mr. Studdock, glaube ich«, sagte eine neue Stimme neben Mark, eine Fistelstimme, die nicht zu dem Berg von Mann passen wollte, den Mark sah, als er den Kopf wandte. Er erkannte den Sprecher sofort. Das dunkle, glatte Gesicht und die schwarzen Haare waren so unverkennbar wie der ausländische Akzent. Es war Professor Filostrato, der bekannte Physiologe, der bei einem Abendessen vor zwei Jahren Marks Tischnachbar gewesen war. Er war fett in einem Maße, das auf der Bühne komisch gewirkt hätte, an dem aber im wirklichen Leben nichts Lustiges war. Mark fühlte sich geschmeichelt, dass ein so bekannter Mann sich seiner erinnerte.

»Es freut mich sehr, dass Sie sich uns anschließen wollen«, sagte Filostrato, nahm Mark beim Arm und zog ihn sanft mit sich, fort von Steele und Cosser.

»Um Ihnen die Wahrheit zu sagen«, sagte Mark, »ich bin mir keineswegs schlüssig, ob ich bleiben werde. Feverstone hat mich mitgebracht, aber er ist verschwunden, und Steele – anscheinend wäre ich für seine Abteilung vorgesehen – scheint überhaupt nichts von mir zu wissen.«

»Ach, Steele!«, sagte der Professor. »Alles halb so wild. Er plustert sich bloß auf. Eines Tages werden wir ihm den Kopf zurechtsetzen. Vielleicht werden Sie derjenige sein, der es tut. Ich habe alle Ihre Arbeiten gelesen, *si, si*. Machen Sie sich seinetwegen keine Gedanken.«

»Ich lasse mich sehr ungern auf einen falschen Stuhl setzen ...«, begann Mark.

»Hören Sie zu, mein Freund«, unterbrach ihn Filostrato. »Sie müssen sich solche Gedanken aus dem Kopf schlagen. Machen Sie sich vor allem klar, dass das Institut eine ernsthafte Angelegenheit ist. Nichts Geringeres als der Fortbestand der menschlichen Rasse hängt von unserer Arbeit ab: unserer wirklichen Arbeit, verstehen Sie? Unter dieser *canaglia,* diesem Pöbel gibt es immer Reibereien und Unverschämtheiten. Sie verdienen sowenig Beachtung wie die Abneigung gegen einen Waffengefährten, wenn die Schlacht ihren Höhepunkt erreicht hat.«

»Solange ich eine Arbeit habe, die der Mühe wert ist«, sagte Mark, »lasse ich mich von solchen Dingen nicht stören.«

»Ja, ja, das ist gut so. Und unsere Arbeit hier ist wichtiger, als Sie momentan verstehen können. Sie werden sehen. Diese Steeles und Feverstones – sie sind unwichtig. Solange Sie mit dem stellvertretenden Direktor gut stehen, können Sie auf die anderen pfeifen. Hören Sie auf keinen als auf ihn, verstehen Sie? Ach ja – und da ist noch etwas. Machen Sie sich die Fee nicht zur Feindin. Alle anderen brauchen Sie nicht ernst zu nehmen.«

»Die Fee?«

»Ja. Sie wird hier so genannt. O mein Gott, eine schreckliche *Inglesaccia!* Sie ist die Chefin unserer Polizei, der Institutspolizei. *Ecco,* da kommt sie. Ich werde Sie vorstellen. Miss Hardcastle, gestatten Sie, dass ich Ihnen Mr. Studdock vorstelle.«

Mark zuckte unter dem Händedruck – kräftig wie der eines Heizers oder Fuhrmanns – eines mächtigen Weibes in schwarzer Uniform mit kurzem Rock zusammen. Trotz ihres Busens, der einer viktorianischen Bardame Ehre gemacht hätte, war sie eher stämmig als fett, und ihr eisengraues Haar war kurz geschnitten. Sie hatte ein kantiges, strenges, bleiches Gesicht und eine tiefe Stimme. Als einziges Zugeständnis an die Mode hatte sie in gewaltsamer Missachtung der wirklichen Form ihres Mundes ein wenig Lippenstift mehr aufgeschmiert als aufgelegt, und zwischen ihren Zähnen rollte oder kaute sie einen langen schwarzen, nicht angezündeten Stumpen. Wenn sie sprach, nahm sie den Stumpen aus dem Mund, blickte angestrengt auf die Mischung von Lippenstift und Speichel am zerkauten Ende und klemmte ihn dann fester als zuvor zwischen die Zähne. Sie setzte sich ohne Umschweife in einen Sessel, schwang das rechte Bein über eine Armlehne und fixierte Mark mit einem Blick kalter Vertraulichkeit.


# 3

Schritte hallten auf der anderen Seite der Mauer durch die Stille, dann wurde die Tür geöffnet, und Jane stand einer großen Frau gegenüber, die ungefähr so alt war wie sie selbst. Diese Person musterte sie mit einem durchdringenden, unverbindlichen Blick.

»Wohnt hier eine Miss Ironwood?«, fragte Jane.

»Ja«, sagte die Frau, machte die Tür aber weder weiter auf, noch trat sie zur Seite.

»Ich möchte sie bitte sprechen«, sagte Jane.

»Sind Sie angemeldet?«, fragte die große Frau.

»Nun, eigentlich nicht«, antwortete Jane. »Professor Dimble hat mich hergeschickt. Er kennt Miss Ironwood. Er hat gesagt, ich könnte unangemeldet hierher kommen.«

»Oh, Sie kommen von Professor Dimble, das ist etwas anderes«, sagte die Frau. »Kommen Sie herein. Warten Sie einen Moment, bis ich wieder zugeschlossen habe. So, das wär's. Dieser Weg ist zu schmal für zwei, Sie müssen also entschuldigen, wenn ich vorangehe.«

Die Frau führte sie einen gepflasterten Weg an einer von Obstbäumen gesäumten Mauer entlang und dann nach links über einen bemoosten Pfad zwischen Reihen von Stachelbeersträuchern hindurch. Dann kam eine kleine Rasenfläche mit einer Schaukel in der Mitte und einem Gewächshaus dahinter. Sie befanden sich in einer Art kleinem Weiler, wie man sie zuweilen in sehr großen Gärten antrifft. Sie gingen eine richtige kleine Straße hinunter zwischen einem Stall und einer Scheune auf der einen und einem zweiten Gewächshaus, einem Schuppen und einem Schweinestall auf der anderen

Seite – letzterer bewohnt, wie Jane aus dem Grunzen und dem nicht sehr angenehmen Geruch schloss. Danach führten schmale Pfade durch einen Gemüsegarten, der an einem ziemlich steilen Hang lag, und vorbei an in ihrem Winterkleid ganz starren und stacheligen Rosenstöcken. An einer Stelle gingen sie über einen Pfad, der aus einzelnen Planken bestand. Das erinnerte Jane an irgendetwas. An einen sehr großen Garten wie ... wie ... ja, nun hatte sie es: wie der Garten in *Peter Rabbit*. Oder wie der Garten im *Rosenroman*? Nein, in keiner Weise. Oder wie Klingsors Garten? Oder der Garten in *Alice im Wunderland*? Oder wie der Garten auf irgendeinem mesopotamischen Zikkurat, auf den manche Leute die Legende vom Paradies zurückführten? Oder einfach wie alle von einer Mauer umgebenen Gärten? Freud hatte gesagt, wir lieben Gärten, weil sie Symbole des weiblichen Körpers seien. Aber das musste ein männlicher Standpunkt sein. In den Träumen von Frauen bedeuteten Gärten sicherlich etwas anderes. Oder vielleicht doch nicht? War es möglich, dass Männer wie Frauen ein Interesse am weiblichen Körper hatten und sogar, auch wenn dies lächerlich klang, auf dieselbe Weise? Ein Satz kam ihr in den Sinn: »Die Schönheit des Weibes ist der Quell der Freude für Weib und Mann, und nicht zufällig ist die Göttin der Liebe älter und stärker als der Gott.« Wo in aller Welt hatte sie das gelesen? Und was für einen schrecklichen Unsinn hatte sie in den letzten paar Minuten gedacht! Sie schüttelte all diese Gedanken über Gärten ab und beschloss, sich zusammenzunehmen. Ein seltsames Gefühl sagte ihr, dass sie sich auf feindlichem oder zumindest fremdem Boden befand und gut daran täte, einen klaren Kopf zu behalten. Fast im gleichen Augenblick traten sie zwischen Rhododendron- und Lorbeerbüschen hindurch ins Freie und gelangten nach ein paar Schritten an eine Regentonne und eine kleine Seitentür in der Längsseite eines großen Hauses. Als sie stehen blieben, wurde oben ein Fenster zugeschlagen.

Minuten später saß Jane in einem großen, spärlich möblierten Raum, der von einem Ofen geheizt wurde. Die blanken Dielenbretter und die über der hüfthohen, dunklen Holztäfelung hellgrau getünchten Wände schufen eine etwas strenge und klösterliche Atmosphäre. Die Schritte der großen Frau verhallten in den Korridoren, und im Raum wurde es sehr still. Gelegentlich hörte man von draußen das raue Krächzen von Krähen. »Nun habe ich mich darauf eingelassen«, dachte Jane. »Ich werde dieser Frau meinen Traum erzählen und mir alle möglichen Fragen gefallen lassen müssen.« Sie hielt sich im Allgemeinen für einen modernen Menschen, der ohne Verlegenheit über alles sprechen konnte. Aber als sie jetzt in diesem Raum saß, sah plötzlich alles ganz anders aus. Alle möglichen geheimen Lücken in ihrem Programm der Offenheit, Dinge, die sie, wie ihr jetzt klar wurde, ausgesondert hatte, über die nicht gesprochen werden durfte, kehrten nun in ihr Bewusstsein zurück. Es war überraschend, dass nur sehr wenige davon mit Sexualität zu tun hatten. »Beim Zahnarzt«, dachte Jane, »gibt es im Wartezimmer wenigstens ein paar Illustrierte.« Sie stand auf und schlug das einzige Buch auf, das auf dem Tisch in der Mitte des Zimmers lag. Sofort fiel ihr Blick auf die Worte: »Die Schönheit des Weibes ist der Quell der Freude für Weib und Mann, und nicht zufällig ist die Göttin der Liebe älter und stärker als der Gott. Das Begehren der eigenen Schönheit zu begehren ist Liliths Eitelkeit, die Freude an der eigenen Schönheit zu begehren ist Evas Gehorsam. Und in beiden Fällen erlebt die Geliebte durch ihren Geliebten die eigene Herrlichkeit. Wie der Gehorsam die Leiter zur Freude ist, so ist die Demut …«

In diesem Augenblick ging plötzlich die Tür auf. Jane errötete, als sie das Buch schloss und aufblickte. Dasselbe Mädchen, das sie eingelassen hatte, hatte offensichtlich gerade die Tür geöffnet und stand noch immer im Türrahmen. Jane empfand für sie jetzt jene beinahe schon leidenschaftliche Bewunderung, wie Frauen sie häufiger, als man denkt, für andere Frauen empfinden, deren Schönheit von anderer Art ist als die eigene. Es wäre schön, dachte Jane, so zu sein – so gerade, so aufrichtig, so tapfer, so eine geborene Reiterin und so göttlich groß.

»Ist ... ist Miss Ironwood zu Hause?«, fragte Jane.

»Sind Sie Mrs. Studdock?«, fragte das Mädchen.

»Ja«, sagte Jane.

»Ich bringe Sie sofort zu ihr. Wir haben Sie erwartet. Mein Name ist Camilla – Camilla Denniston.«

Jane folgte ihr. Die Korridore waren eng und schlicht. Daraus schloss sie, dass sie noch immer im rückwärtigen Teil des Hauses waren und dass, wenn das stimmte, dies ein sehr großes Haus sein musste. Es war ein langer Weg, bis Camilla an eine Tür klopfte und zur Seite trat, um Jane vorbeizulassen, nachdem sie mit leiser, klarer Stimme (wie eine Dienerin, dachte Jane) gesagt hatte: »Sie ist gekommen.« Jane ging hinein, und da saß Miss Ironwood, ganz in Schwarz, die Hände auf den Knien gefaltet, genauso wie Jane sie in ihrem Traum – wenn es ein Traum gewesen war – gesehen hatte.

»Setzen Sie sich, junge Frau«, sagte Miss Ironwood.

Ihre gefalteten Hände waren sehr groß und knochig, aber nicht derb, und selbst wenn sie saß, war Miss Ironwood ungemein groß. Alles an ihr war groß – die Nase, der ernste Mund und die grauen Augen. Sie war eher sechzig als fünfzig. Jane fand die Stimmung im Zimmer unbehaglich.

»Wie heißen Sie, junge Frau?«, sagte Miss Ironwood und griff zu Bleistift und Notizbuch.

»Jane Studdock.«

»Sind Sie verheiratet?«

»Ja.«

»Weiß Ihr Mann, dass Sie zu uns gekommen sind?«

»Nein.«

»Und Ihr Alter, bitte?«

»Dreiundzwanzig.«

»Nun«, sagte Miss Ironwood, »was haben Sie mir zu sagen?«

Jane holte tief Atem. »Ich hatte in letzter Zeit des Öfteren schlechte Träume und fühle mich dadurch niedergeschlagen«, sagte sie.

»Was für Träume waren das?«, fragte Miss Ironwood.

Janes etwas umständliche und unbeholfene Erzählung nahm einige Zeit in Anspruch. Beim Sprechen blickte sie unverwandt auf Miss Ironwoods große Hände, ihr schwarzes Kleid und den Bleistift mit dem Notizbuch. Und darum brach sie auch plötzlich ab. Denn sie sah, wie während ihres Berichtes Miss Ironwoods Hand aufhörte zu schreiben und die Finger den Bleistift umklammerten. Es schienen ungeheuer kräftige Finger zu sein. Sie packten immer fester zu, bis die Knöchel weiß waren und die Adern auf den Handrücken hervortraten; schließlich brachen sie, wie unter dem Einfluss irgendeiner unterdrückten Erregung, den Bleistift entzwei. Da hielt Jane inne und blickte erstaunt zu Miss Ironwood auf. Die großen grauen Augen sahen sie immer noch mit demselben Ausdruck an.

»Bitte fahren Sie fort, junge Frau«, sagte Miss Ironwood.

Jane nahm ihre Geschichte wieder auf. Als sie geendet hatte, stellte Miss Ironwood ihr eine Reihe Fragen. Danach versank sie in ein so langes Schweigen, dass Jane schließlich fragte: »Glauben Sie, dass ich ernstlich krank bin?«

»Sie sind nicht krank«, sagte Miss Ironwood.

»Sie meinen also, es wird vorübergehen?«

»Das kann ich nicht sagen. Aber wahrscheinlich nicht.«

Auf Janes Gesicht malte sich Enttäuschung.

»Dann – kann man denn nichts dagegen tun? Es waren schreckliche Träume, furchtbar lebendig, überhaupt nicht wie gewöhnliche Träume.«

»Das verstehe ich gut.«

»Ist es etwas, das nicht geheilt werden kann?«

»Der Grund, weshalb Sie nicht geheilt werden können, ist, dass Sie nicht krank sind.«

»Aber irgendetwas ist nicht in Ordnung. Es ist doch nicht natürlich, solche Träume zu haben.«

Es entstand eine Pause. »Ich denke«, sagte Miss Ironwood, »ich sage Ihnen besser die ganze Wahrheit.«

»Ja, bitte«, sagte Jane gezwungen. Die Worte der Frau hatten sie erschreckt.

»Eines möchte ich noch vorausschicken«, fuhr Miss Ironwood fort. »Sie sind eine wichtigere Person, als Sie selbst glauben.«

Jane sagte nichts, dachte aber bei sich, dass die Frau sie wohl für verrückt hielt und darum auf sie einging.

»Wie war Ihr Mädchenname?«, fragte Miss Ironwood.

»Tudor«, sagte Jane. Bei jedem anderen Anlass hätte sie es eher verlegen gesagt, denn sie war sehr darauf bedacht, sich nicht mit ihren Ahnen zu brüsten.

»Die Warwickshire-Linie der Familie?«

»Ja.«

»Haben Sie jemals das kleine Buch gelesen – es hat nur vierzig Seiten –, das einer Ihrer Vorfahren über die Schlacht von Worcester geschrieben hat?«

»Nein. Vater hatte ein Exemplar davon – ich glaube, er sagte, es sei das einzige. Aber ich habe es nie gelesen. Es ging verloren, als der Haushalt nach seinem Tod aufgelöst wurde.«

»Ihr Vater hat sich geirrt. Es gibt zumindest zwei weitere Exemplare: Eins ist in Amerika, und das andere befindet sich in diesem Haus.«

»Und?«

»Ihr Ahnherr hat eine vollständige und im Großen und Ganzen richtige Schilderung der Schlacht geliefert, und er gibt an, er habe dies noch am Tage der Schlacht niedergeschrieben. Nur war er nicht auf dem Schlachtfeld. Er war zu der Zeit in York.«

Jane konnte nicht recht folgen und sah Miss Ironwood an.

»Wenn das stimmt, was er sagt«, sagte Miss Ironwood, »und wir gehen davon aus, dann hat er das alles geträumt. Verstehen Sie?«

»Er hat von der Schlacht geträumt?«

»Ja. Aber er träumte sie richtig. Er hat in seinem Traum die wirkliche Schlacht gesehen.«

»Ich sehe den Zusammenhang nicht.«

»Das Zweite Gesicht – die Gabe, Wirklichkeit zu träumen – ist manchmal erblich«, sagte Miss Ironwood.

Etwas schien mit Janes Atem nicht zu stimmen. Sie fühlte sich irgendwie verletzt – das war genau das, was sie immer schon gehasst hatte: etwas aus der Vergangenheit, etwas Irrationales und völlig Unerwünschtes, das aus seinem Versteck hervorkroch und sie nun belästigte.

»Kann man es beweisen?«, fragte sie. »Ich meine, wir haben doch nur seine Aussage, nicht wahr?«

»Wir haben Ihre Träume«, sagte Miss Ironwood, und ihre ernste Stimme war streng geworden. War diese alte Frau vielleicht der Meinung, man sollte seine fernen Vorfahren nicht als Lügner bezeichnen?

»Meine Träume?«, fragte Jane etwas scharf.

»Ja.«

»Was soll das heißen?«

»Meiner Meinung nach haben Sie in Ihren Träumen wirkliche Ereignisse gesehen. Sie haben wirklich Alcasan in seiner Todeszelle sitzen sehen; und Sie haben einen Besucher gesehen, den er wirklich hatte.«

»Aber ... aber nein, das ist lächerlich!«, sagte Jane. »Dieser Teil war bloßer Zufall. Und der ganze Rest war ein reiner Albtraum. Es war absolut unsinniges Zeug. Er hat ihm wie gesagt den Kopf abgeschraubt. Und dann haben sie diesen grässlichen alten Mann ausgegraben und zum Leben erweckt.«

»Zweifellos gibt es da einige Unklarheiten. Aber meiner

Ansicht nach stehen selbst hinter diesen Episoden wirkliche Ereignisse.«

»Ich fürchte, ich glaube nicht an solche Dinge«, sagte Jane kalt.

»Das ist bei Ihrer Erziehung ganz natürlich«, antwortete Miss Ironwood. »Sofern Sie nicht bereits selbst festgestellt haben, dass Sie dazu tendieren, wirkliche Dinge zu träumen.«

Jane dachte an das Buch auf dem Tisch, das sie anscheinend gekannt hatte, ohne es je zuvor gesehen zu haben. Und dann Miss Ironwoods Erscheinung – auch die war ihr bereits bekannt, bevor sie sie mit eigenen Augen gesehen hatte. Dennoch, es war einfach widersinnig.

»Dann können Sie nichts für mich tun?«

»Ich kann Ihnen die Wahrheit sagen«, sagte Miss Ironwood. »Ich habe versucht, es zu tun.«

»Ich meine, können Sie mich nicht befreien – mich heilen?«

»Das Zweite Gesicht ist keine Krankheit.«

»Aber ich will nichts damit zu tun haben«, sagte Jane heftig. »Es muss aufhören. Ich hasse solche Dinge.«

Miss Ironwood sagte nichts.

»Kennen Sie denn nicht jemanden, der dem Einhalt gebieten könnte?« fragte Jane. »Können Sie mir niemanden empfehlen?«

»Ein normaler Psychotherapeut«, sagte Miss Ironwood, »wird davon ausgehen, dass die Albträume bloß Ihr eigenes Unterbewusstsein reflektieren. Er würde versuchen, Sie zu behandeln. Ich weiß nicht, welche Ergebnisse eine Behandlung haben würde, die auf dieser Annahme beruht, aber ich fürchte, die Folgen könnten ernst sein. Und verschwinden würden die Träume mit Sicherheit nicht.«

»Aber was hat das alles zu bedeuten?«, sagte Jane. »Ich will ein normales Leben führen. Ich will meine Arbeit tun. Es ist unerträglich! Warum sollte gerade ich für so etwas Schreckliches auserwählt sein?«

»Die Antwort darauf ist nur viel höheren Mächten als mir bekannt.«

Sie schwiegen. Jane machte eine unbestimmte Geste und sagte verdrießlich: »Nun, wenn Sie nichts für mich tun können, gehe ich wohl besser ...« Dann fügte sie unvermittelt hinzu: »Aber woher wissen Sie das alles überhaupt? Ich meine ... von welchen wirklichen Geschehnissen sprechen Sie?«

»Ich denke«, erwiderte Miss Ironwood, »dass Sie selbst wahrscheinlich mehr Grund haben, Ihre Träume für wahr zu halten, als Sie mir gegenüber zugeben. Wenn nicht, wird es bald so sein. Aber um Ihre Frage zu beantworten: Wir wissen, dass Ihre Träume teilweise wahr sind, weil sie Informationen entsprechen, die wir bereits haben. Professor Dimble hat Sie zu uns geschickt, weil er die Bedeutung dieser Träume erkannt hat.«

»Wollen Sie damit sagen, dass er mich hierher geschickt hat, nicht weil er mir helfen wollte, sondern damit ich Ihnen Informationen liefere?«, fragte Jane. Die Vorstellung passte gut zu Dimbles Verhalten, als sie ihm von ihren Träumen erzählt hatte.

»Genau.«

»Ich wollte, ich hätte das etwas eher gewusst«, sagte Jane kalt und stand entschlossen auf, um zu gehen. »Ich fürchte, es handelt sich um ein Missverständnis. Ich hatte gedacht, Professor Dimble wollte mir helfen.«

»Das wollte er auch. Aber er hat versucht, zugleich etwas noch Wichtigeres zu tun.«

»Wahrscheinlich sollte ich dankbar sein, dass man mich überhaupt beachtet hat«, sagte Jane trocken. »Und wie wollte er mir helfen? Vielleicht mit all diesem Zeug?« Der Versuch, beißende Ironie in ihre Stimme zu legen, misslang, als sie diese letzten Worte sagte, und heißer, unverhüllter Zorn schoss wieder in ihr Gesicht. In gewisser Hinsicht war sie sehr jung.

»Junge Frau«, sagte Miss Ironwood, »Sie sind weit davon

entfernt, den Ernst dieser Angelegenheit zu begreifen. Was Sie gesehen haben, betrifft etwas, im Vergleich zu dem Ihr und mein Glück und sogar unser beider Leben keinerlei Bedeutung haben. Ich muss Sie bitten, der Situation ins Auge zu sehen. Sie können sich Ihrer Gabe nicht entledigen. Sie können versuchen, sie zu unterdrücken, aber es wird Ihnen nicht gelingen, und Sie werden sich schrecklich fürchten. Sie können Ihre Gabe aber auch uns zur Verfügung stellen. Wenn Sie das tun, werden Sie sich auf lange Sicht viel weniger fürchten müssen, und Sie werden dabei helfen, die Menschheit vor einem sehr großen Unheil zu bewahren. Die dritte Möglichkeit ist, dass Sie jemand anders davon erzählen. Wenn Sie das tun, so muss ich Sie warnen. Sie werden dann mit großer Wahrscheinlichkeit in die Hände anderer Leute fallen, die mindestens so begierig sind wie wir, aus Ihrer Fähigkeit Nutzen zu ziehen, denen Ihr Leben und Ihr Glück aber nicht mehr bedeuten als das Leben und das Glück einer Fliege. Die Menschen, die Sie in Ihren Träumen gesehen haben, sind wirkliche Menschen. Es ist keineswegs unwahrscheinlich, dass sie wissen, dass Sie ihnen unabsichtlich nachspioniert haben. Und wenn das so ist, dann werden sie nicht ruhen, bis sie Sie in ihrer Gewalt haben. Ich würde Ihnen, auch um Ihrer selbst willen, raten, sich uns anzuschließen.«

»Sie sprechen ständig von ›wir‹ und ›uns‹. Sind Sie eine Art Gesellschaft?«

»Ja. Man könnte es eine Gesellschaft nennen.« Jane war stehen geblieben; und sie hatte beinahe geglaubt, was sie hörte. Dann überkam ihr ganzer Abscheu sie plötzlich erneut – ihre ganze verletzte Eitelkeit, ihre Erbitterung über die unsinnige, verwickelte Situation, in der sie sich gefangen sah, und ihre allgemeine Abneigung gegen das Geheimnisvolle und Unvertraute. Sie wollte jetzt nur noch aus diesem Raum hinaus, fort von Miss Ironwoods ernster, geduldiger Stimme. »Sie hat es nur noch schlimmer gemacht«, dachte Jane, die sich noch immer als Patientin betrachtete. Laut sagte sie: »Ich muss jetzt gehen. Ich weiß nicht, wovon Sie reden. Ich will nichts damit zu tun haben.«

## 4

Mark fand schließlich heraus, dass man erwartete, er werde wenigstens die eine Nacht bleiben, und als er hinaufging, um sich zum Abendessen umzukleiden, hatte sich seine Stimmung gebessert. Dies lag zum Teil an einem Whisky-Soda, den er unmittelbar zuvor mit ›Fee‹ Hardcastle getrunken hatte, und zum Teil daran, dass der Wattebausch auf der Oberlippe inzwischen entbehrlich geworden war, wie er durch einen Blick in den Spiegel feststellte. Auch das Zimmer mit seinem hellen Kaminfeuer und dem eigenen Bad hatte etwas damit zu tun. Wie gut, dass er sich von Jane hatte überreden lassen, diesen neuen Abendanzug zu kaufen! Er sah sehr gut aus, wie er da auf dem Bett lag; und Mark sah jetzt, dass der alte es nicht mehr getan hätte. Am meisten Mut aber hatte ihm das Gespräch mit der Fee gemacht.

Man konnte nicht gerade sagen, dass er sie mochte. Im Gegenteil, sie hatte in ihm die ganze Abneigung geweckt, die ein junger Mann in der Gegenwart einer übermäßigen, ja unverschämten und zugleich völlig unattraktiven Sexualität empfindet. Und etwas in ihrem kalten Blick hatte ihm gesagt, dass sie sich dieser Reaktion wohl bewusst sei und sie amüsant finde. Sie hatte ihm allerhand anstößige Geschichten erzählt. Immer schon hatte es Mark bei den ungeschickten Versuchen emanzipierter Frauen, sich in dieser Art von Humor zu ergehen, geschaudert, aber das war stets von einem Gefühl der Überlegenheit gemildert worden. Diesmal hatte er das Gefühl, selbst die Zielscheibe zu sein. Diese Frau provozierte die männliche Prüderie zu ihrer Unterhaltung. Später dann hatte sie ihm Erinnerungen aus dem Polizeidienst aufgetischt. Trotz anfänglicher Skepsis war Mark entsetzt über ihre Vermutung, dass ungefähr dreißig Prozent aller Mordverfahren damit endeten, dass ein Unschuldiger gehängt wurde. Und sie gab Einzelheiten über den Hinrichtungsraum zum Besten, die ihm bis dahin nicht bekannt gewesen waren.

All dies war wenig erfreulich. Aber es wurde durch den angenehm vertraulichen Charakter des Gesprächs mehr als ausgeglichen. Immer wieder hatte man ihn im Laufe des Tages spüren lassen, dass er ein Außenseiter war: dieses Gefühl war völlig verschwunden, solange Miss Hardcastle mit ihm sprach. Er hatte den Eindruck, aufgenommen zu sein. Miss Hardcastle hatte offenbar ein bewegtes Leben hinter sich. Sie war nacheinander Frauenrechtlerin, Pazifistin und Faschistin gewesen. Sie war von der Polizei misshandelt und eingekerkert worden. Sie hatte aber auch mit Premierministern, Diktatoren und berühmten Filmstars verkehrt. Sie hatte mit beiden Enden des Gummiknüppels Bekanntschaft gemacht und wusste, was polizeiliche Gewalt vermochte und was nicht. In ihren Augen gab es nur wenig, was sie nicht vermochte. »Besonders jetzt«, sagte sie. »Hier im Institut unterstützen wir den Kreuzzug gegen den Bürokratismus.«

Der polizeiliche Aspekt des Instituts war, wie Mark ihren Ausführungen entnahm, für die Fee das Wichtigste. Die Institutspolizei war dazu da, der Institutsleitung all das abzunehmen, was man vielleicht als Hygieneangelegenheiten bezeichnen könnte. Darunter fielen sowohl Impfungen als auch Beschuldigungen wegen widernatürlicher Verirrungen; von da, meinte die Fee, sei es nur noch ein Schritt, um auch alle Erpressungsfälle an sich zu ziehen. Was das Verbrechen im Allgemeinen betraf, so hatten sie bereits in der Presse dafür geworben, dem Institut weitgehend freie Hand bei Experimenten zu lassen, die aufzeigen sollten, inwieweit eine humane, heilende Behandlung an die Stelle der alten vergeltenden oder rächenden Strafe treten könnte. Hier stand ihnen noch viel gesetzlicher Bürokratismus im Weg. »Aber es gibt nur zwei Tageszeitungen, die wir nicht kontrollieren«, sagte die Fee. »Und die werden wir fertig machen. Man muss den Mann auf der Straße dahin bringen, dass er automatisch Sadismus sagt, wenn er das Wort Bestrafung hört.« Dann habe man freie Bahn. Mark konnte diesem Gedankengang nicht gleich folgen, doch die Fee erklärte ihm, dass es gerade der Gedanke der verdienten Strafe sei, der der britischen Polizei bis zum heutigen Tage ihre Arbeit so schwer mache. Verdiente Strafe habe nämlich immer ihre Grenzen: man könne dem Kriminellen nur soundso viel antun und nicht mehr. Bei der heilenden Behandlung dagegen gebe es keine feste Grenze; sie könne fortgesetzt werden, bis sie eine Heilung bewirke, und jene, die sie verabreichten, würden entscheiden, wann dieser Zeitpunkt gekommen sei. Und wenn Heilung human und wünschenswert war, wie viel mehr galt dies erst für die Vorbeugung? Bald werde jeder, der schon einmal mit der Polizei zu tun gehabt habe, unter die Kontrolle des N.I.C.E. kommen, und am Ende jeder Bürger. »Das ist der Punkt, wo wir beide ins Spiel kommen, Kleiner«, fügte die Fee hinzu und tippte mit dem Zeigefinger gegen Marks Brust. »Auf lange Sicht gibt es keinen Unterschied zwischen Polizeiarbeit und Soziologie. Sie und ich, wir müssen Hand in Hand arbeiten.«

Dies hatte in Mark wieder die alten Zweifel geweckt, ob man ihm wirklich einen Posten anbot, und wenn ja, was für ein Posten das war. Die Fee hatte ihn vor Steele gewarnt, er sei ein gefährlicher Mann. »Es gibt zwei Leute, auf die Sie sehr Acht geben sollten«, sagte sie. »Der eine ist Frost, und der andere ist der alte Wither.« Aber über seine allgemeinen Befürchtungen hatte sie nur gelacht. »Sie sind schon mittendrin, Kleiner«, sagte sie. »Seien Sie nur nicht zu wählerisch, was Ihre Arbeit angeht. Sie müssen die Dinge nehmen, wie sie kommen. Wither mag keine Leute, die ihn festzunageln versuchen. Es hat keinen Zweck zu sagen, Sie wären hierher gekommen, um dieses zu tun, und würden jenes nicht tun. Dafür entwickeln sich die Dinge zurzeit einfach zu schnell. Sie müssen sich nützlich machen. Und glauben Sie nicht alles, was man Ihnen erzählt.«

Beim Abendessen saß Mark neben Hingest. »Nun«, sagte Hingest, »hat man Sie also doch noch eingefangen, wie?«

»Sieht so aus, ja«, antwortete Mark.

»Sollten Sie sich nämlich eines Besseren besinnen«, sagte Hingest, »könnte ich Sie mitnehmen. Ich fahre heute Abend zurück.«

»Sie haben mir noch nicht erzählt, warum Sie selbst uns verlassen wollen«, sagte Mark.

»Ach, wissen Sie, es hängt davon ab, was einer mag oder nicht mag. Wenn Sie Gefallen an der Gesellschaft dieses italienischen Eunuchen und des verrückten Pfarrers und dieser Hardcastle finden – ihre Großmutter würde ihr die Ohren lang ziehen, wenn sie noch lebte –, dann gibt es natürlich nichts mehr zu sagen.«

»Ich glaube, man kann das Institut kaum von einem rein gesellschaftlichen Standpunkt aus beurteilen – ich meine, es ist etwas mehr als ein Club, nicht wahr?«

»Wie? Beurteilen? – Soviel ich weiß, habe ich in meinem ganzen Leben noch nie etwas beurteilt, außer auf einer Blumenausstellung. Es ist alles eine Frage des Geschmacks. Ich bin hierher gekommen, weil ich dachte, es hätte etwas mit Wissenschaft zu tun. Nun, da ich sehe, dass es eher eine politische Verschwörung ist, gehe ich nach Hause. Ich bin zu alt für solche Sachen, und wenn ich an einer Verschwörung teilnehmen wollte, dann sicher nicht an dieser.«

»Vermutlich meinen Sie damit, dass das Element der sozialen Planung Ihnen missfällt? Ich kann gut verstehen, dass es in Ihr Arbeitsgebiet nicht so gut passt wie in die Wissenschaft der Soziologie, aber ...«

»Soziologie ist keine Wissenschaft. Und wenn ich merken würde, dass die Chemie mit einer Geheimpolizei zusammenarbeitet, die von einem ältlichen Mannweib geleitet wird, das keine Korsetts trägt, und Pläne ausarbeitet, jedem Engländer Heim und Hof und Kinder zu nehmen, würde ich die Chemie zur Hölle fahren lassen und zur Gärtnerei zurückkehren.«

»Ich verstehe dieses Gefühl der Zuneigung für den kleinen Mann, aber wenn man wie ich die Wirklichkeit studiert...«

»Dann würde auch ich den Wunsch verspüren, alles niederzureißen und etwas anderes an seine Stelle zu setzen. Natürlich. Genau das passiert, wenn Sie die Menschen studieren: Sie finden einen Saustall vor. Ich bin im Übrigen der Meinung, dass man Menschen nicht studieren kann, man kann sie nur kennen lernen, was etwas ganz anderes ist. Weil Sie die Menschen studieren, wollen Sie die Unterschichten das Land regieren lassen und ihnen klassische Musik vorsetzen – so ein Unsinn! Und Sie wollen ihnen alles wegnehmen, was das Leben lebenswert macht; nur ein Haufen von Spitzbuben und Professoren soll davon ausgenommen bleiben.«

»Bill!«, rief Miss Hardcastle plötzlich vom anderen Ende des Tisches herüber, so laut, dass selbst Hingest es nicht überhören konnte. Er sah sie an, und sein Gesicht wurde dunkelrot.

»Stimmt es«, schrie die Fee, »dass Sie gleich nach dem Abendessen wegfahren wollen?«

»Ja, Miss Hardcastle, das stimmt.«

»Könnten Sie mich vielleicht mitnehmen?«

»Mit Vergnügen«, sagte Hingest in einem Ton, der niemanden täuschte, »wenn wir den gleichen Weg haben.«

»Wohin fahren Sie?«

»Nach Edgestow.«

»Fahren Sie durch Brenstock?«

»Nein, ich verlasse die Umgehungsstraße bei der Kreuzung gleich hinter Lord Hollywoods Eingangstor und fahre dann die Potter's Lane hinunter.«

»Schade! Nützt mir nichts. Dann warte ich lieber bis morgen früh.«

Danach wurde Mark von seinem Nachbarn zur Linken in ein Gespräch verwickelt und sah Bill den Blizzard erst nach dem Abendessen in der Eingangshalle wieder. Er hatte bereits den Mantel an und wollte gerade zu seinem Wagen gehen.

Als er die Tür öffnete, begann er zu reden, und Mark sah sich genötigt, ihn über den kiesbestreuten Vorplatz zum Wagen zu begleiten.

»Befolgen Sie meinen Rat, Studdock«, sagte er, »oder denken Sie wenigstens darüber nach. Ich selbst halte zwar nichts von Soziologie, aber Sie haben eine recht anständige Karriere vor sich, wenn Sie am College bleiben. Sie tun sich selbst keinen Gefallen, wenn Sie sich mit dem N.I.C.E. einlassen – und bei Gott, Sie werden auch sonst keinem damit nützen.«

»Ich denke, man kann über alles zweierlei Ansicht sein«, sagte Mark.

»Wie? Zweierlei Ansicht? Es gibt ein Dutzend Ansichten über alles, bis man die Antwort weiß. Dann gibt es niemals mehr als eine. Doch das ist nicht meine Sache. Gute Nacht.«

»Gute Nacht, Hingest«, sagte Mark. Hingest ließ den Motor an und fuhr davon.

Ein leiser Frosthauch lag in der Luft. Über den Baumwipfeln stand Orion und funkelte auf ihn herab, doch Mark kannte dieses erhabene Sternbild nicht einmal. Er zögerte, ins Haus zurückzugehen. Vielleicht erwarteten ihn dort weitere Gespräche mit interessanten und einflussreichen Leuten; vielleicht aber würde er sich auch wieder als Außenseiter fühlen, allein herumstehen und Gespräche beobachten, an denen er nicht teilnehmen konnte. Er war ohnehin müde. Als er die Vorderseite des Gebäudes entlangschlenderte, kam er bald zu einer weiteren, kleineren Tür, durch die man wahrscheinlich ins Haus gelangen konnte, ohne die Eingangshalle oder die öffentlichen Räume zu betreten. Er ging hinein, stieg die Treppe hinauf und legte sich schlafen.

# 5

Camilla Denniston brachte Jane hinaus – nicht durch die kleine Tür in der Mauer, durch die sie hereingekommen war, sondern durch das Haupttor, das ungefähr hundert Schritte weiter auf dieselbe Straße hinausführte. Gelbes Licht ergoss sich von Westen her durch einen Spalt in der grauen Wolkendecke und tauchte die Landschaft für kurze Zeit in eine kalte Helligkeit. Jane hatte sich geniert, vor Camilla Denniston Zorn oder Furcht zu zeigen, und so war beides fast vergangen, als sie sich verabschiedete. Aber eine entschiedene Abneigung gegen das, was sie »all diesen Unsinn« nannte, blieb zurück. Sie hatte keine absolute Gewissheit, dass es Unsinn war, war aber entschlossen, es so zu behandeln. Sie wollte nicht hineingezogen, nicht vereinnahmt werden. Jeder musste sein eigenes Leben leben. Verstrickungen und Einmischungen zu vermeiden war seit langem eines ihrer wichtigsten Prinzipien. Selbst als sie entdeckt hatte, dass sie Mark heiraten würde, wenn er sie fragte, war sofort der Gedanke »aber ich muss trotzdem mein eigenes Leben weiterführen« aufgekommen und niemals länger als ein paar Minuten aus ihrem Bewusstsein geschwunden. Ein gewisser Groll gegen die Liebe selbst und darum auch gegen Mark, der auf diesem Weg in ihr Leben eingedrungen war, blieb zurück. Inzwischen wusste sie sehr genau, wie viel eine Frau durch die Heirat aufgab. Mark schien das nicht klar genug zu erkennen. Obwohl sie es nicht aussprach, war diese Furcht vor Beeinträchtigungen und Verstrickungen der tiefere Grund für ihren Entschluss, kein Kind zu bekommen – oder jedenfalls erst viel später. Jeder musste sein eigenes Leben leben.

Kaum war sie wieder in ihrer Wohnung, läutete das Telefon. »Sind Sie es, Jane?«, fragte eine Stimme. »Ich bin es, Margaret Dimble. Etwas Furchtbares ist geschehen. Ich werde es Ihnen erzählen, wenn ich komme. Im Moment bin ich zu wütend, um zu sprechen. Hätten Sie vielleicht zufällig noch ein Bett? Wie? Mr. Studdock ist gar nicht da? Nicht ein bisschen, wenn es Ihnen nichts ausmacht. Ich habe Cecil zum Schlafen ins College geschickt. Sind Sie sicher, dass ich Sie nicht störe? Tausend Dank. In einer halben Stunde bin ich bei Ihnen.«

## 4 Die Beseitigung von Anachronismen

Kaum hatte Jane Marks Bett frisch bezogen, als auch schon, mit vielen Paketen beladen, Mrs. Dimble eintraf. »Sie sind ein Engel, dass Sie mich für die Nacht aufnehmen«, sagte sie. »Ich glaube, wir haben es bei jedem Hotel in Edgestow versucht. Dieser Ort wird schier unerträglich. Überall die gleiche Antwort! Alles voll bis unters Dach mit der Gefolgschaft dieses abscheulichen N.I.C.E. Sekretärinnen hier, Stenotypistinnen dort, Bauingenieure, Vermessungsleute – es ist schrecklich. Hätte Cecil nicht ein Zimmer im College, so müsste er wohl tatsächlich im Wartesaal des Bahnhofs schlafen. Ich hoffe nur, dass dieser Hausdiener im College das Bett gelüftet hat.«

»Aber was in aller Welt ist geschehen?«, fragte Jane.

»Man hat uns an die Luft gesetzt, meine Liebe!«

»Aber das ist doch nicht möglich, Mrs. Dimble. Ich meine, das kann unmöglich legal sein.«

»Das hat Cecil auch gesagt … Stellen Sie sich bloß vor, Jane, als wir heute Morgen aus dem Fenster schauten, sahen wir als Erstes einen Lastwagen in unserer Einfahrt; er stand mit den Hinterrädern mitten im Rosenbeet und lud einen Haufen Leute mit Äxten und Sägen ab, Leute, die wie Kriminelle aussahen. Direkt in unserem Garten! Ein abscheulicher kleiner Mann mit Schirmmütze war dabei, der die Zigarette im Mund behielt, während er mit Cecil sprach – das heißt nicht im Mund, sie klebte an seiner Oberlippe. Und wissen

Sie, was er gesagt hat? Er sagte, sie hätten nichts dagegen, wenn wir bis morgen früh um acht im Haus blieben – wohlgemerkt im Haus, nicht im Garten. Nichts dagegen!«

»Aber das muss doch – muss doch ein Irrtum sein!«

»Cecil hat natürlich gleich den Schatzmeister des Bracton Colleges angerufen. Und natürlich war ihr Schatzmeister nicht im Haus. Den ganzen Vormittag lang haben wir immer wieder versucht zu telefonieren, und während der Zeit sind alle Pflaumenbäume und die große Buche, die Sie so gern hatten, gefällt worden. Wenn ich nicht so wütend gewesen wäre, hätte ich mich hingesetzt und mir die Augen ausgeweint. So war mir zu Mute. Schließlich hat Cecil diesen Mr. Busby erreicht, der sich als völlig unbrauchbar erwies und sagte, es müsse irgendein Missverständnis vorliegen, aber er habe jetzt nichts mehr mit der Sache zu tun und wir sollten uns an das N.I.C.E. in Belbury wenden. Selbstverständlich war es völlig unmöglich, eine Verbindung mit denen zu bekommen. Und zur Mittagszeit war klar, dass wir die Nacht einfach nicht mehr zu Hause verbringen konnten, was immer auch geschehen würde.«

»Warum nicht?«

»Meine Liebe, Sie können sich keine Vorstellung davon machen. Die ganze Zeit sind riesige Lastwagen und Zugmaschinen vorbeigedonnert, und dann ein Kran auf einer Art Tieflader. Die Lieferanten kamen nicht mehr durch. Die Milch kam erst um elf. Das Fleisch kam überhaupt nicht, und am Nachmittag rief die Metzgerei an und sagte, ihr Fahrer sei nicht zu uns durchgekommen. Wir hatten selbst die größten Schwierigkeiten, in die Stadt zu kommen. Von unserem Haus bis zur Brücke haben wir eine halbe Stunde gebraucht. Es war wie ein Albtraum. Überall Lichter und Lärm, die Straße praktisch zerstört, und auf der Gemeindewiese errichten sie bereits ein riesiges Barackenlager. Und die Leute! Derart grässliche Männer. Ich wusste nicht, dass wir in England solche Arbeiter haben. Ach, grässlich, grässlich!« Mrs. Dimble fächelte sich mit dem Hut, den sie gerade abgenommen hatte, Luft zu.

»Und was wollen Sie nun tun?«, fragte Jane.

»Das weiß der Himmel!«, sagte Mrs. Dimble. »Einstweilen haben wir das Haus zugesperrt, und Cecil ist bei unserem Anwalt, Mr. Rumbold, gewesen, um zu sehen, ob wir das Haus wenigstens versiegeln lassen können, sodass niemand es betritt, bis wir unsere Sachen herausgeholt haben. Rumbold scheint nicht zu wissen, woran er ist. Er sagt ständig, das N.I.C.E. sei juristisch in einer ganz besonderen Position. Was das heißt, kann ich beim besten Willen nicht sagen. Soweit ich sehe, wird es in Edgestow überhaupt keine Privathäuser mehr geben. Zum anderen Flussufer hinüberzuziehen hat überhaupt keinen Zweck, selbst wenn sie uns ließen. Was meinen Sie? Oh, unbeschreiblich. Alle Pappeln werden gefällt. Und all diese hübschen kleinen Häuser bei der Kirche werden abgerissen. Ich habe die arme Ivy – Ihre Mrs. Maggs, wissen Sie – getroffen, und sie war in Tränen aufgelöst. Die armen Dinger! Sie sehen wirklich furchtbar aus, wenn die Tränen über das Make-up laufen. Sie ist auch auf die Straße gesetzt worden; arme Frau, als ob sie es nicht ohnedies schon schwer genug hätte. Ich war froh wegzukommen. Die Männer waren so schrecklich. Drei große Kerle sind an die Hintertür gekommen, sie wollten heißes Wasser und haben sich so aufgeführt, dass Martha vor Angst völlig den Kopf verlor und Cecil hinausgehen und mit ihnen sprechen musste. Ich dachte schon, sie würden Cecil schlagen, wirklich. Es war schrecklich unerfreulich. Irgendein besonderer Polizist schickte sie dann weg. Wie? Ach ja, überall sind dutzende von Uniformierten, die wie Polizisten aussehen, aber die haben mir auch nicht gefallen. Sie wippen ständig mit so einer Art Gummiknüppel, wie in den amerikanischen Filmen. Wissen Sie, Jane, Cecil und ich dachten beide das Gleiche: Wir dachten, es ist beinahe, als hätten wir den Krieg verloren. Oh, wunderbar, Tee! Das ist genau, was ich brauche.«

»Sie müssen hier bleiben, Mrs. Dimble, solange Sie wollen«, sagte Jane. »Mark wird einfach im College schlafen müssen.«

»Also wirklich«, sagte Mutter Dimble, »wenn es im Augenblick nach mir ginge, dann dürfte kein Mitglied des Bracton Colleges überhaupt irgendwo schlafen! Aber bei Ihrem Mann würde ich eine Ausnahme machen. Wie die Dinge liegen, werde ich ohnehin nicht Siegfrieds Schwert spielen müssen – und was wäre das auch für ein hässliches, fettes und unbeholfenes Schwert! Übrigens wissen wir bereits, wo wir unterkommen. Cecil und ich werden nach St. Anne's in das Landhaus ziehen. Dort haben wir zurzeit sowieso oft zu tun, wissen Sie.«

»Oh«, sagte Jane beinahe erschrocken, als ihr die Erlebnisse des Tages wieder einfielen.

»Aber, wie egoistisch von mir!«, sagte Mutter Dimble. »Da plappere ich über meine eigenen Schwierigkeiten und vergesse ganz, dass Sie dort gewesen sind und sicherlich viel zu erzählen haben. Haben Sie mit Grace gesprochen? Und hat sie Ihnen gefallen?«

»›Grace‹ ist Miss Ironwood?« fragte Jane.

»Ja.«

»Ich habe mit ihr gesprochen. Ich weiß nicht, ob sie mir gefallen hat oder nicht. Aber ich möchte jetzt nicht darüber sprechen. Ich kann an nichts anderes denken als an diese empörenden Ereignisse bei Ihnen. Sie sind die Märtyrerin, nicht ich.«

»Nein, meine Liebe«, sagte Mrs. Dimble, »ich bin keine Märtyrerin. Ich bin nur eine zornige alte Frau mit schmerzenden Füßen und Kopfweh – aber das wird schon weniger –, die versucht, sich in eine bessere Stimmung hineinzureden. Schließlich haben Cecil und ich nicht wie die arme Ivy Maggs unsere Lebensgrundlage verloren. So wichtig ist uns das alte Haus nun auch wieder nicht. Wissen Sie, das Vergnügen, dort zu leben, war in mancher Hinsicht ein melancholisches Vergnügen. Ich frage mich überhaupt, ob die Menschen eigentlich gerne glücklich sind? Ein wenig melancholisch, ja. All diese großen Zimmer im Obergeschoss, die wir wollten, weil wir dachten, dass wir viele Kinder haben würden, und dann bekamen wir nicht eines. Vielleicht habe ich zu viel Gefallen daran gefunden, ihnen an den langen Nachmittagen, wenn Cecil nicht da war, nachzutrauern. Mich selbst zu bemitleiden. Es wird besser für mich sein, von dort wegzukommen, glaube ich. Am Ende wäre ich noch wie diese fürchterliche Frau bei Ibsen geworden, die immer über Puppen redet. Für Cecil ist es wirklich viel schlimmer. Er hatte so gern alle seine Studenten um sich. Jane, jetzt haben Sie schon zum dritten Mal gegähnt. Sie sind todmüde, und ich rede Ihnen ein Loch in den Bauch. Das kommt davon, wenn man dreißig Jahre verheiratet ist. Ehemänner sind dazu da, dass man auf sie einredet. Es hilft ihnen, sich auf das zu konzentrieren, was sie gerade lesen – wie das Geräusch eines Wasserfalls. Da! Nun gähnen Sie schon wieder.«

Jane empfand Mutter Dimble als eine etwas unbequeme Zimmergenossin, weil sie betete. »Sonderbar«, dachte Jane, »wie einen das verwirren kann.« Man wusste nicht, wo man hinschauen sollte, und nachdem Mrs. Dimble sich von den Knien erhoben hatte, war es mehrere Minuten lang schwierig, den natürlichen Gesprächston wieder zu finden.

## 2 »Sind Sie jetzt wach?«, fragte Mrs. Dimbles Stimme mitten in der Nacht.

»Ja«, antwortete Jane. »Es tut mir Leid. Habe ich Sie geweckt? Habe ich geschrien?«

»Ja. Sie haben geschrien, dass jemand auf den Kopf geschlagen würde.«

»Ich habe gesehen, wie sie einen Mann umbrachten, einen

Mann, der in einem großen Wagen eine Landstraße entlangfuhr. Er kam zu einer Kreuzung und bog nach rechts ab, vorbei an einigen Bäumen, und dort stand jemand mitten auf der Straße und schwenkte ein Licht, um ihn anzuhalten. Ich konnte nicht hören, was sie sagten, denn ich war zu weit entfernt. Sie müssen ihn überredet haben, aus dem Wagen zu steigen, und er sprach mit einem von ihnen. Das Licht fiel voll auf sein Gesicht. Er war nicht derselbe alte Mann, den ich in dem anderen Traum gesehen habe. Dieser hatte keinen Bart, nur einen Schnurrbart. Er wirkte irgendwie hitzig und stolz. Es gefiel ihm nicht, was der Mann zu ihm sagte, und dann nahm er seine Fäuste und schlug ihn nieder. Ein anderer Mann hinter ihm versuchte, ihn mit einem Gegenstand auf den Kopf zu schlagen, aber der alte Mann war zu schnell und drehte sich rechtzeitig um. Dann gab es einen schrecklichen Kampf, der aber auch etwas Großartiges hatte. Sie waren zu dritt, und er kämpfte gegen alle drei. Ich habe in Büchern davon gelesen, konnte mir aber nie vorstellen, wie einem dabei zu Mute ist. Natürlich haben sie ihn schließlich überwältigt. Mit den Dingern in ihren Händen schlugen sie furchtbar auf seinen Kopf ein. Sie haben ihn ganz kaltblütig erledigt und sich dann gebückt, um ihn zu untersuchen und sich zu vergewissern, dass er wirklich tot war. Das Licht der Laterne kam mir seltsam vor, wie hohe Stäbe oder Stangen aus Licht – überall. Aber vielleicht war ich da schon im Begriff aufzuwachen. Nein, danke, alles in Ordnung. Es war natürlich furchtbar, aber ich habe keine Angst ... nicht so wie in den früheren Träumen. Ich habe vor allem Mitleid mit dem alten Mann.«

»Glauben Sie, dass Sie wieder einschlafen können?«

»O ja! Haben die Kopfschmerzen nachgelassen, Mrs. Dimble?«

»Sie sind ganz weg, danke. Gute Nacht.«

**3** »Kein Zweifel«, dachte Mark, »dies muss der verrückte Pfarrer sein, den Bill der Blizzard erwähnt hat.« Die Ausschusssitzung begann erst um halb elf in Belbury, und seit dem Frühstück war Mark trotz des rauen und nebligen Wetters mit Reverend Straik im Garten spazieren gegangen. Gleich als der Mann ihn angesprochen hatte, hatten die abgetragenen Kleider und die plumpen Schuhe, der durchgewetzte Klerikerkragen, das dunkle, hagere, tragische Gesicht, narbig, schlecht rasiert und zerfurcht, die geradezu erbitterte Aufrichtigkeit auf Mark fehl am Platze gewirkt. Er hatte nicht erwartet, im Institut einer solchen Gestalt zu begegnen.

»Denken Sie nicht«, sagte Mr. Straik, »dass ich mich der Illusion hingäbe, unser Programm könnte ohne Gewalt verwirklicht werden. Es wird Widerstand geben. Sie werden mit den Zähnen knirschen und keine Reue zeigen. Aber wir werden uns nicht abschrecken lassen. Wir werden diesen Unruhen mit einer Festigkeit begegnen, die Verleumder zu der Behauptung verleiten wird, wir hätten sie gewollt. Lassen wir sie reden. In gewissem Sinne haben wir sie gewollt. Es kann nicht unsere Sache sein, jenes System geregelter Sünde zu erhalten, das man Gesellschaft nennt. Für dieses System ist die Botschaft, die wir zu verkünden haben, eine Botschaft völliger Verzweiflung.«

»Nun, genau das habe ich gemeint«, sagte Mark, »als ich sagte, Ihr Standpunkt und der meine wären im Grunde unvereinbar. Die Erhaltung der Gesellschaft durch gründliche Planung aller Lebensbereiche ist das Ziel, das ich vor Augen habe. Ich glaube nicht, dass es ein anderes Ziel gibt oder geben kann. Für Sie stellt sich das Problem völlig anders, weil Sie auf etwas Besseres als die menschliche Gesellschaft hoffen, in einer anderen Welt.«

»Mit jedem Gedanken und jeder Faser meines Herzens, mit jedem Tropfen meines Blutes weise ich diese verwerfliche

Doktrin zurück«, sagte Mr. Straik. »Genau das ist die Ausflucht, mit der die Welt, diese Organisierung und Behausung des Todes, die Lehre Jesu Christi auf den falschen Pfad geführt und entmannt und die einfache Forderung des Herrn nach Rechtschaffenheit und Gericht hier und jetzt in Pfaffentum und Mystizismus verwandelt hat. Das Königreich Gottes muss hier verwirklicht werden – in dieser Welt. Und es wird geschehen. Beim Namen Jesu soll jedes Knie sich beugen. Und in diesem Namen sage ich mich völlig los von allen Formen organisierter Religion, die diese Welt bisher gesehen hat.«

Die Erwähnung des Namens Jesu brachte Mark, der ohne weiteres vor einem Hörsaal voll junger Frauen eine Vorlesung über Abtreibung oder Perversion gehalten hätte, so aus der Fassung, dass er leicht errötete; und als er das merkte, ärgerte er sich so über sich selbst und Mr. Straik, dass seine Wangen in der Tat sehr rot wurden. Dies war genau die Art von Gespräch, die er nicht ausstehen konnte; und seit dem Elend der Religionsstunden in der Schule, an die er sich nur zu gut erinnerte, hatte er sich nie so unbehaglich gefühlt. Er murmelte etwas über seine mangelnden Kenntnisse in Theologie.

»Theologie!«, sagte Mr. Straik mit tiefer Verachtung. »Ich spreche nicht über Theologie, junger Mann, sondern über den Herrn Jesus Christus. Theologie ist Geschwätz, Augenwischerei, Schall und Rauch, ein Spiel für reiche Müßiggänger. Ich habe den Herrn Jesus nicht in Hörsälen gefunden. Ich habe ihn in den Kohlengruben gefunden und neben dem Sarg meiner Tochter. Wer meint, Theologie sei eine Art Watte, die ihn am Tag des großen und schrecklichen Gerichts sicher schützen werde, der irrt. Denken Sie an meine Worte: so wird es geschehen! Das Reich Gottes wird kommen, in dieser Welt, in diesem Land. Die Macht der Wissenschaft ist ein Werkzeug. Ein unwiderstehliches Werkzeug, wie wir alle im Institut wissen. Und warum ist sie ein unwiderstehliches Werkzeug?«

»Weil Wissenschaft auf Beobachtung beruht«, sagte Mark.

»Sie ist ein unwiderstehliches Werkzeug«, rief Straik, »weil sie ein Werkzeug in Seiner Hand ist. Richtschwert und Balsam zugleich. Das konnte ich keiner der Kirchen klarmachen. Sie sind mit Blindheit geschlagen, verblendet von den schmutzigen Fetzen des Humanismus, der Kultur, der Menschenfreundlichkeit, des Liberalismus und ihrer eigenen Sünden oder was sie dafür halten, obgleich sie wirklich das am wenigsten Sündige an ihnen sind. Darum stehe ich allein: ein armer, schwacher, unwürdiger Mann, aber der einzige lebende Prophet. Ich weiß, dass Er in Macht und Herrlichkeit kommen wird. Und darum sehen wir die Zeichen Seiner Ankunft, wo wir Macht sehen. So kommt es, dass ich mich mit Kommunisten und Materialisten und jedem anderen verbünde, der wirklich bereit ist, die Ankunft des Herrn zu beschleunigen. Noch der Geringste dieser Menschen hier begreift den tragischen Sinn des Lebens und hat die Unbarmherzigkeit, die völlige Hingabe, die Bereitschaft, alle bloß menschlichen Werte aufzuopfern, lauter Dinge, die ich unter all der widerlichen Heuchelei der organisierten Religionen nicht finden konnte.«

»Sie wollen damit also sagen«, sagte Mark, »dass es in der unmittelbaren Praxis keine Grenzen für Ihre Zusammenarbeit mit dem Institut gibt?«

»Lassen Sie die Vorstellung einer Zusammenarbeit fahren!«, sagte der andere. »Arbeitet der Ton mit dem Töpfer zusammen? Arbeitete Kyros mit dem Herrn zusammen? Diese Leute werden Werkzeuge sein. Auch ich werde ein Werkzeug sein. Ein Mittel zum Zweck. Aber hier kommen wir zu dem Punkt, der Sie angeht, junger Mann. Sie haben keine Wahl, ob Sie Werkzeug sein wollen oder nicht. Wenn Sie einmal Ihre Hand an den Pflug gelegt haben, gibt es kein Zurück mehr. Niemand kehrt dem N.I.C.E. den Rücken. Jene, die es versuchen, werden in der Wildnis umkommen. Aber die Frage ist, ob Sie sich damit zufrieden geben, eines der Werkzeuge zu sein, die zur Seite geworfen werden, wenn sie Ihm gedient haben – die gerichtet werden, nachdem sie andere gerichtet haben. Oder werden Sie unter jenen sein, die das Erbe antreten? Denn es ist alles wahr, wissen Sie. Die Heiligen werden die Erde erben – hier in England, vielleicht innerhalb der nächsten zwölf Monate –, die Heiligen und niemand sonst. Wissen Sie nicht, dass wir sogar über Engel zu Gericht sitzen werden?« Dann dämpfte Straik plötzlich seine Stimme und fügte hinzu: »Die wahre Wiederauferstehung findet schon jetzt statt. Das wirkliche Leben wird ewig währen, hier in dieser Welt. Sie werden es sehen.«

»Es ist gleich zwanzig nach«, sagte Mark. »Sollten wir nicht zur Ausschusssitzung?«

Straik machte schweigend mit ihm kehrt. Teils, um eine Fortsetzung des Gesprächs in dieser Richtung zu verhindern, und teils, weil er wirklich eine Auskunft haben wollte, sagte Mark nach einer Weile: »Mir ist etwas ziemlich Unangenehmes passiert. Ich habe meine Brieftasche verloren. Es war nicht viel Geld darin: nur etwa drei Pfund. Aber es waren Briefe und andere Dinge darin, es ist ziemlich ärgerlich. Sollte ich das irgendjemandem melden?«

»Sie können es dem Hausverwalter sagen«, meinte Straik.

## 4

Der Ausschuss tagte ungefähr zwei Stunden, und der stellvertretende Direktor führte den Vorsitz. Seine Art, die Sitzung zu leiten, war langsam und umständlich, und Mark, der in Bracton seine Erfahrungen gesammelt hatte, gewann bald den Eindruck, dass die eigentliche Arbeit des Instituts anderswo geleistet wurde. Dies entsprach auch seinen Erwartungen, und er war zu vernünftig, um anzunehmen, dass er schon zu diesem frühen Zeitpunkt im inneren Kreis oder was immer hier in Belbury dem Progressiven Element am Bracton College entsprach, Aufnahme finden würde. Aber er hoffte, man würde ihn nicht allzu lange seine Zeit in Schattenausschüssen vergeuden lassen. An diesem Morgen wurden hauptsächlich Einzelheiten der in Edgestow bereits angelaufenen Arbeiten besprochen. Das N.I.C.E. hatte anscheinend eine Art Sieg errungen, der ihm das Recht gab, die kleine normannische Kirche abzureißen. »Natürlich wurden die üblichen Einwände auf den Tisch gebracht«, sagte Wither. Mark, der an Architektur nicht sonderlich interessiert war und die andere Seite des Wynd nicht annähernd so gut kannte wie seine Frau, ließ seine Aufmerksamkeit abschweifen. Erst am Ende der Sitzung kam Wither auf einen regelrecht sensationellen Vorfall zu sprechen. Er meinte, die meisten der Anwesenden hätten die höchst traurige Nachricht wohl bereits gehört (Mark fragte sich, warum Vorsitzende immer mit solchen Wendungen anfingen), die offiziell bekannt zu geben er nichtsdestoweniger verpflichtet sei. Er bezog sich natürlich auf die Ermordung von William Hingest. Soweit Mark dem gewundenen und anspielungsreichen Bericht des Vorsitzenden entnehmen konnte, war Bill der Blizzard gegen vier Uhr früh mit eingeschlagenem Schädel neben seinem Wagen in der Potters Lane aufgefunden worden. Der Tod war mehrere Stunden zuvor eingetreten. Mr. Wither wagte anzunehmen, es sei den Anwesenden eine melancholische Befriedigung zu erfahren, dass die N.I.C.E.-Polizei noch vor fünf Uhr am Schauplatz des Verbrechens eingetroffen sei und dass weder die lokalen Behörden noch Scotland Yard irgendwelche Einwände gegen eine weitestgehende Zusammenarbeit erhöben. Wäre der Anlass passender, so hätte er einen Antrag begrüßt, Miss Hardcastle den Dank und die Glückwünsche des Ausschusses für das reibungslose Zusammenwirken ihrer eigenen Kräfte mit denen des Staates auszusprechen. Das sei ein Lichtblick in dieser traurigen Geschichte und, wie er meine, ein gutes Omen für die Zukunft. Dezent gedämpfter Applaus ging bei diesen Worten um den Tisch. Dann begann Mr. Wither mit einiger Ausführlichkeit über den Toten zu sprechen. Sie alle hätten Mr. Hingests Beschluss, sich vom Institut zurückzuziehen, sehr bedauert, wiewohl sie seinen Beweggründen volle Anerkennung zollten; sie alle hätten empfunden, dass diese offizielle Trennung nicht im Mindesten die herzlichen Beziehungen beeinträchtigen würde, die zwischen dem Verblichenen und den meisten – er glaube sogar sagen zu dürfen, ohne Ausnahme allen seinen früheren Kollegen im Institut bestanden. Der stellvertretende Direktor war durch seine besonderen Talente sehr gut befähigt, Leichenreden zu halten, und er ließ es auch nicht an der gebotenen Ausführlichkeit fehlen. Er schloss mit der Bitte an die Versammelten, sich zu erheben und das Andenken William Hingests durch eine Schweigeminute zu ehren.

Das taten sie, und es folgte eine schier endlose Minute, während der hier und da ein Hüsteln oder Schnaufen zu hören war. Hinter all den Masken glatter Gesichter mit fest geschlossenen Lippen stahlen sich belanglose Gedanken an dies und jenes hervor, so wie Vögel und Mäuse wieder auf eine Waldlichtung herausschlüpfen, wenn die Ausflügler gegangen sind, und jeder versicherte sich im Stillen, er jedenfalls sei nicht so morbide und denke an den Tod.

Dann scharrten Füße, Stimmen wurden laut, und die Sitzung wurde aufgehoben.

## 5

Das Aufstehen und die morgendliche Haushaltsarbeit waren für Jane viel angenehmer, weil sie Mrs. Dimble bei sich hatte. Mark half ihr häufig, da er aber die Ansicht vertrat – und Jane spürte es immer, auch wenn er es nicht sagte –, es müsse nur »irgendwie getan« werden, Jane mache sich eine Menge unnötiger Arbeit und Männer könnten einen Haushalt mit einem Zehntel des Aufhebens in Ordnung halten, das Frauen davon machten, war Marks Hilfe häufig ein Anlass für

Streitereien zwischen ihnen. Mrs. Dimble dagegen machte alles so, wie sie es wollte. Es war ein heller, sonniger Morgen, und als sie sich zum Frühstück in die Küche setzten, fühlte auch Jane sich heiter und aufgeräumt. Während der Nacht hatte sie sich eine bequeme Theorie zurechtgelegt, derzufolge allein die Tatsache ihres Besuchs bei Miss Ironwood und der Aussprache mit ihr die Träume wahrscheinlich zum Verschwinden bringen würde. Damit wäre die Episode abgeschlossen. Und nun dachte sie an die aufregende Möglichkeit von Marks neuer Stellung, auf die man sich freuen konnte, und begann, sich Zukunftsbilder auszumalen.

Mrs. Dimble wollte gerne wissen, was Jane in St. Anne's erlebt hatte und wann sie wieder hinausfahren werde. Auf die erste Frage antwortete Jane ausweichend, und Mrs. Dimble war zu höflich, sie zu bedrängen. Zur zweiten Frage meinte Jane, sie werde Miss Ironwood nicht wieder behelligen und sie lasse sich auch nicht länger von den Träumen behelligen. Sie sagte, sie sei albern gewesen, aber jetzt sei alles in Ordnung. Dann blickte sie auf die Uhr und fragte sich, warum Mrs. Maggs noch nicht erschienen sei.

»Ich fürchte, meine Liebe, Sie haben Ivy Maggs verloren«, sagte Mrs. Dimble. »Habe ich Ihnen nicht erzählt, dass man auch sie auf die Straße gesetzt hat? Ich dachte, es wäre Ihnen klar, dass sie in Zukunft nicht mehr zu Ihnen kommen würde. Sie hat hier in Edgestow keine Bleibe mehr, wissen Sie.«

»Mist!«, sagte Jane und fügte ohne großes Interesse hinzu: »Wissen Sie, was sie jetzt macht?«

»Sie geht nach St. Anne's.«

»Hat sie dort Freunde?«

»Sie ist mit Cecil und mir in das Landhaus gezogen.«

»Hat sie dort eine Stellung gefunden?«

»Nun ja, ich nehme an, man kann es so nennen.«

Mrs. Dimble ging um elf. Auch sie wollte anscheinend nach St. Anne's, würde aber vorher noch ihren Mann treffen und mit ihm im Northumberland College zu Mittag essen. Jane ging mit ihr in die Stadt hinunter, um ein paar Einkäufe zu machen, und sie trennten sich am unteren Ende der Market Street. Kurz darauf traf Jane Mr. Curry.

»Haben Sie die Neuigkeit schon gehört, Mrs. Studdock?«, fragte Curry. Er tat immer sehr bedeutsam und hatte stets einen etwas vertraulichen Ton. An diesem Morgen war beides noch auffälliger als sonst.

»Nein. Was ist passiert?«, sagte Jane.

Sie hielt Mr. Curry für einen aufgeblasenen Trottel und Mark für einen Dummkopf, weil er sich von ihm beeindrucken ließ. Aber sobald Curry zu sprechen begann, zeigte ihr Gesicht alle Verwunderung und Bestürzung, die er sich nur wünschen konnte. Und diesmal waren sie nicht geheuchelt. Er erzählte ihr, dass Mr. Hingest ermordet worden sei, irgendwann während der Nacht oder in den frühen Morgenstunden. Der Leichnam sei neben seinem Wagen in der Potters Lane gefunden worden, mit eingeschlagenem Schädel. Er war auf dem Weg von Belbury nach Edgestow gewesen. Er, Curry, eile gerade ins College zurück, um dem Rektor Bericht zu erstatten, er komme soeben von der Polizei. Offensichtlich hatte Curry sich den Mordfall bereits angeeignet. Die Angelegenheit lag in irgendeinem undefinierbaren Sinne in seinen Händen, und die Verantwortung lastete schwer auf ihm. Zu einem anderen Zeitpunkt hätte Jane dies alles komisch gefunden. Sie entwischte ihm so bald wie möglich und ging zu Blackies, um eine Tasse Kaffee zu trinken. Sie musste sich hinsetzen.

An sich machte Hingests Tod ihr nichts aus. Sie war ihm nur einmal begegnet und wie Mark der Ansicht, er sei ein unangenehmer alter Mann und ein ziemlicher Snob. Aber die Gewissheit, dass sie in ihrem Traum Zeugin einer wirklichen Mordtat geworden war, zertrümmerte mit einem Schlag alle tröstlichen Vorspiegelungen, mit denen dieser Tag begonnen hatte. Mit schmerzlicher Klarheit wurde ihr bewusst, dass die

Sache mit ihren Träumen keineswegs beendet war, sondern gerade erst begann. Unwiderruflich war etwas in das heitere, umfriedete kleine Leben, das sie hatte führen wollen, eingebrochen. Auf allen Seiten öffneten sich Fenster in ungeheure dunkle Landschaften, und sie hatte nicht die Macht, sie zu schließen. Es würde sie um den Verstand bringen, wenn sie allein damit fertig werden müsste. Die andere Alternative war, wieder Miss Ironwood aufzusuchen. Aber dieser Weg schien nur noch tiefer in all diese Dunkelheit hineinzuführen. Das Landhaus in St. Anne's – diese »Art Gesellschaft« – hatte auch etwas mit der Sache zu tun. Sie wollte da nicht hineingezogen werden. Es war ungerecht. Sie verlangte doch gar nicht viel vom Leben. Sie wollte nur in Ruhe gelassen werden. Und es war so widersinnig! Nach ihrer ganzen bisherigen Überzeugung konnte es solche Dinge nicht wirklich geben.

## 6

Cosser – der sommersprossige Mann mit dem schmalen schwarzen Schnurrbart – kam auf Mark zu, als dieser die Ausschusssitzung verließ.

»Es gibt etwas zu tun für uns beide«, sagte er. »Wir müssen einen Bericht über Cure Hardy zusammenstellen.«

Mark war sehr erleichtert, etwas zu tun zu bekommen. Aber er fühlte sich ein wenig vor den Kopf gestoßen, denn er hatte Cosser nicht sehr gemocht, als er ihn am Vortag kennen gelernt hatte.

»Soll das heißen«, sagte er, »dass ich nun doch Steele zugeordnet bin?«

»Jawohl«, sagte Cosser.

»Ich frage nur«, sagte Mark, »weil weder er noch Sie besonders erpicht darauf schienen, mich zu bekommen. Ich will mich nicht aufdrängen, wissen Sie. Ich brauche überhaupt nicht im Institut zu bleiben, was das angeht.«

»Nun, wir wollen hier nicht darüber reden«, sagte Cosser. »Kommen Sie mit nach oben.«

Sie standen in der Eingangshalle, und Mark sah Wither in Gedanken versunken auf sie zukommen.

»Wäre es nicht besser, mit ihm zu reden und die ganze Sache zu klären?«, schlug Mark vor. Aber nachdem der Vizedirektor sich ihnen bis auf zehn Fuß genähert hatte, war er in eine andere Richtung abgebogen. Er summte vor sich hin und schien so tief in Gedanken versunken, dass Mark den Augenblick für eine Unterredung ungeeignet fand. Cosser sagte nichts, schien aber genauso zu denken, und so folgte Mark ihm hinauf zu einem Büro im dritten Stock.

»Es geht um das Dorf Cure Hardy«, sagte Cosser, als sie sich gesetzt hatten. »Sehen Sie, sobald die Arbeiten richtig losgehen, wird diese ganze Gegend um den Bragdon-Wald nicht viel mehr als eine Schlammwüste sein. Warum wir ausgerechnet dorthin wollen, weiß der Teufel. Wie dem auch sei, nach dem neuesten Plan soll der Wynd umgeleitet werden. Das alte Flussbett durch Edgestow soll ganz trockengelegt werden. Sehen Sie, hier ist Shillingbridge, zehn Meilen nördlich der Stadt. Dort wird der Fluss umgeleitet und durch einen Kanal im Osten um Edgestow herumgeführt, hier, wo die blaue Linie verläuft. Dort unten mündet er dann wieder in das alte Flussbett.«

»Damit wird die Universität kaum einverstanden sein«, sagte Mark. »Was wäre Edgestow ohne den Fluss?«

»Die Universität haben wir in der Hand«, sagte Cosser. »Seien Sie unbesorgt. Und damit haben wir auch gar nichts zu tun. Die Sache ist die, dass der neue Wynd direkt durch Cure Hardy fließen wird. Nun sehen Sie sich einmal die Höhenlinien an. Cure Hardy liegt in einem engen kleinen Tal. Wie? Ach, Sie sind schon dort gewesen? Umso besser. Ich selbst kenne diese Gegend nicht. Also, der Gedanke war, am südlichen Talausgang einen Damm zu errichten und einen großen See aufzustauen. Als zweitwichtigste Stadt des Landes wird Edgestow eine neue Wasserversorgung brauchen.«

»Und was geschieht mit Cure Hardy?«

»Das ist ein weiterer Vorteil. Wir bauen vier Meilen weiter – da drüben, an der Bahnlinie – ein neues Musterdorf. Es wird Jules Hardy oder Wither Hardy heißen.«

»Wissen Sie, das wird einen höllischen Stunk geben, wenn Sie mich fragen. Cure Hardy ist berühmt. Es ist eine Sehenswürdigkeit. Da gibt es ein Spital aus dem sechzehnten Jahrhundert und eine normannische Kirche und all so was.«

»Genau. Und hier liegt unsere Aufgabe. Wir müssen einen Bericht über Cure Hardy verfassen. Morgen fahren wir hinaus und sehen uns einmal um, aber den größten Teil des Berichts können wir heute schon schreiben. Das dürfte nicht weiter schwierig sein. Wenn es eine Sehenswürdigkeit ist, können Sie sich darauf verlassen, dass es unhygienisch ist. Das ist der erste Punkt, den wir herausstreichen müssen. Dann müssen wir ein paar Tatsachen über die Bevölkerung herausfinden. Sie besteht wahrscheinlich zum überwiegenden Teil aus den beiden höchst unerwünschten Elementen – kleinen Rentnern und Landarbeitern.«

»Der kleine Rentner ist ein schlechtes Element, darin gebe ich Ihnen Recht«, sagte Mark. »Aber ich denke, über die Landarbeiter lässt sich streiten.«

»Das Institut hält nichts von ihnen. In einer durchgeplanten Gesellschaft stellen sie immer ein rückständiges und sehr widerspenstiges Element dar. Wir halten nicht viel von englischer Landwirtschaft. Sie sehen also, wir brauchen nur ein paar Fakten zu überprüfen. Davon abgesehen schreibt sich der Bericht beinahe von selbst.«

Mark schwieg einen Augenblick. »Das ist kein Problem«, sagte er, »aber bevor ich damit anfange, möchte ich gern etwas Genaueres über meine Position wissen. Sollte ich nicht mit Steele sprechen? Ich habe keine große Lust, mit der Arbeit in dieser Abteilung anzufangen, wenn er mich nicht haben will.«

»Das würde ich nicht tun«, sagte Cosser.

»Warum nicht?«

»Nun, zum einen kann Steele nichts gegen Sie machen, wenn der VD Sie unterstützt, wie er es einstweilen zu tun scheint. Zum anderen ist Steele ein ziemlich gefährlicher Mann. Wenn Sie einfach ruhig Ihre Arbeit tun, könnte er sich mit der Zeit an Sie gewöhnen. Aber wenn Sie hingehen und mit ihm reden, könnten Sie Krach bekommen. Und dann ist da noch etwas.« Cosser machte eine Pause, rieb nachdenklich seine Nase und fuhr fort: »Unter uns gesagt, ich glaube nicht, dass es in dieser Abteilung noch lange so weitergehen kann wie bisher.«

Mark hatte in Bracton bereits genug Erfahrungen gesammelt, um zu verstehen, was damit gemeint war. Cosser hoffte, Steele ganz aus der Abteilung verdrängen zu können. Mark glaubte, die ganze Situation zu durchschauen. Steele war gefährlich, solange er auf seinem Posten saß, aber das konnte sich bald ändern.

»Gestern hatte ich den Eindruck«, sagte Mark, »dass Sie und Steele ziemlich gut miteinander auskommen.«

»Hier kommt es darauf an, nie mit jemandem zu streiten«, sagte Cosser. »Auch ich selbst hasse Streitigkeiten und kann mit jedem zurechtkommen – solange die Arbeit getan wird.«

»Natürlich«, sagte Mark. »Übrigens, wenn wir morgen nach Cure Hardy fahren, könnte ich die Nacht zu Hause in Edgestow verbringen.«

Für Mark hing viel von der Antwort auf diese Bemerkung ab. Er konnte daran erkennen, ob Cosser tatsächlich sein Vorgesetzter war. Wenn Cosser sagte: »Das können Sie nicht machen«, dann wusste er wenigstens, woran er war. Wenn Cosser sagte, er könne auf Mark nicht verzichten — noch besser. Oder Cosser könnte antworten, er solle den Vizedirektor fragen. Auch dann wäre Mark sich seiner Position sicherer gewesen. Aber Cosser sagte bloß »oh« und ließ Mark im Zweifel, ob man sich gar nicht abmelden musste oder ob er als Institutsmitglied noch nicht hinreichend etabliert war, als dass seine Abwesenheit von Bedeutung gewesen wäre. Dann begannen sie mit der Arbeit an ihrem Bericht.

Er beschäftigte sie den Rest des Tages, sodass Cosser und er verspätet und ohne sich umgezogen zu haben zum Abendessen kamen. Das versetzte Mark in eine höchst angenehme Stimmung. Und auch das Essen schmeckte ihm. Obgleich er unter Männern war, die er noch nie gesehen hatte, kam es ihm nach ein paar Minuten so vor, als kenne er sie alle, und er nahm ungezwungen am Tischgespräch teil. Er geriet mit ihnen ins Fachsimpeln.

»Wie hübsch!«, dachte Mark, als der Wagen am nächsten Morgen bei Duke's Eaton die Hauptstraße verließ und auf einer holperigen kleinen Landstraße in das lang gestreckte Tal fuhr, in dem Cure Hardy lag. Mark war im Allgemeinen nicht sehr empfänglich für Schönheit, aber Jane und seine Liebe zu ihr hatten ihn in dieser Hinsicht bereits ein wenig wachgerüttelt. Vielleicht machte der sonnige Wintermorgen einen so starken Eindruck auf ihn, weil niemand ihn gelehrt hatte, so etwas als besonders schön zu betrachten, und er daher ganz unmittelbar auf seine Sinne wirken konnte. Erde und Himmel waren wie frisch gewaschen, die braunen Felder waren richtiggehend appetitlich, und die Wiesen auf den Hügelkuppen sahen aus wie die gestutzte Mähne eines Pferdes. Der Himmel schien weiter entfernt zu sein als sonst, doch auch klarer, sodass die Ränder der langen, schmalen Wolkenstreifen (schieferfarben vor blassem Blau) so scharf waren wie auf einem Scherenschnitt. Jede kleine Baumgruppe war schwarz und struppig wie eine Bürste, und als der Wagen in Cure Hardy hielt und der Motor abgeschaltet war, war die Stille vom Krächzen der Krähen erfüllt, die zu rufen schienen: »Wart! Wart!«

»Machen einen schrecklichen Lärm, diese Vögel«, sagte Cosser. »Haben Sie die Karte? Gut, dann also los.« Er ging sofort an die Arbeit.

Zwei Stunden lang wanderten sie durch das Dorf und sahen mit eigenen Augen all die Missstände und Anachronismen, die sie zerstören wollten. Sie sahen den widerspenstigen und rückständigen Landarbeiter und hörten seine Ansichten über das Wetter. Sie begegneten dem verschwenderisch unterstützten Armen in der Gestalt eines alten Mannes, der über den Hof des Spitals schlurfte, um einen Kessel zu füllen, und beobachteten eine Rentnerin (um das Maß voll zu machen, hatte sie einen fetten alten Hund bei sich) in ernstem Gespräch mit dem Postboten. Das gab Mark das Gefühl, in den Ferien zu sein, denn nur in Ferienzeiten war er je in ein englisches Dorf gekommen. Aus diesem Grund machte es ihm Spaß. Es entging ihm nicht, dass das Gesicht des rückständigen Landarbeiters um einiges interessanter war als das Cossers und seine Stimme dem Ohr viel angenehmer. Die Ähnlichkeit zwischen der Rentnerin und Tante Gilly (wann hatte er das letzte Mal an sie gedacht? Lieber Himmel, das lag lange zurück ...) machte ihm klar, wie es möglich war, eine solche Person zu mögen. All das beeinflusste jedoch nicht im Geringsten seine soziologischen Überzeugungen. Selbst wenn er nichts mit Belbury zu tun und keinerlei Ehrgeiz gehabt hätte, wäre es nicht anders gewesen, denn seine Erziehung hatte dazu geführt, dass ihm Gelesenes und Geschriebenes wirklicher vorkamen als die Dinge, die er sah. Statistiken über Landarbeiter waren das Wesentliche: jeder wirkliche Grabenmacher, Pflüger oder Melker war nur ein Schatten. Obgleich es ihm selbst niemals aufgefallen war, vermied er nach Möglichkeit in seiner Arbeit Worte wie Mann oder Frau. Er zog es vor, über Berufsgruppen, Elemente, Klassen, Populationen und dergleichen zu schreiben, denn auf seine Art glaubte er so fest wie jeder Mystiker an die übergeordnete Wirklichkeit der Dinge, die man nicht sehen kann.

Dennoch konnte er nicht umhin, dieses Dorf zu mögen. Als er gegen ein Uhr Cosser überredete, im Wirtshaus einzukehren, sagte er es sogar. Sie hatten beide Sandwiches mitgebracht, aber Mark hatte Lust auf ein Bier. In der Gaststube war es sehr warm und ziemlich dunkel, denn das Fenster war klein. Zwei Arbeiter (zweifellos widerspenstig und rückständig) saßen vor irdenen Krügen und aßen dicke Stullen, und ein dritter lehnte an der Theke und unterhielt sich mit dem Wirt.

»Für mich kein Bier, danke«, sagte Cosser. »Und wir wollen lieber nicht zu lange hier herumhängen. Was haben Sie gesagt?«

»Ich habe gesagt, dass ein Ort wie dieser an einem schönen Tag doch recht reizvoll ist, trotz all seiner offensichtlichen Mängel.«

»Ja, es ist in der Tat ein schöner Tag. Ein bisschen Sonnenschein ist wirklich gut für die Gesundheit.«

»Ich dachte an den Ort.«

»Sie meinen dies hier?«, sagte Cosser mit einem Blick durch den Raum. »Ich dachte, das wäre gerade das, was wir loswerden wollen. Kein Licht, keine Luft. Ich selbst habe für Alkohol nicht viel übrig – Sie sollten mal den Miller-Report lesen –, aber wenn die Leute sich unbedingt stimulieren müssen, dann sollte das wenigstens in einer hygienischeren Form geschehen.«

»Ich glaube nicht, dass es nur um das Stimulieren geht«, sagte Mark und blickte in seinen Bierkrug. Die ganze Situation erinnerte ihn an lang zurückliegende Wirtshausgespräche – an Gelächter und Diskussionen während seiner Studentenzeit. Irgendwie hatte man sich damals leichter angefreundet. Er fragte sich, was aus der ganzen Truppe wohl geworden war – aus Carey und Wadsden und aus Denniston, der beinahe seinen eigenen Lehrstuhl bekommen hätte.

»Nun, dazu kann ich nicht viel sagen«, meinte Cosser, »Ernährungswissenschaft ist nicht mein Fach. Da müssen Sie Stock fragen.«

»Ich denke nicht so sehr an diesen Pub«, sagte Mark, »sondern an das ganze Dorf. Natürlich haben Sie Recht: solche Dinge müssen verschwinden. Aber es hatte auch seine angenehmen Seiten. Wir werden Acht geben müssen, dass das neue Dorf das alte wirklich in allen Bereichen übertrifft – nicht bloß in der Effizienz.«

»Ah, Architektur und so«, sagte Cosser. »Nun, das ist kaum mein Fachgebiet, wissen Sie. Das ist mehr etwas für Leute wie Wither. Sind Sie fertig?«

Ganz plötzlich überkam Mark die Erkenntnis, was für ein schrecklicher Langweiler dieser Mann war, und im selben Augenblick war er das N.I.C.E. entsetzlich leid. Aber er hielt sich vor Augen, dass man nicht erwarten könne, sofort in den interessanten Kreis aufgenommen zu werden; später würde es schon besser werden. Außerdem hatte er noch nicht alle Brücken hinter sich abgebrochen. Vielleicht würde er den ganzen Krempel hinwerfen und in ein, zwei Tagen zum College zurückkehren. Aber noch nicht sofort. Es schien nur vernünftig, noch eine Weile auszuharren und zu sehen, wie die Dinge sich entwickelten.

Auf der Rückfahrt setzte Cosser ihn in der Nähe des Bahnhofs von Edgestow ab, und während Mark zu Fuß nach Hause ging, überlegte er, was er Jane über Belbury erzählen würde. Es wäre falsch zu sagen, er denke sich bewusst eine Lüge aus. Als er sich vorstellte, wie er die Wohnung betrat und in Janes fragendes Gesicht blickte, hörte er unwillkürlich, wie seine eigene Stimme die Grundzüge von Belbury amüsant und selbstbewusst schilderte. Diese imaginäre Rede vertrieb nach und nach die wirklichen Erfahrungen, die er dort gemacht hatte, aus seinem Bewusstsein. Jene wirklichen Erfahrungen, die Befürchtungen und das Unbehagen verstärkten sogar noch sein Verlangen, in den Augen seiner Frau eine gute Figur zu machen. Beinahe unbewusst hatte er beschlossen, die Sache mit Cure Hardy nicht zu erwähnen; Jane hatte etwas übrig für alte Gebäude und dergleichen. So stand Jane – die gerade die Vorhänge zuzog –, als sie die Tür gehen hörte und sich umdrehte, einem ziemlich unbeschwerten und aufgekratzten Mark gegenüber. Ja, er sei fast sicher, dass er die Stellung bekommen habe. Die Gehaltsfrage sei noch nicht endgültig geklärt, aber er werde sich morgen darum kümmern. Es sei ein komischer Ort, aber das werde er ihr alles später erklären. Er habe auch bereits die richtigen Leute getroffen. Wither und Miss Hardcastle seien die entscheidenden Personen. »Ich muss dir von dieser Hardcastle erzählen«, sagte er. »Das ist eine unglaubliche Frau.«

Jane musste sehr viel schneller als Mark entscheiden, was sie ihm sagen würde und was nicht. Und sie beschloss, nichts von den Träumen und ihrem Besuch in St. Anne's zu erzählen. Männer konnten Frauen, mit denen etwas nicht stimmte, nicht leiden, schon gar nicht, wenn es dabei um seltsame, ungewöhnliche Dinge ging. Es fiel ihr nicht schwer, bei ihrer Entscheidung zu bleiben, denn Mark war von seinen eigenen Geschichten so in Anspruch genommen, dass er ihr keine Fragen stellte. Was er sagte, konnte sie allerdings nicht recht überzeugen, weil alle Einzelheiten unbestimmt blieben. Sehr bald schon unterbrach sie ihn mit scharfer, ängstlicher Stimme (sie hatte keine Ahnung, wie zuwider ihm dieser Tonfall war): »Mark, du hast doch nicht etwa deinen Lehrstuhl am Bracton College aufgegeben?« Er sagte Nein, natürlich nicht, und redete weiter. Sie hörte nur mit halbem Ohr zu. Sie wusste, dass er manchmal hochfliegende Pläne hatte, und etwas in seinem Gesicht sagte ihr, dass er während seiner Abwesenheit viel mehr getrunken hatte als gewöhnlich. Und so stellte das Vogelmännchen den ganzen Abend lang sein Gefieder zur Schau, und das Vogelweibchen spielte seine Rolle, stellte Fragen, lachte und heuchelte mehr Interesse, als es empfand. Beide waren jung, und wenn auch keiner den anderen sehr innig liebte, so wollte doch jeder bewundert sein.

# 7

Am gleichen Abend saß das Kollegium des Bracton Colleges im Speisesaal bei Wein und Dessert. Während des Krieges hatten sie aus Sparsamkeitsgründen auf das obligate Umkleiden zum Abendessen verzichtet und den traditionellen Brauch seither noch nicht wieder aufgenommen; ihre sportlichen Sakkos und Strickjacken passten nicht recht zu der dunklen Holztäfelung der Wände, dem Kerzenschein und dem Tafelsilber aus verschiedenen Epochen. Feverstone und Curry saßen beisammen. Dreihundert Jahre lang war dieser Gesellschaftsraum eine der angenehmen und stillen Stätten Englands gewesen. Er lag am Lady-Alice-Hof, im Erdgeschoss unter dem Sitzungssaal, und durch die Fenster der Ostseite sah man über eine kleine Terrasse hinweg (wo das Kollegium an warmen Sommerabenden oft das Dessert einnahm) auf den Fluss und den Bragdon-Wald. Zu dieser Jahreszeit und Stunde waren die Fenster natürlich geschlossen und die Vorhänge zugezogen. Doch von draußen drangen Geräusche herein, die in diesem Raum nie zuvor vernommen worden waren – Gebrüll und Flüche, das dumpfe Dröhnen schwerer Lastwagen, die vorbeidonnerten oder krachend die Gänge wechselten, das Rattern von Pressluftämmern, Eisengeklirr, Kettengerassel, Pfiffe, dumpfe Schläge und ein alles durchdringendes Vibrieren. »Saeva sonare verbera, turn stridor ferri tractaegue catenae«, wie Glossop am Kaminfeuer zu Jewel bemerkt hatte. Denn hinter den Fenstern, kaum dreißig Schritte entfernt am anderen Ufer des Wynd, wurde der alte Wald im Handumdrehen in ein Inferno aus Schlamm und Lärm, Stahl und Beton verwandelt. Selbst einige Mitglieder des Progressiven Elements – diejenigen, die ihre Zimmer auf dieser Seite des Colleges hatten – beschwerten sich bereits darüber. Curry selbst war einigermaßen überrascht von der Form, die sein Traum nun, da er Wirklichkeit geworden war, angenommen hatte; aber er hielt eisern daran fest, und obgleich er bei seinem Gespräch mit Feverstone aus voller Kehle schreien musste, spielte er mit keinem Wort auf diese Unannehmlichkeit an.

»Dann steht also fest«, brüllte er, »dass der junge Studdock nicht zurückkommt?«

»Absolut«, rief Feverstone. »Er hat mir durch einen hohen Funktionär eine Botschaft geschickt und mich gebeten, dem College Bescheid zu geben.«

»Wann wird er seinen Abschied formal einreichen?«

»Keine Ahnung! Wie alle jungen Leute nimmt er es mit den Formalitäten nicht so genau. Je länger er übrigens damit wartet, desto besser.«

»Sie meinen, das gibt uns Gelegenheit, uns in Ruhe umzusehen?«

»Genau. Sehen Sie, das Kollegium braucht erst davon zu erfahren, wenn er geschrieben hat. Und in der Zwischenzeit können wir die Frage seines Nachfolgers bereits regeln.«

»Sehr gut. Das ist äußerst wichtig. Wenn man all diesen Leuten, die vom Fach nichts verstehen und nicht wissen, was sie wollen, eine offene Frage vorlegt, dann ist alles möglich.«

»Richtig. Das wollen wir vermeiden. Die einzige Methode, eine Einrichtung wie diese zu leiten, besteht darin, dass man seinen Kandidaten wie ein Kaninchen aus dem Hut zaubert, gleich nachdem man das Rücktrittsgesuch bekannt gegeben hat.«

»Wir müssen uns sofort um einen Nachfolger kümmern.«

»Muss das ein Soziologe sein? Ich meine, ist der Lehrstuhl an dieses Fach gebunden?«

»Nein, keineswegs. Warum? Haben Sie an ein anderes Fachgebiet gedacht?«

»Wir haben schon lange keinen Politologen mehr genommen.«

»Hm ... ja. Allerdings gibt es noch immer beträchtliche Widerstände gegen die Anerkennung der Politologie als wissenschaftliches Fach. Was meinen Sie, Feverstone, sollten wir nicht der neuen Disziplin in den Sattel helfen?«

»Welcher neuen Disziplin?«

»Der Pragmatometrie.«

»Nun, es ist wirklich komisch, dass Sie das sagen, denn der Mann, an den ich denke, ist ein Politikwissenschaftler, der sich auch ziemlich intensiv mit Pragmatometrie beschäftigt hat. Man könnte es Lehrstuhl für soziale Pragmatometrie nennen oder so ähnlich.«

»Wer ist der Mann?«

»Laird – vom Leicester College, Cambridge.«

Curry machte schon beinahe automatisch ein nachdenkliches Gesicht, obwohl er nie von Laird gehört hatte, und sagte: »Ach ja, Laird. Wissen Sie Genaueres über seine akademische Laufbahn?«

»Nun«, sagte Feverstone, »wie Sie sich erinnern werden, war er zur Zeit der Abschlussexamina bei schlechter Gesundheit und erlitt ziemlichen Schiffbruch. Doch die Prüfungen in Cambridge sind heutzutage so schlecht, dass das kaum etwas zu sagen hat. Jeder wusste, dass er einer der brillantesten Köpfe seines Jahrgangs war. Er war Herausgeber einer Studentenzeitschrift. David Laird, wissen Sie.«

»Ja, richtig. David Laird. Aber ich muss sagen, Dick ...«

»Ja?«

»Mir gefällt sein schlechtes Examensergebnis nicht recht. Natürlich messe ich solchen Ergebnissen keine übertriebene Bedeutung bei, aber trotzdem ... In letzter Zeit haben wir ein- oder zweimal eine unglückliche Wahl getroffen.« Als er das sagte, blickte Curry unwillkürlich zu Pelham hinüber – Pelham mit dem kleinen Knopfmund und dem Puddinggesicht. Pelham war ein zuverlässiger Mann, doch selbst Curry fand es schwierig, sich an irgendetwas zu erinnern, das Pelham jemals getan oder gesagt hätte.

»Ja, ich weiß«, sagte Feverstone, »aber selbst unsere schlechtesten Leute sind nicht ganz so blödsinnig wie diejenigen, die das College beruft, wenn wir es sich selbst überlassen.«

Vielleicht hatte ja der unerträgliche Lärm seine Nerven angegriffen, jedenfalls zweifelte Curry einen Augenblick lang an der ›Blödsinnigkeit‹ dieser Außenseiter. Kürzlich hatte er im Northumberland College zu Abend gegessen und hatte dort auch Telford angetroffen. Der Kontrast zwischen dem wachen und geistreichen Telford, den im Northumberland College jeder zu kennen schien und dem jeder zuhörte, und dem ›blödsinnigen‹ Telford im Gesellschaftsraum des Bracton Colleges hatte ihn verblüfft. Könnte es sein, dass es für das Schweigen all dieser ›Außenseiter‹ in seinem eigenen College, für ihre einsilbigen Antworten, wenn er sich mit ihnen einließ, und ihre ausdruckslosen Mienen, wenn er einen vertraulichen Ton anschlug, eine Erklärung gab, die ihm nie in den Sinn gekommen war? Die absurde Vorstellung, dass er, Curry, ein Langweiler sein könne, ging ihm so rasch durch den Sinn, dass er sie bereits eine Sekunde später für immer vergessen hatte. Dafür wurde die viel weniger schmerzhafte Vorstellung beibehalten, dass diese Traditionalisten und Fachidioten auf ihn herabsähen. Aber Feverstone rief ihm wieder etwas zu.

»Ich bin nächste Woche in Cambridge«, sagte er, »und werde dort ein Essen geben. Ich möchte, dass es unter uns bleibt, denn möglicherweise kommt der Premierminister und vielleicht ein paar wichtige Zeitungsleute und Tony Dew. Was? Ach, natürlich kennen Sie Tony. Dieser kleine, dunkelhaarige Mann von der Bank. Laird wird auch kommen. Er ist ein entfernter Verwandter des Premierministers. Ich habe mich gefragt, ob Sie nicht auch kommen könnten. Ich weiß, dass David Sie sehr gerne kennen lernen möchte. Er hat schon viel von Ihnen gehört von jemandem, der immer in Ihre Vorlesungen gegangen ist. Ich kann mich an den Namen nicht mehr erinnern.«

»Nun, das könnte schwierig werden. Es hängt davon ab, wann der alte Bill beerdigt wird. Dann müsste ich natürlich hier sein. Ist in den Sechsuhrnachrichten etwas über die Ermittlungen gesagt worden?«

»Ich habe die Nachrichten nicht gehört. Aber das wirft natürlich eine zweite Frage auf. Nun, da der Blizzard in einer besseren Welt stürmt, haben wir zwei freie Stellen.«

»Ich kann nichts hören!«, schrie Curry. »Wird dieses Geräusch immer lauter, oder werde ich taub?«

»Sagen Sie mal, Curry«, rief Brizeacre, der auf der anderen Seite neben Feverstone saß, »was zum Teufel tun eigentlich Ihre Freunde da draußen?«

»Können sie nicht arbeiten, ohne zu brüllen?«, fragte ein anderer.

»Ich finde, es hört sich überhaupt nicht wie Arbeit an«, sagte ein Dritter.

»Hören Sie!«, rief Glossop plötzlich. »Das hat nichts mit Arbeit zu tun! Hören Sie das Gerenne! Das ist mehr wie ein Rugbyspiel.«

»Es wird mit jeder Minute schlimmer«, sagte Raynor.

Im nächsten Augenblick sprangen fast alle Anwesenden auf. »Was war das?«, rief einer. »Sie bringen jemanden um«, sagte Glossop. »So schreit nur jemand, dem es an die Kehle geht.«

»Wohin gehen Sie?«, fragte Curry. »Nachsehen, was da passiert«, sagte Glossop. »Curry, gehen Sie und trommeln Sie alle Collegediener zusammen. Jemand muss die Polizei anrufen!«

»Ich an Ihrer Stelle würde nicht hinausgehen«, sagte Feverstone, der sitzen geblieben war und sich Wein nachschenkte. »Es hört sich an, als ob die Polizei oder so schon da wäre.«

»Was meinen Sie damit?«

»Hören Sie. Da!«

»Ich dachte, das wären diese höllischen Presslufthämmer.«

»Hören Sie genau hin!«

»Mein Gott ... meinen Sie wirklich, das ist ein Maschinengewehr?«

»Vorsicht Vorsicht!«, riefen ein Dutzend Stimmen durcheinander, als Glas splitterte und klirrte und Steine auf den Boden des Gesellschaftsraums hagelten. Einige Dozenten waren sofort zu den Fenstern gestürzt und schlossen die Läden; und dann standen sie alle da und starrten einander schwer atmend an. Niemand sagte ein Wort. Glossop hatte eine Schnittwunde an der Stirn, und auf dem Boden lagen die Scherben jenes berühmten Ostfensters, in das Henrietta Maria einst mit einem Diamanten ihren Namen geritzt hatte.

## 5 Flexibilität

Am nächsten Morgen fuhr Mark mit dem Zug nach Belbury zurück. Er hatte seiner Frau versprochen, eine Reihe von Einzelheiten in Bezug auf sein Gehalt und den Wohnort zu klären; der Gedanke an dieses Versprechen erzeugte eine kleine Wolke des Unbehagens in seinem Bewusstsein, doch im Großen und Ganzen war er guter Stimmung. Diese Rückkehr nach Belbury – einfach hineinzuschlendern, den Hut aufzuhängen und etwas zu trinken zu bestellen – war ein angenehmer Kontrast zu seiner ersten Ankunft. Der Diener, der das Getränk brachte, kannte ihn. Filostrato nickte ihm zu. Frauen regten sich immer unnötig auf, aber dies war offensichtlich die reale Welt. Als er ausgetrunken hatte, ging er gemächlich hinauf in Cossers Büro. Er blieb nur fünf Minuten, kam aber in einer völlig verwandelten Gemütsverfassung wieder heraus.

Steele und Cosser waren beide da, und beide sahen ihn an, als wären sie von einem wildfremden Menschen bei der Arbeit gestört worden. Keiner der beiden sagte etwas.

»Eh – guten Morgen«, sagte Mark unbeholfen.

Steele schrieb mit einem Bleistift etwas auf ein großes

Schriftstück, das vor ihm ausgebreitet war. »Was gibt es, Mr. Studdock?«, fragte er, ohne aufzublicken.

»Ich wollte mit Mr. Cosser sprechen«, sagte Mark und wandte sich an Cosser: »Ich habe gerade über den vorletzten Abschnitt dieses Berichts nachgedacht...«

»Was ist das für ein Bericht?«, sagte Steele zu Cosser.

»Ach, ich hatte gedacht«, antwortete Cosser und verzog einen Mundwinkel zu einem kleinen, schiefen Lächeln, »es wäre vielleicht eine gute Sache, in meiner Freizeit einen Bericht über Cure Hardy zusammenzustellen, und nachdem gestern nichts Besonderes zu tun war, habe ich ihn aufgesetzt. Mr. Studdock hat mir dabei geholfen.«

»Nun, das braucht uns jetzt wirklich nicht zu kümmern«, sagte Steele. »Sie können darüber ein andermal mit Mr. Cosser sprechen, Mr. Studdock. Ich fürchte, er hat im Moment zu tun.«

»Hören Sie«, sagte Mark, »ich denke, wir täten gut daran, klare Verhältnisse zu schaffen. Heißt das, dass der Bericht über Cure Hardy lediglich Cossers Privatvergnügen war? Wenn ja, dann hätte ich das gern gewusst, bevor ich acht Stunden Arbeit darauf verwende. Und wer ist mein Vorgesetzter?«

Steele spielte mit seinem Bleistift und blickte Cosser an.

»Ich habe Ihnen eine Frage über meine Position gestellt, Mr. Steele«, sagte Mark.

»Ich habe keine Zeit für solche Dinge«, erwiderte Steele. »Wenn Sie nichts zu tun haben, ist das Ihre Sache. Ich jedenfalls habe zu tun. Und ich weiß nichts über Ihre Position.«

Mark wollte sich an Cosser wenden; aber Cossers glattes, sommersprossiges Gesicht mit den ausdruckslosen Augen erfüllte ihn plötzlich mit solcher Verachtung, dass er auf dem Absatz kehrtmachte und das Büro verließ. Er warf die Tür hinter sich zu, entschlossen, sofort mit dem stellvertretenden Direktor zu sprechen.

Vor Withers Zimmer zögerte er, denn er hörte Stimmen

durch die Tür. Aber er war zu ärgerlich, um zu warten. Er klopfte und trat ein, ohne darauf zu achten, ob auf sein Klopfen reagiert worden war.

»Mein lieber Junge«, sagte der stellvertretende Direktor und blickte auf, ohne jedoch Mark direkt ins Gesicht zu sehen, »ich bin erfreut, Sie zu sehen.« Als Mark diese Worte hörte, merkte er, dass eine dritte Person im Raum war. Es war ein Mann namens Stone, den er zwei Tage zuvor beim Abendessen kennen gelernt hatte. Stone stand vor Withers Schreibtisch. Seine Finger rollten unaufhörlich ein Blatt Löschpapier auf und wieder zusammen. Sein Mund hing offen, seine Augen blickten unverwandt den Vizedirektor an.

»Erfreut, Sie zu sehen«, wiederholte Wither. »Umso mehr, als Sie mich in einem ... eh ... ziemlich schmerzlichen Gespräch unterbrochen haben. Wie ich gerade zu dem armen Mr. Stone sagte, als Sie hereinkamen, nichts liegt mir mehr am Herzen als der Wunsch, dass alle Mitglieder dieses großartigen Instituts wie eine Familie zusammenarbeiten ... Von meinen Kollegen, Mr. Stone, erwarte ich die größtmögliche Einigkeit in Willen und Zielsetzung, das größtmögliche gegenseitige Vertrauen. Aber wie Sie einwenden mögen, Mr. ... eh ... Studdock, gibt es selbst im Familienleben gelegentlich Spannungen und Reibungen und Missverständnisse. Und das ist auch der Grund, mein lieber Junge, warum ich im Moment nicht viel Muße habe – gehen Sie nicht, Mr. Stone. Ich habe Ihnen noch eine Menge zu sagen.«

»Vielleicht sollte ich später wiederkommen?«, sagte Mark.

»Nun, unter den obwaltenden Umständen ... Ich denke dabei an Ihre Gefühle, Mr. Stone ... vielleicht... das übliche Vorgehen, wenn Sie mit mir sprechen wollen, Mr. Studdock, ist, dass Sie bei meiner Sekretärin vorsprechen und sich einen Termin geben lassen. Nicht, verstehen Sie mich recht, dass ich auf Formalitäten bestehen wollte oder etwas anderes als erfreut sein würde, Sie zu sehen, wann immer Sie hereinschauen. Es ist die Vergeudung Ihrer Zeit, die ich gern vermeiden möchte.«

»Danke, Sir«, sagte Mark. »Dann werde ich mit Ihrer Sekretärin sprechen.«

Das Sekretariat war nebenan. Ging man hinein, so traf man nicht die Sekretärin selbst an, sondern eine Reihe von Angestellten, die von den Besuchern durch eine Art Schalter getrennt waren. Mark vereinbarte einen Termin für den nächsten Tag um zehn Uhr; das war der frühestmögliche Zeitpunkt, den sie ihm anbieten konnten. Als er das Büro verließ, traf er auf Miss Hardcastle.

»Hallo, Studdock«, sagte die Fee. »Sie treiben sich beim Büro des VD herum? Das geht nicht, wissen Sie.«

»Ich habe beschlossen«, sagte Mark, »dass ich genau und ein für alle Mal wissen muss, welche Position ich hier habe. Andernfalls verlasse ich das Institut.«

Sie sah ihn viel sagend und anscheinend belustigt an. Dann nahm sie ihn beim Arm.

»Hören Sie, Kleiner«, sagte sie, »Schlagen Sie sich das alles aus dem Kopf. Sie tun sich keinen Gefallen damit. Kommen Sie, ich werde das mit Ihnen besprechen.«

»Es gibt eigentlich gar nichts zu besprechen, Miss Hardcastle«, erwiderte Mark. »Ich habe meine Entscheidung getroffen. Entweder bekomme ich hier eine richtige Arbeit, oder ich gehe zurück zum Bracton College. Das ist doch ganz einfach. Es ist mir sogar ziemlich gleich, was ich mache, ich will es nur wissen.«

Darauf gab die Fee keine Antwort, und der feste Druck ihres Arms zwang Mark, mit ihr den Korridor entlangzugehen, wenn er nicht offen Widerstand leisten wollte. Ihr Griff war auf groteske Weise zweideutig, vertraulich und autoritär zugleich, und in ihm hätte gleich gut die Beziehung zwischen Polizist und Gefangenem, Liebhaber und Geliebter, Gouvernante und Kind zum Ausdruck kommen können.

Mark würde lächerlich aussehen, wenn ihnen jemand begegnete.

Sie führte ihn zu ihren eigenen Büros im zweiten Stock. Das Vorzimmer war voll von so genannten Wips, den Mädchen der weiblichen Institutspolizei. Die männlichen Sicherheitskräfte waren, obgleich sehr viel zahlreicher, im Haus nur selten anzutreffen, aber wo immer Miss Hardcastle erschien, eilten auch ständig Wips hin und her. Weit davon entfernt, die männlichen Züge ihrer Chefin zu teilen, waren sie (wie Feverstone einmal gesagt hatte) »feminin bis zum Schwachsinn« – klein und zart, flauschig und kichernd. Miss Hardcastle benahm sich ihnen gegenüber, als ob sie ein Mann wäre, und sprach mit ihnen in einem Ton halb leichtherziger und halb grimmiger Galanterie. »Cocktails, Dolly«, bellte sie, als sie das Vorzimmer betraten. In ihrem Büro ließ sie Mark Platz nehmen, blieb aber selbst breitbeinig und mit dem Rücken zum Kaminfeuer stehen. Die Getränke wurden gebracht, und Dolly zog sich zurück und schloss die Tür. Unterwegs hatte Mark murrend seine Beschwerden vorgebracht.

»Hören Sie auf damit, Studdock«, sagte Miss Hardcastle. »Und was immer Sie tun, behelligen Sie nicht den VD damit. Ich habe Ihnen schon einmal gesagt, dass Sie sich um diese Nebenfiguren aus dem dritten Stock nicht zu kümmern brauchen, vorausgesetzt, er ist auf Ihrer Seite – was gegenwärtig der Fall ist. Aber das wird nicht so bleiben, wenn Sie ständig mit Beschwerden zu ihm kommen.«

»Das wäre sicherlich ein guter Rat, Miss Hardcastle«, erwiderte Mark, »wenn ich mich verpflichtet hätte, hier zu bleiben. Aber das habe ich nicht. Und nach allem, was ich gesehen habe, gefällt es mir hier nicht. Ich bin so gut wie entschlossen, wieder nach Hause zu gehen. Ich dachte nur, dass ich zuvor mit ihm sprechen sollte, um klare Verhältnisse zu schaffen.«

»Klare Verhältnisse sind etwas, das Wither nicht ausstehen

kann«, sagte Miss Hardcastle. »Das ist nicht die Art, wie er den Laden leitet. Er weiß, was er tut, und es klappt. Sie haben keine Ahnung, wie gut es klappt. – Was Ihr Fortgehen betrifft ... Sie sind nicht abergläubisch, nicht wahr? – Nun, ich wohl. Ich glaube nicht, dass es Glück bringt, das N.I.C.E. zu verlassen. Sie brauchen sich über die Steeles und Cossers nicht den Kopf zu zerbrechen; das gehört zu Ihrer Lehrzeit. Das müssen Sie erst einmal hinter sich bringen, aber wenn Sie es durchstehen, werden Sie viel weiter kommen als diese Leute. Warten Sie nur ab: nicht einer von ihnen wird übrig sein, wenn wir richtig anfangen.«

»Das ist genau die Art, wie Cosser sich über Steele geäußert hat«, sagte Mark, »aber als es darauf ankam, schien es mir nicht viel zu nützen.«

»Wissen Sie, Studdock«, sagte Miss Hardcastle, »ich habe Gefallen an Ihnen gefunden. Und das ist gut so, denn sonst könnte ich Ihnen diese letzte Bemerkung leicht übel nehmen.«

»Ich will niemanden kränken«, sagte Mark. »Aber – Teufel noch mal, sehen Sie es doch einmal von meinem Standpunkt aus.«

Miss Hardcastle schüttelte den Kopf. »Zwecklos, Kleiner. Ihr Standpunkt ist keinen roten Heller wert, weil Sie noch nicht genug Tatsachen kennen. Sie haben noch nicht begriffen, worauf Sie sich eingelassen haben. Wir bieten Ihnen eine Chance, etwas viel Größeres als einen Ministerposten zu erreichen. Und es gibt nur zwei Alternativen, wissen Sie. Entweder man ist im Institut, oder man ist draußen. Und ich weiß besser als Sie, was mehr Spaß macht.«

»Das verstehe ich«, sagte Mark. »Aber alles ist besser, als nominell dabei zu sein und nichts zu tun zu haben. Geben Sie mir eine richtige Arbeit in der soziologischen Abteilung, und ich werde ...«

»Unsinn! Diese ganze Abteilung wird aufgelöst. Aus Propagandagründen musste sie zu Anfang da sein. Diese Leute werden alle verschwinden.«

»Aber welche Sicherheit habe ich, dass ich einer ihrer Nachfolger sein werde?«

»Keine. Es wird keine Nachfolger geben. Die eigentliche Arbeit hat mit all diesen Abteilungen nichts zu tun. Die Art von Soziologie, an der wir interessiert sind, wird von meinen Leuten gemacht – von der Polizei.«

»Und was habe ich dann damit zu tun?«

»Wenn Sie mir vertrauen«, sagte die Fee, stellte ihr leeres Glas ab und zog eine von ihren schwarzen Zigarren hervor, »kann ich Ihnen gleich etwas von Ihrer eigentlichen Arbeit geben – der Arbeit, für die man Sie in Wirklichkeit hergeholt hat.«

»Und was ist das?«

»Alcasan«, sagte Miss Hardcastle durch die Zähne. Sie hatte wieder ihren ewigen Zigarrenstummel im Mundwinkel. Mit einem etwas geringschätzigen Blick zu Mark fügte sie hinzu: »Sie wissen, von wem ich spreche, oder?«

»Sie meinen den Radiologen – den Mann, der geköpft wurde?« fragte Mark vollkommen verwirrt. Die Fee nickte.

»Er muss rehabilitiert werden«, sagte sie. »Nach und nach. Ich habe alle Fakten in einem Dossier. Sie fangen mit einem unauffälligen kleinen Artikel an, stellen seine Schuld nicht infrage, wenigstens nicht zu Anfang, deuten aber an, dass er nun einmal der Regierung der Kollaborateure angehörte und dass es deshalb Vorurteile gegen ihn gab. Sagen Sie, dass Sie zwar nicht an der Gerechtigkeit des Schuldspruchs zweifeln, es jedoch beunruhigend fänden, dass das Urteil mit großer Wahrscheinlichkeit genauso gelautet hätte, wenn er unschuldig gewesen wäre. Dann lassen Sie einen oder zwei Tage später einen Artikel ganz anderer Art folgen. Eine populäre Darstellung seiner Verdienste. Es wird Sie höchstens einen Nachmittag kosten, die Fakten für einen solchen Artikel aufzubereiten. Dann verfassen Sie einen ziemlich empörten Leserbrief an die Zeitung, die den ersten Artikel gedruckt hat, und gehen darin viel weiter. Die Hinrichtung war ein Justizirrtum. Mittlerweile ...«

»Aber was in aller Welt soll das alles?«

»Das habe ich Ihnen doch schon gesagt, Studdock. Alcasan muss rehabilitiert werden. Wir wollen ihn zu einem Märtyrer machen, einem unersetzlichen Verlust für die gesamte Menschheit.«

»Aber warum?«

»Da fangen Sie schon wieder an! Sie beklagen sich darüber, dass man Ihnen nichts zu tun gibt, und sowie ich Ihnen eine kleine Arbeit vorschlage, wollen Sie den Plan der gesamten Campagne wissen, bevor Sie etwas tun. So geht es nicht. So kommen Sie hier nicht weiter. Zunächst einmal müssen Sie tun, was man Ihnen sagt. Wenn Sie etwas taugen, werden Sie bald verstehen, was vorgeht. Aber Sie müssen damit anfangen, dass Sie die Arbeit tun. Sie scheinen nicht zu begreifen, was wir sind. Wir sind eine Armee.«

»Ich bin kein Journalist«, sagte Mark. »Ich bin nicht hierher gekommen, um Zeitungsartikel zu schreiben. Das habe ich Feverstone gleich zu Anfang klargemacht.«

»Je eher Sie aufhören, darüber zu reden, warum Sie überhaupt hergekommen sind, desto besser werden Sie sich hier zurechtfinden. Ich sage das zu Ihrem eigenen Besten, Studdock. Sie können schreiben. Das ist einer der Gründe, weshalb Sie gebraucht werden.«

»Dann bin ich auf Grund eines Missverständnisses hierher gekommen«, sagte Mark. Auch wenn er sich vielleicht in seiner literarischen Eitelkeit geschmeichelt fühlte, entschädigte ihn das keinesfalls für die stillschweigende Folgerung, dass seine Soziologie keine Rolle spielte. »Ich habe nicht die Absicht, mein Leben mit dem Schreiben von Zeitungsartikeln zu verbringen«, sagte er. »Und wenn ich die Absicht hätte, würde ich sehr viel mehr über die Politik des Instituts wissen wollen, bevor ich mich auf so etwas einließe.«

»Ist Ihnen nicht gesagt worden, dass das N.I.C.E. vollkommen unpolitisch ist?«

»Man hat mir so viel erzählt, dass ich nicht mehr weiß, wo mir der Kopf steht«, sagte Mark. »Aber ich sehe nicht, wie man eine Pressesensation – denn darauf läuft es hinaus – inszenieren will, ohne politisch zu sein. Sollen links oder rechts stehende Zeitungen all diesen Unfug über Alcasan drucken?«

»Beide, Süßer, beide«, sagte Miss Hardcastle. »Verstehen Sie denn überhaupt nichts? Ist es denn nicht absolut notwendig, die Linken und die Rechten in Atem zu halten und dafür zu sorgen, dass sie einander fürchten und beschimpfen? So bringen wir die Dinge voran. Jede Opposition gegen das N.I.C.E. wird in der rechten Presse als eine linke Machenschaft hingestellt und in der linken Presse als eine rechte Machenschaft. Wenn man es richtig anfasst, werden beide Seiten sich darin überbieten, uns zu unterstützen – um die Verleumdungen des Gegners zu widerlegen. Selbstverständlich sind wir unpolitisch. Die wirkliche Macht ist es immer.«

»Ich glaube nicht, dass Sie das schaffen werden«, sagte Mark. »Nicht mit den Zeitungen, die von gebildeten Menschen gelesen werden.«

»Das zeigt, dass Sie immer noch in den Kinderschuhen stecken, Kleiner«, sagte Miss Hardcastle. »Haben Sie noch nicht gemerkt, dass es genau umgekehrt ist?«

»Wie meinen Sie das?«

»Mein Gott, Sie Dummkopf, gerade die gebildeten Leser lassen sich hinters Licht führen. Schwierigkeiten haben wir nur mit den anderen. Haben Sie je einen Arbeiter gekannt, der einer Zeitung geglaubt hätte? Er geht davon aus, dass alles bloß Schwindel und Propaganda ist, und liest die Leitartikel gar nicht erst. Er kauft die Zeitung wegen der Fußballergebnisse, wegen der kleinen Meldungen über Mädchen, die aus

Fenstern fallen, und über Leichen, die in herrschaftlichen Londoner Wohnungen gefunden werden. Er ist unser Problem: ihn müssen wir umpolen. Aber das gebildete Publikum, die Leser der anspruchsvollen Wochenzeitschriften brauchen nicht umgepolt zu werden. Diese Leute sind schon in Ordnung: sie glauben alles.«

»Als Angehöriger dieser Klasse«, sagte Mark lächelnd, »kann ich das einfach nicht glauben.«

»Herr im Himmel!«, sagte die Fee. »Wo haben Sie Ihre Augen? Schauen Sie sich doch an, was die Wochenzeitschriften sich alles leisten! Nehmen Sie die *Weekly Question*. Das ist ein Blatt für Leute wie Sie. Als ein freidenkerischer Professor aus Cambridge das *Basic English* propagierte, wurde es über den grünen Klee gelobt; als dann aber ein konservativer Premierminister die Idee aufgriff, wurde es plötzlich zu einer Bedrohung für die Reinheit unserer Sprache. Und galt die Monarchie nicht zehn Jahre lang als kostspielige Albernheit? Nun, als der Herzog von Windsor abdankte, da war die *Weekly Question* etwa vierzehn Tage lang ganz monarchistisch und legitimistisch. Hat das Blatt deswegen auch nur einen einzigen Leser verloren? Sehen Sie nicht, dass der gebildete Leser gar nicht aufhören kann, die anspruchsvollen Wochenzeitschriften zu lesen, egal, was sie schreiben? Er kann es nicht. Er ist abhängig.«

»Das ist alles sehr interessant, Miss Hardcastle«, sagte Mark, »aber es hat nichts mit mir zu tun. Ich verspüre nicht die geringste Neigung, Journalist zu werden; und wenn ich es täte, würde ich ein ehrlicher Journalist sein wollen.«

»Sehr gut«, sagte Miss Hardcastle. »Dann werden Sie eben dazu beitragen, dieses Land und vielleicht das ganze Menschengeschlecht zu Grunde zu richten. Abgesehen davon, dass Sie Ihre eigene Karriere ruinieren.«

Der vertrauliche Ton, in dem sie bisher gesprochen hatte, war verschwunden. Ihre Stimme klang drohend und entschieden. Der Bürger und aufrechte Mann, der durch das Gespräch in Mark geweckt worden war, verzagte. Sein anderes und viel stärkeres Selbst, ein Selbst, das um keinen Preis zu den Außenseitern zählen wollte, sprang alarmiert auf.

»Ich will damit nicht sagen«, versicherte er, »dass ich Ihren Standpunkt nicht verstehe. Ich frage mich bloß ...«

»Mir ist es gleich, Studdock«, sagte Miss Hardcastle und setzte sich endlich an ihren Schreibtisch. »Wenn Ihnen der Job nicht gefällt, dann ist das natürlich Ihre Sache. Gehen Sie und regeln Sie es mit dem VD. Er hat es nicht gerne, wenn Leute weggehen, aber Sie können es natürlich tun. Feverstone wird einiges zu hören bekommen, weil er Sie hierher gebracht hat. Wir hatten angenommen, Sie wären im Bilde.«

Die Erwähnung Feverstones stellte Mark plötzlich deutlich seinen bisher immer eher gedanklichen Plan vor Augen, nach Edgestow zurückzukehren und sich mit der Karriere eines Professors am Bracton College zufrieden zu geben. Unter welchen Bedingungen würde er zurückgehen? Würde er in Bracton noch zum inneren Kreis gehören? Die Vorstellung, nicht länger das Vertrauen des Progressiven Elementes zu genießen und zu den Telfords und Jewels hinabgestoßen zu werden, erschien ihm unerträglich. Und das Gehalt eines einfachen Dozenten nahm sich nach den Träumen, die er während der letzten Tage genährt hatte, recht armselig aus. Das Leben eines verheirateten Mannes hatte sich bereits als unerwartet kostspielig erwiesen. Dann kamen ihm plötzlich Zweifel wegen der zweihundert Pfund Mitgliedsbeitrag für den Klub des N.I.C.E. Aber nein – das war absurd. Damit konnten sie ihn doch nicht in der Hand haben.

»Ich werde also erst einmal mit dem VD sprechen«, sagte er mit unsicherer Stimme.

»Da Sie uns nun verlassen«, sagte die Fee, »möchte ich Ihnen noch einen Rat mit auf den Weg geben. Ich habe alle Karten auf den Tisch gelegt. Sollten Sie Lust verspüren, sollte es Ihnen je in den Sinn kommen, irgendetwas von diesem Gespräch in der Öffentlichkeit zu wiederholen, tun Sie es besser nicht. Es wäre Ihrer zukünftigen Karriere ganz und gar nicht zuträglich.«

»Aber selbstverständlich ...«, begann Mark.

»Sie gehen jetzt besser«, sagte Miss Hardcastle. »Unterhalten Sie sich gut mit dem VD. Und ärgern Sie den Alten nicht. Abschiede sind ihm so verhasst.«

Mark machte noch einen Versuch, das Gespräch fortzusetzen, aber die Fee ging nicht darauf ein, und ein paar Sekunden später stand er draußen vor ihrer Tür.

Den Rest des Tages verbrachte er mehr schlecht als recht. Er ging den Leuten aus dem Weg, damit sie seine Untätigkeit nicht bemerkten. Vor dem Mittagessen machte er einen jener kurzen, unbefriedigenden Spaziergänge, die man in einer fremden Umgebung unternimmt, wenn man weder alte Kleider noch einen Spazierstock bei sich hat. Nach dem Essen erforschte er das Gelände, aber es lud nicht ein, darin herumzuspazieren. Der Millionär, der Belbury um die Jahrhundertwende erbaut hatte, hatte ungefähr zwanzig Acre Land mit einer niedrigen Ziegelmauer und einem gusseisernen Geländer einfrieden und das Ganze als Ziergarten anlegen lassen. Da und dort standen kleine Baumgruppen, und überall schlängelten sich Wege, die so dick mit runden weißen Kieseln bedeckt waren, dass man kaum auf ihnen gehen konnte. Es gab riesige Blumenbeete, manche oval, manche rautenförmig und manche kreisrund. Lorbeerbüsche, die aussahen, als seien sie aus geschickt bemaltem und lackiertem Blech, standen in Reih und Glied. Schwere, hellgrün gestrichene Bänke standen in regelmäßigen Abständen an den Spazierwegen. Insgesamt fühlte man sich an einen städtischen Friedhof erinnert. Doch so wenig anziehend der Garten auch war, Mark suchte ihn nach dem Tee abermals auf und rauchte, obgleich seine Zunge bereits brannte und der Wind seine Zigaretten schief herunterglimmen ließ. Diesmal ging er um das Haus zu den neuen Anbauten auf der Rückseite. Hier überraschten ihn Stallgerüche und ein Durcheinander von knurrenden, grunzenden und winselnden Stimmen – Anzeichen für einen regelrechten Zoo. Zuerst wurde er daraus nicht schlau, doch bald erinnerte er sich, dass zu den Projekten des Instituts ein umfangreiches, nicht mehr von Bürokratismus und kleinlicher Sparsamkeit eingeschränktes Programm mit Tierversuchen gehörte. Er hatte sich nicht sonderlich dafür interessiert und vage an Ratten, Kaninchen und gelegentlich einen Hund gedacht. Das Durcheinander von Geräuschen aus dem Innern weckte nun ganz andere Vorstellungen in ihm. Während er so dastand, erhob sich ein mächtiges, melancholisches Heulen, und dann, als sei es ein Signal gewesen, setzte ein allgemeines Trompeten, Wiehern, Kreischen und sogar Lachen ein, das für wenige Augenblicke zu chaotischem Lärm anschwoll und schließlich in Grollen und Wimmern erstarb. Mark hatte keine Bedenken gegen Tierversuche. Das Getöse zeigte ihm lediglich den Umfang und die Großartigkeit dieses ganzen Unternehmens, von dem er anscheinend ausgeschlossen sein sollte. Hinter diesen Mauern verbarg sich alles Mögliche: lebende Tiere im Wert von vielen tausend Pfund, und das Institut konnte es sich leisten, diese Versuchstiere um der bloßen Möglichkeit irgendeiner interessanten Entdeckung willen wie Papier zu zerschneiden. Er musste den Job haben: irgendwie musste das Problem mit Steele gelöst werden. Aber die Geräusche waren unangenehm, und er ging fort.

**2** _____ Am nächsten Morgen erwachte Mark mit dem Gefühl, dass er an diesem Tag mindestens eines, vielleicht sogar zwei Hindernisse würde überwinden müssen. Das erste war die Unterredung mit dem stellvertretenden Direktor.

Sollte er keine präzisen Angaben über Arbeitsplatz und Gehalt bekommen, so würde er seine Verbindung mit dem Institut lösen. Die zweite Schwierigkeit wäre dann bei der Heimkehr zu meistern, wenn er Jane erklären musste, wie der ganze Traum zerronnen war.

Die ersten dichten Herbstnebel hatten sich an diesem Morgen auf Belbury herabgesenkt. Mark frühstückte bei künstlichem Licht, und weder die Post noch Zeitungen waren gekommen. Es war ein Freitag, und ein Hausdiener händigte ihm die Rechnung für den Teil der Woche aus, den er im Institut verbracht hatte. Nach einem flüchtigen Blick steckte er die Rechnung in die Tasche und beschloss, dass Jane nichts davon erfahren sollte. Sowohl die Gesamtsumme als auch die einzelnen Posten waren so hoch, dass Ehefrauen dafür nicht leicht Verständnis aufbrachten. Auch er selbst fragte sich, ob da nicht vielleicht ein Fehler unterlaufen sei, doch er war noch in einem Alter, in dem man sich lieber bis zum letzten Pfennig ausnehmen lässt, als eine Rechnung anzufechten. Dann trank er seine zweite Tasse Tee aus, tastete in seinen Taschen nach Zigaretten, fand keine und bestellte eine neue Packung.

Die halbe Stunde, die er noch bis zu seinem Termin beim Vizedirektor warten musste, verstrich überaus langsam. Niemand redete mit ihm. Alle schienen es eilig zu haben, irgendwelchen wichtigen und fest umrissenen Aufgaben nachzugehen. Einen Teil der Wartezeit verbrachte er allein im Gesellschaftsraum und hatte den Eindruck, dass die Bedienungen ihn ansahen, als habe er dort nichts zu suchen. Er war froh, als er endlich hinaufgehen und an Withers Tür klopfen konnte.

Er wurde sofort eingelassen, aber das Gespräch ließ sich schwierig an, weil Wither nichts sagte; und obgleich er mit einem Ausdruck träumerischer Höflichkeit aufblickte, als Mark eintrat, sah er ihn nicht direkt an, noch forderte er ihn auf, sich zu setzen. Im Raum war es wie immer außergewöhnlich warm, und Mark, hin und her gerissen zwischen seinem Wunsch klarzustellen, dass er nicht länger gewillt war, im Ungewissen zu bleiben, und dem ebenso starken Verlangen, die Stellung nicht zu verlieren, wenn es wirklich eine für ihn gab, sprach wohl nicht sehr gut. Jedenfalls ließ ihn der stellvertretende Direktor reden, bis er sich in unzusammenhängenden Wiederholungen verlor und schließlich ganz verstummte. Darauf folgte ein längeres Schweigen. Wither saß da mit gespitzten Lippen, als pfiffe er eine lautlose Melodie.

»Darum denke ich, Sir, dass ich wohl besser gehe«, sagte Mark schließlich und bezog sich vage auf das, was er zuvor gesagt hatte.

»Sie sind Mr. Studdock, nicht wahr?«, sagte Wither zögernd nach einer weiteren längeren Pause.

»Ja«, sagte Mark ungeduldig. »Lord Feverstone hat mich Ihnen vor einigen Tagen vorgestellt. Sie gaben mir zu verstehen, dass Sie in der soziologischen Abteilung des Instituts eine Position für mich hätten. Aber wie gesagt ...«

»Einen Moment, Mr. Studdock«, unterbrach ihn der Vizedirektor. »Es ist überaus wichtig, dass wir uns im Klaren darüber sind, was wir tun. Zweifellos wird Ihnen bewusst sein, dass es in einem gewissen Sinn höchst verhängnisvoll wäre zu sagen, ich hätte irgendjemandem eine Position im Institut angeboten. Sie dürfen nicht einen Augenblick die Vorstellung hegen, ich hätte hier eine Art autokratischer Position. Ebenso wenig dürfen Sie glauben, dass die Beziehungen zwischen meinem persönlichen Einflussbereich und den Machtbefugnissen – wohlgemerkt den vorläufigen Machtbefugnissen – des ständigen Ausschusses oder des Direktors selbst durch irgendeine feste Ordnung verfassungsmäßiger oder ... eh ... vertraglicher Art geregelt wären. Zum Beispiel ...«

»Können Sie mir dann wenigstens sagen, Sir, ob jemand mir eine Position angeboten hat, und wenn ja, wer?«

»Oh«, sagte Wither plötzlich und änderte Haltung und Ton,

so als sei ihm ein neuer Gedanke gekommen. »Über diesen Punkt haben niemals irgendwelche Zweifel bestanden. Es wurde stets vorausgesetzt, dass Ihre Zusammenarbeit mit dem Institut durchaus willkommen und von größtem Wert sein würde.«

»Nun, kann ich – ich meine, sollten wir nicht über die Einzelheiten sprechen? Ich meine – zum Beispiel mein Gehalt und wer mein Vorgesetzter sein soll?«

»Mein lieber Freund«, sagte Wither lächelnd, »ich erwarte nicht, dass es wegen der ... eh ... finanziellen Seite der Angelegenheit irgendwelche Schwierigkeiten geben wird. Was Ihre ...«

»Wie hoch wäre das Gehalt, Sir?«, fragte Mark.

»Nun, da berühren Sie einen Punkt, der nicht in meinen Entscheidungsbereich fällt. Ich glaube, dass Institutsangehörige in einer Position, wie wir sie Ihnen zugedacht hatten, gewöhnlich etwa fünfzehnhundert Pfund im Jahr beziehen, worin zum Teil sehr großzügige Abweichungen noch nicht enthalten sind. Sie werden feststellen, dass sich alle Fragen dieser Art mit der größten Leichtigkeit von allein regeln.«

»Aber wann werde ich das wissen, Sir? Mit wem sollte ich darüber sprechen?«

»Wenn ich von fünfzehnhundert Pfund spreche, Mr. Studdock, so dürfen Sie nicht glauben, dass ich damit die Möglichkeit einer höheren Summe ausschließe. Ich denke, keiner von uns hier würde eine Meinungsverschiedenheit über diesen Punkt zum Anlass nehmen ...«

»Mit fünfzehnhundert wäre ich durchaus zufrieden«, sagte Mark. »Das meine ich nicht. Aber ... aber ...« Withers Miene wurde immer freundlicher und väterlicher, als Mark zu stammeln begann, und als er schließlich herausplatzte: »Ich nehme an, es sollte einen Vertrag oder dergleichen geben«, hatte er das Gefühl, sich unaussprechlich pöbelhaft benommen zu haben.

»Nun«, sagte der stellvertretende Direktor, blickte zur Decke auf und senkte seine Stimme zu einem Flüstern, als ob auch er aufs Peinlichste berührt wäre, »das ist eigentlich nicht ganz unsere Verfahrensweise ... es wäre zweifellos möglich ...«

»Das ist auch nicht das Wichtigste, Sir«, sagte Mark errötend. »Da ist noch die Frage meines Rangs. Soll Mr. Steele mein Vorgesetzter sein?«

»Ich habe hier ein Formblatt«, sagte Wither und öffnete eine Schublade, »das, wie ich glaube, bisher niemals gebraucht worden ist, das aber für solche Vereinbarungen entworfen wurde. Vielleicht lesen Sie es einmal in Ruhe durch, und wenn Sie damit einverstanden sind, können wir es jederzeit unterzeichnen.«

»Aber was ist mit Mr. Steele?«

In diesem Augenblick kam ein Mädchen aus dem Sekretariat herein und legte einige Briefe auf Withers Schreibtisch.

»Ah! Endlich die Post!« sagte Wither. »Vielleicht, Mr. Studdock ... eh ... haben auch Sie Briefe, mit denen Sie sich befassen sollten. Ich glaube, Sie sind verheiratet?« Bei diesen Worten huschte ein väterlich nachsichtiges Lächeln über sein Gesicht.

»Es tut mir Leid, Sie aufzuhalten, Sir«, sagte Mark, »aber was ist mit Mr. Steele? Es hat für mich wenig Sinn, das Formblatt durchzulesen, solange diese Frage nicht geklärt ist. Ich würde mich gezwungen sehen, jede Position abzulehnen, in der ich unter Mr. Steele arbeiten müsste.«

»Das bringt mich auf eine sehr interessante Frage, über die ich ein andermal gern ein zwangloses und vertrauliches Gespräch mit Ihnen führen würde«, sagte Wither. »Einstweilen, Mr. Studdock, werde ich nichts von dem, was Sie gesagt haben, als endgültig betrachten. Wenn Sie mich morgen noch einmal aufsuchen wollen ...« Er vertiefte sich in einen Brief, den er geöffnet hatte. Mark hatte das Gefühl, für ein Gespräch genug erreicht zu haben, und verließ den Raum. Anscheinend legte das Institut wirklich Wert auf ihn und war bereit, einen hohen Preis für ihn zu zahlen. Die Sache mit Steele konnte er später ausfechten; zunächst würde er das Formblatt studieren.

Er ging wieder hinunter und fand dort folgenden Brief vor.

*Bracton College*
*Edgestow*
*20. Oktober 19—*

Mein lieber Mark,
wir alle haben bedauert, von Dick zu hören, dass Sie Ihren Lehrstuhl aufgeben, meinen aber, dass Sie die für Ihre eigene Karriere richtige Entscheidung getroffen haben. Sobald sich das N.I.C.E. hier etabliert hat, werden wir Sie hoffentlich beinahe ebenso oft sehen wie bisher. Wenn Sie N. O. noch kein formales Abschiedsgesuch eingereicht haben, brauchen Sie sich damit nicht zu beeilen. Wenn Sie zu Beginn des neuen Terms schreiben, kommt die Vakanz bei der Februarsitzung zur Sprache, und wir hätten Zeit, einen geeigneten Kandidaten als Ihren Nachfolger zu finden. Haben Sie zu diesem Punkt irgendwelche eigenen Vorschläge? Kürzlich habe ich James und Dick von David Laird erzählt (James hatte noch nichts von ihm gehört). Sicherlich kennen Sie seine Arbeiten: Könnten Sie mir darüber und über seine allgemeine Qualifikation ein paar Zeilen schreiben? Möglicherweise sehe ich ihn nächste Woche, wenn ich nach Cambridge hinüberfahre, um mit dem Premierminister und ein paar anderen Leuten zu essen. Vielleicht kann man Dick dazu bringen, Laird auch einzuladen. Sie werden gehört haben, dass wir hier einen ziemlichen Krawall hatten. Anscheinend gab es Krach zwischen den neuen Arbeitern und der einheimischen Bevölkerung. Die Institutspolizei, die ziemlich nervös zu sein scheint, hat den Fehler begangen, einige Schüsse über die Köpfe der Menge abzugeben. Bei uns wurde das Henrietta-Maria-

Fenster eingeworfen, und mehrere Steine flogen in den Gesellschaftsraum. Glossop verlor den Kopf und wollte hinaus, um dem Pöbel eine geharnischte Rede zu halten, aber ich habe ihn wieder beruhigt. Dies alles ist streng vertraulich. Es gibt hier viele Leute, die aus den Vorgängen Kapital schlagen wollen und gegen uns zetern und geifern, weil wir den Wald verkauft haben. In Eile, denn ich muss fort, um Vorbereitungen für Hingests Begräbnis zu treffen.

Ihr G. C. Curry

Gleich bei den ersten Worten durchbohrte Mark die Angst. Er versuchte, sich Mut zu machen. Eine Klärung des Missverständnisses – die er sofort schreiben und zur Post bringen wollte – würde alles wieder ins Lot bringen. Sie konnten ihm nicht seinen Lehrstuhl nehmen, nur weil Lord Feverstone im Gesellschaftsraum ein paar zufällige Bemerkungen gemacht hatte. Doch dann – erbärmliche Einsicht – musste er sich eingestehen, dass solche wie zufälligen Bemerkungen genau das waren, was das Progressive Element als ›Erledigung der eigentlichen Geschäfte unter vier Augen‹ oder ›Umgehung des bürokratischen Papierkriegs‹ bezeichnete. Er entsann sich, dass der arme Conington seinen Posten tatsächlich auf eine sehr ähnliche Art und Weise verloren hatte, versuchte sich aber einzureden, dass die Umstände ganz anders gewesen seien. Conington war ein Außenseiter gewesen; er selbst aber gehörte zum inneren Kreis, mehr noch als Curry selbst. Aber stimmte das wirklich? Wenn er in Belbury nicht in den inneren Kreis vordrang (und danach sah es momentan aus), würde Feverstone ihn dann fallen lassen? Und wenn er ans Bracton College zurückkehrte, hätte er dann dort immer noch seinen alten Status? Konnte er überhaupt zurück? Ja, natürlich. Er musste sofort einen Brief schreiben und erklären, dass er nicht auf seinen Lehrstuhl verzichtet habe und auch nicht beabsichtige, es zu tun. Er setzte sich an einen Tisch im Schreibzimmer und nahm seinen Füllhalter heraus. Dann kam ihm ein anderer Gedanke. Ein Brief an Curry, in dem er offen erklärte, dass er am Bracton College bleiben wollte, würde Feverstone gezeigt werden. Feverstone würde es Wither sagen. Ein solcher Brief könnte als klare Absage an Belbury verstanden werden. Nun – er wollte es darauf ankommen lassen! Er musste schleunigst diesen kurzlebigen Traum aufgeben und auf seinen Lehrstuhl zurückkehren. Aber wie, wenn das unmöglich wäre? Vielleicht war die ganze Geschichte arrangiert worden, um ihn zwischen zwei Stühle fallen zu lassen – in Belbury hinausgeworfen, weil er an seinem Lehrstuhl am Bracton College festhielt, und aus dem College hinausgeworfen, weil er eine Stelle in Belbury annehmen wollte ... Dann mussten er und Jane sich ohne einen Pfennig durchschlagen, und vielleicht hätte er obendrein Feverstones Einfluss gegen sich, wenn er versuchte, anderswo unterzukommen. Wo war Feverstone überhaupt?

Er musste seine Karten offenbar sehr behutsam ausspielen. Er läutete und bestellte einen doppelten Whisky. Zu Hause hätte er vor zwölf Uhr nichts getrunken, und auch dann nur ein Bier. Aber jetzt ... Außerdem fror er irgendwie. Es wäre nicht gut, sich zu all seinen anderen Schwierigkeiten auch noch eine Erkältung zuzuziehen.

Er beschloss, einen sehr vorsichtigen und ausweichenden Brief zu schreiben. Der erste Entwurf war ihm nicht vage genug: er könnte als ein Beweis verwendet werden, dass er jeden Gedanken an einen Posten in Belbury aufgegeben hatte. Er musste den Brief unbestimmter halten. Aber wenn er zu unbestimmt war, würde er nichts nützen. Mark verfluchte die ganze Geschichte. Die zweihundert Pfund Mitgliedsbeitrag, die Rechnung für seine erste Woche und bruchstückhafte Fantasiebilder von seinen Versuchen, die ganze Episode vor Jane ins rechte Licht zu rücken, drängten sich immer wieder zwischen ihn und seine Arbeit. Schließlich brachte er mithilfe des Whiskys und vieler Zigaretten folgenden Brief zu Stande:

N.I.C.E., *Belbury*
21. Okt. 19–

Mein lieber Curry,
Feverstone muss mich missverstanden haben. Ich habe niemals die leiseste Andeutung gemacht, dass ich meinen Lehrstuhl zur Verfügung stellen würde, und denke nicht im Entferntesten daran, es zu tun. Im Grunde bin ich nahezu entschlossen, keine Vollzeitbeschäftigung am N.I.C.E. anzunehmen, und hoffe, in ein bis zwei Tagen wieder im College zu sein. Zum einen mache ich mir Sorgen um den Gesundheitszustand meiner Frau und möchte keine Verpflichtung eingehen, die mich oft von zu Hause fortruft. Zum anderen ist die Stellung, für die man mich gewinnen möchte, mehr auf der administrativen und publizistischen Seite und weniger wissenschaftlich, als ich erwartet hatte. Das sagt mir nicht sonderlich zu, obgleich alle sehr freundlich zu mir gewesen sind und mich drängen, zu bleiben. Also versäumen Sie nicht, zu widersprechen, wenn Sie jemanden sagen hören, ich dächte daran, Edgestow zu verlassen. Ich hoffe, der Ausflug nach Cambridge wird Ihnen Spaß machen. In welchen Kreisen Sie verkehren!

Ihr Mark G. Studdock


P. S. Laird wäre sowieso nicht der Richtige gewesen. Seine Examensarbeit wurde als kaum ausreichend bewertet, und die einzige bisher von ihm veröffentlichte Arbeit wurde von ernsthaften Kritikern als Witz bezeichnet. Im Besonderen fehlt ihm jede kritische Fähigkeit. Sie können sich immer darauf verlassen, dass er jeden ausgemachten Schwindel bewundern wird.

Die Erleichterung, den Brief geschrieben zu haben, hielt nur kurz an, denn kaum hatte er den Umschlag zugeklebt, stand er wieder vor dem Problem, wie er den Rest des Tages verbringen sollte. Er beschloss, sich in sein eigenes Zimmer zu setzen. Aber als er hinaufkam, war das Bett abgezogen, und ein Staubsauger stand mitten auf dem Boden. Anscheinend hielten sich die Institutsangehörigen zu dieser Tageszeit nicht in ihren Schlafräumen auf. Er ging wieder hinunter und versuchte es mit dem Gesellschaftsraum. Die Hausdiener brachten ihn gerade in Ordnung. Er warf einen Blick in die Bibliothek. Bis auf zwei Männer, die ihre Köpfe zusammengesteckt hatten, war der Raum leer. Als er eintrat, hörten sie auf zu reden, blickten auf und warteten offensichtlich, dass er wieder ging. Er tat, als habe er sich ein Buch holen wollen, und zog sich zurück. In der Eingangshalle sah er Steele beim schwarzen Brett stehen und mit einem spitzbärtigen Mann reden. Keiner der beiden blickte zu Mark herüber, aber als er vorbeiging, verstummten sie. Er schlenderte durch die Halle und tat so, als prüfe er den Barometerstand. Wo immer er ging, hörte er Türenschlagen, eilige Schritte, gelegentliches Telefonklingeln: lauter Kennzeichen einer geschäftigen Institution mit einem aktiven Leben, von dem er ausgeschlossen war. Er öffnete die Eingangstür und blickte hinaus: der Nebel war dicht, nass und kalt.

In einer Hinsicht ist jede Erzählung falsch; selbst wenn sie es könnte, sollte sie nicht versuchen, den tatsächlichen Ablauf der Zeit auszudrücken. Dieser Tag kam Mark so lang vor, dass eine wahrheitsgetreue Schilderung unlesbar wäre. Manchmal saß er oben – denn sein Zimmer war endlich gemacht –, manchmal ging er hinaus in den Nebel, und manchmal trieb er sich in den allgemein zugänglichen Räumen herum. Hin und wieder füllten sich diese unerklärlicherweise mit Mengen durcheinander redender Leute, und bei solchen Gelegenheiten war er angestrengt bemüht, beschäftigt zu wirken und keinen jämmerlichen und verlegenen Eindruck zu machen. Dann eilten diese Leute ebenso unvermittelt, wie sie hereingekommen waren, wieder hinaus, ihrem nächsten Ziel entgegen.

Einige Zeit nach dem Mittagessen begegnete er in einem der Korridore Stone. Mark hatte seit dem Vortag nicht mehr an ihn gedacht, aber als er jetzt seinen Gesichtsausdruck und seine etwas geduckte Haltung sah, begriff er, dass es Stone ebenso unbehaglich zu Mute war wie ihm selbst. Stone hatte einen Blick, den Mark oft bei unbeliebten oder neuen Jungen in der Schule gesehen hatte oder bei gewissen Außenseitern im Bracton College. Dieser Blick war für Mark das Symbol seiner schlimmsten Ängste, denn einer zu sein, der mit einem solchen Blick umhergehen musste, stellte in seiner Wertskala das größte Unglück dar. Sein Instinkt sagte ihm, nicht mit diesem Stone zu sprechen. Er wusste aus Erfahrung, wie gefährlich es war, mit einem untergehenden Mann befreundet zu sein oder auch nur mit ihm gesehen zu werden: man konnte ihn nicht über Wasser halten, aber er konnte einen mit hinabziehen. Doch sein Verlangen nach Gesellschaft war jetzt so stark, dass er wider besseres Wissen schwach lächelte und »Hallo!« sagte.

Stone fuhr zusammen, als sei es geradezu beängstigend, angesprochen zu werden. »Guten Tag«, sagte er nervös und wollte weitergehen.

»Kommen Sie und lassen Sie uns irgendwo miteinander reden, wenn Sie nicht allzu beschäftigt sind«, sagte Mark.

»Ich bin ... das heißt ... ich weiß nicht genau, wie lange ich Zeit habe«, sagte Stone.

»Erzählen Sie mir von Belbury«, sagte Mark. »Ich finde es ganz fürchterlich, aber ich habe mich noch nicht entschieden. Kommen Sie doch mit auf mein Zimmer.«

»Das denke ich überhaupt nicht. Ganz und gar nicht. Wer sagt, dass ich dieser Meinung wäre?«, antwortete Stone hastig, und Mark sagte darauf nichts, denn in diesem Augenblick sah er den Vizedirektor auf sie zukommen. Im Laufe der nächsten

Wochen würde er feststellen, dass kein Korridor und kein öffentlicher Raum in Belbury jemals sicher vor den ausgedehnten Hausspaziergängen des VD war. Man konnte sie nicht als eine Form der Spionage betrachten, denn das Knarren von Withers Schuhen und die eintönige kleine Melodie, die er fast immer vor sich hin summte, hätten jedes derartige Vorhaben frühzeitig verraten. Man hörte ihn schon von weitem. Oft sah man ihn auch von weitem, denn er war ein großer Mann – ohne seine gebeugte Haltung wäre er sogar ungewöhnlich groß –, und selbst in einer Menschenmenge schien dieses Gesicht oft aus der Ferne irgendwie zu einem herüberzublicken. Aber dies war Marks erste Bekanntschaft mit dieser Allgegenwart, und er fand, dass Wither kaum in einem ungünstigeren Augenblick hätte auftauchen können. Sehr langsam kam er auf sie zu und blickte in ihre Richtung, obwohl seinem Gesicht nicht anzusehen war, ob er sie erkannte oder nicht. Dann ging er weiter. Weder Stone noch Mark versuchten, ihr Gespräch fortzusetzen.

Beim Tee entdeckte Mark Feverstone; er ging sofort hinüber und setzte sich zu ihm. Er wusste, dass ein Mann in seiner Lage nichts Schlimmeres tun konnte, als sich jemandem aufzudrängen, aber er war jetzt verzweifelt.

»Hallo, Feverstone«, begann er munter, »ich muss Sie etwas fragen ...« Erleichtert sah er, dass Feverstone zurücklächelte.

»Ja«, sagte Mark. »Steele hat mir nicht gerade einen herzlichen Empfang bereitet, aber Wither will nichts davon wissen, dass ich wieder gehe. Und die Fee möchte anscheinend, dass ich Zeitungsartikel schreibe. Was zum Teufel soll ich eigentlich tun?«

Feverstone lachte lange und laut.

»Ich kann beim besten Willen nichts Genaueres herausfinden«, fuhr Mark fort, »ich habe versucht, den alten Knaben direkt anzugehen ...«

»Gott!«, sagte Feverstone und lachte noch lauter.

»Ist denn überhaupt nichts aus ihm herauszukriegen?«

»Nicht das, was Sie wollen«, gluckste Feverstone.

»Und wie zum Teufel soll man herauskriegen, was gewünscht wird, wenn kein Mensch einem Auskunft gibt?«

»Ganz recht.«

»Das bringt mich übrigens auf etwas anderes. Wie in aller Welt kommt Curry auf die Idee, ich würde meinen Lehrstuhl am College aufgeben?«

»Tun Sie das denn nicht?«

»Ich habe nie auch nur im Entferntesten daran gedacht!«

»Na, so was! Die Fee hat mir ausdrücklich erklärt, Sie kämen nicht zurück.«

»Sie denken doch wohl nicht, ich würde es durch sie verkünden, wenn ich meine Stelle aufgeben wollte?«

Feverstone grinste. »Es tut nichts zur Sache, wissen Sie«, sagte er. »Wenn das N.I.C.E. will, dass Sie irgendwo außerhalb von Belbury einen nominellen Job haben, dann bekommen Sie einen, und wenn das Institut es nicht will, dann bekommen Sie keinen. So einfach ist das.«

»Zum Henker mit dem N.I.C.E. Ich will nur den Lehrstuhl behalten, den ich schon hatte. Das geht diese Leute überhaupt nichts an. Man möchte sich nicht zwischen zwei Stühle setzen.«

»Nein, das möchte man nicht.«

»Wie meinen Sie das?«

»Folgen Sie meinem Rat und sehen Sie zu, dass Sie so bald wie möglich Withers Gunst wiedergewinnen. Ich hatte Ihnen zu einem guten Einstieg verholfen, aber Sie haben ihn anscheinend verstimmt. Seine Haltung hat sich im Vergleich zu heute Morgen erheblich geändert. Sie müssen ihn bei Laune halten. Und ganz unter uns gesagt, ich würde mich nicht zu gut mit der Fee anfreunden: es würde Ihnen weiter oben nur Nachteile bringen. Es gibt Kreise in Kreisen, müssen Sie wissen.«

»Jedenfalls«, sagte Mark, »habe ich Curry geschrieben, dass das mit meinem Fortgehen alles Unsinn ist.«

»Schadet nichts, wenn es Ihnen Spaß macht«, sagte Feverstone noch immer lächelnd.

»Nun, das College wird mich nicht gleich hinauswerfen wollen, nur weil Curry etwas falsch verstanden hat, was Miss Hardcastle zu Ihnen gesagt hat.«

»Ein Lehrstuhl kann Ihnen der Satzung zufolge nicht genommen werden, oder höchstens wegen grober Sittenwidrigkeit.«

»Nein, natürlich nicht. Das habe ich auch nicht gemeint. Ich meinte, dass die Berufung für das nächste Term nicht erneuert werden könnte.«

»Ach so! Ich verstehe.«

»Und darum muss ich Sie bitten, Curry diesen Gedanken wieder auszutreiben.«

Feverstone sagte nichts.

»Ich erwarte von Ihnen«, drängte Mark wider besseres Wissen, »dass Sie das Missverständnis ihm gegenüber wieder klarstellen.«

»Sie kennen doch Curry, er wird schon längst sein ganzes Räderwerk in Gang gesetzt haben, um einen Nachfolger für Sie zu finden.«

»Darum verlasse ich mich darauf, dass Sie ihn davon abbringen.«

»Ich?«

»Ja.«

»Warum ich?«

»Nun – Teufel noch mal, Feverstone, schließlich haben Sie ihm doch diesen Floh ins Ohr gesetzt.«

»Wissen Sie«, sagte Feverstone und nahm sich ein Stück Kuchen, »Ihre Art, Gespräche zu führen, finde ich ziemlich anstrengend. Ihre Wiederwahl steht in einigen Monaten zur Debatte. Das College kann Sie dann wieder berufen, oder auch nicht. Soweit ich sehe, versuchen Sie im Augenblick, sich meine Stimme im Voraus zu sichern. Die passende Antwort darauf ist: Scheren Sie sich zum Teufel!«

»Sie wissen sehr gut, dass es an meiner Wiederberufung keinen Zweifel gab, bis Sie Curry etwas eingeflüstert haben!«

Feverstone beäugte seinen Kuchen kritisch. »Sie sind ziemlich anstrengend«, sagte er. »Wenn Sie an einem Ort wie Bracton Ihren eigenen Kurs nicht steuern können, warum kommen Sie dann zu mir und gehen mir damit auf die Nerven? Ich bin keine Kinderschwester. Und zu Ihrem eigenen Besten würde ich Ihnen raten, sich angenehmerer Manieren zu befleißigen, wenn Sie mit den Leuten hier reden. Andernfalls könnte Ihr Leben, um es mit den bekannten Worten auszudrücken, ›ekelhaft, arm, tierisch und kurz‹ sein!«

»Kurz?«, fragte Mark. »Ist das eine Drohung? Meinen Sie mein Leben am Bracton College oder im N.I.C.E.?«

»Ich an Ihrer Stelle würde da keinen allzu großen Unterschied machen«, sagte Feverstone.

»Ich werde es mir merken«, sagte Mark und stand auf. Er konnte nicht umhin, sich, bevor er ging, noch einmal zu dem lächelnden Feverstone umzuwenden und zu sagen: »Sie haben mich hergebracht. Ich hatte gedacht, wenigstens Sie wären ein Freund.«

»Unheilbarer Romantiker!«, sagte Lord Feverstone. Sein Mund öffnete sich zu einem noch breiteren Grinsen, und er steckte den Kuchen ganz hinein.

Und nun wusste Mark, dass er mit dem Posten am Institut auch seinen Platz am Bracton College verlieren würde.

**3** ———— Während dieser Tage hielt Jane sich so wenig wie möglich in der Wohnung auf und las abends im Bett noch, so lange sie konnte. Der Schlaf war ihr Feind geworden. Tagsüber ging sie nach Edgestow – unter dem Vorwand, als Ersatz für Mrs. Maggs eine neue ›Frau für zweimal in der Woche‹ zu suchen. Zu ihrer Freude wurde sie bei einer solchen Gelegenheit plötzlich von Camilla Denniston angesprochen. Camilla war gerade aus einem Wagen gestiegen und stellte Jane sogleich einen großen dunkelhaarigen Mann als ihren Gatten vor. Jane sah sofort, dass beide Dennistons Leute waren, die sie mochte. Sie wusste, dass Mr. Denniston früher einmal mit Mark befreundet gewesen war, hatte ihn aber nie kennen gelernt. Und wieder fragte sie sich, wie schon des Öfteren, warum Marks derzeitige Freunde sich so unvorteilhaft von den früheren unterschieden. Carey und Wadsdon und die Taylors, die zu seinem Kreis gehört hatten, als sie Mark kennen gelernt hatte, waren viel netter als Curry und Busby, ganz zu schweigen von diesem Feverstone – und auch dieser Mr. Denniston war ganz offensichtlich netter.

»Wir wollten Sie gerade besuchen«, sagte Camilla. »Schauen Sie, wir haben alles für das Mittagessen dabei. Wollen wir nicht hinauf in die Wälder hinter Sandown fahren und dort im Wagen essen? Es gibt so viel zu besprechen.«

»Warum kommen Sie nicht mit in meine Wohnung und essen bei mir?«, meinte Jane und fragte sich im Stillen, wie sie so schnell ein Essen auf den Tisch bringen könnte. »Das Wetter ist für ein Picknick nicht sehr einladend.«

»Dann müssten Sie doch nachher alles abspülen«, sagte Camilla. »Aber vielleicht gehen wir besser irgendwo in die Stadt, Arthur? – wenn Mrs. Studdock es zu kalt und neblig findet.«

»Ein Restaurant wäre kaum das Richtige, Mrs. Studdock«, sagte Denniston. »Wir möchten gern ungestört sein.« Das ›wir‹ bedeutete offensichtlich ›wir drei‹ und stellte sogleich eine angenehme, geschäftsmäßige Verbindung zwischen ihnen her. »Außerdem«, fuhr er fort, »was haben Sie gegen einen nebligen Herbsttag im Wald? Sie werden sehen, im Wagen ist es warm und behaglich.«

Jane sagte, sie habe noch nie von jemandem gehört, der

Nebel möge, aber man könne es ja versuchen. Alle drei stiegen in den Wagen.

»Deshalb haben Camilla und ich geheiratet«, sagte Denniston, als sie fuhren. »Wir mögen beide Wetter. Nicht diese oder jene Art von Wetter, sondern einfach Wetter. Das ist eine nützliche Vorliebe, wenn man in England lebt.«

»Wie sind Sie zu dieser Vorliebe gekommen, Mr. Denniston?«, fragte Jane. »Ich glaube nicht, dass ich jemals Gefallen an Regen und Schnee finden werde.«

»Es ist umgekehrt«, sagte Denniston. »Jeder mag als Kind zunächst einmal Wetter. Wenn man heranwächst, lernt man dann, dieses oder jenes Wetter nicht zu mögen. Wie ist es denn, wenn es schneit? Die Erwachsenen gehen alle mit langen Gesichtern umher, aber sehen Sie sich die Kinder an – und die Hunde! Die wissen, wozu Schnee gut ist.«

»Ich weiß genau, dass ich als Kind schon nasse Tage gehasst habe«, sagte Jane.

»Das war nur so, weil die Erwachsenen Sie nicht hinausgelassen haben«, versicherte Camilla. »Jedes Kind liebt Regen, wenn es nur hinausgehen und darin herumplatschen darf.«

Hinter Sandown bogen sie von der Landstraße ab, holperten noch ein Stück durch Gras und zwischen Bäumen hindurch und hielten schließlich am Rand einer kleinen Lichtung. Auf einer Seite befand sich ein Kieferndickicht, auf der anderen standen ein paar Buchen. Nasse Spinnweben hingen in den Zweigen, und die Luft war von würzigen, herbstlichen Gerüchen erfüllt. Alle drei saßen zusammen im Wagen, Körbe wurden geöffnet, belegte Brote ausgepackt, und eine kleine Flasche Sherry machte die Runde. Schließlich gab es heißen Kaffee und Zigaretten. Jane machte der Ausflug allmählich Spaß.

»Jetzt«, sagte Camilla.

»Nun«, sagte Denniston, »ich denke, ich sollte langsam zur Sache kommen. Sie wissen natürlich, wo wir herkommen, Mrs. Studdock?«

»Von Miss Ironwood«, sagte Jane.

»Nun, wir wohnen im selben Haus. Aber wir gehören nicht zu Grace Ironwood. Sie und wir beide gehören zu einem anderen.«

»Ja?« sagte Jane.

»Unser kleiner Haushalt oder unsere Gesellschaft, oder wie immer man es nennen mag, wird von einem Mr. Fisher-King geleitet. Das ist jedenfalls der Name, den er vor kurzem angenommen hat. Vielleicht ist Ihnen sein ursprünglicher Name bekannt, vielleicht auch nicht. Er ist viel gereist, aber jetzt ist er ein Invalide. Bei seiner letzten Reise hat er eine Wunde am Fuß davongetragen, die nicht heilt.«

»Warum hat er seinen Namen geändert?«

»Er hatte eine verheiratete Schwester in Indien, eine Mrs. Fisher-King. Sie ist vor kurzem gestorben und hat ihm ein großes Vermögen hinterlassen unter der Bedingung, dass er ihren Namen annimmt. Sie war eine außergewöhnliche Frau, eine Vertraute des großen christlichen indischen Mystikers Sura, von dem Sie vielleicht gehört haben. Und damit kommen wir zur Sache. Dieser Sura hatte Grund zu der Annahme, oder glaubte Grund zu der Annahme zu haben, dass der Menschheit eine große Gefahr drohe. Und kurz vor seinem Ende – kurz bevor er verschwand – kam er zu der Überzeugung, dass die Entscheidung tatsächlich auf unserer Insel fallen werde. Und als er fort war ...«

»Ist er tot?«, fragte Jane.

»Das wissen wir nicht«, antwortete Denniston. »Einige Leute glauben, dass er lebt, andere nicht. Jedenfalls ist er verschwunden. Und Mrs. Fisher-King hat das Problem an ihren Bruder weitergegeben, unser Oberhaupt. Darum hat sie ihm auch ihr Vermögen vermacht. Er sollte eine Gruppe um sich sammeln, nach dieser Gefahr Ausschau halten und gegen sie kämpfen.«

»Das ist nicht ganz richtig, Arthur«, sagte Camilla. »Man hat ihm gesagt, es werde sich eine Gruppe um ihn sammeln und er solle ihr Oberhaupt sein.«

»Ich glaube, darauf brauchen wir jetzt nicht näher einzugehen«, sagte Arthur, »aber das stimmt. Und hier, Mrs. Studdock, kommen Sie ins Spiel.«

Jane wartete.

»Sura sagte, wenn die Zeit gekommen wäre, würden wir einen Seher finden: eine Person mit dem Zweiten Gesicht.«

»Er sagte nicht, dass wir einen Seher finden würden, Arthur«, widersprach Camilla. »Er sagte, ein Seher werde erscheinen, und entweder wir würden ihn bekommen oder die andere Seite.«

»Und es sieht ganz danach aus«, sagte Denniston zu Jane, »als ob Sie dieser Seher wären.«

»Aber bitte«, sagte Jane lächelnd, »ich möchte gar nicht etwas so Aufregendes sein.«

»Das verstehe ich«, sagte Denniston. »Für Sie ist es ein schweres Los.« In seiner Stimme schwang gerade das richtige Maß an Mitgefühl mit.

Camilla wandte sich an Jane und sagte: »Grace Ironwood sagte, Sie seien nicht ganz überzeugt, eine Seherin zu sein. Sie meinten, es handle sich um ganz gewöhnliche Träume. Glauben Sie das immer noch?«

»Es ist alles so seltsam und – so abscheulich!« sagte Jane. Sie mochte diese Leute, aber die gewohnte innere Stimme flüsterte: »Nimm dich in Acht. Lass dich nicht hineinziehen. Verpflichte dich zu nichts. Du musst dein eigenes Leben leben.« Dann fügte sie in einer Anwandlung von Aufrichtigkeit laut hinzu: »Um die Wahrheit zu sagen, ich hatte in der Zwischenzeit einen weiteren Traum. Und er hat sich als wahr herausgestellt. Ich habe den Mord – den Mord an Mr. Hingest gesehen.«

»Da haben Sie's!«, sagte Camilla. »Oh, Mrs. Studdock, Sie müssen zu uns kommen. Sie müssen! Das bedeutet, dass wir direkt davor stehen. Sehen Sie es nicht? Die ganze Zeit haben wir uns gefragt, wo genau es anfangen würde: und nun gibt Ihr Traum uns einen Hinweis. Sie haben etwas gesehen, das sich nur wenige Meilen von Edgestow abspielte. Anscheinend sind wir schon mittendrin – was immer es ist. Und ohne Ihre Hilfe können wir nichts unternehmen. Sie sind unser Geheimdienst, unsere Augen. Das alles war lange vor unserer Geburt vorherbestimmt. Verderben Sie jetzt nicht alles. Schließen Sie sich uns an.«

»Nein, Camilla, nicht so«, sagte Denniston. »Der Pendragon – unser Oberhaupt, meine ich – würde jedes Drängen missbilligen. Mrs. Studdock muss aus freien Stücken kommen.«

»Aber ich weiß nichts über all das«, sagte Jane. »Ich will mich nicht auf eine Seite schlagen bei einer Sache, von der ich nichts verstehe.«

»Aber begreifen Sie denn nicht«, platzte Camilla heraus, »dass Sie nicht neutral bleiben können? Wenn Sie sich nicht uns zur Verfügung stellen, wird der Feind Sie gebrauchen.«

Die Worte ›zur Verfügung stellen‹ waren schlecht gewählt. Jane versteifte sich unwillkürlich, und hätte Camilla ihr nicht so gut gefallen, wäre jeder weitere Appell an ihr abgeprallt. Denniston legte seiner Frau eine Hand auf den Arm.

»Du musst es von Mrs. Studdocks Standpunkt aus sehen, Liebes«, sagte er. »Du vergisst, dass sie so gut wie nichts über uns weiß. Und hier liegt die eigentliche Schwierigkeit. Solange sie nicht zu uns gehört, können wir ihr nicht viel sagen. Wir verlangen von ihr im Grunde einen Sprung ins Ungewisse.« Er wandte sich mit einem seltsamen Lächeln in seinem ansonsten ernsten Gesicht an Jane. »Es ist wie mit dem Heiraten«, sagte er, »oder wie beim Eintritt in ein Kloster oder in die Marine oder wie wenn man von einem neuen Gericht kostet. Man weiß erst, wie es ist, wenn man den Sprung getan hat.« Er konnte nicht ahnen (oder vielleicht doch?), welche komplizierten Abneigungen und Widerstände die Wahl seiner Beispiele in Jane hervorrief, und auch sie selbst konnte sie nicht analysieren. Sie erwiderte nur in merklich kühlerem Ton:

»In diesem Fall ist schwer einzusehen, warum man den Sprung überhaupt tun sollte.«

»Ich gebe offen zu«, sagte Denniston, »dass Sie ihn nur im Vertrauen auf uns tun können. Ich denke, es hängt wirklich alles davon ab, welchen Eindruck die Dimbles und Grace und wir beide auf Sie machen – und natürlich unser Oberhaupt, wenn Sie ihn kennen lernen.«

Jane war wieder besänftigt.

»Was genau wollen Sie denn eigentlich von mir?«, fragte sie.

»Zunächst einmal, dass Sie zu uns kommen und unser Oberhaupt kennen lernen. Und dann – nun, dass Sie sich uns anschließen. Dazu gehört, dass Sie ihm bestimmte Versprechen geben. Er ist wirklich ein Oberhaupt, wissen Sie. Wir sind alle übereingekommen, seinen Anweisungen Folge zu leisten. Ja, und dann ist da noch etwas. Wie würde Mark sich dazu stellen? Er und ich sind alte Freunde, müssen Sie wissen.«

»Ich frage mich«, sagte Camilla, »ob wir das jetzt besprechen müssen.«

»Es muss doch früher oder später geklärt werden«, sagte ihr Mann. Es entstand ein kurzes Schweigen.

»Mark?«, sagte Jane endlich. »Ich kann mir nicht vorstellen, was er zu alledem sagen würde. Wahrscheinlich würde er denken, wir seien alle übergeschnappt.«

»Hätte er denn etwas dagegen?«, fragte Denniston. »Ich meine, hätte er etwas dagegen, wenn Sie sich uns anschließen würden?«

»Wenn er zu Hause wäre, so wäre er wohl einigermaßen überrascht, wenn ich verkündete, ich würde für unbestimmte Zeit nach St. Anne's gehen. Das verstehen Sie doch unter ›sich Ihnen anschließen‹, oder?«

»Ist Mark denn nicht zu Hause?«, fragte Denniston erstaunt.

»Nein, er ist in Belbury«, antwortete Jane. »Er hat eine Stelle im N.I.C.E. in Aussicht.« Sie freute sich, dies sagen zu können, denn sie war sich der Auszeichnung, die das bedeutete, wohl bewusst. Wenn Denniston beeindruckt war, so ließ er es sich in keiner Weise anmerken.

»Ich glaube nicht«, meinte er, »dass sich uns anzuschließen zum gegenwärtigen Zeitpunkt bedeuten würde, dass Sie in St. Anne's wohnen müssten. Schließlich sind Sie eine verheiratete Frau. Außer natürlich, der gute Mark hätte selbst Interesse und käme mit…«

»Das ist völlig ausgeschlossen«, sagte Jane und dachte, dass er Mark anscheinend nicht gut kannte.

»Nun«, fuhr Denniston fort, »darum geht es im Augenblick auch gar nicht. Hätte er etwas gegen Ihren Beitritt – die Bereitschaft, den Befehlen des Oberhauptes zu gehorchen, die Versprechen zu machen und all das?«

»Ob er etwas dagegen hätte?«, fragte Jane. »Aber was in aller Welt hätte es denn mit ihm zu tun?«

»Sehen Sie«, sagte Denniston ein wenig zögernd, »das Oberhaupt – oder die Mächte, denen er gehorcht – haben ziemlich altmodische Vorstellungen. Er würde nach Möglichkeit vermeiden, eine verheiratete Frau aufzunehmen, ohne die … ohne ihren Mann zurate zu ziehen …«

»Sie meinen, ich sollte Marks Erlaubnis einholen?« fragte Jane mit einem angestrengten kleinen Lachen. Ihre Verärgerung, die während der letzten Minuten abwechselnd angeschwollen und wieder abgeebbt, doch jedes Mal ein bisschen mehr angeschwollen als abgeebbt war, quoll nun über. All dies Gerede von Versprechen und Gehorsam gegenüber einem ihr nicht bekannten Mr. Fisher-King hatte sie bereits aufgebracht. Aber der Gedanke, dass ebendiese Person sie zurückschickte, um Marks Erlaubnis einzuholen – als ob sie ein Kind wäre, das erst fragen muss, ob es zu einer Party gehen darf –, das war die Höhe. Einen Moment lang sah sie Mr. Denniston mit richtiger Abneigung an. Sie sah ihn und Mark und diesen Fisher-King und seinen albernen indischen Fakir einfach als Männer – selbstzufriedene, patriarchalische Gestalten, die Vorkehrungen für Frauen trafen, als ob Frauen Kinder wären oder als ob man sie wie Vieh tauschen könnte. (Und der König ließ verkünden, dass er demjenigen, der den Drachen tötete, seine Tochter zur Frau geben würde.) Sie war sehr wütend.

»Arthur«, sagte Camilla, »ich sehe da drüben ein Licht. Meinst du, das könnte ein Feuer sein?«

»Ich denke, ja.«

»Ich bekomme allmählich kalte Füße. Lass uns einen kleinen Spaziergang machen und das Feuer anschauen. Ich wollte, wir hätten ein paar Kastanien dabei.«

»Ja, lassen Sie uns ein bisschen gehen«, sagte Jane.

Sie stiegen aus. Im Freien war es wärmer als im abgekühlten Wagen; es roch nach Laub und Feuchtigkeit, und man hörte das leise Geräusch fallender Tropfen. Das Feuer war groß und in der Mitte voller Leben – ein qualmender Hügel aus Blättern auf einer Seite und große Höhlen und Klippen aus roter Glut auf der anderen. Sie blieben eine Weile davor stehen und redeten über Belanglosigkeiten.

»Ich will Ihnen sagen, was ich tun werde«, sagte Jane schließlich. »Ich werde Ihrer – Ihrer – was immer es ist, nicht beitreten. Aber ich verspreche Ihnen, Sie zu verständigen, wenn ich wieder Träume dieser Art habe.«

»Das ist ausgezeichnet«, sagte Denniston. »Und ich denke, dass wir kein Recht haben, mehr zu erwarten. Ich verstehe Ihren Standpunkt durchaus. Darf ich Sie um ein weiteres Versprechen bitten?«

»Um was für ein Versprechen?«

»Dass Sie niemandem von uns erzählen.«

»Oh, gewiss nicht.«

Später, als sie zum Wagen zurückgekehrt waren und wieder in die Stadt fuhren, sagte Mr. Denniston: »Ich hoffe, die Träume werden Sie nicht mehr allzu sehr beunruhigen, Mrs. Studdock. Nein, ich will damit nicht sagen, dass ich hoffe, sie würden ganz aufhören. Und ich glaube auch nicht, dass sie aufhören. Aber da Sie nun wissen, dass sie nicht aus Ihnen selbst kommen, sondern nur Dinge aus der Außenwelt zeigen (schlimme Dinge, aber doch nicht schlimmer als das, was man in den Zeitungen lesen kann), werden Sie sie wohl einigermaßen erträglich finden. Je weniger Sie sie als Ihre persönlichen Träume und je mehr Sie sie – nun, gewissermaßen als Nachrichten betrachten, desto besser werden Sie mit ihnen umgehen können.«

## 6 Nebel

Eine Nacht mit wenig Schlaf und ein weiterer halber Tag schleppten sich dahin, bevor Mark den stellvertretenden Direktor wieder aufsuchen konnte. Er war ernüchtert und bereit, den Posten zu beinahe jeder Bedingung anzunehmen.

»Ich bringe Ihnen das Formblatt zurück, Sir«, sagte er.

»Was für ein Formblatt?«, fragte der stellvertretende Direktor. Mark sah sich einem neuen und anderen Wither gegenüber. Die Geistesabwesenheit war noch immer da, aber die Höflichkeit war verschwunden. Traumverloren blickte er Mark an, wie durch eine ungeheure Entfernung von ihm getrennt, zugleich aber mit einer unbestimmten Abneigung, die in aktiven Hass umschlagen konnte, wenn diese Entfernung je verringert würde. Er lächelte noch immer, aber das Lächeln hatte etwas Katzenhaftes: gelegentlich änderten sich sogar die Züge um seinen Mund, sodass man meinte, er werde gleich fauchen. Mark war in seinen Händen wie eine Maus. Am Bracton College hatten die Fortschrittlichen Kräfte es nur mit Wissenschaftlern zu tun gehabt und waren als ganz durchtriebene Burschen angesehen worden, aber hier in Belbury war einem ganz anders zu Mute. Wither sagte, er sei nach dem letzten Gespräch der Meinung gewesen, dass Mark die Stellung bereits abgelehnt habe. Er könne das Angebot jedenfalls nicht erneuern. Er sprach nebelhaft und beängstigend von Spannungen und Reibungen, von unklugem Verhalten, von der Gefahr, sich Feinde zu machen, von der Unmöglichkeit, im Institut eine Person zu beherbergen, die sich anscheinend schon in der ersten Woche mit den meisten anderen Mitgliedern überworfen hatte. Er sprach noch nebelhafter und beängstigender von Gesprächen, die er mit den Kollegen vom Bracton College geführt habe und die diese Ansicht vollauf bestätigt hätten. Er zweifelte an Marks Eignung für eine akademische Laufbahn, lehnte es jedoch ab, irgendwelche Ratschläge zu erteilen. Erst nachdem er Mark mit Gemurmel und Andeutungen hinreichend entmutigt hatte, warf er ihm, wie einem Hund einen Knochen, das Angebot hin, ihn probeweise für ungefähr – er könne das Institut nicht festlegen – sechshundert Pfund im Jahr einzustellen. Und Mark schnappte dankbar zu. Auch jetzt noch versuchte er, Antworten auf einige seiner Fragen zu bekommen. Wem er unterstellt sei? Ob er in Belbury wohnen werde?

»Ich denke, Mr. Studdock«, erwiderte Wither, »wir haben bereits erwähnt, dass Flexibilität einer der Leitgedanken des Instituts ist. Wenn Sie nicht bereit sind, die Mitgliedschaft eher als eine … eh … eine Berufung denn als eine Berufstätigkeit zu betrachten, so kann ich Ihnen nicht guten Gewissens raten, zu uns zu kommen. Es gibt keine fest abgegrenzten Abteilungen. Ich fürchte, ich könnte den ständigen Ausschuss nicht überreden, Ihnen zuliebe irgendeine maßgeschneiderte Position zu erfinden, in der Sie künstlich begrenzte Pflichten wahrnehmen und im Übrigen Ihre Zeit als Privatangelegenheit ansehen würden. – Bitte lassen Sie mich ausreden, Mr. Studdock. – Wir sind hier, wie ich schon sagte, mehr wie eine

Familie, oder vielleicht sogar wie eine einzige Persönlichkeit. Es kann nicht darum gehen, dass Sie irgendeiner bestimmten Person ›unterstehen‹, wie Sie sich ziemlich unglücklich auszudrücken beliebten, und sich im Übrigen für berechtigt halten, Ihren anderen Kollegen gegenüber eine kompromisslose Haltung einzunehmen. – Ich muss Sie bitten, mich nicht zu unterbrechen. – Das ist nicht die Geisteshaltung, mit der Sie an Ihre Pflichten herangehen sollten. Sie müssen sich nützlich machen, Mr. Studdock – allgemein nützlich. Ich denke, das Institut würde kaum jemanden behalten können, der dazu neigt, auf seine Rechte zu pochen und diesen oder jenen Dienst zu verweigern, weil er vielleicht außerhalb eines Bereiches liegt, den der Betreffende mit einer starren Definition zu umschreiben beliebte. Auf der anderen Seite wäre es ebenso verhängnisvoll – ich meine verhängnisvoll für Sie, Mr. Studdock: ich denke durchaus an Ihre Interessen –, wenn Sie sich jemals durch nicht genehmigte Zusammenarbeit mit anderen von Ihrer eigentlichen Arbeit ablenken ließen – oder schlimmer noch, sich in die Arbeit anderer Institutsmitglieder einmischten. Lassen Sie sich nicht von beiläufigen Andeutungen ablenken oder dazu verleiten, Ihre Kräfte zu verzetteln. Konzentration, Mr. Studdock, Konzentration. Und der freie Geist des Gebens und Nehmens. Wenn Sie die beiden Irrtümer vermeiden, die ich eben erwähnte ... eh ... so wird es Ihnen vielleicht gelingen, von sich aus den gewissermaßen unglücklichen Eindruck zu korrigieren, den Ihr Benehmen hier (zugegebenermaßen) bereits hervorgerufen hat. – Nein, Mr. Studdock, ich kann keine weitere Diskussion gestatten. Meine Zeit ist bereits über Gebühr in Anspruch genommen. Ich kann mich nicht ständig mit Unterredungen dieser Art abgeben. Sie müssen selbst Ihren Platz finden, Mr. Studdock. Guten Morgen, Mr. Studdock, guten Morgen. Denken Sie an meine Worte. Ich versuche für Sie zu tun, was ich kann. Guten Morgen.«

Mark glich die Demütigung dieses Gespräches durch den

Gedanken wieder aus, dass er es nicht einen Augenblick ertragen hätte, wenn er nicht verheiratet wäre. Damit schien (obwohl er es nicht in Worte kleidete) Jane für alles verantwortlich zu sein; das brachte ihn darauf, was er Wither alles an den Kopf geworfen hätte – und noch werfen würde, wenn er jemals Gelegenheit dazu bekäme –, müsste er nicht auf Jane Rücksicht nehmen. Dies versetzte ihn minutenlang in eine trügerische Zufriedenheit; und als er zum Tee ging, kam es ihm vor, als beginne seine Unterwerfung bereits Früchte zu tragen. Die Fee bedeutete ihm, sich neben sie zu setzen.

»Sie haben in der Sache Alcasan noch nichts unternommen?«, fragte sie.

»Nein«, sagte Mark, »denn ich habe mich erst heute Morgen wirklich entschlossen zu bleiben. Ich könnte heute Nachmittag zu Ihnen kommen und mir die Unterlagen ansehen ... Ich glaube es jedenfalls, denn ich habe noch nicht herausgefunden, was ich eigentlich tun soll.«

»Flexibilität, Kleiner, Flexibilität«, sagte Miss Hardcastle. »Das werden Sie auch nicht herausfinden. Tun Sie, was immer man Ihnen sagt, und belästigen Sie vor allem nicht den Alten.«

## 2

Im Lauf der nächsten Tage geschahen mehrere Dinge, die für die weitere Entwicklung eine gewisse Bedeutung erlangen sollten.

Der Nebel, der Edgestow ebenso wie Belbury einhüllte, dauerte an und wurde sogar noch dichter. In Edgestow meinte man, er stiege aus dem Fluss auf, aber in Wirklichkeit lag er über dem ganzen Herzen Englands. Er deckte die ganze Stadt zu, sodass die Feuchtigkeit von den Wänden rann, dass man seinen Namen auf die beschlagenen Tische schreiben konnte und die Menschen mittags bei künstlichem Licht arbeiteten. Die Arbeiten auf dem Gelände, auf dem einmal der Bragdon-

Wald gestanden hatte, beleidigten die konservativen Augen nicht mehr und wurden zu einem bloßen Hämmern, Stampfen, Hupen, Brüllen, Fluchen und metallischen Kreischen in einer unsichtbaren Welt.

Manche waren froh, dass die obszöne Wunde in der Landschaft auf diese Weise zugedeckt wurde, denn das ganze Gelände auf der anderen Seite des Wynd war nur noch eine einzige Widerwärtigkeit. Der Griff des N.I.C.E. schloss sich fester um Edgestow. Der Fluss selbst, der unter seiner silbrig glatten Oberfläche einst bräunlich grün und bernsteinfarben gewesen war, der am Röhricht gezupft und mit den roten Wurzeln gespielt hatte, strömte jetzt lehmig und undurchsichtig vor sich hin, beladen mit Flotten von leeren Konservendosen, alten Zeitungen, Zigarettenstummeln, Holzstücken und gelegentlich einer in Regenbogenfarben schillernden Öllache. Dann drangen sie auch auf das diesseitige Ufer des Flusses vor; das Institut hatte einen Landstreifen am linken beziehungsweise östlichen Ufer gekauft. Busby wurde von Feverstone und einem Professor Frost als Vertretern des N.I.C.E. zu einem Gespräch bestellt und erfuhr, dass der Wynd umgeleitet werden sollte: in Zukunft würde es in Edgestow keinen Fluss mehr geben. Das war noch immer streng vertraulich, aber das Institut besaß bereits die Macht, es notfalls zu erzwingen. In Anbetracht dieser Lage musste die Grenze zwischen dem Institut und dem College neu gezogen werden. Busby machte ein langes Gesicht, als ihm klar wurde, dass das Institut sich bis an die Mauern des Colleges ausdehnen wollte. Er lehnte natürlich ab. Und dann hörte er zum ersten Mal andeutungsweise von Zwangsverkauf. Das College konnte jetzt verkaufen, und das Institut bot einen guten Preis. Verkaufte es nicht, so musste es mit Enteignung und einer bloß nominellen Entschädigung rechnen. Die Beziehungen zwischen Feverstone und dem Schatzmeister verschlechterten sich während dieses Gesprächs zusehends. Eine außerordentliche Sitzung des Kollegiums wurde einberufen, und Busby musste seinen Kollegen die neue Sachlage so positiv wie möglich darstellen. Ihm schlug ein solcher Sturm des Hasses entgegen, dass er sich beinahe körperlich verletzt fühlte. Vergeblich wies er darauf hin, dass jene, die ihn jetzt beschimpften, selbst für den Verkauf des Waldes gestimmt hatten. Aber auch ihr Schimpfen war vergebens. Das College war in einer Zwangslage. Der schmale Uferstreifen auf dieser Seite des Wynd, der vielen Kollegiumsmitgliedern so viel bedeutete, wurde verkauft. Er war im Grunde nicht mehr als eine Terrasse zwischen den östlichen Mauern und dem Wasser. Vierundzwanzig Stunden später überdeckte das N.I.C.E. den zum Verschwinden verurteilten Fluss mit Bretterverschlägen und verwandelte die Terrasse in einen Schuttabladeplatz. Den ganzen Tag über trampelten Arbeiter mit Schubkarren über die Planken und kippten ihre Lasten gegen die Mauern des Bracton Colleges, bis die Schutthaufen das blinde, mit Brettern verschalte Henrietta-Maria-Fenster begruben und beinahe an das Ostfenster der Kapelle heranreichten.

In diesen Tagen wurden viele Mitglieder des Progressiven Elements abtrünnig und schlossen sich der Opposition an. Die übrigen wurden von der Unbeliebtheit, der sie sich gegenübersahen, nur noch fester zusammengeschmiedet. Und obwohl das College in sich zutiefst gespalten war, legte es in seinen Beziehungen zur Außenwelt aus dem gleichen Grund gezwungenermaßen eine neue Einigkeit an den Tag. Man gab dem Bracton College die Schuld daran, dass das N.I.C.E. überhaupt nach Edgestow gekommen war. Das war ungerecht, denn viele führende Persönlichkeiten innerhalb der Universität hatten das Verhalten des Bracton Colleges ursprünglich entschieden gebilligt. Doch nun, da das Resultat für jedermann sichtbar war, wollte man sich nicht mehr daran erinnern. Obschon die Andeutung über eine mögliche Zwangsenteignung vertraulich behandelt werden sollte, verlor Busby jetzt keine Zeit, sie in Edgestow zu verbreiten. »Es wäre absolut nutzlos gewesen, wenn wir uns geweigert hätten zu verkaufen«, sagte er. Aber niemand glaubte, dass Bracton aus diesem Grunde verkauft hatte, und das College wurde immer unbeliebter. Die Studenten hatten Wind von der Sache bekommen und besuchten keine Veranstaltungen von Bracton-Dozenten mehr. Busby und sogar der völlig unschuldige Rektor wurden auf der Straße angepöbelt.

In der Stadt, die ohnehin meist anderer Meinung war als die Universität, herrschte gleichfalls Unruhe. Der Tumult, in dessen Verlauf einige Fenster des Bracton Colleges zu Bruch gegangen waren, wurde in den Londoner Zeitungen und sogar im *Edgestow Telegraf* kaum erwähnt. Aber ihm folgten weitere Zwischenfälle. Es gab eine versuchte Vergewaltigung auf einer Hauptstraße in der Nähe des Bahnhofs und zwei heftige Wirtshausschlägereien. Die Zahl der Beschwerden über aggressives und ordnungswidriges Benehmen der N.I.C.E.-Arbeiter nahm zu. Aber diese Klagen erschienen nie in den Zeitungen. Diejenigen, die selber Zeugen hässlicher Zwischenfälle geworden waren, konnten zu ihrer Überraschung im *Telegraf* lesen, dass das neue Institut mehr und mehr mit Edgestow verschmelze und dass sich zwischen ihm und den Einheimischen die herzlichsten Beziehungen entwickelten. Diejenigen, die keine Zwischenfälle gesehen und nur von ihnen gehört hatten, taten sie als Gerüchte oder Übertreibungen ab, nachdem die Zeitung nichts darüber berichtete. Die Augenzeugen schrieben Leserbriefe an die Zeitung, doch sie wurden nicht veröffentlicht.

Aber während dergleichen Zwischenfälle bezweifelt werden konnten, konnte niemand daran zweifeln, dass die Hotels der Stadt in die Hände des Instituts übergegangen waren, sodass man nicht mehr mit einem Freund in den gewohnten Pub gehen und etwas trinken konnte. Es war auch nicht zu übersehen, dass die vertrauten Geschäfte voller Fremder waren, die viel Geld zu haben schienen, und dass die Preise stiegen. Es war nicht zu übersehen, dass an jeder Bushaltestelle eine Menschenschlange wartete und dass es schwierig geworden war, Kinokarten zu bekommen. Stille Häuser, die bisher in stillen Straßen gestanden hatten, wurden nun den ganzen Tag lang von schwerem und ungewohntem Verkehr erschüttert. Wo immer man ging, bewegte man sich in einem Gedränge von Fremden. In dem kleinen Marktflecken Edgestow waren bisher sogar Besucher aus den benachbarten Grafschaften als Fremde angesehen worden; das tägliche Lärmen schottischer, walisischer und sogar irischer Stimmen, die Zurufe, die Pfiffe, die Lieder, die im Nebel vorbeigleitenden wilden Gesichter – dies alles war in höchstem Maße abstoßend. »Das kann nicht gut gehen«, war die Meinung vieler Bürger; und ein paar Tage später sagten sie: »Man könnte meinen, dass sie regelrecht Streit suchen.« Niemand hat festgehalten, wer zuerst den Ruf nach mehr Polizei laut werden ließ, aber nun endlich nahm der *Edgestow Telegraf* die Entwicklung zur Kenntnis. Ein vorsichtiger kleiner Artikel erschien und gab in ein paar Zeilen der Vermutung Ausdruck, dass die örtliche Polizei durch den Bevölkerungszuwachs wohl überfordert sei.

Von all diesen Dingen merkte Jane wenig. Sie verbrachte die Tage in einer Art Schwebezustand. Vielleicht würde Mark sie nach Belbury holen. Vielleicht würde er aber auch das ganze Belbury-Projekt aufgeben und nach Hause kommen – seine Briefe waren unbestimmt und unbefriedigend. Vielleicht würde sie nach St. Anne's hinausfahren und die Dennistons besuchen. Die Träume dauerten an, aber Mr. Denniston hatte Recht gehabt: es war besser, wenn man sie als ›Nachrichten‹ betrachtete. Ansonsten hätte sie ihre Nächte kaum ertragen können. Einen Traum gab es, der immer wiederkehrte und in dem eigentlich nichts geschah. Sie schien in ihrem eigenen Bett zu liegen. Aber es war jemand neben dem Bett, jemand, der sich offenbar einen Stuhl herangezogen hatte und sie beobachtete. Er hatte ein Notizbuch, in das er gelegentlich etwas eintrug. Abgesehen davon saß er völlig still, geduldig und aufmerksam – wie ein Arzt. Sie kannte sein Gesicht schon und lernte es sehr genau kennen: den Zwicker, die gut geschnittenen, ziemlich blassen Züge und den kleinen spitzen Kinnbart. Und wenn er sie sehen konnte, musste er ihre Züge inzwischen genauso gut kennen, denn seine Aufmerksamkeit galt mit Sicherheit ihr. Als sie diesen Traum das erste Mal hatte, schrieb Jane den Dennistons nichts darüber. Selbst als sie ihn ein zweites Mal geträumt hatte, zögerte sie, bis es zu spät war, den Brief noch am gleichen Tag aufzugeben. Sie hoffte, dass, je länger sie schwieg, desto eher die Dennistons sie wieder besuchen würden. Sie brauchte Trost, aber sie wollte ihn, ohne nach St. Anne's hinauszufahren, ohne diesen Fisher-King zu treffen und unter seinen Einfluss zu geraten.

Mark arbeitete unterdessen an der Wiederherstellung von Alcasans Ehre. Er hatte nie zuvor ein Polizeidossier studiert und fand es schwer zu verstehen. Trotz mancher Bemühung, sich seine Unwissenheit nicht anmerken zu lassen, blieb sie der Fee nicht lange verborgen. »Ich werde Sie mit dem Hauptmann zusammenbringen«, sagte sie. »Er wird Ihnen die Tricks zeigen.« So kam es, dass Mark den größten Teil seiner Arbeitszeit mit ihrem Stellvertreter, Hauptmann O'Hara, verbrachte, einem stämmigen, weißhaarigen Mann mit einem gut geschnittenen Gesicht, dessen Sprache ein Engländer als irischen Tonfall, ein Ire aber als breitesten Dubliner Akzent bezeichnen würde. Er behauptete, aus einer alten Familie zu stammen, und hatte einen Landsitz in Castlemortle. Mark verstand seine Erklärungen über das Dossier, das Anfrageregister, das Aktendurchlaufsystem und etwas, das der Hauptmann ›jäten‹ nannte, nur unvollkommen. Aber er schämte sich, es einzugestehen, und die Folge war, dass die gesamte Auswahl der Fakten in O'Haras Händen lag und Mark lediglich als Schreiber fungierte. Er tat sein Bestes, dies vor O'Hara zu verbergen und den Anschein zu erwecken, als arbeiteten sie wirklich zusammen. Das machte es ihm natürlich unmöglich, seine ursprünglichen Proteste, dass man ihn als einen bloßen Journalisten behandle, zu wiederholen. Er hatte tatsächlich einen gewandten Stil (der seiner akademischen Karriere viel mehr genützt hatte, als er wahrhaben wollte), und seine Beiträge waren ein Erfolg. Seine Artikel und Briefe über Alcasan erschienen in Zeitungen, bei denen er unter seinem eigenen Namen niemals angekommen wäre, Zeitungen mit Millionen von Lesern. Bei dem Gedanken daran lief ihm unwillkürlich ein angenehmer Schauer über den Rücken.

Er vertraute Hauptmann O'Hara auch seine finanziellen Nöte an. Wann wurde man bezahlt? Ihm sei inzwischen das Bargeld ausgegangen. Schon am ersten Abend in Belbury habe er seine Brieftasche verloren, und sie sei nie wieder aufgetaucht. O'Hara brüllte vor Lachen. »Sie brauchen nur den Verwalter zu fragen, der gibt Ihnen, so viel Sie wollen.«

»Sie meinen, es wird einem dann vom nächsten Gehalt abgezogen?«, fragte Mark.

»Mann«, sagte der Hauptmann, »wenn Sie einmal im Institut sind, Gott segne es, brauchen Sie sich über so was nicht mehr den Kopf zu zerbrechen. Übernehmen wir denn nicht das ganze Währungswesen? Wir machen ja selber das Geld.«

»Wirklich?«, sagte Mark und schnappte nach Luft. Nach einer Pause fügte er hinzu: »Und wenn man das Institut verließe, würden sie alles zurückfordern?«

»Wer redet denn davon, das Institut zu verlassen?«, fragte O'Hara. »Niemand verlässt das Institut. Ich weiß nur von einem, der es tat, und das war der alte Hingest.«

Ungefähr um diese Zeit wurden die Ermittlungen im Fall Hingest abgeschlossen und Mordanklage gegen unbekannt erhoben. Der Trauergottesdienst fand in der Kapelle des Bracton Colleges statt.

Es war der dritte Nebeltag, und der Nebel war so dicht und weiß, dass die Augen vom Hineinsehen schmerzten und alle entfernteren Geräusche erstickt wurden; im College hörte man nur das Tropfen von Giebeln und Bäumen und die Rufe der Arbeiter außerhalb der Kapelle. In der Kapelle brannten die Kerzen mit unbewegten Flammen, jede Flamme der Mittelpunkt einer verschwommenen Lichtkugel, die nur wenig Helligkeit verbreitete. Ohne das gelegentliche Husten und Füßescharren hätte man nicht vermutet, dass die Bänke bis auf den letzten Platz besetzt waren. Curry, der in seiner schwarzen Amtstracht ungewöhnlich groß wirkte, ging im Westteil der Kapelle auf und ab, murmelte nervös vor sich hin und spähte immer wieder hinaus, voller Sorge, der Nebel könnte die Ankunft dessen, was er die ›sterblichen Überreste‹ nannte, verzögern. Nicht ohne Genugtuung war er sich bewusst, dass die Verantwortung für die ganze Zeremonie auf seinen Schultern ruhte. Bei Beerdigungen war Curry großartig. Er hatte nichts von einem Leichenbestatter; er war der beherrschte, männliche Freund, getroffen von einem schweren Schicksalsschlag, doch stets eingedenk, dass er (in irgendeinem unbestimmten Sinne) der Vater des Colleges war und sich trotz des Sieges der Vergänglichkeit um keinen Preis gehen lassen durfte. Fremde, die solche Trauerfeiern miterlebt hatten, meinten hinterher oft: »Man konnte diesem Vizerektor ansehen, wie ihm zu Mute war, obwohl er versuchte, es nicht zu zeigen.« Und Currys Verhalten war nicht geheuchelt. Er war so daran gewöhnt, das Leben seiner Kollegen zu verwalten, dass es ihm ganz natürlich vorkam, auch ihren Tod unter seine Fittiche zu nehmen. Und wäre er mit einem analytischen Verstand begabt gewesen, hätte er vielleicht in sich selbst eine vage Überzeugung entdeckt, dass sein Einfluss und seine Fähigkeit, Wege zu ebnen und Fäden zu ziehen, wirklich nicht einfach aufhören konnten, sobald die Seele aus dem Körper gewichen war.

Die Orgel begann zu spielen und übertönte sowohl das Husten in der Kapelle als auch die raueren Geräusche von draußen – das eintönige, missgelaunte Geschrei, das Rasseln von Eisen und die Erschütterungen, wenn von Zeit zu Zeit neue Ladungen Schutt gegen die Kapellenwand gekippt wurden. Aber der Nebel verzögerte, wie Curry befürchtet hatte, die Ankunft des Sarges, und der Organist musste eine halbe Stunde lang spielen, ehe am Eingang Bewegung entstand und die trauernden Angehörigen, die schwarz gekleideten Hingests beiderlei Geschlechts mit ihren kerzengeraden Rücken und bäuerlichen Gesichtern, zu den für sie reservierten Kirchenstühlen geführt wurden. Dann kamen der Träger des Amtsstabes, die Kirchendiener, die Ministranten und Seine Magnifizenz der Großrektor von Edgestow; dahinter zog singend der Chor ein, und schließlich kam der Sarg – eine Insel von Blumen, undeutlich im Nebel, der beim Öffnen der Tür dicht, kalt und nass eingedrungen war. Der Gottesdienst begann.

Kanonikus Storey hielt ihn ab. Seine Stimme war noch immer schön, und eine gewisse Schönheit lag auch in seiner Abgehobenheit von der ganzen Trauergemeinde. Abgehoben war er sowohl durch seinen Glauben als auch durch seine Taubheit. Er zweifelte nicht daran, dass die Worte, die er über dem Leichnam des stolzen alten Ungläubigen las, angemessen waren, denn er hatte nie etwas von seinem Unglauben geahnt; und er merkte nichts von dem seltsamen Wechselgesang zwischen seiner eigenen Stimme und den Stimmen von draußen. Glossop zuckte vielleicht zusammen, wenn – in der Stille des Kirchenraums nicht zu überhören – eine dieser Stimmen brüllte: »Nimm deinen verdammten Klumpfuß aus dem Weg, oder ich schmeiß dir den ganzen Krempel drauf«; aber Storey erwiderte unbewegt und nichts ahnend: »Ihr Toren, was ihr gesät, wird nicht gedeihen, ehe es gestorben ist.«

»Ich hau dir gleich eine in die Fresse, pass bloß auf!«, rief die Stimme wieder.

»Als stofflicher Leib ist er geboren; als geistiger Leib wird er wieder erstehen«, sagte Storey.

»Eine Schande, eine Schande«, raunte Curry dem Quästor

zu, der neben ihm saß. Aber einige der jüngeren Kollegen sahen es, wie sie sagten, von der komischen Seite und dachten, welchen Spaß Feverstone, der nicht hatte kommen können, an der Geschichte hätte.

**3** ———— Die schönste Belohnung, die Mark für seinen Gehorsam zuteil wurde, war der Zutritt zur Bibliothek. Bald nachdem er an jenem unglücklichen Morgen dort eingedrungen war, hatte er gemerkt, dass dieser Raum, wiewohl dem Namen nach öffentlich, in Wirklichkeit jenen vorbehalten blieb, die man am Bracton College das Progressive Element nannte. Die wichtigen und vertraulichen Gespräche fanden hier zwischen zehn Uhr und Mitternacht am Kamin statt; und aus diesem Grund lächelte Mark zustimmend und ließ allen Groll wegen des letzten Gespräches fahren, als Feverstone eines Abends im Gesellschaftsraum auf ihn zukam und fragte: »Wie wär's mit einem Gläschen in der Bibliothek?« Und wenn Mark sich selbst deswegen ein wenig verachtete, so verdrängte und vergaß er das schnell wieder: so etwas war kindisch und unrealistisch.

Der Kreis in der Bibliothek bestand gewöhnlich aus Feverstone, der Fee, Filostrato und – erstaunlicherweise – Straik. Es war Balsam für Marks Wunden, dass Steele hier niemals auftauchte. Anscheinend war er schon über Steele hinaus, wie man es ihm versprochen hatte: alles lief programmgemäß. Eine Person, deren häufiges Erscheinen in der Bibliothek ihm rätselhaft blieb, war der schweigsame Mann mit dem Zwicker und dem Spitzbart, Professor Frost. Der stellvertretende Direktor – oder, wie Mark ihn jetzt nannte: der VD oder der Alte – war ebenfalls oft zugegen, jedoch in einer sonderbaren Art und Weise. Meistens glitt er in den Raum und wanderte scheinbar ziellos umher, wie immer summend und mit den

Schuhen knarrend. Zuweilen näherte er sich dem Kreis beim Kaminfeuer, lauschte und schaute mit einem unbestimmt väterlichen Ausdruck zu; aber er sagte selten etwas, und nie schloss er sich der Gruppe an. Er glitt wieder hinaus, kehrte nach etwa einer Stunde zurück, wanderte abermals in den leeren Teilen des Raumes umher und verschwand erneut. Seit jener demütigenden Unterredung in seinem Büro hatte er nicht mehr mit Mark gesprochen, und Mark erfuhr von der Fee, dass er noch immer in Ungnade war. »Der Alte wird mit der Zeit schon wieder auftauen«, sagte sie. »Aber ich hatte Ihnen ja gesagt, dass er es nicht leiden kann, wenn Leute davon sprechen fortzugehen.«

Das unangenehmste Mitglied des Kreises war in Marks Augen Straik. Straik unternahm keinen Versuch, sich dem unflätigen und lebensnahen Ton anzupassen, in dem seine Kollegen sprachen. Er trank und rauchte nie. Meistens saß er still da, umfasste das Knie in der fadenscheinigen Hose mit magerer Hand und richtete seine großen, unglücklichen Augen von einem Sprecher zum anderen, ohne in die Diskussion einzugreifen oder in die Heiterkeit einzustimmen, wenn sie lachten. Dann – vielleicht einmal im Verlauf des Abends – brachte ihn irgendeine Bemerkung plötzlich in Schwung; gewöhnlich war es etwas über die reaktionäre Opposition in der Außenwelt und die Maßnahmen, die das Institut gegen sie ergreifen würde. Bei solchen Gelegenheiten hielt er lange und lautstarke Vorträge, drohte, klagte an, prophezeite. Seltsam war, dass die anderen ihn weder unterbrachen noch über ihn lachten. Es gab irgendeine tiefere Bindung zwischen diesem wunderlichen Mann und ihnen, die den offensichtlichen Mangel an Sympathie ausglich, aber was es war, konnte Mark nicht herausfinden. Gelegentlich wandte Straik sich direkt an Mark und sprach zu dessen Unbehagen und Verwirrung über die Auferstehung. »Weder eine historische Tatsache noch eine Fabel, junger Mann«, sagte er, »sondern eine Prophezeiung. Alle

Wunder sind die Schatten kommender Dinge. Befreien wir uns von falscher Spiritualität. Es wird alles geschehen, hier in dieser Welt, in der einzigen Welt, die es gibt. Was hat der Herr uns geheißen? Heilet die Kranken, treibt die Teufel aus, erwecket die Toten. Wir werden es tun. Der Menschensohn – das heißt der Mensch selbst, der ausgewachsene Mensch – hat die Macht, die Welt zu richten, Leben ohne Ende zu spenden und Strafe ohne Ende zu verhängen. Sie werden es erleben. Hier und jetzt.« Es war furchtbar unangenehm.

Am Tag nach Hingests Beerdigung wagte Mark sich zum ersten Mal auf eigene Faust in die Bibliothek; bis dahin war er immer von Feverstone oder Filostrato mitgenommen worden. Er war ein wenig unsicher, wie der Empfang ausfallen würde, und befürchtete zugleich, dass er sein Recht auf freien Zutritt verwirken könnte, wenn er es aus Bescheidenheit nicht bald in Anspruch nahm. Er wusste, dass in solchen Dingen jeder der beiden Irrtümer gleichermaßen fatal war; man musste es erraten und das Risiko auf sich nehmen.

Es war ein großer Erfolg. Der Kreis war vollzählig versammelt, und ehe er die Tür hinter sich geschlossen hatte, hatten sich alle mit freundlichen Gesichtern zu ihm umgewandt. Filostrato sagte: »Ecco!« und die Fee: »Da ist unser Mann!« Ein Freudenschauer lief über Marks ganzen Körper. Nie zuvor schien das Feuer im Kamin heller gebrannt, nie die Getränke verlockender geduftet zu haben. Man hatte ihn erwartet! Er war erwünscht!

»Wie schnell können Sie zwei Leitartikel schreiben, Mark?«, fragte Feverstone.

»Können Sie die Nacht durcharbeiten?«, fragte Miss Hardcastle.

»Es wäre nicht das erste Mal«, sagte Mark. »Worum handelt es sich?«

»Sie sind überzeugt«, sagte Filostrato, »dass die ... die Unruhen unverzüglich weitergehen müssen, ja?«

»Das ist der Witz dabei«, sagte Feverstone. »Sie hat ihre Arbeit zu gut gemacht. Sie hätte ihren Ovid lesen sollen: ›Ad metam properate simul.‹«

»Wir können es nicht verschieben, selbst wenn wir wollten«, sagte Straik.

»Worüber reden wir eigentlich?«, fragte Mark.

»Über die Unruhen in Edgestow«, antwortete Feverstone.

»Ach so ... ich habe sie nicht sehr aufmerksam verfolgt. Nehmen sie ernste Formen an?«

»Sie werden ernste Formen annehmen, Kleiner«, sagte die Fee. »Und das ist der Punkt. Der wirkliche Aufruhr war für nächste Woche geplant. Dieser ganze Kleinkram sollte nur den Boden bereiten. Aber es ist zu gut gelaufen, verdammt noch mal. Das Unternehmen wird morgen oder spätestens übermorgen steigen müssen.«

Mark blickte verwirrt von ihr zu Feverstone. Dieser krümmte sich vor Lachen, und beinahe automatisch verlieh Mark seiner eigenen Verwirrung einen scherzhaften Anstrich.

»Ich glaube, Fee, der Groschen ist bei mir noch nicht gefallen«, sagte er.

»Sie werden doch nicht gedacht haben«, grinste Feverstone, »dass die Fee die Initiative den Einheimischen überlassen würde?«

»Sie meinen, sie selbst hat die Unruhen ausgelöst?«, fragte Mark.

»Ja, natürlich«, antwortete Filostrato. Seine kleinen Augen über den dicken Wangen glänzten.

»Es ist alles offen und ehrlich«, sagte Miss Hardcastle. »Sie können nicht einige hunderttausend importierte Arbeiter ...«

»Nicht die Sorte, die Sie angeheuert haben!«, warf Feverstone ein.

»... in ein verschlafenes kleines Nest wie Edgestow bringen«, fuhr Miss Hardcastle fort, »ohne Schwierigkeiten zu bekommen. Ich meine, Ärger hätte es so oder so gegeben.

Wie die Dinge liegen, hätten meine Jungs wahrscheinlich gar nichts zu tun brauchen. Aber da die Unruhen unvermeidlich waren, konnte es nicht schaden, sie zum richtigen Zeitpunkt auszulösen.«

»Das heißt, Sie haben die Unruhen inszeniert?«, fragte Mark. Um ihm Gerechtigkeit widerfahren zu lassen, muss gesagt werden, dass diese neue Enthüllung ihn entsetzte. Aber in dieser behaglichen, vertrauten Runde nahmen seine Gesichtsmuskeln und seine Stimme ohne sein Zutun Ausdruck und Ton seiner Kollegen an.

»Das ist etwas grob ausgedrückt«, meinte Feverstone.

»Das spielt keine Rolle«, erklärte Filostrato. »So und nicht anders müssen die Dinge gedeichselt werden.«

»Genau«, pflichtete ihm Miss Hardcastle bei. »Es ist immer so. Jeder, der sich in der Polizeiarbeit auskennt, wird es Ihnen bestätigen. Und wie gesagt, die eigentliche Geschichte – der große Aufruhr – muss in den nächsten achtundvierzig Stunden losgehen.«

»Es ist gut, den Tipp aus berufenem Munde zu bekommen!« sagte Mark. »Ich wünschte, ich könnte vorher noch meine Frau aus der Stadt bringen.«

»Wo wohnt sie?«, fragte die Fee.

»Oben in Sandown.«

»Ach so. Dann ist sie kaum betroffen. Aber zunächst einmal müssen wir beide uns an den Bericht über den Aufruhr machen.«

»Aber – wozu soll das alles gut sein?«

»Notstandsgesetze«, sagte Feverstone. »Solange die Regierung nicht erklärt, dass in Edgestow ein Notstand herrscht, bekommen wir nie die Vollmachten, die wir dort brauchen.«

»Genau«, sagte Filostrato. »Es ist töricht, von friedlichen Revolutionen zu sprechen. Nicht dass die *canaglia* immer Widerstand leisten würde – oft muss sie noch dazu angestachelt werden, denn ohne Unruhen, Schüsse und Barrikaden bekommt niemand die Vollmachten, um entschlossen durchgreifen zu können. Die Kanone schießt erst, wenn sie geladen ist.«

»Und die Geschichte muss am Tag nach dem Krawall in den Zeitungen stehen«, sagte Miss Hardcastle. »Das bedeutet, dass der VD den Text spätestens morgen früh um sechs haben muss.«

»Aber wie sollen wir heute Nacht den Bericht schreiben, wenn die Geschichte frühestens morgen passiert?«

Alle brachen in Gelächter aus.

»Auf diese Weise werden Sie die öffentliche Meinung niemals lenken, Mark«, sagte Feverstone. »Sie brauchen doch nicht auf ein Ereignis zu warten, bis Sie darüber berichten!«

»Nun, ich gebe zu«, sagte Mark und lachte dabei über das ganze Gesicht, »dass ich ein gewisses Vorurteil gegen solche Methoden hatte, da ich weder in Mr. Dunnes Zeit noch hinter Spiegeln lebe.«

»Hilft alles nichts, Kleiner«, erklärte Miss Hardcastle. »Wir müssen sofort anfangen. Einen Drink noch, und dann gehen wir beide hinauf und legen los. Um drei lassen wir uns Kaffee bringen.«

Dies war das erste Mal, dass von Mark etwas verlangt wurde, das er von Anfang an eindeutig als verbrecherisch erkannte. Aber wann und wie genau er sich darauf eingelassen hatte, war ihm kaum bewusst; es gab keinen inneren Kampf, nicht das Gefühl, eine Grenze zu überschreiten. In der Weltgeschichte mag es eine Zeit gegeben haben, da solche Augenblicke ihre ganze Tragweite enthüllten, mit prophezeienden Hexen auf versengter Heide oder einem sichtbaren Rubikon, der zu überschreiten war. Aber für Mark glitt alles in zwanglosem Gelächter dahin, jenem vertraulichen Gelächter unter Fachleuten, das mehr als alles andere Menschen zu wirklich schlechten Taten verleitet, bevor sie als Einzelpersonen schlechte Menschen sind. Wenige Augenblicke später trottete Mark mit der Fee die Treppe hinauf. Unterwegs begegneten sie Cosser, und Mark, der eifrig auf seine Begleiterin einredete, sah aus dem Augenwinkel, dass Cosser sie beobachtete. Zu denken, dass er Cosser einmal gefürchtet hatte!

»Wer wird um sechs den VD wecken?«, fragte Mark.

»Wahrscheinlich nicht notwendig«, sagte die Fee. »Ich nehme an, der Alte muss irgendwann schlafen, aber ich habe noch nicht herausgefunden, wann er es tut.«

# 4

Um vier Uhr früh saß Mark im Büro der Fee und las noch einmal die letzten beiden Artikel, die er geschrieben hatte – einen für die angesehenste britische Zeitung, den anderen für ein mehr volkstümliches Blatt. Dies war der einzige Teil der nächtlichen Arbeit, der Marks literarischer Eitelkeit schmeicheln konnte. Die ersten Stunden waren mit der sehr viel mühsameren Arbeit hingegangen, sich die Nachrichten selbst auszudenken. Die beiden Leitartikel waren bis zum Schluss aufgehoben worden, und die Tinte war noch feucht. Der erste lautete folgendermaßen:

*Obgleich es voreilig wäre, zu den gestrigen Unruhen in Edgestow abschließend Stellung zu nehmen, lassen die ersten Berichte (die wir an anderer Stelle abdrucken) zwei Schlussfolgerungen zu, die von der weiteren Entwicklung kaum noch infrage gestellt werden dürften. Zum einen versetzen diese Ereignisse jeder etwaigen Selbstgefälligkeit über die Aufgeklärtheit unserer Zivilisation einen schweren Schlag. Zugegebenermaßen kann die Umwandlung einer kleinen Universitätsstadt in ein nationales Forschungszentrum nicht ohne Reibungen vonstatten gehen und bringt für die Einwohner gewisse Erschwernisse mit sich. Doch bisher sind die Engländer in ihrer ruhigen und humorvollen Art immer mit Reibungen fertig geworden, und sie haben es nie an der Bereitschaft fehlen lassen, im nationalen Interesse Opfer zu bringen, größere Opfer als die kleinen Veränderungen im*

*Alltagsleben, die jetzt im Namen des Fortschritts den Bürgern von Edgestow abverlangt werden. Erfreulich ist, dass von keiner maßgeblichen Seite behauptet wird, das N.I.C.E. habe in irgendeiner Weise seine Machtbefugnisse überschritten oder es an der Höflichkeit und Rücksichtnahme fehlen lassen, die man von ihm erwarten darf. Es bestehen kaum Zweifel, dass der eigentliche Ausgangspunkt der Unruhen ein Streit, wahrscheinlich in einem Wirtshaus, zwischen Arbeitern des N.I.C.E. und einem einheimischen Prahlhans war. Aber Unruhen, die aus trivialen Anlässen entstehen, haben tiefere Ursachen, und es scheint kaum einen Zweifel daran zu geben, dass dieser geringfügige Zwischenfall von lokalen Interessen oder verbreiteten Vorurteilen angeheizt und ausgenutzt wurde.*

*Die Vorfälle von Edgestow lassen leider erkennen, dass das alte Misstrauen gegen planmäßiges Vorgehen und der alte Argwohn gegen das, was man pauschal als ›Bürokratie‹ bezeichnet, allzu leicht – wenn auch hoffentlich nur vorübergehend – wieder belebt werden können. Hier werden jedoch auch Lücken und Schwächen in unserem nationalen Erziehungswesen sichtbar – eine jener Krankheiten, die zu heilen das Nationale Institut ins Leben gerufen wurde. Dass es sie heilen wird, bezweifeln wir nicht. Der Wille der Nation steht hinter dieser großartigen ›Friedensanstrengung‹, wie Mr. Jules das Institut so treffend beschrieb, und jeder schlecht informierten Opposition, die sich mit ihm zu messen versucht, wird man, so ist zu hoffen, höflich, aber mit Festigkeit entgegengetreten.*

*Die zweite Lehre, die wir aus den Ereignissen des gestrigen Abends ziehen können, ist erfreulicherer Art. Die ursprüngliche Entscheidung, dem N.I.C.E. das, was von manchen irreführend als eigene ›Polizeitruppe‹ bezeichnet wurde, zuzuordnen, stieß seinerzeit in vielen Kreisen auf unverhohlenes Misstrauen. Unsere Leser werden sich erinnern, dass wir dieses Misstrauen zwar nicht teilten, ihm aber ein gewisses Verständnis entgegenbrachten. Selbst die grundlosen Befürchtungen jener, die die Freiheit lieben, sollten respektiert werden – ebenso wie wir die übertriebenen Ängste einer Mutter respektieren. Gleichzeitig vertraten wir die Meinung, dass es in unserer komplexen modernen Gesellschaft ein Anachronismus sei, die Durchführung des gesellschaftlichen Willens einer Truppe aufzubürden, deren eigentliche Aufgabe die Verhütung und Verfolgung von Verbrechen ist: dass die Polizei darum früher oder später von jenem immer größer werdenden Komplex der Zwangsmaßnahmen entlastet werden müsse, der nicht auf ihren eigentlichen Aufgabenbereich entfällt. Dass dieses Problem von anderen Ländern in einer Art gelöst worden ist, die sich — weil man einen Staat im Staate schuf – als verhängnisvoll für Freiheit und Recht erwies, ist eine Tatsache, die niemand so schnell vergessen wird. Die so genannte Polizei des N.I.C.E. (die man zutreffender als ›Gesundheitsorgane‹ bezeichnen sollte) ist eine typisch englische Lösung. Ihr Verhältnis zur Nationalen Polizei kann vielleicht nicht mit perfekter logischer Genauigkeit definiert werden, aber wir sind als Volk niemals besonders leidenschaftliche Liebhaber der Logik gewesen. Die Geschäftsleitung des N.I.C.E. hat keine Verbindung mit der Politik; und wenn das Institut jemals mit der Strafjustiz in Berührung kommt, dann in der Rolle eines barmherzigen Retters – eines Retters, der den Straffälligen aus der rauen Luft des Strafvollzugs in den Bereich heilender Behandlung überführt. Sollte es bisher noch Zweifel am Wert einer solchen Ordnungstruppe gegeben haben, so sind sie durch die Ereignisse von Edgestow nun wohl gänzlich ausgeräumt. Die Zusammenarbeit zwischen den Organen des Instituts und der Nationalen Polizei, welche sich ohne die Hilfe des Instituts einer äußerst schwierigen Situation gegenübergesehen hätte, scheint durchweg hervorragend gewesen zu sein. Wie ein leitender Polizeioffizier heute Morgen einem unserer Berichterstatter sagte, »hätten die Dinge ohne das Eingreifen der Institutspolizei sehr leicht eine völlig andere Wendung nehmen können«. Wenn es im Lichte dieser Ereignisse zweckmäßig erscheint, das gesamte Gebiet von Edgestow für begrenzte Zeit der ausschließlichen Kontrolle der N.I.C.E.-Organe zu unterstellen, wird die – im Grunde sehr realistische – britische Bevölkerung wohl keinerlei Einwand erheben. Besondere Anerkennung verdienen die weiblichen Angehörigen der Sicherheitskräfte, die wieder einmal jene Mischung von Mut und gesundem Menschenverstand gezeigt haben, die in den letzten Jahren für unsere englischen Frauen so charakteristisch geworden ist. Die heute Morgen in London umlaufenden Gerüchte von Maschinengewehrfeuer in den Straßen und hunderten von Opfern müssen noch geprüft werden. Wenn genaue Einzelheiten vorliegen, wird sich wahrscheinlich herausstellen, dass, wie ein ehemaliger Premierminister es ausdrückte, »das meiste Blut aus den Nasen floss«.*

Der zweite Artikel hatte folgenden Wortlaut:

*Was geht in Edgestow vor?*
*Das ist die Frage, auf die die Bürger eine Antwort erwarten. Das Institut, das sich in Edgestow niedergelassen hat, ist ein Nationales Institut. Das heißt, es gehört uns allen. Wir sind keine Wissenschaftler und tun auch nicht so, als wüssten wir, was die klugen Köpfe des Instituts denken. Aber wir wissen, was jedermann von ihm erwartet. Wir erwarten eine Lösung der Arbeitslosenfrage; des Problems der Krebsbekämpfung; des Wohnungsproblems; des Währungsproblems; der Kriegsfrage; des Ausbildungsproblems. Wir erwarten von ihm ein schöneres, gesünderes und erfüllteres Leben für unsere Kinder, in dem sie und wir weiter und immer weiter gehen und die ganze Lebenskraft entfalten können, die Gott jedem von uns gegeben hat. Das N.I.C.E. ist das Werkzeug des Volkes, es soll all das verwirklichen, wofür wir gekämpft haben.*

*Und was geht unterdessen in Edgestow vor?*
*Niemand wird glauben, der Aufruhr sei entstanden, nur weil Frau Hinz oder Herr Kunz feststellen mussten, dass der Eigentümer ihr Geschäft oder ihren Schrebergarten an das N.I.C.E. verkauft hatte. Frau Hinz und Herr Kunz wissen es besser. Sie wissen, dass das Institut für Edgestow mehr Handel bedeutet, mehr öffentliche Einrichtungen, eine größere Bevölkerung und ungeahnten Wohlstand. Ich sage, diese Unruhen wurden* inszeniert.

*Diese Beschuldigung mag seltsam klingen, aber sie ist wahr.*
*Daher frage ich noch einmal: Was geht in Edgestow vor?*

*Es gibt Verräter unter uns. Ich fürchte mich nicht, es auszusprechen, wer immer sie sein mögen. Es mögen so genannte religiöse Gruppen sein. Es mögen Spekulanten sein. Es mögen die versponnenen alten Professoren und Philosophen der Edgestow-Universität sein. Es mögen Juden sein. Es mögen Anwälte sein. Es soll uns nicht kümmern, wer sie sind, aber eines wollen wir ihnen zurufen: Nehmt euch in Acht! Das britische Volk wird dies nicht dulden. Wir werden nicht zulassen, dass das Institut sabotiert wird.*

*Was ist zu tun in Edgestow?*

*Ich sage, der ganze Ort sollte der Institutspolizei unterstellt werden. Wer einmal einen Ausflug nach Edgestow unternommen hat, weiß, dass es ein kleines, verschlafenes Provinznest ist, mit einem halben Dutzend Polizisten, die in den letzten zehn Jahren nichts zu tun hatten, als Radfahrer anzuhalten, wenn deren Beleuchtung nicht funktionierte. Es wäre unsinnig zu erwarten, dass diese braven Bobbys mit einem inszenierten Aufruhr fertig werden. In der vergangenen Nacht hat die Institutspolizei gezeigt, was sie kann. Hut ab vor Miss Hardcastle und ihren tüchtigen Männern, ja, und natürlich vor ihren tüchtigen Mädchen. Gebt ihnen freie Hand, und lasst sie ihre Arbeit tun. Weg mit dem Bürokratismus.*

*Und noch ein Rat. Wenn wir hören, dass jemand an der Institutspolizei herumkritisiert – zeigen wir ihm, wo es langgeht. Wenn wir hören, dass jemand sie mit der Gestapo oder dem KGB vergleicht – sagen wir ihm, dass er bei uns an der falschen Adresse ist. Und wenn wir hören, dass jemand über die bürgerlichen Freiheiten redet (mit denen er die Freiheiten von Dunkelmännern, Grundbesitzern, Bischöfen und Kapitalisten meint) – schauen wir uns diesen Mann sehr genau an. Er ist der Feind. Machen wir ihm klar, dass das N.I.C.E. der Boxhandschuh an der Faust der Demokratie ist und dass er lieber aus dem Weg gehen sollte, wenn ihm das nicht gefällt.*

*Und – behaltet Edgestow im Auge.*

Man könnte meinen, dass Mark im Eifer des Gefechts beim Schreiben zunächst Gefallen an diesen Artikeln fand, dann aber beim Überlesen des fertigen Produkts zur Vernunft kommen und Abscheu empfinden würde. Leider war beinahe das Gegenteil der Fall. Je länger er an den Texten herumfeilte, desto mehr war er mit seiner Arbeit versöhnt.

Vollkommen versöhnt war er, als er beide Artikel ins Reine schrieb. Wenn man den Punkt auf das i gesetzt hat und einem das Ergebnis gefällt, dann überantwortet man es nicht gern dem Papierkorb. Je öfter er die Artikel las, desto besser gefielen sie ihm. Und das Ganze war sowieso eher ein Scherz. In Gedanken sah er sich selbst, alt und reich, vielleicht geadelt, auf jeden Fall aber sehr distinguiert; all das – die ganze unerfreuliche Seite des N.I.C.E. – gehörte der fernen Vergangenheit an, und er beeindruckte seine jüngeren Kollegen mit unglaublichen, abenteuerlichen Geschichten aus dieser gegenwärtigen Zeit. (Oh ... da war was los in jenen Tagen. Wenn ich daran denke, wie einmal ...) Und auf einen Mann, dessen Aufsätze bisher in Fachzeitschriften oder bestenfalls in Büchern erschienen waren, die nur von anderen Wissenschaftlern gelesen wurden, übte die Tagespresse einen fast unwiderstehlichen Reiz aus – wartende Redakteure – Leser in ganz Europa – wirklicher Einfluss seiner Worte. Der Gedanke an die riesige Maschinerie, die ihm im Augenblick zur Verfügung stand, ließ ihn erschaudern. Vor noch nicht allzu langer Zeit war er höchst erfreut gewesen über seine Aufnahme in den Kreis der Fortschrittlichen Kräfte am Bracton College. Aber was waren die Fortschrittlichen Kräfte, verglichen mit dieser Position? Nicht, dass er selbst geglaubt hätte, was er in den Artikeln schrieb. Er verfasste sie in einer unernsten, beinahe ironischen Stimmung, die das Ganze wie einen handfesten Scherz erscheinen ließ und ihn dadurch beruhigte. Außerdem, wenn er es nicht täte, würde ein anderer die Artikel schreiben. Und die ganze Zeit über flüsterte das Kind in ihm, wie großartig und wie wunderbar erwachsen es sei, so dazusitzen, viel getrunken zu haben, aber nicht betrunken zu sein und (ironische) Artikel für die größten Zeitungen des Landes zu schreiben, die ihm seine Manuskripte aus den Händen rissen, während der innere Kreis des Instituts abhängig von ihm war und niemand jemals wieder das Recht haben würde, ihn nur als eine Nummer oder als eine Null zu betrachten.

## 5

Jane streckte in der Dunkelheit die Hand aus, fand aber nicht den Tisch, der dort am Kopfende ihres Bettes hätte stehen müssen. Dann merkte sie voller Schrecken, dass sie überhaupt nicht im Bett lag, sondern stand. Ringsum herrschte völlige Dunkelheit, und es war unangenehm kalt. Sie tastete um sich und berührte unebene Steinoberflächen. Auch die Luft war irgendwie seltsam – abgestandene, schale Luft, wie es schien. Irgendwo in weiter Ferne, wahrscheinlich über ihr, waren Geräusche zu hören, dumpf und bebend, als kämen sie durch Erde. Also war das Schlimmste geschehen: eine Bombe war auf das Haus gefallen, und sie war lebendig begraben. Doch noch ehe sie die ganze Tragweite dieses Gedankens begriff, fiel ihr ein, dass der Krieg vorbei war ... ach ja, und alle möglichen Dinge waren seither geschehen ... sie hatte Mark geheiratet ... sie hatte Alcasan in seiner Zelle gesehen ... sie hatte Camilla kennen gelernt. Dann kam ihr mit großer und rascher Erleichterung der Gedanke, dass dies einer ihrer Träume war, eine Nachricht, die bald zu Ende sein würde. Es gab keinen Grund, sich zu fürchten.

Der Raum, in dem sie sich befand, schien nicht sehr groß zu sein. Sie tastete sich an einer der rohen Steinwände entlang, und dann, als sie in einer Ecke angelangt war, stieß ihr Fuß gegen etwas Hartes. Sie bückte sich und tastete umher. Sie fühlte eine Art Platte oder niedrigen Tisch aus Stein, ungefähr drei Fuß hoch. Und darauf? Sollte sie es wagen, weiterzuforschen? Aber es würde schlimmer sein, wenn sie es nicht täte. Vorsichtig fuhr sie mit der Hand über die Oberfläche des Tisches, und sogleich biss sie sich auf die Lippen, um nicht laut aufzuschreien, denn sie hatte einen menschlichen Fuß berührt. Es war ein nackter Fuß, und seine Kälte sagte ihr, dass er einem Toten gehörte. Sich an dem Körper entlang weiterzutasten erschien ihr schwieriger als alles, was sie je getan hatte, aber irgendwie stand sie unter einem Zwang, es zu tun. Der Tote war in einen weiten, sehr groben Stoff gehüllt, der sich uneben anfühlte, so als sei er mit vielen Stickereien verziert. Es musste ein sehr großer Mann sein, dachte sie, während sie sich auf den Kopf zutastete. Auf der Brust des Toten änderte sich die Beschaffenheit des Stoffes plötzlich – als ob ein langhaariges Tierfell auf das grobe Gewand gelegt worden wäre. Dann wurde ihr klar, dass das Haar in Wirklichkeit zu einem Bart gehörte. Sie zögerte, das Gesicht zu berühren. Sie fürchtete, der Mann könne sich plötzlich bewegen oder aufwachen und sprechen, wenn sie es täte. Daher hielt sie einen Augenblick inne. Aber schließlich war es ja nur ein Traum, und sie würde es ertragen. Andererseits war es so schaurig und schien vor so langer Zeit zu geschehen – als ob sie durch einen Spalt aus der Gegenwart in ein kaltes, lichtloses Loch ferner Vergangenheit geschlüpft wäre. Sie hoffte, man würde sie nicht allzu lang hier warten lassen. Wenn nur jemand käme, um sie herauszulassen! Und sogleich erschien ihr das Bild eines bärtigen, aber seltsamerweise göttlich jungen Mannes, einer goldenen, starken und warmen Gestalt. Er stieg mit mächtigem Schritt, der die Erde erbeben ließ, in diesen finsteren Ort hinab. An diesem Punkt wurde der Traum sehr verwirrend. Jane hatte das Gefühl, einen Knicks machen zu müssen vor dieser Person (die niemals wirklich eintraf, obgleich ihr Bild Jane hell und deutlich vor Augen stand), und war bestürzt, dass sie sich nur noch undeutlich an ihre Tanzstunde erinnerte und nicht mehr genau wusste, wie es gemacht wurde. Da wachte sie auf.

Gleich nach dem Frühstück ging sie in die Stadt, um wie jeden Tag einen Ersatz für Mrs. Maggs zu suchen. Am oberen Ende der Market Street geschah etwas, das sie endlich bewog, noch am selben Tag mit dem Zug um 10.23 Uhr nach St. Anne's zu fahren. Sie kam an einem großen Wagen vorbei, der am Straßenrand parkte, einem Wagen des Instituts. Genau in diesem Augenblick kam ein Mann aus einem Laden, überquerte vor ihr den Gehsteig, sprach ein paar Worte zum Chauffeur des Wagens und stieg dann ein. Er war ihr so nahe, dass sie ihn trotz des Nebels sehr genau sehen konnte. Er stach deutlich aus der ganzen Umgebung hervor, der Hintergrund war nichts als grauer Nebel, vorbeieilende Schritte und der raue Lärm jenes ungewohnten Verkehrs, der jetzt in Edgestow gar nicht mehr abriss. Sie hätte den Mann überall wieder erkannt. Nicht einmal Marks Gesicht oder ihr eigenes Gesicht im Spiegel waren ihr vertrauter. Sie sah den Spitzbart, den Zwicker, die irgendwie wächsernen Züge. Sie brauchte nicht lange zu überlegen, was sie tun sollte. Ihr Körper, der rasch weiterging, schien von selbst entschieden zu haben, dass er zum Bahnhof gehen und nach St. Anne's hinausfahren müsse. Es war etwas anderes als Angst (obwohl sie sich auch fürchtete, so sehr, dass ihr beinahe übel davon wurde), was sie so unbeirrbar vorwärts trieb: ein äußerster Abscheu und Widerwille gegen diesen Mann hatte sich ihrer bemächtigt. Verglichen mit seiner wirklichen Erscheinung waren die Träume blass und belanglos. Sie schauderte bei der Vorstellung, ihre Hände hätten sich im Vorübergehen berühren können.

Im Zug war es angenehm warm, ihr Abteil war leer, und allein schon zu sitzen war ein Genuss. Die langsame Fahrt durch den Nebel schläferte sie ein, und sie dachte kaum an St. Anne's, bis sie dort anlangte. Selbst als sie den Hügel hinaufging, machte sie keine Pläne und legte sich nicht zurecht, was sie sagen würde, sondern dachte nur an Camilla und Mrs. Dimble. Das Kindliche in ihr, der Untergrund ihres Seins, war an die Oberfläche gekommen. Sie wollte mit netten Leuten zusammen sein, wollte fort von den bösen Leuten: diese kindliche Unterscheidung schien im Moment wichtiger als alle späteren Kategorien von gut und böse, von Freund und Feind.

Die Feststellung, dass es heller wurde, rüttelte sie aus diesem Zustand auf. Sie blickte geradeaus. War die Biegung der Landstraße nicht deutlicher zu sehen, als es bei einem solchen Nebel sein konnte? Oder lag es bloß daran, dass der Nebel auf dem Lande sich von dem in einer Stadt unterschied? Es ließ sich nicht leugnen, dass das, was gerade noch grau gewesen war, weiß wurde, beinahe blendend weiß. Noch ein paar Schritte weiter, und ein leuchtendes Blau kam hoch über ihr zum Vorschein, und die Bäume warfen Schatten (seit Tagen hatte sie keinen Schatten gesehen), und dann waren ganz unvermittelt die gewaltigen Himmelsräume zu sehen, und sie blinzelte in die blassgoldene Sonne. Als sie von der Biegung aus zurückblickte, sah sie, dass sie am Ufer einer kleinen grünen sonnenbeschienenen Insel stand und auf ein weißes Nebelmeer hinausblickte, das sich vor ihr ausbreitete, so weit das Auge reichte, gefurcht und wellig, im Ganzen jedoch eben. Es waren noch andere Inseln zu sehen. Die dunklen drüben im Westen waren die bewaldeten Hügel oberhalb von Sandown, wo sie mit den Dennistons gepicknickt hatte. Und die viel größere und hellere Insel im Norden war das höhlenreiche Hügelland – man konnte es fast ein Bergland nennen –, wo der Wynd entsprang. Jane holte tief Atem. Allein schon die Ausmaße dieser Welt über dem Nebel beeindruckten sie. Unten in Edgestow hatte man die ganzen letzten Tage selbst im Freien wie in einem geschlossenen Raum gelebt, denn nur nahe Gegenstände waren sichtbar gewesen. Sie hatte schon beinahe vergessen, wie groß der Himmel war und wie fern der Horizont.

## 7 Der Pendragon

Bevor Jane die kleine Tür in der Mauer erreichte, begegnete sie Mr. Denniston, und er brachte sie durch das Haupttor, das ein paar hundert Schritte weiter auf dieselbe Straße hinausging, zum Landhaus. Unterwegs erzählte sie ihm ihre Geschichte. In seiner Gesellschaft hatte sie das eigentümliche Gefühl – das die meisten verheirateten Leute kennen –, mit jemandem zu sprechen, den sie (definitiv, doch aus völlig unerforschlichen Gründen) niemals hätte heiraten können, der aber ihrer eigenen Welt viel näher stand als der Mann, den sie tatsächlich geheiratet hatte. Als sie das Haus betraten, stießen sie auf Mrs. Maggs.

»Was? Mrs. Studdock! Na so was!«, sagte Mrs. Maggs.

»Ja, Ivy«, sagte Denniston, »und sie bringt große Neuigkeiten. Die Dinge geraten in Bewegung. Wir müssen sofort mit Grace sprechen. Und ist MacPhee in der Nähe?«

»Er arbeitet seit Stunden draußen im Garten«, antwortete Mrs. Maggs. »Und Professor Dimble ist ins College gefahren. Camilla ist in der Küche. Soll ich sie zu Grace schicken?«

»Ja, bitte, tun Sie das. Und wenn Sie aufpassen könnten, dass Mr. Bultitude uns nicht stört …«

»Keine Sorge, ich werde schon Acht geben, dass er keinen Unfug macht. Sie mögen sicher eine Tasse Tee, nicht wahr, Mrs. Studdock? Die Fahrt im Zug und alles das.«

Wenig später saß Jane wieder in Grace Ironwoods Zimmer. Alle, Miss Ironwood und die Dennistons, saßen ihr gegenüber, sodass ihr zu Mute war wie bei einer mündlichen Examensprüfung. Und als Ivy Maggs den Tee brachte, ging sie nicht wieder fort, sondern setzte sich zu den anderen, als ob auch sie zu den Prüfern gehörte.

»Nun erzählen Sie!«, sagte Camilla, Augen und Nasenflügel voller Neugierde geweitet – doch sie war zu konzentriert, als dass man hätte sagen können, sie sei aufgeregt.

Jane blickte im Raum umher.

»Lassen Sie sich durch Ivy nicht stören, junge Frau«, sagte Miss Ironwood. »Sie gehört zu uns.«

Nach einer Pause fuhr Miss Ironwood fort: »Wir haben Ihren Brief vom Zehnten bekommen, worin Sie Ihren Traum von dem Mann mit dem Spitzbart beschreiben, der neben Ihrem Bett sitzt und Notizen macht. Vielleicht sollte ich Ihnen sagen, dass er nicht wirklich da war; jedenfalls hält der Meister es nicht für möglich. Aber er hat Sie tatsächlich beobachtet. Er hat aus einer anderen Quelle, die Sie leider in Ihrem Traum nicht sehen konnten, Informationen über Sie bezogen.«

»Würden Sie bitte«, sagte Mr. Denniston, »wenn es Ihnen nichts ausmacht, noch einmal wiederholen, was Sie mir erzählt haben, als wir hereinkamen?«

Jane erzählte ihren Traum von dem Leichnam (wenn es ein Leichnam gewesen war) in dem dunklen Raum und wie sie an diesem Morgen in der Market Street den spitzbärtigen Mann getroffen hatte. Sie spürte sofort, dass sie auf lebhaftes Interesse stieß.

»Na so was!«, sagte Ivy Maggs. »Also hatten wir Recht, was den Bragdon-Wald betrifft!« sagte Camilla. »Es ist also wirklich Belbury«, sagte ihr Mann. »Aber welche Rolle spielt dann Alcasan?«

»Verzeihung«, sagte Miss Ironwood mit ihrer ruhigen Stimme, und die anderen verstummten augenblicklich. »Wir dürfen hier nicht darüber diskutieren. Mrs. Studdock hat sich uns noch nicht angeschlossen.«

»Sie wollen mir also nichts sagen?«, fragte Jane.

»Junge Frau«, erwiderte Miss Ironwood, »Sie müssen entschuldigen. Es wäre im Moment nicht klug. Im Übrigen ist es uns nicht gestattet, dies zu tun. Darf ich Ihnen zwei weitere Fragen stellen?«

»Bitte«, sagte Jane ein bisschen ärgerlich, aber nur ein ganz kleines bisschen. Irgendwie bewog die Anwesenheit von

Camilla und ihrem Mann sie, sich von ihrer besten Seite zu zeigen.

Miss Ironwood öffnete eine Schublade und kramte darin herum, während die anderen schweigend zusahen. Dann reichte sie Jane ein Foto und fragte: »Erkennen Sie diese Person?«

»Ja«, antwortete Jane leise, »das ist der Mann, von dem ich geträumt und den ich heute Morgen in Edgestow gesehen habe.«

Es war eine gute Aufnahme; unter dem Bild standen der Name Augustus Frost und noch ein paar Einzelheiten, die Jane in diesem Augenblick nicht zur Kenntnis nahm.

»Das zweite ist«, fuhr Miss Ironwood fort und streckte die Hand aus, um das Foto zurückzunehmen, »ob Sie bereit sind, den Meister kennen zu lernen, und zwar jetzt gleich?«

»Nun ... meinetwegen, wenn Sie wollen.«

»In diesem Fall, Arthur«, sagte Miss Ironwood zu Denniston, »sollten Sie jetzt zu ihm gehen und ihm sagen, was wir soeben gehört haben. Fragen Sie ihn auch, ob er sich gut genug fühlt, Mrs. Studdock zu empfangen.«

Denniston stand sofort auf.

»In der Zwischenzeit«, fuhr Miss Ironwood fort, »möchte ich noch ein paar Worte mit Mrs. Studdock allein sprechen.«

Da standen auch die anderen auf und folgten Denniston aus dem Zimmer. Eine sehr große Katze, die Jane bisher nicht bemerkt hatte, sprang auf den Stuhl, auf dem gerade noch Ivy Maggs gesessen hatte.

»Ich bezweifle nicht«, sagte Miss Ironwood, »dass der Meister Sie empfangen wird, Mrs. Studdock.«

Jane sagte nichts.

»Ich vermute«, fuhr Miss Ironwood fort, »dass er Sie in diesem Gespräch auffordern wird, eine endgültige Entscheidung zu treffen.«

Jane hüstelte, um eine gewisse unangenehme Feierlichkeit

zu vertreiben, die sich im Zimmer ausgebreitet hatte, sobald sie und Miss Ironwood alleine waren.

»Und da sind gewisse Dinge«, sagte Miss Ironwood, »die Sie über den Meister wissen sollten, bevor Sie ihn kennen lernen. Er wird Ihnen sehr jung vorkommen, Mrs. Studdock; jünger als Sie selbst. Sie müssen sich bitte vergegenwärtigen, dass dieser Eindruck täuscht. Er ist an die fünfzig und ein Mann von großer Lebenserfahrung; er hat Gegenden bereist, in die vor ihm kein menschliches Wesen je gekommen ist, und unter Wesen gelebt, von denen Sie und ich uns keine Vorstellung machen können.«

»Sehr interessant«, sagte Jane gelangweilt.

»Und drittens«, sagte Miss Ironwood, »muss ich Sie darauf aufmerksam machen, dass er häufig unter starken Schmerzen leidet. Wie auch immer Ihre Entscheidung ausfallen mag, ich hoffe, Sie werden nichts sagen oder tun, was Mr. Fisher-King unnötig anstrengen könnte.«

»Wenn Mr. Fisher-King in einer gesundheitlichen Verfassung ist, die es ihm nicht gestattet, Besucher zu empfangen ...«, fing Jane an.

»Bitte entschuldigen Sie«, sagte Miss Ironwood schnell, »dass ich auf diese Punkte solchen Nachdruck lege. Ich bin Ärztin, die einzige hier in unserer Gesellschaft. Darum bin ich verpflichtet, ihn zu schützen, so gut ich kann. Wenn Sie jetzt mit mir kommen wollen, werde ich Sie ins blaue Zimmer führen.«

Sie erhob sich und hielt Jane die Tür auf. Sie gingen zusammen durch einen einfachen, schmalen Korridor und gelangten über niedrige Stufen in eine ziemlich geräumige Eingangshalle, von wo eine schöne Treppe zu den oberen Stockwerken führte. Das Haus, größer als Jane zuerst vermutet hatte, war warm und sehr still, und das Licht der Herbstsonne auf Teppichen und Wänden erschien Jane nach so vielen Nebeltagen strahlend und golden. Im ersten Stock war ein kleiner Vorraum mit weißen Säulen, wo Camilla ruhig und aufmerksam auf sie wartete. Hinter ihr befand sich eine Tür.

»Er wird sie empfangen«, sagte sie zu Miss Ironwood und stand auf.

»Hat er heute Morgen große Beschwerden?«

»Nicht ständig. Es ist einer seiner guten Tage.«

Als Miss Ironwood ihre Hand hob und an die Tür klopfte, dachte Jane insgeheim: »Sei vorsichtig. Lass dich auf nichts ein. Diese langen Korridore und leisen Stimmen werden dich zum Narren halten, wenn du nicht Acht gibst. Sonst wirst du eine weitere Anbeterin dieses Mannes werden.« Dann ging sie hinein. Der Raum war hell und schien ganz aus Fenstern zu bestehen. Und es war warm – im Kamin brannte ein Feuer. Blau war die vorherrschende Farbe. Bevor ihre Augen alles das aufgenommen hatten, sah sie mit Verdruss und in gewisser Weise beschämt, dass Miss Ironwood einen Knicks machte. »Ich werde es nicht tun!«, sagte sie sich, aber auch: »Ich kann es nicht!« Denn so war es auch in ihrem Traum gewesen.

»Es ist die junge Dame, Sir«, sagte Miss Ironwood.

Jane blickte auf, und augenblicklich geriet ihre Welt aus den Fugen.

Auf einem Sofa vor ihr lag ein Jüngling, dem Anschein nach nicht älter als zwanzig, mit verbundenem Fuß, als ob er eine Wunde hätte.

Auf einem der langen Fenstersimse spazierte eine zahme Dohle auf und ab. Der schwache Widerschein des Feuers und der kräftigere der Sonne huschten über die Decke. Aber alles Licht im Raum schien in dem goldenen Haar und im goldenen Bart des verwundeten Mannes zusammenzuströmen.

Selbstverständlich war er kein Jüngling – wie konnte sie das nur geglaubt haben? Die glatte Haut seiner Stirn, seiner Wangen und vor allem seiner Hände hatten sie auf den Gedanken gebracht. Aber kein Jüngling hatte einen so vollen Bart. Und kein Jüngling war so stark. Sie war darauf gefasst gewesen, einen Invaliden anzutreffen, und nun musste sie feststellen, dass man sich dem Griff dieser Hände kaum würde entwinden können; in ihrer Fantasie sah sie, wie diese Arme und Schultern das ganze Haus trugen. Miss Ironwood kam ihr plötzlich daneben wie eine kleine alte Frau vor, runzlig und blass und so zerbrechlich, dass man meinte, sie umblasen zu können.

Das Sofa stand auf einem Podest, zu dem eine Stufe hinaufführte. Hinter dem Mann vermeinte sie wallende blaue Vorhänge zu sehen – erst später merkte sie, dass es nur ein Wandschirm war –, die den Raum wie einen Thronsaal wirken ließen. Hätte sie es nicht selbst gesehen, sondern wäre es ihr von jemand anders erzählt worden, hätte sie das für albern gehalten. Durch die Fenster sah sie weder Bäume noch Hügel noch die Umrisse anderer Häuser, nur die ebene Nebelfläche. Es war, als befänden sie und der Mann sich hoch oben in einem blauen Turm und blickten auf die Welt hinab.

In Abständen verzerrte sich sein Gesicht vor Schmerz, einem grässlichen, brennenden Schmerz. Aber wie der Blitz durch die Dunkelheit fährt und die Dunkelheit sich wieder schließt und keine Spur zurückbleibt, so ließ die heitere Ruhe seines Antlitzes jeden quälenden Stich schnell wieder vergessen. Wie hatte sie ihn für jung halten können? Oder für alt? Mit plötzlicher Angst überkam sie der Gedanke, dass dieses Gesicht überhaupt alterslos sei. Sie hatte immer eine Abneigung gegen bärtige Gesichter gehabt (oder dies wenigstens geglaubt), außer bei alten, weißhaarigen Männern. Aber das mochte daran liegen, dass sie ihre Kindheitsvorstellung von König Artus und König Salomon längst vergessen hatte. Salomon ... Zum ersten Mal seit vielen Jahren strahlte in ihrer Erinnerung wieder die glänzende Pracht auf, mit der der Name dieses Königs, Magiers und Liebhabers verbunden ist. Zum ersten Mal seit vielen Jahren dachte sie bei dem Wort ›König‹ wieder an Schlachten, Hochzeitsgepränge, Priestertum, Gnade und Macht. In diesen Sekunden, als ihr Blick zum ersten Mal auf dem Antlitz des Meisters ruhte, vergaß Jane, wo sie war und warum, vergaß ihren leisen Groll gegen Grace Ironwood ebenso wie den undurchsichtigeren Groll gegen Mark, ihre eigene Kindheit und ihr Elternhaus. Dies dauerte natürlich nur einen Augenblick. Im nächsten war sie bereits wieder die gewohnte, formelle Jane, die verwirrt errötete, als ihr bewusst wurde, dass sie einen wildfremden Mann unhöflich angestarrt hatte (jedenfalls hoffte sie, dass vor allem der Eindruck von Unhöflichkeit entstanden war). Aber ihre Welt war aus den Fugen, sie wusste es. Alles war jetzt möglich.

»Danke, Grace«, sagte der Mann zu Miss Ironwood. »Ist das Mrs. Studdock?«

Auch seine Stimme war wie Sonnenlicht und Gold. Nicht nur schön wie Gold, sondern auch ebenso schwer. Nicht nur herbstlich warm wie das Sonnenlicht auf englischen Gartenmauern, sondern auch sengend, Leben schaffend und Leben zerstörend wie das Sonnenlicht im Dschungel oder in der Wüste. Und nun sprach diese Stimme zu Jane.

»Bitte verzeihen Sie, dass ich nicht aufstehe, Mrs. Studdock«, sagte sie. »Mein Fuß ist verletzt.«

Und Jane hörte, wie ihre eigene Stimme leise und sanft wie Miss Ironwood sagte: »Ja, Sir.« Sie hatte in zwanglosem Ton »Guten Morgen, Mr. Fisher-King« sagen wollen, um ihr albernes Benehmen beim Betreten des Raums auszugleichen. Aber das andere kam ihr über die Lippen. Dann saß sie vor dem Meister. Sie war bestürzt, und sie zitterte. Sie hoffte inständig, dass sie nicht weinen oder stottern oder irgendetwas Albernes tun werde. Denn ihre Welt war aus den Fugen; alles war jetzt möglich. Wenn das Gespräch doch nur schon vorüber wäre, sodass sie, ohne unhöflich zu sein, aus diesem Zimmer hinaus- und fortgehen könnte, nicht für immer, aber für lange Zeit.

»Soll ich bleiben, Sir?« fragte Miss Ironwood.

»Nein, Grace«, sagte der Meister. »Ich glaube, das wird nicht nötig sein. Danke.«

»Und jetzt«, dachte Jane, »jetzt wird es ernst.« All die unerträglichen Fragen, die er stellen, und all die überspannten Dinge, zu denen er sie veranlassen könnte, schossen ihr in einem wilden Durcheinander durch den Kopf. Denn alle Widerstandskraft schien von ihr gewichen, und sie stand wehrlos da.

## 2

In den ersten Minuten, nachdem Grace Ironwood gegangen war, hörte Jane kaum, was der Meister sagte. Nicht dass ihre Aufmerksamkeit abgelenkt gewesen wäre: Sie war im Gegenteil so auf ihn konzentriert, dass sie nichts anderes wahrnahm. Jeder Klang, jeder Blick (wie konnten die anderen nur meinen, sie würde ihn für jung halten?), jede Gebärde prägte sich ihrem Gedächtnis ein. Und erst als sie merkte, dass er nicht mehr sprach und anscheinend eine Antwort erwartete, begriff sie, dass sie gar nicht zugehört hatte.

»Ich ... Ich bitte um Verzeihung«, sagte sie und wünschte, sie würde nicht ständig rot wie ein Schulmädchen.

»Ich habe gesagt«, antwortete er, »dass Sie uns bereits einen unermesslichen Dienst erwiesen haben. Wir wussten, dass sehr bald und auf dieser Insel einer der gefährlichsten Angriffe stattfinden sollte, denen die Menschheit je ausgesetzt war. Wir hatten vermutet, dass Belbury damit in Zusammenhang stehen würde, aber wir waren nicht sicher. Vor allem wussten wir nicht, dass Belbury ein so wichtiger Faktor ist. Darum ist Ihre Information so wertvoll. Andererseits stellt sie uns vor eine Schwierigkeit. Ich meine, eine Schwierigkeit, was Sie betrifft. Wir hatten gehofft, dass Sie in der Lage sein würden, sich uns anzuschließen – ein Mitglied unserer Armee zu werden.«

»Kann ich das denn nicht, Sir?«, sagte Jane.

»Es ist schwierig«, sagte der Meister nach einer Weile. »Sehen Sie, Ihr Mann ist in Belbury.«

Jane blickte auf. Sie hatte ihn schon fragen wollen: »Glauben Sie, dass Mark sich in Gefahr befindet?« Doch dann war ihr klar geworden, dass Angst um Mark keines jener komplizierten und widerstreitenden Gefühle war, die sie empfand, und dass eine solche Frage darum Heuchelei wäre. Derartige Skrupel hatte sie früher nicht oft gehabt. Schließlich fragte sie: »Wie meinen Sie das?«

»Nun«, sagte der Meister, »es wäre sehr schwierig, gleichzeitig die Frau eines N.I.C.E.-Funktionärs und ein Mitglied meiner Gesellschaft zu sein.«

»Sie meinen, Sie könnten mir nicht vertrauen?«

»Ich meine nichts, was wir nicht ansprechen könnten. Ich meine, dass unter den gegebenen Umständen zwischen Ihnen und mir und Ihrem Mann kein Vertrauen bestehen kann.«

Jane biss sich zornig auf die Lippen, aber ihr Unmut galt weniger dem Meister als Mark. Warum mussten er und dieser Feverstone sich in einem Augenblick wie diesem dazwischendrängen?

»Ich muss doch tun, was ich für richtig halte, nicht wahr?«, sagte sie leise. »Ich meine, wenn Mark – wenn mein Mann auf der falschen Seite steht, dann darf das doch meine Entscheidung nicht beeinflussen, oder?«

»Sie denken darüber nach, was recht ist?«, fragte der Meister. Jane stutzte und wurde rot. Daran hatte sie noch gar nicht gedacht.

»Gewiss«, sagte der Meister, »es könnte eine Entwicklung eintreten, die Ihren Aufenthalt hier rechtfertigen würde, selbst wenn Sie gegen seinen Willen und im Geheimen kämen. Das hängt davon ab, wie nahe die Gefahr ist – die Gefahr, die uns allen und Ihnen persönlich droht.«

»Ich dachte, die Gefahr sei bereits über uns – so wie Mrs. Denniston geredet hat.«

»Eben das ist die Frage«, sagte der Meister mit einem Lächeln. »Ich darf nicht allzu vorsichtig sein. Ich darf aber auch nicht zu verzweifelten Mitteln greifen, solange die Lage nicht ganz offensichtlich verzweifelt ist. Andernfalls wären wir wie unsere Feinde – würden alle Gesetze brechen, wann immer wir glaubten, es könne der Menschheit in irgendeiner fernen Zukunft möglicherweise einmal zum Wohl gereichen.«

»Aber würde es irgendjemandem schaden, wenn ich hierher käme?«, fragte Jane.

Statt einer direkten Antwort sagte er: »Es sieht so aus, als müssten Sie nach Edgestow zurückkehren; wenigstens einstweilen. Wahrscheinlich werden Sie Ihren Mann ziemlich bald sehen. Ich denke, Sie sollten wenigstens einen Versuch unternehmen, ihn dem N.I.C.E. abspenstig zu machen.«

»Aber wie soll ich das machen, Sir?«, fragte Jane. »Was könnte ich ihm sagen? Er würde das alles für Unsinn halten. Ein bevorstehender Angriff auf die Menschheit wäre das Letzte, was er glauben würde.« Sobald sie das gesagt hatte, fragte sie sich: »Klingt das klug?« Und dann verwirrt: »War das klug?«

»Nein«, sagte der Meister. »Sie dürfen ihm nichts sagen. Sie dürfen mich oder die Gruppe hier nicht einmal erwähnen. Unser Leben liegt in Ihrer Hand. Sie müssen Ihren Mann einfach bitten, Belbury zu verlassen. Begründen Sie es mit Ihren eigenen Wünschen. Sie sind seine Frau.«

»Mark kümmert sich nie um das, was ich sage«, antwortete Jane. Das dachten sie und Mark jeder vom anderen.

»Vielleicht haben Sie ihn noch nie so dringlich um etwas gebeten, wie Sie es diesmal tun können«, sagte der Meister. »Wollen Sie denn nicht auch ihn retten?«

Jane ignorierte die Frage. Nun, da sie nach Edgestow zurückkehren sollte, war sie verzweifelt. Sie hörte nicht auf die innere Stimme, die ihr während dieses Gespräches mehr als einmal ihre eigenen Worte und Wünsche in einem so neuen Licht gezeigt hatte, und platzte heraus: »Schicken Sie mich nicht zurück. Ich bin zu Hause ganz allein mit diesen schrecklichen Träumen. Auch in besseren Zeiten haben Mark und ich uns nicht oft gesehen. Ich bin so unglücklich. Es wird ihm gleichgültig sein, ob ich hierher komme oder nicht. Wenn er es wüsste, würde er bloß darüber lachen. Ist es denn gerecht, dass mein ganzes Leben verpfuscht sein soll, bloß weil er sich mit irgendwelchen schrecklichen Leuten zusammengetan hat? Hat denn eine Frau kein Recht auf ein eigenes Leben, nur weil sie verheiratet ist?«

»Sind Sie im Augenblick unglücklich?«, fragte er.

Ein Dutzend Bekräftigungen erstarben auf Janes Lippen, als sie seine Frage beantworten wollte und aufblickte. Da überkam sie plötzlich eine tiefe Ruhe, wie die Windstille im Zentrum eines Wirbelsturmes, und sie sah die Wahrheit; sie überlegte nicht länger, wie ihre Worte auf ihn wirken würden, und sagte: »Nein.«

»Aber wenn ich jetzt zurückgehe«, fügte sie nach einer kurzen Pause hinzu, »wird es schlimmer sein als vorher.«

»Wirklich?«

»Ich weiß nicht. Nein, ich glaube nicht.« Und eine Weile empfand Jane nur noch innere Ruhe und Wohlbehagen, genoss es, bequem in ihrem Stuhl zu sitzen und die klare Schönheit der Farben und Proportionen des Raumes zu betrachten. Aber schon bald dachte sie: »Jetzt ist es aus. Gleich wird er die Ironwood holen und mich hinausbringen lassen.« Es schien ihr, als hinge ihr Schicksal von dem ab, was sie als Nächstes sagen würde.

»Aber ist es wirklich notwendig?«, fing sie an. »Ich glaube, ich habe von der Ehe eine andere Auffassung als Sie. Es kommt mir höchst seltsam vor, dass alles davon abhängen soll, was Mark sagt... Noch dazu über etwas, wovon er nichts versteht.«

»Mein Kind«, sagte der Meister, »es geht nicht darum, welche Auffassung Sie oder ich von der Ehe haben, sondern wie meine Gebieter darüber denken.«

»Jemand hat gesagt, sie seien sehr altmodisch. Aber ...«

»Das war ein Scherz. Sie sind nicht altmodisch. Aber sie sind sehr, sehr alt.«

»Und sie würden nicht erst einmal herausfinden wollen, ob Mark und ich an ihre Vorstellungen von der Ehe glauben?«

»Nun – nein«, sagte der Meister mit einem eigenartigen Lächeln. »Nein, ganz bestimmt nicht.«

»Und es wäre ihnen gleichgültig, wie eine Ehe tatsächlich ist – ob es eine gute Ehe ist? Und ob die Frau ihren Mann liebt?«

Das hatte Jane eigentlich gar nicht sagen wollen. Vor allem nicht in dem pathetischen Ton, den sie, wie ihr jetzt schien, angeschlagen hatte. Wütend über sich selbst und aus Angst vor dem Schweigen des Meisters fügte sie hinzu: »Aber wahrscheinlich werden Sie erwidern, ich hätte Ihnen das nicht erzählen sollen.«

»Mein liebes Kind«, sagte der Meister, »das haben Sie mir bereits zu verstehen gegeben, als Ihr Mann das erste Mal erwähnt wurde.«

»Macht das keinen Unterschied?«

»Ich denke«, sagte er, »es hängt davon ab, auf welche Weise er Ihre Liebe verloren hat.«

Jane schwieg. Obgleich sie ihm die Wahrheit nicht sagen konnte (die sie im Übrigen selbst nicht genau kannte), wurde sie sich ihrer eigenen Ungerechtigkeit bewusst und empfand sogar Mitleid für Mark, als sie ihren unausgesprochenen Groll gegen ihn zu erforschen suchte. Und das Herz wurde ihr schwer, denn dieses Gespräch, von dem sie insgeheim eine Art Erlösung von allen Problemen erhofft hatte, schien sie in Wirklichkeit in neue Probleme zu stürzen.

»Es war nicht seine Schuld«, sagte sie schließlich. »Ich glaube, unsere Ehe war einfach ein Fehler.«

Der Meister schwieg.

»Was würden Sie ... Was würden die Leute, von denen Sie sprachen, zu einem solchen Fall sagen?«

»Wenn Sie es wirklich wissen wollen, werde ich es Ihnen sagen«, sagte der Meister.

»Bitte«, sagte Jane widerwillig.

»Sie würden sagen«, antwortete er, »dass es Ihnen nicht aus mangelnder Liebe an Gehorsam fehlt, sondern dass Sie die Liebe verloren haben, weil Sie niemals versucht haben, gehorsam zu sein.«

Etwas in Jane, das normalerweise auf eine solche Erklärung mit Zorn oder Gelächter reagiert hätte, wurde weit zurückgedrängt (sodass seine Stimme gerade eben noch vernehmbar war), als das Wort Gehorsam – sicher nicht Gehorsam gegenüber Mark – über sie kam in diesem Raum und dieser Gegenwart, wie ein seltsames orientalisches Parfum, gefährlich, verführerisch und doppelsinnig ...

»Aufhören!«, sagte der Meister scharf.

Jane starrte ihn mit offenem Mund an. Eine Weile herrschte Schweigen, und der exotische Duft wurde allmählich schwächer.

Der Meister nahm das Gespräch wieder auf: »Was wollten Sie sagen, meine Liebe?«

»Ich dachte«, sagte sie, »Liebe bedeute Gleichheit und freie Gemeinschaft.«

»Ach, Gleichheit!«, sagte der Meister. »Darüber müssen wir uns ein andermal unterhalten. Ja, wir müssen alle durch gleiche Rechte vor der Gier der anderen geschützt werden, weil wir in Sünde gefallen sind. Genauso wie wir aus demselben Grund alle Kleider tragen müssen. Aber unter den Kleidern ist der nackte Körper und erwartet den Tag, da wir sie nicht länger brauchen werden. Gleichheit ist nicht das Höchste, wissen Sie.«

»Gerade dafür habe ich sie immer gehalten. Ich hatte gedacht, in ihrer Seele seien alle Menschen gleich.«

»Sie irren sich«, sagte er ernst. »In der Seele sind die Menschen einander am wenigsten gleich. Gleichheit vor dem Gesetz, Gleichheit des Einkommens – das ist alles sehr schön. Gleichheit schützt das Leben; sie macht es nicht aus. Sie ist Arznei, nicht Nahrung. Sie könnten ebenso gut versuchen, sich mit einem Buch zu wärmen.«

»Aber in der Ehe ...«

»Erst recht nicht«, fiel er ihr ins Wort. »Im Liebeswerben gibt es keine Gleichheit, und auch nicht in der Erfüllung. Was hat freie Gemeinschaft damit zu tun? Die sich gemeinsam an etwas erfreuen oder gemeinsam etwas erleiden, sind Kameraden. Die sich aneinander erfreuen oder aneinander leiden, sind es nicht. Wissen Sie nicht, wie schamhaft die Freundschaft ist? Freunde oder Kameraden sehen einander nicht an; die Freundschaft wäre beschämt...«

»Ich dachte ...«, sagte Jane und hielt dann inne.

»Ich verstehe«, sagte er. »Es ist nicht Ihre Schuld. Man hat Sie nie gewarnt. Niemand hat Ihnen je gesagt, dass Gehorsam und Demut erotische Notwendigkeiten sind. Sie verlangen Gleichheit in einem Bereich, wo sie nichts zu suchen hat. Aber es ist ein gutes Zeichen, dass Sie gekommen sind. Einstweilen muss ich Sie allerdings zurückschicken. Sie können jederzeit herkommen und uns besuchen. Sprechen Sie in der Zwischenzeit mit Ihrem Mann, und ich werde mit meinen Gebietern sprechen.«

»Wann werden Sie sie sehen?«

»Sie kommen zu mir, wenn es ihnen gefällt. Aber wir haben die ganze Zeit so ernst über Gehorsam gesprochen. Ich möchte Ihnen auch die heitere Seite davon zeigen. Sie fürchten sich doch nicht vor Mäusen, oder?«

»Wovor?«, fragte Jane verdutzt.

»Vor Mäusen«, sagte er.

»Nein«, sagte sie erstaunt.

Der Meister läutete eine kleine Glocke, die neben seinem Sofa stand, und sogleich erschien Mrs. Maggs.

»Seien Sie so gut und bringen Sie mir jetzt mein Essen«,

sagte er. »Sie können unten zu Mittag essen, Mrs. Studdock – etwas Gehaltvolleres als meine Mahlzeit. Aber wenn Sie mir Gesellschaft leisten wollen, während ich esse und trinke, werde ich Ihnen ein paar der hübschen Dinge in unserem Hause zeigen.«

Bald kam Mrs. Maggs mit einem Tablett zurück, auf dem sich eine kleine Karaffe Rotwein, ein Glas und ein Brötchen befanden. Sie stellte alles auf einen Tisch neben den Meister und verließ den Raum.

»Sie sehen«, sagte er, »ich lebe wie der König in *Curdie*. Aber es ist eine überraschend angenehme Diät.« Mit diesen Worten brach er das Brot und füllte das Glas mit Wein.

»Ich habe das Buch nie gelesen«, sagte Jane.

Sie sprachen ein wenig über dieses Buch, während der Meister aß und trank; dann nahm er den Teller und ließ die Brotkrumen auf den Teppich fallen. »Jetzt, Mrs. Studdock«, sagte er, »werden Sie etwas höchst Unterhaltsames sehen. Aber Sie müssen ganz ruhig sitzen bleiben.« Mit diesen Worten zog er eine kleine silberne Pfeife aus der Tasche und ließ einen Pfiff ertönen. Jane saß unbeweglich, bis die Stille im Raum beinahe körperlich zu spüren war. Dann wurde ein leises Kratzen und Rascheln hörbar, und gleich darauf sah sie drei wohlgenährte Mäuse über den Teppich laufen, der ihnen wie dichtes Unterholz vorkommen musste. Sie schnupperten, liefen hierhin und dorthin, und wenn man ihren Weg nachgezogen hätte, hätte er wohl wie ein gewundener Flusslauf ausgesehen. Schließlich waren sie so nahe, dass Jane ihre funkelnden Augen und sogar die schnuppernden Bewegungen der kleinen Nasen sehen konnte. Anders als sie gesagt hatte, war sie von Mäusen in der Nähe ihrer Füße nicht sehr begeistert, und es kostete sie einige Anstrengung, still sitzen zu bleiben. Dank dieser Anstrengung sah sie Mäuse zum ersten Mal, wie sie wirklich waren – nicht als kriechendes Getier, sondern als zierliche Vierfüßler, die beinahe wie winzige Kängurus aussahen, wenn sie sich aufrichteten, mit zarten, geschickten Vorderpfoten und durchscheinenden Ohren. Mit schnellen, lautlosen Bewegungen liefen sie hin und her, bis keine Krume mehr übrig war. Dann pfiff der Meister wieder, und alle drei huschten davon und verschwanden hinter dem Kohlenkasten. Der Meister sah Jane mit lachenden Augen an. (»Es ist unmöglich«, dachte Jane, »ihn für alt zu halten.«) »Eine ganz einfache Regelung«, sagte er. »Menschen wollen die Krumen entfernt haben; Mäuse sind eifrig darauf bedacht, sie zu entfernen. Man hätte nie einen Kampf daraus machen sollen. Sie sehen, dass Gehorsam und Ordnung eher einem Tanz als einem Drill gleichen – besonders zwischen Mann und Frau, wo die Rollen ständig vertauscht werden.«

»Wie riesig wir ihnen vorkommen müssen«, sagte Jane.

Diese nicht ganz passende Bemerkung hatte einen sonderbaren Grund. Sie dachte an Riesenhaftigkeit, und zunächst schien es, als denke sie an ihre eigene Größe im Vergleich mit den Mäusen. Aber dieser Vergleich fiel sofort in sich zusammen; in Wirklichkeit dachte sie einfach an ungeheure Größe. Oder, besser, sie dachte nicht daran, sondern erlebte sie auf eine seltsame Art und Weise. Etwas unerträglich Großes, etwas aus dem Lande Brobdingnag lastete auf ihr, näherte sich, war beinahe im Zimmer. Sie fühlte sich schrumpfen, ersticken, aller Kraft und Stärke beraubt. Sie warf dem Meister einen schnellen Blick zu, der eigentlich ein Hilferuf war; doch dieser Blick offenbarte auch ihn auf unerklärliche Weise als ein Wesen wie sie, ein sehr kleines Wesen. Der ganze Raum war ein winziger Ort, ein Mauseloch, und schien sich obendrein zur Seite zu neigen, als ob die unerträgliche Masse und Herrlichkeit dieser ungeheuren, formlosen Größe ihn gekippt hätte. Sie hörte des Meisters Stimme.

»Schnell«, sagte er freundlich, »Sie müssen jetzt gehen. Dies ist kein Ort für uns Kleine, aber ich bin es gewohnt. Gehen Sie!«

**3** _____ Als Jane das Dorf oben auf dem Hügel verließ und zum Bahnhof hinunterging, stellte sie fest, dass der Nebel sich selbst hier unten allmählich auflöste. Große Löcher hatten sich in ihm aufgetan, und der Zug fuhr zwischendurch immer wieder durch die Nachmittagssonne.

Während dieser Fahrt hatte sie so viele Seelen in ihrer Brust, dass man hätte sagen können, es säßen drei, wenn nicht gar vier Janes im Abteil.

Die erste war eine Jane, die nur den Meister wahrgenommen hatte und sich nun an jedes seiner Worte und an jeden Blick erinnerte und darin schwelgte – eine überrumpelte Jane, vertrieben aus der kleinen, bescheidenen Welt zeitgenössischer Ideen, die bislang ihre Weisheit ausgemacht hatten, davongetragen auf der Flutwelle einer Erfahrung, die sie nicht verstehen und nicht beherrschen konnte. Dennoch versuchte sie, sie zu beherrschen; und das war die zweite Jane. Diese zweite Jane betrachtete die erste voller Abscheu als genau die Art von Frau, die sie immer besonders verachtet hatte. Einmal, als sie aus einem Kino gekommen war, hatte sie ein kleines Ladenmädchen zu ihrem Freund sagen hören: »Oh, war er nicht wunderbar! Wenn er mich so angesehen hätte, wie er sie angesehen hat, wäre ich ihm bis ans Ende der Welt gefolgt.« Ein grell aufgeputztes Ding, das an einem Pfefferminzbonbon lutschte. Ob die zweite Jane Recht hatte, die erste Jane mit diesem Mädchen gleichzusetzen, mag dahingestellt sein; jedenfalls tat sie es und fand sie unerträglich. So ohne weiteres der Stimme und dem Anblick dieses Fremden zu erliegen, ohne es zu merken, das bisschen Einfluss auf ihr eigenes Schicksal aufzugeben, die kritische Distanz, die für sie unweigerlich zu einem erwachsenen, ausgeglichenen, intelligenten Menschen gehörte ... Das war höchst erniedrigend, vulgär, unzivilisiert.

Die dritte Jane war eine neue und unerwartete Erscheinung. Von der ersten hatte es Spuren in ihrer Kindheit gegeben, und die zweite war das, was Jane für ihr wahres, ihr normales Selbst hielt. Aber von der Existenz dieser dritten, einer moralischen Jane hatte sie nicht einmal etwas geahnt. Emporgestiegen aus irgendeiner unbekannten Region der göttlichen Gnade oder ihres Erbgutes, äußerte sie alle möglichen Dinge, die Jane schon oft gehört, bisher aber nie mit dem wirklichen Leben in Zusammenhang gebracht hatte. Hätte diese dritte Jane ihr einfach gesagt, dass ihre Gefühle für den Meister falsch seien, so wäre sie nicht weiter erstaunt gewesen und hätte sie als die Stimme der Tradition abgetan. Das tat sie aber nicht. Sie warf ihr vor, für Mark keine vergleichbaren Gefühle aufzubringen, und drängte ihr die beiden neuen Gefühle für Mark auf – Schuldbewusstsein und Mitleid –, die sie zum ersten Mal im Zimmer des Meisters empfunden hatte. Mark hatte einen verhängnisvollen Fehler gemacht; sie musste unbedingt ›nett‹ zu ihm sein; der Meister schien darauf zu bestehen. Während fast ausschließlich ein anderer Mann ihre Gedanken beherrschte, erhob sich, umnebelt von unbestimmten Empfindungen, der Entschluss, Mark in Zukunft sehr viel mehr zu geben, als sie ihm bisher je gegeben hatte, und das Gefühl, dass sie es dadurch in Wirklichkeit dem Meister geben würde. Dies erzeugte in ihr eine solche Gefühlsverwirrung, dass die ganze innere Auseinandersetzung verschwamm und in die umfassendere Erfahrung der vierten Jane überging, die Jane selbst war und alle anderen zu jedem Zeitpunkt mühelos und sogar unbeabsichtigt beherrschte.

Diese vierte Jane, die über allen anderen stand, war einfach im Zustand der Freude. Die drei anderen hatten keine Macht über sie, denn sie schwebte in den Sphären Jupiters, umgeben von Licht und Musik und festlicher Pracht, strahlend vor Lebensfreude und strotzend vor Gesundheit, fröhlich und in schimmernde Gewänder gehüllt. Sie dachte kaum an die sonderbaren Dinge, die sie empfunden hatte, unmittelbar bevor der Meister sie fortgeschickt hatte, sodass sie beinahe erleichtert gewesen war, den Raum verlassen zu können. Wenn sie es versuchte, kehrten ihre Gedanken sofort zum Meister zurück. Was auch immer sie zu denken versuchte, führte sie zum Meister selbst zurück und durch ihn zur Freude. Durch die Zugfenster sah sie breite Sonnenstrahlen auf Stoppelfeldern und glänzenden Wäldern liegen und empfand sie wie die Töne einer Fanfare. Ihr Blick ruhte im Vorbeifahren auf den Kaninchen und Kühen, und in ihrem Herzen umarmte sie alle Geschöpfe mit glücklicher Ferienfreude. Sie war entzückt von den gelegentlichen Bemerkungen des runzligen alten Mannes, der mit ihr im Abteil saß, und sah wie nie zuvor die Schönheit seines schlauen und heiteren alten Verstandes, würzig wie eine Nuss und englisch wie ein Kreidefelsen. Verwundert überlegte sie, wie lange schon Musik keine Rolle mehr in ihrem Leben gespielt hatte, und nahm sich vor, am Abend Schallplatten mit Chorälen von Bach zu hören. Oder vielleicht würde sie Sonette von Shakespeare lesen. Und sie freute sich über ihren Hunger und Durst und beschloss, sich zum Tee Toast mit Butter zu machen – jede Menge Toast mit Butter. Und sie freute sich am Bewusstsein der eigenen Schönheit; denn sie hatte das Gefühl – vielleicht entsprach es nicht den Tatsachen, doch es hatte nichts mit Eitelkeit zu tun –, sie blühe auf und entfalte sich wie eine Märchenblume mit jeder Minute, die verstrich. In einer solchen Stimmung war es nur natürlich, dass sie, nachdem der alte Bauer in Cure Hardy ausgestiegen war, aufstand, um sich im Spiegel an der Abteilwand zu betrachten. Sie sah wirklich gut aus, ungewöhnlich gut. Und auch dies hatte kaum etwas mit Eitelkeit zu tun. Denn Schönheit existierte für andere. Ihre Schönheit gehörte dem Meister. Sie gehörte ihm so vollständig, dass er sogar beschließen konnte, sie nicht für sich zu behalten, dass er befehlen konnte, sie einem anderen zu geben – in einem Akt niedrigeren und darum höheren, bedingungsloseren und darum freudigeren Gehorsams, als wenn er sie für sich selbst beansprucht hätte.

Als der Zug in den Bahnhof von Edgestow einlief, hatte Jane gerade beschlossen, nicht mit dem Bus zu fahren. Es würde ihr Spaß machen, zu Fuß hinauf nach Sandown zu laufen. Doch dann – was in aller Welt hatte das zu bedeuten? Der Bahnsteig, zu dieser Stunde gewöhnlich fast menschenleer, war voller Menschen wie ein Londoner Bahnsteig an einem Feiertag. »Hierher, Leute!«, rief eine Stimme, als sie die Tür öffnete, und ein halbes Dutzend Männer drängte so stürmisch herein, dass sie zunächst nicht aussteigen konnte. Sie hatte Schwierigkeiten, über den Bahnsteig zu gehen. Die Leute schienen in alle Richtungen zugleich zu wollen – zornige, rücksichtslose und aufgeregte Leute. »Steigen Sie wieder ein, schnell!«, rief jemand. »Raus aus dem Bahnhof, wenn Sie nicht fahren wollen!«, brüllte eine andere Stimme. »Was zum Teufel soll das?«, fragte eine dritte ganz in Janes Nähe, und dann jammerte eine Frauenstimme: »O Gott, o Gott! Warum hören sie nicht auf damit?« Und von draußen kam ein ungeheures, aufbrandendes Gebrüll wie aus einem Fußballstadion. Dort schienen eine Menge ungewohnter Lichter zu sein.

**4** Stunden später fand sich Jane voller blauer Flecken, verängstigt und todmüde in einer Straße wieder, die sie nicht einmal kannte, umringt von Polizisten des N.I.C.E. und einigen ihrer weiblichen Hilfskräfte, den Wips. Wie jemand, der bei steigender Flut am Strand entlang nach Hause zu kommen sucht, war sie durch die Stadt geirrt. Von ihrem gewohnten Weg durch die Warwick Street – dort wurden Geschäfte geplündert und Feuer angezündet – war sie abgedrängt und gezwungen worden, einen weiten Bogen zu schlagen, der sie am Altersheim vorbei nach Hause geführt hätte. Aber auch dieser Umweg hatte sich aus dem gleichen Grund als ungangbar erwiesen. Sie hatte einen noch weiteren Bogen schlagen müssen, doch jedes Mal war ihr die Flut zuvorgekommen. Endlich hatte sie die Bone Lane vor sich, schnurgerade, leer und still und offenbar die letzte Chance, an diesem Abend überhaupt noch nach Hause zu kommen. Ein paar N.I.C.E.-Polizisten – man schien sie überall anzutreffen, nur nicht dort, wo der Aufruhr am heftigsten tobte – hatten ihr zugerufen: »Da können Sie nicht durch, Miss!« Aber weil sie ihr dann den Rücken gekehrt hatten und weil die Straße schlecht beleuchtet und sie selbst inzwischen der Verzweiflung nahe gewesen war, hatte Jane trotzdem ihr Glück versucht. Sie hatten sie festgenommen, und so saß sie jetzt in einem hell erleuchteten Raum und wurde von einer uniformierten Frau mit kurz geschnittenem grauem Haar, einem kantigen Gesicht und einer nicht angezündeten schwarzen Zigarre im Mund verhört. Der Raum war in Unordnung – als sei ein Privathaus in aller Eile in eine provisorische Polizeiwache umgewandelt worden. Die Frau mit der Zigarre zeigte kein besonderes Interesse, bis Jane ihren Namen nannte. Da blickte Miss Hardcastle ihr zum ersten Mal ins Gesicht, und ein ganz neues Gefühl beschlich Jane. Müde und verängstigt war sie bereits, aber dies war etwas anderes. Das Gesicht der Frau wirkte auf sie, wie in ihrer Backfischzeit die Gesichter mancher Männer – fetter Männer mit kleinen, gierigen Augen und seltsam beunruhigendem Lächeln – auf sie gewirkt hatten. Es war schrecklich ruhig und schrecklich an ihr interessiert. Jane konnte sehen, dass der Frau eine ganz neue Idee kam, als sie sie ansah; eine Idee, die der Frau reizvoll erschien, die sie versuchte, beiseite zu schieben, mit der sie dann doch wieder liebäugelte und die sie schließlich mit einem zufriedenen kleinen Seufzer akzeptierte. Miss Hardcastle zündete ihre Zigarre an und blies Jane eine Rauchwolke ins Gesicht. Hätte Jane gewusst, wie selten Miss Hardcastle tatsächlich rauchte, wäre ihre Beunruhigung noch größer gewesen. Die Polizisten und Polizistinnen im Raum wussten es wahrscheinlich –

es war, als habe die Atmosphäre sich mit einem Schlag verändert.

»Jane Studdock«, sagte die Fee. »Ich weiß alles über dich, Kindchen. Du wirst die Frau von meinem Freund Mark sein.« Während sie sprach, schrieb sie etwas auf ein grünes Formular.

»So, das wäre geregelt«, sagte Miss Hardcastle. »Jetzt wirst du deinen Süßen bald wieder sehen. Wir bringen dich heute Abend nach Belbury. Bloß noch eine Frage, Kindchen: Was hast du denn zu so später Stunde hier unten getan?«

»Ich komme gerade vom Bahnhof.«

»Und wo bist du gewesen, Mädchen?«

Jane sagte nichts.

»Du hast doch nicht etwa Unfug getrieben, während dein Süßer fort ist, oder?«

»Würden Sie mich jetzt bitte gehen lassen«, sagte Jane. »Ich möchte nach Hause. Ich bin sehr müde, und es ist sehr spät.«

»Du gehst nicht nach Hause«, sagte Miss Hardcastle. »Du kommst mit nach Belbury.«

»Mein Mann hat nichts davon gesagt, dass ich nachkommen soll.«

Miss Hardcastle nickte. »Das war einer seiner Fehler. Aber du kommst mit uns, Kindchen.«

»Was meinen Sie?«

»Du bist festgenommen, Kindchen«, sagte Miss Hardcastle und hielt ihr das grüne Formular hin, auf das sie etwas geschrieben hatte. Für Jane sah es nicht anders aus als alle amtlichen Formulare – mit vielen Feldern, manche leer, manche voller Kleingedrucktem, manche mit Unterschriften, eines mit ihrem Namen; alles bedeutungslos.

»Oh!«, schrie Jane plötzlich zu Tode erschreckt und rannte zur Tür. Natürlich erreichte sie sie nicht. Als sie einen Augenblick später zur Besinnung kam, fand sie sich im harten Griff von zwei Polizistinnen.

»Was für ein unartiges Kind!«, sagte Miss Hardcastle scherzhaft. »Aber wir werden die garstigen Männer hinausschicken, nicht wahr?« Sie sagte etwas, die Polizisten gingen hinaus und machten die Tür hinter sich zu. Sobald sie gegangen waren, hatte Jane das Gefühl, nun völlig schutzlos dazustehen.

»Also«, sagte Miss Hardcastle zu den beiden uniformierten Mädchen, »sehen wir mal. Viertel vor eins ... und alles läuft planmäßig. Ich denke, Daisy, wir können uns eine kleine Entspannung leisten. Sei vorsichtig, Kitty, dein Griff unter ihrer Schulter ist zu locker. So ist es besser.« Während sie sprach, öffnete Miss Hardcastle ihren Gürtel, knöpfte die Uniformjacke auf und warf sie auf ein Sofa. Ihr massiger, von keinem Korsett gestützter Oberkörper (was schon Bill der Blizzard beanstandet hatte) war üppig, schwabbelig und spärlich bekleidet; so etwa hätte Rubens im Rausch malen können. Dann setzte sie sich wieder, nahm die Zigarre aus dem Mund, blies eine weitere Rauchwolke zu Jane hinüber und wandte sich an sie.

»Von wo bist du mit diesem Zug gekommen?«, fragte sie.

Und Jane sagte nichts; teils weil sie nicht sprechen konnte, teils weil sie jetzt mit absoluter Gewissheit wusste, dass dies die Feinde der Menschheit waren, gegen die der Meister kämpfte, und dass sie ihnen nichts sagen durfte. Für sie hatte diese Entscheidung nichts Heldenhaftes. Die ganze Szene kam ihr zunehmend unwirklich vor; und wie aus weiter Ferne hörte sie Miss Hardcastle sagen: »Ich glaube, Kitty, Liebes, und du, Daisy, ihr bringt sie am besten zu mir.« Und immer noch schien alles nur halb wirklich, als die beiden Mädchen sie um den Schreibtisch zu Miss Hardcastle schoben, die mit weit gespreizten Beinen rittlings auf ihrem Stuhl saß. Lange Beine in hohen Stiefeln kamen unter dem kurzen Rock hervor. Die Polizistinnen drängten Jane mit gleichmäßigem Druck, der sich wie von selbst verstärkte, sobald sie widerstrebte, weiter vorwärts, bis sie zwischen Miss Hardcastles Beinen stand: worauf diese ihre Füße schloss, sodass Janes Knöchel zwischen den ihren eingeklemmt waren. Die körperliche Nähe dieses Scheusals erfüllte Jane mit solchem Entsetzen, dass sie für das, was sie ihr antun mochten, keine Angst mehr übrig hatte. Scheinbar endlos lange blickte Miss Hardcastle sie an, lächelte ein wenig und blies ihr von Zeit zu Zeit Rauch ins Gesicht.

»Weißt du«, fragte Miss Hardcastle schließlich, »dass du auf deine Art ein recht hübsches kleines Ding bist?«

Wieder entstand eine lange Pause.

»Von wo bist du mit diesem Zug gekommen?«, fragte Miss Hardcastle.

Jane sah sie mit weit geöffneten Augen an und sagte nichts. Plötzlich beugte Miss Hardcastle sich vor, und nachdem sie Janes Kleid sehr vorsichtig zur Seite gezogen hatte, hielt sie ihr das brennende Zigarrenende an die Schulter. Darauf folgte eine weitere Pause, ein weiteres Schweigen.

»Von wo bist du mit diesem Zug gekommen?«, fragte Miss Hardcastle.

Jane konnte sich später nicht daran erinnern, wie oft dieser Vorgang sich wiederholte. Aber irgendwann kam ein Zeitpunkt, da Miss Hardcastle nicht zu ihr, sondern zu einer der Polizistinnen sprach.

»Warum bist du so nervös, Daisy?«, fragte sie.

»Ich wollte nur sagen, Madam, es ist fünf nach eins.«

»Wie die Zeit vergeht, nicht wahr? Aber was soll's. Fühlst du dich nicht wohl, Daisy? Du bist doch nicht etwa müde, nur weil du eine halbe Portion wie sie festhalten musst?«

»Nein, Madam, danke. Aber Sie hatten gesagt, Madam, Sie seien um Punkt eins mit Hauptmann O'Hara verabredet.«

»Hauptmann O'Hara?«, sagte Miss Hardcastle zuerst verträumt und dann lauter, als erwache sie aus einem Traum. Im nächsten Augenblick sprang sie auf und zog ihre Uniformjacke an. »Herr im Himmel!«, sagte sie. »Ihr seid vielleicht ein paar Holzköpfe! Warum habt ihr mich nicht vorher daran erinnert?«

»Nun, Madam, ich wollte es nicht so gern.«

»Du wolltest es nicht! Wozu, glaubst du denn, bist du hier?«

»Manchmal wollen Sie bei Verhören nicht unterbrochen werden, Madam«, sagte das Mädchen verdrießlich.

»Halt die Schnauze!«, schrie Miss Hardcastle, drehte sich um und versetzte ihr eine schallende Ohrfeige. »Jetzt passt gut auf. Bringt die Gefangene in den Wagen. Ihr braucht ihr doch nicht das Kleid zuzuknöpfen, ihr Idioten. Ich halte bloß noch meinen Kopf unter kaltes Wasser und komme sofort nach.«

Kurz darauf fuhr Jane durch die Dunkelheit, eingezwängt zwischen Daisy und Kitty, aber immer noch in Reichweite von Miss Hardcastle; im Fond des Wagens schien Platz genug für fünf zu sein. »Fahren Sie möglichst nicht durch die Stadt, Joe«, sagte Miss Hardcastles Stimme. »Inzwischen wird es dort recht lebhaft zugehen. Fahren Sie zum Altersheim und dann eine von diesen kleinen Straßen hinunter.«

Die Nacht schien von seltsamen Geräuschen und Lichtern erfüllt. Zuweilen kamen sie an großen Menschenansammlungen vorbei. Dann blieb der Wagen plötzlich stehen.

»Warum zum Teufel halten Sie?«, fragte Miss Hardcastle. Statt einer Antwort ließ der Fahrer nur ein Grunzen hören und betätigte ohne Erfolg den Anlasser. »Was ist los?«, fragte Miss Hardcastle scharf.

»Keine Ahnung, Madam«, sagte der Fahrer und versuchte es weiter.

»Meine Güte!«, sagte Miss Hardcastle. »Können Sie nicht mal einen Wagen in Ordnung halten? Manche von euch könnten weiß Gott auch eine heilsame kleine Behandlung gebrauchen.«

Die Straße, in der sie standen, war leer, aber dem Lärm nach zu urteilen musste es in den benachbarten Straßen hoch hergehen. Der Fahrer stieg leise fluchend aus und öffnete die Kühlerhaube.

»Ihr beiden steigt aus!«, befahl Miss Hardcastle. »Schaut

euch nach einem anderen Wagen um – wo immer ihr innerhalb von fünf Minuten einen auftreiben könnt – und beschlagnahmt ihn. Wenn ihr keinen findet, seid ihr in zehn Minuten wieder hier, egal was passiert. Pünktlich.«

Die beiden anderen Polizisten stiegen aus und verschwanden in der Nacht. Miss Hardcastle fuhr fort, den Fahrer mit Beschimpfungen zu überhäufen, und der Fahrer arbeitete weiter am Motor. Der Lärm wurde lauter.

Plötzlich richtete sich der Fahrer auf und wandte sein Gesicht (auf dem Jane im Schein der Straßenlaternen den Schweiß glänzen sah) Miss Hardcastle zu. »Hören Sie, Miss«, sagte er, »jetzt reicht's mir allmählich, verstanden? Entweder halten Sie Ihre Zunge im Zaum, oder Sie steigen aus und bringen die Scheißkarre selbst in Ordnung, wenn Sie so verdammt schlau sind!«

»Komm mir bloß nicht auf die Tour, Joe«, sagte Miss Hardcastle, »oder ich könnte der normalen Polizei ein bisschen von dir erzählen.«

»Na und?« sagte Joe. »Ich frage mich sowieso langsam, ob ich nicht besser im Knast wäre als bei diesem Laden hier. Ist doch wahr! Ich war bei der Militärpolizei in Afrika und in Indien, und ich war in Nordirland, aber gegen diesen Laden waren das die reinsten Kaffeekränzchen. Dort wurde man wenigstens anständig behandelt, und man hatte Männer über sich und nicht einen verdammten Haufen alter Weiber.«

»Klar, Joe«, erwiderte Miss Hardcastle. »Aber diesmal würde es nicht beim Knast bleiben, wenn ich der normalen Polizei was ins Ohr flüstere.«

»So, meinen Sie, hm? Nun, wenn es so weit kommt, hätte ich vielleicht auch ein paar Geschichtchen über Sie auf Lager.«

»Um Himmels willen, seien Sie nett zu ihm, Madam«, wimmerte Kitty. »Sie kommen. Die werden uns eine gehörige Abreibung verpassen.« In der Tat rannten jetzt einige Männer zu zweit oder dritt durch die Straße.

»Los, raus, Mädchen!«, sagte Miss Hardcastle. »Macht schon. Hier lang.«

Jane wurde aus dem Wagen gezerrt und im Laufschritt zwischen Daisy und Kitty mitgezerrt. Miss Hardcastle lief voran. Die kleine Gruppe überquerte die Straße und bog ein kleines Stück weiter in eine Nebengasse ein.

»Weiß jemand, wie es hier weitergeht?«, fragte Miss Hardcastle nach ein paar Schritten.

»Ich weiß es wirklich nicht, Madam«, sagte Daisy.

»Ich bin hier selbst fremd, Madam«, sagte Kitty.

»Da habe ich die Richtigen beisammen!«, sagte Miss Hardcastle. »Gibt es überhaupt etwas, was ihr wisst?«

»Es scheint nicht weiterzugehen, Madam«, sagte Kitty.

Die kleine Straße war eine Sackgasse. Miss Hardcastle blieb stehen. Anders als ihre Untergebenen schien sie keine Angst zu haben, sondern lediglich angenehm erregt zu sein und sichtlich erheitert über die weißen Gesichter und bebenden Stimmen der Mädchen.

»Kleiner Nachtbummel, was?«, sagte sie. »So was erlebst du nicht alle Tage, Daisy, oder? Ich frage mich, ob die Häuser leer sind. Jedenfalls sind sie alle abgesperrt. Vielleicht bleiben wir am besten da, wo wir sind.«

Der Lärm in der Straße, aus der sie gerade gekommen waren, hatte zugenommen, und undeutlich konnten sie sehen, wie eine Menschenmenge in Richtung Westen zog. Plötzlich wurden die Stimmen noch viel lauter und zorniger.

»Sie haben Joe erwischt«, sagte Miss Hardcastle. »Wenn er sich Gehör verschaffen kann, wird er sie hierher schicken. Verdammt! Das bedeutet, dass wir die Gefangene verlieren. Hör auf zu heulen, Daisy, du kleiner Dummkopf. Schnell jetzt, wir müssen einzeln in der Menge untertauchen. Wir haben sehr gute Chancen durchzukommen. Verliert bloß nicht den Kopf. Und schießt nicht, was immer geschehen mag. Versucht die Kreuzung bei Billingham zu erreichen. Los,

Kinder! Je schneller ihr abhaut, desto eher werden wir uns wieder sehen.«

Miss Hardcastle machte sich sofort auf den Weg. Jane sah, wie sie einen Moment lang am Rand der Menge stand und dann darin verschwand. Die beiden Mädchen zögerten noch ein wenig, dann folgten sie ihr. Jane setzte sich auf eine Türschwelle. Die Brandwunden schmerzten da, wo ihr Kleid dagegen gerieben hatte, aber noch mehr machte ihr die Erschöpfung zu schaffen. Sie fror jämmerlich, und ihr war ein wenig übel, aber vor allem war sie müde, so müde, dass sie sich am liebsten einfach gegen die Tür gelehnt und …

Sie schüttelte sich. Ringsum herrschte völlige Stille. Sie fror wie noch nie, und ihre Glieder schmerzten. »Ich muss geschlafen haben«, dachte sie. Sie erhob sich steif, reckte sich und ging die leere Gasse entlang bis zu der größeren Straße. Diese war völlig leer, nur ein Eisenbahner kam eilig die Straße herunter und sagte im Vorbeigehen »Guten Morgen, Miss«. Sie blieb einen Moment unschlüssig stehen, dann ging sie langsam nach rechts. Als sie die Hand in die Tasche des Mantels steckte, den Daisy und Kitty ihr übergeworfen hatten, bevor sie hinausgegangen waren, fand sie eine angebrochene Tafel Schokolade. Heißhungrig begann sie zu essen. Nicht lange, nachdem sie fertig war, wurde sie von einem Wagen überholt, der ein kleines Stück weiter anhielt. Ein Mann steckte den Kopf aus dem Fenster und fragte: »Fehlt Ihnen was?«

»Sind Sie bei den Unruhen verletzt worden?«, erkundigte sich eine Frauenstimme aus dem Wageninneren.

»Nein … nicht sehr … ich weiß nicht«, sagte Jane benommen.

Der Mann sah sie aufmerksam an und stieg dann aus. »Sie sehen nicht so aus, als ginge es Ihnen gut«, sagte er. »Fehlt Ihnen wirklich nichts?« Darauf wandte er sich um und sprach mit der Frau im Wagen. Es schien Jane so lange her zu sein, dass sie freundliche oder auch nur vernünftige Stimmen gehört hatte, dass ihr zum Weinen zu Mute war. Das unbekannte Ehepaar überredete sie, sich in den Wagen zu setzen, und gab ihr Kognak und belegte Brote. Schließlich fragte der Mann, ob er sie nach Hause fahren könne. Wo sie wohne? Und Jane hörte sich zu ihrer eigenen Überraschung sehr schläfrig antworten: »In St. Anne's, im Landhaus.«

»Das trifft sich gut«, sagte der Mann. »Wir fahren in Richtung Birmingham und müssen dort vorbei.« Jane schlief fast augenblicklich wieder ein und erwachte erst, als sie in einen beleuchteten Hauseingang trat und von einer Frau in Schlafanzug und Mantel empfangen wurde, die sich als Mrs. Maggs entpuppte. Aber Jane war so müde, dass es sie nicht kümmerte, wie oder wo sie sich schlafen legte.

## 8 Mondschein über Belbury

Ich bin der Letzte, Miss Hardcastle«, sagte der stellvertretende Direktor, »der sich in Ihre ... eh ... privaten Vergnügungen einmischen würde. Aber ich muss schon sagen ...« Es war noch einige Stunden vor dem Frühstück, und der alte Herr war voll angekleidet und unrasiert. Aber wenn er die ganze Nacht aufgeblieben war, musste es seltsam anmuten, dass er sein Kaminfeuer hatte ausgehen lassen. Er und die Fee standen vor dem kalten, schwarzen Kamin in seinem Arbeitszimmer.

»Sie kann nicht weit sein«, sagte Miss Hardcastle. »Wir werden sie ein andermal auflesen. Der Versuch war durchaus der Mühe wert. Wenn ich aus ihr herausgebracht hätte, wo sie gewesen ist – und das wäre mir gelungen, wenn ich nur ein paar Minuten mehr Zeit gehabt hätte –, nun, das hätte uns womöglich zum feindlichen Hauptquartier geführt. Wir hätten die ganze Bande hochnehmen können.«

»Es war kaum ein geeigneter Anlass ...«, begann Wither, doch sie unterbrach ihn.

»Wir dürfen keine Zeit verlieren, wissen Sie. Sie selbst haben gesagt, Frost beklage sich bereits, dass der Geist dieser Frau weniger zugänglich sei. Und nach Ihrer eigenen Metapsychologie oder wie immer Sie das in Ihrem verdammten Jargon nennen, bedeutet dies, dass sie zunehmend unter den Einfluss der anderen Seite gerät. Das haben Sie mir selbst gesagt! Was ist, wenn Sie die Verbindung mit ihrem Geist ganz verlieren, bevor ich ihren Körper hier eingesperrt habe?«

»Natürlich bin ich immer gern bereit und ... eh ... interessiert, Ihre persönlichen Ansichten zu hören«, sagte Wither, »und ich würde nicht einen Augenblick leugnen, dass sie in gewisser, wenn natürlich auch nicht in jeder Hinsicht von wirklichem Wert sind. Auf der anderen Seite gibt es Angelegenheiten, für die Ihr ... eh ... notwendigerweise spezialisiertes Wissen Sie nicht völlig qualifiziert ... Eine Verhaftung war zu diesem Zeitpunkt nicht erwogen worden. Ich fürchte, das Oberhaupt wird die Ansicht vertreten, dass Sie Ihre Befugnisse überschritten haben. Dass Sie den Ihnen zugewiesenen Bereich verlassen haben, Miss Hardcastle. Ich sag nicht, dass ich unbedingt seine Meinung teile. Aber wir müssen uns alle darin einig sein, dass unbefugte Aktionen ...«

»Ach, hören Sie doch auf, Wither!« sagte die Fee und setzte sich auf die Tischkante. »Dieses Spielchen können Sie mit den Steeles und Studdocks spielen. Ich weiß zu viel darüber. Die Nummer mit der Flexibilität brauchen Sie vor mir nicht abzuziehen. Dass ich auf dieses Mädchen gestoßen bin, war eine einmalige Gelegenheit. Hätte ich sie nicht wahrgenommen, so würden Sie jetzt über Mangel an Initiative reden. Weil ich sie wahrgenommen habe, reden Sie von der Überschreitung meiner Kompetenzen. Mir können Sie keine Angst einjagen. Ich weiß verdammt gut, dass wir alle dran sind, wenn das N.I.C.E. scheitert: und ich möchte gern sehen, wie Sie ohne mich zurechtkommen wollen. Wir müssen das Mädchen doch kriegen, oder?«

»Aber nicht durch eine Verhaftung. Alles, was nach Gewalt aussieht, haben wir stets entschieden missbilligt. Hätte uns eine bloße Verhaftung den ... eh ... guten Willen und die Zusammenarbeit von Mrs. Studdock sichern können, so hätten wir uns kaum mit der Anwesenheit ihres Ehemannes belastet. Selbst angenommen (natürlich nur zum Zwecke der Erörterung), Ihre Verhaftungsaktion wäre gerechtfertigt gewesen, gäbe Ihr weiteres Verhalten in dieser Angelegenheit, so fürchte ich, Anlass zu ernster Kritik.«

»Ich konnte doch schließlich nicht voraussehen, dass dieser verfluchte Wagen eine Panne haben würde, oder?«

»Ich glaube nicht«, sagte Wither, »dass das Oberhaupt sich dazu bewegen ließe, dies als den einzigen Fehler zu betrachten. Sobald die Frau den geringsten Widerstand zu erkennen gab, war es meiner Ansicht nach unklug, von der Methode, die Sie angewandt haben, Erfolg zu erwarten. Wie Sie wissen, beklage ich stets jede nicht absolut humane Handlungsweise. Und das ist durchaus vereinbar mit dem Standpunkt, dass drastische Mittel, wenn sie nun einmal notwendig sind, gründlich angewendet werden müssen. Mäßige Schmerzen, die mit einem durchschnittlichen Maß an Widerstandskraft ertragen werden können, sind immer ein Fehler. Damit erweist man dem Gefangenen keinen wirklichen Gefallen. Die wissenschaftlicheren – und ich darf hinzufügen: zivilisierteren – Einrichtungen für zwangsweise Befragungen, die wir Ihnen hier zur Verfügung gestellt haben, hätten wahrscheinlich zum Erfolg geführt. Ich spreche nicht dienstlich, Miss Hardcastle, und würde mir nicht anmaßen, die Reaktionen unseres Oberhauptes vorwegzunehmen. Aber ich würde meine Pflicht vernachlässigen, wenn ich es verabsäumte, Sie daran zu erinnern, dass aus dieser Richtung bereits Klagen gekommen (wenn auch nicht zu Protokoll gegeben worden) sind, betreffend Ihre ... eh ... Neigung, sich durch eine gewisse ... eh ... emotionale Erregung in der Ausübung disziplinarischer Funktionen bei ihrer Arbeit von den Erfordernissen der Politik ablenken zu lassen.«

»Sie werden niemanden finden, der ein Geschäft wie das meine wirklich gut erledigt und nicht auch seinen Spaß daran hat«, erwiderte die Fee verdrießlich.

Der stellvertretende Direktor blickte auf seine Uhr.

»Übrigens«, sagte die Fee, »warum will das Oberhaupt mich gerade jetzt sprechen? Ich bin die ganze verdammte Nacht auf den Beinen gewesen. Man sollte mir wenigstens Zeit für ein Bad und ein kleines Frühstück lassen.«

»Der Weg der Pflicht, Miss Hardcastle«, sagte Wither, »ist niemals bequem. Vergessen Sie nicht, dass Pünktlichkeit eine der Eigenschaften ist, auf die zuweilen mit besonderem Nachdruck hingewiesen wurde.«

Miss Hardcastle rieb sich das Gesicht und stand auf. »Wenigstens muss ich was zu trinken haben, bevor ich reingehe«, sagte sie. Wither hob abwehrend die Hände.

»Kommen Sie, Wither. Ich brauche es.«

»Sie meinen, er wird es nicht riechen?«, fragte Wither.

»Ohne das gehe ich jedenfalls nicht hinein«, sagte sie.

Der Alte schloss den Schrank auf und gab ihr einen Whisky. Dann verließen die beiden das Arbeitszimmer und gingen durch einen langen Gang auf die andere Seite des Hauses hinüber, wo sich die eigentlichen Räume des Blutspendezentrums befanden. Zu dieser frühen Stunde war alles dunkel, und sie gingen im Licht von Miss Hardcastles Taschenlampe durch mit Teppichen ausgelegte und mit Bildern geschmückte Flure, kamen in kahle Korridore mit Gummifußboden und fahl getünchten Wänden, dann durch eine Tür, die sie aufschließen mussten, und bald darauf durch eine weitere: Withers Füße steckten in Filzpantoffeln und bewegten sich fast geräuschlos neben den lauten Stiefeln der Fee. Endlich kamen sie in einen Bereich, wo die Lichter eingeschaltet waren und eine Mischung von chemischen und tierischen Gerüchen in der Luft hing. Eine dritte Tür wurde ihnen geöffnet, nachdem sie durch eine Sprechanlage verhandelt hatten. Filostrato, in einem weißen Arbeitskittel, trat auf sie zu.

»Kommen Sie«, sagte er. »Er erwartet Sie schon seit einiger Zeit.«

»Ist er schlecht gelaunt?«, fragte Miss Hardcastle.

»Pst!«, machte Wither. »Und in jedem Fall, Gnädigste, ist das nicht ganz die Art und Weise, wie man von unserem Oberhaupt sprechen sollte. Seine Leiden – in seinem besonderen Zustand, wissen Sie ...«

»Sie gehen sofort hinein«, sagte Filostrato, »sobald Sie sich fertig gemacht haben.«

»Einen Moment!«, sagte Miss Hardcastle plötzlich.

»Was ist? Machen Sie schnell, bitte«, sagte Filostrato.

»Mir wird übel.«

»Hier darf Ihnen nicht schlecht werden. Gehen Sie zurück, ich gebe Ihnen sofort etwas X54.«

»Ist schon wieder gut«, sagte Miss Hardcastle. »War nur momentan. Um mich kleinzukriegen, ist schon mehr nötig.«

»Ruhe bitte«, sagte der Italiener. »Öffnen Sie die zweite Tür erst, wenn mein Assistent die erste hinter Ihnen geschlossen hat. Sprechen Sie nicht mehr als unbedingt nötig. Sagen Sie nicht einmal Ja, wenn Sie einen Befehl erhalten. Das Oberhaupt setzt Ihren Gehorsam voraus. Vermeiden Sie plötzliche Bewegungen, gehen Sie nicht zu nahe heran, schreien Sie nicht, und erheben Sie vor allem keine Einwände. Los jetzt!«

## 2

Lange nach Sonnenaufgang hatte Jane im Schlaf ein Gefühl, das, hätte sie ihm Ausdruck verleihen können, gesungen hätte: »Freue dich, o Schläfer, und wirf deine Sorgen von dir. Ich bin das Tor zu allen guten Dingen.« Und auch nachdem sie aufgewacht war und in angenehmer Schlaftrunkenheit dalag, während die Wintermorgensonne auf ihr Bett schien, hielt die Stimmung weiter an. »Jetzt können sie mich nicht mehr fortschicken«, dachte sie. Kurze Zeit später kam Mrs. Maggs herein, machte Feuer und brachte Frühstück. Jane zuckte zusammen, als sie sich im Bett aufsetzte, denn das fremde, etwas zu große Nachthemd klebte an ihren Brandwunden. Mrs. Maggs benahm sich irgendwie anders als bisher. »Es ist schön, dass wir jetzt beide hier sind, nicht wahr, Mrs. Studdock?«, sagte sie, und der Tonfall schien von einer engeren Beziehung zwischen ihnen auszugehen, als Jane in Erinnerung hatte. Aber sie war zu träge, um sich Gedanken darüber zu machen. Nicht lange nach dem Frühstück kam Miss Ironwood. Sie untersuchte und versorgte die Brandwunden, die aber nicht gefährlich waren. »Wenn Sie wollen, können Sie am Nachmittag aufstehen, Mrs. Studdock«, sagte sie. »Bis dahin sollten Sie sich jedoch ausruhen. Möchten Sie etwas lesen? Wir haben hier eine ziemlich große Bibliothek.«

»Ich hätte gern die Curdie-Bücher, bitte«, sagte Jane. »Und *Mansfield Park* und vielleicht Sonette von Shakespeare.« Nachdem sie nun mit Lesestoff für mehrere Stunden ausgestattet war, schlief sie sorglos wieder ein.

Als Mrs. Maggs am Nachmittag gegen vier Uhr hereinschaute, um zu sehen, ob Jane wach war, wollte Jane gerne aufstehen. »In Ordnung, Mrs. Studdock«, sagte Mrs. Maggs. »Wie Sie wollen. Ich bringe Ihnen gleich eine Tasse Tee, und dann bereite ich Ihnen ein Bad. Nebenan ist ein Badezimmer, aber ich muss erst diesen Mr. Bultitude hinausbefördern. Er ist so faul, und wenn es draußen kalt ist, geht er da hinein und bleibt den ganzen Tag über sitzen.«

Doch sobald Mrs. Maggs gegangen war, beschloss Jane aufzustehen. Sie würde mit dem exzentrischen Mr. Bultitude schon fertig werden und wollte nicht noch mehr Zeit im Bett vergeuden. Sie stellte sich vor, dass, wenn sie erst einmal auf den Beinen war, alle möglichen angenehmen und interessanten Dinge geschehen würden. Sie hängte sich den Mantel über, nahm ihr Handtuch und machte sich auf den Weg. So kam es, dass Mrs. Maggs, die kurz darauf mit dem Tee die Treppe heraufkam, einen unterdrückten Schrei hörte und sah, wie Jane mit kalkweißem Gesicht aus dem Bad stürzte und heftig die Tür hinter sich zuschlug.

»Du liebe Zeit!«, rief Mrs. Maggs lachend. »Ich hätte es Ihnen sagen sollen. Aber machen Sie sich nichts draus. Ich hole ihn gleich da heraus.« Sie stellte das Tablett mit dem Tee auf den Boden und ging zum Badezimmer.

»Ist er ungefährlich?« fragte Jane.

»Oh ja, ungefährlich ist er«, antwortete Mrs. Maggs. »Aber er ist nicht leicht in Bewegung zu bringen. Nicht von Ihnen oder von mir, Mrs. Studdock. Bei Miss Ironwood oder dem Meister ist es natürlich etwas anderes.« Damit öffnete sie die Badezimmertür. Drinnen saß ein mächtiger, schnaufender, listig blickender, pelziger, dickbäuchiger Braunbär neben der Badewanne auf seinen mächtigen Hinterbacken und füllte den größten Teil des Raumes aus. Nach vielen Vorwürfen, Bitten, Beschwörungen, Stößen und Knüffen von Mrs. Maggs erhob er sich endlich schwerfällig auf alle viere und trottete gemächlich auf den Korridor hinaus.

»Warum gehst du nicht nach draußen und verbringst den schönen Nachmittag im Garten, du Riesenfaultier?«, schalt Mrs. Maggs. »Du solltest dich schämen, hier herumzusitzen und jedem im Weg zu sein. Haben Sie keine Angst, Mrs. Studdock. Er ist zahm wie ein Hündchen. Er wird sich von Ihnen streicheln lassen. Los, geh schon, Mr. Bultitude. Geh und sag der Dame guten Tag.«

Jane streckte zögernd und halbherzig die Hand aus, um den Rücken des Tieres zu berühren, doch Mr. Bultitude war verstimmt, und ohne Jane auch nur eines Blicks zu würdigen, lief er schwerfällig über den Flur und setzte sich ungefähr zehn Meter weiter plötzlich hin. Das Teegeschirr klapperte, und im Stockwerk darunter mussten alle gemerkt haben, dass Mr. Bultitude Platz genommen hatte.

»Ist es wirklich ungefährlich, ein solches Tier frei im Haus herumlaufen zu lassen?«, fragte Jane.

»Mrs. Studdock«, erwiderte Ivy Maggs mit einer gewissen Feierlichkeit, »auch wenn der Meister einen Tiger im Haus haben wollte, wäre das ungefährlich. Er hat so eine Art, mit Tieren umzugehen, wissen Sie. Kein einziges Geschöpf bei uns würde auf ein anderes oder auf uns losgehen, wenn der Meister erst einmal mit ihm geredet hat. Mit uns ist es genauso. Sie werden sehen.«

»Wenn Sie den Tee in mein Zimmer stellen würden ...«, sagte Jane ziemlich kühl und ging ins Bad. »Ja«, sagte Mrs. Maggs und blieb in der Türöffnung stehen. »Sie hätten unbesorgt Ihr Bad nehmen können, auch wenn Mr. Bultitude daneben gesessen hätte. Obwohl, er ist so groß und so menschlich, dass es auch mich irgendwie stören würde.«

Jane machte Anstalten, die Tür zu schließen.

»Nun, dann werde ich Sie in Ruhe lassen«, sagte Mrs. Maggs, ohne sich von der Stelle zu rühren.

»Danke«, sagte Jane.

»Haben Sie auch wirklich alles, was Sie brauchen?«, fragte Mrs. Maggs.

»Ja, danke«, sagte Jane.

»Also dann«, sagte Mrs. Maggs, wandte sich zum Gehen, machte aber im nächsten Augenblick abermals kehrt und sagte:

»Sie finden uns wahrscheinlich in der Küche, Mutter Dimble und mich und die anderen.«

»Wohnt Mrs. Dimble im Haus?«, fragte Jane, wobei sie das »Mrs.« ein wenig betonte.

»Hier nennen wir sie alle Mutter Dimble«, sagte Mrs.

Maggs. »Und es wird ihr bestimmt nichts ausmachen, wenn Sie es auch sagen. In ein paar Tagen werden Sie sich ganz gewiss an unsere Art gewöhnt haben. Es ist wirklich ein komisches Haus, wenn man darüber nachdenkt. Nun, dann will ich gehen. Lassen Sie sich nicht zu viel Zeit, sonst wird der Tee kalt. Ich würde an Ihrer Stelle überhaupt nicht baden, nicht mit diesen bösen Brandwunden. Haben Sie auch wirklich alles?«

Als Jane sich gewaschen, Tee getrunken und sich zurechtgemacht hatte, so gut es mit einer fremden Bürste und einem fremden Spiegel möglich war, machte sie sich auf die Suche nach den bewohnten Räumen. Sie ging einen langen Korridor hinunter, durch jene Stille, die mit keiner anderen Stille auf der Welt zu vergleichen ist – die Stille im Obergeschoss eines großen Hauses an einem Winternachmittag. Bald kam sie zu einer Stelle, an der zwei Korridore aufeinander trafen; hier wurde die Stille von einem leisen, unregelmäßigen Geräusch unterbrochen – pop-pop-pop-pop. Als Jane nach rechts blickte, sah sie die Ursache: am Ende des Ganges in einem Erker stand Mr. Bultitude auf den Hinterbeinen und boxte nachdenklich gegen einen Punchingball. Jane ging nach links und trat auf eine Galerie hinaus, von wo sie das Treppenhaus und die Eingangshalle überblicken konnte, in der sich Tageslicht mit Feuerschein mischte. Auf gleicher Höhe mit ihr, aber nur zu erreichen, wenn man zu einem Treppenabsatz hinab- und auf der anderen Seite wieder hinaufstieg, befand sich ein dämmriger Bereich, der zu den Räumen des Meisters führte. Eine gewisse Feierlichkeit schien von dort auszugehen, und Jane schlich beinahe auf Zehenspitzen in die Halle hinunter. Sie erinnerte sich wieder an ihr seltsames letztes Erlebnis im blauen Zimmer – die Erfahrung einer Macht, die selbst der Gedanke an den Meister nicht ausgleichen konnte. In der Eingangshalle sah sie sofort, wo die Wirtschaftsräume des Hauses liegen mussten – zwei Stufen hinunter und einen gekachelten Korridor entlang, vorbei an einem ausgestopften Hecht in einem Glaskasten und dann an einer alten Standuhr, bis Geräusche und Stimmen sie in die Küche selbst führten.

Aus der offenen Klappe eines großen Herdes fiel heller Feuerschein auf die rundliche Gestalt von Mrs. Dimble; sie saß auf einem Küchenstuhl, und der Schüssel auf ihrem Schoß und weiteren Anzeichen auf dem Tisch nach zu urteilen, putzte sie Gemüse. Mrs. Maggs und Camilla machten sich an einem Ofen zu schaffen, denn der Herd wurde anscheinend nicht zum Kochen benutzt. Und in einer Türöffnung, die zum Abwaschraum führen musste, trocknete sich ein großer, grauhaariger Mann in Gummistiefeln, der gerade aus dem Garten zu kommen schien, die Hände ab.

»Kommen Sie nur herein, Jane«, sagte Mutter Dimble herzlich. »Sie brauchen heute nichts zu tun. Setzen Sie sich zu mir ans Feuer, und erzählen Sie mir etwas. Dies ist Mr. MacPhee – der kein Recht hat, hier zu sein, den ich Ihnen aber trotzdem vorstellen will.«

Als Mr. MacPhee den Vorgang des Händetrocknens beendet hatte, hängte er das Handtuch hinter die Tür, kam etwas umständlich auf Jane zu und schüttelte ihr die Hand. Seine Hand war sehr groß und rau, und er hatte ein kluges Gesicht mit harten Zügen.

»Freut mich sehr, Sie kennen zu lernen, Mrs. Studdock«, sagte er mit einem Akzent, den Jane für schottisch hielt, obwohl er in Wirklichkeit der eines Nordiren war.

»Glauben Sie ihm kein Wort, Jane«, sagte Mutter Dimble. »Er ist Ihr Hauptgegner in diesem Haus. Er glaubt nicht an Ihre Träume.«

»Mrs. Dimble«, sagte MacPhee, »ich habe Ihnen wiederholt den Unterschied zwischen einem Gefühl persönlichen Vertrauens und einem logisch begründeten Anspruch auf Beweise erklärt. Das eine ist ein psychologisches Ereignis ...«

»Und das andere ein ständiges Ärgernis«, unterbrach ihn Mrs. Dimble.

»Kümmern Sie sich nicht um sie, Mrs. Studdock«, sagte MacPhee. »Ich bin, wie gesagt, sehr froh, Sie bei uns willkommen zu heißen. Die Tatsache, dass ich es verschiedentlich für meine Pflicht gehalten habe, darauf hinzuweisen, dass kein *experimentum crucis* bislang die Hypothese bestätigt hat, dass Ihre Träume der Wahrheit entsprechen, ist ohne jeden Einfluss auf meine persönliche Haltung.«

»Natürlich«, sagte Jane unbestimmt und ein wenig verwirrt. »Sie haben ein Recht auf Ihre eigenen Ansichten.«

Alle Frauen in der Küche lachten, als MacPhee mit etwas lauterer Stimme erwiderte: »Mrs. Studdock, ich habe keinerlei Ansichten – über keinen Gegenstand der Welt. Ich stelle Tatsachen fest und zeige die Folgen auf. Wenn alle Leute sich weniger in Ansichten (er betonte das Wort mit nachdrücklichem Abscheu) ergehen würden, so würde auf der Welt erheblich weniger albernes Zeug geredet und gedruckt.«

»Ich weiß, wer in diesem Haus am meisten redet«, sagte Mrs. Maggs zu Janes Überraschung. MacPhee sah Ivy Maggs mit unbeweglicher Miene an, während er eine kleine Zinndose aus der Tasche zog und eine Prise Schnupftabak nahm.

»Worauf warten Sie eigentlich noch?«, fragte Mrs. Maggs. »Heute ist in der Küche Frauentag.«

»Ich habe nur überlegt«, sagte MacPhee, »ob Sie mir eine Tasse Tee übrig gelassen haben.«

»Und warum sind Sie dann nicht rechtzeitig gekommen?«, fragte Mrs. Maggs. Jane fiel auf, dass sie mit MacPhee im gleichen Ton wie mit dem Bären sprach.

»Ich hatte zu tun«, sagte er und setzte sich ans Ende des Küchentischs; nach einer Pause setzte er hinzu: »Ich habe Sellerie geschnitten. Miss Ironwood tut, was sie kann, aber sie hat kaum eine Vorstellung davon, was in einem Garten getan werden muss.«

»Was bedeutet ›Frauentag‹ in der Küche?«, fragte Jane Mutter Dimble.

»Es gibt hier kein Dienstpersonal«, sagte Mutter Dimble. »Darum tun wir alle die Arbeit. An einem Tag sind die Frauen dran, und am nächsten die Männer. Was? Nein, es ist eine sehr vernünftige Regelung. Der Meister geht davon aus, dass Männer und Frauen nicht gemeinsam Hausarbeit verrichten können, ohne miteinander zu streiten. Damit hat er nicht ganz unrecht. Natürlich darf man sich am Männertag die Tassen nicht allzu genau ansehen, aber im großen Ganzen klappt es recht gut.«

»Aber warum sollten Sie streiten?«, fragte Jane.

»Unterschiedliche Methoden, meine Liebe. Männer können bei einer Arbeit nicht helfen, wissen Sie. Man kann sie dazu bringen, die Arbeit zu tun, aber sie können nicht helfen, während wir sie tun. Zumindest bekommen sie dann schlechte Laune.«

»Die Hauptschwierigkeit«, sagte MacPhee, »in der Zusammenarbeit zwischen den Geschlechtern ist, dass Frauen eine Sprache ohne Hauptwörter sprechen. Wenn zwei Männer aufräumen, dann sagt der eine zum anderen: ›Stell diesen Topf in den größeren Topf, der auf dem obersten Brett im grünen Küchenschrank steht.‹ Die weibliche Version dafür ist: ›Tu diesen in den anderen da drin.‹ Und wenn man dann fragt: ›Wo hinein?‹ sagen sie: ›Da rein, natürlich.‹ Das Wort ›da‹ ist also eine reine Floskel.«

»Da haben Sie Ihren Tee«, sagte Ivy Maggs, »und ich bringe Ihnen noch ein Stück Kuchen, was mehr ist, als Sie verdient haben. Wenn Sie fertig sind, können Sie nach oben gehen und den Rest des Abends über Hauptwörter reden.«

»Nicht über Hauptwörter: mit Hauptwörtern«, sagte MacPhee; aber Mrs. Maggs hatte die Küche bereits verlassen. Jane nutzte diese Gelegenheit, um leise zu Mrs. Dimble zu sagen: »Mrs. Maggs scheint sich hier sehr zu Hause zu fühlen.«

»Sie ist hier zu Hause, meine Liebe.«

»Sie meinen als Hausangestellte?«

»Nun, nicht mehr als jeder andere. Sie ist hauptsächlich hier, weil man sie auf die Straße gesetzt hat. Sie hatte keine andere Zuflucht.«

»Das heißt, sie ist für den Meister ... ein Wohltätigkeitsfall?«

»Das gewiss. Warum fragen Sie?«

»Nun ... ich weiß nicht. Es kam mir ein wenig komisch vor, dass Mrs. Maggs Sie Mutter Dimble nennt. Ich hoffe, Sie halten mich nicht für hochnäsig ...«

»Sie vergessen, dass auch Cecil und ich für den Meister Wohltätigkeitsfälle sind.«

»Ist das nicht ein bisschen übertrieben?«

»Keineswegs. Ivy und Cecil und ich, wir sind alle hier, weil wir auf die Straße gesetzt worden sind. Das gilt jedenfalls für Ivy und mich. Bei Cecil mögen die Dinge anders liegen.«

»Und weiß der Meister, dass Mrs. Maggs mit allen so redet?«

»Mein liebes Kind, fragen Sie mich nicht, was der Meister weiß.«

»Ich meine nur, weil er im Gespräch zu mir sagte, Gleichheit sei nicht das Wichtigste. Aber in seinem eigenen Haus scheinen sehr ... nun, sehr demokratische Prinzipien zu herrschen.«

»Ich habe nie zu verstehen versucht, was er darüber sagt«, antwortete Mrs. Dimble. »Meistens spricht er entweder über geistige Rangordnungen – und Sie waren niemals eine solche Gans, dass Sie sich Ivy im geistigen Sinne überlegen gefühlt hätten – oder aber über die Ehe.«

»Haben Sie seine Ansichten über die Ehe verstanden?«

»Meine Liebe, der Meister ist ein sehr weiser Mann, aber er ist ein Mann, und ein unverheirateter Mann obendrein. Was er oder seine Gebieter über die Ehe sagen, macht für meinen Geschmack viel zu viel Aufhebens von etwas so Einfachem und Natürlichem, dass man gar nicht darüber zu reden brauchte.

Aber ich nehme an, dass es heutzutage viele junge Frauen gibt, denen man es sagen muss.«

»Ich sehe, dass Sie für selbstständige junge Frauen nicht viel übrig haben.«

»Nun, vielleicht bin ich ungerecht. Vieles war für uns einfacher, überschaubarer. Wir wurden mit dem Gebetbuch und Geschichten aufgezogen, die einen glücklichen Ausgang hatten. Von Kindheit an lehrte man uns, dass die Frau ihren Mann zu lieben und zu ehren und ihm gehorsam zu sein habe, und wir trugen Unterröcke und liebten Walzer und wussten nichts von der Welt ...«

»Walzer sind etwas Nettes«, sagte Mrs. Maggs, die gerade zurückgekehrt war und MacPhee sein Kuchenstück vorgesetzt hatte. »So schön altmodisch.«

In diesem Augenblick wurde die Tür geöffnet, und draußen sagte eine Stimme: »Also, dann geh rein, wenn es sein muss.« So ermuntert, hüpfte eine prächtige Dohle in die Küche, gefolgt von Mr. Bultitude und Arthur Denniston.

»Ich habe Ihnen schon mal gesagt, Arthur«, sagte Ivy Maggs, »dass Sie diesen Bären nicht hereinbringen sollen, wenn wir Abendessen machen.« Während sie sprach, tappte Mr. Bultitude, eines freundlichen Empfangs offenbar selbst nicht ganz sicher, in einer ihm (fälschlicherweise) unauffällig erscheinenden Manier durch die Küche und ließ sich hinter Mrs. Dimbles Stuhl nieder.

»Ihr Mann ist gerade zurückgekommen, Mutter Dimble«, sagte Denniston. »Aber er musste sofort ins blaue Zimmer. Und der Meister erwartet auch Sie, MacPhee.«

**3** ——— An diesem Tag setzte Mark sich in bester Laune an den Mittagstisch. Allen Berichten zufolge war der Aufruhr in Edgestow höchst zufrieden stellend verlaufen, und es hatte ihm Spaß gemacht, seine eigenen Artikel in den Morgenzeitungen zu lesen. Sein Vergnügen wuchs noch, als er Steele und Cosser in einer Art und Weise darüber sprechen hörte, die deutlich zeigte, dass sie nicht einmal wussten, wie die ganze Geschichte inszeniert worden war, und schon gar nicht, wer die Zeitungsartikel geschrieben hatte. Auch der Vormittag war angenehm verlaufen. Es hatte ein Gespräch mit Frost, der Fee und Wither über die Zukunft von Edgestow gegeben. Alle waren sich einig, die Regierung werde der (in den Zeitungen zum Ausdruck gekommenen) fast einhelligen Meinung der Nation folgen und die Stadt vorübergehend der Kontrolle der Institutspolizei unterstellen. Ein Sonderbeauftragter für Edgestow musste ernannt werden. Feverstone war der richtige Mann dafür. Als Unterhausmitglied repräsentierte er die Nation, als Mitglied des Bracton Colleges repräsentierte er die Universität, und als Mitglied des Instituts repräsentierte er das N.I.C.E. Alle konkurrierenden Interessen, die andernfalls aufeinander geprallt wären, befanden sich in der Person Lord Feverstones in Einklang miteinander; die Artikel, die Mark am Nachmittag über dieses Thema verfassen sollte, würden sich fast von selbst schreiben. Aber das war noch nicht alles. Im Laufe des Gespräches hatte sich herausgestellt, dass man, wenn man Feverstone auf diesen beneidenswerten Posten hob, im Grunde zwei Ziele verfolgte. Wenn die Unbeliebtheit des N.I.C.E. in Edgestow mit der Zeit zunehmen und schließlich einen Höhepunkt erreichen würde, könnte Feverstone geopfert werden. Dies wurde natürlich nicht offen ausgesprochen, aber Mark begriff sehr wohl, dass selbst Feverstone nicht länger dem inneren Kreis angehörte. Die Fee meinte, der alte Dick sei im Grunde seines Herzens doch bloß ein Politiker und werde es auch immer bleiben. Wither bekannte seufzend, dass Feverstones Talente in einem früheren Stadium der Bewegung wohl nützlicher gewesen seien, als sie es in der Phase, in die sie nun eintraten, wahrscheinlich sein würden. Mark hatte keineswegs die Absicht, Feverstones Stellung zu untergraben, er hatte nicht einmal den ausdrücklichen Wunsch, seine Position möge untergraben werden. Aber er empfand die ganze Atmosphäre der Diskussion als irgendwie angenehmer, seit er die wirkliche Situation allmählich begriff. Er war auch sehr erfreut, Frost kennen gelernt zu haben (wie er es ausgedrückt hätte). Er wusste aus Erfahrung, dass es in beinahe jeder Organisation irgendeine ruhige, unauffällige Person gibt, die von den kleinen Fischen für unbedeutend gehalten wird, tatsächlich aber eine der Haupttriebfedern der ganzen Maschinerie ist. Überhaupt zu erkennen, wer diese Leute waren, bedeutete schon, dass man beträchtliche Fortschritte gemacht hatte. Sicher, Frost hatte etwas Kaltes, Fischiges, das Mark nicht mochte, und sogar seine regelmäßigen Züge hatten etwas Abstoßendes. Aber jedes Wort, das er sagte – und er sagte nicht viel –, traf den Kern der Sache, die gerade diskutiert wurde, und Mark fand das Gespräch mit ihm faszinierend. Das Vergnügen an einer Unterhaltung hing für Mark immer weniger von seiner spontanen Zu- oder Abneigung für die jeweiligen Gesprächspartner ab. Er war sich dieser Entwicklung, die eingesetzt hatte, als er sich den Fortschrittlichen Kräften am College anschlossen hatte, durchaus bewusst und begrüßte sie als ein Zeichen der Reife.

Wither war in einer höchst ermutigenden Weise aufgetaut. Am Ende des Gesprächs hatte er Mark beiseite genommen, unbestimmt, aber väterlich von der großartigen Arbeit gesprochen, die er leistete, und sich schließlich nach seiner Frau erkundigt. Der VD hoffte, es sei nichts Wahres an dem zu ihm gedrungenen Gerücht, sie leide an ... eh ... nervösen Störungen. Mark fragte sich, wer zum Teufel ihm das erzählt haben konnte. »Sehen Sie«, sagte der Vizedirektor, »in Anbetracht Ihrer großen derzeitigen Arbeitsbelastung und der daraus für Sie resultierenden Unmöglichkeit, so oft nach Hause zu fahren, wie wir alle es (in Ihrem Interesse) wünschen würden, könnte das Institut in Ihrem Fall geneigt sein ... Ich sage das ganz im Vertrauen ... Eh ... würden wir alle uns freuen, Ihre Gattin hier begrüßen zu können.«

Bis zu diesem Augenblick war Mark nie bewusst geworden, dass ihm nichts unangenehmer wäre, als Jane in Belbury zu haben. Es gab so vieles, was Jane nicht verstehen würde: Nicht nur das viele Trinken, das ihm hier zur Gewohnheit wurde, sondern fast alles, was sich vom Morgen bis zum Abend abspielte. Und es ist nur recht und billig – beiden, Mark und Jane, gegenüber –, sich vor Augen zu halten, dass er in ihrer Anwesenheit unmöglich auch nur eines der hundert Gespräche hätte führen können, die seine Arbeit in Belbury mit sich brachte. Ihre bloße Gegenwart hätte das ganze Gelächter des inneren Kreises unwirklich und blechern klingen lassen; und was er jetzt als praktische Klugheit betrachtete, würde ihr – und dadurch auch ihm selbst – als Schmeichelei, Verleumdung und Speichelleckerei vorkommen. Janes Gegenwart würde ganz Belbury in einem vulgären Licht erscheinen lassen, aufgedonnert und zugleich voller Heimlichtuerei. Ihm wurde elend bei der Vorstellung, er müsse Jane beibringen, Wither bei Laune zu halten und auf Miss Hardcastle einzugehen. Er entschuldigte sich mit vagen Ausflüchten, dankte dem VD überschwänglich und machte sich davon, so schnell er konnte.

Als er am Nachmittag beim Tee saß, kam Miss Hardcastle, beugte sich über die Stuhllehne und sagte ihm ins Ohr: »Da haben Sie sich aber ordentlich in die Tinte gesetzt, Studdock.«

»Was ist denn nun schon wieder los?«, fragte er.

»Ich verstehe nicht, was mit Ihnen los ist, junger Mann. Tatsache! Haben Sie sich vorgenommen, den Alten zu ärgern? Das ist ein gefährliches Spiel, glauben Sie mir!«

»Wovon reden Sie eigentlich?«

»Nun, wir alle haben daran gearbeitet, ihn wieder zu besänftigen, und heute Morgen dachten wir, wir hätten es endlich geschafft. Er hat davon geredet, Ihnen die ursprünglich für Sie vorgesehene Position zu geben und die Probezeit wegfallen zu lassen. Keine Wolke am Himmel: und dann sprechen Sie fünf – oder nicht einmal fünf – Minuten mit ihm und machen alles wieder zunichte. Allmählich zweifle ich an Ihrem Verstand.«

»Was zum Henker passt ihm denn jetzt wieder nicht?«

»Nun, das sollten Sie eigentlich selbst wissen! Er hat Ihnen doch den Vorschlag gemacht, Ihre Frau hier herzubringen?«

»Ja, das hat er. Und?«

»Was haben Sie ihm gesagt?«

»Ich habe gesagt, er brauche sich darum keine Sorgen zu machen ... Und natürlich habe ich mich sehr bedankt und so weiter.«

Die Fee pfiff leise.

»Sehen Sie denn nicht, Süßer«, sagte sie und klopfte mit ihren Knöcheln leicht auf Marks Schädeldecke, »dass Sie kaum in einen größeren Fettnapf hätten treten können? Das war ein unerhörtes Entgegenkommen von ihm. So was hat er noch für keinen getan. Sie hätten sich denken können, dass er beleidigt ist, wenn Sie es ablehnen. Jetzt redet er von Mangel an Vertrauen. Sagt, er sei verletzt – was bedeutet, dass bald jemand anders verletzt sein wird! Er wertet Ihre Ablehnung als ein Zeichen dafür, dass Sie sich hier noch nicht wirklich eingelebt haben.«

»Aber das ist doch heller Wahnsinn! Ich meine ...«

»Warum in drei Teufels Namen haben Sie ihm nicht einfach gesagt, dass Sie Ihre Frau holen?«

»Ist das nicht meine Angelegenheit?«

»Wollen Sie Ihre Frau denn nicht bei sich haben? Sie sind aber nicht sehr nett zu Ihrer Kleinen, Studdock. Dabei hat man mir gesagt, sie sei ein verdammt hübsches Mädchen.«

In diesem Augenblick sahen beide, wie Withers Gestalt langsam auf sie zuschlenderte, und beendeten das Gespräch.

# 4

Beim Abendessen saß Mark neben Filostrato. Keine anderen Mitglieder des inneren Kreises waren in Hörweite. Der Italiener war gut gelaunt und gesprächig. Er hatte gerade Anweisung gegeben, einige schöne Buchen auf dem Grundstück zu fällen.

»Warum haben Sie das getan, Professor?«, fragte ein Mr. Winter, der ihnen gegenübersaß. »In dieser Entfernung vom Haus können sie doch nicht stören. Ich selbst finde Bäume eigentlich schön.«

»O ja, ja«, erwiderte Filostrato. »Die hübschen Bäume, die Gartenbäume. Aber nicht die wilden. Ich setze eine Rose in meinen Garten, aber keinen Dornbusch. Der Waldbaum ist ein Unkraut. Aber ich sage Ihnen, in Persien habe ich einen zivilisierten Baum gesehen. Er gehörte einem französischen Attaché, der an einem Ort wohnte, wo kein Baum gedeihen konnte. Dieser Baum war aus Metall, ein ziemlich armseliges, primitives Ding. Aber wie, wenn man es vervollkommnete? Leicht, aus Aluminium, täuschend naturgetreu.«

»Das wäre kaum dasselbe wie ein richtiger Baum«, sagte Winter.

»Aber bedenken Sie die Vorteile! Der Baum gefällt Ihnen an der einen Stelle nicht mehr? Zwei Arbeiter tragen ihn anderswohin, wohin immer Sie wollen. Er stirbt niemals ab. Kein Laub fällt herunter, keine Zweige, keine Vögel bauen Nester darin, es gibt keinen Schmutz und keine Unordnung.«

»Nun, ein oder zwei solcher Kunstbäume als Kuriositäten könnten ganz amüsant sein.«

»Warum ein oder zwei? Gegenwärtig brauchen wir die Wälder natürlich noch für die Erhaltung der Atmosphäre. Aber bald werden wir einen chemischen Ersatz finden. Und warum dann noch natürliche Bäume? Ich denke, dass es später einmal auf der ganzen Erde nur noch Kunstbäume geben wird. Ja, wir werden den Planeten säubern.«

»Soll das heißen«, warf ein Mann namens Gould ein, »dass es überhaupt keine Vegetation mehr geben wird?«

»Genau. Sie rasieren Ihr Gesicht; die Engländer rasieren es sogar jeden Tag. Eines Tages werden wir den Planeten rasieren.«

»Und was werden dann die Vögel machen?«

»Ich würde auch die Vögel abschaffen. Auf dem Kunstbaum gäbe es künstliche Vögel, die zu singen anfangen, wenn man im Haus auf einen Knopf drückt. Wenn man des Gesangs überdrüssig wird, schaltet man sie aus. Bedenken Sie den Fortschritt. Keine Federn, keine Nester, keine Eier, kein Schmutz.«

»Das hört sich an«, meinte Mark, »als wollten Sie praktisch alles organische Leben abschaffen.«

»Und warum nicht? Es ist einfach eine Frage der Hygiene. Hören Sie, meine Freunde, wenn Sie etwas Verfaultes vom Boden aufheben und feststellen, dass organisches Leben darüberkriecht, sagen Sie dann nicht: ›Wie scheußlich! Das lebt ja!‹ und werfen es wieder fort?«

»Und weiter?«, sagte Winter.

»Und Sie, vor allem die Engländer, haben Sie nicht etwas gegen jegliches organische Leben, außer gegen Ihren eigenen Körper? Statt es gewähren zu lassen, haben Sie das tägliche Bad erfunden.«

»Das stimmt.«

»Und was nennen Sie schmutzigen Schmutz? Ist damit nicht das Organische gemeint? Mineralien sind sauberer Schmutz. Der wirkliche Dreck stammt von Organismen – Schweiß, Schleim, Exkremente. Ist nicht Ihre ganze Vorstellung von Reinheit ein Beispiel dafür? Das Unreine und das Organische sind austauschbare Begriffe.«

»Worauf wollen Sie hinaus, Professor?«, sagte Gould. »Schließlich sind wir selbst Organismen.«

»Zugegeben, das ist der Punkt. In uns hat das organische Leben Verstand erzeugt. Es hat seine Arbeit getan. Danach brauchen wir es nicht länger. Die Welt soll nicht länger mit organischem Leben wie mit Schimmelpilz überwuchert sein – alles ein Sprießen und Knospen, ein Zeugen und Verwesen. Wir müssen uns davon befreien. Nach und nach, versteht sich; allmählich lernen wir, wie wir es anstellen müssen. Lernen, unsere Gehirne mit immer weniger Körper am Leben erhalten zu können; lernen, unsere Körper direkt mit Chemikalien aufzubauen, statt sie mit toten Tieren und Unkraut voll zu stopfen. Lernen, uns ohne Paarung fortzupflanzen.«

»Das würde aber nicht viel Spaß machen«, sagte Winter.

»Mein Freund, Sie haben den Spaß, wie Sie es nennen, bereits von der Fruchtbarkeit getrennt: Der Spaß schwindet doch bereits dahin. Pah! Ich weiß, Sie glauben mir nicht. Aber sehen Sie sich Ihre englischen Frauen an. Sechs von zehn sind frigide, oder etwa nicht? Sehen Sie? Die Natur selbst beginnt den Anachronismus abzuschaffen. Erst wenn sie das getan hat, wird echte Zivilisation möglich. Wären Sie Bauern, so würden Sie mich verstehen. Wer würde versuchen, mit Hengsten und Stieren zu arbeiten? Nein, nein: Wir brauchen Wallache und Ochsen. Solange es Sexualität gibt, wird es niemals Frieden und Ordnung und Disziplin geben. Erst der geschlechtslose Mensch ist zu lenken.«

Das Essen war zu Ende, und als sie vom Tisch aufstanden, raunte Filostrato Mark zu: »Ich würde Ihnen empfehlen, heute Abend nicht in die Bibliothek zu gehen. Sie verstehen? Sie sind in Ungnade. Kommen Sie zu mir, und lassen Sie uns ein bisschen reden.«

Mark erhob sich und folgte ihm, froh und überrascht, dass Filostrato in dieser neuen Krise mit dem VD anscheinend sein Freund geblieben war. Sie gingen ins Wohnzimmer des Italieners im ersten Stock. Mark setzte sich an den Kamin, während sein Gastgeber im Raum auf und ab wanderte.

»Es tut mir sehr Leid, mein junger Freund«, sagte Filostrato, »von diesem neuerlichen Ärger zwischen Ihnen und dem stellvertretenden Direktor zu hören. Das muss aufhören, verstehen Sie? Wenn er Sie auffordert, Ihre Frau herzubringen, warum tun Sie es dann nicht?«

»Aber ich bitte Sie!«, sagte Mark. »Ich habe nicht geahnt, dass er der Sache so viel Bedeutung beimisst. Ich dachte, er hätte es nur aus Höflichkeit gesagt.« Seine Einwände gegen Janes Aufenthalt in Belbury waren, wenn auch nicht beseitigt, so doch vom Wein, den er zum Essen getrunken hatte, und dem Stich, den ihm sein drohender Ausschluss aus dem Bibliothekskreis versetzt hatte, vorübergehend in den Hintergrund gedrängt.

»Es spielt an sich keine Rolle«, sagte Filostrato, »aber ich habe Grund zu der Annahme, dass die Anregung nicht von Wither kam, sondern vom Oberhaupt selbst.«

»Vom Oberhaupt? Sie meinen Jules?«, fragte Mark überrascht. »Ich dachte, er sei bloß ein Aushängeschild. Und was kümmert es ihn, ob ich meine Frau herhole oder nicht?«

»Sie irren«, sagte Filostrato. »Unser Oberhaupt ist kein Aushängeschild.« Mark fand, dass der Italiener sich ein wenig merkwürdig benahm. Eine Weile sagte keiner von beiden etwas.

»Was ich beim Abendessen gesagt habe, ist alles wahr«, sagte Filostrato schließlich.

»Und Jules?«, beharrte Mark. »Was hat er damit zu tun?«

»Jules?«, erwiderte Filostrato. »Warum sprechen Sie von ihm? Ich sage, es war alles wahr. Die Welt, die ich kommen sehe, ist die Welt vollkommener Reinheit. Der reine Geist und die reinen Minerale. Welche Dinge verletzen die Würde des Menschen am meisten? Geburt, Zeugung und Tod. Wie, wenn wir im Begriff ständen zu entdecken, dass der Mensch ohne diese drei Dinge leben kann?«

Mark starrte ihn an. Filostratos Rede schien so zusammenhanglos und sein Verhalten so ungewöhnlich, dass Mark sich fragte, ob er auch bei klarem Verstand und völlig nüchtern sei.

»Was Ihre Frau betrifft«, erklärte Filostrato, »so ist mir das einerlei. Was habe ich mit anderer Leute Frauen zu tun? Dieses ganze Sujet stößt mich ab. Aber wenn sie darauf bestehen ... Sehen Sie, mein Freund, die eigentliche Frage ist, ob Sie wahrhaft eins mit uns sein wollen oder nicht.«

»Ich kann Ihnen nicht ganz folgen«, sagte Mark.

»Wollen Sie ein bloßer Söldner sein? Dafür stecken Sie schon viel zu tief drin. Sie stehen am Wendepunkt Ihrer Karriere, Mr. Studdock. Wenn Sie versuchen, sich jetzt noch zurückzuziehen, werden Sie so unglücklich enden wie Hingest, dieser Narr. Kommen Sie aber ganz zu uns, so wird Ihnen die Welt... pah, was sage ich? ... das Universum zu Füßen liegen.«

»Aber natürlich möchte ich ganz dazugehören«, sagte Mark. Eine gewisse Erregung beschlich ihn.

»Das Oberhaupt meint, Sie könnten nicht wirklich zu uns gehören, solange Sie Ihre Frau nicht hier herbringen. Er will Sie ganz haben, mit allem, was zu Ihnen gehört – oder überhaupt nicht. Sie müssen Ihre Frau nach Belbury holen, und auch sie muss eine der unseren werden.«

Diese Erklärung traf Mark wie ein kalter Wasserguss ins Gesicht. Und doch ... in diesem Zimmer und in diesem Moment, unter dem aufmerksamen Blick der kleinen, hellen Augen des Professors, konnte er sich Jane kaum mehr richtig vorstellen.

»Sie sollen es aus dem Munde des Oberhaupts selbst hören«, sagte Filostrato plötzlich.

»Ist Jules denn hier?«, fragte Mark.

Statt einer Antwort wandte sich Filostrato von ihm ab und zog mit ausholender Bewegung die Fenstervorhänge zurück. Dann schaltete er das Licht aus. Der Nebel war verschwunden. Wind war aufgekommen. Kleine Wolken jagten vor den Sternen vorüber, und der Vollmond – den Mark glaubte, noch nie so hell gesehen zu haben – sah auf sie hinab. Als die Wolken an ihm vorbeizogen, sah er aus wie ein heller Ball, der zwischen ihnen hindurchrollte. Sein bleiches Licht füllte den Raum.

»Ist das nicht eine Welt für Sie?« fragte Filostrato. »Dort herrscht Sauberkeit, Reinheit. Zehntausende von Quadratmeilen glänzendes Gestein, kein Grashalm, keine noch so kleine Flechte, kein Staubkorn. Nicht einmal Luft. Haben Sie überlegt, wie es sein würde, wenn Sie dort umhergehen könnten, mein Freund? Kein Zerfall, keine Erosion. Die Spitzen jener Berge sind wirklich spitz – wie Nadeln würden sie Ihre Hand durchstechen. Felswände, so hoch wie der Everest und so gerade wie eine Hauswand. Sie werfen einen meilenweiten, pechschwarzen Schatten, und im Schatten hunderte von Kältegraden. Ein Schritt aus diesem Schatten heraus, und das Licht würde Ihre Augäpfel wie Stahl durchbohren, das Gestein Ihre Füße verbrennen. Die Temperatur ist auf dem Siedepunkt. Man würde sterben, nicht wahr? Aber selbst dann würde man nicht zu Schmutz. In wenigen Augenblicken sind Sie ein kleines Häufchen Asche – reines weißes Pulver. Und kein Wind würde dieses Pulver verwehen. Jedes Körnchen in dem kleinen Haufen bliebe an Ort und Stelle, eben der Stelle, an der man gestorben ist, bis zum Ende der Welt ... Aber das ist Unsinn. Das Universum wird kein Ende haben.«

»Ja. Eine tote Welt«, sagte Mark und sah zum Mond hinauf.

»Nein!« widersprach Filostrato. Er stand direkt neben Mark und sprach fast im Flüsterton – wie der Schlag von Fledermausflügeln klang das Wispern dieser von Natur aus hohen Stimme. »Nein. Es gibt dort Leben.«

»Wissen wir das?«, fragte Mark.

»O *si*. Intelligentes Leben. Unter der Oberfläche. Eine große Rasse, weiter entwickelt als wir. Ein Vorbild. Eine reine Rasse. Sie hat ihre Welt gereinigt, sich fast vom Organischen befreit.«

»Aber wie ...?«

»Sie brauchen nicht geboren zu werden und sich fortzupflanzen und zu sterben; nur ihr gewöhnliches Volk, ihre *canaglia,* tut das. Die Herren leben weiter. Sie erhalten ihre Intelligenz: sie können sie künstlich am Leben erhalten, nachdem der organische Körper zu Grunde gegangen ist – ein Wunder der angewandten Biochemie. Sie brauchen keine organische Nahrung. Verstehen Sie? Sie sind fast unabhängig von der Natur, nur noch durch die feinsten, dünnsten Bande mit ihr verbunden.«

»Wollen Sie damit sagen, all das ...«, Mark zeigte zu der gefleckten Mondscheibe hinauf, »sei ihr Werk?«

»Warum nicht? Wenn Sie alle Vegetation entfernen, werden Sie bald keine Atmosphäre, kein Wasser mehr haben.«

»Aber wozu das alles?«

»Hygiene. Warum sollten sie sich mit einer Welt voller wimmelnder Organismen abgeben? Insbesondere einen Organismus wollen sie vertreiben. Übrigens ist die Mondoberfläche nicht überall so, wie wir sie sehen. Es gibt noch immer Oberflächenbewohner – Wilde. Auf der erdabgewandten Seite befindet sich eine große Fläche, wo es noch Wasser, Luft und Wälder gibt – ja, und Keime und Tod. Langsam dehnen die Herren des Mondes ihre Hygiene über ihre ganze Weltkugel aus. Desinfizieren sie. Die Wilden kämpfen gegen sie. Es gibt Fronten und erbitterte Kämpfe in den Höhlen und Grotten unter der Oberfläche. Aber die Herrenrasse gibt nicht nach. Könnten Sie die Rückseite des Mondes sehen, so würden Sie feststellen, dass der saubere Fels, wie er auf dieser Seite zu erkennen ist, Jahr um Jahr weiter vordringt; dass der organische Fleck, all das Grün und Blau und der Dunst immer mehr schrumpfen. So als würde man angelaufenes Silber putzen.«

»Aber woher wissen Sie das alles?«

»Das werde ich Ihnen ein andermal erzählen. Das Oberhaupt hat viele Informationsquellen. Ich habe es Ihnen nur gesagt, um Ihre Fantasie anzuregen. Damit Sie erkennen, was getan werden kann: was hier getan werden wird. *Dio mio,* dieses Institut hat wahrhaftig höhere Ziele als Wohnungsbauprogramme, Impfungen, schnellere Züge und die Leute vom Krebs zu heilen: Es soll den Tod besiegen; oder das organische Leben, wenn Sie so wollen. Das läuft auf dasselbe hinaus. Aus dem Kokon des organischen Lebens, der die Kindheit des Geistes beschützte, wird es den Neuen Menschen hervorbringen, den Menschen, der nicht sterben wird, den künstlichen Menschen, der sich von der Natur befreit hat. Die Natur ist die Leiter, auf der wir emporgestiegen sind, und nun stoßen wir sie fort.«

»Und Sie glauben, dass wir eines Tages wirklich ein Mittel finden werden, um das Gehirn für unbegrenzte Zeit am Leben zu erhalten?«

»Wir haben schon damit begonnen. Das Oberhaupt selbst...«

»Sprechen Sie weiter«, sagte Mark. Sein Herz pochte heftig, und er hatte Jane und Wither völlig vergessen. Hier endlich stieß er zum Kern der Sache vor.

»Das Oberhaupt selbst hat den Tod bereits überlebt, und Sie werden heute Abend zu ihm sprechen.«

»Sie meinen, Jules ist gestorben?«

»Unsinn! Jules ist nichts. Er ist nicht das Oberhaupt.«

»Wer ist es dann?«

In diesem Augenblick klopfte es. Jemand kam herein, ohne eine Antwort abzuwarten.

»Ist der junge Mann bereit?«, fragte Straiks Stimme.

»O ja. Sie sind bereit, nicht wahr, Mr. Studdock?«

»Sie haben es ihm also erklärt«, sagte Straik. Er wandte sich zu Mark, und das Mondlicht im Zimmer war so hell, dass Mark sein Gesicht jetzt zum Teil erkennen konnte – die tiefen Furchen, die von dem kalten Licht und Schatten noch unterstrichen wurden.

»Sind Sie wirklich bereit, sich uns anzuschließen, junger

Mann?« fragte Straik. »Es gibt kein Zurück, wenn Sie einmal Hand an den Pflug gelegt haben. Kein Wenn und Aber. Das Oberhaupt hat nach Ihnen geschickt. Verstehen Sie – das Haupt. Sie werden jemanden sehen, der getötet wurde und doch lebt. Die Auferstehung Jesu in der Bibel war ein Symbol: Heute Abend sollen Sie sehen, was sie symbolisierte. Dies ist endlich der wahre Mensch, und er verlangt vollkommene Ergebenheit.«

»Wovon zum Teufel reden Sie eigentlich?«, sagte Mark, und die nervöse Spannung verzerrte seine Stimme zu einem heiseren, zornigen Schrei.

»Mein Freund hat ganz Recht«, sagte Filostrato. »Unser Oberhaupt ist der erste der Neuen Menschen – der erste, der über das animalische Leben hinaus existiert. Soweit es die Natur betrifft, ist er bereits tot. Ginge es nach der Natur, so würde sein Gehirn jetzt im Grab verfaulen. Aber er wird noch in dieser Stunde zu Ihnen sprechen, und – im Vertrauen, junger Freund – Sie werden seinen Befehlen gehorchen.«

»Aber wer ist es?«, fragte Mark.

»Es ist François Alcasan«, antwortete Filostrato.

»Sie meinen, der Mann, der geköpft wurde?«, stieß Mark hervor. Die beiden nickten. Ihre Gesichter waren ganz nah und sahen in diesem unwirklichen Licht wie in der Luft hängende Masken aus.

»Fürchten Sie sich?«, fragte Filostrato. »Darüber werden Sie hinwegkommen. Wir bieten Ihnen an, einer der unseren zu werden. Ja, wären Sie draußen, wären Sie einer aus der *canaglia,* dann hätten Sie Grund, sich zu fürchten. Wir stehen am Anfang aller Macht. Er lebt für immer. Der Gigant Zeit ist bezwungen. Und der Gigant Raum – auch er ist bereits bezwungen worden. Einer der unseren ist schon durch den Weltraum gereist. Gewiss, er wurde verraten und ermordet, und seine Manuskripte sind unvollständig. Es war uns noch nicht möglich, sein Raumschiff nachzubauen. Aber das wird kommen.«

»Es ist der Beginn des unsterblichen und allgegenwärtigen Menschen«, sagte Straik. »Der Mensch auf dem Thron des Universums: das ist die wahre Bedeutung aller Prophezeiungen.«

»In der ersten Zeit«, sagte Filostrato, »wird die Macht natürlich auf eine kleine Anzahl von Personen beschränkt sein, diejenigen, die für das ewige Leben auserwählt werden.«

»Und später, meinen Sie«, sagte Mark, »soll sie allen Menschen zuteil werden?«

»Nein«, sagte Filostrato. »Ich meine, sie wird dann auf einen Menschen beschränkt sein. Sie sind doch nicht dumm, mein junger Freund, nicht wahr? All dieses Gerede von der Macht des Menschen über die Natur – des Menschen im abstrakten Sinne – ist nur für die *canaglia*. Sie wissen so gut wie ich, dass die Macht der Menschheit über die Natur nichts anderes ist als die Macht einiger Menschen über andere Menschen mit der Natur als Werkzeug. So etwas wie die Menschheit gibt es nicht – das ist nur ein Wort. Es gibt bloß Menschen. Nein, nicht die Menschheit wird allmächtig sein, sondern irgendein einzelner Mensch, ein Unsterblicher. Alcasan, unser Oberhaupt, ist der erste Vorbote. Das endgültige Produkt wird wahrscheinlich ein anderer sein. Vielleicht werden Sie es sein, vielleicht ich.«

»Ein König wird kommen«, sagte Straik, »der über Himmel und Erde zu Gericht sitzen wird. Sie haben wohl gedacht, dies alles sei Mythologie. Sie dachten, weil sich um das Wort ›Menschensohn‹ Fabeln und Legenden ranken, würde die Menschheit in Wirklichkeit niemals einen Sohn haben, der alle Macht in sich vereinigen wird. Aber genau so wird es sein.«

»Ich verstehe nicht«, sagte Mark.

»Aber es ist ganz leicht«, erwiderte Filostrato. »Wir haben herausgefunden, wie man einen Toten lebendig machen kann. Schon in seinem natürlichen Leben war er ein weiser Mann. Nun lebt er für immer und wird an Weisheit zunehmen. Später werden wir ihnen das Leben angenehmer gestalten – denn man muss zugeben, gegenwärtig ist dieses zweite Leben für denjenigen, der es hat, wahrscheinlich nicht sehr erfreulich. Verstehen Sie? Später machen wir es für einige angenehm – für andere vielleicht nicht so angenehm. Denn wir können die Toten lebendig machen, ob sie es wollen oder nicht. Er, der schließlich Herrscher des Universums sein wird, kann dieses zweite Leben schenken, wem er will. Die Beschenkten können die Gabe nicht zurückweisen.«

»Und so«, sagte Straik, »kehren die Dinge, die Sie auf Ihrer Mutter Schoß gelernt haben, wieder. Gott wird die Macht zu ewiger Belohnung und ewiger Bestrafung haben.«

»Gott?«, sagte Mark. »Was hat Gott damit zu tun? Ich glaube nicht an Gott.«

»Aber, mein Freund«, sagte Filostrato, »wenn es in der Vergangenheit keinen Gott gab, folgt daraus doch nicht, dass es auch in Zukunft keinen Gott geben wird.«

»Sehen Sie nicht«, sagte Straik, »dass wir Ihnen den unaussprechlichen Ruhm bieten, bei der Erschaffung des allmächtigen Gottes dabei zu sein? Hier, in diesem Haus, werden Sie den ersten Vorboten des wahren Gottes sehen. Ein Mensch – oder ein von Menschen gemachtes Wesen – wird schließlich den Thron des Universums besteigen. Und in alle Ewigkeit herrschen.«

»Werden Sie mit uns kommen?«, fragte Filostrato. »Er hat nach Ihnen geschickt.«

»Selbstverständlich wird er kommen«, antwortete Straik. »Meint er vielleicht, er könnte umkehren und am Leben bleiben?«

»Und was die Sache mit Ihrer Frau betrifft«, fügte Filostrato hinzu, »so werden Sie eine solche Nebensächlichkeit gar nicht erst erwähnen, sondern tun, wie Ihnen gesagt wird. Dem Oberhaupt widerspricht man nicht.«

Außer der nun rasch nachlassenden Wirkung des Alkohols

und einigen undeutlichen Erinnerungen an Stunden mit Jane und Freunden aus der Zeit, bevor er ans Bracton College gegangen war und als die Welt noch anders ausgesehen hatte, gab es für Mark keine Hilfe zur Bewältigung des erregenden Schreckens, der ihn jetzt befiel. Hinzu kam eine unwillkürliche Abneigung gegen die beiden mondbeschienenen Gesichter, die seine Aufmerksamkeit so sehr in Anspruch nahmen. Auf der anderen Seite war Angst. Was würden sie mit ihm machen, wenn er sich jetzt weigerte? Doch diese Angst wurde gemildert durch die Überzeugung des jungen Mannes, die Dinge würden sich ›bis morgen‹ schon irgendwie einrenken, wenn er zunächst nachgäbe. Und zu der Angst und der Hoffnung kam noch ein nicht gänzlich unangenehmer Schauder bei der Vorstellung, an einem so erstaunlichen Geheimnis teilzuhaben.

»Ja«, stieß er hervor, als wäre er außer Atem, »ja – natürlich werde ich mitkommen.«

Sie führten ihn hinaus. In den Korridoren war schon alles still; kein Gelächter, keine Stimmen kamen mehr aus den öffentlichen Räumen im Erdgeschoss. Mark stolperte, und sie hakten ihn unter. Der Weg erschien ihm lang. Korridor folgte auf Korridor, sie gingen durch Flure, die er nie zuvor gesehen hatte. Türen mussten aufgeschlossen werden, und dann kamen sie an einen Ort, an dem alle Lichter eingeschaltet waren und seltsame Gerüche in der Luft hingen. Filostrato sagte etwas in eine Sprechanlage, und eine Tür wurde ihnen geöffnet.

Sie betraten einen Raum, der an einen Operationssaal erinnerte, mit grellen Lampen, Spülbecken, Flaschen und glitzernden Instrumenten. Ein junger Mann, den er kaum kannte, empfing sie in einem weißen Arztkittel.

»Ziehen Sie sich bis auf die Unterwäsche aus«, sagte Filostrato. Während Mark der Aufforderung nachkam, entdeckte er, dass die gegenüberliegende Wand des Raumes mit Messuhren bedeckt war. Zahlreiche Schläuche kamen aus dem

Boden und verschwanden unter diesen Messuhren in der Wand. Die starren Uhrengesichter mit den leicht pulsierenden Schlauchbündeln darunter ließen an ein Lebewesen mit vielen Augen und Fangarmen denken. Der junge Mann wandte seine Augen nicht von den vibrierenden Nadeln der Messskalen. Als die drei Neuankömmlinge ihre Oberbekleidung abgelegt hatten, wuschen sie sich Hände und Gesichter, und danach pflückte Filostrato mit einer großen Zange weiße Kleider für sie aus einem Glasschrank. Nachdem sie diese angelegt hatten, gab er ihnen Handschuhe und Masken, wie Chirurgen sie tragen. Dann war es einen Augenblick lang still, während Filostrato die Instrumente überprüfte. »Ja, ja«, sagte er. »Ein bisschen mehr Luft. Nicht viel: null Komma drei. Lassen Sie Luft in die Kammer ... langsam ... bis auf Voll. Jetzt die Beleuchtung. Jetzt Luft in die Schleuse. Etwas weniger von der Lösung.« Dann wandte er sich zu Straik und Studdock um. »Sind Sie bereit hineinzugehen?«

Er führte sie zu einer Tür in der Wand mit den Messinstrumenten.

## 9  Der Kopf des Sarazenen

»Es war der schlimmste Traum, den ich bisher hatte«, sagte Jane am nächsten Morgen. Sie saß mit dem Meister und Grace Ironwood im blauen Zimmer.

»Ja«, sagte der Meister, »Ihre Aufgabe ist vielleicht die schwierigste; jedenfalls bis der wirkliche Kampf beginnt.«

»Ich träumte, ich sei in einem dunklen Raum«, sagte Jane. »Es roch seltsam, und ich hörte ein leises Summen. Dann ging das Licht an, aber es war nicht sehr hell, und eine ganze Weile war mir nicht klar, was ich sah. Und als ich es begriff ... Wahrscheinlich wäre ich aufgewacht, hätte ich mich nicht mit großer Anstrengung daran gehindert. Ich glaubte vor mir ein Gesicht in der Luft schweben zu sehen. Ein Gesicht, keinen Kopf, wenn Sie verstehen, was ich meine. Es hatte einen Bart und eine Nase und Augen – die Augen konnte man allerdings nicht sehen, weil es eine dunkle Brille trug; über den Augen schien nichts zu sein. Nicht zu Anfang. Aber als ich mich an das Licht gewöhnte, bekam ich einen furchtbaren Schreck. Ich dachte zunächst, das Gesicht sei eine Maske auf einer Art Luftballon. Aber das war es nicht. Vielleicht sah es ein wenig so aus wie ein Mann mit einer Art Turban ... Ich kann es nur schlecht beschreiben. In Wirklichkeit war es ein Kopf oder der Rest eines Kopfes, dem man den oberen Teil der Schädeldecke abgenommen hatte und dann ... dann ... als ob darinnen etwas übergekocht wäre. Eine riesige Masse quoll aus dem offenen Schädel heraus; sie war mit etwas wie sehr dünnem Verbandmull umwickelt. Man konnte sie zucken sehen. Ich erinnere mich, dass ich sogar in meiner Angst gedacht habe: ›Oh, du musst es töten, musst es von seiner Qual erlösen.‹ Aber nur einen Augenblick lang, weil ich gedacht hatte, das Ding sei echt. Es sah grünlich aus, und der Mund stand weit offen und war ganz ausgetrocknet. Sie sehen, ich habe es lange betrachtet, bevor irgendetwas geschah. Bald merkte ich, dass es nicht eigentlich schwebte. Es war auf einer Art Sockel oder Podest befestigt – ich weiß nicht genau, was es war, und es hing etwas davon herunter. Vom Hals, meine ich. Ja, es hatte einen Hals und eine Art Kragen darum, aber unter dem Kragen war nichts: keine Schultern, kein Körper. Nur dieses herunterhängende Zeug. Im Traum dachte ich, es sei etwas wie ein neuer Mensch, der nur Kopf und Eingeweide habe; ich glaubte, all diese Schläuche seien die Eingeweide. Aber dann sah ich – ich weiß nicht genau, wie –, dass sie künstlich waren. Dünne Gummischläuche und Blasen und kleine Metalldinger. Ich bin nicht ganz schlau daraus geworden. Die Schläuche führten alle in die Wand. Dann geschah endlich etwas.«

»Ist Ihnen nicht wohl, Jane?«, fragte Miss Ironwood.

»Doch, ja«, sagte Jane, »es geht einigermaßen. Es widerstrebt einem nur, dies alles zu erzählen. Nun, ganz plötzlich, wie wenn eine Maschine anspringt, kam mit einem harten, trockenen, rasselnden Laut ein Atemstoß aus dem Mund. Und dann noch einer, bis es zu einer Art Rhythmus wurde – huff, huff, huff –, wie eine Nachahmung von Atemzügen. Dann kam etwas Schreckliches: Der Mund begann zu sabbern. Ich weiß, es klingt albern, aber mir tat der Kopf leid, denn er hatte keine Hände und konnte sich den Mund nicht abwischen. Es scheint unbedeutend, verglichen mit allem anderen, aber so war mir zu Mute. Darauf begann der Mund sich zu verziehen, die Zunge leckte sogar über die Lippen. Es war, als mache jemand eine Maschine betriebsfertig. Es war furchtbar anzusehen, als ob der Kopf plötzlich lebendig geworden wäre, und dabei rann ihm der Speichel in den Bart, der ganz steif und tot aussah ... Schließlich kamen drei Leute in den Raum, alle weiß gekleidet und mit Atemmasken vor den Gesichtern. Sie schlichen beinahe, wie Katzen auf einer Mauer. Einer war ein großer, dicker Mann, der zweite war mager und knochig. Und der dritte ...«, hier machte Jane unwillkürlich eine Pause, »der dritte war, glaube ich, Mark ... Ich meine, mein Mann.«

»Sie wissen es nicht genau?«, sagte der Meister.

»Doch«, antwortete Jane. »Es war Mark. Ich habe ihn an seinem Gang erkannt. Und ich habe die Schuhe erkannt, die er anhatte. Und seine Stimme. Er war es.«

»Es tut mir Leid«, sagte der Meister.

»Und dann«, fuhr Jane fort, »kamen sie alle drei näher und stellten sich vor den Kopf. Sie verbeugten sich vor ihm. Wegen der dunklen Brillengläser konnte man nicht sehen, ob der Kopf sie anblickte. Er machte mit diesem rhythmisch schnaufenden Geräusch weiter. Dann sprach er.«

»Englisch?« fragte Miss Ironwood.

»Nein, französisch.«

»Was sagte er?«

»Nun, mein Französisch ist ziemlich mäßig, darum konnte ich schlecht folgen. Der Kopf sprach sehr sonderbar, stoßweise, wie jemand, der außer Atem ist. Ohne richtige Betonung. Und natürlich konnte er sich nicht hin und her bewegen, wie ein richtiger Mensch es beim Sprechen tut.«

Wieder sprach der Meister.

»Haben Sie irgendetwas von dem, was gesagt wurde, verstanden?«

»Nicht sehr viel. Der dicke Mann schien Mark dem Kopf vorzustellen. Der Kopf sagte etwas zu Mark, und Mark versuchte zu antworten. Ihn konnte ich einigermaßen verstehen, denn sein Französisch ist nicht viel besser als meines.«

»Was hat er gesagt?«

»Er sagte, er werde ›es in ein paar Tagen tun, wenn es möglich wäre‹, oder so ähnlich.«

»War das alles?«

»So ziemlich. Sehen Sie, Mark konnte es nicht aushalten. Ich wusste, dass er es nicht aushalten würde. Ich erinnere mich, dass ich es ihm im Traum – unsinnigerweise – sagen wollte. Ich sah ihn wanken und versuchte den beiden anderen zuzurufen: ›Er fällt!‹ Aber natürlich konnte ich es nicht. Ihm wurde übel, und sie führten ihn hinaus.«

Eine Weile schwiegen alle drei.

»War das alles?«, fragte Miss Ironwood.

»Ja«, antwortete Jane. »Das ist alles, an das ich mich erinnere. Ich glaube, dann bin ich aufgewacht.«

Der Meister holte tief Atem. »Nun«, sagte er mit einem Blick zu Miss Ironwood, »es wird immer klarer. Wir müssen uns sofort beraten. Sind alle hier?«

»Nein. Professor Dimble musste nach Edgestow fahren, ins College, um ein Seminar zu halten. Er wird erst am Abend zurückkommen.«

»Dann müssen wir heute Abend beraten. Bereiten Sie alles

vor.« Er schwieg einen Moment lang und wandte sich dann an Jane.

»Ich fürchte, dies ist sehr schlimm für Sie, liebe Mrs. Studdock«, sagte er. »Und für ihn noch mehr.«

»Sie meinen für Mark, Sir?«

»Ja. Denken Sie nicht schlecht von ihm. Er leidet. Werden wir besiegt, so gehen wir alle mit ihm unter. Gewinnen wir, so werden wir ihn retten; es kann noch nicht zu spät sein.« Er hielt inne, lächelte und fügte hinzu: »Schwierigkeiten mit Ehemännern sind uns hier nichts Neues, wissen Sie. Der Mann unserer armen Ivy sitzt im Gefängnis.«

»Im Gefängnis?«

»Ja – wegen Diebstahls. Aber er ist ein ganz anständiger Kerl. Wird sich schon wieder aufrappeln.«

Obgleich Jane beim Anblick (wenn auch nur im Traum) von Marks wirklicher Umgebung und Kollegen vor Entsetzen beinahe übel geworden war, so schwang in diesem Entsetzen doch etwas Großes und Geheimnisvolles mit. Die Gleichsetzung von Marks Zwangslage mit der eines gewöhnlichen Strafgefangenen ließ ihr das Blut in die Wangen schießen. Aber sie schwieg.

»Noch etwas«, fuhr der Meister fort. »Sie werden es hoffentlich nicht missverstehen, wenn ich Sie von unserer Beratung heute Abend ausschließe.«

»Natürlich nicht, Sir«, sagte Jane, die es sehr missverstand.

»Sehen Sie«, sagte er, »MacPhee steht auf dem Standpunkt, dass, wenn Sie bestimmte Dinge hören, Sie diese mit in den Schlaf nehmen und so den offensichtlichen Wert Ihrer Träume zerstören könnten. Und es ist nicht leicht, ihn zu widerlegen. Er ist unser Skeptiker; ein sehr wichtiges Amt.«

»Ich verstehe durchaus«, sagte Jane.

»Das gilt natürlich nur für Dinge, die wir noch nicht wissen«, sagte der Meister. »Sie sollen unsere Vermutungen nicht hören, und Sie sollen nicht dabei sein, wenn wir uns über

Hinweise die Köpfe zerbrechen. Aber was die frühere Geschichte unserer Familie angeht, so haben wir keine Geheimnisse vor Ihnen. MacPhee wird darauf bestehen, Ihnen alles selbst zu erzählen. Er wird befürchten, Grace oder ich seien nicht objektiv genug.«

»Ich verstehe.«

»Ich hoffe, Sie können und werden ihn mögen. Er ist einer meiner ältesten Freunde. Und wenn wir verlieren, wird er unser bester Mann sein. In einem aussichtslosen Kampf könnte man niemand besseren als ihn an seiner Seite haben. Was er tun wird, wenn wir gewinnen, kann ich mir allerdings nicht vorstellen.«

## 2

Als Mark am nächsten Morgen zur Besinnung kam, schmerzte sein Kopf, und besonders sein Hinterkopf. Er erinnerte sich, dass er gefallen war – dabei musste er mit dem Kopf aufgeschlagen sein –, gefallen in jenem Raum mit Filostrato und Straik ... Und dann entdeckte er (wie ein Dichter einmal gesagt hatte) ›in seinem Geist eine Entzündung, geschwollen und verformt: sein Gedächtnis‹. Aber es war unmöglich, vollkommen unannehmbar, ein Albtraum, der verscheucht werden musste, der nun, da er ganz wach war, verschwinden würde. Es war absurd. Im Fiebertraum hatte er einmal die vordere Hälfte eines Pferdes gesehen, das ohne Körper und Hinterbeine über eine Wiese gerannt war. Er hatte es lächerlich, aber darum nicht weniger grausig gefunden. Dies hier war ebenso absurd. Ein Kopf ohne Körper. Ein Kopf, der sprechen konnte, wenn man im Nebenraum die Luft und den künstlichen Speichel anstellte. Der Schmerz in seinem eigenen Schädel begann so heftig zu pochen, dass er nicht weiter nachdenken konnte.

Aber er wusste, dass es wahr war. Und er konnte es, wie

man so sagt, ›nicht verkraften‹. Er schämte sich dessen sehr, denn er wollte gern als harter Bursche gelten. Aber in Wirklichkeit war zwar sein Wille stark, nicht aber seine Nerven, und die Tugenden, die er beinahe aus seinem Denken hatte verbannen können, lebten, wenn auch im negativen Sinne als Schwächen, in seinem Körper fort. Er billigte die Vivisektion, hatte aber niemals in einem Sezierraum gearbeitet. Er empfahl, bestimmte Volksschichten nach und nach zu eliminieren, war aber nie dabei gewesen, wenn ein kleiner Ladenbesitzer ins Armenhaus musste oder wenn in einer kalten Dachkammer der letzte Tag, die letzte Stunde, die letzte Minute einer verhungernden alten Jungfer kam. Er wusste nichts von der letzten halben Tasse Kakao, die sie zehn Tage zuvor andächtig getrunken hatte.

Er musste aufstehen und sich um die Sache mit Jane kümmern. Offenbar blieb ihm nichts anderes übrig, als sie nach Belbury zu holen. Sein Verstand hatte diese Entscheidung zu einem Zeitpunkt für ihn getroffen, an den er sich nicht erinnerte. Er musste sie holen, um sein Leben zu retten. All seine Bemühungen, in den inneren Kreis vorzudringen und eine angemessene Position zu erlangen, hatten jetzt keinerlei Bedeutung mehr. Es ging um Leben und Tod. Sie würden ihn töten, wenn er sich ihnen widersetzte; ihn vielleicht enthaupten ... O Gott, würden sie doch diesen monströsen, gequälten Klumpen nur richtig töten, diesen Klumpen mit einem Gesicht, der dort auf seinem Stahlgestell stand und redete. All die kleineren Ängste in Belbury – denn er wusste jetzt, dass bis auf die Anführer alle ständig Angst hatten – waren Auswirkungen dieser zentralen Angst. Er musste Jane holen; dagegen kämpfte er jetzt nicht mehr an.

Man darf nicht vergessen, dass in Marks Kopf kein edler Gedanke – weder ein christlicher noch ein heidnischer – einen festen Platz hatte. Seine Erziehung war weder naturwissenschaftlich noch humanistisch, sondern einfach ›modern‹

gewesen. Die Strenge der Abstraktion und die Strenge erhabener menschlicher Tradition waren ihm gleichermaßen fremd; er besaß weder Bauernschläue noch aristokratisches Ehrgefühl, die ihm hätten helfen können. Er war ein Strohmann, ein zungenfertiger Prüfling in Fächern, die nicht viel exaktes Wissen erforderten (in Essays und allgemeinen Abhandlungen war er immer gut gewesen), und die erste ernst zu nehmende Bedrohung seiner leiblichen Existenz warf ihn um. Und sein Kopf schmerzte so, und er fühlte sich so elend; Gott sei Dank hatte er jetzt immer eine Flasche in seinem Zimmer. Ein doppelter Whisky versetzte ihn in die Lage, sich zu rasieren und anzukleiden.

Er kam zu spät zum Frühstück, aber das machte ihm nichts aus, da er ohnedies nichts essen konnte. Er trank mehrere Tassen schwarzen Kaffee und ging dann ins Schreibzimmer. Hier saß er lange Zeit und kritzelte auf dem Löschpapier herum. Nun, da es so weit war, war es ihm beinahe unmöglich, diesen Brief an Jane zu schreiben. Und warum wollten sie Jane? Gestaltlose Befürchtungen regten sich in seinem Bewusstsein. Ausgerechnet Jane. Würden sie auch Jane zu dem Kopf bringen? Zum ersten Mal in seinem Leben kam etwas wie selbstlose Liebe in ihm auf; er wünschte, er hätte sie nie geheiratet, sie nie in diese Schreckenswelt hineingezogen, die anscheinend sein Leben sein würde.

»Hallo, Studdock!«, sagte eine Stimme. »Schreiben wir an unsere Süße?«

»Verdammt!«, sagte Mark. »Jetzt ist mir der Füllhalter aus der Hand gefallen.«

»Dann heben Sie ihn auf, Kleiner«, sagte Miss Hardcastle und setzte sich auf die Tischkante. Mark hob den Füllhalter auf und blieb dann still sitzen, ohne zu ihr aufzublicken. Seit er als Junge in der Schule schikaniert worden war, hatte er niemanden mit solcher Inbrunst gehasst und gefürchtet, wie er jetzt diese Frau hasste und fürchtete.

»Ich habe schlechte Neuigkeiten für Sie, Kleiner«, sagte sie. Sein Herzschlag setzte aus.

»Tragen Sie es wie ein Mann, Studdock«, sagte die Fee.

»Was ist denn?«

Sie antwortete nicht gleich, und er wusste, dass sie ihn studierte, beobachtete, wie das Instrument auf ihr Spielchen ansprach. »Ich mache mir Sorgen um Ihre Süße, wissen Sie«, sagte sie schließlich.

»Was soll das heißen?«, fragte Mark scharf, und diesmal blickte er auf. Die Zigarre zwischen ihren Zähnen war nicht angezündet, aber sie nahm die Zündhölzer aus der Tasche.

»Ich habe bei ihr vorbeigeschaut«, sagte Miss Hardcastle. »Übrigens nur um Ihretwillen. Ich dachte, Edgestow sei zur Zeit vielleicht nicht ganz der rechte Ort für sie.«

»Was ist mit ihr?«, rief Mark.

»Pssst!«, sagte Miss Hardcastle. »Wollen Sie, dass alle uns hören?«

»Können Sie mir nicht sagen, was los ist?«

Sie ließ sich mit der Antwort Zeit. »Was wissen Sie über ihre Familie, Studdock?«

»Viel. Was hat das damit zu tun?«

»Nichts ... eh ... Ungewöhnliches auf der einen oder der anderen Seite?«

»Was zum Teufel meinen Sie damit?«

»Nicht so unhöflich, Süßer. Ich tue für Sie, was ich kann. Es ist nur – nun, ich fand, sie benahm sich ziemlich komisch, als ich sie sah.«

Mark erinnerte sich gut an sein Gespräch mit Jane am Morgen seiner Abreise nach Belbury. Ein neuer Schreck durchfuhr ihn. Sagte diese abscheuliche Frau vielleicht die Wahrheit?

»Was hat sie gesagt?«, fragte er.

»Falls mit ihr in dieser Hinsicht irgendetwas nicht stimmt«, sagte die Fee, »dann hören Sie auf meinen Rat, Studdock, und holen Sie sie sofort her. Hier wird man sich angemessen um sie kümmern.«

»Sie haben mir immer noch nicht erzählt, was meine Frau gesagt oder getan hat.«

»Ich hätte es nicht sehr gern, wenn jemand, der mir nahe steht, in die Heilanstalt gesteckt würde. Schon gar nicht jetzt, wo wir mit den Notstandsgesetzen auch mehr Machtbefugnisse bekommen. Die gewöhnlichen Patienten werden jetzt zu Experimenten benutzt, müssen Sie wissen. Wenn Sie dagegen dieses Formblatt unterzeichnen, fahre ich nach dem Mittagessen schnell hinüber, und dann ist sie heute Abend hier.«

Mark warf seinen Federhalter auf das Pult.

»Nichts dergleichen werde ich tun. Sie haben mir ja nicht einmal ein Sterbenswörtchen darüber gesagt, was ihr fehlt.«

»Ich habe versucht, es Ihnen zu sagen, aber Sie lassen mich ja nicht ausreden. Ihre Frau sprach ständig von jemand, der entweder in ihre Wohnung eingebrochen sei oder sie vom Bahnhof abgeholt habe (was, war nicht ganz klar) und ihr dann mit Zigarren die Haut verbrannt habe. Dann bemerkte sie zum Unglück meine Zigarre und identifizierte sofort mich als diesen imaginären Verfolger. Natürlich war danach nicht mehr mit ihr zu reden.«

Mark stand auf. »Ich muss sofort nach Hause.«

»Halt, halt! Das können Sie nicht machen«, sagte die Fee, die nun auch aufstand.

»Ich kann nicht nach Hause gehen? Das muss ich doch, verdammt noch mal, wenn das alles stimmt.«

»Seien Sie kein Narr, Kleiner«, sagte Miss Hardcastle. »Ehrlich, ich weiß, wovon ich rede. Sie sind schon jetzt in einer verflixt gefährlichen Position. Wenn Sie sich jetzt ohne Erlaubnis entfernen, sind Sie so gut wie erledigt. Schicken Sie mich. Unterzeichnen Sie das Formblatt. Das ist das einzig Vernünftige.«

»Aber gerade eben haben Sie doch gesagt, sie hätte etwas gegen Sie.«

»Oh, das würde nichts ausmachen. Natürlich wäre es besser, wenn sie diese Abneigung gegen mich nicht hätte. Sagen Sie, Studdock, meinen Sie nicht, die Kleine könnte vielleicht eifersüchtig sein?«

»Eifersüchtig? Auf Sie?«, sagte Mark mit unverhülltem Abscheu.

»Wohin wollen Sie?«, rief die Fee mit scharfer Stimme.

»Zum VD und dann nach Hause.«

»Halt! Das tun Sie nicht, wenn Sie es sich nicht endgültig mit mir verderben wollen. Und lassen Sie es sich gesagt sein, noch mehr Feinde können Sie sich kaum leisten.«

»Ach, zum Teufel mit Ihnen«, sagte Mark.

»Kommen Sie zurück, Studdock«, schrie die Fee. »Warten Sie! Seien Sie kein verdammter Narr!« Aber Mark war schon in der Halle. Im Moment schien alles klar. Er würde zu Wither gehen, nicht um Urlaub zu erbitten, sondern um einfach zu erklären, dass er sofort nach Hause fahren müsse, weil seine Frau schwer erkrankt sei. Bevor Wither antworten konnte, wäre er schon wieder draußen – und dann nichts wie fort. Was dann weiter geschehen würde, war ungewiss, aber es spielte auch keine Rolle. Er fuhr in seinen Mantel, setzte den Hut auf, rannte hinauf und klopfte an die Tür des stellvertretenden Direktors.

Keine Antwort. Da merkte Mark, dass die Tür nicht ganz zu war. Er stieß sie ein wenig weiter auf und sah den stellvertretenden Direktor mit dem Rücken zur Tür im Büro sitzen. »Entschuldigen Sie, Sir«, sagte er. »Dürfte ich Sie einen Augenblick sprechen?« Keine Antwort. »Entschuldigen Sie, Sir«, sagte Mark ein wenig lauter, doch die Gestalt schwieg und rührte sich nicht. Mark trat zögernd in den Raum und ging um den Schreibtisch herum; aber als er Wither aus der Nähe sah, stockte ihm der Atem, denn er glaubte in das Gesicht eines Leichnams zu blicken. Im nächsten Augenblick erkannte er seinen Irrtum, denn in der Stille konnte er hören, wie der Mann atmete. Er schlief nicht einmal, denn seine Augen standen offen. Auch bewusstlos war er nicht, denn sein Blick ruhte einen Moment auf Mark und wandte sich dann wieder ab. »Ich bitte um Entschuldigung, Sir«, begann Mark und hielt inne. Der stellvertretende Direktor hörte nicht zu. Er war so weit davon entfernt zuzuhören, dass Mark sich fragte, ob er überhaupt da sei, ob nicht die Seele des stellvertretenden Direktors in weiter Ferne schwebe, sich ausbreite und verflüchtige wie eine Gaswolke in form- und lichtlosen Welten, Einöden und Abstellkammern des Universums. Was aus diesen blassen, wässrigen Augen blickte, war in gewissem Sinne die Unendlichkeit – das Gestaltlose, Endlose. Im Raum war es still und kalt. Es gab keine Uhr, und das Feuer war ausgegangen. Es war unmöglich, zu einem Gesicht wie diesem zu sprechen. Zugleich aber schien es ebenso unmöglich, einfach hinauszugehen, denn der Mann hatte ihn gesehen. Mark hatte Angst; es war so anders als alles, was er je erlebt hatte.

Als Mr. Wither schließlich sprach, waren seine Augen nicht auf Mark gerichtet, sondern auf irgendeinen entfernten Punkt hinter ihm, hinter dem Fenster, vielleicht im Himmel.

»Ich weiß, wer Sie sind«, sagte Wither. »Ihr Name ist Studdock. Was wollen Sie hier? Sie hätten draußen bleiben sollen. Gehen Sie fort.«

In diesem Augenblick versagten plötzlich Marks Nerven. All die in den letzten Tagen langsam gewachsenen Ängste mündeten in einen festen Entschluss, und Sekunden später rannte er, immer drei Stufen auf einmal nehmend, die Treppe hinunter. Er durchquerte die Halle, und dann war er draußen und lief die Auffahrt hinunter. Wieder schien ihm völlig klar, was er als Nächstes zu tun hatte. Dem Eingang gegenüber befand sich ein breiter Baumgürtel, durch den ein Feldweg führte. Über diesen Weg würde er in einer halben Stunde nach Courthampton gelangen, und dort konnte er einen Überlandbus nach Edgestow nehmen. Über die Zukunft machte er sich keinerlei Gedanken. Nur zwei Dinge waren wichtig: erstens, aus diesem Haus hinauszukommen, und zweitens, zu Jane zurückzukehren. Er verzehrte sich in Sehnsucht nach Jane, einer körperlichen Sehnsucht ohne jede Sinnlichkeit: als ströme von ihrem Körper Trost und Stärkung aus und als könne die Berührung ihrer Haut ihn von all dem Schmutz befreien, der ihm anzuhaften schien. Der Gedanke, dass sie wirklich verrückt sein könnte, war irgendwie aus seinem Bewusstsein verschwunden. Und er war noch immer jung genug, um nicht an das Elend zu glauben. Er wurde die Überzeugung nicht ganz los, dass, wenn er es nur wirklich versuchte, das Netz schon irgendwie zerreißen und der Himmel sich aufklären würde. Am Ende würden er und Jane zusammen beim Tee sitzen, als ob nichts von alledem geschehen wäre.

Er hatte das Institutsgelände verlassen und überquerte die Straße. Er ging zwischen den Bäumen hindurch. Plötzlich blieb er stehen. Etwas Unmögliches geschah. Da vorne auf dem Feldweg war eine Gestalt; eine sehr große, leicht gebeugte Gestalt, die auf ihn zuschlenderte und eine traurige kleine Melodie vor sich hin summte: der stellvertretende Direktor. Und augenblicklich fiel Marks ganze zerbrechliche Kühnheit in sich zusammen. Er kehrte um; auf der Straße blieb er stehen: nie hatte er schlimmere Qualen gelitten. Dann ging er langsam und müde, so müde, dass ihm vor Schwäche Tränen in die Augen stiegen, wieder nach Belbury zurück.

## 3

Mr. MacPhee hatte im Erdgeschoss des Landhauses einen kleinen Raum, den er sein Büro nannte und den keine Frau betreten durfte, außer in seiner Begleitung. In diesem aufgeräumten, aber ein wenig staubigen Zimmer saß er an diesem Abend vor dem Essen mit Jane Studdock; er hatte sie eingeladen, eine »kurze und objektive Darstellung der Situation« zu hören.

»Als Erstes möchte ich vorausschicken, Mrs. Studdock«, sagte er, »dass ich den Meister seit vielen Jahren kenne. Die meiste Zeit seines Lebens war er Philologe. Ich bin nicht der Meinung, dass man die Philologie zu den exakten Wissenschaften zählen kann, aber ich erwähne die Tatsache als ein Zeugnis für seine allgemeine intellektuelle Kapazität. Und um keine Vorurteile entstehen zu lassen, werde ich nicht sagen, wie ich es in einem gewöhnlichen Gespräch tun würde, dass er schon immer einen Hang zum Fantastischen hatte. Sein eigentlicher Name ist Ransom.«

»Der Ransom, der *Dialekt und Semantik* geschrieben hat?«, fragte Jane.

»Eben der«, sagte MacPhee. »Nun, vor etwa sechs Jahren – die Daten stehen alle in meinem kleinen Notizbuch dort, aber das braucht uns jetzt nicht zu interessieren – verschwand er zum ersten Mal. Er war einfach weg, spurlos verschwunden, und zwar ein Dreivierteljahr. Ich dachte, er sei beim Baden ertrunken oder dergleichen. Aber eines Tages tauchte er plötzlich wieder in seiner Wohnung in Cambridge auf, wurde krank und verbrachte drei weitere Monate im Krankenhaus. Und außer wenigen guten Freunden, die er ins Vertrauen zog, wollte er niemandem sagen, wo er gewesen war.«

»Nun?«, fragte Jane neugierig.

»Er sagte«, antwortete MacPhee, wobei er seine Schnupftabakdose hervorholte und das Wort ›sagte‹ besonders betonte, »er sagte, er sei auf dem Planeten Mars gewesen.«

»Sie meinen, er sagte das ... während seiner Krankheit?«

»Nein, nein. Er behauptet es noch heute. Denken Sie darüber, wie Sie wollen, das ist jedenfalls seine Geschichte.«

»Ich glaube es ihm«, sagte Jane.

MacPhee entnahm der Dose mit solcher Sorgfalt eine Prise, als ob gerade diese sich von allen anderen unterschiede. Bevor er schnupfte, fuhr er fort.

»Ich teile Ihnen nur die Fakten mit«, sagte er. »Er erzählte uns, er sei von Professor Weston und Mr. Devine – der heute Lord Feverstone heißt – zum Mars entführt worden. Und seinem eigenen Bericht zufolge entkam er ihnen – auf dem Mars wohlgemerkt – und wanderte eine Zeit lang dort umher. Allein.«

»Der Mars ist unbewohnt, nicht wahr?«

»Zu diesem Punkt haben wir keine Beweise. Wir haben nur seine eigene Erzählung. Sicherlich ist Ihnen klar, Mrs. Studdock, dass selbst auf dieser Erde Menschen in völliger Einsamkeit – Forscher zum Beispiel – in sehr ungewöhnliche Bewusstseinszustände geraten können. Wie ich hörte, kann man sogar die eigene Identität vergessen.«

»Sie meinen, er könnte auf dem Mars Dinge gesehen haben, die es in Wirklichkeit nicht gab?«

»Ich enthalte mich jeden Kommentars«, sagte MacPhee. »Ich gebe bloß wieder. Seinen Berichten zufolge laufen dort alle möglichen Lebewesen herum; das ist vielleicht der Grund, warum er dieses Haus in eine Art Menagerie verwandelt hat, aber das nur nebenbei. Er sagt auch, er sei dort einer Art von Lebewesen begegnet, die für uns hier und jetzt besonders von Belang sind. Er nannte diese Lebewesen Eldila.«

»Eine Tierart, meinen Sie?«

»Haben Sie schon einmal versucht, das Wort Tier zu definieren, Mrs. Studdock?«

»Nicht dass ich wüsste. Ich wollte sagen, waren diese Lebewesen ... nun, intelligent? Konnten sie sprechen?«

»Ja, sie konnten sprechen. Und sie waren intelligent, was nicht immer dasselbe ist.«

»Und dies waren die eigentlichen Marsbewohner?«

»Nein. Das waren sie gerade nicht, ihm zufolge. Sie waren auf dem Mars, gehörten aber eigentlich nicht dorthin. Er sagt, sie seien Wesen, die im leeren Weltraum leben.«

»Aber dort gibt es keine Luft!«

»Ich erzähle Ihnen seine Geschichte. Er sagt, dass sie nicht atmen. Er sagt ebenfalls, dass sie sich nicht fortpflanzen und nicht sterben. Aber Sie werden bemerken, dass diese letztere Behauptung nicht auf Beobachtung beruhen kann, selbst wenn wir davon ausgehen, dass der Rest seiner Geschichte der Wahrheit entspricht.«

»Wie in aller Welt sind sie denn?«

»Ich erzähle Ihnen ja, wie er sie beschrieben hat.«

»Ich meine, wie sehen sie aus?«

»Ich bin leider nicht in der Lage, diese Frage zu beantworten«, sagte MacPhee.

»Sind sie Riesen?«, fragte Jane fast unwillkürlich.

MacPhee schnäuzte sich. »Die Sache ist die«, sagte er dann. »Dr. Ransom behauptet, dass er seit seiner Rückkehr zur Erde ständig Besuche von diesen Wesen empfangen hat. So viel zu seinem ersten Verschwinden. Dann kam das Zweite. Er war länger als ein Jahr fort, und diesmal sagte er, er sei auf dem Planeten Venus gewesen – dorthin befördert von diesen Eldila.«

»Wohnen sie auch auf der Venus?«

»Verzeihen Sie mir die Anmerkung, aber diese Frage zeigt, dass Sie nicht begriffen haben, was ich Ihnen erzähle. Diese Wesen sind keine planetarischen Geschöpfe. Angenommen, sie existieren wirklich, so muss man sich vorstellen, dass sie in den Tiefen des Weltraums schweben, obgleich sie hier und dort auf einem Planeten landen können; wie ein Vogel auf einem Baum, verstehen Sie? Einige von ihnen, sagt er, wären mehr oder weniger permanent an bestimmte Planeten gebunden, aber sie würden dort nicht leben. Bei ihnen handele es sich um eine ganz eigene Art.«

Nach einer Pause fragte Jane: »Und sie sind mehr oder weniger freundlich?«

»Der Meister ist fest davon überzeugt – mit einer großen Ausnahme.«

»Und die wäre?«

»Die Eldila, die sich seit vielen Jahrhunderten auf unserem

Planeten gesammelt haben. Bei der Auswahl unserer speziellen Parasiten scheinen wir kein Glück gehabt zu haben. Und damit, Mrs. Studdock, kommen wir zum Kern der Sache.«

Jane wartete. Es war erstaunlich, wie MacPhees Art die Seltsamkeit dessen, was er ihr erzählte, beinahe aufhob.

»Das ganze Geheimnis ist«, sagte er, »dass dieses Haus entweder von den Wesen beherrscht wird, über die wir reden, oder vom schieren Wahn. Durch Nachrichten, die er von den Eldila erhalten zu haben glaubt, ist dem Meister die Verschwörung gegen die menschliche Rasse bekannt geworden. Und mehr noch: der Feldzug, den er führt – wenn man es führen nennen kann –, erfolgt auf Anweisung der Eldila. Vielleicht haben Sie sich schon die Frage vorgelegt, Mrs. Studdock, wie ein vernünftiger Mensch glauben kann, wir würden eine mächtige Verschwörung besiegen, indem wir hier sitzen, Wintergemüse ziehen und Bären abrichten. Das ist eine Frage, die ich bereits bei mehr als einer Gelegenheit vorgebracht habe. Die Antwort darauf ist immer die gleiche: Wir warten auf Befehle.«

»Von den Eldila? Hat er sie gemeint, als er von seinen Gebietern sprach?«

»Ich fürchte, ja, obwohl er diesen Ausdruck nicht gebraucht, wenn er mit mir spricht.«

»Das verstehe ich nicht, Mr. MacPhee. Ich dachte, Sie hätten gesagt, die Eldila auf unserem Planeten seien feindselig.«

»Das ist eine sehr gute Frage«, erwiderte MacPhee. »Aber nicht mit unseren Eldila behauptet der Meister in Verbindung zu stehen, sondern mit seinen Freunden aus dem Weltraum. Unsere Mannschaft, die irdischen Eldila, sind die Drahtzieher der ganzen Verschwörung. Sie müssen sich vorstellen, Mrs. Studdock, dass wir auf einer Welt leben, wo die kriminellen Eldila ihr Hauptquartier aufgeschlagen haben. Und wenn die Ansichten des Meisters zutreffend sind, dann schicken ihre respektablen Verwandten sich an, diesen Planeten aufzusuchen und reinen Tisch zu machen.«

»Sie meinen, die anderen Eldila aus dem Weltraum kommen tatsächlich hierher – in dieses Haus?«

»Der Meister glaubt es.«

»Aber Sie müssen doch wissen, ob es stimmt oder nicht.«

»Wieso?«

»Haben Sie sie denn nicht gesehen?«

»Das ist keine Frage, die man mit Ja oder Nein beantworten könnte. Zu meiner Zeit habe ich manche Dinge gesehen, die es nicht gab oder die nicht waren, was zu sein sie vorgaben: Regenbogen und Spiegelungen und Sonnenuntergänge, von Träumen ganz zu schweigen. Und es gibt auch Hetero-Suggestion. Ich will nicht leugnen, dass ich in diesem Haus gewisse Phänomene beobachtet habe, für die ich noch keine plausible Erklärung habe. Jedenfalls traten sie niemals auf, wenn ich ein Notizbuch oder irgendwelche anderen Hilfsmittel zur Hand hatte, um sie zu verifizieren.«

»Ist sehen nicht glauben?«

»Vielleicht – für Kinder und Tiere«, sagte MacPhee.

»Aber nicht für vernünftige Leute, meinen Sie?«

»Mein Onkel, Dr. Duncanson«, sagte MacPhee, »dessen Name Ihnen vielleicht bekannt ist – er war Vorsitzender der Generalversammlung für Wasserwirtschaft in Schottland –, pflegte zu sagen: ›Zeigt es mir im Wort Gottes.‹ Und dann warf er die große Bibel auf den Tisch. Das war seine Art, Leute zum Schweigen zu bringen, die zu ihm kamen und über religiöse Erlebnisse schwätzten. Und wenn man von seinen Voraussetzungen ausgeht, so hatte er völlig Recht damit. Ich teile seine Ansicht nicht, Mrs. Studdock, aber ich verfahre nach dem gleichen Prinzip. Wenn jemand oder etwas Andrew MacPhee von seiner Existenz überzeugen möchte, dann bitte ich darum, dass er oder es sich bei hellem Tageslicht vor einer hinreichend großen Zahl von Zeugen zeigt und sich nicht davonmacht, wenn man eine Kamera oder ein Thermometer hochhält.«

MacPhee betrachtete nachdenklich seine Schnupftabakdose. »Dann haben Sie also etwas gesehen?«

»Ja. Aber wir müssen einen kühlen Kopf bewahren. Es könnte eine Halluzination gewesen sein. Es könnte ein Zaubertrick gewesen sein ...«

»Des Meisters?«, fragte Jane entrüstet. Mr. MacPhee nahm wieder Zuflucht zu seiner Schnupftabakdose. »Sie glauben doch nicht etwa, ich könnte den Meister im Ernst für diese Art von Mensch halten?«, sagte Jane. »Für einen Scharlatan?«

»Ich wünschte, Madam«, sagte MacPhee, »Sie könnten die Angelegenheit betrachten, ohne ständig Begriffe wie ›glauben‹ zu gebrauchen. Zaubertricks gehören ganz offensichtlich zu den Hypothesen, die ein unparteiischer Ermittler in Betracht ziehen muss. Die Tatsache, dass es eine hypothetische Möglichkeit ist, die den Gefühlen dieses oder jenes Ermittlers besonders gegen den Strich geht, darf keine Rolle spielen. Vielleicht ist dies sogar ein Grund, die fragliche Hypothese besonders herauszustreichen, gerade weil die große psychologische Gefahr besteht, dass sie sonst außer Acht gelassen wird.«

»Es gibt etwas wie Loyalität«, sagte Jane.

MacPhee schloss sorgfältig die Schnupftabakdose und blickte auf. »Die gibt es, Madam«, sagte er. »Und wenn Sie älter sind, werden Sie lernen, dass sie eine zu wichtige Tugend ist, als dass man sie auf Einzelpersonen verschwenden dürfte.«

In diesem Augenblick klopfte es an die Tür. »Herein«, sagte MacPhee, und Camilla trat ein.

»Sind Sie mit Jane fertig, Mr. MacPhee?«, sagte sie. »Sie hat mir versprochen, vor dem Abendessen noch mit hinauszugehen und ein wenig Luft zu schnappen.«

»Nun, dann schnappen Sie Luft!«, sagte MacPhee mit einer Geste der Verzweiflung. »Sehr gut, meine Damen, sehr gut. Gehen Sie in den Garten. Wenn es auch nichts nützt, so kann es doch nicht schaden. Dieses Land wird sowieso dem Feind in die Hände fallen, wenn wir weitermachen wie bisher.«

»Ich wollte, Sie würden einmal das Gedicht lesen, das ich gerade lese«, sagte Camilla. »In einer Verszeile drückt es genau das aus, was ich über diese Wartezeit denke: ›Narr, alles liegt in der Leidenschaft der Geduld, in der Hand unseres Herrn‹.«

»Woraus ist das?« fragte Jane.

»Aus der Geschichte von *Taliesin*.«

»Mr. MacPhee mag wahrscheinlich keinen Dichter außer Robert Bums.«

»Burns!«, erwiderte MacPhee voller Verachtung, dann öffnete er energisch eine Schublade seines Schreibtischs und zog ein dickes Papierbündel hervor. »Lassen Sie sich nicht aufhalten, wenn Sie in den Garten wollen, meine Damen.«

»Hat er Ihnen alles erzählt?«, fragte Camilla, als sie zusammen den Korridor entlanggingen. Spontan wie sonst selten ergriff Jane die Hand ihrer Freundin und sagte: »Ja!« Beide waren bewegt, aus welchem Grund, war ihnen jedoch nicht ganz klar. Sie kamen zum Haupteingang, und als sie die große Tür öffneten, bot sich ihnen ein Anblick, der, obgleich völlig natürlich, an eine apokalyptische Vision gemahnte.

Den ganzen Tag über hatte es gestürmt, und sie blickten in einen nahezu leer gefegten Himmel hinaus. Der Wind war schneidend kalt, die Sterne streng und klar. Hoch über den letzten vorbeijagenden Wolkenfetzen hing der Mond in seiner ganzen Wildheit – nicht der sinnliche Mond tausend südländischer Liebeslieder, sondern die Jägerin, die unzähmbare Jungfrau, die Speerspitze des Wahnsinns. Wäre dieser kalte Satellit gerade zum ersten Mal mit unserem Planeten zusammengetroffen, so hätte es nicht mehr nach einem Omen aussehen können. Die Wildheit kroch in Janes Blut.

»Dieser Mr. MacPhee ...«, sagte Jane, als sie langsam durch den Garten zur Hügelkuppe hinaufstiegen.

»Ich weiß«, sagte Camilla. »Haben Sie es geglaubt?«

»Natürlich.«

»Wie erklärt Mr. MacPhee das Alter des Meisters?«

»Sie meinen, sein jugendliches Aussehen – wenn man es so nennen kann?«

»Ja. So sehen Menschen aus, die von den Sternen zurückkehren. Oder zumindest von Perelandra. Dort ist immer noch das Paradies; lassen Sie sich gelegentlich vom Meister erzählen, wie es dort war. Er wird niemals mehr altern, nicht um ein Jahr und nicht um einen Monat.«

»Wird er sterben?«

»Ich glaube, er wird fortgeholt werden, zurück in die Himmelstiefen. So ist es einigen wenigen ergangen, vielleicht einem halben Dutzend, seit die Welt besteht.«

»Camilla, was – was ist er?«

»Er ist ein Mensch, meine Liebe. Und er ist der Pendragon von Loegria. Dieses Haus und wir alle, die wir darin leben, auch Mr. Bultitude und Pinch, das ist alles, was von Loegria übrig geblieben ist. Der ganze Rest ist einfach Britannien geworden. Kommen Sie, gehen wir bis hinauf zur Kuppe. Wie es weht! Heute Nacht könnten sie zu ihm kommen.«

# 4

An diesem Abend wusch Jane unter den aufmerksamen Blicken von Baron Corvo, der Dohle, das Geschirr ab, während die anderen im blauen Zimmer berieten.

»Gut«, sagte Ransom, nachdem Grace Ironwood aus ihren Aufzeichnungen vorgelesen hatte. »Das ist der Traum, und es scheint alles objektiv zu sein.«

»Objektiv?«, sagte Dimble. »Ich verstehe nicht, Sir. Glauben Sie im Ernst, die Leute in Belbury könnten so ein Ding haben?«

»Was meinen Sie, MacPhee?«, fragte Ransom.

»Also, möglich ist es schon«, meinte MacPhee. »Es ist ein altes Experiment, das in Labors oft mit Tierköpfen angestellt wird. Man schneidet beispielsweise einer Katze den Kopf ab und wirft den Körper fort. Den Kopf kann man noch eine Zeit lang erhalten, wenn man ihn unter dem richtigen Druck mit Blut versorgt.«

»Na so was!«, sagte Ivy Maggs.

»Sie meinen, am Leben erhalten?«, fragte Dimble.

»Am Leben erhalten ist ein dehnbarer Begriff. Man kann alle Funktionen aufrechterhalten. Das würde man in einem allgemeinen Sinn wohl als lebendig bezeichnen. Aber ein menschlicher Kopf – und das Bewusstsein – ich weiß nicht, was passiert, wenn man das versuchen würde.«

»Es ist schon einmal versucht worden«, sagte Miss Ironwood. »Ein Deutscher hat es vor dem Ersten Weltkrieg versucht. Mit dem Kopf eines Verbrechers.«

»Tatsächlich?«, fragte MacPhee sehr interessiert. »Und wissen Sie, was dabei herausgekommen ist?«

»Es misslang. Der Kopf verweste einfach auf natürliche Weise.«

»Ich kann das nicht länger mit anhören!«, sagte Ivy Maggs. Sie stand auf und stürzte aus dem Zimmer.

»Dann ist dieser widerwärtige Gräuel also Wirklichkeit«, sagte Professor Dimble, »und nicht bloß ein Traum.« Er sah blass und erschöpft aus. Die Miene seiner Frau dagegen zeigte nicht mehr als den beherrschten Widerwillen, mit dem eine Dame der alten Schule abscheuliche Einzelheiten anhört, wenn dies unvermeidlich ist.

»Wir haben keine Beweise dafür«, sagte MacPhee. »Ich stelle nur die Tatsachen fest. Was das Mädchen geträumt hat, ist möglich.«

»Und was hat dieser Turban zu bedeuten«, fragte Denniston, »diese Anschwellung auf dem Kopf?«

»Wir wissen, was es sein könnte«, sagte der Meister.

»Da bin ich nicht sicher«, sagte Dimble.

»Wenn wir davon ausgehen, dass der Traum der Wahrheit entspricht«, sagte MacPhee, »dann kann man sich vorstellen, was es ist. Sobald es ihnen gelungen ist, den Kopf am Leben zu erhalten, kommen Leute wie die als Nächstes wahrscheinlich auf die Idee, das Gehirn zu vergrößern. Sie würden es mit allen möglichen stimulierenden Mitteln versuchen. Und dann würden sie vielleicht die Schädeldecke entfernen und das Gehirn – nun, einfach herausquellen lassen. Das wäre die Möglichkeit, die ich sehe. Eine zerebrale Hypertrophie, künstlich erzeugt, um übermenschliche Denkkraft zu ermöglichen.«

»Ist es überhaupt wahrscheinlich«, fragte der Meister, »dass eine solche Hypertrophie die Denkfähigkeit vergrößern würde?«

»Das scheint mir der schwache Punkt zu sein«, sagte Miss Ironwood. »Ich würde denken, sie könnte genauso gut zur Idiotie führen – oder zu gar nichts. Aber das Gegenteil wäre immerhin möglich.«

Ein nachdenkliches Schweigen entstand.

»Nun«, sagte Professor Dimble, »dann hätten wir es mit dem Gehirn eines Kriminellen zu tun, aufgebläht zu übermenschlichen Proportionen und mit Bewusstseinsformen, die wir uns nicht vorstellen können, in denen Schmerz und Hass jedoch eine gewisse Rolle spielen dürften.«

»Er muss nicht unbedingt große Schmerzen erleiden«, meinte Miss Ironwood, »vielleicht vom Nacken her, am Anfang.«

»Was uns viel unmittelbarer angeht«, sagte MacPhee, »ist die Frage, welche Schlussfolgerungen wir aus diesen Vorgängen mit Alcasans Kopf ziehen können und welche praktischen Schritte wir unternehmen sollten – immer unter der Voraussetzung – als Arbeitshypothese –, dass der Traum wahre Begebenheiten zeigt.«

»Eines lässt sich auf Anhieb daraus schließen«, sagte Denniston.

»Und das wäre?« fragte MacPhee.

»Dass die feindliche Bewegung international ist. Um an

diesen Kopf heranzukommen, müssen sie mit wenigstens einer ausländischen Polizeibehörde zusammengearbeitet haben.«

MacPhee rieb sich die Hände. »Mann«, sagte er, »Sie haben das Zeug zu einem logischen Denker. Aber die Schlussfolgerung muss nicht unbedingt stimmen. Bestechung könnte genügt haben, auch ohne wirkliche Zusammenarbeit.«

»Das sagt uns etwas, was auf lange Sicht noch bedeutsamer sein dürfte«, meinte der Meister. »Wenn die Leute in Belbury diese Technik wirklich beherrschen, dann haben sie eine Möglichkeit entdeckt, sich selbst unsterblich zu machen.« Einen Augenblick lang war alles still, dann fuhr er fort: »Es ist der Beginn einer tatsächlich neuen Spezies – der auserwählten Köpfe, die niemals sterben. Sie werden es die nächste Stufe der Evolution nennen. Und hinfort werden alle Geschöpfe, die wir Menschen nennen, bloße Anwärter für die Zulassung zu der neuen Spezies sein, oder ihre Sklaven – vielleicht sogar ihre Nahrung.«

»Die Geburt des körperlosen Menschen!«, sagte Dimble.

»Sehr wahrscheinlich«, sagte MacPhee und hielt dem Professor seine Schnupftabakdose hin. Sie wurde verschmäht, und er nahm bedächtig eine Prise, bevor er fortfuhr. »Aber es hat keinen Sinn, viele Worte darüber zu verlieren oder sich die Köpfe zu zerbrechen, nur weil irgendwelche anderen Leute die Köpfe oder vielmehr die Körper verloren haben. Ich setze lieber auf den Kopf des Meisters und auf Ihren, Professor Dimble, und auf meinen als auf den Kopf dieses Burschen, ob sein Gehirn nun überkocht oder nicht. Vorausgesetzt, wir benutzen unsere Köpfe. Ich wäre erfreut zu hören, was für praktische Maßnahmen auf unserer Seite vorgeschlagen werden.«

Bei diesen Worten trommelte er mit den Fingern auf sein Knie und sah dem Meister fest ins Auge.

»Dies ist eine Frage«, setzte er hinzu, »die ich bereits bei anderer Gelegenheit gestellt habe.«

Eine plötzliche Verwandlung – als würde plötzlich eine

Flamme aus der Glut emporzüngeln – ging über Grace Ironwoods Gesicht. »Können wir dem Meister denn nicht vertrauen, dass er zur rechten Zeit seinen eigenen Plan vorbringen wird, Mr. MacPhee?«, fragte sie heftig.

»Da frage ich mit demselben Recht zurück«, versetzte MacPhee kühl, »ob dieser Versammlung so wenig vertraut werden kann, dass sie von einem solchen Plan nichts erfahren darf?«

»Wie meinen Sie das, MacPhee?«, fragte Dimble.

»Mr. Ransom«, sagte MacPhee, »Sie werden entschuldigen, dass ich freimütig spreche. Ihre Feinde haben sich zu diesem Kopf verholfen. Sie haben von Edgestow Besitz ergriffen und sind auf dem besten Wege, die Gesetze des Landes aufzuheben. Und immer noch sagen Sie uns, die Zeit zu handeln sei noch nicht gekommen. Hätten Sie vor sechs Monaten auf meinen Rat gehört, so könnten wir uns jetzt auf eine über die ganze Insel verbreitete Organisation stützen und wären möglicherweise sogar mit einer Partei im Unterhaus vertreten. Ich weiß, Sie werden sagen, dies seien nicht die richtigen Methoden. Möglicherweise haben Sie Recht. Aber wenn Sie weder unseren Rat annehmen noch uns etwas zu tun geben, wozu sitzen wir dann alle hier herum? Haben Sie vielleicht die Möglichkeit erwogen, uns fortzuschicken und andere Kollegen um sich zu sammeln, mit denen Sie besser arbeiten können?«

»Die Gesellschaft auflösen, meinen Sie?« fragte Dimble.

»Ja, das meine ich«, erwiderte MacPhee.

Der Meister blickte lächelnd auf. »Aber ich habe nicht die Macht, sie aufzulösen«, sagte er.

»In diesem Fall«, sagte MacPhee, »muss ich fragen, mit welchem Recht Sie sie gegründet haben?«

»Ich habe sie nie gegründet«, sagte der Meister. Dann, nachdem er in die Runde geblickt hatte, setzte er hinzu: »Hier liegt anscheinend irgendein Missverständnis vor! Haben Sie alle den Eindruck, ich hätte Sie auserwählt?«

»Hatten Sie diesen Eindruck?«, wiederholte er, als niemand antwortete.

»Nun«, sagte Dimble, »was mich betrifft, so ist mir völlig klar, dass die Sache mehr oder weniger unbewusst oder sogar zufällig zu Stande gekommen ist. Zu keinem Zeitpunkt haben Sie mich ersucht, mich einer bestimmten Bewegung oder etwas Ähnlichem anzuschließen. Darum habe ich mich auch immer als eine Art Mitläufer betrachtet. Ich hatte angenommen, dass die anderen wahrscheinlich den Status von ordentlichen Mitgliedern hätten.«

»Sie wissen, warum Camilla und ich hier sind, Sir«, sagte Denniston. »Wir hatten dies ganz gewiss nicht beabsichtigt oder vorausgesehen, in wessen Dienst wir stehen würden.«

Grace Ironwood sah erstarrt und blass auf. »Soll ich ...?« begann sie. Der Meister legte die Hand auf ihren Arm. »Nein«, sagte er, »nein. Es ist nicht nötig, dass all diese Geschichten erzählt werden.«

MacPhees strenge Züge entspannten sich zu einem breiten Lächeln. »Ich sehe, worauf Sie hinauswollen«, sagte er. »Offenbar haben wir alle Blindekuh gespielt. Aber ich erlaube mir die Bemerkung, Mr. Ransom, dass Sie die Dinge ein wenig weit treiben. Ich erinnere mich nicht genau, wie es dazu kam, dass man Sie Meister nennt: Aber dieser Titel und ein paar andere Anzeichen lassen darauf schließen, dass Sie sich mehr als der Führer einer Organisation denn als Gastgeber in diesem Hause fühlen.«

»Ich bin der Meister«, erwiderte Ransom lächelnd. »Meinen Sie, ich würde eine solche Autorität für mich in Anspruch nehmen, wenn die Beziehungen zwischen uns von Ihrer oder meiner freien Wahl abhingen? Sie haben mich nicht gewählt, ich habe Sie nicht gewählt. Selbst die großen Oyeresu, denen ich diene, haben mich nicht gewählt. Ich bin das erste Mal durch einen scheinbaren Zufall in ihre Welten gekommen; wie Sie zu mir und wie auch die Tiere in dieses Haus gefunden haben. Sie und ich haben dies weder begonnen noch geplant: Es ist auf uns herabgekommen, hat uns aufgesogen, wenn Sie so wollen. Dies ist zweifellos eine Organisation, aber nicht wir sind die Organisatoren. Und darum habe ich auch nicht das Recht, einem von Ihnen die Erlaubnis zu geben, meinen Haushalt zu verlassen.«

Eine Zeit lang war es vollkommen still im blauen Zimmer; nur das Kaminfeuer knisterte.

»Wenn es nichts weiter zu besprechen gibt«, sagte Grace Ironwood nach einer Weile, »sollten wir den Meister vielleicht lieber ruhen lassen.«

MacPhee stand auf und klopfte etwas Schnupftabak von den ausgebeulten Knien seiner Hose – womit er den Mäusen ein völlig neues Abenteuer bescherte, wenn sie das nächste Mal auf den Pfiff des Meisters herauskommen würden.

»Ich habe nicht die Absicht«, sagte er, »dieses Haus zu verlassen, wenn irgendjemand wünscht, dass ich bleibe. Was aber die allgemeine Hypothese betrifft, nach der der Meister zu handeln scheint, und die sehr sonderbare Autorität, die er beansprucht, so behalte ich mir mein Urteil vor. Sie wissen sehr gut, Mr. Ransom, in welchem Sinne ich volles Vertrauen in Sie habe und in welchem Sinne nicht.«

Der Meister lachte. »Der Himmel soll mich strafen, wenn ich weiß, was in den beiden Hälften Ihres Kopfes vorgeht, MacPhee, und wie Sie es zusammenbringen. Aber ich weiß – und das ist viel wichtiger –, welches Vertrauen ich in Sie habe. Aber wollen Sie sich nicht setzen? Es gibt noch viel zu besprechen.«

MacPhee setzte sich wieder. Grace Ironwood, die stocksteif auf ihrem Stuhl gesessen hatte, entspannte sich wieder, und der Meister sprach.

»Heute Abend haben wir vielleicht nicht erfahren, was die wirkliche Macht hinter unseren Gegnern tut, aber wir wissen jetzt wenigstens, in welcher Form sie sich in Belbury verkörpert hat. Daraus können wir auf einen der beiden bevorstehenden Angriffe auf die Menschheit schließen. Aber ich denke an den anderen.«

»Ja«, sagte Camilla ernst. »Der andere.«

»Was meinen Sie damit?«, fragte MacPhee.

»Ich meine«, erwiderte Ransom, »das, was unter dem Bragdon-Wald ist.«

»Sie denken immer noch daran?«

Wieder sagte niemand etwas.

»Ich denke beinahe an nichts anderes«, sagte der Meister. »Wir wussten bereits, dass der Feind den Wald wollte. Einige von uns haben geahnt, warum. Nun hat Jane in einer Vision gesehen oder gefühlt, was sie dort im Wald suchen. Es könnte die größere der beiden Gefahren sein. Ganz gewiss aber besteht die größte Gefahr in der Vereinigung der feindlichen Kräfte. Darauf setzt der Feind alles. Wenn die neue Macht in Belbury sich mit der alten Macht unter dem Bragdon-Wald verbindet, wird Loegria, wird die Menschheit eingekreist sein. Für uns kommt alles darauf an, diese Vereinigung zu verhindern. Das ist der Punkt, an dem wir bereit sein müssen, zu töten und zu sterben. Aber noch können wir nicht zuschlagen. Wir können nicht in den Bragdon-Wald gehen und auf eigene Faust mit Ausgrabungen beginnen. Es wird ein Zeitpunkt kommen, wo die anderen ihn finden werden. Ich zweifle nicht daran, dass wir es auf die eine oder andere Weise erfahren werden. Bis dahin aber müssen wir warten.«

»Von dieser anderen Geschichte glaube ich kein Wort«, sagte MacPhee.

»Ich dachte«, sagte Miss Ironwood, »wir sollten das Wort ›glauben‹ nicht verwenden? Ich dachte, wir sollten nur Tatsachen feststellen und auf die Folgen hinweisen.«

»Wenn ihr zwei noch lange streitet«, sagte der Meister, »werde ich euch miteinander verheiraten.«

**5** _____ Anfangs war es Ransom und seiner Gruppe ein Rätsel gewesen, warum der Feind ausgerechnet den Bragdon-Wald wollte. Der Untergrund war ungeeignet und konnte nur durch die kostspieligsten Vorarbeiten hinreichend befestigt werden, um ein Gebäude von den vorgesehenen Ausmaßen zu tragen. Überdies war Edgestow kein besonders günstig gelegener Ort. Nach gründlichen Studien in Zusammenarbeit mit Professor Dimble und trotz MacPhees beharrlichem Skeptizismus war Ransom endlich zu einer bestimmten Schlussfolgerung gelangt. Dimble, die Dennistons und er selbst besaßen gemeinsam so viel Wissen über das Britannien zur Zeit König Artus', wie es die normale Wissenschaft wohl erst in mehreren Jahrhunderten erlangen wird. Sie wussten, dass Edgestow im Herzen jener Gegend lag, die einmal das alte Loegria gewesen war, dass im Dorfnamen von Cure Hardy der Name Ozana le Cœur Hardi erhalten war und dass ein historischer Merlin einst dort gelebt und gewirkt hatte, wo sich jetzt der Bragdon-Wald befand.

Was genau er dort getan hatte, wussten sie nicht; aber sie waren alle auf verschiedenen Wegen zu weit vorgedrungen, um seine Kunst als bloße Legende und Betrug abzutun oder sie mit dem gleichzusetzen, was die Renaissance Magie nannte. Dimble behauptete sogar, dass ein guter Literaturwissenschaftler allein durch seine Sensibilität die Spuren unterscheiden könne, die die beiden Dinge in der literarischen Überlieferung hinterlassen hatten. »Was haben sie denn gemeinsam«, pflegte er zu fragen, »die Okkultisten wie Faustus und Prospero und Archimago mit ihren mitternächtlichen Studien, ihren verbotenen Büchern, ihren Hilfsteufeln und Naturgeistern und eine Gestalt wie Merlin, der seine Ziele einfach dadurch zu erreichen scheint, dass er Merlin ist?« Ransom pflichtete ihm bei. Er glaubte, dass Merlins Kunst ein letzter Überrest von etwas älterem und anderem war –

von etwas, das nach dem Fall von Numinor nach Westeuropa gebracht worden war und auf eine Zeit zurückging, in der die allgemeinen Beziehungen zwischen Geist und Materie auf diesem Planeten von anderer Art waren, als wir sie heute kennen. Wahrscheinlich war Merlins Kunst etwas von Grund auf anderes als die Magie der Renaissance. Möglicherweise (obwohl dies zweifelhaft blieb) war sie weniger schuldig gewesen. Mit Sicherheit war sie viel wirksamer. Denn Paracelsus und Agrippa und alle die anderen hatten wenig oder nichts erreicht: Kein Geringerer als Francis Bacon – ansonsten kein Gegner der Magie – hatte berichtet, dass die Magier »nicht zu großen und zuverlässigen Ergebnissen gelangten«. Die ganze Blüte der verbotenen Künste während der Renaissance war, wie es schien, hauptsächlich eine Methode gewesen, zu einmalig ungünstigen Bedingungen die Seele zu verspielen. Das hatte sich mit der älteren Kunst anders verhalten.

Doch wenn der einzige Vorzug des Bragdon-Waldes in seiner Verbindung mit den letzten Spuren atlantisch-keltischer Magie lag, dann deutete dieser Umstand auf etwas anderes hin. Er zeigte, dass das N.I.C.E. in seinem Kern nicht bloß auf moderne oder materialistische Formen der Macht ausgerichtet war: Er zeigte dem Meister, dass die Kraft und das Wissen von Eldila dahinter steckten. Es war natürlich eine andere Frage, ob die menschlichen Mitglieder des Instituts von den dunklen Mächten wussten, die ihre wirklichen Herren waren. Doch auf lange Sicht war diese Frage vielleicht weniger bedeutsam. Ransom selbst hatte mehr als einmal gesagt: »Ob sie es wissen oder nicht, spielt für den Gang der Dinge kaum eine Rolle. Es geht nicht darum, wie die Belbury-Leute handeln – das besorgen schon die dunklen Eldila –, sondern darum, wie sie über ihre Handlungen denken. Es bleibt abzuwarten, ob einige von ihnen den wahren Grund wissen, weshalb sie in den Bragdon-Wald gehen, oder ob sie sich irgendwelche

Theorien über Bodenbeschaffenheit, Luftströmungen oder atmosphärische Spannungen zurechtlegen.«

Bis zu einem bestimmten Punkt hatte Ransom vermutet, dass die Kräfte, hinter denen der Feind her war, an den Bragdon-Wald gebunden seien – denn es gibt einen alten und verbreiteten Glauben, dass die Örtlichkeit selbst in solchen Dingen von Bedeutung sei. Aber Janes Traum von dem kalten Schläfer in der unterirdischen Gruft hatte ihn eines Besseren belehrt. Es war etwas weitaus Bestimmteres, etwas, das unter dem Boden des Bragdon-Waldes lag und ausgegraben werden musste. Es war nichts anderes als der Körper des Zauberers Merlin. Was die Eldila ihm während ihres Besuchs über die Möglichkeit einer solchen Entdeckung gesagt hatten, hatte er fast ohne Verwunderung aufgenommen. Er wusste, dass es für sie nichts Wunderbares hatte. In ihren Augen war das normale Erdenleben – Zeugung und Geburt, Tod und Verwesung –, das den Rahmen unseres Bewusstseins bildet, nicht weniger wunderbar als die unzähligen anderen Seinsformen, die ihrem niemals ruhenden Geist ständig gegenwärtig waren. Für diese erhabenen Geschöpfe, die das aufbauen, was wir Natur nennen, ist nichts ›natürlich‹. Von ihrem Standpunkt aus ist die grundsätzlich beliebige Beschaffenheit eines jeden Geschöpfes ständig sichtbar; für sie gibt es keine Grundvoraussetzungen: Alles entspringt mit der eigenwilligen Schönheit eines Scherzes oder Liedes jenem wunderbaren Augenblick der Selbstbeschränkung, in dem der Unendliche eine Myriade von Möglichkeiten verwirft und eine einzige, von ihm erwählte Wirklichkeit werden lässt. Dass ein Körper fünfzehnhundert Jahre lang unverwest in einer Gruft liegen sollte, erschien ihnen nicht seltsam. Sie kannten Welten, wo es überhaupt keine Verwesung gab. Dass das individuelle Leben während dieser ganzen Zeit unterschwellig im Körper vorhanden sein sollte, verwunderte sie ebenso wenig. Sie kannten viele verschiedene Arten, auf die Seele und Materie verbunden und getrennt werden konnten: getrennt, ohne den Einfluss aufeinander zu verlieren; verbunden ohne wirkliche Verkörperung, so gänzlich miteinander verschmolzen, dass etwas Drittes daraus entstand oder eine regelmäßige, so kurze und folgenreiche Verbindung wie eine Hochzeitsnacht. Sie brachten Ransom ihre Botschaft nicht als Wunder der Naturphilosophie, sondern als eine Information in Kriegszeiten. Merlin war nicht tot. Fünfzehnhundert Jahre lang war sein Leben verborgen, beiseite geschoben, aus unserer eindimensionalen Zeit genommen worden. Aber unter bestimmten Bedingungen würde es in seinen Körper zurückkehren.

Sie hatten ihm dies erst vor kurzem mitgeteilt, weil sie es nicht gewusst hatten. Eine von Ransoms größten Schwierigkeiten bei seinen Diskussionen mit MacPhee (der sich beharrlich weigerte, an die Existenz der Eldila zu glauben) war, dass MacPhee von der verbreiteten, aber merkwürdigen Voraussetzung ausging, dass, wenn es weisere und stärkere Geschöpfe als den Menschen gab, sie allwissend und allmächtig sein müssten. Vergeblich bemühte sich Ransom, die Wahrheit zu erklären. Zweifellos besaßen die mächtigen Wesen, die ihn jetzt so häufig besuchten, hinreichende Macht, um Belbury vom Antlitz Englands und England vom Antlitz der Erde zu tilgen; vielleicht konnten sie sogar die Erde selbst auslöschen. Aber von einer solchen Macht würden sie keinen Gebrauch machen. Sie hatten auch keinen direkten Einblick in das Bewusstsein der Menschen. An einem anderen Ort und von einer anderen Seite aus hatten sie Merlins Zustand entdeckt: nicht durch die Untersuchung des Dinges, das unter dem Bragdon-Wald schlief, sondern durch die Beobachtung einer bestimmten einzigartigen Konfiguration an jenem Ort, an dem die Dinge bleiben, die aus der Hauptströmung der Zeit herausgenommen werden, hinter den unsichtbaren Hecken, in den unvorstellbaren Gefilden. Nicht alle Zeiten, die außerhalb der Gegenwart liegen, sind vergangen oder zukünftig.

Gedanken dieser Art hielten den Meister in jener Nacht bis in die frühen, kalten Morgenstunden wach, noch lange nachdem die anderen gegangen waren. Es gab für ihn keinen Zweifel mehr, dass der Feind den Bragdon-Wald gekauft hatte, um Merlin zu finden. Und wenn sie ihn fänden, würden sie ihn wieder beleben. Daraufhin würde der alte Druide sich unausweichlich mit den neuen Planern verbünden – was könnte ihn daran hindern? So würde eine Verbindung zwischen zwei Arten von Macht bewirkt, die gemeinsam das Schicksal unseres Planeten bestimmen würden. Zweifellos war dies seit Jahrhunderten die Absicht der dunklen Eldila. Die Naturwissenschaften, an sich gut und unschuldig, waren bereits verzerrt, waren subtil in eine bestimmte Richtung gelenkt worden. In zunehmendem Maße waren den Wissenschaftlern Zweifel an der objektiven Wahrheit eingeredet worden; Gleichgültigkeit und eine Konzentration auf die reine Macht waren die Folge gewesen. Geschwätz über den *élan vital* und Liebäugeln mit dem Panpsychismus waren bestens geeignet, die *Anima Mundi* der Magier wieder zu beleben. Träume von der fernen, zukünftigen Bestimmung des Menschen holten den alten Traum vom gottgleichen Menschen wieder aus seinem flachen und unruhigen Grab hervor. Die Erfahrungen in Sezierräumen und bei der Obduktion führten zu der Überzeugung, dass die Unterdrückung allen tief sitzenden Abscheus die erste Voraussetzung für den Fortschritt sei. Und nun hatte das alles ein Stadium erreicht, da seine dunklen Urheber glaubten, sie könnten ungestört das Ende zurückbiegen, bis es mit jener anderen und früheren Macht in Verbindung treten würde. Eigentlich wählten sie dafür den ersten Zeitpunkt, zu dem dies überhaupt versucht werden konnte. Mit Wissenschaftlern des neunzehnten Jahrhunderts wäre es nicht möglich gewesen. Ihr entschiedener objektiver Materialismus hätte sich dagegen gesträubt; und selbst wenn es gelungen wäre, sie zu überzeugen, hätte ihre ererbte Moral sie davor bewahrt, sich zu beschmutzen. MacPhee war ein später Nachfahre dieser Tradition. Heutzutage war es anders. Von den Leuten in Belbury wussten womöglich nur wenige oder niemand, was wirklich geschah: aber im weiteren Verlauf des Geschehens würden sie wie Stroh im Feuer sein. Was sollten sie unglaublich finden, da sie nicht länger an ein vernünftiges Universum glaubten? Was sollten sie als schändlich betrachten, wenn ihrer Meinung nach alle Moral nur ein subjektives Nebenprodukt der psychischen und ökonomischen Situation des Menschen war? Die Zeit war reif. Aus der Sicht der Hölle war die gesamte Menschheitsgeschichte auf diesen Zeitpunkt zugelaufen. Endlich hatte der gefallene Mensch eine wirkliche Chance, jene Beschränkungen seiner Macht abzuschütteln, die die göttliche Gnade ihm als Schutz vor den vollen Auswirkungen seines Falls auferlegt hatte. Gelang dies, so hätte die Hölle endlich eine feste Gestalt angenommen. Schlechte Menschen würden schon zu Lebzeiten, während sie noch über unseren kleinen Planeten krochen, jenen Zustand erreichen, in den sie bisher erst nach dem Tod eingetreten waren, würden die Unsterblichkeit und die Macht böser Geister erlangen. Die Natur würde überall auf der Erdkugel ihr Sklave werden. Und dass diese Herrschaft vor dem Ende der Zeiten kein Ende nehmen würde, war mit Sicherheit vorauszusehen.

## 10  Die eroberte Stadt

Bisher hatte Mark, was immer die Tage auch gebracht hatten, meistens gut geschlafen. In dieser Nacht war es anders. Er hatte nicht an Jane geschrieben; er hatte sich den Tag über verkrochen und nichts Besonderes getan. Die schlaflose Nacht hob all seine Ängste auf eine neue Ebene. Theoretisch war er natürlich Materialist, und theoretisch war er aus dem Alter heraus, in dem man sich vor der Nacht fürchtet. Doch jetzt, als der Wind Stunde um Stunde an seinem Fenster rüttelte, lebten die alten Ängste wieder auf, und er verspürte jene wohl bekannten Schauer, als strichen kalte Fingerspitzen über seinen Rücken. Materialismus ist nämlich kein Schutz. Diejenigen, die ihn in dieser Hoffnung suchen (ihre Zahl ist nicht gering), werden enttäuscht sein. Was man fürchtet, ist unmöglich. Schön und gut. Hört man deswegen auf, es zu fürchten? Nicht hier und jetzt. Und was dann? Wenn man schon Gespenster sehen muss, ist es besser, nicht an ihnen zu zweifeln.

Er wurde früher als gewöhnlich geweckt, und mit dem Tee kam eine Mitteilung. Der stellvertretende Direktor übermittelte seine Grüße und ersuchte Mr. Studdock, unverzüglich in einer äußerst dringlichen und unangenehmen Sache zu ihm zu kommen. Mark zog sich an und gehorchte.

In Withers Büro erwarteten ihn der Vizedirektor und Miss Hardcastle. Zu Marks Überraschung und gleichzeitiger Erleichterung schien Wither sich nicht mehr an ihr letztes Zusammentreffen zu erinnern. Er gab sich freundlich, sogar rücksichtsvoll, wenn auch äußerst ernst.

»Guten Morgen, guten Morgen, Mr. Studdock«, sagte er. »Ich bedaure außerordentlich, dass ich ... eh ... kurzum, ich hätte Sie nicht von Ihrem Frühstück abgehalten, wäre ich nicht der Überzeugung, dass Sie in Ihrem eigenen Interesse so schnell wie möglich über alle Fakten in Kenntnis gesetzt werden sollten. Natürlich werden Sie alles, was ich Ihnen sage, als streng vertraulich betrachten. Die Angelegenheit ist unangenehm oder zumindest peinlich. Ich bin überzeugt, Sie werden im Lauf unseres Gespräches (bitte nehmen Sie Platz, Mr. Studdock) erkennen, wie klug unsere Entscheidung war, eine eigene Polizeitruppe – um diesen eher unglückseligen Namen zu verwenden – ins Leben zu rufen.«

Mark leckte sich über die Lippen und setzte sich.

»Mein Widerstreben, die Frage aufzugreifen«, fuhr Wither

fort, »wäre sehr viel stärker, fühlte ich mich nicht in der Lage, Sie – im Voraus, verstehen Sie – des vollen Vertrauens zu versichern, das wir alle in Sie setzen und das Sie, wie ich gehofft hatte (hier blickte er Mark zum ersten Mal in die Augen), bald erwidern würden. Wir betrachten uns hier alle als Brüder und ... eh ... Schwestern, sodass alles, was in diesem Raum zwischen uns gesprochen wird, als vertraulich im vollsten Sinne des Wortes betrachtet werden kann. Ich nehme an, wir können die Angelegenheit, von der ich nun sprechen möchte, in der menschlichsten und zwanglosesten Weise behandeln.«

Wie ein Pistolenschuss fuhr Miss Hardcastles Stimme plötzlich dazwischen. »Sie haben Ihre Brieftasche verloren, Studdock«, sagte sie.

»Meine – meine Brieftasche?«, sagte Mark.

»Ja. Brieftasche. Notizbuch. Das Ding, in dem man Geld und Briefe hat.«

»Ja, das stimmt. Haben Sie sie gefunden?«

»Enthält sie drei Pfund und zehn Shilling, die Empfangsquittung einer Postanweisung über fünf Shilling, Briefe von einer Frau, die mit Myrtle unterschreibt, vom Schatzmeister des Bracton Colleges, von G. Hernshaw, F. A. Browne, M. Belcher und eine Rechnung für einen Smoking von der Firma Simonds & Son, Market Street 32 a, Edgestow?«

»Ja, so ungefähr.«

»Da ist sie.« Miss Hardcastle zeigte auf den Tisch. »Halt, bleiben Sie stehen!«, fügte sie hinzu, als Mark einen Schritt auf den Tisch zu tat.

»Was in aller Welt hat das zu bedeuten?«, fragte Mark. Sein Ton entsprach dem üblichen Verhalten in einer solchen Situation, das von Polizisten jedoch gern als ›herausfordernd‹ bezeichnet wird.

»Nicht auf die Tour«, sagte Miss Hardcastle. »Diese Brieftasche wurde im Gras am Straßenrand gefunden, ungefähr fünf Schritte von Hingests Leiche entfernt.«

»Mein Gott!«, sagte Studdock. »Sie glauben doch nicht ... Das ist ja lächerlich.«

»An mich brauchen Sie nicht zu appellieren«, sagte Miss Hardcastle. »Ich bin kein Anwalt, kein Geschworener und kein Richter. Ich bin nur eine Polizistin. Ich teile Ihnen die Tatsachen mit.«

»Habe ich richtig verstanden, dass ich im Verdacht stehe, Hingest ermordet zu haben?«

»Ich glaube wirklich nicht«, sagte der stellvertretende Direktor, »dass Sie auch nur die geringste Befürchtung zu hegen brauchten, es gebe zu diesem Zeitpunkt irgendwelche grundlegenden Unterschiede zwischen Ihren Kollegen und Ihnen, was das Licht angeht, in dem diese sehr peinliche Angelegenheit betrachtet werden sollte. Die Frage ist mehr grundsätzlicher Natur ...«

»Grundsätzlicher Natur?«, sagte Mark zornig. »Wenn ich richtig verstanden habe, beschuldigt Miss Hardcastle mich des Mordes!«

Withers Augen betrachteten ihn wie aus unendlicher Ferne.

»Oh«, sagte er, »ich glaube wirklich nicht, dass Sie Miss Hardcastles Position damit gerecht werden. Die Bereiche im Institut, die sie repräsentiert, würden ihre Befugnisse überschreiten, wollten sie im Rahmen des N.I.C.E. etwas Derartiges tun – angenommen, natürlich nur gesprächsweise, sie würden dies jetzt oder zu einem späteren Zeitpunkt ins Auge fassen. Und in Beziehung zu den gewöhnlichen Staatsorganen wäre ihre Funktion, wie auch immer wir sie definieren wollten, mit dergleichen Aktionen völlig unvereinbar: wenigstens in dem Sinne, in dem ich Ihre Bemerkung verstanden habe.«

»Aber gerade mit den gewöhnlichen Staatsorganen werde ich vermutlich zu tun bekommen«, sagte Mark. Sein Mund war trocken, und man konnte ihn kaum verstehen. »Wenn ich recht verstanden habe, meint Miss Hardcastle, dass ich verhaftet werde.«

»Im Gegenteil«, sagte Wither. »Dies ist genau einer jener Fälle, die Ihnen den enormen Wert einer eigenen Polizeigewalt vor Augen führen. Wir haben es hier mit einer Sache zu tun, die Ihnen, wie ich fürchte, erhebliche Unannehmlichkeiten eintragen würde, wenn die gewöhnliche Polizei die Brieftasche gefunden hätte oder wenn wir in der Situation eines gewöhnlichen Bürgers wären, der es für seine Pflicht hält – wie auch wir es für unsere Pflicht hielten, wenn wir uns je in diese ganz andere Situation versetzt sähen –, die Brieftasche beim nächsten Polizeirevier abzuliefern. Ich weiß nicht, ob Miss Hardcastle Ihnen hinreichend klargemacht hat, dass es ihre Beamten waren, die diese ... eh ... peinliche Entdeckung gemacht haben.«

»Wie soll ich das verstehen?«, sagte Mark erregt. »Wenn Miss Hardcastle nicht glaubt, dass ein Indizienbeweis gegen mich vorliegt, warum werde ich dann überhaupt in dieser Art und Weise vernommen? Und wenn sie den Fund für beweiskräftig hält, wie kann sie dann umhin, die Staatsorgane zu benachrichtigen?«

»Mein lieber Freund«, sagte Wither umständlich, »unser Ausschuss hat nicht das geringste Verlangen, darauf zu bestehen, in derartigen Fällen den Handlungsspielraum unserer Institutspolizei und noch viel weniger – und darum geht es hier – den Spielraum, nicht zu handeln, festzulegen. Ich glaube, niemand hat davon gesprochen, dass Miss Hardcastle in irgendeinem Sinn, der ihre Eigeninitiative einschränken würde, verpflichtet sein sollte, außen stehende Behörden zu verständigen, die schon auf Grund ihrer Organisation viel weniger geeignet sein dürften, solche unwägbaren und quasi fachspezifischen Ermittlungen anzustellen, wie sie sich häufig, wenn Miss Hardcastle und ihre Leute Hinweise finden, bei Untersuchungen im inneren Bereich des N.I.C.E. ergeben.«

»Wenn ich das recht verstanden habe«, sagte Mark, »glaubt Miss Hardcastle, sie habe ausreichende Beweise, um mich wegen Mordes an Mr. Hingest festzunehmen, stellt mir aber gütigst in Aussicht, sie zu unterschlagen?«

»Jetzt haben Sie kapiert, Studdock«, sagte die Fee. Darauf zündete sie – zum ersten Mal in Marks Gegenwart – ihre schwarze Zigarre an, blies eine Rauchwolke in die Luft und lächelte oder zog wenigstens die Lippen so zurück, dass die Zähne sichtbar wurden.

»Aber das will ich gar nicht«, entgegnete Mark. Das stimmte nicht ganz. Die Aussicht, diese Angelegenheit könne auf irgendeine Weise vertuscht werden, hatte, als sie sich vor wenigen Augenblicken zum ersten Mal bot, auf ihn wie frische Luft auf einen Erstickenden gewirkt. Aber etwas wie Bürgerstolz war noch in ihm lebendig, und obwohl ihm dies kaum bewusst war, schlug er eine andere Richtung ein. »Das will ich nicht«, sagte er etwas zu laut. »Ich bin unschuldig. Ich ziehe es vor, sofort zur Polizei zu gehen – der richtigen Polizei, meine ich.«

»Wenn Sie natürlich einen Mordprozess haben wollen«, sagte die Fee, »ist das eine andere Sache.«

»Ich will entlastet werden«, sagte Mark. »Die Anklage würde sofort zusammenbrechen. Es gab kein denkbares Motiv, und außerdem habe ich ein Alibi. Jeder weiß, dass ich in jener Nacht hier geschlafen habe.«

»Wirklich?«, fragte die Fee.

»Was soll das heißen?«, fragte Mark.

»Es gibt immer ein Motiv dafür«, sagte sie, »dass einer einen anderen umbringt. Und auch die Polizisten sind nur Menschen. Wenn die Maschinerie erst einmal in Gang gekommen ist, will man natürlich auch eine Verurteilung.«

Mark redete sich ein, dass er keine Angst habe. Wenn Wither nur nicht alle Fenster geschlossen hätte und dazu ein prasselndes Kaminfeuer unterhielte!

»Sie haben einen Brief geschrieben«, sagte die Fee.

»Was für einen Brief?«

»Vor etwa sechs Wochen haben Sie einen Brief an einen Mr. Pelham vom Bracton College geschrieben. Darin heißt es: ›Ich wünschte, Bill der Blizzard wäre bereits in einer besseren Welt.‹«

Wie ein Stich durchfuhr Mark die Erinnerung an diese hingekritzelte Mitteilung. Alberne Scherze dieser Art waren unter den Mitgliedern des Progressiven Elements gang und gäbe. Ähnliche Bemerkungen über Gegner oder auch nur Langweiler konnte man im Bracton College täglich dutzendfach hören.

»Wie ist dieser Brief in Ihre Hände gelangt?«, fragte Mark.

»Ich denke, Mr. Studdock«, sagte der stellvertretende Direktor, »es wäre sehr unpassend, Miss Hardcastle aufzufordern, eine detaillierte Darstellung der tatsächlichen Arbeitsweise ihrer Ordnungstruppe zu geben. Wenn ich das sage, will ich damit nicht einen Augenblick leugnen, dass das größtmögliche Vertrauen zwischen allen Angehörigen des Instituts eines der wertvollsten Charakteristika ist, die es haben kann, und darüber hinaus natürlich eine *conditio sine qua non* für jenes wirklich konkrete und organische Leben, das sich in ihm entwickeln soll. Aber es gibt notwendigerweise gewisse Bereiche – die natürlich nicht fest umrissen sind, die sich aber unweigerlich offenbaren in ihrer Reaktion auf die Umgebung und ihrer Befolgung des herrschenden Ethos oder der Dialektik des Ganzen, Bereiche, in denen ein Vertrauen, das den verbalen Austausch von Tatsachen beinhaltete, seinem eigenen Zweck ... eh ... entgegenarbeiten würde.«

»Sie glauben doch nicht«, sagte Mark, »dass irgendjemand diesen Brief ernst nehmen würde?«

»Schon mal versucht, einem Polizisten was begreiflich zu machen?«, fragte die Fee. »Ich meine, einem – wie Sie sagen würden – richtigen Polizisten.«

Mark sagte nichts.

»Und ich finde das Alibi nicht besonders gut«, fuhr die Fee fort. »Beim Essen sind Sie im Gespräch mit Bill gesehen worden. Es wurde auch gesehen, wie Sie ihn zum Haupteingang hinausbegleiteten, als er ging. Niemand sah Sie zurückkommen. Was Sie bis zum Frühstück am nächsten Morgen getrieben haben, ist nicht bekannt. Wenn Sie im Wagen mit ihm zum Tatort gefahren wären, hätten Sie reichlich Zeit gehabt, zu Fuß nach Belbury zurückzukehren und sich etwa um Viertel nach zwei schlafen zu legen. In der Nacht hat es gefroren, wissen Sie: kein Grund, warum Ihre Schuhe besonders schmutzig gewesen sein sollten.«

»Wenn ich einen Punkt aufgreifen darf, der von Miss Hardcastle angesprochen wurde«, sagte Wither. »Dies illustriert hervorragend die große Bedeutung unserer Institutspolizei. In einem Fall wie diesem gibt es so viele feine Abstufungen, dass es unvernünftig wäre, von den regulären staatlichen Organen Verständnis dafür zu erwarten. Solange ein Fall jedoch sozusagen in unserem Familienkreis bleibt – ich sehe das N.I.C.E. als eine große Familie an, Mr. Studdock –, brauchen sich keine Tendenzen zu entwickeln, die schließlich zu einem Justizirrtum führen könnten.«

Wie früher zuweilen beim Zahnarzt oder im Büro des Schuldirektors war Mark verwirrt und nervös. Er fühlte sich in die Enge getrieben und setzte dies mit der Enge in den vier Wänden des überheizten Raumes gleich. Könnte er doch nur hier herauskommen, irgendwie hinaus in frische Luft und Sonnenschein, hinaus auf die Felder, fort von dem steifen Kragen des Vizedirektors, den Lippenstiftflecken am Ende von Miss Hardcastles Stumpen und dem Bild des Königs über dem Kamin.

»Sie würden mir wirklich raten, Sir«, sagte er, »nicht zur Polizei zu gehen?«

»Zur Polizei?«, sagte Wither, als ob diese Idee völlig neu wäre. »Ich glaube nicht, Mr. Studdock, dass irgendjemand daran dachte, Sie würden einen unwiderruflichen Schritt dieser Art unternehmen. Man könnte sogar argumentieren, dass Sie sich durch ein solches Verhalten einer gewissen Treulosigkeit Ihren Kollegen und besonders Miss Hardcastle gegenüber schuldig machen würden – unabsichtlich schuldig, wie ich sogleich hinzufügen möchte. Sie würden sich in einem solchen Fall natürlich außerhalb unseres Schutzes stellen ...«

»Das ist der entscheidende Punkt, Studdock«, fiel die Fee ein. »Wenn Sie der Polizei erst einmal in die Hände gefallen sind, kommen Sie so schnell nicht wieder heraus.«

Mark hatte sich entschieden, ohne es zu merken. »Also gut«, sagte er. »Was schlagen Sie vor?«

»Ich?«, sagte die Fee. »Stillhalten. Es ist ein Glück für Sie, dass wir die Brieftasche gefunden haben und nicht irgendein Außenstehender.«

»Ein Glück nicht nur für ... eh ... Mr. Studdock«, fügte Wither freundlich hinzu, »sondern für das ganze N.I.C.E. Es hätte uns nicht gleichgültig sein können ...«

»Die Sache hat nur einen Haken«, sagte die Fee, »und der ist, dass wir Ihren Originalbrief an Pelham nicht haben. Nur eine Kopie. Aber mit etwas Glück wird sich daraus nichts entwickeln.«

»Dann gibt es einstweilen nichts zu tun?«, fragte Mark.

»Nein«, sagte Wither. »Keine unmittelbare Aktion offizieller Art. Natürlich ist es sehr ratsam, dass Sie während der nächsten Monate die größte Klugheit und ... eh ... eh ... Vorsicht walten lassen. Ich nehme an, Scotland Yard wird sich einsichtig zeigen und nicht eingreifen, solange Sie bei uns sind, es sei denn, man hätte absolut sicheres Beweismaterial gegen Sie. Es ist zweifellos wahrscheinlich, dass innerhalb der nächsten sechs Monate eine Art ... eh ... Kraftprobe zwischen der gewöhnlichen Polizeigewalt und unserer Organisation stattfinden wird; aber ich halte es für sehr unwahrscheinlich, dass man dies zu einem Testfall machen würde.«

Wither hatte einen väterlichen Ton angeschlagen.

»Glauben Sie denn, dass die Polizei mich bereits im Verdacht hat?«, fragte Mark.

»Hoffentlich nicht«, erwiderte die Fee. »Selbstverständlich wollen sie jemanden festnehmen – das ist nur natürlich. Aber sie hätten lieber einen, dessentwegen sie nicht das ganze N.I.C.E. durchsuchen müssen.«

»Hören Sie«, sagte Mark. »Meinen Sie denn nicht, dass Sie den Dieb in den nächsten Tagen finden werden? Wollen Sie denn nichts unternehmen?«

»Den Dieb?«, fragte Wither. »Bisher gibt es keine Anhaltspunkte dafür, dass der Tote beraubt worden wäre.«

»Ich meine den Dieb, der meine Brieftasche gestohlen hat.«

»Oh ... ah ... Ihre Brieftasche«, sagte Wither und strich sich sehr sanft über das feine, vornehme Gesicht. »Ich verstehe. Sie wollen also wegen Diebstahls Ihrer Brieftasche Anzeige gegen unbekannt erstatten ...«

»Aber, Herr im Himmel!«, rief Mark. »Gehen Sie denn nicht davon aus, dass jemand sie gestohlen hat? Glauben Sie, ich sei am Tatort gewesen? Halten Sie beide mich für einen Mörder?«

»Bitte!«, sagte der stellvertretende Direktor. »Bitte, Mr. Studdock, mäßigen Sie sich. Ganz abgesehen von der Indiskretion einer solchen Lautstärke muss ich Sie daran erinnern, dass Sie sich in der Gegenwart einer Dame befinden. Soweit ich mich erinnern kann, wurde von unserer Seite nichts über Mord gesagt und auch keine Anklage irgendwelcher Art erhoben. Ich bin lediglich bemüht, unsere Vorgehensweise zu klären. Es gibt natürlich ein gewisses Benehmen und eine gewisse Verhaltensweise, derer Sie sich theoretisch befleißigen könnten und die eine Fortsetzung des Gesprächs sehr erschweren würden. Ich bin sicher, dass Miss Hardcastle mir darin zustimmen wird.«

»Mir ist es gleich«, sagte die Fee. »Ich weiß nicht, warum

Studdock uns anbrüllt, obwohl wir nur bemüht sind, ihn vor der Anklagebank zu bewahren. Aber das ist seine Sache. Ich habe eine Menge zu tun und kann nicht den ganzen Morgen hier herumhängen.«

»Wirklich«, sagte Mark, »man sollte meinen, es sei verständlich, wenn ich ...«

»Bitte beruhigen Sie sich, Mr. Studdock«, sagte Wither. »Wie ich bereits sagte, betrachten wir uns als eine große Familie, und eine förmliche Entschuldigung ist nicht erforderlich. Wir alle verstehen einander und missbilligen ... eh ... Szenen. Vielleicht gestatten Sie mir, in aller Freundschaft zu erwähnen, dass jede Unbeständigkeit des Temperaments vom Ausschuss als – nun, als nicht sehr günstig für die Bestätigung Ihrer Anstellung angesehen würde. Dies alles ist natürlich streng vertraulich.«

Mark machte sich schon längst keine Sorgen mehr wegen der Stellung an sich; aber er begriff, dass die Drohung mit Entlassung jetzt einer Drohung mit dem Strang gleichkam.

»Tut mir Leid, wenn ich unhöflich war«, sagte er schließlich. »Was raten Sie mir zu tun?«

»Lassen Sie sich nicht außerhalb von Belbury blicken, Studdock«, sagte die Fee.

»Ich glaube, Miss Hardcastle hätte Ihnen keinen besseren Rat geben können«, sagte Wither. »Und nun, da Mrs. Studdock diese zeitweilige Gefangenschaft – ich gebrauche dieses Wort, wie Sie verstehen werden, im übertragenen Sinne – mit Ihnen teilen wird, dürfte es nicht allzu hart für Sie sein. Sie müssen dies als Ihr Heim betrachten, Mr. Studdock.«

»Oh ... dabei fällt mir ein, Sir«, sagte Mark. »Ich bin wirklich nicht sicher, ob es gut wäre, meine Frau herzuholen. Es geht ihr gesundheitlich nicht sehr gut, und ...«

»Aber in diesem Fall muss Ihnen doch erst recht daran liegen, sie hier bei sich zu haben, nicht wahr?«

»Ich glaube nicht, dass es ihr zusagen würde, Sir.«

Der Blick des VD schweifte ab, und seine Stimme wurde leiser. »Ich hatte beinahe vergessen, Mr. Studdock, Sie zu Ihrer Vorstellung bei unserem Oberhaupt zu beglückwünschen. Sie bezeichnet einen wichtigen Schritt in Ihrer Karriere. Wir alle fühlen jetzt, dass Sie in einem tieferen Sinne wirklich einer der unseren sind. Ich bin überzeugt, dass Ihnen nichts ferner liegt, als die freundliche, beinahe väterliche Fürsorge zurückzuweisen, die er Ihnen entgegenbringt. Er ist sehr daran interessiert, Mrs. Studdock bei nächster Gelegenheit in unserem Kreis willkommen zu heißen.«

»Warum?«, fragte Mark plötzlich.

Wither sah ihn mit einem sonderbaren Lächeln an. »Mein lieber Junge«, sagte er. »Einheit, wissen Sie. Der Familienkreis. Ihre Frau wäre ... Sie wäre eine Gesellschaft für Miss Hardcastle.« Bevor Mark diesen überwältigenden neuen Gedanken recht begriffen hatte, erhob Wither sich und schlurfte auf die Tür zu. Dort blieb er stehen, eine Hand auf der Klinke, die andere auf Marks Schulter.

»Sie werden Appetit auf Ihr Frühstück haben«, sagte er. »Ich will Sie nicht länger aufhalten. Lassen Sie die größte Vorsicht walten. Und ... und ...« Hier veränderte sich plötzlich sein Gesicht. Der weit geöffnete Mund sah auf einmal aus wie das Maul eines wütenden Tieres, und in seinem senil verschwommenen Blick lag nichts Menschliches mehr. »Und bringen Sie das Mädchen, haben Sie verstanden? Holen Sie Ihre Frau«, fügte er hinzu. »Das Oberhaupt ... ist nicht sehr geduldig.«

## 2

Als Mark die Tür hinter sich schloss, kam ihm sofort der Gedanke: »Jetzt! Sie sind beide da drinnen. Wenigstens eine Minute lang bin ich sicher.«

Er nahm sich nicht einmal die Zeit, seinen Hut zu holen, sondern ging eilig zum Haupteingang und die Zufahrt hinunter. Nichts als die physische Unmöglichkeit konnte ihn daran hindern, nach Edgestow zu gehen und Jane zu warnen. Darüber hinaus hatte er keine Pläne. Selbst die unbestimmte Idee, nach Amerika zu entkommen, die in einfacheren Zeiten so vielen Flüchtlingen ein Trost gewesen war, blieb ihm verwehrt. Er hatte bereits in den Zeitungen gelesen, wie viel Anerkennung das N.I.C.E. und sein Wirken in den Vereinigten Staaten und in der Sowjetunion gefunden hatten. Irgendein armes Werkzeug wie er selbst hatte diese Artikel geschrieben. In jedem Land hatte das Institut seine Finger. Auf dem Dampfer (wenn es ihm gelänge, sich einzuschiffen), auf dem Kai (wenn es ihm je gelänge, einen ausländischen Hafen zu erreichen) – überall würden seine Handlanger bereits auf ihn warten.

Nun hatte er die Straße überquert; er befand sich in dem Waldgürtel. Kaum eine Minute war vergangen, seit er Withers Büro verlassen hatte, und niemand war hinter ihm. Aber das Abenteuer vom Vortag wiederholte sich. Eine große, gebeugte, schlurfende, knirschende Gestalt, die eine Melodie vor sich hin summte, versperrte ihm den Weg. Mark hatte nie gekämpft. Uralte Impulse, die in seinem Körper wohnten – diesem Körper, der in mancher Hinsicht klüger war als der Verstand –, führten einen gezielten Schlag gegen den Kopf dieses senilen Hindernisses. Aber es gab keinen Aufprall. Die Gestalt war plötzlich verschwunden.

Diejenigen, die sich mit solchen Dingen auskennen, konnten sich nie auf eine Erklärung dieser Episode einigen. Möglicherweise hatte Mark, völlig überreizt, wie schon am Vortag eine Halluzination von Wither gesehen, wo kein Wither war. Möglicherweise war auch Withers ständiges Erscheinen zu allen Zeiten und in allen Räumen und Korridoren von Belbury in einem gewissen Sinne des Worts ein Geist – einer jener Sinneseindrücke, die eine starke Persönlichkeit bei ihrem Untergang, meist nach ihrem Tod, zuweilen aber auch schon davor, einem Gebäude aufprägen kann und die nicht durch Exorzismus, sondern durch architektonische Veränderungen beseitigt werden. Möglicherweise erhalten aber auch Seelen, die ihr geistiges Gut verspielt haben, dafür und für eine kurze Zeit das nutzlose Privileg, auf diese Art an vielen Orten als Geist zu erscheinen. Auf jeden Fall verschwand das Ding, was immer es war.

Der Weg führte quer über eine Wiese, die jetzt mit Raureif bedeckt war, und der Himmel war blassblau und dunstig. Dann kam ein Zaunübergang, und danach verlief der Weg drei Felder weit an einem Gebüsch entlang. Darauf ging es ein wenig nach links, vorbei an den Rückgebäuden einer Farm, dann eine Schneise entlang durch einen Wald. Hinter diesem kam der Kirchturm von Courthampton in Sicht. Marks Füße waren warm geworden, und er verspürte allmählich Hunger. Er überquerte eine Straße, musste durch eine Herde weidender Kühe, die ihre Köpfe senkten und ihn anschnaubten, überquerte einen Bach auf einem Fußgängersteg und kam zu den gefrorenen Wagenspuren einer kleinen Straße, die ihn nach Courthampton führte.

Als er auf die Dorfstraße kam, sah er als Erstes ein Bauernfuhrwerk. Eine Frau und drei Kinder saßen neben dem Mann, der es lenkte, und hinter ihnen türmten sich Kommoden, Bettstellen, Matratzen, Kisten und ein Käfig mit einem Kanarienvogel. Unmittelbar dahinter schoben ein Mann, eine Frau und ein Kind zu Fuß einen Kinderwagen vor sich her; auch dieser war mit Haushaltsgegenständen überladen. Ihnen folgten eine Familie mit einem Leiterwagen, dann ein schwer beladener Einspänner und dann ein unaufhörlich hupendes altes Auto, eingekeilt in den langsam dahinkriechenden Zug und nicht in der Lage, die anderen zu überholen. Ein ununterbrochener Strom solcher Fahrzeuge bewegte sich durch das Dorf. Mark hatte nie etwas vom Krieg gesehen, sonst hätte er sofort die Anzeichen der Flucht erkannt. In all diesen daherstapfenden Pferden und Männern und in den überladenen Fahrzeugen hätte er klar die Botschaft ›Feind im Rücken‹ gelesen.

Der Flüchtlingsstrom war so dicht, dass Mark lange brauchte, um die Kreuzung beim Wirtshaus zu erreichen, wo sich die Bushaltestelle mit einem gerahmten und verglasten Fahrplan befand. Der nächste Bus nach Edgestow fuhr erst um Viertel nach zwölf. Mark stand herum, ohne zu verstehen, was er sah, aber voller Staunen; normalerweise war Courthampton ein sehr ruhiges Dorf. Infolge einer glücklichen und nicht ungewöhnlichen Illusion fühlte er sich jetzt, da Belbury außer Sicht war, weniger gefährdet und dachte überraschend wenig an seine Zukunft. Manchmal dachte er an Jane und manchmal an Spiegeleier mit Schinken, gebratenen Fisch und dunkle duftende Kaffeeströme, die sich in große Tassen ergossen. Um halb zwölf öffnete das Wirtshaus. Er ging hinein und bestellte ein Bier, Brot und Käse.

Zuerst war die Gaststube leer; aber im Laufe der nächsten halben Stunde kamen einer nach dem anderen vier Männer herein. Anfangs redeten sie nicht über die unglückliche Prozession, die die ganze Zeit draußen an den Fenstern vorbeizog. Eine Zeit lang sprachen sie überhaupt nicht. Dann bemerkte ein kleiner Mann mit einem Gesicht wie eine alte Kartoffel beiläufig: »Gestern Abend hab ich den alten Rumbold gesehen.« Fünf Minuten lang antwortete niemand, dann sagte ein sehr junger Mann in Gamaschen: »Ich wette, es tut ihm Leid, dass er es überhaupt versucht hat.« So tröpfelte die Unterhaltung über Rumbold eine Weile dahin. Erst als das Thema erschöpft war, kam das Gespräch ganz allmählich und sehr weitschweifig auf den Flüchtlingsstrom.

»Sie kommen immer noch raus«, sagte ein Mann.

»Mh – hm«, machte ein anderer.

»Viele können nicht mehr dort sein.«

»Möchte wissen, wo die alle unterkriechen wollen.«

Nach und nach kam die ganze Geschichte heraus. Die

Leute draußen waren die Flüchtlinge aus Edgestow. Manche waren aus ihren Häusern vertrieben worden, andere hatten Angst vor den Krawallen, und noch mehr fürchteten die Wiederherstellung von Ruhe und Ordnung. In der Stadt schien eine Art Schreckensherrschaft errichtet worden zu sein. »Ich habe gehört, gestern hätte es zweihundert Verhaftungen gegeben«, sagte der Wirt. »Gut möglich«, erwiderte der junge Mann. »Diese N.I.C.E.-Polizei, das sind harte Burschen. Meinen Alten haben sie windelweich gedroschen. Tatsache.« Er lachte. »Es sind mehr die Arbeiter als die Polizisten, hat man mir erzählt«, sagte ein dritter. »Sie hätten diese Waliser und Iren nicht herbringen sollen.« Aber das war schon fast alles, was sie auszusetzen hatten. Es machte Mark betroffen, dass sie keinerlei Empörung oder auch nur ein deutliches Mitgefühl mit den Flüchtlingen zeigten. Jeder der Anwesenden wusste von wenigstens einer Gewalttat in Edgestow, aber alle waren sich einig, dass diese Flüchtlinge anscheinend stark übertrieben. »Heute Morgen steht in der Zeitung, dass die Lage sich schon wieder beruhigt«, sagte der Wirt. Die anderen stimmten zu. »Es wird immer welche geben, die Ärger machen«, sagte der Mann mit dem Kartoffelgesicht. »Was nützt es, Krawall zu machen?«, fragte ein anderer. »Es geht so und so weiter. Man kann es nicht aufhalten.«

»Das meine ich auch«, sagte der Wirt. Immer wieder waren Bruchstücke aus den Zeitungsartikeln zu hören, die Mark selbst geschrieben hatte. Anscheinend hatten er und solche wie er ihre Arbeit gut gemacht. Miss Hardcastle hatte die Immunität der Arbeiterklasse gegen Propaganda überschätzt.

Als es an der Zeit war, hatte Mark keine Mühe, einen Platz im Bus zu bekommen. Er war nahezu leer, denn der ganze Verkehr bewegte sich in die Gegenrichtung. Am oberen Ende der Market Street stieg er aus und machte sich sogleich auf den Weg nach Hause. Die ganze Stadt hatte ihr Gesicht verändert. Jedes dritte Haus stand leer, und fast die Hälfte der Läden hatte geschlossen und die Rollläden heruntergelassen. Als er den Hügel hinauf und in die Gegend der großen alten Villen mit ihren schönen Gärten kam, stellte er fest, dass viele von diesen Häusern beschlagnahmt worden waren und weiße Plakate mit dem N.I.C.E.-Emblem trugen – einem nackten Muskelmann, der in der erhobenen Faust ein Bündel Blitze schwang. An jeder Ecke und oft auch noch dazwischen lungerten oder bummelten Institutspolizisten herum. Sie hatten Helme auf den Köpfen, Revolver in offenen Halftern an schwarz glänzenden Koppeln und wippten mit ihren Gummiknüppeln. Ihre runden weißen Gesichter mit den offenen, Kaugummi kauenden Mündern blieben ihm noch lange im Gedächtnis. Außerdem gab es überall Anschläge mit Bekanntmachungen, die er nicht las. Es waren Notstandsbestimmungen, die allesamt Feverstones Unterschrift trugen.

Ob Jane zu Hause war? Er meinte, es nicht ertragen zu können, wenn sie fort wäre. Lange bevor er das Haus erreichte, fingerte er den Schlüssel aus der Tasche. Der Hauseingang war abgeschlossen. Das bedeutete, dass die Hutchinsons, die im Erdgeschoss wohnten, nicht da waren. Er schloss auf und ging hinein. Im Treppenhaus kam es ihm kalt und feucht vor; kalt und feucht und dunkel war es auch auf dem Treppenabsatz. »Ja-ane«, rief er, als er die Wohnungstür aufschloss, aber er hatte die Hoffnung schon verloren. Sobald er in der Wohnung stand, wusste er, dass sie leer war. Auf dem Boden hinter der Tür lagen ungeöffnete Briefe. Kein Laut war zu hören, nicht einmal das Ticken einer Uhr. Alles war in Ordnung. Jane musste eines Morgens fortgegangen sein, gleich nachdem sie aufgeräumt hatte. Die Geschirrtücher in der Küche waren knochentrocken: sie waren seit mindestens vierundzwanzig Stunden nicht mehr benutzt worden. Das Brot im Küchenschrank war alt. Auf der Anrichte stand ein zur Hälfte mit Milch gefüllter Topf, aber die Milch war geronnen und ließ sich nicht ausschütten. Noch lange nachdem er die Wahrheit begriffen hatte, ging er von einem Zimmer zum nächsten und blickte in die Öde und Traurigkeit, die von verlassenen Wohnungen ausgeht. Aber es hatte offensichtlich keinen Sinn, hier herumzusitzen. Unvernünftiger Zorn stieg in ihm auf. Warum zum Teufel hatte Jane ihm nicht gesagt, dass sie fortgehen wollte? Oder hatte jemand sie geholt? Vielleicht lag irgendwo eine Nachricht für ihn. Er nahm einige Briefe vom Kaminsims, aber es waren nur welche, die er selbst dort hingelegt hatte, weil er sie beantworten wollte. Dann sah er auf dem Tisch einen an Mrs. Dimble adressierten Briefumschlag mit der Adresse ihres Hauses auf der anderen Seite des Wynd. Also war dieses verdammte Frauenzimmer hier gewesen! Er hatte immer den Eindruck gehabt, dass die Dimbles ihn nicht mochten. Wahrscheinlich hatten sie Jane eingeladen, bei ihnen zu wohnen. Hatten sich zweifellos irgendwie eingemischt. Er musste zum Northumberland College gehen und mit Dimble sprechen.

Der Gedanke, sich über die Dimbles zu ärgern, kam Mark beinahe wie eine Inspiration. Sich als gekränkter Ehemann auf der Suche nach seiner Frau ein wenig aufzuplustern wäre eine angenehme Abwechslung nach dem Verhalten, das er in letzter Zeit hatte an den Tag legen müssen. Auf dem Weg in die Stadt hinunter machte er halt, um etwas zu trinken. Als er das N.I.C.E.-Schild an der Glastür des Bristol sah, wollte er beinahe schon fluchen und sich abwenden, als ihm plötzlich einfiel, dass er selbst ein hoher Funktionär des N.I.C.E. war und keineswegs jener allgemeinen Öffentlichkeit angehörte, die jetzt keinen Zutritt zum Bristol mehr hatte. An der Tür fragte man ihn, wer er sei, und wurde unterwürfig, als er es sagte. Im Kamin brannte ein angenehmes Feuer. Nach den zermürbenden Ereignissen dieses Tages fühlte er sich berechtigt, einen doppelten Whisky zu bestellen, und danach trank er noch einen zweiten. Dieser vollendete den Umschwung in seinem Gemüt, der in dem Augenblick begonnen hatte, als ihm einfiel, dass er über die Dimbles verärgert sei. Die ganze Lage in Edgestow hatte etwas mit diesem Umschwung zu tun. All diese Machtdemonstrationen berührten eine bestimmte Saite in ihm, und er führte sich vor Augen, wie viel angenehmer und besser es alles in allem sei, dem N.I.C.E. anzugehören, als ein Außenseiter zu sein. Selbst jetzt noch ... Vielleicht hatte er das ganze Gerede über eine mögliche Mordanklage zu ernst genommen? Natürlich, so ging Wither an die Dinge heran: über jedem ließ er ein Damoklesschwert schweben. Das Ganze sollte ihn nur dazu bringen, in Belbury zu bleiben und Jane kommen zu lassen. Und wenn man es genau bedachte, warum eigentlich nicht? Sie konnte nicht ewig allein leben. Und die Frau eines Mannes, der Karriere machen und im Mittelpunkt der Ereignisse stehen wollte, musste eben lernen, eine Frau von Welt zu sein. Wie auch immer, als Erstes musste er diesen Dimble aufsuchen.

Er verließ das Bristol mit dem Gefühl, ein anderer Mensch zu sein. Und er war in der Tat ein anderer Mensch. Von nun an bis zum Augenblick der endgültigen Entscheidung kamen mit erschreckender Geschwindigkeit die verschiedensten Menschen in ihm hoch, und jeder von ihnen schien, solange er da war, vollkommen. In diesem wilden Taumel von einer Seite zur anderen näherte seine Jugend sich dem Augenblick, da er anfangen würde, eine Persönlichkeit zu sein.

## 3

»Herein«, sagte Dimble. Er war in seinem Arbeitszimmer im Northumberland College, hatte gerade den letzten Studenten für diesen Tag verabschiedet und wollte in wenigen Minuten nach St. Anne's aufbrechen. »Ach, Sie sind es, Studdock«, fügte er hinzu, als die Tür aufging. »Kommen Sie herein.« Er versuchte seiner Stimme einen natürlichen Klang zu geben, war aber überrascht über den Besuch und erschreckt über das, was er sah. Studdocks Gesicht schien sich verändert zu haben, seit er ihn zuletzt gesehen hatte; es war dicker und blasser geworden, und es wies einen neuen, gewöhnlichen Zug auf.

»Ich bin gekommen, um mich nach Jane zu erkundigen«, sagte Mark. »Wissen Sie, wo sie ist?«

»Ich fürchte, ich kann Ihnen die Anschrift nicht geben«, erwiderte Dimble.

»Heißt das, dass Sie sie nicht wissen?«

»Ich kann sie Ihnen nicht geben«, sagte Dimble.

Marks Plan zufolge war dies der Punkt, an dem er energisch werden wollte. Aber nun, da er in Dimbles Zimmer stand, war ihm nicht mehr danach zu Mute. Dimble hatte ihn stets äußerst höflich behandelt, und Mark war niemals das Gefühl losgeworden, dass Dimble ihn nicht mochte. Das hatte bei ihm aber keine Abneigung gegen Dimble hervorgerufen; es hatte ihn in Dimbles Gegenwart nur immer unsicher, gesprächig und unnötig zuvorkommend gemacht. Rachsucht gehörte nicht zu Marks Untugenden, denn er wollte geschätzt werden. Stieß ihn jemand vor den Kopf, so träumte er nicht von Rache, sondern von brillanten Scherzen oder Leistungen, die ihm eines Tages den guten Willen des Mannes eintragen würden, der ihn gekränkt hatte. Wenn er jemals grausam war, dann nach unten, gegen Schwächere und Außenseiter, die sich um seine Gunst bemühten, niemals jedoch nach oben gegen jene, die ihn zurückwiesen. Er war zu einem guten Teil Opportunist.

»Wie soll ich das verstehen?«, fragte er.

»Wenn Ihnen in irgendeiner Weise an der Sicherheit Ihrer Frau gelegen ist, dann werden Sie mich nicht bitten, Ihnen zu sagen, wohin sie gegangen ist«, sagte Dimble.

»Sicherheit?«

»Sicherheit«, wiederholte Dimble sehr bestimmt.

»Sicherheit wovor?«

»Wissen Sie nicht, was geschehen ist?«

»Was ist denn geschehen?«

»In der Nacht des großen Aufruhrs hat die Institutspolizei versucht, Ihre Frau zu verhaften. Sie konnte entkommen, aber erst nachdem man sie gefoltert hatte.«

»Gefoltert? Wovon reden Sie?«

»Ihr wurde mit brennenden Zigarren die Haut verbrannt.«

»Deshalb bin ich gekommen«, sagte Mark. »Ich fürchte, Jane ist am Rande eines Nervenzusammenbruchs. Das ist in Wirklichkeit nicht geschehen, wissen Sie.«

»Die Ärztin, die die Verbrennungen behandelt hat, denkt anders darüber.«

»Gott!«, sagte Mark. »Also haben sie es doch getan? Aber sehen Sie ...«

Unter Dimbles ruhigem, festem Blick fand er es schwierig, weiterzusprechen.

»Und warum hat man mir von dieser Gräueltat nichts gesagt?«, schrie er.

»Von der Gräueltat Ihrer Kollegen?«, fragte Dimble trocken. »Warum fragen Sie das mich? Sie sollten die Arbeitsweise des N.I.C.E. besser kennen als ich.«

»Warum haben Sie mir nichts davon gesagt? Warum ist nichts unternommen worden? Sind Sie bei der Polizei gewesen?«

»Bei der Institutspolizei?«

»Nein, der gewöhnlichen Polizei.«

»Wissen Sie wirklich nicht, dass es in Edgestow keine gewöhnliche Polizei mehr gibt?«

»Aber es muss doch Verwaltungsbeamte geben.«

»Es gibt den Notstandsbeauftragten, Lord Feverstone. Sie scheinen nicht im Bilde zu sein. Dies ist eine eroberte und besetzte Stadt.«

»Warum in Gottes Namen haben Sie dann nicht mich verständigt?«

»Sie?«, fragte Dimble erstaunt.

Zum ersten Mal seit vielen Jahren sah Mark sich selbst einen Moment lang so, wie jemand von Dimbles Art ihn sehen musste. Es verschlug ihm beinahe den Atem.

»Hören Sie«, sagte er. »Sie glauben doch nicht etwa ... Das ist ja grotesk! Sie denken doch nicht etwa, ich hätte davon gewusst! Sie können doch nicht im Ernst glauben, ich würde Polizisten losschicken, um meine eigene Frau zu misshandeln!« Er hatte ganz entrüstet begonnen, versuchte aber am Ende einen leicht ironischen Ton anzuschlagen. Wenn Dimble doch wenigstens die Spur von einem Lächeln zeigen würde, oder irgendetwas, das das Gespräch auf eine andere Ebene brächte.

Aber Dimble schwieg, und sein Gesicht entspannte sich nicht. Er war sich in der Tat nicht ganz sicher gewesen, ob Mark nicht doch schon so tief gesunken sei, war aber zu barmherzig, es zu sagen.

»Ich weiß, dass Sie mich noch nie besonders haben leiden können«, sagte Mark. »Aber ich wusste nicht, dass es so weit ging.« Dimble sagte immer noch nichts, aber aus einem Grund, den Mark nicht ahnen konnte. Die Wahrheit war, dass Mark genau ins Schwarze getroffen hatte. Dimble machte sich seit Jahren Vorwürfe, weil er für Studdock keine Sympathie aufbringen konnte, und er hatte versucht, dagegen anzugehen; auch jetzt versuchte er es wieder.

»Nun«, sagte Studdock mit rauer Stimme, als Dimbles Schweigen sich hinzog, »es gibt wohl nicht viel mehr zu sagen. Ich bestehe darauf zu erfahren, wo Jane ist.«

»Wollen Sie, dass sie nach Belbury gebracht wird?«

Mark zuckte zusammen. Es war, als ob der andere den Gedanken gelesen hätte, den er vor einer halben Stunde im Bristol gehabt hatte.

»Ich sehe keinen Grund, Dimble«, sagte Mark kalt, »warum ich mich in dieser Weise verhören lassen sollte. Wo ist meine Frau?«

»Ich bin nicht befugt, Ihnen das zu sagen. Sie ist nicht in meinem Haus und steht nicht unter meinem Schutz. Es geht ihr gut, und sie ist in Sicherheit. Wenn Ihnen auch nur noch das Geringste an ihrem Glück gelegen ist, werden Sie keinen Versuch machen, mit ihr in Verbindung zu treten.«

»Bin ich denn eine Art Aussätziger oder Krimineller, dass man mir nicht einmal ihre Adresse anvertrauen kann?«

»Entschuldigen Sie bitte, Sie sind ein Mitglied des N.I.C.E., dessen Organe sie bereits beleidigt, gefoltert und festgehalten haben. Seit ihrer Flucht ist sie nur in Ruhe gelassen worden, weil Ihre Kollegen nicht wissen, wo sie ist.«

»Und wenn es wirklich die Institutspolizei war, glauben Sie, ich würde nicht eine volle Erklärung aus den Leuten herausholen? Verdammt noch mal, für wen halten Sie mich eigentlich?«

»Ich kann nur hoffen, dass Sie im N.I.C.E. keinerlei Macht haben«, sagte Dimble. »Wenn Sie keine Macht haben, dann können Sie Ihre Frau nicht schützen. Wenn Sie aber Macht haben, werden Sie hinter der Politik des Instituts stehen. Weder im einen noch im anderen Falle werde ich Ihnen sagen, wo sie ist.«

»Das ist unglaublich!«, sagte Mark. »Selbst wenn ich im Augenblick für das N.I.C.E. arbeite – Sie kennen mich doch.«

»Ich kenne Sie nicht«, erwiderte Dimble. »Ich habe keine Vorstellung von Ihren Zielen oder Motiven.«

Mark kam es so vor, als betrachte Dimble ihn nicht mit Zorn oder Verachtung, sondern mit jenem Maß an Abscheu, das in denen, die ihn empfinden, eine Art Verwirrung hervorruft – als sei dies eine Unanständigkeit, die wohlerzogene Leute aus Scham gezwungen sind zu ignorieren. In diesem Punkt hatte Mark unrecht. Seine Gegenwart war für Dimble in Wirklichkeit eine Herausforderung seiner Selbstbeherrschung. Dimble tat einfach sein Bestes, nicht zu hassen und nicht zu verachten und vor allem Hass und Verachtung nicht zu genießen; und er hatte keine Ahnung, welch steinernen, unbeweglichen Ausdruck diese Bemühung auf seinem Gesicht hervorrief. Der ganze Rest dieses Gespräches stand im Zeichen dieses Missverständnisses.

»Es muss sich um irgendeinen lächerlichen Irrtum handeln«, sagte Mark. »Ich sage Ihnen, ich werde der Sache auf den Grund gehen. Ich werde Krach schlagen. Vermutlich hatte sich irgendein neu eingestellter Polizist einen Rausch angetrunken, oder was. Nun, dem werden wir das Kreuz brechen. Ich ...«

»Es war die Chefin Ihrer Polizei, Miss Hardcastle persönlich, die Jane gefoltert hat.«

»Sehr gut. Dann werde ich ihr das Kreuz brechen. Dachten Sie, ich würde so etwas stillschweigend hinnehmen? Aber es muss ein Irrtum vorliegen. Es kann nicht ...«

»Kennen Sie Miss Hardcastle gut?«, fragte Dimble.

Das brachte Mark zum Schweigen. Er hatte (zu Unrecht) das Gefühl, Dimble lese in seinen Gedanken und sehe dort seine eigene Gewissheit, dass Miss Hardcastle dies getan hatte und dass er ihr ebenso wenig das Kreuz brechen wie die Umdrehung der Erde aufhalten konnte.

Auf einmal kam Bewegung in Dimbles starre Züge, und er sprach mit veränderter Stimme. »Haben Sie die Macht, Miss Hardcastle zur Rechenschaft zu ziehen?«, fragte er. »Sind Sie dem Machtzentrum von Belbury bereits so nahe? Wenn es so ist, dann haben Sie dem Mord an Hingest und Compton zugestimmt. Wenn es so ist, dann wurde Mary Prescott auf Ihren Befehl hin in dem Schuppen hinter dem Bahnhof brutal vergewaltigt und anschließend zu Tode geprügelt. Mit Ihrer Zustimmung werden Verbrecher – anständige Verbrecher, denen die Hand zu reichen Sie nicht wert sind – aus den Gefängnissen geholt, in die sie von britischen Richtern in ordentlichen Verfahren geschickt wurden, und nach Belbury gebracht, um außer Reichweite des Gesetzes für unbestimmte Zeit den

Qualen und Eingriffen in ihre Persönlichkeit ausgesetzt zu werden, die Sie ›heilende Behandlung‹ nennen. Dann sind mit Ihrer Billigung zweitausend Familien aus ihren Häusern und Wohnungen vertrieben worden, um in den Straßengräben zwischen hier und Birmingham zu erfrieren. Dann können Sie uns sagen, warum Place und Rowley und der achtzigjährige Cummingham verhaftet wurden und wo sie sich befinden. Und wenn Sie so tief darin verstrickt sind, werde ich Ihnen nicht nur Jane nicht ausliefern, sondern ich würde Ihnen nicht einmal meinen Hund überantworten.«

»Ich bitte Sie! Ich bitte Sie!«, sagte Mark. »Das ist völlig absurd! Ich weiß, dass es vereinzelt zu Übergriffen gekommen ist. In einer Polizeitruppe gibt es immer ein paar Leute von der falschen Sorte – besonders am Anfang. Aber was habe ich jemals getan, dass Sie mich für jede Tat verantwortlich machen wollen, die irgendein Beamter des N.I.C.E. irgendwo verübt hat – oder nach Meinung der Sensationspresse verübt haben soll?«

»Sensationspresse!«, wetterte Dimble, der Mark jetzt größer zu sein schien als noch vor ein paar Minuten. »Was für ein Unsinn ist das? Glauben Sie, ich wüsste nicht, dass das Institut bis auf eine einzige Zeitung die gesamte Presse des Landes kontrolliert? Und diese eine Zeitung ist heute nicht erschienen. Ihre Drucker sind in Streik getreten. Die armen Dummköpfe sagen, sie wollten keine Artikel drucken, in denen das Institut des Volkes angegriffen wird. Woher die Lügen in all den anderen Zeitungen kommen, wissen Sie besser als ich.«

Es mag seltsam erscheinen, dass Mark, der lange genug in einer Welt ohne Nächstenliebe gelebt hatte, nichtsdestoweniger sehr selten echtem Zorn begegnet war. Bosheit hatte er zur Genüge kennen gelernt, aber sie äußerte sich durch Verachtung und Spott und Intrigen. Stirn, Augen und Stimme dieses älteren Mannes wirkten auf Mark irgendwie erstickend und entnervend. In Belbury pflegte man zur Beschreibung jedweder

Opposition, die das Vorgehen des Instituts in der Außenwelt hervorrief, die Worte winseln und kläffen zu gebrauchen. Und Mark hatte niemals genug Fantasie gehabt, um sich vorzustellen, wie dieses Kläffen in Wirklichkeit aussehen würde.

»Ich sage Ihnen, ich habe nichts davon gewusst!«, schrie er zurück. »Verdammt noch mal, ich bin schließlich der Geschädigte. Wie Sie daherreden, könnte man meinen, es sei Ihre Frau gewesen, die misshandelt wurde.«

»So hätte es sein können. Und so kann es noch kommen. Jeden Mann und jede Frau in England kann es treffen. In diesem Fall war es eine Frau und eine Bürgerin. Welche Rolle spielt es, wessen Frau sie war?«

»Aber ich sage Ihnen, ich werde deswegen Krach schlagen. Ich werde diesem Teufelsweib das Kreuz brechen, und wenn ich dem ganzen Institut das Kreuz damit breche.«

Dimble sagte nichts. Mark wusste, dass Dimble wusste, dass er jetzt Unsinn redete. Aber er konnte nicht aufhören. Wenn er nicht tobte, würde er nicht wissen, was er sagen sollte. »Bevor ich mir das gefallen lasse«, rief er, »verlasse ich das N.I.C.E.«

»Ist das Ihr Ernst?«, fragte Dimble mit einem scharfen Blick. Und Mark, dessen Gedanken nur noch ein einziger Brei aus Verwirrung, verletzter Eitelkeit, drängenden Ängsten und Scham waren, fand diesen Blick unerträglich anklagend. In Wirklichkeit aber war es ein Blick neu erwachter Hoffnung gewesen; aber auch Vorsicht lag darin, und zwischen Hoffnung und Vorsicht sah Dimble sich abermals zum Schweigen veranlasst.

»Ich sehe, dass Sie mir nicht vertrauen«, sagte Mark, und sein Gesicht nahm unwillkürlich den männlichen und gekränkten Ausdruck an, der ihm in Rektorenbüros oft gute Dienste erwiesen hatte.

Dimble war ein ehrlicher Mann. »Nein«, sagte er nach einer längeren Pause, »ich vertraue Ihnen nicht.«

Mark zuckte die Achseln und wandte sich zum Gehen.

»Studdock«, sagte Dimble, »dies ist nicht der Zeitpunkt für Redensarten oder Artigkeiten. Es kann sein, dass uns beide nur wenige Minuten vom Tod trennen. Sie sind wahrscheinlich auf Ihrem Weg ins College beschattet worden. Und ich halte nichts davon, mit höflichen Unaufrichtigkeiten im Mund zu sterben. Ich vertraue Ihnen nicht. Warum sollte ich? Sie sind – zumindest bis zu einem gewissen Grad – ein Komplize der schlechtesten Menschen der Welt. Selbst Ihr Besuch hier heute Nachmittag könnte eine Falle sein.«

»Sie sollten mich wirklich besser kennen!«, sagte Mark.

»Hören Sie auf mit dem Unsinn«, erwiderte Dimble. »Hören Sie doch wenigstens einmal eine Minute lang auf, Theater zu spielen. Wer sind Sie denn überhaupt, dass Sie so reden? Das Institut hat schon bessere Leute als Sie oder mich korrumpiert. Straik war einmal ein guter Mann. Filostrato war zumindest ein großes Genie. Selbst Alcasan – ja, ja, ich weiß, wer Ihr Oberhaupt ist – war schlicht und einfach ein Mörder: auf alle Fälle etwas Besseres als das, was sie jetzt aus ihm gemacht haben. Wer sind Sie denn, dass ich Sie als Ausnahme betrachten soll?«

Mark schnappte nach Luft. Die Entdeckung, dass Dimble so viel wusste, hatte mit einem Schlag sein ganzes Bild von der Situation verändert. Er hatte keine Überzeugungskraft mehr.

»Nichtsdestotrotz«, fuhr Dimble fort, »obwohl ich all das weiß, obwohl ich weiß, dass Sie möglicherweise nur der Köder in der Falle sind, bin ich bereit, ein Risiko auf mich zu nehmen. Ein Risiko, im Vergleich zu dem unser beider Leben bedeutungslos ist. Wenn Sie das N.I.C.E. allen Ernstes verlassen wollen, werde ich Ihnen helfen.«

Einen Moment lang war es so, als täte sich das Tor zum Paradies auf – doch dann kehrten sogleich die Vorsicht und der unausweichliche Wunsch, Zeit zu gewinnen, zurück. Der

Spalt hatte sich wieder geschlossen. »Das müsste ich mir durch den Kopf gehen lassen«, murmelte Mark.

»Wir haben keine Zeit«, sagte Dimble. »Und es gibt da wirklich nichts zu überlegen. Ich biete Ihnen einen Weg zurück in die menschliche Familie. Aber Sie müssen sofort kommen.«

»Das ist eine Frage, die über meine ganze zukünftige Karriere entscheidet.«

»Ihre Karriere!«, sagte Dimble. »Es geht um Verdammnis oder ... oder eine letzte Chance. Aber Sie müssen sofort kommen.«

»Ich verstehe nicht, wovon Sie reden«, sagte Mark. »Sie unterstellen ständig irgendeine Gefahr. Was für eine? Und welche Macht haben Sie, mich oder Jane zu schützen, wenn ich dem Institut davonlaufe?«

»Sie müssen es riskieren«, sagte Dimble. »Ich kann Ihnen keine Sicherheit bieten. Verstehen Sie nicht? Es gibt für niemanden mehr Sicherheit. Der Kampf hat begonnen. Ich biete Ihnen einen Platz auf der richtigen Seite. Ich weiß nicht, welche Seite gewinnen wird.«

»Ich hatte tatsächlich mit dem Gedanken gespielt, das Institut zu verlassen«, antwortete Mark. »Aber ich muss es mir überlegen. Sie reden ziemlich sonderbar.«

»Es ist keine Zeit.«

»Angenommen, ich käme morgen noch einmal zu Ihnen?«

»Wissen Sie, ob Sie dazu in der Lage sein werden?«

»Oder in einer Stunde? Kommen Sie, das ist doch nur vernünftig. Sind Sie in einer Stunde noch hier?«

»Was nützt Ihnen eine Stunde? Warten in der Hoffnung, dass Ihr Verstand dann weniger klar ist?«

»Aber Sie werden hier sein?«

»Wenn Sie darauf bestehen. Aber es kann nichts Gutes dabei herauskommen.«

»Ich muss nachdenken«, sagte Mark. »Ich muss es mir überlegen.« Und er ging hinaus, ohne eine Antwort abzuwarten.

Mark hatte gesagt, er wolle nachdenken, aber in Wirklichkeit wollte er Alkohol und Tabak. Gedanken hatte er genug – mehr als er brauchen konnte. Ein Gedanke drängte ihn, sich an Dimble zu klammern wie ein verlorenes Kind an einen Erwachsenen. Ein anderer wisperte ihm zu: »Das ist heller Wahnsinn. Brich nicht mit dem Institut. Sie werden dich verfolgen. Wie könnte Dimble dir helfen? Es wird dich das Leben kosten.« Ein dritter Gedanke beschwor ihn, seine mühsam errungene Position im inneren Kreis von Belbury auch jetzt nicht einfach abzuschreiben: es müsse sich doch irgendein Mittelweg finden lassen. Ein vierter schrak zurück vor der Vorstellung, Dimble jemals wiederzusehen: die Erinnerung an den Ton, den Dimble angeschlagen hatte, rief ein entsetzliches Unbehagen in ihm hervor. Und er wollte Jane, und er wollte sie strafen, weil sie mit Dimble befreundet war, und er wollte Wither nie wieder sehen, und er wollte sich zurückstehlen und die Sache mit Wither irgendwie in Ordnung bringen. Er wollte in Sicherheit und zugleich sehr nonchalant und kühn sein – wollte, dass die Dimbles seine männliche Ehrlichkeit und die Leute in Belbury seinen Realismus und seine Klugheit bewunderten. Er wollte noch zwei doppelte Whiskys, um all das klar und konzentriert zu durchdenken. Und nun begann es zu regnen, und sein Kopf schmerzte wieder. Elender Mist! Warum hatte er so verdammt schlechte Erbanlagen? Warum war er so lebensuntüchtig erzogen worden? Warum war dieses Gesellschaftssystem so irrational? Warum hatte er solches Pech?

Er ging schnell.

Es regnete ziemlich stark, als er das Pförtnerhaus des Colleges erreichte. Draußen auf der Straße stand eine Art Lieferwagen, und davor warteten drei oder vier uniformierte Männer in Regenumhängen. Später erinnerte er sich, wie das nasse Ölzeug im Lampenschein geglänzt hatte. Eine Taschenlampe leuchtete ihm plötzlich ins Gesicht.

»Entschuldigen Sie, Sir«, sagte einer der Männer. »Ich muss Sie um Ihren Namen bitten.«

»Studdock«, sagte Mark.

»Mark Gainsby Studdock«, sagte der Mann, »es ist meine Pflicht, Sie wegen Mordes an William Hingest zu verhaften.«

## 4

Professor Dimble fuhr nach St. Anne's hinaus, unzufrieden mit sich selbst und gequält von dem Verdacht, dass, wenn er klüger oder barmherziger mit diesem unglücklichen jungen Mann verfahren wäre, er vielleicht etwas für ihn hätte tun können. Hatte er sich zu sehr von seinem Temperament mitreißen lassen? War er selbstgerecht gewesen? Hatte er ihm alles gesagt? Dann befiel ihn ein stärkeres Misstrauen gegen sich selbst als üblich. Hatte er Studdock die Situation nicht hinreichend klargemacht, weil er es in Wirklichkeit gar nicht gewollt hatte? Hatte er ihn nur verletzen und demütigen wollen? In seiner Selbstgerechtigkeit schwelgen wollen? War da ein ganzes Belbury in seinem Inneren? Eine neue Art von Traurigkeit überkam ihn. Die Worte des Bruders Laurentius gingen ihm durch den Sinn: ›Also werde ich immer sein, wann immer du mich mir selbst überlässt.‹

Sobald er aus der Stadt heraus war, fuhr er langsam und bummelte gemächlich durch die Landschaft. Im Westen war der Himmel rot, und die ersten Sterne waren schon zu sehen. Unten im Tal schimmerten die Lichter von Cure Hardy, und er dachte, wie gut es sei, dass dieses Dorf weit genug von Edgestow entfernt war, um sicher zu sein. Plötzlich glitt ein heller Fleck, eine niedrig fliegende weiße Eule, durch das Zwielicht im Wald zu seiner Linken. Er genoss des Gefühl, die Nacht hereinbrechen zu sehen. Er war angenehm müde und freute sich auf einen behaglichen Abend und ein frühes Schlafengehen.

»Da ist er! Professor Dimble ist da!«, rief Ivy Maggs, als er vor dem Haupteingang des Landhauses hielt.

»Lassen Sie den Wagen draußen stehen, Dimble«, sagte Denniston.

»Oh, Cecil!«, sagte seine Frau; und in ihrem Gesicht stand Angst. Das ganze Haus schien auf ihn gewartet zu haben.

Kurz darauf stand er blinzelnd in der hell erleuchteten Küche und sah, dass dies kein normaler Abend werden würde. Der Meister selbst war gekommen und saß beim Herd, die Dohle auf der Schulter und Mr. Bultitude zu seinen Füßen. Verschiedene Anzeichen sprachen dafür, dass alle anderen schon zu Abend gegessen hatten, und bevor Dimble recht wusste, wie ihm geschah, saß er am Ende des Küchentisches, von seiner Frau und Mrs. Maggs ziemlich aufgeregt genötigt, zu essen und zu trinken.

»Halt dich nicht lange mit Fragen auf, Cecil«, sagte seine Frau. »Iss weiter, während wir dir alles erzählen. Du musst anständig essen.«

»Sie müssen noch einmal fort, Mr. Dimble«, sagte Ivy Maggs.

»Ja«, sagte der Meister. »Es geht endlich los. Es tut mir Leid, dass ich Sie gleich wieder fortschicken muss, aber der Kampf hat begonnen.«

»Ich habe bereits wiederholt darauf hingewiesen«, erklärte MacPhee, »wie unsinnig es ist, einen älteren Mann wie Sie loszuschicken, der einen anstrengenden Arbeitstag hinter sich hat, während ich, ein großer und stämmiger Bursche, untätig hier herumsitze.«

»Es hat keinen Zweck, MacPhee«, erwiderte der Meister. »Sie können nicht gehen. Zum einen kennen Sie die Sprache nicht. Und zum anderen – es ist Zeit, dass ich es offen sage – haben Sie sich niemals unter den Schutz Maleldils gestellt.«

»Ich bin durchaus bereit«, sagte MacPhee, »in diesem und für diesen Notfall die Existenz Ihrer Eldila anzuerkennen und auch diejenige eines Wesens namens Maleldil, das sie als ihren König betrachten. Und ich ...«

»Sie können nicht gehen«, sagte der Meister. »Ich werde Sie nicht schicken. Ebenso gut könnte ich ein dreijähriges Kind ausschicken, gegen einen Panzer zu kämpfen. Legen Sie die andere Karte auf den Tisch, sodass Dimble sie sehen kann, während er isst. Und jetzt Ruhe bitte. Die Situation, Dimble, ist folgende: Was unter dem Bragdon-Wald lag, war ein lebendiger Merlin. Ja, schlafend, wenn Sie so wollen. Und bisher deutet nichts darauf hin, dass der Feind ihn gefunden hat. Ist das klar? Nein, sprechen Sie nicht, essen Sie weiter. Vergangene Nacht hatte Jane Studdock den bisher wohl wichtigsten Traum. Sie erinnern sich, dass sie in einem früheren Traum (nach meinem Dafürhalten) den Ort sah, wo Merlin unter dem Bragdon-Wald lag. Aber – und dies ist der wesentliche Punkt – dieser Ort ist weder durch einen Schacht noch über eine Treppe zu erreichen. Sie träumte, sie gehe durch einen langen, leicht ansteigenden Stollen. Ich sehe, Sie verstehen; Sie haben Recht. Jane meint, sie könne den Eingang zu diesem Stollen wieder erkennen: unter einem Steinhaufen am Rand eines Wäldchens mit – was war es, Jane?«

»Eine weiße Gartenpforte, Sir. Eine gewöhnliche Pforte aus fünf Latten und einem Querholz. Aber von dem Querholz fehlte oben ein Stück von etwa einem Fuß. Ich würde sie wieder erkennen.«

»Sehen Sie, Dimble? Es bestehen gute Aussichten, dass dieser Stollen außerhalb des vom N.I.C.E. abgesperrten Gebiets ins Freie mündet.«

»Das würde bedeuten«, sagte Dimble, »dass wir unter den Bragdon-Wald vordringen könnten, ohne ihn zu betreten.«

»Genau. Aber das ist noch nicht alles.«

Dimble kaute weiter und blickte zu ihm auf.

»Anscheinend«, sagte der Meister, »kommen wir beinahe zu spät. Er ist bereits erwacht.«

Dimble hörte auf zu essen.

»Jane fand die Gruft leer«, sagte Ransom.

»Sie meinen, der Feind hat ihn doch gefunden?«

»Nein, so schlimm scheint es nicht zu sein. Die Gruft war nicht aufgebrochen. Er scheint von selbst erwacht zu sein.«

»Mein Gott!«, sagte Dimble.

»Iss weiter, Liebling«, sagte seine Frau.

»Aber was hat es zu bedeuten?«, fragte er und legte seine Hand auf die seiner Frau.

»Ich denke, es bedeutet, dass die ganze Sache schon vor langer, langer Zeit geplant und zeitlich festgelegt worden ist«, meinte Ransom. »Merlin ist aus der Zeit heraus und in einen parallelen Zustand getreten, nur um zu diesem Zeitpunkt zurückzukehren.«

»Eine Art menschliche Zeitbombe«, bemerkte MacPhee. »Aus diesem Grund sollte ich ...«

»Sie können nicht gehen, MacPhee«, sagte Ransom.

»Ist er draußen?« fragte Dimble.

»Inzwischen wird er wahrscheinlich den Weg ins Freie gefunden haben«, sagte Ransom. »Erzählen Sie ihm selbst, wie es war, Jane.«

»Es war derselbe Raum«, sagte Jane. »Ein dunkler Raum, ganz aus Stein, wie ein Keller. Ich habe ihn sofort wieder erkannt. Und auch der steinerne Tisch war da, aber niemand lag darauf; und diesmal fühlte er sich auch nicht so kalt an. Dann träumte ich von diesem Stollen, der ganz allmählich anstieg. In dem Stollen war ein Mann. Natürlich konnte ich ihn nicht sehen, denn es war stockfinster. Aber es war ein sehr großer Mann, der schwer atmete. Zuerst dachte ich, es sei ein Tier. Als ich ihm durch den Stollen aufwärts folgte, wurde es kälter. Anscheinend kam Luft von draußen herein, wenn auch nicht viel. Schließlich endete der Stollen in einem Haufen loser Steine. Der Mann zog sie heraus, und dann wechselte der

Schauplatz des Traums. Auf einmal stand ich draußen im Regen, und da sah ich die weiße Pforte.«

»Sehen Sie«, sagte Ransom, »es hat den Anschein, als hätten sie bisher noch keine Verbindung mit ihm aufgenommen. Das ist jetzt unsere einzige Chance. Es geht darum, dass wir dieses Geschöpf finden, bevor die anderen es tun.«

»Sie alle wissen, dass der Bragdon-Wald sehr feucht ist«, warf MacPhee ein. »Wo dort ein trockener unterirdischer Raum sein könnte, in dem ein menschlicher Körper viele Jahrhunderte lang erhalten bleiben kann, sollten wir uns fragen. Das heißt, wenn einer von Ihnen noch an Fakten interessiert ist.«

»Sehr richtig«, sagte Ransom. »Die Gruft muss unter dem höheren Gelände liegen – vielleicht unter dem Rücken im Süden des Waldes, wo dieser zur Eaton Road ansteigt. Wo Storey einmal gewohnt hat. Dort werden Sie zuerst nach Janes weißer Gartenpforte Ausschau halten müssen. Ich vermute, dass sie irgendwo an der Eaton Road zu finden ist. Oder an dieser anderen Straße, hier auf der Karte, der gelben da, die auf das Y von Cure Hardy zuläuft.«

»Wir können in einer halben Stunde dort sein«, sagte Dimble, dessen Hand noch immer auf der seiner Frau lag. Jeder im Raum spürte die unerträgliche Spannung der letzten Minuten vor der Schlacht.

»Es muss wohl heute Abend sein, nicht wahr?«, fragte Mrs. Dimble schüchtern.

»Ich fürchte, ja, Margaret«, sagte der Meister. »Jede Minute zählt. Wir haben den Kampf so gut wie verloren, wenn es dem Feind gelingt, mit ihm in Verbindung zu treten. Wahrscheinlich beruht deren gesamte Planung darauf.«

»Natürlich. Ich verstehe. Es tut mir Leid«, sagte Mrs. Dimble.

»Und wie wollen wir vorgehen, Sir?«, fragte Dimble, als er den leeren Teller von sich schob und seine Pfeife stopfte.

»Zunächst ist zu klären, ob er schon draußen ist«, sagte der Meister. »Es ist nicht anzunehmen, dass der Eingang während all der Jahrhunderte nur hinter einem Haufen loser Steine verborgen war. Wenn doch, werden die Steine jetzt aber nicht mehr sehr lose sein. Vielleicht braucht er Stunden, um sich da herauszuarbeiten.«

»Sie werden wenigstens zwei kräftige Männer mit Spitzhacken brauchen ...«, warf MacPhee ein.

»Es hat keinen Zweck, MacPhee«, sagte Ransom. »Ich lasse Sie nicht gehen. Wenn der Stolleneingang noch verschlossen ist, müssen Sie eben warten. Aber er besitzt vielleicht ungeahnte Kräfte. Wenn er schon draußen ist, müssen Sie nach Spuren suchen. Die Erde ist Gott sei Dank aufgeweicht. Sie müssen ihn einfach verfolgen.«

»Wenn Jane geht, Sir«, meinte Camilla, »könnte ich dann nicht auch gehen? Ich habe in solchen Sachen mehr Erfahrung als ...«

»Jane muss gehen, weil sie die Führerin ist«, sagte Ransom. »Ich fürchte, Sie werden zu Hause bleiben müssen. Wir sind alles, was von Loegria übrig geblieben ist. Wir tragen seine Zukunft in uns. Wie ich sagte, Dimble, Sie müssen suchen. Ich glaube nicht, dass er weit kommt. Er wird die Landschaft nicht wieder erkennen, nicht einmal bei Tageslicht.«

»Und – und wenn wir ihn finden, Sir?«

»Das ist der Grund, warum Sie gehen müssen, Dimble. Nur Sie kennen die Große Sprache. Wenn die Macht von Eldila hinter der Tradition stand, die er verkörperte, könnte er sie verstehen. Und selbst wenn er sie nicht versteht, wird er sie vermutlich wieder erkennen. Es wird ihm zeigen, dass er es mit Gebietern zu tun hat. Es besteht die Möglichkeit, dass er Sie für die Belbury-Leute hält – seine Freunde. In diesem Fall bringen Sie ihn sofort hierher.«

»Und wenn nicht?«

»Dann müssen Sie Farbe bekennen«, sagte der Meister

ernst. »Das ist der Augenblick, wo es gefährlich werden kann. Wir wissen nicht, über was für Kräfte der alte Atlantische Kreis verfügte. Wahrscheinlich beruhten sie zu einem guten Teil auf einer Art von Hypnose. Fürchten Sie nichts, aber lassen Sie ihn keine Tricks versuchen. Und lassen Sie Ihre Hand am Revolver. Sie auch, Denniston.«

»Ich kann auch gut mit einem Revolver umgehen«, sagte MacPhee. »Und warum, im Namen des gesunden Menschenverstandes ...«

»Sie können nicht gehen, MacPhee«, sagte Ransom geduldig. »Sie würde er in zehn Sekunden in Schlaf versetzen. Die anderen stehen unter einem Schutz, der Ihnen fehlt. Haben Sie verstanden, Dimble? Den Revolver in der Hand, ein Gebet auf den Lippen, den Geist auf Maleldil gerichtet. Und wenn Sie ihn dann vor sich haben, müssen Sie ihn beschwören. In der Großen Sprache.«

»Was soll ich sagen?«

»Sagen Sie, Sie kämen im Namen Gottes und aller Engel und mit der Macht der Planeten von einem, der heute den Sitz des Pendragon einnimmt, und befehlen Sie ihm mitzukommen. Sagen Sie es einmal.«

Und Dimble, der mit blassem, etwas abgespanntem Gesicht und gesenktem Blick zwischen den beiden blassen Frauen gesessen hatte, hob den Kopf, und mächtige Silben wie Felsblöcke kamen aus seinem Mund. Jane fühlte, wie ihr Herz sich zusammenzog und erbebte. Im Raum war es ganz still geworden, selbst der Vogel, der Bär und die Katze sahen den Sprecher an und regten sich nicht. Die Stimme klang nicht wie Dimbles Stimme; es war, als sprächen die Worte sich selbst durch ihn von einem Kraftort aus einem gewissen Abstand heraus – oder als wären es überhaupt keine Worte, sondern gegenwärtige Wirkungen Gottes, der Planeten und des Pendragon. Denn dies war die Sprache, die vor dem Sündenfall und jenseits des Mondes gesprochen wurde, und die Bedeutungen wurden den Silben nicht durch Zufall oder Geschick oder lange Tradition zuteil, sondern lagen in ihnen, wie die Gestalt der großen Sonne in jedem kleinsten Wassertropfen liegt. Dies war die Sprache selbst, wie sie einst auf Maledils Geheiß dem flüssigen Quecksilber des Planeten entsprungen war, der auf Erden Merkur, in den Himmelstiefen aber *Viritrilbia* genannt wird.

»Danke«, sagte der Meister auf Englisch; und die warme, häusliche Geborgenheit der Küche strömte in alle Anwesenden zurück. »Und wenn er mit Ihnen kommt, ist alles gut. Wenn nicht – nun, Dimble, dann müssen Sie sich auf Ihr Christentum verlassen. Versuchen Sie es nicht mit irgendwelchen Tricks. Sagen Sie Ihre Gebete, und befehlen Sie Ihren Willen Maledil an. Ich weiß nicht, was er tun wird. Aber bleiben Sie standhaft. Was immer geschieht, Sie können Ihre Seele nicht verlieren; jedenfalls nicht durch irgendeine Tat von ihm.«

»Ja«, sagte Dimble. »Ich verstehe.«

Es trat eine längere Pause ein. Dann ergriff der Meister wieder das Wort.

»Seien Sie nicht traurig, Margaret«, sagte er. »Wenn sie Cecil töten, wird keiner von uns ihn um viele Stunden überleben. Es wird eine kürzere Trennung sein, als Sie vom Gang der Natur hätten erwarten dürfen. Und nun, meine Herren«, fügte er hinzu, »sollen Sie ein wenig Zeit haben, Ihre Gebete zu sprechen und von Ihren Frauen Abschied zu nehmen. Es ist jetzt fast acht; ich schlage vor, Sie finden sich alle um zehn nach acht zum Aufbruch bereit wieder hier ein.«

»Einverstanden«, antworteten mehrere Stimmen gleichzeitig. Jane fand sich mit Mrs. Maggs, den Tieren, MacPhee und dem Meister allein in der Küche.

»Geht es Ihnen gut, Kind?«, fragte Ransom.

»Ich denke schon, Sir«, sagte Jane. Sie war nicht im Stande, ihre augenblickliche Gemütsverfassung zu analysieren. Sie war auf das Höchste gespannt, und etwas, das ohne Freude Schrecken und ohne Schrecken Freude gewesen wäre, hatte von ihr Besitz ergriffen – eine alles umfassende Spannung, die von Erregung und Gehorsam gespeist wurde. Verglichen mit diesem Augenblick kam ihr alles andere in ihrem Leben klein und nichtig vor.

»Verpflichten Sie sich zum Gehorsam«, fragte der Meister, »zum Gehorsam gegenüber Maleldil?«

»Ich weiß nichts von Maleldil, Sir«, erwiderte Jane. »Aber ich verpflichte mich zum Gehorsam Ihnen gegenüber.«

»Das genügt einstweilen«, sagte der Meister. »Das ist die Höflichkeit der Himmelstiefen: wenn Sie willig sind, hält Er Sie immer für williger, als Sie selbst denken. Es wird nicht für alle Zeit genügen, denn Er ist sehr eifersüchtig. Er wird Sie schließlich für sich allein haben wollen. Aber für heute Abend ist es genug.«

»Dies ist die verrückteste Geschichte, die ich jemals gehört habe«, sagte MacPhee.

## 11  Der Kampf beginnt

»Ich kann überhaupt nichts sehen«, sagte Jane.

»Dieser Regen durchkreuzt unseren ganzen Plan«, seufzte Dimble vom Rücksitz. »Sind wir immer noch auf der Eaton Road, Arthur?«

»Ich glaube … ja, da ist das alte Zollhaus«, sagte Denniston, der am Steuer saß.

»Aber es hat keinen Zweck«, sagte Jane. »Ich kann nichts sehen, selbst wenn das Fenster unten ist. Vielleicht sind wir längst daran vorbeigefahren. Es bleibt uns nichts übrig, als auszusteigen und zu Fuß zu gehen.«

»Ich denke, sie hat Recht, Sir«, sagte Denniston.

»Oh, sehen Sie!«, rief Jane plötzlich. »Sehen Sie dort! Was ist das? Halten Sie an!«

»Ich sehe keine weiße Gartenpforte«, sagte Denniston.

»Nein, das meine ich auch nicht«, erwiderte Jane. »Dort drüben, sehen Sie nur!«

»Ich kann nichts sehen«, murmelte Dimble.

»Meinen Sie dieses Licht?«, fragte Denniston.

»Ja, natürlich, das ist das Feuer.«

»Welches Feuer?«

»Das Feuer in der Mulde in dem kleinen Wald«, sagte sie. »Ich hatte es ganz vergessen. Ja, ich weiß, ich habe es Grace und dem Meister nicht erzählt, denn dieser Teil des Traums war mir entfallen. Bis zu diesem Augenblick. So hörte er nämlich auf, und es war eigentlich der wichtigste Teil. Jetzt weiß ich wieder, wie ich ihn fand – Merlin, wissen Sie. Er saß an einem Feuer in einem kleinen Wald. Nachdem ich aus dem unterirdischen Gang herausgekommen war. Oh, kommen Sie schnell!«

»Was meinen Sie, Arthur?«, fragte Dimble.

»Ich denke, wir müssen gehen, wohin immer Jane uns führt«, antwortete Denniston.

»So beeilen Sie sich doch!«, sagte Jane. »Dort ist ein Gatter im Zaun. Schnell! Es ist nicht weit.«

Sie überquerten die Straße und öffneten das Gatter und gingen auf das Feld hinaus. Dimble schwieg. Er war erschrocken und beschämt über die ungeheure und schier unerträgliche Angst, die in ihm aufgestiegen war. Vielleicht hatte er von dem, was geschehen konnte, wenn sie ihr Ziel erreichten, eine klarere Vorstellung als die anderen.

Jane führte, und Denniston ging neben ihr, bot ihr den Arm und leuchtete gelegentlich mit seiner Taschenlampe auf den unebenen Boden. Dimble ging am Schluss. Keinem war nach sprechen zu Mute.

Der Wechsel von der Landstraße zum Feld war wie der

Übergang von einer Alltagswelt in eine Traumwelt. Alles wurde dunkler, nasser, unberechenbarer. Jede kleine Böschung schien der Rand eines Abgrunds zu sein. Sie folgten einem kleinen Pfad, der an einer Hecke entlangführte; nasse und stachlige Fangarme schienen nach ihnen zu greifen. Wann immer Denniston die Taschenlampe anmachte, wirkten die Dinge, die im Lichtkreis erschienen – Grasbüschel, wassergefüllte Radspuren, schmutzig gelbe Blätter, die an schwarz glänzenden, fein verästelten Zweigen klebten, und einmal zwei grünlich gelbe Lichter, die Augen eines kleinen Tieres –, normaler als erwartet; als hätten sie, solange sie dem Licht ausgesetzt waren, eine Verkleidung angenommen, die sie sogleich wieder ablegten, wenn sie in Ruhe gelassen wurden. Außerdem sahen sie seltsam klein aus; doch sobald das Licht erlosch, nahmen sie in der kalten, geräuschvollen Dunkelheit wieder riesige Dimensionen an.

Während sie gingen, begann die Angst, die Dimble von Anfang an verspürt hatte, wie Wasser in ein leckes Schiff ins Bewusstsein der anderen einzusickern. Es wurde ihnen klar, dass sie bis jetzt nicht wirklich an Merlin geglaubt hatten. In der Küche hatten sie gemeint, dem Meister zu glauben, aber sie hatten sich getäuscht. Der Schreck stand ihnen noch bevor. Erst hier draußen, nur mit dem flackernden roten Licht dort vorne und inmitten der Finsternis, begriff man dieses Stelldichein mit etwas Totem, das doch nicht tot war, etwas Ausgegrabenem, exhumiert aus jenem dunklen Loch der Geschichte, das zwischen der Römerherrschaft und den Anfängen Englands klaffte, allmählich als etwas Wirkliches. Das dunkle Zeitalter, dachte Dimble, so leichthin hatte man diese Worte gelesen und geschrieben. Und nun standen sie im Begriff, in diese Dunkelheit einzutauchen. Kein Mensch, sondern ein Zeitalter erwartete sie in dem schrecklichen kleinen Waldtal.

Und plötzlich erstand jenes Britannien, das Dimble als Gelehrtem seit langem vertraut war, als greifbare Realität. Er sah alles genau vor sich. Kleine, allmählich schwindende Städte, auf denen noch Roms verblassender Glanz lag, kleine christliche Gemeinden wie Camalodunum, Kaerleon, Glastonbury – eine Kirche, ein oder zwei römische Villen, zusammengedrängte kleine Häuser, ein Erdwall. Und dann, kaum einen Steinwurf vor den Toren, die nassen, undurchdringlichen, endlosen Wälder, modrig vom Herbstlaub der Jahrtausende; schleichende Wölfe, Dämme bauende Biber, weite, flache Sümpfe, der gedämpfte Klang von Hörnern und Trommeln, Augen im Dickicht, Augen von nichtrömischen, nichtbritischen Menschen, unglücklichen und enteigneten Ureinwohnern, die später als Elfen, Riesen und Waldschrate in die Legenden eingehen sollten. Aber schlimmer als die Wälder: die Lichtungen. Kleine Bollwerke mit namenlosen Königen. Kleine Gemeinschaften und Heiligtümer von Druiden. Häuser, deren Mörtel rituell mit Kinderblut vermischt war. Das hatten sie auch mit Merlin versucht. Diese ganze Epoche, auf furchtbare Weise aus ihrer Zeit gerissen und verschoben, gezwungen, wiederzukehren und ihre ganzen Aufs und Abs mit noch größerer Schrecklichkeit ein zweites Mal zu durchlaufen, brach jetzt über sie herein und würde sie in wenigen Minuten in sich aufnehmen.

Dann stießen sie auf ein Hindernis. Sie waren in eine Hecke gelaufen und brauchten eine ganze Minute, bis sie mithilfe der Taschenlampe Janes Haar wieder befreit hatten. Sie befanden sich am Rand eines Feldes. Der Feuerschein, der abwechselnd heller und wieder schwächer wurde, war von hier aus kaum zu sehen. Es blieb ihnen nichts übrig, als weiterzugehen und eine Lücke oder einen Durchschlupf zu suchen. Sie machten einen weiten Umweg, bevor sie ein Gatter fanden. Es ließ sich nicht öffnen, und nachdem sie hinübergeklettert waren, standen sie auf der anderen Seite knöcheltief im Wasser. Einige Minuten lang stiegen sie schweigend bergan; das Feuer war nicht mehr zu sehen, und als es wieder zum

Vorschein kam, befand es sich ein gutes Stück zu ihrer Linken und viel weiter entfernt, als sie angenommen hatten.

Bisher hatte Jane sich kaum Gedanken darüber gemacht, was vor ihnen liegen mochte. Erst als sie jetzt durch die Nacht wanderten, wurde ihr die wahre Bedeutung jener Szene in der Küche allmählich klar. Der Meister hatte die Männer aufgefordert, von ihren Frauen Abschied zu nehmen. Er hatte sie alle gesegnet. Demnach war es möglich, dass dies – dieses nächtliche Dahinstolpern im Regen und über Sturzäcker – den Tod bedeutete. Den Tod, von dem man immer gehört hatte (wie von der Liebe), über den die Dichter so viel schrieben. So also würde es sein. Aber das war nicht die Hauptsache. Jane versuchte, den Tod in dem neuen Licht all dessen zu sehen, was sie in St. Anne's gehört hatte. Schon längst ärgerte sie sich nicht mehr über die Neigung des Meisters, über sie zu bestimmen – sie einmal Mark zuzueignen und einmal Maleldil, niemals jedoch sich selbst. Sie akzeptierte es. Und an Mark dachte sie nicht viel, weil die Gedanken an ihn zunehmend Mitleid und Schuldgefühle hervorriefen. Aber Maleldil. Bis jetzt hatte sie auch nicht an Maleldil gedacht. An der Existenz der Eldila zweifelte sie nicht. Und sie zweifelte auch nicht an der Existenz jenes mächtigeren und geheimnisvolleren Wesens, dem sie gehorchten – dem auch der Meister gehorchte und durch ihn der ganze Haushalt, sogar MacPhee. Wäre ihr jemals die Frage in den Sinn gekommen, ob dies alles die Wirklichkeit hinter dem sei, was in der Schule als Religion gelehrt worden war, so hätte sie den Gedanken beiseite geschoben. Der Unterschied zwischen diesen beunruhigenden und wirklichen Ereignissen und der Erinnerung beispielsweise daran, wie die dicke Mrs. Dimble ihre Gebete verrichtete, war zu groß. Für sie gehörten diese Dinge verschiedenen Welten an. Auf der einen Seite die Schrecken der Träume, die Freuden des Gehorsams, das Licht und die klingenden Laute hinter der Tür des Meisters sowie der große Kampf gegen eine drohende Gefahr; auf der anderen Seite der Geruch des Kirchengestühls, scheußliche Farbdrucke des Erlösers (der offensichtlich sieben Fuß groß war und das Gesicht eines schwindsüchtigen Mädchens hatte), das Unbehagen im Konfirmationsunterricht und die nervöse Leutseligkeit kirchlicher Würdenträger. Aber wenn es jetzt wirklich um den Tod ging, ließ sich der Gedanke nicht beiseite schieben. Denn nun schien es wirklich, als ob beinahe alles wahr sein konnte. Die Welt hatte sich schon als so anders erwiesen, als sie gedacht hatte. Die alte Mauer war vollkommen niedergerissen. Alles wurde denkbar. Maleldil war vielleicht schlicht und einfach Gott. Vielleicht gab es ein Leben nach dem Tode, einen Himmel und eine Hölle. Der Gedanke glühte in ihrem Geist eine Sekunde lang wie ein Funken, der auf Hobelspäne gefallen ist, und gleich darauf standen diese Späne, ihr Geist, lichterloh in Flammen. Diese Feuersbrunst ließ gerade so viel ungeschoren, dass sie noch schwach protestieren konnte. »Aber ... aber das ist unerträglich. Man hätte es mir sagen müssen.« Doch keinen Augenblick lang stellte sie sich die Frage, ob, wenn es solche Wesen gab, diese ihr nicht unerbittlich feindselig gegenüberstehen würden.

»Vorsicht, Jane, ein Baum«, sagte Denniston.

»Ich – ich habe ihn für eine Kuh gehalten«, sagte Jane.

»Nein, es ist ein Baum. Sehen Sie, dort ist noch einer.«

»Still!«, flüsterte Dimble. »Dies muss der kleine Wald sein. Wir sind jetzt ganz nahe.«

Zwischen ihnen und dem Feuer erhob sich eine Bodenwelle, und obgleich sie das Feuer selbst nicht sahen, war der Wald ringsum jetzt deutlich erkennbar, und sie sahen auch ihre weiß schimmernden Gesichter.

»Ich gehe zuerst«, sagte Dimble.

»Ich beneide Sie um Ihren Mut«, sagte Jane.

»Pssst!«, machte Dimble.

Langsam und leise stiegen sie die Bodenwelle hinauf und

machten Halt. Auf der Sohle einer Talmulde zu ihren Füßen brannte ein großes Holzfeuer. Ringsherum standen Büsche; ihre Schatten tanzten im flackernden Widerschein des Feuers und machten es schwer, irgendetwas deutlich zu erkennen. Hinter dem Feuer schien eine Art primitives Zelt aus Sackleinwand zu stehen, und Denniston glaubte, einen umgeworfenen Karren zu sehen. Im Vordergrund, zwischen ihnen und dem Feuer, lag ein Kessel.

»Ist da irgendjemand?«, wisperte Dimble Denniston zu.

»Ich weiß nicht. Warten wir einen Augenblick.«

»Da, sehen Sie!«, sagte Jane plötzlich. »Dort! Hinter dem Feuer!«

»Was?«, fragte Dimble.

»Haben Sie ihn nicht gesehen?«

»Ich habe nichts gesehen.«

»Ich glaube, ich habe einen Mann gesehen«, sagte Denniston.

»Ich habe einen normalen Landstreicher gesehen«, sagte Dimble. »Ich meine, einen Mann in modernen Kleidern.«

»Wie sah er aus?«

»Keine Ahnung.«

»Wir müssen zum Feuer hinunter«, sagte Dimble.

»Können wir denn überhaupt hinunter?«, fragte Denniston.

»Nicht auf dieser Seite«, sagte Dimble. »Aber es sieht so aus, als würde ein Pfad von rechts in die Senke hineinführen. Wir müssen hier oben entlanggehen, bis wir auf diesen Weg stoßen.«

Sie hatten mit gedämpften Stimmen gesprochen, und das Knistern des Feuers war jetzt das lauteste Geräusch, denn der Regen schien aufzuhören. Vorsichtig wie ein Spähtrupp in der Nähe der feindlichen Stellungen schlichen sie sich von Baum zu Baum und gingen um die Senke herum.

»Halt!«, wisperte Jane plötzlich.

»Was ist?«

»Da bewegt sich was.«

»Wo?«

»Da drin. Ganz nahe.«

»Ich habe nichts gehört.«

»Jetzt höre ich auch nichts mehr.«

»Gehen wir weiter.«

»Glauben Sie immer noch, dass dort etwas ist, Jane?«

»Jetzt ist es still. Aber da war was.«

Sie gingen ein paar Schritte weiter.

»Pscht!«, raunte Denniston. »Jane hat Recht. Da ist was.«

»Soll ich sprechen?«, fragte Dimble.

»Augenblick«, erwiderte Denniston. »Es ist gleich hier. Da, sehen Sie! Verdammt noch mal, es ist bloß ein alter Esel!«

»Genau wie wir dachten«, sagte Dimble. »Der Mann ist ein Zigeuner; ein Kesselflicker oder so was. Dies ist sein Esel. Trotzdem, wir müssen nachsehen.«

Sie gingen weiter. Minuten später folgten sie einem grasüberwachsenen Pfad, der sich den Abhang hinunterschlängelte, bis die ganze Talsohle vor ihnen lag. Das Feuer befand sich jetzt nicht mehr zwischen ihnen und dem Zelt. »Da ist er«, sagte Jane.

»Können Sie ihn sehen?«, fragte Dimble. »Meine Augen sind nicht so gut.«

»Ich kann ihn gut erkennen«, erwiderte Denniston. »Es ist in der Tat ein Landstreicher. Sehen Sie ihn denn nicht, Dimble? Ein alter Mann mit einem wirren Bart, einem Überzieher und schwarzen Hosen. Sehen Sie nicht, wie er den linken Fuß von sich gestreckt hat und der Zeh ein wenig in die Luft steht?«

»Das?«, sagte Dimble. »Das hatte ich für einen Wurzelstock gehalten. Aber Sie haben bessere Augen als ich. Haben Sie wirklich einen Mann gesehen, Arthur?«

»Nun, ich war mir ziemlich sicher, Sir. Aber nun weiß ich es selbst nicht mehr genau. Vielleicht werden meine Augen müde. Er sitzt ganz still. Wenn es ein Mann ist, dann schläft er.«

»Oder er ist tot«, sagte Jane schaudernd.

»So oder so«, meinte Dimble, »wir müssen hingehen.«

Weniger als eine Minute später waren sie auf dem Grund der Talmulde und gingen auf das Feuer zu. Und da war das Zelt mit einem armseligen Lager und einem Blechteller. Auf dem Boden lagen Zündhölzer und die ausgeklopfte Asche einer Pfeife, aber einen Mann sahen sie nicht.

## 2

»Ich verstehe nicht, Wither«, sagte Miss Hardcastle, »warum Sie mir mit dem Burschen nicht freie Hand lassen. Ihre Ideen sind alle so halbherzig – ihn mit dem Mord unter Druck zu setzen, ihn dann zu verhaften und die ganze Nacht in eine Zelle zu sperren, damit er sich die Sache durch den Kopf gehen lassen kann. Warum geben Sie sich immer wieder mit Methoden ab, die vielleicht Erfolg haben, vielleicht aber auch nicht? Dabei würden zwanzig Minuten meiner Behandlung ausreichen, um sein Innerstes nach außen zu kehren. Ich kenne den Typ.«

Das sagte Miss Hardcastle an demselben regnerischen Abend im Arbeitszimmer des stellvertretenden Direktors. Die dritte anwesende Person war Professor Frost.

»Ich versichere Ihnen, Miss Hardcastle«, sagte Wither, wobei er seine Augen nicht auf ihre, sondern auf Frosts Stirn richtete, »bitte zweifeln Sie nicht daran, dass Ihre Ansichten in dieser oder jeder anderen Angelegenheit immer die vollste Aufmerksamkeit finden. Aber wenn ich so sagen darf, dies ist einer jener Fälle, wo jede ... eh ... in ernsthaftem Maße zwangsweise Vernehmung das Gegenteil des angestrebten Ziels bewirken könnte.«

»Wieso?«, fragte die Fee verdrießlich.

»Sie müssen entschuldigen«, sagte Wither, »wenn ich Sie daran erinnere – nicht dass ich der Meinung wäre, Sie übersähen diesen Punkt, sondern einfach aus methodischen Gründen, denn es ist überaus wichtig, alles klarzustellen –, dass wir die Frau brauchen – ich meine, dass es für uns von größtem Wert sein würde, Mrs. Studdock in unserem Kreis willkommen zu heißen, und zwar hauptsächlich wegen der bemerkenswerten psychischen Fähigkeit, die ihr nachgesagt wird. Wenn ich das Wort psychisch verwende, schließe ich mich damit wohlgemerkt keiner bestimmten Theorie an.«

»Sie meinen diese Träume?«

»Es ist sehr zweifelhaft«, fuhr Wither fort, »ob nicht die Wirkung, die es auf sie haben würde, wenn man sie zwangsweise hierher brächte und sie dann ihren Gemahl in dem ... eh ... einigermaßen abnormen, wenn auch zweifellos vorübergehenden Zustand anträfe, den wir als Resultat Ihrer wissenschaftlichen Vernehmungsmethoden zu gewärtigen hätten, unseren Interessen ... eh ... entgegenstünde. Man liefe Gefahr, dass sie einen tiefen emotionalen Schock erleiden würde. Die Fähigkeit selbst könnte versiegen; zumindest für längere Zeit.«

»Wir haben Major Hardcastles Bericht noch nicht gehört«, sagte Professor Frost ruhig.

»Nicht sehr ergiebig«, sagte die Fee. »Er wurde bis zum Northumberland College beschattet. Nur drei mögliche Kontaktpersonen verließen nach ihm das College – Lancaster, Lyly und Dimble. Ich nenne sie in der Reihenfolge der Wahrscheinlichkeit. Lancaster ist Christ und ein sehr einflussreicher Mann. Er ist Mitglied der Kirchensynode und war maßgeblich an der Vorbereitung der Konferenz über die Kirchenreform beteiligt. Außerdem steht er mit mehreren großen Familien des Klerus in Verbindung und hat eine Reihe von Büchern geschrieben. Er hat ganz auf die andere Seite gesetzt. Lyly ist ungefähr der gleiche Typ, aber als Organisator weniger gut.

Wie Sie sich erinnern werden, hat er letztes Jahr in dieser reaktionären Kommission für das Erziehungswesen eine Menge Unheil angerichtet. Die beiden sind gefährliche Männer. Sie gehören zu den Leuten, die Dinge in Bewegung setzen können und für die andere Seite natürliche Führergestalten darstellen. Dimble ist ein ganz anderer Typ. Abgesehen davon, dass er Christ ist, gibt es nicht viel an ihm auszusetzen. Er ist ein reiner Akademiker. Ich glaube nicht, dass er sehr bekannt ist, außer unter Gelehrten seines Fachgebiets. Kein Mann der Öffentlichkeit. Unpraktisch ... und viel zu sehr von Skrupeln geplagt, um seiner Seite viel nützen zu können. Die anderen sind kluge Köpfe, besonders Lancaster. Er ist ein Mann, den wir gebrauchen könnten, wenn er die richtigen Ansichten hätte.«

»Sie sollten Major Hardcastle sagen, dass uns die meisten dieser Tatsachen bereits bekannt sind«, sagte Professor Frost.

»Vielleicht«, sagte Wither, »sollten wir in Anbetracht der späten Stunde – wir wollen Ihre Kräfte nicht übermäßig beanspruchen, Miss Hardcastle – zu Ihrem eigentlichen Bericht übergehen.«

»Nun«, sagte die Fee, »ich musste alle drei beschatten lassen, und zwar mit den Leuten, die ich an Ort und Stelle zur Verfügung hatte. Wie Sie wissen, war es nur einem glücklichen Zufall zu verdanken, dass Studdock gesehen wurde, als er sich nach Edgestow aufmachte. Das hat eingeschlagen wie eine Bombe. Die Hälfte meiner Leute war mit der Krankenhaus-Geschichte beschäftigt, und ich musste nehmen, wen ich kriegen konnte. Ich habe einen Mann als Wache aufgestellt und sechs weitere in der Nähe des Northumberland Colleges warten lassen, natürlich in Zivil. Sobald Lancaster herauskam, beauftragte ich die drei besten, ihn nicht aus den Augen zu lassen. Vor einer halben Stunde kam ein Telegramm von ihnen aus London, wohin Lancaster mit dem Zug gefahren ist. Vielleicht sind wir dort auf einer heißen Spur. Lyly machte verflucht viel Arbeit. Er scheint etwa fünfzehn verschiedene Leute in Edgestow aufgesucht zu haben. Die beiden Jungs, die ich auf ihn angesetzt habe, haben alle Namen aufgeschrieben. Schließlich kam Dimble heraus. Ich hätte ihn durch meinen letzten Mann beschatten lassen, aber zu dem Zeitpunkt kam ein Anruf von Hauptmann O'Hara, der einen weiteren Wagen brauchte. Also ließ ich Dimble diesmal laufen und schickte meinen Mann mit dem Wagen zu O'Hara. Dimble kriegen wir jederzeit; er kommt ziemlich regelmäßig ins College, fast jeden Tag, und er ist wirklich eine ziemliche Null.«

»Ich verstehe nicht ganz«, sagte Frost, »warum Sie keinen Ihrer Leute im Innern des Colleges hatten, um zu sehen, wohin Studdock ging.«

»Wegen Ihres verdammten Notstandsbevollmächtigten«, erwiderte die Fee. »Es ist uns nicht gestattet, Universitätsgelände zu betreten. Ich habe schon immer gesagt, dass Feverstone nicht der richtige Mann ist. Er versucht, auf beiden Hochzeiten zu tanzen. Er ist für uns und gegen die Stadt, aber wenn die Alternative Institut oder Universität lautet, ist er unzuverlässig. Denken Sie an meine Worte, Wither: Sie werden noch Ärger mit ihm bekommen.«

Frost sah den stellvertretenden Direktor an.

»Ich bin weit davon entfernt zu leugnen«, sagte Wither, »obwohl ich mich anderen möglichen Erklärungen nicht verschließen möchte, dass einige von Lord Feverstones Maßnahmen möglicherweise unklug waren. Es wäre mir außerordentlich schmerzlich, annehmen zu müssen, dass …«

»Müssen wir Major Hardcastle noch länger aufhalten?«, fragte Frost.

»Du meine Güte!«, sagte Wither. »Wie Recht Sie haben! Ich hatte fast vergessen, meine liebe Miss Hardcastle, wie müde Sie sein müssen und wie kostbar Ihre Zeit ist. Wir müssen versuchen, Sie für jene besondere Art von Arbeit zu schonen, in der Sie sich als unentbehrlich erwiesen haben. Wir dürfen Ihre Gutmütigkeit nicht ausnützen. Es gibt eine Menge eintöniger Routinearbeit, von der Sie vernünftigerweise verschont bleiben sollten.« Er stand auf und hielt ihr die Tür auf.

»Sie denken also nicht«, sagte sie, »dass meine Leute ein bisschen Druck auf Studdock ausüben sollten? Ich meine, es kommt mir irgendwie lächerlich vor, dass wir so viel Ärger damit haben, eine Adresse zu erfahren.«

Als Wither neben der Tür stand, eine Hand auf der Klinke, höflich, geduldig und lächelnd, verschwand plötzlich jeglicher Ausdruck aus seinem Gesicht. Die halbgeöffneten blassen Lippen, der weiß gelockte Kopf, die Augen mit den Tränensäcken – all das war vollkommen ausdruckslos. Miss Hardcastle hatte das Gefühl, eine Maske aus Fleisch und Haut starre sie an. Im nächsten Augenblick war sie draußen.

»Ich frage mich«, meinte Wither, als er zu seinem Platz zurückkehrte, »ob wir dieser Mrs. Studdock nicht doch zu viel Bedeutung beimessen.«

»Wir befolgen einen Befehl, der am ersten Oktober erging«, sagte Frost.

»Oh ... das habe ich nicht in Zweifel gezogen«, sagte Wither mit einer beschwichtigenden Geste.

»Erlauben Sie mir, Sie an die Tatsachen zu erinnern«, sagte Frost. »Die Mächte hatten nur sehr kurze Zeit Zugang zum Geist dieser Frau. Sie hatten nur Einsicht in einen Traum – einen höchst wichtigen Traum, der neben einigen irrelevanten Details ein wesentliches Element unseres Programms offenbarte. Das war uns eine Warnung, denn wenn diese Frau in die Hände feindlich gesonnener Personen fiele, die ihre Fähigkeit auszunutzen wissen, würde sie eine ernste Gefahr darstellen.«

»Oh, selbstverständlich, ohne Zweifel. Ich hatte nie die Absicht zu bestreiten ...«

»Das war der erste Punkt«, unterbrach Frost. »Der zweite ist, dass ihr Geist kurz darauf für unsere Mächte nicht mehr einzusehen war. Bei unserem gegenwärtigen Wissensstand ist uns nur eine Ursache für solche Eintrübungen bekannt. Sie kommen vor, wenn der betreffende Bewusstseinsträger sich, wenn auch noch so vage, aus freiem Willen unter die Herrschaft eines feindlichen Organismus begibt. Die Eintrübung verwehrt uns also nicht nur den Zugang zu den Träumen, sondern zeigt uns auch, dass die Frau auf diese oder jene Weise unter feindlichen Einfluss geraten ist. Dies ist an sich eine ernste Gefahr. Aber es bedeutet auch, dass die Auffindung dieser Frau wahrscheinlich gleichbedeutend mit der Entdeckung des feindlichen Hauptquartiers wäre. Miss Hardcastle hat wahrscheinlich Recht mit der Behauptung, dass die Folter Studdock sehr bald bewegen würde, uns die Anschrift seiner Frau zu verraten. Aber wie Sie sagten, könnten eine Aushebung des Hauptquartiers, eine Verhaftung und die Begegnung mit ihrem Mann in dem Zustand, in dem die Folter ihn zurücklassen würde, in der Frau psychologische Reaktionen auslösen, die möglicherweise zur Zerstörung ihrer Fähigkeit führen. Wir würden auf diese Weise einen der Pläne durchkreuzen, die wir mit ihr haben. Das ist der erste Einwand. Der zweite ist, dass ein Angriff auf das feindliche Hauptquartier sehr riskant wäre. Sie genießen sehr wahrscheinlich einen Schutz, dem wir nicht allzu viel entgegenzusetzen haben. Und schließlich könnte es sein, dass der Mann den gegenwärtigen Aufenthalt seiner Frau gar nicht kennt. In diesem Fall ...«

»Oh«, sagte Wither, »das wäre zutiefst bedauerlich. Eine wissenschaftliche Befragung – das Wort Folter kann ich in diesem Zusammenhang nicht gelten lassen – in Fällen, in denen der Patient die Antwort nicht weiß, ist immer ein fataler Fehler. Als Männer von humanistischen Idealen sollten wir doch keinesfalls ... und wenn man weitermacht, erholt der Patient sich natürlich nicht mehr davon ... und hört man auf, wird selbst ein erfahrener Operateur von der Sorge geplagt sein, er habe es vielleicht doch gewusst. Es ist in jedem Falle unbefriedigend.«

»Es gibt tatsächlich keine Möglichkeit, unsere Instruktionen zu befolgen, es sei denn, wir brächten Studdock dazu, seine Frau selbst herbeizuschaffen.«

»Oder wenn es möglich wäre«, sagte Wither noch ein wenig verträumter als gewöhnlich, »ihn noch viel enger an uns zu binden, als es bisher der Fall ist. Ich spreche von einem wirklichen Gesinnungswandel, mein Freund.«

Frost öffnete leicht seinen ziemlich breiten Mund und dehnte ihn, sodass sein weißes Gebiss sichtbar wurde.

»Das ist ein Teil des erwähnten Plans«, sagte er. »Ich bin der Meinung, er muss dazu gebracht werden, die Frau von sich aus herbeizuschaffen. Das kann natürlich auf zweierlei Weise geschehen. Entweder indem wir ihn auf der instinktiven Ebene motivieren, also durch Angst vor uns oder Verlangen nach ihr; oder aber indem wir ihn so konditionieren, dass er sich vollständig mit der Sache identifiziert, die wirklichen Gründe versteht und entsprechend handelt.«

»Genau ... genau«, sagte Wither. »Ihre Ausdrucksweise unterscheidet sich wie immer ein wenig von der, die ich wählen würde, aber ...«

»Wo ist Studdock jetzt?«, fragte Frost.

»In einer der Zellen hier – auf der anderen Seite.«

»Meint er, er sei von der staatlichen Polizei verhaftet worden?«

»Das kann ich nicht sagen. Ich nehme es allerdings an. Wahrscheinlich macht es keinen großen Unterschied.«

»Und wie wollen Sie nun vorgehen?«

»Wir hatten vor, ihn mehrere Stunden sich selbst zu überlassen, damit der psychologische Druck der Verhaftung auf ihn einwirken kann. Ich habe riskiert – selbstverständlich unter Berücksichtigung der gebotenen Menschlichkeit –, auf den Wert geringfügiger körperlicher Entbehrungen zu bauen, und Anweisung gegeben, ihm kein Abendessen zu servieren. Außerdem wurden seine Taschen geleert. Es ist nicht wünschenswert, dass der junge Mann etwa auftretende Zustände nervlicher Anspannung durch Rauchen lindert. In einem solchen Fall soll der Persönlichkeit Gelegenheit gegeben werden, sich ganz auf ihre eigenen Hilfsquellen zu besinnen.«

»Selbstverständlich. Und was dann?«

»Nun, ich denke an eine Art Vernehmung. Das ist ein Punkt, zu dem ich gerne Ihren Rat hören würde. Die Frage ist, ob ich persönlich in Erscheinung treten sollte. Ich bin eher der Meinung, dass der Anschein eines Verhörs durch die staatliche Polizei ein wenig länger aufrechterhalten werden sollte. In einem späteren Stadium dann käme die Entdeckung, dass er sich noch immer in unseren Händen befindet. Wahrscheinlich wird er diese Entdeckung zunächst – ein paar Minuten lang – missverstehen. Es wäre gut, ihn erst nach und nach merken zu lassen, dass dieser Umstand ihn keineswegs von den ... eh ... Unannehmlichkeiten befreit, die sich aus Hingests Tod ergeben. Ich könnte mir denken, dass daraus eine nachhaltigere Erkenntnis erwachsen würde, wie unausweichlich seine Solidarität mit dem Institut geworden ist...«

»Und dann wollen Sie ihn wieder nach seiner Frau fragen?«

»So würde ich es ganz und gar nicht anfangen«, sagte Wither. »Es ist, wenn ich so sagen darf, einer der Nachteile Ihrer – von uns allen überaus bewunderten – extrem einfachen und genauen Ausdrucksweise, dass sie keinen Raum für Zwischentöne lässt. Wir erhoffen uns eher einen spontanen Ausbruch von Vertrauen seitens des jungen Mannes. Alles, was auf eine direkte Forderung hinausliefe ...«

»Die Schwäche des Plans«, sagte Frost, »liegt darin, dass Sie ganz auf Angst bauen.«

»Angst«, wiederholte Wither, als habe er das Wort zum ersten Mal gehört. »Ich vermag der Gedankenverbindung nicht ganz zu folgen. Soll ich davon ausgehen, dass Sie sich dem entgegengesetzten Vorschlag anschließen, der einmal, wenn ich mich recht entsinne, von Miss Hardcastle gemacht wurde?«

»Was war das?«

»Nun«, sagte Wither. »Wenn ich sie richtig verstanden habe, dachte sie daran, wissenschaftliche Maßnahmen zu ergreifen, um dem jungen Mann die Gesellschaft seiner Frau wünschenswerter zu machen. Einige chemische Hilfsmittel ...«

»Sie meinen ein Aphrodisiakum?«

Wither seufzte sanft und schwieg.

»Das ist Unsinn«, sagte Frost. »Ein Mann denkt doch unter dem Einfluss von Aphrodisiaka nicht an seine Frau. Aber wie gesagt, ich halte es für falsch, ganz auf die Angst zu bauen. Ich habe im Laufe mehrerer Jahre immer wieder beobachtet, dass ihre Resultate unkalkulierbar sind: vor allem dann, wenn die Furcht komplizierter Art ist. Der Patient kann so in Angst geraten, dass er sich überhaupt nicht mehr bewegt, also auch nicht in die gewünschte Richtung. Gelingt es nicht, die Frau mit der Hilfe ihres Mannes herbeizuschaffen, müssen wir eben Folter anwenden und die Folgen auf uns nehmen. Aber es gibt noch andere Möglichkeiten. Zum Beispiel das Verlangen.«

»Ich bin nicht sicher, dass ich Sie recht verstanden habe. Eben haben Sie den Gedanken an medizinische oder chemische Mittel zurückgewiesen.«

»Ich dachte an ein stärkeres Verlangen.«

Weder in diesem noch in einem anderen Stadium des Gesprächs sah der stellvertretende Direktor längere Zeit in Frosts Gesicht; wie gewöhnlich schweifte sein Blick durch den Raum oder richtete sich auf entfernte Gegenstände. Zuweilen schloss er die Augen. Aber entweder Frost oder Wither – es war schwierig zu sagen, welcher der beiden – war mit seinem Stuhl dem anderen nach und nach näher gerückt, sodass ihre Knie sich jetzt fast berührten.

»Ich habe mit Filostrato gesprochen«, sagte Frost mit seiner leisen, klaren Stimme. »Ich habe mich so ausgedrückt, dass er meine Absicht verstanden haben muss, wenn er auch nur die geringste Ahnung von der Wahrheit hat. Sein erster Assistent,

Wilkins, war ebenfalls anwesend. Im Grunde hat keiner der beiden wirkliches Interesse daran, den Kopf am Leben zu erhalten und zum Sprechen zu bringen. Was er sagt, interessiert sie nicht sehr. Und sie sind in keiner Weise neugierig, wer oder was in Wirklichkeit spricht. Ich bin sehr weit gegangen. Ich habe Fragen über seinen Bewusstseinszustand – seine Informationsquellen gestellt. Es kam keine Reaktion.«

»Wenn ich Sie recht verstehe«, sagte Wither, »dann schlagen Sie vor, dass wir aus dieser Richtung auf Mr. Studdock zugehen. Nun, wenn ich mich recht entsinne, haben Sie Angst mit der Begründung zurückgewiesen, dass ihre Wirkung nicht mit der wünschenswerten Genauigkeit vorausgesagt werden könne. Aber wäre die ... eh ... jetzt ins Auge gefasste Methode verlässlicher? Ich brauche wohl kaum zu erwähnen, dass ich eine gewisse Enttäuschung, die ernst zu nehmende Persönlichkeiten über Kollegen wie Filostrato und seinen Untergebenen, Mr. Wilkins, empfinden müssen, vollauf verstehe.«

»Das ist der entscheidende Punkt«, sagte Frost. »Man muss sich davor hüten anzunehmen, die politische und wirtschaftliche Herrschaft des N.I.C.E. über England sei mehr als ein untergeordnetes Ziel. In Wahrheit geht es uns um Persönlichkeiten. Um einen harten Kern von Persönlichkeiten, die der Sache so ergeben sind wie wir selbst. Das ist, was wir brauchen, und unser Befehl lautet, dies zu beschaffen. Bisher ist es uns nicht gelungen, viele Leute zu gewinnen – wirklich zu gewinnen.«

»Gibt es noch immer keine Neuigkeiten aus dem Bragdon-Wald?«

»Nein.«

»Und Sie glauben, Studdock sei wirklich eine geeignete Person ...?«

»Sie dürfen nicht vergessen«, sagte Frost, »dass sein Wert nicht nur in den seherischen Fähigkeiten seiner Frau liegt. Das Paar ist auch eugenisch interessant. Außerdem glaube ich nicht, dass er fähig ist, großen Widerstand zu leisten. Zuerst die angstvollen Stunden in der Haftzelle und dann ein Appell an Wünsche, die die Angst gewissermaßen unterwandern – das wird mit Sicherheit seine Wirkung auf einen solchen Charakter nicht verfehlen.«

»Selbstverständlich ist nichts wünschenswerter als die größtmögliche Einheit«, sagte Wither. »Sie werden mich auch nicht im Verdacht haben, diesen Aspekt unserer Anweisungen unterzubewerten. Jeder individuelle Neuzugang in dieser Einheit dürfte für ... eh ... alle Beteiligten Anlass zu größter Zufriedenheit sein. Ich wünsche einen engstmöglichen Zusammenschluss. Ich würde eine gegenseitige Durchdringung der Persönlichkeiten begrüßen, eine so unwiderrufliche Durchdringung, dass die Individualität in ihr nahezu aufgehoben sein würde. Zweifeln Sie nicht, dass ich die Arme öffnen würde, um diesen jungen Mann aufzunehmen, zu absorbieren und zu assimilieren.«

Sie saßen jetzt so nahe beisammen, dass ihre Gesichter einander fast berührten, als wären sie ein Liebespaar und im Begriff, sich zu küssen. Das Licht spiegelte sich in Frosts Zwicker, sodass seine Augen nicht zu sehen waren; nur sein Mund, lächelnd, doch im Lächeln nicht entspannt, verriet seinen Gesichtsausdruck. Withers Mund stand offen, die Unterlippe hing herab, seine Augen waren nass, und sein ganzer Körper kauerte zusammengesunken im Sessel, als sei jede Kraft aus ihm gewichen. Ein Fremder hätte ihn für betrunken gehalten. Dann zuckten seine Schultern, und er begann lautlos zu lachen. Frost lachte nicht, doch sein Lächeln wurde immer breiter und auch kälter, und dann streckte er die Hand aus und klopfte seinem Kollegen auf die Schulter. Plötzlich störte ein lautes Poltern die Stille im Raum. *Who's Who* war vom Tisch gefegt worden und auf den Boden gefallen, als die beiden alten Männer sich mit einer raschen und ruckartigen Bewegung aufeinander zubeugten und vor und zurück schwankten in einer Umklammerung, aus der sich gleichwohl jeder der beiden zu befreien suchte. Und wie sie so schaukelten und rangen, erhob sich, schrill und leise zuerst, aber dann lauter und lauter ein gackerndes Geräusch, das schließlich eher an ein Tier erinnerte als an die senile Parodie eines Gelächters.

# 3

Als Mark aus dem Polizeiwagen in Dunkelheit und Regen gestoßen, von zwei Uniformierten im Laufschritt in ein Gebäude getrieben wurde und sich schließlich allein in einem kleinen erleuchteten Raum wieder fand, hatte er keine Ahnung, dass er in Belbury war. Es hätte ihn auch kaum gekümmert, denn in dem Augenblick, in dem er verhaftet wurde, hatte er am Leben verzweifelt. Er würde am Galgen enden.

Er war noch nie mit dem Tod in Berührung gekommen. Als er nun seine Hände betrachtete (weil sie kalt gewesen waren und er sie gerieben hatte), kam ihm wie etwas völlig Neues die Vorstellung, dass ebendiese Hand mit ihren fünf Nägeln und dem gelben Nikotinfleck an der Innenseite des Zeigefingers eines Tages die Hand eines Leichnams und dann die eines Skeletts sein würde. Auch wenn er nicht gerade von Entsetzen gepackt wurde, spürte er doch einen Kloß im Hals; was ihn verstörte, war die Ungeheuerlichkeit der Vorstellung. Das war etwas Unglaubliches und zugleich völlig Sicheres.

Sodann stürmten scheußliche Einzelheiten über Hinrichtungen auf ihn ein, die er vor längerer Zeit von Miss Hardcastle gehört hatte. Aber diese Dosis war zu stark für sein Bewusstsein; die Vorstellung stand ihm den Bruchteil einer Sekunde vor Augen, ließ ihn innerlich aufschreien und verschwand dann wieder hinter einem Schleier. Der Tod als solcher wurde wieder zum Gegenstand seiner Aufmerksamkeit, und mit ihm kam die Frage der Unsterblichkeit. Mark war nicht im Mindesten interessiert. Was hatte der Tod mit einem Leben im Jenseits zu tun? Glückseligkeit (der Gedanke an Unglück kam ihm nicht) in irgendeiner anderen, körperlosen Welt war für einen Mann, der dem Tod entgegensah, völlig irrelevant. Das Sterben war der entscheidende Punkt. Wie man es auch betrachtete, dieser Körper – dieses schlaffe, zitternde, verzweifelt lebendige Ding, das auf eine so vertraute Weise sein eigen war – sollte in einen toten Körper verwandelt werden. Wenn es so etwas wie eine Seele gab, dieser Körper hatte nichts davon. Der Kloß im Hals, das Gefühl zu ersticken, brachte die Ansicht des Körpers über diese Angelegenheit mit einer Deutlichkeit zum Ausdruck, die nichts zu wünschen übrig ließ.

Da er das Gefühl hatte zu ersticken, sah er sich in der Zelle nach der Belüftung um. Tatsächlich gab es über der Tür eine Art Gitter. Dieser Ventilator und die Tür selbst waren die einzigen Gegenstände, die dem Auge Abwechslung boten. Alles andere war weiß – weißer Boden, weiße Decke, weiße Wände – kein Stuhl oder Tisch, kein Buch oder Kleiderhaken. In der Mitte der Decke war ein grelles, weißes Licht.

Irgendetwas in der Atmosphäre des Raums brachte ihn zum ersten Mal auf den Gedanken, er könne in Belbury sein und nicht in einem Polizeigefängnis. Aber der bei diesem Gedanken aufkeimende Hoffnungsschimmer war nicht von Dauer. Ob Wither, Miss Hardcastle und die anderen sich seiner nun entledigten, indem sie ihn der staatlichen Polizei übergaben oder indem sie ihn selbst aus dem Wege räumten, wie sie es zweifellos mit Hingest getan hatten, machte keinen Unterschied. Die Bedeutung des ständigen Auf und Ab während seines Aufenthalts in Belbury war ihm jetzt völlig klar. Sie waren alle seine Feinde, hatten mit seinen Hoffnungen und Ängsten gespielt, um ihn gefügig zu machen, waren entschlossen, ihn zu töten, wenn er abtrünnig wurde, und waren auf lange Sicht entschlossen, ihn zu töten, wenn er den Zweck erfüllt hätte, für den sie ihn wollten. Er fand es erstaunlich, dass er jemals anders darüber hatte denken können. Wie hatte er sich der Illusion hingeben können, diese Leute durch Leistung für sich einzunehmen?

Was für ein Narr – was für ein verdammter, kindischer, leichtgläubiger Narr war er gewesen! Er setzte sich auf den Boden, denn seine Beine waren so schwach, als wäre er fünfundzwanzig Meilen marschiert. Warum war er überhaupt nach Belbury gekommen? Hätte ihn nicht schon sein erstes Gespräch mit dem stellvertretenden Direktor warnen sollen – so eindringlich, als würde die Wahrheit durch einen Lautsprecher verkündet oder als stünde sie in sechs Fuß großen Buchstaben auf einem Plakat –, dass er es hier mit einer Welt der Intrigen zu tun hatte, voller Hinterlist, Heimtücke, Täuschung und Lüge – einer Welt, in der man sich in den Rücken fiel, in der gemordet wurde und in der man nur ein verächtliches Hohnlachen für den Dummkopf übrig hatte, der bei dem Spiel verlor? Feverstones Hohnlachen an jenem Tag, als er ihn einen unheilbaren Romantiker genannt hatte, kam ihm wieder in den Sinn. Feverstone … So war er dazu gekommen, an Wither zu glauben: durch Feverstones Empfehlung. Seine Torheit reichte offenbar weiter zurück. Wie in aller Welt war er dazu gekommen, Feverstone Vertrauen zu schenken – einem Mann mit einem Haifischmaul, einem Blender mit weltgewandten Manieren, einem Mann, der einem nie ins Gesicht sah? Jane oder Dimble hätten ihn sofort durchschaut. Das Wort Halunke stand ihm förmlich auf der Stirn geschrieben. Er konnte nur Marionetten wie Curry und Busby täuschen. Damals aber, zu der Zeit, als er Feverstone kennen gelernt hatte, hatte er Curry und Busby nicht für Marionetten gehalten. Mit außergewöhnlicher Klarheit, aber auch wiederum mit Staunen erinnerte er sich daran, wie er über das Progressive Element am Bracton College gedacht hatte, als er in seine Reihen aufgenommen worden war. Noch ungläubiger erinnerte er sich daran, wie er als frisch gebackener Dozent gedacht hatte, als er noch außerhalb dieses Kreises gestanden hatte – wie er beinahe ehrfurchtsvoll auf Curry und Busby geblickt hatte, wenn sie im Gesellschaftsraum die Köpfe zusammensteckten, wie er Bruchstücke ihrer geflüsterten Gespräche aufgeschnappt hatte, zum Schein in eine Zeitung vertieft, aber verzehrt von dem Verlangen, einer von ihnen möge herüberkommen und ihn ansprechen. Und dann, nach Monaten und Monaten, war es geschehen. Er sah sich selbst als den widerlichen kleinen Außenseiter, der unbedingt dazugehören wollte, den infantilen Tölpel, der die heiseren und unwichtigen Vertraulichkeiten gierig aufsog, als wären sie Staatsgeheimnisse. Hatte seine Dummheit denn keinen Anfang gehabt? War er vom Tag seiner Geburt an ein solcher Einfaltspinsel gewesen? Schon in seiner Schulzeit, als er seine Arbeit vernachlässigt hatte und ihm beinahe das Herz gebrochen war, nur weil ihm nichts wichtiger gewesen war, als in die führende Jungenclique an der Schule aufgenommen zu werden, und er dadurch seinen einzigen wirklichen Freund verloren hatte? Selbst als kleines Kind, als er sich mit Myrtle schlug, weil sie mit Pamela von nebenan Geheimnisse gehabt hatte?

Er verstand nicht, warum ihm dies alles, das nun so klar auf der Hand lag, früher nie in den Sinn gekommen war. Er war sich nicht bewusst, dass solche Gedanken oft bei ihm Einlass begehrt hatten, aber immer abgewiesen worden waren. Hätte er sie zugelassen, wäre das ganze Geflecht seines Lebens zerrissen, fast alle Entscheidungen, die er je getroffen hatte, hätten rückgängig gemacht werden und er hätte ganz von vorne anfangen müssen, als sei er ein Kind. Die unübersehbare Zahl von Problemen, die ihm daraus erwachsen wäre, die unzähligen Dinge, bei denen etwas hätte geschehen müssen, hatten ihn stets davon abgehalten, solche Fragen laut werden zu lassen. Was ihm jetzt die Scheuklappen abgenommen hatte, war einfach die Tatsache, dass nichts mehr zu machen war. Sie würden ihn hängen. Alles war aus. Es konnte nichts mehr schaden, das Geflecht zu zerreißen, denn er würde es ohnehin nicht mehr brauchen. Es war keine Rechnung (in Gestalt mühevoller Entscheidung und Neuorientierung) für die Wahrheit zu bezahlen. Dies war eine Auswirkung der Todesangst, die der stellvertretende Direktor und Professor Frost möglicherweise nicht bedacht hatten.

Moralische Erwägungen hatten zu diesem Zeitpunkt keinen Raum in Marks Gedanken. Er blickte nicht mit Scham auf sein Leben zurück, sondern mit einer Art Abscheu vor seiner öden Traurigkeit. Er sah sich selbst als kleinen Jungen in kurzen Hosen, in den Büschen beim Gartenzaun versteckt, um Myrtles Gespräche mit Pamela zu belauschen, wobei er sich nicht eingestehen wollte, dass diese Geheimnisse ganz und gar nicht interessant waren, wenn man sie mithörte. Er sah, wie er sich vormachte, dass ihm die Nachmittage mit den Sportkanonen der Clique Spaß machten, während er sich die ganze Zeit (wie er jetzt begriff) nach den alten Spaziergängen mit Pearson sehnte – Pearson, den abzuschütteln er zuvor keine Mühe gescheut hatte. Er sah sich als Halbwüchsigen angestrengt Schundromane lesen und Bier trinken, während ihm in Wirklichkeit John Buchan besser gefiel und Limonade besser schmeckte. Die Stunden, die er damit verbracht hatte, den Jargon eines jeden neuen Kreises zu lernen, der ihn anzog, das ständige Vorspiegeln von Interesse für Dinge, die er langweilig fand, und von Kenntnissen, die er nicht besaß, das fast heroische Opfern nahezu jeder Person oder Sache, die ihm wirklich gefiel, die kläglichen Versuche, sich weiszumachen, man könne Spaß daran haben, der Clique oder dem Progressiven Element oder dem N.I.C.E. anzugehören – all das machte ihm jetzt das Herz schwer. Wann hatte er jemals getan, was er wollte? Sich mit den Leuten zusammengetan, die er mochte? Oder auch nur gegessen und getrunken, was ihm schmeckte? Die geballte Fadheit des Ganzen erfüllte ihn mit Selbstmitleid.

Unter normalen Umständen hätte er die Verantwortung für dieses Leben unverzüglich unpersönlichen Kräften außerhalb seiner selbst zugeschoben. Schuld an allem wären das System oder ein Minderwertigkeitskomplex gewesen, den seine Eltern ihm mit auf den Weg gegeben hätten, oder eigentümliche Zeiterscheinungen. Jetzt kam ihm nichts dergleichen in den Sinn. Seine ›wissenschaftliche‹ Betrachtungsweise war nie eine richtige Lebensphilosophie gewesen, an die man mit Herz und Seele glaubt. Sie hatte nur in seinem Verstand gelebt und war Teil jenes öffentlichen Selbst, das nun von ihm abfiel. Ohne darüber nachdenken zu müssen, war er sich bewusst, dass er selbst dieses Leben gewählt hatte, das von oberflächlichem Ehrgeiz und Geltungssucht bestimmt gewesen war. Er selbst und niemand sonst war für den Scherbenhaufen verantwortlich, vor dem er stand.

Ein unerwarteter Gedanke kam ihm in den Sinn. Sein Tod wäre für Jane ein Glück. Myrtle vor langer Zeit, Pearson in der Schule, Denniston auf der Universität und zuletzt Jane waren die vier stärksten Einflüsse gewesen, die aus der Welt jenseits seiner Ambitionen auf ihn eingewirkt hatten. Myrtle hatte er erobert, indem er der kluge Bruder geworden war, der Stipendien bekam und mit wichtigen Leuten Umgang pflegte. Eigentlich waren sie Zwillinge, aber nach einer kurzen Zeit in ihrer Kindheit, während der sie den Anschein einer älteren Schwester gehabt hatte, war sie mehr wie eine jüngere Schwester geworden und seither so geblieben. Er hatte sie völlig in seinen Bann gezogen, und ihre großen, erstaunten Augen und naiven Bemerkungen zu seinen Erzählungen über die Kreise, in denen er sich gerade bewegte, waren es, die ihm in jedem Stadium seiner Karriere die meiste wirkliche Freude und Befriedigung verschafften. Aber aus dem gleichen Grund war sie keine Mittlerin mehr aus dem Leben jenseits der unfruchtbaren und sinnentleerten Welt seines Ehrgeizes. Die Blume, die einst sicher zwischen den leeren Blechbüchsen stand, war selbst zu einer Blechbüchse geworden. Pearson und Denniston hatte er weggeworfen. Und erst jetzt wurde ihm klar, welche Rolle er Jane in seinem Leben zugedacht hatte. Hätte er Erfolg gehabt, wäre er der Mann geworden, der er sein wollte, so wäre sie die große Gastgeberin geworden – die heimliche Gastgeberin in dem Sinne, dass nur die wenigen Auserwählten gewusst hätten, wer diese hinreißend aussehende Frau war und warum es so ungeheuer wichtig war, sich ihres guten Willens zu versichern. Nun ... Es war gut für Jane, dass es nicht so gekommen war. Er sah sie im Geiste vor sich, sie schien tiefe Brunnen und blühende Wiesen des Glücks in sich zu tragen, erfrischende Fluten und Zaubergärten der Muße, zu denen er keinen Zugang hatte, die er aber hätte zerstören können. Sie gehörte zu jenen anderen Leuten – wie Pearson, wie Denniston, wie die Dimbles –, die sich an den Dingen um ihrer selbst willen freuen konnten. Sie war nicht wie er. Es war gut, dass sie ihn bald los sein würde.

In diesem Augenblick drehte sich ein Schlüssel im Schloss der Zellentür, und all diese Gedanken waren wie weggefegt. Nackte Todesangst überfiel ihn von neuem und trocknete ihm die Kehle aus. Er rappelte sich auf, drängte sich gegen die hinterste Wand und starrte so unverwandt zur Tür, als könne er dem Strang entgehen, wenn er nur jeden, der hereinkam, ständig im Auge behielt.

Kein Polizist kam herein, sondern ein Mann in einem grauen Anzug, dessen Zwicker zu spiegelnden Fenstern wurde und seine Augen verbarg, als er zu Mark und ins Licht blickte. Mark erkannte ihn sofort und wusste, dass er in Belbury war. Aber das war nicht der Grund, warum er seine Augen noch weiter öffnete und vor Verblüffung beinahe sein Entsetzen vergaß. Es war die Veränderung in der Erscheinung des Mannes – oder vielmehr die anderen Augen, mit denen Mark ihn jetzt sah. In gewisser Weise war alles an Professor Frost, wie es immer gewesen war – der Spitzbart, die äußerst blasse Stirn, die Regelmäßigkeit der Züge, das breite arktische Lächeln. Aber Mark konnte nicht verstehen, wie es ihm je möglich gewesen war, an dem Mann etwas so Offensichtliches zu übersehen, dass jedes Kind vor ihm zurückgeschreckt und jeder Hund zähnefletschend und mit gesträubtem Nackenfell in eine Ecke gekrochen wäre. Der Tod selbst schien nicht beängstigender als die Tatsache, dass er diesem Mann noch vor sechs Stunden in gewissem Maße vertraut, sein Vertrauen begrüßt und sich sogar vorgemacht hatte, die Gesellschaft dieses Mannes sei ihm nicht unangenehm.

## 12 Nacht in Wind und Regen

»Nun«, sagte Dimble, »hier ist niemand.«

»Eben war er noch da«, sagte Denniston.

»Sind Sie sicher, dass Sie jemanden gesehen haben?«, fragte Dimble.

»Ich dachte, ich hätte jemanden gesehen«, sagte Denniston. »Beschwören kann ich es nicht.«

»Wenn da jemand war, kann er nicht weit sein«, meinte Dimble.

»Sollen wir ihn rufen?«, schlug Denniston vor.

»Still! Hören Sie!«, sagte Jane. Eine Weile waren sie alle still und lauschten.

»Das ist nur der alte Esel«, sagte Dimble schließlich. »Er bewegt sich da oben im Gebüsch.«

Wieder wurde es still.

»Mit seinen Streichhölzern scheint er ziemlich verschwenderisch umzugehen«, sagte Denniston mit einem Blick auf die zertrampelte Erde im Umkreis des Feuers. »Man sollte meinen, ein Landstreicher ...«

»Andererseits«, erwiderte Dimble, »sollte man nicht meinen, dass Merlin aus dem fünften Jahrhundert eine Schachtel Streichhölzer mitbringen würde.«

»Aber was sollen wir tun?«, fragte Jane.

»Ich denke nur ungern daran, was MacPhee sagen wird, wenn wir mit keinem größeren Erfolg als diesem zurückkehren«, sagte Denniston mit einem Lächeln. »Er wird sofort auf einen Plan verweisen, dem wir hätten folgen sollen.«

»Nachdem der Regen jetzt aufgehört hat«, sagte Dimble, »sollten wir lieber zum Wagen zurückgehen und nach Ihrer weißen Gartenpforte suchen, Jane. Was haben Sie da, Denniston?«

»Ich sehe mir die Erde hier an«, sagte Denniston, der sich einige Schritte vom Feuer entfernt hatte und neben dem Pfad stand, über den sie in die Senke gekommen waren. Er hatte sich gebückt und leuchtete mit der Taschenlampe den Boden ab. Plötzlich richtete er sich auf und sagte: »Sehen Sie, da waren mehrere Leute. Nein, treten Sie nicht darauf, Sie zerstören sonst alle Spuren. Sehen Sie, Sir?«

»Sind das nicht unsere eigenen Fußabdrücke?«, fragte Dimble.

»Einige davon zeigen in die falsche Richtung. Sehen Sie sich diesen an – und diesen.«

»Könnten die nicht von dem Landstreicher stammen?«, meinte Dimble. »Wenn es ein Landstreicher war.«

»Wenn er diesen Pfad hinaufgegangen wäre, hätten wir ihn sehen müssen«, sagte Jane.

»Er könnte ihn gegangen sein, bevor wir gekommen sind«, sagte Denniston.

»Aber wir haben ihn doch alle gesehen«, wandte Jane ein.

»Kommen Sie«, sagte Dimble, »wir folgen der Fährte, so weit wir können. Verlieren wir sie, müssen wir zur Straße zurückgehen und nach der Pforte suchen.«

Als sie den oberen Rand der Senke erreichten, verlor sich die Fußspur im Gras. Zweimal wanderten sie um das kleine

Waldtal herum, fanden aber nichts; dann machten sie sich auf den Rückweg zur Straße. Es war aufgeklart, und Orion strahlte hell am Nachthimmel.

## 2

Der stellvertretende Direktor schlief fast nie. Wurde es einmal unabdingbar zu schlafen, nahm er ein Mittel, aber die Notwendigkeit ergab sich selten, denn der Bewusstseinszustand, in dem er die meisten Tages- und Nachtstunden verbrachte, glich schon seit langem nicht mehr dem, was andere Leute wach nennen. Er hatte gelernt, den größten Teil seines Bewusstseins von der Aufgabe des Lebens abzuziehen und sogar die Tagesgeschäfte mit nur einem Viertel seines Verstandes zu führen. Farben, Gerüche, Formen und andere Wahrnehmungen wurden von seinen Sinnesorganen ohne Zweifel in der normalen Art und Weise registriert, aber sie drangen nicht bis zu seinem eigentlichen Selbst vor. Seine äußere Haltung gegenüber anderen Menschen, die er vor einem halben Jahrhundert angenommen hatte, war jetzt eine beinahe unabhängig funktionierende Maschinerie – ähnlich wie ein Grammofon –, und er konnte ihr bei Gesprächen und Ausschusssitzungen die ganze Routinearbeit überlassen. Während Gehirn und Lippen diese Arbeit verrichteten und für die Umwelt Tag für Tag die unbestimmte und Furcht einflößende Persönlichkeit aufbauten, die jedermann kannte, war sein inneres Selbst frei, ein eigenes Leben zu führen. So hatte er das Ziel gewisser Mystiker erreicht – den Geist nicht nur von den Sinnen, sondern sogar vom Verstand zu lösen.

Daher war er eine Stunde, nachdem Frost ihn verlassen hatte, um Mark in seiner Zelle aufzusuchen, in gewissem Sinn noch immer wach – jedenfalls schlief er nicht. Wer während dieser Stunde in sein Arbeitszimmer geschaut hätte, hätte ihn mit gesenktem Kopf und gefalteten Händen bewegungslos an seinem Schreibtisch sitzen sehen. Aber die Augen waren nicht geschlossen, und das Gesicht war ausdruckslos: der wahre Wither war anderswo und litt, genoss oder tat, was solche Seelen leiden, genießen oder tun, wenn die Bande, die sie mit der natürlichen Ordnung verbinden, auf das Äußerste gedehnt, aber noch nicht zerrissen sind. Als das Telefon auf seinem Schreibtisch läutete, nahm er den Hörer ab, ohne zusammenzufahren.

»Ja, bitte«, sagte er.

»Hier Stone, Sir«, sagte eine Stimme. »Wir haben die Kammer gefunden.«

»Ja.«

»Sie war leer, Sir.«

»Leer?«

»Ja, Sir.«

»Sind Sie sicher, mein lieber Mr. Stone, dass Sie den richtigen Ort gefunden haben? Wäre es möglich, dass ...«

»O ja, Sir. Es ist eine Art Krypta, sehr klein. Im Mauerwerk finden sich ein paar römische Ziegel. Und in der Mitte ist eine Steinplatte wie ein Altar oder eine Liegestatt.«

»Und Sie sagen, sie sei leer gewesen? Keine Anzeichen, dass dort jemand war?«

»Nun, Sir, es scheint, als sei vor kurzem jemand eingedrungen.«

»Bitte drücken Sie sich so deutlich wie möglich aus, Mr. Stone.«

»Also, Sir, es gab einen Ausgang – ich meine, einen Stollen, der in Richtung Süden zur Oberfläche führt. Wir gingen diesen Stollen sofort entlang und kamen in ungefähr achthundert Schritt Entfernung heraus, außerhalb des Bragdon-Waldes.«

»Sie kamen heraus? Sie meinen, es gibt einen Bogen ... ein Tor ... einen Stolleneingang?«

»Ja, genau das. Wir kamen ohne Schwierigkeiten heraus.

Aber offensichtlich ist der Ausgang erst vor ganz kurzer Zeit freigelegt worden, und zwar ziemlich gewaltsam. Es sieht aus, als wäre er gesprengt worden. Als sei der Stollenausgang zugemauert und mit einer Erdschicht abgedeckt gewesen und als hätte sich jemand vor kurzem den Weg freigesprengt. Es sah wüst aus.«

»Reden Sie weiter, Mr. Stone. Was haben Sie dann als Nächstes getan?«

»Ich habe Gebrauch gemacht von der Ermächtigung, die Sie mir ausgestellt hatten, Sir; ich habe alle verfügbaren Polizeikräfte zusammengetrommelt und Suchtrupps nach dem Mann ausgeschickt, den Sie mir beschrieben haben.«

»Ich verstehe. Und wie haben Sie ihn diesen Suchtrupps beschrieben?«

»So wie Sie mir, Sir. Ich habe ihnen gesagt, sie sollten nach einem alten Mann mit einem sehr langen oder sehr primitiv gestutzten Bart Ausschau halten, wahrscheinlich hätte er einen langen Umhang, sicher aber sei er ungewöhnlich gekleidet. Im letzten Augenblick kam mir noch der Gedanke hinzuzufügen, dass er möglicherweise überhaupt keine Kleider trägt.«

»Warum haben Sie das hinzugefügt, Mr. Stone?«

»Nun, Sir, ich weiß nicht, wie lange er dort unten war, und es geht mich auch nichts an. Aber ich habe von Fällen gehört, wo Kleider an Orten wie diesem lange Zeit erhalten blieben, jedoch zerfielen, sobald frische Luft hereinkam. Ich hoffe, Sie denken nicht etwa, ich versuche etwas herauszubringen, das mich nichts angeht. Aber ich habe gedacht, es könnte nicht schaden ...«

»Sie gehen völlig recht in der Annahme, Mr. Stone«, sagte Wither, »dass alles, was auch nur entfernt an Wissbegier von Ihrer Seite erinnert, die verhängnisvollsten Folgen haben könnte. Ich meine, für Sie selbst; denn natürlich hatte ich bei der Wahl meiner Methoden hauptsächlich Ihre Interessen im

Sinn. Ich versichere Ihnen, dass Sie sich in der sehr ... eh ... heiklen Lage, in die Sie sich – zweifellos unabsichtlich – gebracht haben, auf meine Unterstützung verlassen können.«

»Vielen Dank, Sir. Ich bin sehr froh, dass Sie meinen, es sei richtig gewesen zu sagen, er könnte nackt sein.«

»Oh, was das betrifft«, sagte Wither, »so gibt es noch eine Menge Überlegungen, die momentan nicht erörtert werden können. Haben Sie Ihre Suchtrupps instruiert, was sie tun sollen, wenn sie eine solche ... eh ... Person finden?«

»Also, das war eine weitere Schwierigkeit, Sir. Einem Trupp gab ich meinen Assistenten, Pater Doyle, mit, weil er Latein kann. Und Inspektor Wrench gab ich den zweiten Trupp und dazu den Ring, den Sie mir ausgehändigt haben. Für den dritten Trupp konnte ich nicht mehr tun, als ihm jemanden zuteilen, der walisisch spricht.«

»Und Sie haben nicht daran gedacht, sich selbst einem der Trupps anzuschließen?«

»Nein, Sir. Sie hatten mir gesagt, ich solle unverzüglich anrufen, sobald wir etwas fänden. Und ich wollte die Suchtrupps nicht warten lassen, bis ich mit Ihnen gesprochen habe.«

»Ich verstehe. Nun, ohne Zweifel könnte Ihre Handlungsweise – ich spreche ganz unverbindlich – in diesem Sinne interpretiert werden. Sie haben Ihren Leuten hinreichend klargemacht, dass diese ... eh ... Persönlichkeit bei ihrer Auffindung mit der größten Ehrerbietung und – wenn Sie mich nicht missverstehen – Vorsicht zu behandeln ist?«

»Selbstverständlich, Sir.«

»Also, Mr. Stone, im Großen und Ganzen bin ich – mit bestimmten unvermeidlichen Einschränkungen – einigermaßen zufrieden mit der Art und Weise, wie Sie diese Angelegenheit gehandhabt haben. Ich glaube, es wird mir möglich sein, dies jenen meiner Kollegen, deren Wohlwollen Sie sich leider nicht erhalten konnten, in einem günstigen Licht darzustellen. Ein erfolgreicher Abschluss des Unternehmens würde Ihre

Position sehr stärken. Im Falle eines Misserfolgs ... Es wäre mir überaus schmerzlich, wenn es zwischen uns zu Spannungen und beiderseitigen Beschuldigungen kommen sollte. Aber Sie verstehen mich ja, mein lieber Stone. Wenn ich nur – sagen wir mal, Miss Hardcastle und Mr. Studdock überreden könnte, meine Einschätzung Ihrer wirklichen Fähigkeiten zu teilen, so brauchten Sie keinerlei Besorgnis hinsichtlich Ihrer Karriere oder ... eh ... Ihrer Sicherheit zu hegen.«

»Und wie soll ich nun weiter vorgehen, Sir?«

»Mein lieber junger Freund, die goldene Regel ist sehr einfach. Nur zwei Fehler können in der besonderen Lage, in die Sie sich durch gewisse Phasen Ihres früheren Verhaltens leider gebracht haben, verhängnisvoll für Sie sein. Auf der einen Seite hätte jeder Mangel an Initiative oder Unternehmungsgeist unheilvolle Auswirkungen. Auf der anderen Seite könnte die geringste Neigung zu nicht autorisiertem Handeln – alles, was die Vermutung nahe legt, Sie maßten sich eine Entscheidungsfreiheit an, die Ihnen nach Lage der Dinge nicht zusteht – Folgen haben, vor denen nicht einmal ich Sie schützen könnte. Aber solange Sie diese beiden Extreme meiden, gibt es keinen Grund – inoffiziell gesprochen –, warum Sie sich nicht vollkommen sicher fühlen sollten.

Dann legte er den Hörer auf, ohne Stones Antwort abzuwarten, und läutete.

**3** »Müssten wir nicht schon in der Nähe des Gatters sein, über das wir geklettert sind?«, fragte Dimble.

Nun, da der Regen aufgehört hatte, war es heller geworden, aber ein Wind war aufgekommen und pfiff ihnen so um die Ohren, dass sie sich nur durch Rufen verständigen konnten. Die Zweige der Hecke, an der sie entlanggingen, schwankten, beugten sich tief herab und schnellten wieder empor, sodass es aussah, als schlügen sie nach den glitzernden Sternen.

»Der Weg kommt mir viel weiter vor als vorhin«, sagte Denniston.

»Und nicht so aufgeweicht«, sagte Jane.

»Sie haben Recht«, meinte Denniston und blieb plötzlich stehen. »Der Boden hier ist ganz steinig. Auf dem Hinweg war das nicht so. Wir sind auf dem falschen Feld.«

»Ich denke, wir sind richtig«, erwiderte Dimble. »Als wir aus dem Wald kamen, sind wir halb links an dieser Hecke entlanggegangen, und ich bin sicher ...«

»Aber sind wir auf dieser Seite aus dem Wald gekommen?« unterbrach ihn Denniston.

»Wenn wir erst anfangen, die Richtung zu ändern«, sagte Dimble, »werden wir die ganze Nacht im Kreis herumlaufen. Gehen wir geradeaus weiter, dann müssen wir irgendwann an die Straße kommen.«

»He!«, sagte Jane plötzlich. »Was ist das?«

Alle lauschten. Durch den Wind ließ sich ein undeutliches, rhythmisches Geräusch vernehmen, scheinbar aus weiter Ferne; doch im nächsten Augenblick sprangen sie alle mit Ausrufen wie: »Vorsicht!«, »Hau ab, du Mistvieh!« und »Zurück!« in den Schutz der Hecke; wie aus dem Nichts war ein Pferd aufgetaucht und trabte schwerfällig direkt vor ihnen vorbei. Die Hufe schleuderten einen kalten und nassen Erdklumpen hoch und Denniston ins Gesicht.

»Oh, sehen Sie! Da!«, rief Jane. »Haltet ihn auf! Schnell!«

»Aufhalten?«, sagte Denniston, bemüht, sein Gesicht zu säubern. »Wozu denn? Je eher der Gaul verschwindet, desto besser ...«

»Rufen Sie ihn, Professor!«, schrie Jane ungeduldig. »Kommen Sie, laufen Sie! Haben Sie nicht gesehen?«

»Was gesehen?«, keuchte Dimble, als die drei auf Janes Drängen hin dem davontrabenden Pferd nachliefen.

»Auf dem Pferd sitzt ein Mann!«, rief Jane. Sie war erschöpft und außer Atem und hatte einen Schuh verloren.

»Ein Mann?«, fragte Denniston, und dann: »Bei Gott, Sir, sie hat Recht! Sehen Sie, sehen Sie dort! Die Silhouette ... links von Ihnen!«

»Wir können ihn nicht einholen«, schnaufte Dimble.

»He! Halt! Kommen Sie zurück! Wir sind Freunde – *amis* – *amici!*«, brüllte Denniston.

Dimble war im Augenblick nicht in der Lage, laut zu rufen. Er war ein älterer Mann und schon erschöpft gewesen, bevor sie aufgebrochen waren; jetzt fühlte er Stiche in der Herzgegend und litt unter Atemnot. Er fürchtete sich nicht, aber ohne eine Verschnaufpause konnte er nicht mit lauter Stimme rufen – schon gar nicht auf altsolarisch. Und während er dastand und nach Luft rang, riefen die anderen wieder »Da ist er!«; denn in einer Entfernung von etwa zwanzig Schritten hoben sich nun vom Sternenhimmel deutlich, unnatürlich groß und vielbeinig die Umrisse des Pferdes ab, das über eine Hecke setzte. Auf seinem Rücken saß ein riesiger Mann, hinter dem im Wind ein weites Gewand flatterte. Es schien Jane, als ob er spöttisch über die Schulter zurückblickte. Dann hörte man ein Platschen und dumpfes Getrappel, als das Pferd auf der anderen Seite aufsetzte; und danach war nichts mehr als Wind und Sternenlicht.

# 4

»Sie sind in Gefahr«, sagte Frost, nachdem er die Zellentür hinter sich geschlossen hatte, »zugleich aber bietet sich Ihnen eine sehr günstige Gelegenheit.«

»Ich nehme an«, sagte Mark, »dass ich doch im Institut und nicht in einem Polizeigefängnis bin.«

»Ja. Das ändert jedoch nichts an der Gefahr. Bald wird das Institut offiziell ermächtigt sein, Liquidationen durchzuführen. Es hat davon bereits im Voraus Gebrauch gemacht. Hingest und Carstairs wurden beide liquidiert. Solche Entscheidungen werden von uns verlangt.«

»Wenn Sie mich töten wollen«, erwiderte Mark, »warum dann erst diese Farce einer Mordanklage?«

»Bevor ich fortfahre«, sagte Frost, »muss ich Sie um strikte Objektivität ersuchen. Wut und Angst sind beides chemische Phänomene. Unsere Reaktionen aufeinander sind chemische Phänomene. Gesellschaftliche Beziehungen sind chemische Beziehungen. Sie müssen diese Gefühle in sich selbst objektiv betrachten. Lassen Sie sich nicht von den Fakten ablenken.«

»Ich verstehe«, sagte Mark. Er versuchte seiner Stimme einen gleichzeitig hoffnungsvollen und verdrießlichen Klang zu geben, so als sei er bereit, sich bearbeiten zu lassen. Aber im Innern blieb er bei seiner neuen Einstellung Belbury gegenüber und war entschlossen, dem anderen kein Wort zu glauben und kein Angebot anzunehmen – oder höchstens zum Schein. Er musste um jeden Preis an der Erkenntnis festhalten, dass diese Männer unerbittliche Feinde waren: denn schon verspürte er wieder die alte Neigung, nachzugeben und zu glauben.

»Die Mordanklage gegen Sie und das Wechselbad, dem man Sie hier ausgesetzt hat, sind Teile eines festen Programms, das ein genau umrissenes Ziel verfolgt«, sagte Frost. »Es ist eine Schulung, die jeder durchläuft, bevor er in den inneren Kreis aufgenommen wird.«

Wieder blickte Mark mit Schrecken zurück. Noch vor wenigen Tagen hätte er jeden Haken mit einem solchen Köder blindlings geschluckt; und nur der bevorstehende Tod ließ ihn den Haken jetzt so deutlich erkennen, ließ den Köder so fade erscheinen. Jedenfalls vergleichsweise fade. Denn selbst in diesem Augenblick ...

»Ich begreife nicht, wozu das alles gut sein sollte«, sagte er laut.

»Es hat den Zweck, die Objektivität zu fördern. Ein Kreis, der von subjektiven Gefühlen, von gegenseitigem Vertrauen und Zuneigung zusammengehalten würde, wäre nutzlos. Solche Gefühle sind, wie ich bereits sagte, chemische Phänomene, die im Prinzip auch durch Injektionen hervorgerufen werden könnten. Sie mussten eine Zeit der widerstreitenden Gefühle gegenüber dem stellvertretenden Direktor und anderen durchmachen, um zu erreichen, dass Ihr zukünftiges Verhältnis zu uns in keiner Weise von Gefühlen bestimmt wird. Die innerhalb des Kreises notwendigen gesellschaftlichen Beziehungen sollten besser von Gefühlen der Abneigung getragen werden. Dies verringert die Gefahr, solche Beziehungen mit der wirklichen Bindung zu verwechseln.«

»Mein künftiges Verhältnis?«, fragte Studdock und tat so, als fiebere er der Antwort entgegen. Aber es fiel ihm gefährlich leicht, diese Rolle zu spielen. Sie konnte jeden Augenblick zur Wirklichkeit werden.

»Jawohl«, sagte Frost. »Sie wurden als ein möglicher Kandidat für die Aufnahme ausgewählt. Sollten Sie nicht aufgenommen werden oder die Aufnahme ablehnen, wird es notwendig sein, Sie zu vernichten. Selbstverständlich will ich Ihnen keine Angst einjagen; das würde die Sache nur verwirren. Das Verfahren ist völlig schmerzlos, und Ihre augenblicklichen Reaktionen darauf sind lediglich unvermeidliche physische Abläufe.«

Mark erwog dies sorgfältig.

»Das ... das sieht nach einer ziemlich schwerwiegenden Entscheidung aus«, sagte er dann.

»Das ist nur eine Folge Ihres momentanen körperlichen Befindens. Wenn Sie wollen, werde ich Ihnen jetzt die notwendigen Informationen geben. Zuvor muss ich Ihnen sagen, dass weder der stellvertretende Direktor noch ich für die Politik des Instituts verantwortlich sind.«

»Das Oberhaupt?«, fragte Mark.

»Nein. Filostrato und Wilkins haben keine Ahnung, was das angeht. Indem sie den Kopf vor der Verwesung bewahrten, ist ihnen in der Tat ein bemerkenswertes Experiment gelungen. Aber es ist nicht Alcasans Geist, mit dem wir in Verbindung stehen, wenn das Haupt spricht.«

»Sie meinen, Alcasan ist wirklich ... tot?«, fragte Mark. Sein Erstaunen über Frosts letzte Erklärung war nicht gespielt.

»Bei dem gegenwärtigen Stand unseres Wissens«, sagte Frost, »können wir diese Frage nicht beantworten. Wahrscheinlich ist es auch nicht von Bedeutung. Aber das Gehirn und der Sprechapparat von Alcasans Kopf dienen einem anderen Geist. Und nun passen Sie bitte gut auf. Wahrscheinlich haben Sie noch nie von Makroben gehört.«

»Mikroben?«, fragte Mark verwirrt. »Aber natürlich ...«

»Ich sagte nicht Mikroben, ich sagte Makroben. Schon das Wort macht deutlich, was gemeint ist. Wir wissen seit langem, dass es unterhalb der Ebene tierischen und pflanzlichen Lebens mikroskopische Organismen gibt. Ihr Einfluss auf das menschliche Leben, auf Gesundheit und Krankheit, machen natürlich einen großen Teil der Geschichte aus. Die verborgene Ursache dieses Einflusses war bis zur Erfindung des Mikroskops nicht bekannt.«

»Sprechen Sie weiter«, sagte Mark. Wie eine Flutwelle schwoll die Neugierde unter seiner bewussten Entschlossenheit, auf der Hut zu sein.

»Ich muss Ihnen jetzt sagen, dass es ähnliche Organismen über der Ebene tierischen Lebens gibt. Wenn ich sage ›über‹, dann meine ich dies nicht in einem biologischen Sinn. Die Struktur der Makrobe, soweit sie uns bekannt ist, zeichnet sich durch äußerste Einfachheit aus. Sie unterscheidet sich von den Lebewesen der tierischen Ebene durch eine unvergleichlich längere Lebensdauer, größere Kräfte und höhere Intelligenz.«

»Sie meinen, höhere Intelligenz als die entwickelten

Anthropoiden?«, fragte Mark. »Dann sind sie ja beinahe menschlich.«

»Sie haben mich missverstanden. Wenn ich sage, dass die Makroben über den Tieren stehen, dann schließe ich das am höchsten entwickelte Tier, den Menschen, natürlich ein. Die Makrobe ist intelligenter als der Mensch.«

Stirnrunzelnd dachte Mark über diese Theorie nach.

»Aber wie ist es dann zu erklären, dass wir nicht mit ihnen in Verbindung gestanden haben?«

»Eine solche Verbindung ist wohl des Öfteren zustande gekommen, in primitiven Zeiten aber nur vereinzelt, weil ihr zahlreiche Vorurteile entgegenstanden. Überdies war die intellektuelle Entwicklung des Menschen noch nicht so weit fortgeschritten, dass der Umgang mit unserer Spezies für eine Makrobe attraktiv gewesen wäre. Aber wenn auch nur selten eine direkte Verbindung bestanden hat, so hat es doch starke Einflüsse gegeben. Die Einwirkung der Makroben auf die Menschheitsgeschichte ist bei weitem bedeutsamer als diejenige der Mikroben, wenn auch ebenso wenig anerkannt. Soweit wir heute wissen, wird die ganze Geschichte umgeschrieben werden müssen. Die wahren Ursachen fast aller wichtigen Ereignisse sind den Historikern völlig unbekannt; aus ebendiesem Grund ist es der Geschichtsschreibung bisher nicht gelungen, eine Wissenschaft zu werden.«

»Ich werde mich lieber setzen, wenn es Ihnen nichts ausmacht«, sagte Mark und ließ sich wieder auf den Fußboden nieder. Frost blieb während des ganzen Gesprächs regungslos mit herabhängenden Armen stehen. Seine ganze Gestik bestand darin, gelegentlich den Kopf zurückzulegen und am Ende eines jeden Satzes seine Zähne aufblitzen zu lassen.

»Die Stimmbänder und das Gehirn Alcasans«, fuhr er fort, »sind die Mittler im regelmäßigen Umgang zwischen den Makroben und unserer eigenen Art geworden. Ich behaupte nicht, dass wir diese Technik entwickelt hätten; das Verdienst daran gebührt ihnen, nicht uns. Der Kreis, in den Sie vielleicht aufgenommen werden, ist das eigentliche Organ der Zusammenarbeit der beiden Arten, eine Zusammenarbeit, die bereits eine neue Situation für die Menschheit geschaffen hat. Sie werden sehen, dass die Veränderung bei weitem größer ist als diejenige, die den Untermenschen zum Menschen machte. Sie ist eher dem ersten Auftreten organischen Lebens vergleichbar.«

»Dann sind diese Organismen der Menschheit freundlich gesonnen?«, fragte Mark.

»Wenn Sie einen Moment nachdenken«, erwiderte Frost, »werden Sie sehen, dass Ihre Frage keine Bedeutung hat, außer auf der Ebene der primitivsten volkstümlichen Vorstellungen. Freundschaft ist ein chemisches Phänomen, ebenso wie Hass. Beide setzen Organismen unserer Art voraus. Der erste Schritt zur Kommunikation mit den Makroben ist die Erkenntnis, dass man die ganze Welt unserer subjektiven Empfindungen verlassen muss. Erst wenn Sie diesen Schritt vollziehen, entdecken Sie, wie viel von dem, was Sie irrtümlich für Ihr Denken hielten, in Wirklichkeit nur ein Nebenprodukt Ihres Blutes und Ihres Nervensystems war.«

»Ja, natürlich. Ich meinte freundlich gesonnen auch nicht in diesem Sinne. Ich meine: Sind ihre Ziele mit unseren eigenen vereinbar?«

»Was meinen Sie mit unseren Zielen?«

»Nun, ich denke, die wissenschaftliche Vervollkommnung der menschlichen Rasse in Richtung einer höheren Effizienz, die Abschaffung von Krieg und Armut und anderen Formen der Vergeudung, eine planmäßigere Nutzung der Natur, die Erhaltung und Ausbreitung unserer Art.«

»Ich glaube nicht, dass diese pseudowissenschaftliche Sprache etwas an der im Wesentlichen subjektiven und instinktiven Basis der Ethik ändern kann, die Sie beschreiben. Ich werde später darauf zurückkommen. Im Augenblick möchte ich nur bemerken, dass Ihre Beurteilung des Krieges und Ihr Hinweis auf die Erhaltung der Art auf ein tiefes Missverständnis schließen lassen. Beides sind bloße Verallgemeinerungen einer emotionalen Grundhaltung.«

»Sicherlich«, sagte Mark, »ist eine ziemlich große Bevölkerung vonnöten, um die Natur planmäßig zu nutzen, und nicht nur dafür. Und sicherlich ist Krieg eine Art Auslese und senkt die Effizienz. Selbst wenn die Bevölkerung verringert werden müsste, wäre der Krieg dann nicht die denkbar schlechteste Methode?«

»Diese Gedanken sind noch geprägt von Bedingungen, die sich heute rapide wandeln. Vor ein paar Jahrhunderten wirkte der Krieg tatsächlich in der von Ihnen beschriebenen Weise. Eine große Landbevölkerung war lebenswichtig. Und der Krieg vernichtete Schichten, die damals noch nützlich waren. Aber jeder Fortschritt in Technik und Landwirtschaft reduziert die Zahl der benötigten Arbeitskräfte. Eine große, ungebildete Bevölkerung wird mehr und mehr zu totem Ballast. Die wahre Bedeutung eines wissenschaftlichen Krieges besteht darin, die Wissenschaftler zu schonen. Nicht die großen Technokraten aus Königsberg und Moskau kamen bei der Belagerung von Stalingrad ums Leben, sondern abergläubische bayerische Bauern und minderwertige russische Landarbeiter. Der moderne Krieg läuft darauf hinaus, rückständige Bevölkerungsschichten zu eliminieren, die Technokratie dagegen zu schonen und ihren Einfluss auf die öffentlichen Angelegenheiten zu verstärken. Was bisher nur der intellektuelle Kern der Rasse war, wird Schritt für Schritt zur Rasse selbst. Sie müssen sich die Spezies als ein Tier vorstellen, das entdeckt hat, wie es Ernährung und Bewegung bis zu einem Punkt vereinfachen kann, an dem die komplizierten alten Organe und der große Körper nicht länger notwendig sind. Der große Körper ist darum zum Verschwinden verurteilt. Nur ein Zehntel seiner früheren Masse wird benötigt, um das Gehirn zu erhalten. Das Individuum wird ganz Kopf. Die menschliche Rasse wird ganz Technokratie.«

»Ich verstehe«, sagte Mark. »Ich war bisher irgendwie davon ausgegangen, dass der intelligente Kern durch Erziehung und Ausbildung vergrößert würde.«

»Das ist reine Illusion. Die große Mehrheit der menschlichen Rasse kann nur im Sinne der Wissensvermittlung erzogen und ausgebildet werden: man kann ihr nicht die totale Objektivität des Geistes beibringen, die jetzt notwendig ist. Die meisten Menschen werden immer Tiere bleiben und die Welt durch den Dunst ihrer subjektiven Reaktionen betrachten. Selbst wenn es anders wäre, würde es nicht allzu viel nützen, denn die Zeiten, in denen eine große Bevölkerung zweckmäßig war, sind vorbei. Sie hat ihre Funktion erfüllt, indem sie das Potenzial für den technokratischen und objektiven Menschen geliefert hat. Jetzt aber haben die Makroben und die auserwählten Menschen, die mit ihnen zusammenarbeiten, keine Verwendung mehr für sie.«

»Dann waren die beiden letzten Kriege in Ihren Augen keine Katastrophen?«

»Im Gegenteil, sie waren erst der Anfang des Programms – die beiden ersten der sechzehn größeren Kriege, die in diesem Jahrhundert stattfinden sollen. Ich bin mir der gefühlsmäßigen (das heißt der chemischen) Reaktionen bewusst, die eine Feststellung wie diese in Ihnen hervorrufen muss, und Sie vergeuden Ihre Zeit, wenn Sie versuchen, diese Reaktionen vor mir zu verbergen. Ich erwarte nicht, dass Sie sie beherrschen. Das ist nicht der Weg, der zur Objektivität führt. Ich rufe sie absichtlich hervor, damit Sie sich daran gewöhnen, sie in einem rein wissenschaftlichen Licht zu betrachten und so scharf wie möglich von den Tatsachen zu trennen.«

Mark saß da und blickte auf den Boden. Frosts Programm für das Menschengeschlecht hatte seine Gefühle nicht sonderlich in Wallung gebracht; es hatte ihm vielmehr zu der Erkenntnis verholfen, dass ihm in Wahrheit niemals viel an jener fernen Zukunft und an dem universalen Nutzen gelegen war, auf denen seine Zusammenarbeit mit dem Institut in der ersten Zeit – wenigstens theoretisch – beruht hatte. Zum gegenwärtigen Zeitpunkt war in seinen Gedanken ganz gewiss kein Raum für solche Überlegungen. Er war voll und ganz beschäftigt mit dem Konflikt zwischen seinem Beschluss, diesen Männern nicht zu vertrauen und sich nie wieder von irgendeinem Köder zu wirklicher Mitarbeit verleiten zu lassen, und der furchtbaren Kraft einer entgegengesetzten Empfindung, die ihn wie die Unterströmung einer Flutwelle zurückzog. Denn hier, hier endlich (so flüsterte ihm sein Ehrgeiz ein) war der wahre innere Kreis, der Kreis, dessen Mittelpunkt außerhalb der menschlichen Rasse lag – das letzte Geheimnis, die oberste Gewalt, die höchste Weihe. Die Tatsache, dass alles daran abstoßend war, minderte den Reiz nicht im Geringsten. Nichts, dem der Beigeschmack des Schreckens fehlte, wäre stark genug gewesen, der fieberhaften Erregung zu genügen, die nun in seinen Schläfen hämmerte. Er ahnte, dass Frost von dieser Erregung und auch von der entgegengesetzten Entschlossenheit wusste und fest damit rechnete, dass die Erregung im Geist seines Opfers den Sieg davontragen würde.

Ein Rütteln und Klopfen, das seit einiger Zeit undeutlich zu vernehmen gewesen war, wurde so laut, dass Frost sich zur Tür umwandte. »Scheren Sie sich fort«, sagte er mit erhobener Stimme. »Was hat diese Unverschämtheit zu bedeuten?« Auf der anderen Seite der Tür hörte man eine Stimme irgendetwas rufen, und das Klopfen dauerte an. Frosts Lächeln wurde breiter, während er zur Tür ging und sie öffnete. Sofort wurde ihm ein Stück Papier zugesteckt. Als er es überflog, fuhr er heftig zusammen. Ohne Mark eines weiteren Blicks zu würdigen, verließ er die Zelle. Mark hörte, wie die Tür wieder abgeschlossen wurde.

## 5

»Was für gute Freunde!«, sagte Ivy Maggs. Sie meinte Pinch, die Katze, und Mr. Bultitude, den Bären. Letzterer saß aufrecht, den Rücken gegen die Wand gelehnt, beim Küchenherd. Seine Wangen waren so fett und seine Augen so klein, dass es aussah, als lächle er. Die Katze war eine Weile mit aufgestelltem Schwanz auf und ab stolziert, hatte sich an seinem Bauch gerieben und sich schließlich zwischen seinen Tatzen zum Schlafen zusammengerollt. Die zahme Dohle, noch immer auf des Meisters Schulter, hatte längst den Kopf unter den Flügel gesteckt.

Mrs. Dimble, die weiter hinten in der Küche saß, stopfte, als gelte es ihr Leben, und schürzte ein wenig die Lippen, als Ivy Maggs sprach. Sie konnte nicht zu Bett gehen. Sie wünschte, alle wären still. Ihre Besorgnis hatte jenen Punkt erreicht, an dem jedes noch so unbedeutende Ereignis einen reizt. Aber wer sie beobachtet hätte, dem wäre nicht entgangen, dass die kleine Grimasse rasch wieder verschwand. Ihre Selbstbeherrschung hatte viele Jahre Praxis hinter sich.

»Ich denke«, bemerkte MacPhee, »es ist bloß eine sentimentale Vermenschlichung, wenn wir in Bezug auf diese beiden Tiere das Wort Freunde gebrauchen. Es ist zwar schwierig, sich nicht der Illusion hinzugeben, sie hätten im menschlichen Sinne eine Persönlichkeit. Aber es gibt keine Beweise dafür.«

»Und warum macht sie sich dann so an ihn heran?«, fragte Ivy Maggs.

»Nun«, sagte MacPhee, »vielleicht spielt der Wunsch nach Wärme eine Rolle – dort ist sie vor Zugluft geschützt. Und die Nähe von etwas Vertrautem verschafft ihr ein Gefühl von Sicherheit. Und wahrscheinlich irgendwelche fehlgeleiteten sexuellen Triebe.«

»Wirklich, Mr. MacPhee!«, sagte Ivy entrüstet. »Sie sollten sich schämen, so etwas über zwei unschuldige Geschöpfe zu sagen. Ich habe nie gesehen, dass Pinch oder Mr. Bultitude, der arme Kerl ...«

»Ich sagte fehlgeleitet«, unterbrach MacPhee sie trocken. »Außerdem reiben sie ihre Felle gern aneinander, um den von Parasiten erzeugten Juckreiz zu lindern. Sie werden zum Beispiel beobachten ...«

»Wenn Sie damit sagen wollen, die Tiere hätten Flöhe«, erwiderte Ivy, »dann wissen Sie besser als jeder andere, dass das nicht sein kann.« Sie hatte wahrscheinlich Recht, denn MacPhee selbst zog jeden Monat einmal einen Overall an und seifte Mr. Bultitude im Waschhaus gründlich von oben bis unten ein, übergoss ihn eimerweise mit lauwarmem Wasser und trocknete ihn schließlich ab – eine Tagesarbeit, bei der er sich von niemandem helfen ließ.

»Was meinen Sie, Sir?«, fragte Ivy den Meister.

»Ich?«, fragte Ransom. »Ich meine, MacPhee macht eine Unterscheidung im Leben der Tiere, die es gar nicht gibt, und versucht dann zu bestimmen, auf welcher Seite die Gefühle von Pinch und Bultitude anzusiedeln sind. Erst der Mensch kann die leiblichen Bedürfnisse von Zuneigung unterscheiden – und erst der Geist kann die Zuneigung von Nächstenliebe unterscheiden. Was in der Katze und dem Bären vorgeht, ist weder das eine noch das andere, sondern eine einzige, undifferenzierte Gemütslage, in der sich im Keim sowohl das, was wir Freundschaft, als auch das, was wir körperliche Bedürfnisse nennen, finden. Aber auf dieser Ebene ist es weder das eine noch das andere. Es ist eine von Barfields ›alten Einheiten‹.«

»Ich habe nie geleugnet, dass sie gern beisammen sind«, sagte MacPhee.

»Nun, genau das habe ich doch gesagt!«, rief Mrs. Maggs.

»Es lohnt sich, die Frage hier aufzuwerfen«, sagte MacPhee, »denn ich behaupte, sie weist auf einen grundlegenden Fehler im ganzen Gefüge dieses Ortes hin.«

Grace Ironwood, die mit halb geschlossenen Augen dagesessen hatte, sperrte die Augen plötzlich weit auf und sah MacPhee durchdringend an; Mrs. Dimble beugte sich zu Camilla und flüsterte: »Ich wünschte, Mr. MacPhee ließe sich überreden, zu Bett zu gehen. Das ist in einer solchen Situation einfach nicht zu ertragen.«

»In welchem Sinne, MacPhee?«, fragte Ransom.

»Ich meine, dass hier ein halbherziger Versuch unternommen wird, eine Haltung gegenüber irrationalen Geschöpfen einzunehmen, die auf die Dauer unhaltbar ist. Gerechterweise muss ich sagen, dass Sie davon ausgenommen sind. Der Bär wird im Haus gehalten und bekommt Äpfel und Sirup, bis er platzt ...«

»Also, das gefällt mir!« sagte Mrs. Maggs. »Wer gibt ihm denn immer Äpfel? Das möchte ich gern wissen.«

»Wie gesagt: Der Bär wird im Haus gehalten und verhätschelt«, sagte MacPhee. »Die Schweine werden im Stall gehalten und zur Gewinnung von Speck getötet. Es würde mich interessieren, auf Grund welcher philosophischen Ratio eine solche Unterscheidung getroffen wird.«

Ivy Maggs blickte verwirrt vom lächelnden Gesicht des Meisters zum ernsten Gesicht MacPhees und wieder zurück.

»Ich finde das einfach albern«, sagte sie. »Wer hat jemals davon gehört, dass man aus einem Bären Speck macht?«

MacPhee machte eine ungeduldige Geste und sagte etwas. Doch das ging unter in Ransoms Gelächter und im Heulen einer Windbö, die am Fenster rüttelte, als wolle sie es eindrücken.

»Was für eine schreckliche Nacht für die drei!«, sagte Mrs. Dimble.

»Mir würde es gefallen«, sagte Camilla. »Ich bin gern im Sturm draußen. Am liebsten auf einem hohen Hügel. Ach, ich wünschte, Sie hätten mich mit ihnen gehen lassen!«

»Das gefällt Ihnen?«, meinte Ivy. »Also mir nicht! Hören Sie nur, wie der Wind um die Ecken pfeift. Wenn ich allein wäre, hätte ich eine Heidenangst. Oder wenn Sie jetzt oben wären, Sir. Ich stelle mir immer vor, dass sie – Sie wissen schon – in solchen Nächten zu Ihnen kommen.«

»Sie kümmern sich nicht darum, was für ein Wetter ist, Ivy«, sagte Ransom.

»Wissen Sie, das ist etwas, das ich nicht verstehe«, sagte Ivy mit gedämpfter Stimme. »Sie sind so unheimlich, die, die Sie besuchen kommen, dass ich nicht in den Teil des Hauses gehen würde, wenn ich dächte, sie seien gerade da, nicht für hundert Pfund. Aber bei Gott habe ich dieses Gefühl nicht. Dabei müsste es bei Ihm doch noch schlimmer sein, wenn Sie verstehen, was ich meine.«

»Früher war es auch so«, sagte der Meister. »Sie haben ganz Recht, was diese Mächte betrifft. Engel sind im Allgemeinen keine gute Gesellschaft für Menschen, selbst wenn es gute Engel und gute Menschen sind. Das kann man bei Paulus nachlesen. Aber was Maleldil selbst angeht, so hat sich das alles geändert: durch das, was in Bethlehem geschehen ist.«

»Bald ist Weihnachten«, sagte Ivy in die Runde.

»Bis dahin wird Mr. Maggs auch bei uns sein«, sagte Ransom.

»In einem oder zwei Tagen, Sir«, sagte Ivy.

»War das nur der Wind?«, fragte Grace Ironwood.

»Ich fand, es hörte sich an wie das Schnauben eines Pferdes«, sagte Mrs. Dimble.

MacPhee sprang auf. »Los, aus dem Weg, Mr. Bultitude, dass ich meine Gummistiefel da rausholen kann. Das werden wieder Broads Gäule sein, die meine Selleriebeete zertrampeln. Hätten Sie mich nur beim ersten Mal zur Polizei gehen lassen! Dass der Mann es nicht fertig bringt, das Gatter seiner Pferdekoppel zu schließen ...« Während er sprach, zog er seinen Regenmantel über, und der Rest seiner Worte war nicht mehr zu hören.

»Bitte meine Krücke, Camilla«, sagte Ransom. »Warten Sie,

MacPhee. Wir gehen zusammen zur Tür, Sie und ich. Meine Damen, Sie bleiben, wo Sie sind.«

Auf seinem Gesicht lag ein Ausdruck, den die Anwesenden noch nie gesehen hatten. Die vier Frauen saßen wie versteinert da und blickten sich mit großen, weiten Augen an. Ransom und MacPhee gingen in die Spülküche. Der Wind rüttelte so heftig an der Hintertür, dass sie nicht wussten, ob jemand daran klopfte oder nicht.

»Machen Sie auf«, sagte Ransom. »Und bleiben Sie selbst hinter der Tür.«

MacPhee machte sich an den Riegeln zu schaffen. Ob er die Anweisung befolgen wollte oder nicht (ein durchaus zweifelhafter Punkt), der Sturm warf die Tür gegen die Wand, und er wurde dahinter eingezwängt. Ransom stand vornübergebeugt, bewegungslos auf seine Krücke gestützt da und sah im Lichtschein, der aus der Spülküche in die Nacht fiel, ein riesiges Pferd, schäumend und schweißbedeckt, die gelben Zähne entblößt, die Nüstern rot und gebläht, mit angelegten Ohren und glühenden Augen. Es war so nahe an die Tür geritten worden, dass es mit den Vorderhufen auf der Türschwelle stand. Es hatte weder Sattel noch Zaumzeug. Dann sprang ein Mann von seinem Rücken. Er schien sehr groß und sehr dick, beinahe ein Riese. Sein rötlich graues Haar und der Bart wurden ihm so ins Gesicht geblasen, dass es kaum zu sehen war; und erst nachdem der Hüne einen Schritt vorwärts getan hatte, sah Ransom seine Kleider – den zerschlissenen, schlecht sitzenden Kakimantel, die ausgebeulte Hose und die Stiefel, denen die Kappen fehlten.

**6** _____ In einem großen Zimmer des Instituts, in dem ein Kaminfeuer prasselte und Kristall und Silber auf der Anrichte funkelten, stand der stellvertretende Direktor neben einem großen Bett und sah schweigend zu, wie vier junge Männer mit ehrfürchtiger oder ärztlicher Behutsamkeit etwas auf einer Bahre hereintrugen. Als sie die Decken zurückschlugen und die Gestalt von der Bahre ins Bett legten, öffnete sich Withers Mund ein wenig. Sein Interesse wurde so lebhaft, dass das Chaos in seinen Zügen momentan geordnet schien und er wie ein gewöhnlicher Mann aussah. Auf dem Bett lag ein nackter menschlicher Körper, lebendig, aber anscheinend bewusstlos. Wither befahl den Bediensteten, Wärmflaschen an die Füße zu legen und Kissen unter den Kopf zu schieben. Als sie es getan und sich zurückgezogen hatten, setzte er sich am Fußende des Bettes auf einen Stuhl und betrachtete das Gesicht des Schläfers. Der Kopf war sehr groß und wirkte durch den wirren grauen Bart und das lange und verfilzte graue Haar vielleicht noch größer, als er war. Das Gesicht war vom Wetter gegerbt, und der Hals war da, wo man ihn sehen konnte, bereits dürr und faltig vom Alter. Die Augen waren geschlossen, und auf den Lippen lag ein leichtes Lächeln. Der Gesamteindruck war zwiespältig. Wither beobachtete das Gesicht lange Zeit, und zuweilen bewegte er den Kopf, um zu sehen, wie es sich aus einem anderen Blickwinkel ausnahm – als suche er nach irgendeinem Zug, den er nicht finden konnte, und sei enttäuscht. So saß er fast eine Viertelstunde; dann wurde die Tür geöffnet, und Professor Frost kam leise in den Raum. Er ging zum Bett, beugte sich darüber und blickte aufmerksam in das Gesicht des Fremden. Dann ging er um das Bett auf die andere Seite und betrachtete den Schläfer von dort.

»Schläft er?«, flüsterte Wither.

»Ich glaube nicht. Es ist eher eine Art Trancezustand. Was für einer, kann ich nicht sagen.«

»Sie haben keine Zweifel, hoffe ich?«

»Wo hat man ihn gefunden?«

»In einem waldigen kleinen Tal, ungefähr eine viertel Meile vom Stolleneingang entfernt. Sie konnten fast die ganze Zeit der Spur seiner nackten Füße folgen.«

»Und die Gruft selbst war leer?«

»Ja. Kurz nachdem Sie gegangen waren, bekam ich eine Meldung von Stone.«

»Sie werden wegen Stone Vorkehrungen treffen?«

»Ja. Aber was meinen Sie?« Er wies mit den Augen zum Bett.

»Ich denke, er ist es«, sagte Frost. »Der Ort ist richtig, und die Nacktheit wäre anders schwierig zu erklären. Der Schädel sieht so aus, wie ich erwartet habe.«

»Aber das Gesicht?«

»Nun ja. Gewisse Züge sind in der Tat etwas beunruhigend.«

»Ich hätte schwören mögen«, sagte Wither, »dass ich einen Herrenmenschen erkenne, wenn ich ihn sehe – selbst wenn er erst zu einem Herrenmenschen gemacht werden muss. Sie verstehen, was ich meine ... Man sieht sofort, dass Straik oder Studdock geeignet wären – anders als Miss Hardcastle, trotz ihrer außerordentlichen Fähigkeiten.«

»Ja. Vielleicht müssen wir uns auf viel Ungehobeltes bei ... bei ihm gefasst machen. Wer weiß, wie die Technik des Atlantischen Kreises in Wirklichkeit aussah?«

»Wir dürfen sicher nicht ... eh ... engstirnig sein. Wir dürfen annehmen, dass die Herren jenes Zeitalters sich nicht so deutlich vom gewöhnlichen Volk unterschieden wie wir. Vielleicht wurden im Atlantischen Kreis alle möglichen emotionalen und sogar instinktiven Elemente toleriert, die wir ablegen mussten.«

»Wir dürfen es nicht nur annehmen, wir müssen es. Wir sollten nicht vergessen, dass der ganze Plan darauf hinausläuft, die verschiedenen Ausprägungen dieser Kunst wieder zu vereinen.«

»Genau. Durch unsere Verbindung mit den Mächten –

ihrer anderen Zeitrechnung und alledem – neigen wir vielleicht dazu, aus den Augen zu verlieren, wie ungeheuer groß der Zeitabstand ist, gemessen an unseren menschlichen Maßstäben.«

»Was wir hier haben«, sagte Frost und zeigte auf den Schläfer, »ist nicht etwas aus dem fünften Jahrhundert, wissen Sie. Er ist der letzte Nachfahre von etwas viel Älterem, von dem im fünften Jahrhundert nur noch Spuren existierten. Etwas aus einer Zeit noch vor der Großen Katastrophe, sogar noch vor dem primitiven Druidentum; von etwas, das uns bis zu Numinor, bis in die präglaziale Epoche zurückführt.«

»Möglicherweise ist das ganze Experiment gewagter, als wir dachten.«

»Ich hatte schon früher Veranlassung«, sagte Frost, »den Wunsch zu äußern, Sie möchten nicht länger diese emotionalen Pseudofeststellungen in unsere wissenschaftlichen Gespräche einführen.«

»Mein lieber Freund«, sagte Wither, ohne ihn anzusehen, »ich bin mir völlig bewusst, dass das erwähnte Thema zwischen Ihnen und den Mächten selbst besprochen worden ist. Völlig bewusst. Und ich zweifle nicht daran, dass Sie sich ebenso klar gewisser Gespräche bewusst sind, die sie mit mir über Aspekte Ihrer eigenen Methoden geführt haben, Aspekte, die Anlass zu Kritik geben. Nichts wäre vergeblicher – ich möchte sogar sagen, gefährlicher – als irgendein Versuch, zwischen uns beiden jene Formen verdeckter Disziplinierung einzuführen, die wir unseren Untergebenen gegenüber anwenden. Es liegt in Ihrem eigenen Interesse, dass ich mir erlaube, diesen Punkt zu erwähnen.«

Statt zu antworten, gab Frost seinem Gefährten ein Zeichen. Beide schwiegen und richteten ihren Blick auf das Bett, denn der Schläfer hatte die Augen geöffnet.

Die offenen Augen verliehen dem Gesicht einen Ausdruck, doch war es ein Ausdruck, den sie nicht deuten konnten. Der Schläfer schien sie anzusehen, aber sie waren nicht ganz sicher, ob er sie überhaupt wahrnahm. Sekunden verstrichen, und Wither hatte vor allem den Eindruck, in dem Gesicht läge eine gewisse Vorsicht. Aber es war eine Vorsicht, die nichts Angespanntes oder Unruhiges hatte. Es war vielmehr eine gewohnheitsmäßige Abwehrhaltung, die auf Jahre harter und geduldig – vielleicht sogar humorvoll – ertragener Erfahrung zurückzugehen schien.

Wither stand auf und räusperte sich.

»Magister Merline«, sagte er, »Sapientissime Britonum, secreti secretorum possessor, incredibili quodam gaudio afficimur quod te in domum nostram accipere nobis ... eh ... contingit. Scito nos etiam haud imperitos esse magnae artis – et – ut ita dicam ...«[1]

Aber seine Stimme erstarb. Es war allzu offensichtlich, dass der Schläfer von dem, was er sagte, keinerlei Notiz nahm. Es war unmöglich, dass ein gelehrter Mann des fünften Jahrhunderts kein Latein konnte. War seine eigene Aussprache vielleicht fehlerhaft? Aber Wither war keineswegs sicher, dass dieser Mann ihn nicht verstand. Der völlige Mangel an Neugier oder auch nur Interesse in seinem Gesicht deutete eher darauf hin, dass er nicht zuhörte.

Frost nahm eine Karaffe vom Tisch und füllte ein Glas mit Rotwein. Dann kehrte er zum Bett zurück, verbeugte sich tief und reichte es dem Fremden. Dieser betrachtete es mit einem Ausdruck, den man vielleicht (vielleicht aber auch nicht) als listig bezeichnen konnte; dann setzte er sich plötzlich auf, wobei er eine breite behaarte Brust und kräftige, sehnige Arme enthüllte. Seine Augen wanderten zum Tisch, und er deutete

---

[1] Meister Merlin, weisester der Briten, Besitzer der geheimsten Geheimnisse, mit unaussprechlicher Freude ergreifen wir die Gelegenheit, ... eh ... dich in unserem Haus willkommen zu heißen. Du wirst bemerken, dass auch wir in der großen Kunst nicht ungeübt sind – und – wenn ich so sagen darf ...

auf ihn. Frost kehrte an den Tisch zurück und berührte eine andere Karaffe. Der Fremde schüttelte den Kopf und deutete wieder.

»Ich denke«, sagte Wither, »dass unser vornehmer Gast versucht, auf den Krug zu deuten. Ich weiß nicht genau, was bereitgestellt worden ist. Vielleicht ...«

»Er enthält Bier«, sagte Frost.

»Nun, das ist kaum angemessen – doch vielleicht – wir wissen ja so wenig von den Bräuchen jener Zeit ...«

Noch während Wither sprach, hatte Frost einen Zinnkrug mit Bier gefüllt und bot ihn dem Gast an. Zum ersten Mal schien ein gewisses Interesse in dem rätselhaften Gesicht auf. Der Mann griff gierig nach dem Krug, strich sich den wirren Bart von den Lippen und begann zu trinken. Immer weiter legte sich der graue Kopf zurück in den Nacken; immer höher hob sich der Boden des Bierhumpens; auf und nieder hüpfte der Adamsapfel in der mageren Kehle. Nachdem der Mann den Krug bis auf den letzten Tropfen geleert hatte, setzte er ihn ab, wischte sich den Mund mit dem Handrücken und ließ einen tiefen Seufzer hören – das erste Geräusch, das er seit seiner Ankunft von sich gegeben hatte. Dann richtete er seine Aufmerksamkeit wieder auf den Tisch.

Etwa zwanzig Minuten lang fütterten die beiden alten Männer ihn – Wither mit bebender und beflissener Ehrerbietung, Frost mit den sicheren, dezenten Bewegungen eines ausgebildeten Dieners. Alle Arten von Delikatessen standen bereit, doch der Fremde tat sich ausschließlich an kaltem Rumpsteak, Hühnchen, eingelegten Gurken, Brot, Käse und Butter gütlich. Die Butter aß er pur von der Messerspitze. Mit Gabeln war er anscheinend nicht vertraut, denn er nahm die Hühnerknochen in beide Hände, nagte sie ab und steckte sie anschließend unter das Kopfkissen. Er aß geräuschvoll und tierisch. Als er fertig war, deutete er auf einen weiteren Bierkrug, trank ihn in zwei langen Zügen leer, wischte sich den

Mund am Bettlaken und seine Nase an der Hand ab und schickte sich an weiterzuschlafen.

»Ah ... eh ... domine«, sagte Wither mit tadelnder Dringlichkeit, »nihil magis mihi displiceret quam ut tibi ullo modo ... eh ... molestior essem. Attamen, venia tua ...«[2]

Aber der Mann nahm keine Notiz von ihm. Wither und Frost konnten nicht sagen, ob seine Augen geschlossen waren oder ob er sie durch halb geschlossene Lider hindurch beobachtete; aber es war völlig klar, dass er nicht gewillt war zu sprechen. Frost und Wither tauschten fragende Blicke aus.

»Dieses Zimmer ist nur durch den Nebenraum zu erreichen, nicht wahr?«, sagte Frost.

Wither bejahte.

»Dann lassen Sie uns nach nebenan gehen und die Situation erörtern. Wir können die Tür angelehnt lassen; so werden wir ihn hören, wenn er sich bewegt.«

# 7

Als Mark sich plötzlich allein gelassen sah, empfand er zunächst eine unerwartete Erleichterung. Sie erlöste ihn nicht von seinen Zukunftsängsten, aber inmitten dieser Ängste war ein seltsames Gefühl von Befreiung aufgekommen. Das Gefühl, nicht länger um das Vertrauen dieser Männer buhlen zu müssen und all diese armseligen Hoffnungen abgeschüttelt zu haben, war beinahe beglückend. Nach der langen Reihe diplomatischer Fehlschläge empfand er den offenen Kampf als belebend. Er mochte diesen offenen Kampf verlieren, aber wenigstens stand jetzt seine Seite gegen die ihre. Und er konnte jetzt von ›seiner Seite‹ sprechen, denn schon fühlte er sich eins mit Jane und allem, was sie verkör-

---

[2] Ah ... eh ... Herr – nichts würde mir ferner liegen, als Ihnen ... eh ... in irgendeiner Weise lästig sein zu wollen. Dennoch, mit Ihrer Erlaubnis ...

perte. Ja, er war es, der an vorderster Front kämpfte; Jane war am Kampf kaum beteiligt ...

Der Beifall des eigenen Gewissens steigt einem schnell zu Kopf, besonders denjenigen, die nicht daran gewöhnt sind. Innerhalb von zwei Minuten war Mark von jenem ersten unwillkürlichen Gefühl der Befreiung zu einer Haltung bewusster Tapferkeit gelangt, und von dort war der Weg zu grenzenlosem Heldentum nicht mehr weit. Er sah sich selbst als Held und Märtyrer, als Daniel in der Löwengrube, der noch in der Löwengrube selbst mit kühlem Kopf seine Karten ausspielte, und diese Vorstellung versprach für immer jene anderen und unerträglichen Bilder von ihm auszulöschen, die ihn während der letzten Stunden verfolgt hatten. Schließlich hätte nicht jeder einem Angebot wie dem widerstehen können, das Frost ihm gemacht hatte. Ein Angebot, das einen über die Grenzen des menschlichen Lebens hinausführte ... zu etwas, das zu entdecken die Menschen seit Anbeginn der Welt versucht hatten ... an jene geheimsten Schicksalsfäden zu rühren, die der wahre Lebensnerv der ganzen Geschichte waren. Wie hätte ihn das noch vor kurzem gereizt!

Hätte ihn noch vor kurzem gereizt ... Plötzlich, wie eine Bestie, die ihn mit Lichtgeschwindigkeit über unendliche Entfernungen hinweg ansprang, fuhr ihm ein – salziges, schwarzes, heißhungriges, unwiderstehliches – Verlangen an die Kehle. Schon die bloße Erwähnung wird denjenigen, die selbst einmal etwas Derartiges erlebt haben, die Art des Gefühls klarmachen, das ihn jetzt schüttelte wie ein Hund eine Ratte; anderen wird vielleicht keine noch so ausführliche Beschreibung nützen. Viele bezeichnen es als Lust, eine Beschreibung, die dies von innen heraus betrachtet wunderbar verdeutlicht, von außen betrachtet aber völlig in die Irre führt. Es hat nichts mit dem Körper zu tun, wenn es auch in zweierlei Hinsicht der Lust ähnelt, wie sie sich in den tiefsten und dunkelsten Verliesen ihres labyrinthischen Hauses zeigt. Denn wie die Lust entzaubert es das gesamte Universum. Alles andere, was Mark je empfunden hatte – Liebe, Ehrgeiz, Hunger, ja die Lust selbst –, kam ihm wie Milch und Wasser vor, wie Kinderspielzeug, mit dem sich zu beschäftigen nicht der Mühe wert ist. Die unendliche Anziehungskraft dieses dunklen Etwas sog alle anderen Leidenschaften auf, und was übrig blieb, schien bleich, leer, fade, eine Welt farbloser Ehen und farbloser Massen, ungewürzter Gerichte und wertlosen Trödels. Er konnte jetzt an Jane nur in Begriffen von Begehren denken, doch fehlte dem Begehren hier der Reiz. Die Schlange wurde angesichts des wahren Drachen zum zahnlosen Wurm. Aber auch in einer anderen Hinsicht war es wie Lust. Es ist müßig, dem Perversen die Scheußlichkeit seiner Perversion klarzumachen; solange die Leidenschaft ihn übermannt, ist eben diese Abscheulichkeit die Würze seines Verlangens. Schließlich wird die Hässlichkeit selbst zum Ziel seiner Gier; Schönheit ist längst ein zu schwacher Anreiz geworden. Und so war es hier. Diese Geschöpfe, von denen Frost gesprochen hatte – und er zweifelte jetzt nicht daran, dass sie hier bei ihm in seiner Zelle waren –, atmeten Tod auf das Menschengeschlecht und auf alle Freude. Nicht obwohl, sondern weil das so war, fühlte Mark sich übermächtig zu ihnen hingezogen, von ihnen fasziniert. Niemals zuvor hatte er die furchtbare Kraft der widernatürlichen Bewegung erfahren, die ihn jetzt im Griff hatte; den Impuls, allen natürlichen Widerwillen umzukehren und jeden Kreis entgegen dem Uhrzeigersinn zu ziehen. Die Bedeutung gewisser Bilder, von Frosts Reden über ›Objektivität‹ und von Hexenritualen alter Zeiten wurde ihm klar. Aus seinem Gedächtnis erhob sich das Vorstellungsbild von Withers Gesicht, und diesmal verabscheute er es nicht nur: mit schaudernder Befriedigung erkannte er darin die Zeichen einer gemeinsamen Erfahrung. Wither wusste auch. Wither verstand ...

Im gleichen Augenblick fiel ihm wieder ein, dass sie ihn wahrscheinlich töten würden. Mit dem Gedanken wurde er sich erneut der Zelle bewusst, des kleinen, harten, leeren Raums mit der grellen Lampe, in dem er auf dem nackten Boden saß. Er zwinkerte. Er konnte sich nicht erinnern, diese Umgebung in den letzten Minuten gesehen zu haben. Wo war er gewesen? Jedenfalls war sein Verstand jetzt klar. Diese Vorstellung einer Gemeinsamkeit zwischen ihm und Wither war blanker Unsinn. Natürlich hatten sie vor, ihn früher oder später zu töten, es sei denn, er könnte sich aus eigener Kraft retten. Was hatte er gedacht und gefühlt, dass er es vergessen konnte?

Nach und nach wurde ihm klar, dass er einer Art Angriff ausgesetzt gewesen war und überhaupt keinen Widerstand geleistet hatte; und mit dieser Erkenntnis drang eine ganz neue Angst in sein Denken ein. Obwohl er theoretisch Materialist war, hatte er sein Leben lang widersprüchlicherweise an die Freiheit seines eigenen Willens geglaubt. Er hatte selten moralische Vorsätze gefasst; und als er einige Stunden zuvor beschlossen hatte, den Belbury-Leuten nicht länger zu trauen, hatte er es für selbstverständlich gehalten, dass er im Stande sein würde, dem Beschluss treu zu bleiben. Er wusste zwar, dass er ›seine Meinung ändern‹ könnte, doch solange dies nicht eintrat, würde er natürlich an seiner Entscheidung festhalten. Nie war ihm in den Sinn gekommen, dass sein Geist von irgendeiner Kraft derart verändert werden könnte, dass er ihn von einem Augenblick zum anderen selbst nicht wieder erkannte. Wenn so etwas geschehen konnte … Es war ungerecht. Hier war ein Mann, der (zum ersten Mal in seinem Leben) versuchte, das Richtige zu tun – nämlich das, was Jane und die Dimbles und Tante Gilly billigen würden. Wenn ein Mann so handelte, sollte man doch erwarten dürfen, dass das Universum ihn unterstützte. Denn die Relikte halbwilder Theismus-Versionen, die Mark im Laufe seines Leben aufgeschnappt hatte, waren stärker, als er wusste, und auch wenn er es nicht in Worte fasste, so hatte er doch das Gefühl, das Universum müsse seine guten Entscheidungen belohnen. Doch kaum versuchte man, gut zu sein, ließ das Universum einen im Stich. Abgründe taten sich auf, die man sich nie auch nur hätte träumen lassen. Es erfand neue Gesetze, nur zu dem Zweck, einen im Stich lassen zu können. Das war der Lohn für die Mühe.

Die Zyniker hatten also Recht. Aber bei diesem Gedanken hielt er plötzlich inne. Da war ein Beigeschmack, der ihm zu denken gab. Fing jetzt diese andere Stimmung wieder an? Nein, nur das nicht, um keinen Preis! Er ballte die Fäuste. Nein, nein, nein. Lange konnte er dies nicht mehr aushalten. Er brauchte Jane, er brauchte Mrs. Dimble, er brauchte Denniston, er brauchte irgendjemanden, irgendetwas ... »O nein, lass mich nicht wieder da hineingeraten!« sagte er und dann lauter: »Nein, nein!« Alles das, was in irgendeinem Sinne er selbst war, war ein einziger Aufschrei; und das schreckliche Bewusstsein, die letzte Karte ausgespielt zu haben, verwandelte sich ganz allmählich in eine Art von Frieden. Mehr war nicht zu tun. Unbewusst entspannten sich seine Muskeln. Sein junger Körper war inzwischen völlig erschöpft und nahm sogar den harten Boden dankbar als Lager an. Die Zelle selbst schien irgendwie leer und gereinigt, als wäre auch sie nach den Konflikten, die sie gesehen hatte, erschöpft – blank wie der Himmel nach einem Regen, müde wie ein Kind nach dem Weinen. Mit dem undeutlichen Gefühl, dass die Nacht bald zu Ende sein müsse, schlief Mark ein.

## 13 Sie haben den Zorn der Himmelstiefen auf sich herabgezogen

»Halt! Bleiben Sie stehen. Wer sind Sie, und was wollen Sie?«, fragte Ransom.

Die zerlumpte Gestalt auf der Schwelle legte den Kopf ein wenig zur Seite, wie jemand, der nicht gut hört. Im selben Augenblick fegte der Wind durch die offene Tür ins Haus. Die innere Tür zwischen Küche und Spülküche schlug mit einem lauten Knall zu, sodass die drei Männer von den Frauen getrennt waren. Eine große Blechschüssel fiel mit Getöse ins Spülbecken. Der Fremde trat über die Schwelle.

»Sta!«, sagte Ransom mit lauter Stimme. »In nomine Patris et Filii et Spiritus Sancti, die mihi qui sis et quam ob causam veneris.«[3]

Der Fremde hob die Hand und wischte sich das tropfnasse Haar aus der Stirn. Das Licht fiel auf sein Gesicht, von dem eine ungeheure Ruhe ausging. Ransom hatte den Eindruck, als ob alle Muskeln im Körper dieses Mannes völlig entspannt seien, beinahe als ob er schliefe; er stand völlig still. Jeder Regentropfen von dem Kakimantel traf genau da auf den Fliesenboden, wo schon der letzte Tropfen hingefallen war.

Sein Blick ruhte ohne sonderliches Interesse auf Ransom, dann wandte er den Kopf zur anderen Seite, wo MacPhee hinter der Tür an der Wand stand.

»Komm heraus«, sagte der Fremde auf lateinisch. Er sprach sehr leise, aber seine Stimme war so tief, dass ihr Klang selbst in diesem vom Wind durchtosten Raum eine Art von Vibration erzeugte. Was Ransom aber noch mehr überraschte, war die Tatsache, dass MacPhee sofort gehorchte. Er sah nicht Ransom an, sondern den Fremden. Dann gähnte er unerwartet. Der Fremde sah ihn einmal von Kopf bis Fuß an und wandte sich an den Meister.

»Bursche«, sagte er auf lateinisch, »sag dem Herrn dieses Hauses, dass ich gekommen bin.« Während er sprach, schlug der Wind ihm den Mantel um die Beine und blies ihm das Haar in die Stirn; aber sein mächtiger Körper stand wie ein Baum, und er schien keine Eile zu haben. Auch seine Stim-

---

3 Bleib stehn! Im Namen des Vaters und des Sohnes und des Heiligen Geistes, sag mir, wer du bist und warum du kommst.

me klang so, wie man sich die Stimme eines Baumes vorstellen würde, tief und gemächlich und geduldig, als käme sie durch Wurzeln und Lehm und Kies aus den Tiefen der Erde herauf.

»Ich bin hier der Herr«, antwortete Ransom in derselben Sprache.

»Natürlich!«, erwiderte der Fremde. »Und dieser Schlingel da ist wohl dein Bischof.« Er lächelte nicht eigentlich, aber ein beunruhigend ironischer Ausdruck trat in seine scharfen Augen. Plötzlich stieß er mit dem Kopf ruckartig vor, sodass sein Gesicht das des Meisters beinahe berührte.

»Sag deinem Herrn, dass ich gekommen bin«, wiederholte er in unverändertem Tonfall.

Ransom blickte zu ihm auf, ohne mit der Wimper zu zucken.

»Wünscht Ihr wirklich«, sagte er endlich, »dass ich meine Gebieter herbeirufe?«

»Schon früher haben die Dohlen in den Eremitenklausen gelernt, Bücherlatein daherzuschwatzen«, sagte der andere. »Lasst hören, wer euch berufen hat, Menschlein.«

»Dafür muss ich eine andere Sprache gebrauchen«, sagte Ransom.

»Eine Dohle mag auch Griechisch im Schnabel führen.«
»Es ist nicht Griechisch.«
»Dann lasst uns Euer Hebräisch hören.«
»Es ist nicht Hebräisch.«

»Nun«, antwortete der andere mit einer Art Glucksen, einem Glucksen, das sich tief in seinem ungeheuren Brustkasten verbarg und nur durch eine leichte Bewegung der Schultern verriet, »wenn Ihr das Geschnatter der Barbaren meint, so wird es schwer, aber ich will Euch dennoch überschnattern. Ein prächtiger Scherz.«

»Es mag Euch wie die Sprache von Barbaren erscheinen«, sagte Ransom, »denn viel Zeit ist vergangen, seit sie gehört wurde. Nicht einmal zur Zeit Numinor hörte man sie in den Straßen.«

Der Fremde zeigte keinerlei Überraschung, und sein Gesicht blieb ruhig wie zuvor, eher noch ruhiger, aber in seiner Stimme lag ein neues Interesse.

»Eure Gebieter lassen Euch mit gefährlichem Spielzeug spielen«, sagte er. »Sag mir, Sklave, was ist Numinor?«

»Der Wahre Westen«, sagte Ransom.

»Nun«, sagte der andere, und nach einer Pause fügte er hinzu: »Ich kann die Gastfreundschaft in Eurem Hause wahrhaftig nicht loben. Ein kalter Wind bläst mir in den Rücken, und ich war lange im Bett. Ihr seht, ich bin bereits über die Schwelle getreten.«

»Wenn es weiter nichts ist«, erwiderte Ransom. »Schließen Sie die Tür, MacPhee«, fügte er auf Englisch hinzu. Aber es erfolgte keine Reaktion, und als er sich umblickte, sah er, dass MacPhee sich auf den einzigen Stuhl in der Spülküche gesetzt hatte und fest schlief.

»Was soll dieser Unsinn?«, fragte Ransom und sah den Fremden scharf an.

»Wenn Ihr wirklich der Herr dieses Hauses seid, so brauche ich es Euch nicht zu sagen. Wenn nicht, warum sollte ich einem wie Euch Rechenschaft ablegen? Aber fürchtet nichts; Eurem Pferdeknecht geschieht nichts zu Leide.«

»Das werden wir bald sehen«, sagte Ransom. »Einstweilen sollt Ihr wissen, dass ich Euch nicht fürchte. Vielmehr habe ich Grund, Eure Flucht zu fürchten. Schließt die Tür, wenn Ihr wollt, denn Ihr seht, mein Fuß ist verletzt.«

Der Fremde griff mit der Linken hinter sich, ohne seinen Blick von Ransom abzuwenden, fand die Türklinke und schlug die Tür zu. MacPhee rührte sich nicht. »Nun«, sagte er, »wie steht es mit diesen Euren Herren?«

»Meine Herren sind die Oyeresu.«

»Wo habt Ihr diesen Namen gehört?« fragte der Fremde.

»Und wenn Ihr wirklich zu den Weisen gehört, warum kleiden sie Euch dann wie ein Sklave?«

»Euer Gewand«, versetzte Ransom, »ist auch nicht das eines Druiden.«

»Der Streich war gut pariert«, sagte der andere. »Da Ihr so viel wisst, beantwortet mir drei Fragen, wenn Ihr es wagt.«

»Ich werde sie beantworten, wenn ich kann. Was das Wagen angeht, nun, so werden wir sehen.«

Der Fremde dachte eine Weile nach. Dann stellte er in einem singenden Tonfall, als wiederhole er einen alten Vers, in zwei lateinischen Hexametern folgende Frage: »Wer wird Sulva genannt? Welchen Weg geht sie? Warum ist der Schoß auf einer Seite unfruchtbar? Wo sind die kalten Hochzeiten?«

»Sulva wird von den Sterblichen Luna oder Mond genannt. Sie wandelt in der untersten Sphäre. Der äußere Rand der Welt, die verwüstet wurde, geht durch sie hindurch. Eine Hälfte ihrer Rundung ist uns zugekehrt und teilt unseren Fluch. Ihre andere Hälfte blickt in die Himmelstiefen hinaus. Glücklich der, welcher diese Grenze überschreiten und die fruchtbaren Gefilde auf der anderen Seite schauen kann. Auf unserer Seite ist Sulvas Schoß unfruchtbar und die Hochzeiten sind kalt; hier wohnt ein verfluchtes Volk, voller Stolz und Lust. Wenn ein junger Mann ein Mädchen zum Weibe nimmt, so teilt er nicht ihr Lager; jeder liegt einem kunstfertig gestalteten Abbild des andern bei, bewegt und erwärmt durch teuflische Künste, denn wirkliches Fleisch befriedigt sie nicht mehr, verwöhnt sind sie in ihren Träumen der Wollust. Die echten Kinder zeugen sie im Verborgenen durch schwarze Kunst.«

»Ihr habt gut geantwortet«, sagte der Fremde. »Ich dachte, es gäbe nur drei Menschen auf der Welt, die diese Antwort wissen. Aber meine zweite Frage mag schwieriger sein. Wo ist der Ring des Königs Artus? Welcher Herr hat einen solchen Schatz in seinem Haus?«

»Der Ring des Königs«, sagte Ransom, »ist an Artus' Finger, und Artus selbst sitzt im Haus der Könige im schüsselförmigen Land Abhalljin, jenseits der Meere von Lur in Perelandra. Denn Artus ist nicht gestorben; unser Herr hat ihn aufgenommen und belässt ihm seine leibliche Gestalt bis zum Ende der Zeit und Sulvas Untergang, wie er vor ihm Enoch und Elias, Moses und Melchisedek, den König, aufgenommen hat. Melchisedek ist derjenige, in dessen Halle der mit Edelsteinen besetzte Ring am Zeigefinger des Pendragon funkelt.«

»Gut geantwortet«, sagte der Fremde. »Unsere Weisen dachten, dass nur zwei Menschen auf der Welt die Antwort darauf wüssten. Doch auf meine dritte Frage wusste niemand als ich selbst die Antwort. Wer wird in der Zeit, da Saturn aus seiner Sphäre herabkommt, der Pendragon sein? In welcher Welt hat er die Kriegskunst gelernt?«

»In der Sphäre der Venus habe ich die Kriegskunst gelernt«, sagte Ransom. »In diesem Zeitalter wird Lurga herabkommen. Ich bin der Pendragon.«

Nachdem er dies gesagt hatte, trat er einen Schritt zurück, denn der große Mann hatte sich bewegt, und in seinen Augen lag ein neuer Ausdruck. Jeder, der gesehen hätte, wie sie einander so gegenüberstanden, hätte geglaubt, sie würden gleich aufeinander zustürzen und kämpfen. Aber der Fremde hatte sich nicht in feindlicher Absicht bewegt. Langsam und schwerfällig, doch nicht unbeholfen, etwa so als sänke ein Berg wie eine Welle, sank er auf ein Knie; und noch immer war sein Gesicht beinahe auf einer Ebene mit dem des Meisters.

## 2

»Dies ist eine gänzlich unerwartete Erschwernis«, bemerkte Wither zu Frost, während sie bei angelehnter Tür im Nebenzimmer saßen. »Ich muss gestehen, dass ich nicht mit ernstlichen Sprachschwierigkeiten gerechnet hatte.«

»Wir müssen sofort einen Spezialisten für keltische Sprache und Kultur herbeischaffen«, sagte Frost. »Es ist bedauerlich, dass wir auf der philologischen Seite so schwach besetzt sind. Ich kann im Moment nicht sagen, wer der beste Kenner des keltischen Britannien ist. Ransom wäre sicher der Richtige, wenn er zu haben wäre. Ich nehme an, Ihrer Abteilung ist auch nichts über ihn bekannt, oder?«

»Ich brauche wohl kaum zu betonen«, sagte Wither, »dass Dr. Ransoms philologische Kenntnisse keineswegs der einzige Grund sind, weshalb uns so daran liegt, ihn zu finden. Sie dürfen versichert sein, dass Sie längst das ... eh ... Vergnügen gehabt hätten, ihn persönlich hier zu sehen, wäre auch nur die geringste Spur von ihm entdeckt worden.«

»Natürlich. Möglicherweise befindet er sich überhaupt nicht auf der Erde.«

»Ich bin ihm einmal begegnet«, sagte Wither mit halb geschlossenen Augen. »Er war in seiner Art ein ausgezeichneter Mann. Ein Mann, dessen Einsichten und Ideen für uns von unendlichem Wert gewesen wären, hätte er sich nicht der Sache der Reaktion verschrieben. Es ist ein betrüblicher Gedanke ...«

»Aber natürlich!«, unterbrach Frost ihn. »Straik kann doch modernes Walisisch. Seine Mutter war Waliserin.«

»Es wäre zweifellos befriedigender«, sagte Wither, »wenn die ganze Angelegenheit sozusagen in der Familie bleiben könnte. Die Vorstellung, einen Experten für Keltisch von außerhalb heranziehen zu müssen, hätte etwas sehr Unangenehmes für mich – und ich bin sicher, dass Sie ebenso darüber denken.«

»Für den Experten würde natürlich Vorsorge getroffen, sobald wir auf seine Dienste verzichten können«, erwiderte Frost. »Das Ärgerliche an der Sache ist der Zeitverlust. Welche Fortschritte haben Sie mit Straik gemacht?«

»Oh, es geht wirklich ausgezeichnet«, sagte der stellvertretende Direktor. »Im Grunde bin ich beinahe ein wenig enttäuscht. Ich meine, mein Schüler macht so rasche Fortschritte, dass es notwendig werden könnte, eine Idee aufzugeben, die – wie ich gern gestehe – einen gewissen Reiz auf mich ausübt. Während Sie draußen waren, habe ich darüber nachgedacht, dass es besonders angemessen ... eh ... zweckmäßig und erfreulich wäre, wenn Ihr Schüler und der meine zusammen geweiht werden könnten. Wir hätten beide ... eh ... stolz sein können ... Wenn natürlich Straik einige Zeit vor Studdock so weit ist, würde ich mich nicht berechtigt fühlen, ihm im Wege zu stehen. Sie dürfen davon ausgehen, mein lieber Freund, dass ich nicht versuche, aus dieser Situation etwas wie einen Probefall für die Wirksamkeit unserer sehr unterschiedlichen Methoden zu machen.«

»Das wäre Ihnen auch nicht möglich«, sagte Frost, »da ich Studdock erst ein einziges Mal gesprochen habe. Dieses eine Gespräch hatte immerhin allen Erfolg, der erwartet werden konnte. Ich habe Straik nur erwähnt, um zu erfahren, ob er unserer Sache schon so weit verpflichtet ist, dass man ihn unserem Gast vorstellen könnte.«

»Nun ... eh ... was das Verpflichtetsein angeht«, sagte Wither, »so würde ich ... abgesehen einmal von bestimmten feinen Unterschieden, deren Bedeutung für das Ganze hier keineswegs verkannt werden soll ... eh ... nicht zögern zu sagen, dass ein solcher Versuch durchaus zu verantworten wäre.«

»Ich denke«, sagte Frost, »jemand sollte hier Wache halten. Er kann jeden Augenblick wach werden. Unsere Schüler – Straik und Studdock – könnten sich abwechseln. Warum sollten sie sich nicht nützlich machen, selbst vor ihrer vollen Initiation? Selbstverständlich würden sie Anweisung erhalten, uns sofort anzurufen, wenn sich etwas ereignet.«

»Sie meinen, Mr. Studdock sei schon weit genug?«

»Das spielt keine Rolle«, sagte Frost. »Was für einen Schaden kann er schon anrichten? Entkommen kann er nicht. Und wir brauchen ja nur jemanden zum Aufpassen. Es wäre ein nützlicher Versuch.«

**3** _____ MacPhee, der gerade sowohl Ransom als auch Alcasans Kopf mit einem zweischneidigen Argument widerlegt hatte, das im Traum unschlagbar schien, auf das er sich später jedoch nicht mehr besinnen konnte, fühlte sich unsanft wachgerüttelt. Er merkte, dass er fror und in seinem linken Fuß kein Gefühl hatte. Dann sah er direkt vor sich Dennistons Gesicht. Die Spülküche schien voller Leute – Denniston und Dimble und Jane. Sie sahen sehr mitgenommen aus, zerkratzt, schmutzig und nass.

»Fehlt Ihnen was?«, fragte Denniston. »Seit mehreren Minuten versuche ich, Sie zu wecken.«

»Mir – was fehlen?«, murmelte MacPhee, schluckte ein paar Mal und leckte sich über die Lippen. »Nein, mir fehlt nichts, fehlt nichts.« Dann setzte er sich auf. »Hier war ein ... ein Mann«, sagte er.

»Was für ein Mann?«, fragte Dimble.

»Nun«, sagte MacPhee, »was das angeht ... das ist nicht so leicht zu erklären ... um die Wahrheit zu sagen, ich bin eingeschlafen, während ich mit ihm sprach. Ich weiß nicht mehr, worüber wir geredet haben.«

Die anderen sahen sich erstaunt an. Obwohl MacPhee an kalten Winterabenden gern einen Grog trank, war er ein nüchterner Mann, und sie hatten ihn noch nie so erlebt. Im nächsten Augenblick sprang er auf die Füße.

»Tausend Teufel!«, rief er. »Der Meister war doch auch hier. Schnell! Wir müssen Haus und Garten durchsuchen. Möglicherweise war er ein Betrüger oder Spion. Ich weiß jetzt, was mit mir los war. Ich bin hypnotisiert worden. Und da war noch ein Pferd. Ich erinnere mich an das Pferd.«

Dieser letzte Hinweis hatte auf die anderen eine durchschlagende Wirkung. Denniston riss die Küchentür auf, und alle vier stürmten hinein. Zuerst sahen sie nur undeutliche Umrisse im schwachen, roten Licht eines Feuers, um das sich seit Stunden niemand gekümmert zu haben schien. Dann, als Denniston den Schalter fand und Licht machte, atmeten alle auf. Da saßen die vier Frauen und schliefen fest. Auch die Dohle saß auf der Lehne eines leeren Stuhls und schlief. Mr. Bultitude lag ausgestreckt vor dem Herd und schlief ebenfalls; in der gegenwärtigen Stille war sein leises, kindliches Schnarchen zu hören, das so wenig zu seinem massigen Körper passte. Mrs. Dimble war vornübergesunken und schlief mit dem Kopf auf dem Tisch, eine halb gestopfte Socke noch immer auf den Knien. Professor Dimble betrachtete sie mit jenem unausweichlichen Mitleid, das Männer für jeden Schläfer empfinden, besonders aber für ihre Frau. Camilla lag anmutig zusammengerollt im Schaukelstuhl, wie ein Tier, das gewohnt ist, in jeder Lage zu schlafen. Mrs. Maggs schlief mit offenem Mund. Und Grace Ironwood, die kerzengerade dasaß, als wäre sie wach, und nur ihren Kopf wenig zur Seite geneigt hatte, schien die Demütigung der Bewusstlosigkeit mit strenger Geduld zu ertragen.

»Denen fehlt nichts«, sagte MacPhee aus dem Hintergrund. »Es ist das Gleiche, was er mit mir gemacht hat. Wir haben keine Zeit, sie zu wecken. Vorwärts!«

Sie gingen von der Küche in den gefliesten Gang. Die Stille im Haus kam ihnen – MacPhee ausgenommen – nach ihrem Aufenthalt in Sturmwind und Regen besonders tief vor. Die nacheinander eingeschalteten Lampen enthüllten leere Räume und leere Korridore, die Zeichen mitternächtlicher Verlassenheit trugen – kalte Asche in den Feuerstellen, eine Abendzeitung auf einem Sofa, eine stehen gebliebene Uhr. Aber niemand hatte erwartet, im Erdgeschoss viel mehr als das vorzufinden.

»Jetzt nach oben«, entschied Dimble.

»Oben brennt Licht«, sagte Jane, als sie alle am Fuß der Treppe standen.

»Wir haben es selbst vom Korridor aus eingeschaltet«, erwiderte Dimble.

»Ich glaube nicht«, sagte Denniston.

»Entschuldigen Sie bitte«, sagte Dimble zu MacPhee, »ich glaube, ich gehe besser voran.«

Bis zum ersten Treppenabsatz waren sie im Dunkeln; auf den zweiten Stock fiel das Licht vom ersten. Auf jedem Absatz machte die Treppe eine rechtwinklige Wendung, sodass man erst vom zweiten Absatz aus den Vorraum im ersten Stock sehen konnte. Jane und Denniston, die den Schluss bildeten, sahen, wie Dimble und MacPhee plötzlich auf dem zweiten Treppenabsatz stehen blieben, die Gesichter im Profil und beleuchtet, Hinterköpfe und Rücken im Dunkeln. MacPhee hatte die Lippen zusammengepresst, er sah feindselig und ängstlich aus, während Dimble mit offenem Mund dastand. So schnell ihre müden Beine sie trugen, rannte Jane zu ihnen hinauf und sah, was sie sahen.

Am Geländer standen zwei Männer in weiten, langen Gewändern – das eine rot, das andere blau – und schauten auf sie herab. Der Mann im blauen Gewand war der Meister, und ein albtraumhafter Gedanke schoss Jane durch den Kopf. Die Gestalten in ihren Gewändern schienen beide von derselben Art zu sein ... und was wusste sie eigentlich von diesem Meister, der sie in sein Haus gerufen hatte, sie Träume hatte träumen lassen und sie in dieser Nacht die Angst vor der Hölle gelehrt hatte? Und da standen sie, die beiden, sprachen über ihre Geheimnisse und taten, was immer solche Leute tun, wenn sie das Haus geräumt oder seine Bewohner eingeschläfert haben: der Mann, den man aus der Erde gegraben hatte, und der Mann, der im Weltraum gewesen war ... Und der eine hatte ihnen erzählt, dass der andere ein Feind sei, und nun, kaum dass sie einander begegnet waren, standen sie einträchtig beisammen, vereint wie zwei Tropfen Quecksilber. Diese ganze Zeit hatte sie den Fremden kaum angesehen. Der Meister schien seinen Krückstock beiseite gelegt zu haben, und Jane hatte ihn noch nie zuvor so gerade und reglos stehen sehen.

Das Licht fiel so auf Bart und Haar, dass es zu einer Art Heiligenschein wurde. Plötzlich, während sie noch an diese Dinge dachte, gewahrte sie, dass ihre Augen geradewegs in die Augen des Fremden blickten. Dann sah sie, wie groß er war. Der Mann war ein Riese. Und die beiden Männer waren Verbündete. Und der Fremde sprach und zeigte dabei auf sie.

Sie verstand die Worte nicht; aber Dimble, der neben ihr stand, hörte, wie Merlin in einem Latein, das ihm recht seltsam vorkam, sagte: »Herr, von allen Frauen, die in dieser Zeit leben, habt Ihr die falscheste in Eurem Haus.«

Und Dimble hörte, wie der Meister in derselben Sprache antwortete: »Herr, Ihr irrt. Wie wir alle ist sie sündig; aber ihr Herz ist rein.«

»Herr«, sagte Merlin, »wisset wohl, dass sie in Loegria etwas getan hat, woraus nicht weniger Kummer erwachsen wird als aus dem Schlag, den Balinus geführt hat. Denn es war Gottes Wille, dass sie und ihr Gemahl ein Kind zeugen sollten, das die Feinde für tausend Jahre aus Loegria vertrieben hätte.«

»Sie ist noch nicht lange verheiratet«, erwiderte Ransom. »Das Kind kann noch geboren werden.«

»Herr«, sagte Merlin, »seid versichert, dass das Kind niemals geboren wird, denn die Stunde seiner Zeugung ist vergangen. Aus eigenem Willen sind sie unfruchtbar: Ich habe nicht gewusst, dass die Bräuche von Sulva unter euch so verbreitet sind. Hundert Generationen lang war die Zeugung dieses Kindes in beiden Linien vorbereitet worden; und wenn Gott das Werk der Zeit nicht ungeschehen macht, werden solch ein Saatkorn und solch eine Stunde in solch einem Land nicht wiederkehren.«

»Genug gesprochen, Herr«, antwortete Ransom. »Die Frau merkt, dass wir von ihr sprechen.«

»Es wäre eine große Wohltat«, sagte Merlin, »Ihr würdet befehlen, dass ihr der Kopf von den Schultern geschlagen werde; denn es ist eine Qual, sie anzusehen.«

Jane verstand zwar ein wenig Latein, hatte dem Gespräch aber nicht folgen können. Die Aussprache war ungewohnt, und der alte Druide bediente sich eines Vokabulars, das weit über ihre Kenntnisse hinausging – das Latein eines Mannes, für den Apuleius und Martianus Capeila die wichtigsten Klassiker waren und dessen gewählte Ausdrucksweise derjenigen der *Hisperica Famina* ähnelte. Aber Dimble hatte ihn verstanden. Er stellte sich schützend vor Jane und rief: »Ransom! Was in Gottes Namen hat das zu bedeuten?«

Merlin sagte wieder etwas auf lateinisch, und Ransom wollte ihm gerade antworten, als Dimble dazwischenfuhr: »Antworten Sie uns! Was ist geschehen? Warum haben Sie sich so verkleidet? Was wollen Sie mit diesem blutrünstigen alten Mann?«

MacPhee hatte noch weniger verstanden als Jane, starrte Merlin aber an, wie ein wütender Terrier einen Neufundländer anstarrt, der in seinen Garten eingedrungen ist. Dann mischte er sich in das Gespräch ein.

»Doktor Ransom«, sagte er, »ich weiß nicht, wer dieser große Mann ist, und ich bin kein Lateiner. Aber ich weiß sehr wohl, dass Sie mich diese ganze Nacht gegen meinen ausdrücklichen Willen hier festgehalten und zugelassen haben, dass ich unter Drogen gesetzt oder hypnotisiert wurde. Ich versichere Ihnen, dass es mir wenig Vergnügen bereitet zu sehen, dass Sie sich wie ein Komödiant herausgeputzt haben und mit diesem Yogi oder Schamanen, oder was immer er ist, auf vertraulichem Fuß zu stehen scheinen. Und Sie können ihm sagen, dass er mich nicht so anzusehen braucht; ich habe keine Angst vor ihm. Und was meinen Leib und mein Leben angeht – wenn Sie, Doktor Ransom, nach allem, was gewesen ist, die Seite gewechselt haben, dann wird es damit wohl nicht mehr weit her sein. Aber wenn ich vielleicht auch mein Leben lassen werde, so lasse ich mich doch nicht zum Narren halten. Wir erwarten eine Erklärung.«

Der Meister blickte sie eine Weile schweigend an. »Ist es wirklich so weit gekommen?«, fragte er dann. »Vertraut mir keiner von Ihnen?«

»Ich wohl, Sir«, sagte Jane plötzlich.

»Diese Appelle an Leidenschaften und Gefühle«, sagte MacPhee, »tun nichts zur Sache. Wenn ich es darauf anlegte, könnte ich in diesem Augenblick wie jeder andere weinen und klagen.«

»Nun«, sagte Ransom nach längerem Schweigen, »es gibt eine Entschuldigung für Sie alle, denn wir haben uns geirrt. Und nicht nur wir, sondern auch der Feind. Dieser Mann ist Merlin Ambrosius. Unsere Gegner dachten, dass er auf ihrer Seite sein würde, wenn er zurückkäme. Und nun sehe ich, dass er auf unserer Seite steht. Sie, Dimble, müssten wissen, dass diese Möglichkeit immer schon bestanden hat.«

»Das stimmt«, sagte Dimble, »Sehen Sie, Ransom, es war ... nun, der Anschein des Ganzen: Sie und er so einträchtig beisammen. Und dann seine schreckliche Blutgier ...«

»Sie hat mich selbst erschreckt«, versicherte Ransom. »Aber schließlich können wir nicht erwarten, dass seine Vorstellungen vom Strafrecht an den Normen des neunzehnten Jahrhunderts orientiert sind. Es ist nicht einfach für mich, ihm verständlich zu machen, dass ich kein absoluter Monarch bin.«

»Ist ... ist er überhaupt Christ?«, fragte Dimble.

Ransom nickte. »Und was diese Kleider betrifft, so habe ich ausnahmsweise mein Amtsgewand angelegt, um ihm Ehre zu erweisen und weil ich mich geschämt habe. Er hielt MacPhee und mich für Küchenjungen oder Stallknechte. Zu seiner Zeit, verstehen Sie, liefen die Männer außer in Notfällen nicht in sackähnlichen, formlosen Kleidern herum, und grau war nicht ihre bevorzugte Farbe.«

Nun ergriff Merlin wieder das Wort. Dimble und der Meister, die Einzigen, die ihm folgen konnten, hörten ihn sagen: »Wer sind diese Leute? Wenn sie Eure Sklaven sind, warum erweisen sie Euch dann keine Ehrerbietung? Wenn sie Feinde sind, warum vernichten wir sie dann nicht?«

»Sie sind meine Freunde«, begann Ransom auf lateinisch, doch MacPhee fiel ihm ins Wort.

»Verstehe ich Sie richtig, Doktor Ransom«, sagte er, »dass Sie uns bitten, diese Person in unsere Gemeinschaft aufzunehmen?«

»Ich fürchte«, antwortete Ransom, »dass ich es nicht so ausdrücken kann. Er ist bereits ein Mitglied unserer Gemeinschaft. Und ich muss Ihnen allen befehlen, ihn zu akzeptieren.«

»Und zweitens«, fuhr MacPhee fort, »muss ich fragen, in welcher Weise seine Glaubwürdigkeit überprüft worden ist.«

»In diesem Punkt bin ich voll zufrieden gestellt«, antwortete der Meister. »Ich bin von seinem guten Willen genauso überzeugt wie von dem Ihren.«

»Aber worauf gründen Sie Ihr Vertrauen?«, beharrte MacPhee. »Sollen wir das nicht erfahren?«

»Es wäre schwierig«, meinte Ransom, »Ihnen die Gründe zu erklären, die mich bewegen, Merlinus Ambrosius zu vertrauen. Allerdings ebenso schwierig, wie ihm zu erklären, warum ich trotz manchen Anscheins, der missverstanden werden könnte, Ihnen vertraue.« Er lächelte ein wenig, als er das sagte, und dann sprach Merlin wieder auf lateinisch zu ihm, und er antwortete, worauf Merlin sich an Dimble wandte.

»Der Pendragon sagt mir«, sagte er mit seiner unerschütterlichen Ruhe, »dass Ihr mich beschuldigt, ein wilder und grausamer Mann zu sein. Dies ist eine Anklage, die ich nie zuvor gehört habe. Den dritten Teil meines Besitzes habe ich Witwen und Armen gegeben. Niemals habe ich jemandes Tod gewünscht, ausgenommen Verräter, Jüten und Sachsen. Was die Frau angeht, so mag sie von mir aus leben. Ich bin nicht Herr dieses Hauses. Aber wäre es eine so schwerwiegende Angelegenheit, wenn ihr der Kopf abgeschlagen würde? Sind nicht

Königinnen und Damen, die sie als Kammerjungfer verschmäht hätten, wegen geringerer Vergehen auf dem Scheiterhaufen verbrannt worden? Und diesen *cruciarius,* diesen Galgenvogel neben Euch – ja. Euch meine ich, obgleich Ihr nichts als Eure barbarische Sprache redet; Ihr mit dem Gesicht wie saure Milch und der Stimme, die klingt wie eine Säge auf hartem Holz – selbst diesen Beutelschneider, diesen *sector zonarius,* würde ich ins Gefängnis schicken, obwohl ich die Schnur eher seinem Rücken als seiner Kehle zugedacht hätte.«

MacPhee verstand zwar die Worte nicht, begriff aber, dass er die Zielscheibe unfreundlicher Bemerkungen war; dennoch stand er abwartend und gelassen da, und erst als Merlin geendet hatte, sagte er: »Mr. Ransom, ich wäre Ihnen sehr dankbar, wenn ...«

»Kommen Sie«, unterbrach ihn der Meister, »keiner von uns hat in dieser Nacht geschlafen. Arthur, würden Sie in dem großen Zimmer am Nordende dieses Korridors für unseren Gast ein Kaminfeuer anzünden? Und könnte jemand die Frauen wecken? Sie sollen einen Imbiss heraufbringen. Eine Flasche Burgunder und was an kalten Speisen noch da ist. Und dann zu Bett. Wir brauchen morgen nicht früh aufzustehen. Alles wird in bester Ordnung sein.«

## 4

»Mit diesem neuen Kollegen werden wir noch Schwierigkeiten haben«, sagte Dimble am nächsten Tag, als er mit seiner Frau allein in ihrem gemeinsamen Zimmer in St. Anne's war. »Ja, ja«, fuhr er nach einer Pause fort. »Er ist, was man eine ›starke Persönlichkeit‹ nennen würde.«

»Du siehst sehr müde aus, Cecil«, sagte Mrs. Dimble.

»Nun ja, es war eine ziemlich anstrengende Sitzung«, erwiderte er. »Er kann einem auf die Nerven gehen, verstehst du. Ich weiß, wir waren alle Narren. Ich meine, wir hatten uns alle vorgestellt, dass er ein Mensch wäre wie wir, weil er in unser zwanzigstes Jahrhundert hineingeraten ist. Aber die Zeit macht mehr aus, als man ahnt.«

»Das dachte ich mir beim Mittagessen, weißt du«, sagte seine Frau. »Es war dumm, nicht daran zu denken, dass er mit einer Gabel nichts anzufangen weiß. Was mich nach dem ersten Schock aber noch mehr wunderte, war seine elegante Art, auch ohne Gabel zu essen. Man konnte sehen, dass er keine schlechten Tischmanieren hatte, sondern einfach andere.«

»Nun gut, auf seine Art mag der alte Knabe ein Herr sein – das kann ihm jeder ansehen. Aber … also, ich weiß nicht. Es wird schon richtig so sein.«

»Was ist denn bei der Sitzung passiert?«

»Nun, weißt du, alles muss ihm lang und breit erklärt werden. Wir hatten alle Mühe, ihm begreiflich zu machen, dass Ransom nicht der König dieses Landes ist und auch nicht versucht, es zu werden. Und dann mussten wir ihm beibringen, dass wir überhaupt keine Briten sind, sondern Engländer – Nachfahren derer, die er Sachsen nennt. Er brauchte ziemlich lange, um darüber hinwegzukommen.«

»Kann ich mir vorstellen.«

»Und dann nutzte MacPhee die Gelegenheit und erläuterte endlos lange die Beziehungen zwischen Schottland und Irland und England; eine Erklärung, die natürlich erst wieder übersetzt werden musste. Es war auch alles ziemlicher Unsinn. Wie so viele bildet MacPhee sich ein, er sei ein Kelte, während außer seinem Namen nicht mehr Keltisches an ihm ist als an Mr. Bultitude. Übrigens hat Merlinus Ambrosius eine Prophezeiung über Mr. Bultitude gemacht.«

»Nein! Und welche?«

»Er sagte, noch vor Weihnachten werde dieser Bär die beste Tat vollbringen, die je ein Bär in Britannien vollbracht habe, abgesehen von einem anderen Bären, von dem wir aber noch nie gehört hätten. Er sagt ständig solche Sachen. Sie kommen einfach heraus, wenn wir über etwas anderes reden, und auch seine Stimme klingt dann anders. Als ob er gar nicht anders könnte. Er scheint nicht mehr zu wissen als das, was er im gegebenen Moment gerade verkündet, wenn du verstehst, was ich meine. Als würde in seinem Kopf ein Kameraverschluss auf- und zuschnappen und jedes Mal nur einen Satz oder einen Gedanken herauslassen. Es ist ziemlich unangenehm.«

»Ich hoffe, er und MacPhee haben nicht wieder gestritten?«

»Eigentlich nicht. Ich fürchte, Merlinus Ambrosius nimmt unseren Freund MacPhee nicht ganz ernst. Aus der Tatsache, dass Mac-Phee sich nicht unterordnet, häufig Kritik übt und niemals ein Blatt vor den Mund nimmt, andererseits aber nicht zurechtgewiesen wird, scheint er den Schluss zu ziehen, dass MacPhee eine Art Hofnarr des Meisters sei. Er scheint seine Abneigung gegen ihn überwunden zu haben. Aber ich glaube nicht, dass MacPhee ihn mögen wird.«

»Seid ihr überhaupt wirklich zum Arbeiten gekommen?« fragte Mrs. Dimble.

»Nun, in gewisser Weise schon«, antwortete Dimble stirnrunzelnd. »Es gab eine Menge Missverständnisse, weißt du. Als die Sprache darauf kam, dass Ivys Mann im Gefängnis sitzt, wollte Merlinus wissen, warum wir ihn nicht befreit hätten. Er meinte anscheinend, dass wir hätten losreiten und das Bezirksgefängnis im Sturm nehmen müssen. Mit solchen Vorstellungen hatten wir die ganze Zeit zu tun.«

»Meinst du, er wird uns überhaupt nützlich sein, Cecil?« fragte Mrs. Dimble.

»Er wird eine Menge Dinge tun können, wenn du das meinst. In diesem Sinne besteht sogar die Gefahr, dass er eher zu viel als zu wenig nützen wird.«

»Was tun?«, fragte seine Frau.

»Das Universum ist so ungemein kompliziert«, sagte Professor Dimble.

»Das hast du schon ziemlich oft gesagt, mein Lieber.«

»Wirklich?«, fragte er lächelnd. »Wie oft denn? So oft, wie du die Geschichte mit dem Pony und der Kutsche in Dawlish erzählt hast?«

»Cecil! Seit Jahren habe ich sie nicht mehr erzählt.«

»Meine Liebe, erst vorgestern Abend habe ich gehört, wie du sie Camilla erzählt hast.«

»Ach, Camilla! Das ist doch etwas anderes. Sie hatte die Geschichte noch nie gehört.«

»Ich weiß nicht, ob wir uns sicher sein können, nicht einmal darüber, dass ... dass das Universum so kompliziert ist und so.« Eine Weile schwiegen beide.

»Aber was ist mit Merlin?« fragte Mrs. Dimble schließlich.

»Ist dir schon einmal aufgefallen«, fragte er, »dass das Universum und alles, was darin ist, sich ständig verhärtet und verengt und zuspitzt?«

Seine Frau wartete, wie jemand, der aus langer Erfahrung die Denkprozesse seines Gesprächspartners kennt.

»Ich meine Folgendes«, beantwortete Dimble die Frage, die sie nicht gestellt hatte. »Wenn du zu einem gegebenen Zeitpunkt in irgendein College kommst oder in eine Schule, Gemeinde oder Familie, stellst du immer fest, dass es eine Zeit vor diesem Punkt gab, in der der Spielraum größer und die Gegensätze nicht so scharf waren; und du wirst sehen, dass es nach diesem Punkt eine Zeit geben wird, da es noch weniger Raum für Unentschlossenheit gibt und da die Entscheidungen von noch größerer Tragweite sind. Das Gute wird immer besser, das Schlechte immer schlechter. Es wird immer weniger möglich, auch nur scheinbar neutral zu bleiben. Die Gesamtsituation formiert sich unablässig, verhärtet und verengt sich, spitzt sich immer mehr zu. Etwa so wie in dem Gedicht, wo der Himmel und die Hölle sich von entgegengesetzten Seiten aus in die hübsche kleine Erde hineinfressen ... Wie heißt es da noch? In etwa: ›fressen jeden Tag ... bis alles weg-da-da-da ist‹. Es kann nicht heißen ›gefressen‹, das passt vom

Rhythmus her nicht. Mein Gedächtnis hat in den letzten Jahren schrecklich nachgelassen. Erinnerst du dich an die Stelle, Margery?«

»Was du sagst, erinnert mich an die Stelle in der Bibel mit dem Dreschflegel, der die Spreu vom Weizen trennt. Oder an Brownings Zeile: ›Das Leben ist nur eine schreckliche Wahl.‹«

»Genau! Vielleicht ist dies und nichts anderes der eigentliche Sinn des Zeitablaufs. Aber es geht nicht nur um eine moralische Entscheidung. Alles wird ständig mehr es selbst und damit allem anderen unähnlicher. Die Evolution führt die Arten immer weiter auseinander. Der Geist wird immer geistiger, die Materie immer materieller. Selbst in der Literatur entfernen sich Poesie und Prosa weiter und weiter voneinander.«

Mrs. Dimble begegnete mit der Leichtigkeit langer Übung der in ihrem Haus allgegenwärtigen Gefahr, dass das Gespräch eine rein literarische Wendung nahm.

»Ja«, sagte sie. »Geist und Materie, gewiss. Das erklärt, warum es Leuten wie den Studdocks so schwer fällt, eine glückliche Ehe zu führen.«

»Den Studdocks?« meinte Dimble und sah sie geistesabwesend an. Die häuslichen Probleme jenes jungen Ehepaars hatten ihn bei weitem nicht so beschäftigt wie seine Frau. »Ach ja, ich verstehe. Natürlich, das hat etwas damit zu tun. Aber um auf Merlin zurückzukommen, läuft es, soweit ich sehen kann, auf Folgendes hinaus: Die Menschen jenes Zeitalters hatten noch Möglichkeiten, die wir heute nicht mehr haben. Die Erde selbst war in jenen Tagen mehr wie ein Tier, und geistige Prozesse ähnelten noch viel mehr physikalischen Abläufen. Und es gab immer noch ... nun, Neutrale.«

»Neutrale?«

»Ich will damit natürlich nicht sagen, dass irgendetwas wirklich neutral sein kann. Ein bewusstes Lebewesen gehorcht entweder Gott, oder es gehorcht ihm nicht. Aber es könnte Wesen geben, die sich in Bezug auf uns neutral verhalten.«

»Du meinst Eldila – Engel?«

»Nun, das Wort ›Engel‹ geht von einer falschen Voraussetzung aus. Selbst die Oyeresu sind nicht Engel im Sinne unserer Schutzengel. Genau genommen sind sie Intelligenzen. Während es am Ende der Welt und vielleicht schon heute zutreffend sein mag, jeden Eldil entweder als Engel oder als Teufel zu bezeichnen, war das zu Merlins Zeit nicht möglich. Damals gab es auf dieser Erde Wesen, die sozusagen ihren eigenen Geschäften nachgingen. Sie waren keine hilfreichen Geister, ausgesandt, um der gefallenen Menschheit zu helfen, aber sie waren auch keine Feinde, die Jagd auf uns machten. Selbst in den Schriften des heiligen Paulus gibt es Andeutungen über eine Art Bewohner, die sich nicht in die beiden Kategorien Engel und Teufel einordnen lassen. Und wenn wir weiter zurückgehen ... all die Götter, Elfen, Zwerge, Geister der Luft und des Wassers: Du und ich, wir wissen heute zu viel, um sie einfach für Sinnestäuschungen zu halten.«

»Du glaubst wirklich, dass es all diese Wesen gibt?«

»Ich glaube, dass es sie gab. Ich glaube, dass es damals noch Raum für sie gab, aber seither hat sich alles zugespitzt. Vielleicht waren nicht alle diese Wesen rational. Manche mögen einfach ein den Dingen innewohnender Wille gewesen sein, kaum bewusst, mehr wie Tiere. Andere – aber das weiß ich wirklich nicht. Jedenfalls ist das die Umgebung, in der man einen Mann wie Merlin sehen muss.«

»Das alles hört sich ziemlich schrecklich an.«

»Es war in der Tat ziemlich schrecklich. Ich meine, selbst zu Merlins Zeit (er lebte ganz am Ende dieser Ära) konnte man dieses Leben im Universum noch unschuldig für seine Zwecke nutzen, unschuldig, aber schon nicht mehr ungefährdet. Die Wesen waren nicht an sich schlecht, doch sie waren bereits schlecht für uns. Sie laugten die Menschen, die mit ihnen verkehrten, gewissermaßen aus. Nicht absichtlich. Sie konnten nicht anders. Nun, Merlin ist in diesem Sinne ausgelaugt. Er ist ganz fromm und bescheiden und so weiter. Nur ist etwas aus ihm herausgenommen worden. Seine Seelenruhe hat etwas Totes an sich, wie die Stille eines leer geräumten Hauses. Das kommt daher, dass er seinen Geist für etwas öffnete, das die Umwelt einfach ein bisschen zu sehr erweiterte. Wie die Polygamie. Abraham tat damit nichts Unrechtes, aber irgendwie hat man das Gefühl, als sei ihm dadurch etwas verloren gegangen.«

»Cecil«, sagte Mrs. Dimble besorgt, »ist dir ganz wohl bei dem Gedanken, dass der Meister einen solchen Mann einsetzt? Ich meine, sieht es nicht ein wenig so aus, als bekämpften wir Belbury mit seinen eigenen Waffen?«

»Der Gedanke war mir auch gekommen. Aber Merlin ist das Gegenteil von Belbury; er ist das andere Extrem. Er ist der letzte Überrest einer alten Ordnung, in der Materie und Geist – von unserem heutigen Standpunkt aus gesehen – miteinander verschmolzen waren. Für ihn ist jedes Einwirken auf die Natur eine Art von persönlichem Kontakt, vergleichbar mit dem Streicheln eines Pferdes oder dem Liebkosen eines Kindes. Nach ihm kam der moderne Mensch, für den die Natur etwas Totes ist – eine Maschine, mit der man arbeitet und die man auseinander nimmt, wenn sie nicht so arbeitet, wie man will. Und dann kommen die Belbury-Leute, die diese Einstellung des modernen Menschen unverändert übernehmen und einfach ihre Macht erweitern wollen, indem sie sich die Hilfe von Geistern sichern – außernatürlichen, widernatürlichen Geistern. Sie hoffen, ihr Ziel auf zwei Wegen zu erreichen. Sie meinen, die alte *magia* des Merlin, die im Einklang mit den geistigen Fähigkeiten der Natur wirkte, sie liebte und verehrte und im Innersten kannte, ließe sich mit der neuen *goeteia* verbinden – dem brutalen Eingriff von außen. Nein. In gewissem Sinn verkörpert Merlin genau das, was wir auf einem anderen Weg wieder erreichen müssen. Weißt du übrigens, dass die Regeln seines Druidenstandes ihm verbieten, tierisches oder pflanzliches Leben mit irgendeinem Schneidwerkzeug zu bearbeiten?«

»Allmächtiger Gott!«, rief Mrs. Dimble. »Es ist schon sechs! Ich hatte Ivy versprochen, um Viertel vor sechs in der Küche zu sein. Bleib du nur sitzen, Cecil.«

»Weißt du«, sagte Professor Dimble, »ich finde, du bist eine großartige Frau.«

»Warum?«

»Wie viele Frauen, die dreißig Jahre lang einen eigenen Haushalt hatten, wären im Stande, sich in diese Menagerie einzufügen, wie du es tust?«

»Das ist gar nichts«, erwiderte seine Frau. »Ivy hatte auch ihr eigenes Haus, weißt du. Und für sie ist es viel schlimmer. Schließlich sitzt mein Mann nicht im Gefängnis.«

»Das wird bald der Fall sein«, sagte Dimble, »wenn auch nur die Hälfte der Pläne unseres Freundes Merlinus Ambrosius in die Tat umgesetzt werden.«

**5** Merlin und Ransom sprachen unterdessen im blauen Zimmer miteinander. Der Meister hatte sein Gewand abgelegt und lag auf seinem Sofa. Der Druide saß ihm gegenüber auf einem Stuhl, die Beine nebeneinander, die großen blassen Hände reglos auf den Knien; auf einen modernen Betrachter musste er wie eine alte Königsstatue wirken. Er trug noch immer sein langes Gewand, darunter aber, wie Ransom wusste, überraschend wenig, denn es war ihm zu warm im Haus, und Hosen fand er unbequem. Sein lautes Verlangen nach Öl im Anschluss an sein Bad hatte Denniston zu einer eiligen Einkaufsfahrt ins Dorf veranlasst, von der er mit einer Büchse Brillantine zurückgekehrt war. Merlinus hatte sich so großzügig daraus bedient, dass Haare und Bart glänzten und der süßliche Geruch den ganzen Raum erfüllte. Das war der

Grund, warum Mr. Bultitude beharrlich an der Tür gekratzt hatte, bis er schließlich Einlass fand; jetzt saß er mit weit offenen Nüstern so nah wie möglich bei dem Magier; noch nie hatte er einen so interessanten Menschen gerochen.

»Herr«, sagte Merlin als Antwort auf die Frage, die Ransom ihm gerade gestellt hatte, »ich danke euch sehr. Ich kann in der Tat nicht verstehen, wie Ihr lebt, und Euer Haus ist mir fremd. Ihr gebt mir ein Bad, um das mich der Kaiser selbst beneiden würde, aber niemand wartet mir dabei auf; ein Bett, weich und köstlich wie der Schlaf selbst, aber wenn ich aufstehe, muss ich meine Kleider eigenhändig anlegen, als ob ich ein Bauer wäre. Ich liege in einem Raum mit Fenstern aus reinem Kristall, durch die man den Himmel immer gleich klar sieht, ob sie geschlossen sind oder offen, und der Luftzug im Raum reicht nicht aus, eine Öllampe auszublasen. Aber ich liege allein darin, und es wird mir nicht mehr Ehre und Aufmerksamkeit zuteil als einem Gefangenen im Kerker. Ihr esst trockenes und fades Fleisch, aber Ihr esst es von Tellern glatt wie Elfenbein und rund wie die Sonne. Im ganzen Haus herrscht Wärme und Sanftheit und Stille, dass man sich in einem irdischen Paradies wähnt – aber es gibt keine Wandbehänge, keine kunstvollen Mosaikböden, keine Musiker, keine Düfte, keine hohen Sitze, keine Spur von Gold, weder Falken noch Jagdhunde. Ihr scheint weder wie ein reicher Mann zu leben noch wie ein armer; weder wie ein Herr noch wie ein Eremit. Ich sage euch dies, weil Ihr mich gefragt habt. Es ist nicht von Bedeutung. Nun, da uns bis auf den letzten der sieben Bären von Loegria niemand hört, ist es an der Zeit, dass wir uns beraten.«

Er blickte in Ransoms Gesicht, dann, als sei er erschrocken über das, was er darin sah, beugte er sich plötzlich vor.

»Schmerzt euch Eure Wunde?«

Ransom schüttelte den Kopf. »Nein«, erwiderte er, »es ist nicht die Wunde. Wir haben Furchtbares zu besprechen.«

Der große Mann rutschte unbehaglich hin und her.

»Herr«, sagte Merlinus, tiefer und sanfter als zuvor, »ich könnte alle Schmerzen von Eurer Ferse nehmen, als wischte ich sie mit einem Schwamm fort. Gebt mir nur sieben Tage, dass ich ein und aus, auf und ab, hin und her gehen kann, um alte Bekanntschaften zu erneuern. Diese Felder und ich, diese Wälder und ich haben einander viel zu sagen.«

Während er dies sagte, beugte er sich vor, sodass sein Gesicht und das Gesicht des Bären beinahe auf gleicher Höhe waren, und es schien, als seien die beiden in ein seltsames pelziges und knurrendes Gespräch vertieft. Das Gesicht des Druiden sah sonderbar tierhaft aus, weder sinnlich noch wild, aber erfüllt von der geduldigen, geradlinigen Weisheit eines Tiers. Ransom dagegen sah gequält aus.

»Ihr würdet das Land sehr verändert finden«, sagte er und zwang sich zu lächeln.

»Nein«, widersprach Merlin. »Ich denke nicht, dass es sich sehr verändert hat.« Der Unterschied zwischen den beiden Männern vergrößerte sich zusehends. Merlin war etwas, das nicht in ein Haus gehörte. Gebadet und gesalbt wie er war, haftete ihm dennoch etwas von Erde, Bachkieseln, feuchtem Laub und schilfigem Wasser an.

»Nicht verändert«, wiederholte er fast unhörbar. Und in dieser immer tiefer werdenden inneren Stille, von der sein Gesicht Zeugnis ablegte, schien er einem Gemurmel flüchtiger Geräusche zu lauschen: raschelnden Mäusen und Wieseln, hüpfenden Fröschen, leise zu Boden fallenden Haselnüssen, knarrenden Ästen, rieselnden Rinnsalen, ja selbst dem Wachsen des Grases. Der Bär hatte die Augen geschlossen. Die Luft im Raum wurde in einer betäubenden Weise schwer.

»Durch mich«, sagte Merlin, »könnt Ihr aus der Erde Heilung von allen Schmerzen ziehen.«

»Ruhe!«, sagte der Meister scharf. Er hatte sich in die Polster des Sofas zurückgelegt, und der Kopf war ihm ein wenig auf die Brust gesunken. Dann setzte er sich plötzlich kerzengerade hin. Der Zauberer schrak zusammen und richtete sich ebenfalls wieder auf. Die Luft im Raum war jetzt klar. Selbst der Bär öffnete wieder die Augen.

»Nein«, sagte der Meister. »Heiliger Himmel, meint Ihr, man hätte Euch aus der Erde gegraben, damit Ihr mir ein Pflaster für die Ferse gebt? Wir haben Mittel, die den Schmerz ebenso gut oder besser bezwingen könnten wie Eure Magie, wenn es nicht meine Aufgabe wäre, den Schmerz bis zum Ende zu ertragen. Ich will nichts mehr davon hören. Versteht Ihr?«

»Ich höre Euch und gehorche«, sagte der Magier. »Ich wollte Euch nur helfen, Herr. Wenn nicht zur Heilung Eures Fußes, so werdet Ihr meinen Umgang mit Feld und Wasser doch für die Wiederherstellung Loegrias benötigen. Es muss sein, dass ich ein und aus, hin und her gehe und alte Bekanntschaften erneuere. Es wird sich nichts verändert haben, wisst Ihr – nicht, was Ihr ›verändern‹ nennen würdet.«

Wieder schien eine schwere Süße wie der Duft von blühendem Weißdorn in den Raum zu strömen.

»Nein«, sagte der Meister noch lauter, »das ist nicht mehr möglich. Die Seele hat Wald und Wasser verlassen. Gewiss, ich glaube Euch, dass Ihr sie wieder erwecken könntet – ein wenig. Aber es wäre nicht genug. Ein Sturm oder eine Überschwemmung würde gegen unseren derzeitigen Feind wenig bewirken. Eure Waffe würde in Eurer Hand zerbrechen. Denn die Böse Macht steht gegen uns, und es ist wie in den Tagen, da Nimrod einen Turm baute, der bis zum Himmel reichen sollte.«

»Verborgen mag sie sein, die Seele«, sagte Merlinus, »aber nicht verändert. Lasst mich an die Arbeit, Herr. Ich werde sie wecken. Jeder Grashalm soll zu einem Schwert werden, das sie verwundet, und selbst die Erdbrocken sollen Gift für ihre Füße sein. Ich werde …«

»Nein«, sagte der Meister, »ich verbiete Euch, davon zu

sprechen. Wenn es auch möglich wäre, so wäre es doch gegen das Gesetz. Was immer vom alten Geist noch in der Erde wohnen mag, hat sich seit Eurer Zeit um weitere fünfzehnhundert Jahre von uns entfernt. Ihr sollt kein Wort darüber verlieren. Ihr sollt keinen Finger heben, es zu beschwören. Dies befehle ich Euch. Es ist in diesem Zeitalter völlig ungesetzlich.« Bis jetzt hatte er ernst und streng gesprochen. Dann beugte er sich vor und fügte in vertraulicherem Ton hinzu: »Es war übrigens nie ganz rechtmäßig, auch nicht in Eurer Zeit. Bedenkt, dass wir, als wir von Eurem Erwachen erfuhren, zuerst glaubten, Ihr würdet auf der Seite des Feindes stehen. Und weil Gott der Herr für jeden etwas tut, war eines der Ziele Eurer Wiedererweckung, dass Eure eigene Seele errettet würde.«

Merlin sank zurück in seinen Stuhl, all das schien ihn sehr mitzunehmen. Der Bär leckte ihm die Hand, die bleich und wie kraftlos über die Armlehne hing.

»Herr«, sagte Merlin nach einer Weile, »wenn ich nicht in dieser Art für Euch arbeiten soll, dann habt Ihr einen nutzlosen Esser in Euer Haus aufgenommen, denn für den Krieg tauge ich nicht länger. Wenn es zum Hauen und Stechen kommt, fühle ich meine Jahre.«

»Das meinte ich auch nicht«, sagte Ransom zögernd, als käme er nur ungern zur Sache. »Keine bloß irdische Macht wird gegen die Böse Macht ankommen.«

»Dann bleibt uns nur das Gebet«, sagte Merlin. »Aber auch darin tauge ich nicht viel, müsst Ihr wissen. Zu meiner Zeit gab es Menschen, die mich einen Sohn des Teufels nannten. Das war eine Lüge. Aber ich weiß nicht, warum ich unter die Lebenden zurückgebracht wurde.«

»Natürlich müssen wir beten«, sagte Ransom. »Jetzt und immerdar. Aber das habe ich nicht gemeint. Es gibt himmlische Mächte, erschaffene Mächte, nicht auf dieser Erde, sondern im Himmel.«

Merlin blickte ihn schweigend an.

»Ihr wisst genau, wovon ich spreche«, sagte Ransom. »Habe ich euch nicht bei unserer ersten Begegnung gesagt, dass die Oyeresu meine Gebieter sind?«

»Gewiss«, erwiderte Merlin. »Und daran habe ich erkannt, dass Ihr einer von uns seid. Ist es nicht unser Losungswort auf der ganzen Erde?«

»Losungswort?«, fragte Ransom überrascht. »Das wusste ich nicht.«

»Aber ... aber wenn Ihr das Losungswort nicht wusstet, wie konntet Ihr es dann sagen?«

»Ich habe es gesagt, weil es die Wahrheit ist.«

Der Magier befeuchtete seine Lippen, die sehr blass geworden waren.

»So wahr, wie die einfachsten Dinge wahr sind«, sagte Ransom. »So wahr, wie Ihr hier mit meinem Bären sitzt.«

Merlin streckte seine Hände aus. »Ihr seid mein Vater und meine Mutter«, sagte er. Seine Augen, mit denen er Ransom unverwandt ansah, waren groß wie die eines ehrfürchtigen Kindes, aber ansonsten wirkte er kleiner als zu Anfang.

»Lasst mich sprechen«, sagte er schließlich, »oder tötet mich, wenn Ihr wollt, denn mein Leben liegt in Eurer Hand. Ich habe zu meiner Zeit davon gehört, dass manche mit den Göttern sprechen. Mein eigener Lehrer wusste einige Worte dieser Sprache. Doch diese Götter waren Mächte der Erde. Denn – ich brauche es euch nicht zu lehren, Ihr wisst mehr als ich – es sind nicht die Oyeresu selbst, die wahren Himmelsmächte, mit denen die Größten der unseren Umgang pflegen, sondern nur ihre irdischen Geister, ihre Schatten. Nur die irdische Venus, der irdische Merkur: nicht Perelandra oder Viritrilbia selbst. Es ist nur ...«

»Ich spreche nicht von den Erdengeistern oder Schatten«, sagte Ransom. »Ich habe vor Mars selbst gestanden in der Sphäre des Mars und vor Venus selbst in der Sphäre der Venus.

Ihre Kraft und die eines noch Größeren wird unsere Feinde vernichten.«

»Aber wie kann das sein, Herr?«, sagte Merlin. »Verstößt es nicht gegen das siebente Gesetz?«

»Was für ein Gesetz ist das?« fragte Ransom.

»Hat unser Herr sich nicht selbst zum Gesetz gemacht, dass Er die Mächte des Himmels bis zum Ende aller Dinge nicht herabschicken wird, um auf der Erde zu heilen oder zu strafen? Oder ist dies das angekündigte Ende?«

»Es mag der Anfang vom Ende sein«, antwortete Ransom, »aber darüber weiß ich nichts. Maleldil mag sich zum Gesetz gemacht haben, die Mächte des Himmels nicht herabzuschicken. Aber wenn Menschen durch Maschinen und Naturphilosophie lernen, in den Himmel zu fliegen, und wenn sie dann in ihrer leiblichen Gestalt unter den himmlischen Mächten erscheinen und sie stören, dann ist diesen nicht verboten zu reagieren. Denn alles das ist im Rahmen der natürlichen Ordnung. Ein böser Mensch hat so etwas gelernt. Er flog mit einer kunstvoll gebauten Maschine in jene Himmelsgegenden, wo Mars und Venus wohnen, und nahm mich als seinen Gefangenen mit. Und dort sprach ich von Angesicht zu Angesicht mit den wahren Oyeresu. Versteht Ihr?«

Merlin neigte den Kopf.

»Und so brachte der böse Mensch, ebenso wie Judas, zu Wege, was er am wenigsten beabsichtigt hatte. Denn nun gab es einen Menschen – nämlich mich –, der den Oyeresu bekannt war und ihre Sprache sprach, weder durch ein Wunder Gottes noch durch Magie aus der Zeit Numinor, sondern auf natürliche Weise, wie zwei Menschen einander auf dem Weg begegnen. Unsere Feinde hatten sich selbst des Schutzes beraubt, den das siebente Gesetz ihnen bot. Sie hatten mit den Mitteln der Naturphilosophie die Barriere durchbrochen, die Gott von sich aus nicht durchbrochen hätte. Damit nicht genug, suchten sie Eure Freundschaft und erhoben damit die

Geißel wider sich selbst. Und darum sind die Mächte des Himmels in dieses Haus herabgekommen, und in diesem Raum, wo wir jetzt sitzen, haben Malakandra und Perelandra zu mir gesprochen.«

Merlins Gesicht war ein wenig blasser geworden. Der Bär beschnüffelte seine Hand, ohne dass er es merkte.

»Ich bin eine Brücke geworden«, sagte Ransom.

»Herr«, sagte Merlin ratlos, »wohin wird dies führen? Wenn sie ihre Macht einsetzen, werden sie die Erde zerreißen.«

»Mit ihrer nackten Macht, ja«, sagte Ransom. »Darum werden sie nur durch einen Menschen wirken.«

Der Magier hob seine große Hand und fuhr sich über die Stirn.

»Durch einen Menschen, dessen Geist dafür offen ist«, sagte Ransom. »Einen, der seinen Geist einst aus eigenem Willen öffnete. Ich rufe unseren Herrn zum Zeugen dafür an, dass ich mich nicht weigern würde, wenn die Wahl auf mich fiele. Aber Er wird nicht zulassen, dass einem noch jungfräulichen Geist solcherart Gewalt angetan wird. Und durch den Geist eines Meisters der schwarzen Magie wird ihre Reinheit nicht wirken wollen oder können. Aber einer, der damit gespielt hat, als das Spielen noch nicht schlecht war oder gerade erst begann, schlecht zu sein … und der überdies ein Christ und ein Büßer war. Ein Werkzeug (ich muss das ganz offen sagen), das gut genug, aber nicht allzu gut ist. In diesen westlichen Teilen der Welt gab es nur einen Mann, der in jenen Tagen gelebt hatte und noch zurückgerufen werden konnte. Ihr …«

Ransom hielt erschrocken inne. Der hünenhafte Mann war von seinem Stuhl aufgesprungen und stand hoch aufgerichtet vor ihm. Aus seinem schrecklich geöffneten Mund kamen Laute, die für Ransom kaum noch etwas Menschliches hatten, obgleich es in Wirklichkeit nur eine alte keltische Klage war. Es war beängstigend, wie dieses verwitterte bärtige

Gesicht sich wie das eines Kindes im Weinen verzog und ungeniert Tränen vergoss. Der dünne Firnis römischer Zivilisation war abgeplatzt, und Merlin war zu einer archaischen Ungeheuerlichkeit geworden, die in einem teils walisisch, teils spanisch klingenden Idiom Klagen ausstieß.

»Seid still!«, rief Ransom. »Setzt euch. Ihr beschämt uns beide.«

Der Ausbruch endete so unvermittelt, wie er begonnen hatte. Merlin setzte sich wieder. Es schien seltsam, dass er nach dem vorübergehenden Verlust der Selbstbeherrschung jetzt nicht die geringste Verlegenheit zeigte. Die zwei Seiten der Gesellschaft, in der dieser Mann gelebt haben musste, gewannen für Ransom eine Klarheit, die keine historische Darstellung je hätte vermitteln können.

»Glaubt nicht«, sagte er, »dass es für mich ein Kinderspiel sei, jene zu empfangen, die herabkommen werden, um Euch die Macht zu verleihen.«

»Herr«, stammelte Merlin, »Ihr seid im Himmel gewesen. Ich bin nur ein Mensch. Ich bin nicht der Sohn eines Luftgeistes. Das war eine Lügengeschichte. Wie könnte ich …? Ihr seid nicht wie ich. Ihr habt ihre Gesichter bereits gesehen.«

»Nicht alle«, antwortete Ransom. »Größere Geister als Malakandra und Perelandra werden diesmal herabsteigen. Wir sind in Gottes Hand. Wir mögen beide zu Grunde gehen; es gibt kein Versprechen, dass Ihr oder ich Leben und Verstand behalten werden. Ich weiß nicht, wie wir es wagen können, zu ihren Gesichtern aufzublicken; aber ich weiß, dass wir nicht wagen können, zu Gottes Antlitz aufzublicken, wenn wir diesen Dienst verweigern.«

Plötzlich schlug der Magier sich aufs Knie.

»*Mehercule!*«, rief er. »Gehen wir nicht zu schnell voran? Wenn Ihr der Pendragon seid, so bin ich der hohe Rat von Loegria und werde euch beraten. Wenn die Mächte mich in Stücke reißen müssen, um unsere Feinde zu vernichten, so sei es: Gottes Wille geschehe. Ist es aber schon so weit? Dieser Euer sächsischer König, der in Windsor sitzt – ist von ihm keine Hilfe zu erwarten?«

»Er hat in dieser Sache keine Macht.«

»Ist er dann aber nicht schwach genug, um gestürzt zu werden?«

»Ich habe kein Verlangen, ihn zu stürzen. Er ist der König. Er wurde vom Erzbischof gekrönt und gesalbt. In der Ordnung von Loegria bin ich vielleicht der Pendragon, aber in der Ordnung von Britannien bin ich ein Untertan des Königs.«

»Sind es dann seine Würdenträger – die Grafen und Legaten und Bischöfe –, die das Böse ohne sein Wissen tun?«

»So ist es – obgleich diese Männer nicht die Art von Würdenträgern sind, an die Ihr denkt.«

»Und sind wir nicht stark genug, ihnen in offenem Kampf entgegenzutreten?«

»Wir sind vier Männer, einige Frauen und ein Bär.«

»Es gab eine Zeit, da bestand Loegria nur aus mir und noch einem Mann und zwei Jungen, von denen einer ein Flegel war, und doch haben wir gesiegt.«

»Das wäre heute nicht mehr möglich. Sie haben eine Maschine, die sie Presse nennen und womit sie das Volk täuschen. Wir würden sterben, ohne dass man auch nur davon hörte.«

»Aber was ist mit den Dienern Gottes? Können sie nicht helfen? Es kann nicht sein, dass all Eure Priester und Bischöfe verderbt sind.«

»Seit Euren Tagen ist der Glaube selbst in Stücke gerissen und spricht mit gespaltener Zunge. Doch selbst wenn er geeint wäre, würden die Christen nur den zehnten Teil des Volkes ausmachen. Von da ist keine Hilfe zu erwarten.«

»Dann lasst uns jenseits des Meeres Hilfe suchen. Gibt es keinen christlichen Prinzen in Neustrien oder Irland oder Benwick, der mit einem Heer heranziehen und Britannien säubern würde, wenn man ihn riefe?«

»Es gibt keine christlichen Prinzen mehr. Diese anderen Länder sind wie Britannien – wenn sie nicht noch tiefer im Übel stecken.«

»Dann müssen wir uns an höhere Stellen wenden. Wir müssen bis zu ihm gehen, dessen Amt es ist, der Tyrannen Joch zu brechen und sterbenden Königreichen neues Leben zu geben. Wir müssen den Kaiser um Hilfe bitten.«

»Es gibt keinen Kaiser.«

»Keinen Kaiser …?«, flüsterte Merlin, und seine Stimme erstarb. Lange saß er still und nachdenklich da und rang in Gedanken mit einer Welt, die er sich nie hätte vorstellen können. Schließlich sagte er: »Ein Gedanke kommt mir in den Sinn, und ich weiß nicht, ob er gut ist oder böse. Aber weil ich der hohe Rat von Loegria bin, will ich ihn nicht vor euch verbergen. Es ist ein kaltes Zeitalter, in dem ich erwacht bin. Wenn dieser ganze westliche Teil der Welt abtrünnig geworden ist, könnte es da nicht rechtmäßig sein, wenn wir in unserer großen Not den Blick in weitere Fernen schweifen ließen – über die Grenzen des Christentums hinaus? Selbst unter den Heiden gibt es viele, die nicht verderbt sind. In meinen Tagen ging die Sage von solchen Männern, die das Glaubensbekenntnis und die Gebote nicht kannten, die aber Gott fürchteten und das Gesetz der Natur achteten. Herr, ich glaube, es wäre rechtmäßig, selbst in den fernen Ländern jenseits von Byzanz Hilfe zu suchen. Es ging die Kunde, dass auch in jenen Ländern Weisheit zu finden sei. Man berichtete von einem östlichen Kreis, von dem seit der Zeit Numinor Wissen in den Westen gelangte. Ich weiß nicht, woher – Babylon, Arabien oder Kathei. Ihr sagtet, Herr, Eure Schiffe hätten die ganze Erde umsegelt, oben und unten.«

Ransom schüttelte den Kopf. »Ihr versteht nicht, Freund«, erwiderte er. »Das Gift wurde in den westlichen Ländern gebraut, aber inzwischen hat es sich überall verbreitet. Wie weit Ihr auch geht, Ihr würdet überall Maschinen finden, überfüllte Städte, leere Throne, falsche Lehren, unfruchtbare Betten; Ihr würdet Menschen finden, denen falsche Versprechungen den Kopf verdreht haben und die vom wahren Elend verbittert sind, die die eisernen Werke ihrer eigenen Hände verehren und abgeschnitten sind von der Erde, ihrer Mutter, und vom Vater im Himmel. Ihr könnt so weit nach Osten gehen, dass der Osten zum Westen wird und Ihr über den großen Ozean nach Britannien zurückkehrt, aber selbst dann wäret Ihr nirgendwo ins Licht getreten. Der Schatten eines dunklen Flügels liegt über dem ganzen Erdkreis.«

»Dann ist dies also das Ende?«, fragte Merlin.

»Und aus diesem Grund«, sagte Ransom, ohne die Frage zu beachten, »bleibt uns kein Weg außer jenem, den ich euch gewiesen habe. Die Böse Macht hält die ganze Erde in der Hand und drückt sie nach Belieben zusammen. Hätten die Feinde nicht einen schweren Fehler gemacht, so gäbe es keine Hoffnung mehr. Hätten sie nicht aus eigenem bösen Willen die Barriere durchbrochen und die Himmelsmächte eingelassen, so wäre dies die Zeit ihres Sieges. Ihre Stärke hat sie verleitet. Sie sind zu den Göttern gegangen, die nicht zu ihnen gekommen wären, und haben den Zorn der Himmelstiefen auf sich herabgezogen. Darum werden sie untergehen. Denn nun, da Ihr alle Auswege versperrt findet, werdet Ihr mir folgen.«

Da schloss sich Merlins Mund, seine Augen begannen zu leuchten, und ganz allmählich kehrte in sein bleiches Gesicht jener beinahe tierhafte Ausdruck zurück, erdverbunden und gesund und mit einem Funken Schalk.

»Gut«, sagte er. »Wenn die Ausgänge versperrt sind, stellt sich der Fuchs den Hunden. Hätte ich aber bei unserem Zusammentreffen gewusst, wer Ihr seid, ich denke, ich hätte Euch genauso schlafen gelegt wie Euren Narren.«

»Seit ich durch die Himmel gereist bin, habe ich einen sehr leichten Schlaf«, erwiderte Ransom.

## 14  Das wahre Leben ist Begegnung

Da Mark in seiner Zelle den Wechsel von Tag und Nacht in der Außenwelt nicht mitbekam, wusste er nicht, ob Minuten oder Stunden vergangen waren, als er sich, wieder erwacht und immer noch fastend, abermals Professor Frost gegenübersah. Dieser war gekommen, um zu fragen, ob er ihr letztes Gespräch überdacht habe. Mark, der zu dem Schluss gelangt war, dass ein gut gespieltes Zögern die endgültige Kapitulation überzeugender machen würde, erwiderte, dass er sich nur noch über eine Sache Gedanken mache. Er verstehe nicht ganz, was die Menschheit im Allgemeinen oder er im Besonderen durch die Zusammenarbeit mit den Makroben zu gewinnen hätten. Er sehe durchaus, dass die Motive, von denen die meisten Menschen sich leiten ließen und die sie als Patriotismus oder Verpflichtung gegenüber der Menschheit verbrämten, lediglich Produkte des tierischen Organismus seien, die variierten je nach den Verhaltensmustern der verschiedenen Gemeinschaften. Aber er sehe noch nicht, was an die Stelle dieser irrationalen Motive gesetzt werden sollte. Mit welcher Begründung sollten in Zukunft Handlungen gerechtfertigt oder verurteilt werden?

»Wenn man darauf besteht, die Frage so zu stellen«, erwiderte Frost, »so hat meines Erachtens Waddington die beste Antwort gegeben: Existenz ist ihre eigene Rechtfertigung. Die Tendenz zu entwicklungsbedingten Veränderungen, die wir Evolution nennen, wird durch die Tatsache gerechtfertigt, dass sie allen biologischen Lebensformen eigen ist. Die gegenwärtige Kontaktaufnahme zwischen den höchsten biologischen Lebensformen und den Makroben wird durch die Tatsache gerechtfertigt, dass sie sich vollzieht, und sie sollte auf allen Ebenen verstärkt werden, weil das ihrer Tendenz entspricht.«

»Sie meinen also«, sagte Mark, »dass die Frage, ob die allgemeine Entwicklung des Universums in die Richtung gehe, die wir schlecht nennen, sinnlos wäre?«

»Absolut sinnlos«, sagte Frost. »Das Werturteil, das Sie abgeben wollen, erweist sich bei genauerer Untersuchung lediglich als ein Ausdruck von Emotion. Selbst Huxley konnte es nur mit unverhüllt emotionalen Begriffen wie gladiatorenhaft oder unbarmherzig ausdrücken. Ich beziehe mich hier auf seine berühmte *Romanes lecture*. Wenn man den so genannten Existenzkampf einfach als statistisches Theorem betrachtet, haben wir mit Waddingtons Worten ›einen Begriff, so emotionslos wie ein bestimmtes Integral‹, und die Emotion verflüchtigt sich. Mit ihr verschwindet die unsinnige Vorstellung eines äußeren Wertmaßstabes, der von den Gefühlen hervorgebracht worden ist.«

»Und die tatsächliche Entwicklungstendenz«, sagte Mark, »würde auch dann aus sich selbst heraus gerechtfertigt und in diesem Sinne ›gut‹ sein, wenn sie auf die Auslöschung allen organischen Lebens hinarbeitet, wie es gegenwärtig der Fall ist?«

»Selbstverständlich«, erwiderte Frost. »Wenn Sie darauf bestehen, das Problem in diesen Begriffen zu formulieren. In Wirklichkeit ist die Frage bedeutungslos. Sie setzt eine zweckgerichtete Denkweise voraus, wie wir sie von Aristoteles übernommen haben; bei ihm haben wir es aber nur mit verselbstständigten Elementen aus der Erfahrung einer Ackerbau treibenden eisenzeitlichen Gesellschaft zu tun. Motive sind nicht die Ursachen des Handelns, sondern seine Nebenprodukte. Wenn Sie ihnen Beachtung schenken, vergeuden Sie nur Ihre Zeit. Wenn Sie wirkliche Objektivität erreicht haben, werden Sie nicht nur einige, sondern alle Motive als rein animalische, subjektive Phänomene erkennen. Sie werden dann keine Motive haben und feststellen, dass Sie auch keine brauchen. An ihre Stelle wird etwas anderes treten, das Sie dann besser als jetzt verstehen werden. Ihr Handeln wird davon nicht gelähmt, sondern im Gegenteil weitaus effizienter werden.«

»Ich verstehe«, sagte Mark. Die Philosophie, die Frost hier entwickelte, war ihm durchaus vertraut. Er erkannte darin die logische Weiterführung von Gedankengängen, die er selbst bisher immer für richtig gehalten hatte, in diesem Augenblick jedoch unwiderruflich ablehnte. Die Erkenntnis, dass seine eigenen Anschauungen zu Frosts Position führten, verbunden mit dem, was er in Frosts Gesicht sah und in dieser Zelle erfahren hatte, hatte in ihm eine völlige Umkehr bewirkt. Kein Philosoph oder Apostel hätte diese innere Wandlung gründlicher zu Wege bringen können.

»Und darum«, fuhr Frost fort, »müssen Sie systematisch in Objektivität geschult werden. Diese Schulung wird aus Ihrem Verstand nacheinander all die Faktoren eliminieren, die Sie bisher als Beweggründe betrachtet haben. Es ist etwa mit dem Abtöten eines Nervs vergleichbar. Dieses gesamte System von instinktiven Präferenzen, in welcher ethischen, ästhetischen oder logischen Verkleidung sie auch daherkommen, muss zerstört werden.«

Danach führte er Mark aus der Zelle und setzte ihm in einem Nebenraum eine Mahlzeit vor. Auch dieser Raum war künstlich beleuchtet und hatte kein Fenster. Während Mark aß, stand der Professor unbeweglich da und beobachtete ihn. Mark merkte kaum, was er aß, und es schmeckte ihm auch nicht; aber er war inzwischen viel zu hungrig, um das Essen zurückzuweisen, wenn dies überhaupt möglich gewesen wäre. Daraufhin führte Frost ihn zum Vorzimmer des Oberhaupts, und wieder musste er sich umziehen und eine Maske vor Mund und Nase binden. Dann wurde er zu dem glotzenden, sabbernden Kopf hineingeführt. Zu seiner Überraschung schenkte Frost dem Monstrum keinerlei Beachtung. Er führte ihn durch den Raum zu einer spitzbogigen kleinen Tür auf der anderen Seite. Hier blieb er stehen und sagte: »Gehen Sie hinein. Sie werden zu niemandem über das sprechen, was Sie hier finden. Ich komme gleich zurück.« Damit öffnete er die Tür, und Mark ging hinein.

Auf den ersten Blick war der Raum eine Enttäuschung. Es schien ein leeres Konferenzzimmer zu sein, mit einem langen Tisch, acht oder neun Stühlen, einigen Bildern und – seltsamerweise – einer großen Trittleiter in einer Ecke. Auch hier gab es keine Fenster. Die elektrische Beleuchtung war eine nahezu vollkommene Nachahmung des Tageslichtes, besser als Mark es je zuvor gesehen hatte. Im ersten Moment hatte er das Gefühl, an einem kalten grauen Tag ins Freie zu treten. Dieser Eindruck, verbunden mit dem Fehlen eines Kamins, ließ den Raum kalt erscheinen, obgleich die Temperatur in Wirklichkeit nicht niedrig war.

Ein Mann mit ästhetischem Empfinden hätte sofort bemerkt, dass der Raum schlecht proportioniert war, nicht gerade übertrieben, aber hinreichend, um sich unwohl darin zu fühlen. Er war zu hoch und zu schmal. Mark spürte die Wirkung, ohne die Ursache zu erkennen, und je mehr Zeit verstrich, desto stärker wurde die Wirkung. Als er so dasaß und sich umsah, fiel ihm als Erstes die Tür ins Auge. Anfangs dachte er, es handle sich um irgendeine optische Täuschung, und es kostete ihn einige Zeit, bis er sich davon überzeugt hatte, dass dies nicht der Fall war. Die Spitze des Bogens war nicht in der Mitte; das ganze Ding war schief. Aber auch hier war die Abweichung nicht groß. Es kam einem echten Bogen so nahe, dass man einen Augenblick getäuscht wurde; und selbst wenn man die Täuschung bemerkt hatte, ließ man sich immer wieder in die Irre führen. Unwillkürlich bewegte man den Kopf, um einen Blickwinkel zu finden, aus dem der Bogen richtig aussehen würde. Mark drehte sich schließlich um und kehrte der Tür den Rücken – man durfte so etwas nicht zu einer Besessenheit werden lassen.

Dann bemerkte er die Flecken an der Decke. Es waren

keine Schmutzflecken oder Verfärbungen, sondern in unregelmäßigen Abständen waren kleine, schwarze, runde Flecken auf die beigefarbene Decke gemalt. Es waren nicht sehr viele, vielleicht dreißig ... Oder waren es hundert? Er beschloss, sich nicht verleiten zu lassen, sie zu zählen. Es wäre auch schwierig gewesen, denn sie waren unregelmäßig verteilt. Oder doch nicht? Nun, da seine Augen sich an sie gewöhnten – und man konnte nicht umhin zu bemerken, dass auf der rechten Seite fünf Flecken eine kleine Gruppe bildeten –, schienen sie nahezu regelmäßig angeordnet zu sein. Sie gaukelten ein Muster vor. Das Hinterhältige daran war, dass sie ständig ein Muster vorgaukelten und dann die so geweckten Erwartungen enttäuschten. Plötzlich begriff Mark, dass dies eine weitere Falle war. Er richtete seinen Blick fest auf den Tisch.

Auch auf dem Tisch waren Flecken – weiße – weiße, glänzende, nicht ganz runde Flecken. Sie waren anscheinend so angeordnet, dass sie mit den Flecken an der Decke korrespondierten. Oder doch nicht? Nein, natürlich nicht... Ja, jetzt hatte er es! Das Muster auf dem Tisch – wenn man es ein Muster nennen konnte – war ein exaktes Spiegelbild des Musters an der Decke. Aber mit bestimmten Ausnahmen. Mark ertappte sich dabei, wie er immer wieder vom Tisch zur Decke und wieder auf den Tisch blickte, um das Rätsel zu lösen. Zum dritten Mal gebot er sich Einhalt. Er stand auf und begann umherzugehen. Er sah sich die Bilder an.

Einige von ihnen gehörten einer Kunstrichtung an, mit der er bereits vertraut war. Da war zum Beispiel das Porträt einer jungen Frau mit weit geöffnetem Mund, dessen Inneres mit dichtem Pelz bewachsen war. Es war meisterhaft und fotografisch so genau gemalt, dass man den Pelz förmlich zu fühlen glaubte; selbst wenn man wollte, konnte man sich diesem Eindruck nicht entziehen. Ein anderes Bild stellte eine riesige Gottesanbeterin dar, die Violine spielte, während sie von einer anderen Gottesanbeterin gefressen wurde; ein weiteres zeigte einen Mann mit Korkenziehern statt Armen, der unter einem sommerlichen Sonnenuntergang in einer seichten, traurig gefärbten See badete. Aber die meisten Bilder waren nicht von dieser Art. Zuerst kamen sie Mark ziemlich alltäglich vor, obgleich ihn die vielen biblischen Themen ein wenig überraschten. Erst auf den zweiten oder dritten Blick entdeckte man gewisse unerklärliche Details – etwas Seltsames an der Fußstellung der Figuren oder an der Anordnung ihrer Finger oder an der Gruppierung. Und wer war die Person zwischen Christus und Lazarus? Und warum wimmelten beim letzten Abendmahl so viele Käfer unter dem Tisch herum? Worauf beruhten die seltsamen Lichteffekte, die jedes Bild wie eine Vision aus einem Delirium erscheinen ließen? Waren diese Fragen erst einmal ausgesprochen, so wurde die scheinbare Alltäglichkeit der Bilder zu ihrer eigentlichen Bedrohung – wie der auf unheilvolle Weise belanglose Anfang mancher Träume. Jede Gewandfalte, jedes Stück Architektur erhielt eine Bedeutung, die man nicht fassen konnte, die aber den Verstand lähmte. Verglichen mit diesen waren die anderen, surrealistischen Bilder bloße Spielerei. Vor langer Zeit hatte Mark irgendwo von Manifestationen jenes extrem Bösen, das dem Uneingeweihten unschuldig erscheint, gelesen und sich gefragt, was mit solchen Manifestationen gemeint sein mochte. Jetzt glaubte er es zu wissen.

Er wandte sich von den Bildern ab und setzte sich. Er durchschaute die ganze Sache jetzt. Frost versuchte nicht, ihn in den Wahnsinn zu treiben; wenigstens nicht in dem Sinn, in dem Mark den Begriff Wahnsinn bisher verstanden hatte. Frost hatte gemeint, was er sagte. Der Aufenthalt in diesem Raum war der erste Schritt zu dem, was Frost Objektivität nannte – der Prozess, in dessen Verlauf alle spezifisch menschlichen Reaktionen abgetötet wurden, damit der Schüler für die Gesellschaft der wählerischen Makroben geeignet wäre. Weitere Schritte dieser widernatürlichen Askese würden ohne

Zweifel folgen: das Verzehren Ekel erregender Nahrung, der Umgang mit Schmutz und Blut, die rituelle Verrichtung kalkulierter Obszönitäten. In gewisser Weise waren sie ganz aufrichtig mit ihm – boten ihm die gleiche Initiation, durch die sie selbst gegangen waren und die sie von der Menschheit getrennt hatte, die Wither zu einer formlosen Ruine aufgebläht und aufgelöst, Frost zu einer harten spitzen Nadel kondensiert und geschärft hatte.

Nach ungefähr einer Stunde begann dieser lange hohe sargähnliche Raum auf Mark eine Wirkung auszuüben, mit der sein Lehrmeister wahrscheinlich nicht gerechnet hatte. Der Anfall, den er vergangene Nacht in der Zelle erlitten hatte, kehrte nicht wieder. Ob nun, weil er jenen Angriff bereits überstanden hatte oder weil die Todesgefahr ihn von seiner lebenslangen Vorliebe für das Dunkle und Geheimnisvolle befreit hatte oder weil er in gewisser Weise sehr dringlich um Hilfe gerufen hatte – die gemalte und gemauerte Perversität dieses Raums machte ihm jedenfalls wie nie zuvor die all dem entgegengesetzte Welt bewusst. Wie die Wüste den Menschen das Wasser lieben lehrt oder Zuneigung sich durch Abwesenheit offenbart. So erhob sich vor diesem Hintergrund des Widerwärtigen und Gewundenen eine Vision des Lieblichen und Geradlinigen. Etwas anderes – etwas, das er unbestimmt das Normale nannte – existierte offenbar. Er hatte noch nie darüber nachgedacht, aber da war es – fest, massiv, mit einer eigenen Gestalt, beinahe wie etwas, das man berühren, das man essen oder in das man sich verlieben konnte. Es hatte mit Jane und Spiegeleiern, mit Seife und Sonnenschein und den krächzenden Krähen in Cure Hardy zu tun, und dem Gedanken, dass irgendwo draußen der Tag weiterging. Er dachte nicht in moralischen Begriffen; dessen ungeachtet hatte er seine erste zutiefst moralische Erfahrung. Er entschied sich für eine Seite: das Normale. Er entschied sich für ›all das‹, wie er es nannte. Wenn der wissenschaftliche Standpunkt von ›all dem« fortführte, dann zum Teufel mit dem wissenschaftlichen Standpunkt. Die Leidenschaft, mit der er diese Entscheidung traf, benahm ihm den Atem; es war ein ganz neues Gefühl für ihn. In diesem Augenblick kümmerte es ihn kaum, ob Frost und Wither ihn töten würden.

Ich weiß nicht, wie lange dieser Zustand angedauert hätte; aber noch während er auf dem Höhepunkt war, kehrte Frost zurück. Er führte Mark in ein Schlafzimmer, in dem ein Kaminfeuer brannte und ein alter Mann im Bett lag. Das auf Kristall und Silber spielende Licht und der angenehme Luxus des Raums hoben Marks Stimmung so rasch, dass er Mühe hatte zuzuhören, während Frost ihm erklärte, dass er hier bis zur Ablösung Dienst tun und den stellvertretenden Direktor anrufen müsse, sobald der Patient sich regte oder sprach. Er selbst solle nichts sagen; übrigens wäre es nutzlos, es zu versuchen, denn der Patient verstehe kein Englisch.

Frost zog sich zurück. Mark sah sich im Raum um. Er war jetzt ganz unbekümmert. Er sah keine Möglichkeit, Belbury lebendig zu verlassen, es sei denn, er ließe sich zu einem entmenschlichten Diener der Makroben machen. Einstweilen galt es, aus der Situation das Beste zu machen, und er würde erst einmal etwas essen. Auf dem Tisch standen alle möglichen Delikatessen. Aber zunächst würde er die Füße auf das Kamingitter legen und eine Zigarette rauchen.

»Verdammt!«, murmelte er, als er in die Tasche griff und sie leer fand. Im gleichen Augenblick merkte er, dass der Mann im Bett die Augen geöffnet hatte und ihn ansah. »Entschuldigen Sie«, sagte Mark verwirrt, »ich wollte Sie nicht ...«

Der Mann setzte sich im Bett auf und machte eine ruckartige Kopfbewegung zur Tür.

»He?«, sagte er fragend.

»Wie bitte?«, fragte Mark.

»He?«, sagte der Mann wieder. Und dann: »Ausländer, wie?«

»Sie sprechen also doch Englisch?«, fragte Mark.

»Ah!«, sagte der Mann, und nach einer kurzen Pause: »He, Chef!« Mark blickte ihn fragend an. »Chef«, wiederholte der Patient mit großer Dringlichkeit, »Sie ham nich zufällig 'ne Aktive bei sich? Eh?«

## 2

»Ich denke, das ist alles, was wir im Moment tun können«, sagte Mutter Dimble. »Um die Blumen kümmern wir uns heute Nachmittag.« Sie und Jane waren in einem kleinen Steinhaus neben der Pforte in der Gartenmauer, durch die Jane bei ihrem ersten Besuch eingelassen worden war. Dieses Haus wurde das Pförtnerhaus genannt, und Mrs. Dimble und Jane hatten es für Ivy Maggs und ihren Mann hergerichtet, dessen Strafe an diesem Tag enden sollte. Ivy war am Vortag mit dem Zug in die Stadt gefahren, wo er inhaftiert war, und hatte dort die Nacht bei einer Tante verbracht, um ihn frühmorgens am Gefängnistor zu erwarten.

Als Mrs. Dimble ihrem Mann erzählte, was sie an diesem Morgen vorhatte, meinte er: »Nun, ein Feuer in Gang zu bringen und zwei Betten zu machen wird wohl nicht allzu lange dauern.« Ich bin ein Geschlechtsgenosse von Professor Dimble und unterliege wohl auch derselben Borniertheit. Ich habe keine Ahnung, was die beiden Frauen in all den Stunden, die sie im Pförtnerhaus zubrachten, dort gemacht haben. Auch Jane hätte sich das nicht träumen lassen. Unter Mrs. Dimbles Händen wurde aus der einfachen Aufgabe, das kleine Haus zu lüften und die Betten für Ivy Maggs und den ihr angetrauten Galgenvogel zu beziehen, ein Spiel und ein Ritual zugleich. Jane fühlte sich undeutlich an Kindertage und ihre Mithilfe bei Weihnachts- oder Ostervorbereitungen in der Kirche erinnert. Zugleich aber zogen aus ihrem literarischen Gedächtnis alle möglichen Details aus Hochzeitsliedern des sechzehnten Jahrhunderts herauf – abergläubische Bräuche,

Scherze und Sentimentalitäten über Ehebetten und Hochzeitsstuben, mit Zauberzeichen auf der Türschwelle und Feen über der Herdstelle. Es war eine ganz andere Atmosphäre als die, in der sie aufgewachsen war, und noch vor ein paar Wochen hätte sie ihr missfallen. War nicht etwas Absurdes an dieser steifen, augenzwinkernden archaischen Welt – dieser Mischung aus Prüderie und Sinnlichkeit, der stilisierten Galanterie des Bräutigams und der konventionellen Verschämtheit der Braut, der religiösen Weihe und den erlaubten Zoten anzüglicher Lieder, und der Tatsache, dass jeder außer den Hauptpersonen einigermaßen angeheitert sein durfte? Wie hatte das Menschengeschlecht es fertig gebracht, die zwangloseste Sache der Welt in solch ein Zeremoniell zu zwängen. Aber sie war sich ihrer Sache nicht mehr so sicher. Sicher war sie sich vor allem der Trennlinie, die Mutter Dimble in jene Welt einschloss und sie selbst draußen ließ. Mutter Dimble mit all ihren viktorianischen Vorstellungen von Schicklichkeit erschien ihr an diesem Tag als eine archaische Person. Jeden Augenblick schien sie sich in eine jener feierlichen und zugleich derben alten Frauen zu verwandeln, die seit jeher junge Liebespaare geschäftig und mit einer sonderbaren Mischung von Segenswünschen und Augenzwinkern, Tränen der Rührung und burschikosen Anspielungen ins Brautgemach geleitet hatten – unmögliche alte Frauen in Taft und Rüschen, die in einem Moment shakespearesche Späße über Genitalien und gehörnte Ehemänner machen und im nächsten fromm in Kirchenbänken knien konnten. Es war sehr eigenartig, denn soweit es ihre Gespräche betraf, schienen sie ihre Rollen vertauscht zu haben. Jane hätte in einer literarischen Diskussion ungeniert über Genitalien sprechen können, während Mrs. Dimble eine viktorianische Dame war, die ein solches Thema einfach totgeschwiegen hätte, wenn irgendein moderner Dummkopf so instinktlos gewesen wäre, es in ihrer Gegenwart anzuschneiden. Vielleicht hatte das Wetter Einfluss auf

Janes seltsame Empfindungen. Die Kälte hatte aufgehört, und es war einer jener fast unnatürlich milden Tage, die zu Beginn des Winters manchmal vorkommen.

Erst am Tag zuvor hatte Ivy Jane ihre Geschichte erzählt. Mr. Maggs hatte in der Wäscherei, in der er arbeitete, Geld unterschlagen. Er hatte es getan, als er in schlechter Gesellschaft verkehrt und Ivy noch nicht gekannt hatte. Seit er und Ivy zusammen waren, hatte er sich ordentlich geführt; aber die Unterschlagung war aufgedeckt und Mr. Maggs von seiner Vergangenheit eingeholt worden. Etwa sechs Wochen nach ihrer Hochzeit war er verhaftet worden. Jane hatte nicht viel dazu gesagt. Ivy schien sich des rein sozialen Stigmas, das mit Diebstahl und einer Gefängnisstrafe verbunden war, nicht bewusst zu sein; und so hatte Jane, selbst wenn sie gewollt hätte, keine Gelegenheit gehabt, Ivy mit jener gekünstelten Freundlichkeit zu behandeln, die einige Leute den Nöten der Armen entgegenbringen. Andererseits hatte sie auch keine Gelegenheit, revolutionär zu sein und zu bedenken zu geben, dass Diebstahl nicht verbrecherischer ist als Reichtum. Ivy schien die traditionellen Moralvorstellungen als unumstößlich hinzunehmen. Sie sagte, sie sei über die Sache ›ja so entsetzt‹ gewesen. Es schien in einer Hinsicht sehr wichtig zu sein, in einer anderen dagegen überhaupt keine Rolle zu spielen. So war ihr nie in den Sinn gekommen, dass dies ihr Verhältnis zu ihrem Mann verändern könnte – etwa so, als gehöre Diebstahl wie eine schlechte Gesundheit zu den normalen Risiken, die man mit der Heirat auf sich nahm.

»Ich sage immer, man kann nicht alles über einen Jungen wissen, bevor man verheiratet ist«, hatte sie gemeint.

»Das mag sein«, hatte Jane erwidert.

»Natürlich ist es für die Männer das Gleiche. Mein Vater hat immer gesagt, er hätte meine Mutter nie geheiratet, wenn er vorher gewusst hätte, wie sie schnarcht. Und sie selbst meinte: ›Nein, das hättest du wohl nicht.‹«

»Aber das ist doch etwas anderes.«

»Nun, ich denke, wenn es nicht dies ist, dann ist es etwas anderes. So sehe ich die Sache. Und die Männer laden sich schließlich auch allerhand auf. Wenn sie eine Familie und Kinder haben wollen, müssen sie heiraten, die armen Kerle, und was wir auch sagen, es ist nicht einfach, mit einer Frau zu leben. Ich meine jetzt nicht diejenigen, die man schlechte Frauen nennt. Ich erinnere mich, wie Mutter Dimble eines Tages – es war, bevor Sie kamen – etwas zum Professor sagte; und er saß da und las – Sie wissen ja, wie er liest, nicht so wie wir, sondern mit den Fingern zwischen den Seiten und einem Bleistift in der Hand – und sagte einfach: ›Ja, Liebes‹, und wir wussten beide, dass er überhaupt nicht zugehört hatte. Und ich sagte: ›Da haben Sie es, Mutter Dimble‹, sagte ich. ›So behandeln sie uns, wenn sie erst verheiratet sind. Sie hören nicht mal zu, wenn wir was sagen.‹ Und wissen Sie, was sie darauf sagte? ›Ivy Maggs‹, sagte sie, ›haben Sie sich schon einmal gefragt, ob sich überhaupt jemand alles anhören kann, was wir reden?‹ Das hat sie wörtlich gesagt. Natürlich wollte ich das nicht zugeben, nicht vor ihm, also sagte ich: ›Natürlich kann man.‹ Aber sie hatte ins Schwarze getroffen. Wissen Sie, oft habe ich eine ganze Weile auf meinen Mann eingeredet, und dann blickte er auf und fragte mich, was ich gesagt hätte, und wissen Sie was? Ich konnte mich selbst nicht mehr daran erinnern!«

»Oh, das ist etwas anderes«, hatte Jane erwidert. »Wenn zwei Leute sich auseinander leben, verschiedene Ansichten übernehmen, sich verschiedenen Seiten anschließen ...«

»Sie machen sich sicher schreckliche Sorgen um Ihren Mann«, hatte Ivy gesagt. »Ich würde kein Auge mehr zutun, wenn ich an Ihrer Stelle wäre. Aber Sie werden sehen, der Meister wird es schon in Ordnung bringen.«

Dann ging Mrs. Dimble zum Landhaus hinauf, um irgendeine Kleinigkeit zur Verschönerung des Schlafzimmers im

Pförtnerhaus zu holen. Jane, die sich ein wenig müde fühlte, kniete sich auf den Sitz im Fenster, stützte die Ellbogen auf den Sims und das Kinn in die Hände. Die Sonne war beinahe heiß. Den Gedanken, zu Mark zurückzukehren, sollte er jemals aus den Klauen Belburys gerettet werden, hatte sie längst akzeptiert. Er kam ihr nicht mehr entsetzlich vor, aber schal und fade. Und das blieb auch so, obwohl sie ihm inzwischen das eheliche Verbrechen, ihren Körper nicht selten ihren Gesprächen vorzuziehen, und manchmal seine eigenen Gedanken beidem, vergeben hatte. Warum sollte sich jemand sonderlich für das interessieren, was sie sagte? Diese neue Bescheidenheit hätte ihr sogar Vergnügen bereitet, wenn sie jemand Aufregenderem als Mark gegolten hätte. Natürlich musste sie anders mit ihm umgehen, wenn sie wieder zusammenkämen. Aber es war dieses ›wieder‹, das dem guten Vorsatz so viel von seinem Reiz nahm – es war, wie wenn man etwas falsch zusammengerechnet hatte und es jetzt auf derselben voll gekritzelten Seite ein zweites Mal versuchen musste. »Wenn sie wieder zusammenkämen ...« Sie fühlte sich schuldig, weil sie sich keinerlei Sorgen machte. Doch sogleich merkte sie, dass sie doch ein wenig beunruhigt war. Denn bisher hatte sie immer angenommen, dass Mark zurückkehren würde. Jetzt aber musste sie mit der Möglichkeit seines Todes rechnen. Sie dachte nicht daran, wie sie selbst danach weiterleben würde; sie sah nur das Bild des toten Mark vor sich, das fahle Gesicht auf einem Kissen, der Körper steif, die Hände und Arme (im Guten wie im Bösen so verschieden von allen anderen Händen und Armen) lang ausgestreckt und nutzlos wie die einer Puppe. Sie fröstelte, dabei war die Sonne noch wärmer als zuvor – unnatürlich warm für die Jahreszeit. Es war auch sehr still, so still, dass sie hören konnte, wie ein kleiner Vogel auf dem Weg draußen vor dem Fenster entlanghüpfte. Dieser Weg führte zu der Tür in der Gartenmauer, durch die sie das erste Mal hereingekommen war. Der Vogel hüpfte bis zur Schwelle dieser Tür und dort auf jemandes Fuß. Und jetzt erst sah Jane, dass jemand auf einer kleinen Bank direkt neben der Tür saß. Diese Person war nur wenige Schritte entfernt, aber sie musste sich so ruhig verhalten haben, dass Jane sie nicht bemerkt hatte.

Die Person trug ein leuchtend rotes, bodenlanges Gewand, in dem sie ihre Hände verborgen hatte; hinter dem Kopf erhob sich dieses Gewand zu einem hohen, plissierten Kragen, doch vorn war es so tief ausgeschnitten oder offen, dass es ihre großen Brüste enthüllte. Ihre Haut hatte einen eher dunklen, südlichen Ton und glühte beinahe honigfarben. Auf einer Vase aus dem alten Knossos hatte Jane einmal eine minoische Priesterin in einem ähnlichen Gewand gesehen. Das Gesicht, reglos auf dem muskulösen Pfeiler ihres Halses, blickte unverwandt zu ihr herüber. Es war ein rotwangiges Gesicht mit feuchten Lippen, schwarzen, beinahe kuhartigen Augen und einem rätselhaften Ausdruck. Nach gewöhnlichen Maßstäben hatte es keine Ähnlichkeit mit Mutter Dimble, aber Jane erkannte es sofort. Es war, in der Sprache der Musiker ausgedrückt, die volle Entfaltung des Themas, das während der letzten Stunden verstohlen in Mutter Dimbles Gesicht angeklungen war. Es war Mutter Dimbles Gesicht, in dem etwas ausgelassen war, und die Auslassung erschreckte Jane. »Es ist brutal«, dachte sie, denn seine Kraft erdrückte sie; dann aber änderte sie ihre Meinung und dachte: »Ich selbst bin schwach und nichts sagend. Es macht sich über mich lustig«, dachte sie und änderte gleich darauf abermals ihre Meinung: »Es beachtet mich überhaupt nicht, sieht mich nicht einmal.« Denn obgleich eine beinahe dämonische Ausgelassenheit aus den Zügen leuchtete, schien Jane davon ausgeschlossen. Sie versuchte, ihren Blick von dem Gesicht abzuwenden, und als es ihr gelungen war, merkte sie, dass da noch weitere Geschöpfe waren, vier oder fünf, nein, mehr –, eine ganze Schar lächerlicher kleiner Männer: dicke Zwerge mit roten Zipfelmützen, stämmige gnomenhafte Gestalten, unerträglich zwanglos, frivol und unbezähmbar. Und diese machten sich ohne jeden Zweifel über sie lustig. Sie zeigten auf sie, nickten, schnitten Grimassen, machten Kopfstände und schlugen Purzelbäume. Jane fürchtete sich noch nicht, denn die ungewöhnliche Wärme der Luft an diesem offenen Fenster machte sie träge. Es war wirklich unnatürlich warm für die Jahreszeit. Sie war vor allem empört. Ein Verdacht, der sie hin und wieder beschlichen hatte, kehrte jetzt mit fast unwiderstehlicher Macht zurück – der Verdacht, dass das wirkliche Universum einfach albern sein könnte. Das hing eng mit den Erinnerungen an jenes Erwachsenenlachen zusammen – jenes laute, unbekümmerte Männerlachen aus den Mündern unverheirateter Onkel, das sie in der Kindheit oft zornig gemacht hatte und vor dem sie dankbar in die Ernsthaftigkeit des Schuldebattierklubs geflohen war.

Aber gleich darauf fürchtete sie sich sehr. Die Riesin erhob sich und kam mit ihrem Gefolge auf sie zu. Umgeben von einem mächtigen Glutschein und mit einem Geräusch wie von knisternden Flammen betraten die feuergewandete Frau und ihre ungezogenen Zwerge das Haus. Dann waren sie bei ihr im Zimmer. Die seltsame Frau hielt eine Fackel in der Hand. Sie brannte mit einer schrecklichen, blendenden Helligkeit, knisterte und entließ eine dichte schwarze Rauchwolke, die das Schlafzimmer mit einem stickigen, harzigen Geruch erfüllte. »Wenn sie nicht Acht geben«, dachte Jane, »werden sie das Haus in Brand setzen.« Aber sie hatte kaum Zeit, darüber nachzudenken, denn ihre ganze Aufmerksamkeit wurde von dem unerhörten Benehmen der kleinen Männer in Anspruch genommen. Sie begannen, das Zimmer auf den Kopf zu stellen. Innerhalb von Sekunden war das Bett ein einziges Durcheinander, die Laken am Boden, die Decke heruntergezerrt und als Sprungtuch missbraucht, um den dicksten Zwerg in die Höhe zu werfen, die Kissen flogen durch die Luft, und ihre Federn waren überall verstreut. »Halt, pass auf! Kannst du nicht Acht geben?« schrie Jane, denn die Riesin berührte jetzt verschiedene Dinge im Zimmer mit ihrer brennenden Fackel. Sie berührte eine Vase auf dem Kaminsims. Sogleich erhob sich daraus ein leuchtender Farbstreifen, den Jane für Feuer hielt. Sie wollte gerade dorthin springen, um es zu löschen, als sie sah, dass dasselbe mit einem Bild an der Wand geschah. Und dann wiederholte sich der Vorgang immer schneller überall um sie her. Nun brannten sogar die Mützen der Zwerge. Aber gerade als der Schrecken unerträglich zu werden drohte, sah Jane, dass das, was aus all dem emporloderte, was die Fackel berührt hatte, gar keine Flammen waren, sondern Pflanzen. Efeu und Geißblatt rankten sich an den Beinen der Betten empor, rote Rosen erblühten auf den Mützen der kleinen Männer, und von allen Seiten wuchsen große Lilien auf sie zu und streckten ihr die gelben Zungen entgegen. Die Gerüche, die Hitze, das Gedränge und die Seltsamkeit des Ganzen ließen sie beinahe ohnmächtig werden. Nicht einen Augenblick lang kam ihr der Gedanke, sie träume. Oft werden Träume als Visionen missdeutet, aber niemand hat je eine Vision als Traum missdeutet ...

»Jane! Jane!«, rief plötzlich Mrs. Dimbles Stimme. »Was in aller Welt ist geschehen?«

Jane setzte sich auf. Der Raum war leer, aber das Bett war ganz durcheinander. Sie hatte anscheinend am Boden gelegen. Sie fror und war sehr müde.

»Was ist denn geschehen?«, fragte Mrs. Dimble wieder.

»Ich weiß es nicht«, sagte Jane.

»Sind Sie krank, Kind?«, fragte Mutter Dimble.

»Ich muss sofort den Meister sprechen«, sagte Jane. »Es geht schon. Lassen Sie nur. Ich kann allein aufstehen ... wirklich. Aber ich muss sofort den Meister sprechen.«

**3** _____ Mr. Bultitudes Geist war ebenso pelzig und von ebenso nichtmenschlicher Gestalt wie sein Körper. Er erinnerte sich weder, wie ein Mensch es getan hätte, an den Provinzzoo, aus dem er während eines Brandes entkommen war, noch an seine zähnefletschende und angstvolle Ankunft in St. Anne's oder an die folgenden Monate der Eingewöhnung, in denen er allmählich gelernt hatte, den Bewohnern des Landhauses zu vertrauen und sie zu lieben. Es war ihm nicht bewusst, dass er sie jetzt liebte und ihnen vertraute. Er wusste nicht, dass sie Menschen waren oder dass er ein Bär war. Er wusste nicht einmal, dass sie existierten, nichts von dem, was wir mit den Worten ›ich‹ und ›ihr‹ verbinden, befand sich in seinem Kopf. Wenn Mrs. Maggs ihm eine Schüssel goldgelben Sirup gab, wie sie es jeden Sonntagmorgen tat, so wusste er nichts von geben und nehmen. Es geschah etwas Gutes, und er nahm es an. Und das war alles. Wenn man so wollte, konnte man seine Zuneigung als ›Bratkartoffelliebe‹ bezeichnen, die dem Futter und der Wärme und den kraulenden Händen und freundlichen Stimmen galt. Aber wenn man unter Bratkartoffelliebe etwas Kaltes und Berechnendes verstand, so verkannte man die wirklichen Empfindungen des Tieres. Es war ebenso wenig mit einem menschlichen Egoisten wie mit einem menschlichen Altruisten zu vergleichen. Die Begierden, die man bei einem Menschen geringschätzig als Bratkartoffelliebe bezeichnen würde, waren bei ihm zitternde und ekstatische Hoffnungen, die sein ganzes Wesen erfassten, unendliche Sehnsüchte, verbunden mit drohenden Tragödien und der Farbenpracht des Paradieses. Stieße man einen Menschen für kurze Zeit in den warmen, bebenden, schillernden Teich dieses vormenschlichen Bewusstseins zurück, so würde er in dem Glauben wieder auftauchen, das Absolute erfasst zu haben: denn die Zustände unter und über unserer Vernunftebene stehen beide im Kontrast zu unserem normalen Leben und weisen dadurch eine gewisse oberflächliche Ähnlichkeit auf. Manchmal erreicht uns aus früher Kindheit die Erinnerung an eine namenlose Freude oder Angst, losgelöst von jeglicher schönen oder schrecklichen Erscheinung, ein mächtiges Adjektiv in einer hauptwortlosen Leere, eine reine Eigenschaft. In solchen Augenblicken gewinnen wir Einblick in die seichten Stellen jenes Teiches. Doch viele Faden tiefer, als jede Erinnerung uns führen kann, ganz unten in dem warmen Dämmerzustand verbrachte der Bär sein ganzes Leben.

An diesem Tag war etwas Ungewöhnliches geschehen – er war ohne Maulkorb in den Garten hinausgelangt. Sonst trug er draußen immer einen Maulkorb, nicht weil man Angst hatte, er könnte gefährlich werden, sondern wegen seiner Vorliebe für Früchte und süßes Gemüse. »Nicht dass er nicht zahm wäre«, hatte Ivy Maggs es Jane erläutert, »aber er ist nicht anständig. Wenn wir ihn gewähren ließen, würde er uns nichts übrig lassen.« Aber heute hatte man die Vorsichtsmaßnahme vergessen, und der Bär hatte den Vormittag sehr angenehm damit verbracht, die Rüben zu untersuchen. Jetzt, am frühen Nachmittag, stand er an der Gartenmauer. Hier wuchs ein Kastanienbaum, auf den der Bär hinaufklettern und über dessen Äste er leicht auf die andere Seite der Mauer gelangen konnte. Er stand da und blickte in den Baum hinauf. Mrs. Maggs hätte seinen Gemütszustand mit den Worten beschrieben: »Er weiß genau, dass er nicht aus dem Garten darf.« Doch für Mr. Bultitude stellte die Sache sich anders dar. Er hatte keine moralischen Grundsätze, aber der Meister hatte ihm bestimmte Dinge verboten. Kam er der Gartenmauer zu nahe, so befiel ihn ein rätselhaftes Widerstreben, zogen gewissermaßen Wolken an seinem emotionalen Himmel auf. Aber der Drang, auf die andere Seite dieser Mauer zu gelangen, wurde dadurch nicht ausgelöscht. Er wusste natürlich nicht, warum dies so war, und konnte sich nicht einmal die Frage stellen. Hätte man versucht, diesen Drang in menschliche Begriffe zu fassen, so war er eher mit einem Mythos als mit einem Gedanken zu vergleichen. Im Garten begegnete man Bienen, fand aber nie einen Bienenstock. Die Bienen flogen alle fort, über die Mauer. Und das Nächstliegende war, den Bienen zu folgen. Ich denke, der Bär hatte eine Vorstellung von endlosen grünen Wiesen und Wäldern hinter der Mauer, von unzähligen Bienenkörben, sperlingsgroßen Bienen und etwas Klebrigerem, Süßerem und Goldenerem noch als Honig, das dort auf ihn wartete oder gar auf ihn zukam, sickerte oder triefte.

Diese Unruhe erfüllte ihn heute in ungewöhnlichem Maße, denn er vermisste Ivy Maggs. Er wusste nicht, dass es eine solche Person gab, und er erinnerte sich nicht, wie wir uns erinnern, aber irgendetwas fehlte ihm. Sie und der Meister waren, jeder auf seine Weise, die beiden wichtigsten Faktoren in seinem Leben. Er spürte die Überlegenheit des Meisters; Begegnungen mit ihm waren für den Bären, was mystische Erfahrungen für Menschen sind, denn der Meister hatte von der Venus eine Spur jenes verlorenen Vorrechts der Menschen mitgebracht, Tiere zu adeln. In seiner Gegenwart erreichte Mr. Bultitude die Schwelle zur Persönlichkeit, dachte das Undenkbare und tat das Unmögliche, beunruhigt und hingerissen von Glanzlichtern aus einer Welt jenseits seiner eigenen pelzigen Welt, und trottete dann müde wieder fort. Bei Ivy dagegen fühlte er sich rundum wohl – wie ein Wilder, der an irgendeinen fernen höchsten Gott glaubt, sich jedoch bei den kleinen Gottheiten des Waldes und des Wassers wohler fühlt. Ivy fütterte ihn, jagte ihn von verbotenen Orten fort, knuffte ihn und redete den ganzen Tag mit ihm. Sie war der festen Überzeugung, dass das Tier jedes Wort verstand, was sie sagte. Nahm man dies wörtlich, so stimmte es nicht; aber in einem anderen Sinne traf es sehr wohl zu. Denn ein großer Teil von dem, was Ivy sagte, drückte Gefühle und nicht Gedanken aus und obendrein Gefühle, die Mr. Bultitude teilte – Gefühle von

Munterkeit, Behaglichkeit und körperlicher Zuneigung. In ihrer jeweiligen Art und Weise verstanden sie einander recht gut.

Dreimal wandte sich Mr. Bultitude von Baum und Mauer ab, aber jedes Mal kehrte er zurück. Dann kletterte er ganz vorsichtig und leise hinauf. Als er die Astgabel erreichte, blieb er lange dort sitzen. Unter sich sah er eine steile Wiese, die zu einer Straße hin abfiel. Beides, Verlangen und Widerstreben waren jetzt sehr stark. So saß er annähernd eine halbe Stunde lang dort oben. Gelegentlich schweifte seine Aufmerksamkeit ab, und einmal schlief er beinahe ein. Schließlich aber sprang er auf der Außenseite der Mauer hinunter. Als er begriff, dass es nun wirklich geschehen war, bekam er es so mit der Angst zu tun, dass er am Fuß der Böschung neben der Straße still sitzen blieb. Dann hörte er ein Geräusch.

Ein Lastwagen kam in Sicht. Der Mann am Steuer und sein Beifahrer trugen beide die Uniform des N.I.C.E.

»He ... halt an, Sid!«, sagte der Beifahrer. »Was ist denn das da?«

»Was?«, fragte der Fahrer.

»Hast du keine Augen im Kopf?«

»Mich laust der Affe«, sagte Sid und brachte den Wagen zum Stehen. »Ein Bär! Und was für ein riesiges Vieh. Hör mal – könnte das am Ende unser eigener Bär sein?«

»Niemals«, sagte sein Kollege. »Der war heute Morgen noch in seinem Käfig.«

»Aber, was meinst du, könnte er abgehauen sein? Das würde uns teuer zu stehen kommen ...«

»Selbst wenn er abgehauen wäre, könnte er nicht hier sein«, sagte der andere. »Bären sind keine Brieftauben. Darum geht es nicht. Aber sollten wir nicht vielleicht den hier mitnehmen?«

»Wir haben keine Anweisung«, sagte Sid.

»Nein. Aber wir haben den verdammten Wolf nicht gekriegt.«

»Das war nicht unsere Schuld. Die Alte wollte ihn verkaufen, aber dann doch nicht hergeben. Du kannst bezeugen, Len, dass wir unser Bestes getan haben. Ich hab ihr gesagt, dass die Versuche in Belbury gar nicht so wären, wie sie glaubte, und dass das Viech bei uns das schönste Leben haben würde; dass wir ihn wie das reinste Schoßtier halten würden. Noch nie habe ich an einem Morgen so viel zusammengeschwindelt. Jemand muss sie beeinflusst haben.«

»Natürlich war es nicht unsere Schuld. Aber dem Chef ist das egal. Wenn du in Belbury nicht spurst, fliegst du raus.«

»Raus?«, sagte Sid. »Ich wüsste gerne, wie.«

Len spuckte aus dem Wagenfenster, und eine Weile sprach keiner von ihnen.

»Aber was nützt es«, fragte Sid schließlich, »wenn wir einen Bären mitbringen?«

»Nun, besser als mit leeren Händen zurückzukommen, oder?«, fragte Len. »Außerdem kosten Bären Geld. Ich weiß, dass sie noch einen brauchen. Und da sitzt einer und kostet nichts.«

»Also gut«, sagte Sid ironisch, »wenn du so scharf darauf bist, kannst du ja aussteigen und ihn fragen, ob er mitfahren möchte.«

»Blödmann«, sagte Len.

»Aber nicht mit meinem Abendbrot locken, kommt nicht infrage«, sagte Sid.

»Du bist mir vielleicht ein Kumpel«, sagte Len, während er in einem fettigen Paket kramte. »Kannst von Glück sagen, dass ich nicht zu denen gehöre, die ihre Kumpel hochgehen lassen.«

»Hast du doch schon längst versucht«, sagte der Fahrer. »Ich kenn' deine kleinen Spielchen.«

Len hatte inzwischen ein dickes Wurstbrot ausgepackt und ließ aus einer Flasche eine stark riechende Flüssigkeit darauftropfen. Als das Brot ganz durchtränkt war, öffnete er die Tür und tat einen Schritt vorwärts, die Hand aber immer noch am Türgriff. Er war jetzt etwa sechs Schritte von dem Bären entfernt, der die ganze Zeit vollkommen still sitzen geblieben war. Len warf ihm das Brot hin.

Eine Viertelstunde später lag Mr. Bultitude bewusstlos und schwer atmend auf der Seite. Die beiden Männer hatten keine Schwierigkeiten, ihm die Beine zu fesseln und das Maul zuzubinden, aber sie hatten große Mühe, ihn in den Wagen zu heben.

»Das hat meiner Pumpe einen Knacks gegeben«, sagte Sid und presste die Hand gegen die linke Seite.

»Scheiß auf deine Pumpe«, sagte Len und rieb sich den Schweiß aus den Augen. »Komm schon.«

Sid kletterte auf den Fahrersitz, blieb eine Weile keuchend sitzen und murmelte in Abständen: »Verfluchter Mist.« Dann ließ er den Motor an, und sie fuhren davon.

## 4

Marks Tagesablauf war jetzt bestimmt von den Stunden am Bett des Schläfers und den Stunden in dem Raum mit der gefleckten Decke. Die Schulung in Objektivität, die in letzterem stattfand, kann nicht in allen Einzelheiten beschrieben werden. Die Umkehrung natürlicher Neigungen, die Frost bezweckte, wurde nicht durch spektakuläre oder dramatische Mittel angestrebt, aber die Einzelheiten waren häufig so kindisch und albern, dass man sie am besten beiseite lässt. Oft dachte Mark, dass ein richtig unanständiges Gelächter den ganzen Spuk fortblasen würde; aber Gelächter kam leider nicht infrage. Und genau das war das Entsetzliche – unter der unwandelbar ernsten Aufsicht des mit Stoppuhr und Notizbuch bewaffneten Professors und nach den Regeln eines wissenschaftlichen Experimentes musste Mark kleine Widerwärtigkeiten ausführen, die ein sehr albernes Kind vielleicht lustig gefunden hätte. Manches von dem, was er zu tun hatte, war schlichtweg bedeutungslos. In einer Übung etwa musste er auf die Trittleiter steigen und einen bestimmten, von Frost ausgewählten Flecken an der Decke berühren: nur mit dem Zeigefinger antippen und dann wieder herabsteigen. Aber dieser Vorgang erschien Mark – entweder durch Assoziation mit den anderen Übungen oder weil vielleicht wirklich eine Bedeutung darin verborgen war – immer als die unanständigste und unmenschlichste von all seinen Aufgaben. Und Tag für Tag, während der Prozess seinen Fortgang nahm, wuchs und verfestigte sich in ihm jene Vorstellung des Normalen oder Geradlinigen, die ihm bei seinem ersten Besuch in diesem Raum gekommen war, bis sie unverrückbar wie ein Berg erschien. Bisher war ihm nie recht klar gewesen, was eine Vorstellung war; er hatte immer gedacht, dies seien Dinge, die man nur in seinem eigenen Kopf hatte. Jetzt aber, da sein Verstand ständigen Angriffen ausgesetzt und häufig von der Verderbtheit der Schulung ganz erfüllt war, ragte diese Vorstellung über ihm auf – etwas, das offensichtlich ganz unabhängig von ihm existierte und harte, felsige und unnachgiebige Oberflächen hatte, Oberflächen, die ihm Halt gaben.

Sein zweiter Rettungsanker war der Mann im Bett. Marks Entdeckung, dass der Alte doch englisch sprach, hatte zu einer seltsamen Bekanntschaft geführt. Man kann nicht gerade behaupten, dass sie sich unterhielten. Beide sprachen, aber das Ergebnis war kaum ein Gespräch oder jedenfalls nicht das, was Mark bisher darunter verstanden hatte. Der Mann arbeitete in einem Maße mit Andeutungen und knappen Gesten, dass Marks weniger feine Umgangsformen beinahe nutzlos waren. Als Mark ihm erklärte, er habe keine Zigaretten, schlug der Mann mindestens sechsmal mit einem imaginären Tabaksbeutel auf sein Knie und zündete ebenso oft ein imaginäres Streichholz an, wobei er den Kopf mit einem so verklärten Ausdruck auf die Seite legte, wie Mark ihn nur selten in einem menschlichen Gesicht gesehen hatte. Dann versuchte Mark, dem Fremden klarzumachen, dass ›sie‹ zwar keine Ausländer, aber außerordentlich gefährliche Leute waren und dass er wahrscheinlich gut daran täte, sein Schweigen beizubehalten.

»Ah!«, sagte der Fremde und warf wieder seinen Kopf zurück. »Ah! Eh?« Dann legte er nicht einfach seinen Finger an die Lippen, sondern führte eine ausführliche Pantomime auf, die dasselbe bedeutete. Und er war eine ganze Weile lang nicht mehr davon abzubringen. Immer wieder beteuerte er seine Verschwiegenheit. »Ah«, sagte er, »die kriegen nichts aus mir raus, sag ich Ihnen, kein Sterbenswörtchen, sag ich Ihnen. Eh? Kann ich Ihnen sagen.« Und er sah Mark so verschmitzt und verschwörerisch an, dass es ihm das Herz wärmte. Da Mark glaubte, diese Angelegenheit sei nun hinreichend klar, fuhr er fort: »Aber was die Zukunft betrifft …«, nur um abermals von einer Pantomime der Verschwiegenheit unterbrochen zu werden, der in Antwort heischendem Ton das Wort »eh?« folgte.

»Ja, natürlich«, sagte Mark. »Wir sind beide in beträchtlicher Gefahr. Und …«

»Ah!«, sagte der Mann. »Ausländer, eh?«

»Nein, nein«, widersprach Mark. »Ich habe Ihnen doch gesagt, es sind keine Ausländer. Aber sie scheinen Sie für einen zu halten. Und deshalb …«

»Stimmt«, unterbrach ihn der Mann. »Ich weiß. Ich nenn sie Ausländer. Ich weiß. Sie kriegen nichts aus mir raus. Sie und ich, okay. Ah.«

»Ich habe versucht, mir einen Plan auszudenken«, sagte Mark.

»Ah«, sagte der Mann beifällig.

»Und ich habe überlegt …«, begann Mark, als der Mann sich plötzlich vorbeugte und unerwartet nachdrücklich meinte: »Ich kann Ihnen sagen!«

»Was?« fragte Mark.

»Ich hab 'nen Plan.«

»Was für einen?«

»Ah«, sagte der Alte, zwinkerte Mark wissend zu und rieb sich den Bauch.

»Reden Sie weiter«, sagte Mark. »Was ist das für ein Plan?«

»Wie wär's«, sagte der andere und legte den rechten Zeigefinger an den linken Daumen, als wolle er gerade den ersten Schritt einer philosophischen Beweisführung darlegen, »wie wär's, wenn wir uns jetzt einen Toast mit Käse machen würden?«

»Ich meinte einen Fluchtplan«, sagte Mark.

»Ah«, erwiderte der Mann. »Mein alter Vater, zum Beispiel. War in seinem ganzen Leben nicht einen Tag krank. Eh? Wie finden Sie das? Eh?«

»Nun, das ist sicherlich bemerkenswert ...«, sagte Mark.

»Kann man wohl sagen«, erwiderte der andere. »Sein Leben lang unterwegs. Hatte nie auch nur Bauchweh. Eh?« Und als ob Mark nicht wisse, was für eine Krankheit das sei, führte er ihm eine lange und außerordentlich bildhafte Pantomime vor.

»Ich nehme an, das Leben im Freien war genau das Richtige für ihn«, sagte Mark.

»Und worauf führte er seine Gesundheit zurück?«, fragte der Mann. »Das frage ich jeden, was meinen Sie, worauf führte er seine Gesundheit zurück?«

Mark wollte gerade antworten, als der Mann ihm durch eine Geste zu verstehen gab, dass die Frage rein rhetorisch sei und dass er nicht unterbrochen werden wolle.

»Er führte seine Gesundheit«, sagte er dann, »auf Toast mit Käse zurück. Hält das Wasser aus dem Magen, jawohl. Bildet eine Schutzschicht, eh? Ist jedem vernünftigen Menschen klar. Ah.«

In mehreren späteren Gesprächen versuchte Mark, etwas über das Vorleben des Fremden zu erfahren und vor allem herauszubringen, wie er nach Belbury gekommen war. Das war nicht leicht, denn obgleich die Reden des Landstreichers voller autobiografischer Details steckten, bezogen sich diese beinahe ausschließlich auf irgendwelche Unterhaltungen, in denen er mit schlagfertigen Antworten verblüfft hatte, deren Sinn indes völlig im Dunkeln blieb. Selbst die weniger anspruchsvollen Anspielungen des Alten waren zu schwierig für Mark, der vom Leben auf der Straße keine Ahnung hatte, obwohl er einmal einen sehr autoritären Artikel über das Vagabundenleben geschrieben hatte. Aber durch wiederholtes und (als er den Alten besser kennen lernte) vorsichtigeres Befragen gewann er den Eindruck, dass der Landstreicher gezwungen worden war, seine Kleider einem wildfremden Mann zu überlassen, der ihn anschließend in einen tiefen Schlaf versetzt zu haben schien. Der Alte war zu keiner ausführlichen Darstellung zu bewegen und redete, als wisse Mark schon alles, und jedes Drängen auf einen genaueren Bericht führte nur zu wiederholtem Kopfnicken, Zwinkern und höchst vertraulichen Gesten. Was die Identität oder das Aussehen der Person betraf, die ihm seine Kleider weggenommen hatte, so war nichts darüber zu erfahren. Selbst nach stundenlangen Gesprächen und ausgiebigem Zechen erhielt Mark keine klareren Hinweise als Wendungen wie »Ah, das war einer!« oder »Er war eine Art von – Sie wissen schon, eh?« oder »Das war vielleicht ein Kunde, war das«. Diese Erklärungen wurden mit großem Vergnügen abgegeben, als ob der Raub seiner Kleider die größte Bewunderung des Landstreichers gefunden hätte.

Dieses Vergnügen war überhaupt das auffallendste Merkmal an den Reden des Alten. Nie gab er irgendein moralisches Urteil über das ab, was ihm im Laufe seines Lebens angetan worden war, noch versuchte er es zu erklären. Vieles, das ungerecht oder einfach unverständlich war, schien er nicht nur ohne Groll, sondern sogar mit einer gewissen Befriedigung hinzunehmen, solange es nur effektvoll war. Selbst für seine gegenwärtige Situation zeigte er weniger Neugier, als Mark für möglich gehalten hätte. Sie ergab keinen Sinn, aber der Mann erwartete auch nicht, dass die Dinge einen Sinn ergäben. Er beklagte sich, dass kein Tabak da war, und betrachtete die ›Ausländer‹ als sehr gefährliche Leute: aber die Hauptsache war offensichtlich, so viel wie möglich zu essen und zu trinken, solange die gegenwärtigen Verhältnisse andauerten. Und allmählich passte Mark sich dem an. Der Alte hatte einen übel riechenden Atem, hielt wenig von körperlicher Reinlichkeit und aß höchst unappetitlich. Aber diese Art von Dauerpicknick mit ihm führte Mark in jenes Reich der Kindheit zurück, das wir alle genossen haben, bevor die Zeit der guten Manieren begann. Jeder verstand vielleicht ein Achtel von dem, was der andere sagte, aber nach und nach entstand zwischen ihnen eine Art Vertrautheit. Erst Jahre später begriff Mark, dass er hier, wo es keinen Raum für Eitelkeit gab und er nicht mehr Macht oder Sicherheit genoss als »spielende Kinder in der Küche eines Riesen«, unversehens Mitglied eines so geheimen und gegen Außenseiter so hermetisch abgeschlossenen ›Kreises‹ geworden war, wie er es sich nie hätte träumen lassen.

Hin und wieder wurde ihr *tête-à-tête* unterbrochen, wenn Frost oder Wither oder alle beide hereinkamen und irgendeinen Fremden vorstellten, der den Landstreicher in einer unbekannten Sprache anredete, keinerlei Reaktion erzielte und wieder hinausgeführt wurde. Die Gewohnheit des Landstreichers, sich dem Unverständlichen zu unterwerfen, verbunden mit einer natürlichen Schläue, kam ihm während dieser Interviews zustatten. Auch ohne Marks Ratschläge wäre es ihm niemals in den Sinn gekommen, seinen Kerkermeistern mit einer englischen Antwort die Augen zu öffnen. Irgendjemandem die Augen zu öffnen war ohnehin etwas seinem Denken völlig Fremdes. Sein ruhiger, gleichgültiger Gesichtsausdruck, gelegentlich unterbrochen von schnellen, scharfen Blicken, aber niemals von Anzeichen der Angst oder Verwirrung, ließ seine Verhörer im Dunkeln tappen. Wither konnte in seinem Gesicht niemals das Böse entdecken, das er suchte; aber er entdeckte auch keine der Tugenden darin, die für ihn das Anzeichen für Gefahr gewesen wären. Der Landstreicher war ein Menschentyp, der ihm völlig unbekannt war. Der Einfaltspinsel, das entsetzte Opfer, der Speichellecker, der potenzielle Komplize, der Rivale, der aufrechte Mann mit dem hasserfüllten Blick – sie alle waren ihm vertraut. Aber nicht dies.

Und dann kam es eines Tages zu einem Gespräch, das anders verlief.

## 5

»Das klingt ja beinahe so, als sei ein mythologisches Bild von Tizian zum Leben erwacht«, sagte der Meister lächelnd, als Jane ihr Erlebnis im Pförtnerhaus geschildert hatte.

»Ja, aber ...«, sagte Jane, hielt inne und begann dann von neuem. »Ja, da besteht in der Tat eine große Ähnlichkeit. Nicht nur bei der Frau und den ... den Zwergen, sondern vor allem beim Licht. Als ob die Luft selbst in Flammen gestanden hätte. Aber ich habe immer gedacht, ich würde Tizian mögen. Vielleicht habe ich die Bilder nie wirklich ernst genommen, einfach nur über die Renaissance dahergeredet, wie es so üblich war.«

»Das Bild hat Ihnen also nicht mehr gefallen, als es sich in Wirklichkeit verwandelte?«

Jane schüttelte den Kopf.

»Aber habe ich denn etwas Wirkliches gesehen? Gibt es denn solche Dinge?«

»Ja«, sagte der Meister, »das war wohl etwas Wirkliches. Sehen Sie, innerhalb dieser Quadratmeile gibt es tausende von Dingen, von denen ich noch nichts weiß. Und ich glaube sagen zu dürfen, dass Merlins Gegenwart manches davon zum Vorschein bringt. Solange er hier ist, leben wir nicht ganz im zwanzigsten Jahrhundert. Die Dinge überschneiden sich ein wenig, sind nicht mehr so ganz klar. Und Sie selbst ... Sie sind eine Seherin. Vielleicht war es Ihnen bestimmt, dieser Frau zu begegnen. Sie verkörpert, was Sie bekommen werden, wenn Sie die andere nicht haben wollen.«

»Wie meinen Sie das, Sir?«, fragte Jane.

»Sie sagten, diese Frau habe ein wenig wie Mutter Dimble ausgesehen. Sie ist es. Aber eine Mutter Dimble, der etwas fehlt. Mutter Dimble ist mit der Welt, die Sie gesehen haben, ebenso gut Freund wie Merlin mit den Wäldern und Flüssen. Aber er ist nicht selbst ein Wald oder ein Fluss. Sie hat jene Welt nicht zurückgewiesen, sondern sie hat sie getauft. Sie ist eine christliche Frau. Und Sie, Mrs. Studdock, sind es nicht. Und Sie sind auch keine Jungfrau. Sie haben sich da aufgestellt, wo Sie dieser alten Frau begegnen mussten, und dann haben Sie alles verworfen, was ihr widerfuhr, seit Maleldil zur Erde kam. Sie haben sie sozusagen im Rohzustand gesehen – nicht stärker, als Mutter Dimble sie erleben würde, aber ungeläutert, dämonisch. Und das gefällt Ihnen nicht. Spiegelt sich darin nicht die Geschichte Ihres Lebens?«

»Sie meinen«, sagte Jane gedehnt, »ich hätte etwas verdrängt?«

Der Meister lachte, genau jenes laute, selbstsichere Junggesellenlachen, das sie bei anderen so oft in Wut gebracht hatte.

»Ja«, sagte er. »Aber ich meine nicht Verdrängung im freudschen Sinne. Freud kannte nur die eine Hälfte der Dinge. Es ist keine Frage der Hemmungen – anerzogener Scham – gegenüber dem natürlichen Verlangen, Ich fürchte, für Leute, die weder Heiden noch Christen sein wollen, gibt es keine Nische auf der Welt. Stellen Sie sich einen Menschen vor, der zu heikel ist, mit den Fingern zu essen, aber auch keine Gabel benutzen will.«

Sein Gelächter mehr noch als seine Worte trieb Jane das Blut in die Wangen, und sie sah ihn mit offenem Mund an. Sicher, der Meister war keineswegs wie Mutter Dimble, aber die unangenehme Erkenntnis, dass er in dieser Angelegenheit auf Mutter Dimbles Seite stand, dass auch er, obwohl er nicht zu dieser farbenglühenden, archaischen Welt gehörte, dennoch gute diplomatische Beziehungen zu ihr unterhielt, sie selbst dagegen ausgeschlossen war, traf sie wie ein Schlag. Der alte weibliche Traum, einen Mann zu finden, der einen ›wirklich verstand‹, war enttäuscht worden; sie war auch halb unbewusst davon ausgegangen, dass der Meister der Jungfräulichste seines Geschlechts sei; aber ihr war nicht klar gewesen, dass seine Männlichkeit ihn trotzdem noch von ihr trennte, und sogar mehr und endgültiger als die Männlichkeit der gewöhnlichen Männer. Etwas über eine Welt jenseits der Natur hatte sie bereits durch das Leben in diesem Hause erfahren und während jener Nacht in dem kleinen Waldtal auch etwas über die Todesangst. Aber sie hatte sich diese Welt im negativen Sinne als geistig vorgestellt – als ein neutrales oder demokratisches Vakuum, wo Unterschiede verschwanden und wo Geschlechtlichkeit und Sinne nicht transzendiert wurden, sondern schlicht nicht vorhanden waren. Jetzt kam ihr der Verdacht, dass es bis hoch hinauf Unterschiede und Abstufungen gab, schärfere und einschneidendere, je höher man stieg. Wie, wenn die Durchdringung ihres Körpers in der Ehe, wovor sie lange in Auflehnung gegen den eigenen Trieb zurückgeschreckt war, nicht bloß, wie sie angenommen hatte, ein Relikt tierischer Herkunft oder patriarchalischer Barbarei war, sondern womöglich nur die erste, unterste und einfachste Form einer erschreckenden Berührung mit der Wirklichkeit, die sich in immer größeren und erschreckenderen Dimensionen auf allen Ebenen wiederholte – bis hinauf zur höchsten?

»Ja«, sagte der Meister, »es gibt kein Entrinnen. Wenn es ein jungfräuliches Zurückweisen des Mannes wäre, würde Er es erlauben. Solche Seelen können den Mann umgehen und höher hinaufsteigen, um dort oben etwas bei weitem Männlicherem zu begegnen, dem sie sich umso bedingungsloser unterwerfen müssen. Aber Ihr Problem ist das, was die alten Dichter *dangier* nennen. Wir nennen es Stolz. Sie fühlen sich vom maskulinen Prinzip an sich verletzt – dem lauten, rücksichtslosen, besitzergreifenden Element, dem goldenen Löwen, dem zottigen Stier, der Hecken durchbricht und das kleine Königreich Ihrer Sprödigkeit durcheinander bringt, wie die Zwerge das sorgfältig gemachte Bett durcheinander gebracht haben. Dem Mann hätten Sie entkommen können, denn er existiert nur auf der biologischen Ebene. Aber dem männlichen Prinzip kann niemand von uns entrinnen. Was über und hinter allen Dingen ist, ist so männlich, dass wir im Vergleich damit alle weiblich erscheinen. Sie täten gut daran, sich mit Ihrem Widersacher rasch zu einigen.«

»Sie meinen, ich solle Christin werden?«, fragte Jane.

»Es sieht so aus«, sagte der Meister.

»Ich sehe immer noch nicht, was das mit – mit Mark zu tun hat«, sagte Jane. Das stimmte nicht ganz. Das Bild des Universums, das sie in den letzten Minuten gesehen hatte, hatte etwas seltsam Stürmisches. Es war grell, gewaltsam und überwältigend. Alttestamentarische Vorstellungen von Augen und Rädern bekamen zum ersten Mal in ihrem Leben eine mögliche Bedeutung. In diese Eindrücke mischte sich das Gefühl, sie sei in eine falsche Position manövriert worden. Eigentlich hätte sie solche Dinge den Christen sagen sollen. Ihr gehörte die lebendige, gefährliche Welt, und sie hätte sie der grauen, formalisierten Welt der Christen entgegensetzen sollen. Ihr gehörten die schnellen, lebendigen Bewegungen, ihnen die starre Strenge farbiger Kirchenfenster. Das war die Antithese, mit der sie vertraut war. Und nun sah sie in einem Feuerwerk von Purpur und Scharlach, wie farbige Kirchenfenster wirklich waren. Und wo stand Mark in dieser veränderten Welt? Ganz gewiss nicht an seinem alten Platz. Etwas, das sie sich gerne als das Gegenteil von Mark vorstellte, war ihr genommen worden. Etwas Zivilisiertes oder Modernes, etwas Gelehrtes oder (in letzter Zeit) Geistiges, das sie nicht besitzen wollte, sondern das sie wegen all der Eigenschaften, die sie ihr Selbst nannte, schätzte, etwas ohne zupackende Hände und ohne Anforderungen an sie. Und wenn es so etwas gar nicht gab? Sie wollte versuchen, Zeit zu gewinnen.

»Wer war diese Riesenfrau?« fragte sie.

»Ich bin nicht sicher«, sagte Ransom, »aber ich könnte es mir denken. Haben Sie gewusst, dass jeder Planet eine irdische Verkörperung hat?«

»Nein, Sir. Davon habe ich nie gehört.«

»Es gibt keinen Oyarsa im Himmel, der nicht seinen irdischen Vertreter hätte. Und es gibt auf der anderen Seite keine Welt, auf der man nicht einen kleinen, nicht gefallenen Partner unseres eigenen schwarzen Engels antreffen könnte, eine Art anderes Selbst. Das erklärt, warum es einen lateinischen und einen himmlischen Saturn gab, einen kretischen und einen olympischen Zeus. Diese irdischen Geister und Stellvertreter der hohen Intelligenzen waren es, denen die Menschen in mythologischen Zeiten begegnet waren, wenn sie berichteten, sie hätten die Götter gesehen. Sie waren es, mit denen ein Mann wie Merlin zuweilen Umgang hatte. Von jenseits des Mondes ist niemand wirklich herabgekommen. Aber was Sie mehr betrifft, es gibt eine irdische und eine himmlische Venus – Perelandras Geist und Perelandra selbst.«

»Und Sie meinen ...?«

»Ja. Ich weiß seit langem, dass dieses Haus unter ihrem Einfluss steht. Der Boden hier ist sogar kupferhaltig. Außerdem wird die irdische Venus gegenwärtig besonders aktiv sein, denn heute Abend wird ihr himmlisches Urbild tatsächlich herabsteigen.«

»Das hatte ich vergessen«, sagte Jane.

»Wenn Sie es einmal erlebt haben, werden Sie es nicht mehr vergessen. Am besten bleiben Sie alle zusammen – vielleicht in der Küche. Kommen Sie nicht hinauf. Heute Abend werde ich Merlin vor meine fünf Gebieter führen: Viritrilbia, Perelandra, Malakandra, Glund und Lurga. Sie werden sich offenbaren und ihm besondere Kräfte verleihen.«

»Was soll er damit anfangen?«

Der Meister lachte. »Der erste Schritt ist einfach. Die Feinde in Belbury suchen bereits nach Experten für alte westliche Dialekte, vorzugsweise keltische. Wir werden ihnen einen Dolmetscher schicken! Ja, bei der Herrlichkeit Gottes, wir werden ihnen einen schicken! Sie suchen schon mit Zeitungsinseraten. Und nach diesem ersten Schritt... Nun, es wird nicht schwierig sein, wissen Sie. Wenn man jene bekämpft, die den Teufeln dienen, hat man immer einen Vorteil auf seiner Seite: ihre Herren hassen sie genauso, wie sie uns hassen. Gelingt es uns, ihre menschlichen Marionetten so weit kampfunfähig zu machen, dass sie der Hölle nichts mehr nützen, so beenden ihre eigenen Herren die Arbeit für uns. Sie zerbrechen ihre Werkzeuge.«

Plötzlich klopfte es an die Tür, und Grace Ironwood kam herein.

»Ivy ist zurück, Sir«, sagte sie. »Ich glaube, es wäre gut, wenn Sie mit ihr sprechen würden. Nein, sie ist allein. Sie hat ihren Mann gar nicht zu Gesicht bekommen. Die Strafe ist verbüßt, aber man hat ihn nicht entlassen. Wie es scheint, wurde er schon vor Tagen oder Wochen zu einer Art heilenden Behandlung nach Belbury verlegt. Ja, auf Grund einer neuen Bestimmung; ein Gerichtsentscheid ist dazu offenbar nicht erforderlich ... Das ist alles, was ich aus ihr herausbekommen habe. Sie ist völlig verstört.«

**6** _____ Jane war in den Garten gegangen, um nachzudenken. Sie akzeptierte das, was der Meister gesagt hatte, dennoch kam es ihr unsinnig vor. Sein Vergleich zwischen Marks Liebe und Gottes Liebe (denn offensichtlich gab es in der Tat einen Gott) kam ihrer aufkeimenden Spiritualität empörend, schamlos und unehrerbietig vor. Religion bezeichnete doch einen Bereich, worin ihre quälende weibliche Furcht, als ein Ding behandelt zu werden – als Gegenstand des Tausches, der Lust, des Besitzes –, endgültig zur Ruhe käme und ihr eigentliches Selbst sich erheben und in einer besseren und reineren Welt entfalten könnte. Denn sie hielt Religion noch immer für eine Art Hauch oder Weihrauchwolke, etwas, das von besonders begabten Seelen zu einem empfänglichen Himmel aufstieg. Dann wurde ihr plötzlich bewusst, dass weder der Meister noch die Dimbles oder Dennistons jemals von Religion sprachen. Sie sprachen von Gott. In ihren Köpfen gab es kein Bild von emporsteigendem Weihrauch; eher ein Bild von starken und geschickten Händen, die sich herabstreckten, um zu formen, zu heilen und vielleicht sogar zu zerstören. Angenommen, man wäre doch ein Ding – ein Ding, erfunden und entworfen von jemand anders und geschätzt wegen ganz anderer Eigenschaften als derer, die man selbst für sein wahres Ich hielt. Angenommen, all diese Leute, angefangen von den unverheirateten Onkeln bis hin zu Mark und Mutter Dimble, die zu ihrem Ärger in ihr immer nur das frische hübsche Ding gesehen hatten, während sie gerne für eine interessante und eigenständige Persönlichkeit gehalten worden wäre, angenommen, all diese Leute hätten genau das gesehen, was sie war? Angenommen, Maleldil stimmte in diesem Punkt mit ihnen und nicht mit ihr überein? Einen Moment lang hatte sie die lächerliche und unwürdige Vision einer Welt, in der nicht einmal Gott sie verstehen und vollkommen ernst nehmen würde. Da plötzlich, an einer

Wegbiegung bei den Stachelbeersträuchern, kam die Veränderung.

Was sie dort erwartete, war ernst bis zur Traurigkeit und darüber hinaus. Da war keine Gestalt und kein Laut. Das Moos auf dem Weg, das alte Laub unter den Sträuchern und die Reihe von Ziegelsteinen waren nicht sichtlich verändert. Aber sie waren mit einem Mal anders. Eine Grenze war überschritten. Sie war in eine Welt oder in eine Person oder in die Gegenwart einer Person getreten. Etwas Erwartungsvolles, Geduldiges und Unerbittliches stand ihr ohne Schleier oder schützende Trennung gegenüber. Diese intensive Begegnung machte ihr sofort klar, dass die Worte des Meisters völlig irreführend gewesen waren. Die Forderung, die jetzt an sie gestellt wurde, war wie keine andere Forderung, ließ sich nicht einmal mit einer anderen Forderung vergleichen. Sie war der Ursprung aller gerechten Forderungen und enthielt diese alle. In ihrem Licht konnte man sie alle verstehen, aber von ihnen erfuhr man nichts über sie. Es gab nichts und hatte nie etwas gegeben, das diesem glich. Und nun gab es nichts mehr als dies. Zugleich aber war alles wie dies gewesen: nur indem es wie dies war, hatte irgendetwas existieren können. In dieser Höhe und Tiefe und Breite fiel die kleine Vorstellung von ihr selbst, die sie bis dahin ihr Ich genannt hatte, wie ein Vogel im luftleeren Raum in bodenlose Tiefen und verschwand. ›Ich‹ war der Name eines Wesens, dessen Existenz sie niemals vermutet hatte, eines Wesens, das noch nicht ganz existierte, aber verlangt wurde. Es war eine Person (nicht die Person, die sie gedacht hatte), doch auch ein Ding – ein geschaffenes Ding, geschaffen zur Freude eines anderen und in Ihm zur Freude aller –, ein Dingwesen, das in diesem Augenblick ohne sein Zutun geschaffen und in eine Form gebracht wurde, die es sich nie hätte träumen lassen. Und die Erschaffung vollzog sich inmitten einer Herrlichkeit oder einer Trauer oder beidem, und sie wusste nicht, ob diese Empfindungen aus den formenden Händen oder dem gekneteten Klumpen kamen.

Worte sind zu umständlich. All dies zu erkennen und zu wissen, dass es bereits vorbei war, war eine einzige Erfahrung. Erst als es vorüber war, offenbarte es sich. Das Wichtigste, was ihr je geschehen war, hatte anscheinend Raum gefunden in einem Moment, der zu kurz war, um überhaupt Zeit genannt zu werden. Ihre Hand schloss sich um nichts als eine Erinnerung, und als sie sich schloss, erhoben sich unverzüglich aus allen Winkeln ihres Selbst heulend und zähneknirschend die Stimmen derer, die die Freude nicht kennen.

»Nimm dich in Acht. Zieh dich zurück. Behalte einen klaren Kopf. Lass dich auf nichts ein«, sagten sie. Und dann tönte es, viel subtiler, aus einem anderen Winkel: »Du hast eine religiöse Erfahrung gemacht. Das ist sehr interessant. Nicht jeder macht eine solche Erfahrung. Wie viel besser wirst du jetzt die Dichter aus dem siebzehnten Jahrhundert verstehen!« Und schließlich aus einer dritten Ecke, ganz schmeichelnd: »Los, versuch es noch einmal. Vielleicht gelingt es wieder. Das wird dem Meister gefallen.«

Aber ihr Widerstand war zusammengebrochen, und diese Gegenangriffe blieben ohne Erfolg.

## 15 Die Herabkunft der Götter

Bis auf zwei Räume war das ganze Landhaus in St. Anne's leer. In der Küche saßen Dimble, MacPhee, Denniston und die Frauen bei geschlossenen Fensterläden und enger beisammen als gewöhnlich. Durch die Leere der langen Korridore und Treppen von ihnen getrennt, warteten der Pendragon und Merlin gemeinsam im blauen Zimmer.

Wäre jemand die Treppe hinauf und in den Vorraum des

blauen Zimmers gegangen, hätte er den Weg versperrt gefunden – versperrt von etwas anderem als Angst, einem beinahe physischen Widerstand. Und wäre es ihm gelungen, sich gegen diesen Widerstand den Durchgang zu erzwingen, so hätte er eine Region klingender Töne erreicht, die eindeutig keine Stimmen waren, obgleich sie artikuliert wurden. Und wäre der Gang völlig dunkel gewesen, so hätte er unter der Tür des Meisters wahrscheinlich einen schwachen Lichtschimmer gesehen, doch nicht wie von Feuerschein oder Mondlicht. Ich glaube nicht, dass er die Tür ungebeten erreicht hätte. Ihm wäre gewesen, als schwanke das ganze Haus wie ein Schiff in der stürmischen See der Biskaya hin und her und auf und nieder. Er hätte diese Erde zu seinem Schrecken nicht länger als die unerschütterliche Grundfeste des Universums empfunden, sondern als eine rotierende und dahinrasende Kugel, die sich statt durch leeren Raum durch ein dicht bewohntes und kompliziert strukturiertes Medium bewegte. Bevor ihm die Sinne geschwunden wären, hätte er wahrgenommen, dass die Besucher nicht unmittelbar in diesem Raum waren, sondern durch die voll gepackte Wirklichkeit des Himmels zogen (die von den Menschen leerer Raum genannt wird) und ihre Strahlen auf diesen Punkt der Erdoberfläche gerichtet hielten.

Bald nach Sonnenuntergang hatten Ransom und der Druide begonnen, auf diese Besucher zu warten. Ransom lag auf seinem Sofa, Merlin saß neben ihm, die Hände gefaltet, den Körper etwas vorgeneigt. Von Zeit zu Zeit rann ein Schweißtropfen kalt über seine graue Wange. Zuerst hatte er niederknien wollen, aber Ransom hatte es ihm verboten. »Lasst davon ab«, hatte er gesagt. »Habt Ihr vergessen, dass sie Diener sind wie wir?« Die Vorhänge waren zurückgezogen, und alles Licht im Raum kam von draußen: frostiges Rot, als sie zu warten begannen, später mattes Sternenlicht.

Lange bevor im blauen Zimmer etwas geschah, hatte die Gesellschaft in der Küche den Zehnuhrtee bereitet. Während sie dort saßen und ihn tranken, geschah die Veränderung. Bisher hatten sie unwillkürlich mit gedämpften Stimmen gesprochen, wie Kinder in einem Raum, in dem ihre Eltern mit irgendeiner ernsten und unverständlichen Angelegenheit beschäftigt sind, dem Verlesen eines Testaments oder den Vorbereitungen für eine Beerdigung. Nun redeten sie auf einmal alle laut durcheinander und fielen sich gegenseitig ins Wort, nicht streitsüchtig, sondern zum Vergnügen. Ein Fremder, der zu diesem Zeitpunkt in die Küche gekommen wäre, hätte sie allesamt für angeheitert gehalten, hätte zusammengesteckte Köpfe, funkelnde Augen und überschwängliche Gesten gesehen. Später konnte sich keiner von ihnen daran erinnern, was sie gesagt hatten. Dimble behauptete, sie hätten hauptsächlich Wortspiele veranstaltet, während MacPhee leugnete, dass er sich jemals mit Wortspielen abgegeben hätte, schon gar nicht an jenem Abend, aber alle stimmten darin überein, dass sie außerordentlich geistreich gewesen waren. Wenn nicht Wortspiele, dann waren Spiele mit Gedanken, Paradoxen, Ideen, Anekdoten, lachend entwickelte Theorien, die dennoch bei genauerer Betrachtung verdienten, ernst genommen zu werden, in erstaunlicher und verschwenderischer Fülle von ihnen und über sie gekommen. Selbst Ivy vergaß ihren großen Kummer, und Mrs. Dimble erinnerte sich, wie Denniston und ihr Mann einander in fröhlichem intellektuellem Wettstreit auf beiden Seiten des Herds gegenübergestanden hatten, wie jeder den anderen überbot, jeder sich höher und höher aufschwang wie Vögel oder Flugzeuge im Kampf. Hätte sie sich nur entsinnen können, was sie gesagt hatten! Denn noch nie in ihrem Leben hatte sie solche Reden gehört – solche Eloquenz, solche Sprachmelodien (die schon regelrecht wie Gesang klangen), solche Kaskaden von Doppelsinnigkeiten, Metaphern und Anspielungen.

Einen Augenblick später waren sie alle verstummt. Die Stille kam so unvermittelt in den Raum, wie wenn man aus dem Wind hinter eine Mauer tritt. Sie saßen da und sahen einander an, müde und ein wenig verlegen.

Im Obergeschoss ging diese erste Veränderung anders vonstatten. Als sie erkennbar wurde, spannte sich die Haltung der beiden Männer. Ransom ergriff die Armlehne des Sofas, und Merlin umklammerte die eigenen Knie und presste die Zähne aufeinander. Ein Stab aus farbigem Licht, dessen Farbe kein Mensch nennen oder beschreiben könnte, fuhr zwischen sie; zu sehen war nicht mehr als das, aber das Sichtbare war der geringste Teil ihrer Erfahrung. Heftige Erregung überkam sie, ein Aufwallen in Herz und Geist, das auch ihre Körper erbeben ließ. Bald wurde es zu einem solch ungestümen Rhythmus, dass sie um ihren Verstand fürchteten. Und dann schien es, als sei ihr Verstand tatsächlich in tausend Stücke zersprungen. Aber es war nicht wichtig, denn alle Fragmente – nadelspitze Wünsche, lebhafte Fröhlichkeiten und luchsäugige Gedanken – rollten wie glitzernde Tropfen hin und her und flossen wieder zusammen. Es war gut, dass beide Männer einige Kenntnisse in Poesie hatten. Das Verdoppeln, Spalten und Wiederzusammenfließen von Gedanken, das jetzt in ihnen vorging, wäre unerträglich für einen Menschen gewesen, der nicht bereits mit der Kunst des geistigen Kontrapunktes vertraut gewesen wäre, mit der Beherrschung doppelter und dreifacher Bilder. Ransom, seit vielen Jahren im Bereich der Wörter zu Hause, empfand es als ein himmlisches Vergnügen. Ihm war, als sitze er unmittelbar im Herzen der Sprache, in der Schmiede, wo alles Geschehen zu Bedeutung umgeschmolzen und gehämmert wurde. Alle Tatsachen wurden zerbrochen, zersplittert, aufgelöst, gewendet, geknetet, umgeformt und als Bedeutung wieder geboren. Denn der Herr der Bedeutung selbst war bei ihnen, der Herold, der Götterbote, der Bezwinger des Argus: der Engel, der seine Kreise der Sonne am nächsten zieht, Viritrilbia, den die Menschen Merkur oder Thoth nennen.

Unten in der Küche breitete sich nach dem berauschenden Schwelgen in Rede und Gegenrede Schläfrigkeit aus. Jane nickte ein und schrak hoch, als ihr das Buch, in dem sie gelesen hatte, aus der Hand fiel. Sie blickte in die Runde. Wie warm es war ... Wie behaglich und angenehm. Sie hatte Holzfeuer schon immer gemocht, aber an diesem Abend schienen die Scheite noch süßer zu riechen als sonst. Dann kamen sie ihr süßer vor, als eigentlich möglich war, als wehe ein Hauch von brennendem Zedernholz oder Räucherwerk durch den Raum. Er wurde immer intensiver, und Namen von Düften gingen ihr durch den Sinn – Narde und Zimt und Rosenwasser und die Wohlgerüche Arabiens; und noch etwas anderes, Feineres, seltsam Erregendes und Berauschendes – wer weiß, vielleicht sogar Verbotenes? – schien in diesem Duft zu liegen. Aber sie wusste, dass es so sein sollte. Sie war zu müde, der Frage nachzugehen, wie dies sein könnte. Die Dimbles sprachen miteinander, aber so leise, dass die anderen sie nicht hören konnten. Ihre Gesichter erschienen Jane wie verklärt, nicht mehr alt, nur reif wie Felder im Hochsommer, heiter und golden in der Ruhe erfüllten Verlangens. Auf der anderen Seite flüsterte Arthur Camilla etwas ins Ohr. Auch bei ihnen ... Aber die warme und duftgeschwängerte Luft stieg Jane mehr und mehr zu Kopfe, und sie konnte es kaum mehr ertragen, die beiden anzusehen. Nicht weil sie sie beneidete (davon war sie weit entfernt), sondern weil eine blendende Helligkeit von ihnen ausging, als würden der Gott und die Göttin in ihnen durch ihre Körper und Kleider brennen und vor ihr erstrahlen in ihrer jungen zweigestaltigen Nacktheit, und ein Hauch von Rosenrot kam über sie. Um sie herum tanzten (wie Jane mit halbem Auge sah) nicht die dicken und lächerlichen Zwerge, die sie am Nachmittag gesehen hatte, sondern ernste und feurige geflügelte Geister, deren knabenhafte Gestalten glatt und schlank waren wie Elfenbeinstäbe.

Zur gleichen Zeit spürten auch Ransom und Merlin im

blauen Zimmer, dass die Temperatur angestiegen war. Die Fenster waren aufgegangen, ohne dass sie gesehen hätten, wie oder wann; doch wurde es dadurch nicht kälter, denn die Wärme kam von draußen. Durch die kahlen Äste, über den gefrorenen Boden wehte eine Sommerbrise in den Raum, aber von einem Sommer, wie England ihn nicht kennt. Wie beladene, tief im Wasser liegende Barken, so schwer beladen, dass man denken würde, sie könnten sich nicht bewegen, beladen mit den schweren Wohlgerüchen nächtlich blühender Blumen, aromatischer Harze, duftender Haine und der Kühle mitternächtlicher Früchte, glitt sie dahin und bewegte die Vorhänge, hob einen Brief vom Tisch und löste das Haar von Merlins schweißnasser Stirn. Der Raum schwankte sanft, als ob sie auf einem Schiff wären. Ein weiches Prickeln und Schaudern wie von Schaum und zerplatzenden Blasen überlief ihre Haut. Tränen rannen über Ransoms Wangen. Er allein wusste, von welchen Meeren und welchen Inseln diese Brise herüberwehte. Merlin wusste es nicht, doch auch in ihm erwachte und schmerzte bei dieser Berührung die unheilbare Wunde, mit der der Mensch geboren wird. Wehmütige, prähistorisch-keltische Klagelaute kamen leise von seinen Lippen. Diese Sehnsüchte und Liebkosungen waren jedoch nur die Vorboten der Göttin. Als ihr langer Strahl mit ganzer Kraft diesen Punkt auf der Erdoberfläche erfasste, kam mitten aus dieser Weichheit etwas Härteres, Schrilleres und Ekstatischeres. Die beiden Menschen zitterten – Merlin, weil er nicht wusste, was kam, Ransom, weil er es wusste. Und nun kam es. Es war feurig, scharf, hell und unbarmherzig, bereit zu töten, bereit zu sterben, schneller als das Licht: es war die Liebe, nicht wie Sterbliche sie sich vorstellen, nicht einmal so, wie sie seit der Geburt des Wortes für sie vermenschlicht wurde, sondern die reine, überirdische Tugend, wie sie unmittelbar und ungemildert aus dem dritten Himmel auf sie herabkam. Sie waren geblendet, versengt, betäubt. Sie glaubten, es werde ihre Knochen zu Asche verbrennen. Sie konnten nicht ertragen, dass es andauerte, und sie konnten nicht ertragen, dass es aufhörte. So kam Perelandra, triumphierend unter den Planeten, von den Menschen Venus genannt, zu ihnen und war mit ihnen im Raum.

Unten in der Küche stieß MacPhee seinen Stuhl so heftig zurück, dass dieser wie ein Stift auf einer Schiefertafel über den Fliesenboden kratzte. »Mann«, rief er, »es ist eine Schande, dass wir hier um den warmen Herd herum sitzen. Wenn der Meister nicht ein schlimmes Bein hätte, ich wette, er hätte einen anderen Weg gefunden, die Sache anzupacken.« Camilas Augen blitzten ihn an. »Weiter so«, sagte sie, »weiter so!«

»Was wollen Sie denn, MacPhee?«, fragte Dimble. »Er meint, wir sollten kämpfen«, sagte Camilla. »Ich fürchte, es sind zu viele für uns«, meinte Arthur Denniston. »Schon möglich«, sagte MacPhee. »Aber vielleicht sind es auch so zu viele für uns. Es wäre jedenfalls großartig, wenigstens einmal auf sie loszugehen, bevor alles zu Ende ist. Um die Wahrheit zu sagen, manchmal ist mir beinahe gleichgültig, was passiert. Aber ich würde mich in meinem Grabe umdrehen, wenn ich wüsste, dass sie gewonnen und nicht auch nur einmal meine Fäuste zu spüren bekommen hätten. Ich würde gerne sagen können, was im Ersten Weltkrieg ein alter Sergeant über einen unserer Angriffe sagte. Unsere Jungs hatten ordentlich mit ihren Gewehrkolben gewütet. ›Sir‹, hat er gesagt, ›Sie hätten hören sollen, wie ihre Schädel geborsten sind.‹«

»Das ist ja widerlich«, sagte Mutter Dimble. »Dieser Teil ja«, meinte Camilla. »Aber wenn man so eine Reiterattacke im alten Stil machen könnte … Auf einem Pferd wäre ich zu allem im Stande.«

»Ich kann das nicht verstehen«, sagte Dimble. »Ich bin nicht wie Sie, MacPhee. Ich bin nicht tapfer. Aber als Sie sprachen, dachte ich mir gerade, dass ich anders als früher keine Angst hätte, verletzt oder getötet zu werden. Nicht heute Nacht.«

»Ich denke, beides ist durchaus möglich«, sagte Jane. »Solange wir alle beisammen sind«, seufzte Mutter Dimble, »könnte es – nein, ich meine nicht irgendetwas Heroisches –, könnte es eine angenehme Art zu sterben sein.« Und auf einmal kam eine Veränderung in ihre Gesichter und Stimmen, und sie lachten wieder, aber es war ein verändertes Lachen. Ihre Zuneigung zueinander war sehr stark geworden. Jeder blickte in die Runde zu den anderen und dachte: »Was für ein Glück, dass ich hier bin. Mit diesen Menschen könnte ich sterben.« Und MacPhee summte vor sich hin: *King William said, Be not dismayed, for the loss of one commander.*

Im Obergeschoss war es zuerst ganz ähnlich. Merlin sah in seiner Erinnerung das winterliche Gras am Badon Hill, das lange Banner mit dem Kreuzsymbol über den britisch-römischen Panzerreitern, die flachshaarigen Barbaren. Er hörte das Schwirren der Bogensehnen und das Aufschlagen eiserner Pfeilspitzen auf hölzernen Schilden, das Triumphgeschrei, das Heulen der Verwundeten und das Klirren getroffener Rüstungen. Er erinnerte sich auch des Abends: der auf dem ganzen Hügel flackernden Lagerfeuer, der Winterkälte, die in die Wunden biss, des Sternenlichtes auf blutverschmutzten Tümpeln, der Krähenschwärme, die anderntags über den Gefallenen am Winterhimmel kreisten. Und Ransom erinnerte sich vielleicht an seinen langen Kampf in den Höhlen von Perelandra. Aber dies alles ging vorüber. Etwas Stärkendes, Erfrischendes und aufmunternd Kaltes kam wie ein Seewind über sie. Da war keine Angst; das Blut in ihren Adern pulsierte wie im Takt eines Marschliedes; sie fühlten, dass sie ihre Plätze im geordneten Rhythmus des Universums einnahmen, Seite an Seite mit pünktlichen Jahreszeiten, wohl geordneten Atomen und gehorsamen Seraphim. Unter dem ungeheuren Gewicht ihres Gehorsams stand ihr Wille aufrecht und fest wie eine Karyatide. Frei von allem Wankelmut und Zaudern standen sie; fröhlich, leichtfüßig, gewandt und wachsam. Sie hatten alle

Ängste hinter sich gelassen; Sorge war ein Wort ohne Bedeutung. Leben hieß, an dieser prächtigen Prozession teilzunehmen. Ransom erkannte den klaren, gespannten Glanz jenes himmlischen Geistes, der nun wie ein kalter Blitz zwischen sie gefahren war: es war der wachsame Malakandra, Herr einer kalten Welt, die von den Menschen Mars genannt wird, oder auch Tyr, der seine Hand in den Wolfsrachen legte. Ransom begrüßte seine Gäste in der Sprache des Himmels. Aber er warnte Merlin, dass nun die Zeit gekommen sei, da er seinen Mann stehen müsse. Die drei Götter, die bereits im blauen Zimmer weilten, waren der Menschheit ähnlicher als jene zwei, die sie noch erwarteten. In Viritrilbia, Perelandra und Malakandra waren jene beiden der sieben Geschlechter verkörpert, die eine gewisse Ähnlichkeit mit den biologischen Geschlechtern aufwiesen und daher in gewissem Umfang von Menschen verstanden werden können. Aber das galt nicht für die beiden, deren Herabkunft jetzt bevorstand. Auch diese hatten zweifellos ihr Geschlecht, aber darüber wissen wir nichts. Sie mussten mächtigere Kräfte sein, alte Eldila, Steuerleute gigantischer Welten, die niemals den süßen Demütigungen organischen Lebens unterworfen waren.

»Legen Sie ein paar Scheite nach, Denniston, um alles in der Welt. Was für eine kalte Nacht«, sagte MacPhee. »Draußen muss es sehr kalt geworden sein«, sagte Dimble. Alle dachten an bereiftes Gras, an aufgeplusterte Hühner auf der Stange, an dunkle Orte tief im Wald, an Gräber. Dann an den Tod der Sonne, die Erde in luftloser Kälte erstickt, der schwarze Himmel nur von Sternen erhellt. Und dann nicht einmal mehr Sterne: der Hitzetod des Universums, völlige und endgültige Schwärze des Nichts, aus dem die Natur keine Rückkehr kennt. Ein weiteres Leben? Vielleicht, dachte MacPhee. Ich glaube daran, dachte Denniston. Aber das alte Leben untergegangen, all seine Zeiten, all seine Stunden und Tage untergegangen. Kann selbst Allmacht das zurückbringen? Wohin gehen Jahre, und warum? Der Mensch würde es niemals verstehen. Die Befürchtungen vertieften sich. Vielleicht gab es nichts zu verstehen.

Saturn, der in den Himmeln Lurga genannt wird, stand im blauen Zimmer. Sein Geist lag über dem Haus und vielleicht über der ganzen Erde, mit einem kalten Druck, der den Erdenkreis zu einer flachen Scheibe hätte zusammenpressen können. Angesichts der bleiernen Last seines Alters mochten sich selbst die anderen Götter jung und vergänglich vorkommen. Er war ein Berg von Jahrhunderten, der aufragte aus dem Urgrund der Zeiten, höher und immer höher, dessen Gipfel nicht zu sehen war, der aufragte nicht bis in die Ewigkeit, wo der Gedanke ruhen kann, sondern immer weiter in die Zeit hinein, in gefrorene Einöden und die Stille unaussprechlicher Zahlen. Er war auch stark wie ein Berg; sein Alter war kein bloßer Morast aus Zeit, in dem die Vorstellung träumerisch versinken kann, sondern eine lebendige, ihrer selbst bewusste Dauer, die geringere Intelligenzen abstieß wie Granitfelsen die Meeresbrandung, selbst unverwüstlich und unvergänglich, aber in der Lage, alles zu verwüsten, was sich ihm unbedacht näherte. Ransom und Merlin litten unter einem Gefühl unerträglicher Kälte, und alles, was in Lurga Kraft war, wurde zu Traurigkeit, als es in sie eindrang. Doch selbst Saturn fand in diesem Raum seinen Meister. Plötzlich erschien ein größerer Geist – einer, dessen Einfluss mäßigte und der in sich die Eigenschaften aller anderen zu vereinigen schien: die schnelle Gewandtheit Merkurs, die Klarheit des Mars, das strahlende Feuer der Venus und selbst das betäubende Gewicht Saturns.

In der Küche fühlte man sein Kommen. Später wusste niemand, wie es geschehen war, aber irgendwie wurde der Kessel auf den Herd gestellt und ein heißer Grog gebraut. Arthur, der einzige Musikant unter ihnen, wurde gebeten, seine Violine zu holen. Die Stühle und der Tisch wurden beiseite geschoben, der Boden freigemacht. Sie tanzten. Niemand konnte sich später erinnern, was sie getanzt hatten. Es war irgendein Rundtanz, kein moderner Schieber; man musste stampfen, in die Hände klatschen und hochspringen. Und solange es dauerte, fand keiner sich oder seine Mittänzer lächerlich. Es mochte etwas Dörfliches gewesen sein, das zu der geräumigen Küche mit dem Fliesenboden nicht schlecht passte; aber der Geist, in dem sie tanzten, war anders. Jedem von ihnen schien es, als befänden sich lauter Könige und Königinnen im Raum, als läge in der Wildheit ihres Tanzes heroische Kraft und als verkörperten die ruhigeren Bewegungen den Geist, der allen feierlichen Zeremonien innewohnt.

Oben tauchte sein mächtiger Strahl das blaue Zimmer in eine Flut von Licht. Vor den anderen Engeln würde ein Mensch auf die Knie sinken, vor diesem aber konnte man sterben. Doch wenn man weiterlebte, würde man lachen. Ein einziger Atemzug der Luft, die von ihm kam, verlieh einem das Gefühl, größer zu sein als vorher. Ein Krüppel wäre aufrecht gegangen, und ein Bettler hätte seine Lumpen voller Würde getragen. Königtum und Macht, festlicher Prunk und höfische Sitte stoben von ihm aus wie Funken von einem Amboss. Glockengeläute, Fanfarenstöße und wehende Banner sind die Mittel, mit denen man auf Erden versucht, einen schwachen Eindruck von ihm zu vermitteln. Er war wie eine lange, sonnenbeschienene Welle, ein Smaragdbogen mit einer Schaumkrone, der neun Fuß hoch herangerauscht kam, brüllend und Schrecken verbreitend, zugleich aber voll lachender Lebenslust. Es war wie das erste Einsetzen der Musik bei einer so feierlichen Zeremonie in den Hallen eines so hohen Königs, dass mit den ersten Tönen ein Beben wie von Angst durch junge Herzen geht. Denn dies war der große Oyarsa von Glund, der König der Könige, durch den die Freude der Schöpfung über die Gefilde Arbols weht, der den Menschen alter Zeiten als Zeus und Jupiter bekannt war und unter diesem Namen durch einen verhängnisvollen, aber nicht unerklärlichen Irrtum mit seinem Schöpfer verwechselt wurde – so wenig ahnten sie, wie tief selbst er noch unter dem Thron des Allerhöchsten stand.

Als er kam, zog Festlichkeit in das blaue Zimmer ein. Die beiden Sterblichen gingen mit auf in dem Gloria, das diese fünf großen und herrlichen Geister ständig singen, vergaßen für eine Weile den niedrigeren und unmittelbareren Zweck der Zusammenkunft. Dann machten sie sich ans Werk, und Merlin empfing die Kräfte und nahm sie in sich auf.

Am nächsten Tag sah er verändert aus, zum Teil, weil er keinen Bart mehr trug, aber auch, weil er nicht länger sein eigener Herr war. Niemand zweifelte daran, dass er sich bald endgültig von seinem Körper lösen würde. Später am Tag fuhr MacPhee mit ihm fort und setzte ihn in der Nähe von Belbury ab.

## 2

An jenem Tag war Mark im Schlafzimmer des Landstreichers eingenickt; plötzlich fuhr er zusammen und musste sich schnell fassen, denn es kamen Besucher. Als Erster trat Frost ein und hielt die Tür auf. Zwei weitere Männer folgten. Der eine war der stellvertretende Direktor, der andere ein Unbekannter.

Dieser Mann trug eine ausgeblichene Soutane und hatte einen breitkrempigen, schwarzen Hut in der Hand, wie er auf dem Kontinent häufig von Priestern getragen wird. Er war sehr groß, und die Soutane ließ ihn möglicherweise noch größer erscheinen, als er war. Auch sein bartloses Gesicht war groß und von tiefen Falten durchzogen, und beim Gehen beugte er den Kopf ein wenig nach vorn. Mark hielt ihn für eine einfache Seele, wahrscheinlich irgendein unbekanntes Mitglied eines religiösen Ordens, eine Kapazität in irgendeiner noch unbekannteren Sprache. Mark fand es furchtbar, einen solchen Mann zwischen diesen beiden Raubvögeln stehen zu sehen – Wither überschwänglich und schmeichelnd zu seiner Rechten und Frost steif wie ein Ladestock zu seiner Linken, das Resultat des neuen Experiments mit der Aufmerksamkeit des Wissenschaftlers, aber auch mit einer gewissen kalten Abneigung abwartend.

Eine Weile sprach Wither mit dem Fremden in einer Sprache, die Mark nicht verstand, die er jedoch als Latein erkannte. Offensichtlich ein Priester, dachte er. Aber woher mochte er sein? Wither beherrschte die meisten gängigen Sprachen. Ob der Bursche ein Grieche war? Wie ein Levantiner sah er nicht aus. Dann schon eher wie ein Russe. An diesem Punkt wurde Marks Aufmerksamkeit abgelenkt. Der Landstreicher, der seine Augen geschlossen hatte, als er die Tür gehen hörte, sperrte sie plötzlich auf, sah den Fremden an und schloss sie sogleich wieder fester als zuvor. Danach benahm er sich sehr seltsam. Er begann übertrieben laut zu schnarchen und kehrte den Besuchern den Rücken zu. Der Fremde trat näher an das Bett heran und sagte leise zwei Worte. Zuerst blieb der Landstreicher unverändert auf der Seite liegen, schien aber von fröstelnden Schauern überlaufen; dann drehte er sich langsam – so wie ein Schiffsbug den Rudern gehorcht – auf den Rücken und blickte ins Gesicht des anderen auf. Mund und Augen waren jetzt weit geöffnet. Aus ruckartigen Kopfbewegungen, Zuckungen der Hände und einem gequälten Versuch zu lächeln schloss Mark, dass er etwas sagen wollte, wahrscheinlich etwas Einschmeichelndes und Bittendes. Was dann folgte, benahm Mark den Atem. Der Fremde sprach wieder, und dann kamen unter Grimassen, Husten, Spucken und Stottern in unnatürlich hoher Stimme aus dem Mund des Landstreichers Silben, Worte und ganze Sätze in einer Sprache, die weder Latein noch Englisch war. Während dieser ganzen Zeit blickte der Fremde unverwandt in die Augen des Landstreichers.

Der Besucher sprach wieder. Diesmal antwortete der Landstreicher viel ausführlicher und schien die unbekannte Sprache etwas besser zu beherrschen, obgleich seine Stimme noch immer wenig Ähnlichkeit mit der hatte, die Mark während der letzten Tage aus seinem Mund vernommen hatte. Als er zu Ende gesprochen hatte, setzte er sich im Bett auf und zeigte auf Wither und Frost. Dann schien der Besucher ihm eine Frage zu stellen, und der Landstreicher sprach zum dritten Mal.

Daraufhin wich der Fremde zurück, bekreuzigte sich mehrere Male und ließ alle Anzeichen von Entsetzen erkennen. Er wandte sich um und redete erregt auf lateinisch auf die beiden anderen ein. Etwas geschah mit ihren Gesichtern, während er sprach. Sie sahen aus wie Hunde, die gerade Witterung aufgenommen haben. Dann raffte der Fremde mit einem lauten Ausruf seine Soutane und eilte zur Tür. Aber die Wissenschaftler waren zu schnell für ihn. Minutenlang rangen alle drei miteinander. Frost bleckte die Zähne wie ein Tier, und die schlaffe Maske, die Withers Gesicht war, zeigte ausnahmsweise einen ganz unzweideutigen Ausdruck. Der alte Priester wurde bedroht. Mark merkte, dass er einen Schritt vorwärts getan hatte; doch bevor er sich klar geworden war, wie er sich verhalten solle, war der Fremde kopfschüttelnd und mit ausgebreiteten Armen umgekehrt und näherte sich zögernd dem Bett. Seltsamerweise versteifte sich der Landstreicher, der sich während des Handgemenges an der Tür entspannt hatte, plötzlich von neuem und starrte in die Augen des Priesters, als erwarte er Befehle.

Es folgten weitere Worte in der unbekannten Sprache. Wieder zeigte der Landstreicher auf Wither und Frost. Der Fremde wandte sich um und sprach zu ihnen auf lateinisch, offensichtlich übersetzte er. Wither und Frost sahen einander an, und jeder schien darauf zu warten, dass der andere den ersten Schritt mache. Was dann folgte, war heller Wahnsinn. Unendlich vorsichtig, unter Ächzen und Stöhnen ließ sich der stellvertretende Direktor in seiner ganzen zittrigen Senilität auf die Knie nieder; und Sekunden später kniete Frost sich mit einer ruckartigen, steifen Bewegung neben ihn. Als er auf den Knien lag, wandte er plötzlich den Kopf und blickte über die Schulter zu Mark hinüber. In seinen Augen blitzte reiner Hass, aber ein kristallisierter Hass, in dem keine Leidenschaft und keine Hitze mehr lagen. Es war, als berühre man in der Arktis Metall, das einem vor Kälte die Haut verbrannte. »Knien Sie nieder!«, zischte er und wandte sofort wieder den Kopf zum Bett. Mark konnte sich später nicht erinnern, ob er einfach vergaß, diesen Befehl zu befolgen, oder ob seine wirkliche Rebellion mit diesem Augenblick begann.

Wieder sprach der Landstreicher, wobei er genau in die Augen des Mannes mit der Soutane blickte. Und wieder übersetzte Letzterer und trat dann zur Seite. Wither und Frost rutschten auf den Knien bis an die Bettkante. Die haarige, unsaubere Hand des Landstreichers mit den abgekauten Fingernägeln streckte sich ihnen entgegen. Sie küssten sie. Dann schien es Mark, als ob sie einen weiteren Befehl erhielten. Sie standen auf, und Wither erhob mit sanfter Stimme auf lateinisch Einwände gegen diesen Befehl, wobei er immer wieder auf Frost zeigte. Die Worte *venia tua* (jedes Mal verbessert zu *venia vestra*) kamen so häufig vor, dass Mark sie heraushören konnte. Aber anscheinend fanden die Einwände kein Gehör: wenige Augenblicke später hatten Frost und Wither beide den Raum verlassen.

Als die Tür hinter ihnen ins Schloss fiel, sank der Landstreicher in sich zusammen, wie ein Ballon, aus dem man die Luft herauslässt. Er wälzte sich auf dem Bett hin und her und murmelte: »Verdammt. Hätt's nicht geglaubt. Haut einen glatt um.« Aber Mark hatte wenig Muße, ihm zuzuhören. Der Fremde sprach jetzt ihn an, und obgleich er die Worte nicht verstand, blickte er auf. Sogleich wollte er wieder wegsehen, doch das war ihm nicht möglich. Er konnte mit einigem Recht behaupten, im Ertragen von beängstigenden Gesichtern mittlerweile recht geübt zu sein. Doch änderte das nichts daran, dass er sich vor diesem Gesicht fürchtete. Noch bevor ihm dies richtig klar war, wurden ihm die Augen schwer. Einen Augenblick später ließ er sich in seinen Sessel zurücksinken und schlief ein.

## 3

»Nun?«, fragte Frost, als sie vor der Tür standen.

»Es ist... eh ... äußerst verblüffend«, sagte der stellvertretende Direktor. Sie gingen langsam den Korridor entlang und sprachen leise miteinander.

»Es sah zweifellos ganz danach aus«, fuhr Frost fort, »bitte verstehen Sie recht, es sah danach aus, als wäre der Mann im Bett hypnotisiert worden und der baskische Priester Herr der Lage gewesen.«

»Aber ich bitte Sie, mein lieber Freund, das wäre eine höchst beunruhigende Hypothese.«

»Entschuldigen Sie. Ich habe keine Hypothese aufgestellt. Ich beschreibe nur, wie es ausgesehen hat.«

»Und wie, um Ihrer Hypothese zu folgen – verzeihen Sie, aber um eine solche handelt es sich –, käme ein baskischer Priester dazu, zu behaupten, dass unser Gast Merlinus Ambrosius sei?«

»Das ist der springende Punkt. Wenn der Mann im Bett nicht Merlinus ist, dann kennt jemand anders – jemand, mit dem wir überhaupt nicht gerechnet haben, nämlich der Priester – unsere ganze Strategie.«

»Und dies, mein lieber Freund, macht die – hm – Internierung dieser beiden Personen und ein extrem feinfühliges Verhalten ihnen gegenüber erforderlich – zumindest bis wir Genaueres wissen.«

»Natürlich müssen sie inhaftiert werden.«

»Ich würde nicht sagen: ›inhaftiert‹. Das impliziert Dinge ... Gegenwärtig möchte ich keinerlei Zweifel an der Identität unseres geschätzten Gastes äußern. Von Haft darf keine Rede sein. Im Gegenteil, der herzlichste Empfang, die peinlichste Höflichkeit ...«

»Habe ich das so zu verstehen, dass Sie sich immer vorgestellt hatten, Merlinus werde das Institut als Diktator und nicht als Kollege betreten?«

»Was das betrifft«, erwiderte Wither, »so ist meine Auffassung von den persönlichen oder auch offiziellen Beziehungen zwischen uns immer flexibel und zu allen nötigen Konzessionen bereit gewesen. Es wäre für mich wirklich ein großer Kummer, wenn ich zu dem Schluss kommen müsste, Sie gestatteten irgendeinem unangebrachten Gefühl Ihrer eigenen Würde ... eh ... kurzum, vorausgesetzt, er ist Merlinus ... Sie verstehen?«

»Wo gehen wir eigentlich hin?«

»Zu mir. Wenn Sie sich erinnern, wurden wir ersucht, unseren Gast mit Kleidern zu versehen.«

»Das war kein Ersuchen. Das war ein Befehl.«

Darauf erwiderte der stellvertretende Direktor nichts. Als sie in sein Schlafzimmer gegangen waren und die Tür geschlossen hatten, sagte Frost: »Ich bin sehr unzufrieden. Sie scheinen nicht zu erkennen, wie gefährlich die Situation ist. Wir müssen die Möglichkeit in Betracht ziehen, dass der Mann nicht Merlinus ist. Und wenn er nicht Merlinus ist, dann weiß der Priester Dinge, die er nicht wissen sollte. Einen Betrüger und Spion frei im Institut herumlaufen zu lassen kommt nicht infrage. Wir müssen sofort in Erfahrung bringen, woher dieser Priester seine Kenntnisse hat. Wo haben Sie ihn überhaupt aufgegabelt?«

»Ich denke, diese Art Hemd ist bestens geeignet«, sagte Wither und legte es aufs Bett. »Die Anzüge sind in diesem

Schrank. Der ... eh ... Kleriker sagte, er sei auf unser Inserat hin gekommen. Ich möchte dem von Ihnen angesprochenen Gesichtspunkt volle Gerechtigkeit widerfahren lassen, mein lieber Frost. Auf der anderen Seite wäre es ebenso gefährlich, den echten Merlinus vor den Kopf zu stoßen und uns damit eine Macht zu entfremden, die ein integraler Bestandteil unseres Plans ist. Es ist nicht einmal sicher, dass der Priester in jedem Fall ein Feind wäre. Vielleicht ist er unabhängig von uns mit den Makroben in Verbindung getreten. Vielleicht ist er ein potenzieller Verbündeter.«

»Finden Sie, dass er danach aussah? Sein Priestertum spricht gegen ihn.«

»Jetzt brauchen wir nur noch eine Krawatte und einen Kragen«, sagte Wither. »Verzeihen Sie die Bemerkung, dass ich Ihre radikale Einstellung der Religion gegenüber niemals habe teilen können. Ich spreche nicht vom dogmatischen Christentum in seiner primitiven Form, aber innerhalb religiöser Kreise – kirchlicher Kreise – bilden sich von Zeit zu Zeit Formen einer wirklich wertvollen Spiritualität heraus. Sie entwickeln zuweilen große Energie. Pater Doyle, obgleich nicht sehr talentiert, ist einer unserer verlässlichsten Kollegen. Und in Mr. Straik liegt der Keim zu jener totalen Loyalität – Objektivität ist, glaube ich, die Bezeichnung, die Sie vorziehen –, die so selten ist. Mit Engstirnigkeit kämen wir in keinem Fall weiter.«

»Was schlagen Sie vor?«

»Wir werden natürlich sofort den Kopf konsultieren. Ich gebrauche diesen Ausdruck nur der Bequemlichkeit halber, versteht sich.«

»Aber wie stellen Sie sich das vor? Haben Sie vergessen, dass heute Abend das Einweihungsbankett stattfindet und dass Jules kommt? Er kann in einer Stunde hier sein. Dann werden Sie bis Mitternacht um ihn herumschwänzeln müssen.«

Wither starrte ihn mit leerem Ausdruck und offenem

Mund an. Er hatte in der Tat vergessen, dass die Marionette von Direktor, den das Institut zum Narren hielt und der selbst wiederum die Öffentlichkeit zum Narren hielt, an diesem Abend kommen sollte. Aber die Erkenntnis, dass er das vergessen hatte, beunruhigte ihn mehr, als sie einen anderen beunruhigt hätte. Es war wie der erste kalte Hauch des Winters – der erste feine Riss in jener großartigen geistigen Hilfsmaschine, die er aufgebaut hatte, um die Tagesgeschäfte zu führen, während er, der wahre Wither, sich weit entfernt an der verschwommenen Grenze zum Geisterdasein bewegte.

»Herrje!«, sagte er.

»Sie müssen daher sofort überlegen«, sagte Frost, »was heute Abend mit diesen beiden Männern geschehen soll. Dass sie am Bankett teilnehmen, ist ausgeschlossen. Andererseits wäre es Wahnsinn, sie sich selbst zu überlassen.«

»Da fällt mir ein, dass wir sie bereits allein gelassen haben – mehr als zehn Minuten – noch dazu mit Studdock. Wir müssen sofort mit den Kleidern zurückgehen.«

»Und ohne einen Plan?«, fragte Frost, während er Wither aus dem Raum folgte.

»Wir müssen uns von den Umständen leiten lassen«, sagte Wither.

Bei ihrer Rückkehr empfing sie der Mann in der Soutane mit einem beschwörenden lateinischen Wortschwall. »Lasst mich gehen«, sagte er. »Ich bitte euch beim Seelenheil Eurer Mutter, tut einem harmlosen armen alten Mann keine Gewalt an! Ich werde nichts sagen – Gott möge mir vergeben –, aber ich kann nicht hier bleiben. Dieser Mann, der sagt, er sei der von den Toten auferstandene Merlinus – er ist ein Teufelsdiener, einer, der infernalische Wunder bewirkt. Seht! Seht, was er dem armen jungen Mann angetan hat, kaum dass Sie den Raum verlassen hatten.« Er zeigte auf Mark, der besinnungslos im Sessel lag. »Er tat es mit dem Auge, nur indem er ihn ansah. Der böse Blick, der böse Blick!«

»Schweigt und hört zu«, sagte Frost in derselben Sprache. »Wenn Ihr tut, was man Euch sagt, so geschieht Euch nichts zu Leide. Tut Ihr es nicht, so werdet Ihr vernichtet. Ich fürchte, dass Ihr sowohl Eure Seele als auch Euer Leben verlieren werdet, wenn Ihr Euch als lästig erweist; denn Ihr scheint mir nicht aus dem Holz zu sein, aus dem Märtyrer sind.«

Der Mann wimmerte und bedeckte das Gesicht mit den Händen. Plötzlich versetzte Frost ihm einen Tritt, nicht so als hätte er es gewollt, sondern als wäre er eine Maschine, die in diesem Moment eingeschaltet wurde. »Vorwärts«, sagte er. »Sagt ihm, wir hätten ihm Kleider gebracht, wie Männer sie heutzutage tragen.« Der Priester wankte nicht, als er getreten wurde.

Das Ergebnis war, dass der Landstreicher gewaschen und angezogen wurde. Als dies geschehen war, sagte der Mann in der Soutane: »Er sagt, nun müsse er durch Euer ganzes Haus geführt werden und alle Geheimnisse sehen.«

»Sagt ihm«, erwiderte Wither, »dass es uns ein Vergnügen und eine große Ehre sein wird …« Aber in diesem Augenblick ergriff der Landstreicher wieder das Wort. »Er sagt«, übersetzte der Priester, »er müsse erstens das Haupt und die Tiere und die Verbrecher sehen, die gefoltert werden. Und zweitens wolle er mit einem von euch allein gehen. Mit Euch, Herr«, und dabei wandte er sich an Wither.

»Eine solche Regelung werde ich nicht dulden«, sagte Frost auf Englisch.

»Mein lieber Frost«, antwortete Wither, »dies ist kaum der geeignete Augenblick … und einer von uns muss da sein, um Jules zu empfangen.«

Wieder hatte der Landstreicher etwas gesagt. »Verzeiht, Herr«, sagte der Mann in der Soutane, »aber ich muss dem folgen, was er sagt. Die Worte sind nicht von mir. Er verbietet euch, in seiner Gegenwart eine Sprache zu sprechen, die er nicht verstehen kann, auch nicht durch mich. Und er sagt, er sei gewöhnt, dass man ihm gehorche. Er fragt, ob Ihr ihn zum Freund oder zum Feind haben wollt.«

Frost tat einen Schritt auf den vermeintlichen Merlin zu, sodass seine Schulter die abgewetzte Soutane des richtigen berührte. Wither glaubte, Frost habe etwas sagen wollen, dann aber Bedenken bekommen. In Wirklichkeit war es Frost unmöglich, Worte zu finden. Vielleicht lag es am raschen Wechsel zwischen Latein und Englisch, jedenfalls konnte er nicht sprechen. Nichts als unsinnige Worte kamen ihm in den Sinn. Er wusste seit langem, dass sein fortgesetzter Umgang mit den Wesen, die er Makroben nannte, möglicherweise Auswirkungen auf seine Psyche hatte, die er nicht voraussehen konnte. In einer vagen Art und Weise war er sich immer der Möglichkeit völliger psychischer Zerstörung bewusst. Er hatte sich geschult, nicht darauf zu achten, doch nun schien das Unheil auf ihn herabzukommen. Er vergegenwärtigte sich, dass Angst nur ein chemisches Phänomen sei. Er musste sich aus diesem Hin und Her zurückziehen, zur Ruhe kommen und im Verlauf des Abends einen neuen Anfang machen; denn dies konnte natürlich nicht endgültig sein. Schlimmstenfalls war es ein erstes Anzeichen geistigen Verfalls. Wahrscheinlich hatte er noch Jahre der Arbeit vor sich. Er würde Wither überdauern. Er würde den Priester töten. Selbst Merlin, wenn dieser alte Mann Merlin war, konnte mit den Makroben nicht auf besserem Fuße stehen als er selbst. Er trat zur Seite, und der Landstreicher, begleitet vom echten Merlin und dem stellvertretenden Direktor, verließ den Raum.

Frost hatte Recht mit der Vermutung, dass der Sprachverlust nur vorübergehend war. Sobald sie allein waren, rüttelte er Mark an der Schulter, und es bereitete ihm keine Schwierigkeiten zu sagen: »Stehen Sie auf! Was fällt Ihnen ein, hier zu schlafen? Kommen Sie mit in den Unterweisungsraum.«

**4** ──────── Bevor sie den Rundgang antraten, verlangte Merlin einen Talar für den Landstreicher, und Wither kleidete ihn schließlich als einen Doktor der Philosophie der Universität Edgestow. So angetan, die Augen halb geschlossen und so vorsichtig auftretend, als gehe er auf Eiern, wurde der verwirrte Kesselflicker treppauf und treppab durch den Gebäudekomplex samt Zoo und Zellen geführt. Hin und wieder verzerrte er sein Gesicht, als versuche er etwas zu sagen; aber es gelang ihm nie, ein Wort hervorzubringen, es sei denn, der echte Merlin stellte ihm eine Frage und fixierte ihn mit seinem Blick. Natürlich war dies alles für den Landstreicher nicht dasselbe wie für jemanden, der die Ansprüche eines gebildeten und vermögenden Mannes an das Universum stellte. Für den Vagabunden war es einfach eine verrückte Sache – die verrückteste, die er je erlebt hatte. Schon das Gefühl, am ganzen Körper sauber zu sein, war ungewöhnlich genug, ganz abgesehen von dem scharlachroten Umhang und der Tatsache, dass sein eigener Mund ständig Geräusche und Laute von sich gab, die er nicht verstand und die ohne sein Zutun in ihm entstanden. Aber schließlich war es nicht das erste Mal, dass ihm Unerklärliches widerfuhr.

Im Unterweisungsraum hatte sich zwischen Mark und Professor Frost unterdessen eine Art Streit entwickelt. Schon beim Eintreten sah Mark, dass der Tisch zurückgeschoben worden war. Auf dem Boden lag ein fast lebensgroßes Kruzifix, ein Kunstwerk der spanischen Schule, schaurig und realistisch. »Wir haben für unsere Übungen eine halbe Stunde Zeit«, sagte Frost mit einem Blick auf seine Uhr. Dann befahl er Mark, das Kruzifix mit Füßen zu treten und auf andere Art und Weise zu beleidigen.

Im Gegensatz zu Jane, die ihren christlichen Glauben als Kind zusammen mit dem Glauben an Feen und den Nikolaus verloren hatte, war Mark nie gläubig gewesen. Daher kam ihm jetzt zum ersten Mal der Gedanke, es könnte möglicherweise doch etwas daran sein. Frost, der ihn aufmerksam beobachtete, wusste gut, dass das gegenwärtige Experiment zu einem solchen Resultat führen konnte. Er wusste es aus dem einfachen Grund, dass ihm bei seiner eigenen Ausbildung durch die Makroben an einem bestimmten Punkt derselbe merkwürdige Gedanke gekommen war. Aber er hatte keine Wahl. Ob er wollte oder nicht, solche Dinge gehörten zur Initiation.

»Aber hören Sie ...«, sagte Mark.

»Was gibt es?«, fragte Frost. »Bitte beeilen Sie sich. Wir haben nur eine begrenzte Zeit zur Verfügung.«

Mark zeigte mit einem unbestimmten Widerwillen auf die schreckliche weiße Gestalt am Kreuz. »Aber dies ist doch sicherlich reiner Aberglaube, nicht wahr?«

»Na und?«

»Nun, wenn es so ist, was hat es dann für einen Zweck, auf dem Gesicht herumzutrampeln? Ist es nicht ebenso subjektiv, auf ein solches Ding zu spucken, wie es zu verehren? Ich meine ... warum soll ich verdammt noch mal etwas damit tun, wenn es nur ein Stück Holz ist?«

»Das ist eine oberflächliche Betrachtungsweise. Wären Sie in einer nichtchristlichen Gesellschaft aufgewachsen, so würden wir Sie nicht auffordern, dies zu tun. Natürlich ist es ein Aberglaube: aber es ist jener besondere Aberglaube, der seit vielen Jahrhunderten unsere Gesellschaft prägt. Es lässt sich experimentell nachweisen, dass er noch immer eine dominierende Rolle im Unterbewusstsein vieler Menschen spielt, deren bewusstes Denken völlig frei davon zu sein scheint. Eine entschiedene Handlung in der entgegengesetzten Richtung ist darum ein notwendiger Schritt zu vollkommener Objektivität. Das ist keine Frage, die einer Diskussion bedarf. Die Praxis hat uns gelehrt, dass auf diesen Akt nicht verzichtet werden kann.«

Mark war über seine eigenen Gefühle erstaunt. Er betrachtete das Kreuz keineswegs mit irgendwelchen religiösen Gefühlen. Und es gehörte in keiner Weise zu jener Vorstellung des Rechtschaffenen, Normalen und Vernünftigen, die ihm während der letzten Tage ein Halt gewesen war gegen das, was er jetzt über den innersten Kreis von Belbury wusste. Dieser schrecklich eindringliche Realismus war auf seine Weise von jener Vorstellung ebenso entfernt wie alles andere in diesem Raum. Das war ein Grund für seinen Widerwillen. Es schien verwerflich, auch nur die geschnitzte Darstellung solchen Leidens zu verunglimpfen. Aber das war nicht der einzige Grund. Mit der Einführung dieses christlichen Symbols hatte sich die gesamte Situation irgendwie verändert. Das Ganze war unberechenbar geworden. Bei seiner einfachen Gegenüberstellung des Normalen mit dem Krankhaften hatte er offensichtlich etwas übersehen. Warum war das Kruzifix hier? Warum hatte die Mehrzahl der entarteten Bilder religiöse Themen? Er hatte den Eindruck, neue Parteien seien in den Konflikt eingetreten – potenzielle Verbündete und Gegner, von denen er bisher nichts gewusst hatte. »Der nächste Schritt kann mich an den Rand eines Abgrunds bringen«, dachte er, »gleichgültig, in welche Richtung ich gehe.« Er war entschlossen, wie ein Esel die Beine in den Boden zu stemmen und sich um nichts in der Welt vom Fleck zu rühren.

»Bitte beeilen Sie sich«, sagte Frost.

Die ruhige, drängende Stimme und die Tatsache, dass er ihr in der Vergangenheit so oft gehorcht hatte, ließen ihn beinahe schwach werden. Er wollte schon gehorchen und die ganze alberne Sache hinter sich bringen, doch die Wehrlosigkeit der Schnitzfigur hielt ihn zurück. Das Gefühl war sehr unlogisch. Nicht weil die Hände angenagelt und hilflos waren, zögerte er, sondern weil sie nur aus Holz und deshalb umso hilfloser waren, weil das Ding bei all seinem Realismus unbelebt war und in keiner Weise zurückschlagen konnte. Das wehrlose Gesicht von Puppen – eine von Myrtles Puppen, die er in seiner Kindheit in Stücke gerissen hatte – hatte auf ihn eine ähnliche Wirkung gehabt, und noch jetzt haftete der Erinnerung etwas Schmerzliches an.

»Worauf warten Sie, Mr. Studdock?«, fragte Frost.

Mark war sich der zunehmenden Gefahr bewusst. Wenn er nicht gehorchte, verspielte er vielleicht seine letzte Chance, lebend aus Belbury herauszukommen. Oder sogar aus diesem Raum. Das erstickende Gefühl überkam ihn aufs Neue. Er selbst war genauso hilflos wie der hölzerne Christus. Der Gedanke bewirkte, dass er das Kruzifix aus einer neuen Perspektive sah – weder als ein Stück Holz noch als ein Symbol des Aberglaubens, sondern als ein Stück Geschichte. Das Christentum war Unsinn, aber es gab keinen Zweifel, dass dieser Mann gelebt hatte und vom Belbury seiner Tage auf diese Art und Weise hingerichtet worden war. Und das erklärte, warum dieses Abbild, wenn auch an sich kein Abbild des Rechtschaffenen oder Normalen, dennoch im Gegensatz zum verbogenen Belbury stand. Es war ein Beispiel dafür, was geschah, wenn das Gerade dem Verbogenen begegnete, und ein Bild davon, was das Verbogene dem Geraden antat, was es ihm selbst antun würde, wenn er gerade bliebe. Es war in einem tieferen Sinne, als er es bisher verstanden hatte, ein Kreuz.

»Wollen Sie mit der Ausbildung fortfahren oder nicht?« fragte Frost. Er hatte die Zeit im Auge. Er wusste, dass die anderen ihren Rundgang machten und dass Jules jeden Augenblick in Belbury eintreffen konnte. Er wusste, dass er jeden Augenblick unterbrochen werden konnte. Dass er diesen Zeitpunkt für dieses Stadium in Marks Initiation gewählt hatte, lag einerseits an einem jener unerklärlichen Impulse, die ihn mit zunehmender Häufigkeit überkamen, andererseits daran, dass er Mark in der jetzt entstandenen ungewissen Lage ganz für das Institut gewinnen wollte. Er und Wither und inzwischen vielleicht auch Straik waren die einzigen voll Eingeweihten. Sie trugen das Risiko aller etwaigen Fehler in der Behandlung des vorgeblichen Merlin und seines geheimnisvollen Dolmetschers. Wer aber die richtigen Schritte unternahm, hatte die Möglichkeit, die anderen zu überflügeln und für sie das zu werden, was sie für den Rest des Instituts und was das Institut für den Rest Englands war. Er wusste, dass Wither ungeduldig darauf wartete, dass ihm ein Fehler unterlief. Daher erschien es ihm äußerst wichtig, Mark so bald wie möglich an jenen Punkt zu bringen, von dem aus es kein Zurück mehr gab und von dem an die Loyalität sowohl gegenüber den Makroben als auch gegenüber dem Lehrer, der ihn eingeweiht hatte, für den Schüler zu einer psychologischen und sogar physischen Notwendigkeit wurde.

»Hören Sie nicht, was ich sage?«, fragte er Mark wieder.

Mark antwortete nicht. Er dachte angestrengt nach, denn er wusste, dass die Todesangst ihm die Entscheidung aus den Händen nehmen würde, wenn er auch nur einen Moment lang aufhörte zu denken. Das Christentum war ein Märchen. Es wäre lächerlich, für eine Religion zu sterben, an die man nicht glaubte. Dieser Mann am Kreuz hatte selbst entdeckt, dass es nur ein Märchen war, und sich noch im Tode beklagt, der Gott, auf den er vertraut hatte, habe ihn verlassen – hatte im Grunde gefunden, das Universum sei ein Betrug. Aber dies warf eine Frage auf, über die Mark bisher nicht nachgedacht hatte. War dies der Zeitpunkt, sich gegen den Mann zu wenden? Angenommen, das Gerade war vollkommen machtlos, immer und überall dazu verurteilt, vom Verbogenen verspottet, gequält und schließlich getötet zu werden, was dann? Warum nicht mit dem Schiff untergehen? Gerade die Tatsache, dass seine Ängste momentan verschwunden schienen, begann ihm Angst zu machen. Sie waren ein Schutz gewesen ... sie hatten ihn sein Leben lang daran gehindert, verrückte Entscheidungen wie jene zu treffen, die er jetzt fällte, als er sich an Frost wandte und sagte: »Das ist doch alles ausgemachter Blödsinn, und der Teufel soll mich holen, wenn ich so etwas tue.«

Nachdem er das gesagt hatte, hatte er keine Ahnung, was als Nächstes geschehen würde. Er wusste nicht, ob Frost auf einen Klingelknopf drücken oder einen Revolver ziehen oder seine Forderung erneuern würde. Eine Weile starrte Frost ihn einfach an, und er starrte zurück. Dann sah er, dass Frost angestrengt lauschte, und begann selbst zu lauschen. Kurz darauf wurde die Tür geöffnet. Der Raum schien plötzlich voller Leute zu sein – einem Mann in einem roten Umhang (Mark erkannte den Landstreicher nicht sofort), dem großen Mann in dem schwarzen Gewand und Wither.

**5** _____ Im großen Empfangsraum von Belbury hatte sich eine äußerst unbehagliche Gesellschaft versammelt. Horace Jules, Direktor des N.I.C.E., war vor einer halben Stunde eingetroffen. Man hatte ihn ins Arbeitszimmer des stellvertretenden Direktors geführt, aber Wither war nicht dort gewesen. Dann hatte man ihn zu seinen eigenen Räumen gebracht und gehofft, er werde lange brauchen, um sich dort einzurichten. Doch schon nach fünf Minuten war er wieder unten, und sie hatten ihn auf dem Hals, und es war noch viel zu früh, um sich zum Abendessen umzuziehen. Nun stand er mit dem Rücken zum Kaminfeuer im Kreis der wichtigsten Mitglieder des Instituts und trank ein Glas Sherry. Die Unterhaltung schleppte sich hin.

Konversation mit Mr. Jules zu treiben war mühsam, weil er sich nicht als Galionsfigur, sondern immer als der wirkliche Direktor des Instituts betrachtete und außerdem meinte, auch die meisten Ideen kämen von ihm. Und da er alles, was er von Wissenschaft verstand, vor fünfzig Jahren an der Universität London gelernt hatte, und alles, was er über Philosophie wusste, von Schriftstellern wie Haeckel, Josef McCabe und Winwood Reade hatte, war es tatsächlich nicht möglich, mit ihm über die eigentlichen Aktivitäten des Instituts zu sprechen. Man war ständig damit beschäftigt, Antworten auf Fragen zu erfinden, die in Wirklichkeit bedeutungslos waren und in denen Begeisterung für veraltete und selbst in ihrer Blütezeit kaum ernst genommene Ideen zum Ausdruck kam. Aus diesem Grund war die Abwesenheit des stellvertretenden Direktors bei solchen Gesprächen so verhängnisvoll, denn allein Wither beherrschte einen Konversationsstil, der genau auf Jules abgestimmt war.

Jules war ein Cockney. Er war sehr klein und hatte so kurze Beine, dass man ihn unfreundlicherweise mit einer Ente verglich. Er hatte eine Stupsnase und ein Gesicht, dessen ursprüngliche Gutmütigkeit in Jahren guten Lebens und unter seiner Selbstgefälligkeit sehr gelitten hatte. Anfangs hatten ihm seine Romane Ruhm und Reichtum eingebracht; später war er als Herausgeber der Wochenzeitschrift ›Wir wollen es wissen‹ zu einer solchen Kraft im Land geworden, dass sein Name für das N.I.C.E. unentbehrlich geworden war.

»Und wie ich zum Erzbischof sagte«, bemerkte Jules, »›Wissen Sie, Exzellenz‹, sagte ich, ›dass der Tempel zu Jerusalem nach den Ergebnissen der neuesten Forschungen ungefähr die Größe einer englischen Dorfkirche hatte?‹«

»Meine Güte!«, sagte Feverstone vor sich hin. Er stand schweigend am Rand der Gruppe.

»Darf ich Ihnen noch ein Glas Sherry anbieten, Herr Direktor?«, fragte Miss Hardcastle.

»Nun, ich habe nichts dagegen«, meinte Jules. »Es ist kein übler Sherry, obwohl ich Ihnen eine Adresse nennen könnte, wo man noch besseren bekommt. Und wie kommen Sie mit Ihren Reformen unseres Strafvollzugs voran, Miss Hardcastle?«

»Wir machen echte Fortschritte«, erwiderte sie. »Ich denke, eine Abwandlung der Pellotoff-Methode ...«

»Ich habe ja immer schon gesagt«, unterbrach Jules die Fee,

»warum soll man Verbrechen nicht wie jede andere Krankheit behandeln? Ich kann mit Strafen nichts anfangen. Man muss den Mann nur auf den richtigen Weg bringen, ihn einen neuen Anfang machen lassen, ihm ein neues Lebensziel setzen. Wenn Sie es unter diesem Gesichtspunkt betrachten, ist es ganz einfach. Ich denke, Sie werden die Ansprache gelesen haben, die ich in Northampton über dieses Thema gehalten habe.«

»Ich war ganz Ihrer Meinung«, sagte Miss Hardcastle.

»Recht so«, sagte Jules. »Aber ich will Ihnen sagen, wer nicht dieser Meinung war. Der alte Hingest – übrigens, das war eine komische Geschichte. Sie haben den Mörder nie gefunden, nicht wahr? Aber obwohl mir der alte Knabe Leid tut, konnte ich seine Ansichten nie ganz teilen. Als ich ihn das letzte Mal sah, sprachen ein paar von uns über Jugendkriminalität, und wissen Sie, was er sagte? Er sagte: ›Das Dumme mit den Jugendgerichten heutzutage ist, dass sie ihnen die Bewährung draußen statt drinnen geben.‹ Nicht schlecht, was? Trotzdem, wie Wither sagte – übrigens, wo ist Wither?«

»Ich denke, er muss jeden Augenblick kommen«, sagte Miss Hardcastle. »Ich habe keine Ahnung, wo er bleibt.«

»Ich fürchte, er hat eine Panne mit seinem Wagen«, sagte Filostrato. »Er wird untröstlich sein, Herr Direktor, Sie nicht persönlich hier empfangen zu haben.«

»Ach, deswegen sollte er sich keine Gedanken machen«, meinte Jules. »Ich halte nicht viel von Formalitäten, obwohl ich wirklich gedacht hätte, dass er bei meiner Ankunft hier sein würde. Sie sehen sehr gut aus, Filostrato. Ich verfolge Ihre Arbeit mit großem Interesse. Ich betrachte Sie als einen der Schöpfer der neuen Menschheit.«

»Ja, ja«, sagte Filostrato, »das ist die wirklich wichtige Aufgabe. Wir beginnen bereits mit der ...«

»Auf der nichttechnischen Seite versuche ich Ihnen nach besten Kräften zu helfen«, sagte Jules. »Das ist ein Kampf, den ich seit Jahren ausfechte. Die ganze Frage unseres Geschlechtslebens. Ich sage immer, dass es keine Schwierigkeiten mehr geben wird, sobald man die ganze Sache offen ans Tageslicht bringt. Es ist nur diese viktorianische Heimlichtuerei, die so viel Schaden anrichtet. Indem sie ein Geheimnis daraus macht. Ich bin dafür, dass jeder Junge und jedes Mädchen im Land ...«

»Mein Gott!«, sagte Feverstone vor sich hin.

»Verzeihen Sie«, sagte Filostrato, der, weil er Ausländer war, es noch nicht aufgegeben hatte, Jules aufzuklären. »Aber darum geht es eigentlich nicht.«

»Ich weiß, was Sie jetzt sagen wollen«, unterbrach ihn Jules und tippte mit dem fetten Zeigefinger auf Filostratos Ärmel. »Und ich wage zu behaupten, dass Sie meine kleine Zeitschrift nicht lesen. Aber glauben Sie mir, wenn Sie die erste Nummer vom vergangenen Monat durchblättern, finden Sie einen bescheidenen kleinen Leitartikel, über den ein Mann wie Sie möglicherweise leicht hinweggeht, weil darin keine Fachausdrücke vorkommen. Aber ich bitte Sie, ihn trotzdem zu lesen und selbst zu sehen, ob er die ganze Sache nicht auf einen Nenner bringt, und zwar in einer Weise, die auch der Mann auf der Straße versteht.«

In diesem Augenblick schlug eine Uhr die Viertelstunde.

»Sagen Sie«, fragte Jules, »auf wie viel Uhr ist dieses Abendessen angesetzt?« Er liebte Bankette, besonders solche, bei denen er eine Rede halten musste. Und er mochte es überhaupt nicht, wenn man ihn warten ließ.

»Auf Viertel vor acht«, sagte Miss Hardcastle.

»Wissen Sie«, sagte Jules, »allmählich sollte dieser Wither aber wirklich hier sein, denke ich. Ich bin nicht für Formalitäten, aber unter uns gesagt, ein bisschen verletzt bin ich schon. Es ist doch nicht ganz der Empfang, den man erwartet, nicht wahr?«

»Ich hoffe, es ist ihm nichts passiert«, sagte Miss Hardcastle.

»Man kann sich kaum vorstellen, dass er irgendwohin gefahren ist, nicht an einem Tag wie diesem«, sagte Jules.

»Ecco!« rief Filostrato. »Da kommt jemand.«

Es war tatsächlich Wither, der den Raum betrat, gefolgt von einer Gesellschaft, die Jules nicht erwartet hatte. Withers Gesicht sah mit gutem Grund noch chaotischer aus als gewöhnlich, denn er war durch sein eigenes Institut gejagt worden, als ob er eine Art Hausdiener wäre. Es war ihm nicht einmal erlaubt worden, die Blut- und Luftzufuhr für den Kopf einzuschalten, bevor er sie zum Oberhaupt hineinführen musste. Und Merlin (wenn er es war) hatte dem Kopf keinerlei Beachtung geschenkt. Schlimmer noch, allmählich war ihm klar geworden, dass dieser unausstehliche Inkubus und sein Dolmetscher die feste Absicht hatten, am Abendessen teilzunehmen. Keinem konnte die Absurdität der Idee, Horace Jules einen schäbigen alten Priester, der des Englischen nicht mächtig war, und einen als Doktor der Philosophie verkleideten somnambulen Schimpansen vorzustellen, peinlicher bewusst sein als Wither. Jules die wirklichen Zusammenhänge zu erklären – selbst wenn er, Wither, gewusst hätte, welches die wirklichen Zusammenhänge waren – kam nicht infrage, denn Jules war ein schlichtes Gemüt, und das Wort mittelalterlich bedeutete für ihn nur finster, und das Wort Magie weckte Erinnerungen an Kindermärchen. Ein weiteres, wenn auch geringeres Übel war, dass er seit dem Besuch im Unterweisungsraum Frost und Studdock in seinem Gefolge hatte. Auch machte es die Sache nicht besser, dass, als sie auf Jules zugingen und aller Augen auf sie gerichtet waren, der Pseudomerlin sich murmelnd in einen Sessel fallen ließ und die Augen schloss.

»Mein lieber Direktor«, begann Wither, ein wenig außer Atem, »dies ist einer der glücklichsten Augenblicke meines Lebens. Ich hoffe, man hat sich in jeder Weise um Ihr Wohlergehen gekümmert. Es traf sich höchst unglücklich, dass ich ausgerechnet zu dem Zeitpunkt, da ich Ihre Ankunft erwartete, fortgerufen wurde. Ein bemerkenswertes Zusammentreffen ... eine weitere sehr bedeutende Persönlichkeit hat uns im gleichen Moment aufgesucht. Ein Ausländer ...«

»Oh«, unterbrach Jules mit etwas rauer Stimme, »wer ist er?«

»Gestatten Sie«, sagte Wither und trat ein wenig zur Seite.

»Meinen Sie etwa den?«, fragte Jules. Der vermeintliche Merlin saß weit zurückgelehnt im Sessel, die Arme hingen auf beiden Seiten herunter, die Augen waren geschlossen, der Kopf auf eine Seite geneigt, und um die Lippen spielte ein schwaches Lächeln. »Ist er betrunken? Oder krank? Und wer ist er überhaupt?«

»Er ist, wie ich bereits erwähnte, ein Ausländer«, begann Wither.

»Nun, deswegen braucht er sich nicht in dem Augenblick schlafen zu legen, wo er mir vorgestellt werden soll, nicht wahr?«

»Pst!«, machte Wither, zog Jules ein wenig beiseite und fuhr mit gedämpfter Stimme fort: »Es sind Umstände eingetreten – es wäre sehr schwierig, sie jetzt im Einzelnen zu erläutern – ich bin überrascht worden und hätte Sie bei der frühestmöglichen Gelegenheit zurate gezogen, wenn Sie nicht schon hier gewesen wären. Unser werter Gast hat eine sehr weite Reise hinter sich und ist, ich muss es gestehen, ein etwas exzentrischer Mann ...«

»Aber wer ist er?«, wollte Jules wissen.

»Sein Name ist ... eh ... Ambrosius. Dr. Ambrosius, wissen Sie.«

»Nie von ihm gehört«, meinte Jules unwirsch. Unter normalen Umständen hätte er das nicht zugegeben, aber der ganze Abend entwickelte sich nicht seiner Erwartung gemäß, und er verlor allmählich die Geduld.

»Sehr wenige von uns haben überhaupt bisher von ihm gehört«, sagte Wither. »Aber bald wird jeder ihn kennen. Aus diesem Grund habe ich, ohne im Mindesten ...«

»Und wer ist das?« fragte Jules und zeigte auf den wahren Merlin. »Er sieht aus, als würde er sich gut amüsieren.«

»Ach, das ist nur Dr. Ambrosius' Dolmetscher.«

»Dolmetscher? Kann er kein Englisch?«

»Leider nein. Er lebt in seiner eigenen Welt, wissen Sie.«

»Können Sie denn keinen anderen als einen Priester dafür finden? Dieser Bursche gefällt mir nicht. So was hat hier überhaupt nichts verloren. Hoppla! Und wer sind Sie?«

Die letzte Frage war an Straik gerichtet, der sich in diesem Moment seinen Weg zum Direktor gebahnt hatte. »Mr. Jules«, sagte er und sah ihm mit prophetischem Blick in die Augen, »ich bin der Überbringer einer Botschaft an Sie, die Sie hören müssen. Ich ...«

»Halt's Maul«, sagte Frost zu Straik.

»Also wirklich, Mr. Straik, ich muss schon sagen«, sagte Wither. Gemeinsam drängten sie ihn zur Seite.

»Nun hören Sie zu, Mr. Wither«, erklärte Jules, »ich sage Ihnen ganz offen, dass ich keineswegs zufrieden bin. Hier ist schon wieder ein Geistlicher. Ich kann mich nicht erinnern, den Namen einer solchen Person gehört zu haben, und ich hätte den Mann auch nicht aufgenommen, verstehen Sie? Wir beide werden ein sehr ernstes Wort miteinander reden müssen. Mir scheint, Sie haben ohne meine Billigung Leute eingestellt und verwandeln das Institut hinter meinem Rücken in eine Art Priesterseminar. Und dafür habe weder ich das geringste Verständnis, Mr. Wither, noch wird das britische Volk Verständnis dafür aufbringen.«

»Ich weiß. Ich weiß«, sagte Wither. »Ich verstehe Sie durchaus. Seien Sie meiner ungeteilten Sympathie versichert. Ich kann es kaum erwarten, Ihnen die Situation zu erklären. Vielleicht können wir in der Zwischenzeit, da Dr. Ambrosius ein wenig müde scheint und die Glocke zum Umkleiden eben geläutet hat... Oh, ich bitte um Entschuldigung. Darf ich bekannt machen – Dr. Ambrosius.«

Der Landstreicher hatte sich unter dem Blick des echten Magiers aus dem Sessel erhoben und kam näher. Jules streckte verdrießlich die Hand aus. Der andere ergriff sie und schüttelte sie wie geistesabwesend zehn- oder fünfzehnmal, wobei er über Jules' Schulter blickte und hintergründig grinste. Jules stellte fest, dass sein Atem übel roch und seine Hand schwielig war. Dieser Dr. Ambrosius gefiel ihm nicht. Und noch weniger gefiel ihm die hünenhafte Gestalt des Übersetzers, der sie beide überragte.

## 16 Bankett in Belbury

Es bereitete Mark großes Vergnügen, sich wieder einmal zum Abendessen umzuziehen, noch dazu für eines, das ausgezeichnet zu werden versprach. Als Tischnachbarn hatte er Filostrato zur Rechten und einen ziemlich unscheinbaren Neuling zur Linken. Verglichen mit den beiden Eingeweihten, kam ihm selbst Filostrato menschlich und liebenswürdig vor, und für den Neuling konnte er sich sogar richtig erwärmen. Überrascht stellte er fest, dass der Landstreicher zwischen Jules und Wither am Kopfende der Tafel saß; aber er blickte nicht oft in diese Richtung, denn der Landstreicher hatte ihm, als er seinen Blick auffing, unklugerweise zugezwinkert und zugetrunken. Der seltsame Priester stand geduldig hinter dem Stuhl des Landstreichers. Im Übrigen geschah nichts Besonderes, bis man auf die Gesundheit des Königs getrunken hatte und Jules sich erhob, um seine Tischrede zu halten.

Wer in den ersten Minuten seinen Blick über die langen Tafeln hätte schweifen lassen, hätte gesehen, was man bei solchen Gelegenheiten immer sieht. Da waren die gelassenen Gesichter der älteren Bonvivants, die der Wein und das gute Essen in eine Zufriedenheit versetzt hatte, die keine noch so lange Rede beeinträchtigen konnte. Da waren die geduldigen Mienen ernsthafter und verantwortungsbewusster Gäste, die seit langem gelernt hatten, ihren eigenen Gedanken nachzuhängen, während sie der Rede gerade genug Aufmerksamkeit widmeten, um im richtigen Augenblick zu lachen oder zustimmend zu murmeln. Da war der übliche unruhige Ausdruck in den Gesichtern junger Männer, die den Portwein nicht zu schätzen wussten und gern geraucht hätten. Da war die strahlende, übertrieben gekünstelte Aufmerksamkeit in den gepuderten Gesichtern von Frauen, die ihre gesellschaftlichen Pflichten kannten. Aber wenn man seinen Blick weiter über die Tische hätte schweifen lassen, hätte man allmählich eine Veränderung wahrgenommen. Ein Gesicht nach dem anderen blickte auf und wandte sich dem Redner zu, neugierig zuerst, dann gespannt, dann ungläubig. Schließlich hätte man festgestellt, dass es ganz still im Raum war, dass kein Husten oder Scharren zu hören war, dass aller Augen auf Jules gerichtet waren und dass sich kurz darauf jeder Mund in einer Mischung von Faszination und Entsetzen öffnete.

Den Zuhörern wurde die Veränderung auf unterschiedliche Weise bewusst. Frost merkte auf, als Jules einen Satz mit den Worten beendete: »... ein grober Anachronismus, geradeso als wollte man in einem modernen Krieg die Rettung bei der Kalvaria suchen.«

»Kavallerie«, dachte Frost beinahe laut. Warum konnte der Dummkopf nicht aufpassen, was er sagte? Der Schnitzer irritierte ihn sehr. Vielleicht – aber was war das? Hörte er plötzlich schlecht? Denn Jules schien zu sagen, dass die zukünftige Dichte der Menschheit von der Implosion der natürlichen Pferde abhänge. »Er ist betrunken«, dachte Frost. Dann aber hörte er Jules in kristallklarer Aussprache, die jedes Missverständnis ausschloss, verkünden: »Die Atolisation des Leichtrums muss inkaveniert werden.«

Wither merkte erst später, was geschah. Er hatte von Anfang an nicht erwartet, dass die Rede als Ganzes irgendeinen Sinn haben würde, und lange Zeit rauschten die vertrauten Schlagworte an seinem Ohr vorbei, ohne dass ihn etwas gestört hätte. Aber er dachte bei sich, dass Jules sehr hart am Wind segelte; ein noch so geringer Fehltritt, und Redner wie Publikum würden nicht einmal mehr so tun können, als würde irgendetwas Bestimmtes gesagt. Aber solange der Redner diese Grenze nicht überschritt, war Wither eher geneigt, die Rede zu bewundern, sie lag ganz auf seiner Linie. Dann aber dachte er: »Komm! Das geht zu weit. Selbst diese Leute müssen sehen, dass du nicht die Herausforderung der Vergangenheit annehmen kannst, indem du der Zukunft den Fehdehandschuh hinwirfst.« Er sah sich verstohlen um. Alles in Ordnung. Aber dabei würde es nicht bleiben, wenn Jules sich nicht bald setzte. In diesem letzten Satz hatte er Worte gebraucht, von denen Wither nie gehört hatte. Was zum Henker meinte er mit »aholibieren«? Er blickte wieder durch den Raum. Die Aufmerksamkeit war nun fast ungeteilt – immer ein schlechtes Zeichen. Dann kam der Satz: »Die in einem fortwährenden von porösen Variationen eingeschlanzten Surrogate.«

Mark hörte anfangs überhaupt nicht zu. Er musste über so vieles nachdenken. Der Auftritt dieses salbadernden Wichtigtuers genau am Wendepunkt seiner Lebensgeschichte war nur eine Unterbrechung. Er war zu gefährdet und zugleich in gewissem Sinne zu glücklich, um auf Jules zu achten. Dann und wann fing er eine Redewendung oder einen Satz auf, die ihm irgendwie komisch erschienen, aber erst das Benehmen seiner Tischnachbarn machte ihn auf die tatsächliche Situation aufmerksam. Er merkte, dass sie immer stiller wurden und alle bis auf ihn selbst der Rede lauschten. Er blickte auf und sah ihre Gesichter, und erst jetzt hörte er wirklich zu. »Wir werden nicht«, sagte Jules gerade, »wir werden nicht, bis wir die Erebation aller prostundiären Pelunkte besichern können.« Sowenig Jules ihm bedeutete, dies erschreckte und bestürzte ihn doch. Wieder blickte er umher. Offensichtlich war nicht er verrückt – sie alle hatten das Kauderwelsch gehört. Ausgenommen vielleicht der Landstreicher, der so ernst wie ein Richter dreinschaute. Er hatte noch nie eine Rede von einem dieser feinen Pinkel gehört und wäre enttäuscht gewesen, wenn er sie verstanden hätte. Auch hatte er noch nie alten Portwein getrunken, und wenngleich ihm der Geschmack nicht sehr zusagte, hatte er doch kräftig mitgehalten.

Wither hatte nicht einen Augenblick lang vergessen, dass Journalisten anwesend waren. An sich machte das nicht viel aus. Sollte in den Zeitungen etwas Unpassendes stehen, so wäre es ein Kinderspiel für ihn zu sagen, die Reporter seien betrunken oder verrückt gewesen, und ihnen das Kreuz zu brechen. Auf der anderen Seite konnte man die Geschichte vielleicht auch durchgehen lassen. Jules war in vielerlei Hinsicht lästig, und dies könnte eine günstige Gelegenheit sein, seine Karriere zu beenden. Aber das war nicht das unmittelbare Problem. Wither fragte sich, ob er warten sollte, bis Jules sich von selbst setzte, oder ob er besser aufstünde und ihn mit einigen verständigen Worten unterbräche. Er wollte keine Szene. Es wäre besser, wenn Jules von selbst aufhörte. Andererseits war in dem vollbesetzten Raum inzwischen eine Atmosphäre entstanden, die Wither nahe legte, nicht zu lange zu warten. Nach einem Blick auf den Sekundenzeiger seiner Uhr beschloss er, noch zwei Minuten zuzugeben. Doch sogleich wurde ihm klar, dass er die Lage falsch eingeschätzt hatte. Am unteren Ende der Tafel wurde ein unerträglich schrilles Gelächter laut und wollte nicht aufhören. Irgendeine dumme Gans hatte die Selbstbeherrschung verloren. Sofort zupfte er Jules am Ärmel, nickte ihm zu und stand auf.

»Eh? Bratzer blolo?«, murmelte Jules. Aber Wither legte die

Hand auf die Schulter des kleinen Mannes und drückte ihn ruhig und mit seinem ganzen Gewicht auf den Stuhl. Dann räusperte er sich. Er konnte das so, dass jedes Augenpaar im Raum sofort zu ihm blickte. Die Frau stellte ihr hysterisches Gelächter ein. Leute, die reglos und angestrengt auf ihren Plätzen gesessen hatten, bewegten und entspannten sich. Wither blickte schweigend in die Runde und spürte, dass er die Zuhörer in den Griff bekam. Er hatte sie bereits in der Hand. Es würde keine unerwünschten Ausbrüche mehr geben. Dann begann er zu sprechen.

Je länger er redete, desto entspannter hätten sie alle aussehen sollen; und sie hätten die Tragödie, die sie eben miterlebt hatten, mit bedauerndem Gemurmel kommentieren sollen. Das war, was Wither erwartete. Was er stattdessen sah, verwirrte ihn. Die allzu aufmerksame Stille, die auch während Jules' Ansprache geherrscht hatte, war zurückgekehrt. Wohin er den Blick auch richtete, überall begegneten ihm große Augen und offene Münder. Die Frau begann von neuem zu lachen – nein, diesmal waren es zwei Frauen. Cosser warf ihm einen ängstlichen Blick zu, sprang auf, wobei er seinen Stuhl umstieß, und eilte hinaus.

Der stellvertretende Direktor konnte dies alles nicht verstehen, denn er glaubte, seine Stimme halte die Rede, die er sich vorgenommen hatte. Aber die Gäste hörten ihn sagen: »Meine Hamen und Derren – ich schnollte mühlen, dass wir alle ... eh ... auf das madelichste die Schwart und Meise belauern, wie blunzer geschwätzter Trost, wie wir schwoffen transformatorisch, Aspasia meute labend ... eh ... unermesslich ist. Es wäre – hm – quart, sehr quart ...«

Die Frau, die gelacht hatte, erhob sich hastig von ihrem Stuhl und murmelte ihrem Tischnachbarn ins Ohr: »Blud wulu.« Der hörte die sinnlosen Silben, sah zugleich den unnatürlichen Ausdruck in ihrem Gesicht. Beides machte ihn aus irgendeinem Grund wütend. Er stand auf und schob ihr den

Stuhl zurück mit einer jener Gesten schroffer Höflichkeit, die in der modernen Gesellschaft die Stelle von Schlägen einnehmen. Er riss ihr die Lehne förmlich aus der Hand. Sie schrie, stolperte über eine Teppichfalte und fiel. Ihr Tischnachbar auf der anderen Seite sah sie fallen und bemerkte den wütenden Gesichtsausdruck des anderen Mannes. »Was toll da Steißen, zum Träufel?«, brüllte er und beugte sich drohend zu ihm hinüber. In diesem Teil des Raums waren jetzt vier oder fünf Leute aufgestanden und riefen aufgeregt durcheinander. Zur gleichen Zeit entstand anderswo Bewegung. Mehrere jüngere Männer liefen zur Tür. »Aber beine Mehren, beine Mehren!«, sagte Wither streng und mit erhobener Stimme. Schon oft war es ihm gelungen, unruhige Versammlungen mit einem lauten und gebieterischen Wort zur Ordnung zu rufen.

Aber diesmal wurde er überhaupt nicht beachtet. Mindestens zwanzig Leute versuchten in ebendiesem Augenblick, dasselbe zu tun wie er. Jeder von ihnen war überzeugt, dass ein paar vernünftige Worte, mit normaler Stimme gesprochen, die Menschen wieder zur Besinnung bringen würden. Der eine dachte an einen scharfen Befehl, der andere an einen Scherz, ein dritter an etwas Ruhiges und Überlegenes. Das Ergebnis waren neue Sturzbäche von Kauderwelsch in den verschiedensten Tonlagen und aus mehreren Richtungen zugleich. Frost war der Einzige unter den führenden Männern, der gar nicht erst versuchte, etwas zu sagen. Stattdessen schrieb er ein paar Worte auf einen Notizzettel, winkte einen Diener zu sich und gab ihm durch Zeichen zu verstehen, dass er die Nachricht Miss Hardcastle überbringen sollte.

Bis die Botschaft in ihre Hände gelangte, war der Lärm ohrenbetäubend. Mark fühlte sich an das Durcheinander in einem überfüllten ausländischen Restaurant erinnert. Miss Hardcastle glättete das Papier und beugte sich darüber. Die Botschaft lautete: ›Schwall die beschwerlichen Schmotzer zu den Wauslingen. Schwingend. Prost.‹ Sie zerknüllte den Zettel in der Hand.

Sie hatte schon vorher gemerkt, dass sie zu drei Vierteln betrunken war, und sie hatte es auch so gewollt. Später am Abend würde sie zu den Zellen hinuntergehen und sich ein wenig unterhalten. Sie hatten dort eine neue Gefangene, ein weiches, kleines Mädchen von dem Typ, der ihr gefiel; sie würde sich eine angenehme Stunde mit ihr machen. Der Tumult und das Geschnatter ringsum störten sie nicht; sie fand es erregend. Anscheinend erwartete Frost, dass sie irgendetwas tat, also stand sie auf und ging durch den ganzen Raum zur Tür, sperrte sie ab, steckte den Schlüssel in die Tasche und machte sich dann auf den Weg, um einen Blick auf die Abendgesellschaft zu werfen. Als Erstes stellte sie fest, dass weder der angebliche Merlin noch der baskische Priester zu sehen waren. Wither und Jules waren beide aufgesprungen und rangen miteinander. Sie ging zu ihnen.

Inzwischen waren so viele Leute aufgestanden, dass Miss Hardcastle ziemlich lange brauchte, um zu den beiden zu gelangen. Jegliche Ähnlichkeit mit einer Abendgesellschaft war vergangen; es wirkte eher wie ein Londoner Bahnhof an einem Feiertag. Jeder war bemüht, die Ordnung wieder herzustellen, aber keiner war zu verstehen, und jeder redete in dem Bemühen, sich verständlich zu machen, lauter und immer lauter. Auch sie musste schreien und sich mit den Ellbogen den Weg bahnen, bevor sie ihr Ziel erreichte.

Es gab ein ohrenbetäubendes Krachen, und danach trat für mehrere Sekunden Totenstille ein. Als Erstes stellte Mark fest, dass Jules getötet worden war; und erst dann wurde ihm klar, dass Miss Hardcastle ihn erschossen hatte. Danach wusste niemand mehr recht, was geschah. Möglicherweise planten verschiedene beherzte Männer, die Mörderin zu entwaffnen, aber inmitten der Panik und des Geschreis war es unmöglich, ein solches Vorhaben zu koordinieren. Das Einzige, was dabei herauskam, war ein Treten und Ringen, ein Springen auf und unter Tische, ein Drängen und Stoßen, Schreie und das Splittern von Glas. Miss Hardcastle gab Schuss auf Schuss ab. Der Geruch blieb, mehr als alles andere, in Marks Gedächtnis haften: der Geruch nach verbranntem Pulver in widerlicher Verbindung mit dem Geruch von Blut, Portwein und Madeira.

Auf einmal mündete das lärmende Durcheinander in einen einzigen, lang gezogenen Schreckenslaut. Jeder hatte jetzt noch mehr Angst. Etwas war sehr schnell über den Boden zwischen die zwei langen Tafeln geglitten und unter einer von ihnen verschwunden. Viele hatten nicht gesehen, was es war, hatten nur einen Blick auf etwas Schwarzgelbes erhascht. Diejenigen, die es genau gesehen hatten, konnten es den anderen nicht sagen: sie konnten nur zeigen und unverständliche Schreie ausstoßen. Aber Mark hatte es erkannt. Es war ein Tiger.

Zum ersten Mal an diesem Abend wurde jedem klar, wie viele Verstecke es in diesem Raum gab. Der Tiger konnte unter einem der vielen Tische sein. Oder in einem der tiefen Erkerfenster oder hinter den Vorhängen. Außerdem war eine Ecke des Raumes mit einem Wandschirm abgetrennt.

Auch jetzt noch behielten einige einen klaren Kopf. Mit lauten Appellen an die Allgemeinheit oder mit beschwörendem Einreden auf ihre unmittelbaren Nachbarn versuchten sie, der Panik Herr zu werden, einen geordneten Rückzug einzuleiten und anzugeben, wie das wilde Tier ins Freie gelockt oder gescheucht und erschossen werden könnte. Aber das Verhängnis der Sprachverwirrung machte alle Anstrengungen zunichte. Sie vermochten nichts gegen die beiden Hauptströmungen auszurichten. Die meisten hatten nicht gesehen, dass Miss Hardcastle die Tür abgeschlossen hatte: Sie drängten darauf zu, wollten um jeden Preis hinaus. Sie würden kämpfen, sie würden töten, wenn sie könnten, bevor sie hier im Raum bleiben mussten. Eine große Minderheit wusste jedoch, dass die Tür abgeschlossen war. Aber es musste ja noch eine andere Tür geben, die, die von den Bediensteten benutzt wurde und durch die der Tiger hereingekommen war. Sie drängten in die Gegenrichtung, um diese Tür zu finden. In der Mitte des Raumes trafen die beiden Strömungen aufeinander – ein dichtes Knäuel wie bei einem Rugby-Spiel. Zuerst gab es ein lärmendes Gedränge und verzweifelte Erklärungsversuche und Gesten, doch mit zunehmender Erbitterung wurde der Kampf immer stiller, bis nur noch das angestrengte Schnaufen, Scharren und Trampeln der Kämpfer zu hören war, untermalt von sinnlosem Gestammel.

Vier oder fünf dieser Kämpfer taumelten gegen einen Tisch und rissen im Fallen das Tischtuch mit den Fruchtschalen, Karaffen, Gläsern und Tellern herunter. Aus diesem Durcheinander sprang mit Gebrüll der verschreckte Tiger. Das geschah so schnell, dass Mark es kaum wahrnahm. Er sah den grässlichen Kopf mit den gebleckten Zähnen, die glühenden Augen. Er hörte einen Schuss, den letzten, dann war der Tiger wieder verschwunden. Im Gedränge zwischen den trampelnden Füßen lag etwas Schwammiges, Weißes, Blutiges. Mark konnte das Gesicht von der Stelle, an der er stand, nicht gleich erkennen, denn es war falsch herum und von Grimassen entstellt, bis es ganz tot war. Dann erkannte er Miss Hardcastle.

Wither und Frost waren nicht zu sehen. Mark hörte ein Knurren in seiner Nähe. Er fuhr herum, weil er dachte, er hätte den Tiger geortet. Da sah er aus dem Augenwinkel heraus etwas Kleineres und Graueres. Er hielt es für einen Schäferhund. Aber der Hund musste tollwütig sein. Geifernd rannte er an der Tafel entlang, den Schwanz zwischen den Beinen. Eine Frau, die mit dem Rücken zum Tisch gestanden hatte, drehte sich um, sah das Tier kommen, versuchte zu schreien, doch schon sprang das Tier ihr an die Kehle, und sie fiel zu Boden. Es war ein Wolf. »Ai, ai!« quietschte Filostrato und sprang auf einen Tisch. Etwas anderes war zwischen seinen Füßen hindurchgeglitten. Mark sah, wie es über den Boden glitt, in das Menschenknäuel hinein, und die ineinander verkeilte Menge in neue und wahnsinnige Konvulsionen versetzte. Es war eine Schlange.

Durch das neuerliche Getöse, das sich nun erhob – jeden Augenblick schien ein neues Tier aufzutauchen –, drang endlich ein Geräusch, das all denen Hoffnung verhieß, die bei noch halbwegs klarem Verstand waren: von außen wurde heftig gegen die Tür geschlagen. Es war eine riesige Flügeltür, eine Tür, durch die eine kleine Lokomotive gepasst hätte, denn der Raum war dem Spiegelsaal in Versailles nachgebaut. Schon zersplitterte die Täfelung. Das Geräusch machte all jene rasend, deren Ziel diese Tür gewesen war. Es schien auch die Tiere rasend zu machen. Sie hielten sich nicht damit auf, das, was sie getötet hatten, zu fressen, und leckten höchstens ein bisschen von dem Blut. Überall lagen jetzt tote und sterbende Körper, denn die Panik tötete inzwischen ebenso viele Menschen wie die Tiere. Und von allen Seiten erhoben sich die Stimmen und wollten denen hinter der Tür zurufen: »Los! Los! Beeilt euch!« Aber sie riefen nur Unsinn. Immer lauter wurden die Schläge gegen die Tür. Als wolle er sie nachahmen, sprang ein großer Gorilla auf den Tisch, da wo Jules gesessen hatte, und schlug sich auf die Brust. Dann sprang er mit einem Schrei in die Menge.

Schließlich gaben beide Türflügel gleichzeitig nach. Der Korridor hinter der Öffnung lag im Dunkeln, und aus der Dunkelheit kam ein graues, sich windendes Etwas. Es schwang durch die Luft und brach dann systematisch die zersplitterten Reste der Türflügel aus den Scharnieren und machte den Durchgang frei. Einen Augenblick später sah Mark, wie das Ding herunterkam und sich um einen Mann wickelte. Er glaubte Steele zu erkennen, war aber nicht sicher, denn alle sahen jetzt mehr oder weniger verändert aus. Der Mann wurde hoch in die Luft gehoben, und dann zwängte sich, monströs und unwahrscheinlich, die riesige Gestalt des Elefanten in den Raum; seine kleinen Augen blickten rätselhaft um sich, die

Ohren standen ab wie Teufelsflügel. Einen Augenblick lang stand er da, den zappelnden Steele in der Schlinge seines Rüssels; dann schleuderte er ihn zu Boden und zertrampelte ihn. Darauf hob er abermals Kopf und Rüssel und stampfte unter Furcht erregendem Trompeten in den Raum, um zielstrebig alles zu zertrampeln, was ihm in die Quere kam. Bald watete er wie ein Mädchen, das Trauben stampft, schwerfällig in einem Brei aus Blut, Knochen, Fleisch, Wein, Früchten und durchnässten Tischtüchern. Doch Mark sah nicht nur die Gefahr. Der Stolz, die Wildheit und die Achtlosigkeit, mit der das mächtige Tier tötete, schienen seinen Geist ebenso zu überwältigen, wie es Frauen und Männer zertrampelte. Wirklich, hier kam der König der Welt ... Dann wurde ihm schwarz vor Augen, und er erinnerte sich an nichts mehr.

## 2

Als Mr. Bultitude wieder zu sich gekommen war, hatte er sich an einem dunklen Ort voll ungewohnter Gerüche befunden. Dies überraschte oder beunruhigte ihn nicht sehr; er war Geheimnisse gewöhnt. Wenn er eines der leer stehenden Schlafzimmer in St. Anne's erforschte, was ihm zuweilen gelang, war es ein nicht weniger bemerkenswertes Abenteuer als dies. Und die Gerüche hier waren, im Ganzen gesehen, viel versprechend. Er witterte, dass es in der Nähe vielerlei Nahrung und – noch aufregender – ein weibliches Exemplar seiner Art gab. Anscheinend waren auch viele andere Tiere um ihn, aber das war eher unwichtig als beunruhigend. Er beschloss, die Bärin und die Nahrung zu suchen, und entdeckte, dass er auf drei Seiten von Wänden und auf der vierten von Gitterstäben umgeben war: er konnte nicht hinaus. Diese Erkenntnis, verbunden mit unaussprechlicher Sehnsucht nach den ihm vertrauten menschlichen Gefährten, ließ ihn nach und nach in eine tiefe Depression versinken: viele Faden tief in einen Kummer, wie nur Tiere ihn kennen – ein grenzenloser Ozean untröstlicher Emotion, ohne das kleinste Floß der Vernunft, auf das man sich retten könnte. Und wie es so seine Art war, erhob er seine Stimme und begann zu heulen.

Und nicht sehr weit von ihm entfernt war ein anderer, menschlicher Gefangener beinahe ebenso tief im Kummer versunken. Mr. Maggs saß in einer kleinen weißen Zelle und wendete seinen Kummer hin und her, wie nur ein einfacher Mann es kann. Einem gebildeten Mann in seiner Lage wäre das Elend Anlass für nachdenkliche Betrachtungen gewesen; er hätte sich Gedanken darüber gemacht, wie diese neue Idee von Heilung statt Strafe – scheinbar so human – den Gefangenen in Wirklichkeit aller Rechte beraubte und dadurch, dass sie die Bezeichnung Strafe abschaffte, die Sache selbst unabsehbar machte. Aber Mr. Maggs dachte die ganze Zeit nur an eins: dass dies der Tag war, den er während seiner ganzen Haftzeit herbeigesehnt hatte, dass er damit gerechnet hatte, um diese Zeit schon zu Hause bei Ivy Tee zu trinken (sicherlich hatte sie etwas besonders Gutes für ihn gekocht), und dass aus alledem nichts geworden war. Er saß ganz still, und ungefähr alle zwei Minuten rollte eine dicke Träne über seine Wange. Er hätte es leichter ertragen, wenn sie ihm wenigstens ein Päckchen Zigaretten gegeben hätten.

Beide Gefangenen wurden von Merlin befreit. Nachdem er die Feinde mit dem babylonischen Fluch belegt hatte, hatte er den Speisesaal verlassen. Niemand hatte ihn gehen sehen. Wither hatte ihn einmal laut und frohlockend in das unverständliche Durcheinander hinein rufen hören: »Qui Verbum Dei contempserunt, eis auferetur etiam Verbum hominis.«[4] Danach sah er ihn nicht wieder, und auch den Landstreicher nicht. Merlin war gegangen, das Haus zu verderben. Er hatte

---

[4] Wer das Wort Gottes verachtet, dem soll auch das menschliche Wort genommen werden.

Tiere und Menschen befreit. Die bereits verstümmelten Tiere tötete er rasch und schmerzlos wie Artemis mit ihren Pfeilen mit den Kräften, die in ihm waren. Mr. Maggs übergab er eine schriftliche Nachricht, die folgendermaßen lautete: »Liebster Tom, ich hoffe, es geht dir gut, und der Meister hier ist in Ordnung und sagt, du sollst so schnell du kannst hier ins Landhaus nach St. Anne's kommen. Und geh auf keinen Fall durch Edgestow, Tom, sondern schlag dich irgendwie hierher durch. Vielleicht kann dich jemand mitnehmen. Nichts ist mehr so, wie es war. Tausend Küsse, deine Ivy.« Die anderen Gefangenen ließ er gehen, wohin sie wollten. Sobald der Landstreicher sah, dass Merlin ihm einen Augenblick den Rücken zukehrte und das Haus anscheinend leer war, nützte er die Gelegenheit und machte sich davon, zuerst in die Küche und dann, mit voll gestopften Taschen, in die weite Welt hinaus. Weiter habe ich seine Spur nicht verfolgen können.

Mit Ausnahme eines Esels, der ungefähr zur gleichen Zeit wie der Landstreicher verschwand, sandte Merlin die Tiere, nachdem er sie durch Wort und Berührung in Raserei versetzt hatte, in den Speisesaal. Nur Mr. Bultitude hielt er zurück. Dieser hatte ihn sofort als den Mann erkannt, neben dem er im blauen Zimmer gesessen hatte; weniger süß und klebrig als bei jenem Anlass, aber eindeutig derselbe. Selbst ohne die Brillantine war etwas in Merlins Wesen, das den Bären ansprach, und beim Wiedersehen zeigte Mr. Bultitude alle Freude, die ein Tier dem Menschen zeigen kann. Merlin legte die Hand auf seinen Kopf und flüsterte ihm etwas ins Ohr, und Erregung erfüllte das dumpfe Bewusstsein des Bären, als würde ihm plötzlich ein lange verbotener und vergessener Genuss gewährt. Er tappte hinter Merlin durch die langen, leeren Korridore von Belbury; Speichel floss aus seinem Maul, und er brummte. Er dachte an einen warmen, salzigen Geschmack, an die angenehme Festigkeit von Knochen, an etwas, das man zerreißen, lecken und schütteln konnte.

**3** ──────── Mark spürte, wie jemand ihn am Arm packte und unsanft rüttelte; dann traf ihn kaltes Wasser ins Gesicht. Mühsam setzte er sich auf. Bis auf die verstümmelten Leichen war der Speisesaal leer. Das elektrische Licht der Kronleuchter strahlte ungerührt auf ein grausiges Durcheinander herab – Speisereste und Schmutz, zerstörter Luxus und zerfleischte Menschenleiber, und jedes wurde durch das andere noch abstoßender. Es war der angebliche baskische Priester, der ihn wachgerüttelt hatte. *»Surge Miselle* (Steh auf, du Jammerlappen)«, sagte er und half Mark auf die Beine. Mark hatte ein paar Schnittwunden und Prellungen davongetragen, und sein Kopf schmerzte, doch ansonsten war er unverletzt. Der Mann reichte ihm Wein in einer der großen Silberschalen, aber Mark wandte sich schaudernd ab. Er sah den Fremden, der ihm einen Brief reichte, verwirrt an. »Ihre Frau erwartet Sie im Landhaus in St. Anne's on the Hill«, hieß es darin. »Machen Sie sich so schnell wie möglich auf den Weg. Machen Sie einen Bogen um Edgestow. A. Denniston.« Mark blickte wieder zu Merlin auf und fand sein Gesicht furchtbar. Doch Merlin begegnete seinem Blick mit einer Miene strenger Autorität, legte eine Hand auf seine Schulter und führte ihn durch die klirrende und schlüpfrige Verwüstung zur Tür. Seine Finger schickten ein seltsames Prickeln über Marks Haut. Er wurde zur Garderobe geführt, erhielt Hut und Mantel (beides gehörte nicht ihm) und wurde in die sternklare Nacht hinausgeschoben. Es war zwei Uhr früh und bitterkalt, der Sirius schimmerte grünlich, und ein paar trockene Schneeflocken schwebten herab. Mark zögerte. Der Fremde trat einen Schritt zurück und schlug ihm dann mit der flachen Hand auf den Rücken. Sein Leben lang taten Mark die Knochen weh, sooft er daran dachte. Im nächsten Augenblick rannte er davon, wie er seit seiner Jungenzeit nicht mehr gerannt war; nicht aus Angst, sondern weil seine Beine nicht aufhören wollten. Als er wieder Herr über sie wurde, war er eine halbe Meile von Belbury entfernt, und als er zurückblickte, sah er ein Licht am Himmel.

# 4

Wither war nicht unter jenen, die im Speisesaal umgekommen waren. Er kannte natürlich alle Wege und Verbindungstüren und hatte den Raum verlassen, noch ehe der Tiger gekommen war. Er verstand, wenn auch nicht vollkommen, so doch besser als jeder andere, was geschah. Er erkannte, dass der baskische Dolmetscher der Urheber des ganzen Durcheinanders war. Und damit wusste er auch, dass übermenschliche Kräfte herabgekommen waren, Belbury zu zerstören; nur einer, der von Merkur selbst geritten wurde, konnte eine solche Sprachverwirrung herbeiführen. Und dies wiederum sagte ihm etwas noch Schlimmeres: es bedeutete, dass seine dunklen Meister sich völlig verrechnet hatten. Sie hatten von einer Barriere gesprochen, die es unmöglich mache, dass Mächte aus den Himmelstiefen die Erdoberfläche erreichten, hatten ihm versichert, dass nichts von dort weiter als bis zur Umlaufbahn des Mondes gelangen könne. Ihre ganze Politik beruhte auf dem Glauben, dass die Erde nach außen abgeschirmt und außerhalb der Reichweite solcher Hilfe wäre, ganz ihrer und seiner Gnade ausgeliefert. Daher wusste er, dass alles verloren war.

Es war erschreckend, wie wenig ihm diese Erkenntnis ausmachte. Doch es konnte kaum anders sein, denn er hatte seit langem aufgehört, an Erkenntnisse zu glauben. Was in seiner fernen Jugendzeit ein rein ästhetischer Widerwille gegen rohe oder vulgäre Realitäten gewesen war, hatte sich mit den Jahren zu einer starren Ablehnung all dessen vertieft, was in irgendeiner Weise anders war als er selbst. Er war von Hegel zu Hume gekommen, von dort über den Pragmatismus zum logischen

Positivismus und von dort schließlich in die völlige Leere. Die Hinweise, die er jetzt sah, trafen auf keinen Gedanken, den sein Verstand akzeptieren konnte. Er hatte von ganzem Herzen gewollt, dass es keine Realität und keine Wahrheit gebe, und nun konnte ihm nicht einmal sein eigener bevorstehender Untergang die Augen öffnen. Die letzte Szene in Marlowes *Doktor Faustus,* in welcher der Mensch am Rand der Hölle rast und bettelt, ist vielleicht Theaterfeuerwerk. Die letzten Augenblicke vor der Verdammnis sind selten so dramatisch. Oft weiß der Mensch mit aller wünschenswerten Klarheit, dass er sich noch immer durch eine Willensanstrengung retten könnte. Aber er kann diese Einsicht sich selbst nicht glaubhaft machen. Eingefleischte Verhaltensweisen, alte Verstimmungen und triviale Abneigungen, die gewohnheitsmäßige, fatale Lethargie erscheinen ihm in diesem Augenblick wichtiger als die Wahl zwischen vollkommener Freude und vollkommener Verdammnis. Mit offenen Augen und in dem Bewusstsein, dass der Schrecken ohne Ende gerade im Begriff ist zu beginnen, doch (momentan) unfähig, darüber entsetzt zu sein, sieht er untätig zu, wie die letzten Verbindungen mit der Freude und der Vernunft gekappt werden, und träge sieht er die Falle über seiner Seele zuschnappen. So schläfrig sind sie zu dem Zeitpunkt, wenn sie den rechten Weg verlassen.

Auch Straik und Filostrato lebten noch. Sie begegneten sich in einem der kalten, beleuchteten Korridore, so weit vom Speisesaal entfernt, dass der Lärm des Gemetzels nur als ein schwaches Murmeln zu ihnen drang. Filostrato war verletzt, sein rechter Arm war übel zugerichtet. Sie sprachen nicht – beide wussten, dass der Versuch sinnlos wäre –, gingen aber gemeinsam weiter. Filostrato wollte auf einem Umweg zur Garage gelangen. Er glaubte, trotz allem noch fahren zu können, wenigstens bis Sterk.

Als sie um eine Ecke bogen, sahen sie, was sie früher oft gesehen, aber niemals wieder zu sehen erwartet hatten – den stellvertretenden Direktor, gebeugt, mit knarrenden Schuhen einherschreitend, sein Lied summend. Filostrato wollte nicht mit ihm gehen, aber Wither bot ihm den Arm, als habe er seine Verwundung bemerkt. Filostrato versuchte abzulehnen: unsinnige Silben kamen aus seinem Mund. Wither ergriff mit fester Hand den linken Arm; Straik ergriff den anderen, verletzten Arm. Zitternd und ächzend vor Schmerz musste Filostrato sie gegen seinen Willen begleiten. Aber Schlimmeres erwartete ihn. Er war kein Eingeweihter, er wusste nichts von den dunklen Eldila. Er glaubte, dass allein seine Kunstfertigkeit Alcasans Gehirn am Leben erhalten hätte. Deshalb schrie er trotz seiner Schmerzen entsetzt auf, als er merkte, dass die beiden ihn durch den Vorraum des Oberhaupts und in seine Gegenwart zerrten, ohne sich mit den antiseptischen Vorbereitungen aufzuhalten, die er seinen Kollegen immer auferlegt hatte. Vergebens versuchte er ihnen klarzumachen, dass ein Augenblick solcher Achtlosigkeit seine gesamte Arbeit zunichte machen könne. Diesmal zogen seine Begleiter sich erst im Raum selbst aus. Und diesmal entledigten sie sich all ihrer Kleider.

Sie rissen auch ihm die Kleider vom Leib. Als der rechte Ärmel, steif von geronnenem Blut, sich nicht abziehen lassen wollte, holte Wither ein Messer aus dem Vorraum und schnitt ihn auf. Schließlich standen die drei Männer nackt vor dem Kopf – Straik, mager und knochig; Filostrato, ein wabbelnder Fettberg; Wither, eine senile Obszönität. Dann kam der Höhepunkt des Entsetzens, von dem Filostrato nie wieder herabsteigen sollte; denn was er für unmöglich gehalten hatte, geschah. Niemand hatte die Skalen abgelesen, den Blutdruck eingestellt oder die Zufuhr von Luft und künstlichem Speichel eingeschaltet. Dennoch kamen Worte aus dem trockenen, klaffenden Mund im Kopf des toten Mannes. »Betet an!«, sagte er.

Filostrato spürte, wie seine Gefährten ihn vorwärts und

aufwärts stießen, dann wieder vorwärts und abwärts. Er war gezwungen, sich mit ihnen in rhythmischem Gehorsam tief zu verbeugen und wieder aufzurichten. Eines der letzten Dinge, die er auf Erden sah, war der Anblick der schlaffen Hautfalten an Withers Hals, die wie die Kehllappen eines Truthahns hin und her baumelten. Eines der letzten Dinge, die er hörte, war, dass Wither zu singen begann; und Straik fiel ein. Dann hörte Filostrato sich zu seinem Entsetzen selbst mitsingen:

»Uroborindra!

Uroborindra!

Uroborindra ba-ba-hi!«

Aber nicht lange. »Einen anderen«, sagte die Stimme, »gebt mir einen anderen Kopf.« Filostrato wusste sofort, warum sie ihn zu einem bestimmten Platz an der Wand zerrten. Er hatte sich das alles selbst ausgedacht. In der Wand, die den Raum des Oberhaupts vom Vorzimmer trennte, war eine kleine Jalousie. Zog man sie hoch, sah man eine kleine Fensteröffnung und den Rahmen eines Schiebefensters, das schnell und schwer herabsausen konnte. Aber das Schiebefenster war in Wirklichkeit ein Fallbeil. Die kleine Guillotine war nicht für einen Zweck wie diesen gedacht gewesen! Sie wollten ihn nutzlos und unwissenschaftlich ermorden! Hätte er es mit einem von ihnen gemacht, so wäre alles ganz anders gewesen; alles wäre seit Wochen genauestens vorbereitet gewesen – die Temperaturen beider Räume genau richtig abgestimmt, die Klinge sterilisiert, die Schlauchleitungen fertig zum Anschließen, sowie der Kopf abgetrennt wäre. Er hatte sogar berechnet, welche Auswirkungen die Todesangst des Opfers voraussichtlich auf seinen Blutdruck haben würde: so konnte die künstliche Blutzufuhr entsprechend reguliert werden und die Arbeit des Gehirns mit der denkbar geringsten Unterbrechung fortgesetzt werden. Sein letzter Gedanke war, dass er die Todesangst unterschätzt hatte.

Die beiden Eingeweihten, von Kopf bis Fuß mit Blut be-

spritzt, blickten einander schwer atmend an. Bevor die fetten Beine und Hinterbacken des geköpften Italieners zu zittern aufgehört hatten, wurden die beiden schon zur Wiederaufnahme des Rituals angetrieben:
»Uroborindra!
Uroborindra!
Uroborindra ba-ba-hi!«

Beiden kam gleichzeitig derselbe Gedanke: »Er wird noch einen verlangen.« Und Straik fiel ein, dass Wither das Messer hatte. Er riss sich mit übermenschlicher Anstrengung vom Rhythmus los: Krallen schienen seine Brust von innen zu zerfleischen. Wither erkannte seine Absicht, und als Straik davonlief, war er bereits hinter ihm her. Straik erreichte den Vorraum, glitt in Filostratos Blut aus. Wither stieß mehrmals mit dem Messer zu. Seine Kräfte reichten nicht aus, den Kopf vom Rumpf zu trennen, aber er hatte den Mann getötet. Er stand auf, ein stechender Schmerz durchfuhr sein Greisenherz. Dann sah er den Kopf des Italieners am Boden liegen. Es schien ihm ratsam, die Trophäe aufzuheben und in den inneren Raum zu tragen, damit das Haupt sie zu sehen bekäme. Er tat es. Dann merkte er, dass sich im Vorraum etwas bewegte. War es möglich, dass sie die äußere Tür nicht geschlossen hatten? Er wusste es nicht mehr genau. Sie waren hereingekommen und hatten Filostrato zwischen sich mitgezerrt; es war denkbar ... alles war so unnormal gewesen. Er legte seine Last nieder – vorsichtig, auch jetzt noch beinahe höflich, und ging auf die Verbindungstür zu. Er schrak zurück. Ein mächtiger Bär, der sich auf die Hinterbeine erhoben hatte, füllte die Türöffnung aus – mit offenem Rachen und glühenden Augen, die Vorderpranken wie zu einer Umarmung ausgebreitet. War es dies, was aus Straik geworden war? Er wusste (obwohl er sich nicht einmal jetzt damit befassen konnte), dass er an der Grenze zu einer Welt stand, in der solches geschehen konnte.

## 5

Niemand in Belbury hatte an diesem Abend einen kühleren Kopf bewahrt als Feverstone. Er war weder ein Eingeweihter wie Wither noch ein Getäuschter wie Filostrato. Er wusste von den Makroben, aber das gehörte nicht zu den Dingen, die ihn interessierten. Er wusste, dass das Institut mit seinen Plänen scheitern konnte, und er wusste, dass er in diesem Fall rechtzeitig aussteigen würde. Er hatte sich ein Dutzend Rückzugswege offen gehalten. Er hatte auch ein völlig reines Gewissen und sich selbst nie etwas vorgemacht. Er hatte niemals andere verleumdet, außer um seinen Posten zu bekommen, niemals betrogen, außer wenn er Geld brauchte, niemals andere Leute verabscheut, es sei denn, sie langweilten ihn. An diesem Abend merkte er schon frühzeitig, dass etwas nicht stimmte. Man musste jetzt nur noch richtig einschätzen, inwieweit es nicht stimmte. War dies das Ende von Belbury? Wenn ja, musste er nach Edgestow zurück und die schon lange vorbereitete Rolle des Beschützers der Universität gegen das N.I.C.E. übernehmen. Andererseits wäre es entschieden besser, als der entschlossene Mann dazustehen, der Belbury in einem schwierigen Augenblick gerettet hatte. Er würde abwarten, solange es ungefährlich war. Und er wartete lange. Er fand eine Durchreiche, die den Speisesaal mit der Anrichte verband. Er kletterte hindurch und betrachtete das Schauspiel. Er hatte ausgezeichnete Nerven und glaubte das Schiebefenster rechtzeitig herunterziehen und verriegeln zu können, falls ein gefährliches Tier auf die Durchreiche losginge. So stand er während des ganzen Gemetzels, mit glänzenden Augen, manchmal einem Lächeln im Gesicht, rauchte eine Zigarette nach der anderen und trommelte mit den Fingern auf die Durchreiche. Als alles vorbei war, sagte er zu sich selbst: »Nun, ich will verdammt sein!« Es war wirklich ein ganz außerordentliches Schauspiel gewesen.

Die Tiere waren alle verschwunden. Es war ihm klar, dass

er Gefahr laufen würde, in den Korridoren einigen von ihnen zu begegnen, aber das musste er riskieren. Gefahr – in Maßen – wirkte anregend auf ihn. Er gelangte unbehelligt aus dem Gebäude und zu den Garagen; das Beste schien, sofort nach Edgestow zu fahren. Aber er konnte seinen Wagen in der Garage nicht finden – tatsächlich standen dort bei weitem weniger Fahrzeuge als erwartet. Offenbar waren mehrere andere Leute auf die Idee gekommen, sich davonzumachen, solange es noch möglich war, und einer von ihnen hatte seinen Wagen genommen. Statt sich über den Diebstahl zu ärgern, machte er sich auf die Suche nach einem anderen Wagen des gleichen Fabrikats. Es dauerte längere Zeit, bis er einen gefunden hatte, und dann hatte er beträchtliche Schwierigkeiten mit der Zündung. Die Nacht war kalt – wahrscheinlich würde es schneien, dachte er. Zum ersten Mal in dieser Nacht blickte er finster drein; er hasste Schnee. Es war nach zwei, als er endlich so weit war.

Als er gerade losfahren wollte, hatte er plötzlich den Eindruck, jemand sei hinter ihm eingestiegen. »Wer ist da?«, fragte er barsch. Er beschloss, auszusteigen und nachzusehen, doch zu seiner Überraschung gehorchte sein Körper dieser Entscheidung nicht. Stattdessen fuhr er den Wagen aus der Garage, um den Gebäudekomplex herum zur Vorderseite und auf die Landstraße. Inzwischen schneite es tatsächlich. Feverstone stellte fest, dass er den Kopf nicht wenden und auch nicht anhalten konnte. Er fuhr mit halsbrecherischer Geschwindigkeit durch diesen verdammten Schnee. Er hatte keine andere Wahl. Er hatte oft davon gehört, dass Autos vom Rücksitz aus gefahren wurden, aber diesmal schien es wirklich so zu sein. Dann merkte er zu seinem Entsetzen, dass er von der Landstraße abgebogen war. Der Wagen holperte und hüpfte immer noch unverantwortlich schnell – die Gipsy Lane oder (für die Gebildeten) Wayland Street entlang – die alte Römerstraße von Belbury nach Edgestow, nichts als Gras und Radspuren. »Was zum Teufel mache ich da?« dachte Feverstone. »Habe ich noch alle beisammen? Wenn ich nicht aufpasse, werde ich mir bei diesem Spielchen noch den Hals brechen!« Aber der Wagen jagte weiter, als würde er von einem gelenkt, der diesen Pfad für eine Schnellstraße und den selbstverständlichen Weg nach Edgestow hielt.

## 6

Frost hatte den Speisesaal einige Minuten nach Wither verlassen. Er wusste nicht, wohin er ging und was er tun sollte. Seit vielen Jahren hatte er die theoretische Überzeugung vertreten, dass alles, was dem Geist als Motivation oder Absicht erscheint, lediglich ein Nebenprodukt körperlicher Funktionen sei. Aber während des letzten Jahres – seit er eingeweiht worden war – hatte er praktisch erlebt, was er lange als Theorie vertreten hatte. Seine Handlungen waren in zunehmendem Maße unmotiviert gewesen. Er tat dies und das, er sagte dies und das und wusste nicht, warum. Sein Geist war nur noch ein Zuschauer. Er konnte nicht verstehen, warum dieser Zuschauer überhaupt existieren sollte. Er ärgerte sich über seine Existenz, während er sich zugleich versicherte, dass Ärger auch nur ein chemisches Phänomen war. Was einer menschlichen Leidenschaft in ihm noch am nächsten kam, war eine Art kalter Wut gegen alle, die an den Geist glaubten. Eine solche Illusion durfte man nicht dulden. Menschen gab es nicht und durfte es nicht geben. Aber bis zum heutigen Abend war ihm nie so lebhaft bewusst geworden, dass der Körper und seine Bewegungen die einzige Realität waren und dass das Selbst, das zu beobachten schien, wie der Körper den Speisesaal verließ und sich auf den Weg zum Raum des Oberhaupts machte, ein Nichts war. Wie ärgerlich, dass der Körper die Macht haben sollte, ein solches Selbst vorzutäuschen!

So sah der Frost, dessen Existenz Frost leugnete, seinen Körper in den Vorraum gehen und beim Anblick eines nackten, blutüberströmten Leichnams abrupt stehen bleiben. Es kam zu der chemischen Reaktion, die man Schock nennt. Frost bückte sich, wälzte den Toten auf den Rücken und erkannte Straik. Einen Augenblick später blickten sein funkelnder Zwicker und der graue Spitzbart in den Raum des Oberhaupts. Er nahm kaum wahr, dass Wither und Filostrato tot am Boden lagen. Seine Aufmerksamkeit wurde von etwas Wichtigerem in Anspruch genommen. Das Gestell, in dem sich das Haupt hätte befinden sollen, war leer, der Metallring verbogen, die Gummischläuche durcheinander und zerrissen. Dann sah er einen Kopf am Boden liegen, bückte sich und untersuchte ihn. Es war der Filostratos. Von Alcasans Kopf fand er keine Spur, es sei denn, ein Durcheinander zersplitterter Knochen bei Filostratos enthauptetem Rumpf rührte von ihm her.

Ohne sich zu fragen, was er tun solle oder warum, ging Frost zur Garage. Alles war still und leer, und der Schnee lag schon knöcheltief. Er brachte so viele Benzinkanister herauf, wie er tragen konnte. Im Unterweisungsraum häufte er an Brennbarem auf, was er finden konnte. Dann schloss er sich selbst ein, indem er die äußere Tür des Vorzimmers zuschloss. Was immer ihm sein Handeln diktierte, zwang ihn nun, den Schlüssel in das Sprachrohr zu stecken, das die Verbindung zum Gang herstellte. Als er ihn so weit wie möglich mit seinem Finger hineingesteckt hatte, nahm er einen Stift aus seiner Tasche und schob den Schlüssel damit weiter. Dann hörte er den Schlüssel draußen klirrend auf den Boden fallen. Sein Bewusstsein, diese lästige Illusion, schrie verzweifelt auf. Doch sein Körper hatte keine Macht, sich um diese Schreie zu kümmern, selbst wenn er gewollt hätte. Wie eine Aufziehfigur, die er immer hatte sein wollen, ging sein steifer und jetzt schrecklich kalter Körper zurück in den Unterweisungsraum, goss das Benzin aus und warf ein brennendes Streichholz hinein. Erst jetzt erlaubten seine Aufseher ihm den Verdacht, dass der Tod ihn womöglich nicht von der Illusion befreien würde, eine Seele zu sein, sondern sich als das Eingangstor zu einer Welt erweisen möchte, wo diese Illusion frei und ungehindert schweifen konnte. Seiner Seele, wenn auch nicht seinem Körper, bot sich ein Entkommen. Er wurde in die Lage versetzt zu erkennen (und wies das Wissen gleichzeitig zurück), dass er von Anfang an geirrt hatte, dass Seelen und persönliche Verantwortung sehr wohl existierten. Nun sah er es, doch umso größer wurde sein Hass. Die körperliche Qual des Verbrennens war kaum grausamer als dieser Hass. Mit größter Anstrengung stürzte er sich wieder zurück in seine Illusion. In dieser Haltung überraschte ihn die Ewigkeit, wie in alten Erzählungen der Sonnenaufgang die Trolle überraschte und in Steine verwandelt.

## 17 Venus in St. Anne's

Es wurde ohne sichtbaren Sonnenaufgang Tag, als Mark den auf seinem Weg bisher höchsten Hang hinaufstapfte. Die weiße Straße war noch unberührt von Verkehrsspuren und zeigte da und dort die Fußabdrücke von Vögeln und Kaninchen. Der Schneeschauer ging gerade in einem Wirbel größerer und langsamerer Flocken zu Ende. Ein großer Lastwagen, der in dieser Landschaft schwarz und warm aussah, überholte Mark. Der Fahrer steckte seinen Kopf aus dem Fenster. »Richtung Birmingham?«, fragte er. »Ungefähr«, sagte Mark. »Ich will nach St. Anne's.«

»Wo liegt denn das?«, fragte der Fahrer. »Hinter Pennington, oben auf dem Hügel«, sagte Mark. »Aha«, sagte der Mann. »Ich könnte Sie bis zur Abzweigung nach Pennington mitnehmen. Erspart Ihnen ein hübsches Stück.« Mark stieg zu ihm ins Fahrerhaus.

Der Vormittag war zur Hälfte um, als der Mann ihn an einer Straßenkreuzung vor einem kleinen Landgasthof absetzte. Der Schnee war liegen geblieben, in den grauen Wolken war noch mehr davon, und der Tag war ungewöhnlich still. Mark ging in das kleine Gasthaus und traf dort eine freundliche ältere Wirtin an. Er ließ sich ein warmes Bad bereiten und frühstückte ausgiebig, worauf er in einem Sessel vor dem prasselnden Kaminfeuer einschlief. Erst gegen vier Uhr wachte er auf. Er vermutete, dass er nur wenige Meilen von St. Anne's entfernt sei, und beschloss, Tee zu trinken, bevor er sich auf den Weg machte. Auf Anraten der Wirtin ließ er sich mit dem Tee ein gekochtes Ei bringen. Zwei Regale in dem kleinen Raum waren mit gebundenen Jahrgängen der Zeitschrift *The Strand* gefüllt. In einem dieser Bände fand er eine Fortsetzungsgeschichte für Kinder, die er als kleiner Junge angefangen, nach seinem zehnten Geburtstag aber nicht weitergelesen hatte, weil er der Meinung gewesen war, er sei zu alt dafür. Jetzt las er eine Fortsetzung nach der anderen, bis die Geschichte zu Ende war. Sie war gut. Die Erwachsenengeschichten, die er nach seinem zehnten Geburtstag gelesen hatte, schienen ihm jetzt mit Ausnahme von *Sherlock Holmes* Schund. Er sagte sich, dass er sich nun bald auf den Weg machen müsse.

Sein leichtes Widerstreben, sich auf den Weg zu machen, rührte nicht von Müdigkeit her – im Grunde fühlte er sich ausgeruht und besser denn je in den letzten Wochen. Was ihn zögern ließ, war eine Scheu: Er würde Jane sehen, und die Dennistons, und wahrscheinlich auch die Dimbles. Er würde Jane in der Welt sehen, die er als die ihre, nicht aber als die seine ansah. In seinem lebenslangen Ehrgeiz, Aufnahme in einen Kreis zu finden, hatte er den falschen Kreis gewählt. Jane war, wo sie hingehörte. Er dagegen wurde nur aus Freundlichkeit zugelassen, weil Jane dumm genug gewesen war, ihn zu heiraten. Er nahm es ihnen nicht übel, aber er war befangen. Er sah sich selbst, wie dieser neue Kreis ihn sehen musste – als einen kleinen Parvenu, einen jener Steeles und Cossers, langweilig, unscheinbar, ängstlich, berechnend und kalt. Er überlegte, warum er so war. Wie brachten andere Leute – Leute wie Denniston oder Dimble – es fertig, so sorglos und entspannt durch die Welt zu schlendern, das Auge unbekümmert über den Horizont schweifen zu lassen, übersprudelnd von Fantasie und Humor, empfänglich für Schönheit, nicht ständig auf der Hut zu sein und dies auch gar nicht nötig zu haben? Welches war das Geheimnis jenes behaglichen, unbekümmerten Lachens, das er nicht um alles in der Welt imitieren konnte? Alles an ihnen war anders. Selbst wenn sie sich nur in einen Sessel warfen, brachte ihre Körperhaltung eine gewisse Vornehmheit, eine löwenhafte Trägheit zum Ausdruck. In ihrem Leben gab es einen Spielraum, den er nie gehabt hatte. Sie waren Herzen, er war nur ein Pik. Dennoch musste er sich auf den Weg machen ... Natürlich war Jane ein Herz. Er musste ihr ihre Freiheit geben. Es wäre ungerecht zu denken, seine Liebe zu ihr sei im Grunde nur sinnlich gewesen. Liebe, sagte Platon, ist die Tochter des Mangels. Marks Körper hatte dies bis vor kurzem noch besser begriffen als sein Verstand, und selbst sein sinnliches Verlangen zeigte an, was ihm fehlte und was Jane zu geben hatte. Als sie zum ersten Mal die trockene und staubige Welt betreten hatte, in der sein Geist wohnte, war sie wie ein Frühlingsschauer gewesen; indem er sich ihm ausgesetzt hatte, war er nicht fehlgegangen. Fehlgegangen war er nur in der Annahme, dass die Ehe an sich ihn berechtige oder ermächtige, sich diese Frische anzueignen. Das war so, als wolle man einen Sonnenuntergang kaufen, indem man das Feld erwirbt, von dem aus man ihn gesehen hat.

Er läutete und ließ sich die Rechnung geben.

## 2

Am gleichen Nachmittag hielten Mutter Dimble und die drei jungen Frauen sich in dem großen Raum auf, der beinahe das ganze Dachgeschoss in einem der Seitenflügel einnahm und vom Meister ›die Garderobe‹ genannt wurde. Auf den ersten Blick hätte man meinen können, sie seien gar nicht in einem Raum, sondern in einer Art Wald – einem tropischen Wald voll leuchtender Farben. Auf den zweiten Blick hätte man denken können, man sei im Obergeschoss eines Warenhauses, wo Teppiche aufgestellt waren und kostbare Stoffe von der Decke herabhingen und eine Art gewebten Wald bildeten. In Wirklichkeit standen die Frauen vor einer Auswahl von Prachtgewändern – Dutzenden von Gewändern, die jedes für sich auf einem kleinen Holzständer hingen.

»Das wäre prachtvoll für Sie, Ivy«, sagte Mutter Dimble und hob mit einer Hand die Falten eines leuchtend grünen Umhangs, auf dem dünne Goldspiralen ein festliches Muster bildeten. »Kommen Sie, Ivy«, fuhr sie fort, »gefällt es Ihnen nicht? Machen Sie sich noch immer Sorgen wegen Tom? Der Meister hat Ihnen doch gesagt, dass Ihr Mann heute Abend oder spätestens morgen Mittag hier sein wird.«

Ivy sah sie bekümmert an.

»Das ist es nicht allein«, meinte sie. »Wo wird der Meister selbst dann sein?«

»Aber Sie können doch nicht wollen, dass er bleibt, Ivy«, sagte Camilla. »Nicht mit den ständigen Schmerzen. Und wenn in Edgestow alles gut geht, wird sein Werk getan sein.«

»Er hat sich nach Perelandra zurückgesehnt«, sagte Mutter Dimble. »Er hatte in gewisser Weise Heimweh … immer schon. Ich habe es seinen Augen angesehen.«

»Und wird dieser Merlin wiederkommen?«, fragte Ivy.

»Das glaube ich nicht«, erwiderte Jane. »Weder der Meister noch er selbst haben anscheinend damit gerechnet. Und dann mein Traum letzte Nacht. Es sah aus, als stünde er in Flammen ... Ich meine, nicht dass er brannte, wissen Sie, aber Licht – alle möglichen Lichter in den ungewöhnlichsten Farben strahlten aus ihm heraus und liefen an ihm herauf und herab. Das war das Letzte, was ich sah: Merlin stand da wie eine Säule, und ringsum geschahen all diese grässlichen Dinge. Und man konnte seinem Gesicht ansehen, dass er bis zum letzten Tropfen aufgebraucht war, wenn Sie verstehen, was ich meine – dass er in dem Augenblick, da die Kräfte ihn verlassen, zu Staub zerfallen würde.«

»Wir kommen mit der Auswahl unserer Kleider für heute Abend nicht weiter.«

»Woraus ist dies wohl gemacht?«, sagte Camilla, während sie den grünen Umhang befühlte und daran roch. Die Frage war berechtigt, denn obgleich der Stoff nicht im Mindesten durchscheinend war, wohnten in seinen fließenden Falten alle Arten von Licht und Schatten, sodass er wie ein Wasserfall in der Sonne durch Camillas Hände floss. Ivy begann sich dafür zu interessieren.

»Möchte wissen«, sagte sie, »was eine Elle von dem Zeug kosten würde!«

Mrs. Dimble legte den weiten langen Mantel geschickt um Ivys Schultern. »Oh!«, sagte sie dann ehrlich erstaunt. Alle drei traten ein wenig zurück und betrachteten Ivy entzückt. Das Einfache war nicht aus ihrer Gestalt und ihrem Gesicht verschwunden, aber das Gewand hatte es aufgenommen, wie ein großer Komponist ein Volkslied aufnimmt und es wie einen Ball durch seine Symphonie wirft und ein Wunder daraus macht, ohne es seiner Identität zu berauben. Eine vorlaute Fee oder eine lebhafte Elfe, eine kleine, aber höchst muntere Gestalt stand vor ihnen, und immer noch ganz eindeutig Ivy Maggs.

»Das sieht einem Mann ähnlich!«, rief Mrs. Dimble. »Kein Spiegel im ganzen Raum!«

»Ich glaube, wir sollten uns selbst nicht sehen«, meinte Jane. »Er sagte, wir seien einander Spiegel genug, oder so ähnlich.«

»Aber ich möchte gern wissen, wie ich von hinten aussehe«, sagte Ivy.

»Nun, Camilla«, sagte Mutter Dimble, »bei Ihnen brauchen wir nicht lange zu überlegen. Dies ist offensichtlich das Richtige für Sie.«

»Das da, meinen Sie?«

»Ja, natürlich.«

»Darin werden Sie bestimmt sehr hübsch aussehen«, sagte Ivy.

Es war ein langes, schmal geschnittenes Gewand von stahlblauer Farbe, das sich weich wie Schaum anfühlte. Es schmiegte sich um Camillas Hüften und fiel dann fließend und glänzend bis zum Boden. »Wie eine Meerjungfrau«, dachte Jane und dann: »Wie eine Walküre.«

»Ich fürchte, dazu müssen Sie eine Krone tragen«, sagte Mutter Dimble.

»Wäre das nicht …?«

Aber Mutter Dimble setzte ihr bereits eine kleine Krone auf den Kopf. Die Ehrfurcht (und das muss nicht unbedingt etwas mit dem Geldwert zu tun haben), die beinahe alle Frauen für Schmuck empfinden, ließ drei von ihnen vorübergehend verstummen. Solche Brillanten gab es vielleicht in ganz England kein zweites Mal. Der Glanz war märchenhaft, beinahe unnatürlich.

»Was seht ihr mich alle so an?«, fragte Camilla, die nur ein Blitzen gesehen hatte, als Mrs. Dimble die Krone emporgehoben hatte.

»Sind sie echt?«, fragte Ivy.

»Wo kommen die Sachen überhaupt her, Mrs. Dimble?«, fragte Jane.

»Aus dem Schatz von Loegria, meine Lieben«, erwiderte

Mrs. Dimble. »Vielleicht von jenseits des Mondes oder aus der Zeit vor der Sintflut. Jetzt Sie, Jane.«

Jane konnte nichts besonders Geeignetes an dem Kleid sehen, das die anderen ihr anlegten. Blau war zwar ihre Farbe, aber sie hatte an etwas Strengeres, Würdigeres gedacht. Für ihren Geschmack war dieses Kleid etwas zu überladen. Aber als sie die anderen vor Entzücken in die Hände klatschen sah, gab sie nach. Es wäre ihr nicht eingefallen, sich dagegen aufzulehnen, und gleich darauf war die Sache schon vergessen und untergegangen in der Aufregung, ein Gewand für Mutter Dimble auszuwählen.

»Etwas Ruhiges«, sagte sie. »Ich bin eine alte Frau und möchte nicht lächerlich wirken.«

»Das ist alles nichts«, sagte Camilla und ging die lange Reihe der hängenden Kostbarkeiten entlang, wie ein Meteor vor dem Hintergrund von Purpur, Gold und leuchtendem Rot, weichem Schnee und flimmerndem Opal, von Pelz, Seide, Samt, Taft und Brokat. »Das ist hübsch«, sagte sie, »aber nicht für Sie. Oh! Schaut euch nur dies an! Aber es passt auch nicht. Ich sehe nichts …«

»Hier! Kommt schnell und seht nur! So kommt doch«, rief Ivy, als befürchte sie, ihre Entdeckung könnte weglaufen, wenn die anderen nicht schnell dazukämen.

»Oh! Ja, ja wirklich!« sagte Jane.

»Ja, das ist es«, meinte Camilla.

»Ziehen Sie es an, Mutter Dimble«, befahl Ivy. »Sie müssen, wissen Sie.«

Das Gewand war von jenem beinahe tyrannischen Rot, das Jane in ihrer Vision im Pförtnerhaus gesehen hatte, aber es war anders geschnitten, mit einem Pelzkragen und einer großen kupfernen Spange am Hals und mit langen, trompetenförmig sich öffnenden Ärmeln. Dazu gehörte eine Haube mit vielen Zipfeln. Alle waren überrascht, als Mrs. Dimble das Kleid übergestreift hatte, Jane nicht weniger als die anderen, obgleich sie das Ergebnis am ehesten hätte voraussehen können. Denn nun war aus dieser provinziellen Frau eines etwas versponnenen Gelehrten, dieser respektablen und unfruchtbaren Frau mit grauem Haar und Doppelkinn, eine Art Priesterin oder Sibylle geworden, die Dienerin irgendeiner prähistorischen Fruchtbarkeitsgöttin – eine alte Stammesmatriarchin, Mutter aller Mütter, feierlich, furchtbar und erhaben. Ein langer Stab, von einer geschnitzten Schlange umwunden, gehörte anscheinend zur Ausstattung, und sie gaben ihn ihr in die Hand.

»Sehe ich schrecklich aus?«, fragte Mrs. Dimble und blickt in die drei schweigenden Gesichter.

»Sie sehen großartig aus«, sagte Ivy.

»Es ist genau richtig«, sagte Camilla.

Jane nahm die Hand der alten Dame und küsste sie. »Entzückend«, sagte sie, »Ehrfurcht gebietend im alten Sinne, so sehen Sie aus.«

»Was werden die Männer tragen?«, fragte Camilla plötzlich.

»Die können sich nicht gut kostümieren«, erwiderte Ivy. »Schließlich müssen sie kochen und auftragen und Geschirr wegräumen. Ich muss schon sagen, wenn dies der letzte Abend sein soll, dann hätten besser wir uns um das Abendessen gekümmert. Den Männern hätten wir den Wein überlassen können. Ich stelle mir lieber gar nicht erst vor, was sie mit dieser Gans anstellen, denn ich glaube nicht, dass Mr. MacPhee jemals in seinem Leben einen Vogel gebraten hat, was immer er auch sagt.«

»Die Austern können sie jedenfalls nicht verderben«, sagte Camilla.

»Und den Plumpudding auch nicht, hoffen wir es«, sagte Ivy. »Trotzdem würde ich gern einmal hinuntergehen und nach dem Rechten sehen.«

»Lassen Sie das lieber bleiben«, sagte Jane mit einem Lachen. »Sie wissen, wie er ist, wenn er Küchendienst hat.«

»Vor dem habe ich doch keine Angst«, sagte Ivy und hätte beinahe, aber wirklich nur beinahe ihre Zunge herausgestreckt. Und in ihrer jetzigen Aufmachung hatte diese Geste durchaus einen gewissen Reiz.

»Sie brauchen sich wegen des Abendessens nicht die geringsten Sorgen zu machen«, erklärte Mrs. Dimble. »Er wird seine Sache sehr gut machen. Immer vorausgesetzt, dass er und mein Mann sich nicht gerade in dem Moment über irgendeinen philosophischen Gegenstand in die Haare geraten, in dem sie auftragen sollen. Kommen Sie, vergnügen wir uns. Wie warm es hier ist!«

»Herrlich«, sagte Ivy.

In diesem Moment ging eine Erschütterung durch den ganzen Raum.

»Was um Himmels willen war denn das?« fragte Jane.

»Wenn der Krieg nicht vorbei wäre, hätte ich gesagt, es war eine Bombe«, sagte Ivy.

»Seht nur!«, rief Camilla, die sich schneller wieder gefasst hatte als die anderen und an dem Fenster stand, das nach Westen und zum Tal des Wynd hinausging. »Oh, seht nur!« sagte sie wieder. »Nein, es ist kein Feuer. Und auch keine Scheinwerfer. Und auch kein Blitz. Da! Schon wieder ein Stoß. Und dort draußen – sehen Sie sich das an! Hinter der Kirche ist es taghell. Aber was sage ich da, es ist ja erst drei. Es ist heller als der Tag! Und die Hitze!«

»Es hat begonnen«, sagte Mutter Dimble.

**3** ──────── Etwa zur gleichen Zeit, als Mark am Morgen in den Lastwagen stieg, kroch Feverstone, kaum verletzt, aber ziemlich mitgenommen, aus dem gestohlenen Auto. Die wilde Fahrt hatte kopfüber in einem tiefen Graben ihr Ende gefunden, und Feverstone, immer bereit, die erfreuliche Seite einer Sache zu sehen, überlegte, während er sich herauswand, dass es noch schlimmer hätte kommen können – es hätte sein eigener Wagen sein können. Im Graben lag tiefer Schnee, und er war ziemlich nass. Als er aufstand und umherblickte, sah er, dass er nicht allein war. Kaum fünf Schritte von ihm entfernt stand eine hohe und kräftige Gestalt in einer schwarzen Soutane. Sie hatte ihm den Rücken zugekehrt und schickte sich an fortzugehen. »Hallo!«, rief Feverstone. Der andere wandte sich um und sah ihn schweigend eine oder zwei Sekunden lang an; dann ging er weiter. Feverstone merkte sofort, dass dieser Mann nicht der Typ war, mit dem er zurechtkommen würde – ja noch nie hatte ihm jemand weniger gefallen. Auch konnte er in seinen kaputten und durchnässten Halbschuhen nicht mit dem Siebenmeilenschritt dieser gestiefelten Füße Schritt halten. Er versuchte es gar nicht erst. Die schwarze Gestalt kam zu einem Tor, blieb dort stehen und gab ein wieherndes Geräusch von sich. Anscheinend sprach sie über das Tor hinweg zu einem Pferd. Im nächsten Augenblick (ehe Feverstone sich versah) war der Mann über das Tor und auf dem Pferd und trabte über ein großes Feld davon, das sich milchweiß bis zum Horizont erstreckte.

Feverstone hatte keine Ahnung, wo er war, aber es war völlig klar, dass er versuchen musste, eine Landstraße zu erreichen. Das dauerte viel länger, als er vermutet hatte. Es fror jetzt nicht mehr, und an vielen Stellen waren unter der Schneedecke schlammige Pfützen entstanden. Am Fuß des ersten Hügels kam er in einen solchen Morast, dass er die Römerstraße verlassen und querfeldein laufen musste. Die Entscheidung war folgenschwer, denn während der nächsten zwei Stunden war er nun damit beschäftigt, nach Lücken in Hecken zu suchen und dunkle Streifen zu erreichen, die aus der Ferne wie Straßen aussahen, aber keine waren, wenn man endlich dorthin kam. Er hatte das flache Land und das Wetter nie gemocht und war noch nie gern zu Fuß gegangen.

Gegen Mittag stieß er auf einen Fahrweg ohne Wegweiser, der ihn nach einer Stunde auf eine Durchgangsstraße brachte. Hier herrschte glücklicherweise ziemlich reger Verkehr. Wagen und Fußgänger bewegten sich alle in eine Richtung. Die ersten drei Wagen kümmerten sich nicht um seine Zeichen. Der vierte hielt an. »Schnell, steigen Sie ein«, sagte der Fahrer. »Fahren Sie nach Edgestow?«, fragte Feverstone, die Hand an der Tür. »Großer Gott, nein!« antwortete der andere. »Edgestow liegt da!« Er zeigte hinter sich. »Wenn Sie wirklich dorthin wollen.« Der Mann schien überrascht und ziemlich aufgeregt.

Schließlich blieb Feverstone nichts anderes übrig, als zu Fuß weiterzugehen. Alle Fahrzeuge kamen aus Edgestow, nicht ein einziges fuhr dorthin. Feverstone war ein wenig überrascht. Er wusste alles über den Exodus (es war sogar Teil seines Plans gewesen, die Stadt so weit wie möglich zu räumen), aber er hatte angenommen, der Auszug sei inzwischen abgeschlossen. Aber den ganzen Nachmittag hindurch, während er mit nassen und durchfrorenen Füßen durch den Schneematsch platschte und schlitterte, zogen die Flüchtlinge an ihm vorüber. Es ist verständlich, dass über die Ereignisse dieses Tages in Edgestow kaum Augenzeugenberichte existieren, aber es gibt jede Menge Geschichten darüber, wie so viele Leute dazu kamen, die Stadt im letzten Augenblick zu verlassen. Wochenlang füllten sie die Zeitungsspalten und gaben noch lange danach Gesprächsstoff ab, bis schließlich ein Scherz daraus wurde. »Nein, ich will nicht wissen, wie Sie aus Edgestow herausgekommen sind«, wurde zu einem geflügelten Wort. Aber trotz aller Übertreibungen bleibt die unzweifelhafte Wahrheit, dass eine überraschend große Zahl von Einwohnern die Stadt gerade noch rechtzeitig verließ. Einer wurde zu seinem sterbenden Vater gerufen; ein anderer entschloss sich ganz plötzlich und ohne sagen zu können, warum, einen Tag freizunehmen und wegzufahren; ein Dritter ging, weil der Frost die Wasserleitung in seinem Haus hatte bersten lassen und er ebenso gut fortfahren konnte, bis sie repariert war. Nicht wenige hatten die Stadt verlassen, weil sie irgendein triviales Ereignis als Omen deuteten – Träume, zerbrochene Spiegel, Teeblätter in der Tasse. Auch eine ältere Art Omen war während dieser Krise wieder aufgelebt. Der eine hörte seinen Esel, die andere ihre Katze ganz deutlich sagen: »Geh fort!« Und hunderte gingen noch immer aus dem alten Grund: weil ihre Häuser beschlagnahmt worden waren, weil sie ihre Lebensgrundlage verloren hatten oder weil ihre Freiheit von der Institutspolizei bedroht wurde.

Gegen vier Uhr nachmittags wurde Feverstone vom ersten Erdstoß zu Boden geworfen. Weitere folgten in den nächsten Stunden mit zunehmender Häufigkeit – furchtbare Stöße, Hebungen und Senkungen der Erde, verbunden mit unheilvollem unterirdischem Grollen. Die Temperatur begann zu steigen. Überall schmolz der Schnee, und zeitweise musste er durch knietiefes Wasser waten. Dunst von schmelzendem Schnee erfüllte die Luft. Als er auf dem letzten Höhenrücken vor der steilen Gefällstrecke nach Edgestow stand, konnte er von der Stadt nichts erkennen: nur Nebel, durch den außergewöhnliche Lichter zuckten. Ein weiterer Erdstoß warf ihn vornüber, und er beschloss, nicht hinunterzugehen; er würde umkehren und dem Verkehr folgen – sich zu irgendeiner Bahnstation durchschlagen und versuchen, nach London zu kommen. Das Bild eines dampfenden Bades in seinem Klub und von ihm selbst, wie er behaglich im Rauchzimmer am Kamin saß und seine Geschichte erzählte, stand ihm vor Augen. Das wäre schon was, sowohl Belbury als auch Bracton überlebt zu haben. Er hatte schon vieles überlebt und glaubte an sein Glück.

Als er den Entschluss zur Umkehr fasste, war er bereits ein kleines Stück ins Tal abgestiegen, und nun machte er sofort kehrt. Aber statt höher zu kommen, entdeckte er, dass es weiterhin abwärts ging. Als wäre er auf einer Geröllhalde im Gebirge und nicht auf einer asphaltierten Straße, gab der Boden unter seinen Füßen nach und rutschte ab. Als er endlich zum Stillstand kam, war er dreißig Schritte tiefer als zuvor. Er versuchte es noch einmal. Diesmal wurde er umgeworfen und rollte Hals über Kopf zwischen Steinen, Erde, Grasbüscheln und Wasser in wildem Durcheinander bergab. Es war, wie wenn eine mächtige Brandungswelle einen beim Baden überrollt, bloß war es eine Erdwelle. Er kam noch einmal auf die Füße und stellte sich mit dem Gesicht zum Hang. Das Tal hinter ihm schien sich in eine Hölle verwandelt zu haben. Das Nebelloch hatte Feuer gefangen und brannte mit einer blendend violetten Flamme, irgendwo rauschte Wasser, Gebäude brachen zusammen, Menschen schrien. Der Hang vor ihm war nicht wieder zu erkennen – keine Spur von Straße, Hecke oder Feld, nur ein Katarakt schlammiger, lehmiger Erde. Außerdem war der Hang nun viel steiler als zuvor. Feverstone hatte Erde im Mund, in den Haaren und in der Nase. Der Hang wurde immer steiler, während er hinaufblickte. Der Hügelrücken erhob sich höher und höher. Dann erhob sich die ganze Woge aus Erde, bog sich, bebte und donnerte tosend mit aller Macht auf ihn herab.

# 4

»Warum Loegria, Sir?«, fragte Camilla.

Das Abendessen in St. Anne's war vorüber, und sie saßen beim Wein um das Kaminfeuer im Speiseraum. Wie Mrs. Dimble prophezeit hatte, war den Männern das Essen gut gelungen. Aber erst nach dem Servieren hatten auch sie ihre Festtagskleider angelegt. Nun saßen sie alle behaglich zusammen, jeder in seiner Pracht: Ransom gekrönt und rechts vom Kamin, Grace Ironwood in Schwarz und Silber ihm gegenüber. Es war so warm, dass sie das Feuer hatten herunterbrennen lassen, und im Kerzenschein sah es aus, als leuchteten die höfischen Gewänder von selbst.

»Sagen Sie es ihnen, Dimble«, sagte Ransom. »Ich werde von nun an nicht viel sprechen.«

»Sind Sie müde, Sir?«, fragte Grace besorgt. »Sind die Schmerzen schlimm?«

»Nein, Grace«, antwortete er, »das ist es nicht. Aber nun, da es Zeit für mich ist zu gehen, kommt mir all dies vor wie ein Traum. Wie ein glücklicher Traum, verstehen Sie mich recht: alles daran, selbst die Schmerzen. Ich möchte jeden Tropfen davon auskosten. Aber ich habe das Gefühl, es würde sich auflösen, wenn ich zu viel rede.«

»Sie müssen gehen, nicht wahr, Sir?«, fragte Ivy.

»Meine Liebe«, fragte er zurück, »was gibt es sonst zu tun? Seit ich von Perelandra zurückgekehrt bin, bin ich nicht einen Tag oder eine Stunde älter geworden. Für mich gibt es keinen natürlichen Tod. Die Wunde wird nur in der Welt heilen, in der ich sie empfangen habe.«

»Dies alles hat den Nachteil, im Gegensatz zu den bewiesenen Naturgesetzen zu stehen«, bemerkte MacPhee. Der Meister lächelte wortlos wie ein Mann, der sich nicht herausfordern lässt.

»Es ist nicht gegen die Naturgesetze«, sagte eine Stimme aus der Ecke, wo Grace Ironwood beinahe unsichtbar im Schatten saß. »Sie haben ganz Recht. Die Gesetze des Universums werden niemals gebrochen. Ihr Fehler ist, dass Sie glauben, die kleinen Regelmäßigkeiten, die wir seit einigen hundert Jahren auf einem Planeten beobachtet haben, wären die wirklichen, unumstößlichen Gesetze; während sie in Wahrheit nur die entfernten Auswirkungen sind, die von den echten Gesetzen häufiger erzeugt als nicht erzeugt werden, und zwar mehr aus Zufall.«

»Shakespeare bricht niemals die wirklichen Gesetze der Dichtung«, warf Dimble ein. »Aber wenn er sie auch befolgt, so bricht er hin und wieder die kleinen Regelmäßigkeiten, die Kritiker für die wirklichen Gesetze halten. Dann sprechen die kleinen Kritiker von künstlerischer Freiheit. Aber Shakespeare nimmt sich keinerlei Freiheiten.«

»Und das«, sagte Denniston, »erklärt, warum nichts in der Natur ganz regelmäßig ist. Es gibt immer Ausnahmen. Eine gute, durchschnittliche Einheitlichkeit, die aber nie vollkommen ist.«

»Mir sind noch nicht viele Ausnahmen vom Gesetz der Sterblichkeit über den Weg gelaufen«, meinte MacPhee.

»Wie sollten Sie auch erwarten, bei mehr als einer solchen Gelegenheit dabei zu sein?«, entgegnete Grace Ironwood leidenschaftlich. »Waren Sie mit König Artus oder Barbarossa befreundet? Haben Sie Enoch oder Elias gekannt?«

»Sie meinen«, sagte Jane, »Sie meinen, dass der Meister ... der Pendragon ... dass er dorthin geht, wo sie sind?«

»Er wird mit Sicherheit bei König Artus sein«, sagte Dimble. »Was die anderen angeht, so kann ich nichts dazu sagen. Es gibt Leute, die nie gestorben sind. Wir wissen noch nicht, warum, aber wir wissen ein wenig mehr als zuvor über das Wie. Es gibt viele Orte im Universum – ich meine, in diesem physikalischen Universum, in dem unser Planet sich bewegt –, wo ein Organismus praktisch ewig weiterleben kann. Wir wissen zum Beispiel, wo Artus ist.«

»Wo?«, fragte Camilla.

»Im dritten Himmel, auf Perelandra. Auf Abhalljin, jener entfernten Insel, welche die Abkömmlinge von Tor und Tinidril erst in hundert Jahrhunderten entdecken werden. Vielleicht ist er dort allein?« Er zögerte und blickte zu Ransom hinüber, der den Kopf schüttelte.

»Und an diesem Punkt kommt Loegria ins Spiel, nicht wahr?«, sagte Camilla. »Weil er mit Artus zusammen sein wird.«

Dimble schwieg einen Weile und schob sein Obstbesteck auf dem Teller hin und her.

»Es begann alles, als wir entdeckten, dass die Artussage zum größten Teil geschichtliche Wahrheit ist. Es gab im sechsten Jahrhundert einen Augenblick, als etwas, das in diesem Land immer durchzubrechen sucht, beinahe Erfolg gehabt hätte. Loegria ist unser Name dafür – er ist so gut wie jeder andere. Nach dieser Entdeckung begannen wir, die englische Geschichte nach und nach in einem neuen Licht zu sehen. Wir entdeckten den Spuk.«

»Was für einen Spuk?«, fragte Camilla.

»Wir entdeckten, wie in dem, das wir Britannien nennen, immer etwas anderes spukt, das wir Loegria nennen. Haben Sie noch nicht bemerkt, dass wir zwei Länder sind? Nach jedem Artus ein Mordred, hinter jedem Milton ein Cromwell: eine Nation von Dichtern, eine Nation von Händlern; die Heimat von Sidney – und von Cecil Rhodes. Ist es ein Wunder, wenn andere Völker uns Heuchler nennen? Aber was sie für Heuchelei halten, ist in Wirklichkeit das Ringen zwischen Loegria und Britannien.«

Er hielt inne und trank einem Schluck Wein, bevor er fortfuhr.

»Erst viel später«, sagte er, »nachdem der Meister aus dem dritten Himmel zurückgekehrt war, erfuhren wir ein wenig mehr. Dieser Spuk war nicht nur auf der anderen Seite der unsichtbaren Mauer. Ransom wurde an das Lager eines sterbenden alten Mannes in Cumberland gerufen. Sein Name würde Ihnen nichts bedeuten, wenn ich ihn sagte. Dieser Mann war der Pendragon, der Nachfolger von Artus und Uther und Cassibelaun. Dann erfuhren wir die Wahrheit. Während all dieser Jahrhunderte lebte mitten im Herzen Britanniens ein geheimes Loegria weiter, eine ununterbrochene Folge von Pendragons. Dieser alte Mann war der achtundsiebzigste Nachfolger von König Artus. Unser Meister empfing von ihm das Amt und den Segen; und heute Nacht oder morgen werden wir erfahren, wer der achtzigste sein wird. Einige der Pendragons sind der Geschichte wohl bekannt, wenn auch nicht unter diesem Namen. Von anderen haben Sie niemals gehört. Aber in jedem Zeitalter waren sie und das kleine Loegria, das sich um sie scharte, die Finger, die den winzigen Anstoß gaben oder die unmerkliche Zugkraft waren, die England aus dem trunkenen Schlaf wecken oder von den endgültigen Gräueltaten abhalten sollte, zu denen Britannien es in Versuchung führte.«

»Dieser Ihrer neuen Geschichtsschreibung«, meinte MacPhee, »mangelt es allerdings ein wenig an Dokumenten.«

»Es gibt deren viele«, erwiderte Dimble lächelnd, »aber Sie kennen die Sprache nicht, in der sie geschrieben sind. Wenn die Geschichte dieser letzten Monate in Ihrer Sprache geschrieben und gedruckt sein und in den Schulen gelehrt wird, dann wird darin weder von Ihnen und mir noch von Merlin und dem Pendragon und den Planeten die Rede sein. Und doch hat Britannien in diesen Monaten in einer äußerst gefährlichen Weise gegen Loegria aufbegehrt und konnte nur in letzter Minute bezwungen werden.«

»Richtig«, sagte MacPhee. »Und es wäre durchaus eine gute Geschichtsschreibung, auch ohne dass Sie und ich und die meisten anderen hier Anwesenden erwähnt würden. Ich wäre sehr dankbar, wenn jemand mir sagen könnte, was wir getan haben – außer die Schweine zu füttern und sehr ordentliches Gemüse zu ziehen.«

»Sie haben getan, was von Ihnen erwartet wurde«, sagte der Meister. »Sie haben gehorcht und gewartet. So wird es oft sein. Wie einer der modernen Autoren gesagt hat: der Altar muss oft an einer bestimmten Stelle errichtet werden, sodass das himmlische Feuer an einer anderen herabkommen kann. Aber lassen Sie sich nicht zu voreiligen Schlussfolgerungen verleiten. Vielleicht gibt es noch viel für Sie zu tun, ehe ein Monat um ist. Britannien hat eine Schlacht verloren, aber es wird sich wieder erheben.«

»Sie meinen also, England sei einfach dieses Hin und Her zwischen Loegria und Britannien?« fragte Mutter Dimble.

»Ja«, sagte ihr Mann. »Spürst du es nicht? Dies ist die Grundeigenschaft Englands. Wenn wir einen Eselskopf haben, dann weil wir in einem Zauberwald gegangen sind. Wir haben von Besserem gehört, als wir vollbringen können, und das will uns nicht aus dem Kopf ... Kannst du nicht in allem Englischen eine ungelenke Anmut sehen, eine bescheidene, humorvolle Unvollkommenheit? Wie Recht hatte Sam Weller, als er Mr. Pickwick einen Engel in Gamaschen nannte. Alles hier ist entweder besser oder schlechter als ...«

»Dimble!«, sagte Ransom. Dimble, der sich ein wenig in Leidenschaft geredet hatte, brach ab und blickte zu ihm hin. Er zögerte und (wie es Jane schien) errötete sogar ein wenig, bevor er von neuem anhob.

»Sie haben Recht, Sir«, sagte er lächelnd. »Ich vergaß, woran wir immer denken sollten. Dieser Spuk ist keine Besonderheit von uns. Jedes Volk hat seinen eigenen. Es gibt kein besonders privilegiertes England, keinen Unsinn über ein auserwähltes Volk oder dergleichen. Wir sprechen über Loegria, weil es unseren Spuk verkörpert, den einen, den wir kennen.«

»Aber all das«, erwiderte MacPhee sarkastisch, »scheint mir nur eine sehr umständliche Art zu sein, zu sagen, dass es überall gute und schlechte Menschen gibt.«

»Davon kann keine Rede sein«, sagte Dimble. »Sehen Sie, MacPhee, wenn man an das Gute einfach im abstrakten Sinne denkt, dann kommt man bald zu der fatalen Vorstellung von etwas Einheitlichem – einer genormten Lebensart, die alle Nationen anstreben sollten. Natürlich gibt es universale Regeln, nach denen sich alles Gute verhalten muss. Aber das ist nur die Grammatik der Tugend. Das ist nicht der Lebenssaft. Gott macht keine zwei Grashalme gleich; um wie viel weniger zwei Heilige, zwei Nationen oder zwei Engel! Die Rettung der Erde hängt davon ab, dass dieser kleine Funke am Leben erhalten wird, dass der Geist zum Leben erweckt wird, der noch immer in jedem wirklichen Volk lebt, wenn auch in jedem verschieden. Wenn Loegria wirklich über Britannien herrscht, wenn die Göttin Vernunft, die göttliche Klarheit, in Frankreich wirklich auf dem Thron sitzt, wenn die himmlische Ordnung in China befolgt wird – nun, dann wird Frühling sein. Aber unterdessen geht es uns um Loegria. Wir haben Britannien besiegt, aber wer weiß, wie lange wir es am Boden halten können? Edgestow wird sich nicht von dem erholen, was heute Abend dort geschieht. Aber es wird andere Edgestows geben.«

»Ich wollte etwas wegen Edgestow fragen«, sagte Mrs. Dimble. »Sind Merlin und die Eldila nicht ein wenig ... nun, pauschal vorgegangen? Hatte ganz Edgestow verdient, ausgelöscht zu werden?«

»Wen beklagen Sie?«, fragte MacPhee. »Den geldgierigen und kurzsichtigen Stadtrat, dessen Mitglieder die eigenen Frauen und Töchter verkauft hätten, um das N.I.C.E. nach Edgestow zu bringen?«

»Nun, ich weiß nicht viel über diese Leute«, meinte sie. »Aber an der Universität gab es viele anständige Menschen. Selbst am Bracton College. Natürlich haben wir alle gewusst, dass es ein schreckliches College war, aber haben sie mit all ihren kleinen Intrigen wirklich so viel Böses gewollt? War es nicht eher albern als irgendetwas anderes?«

»Ach, ach!« sagte MacPhee mit abwehrenden Gesten. »Sie haben sich nur aufgespielt. Kätzchen, die sich als Tiger ausgaben. Aber es gab einen wirklichen Tiger in der Nähe, und ihr Spiel endete damit, dass sie ihn eingelassen haben. Sie haben kein Recht, sich zu beklagen, dass sie auch ein paar Stücke Blei in die Gedärme kriegen, wenn der Jäger hinter dem Tiger her ist. Es wird sie lehren, sich nicht in schlechte Gesellschaft zu begeben.«

»Nun, dann die Mitglieder der anderen Colleges. Was können die Leute vom Northumberland und Dukes College dafür?«

»Ich weiß«, sagte Denniston. »Man hat Mitleid mit einem Mann wie Churchwood. Ich kannte ihn gut; er war ein lieber alter Kerl. In allen seinen Vorlesungen ging es darum, die Unmöglichkeit ethischen Verhaltens zu beweisen, obwohl er im Privatleben eher zehn Meilen zu Fuß gegangen wäre, als eine Schuld von einem Groschen unbezahlt zu lassen. Aber trotzdem ... gab es eine einzige in Belbury praktizierte Doktrin, die vorher nicht von irgendeinem Professor in Edgestow gepredigt worden war? Natürlich, sie dachten nie, dass jemand nach ihren Theorien handeln würde. Niemand war bestürzter als sie, als plötzlich Realität wurde, worüber sie jahrelang geredet hatten. Es war ihr eigenes Kind, das zu ihnen zurückkam: erwachsen und nicht wieder zu erkennen, aber dennoch ihr eigenes Kind.«

»Ich fürchte, das ist alles wahr, meine Liebe«, sagte Dimble zu seiner Frau. »*Trahison des clercs*. Keiner von uns ist ganz unschuldig.«

»Das ist Unsinn, Cecil.«

»Sie vergessen alle«, sagte Grace Ironwood, »dass bis auf die sehr guten (die für die Abberufung reif waren) und die sehr schlechten fast alle Leute Edgestow verlassen hatten. Aber ich stimme mit Arthur überein. Wer Loegria vergessen hat, versinkt in Britannien. Wer nach Unsinnigem ruft, wird sehen, dass es kommt.«

In diesem Augenblick wurde sie unterbrochen. An der Tür waren kratzende und winselnde Geräusche zu hören.

»Machen Sie die Tür auf, Arthur«, sagte Ransom. Einen Augenblick später sprangen alle mit freudigen Ausrufen von ihren Plätzen, denn der Ankömmling war Mr. Bultitude.

»Ach nein!« rief Ivy. »Das arme Ding! Und ganz voll Schnee! Ich geh' mit ihm in die Küche und gebe ihm was zu fressen. Wo in aller Welt bist du gewesen, du Schlimmer? Eh? Sieh nur, wie du aussiehst!«


5 ──── Zum dritten Mal innerhalb von zehn Minuten gab es einen heftigen Ruck, und der Zug kam zum Stillstand. Diesmal war er so heftig, dass alle Lichter ausgingen.

»Das geht wirklich ein bisschen zu weit«, sagte eine Stimme in der Dunkelheit. Die vier anderen Passagiere im Erster-Klasse-Abteil erkannten sie als die Stimme des wohlerzogenen, dicken Mannes im braunen Anzug; des gut informierten Mannes, der allen anderen gesagt hatte, wo sie umsteigen sollten und warum man Sterk jetzt erreichte, ohne über Stratford zu fahren, und wer wirklich die Bahnlinie kontrollierte.

»Es ist wichtig für mich. Ich sollte um diese Zeit in Edgestow sein«, fügte dieselbe Stimme hinzu. Der Mann, dem die Stimme gehörte, stand auf, öffnete das Fenster und blickte in die Dunkelheit hinaus. Nicht lange, und einer der anderen Fahrgäste beklagte sich über die Kälte. Er schloss das Fenster und setzte sich wieder.

»Jetzt stehen wir schon zehn Minuten hier«, sagte er nach einer Weile.

»Entschuldigen Sie, zwölf«, sagte ein anderer Fahrgast.

Der Zug setzte sich noch immer nicht in Bewegung. Aus dem Nachbarabteil waren die Stimmen zweier streitender Männer zu hören.

Dann war es wieder still.

Auf einmal gab es einen Stoß, der sie alle in der Dunkelheit durcheinander warf. Es war, als ob der Zug bei hoher Geschwindigkeit eine Notbremsung gemacht hätte.

»Was zum Teufel war das?«, fragte einer.

»Machen Sie die Türen auf.«

»Hat es einen Zusammenstoß gegeben?«

»Alles in Ordnung«, erklärte der wohl informierte Mann mit lauter, ruhiger Stimme. »Lokomotivwechsel. Und sie machen es ziemlich ungeschickt. Das liegt an all diesen neuen Lokomotivführern, die in letzter Zeit eingestellt worden sind.«

»Aha!«, sagte jemand. »Wir fahren.«

Langsam und schnaufend setzte sich der Zug in Bewegung.

»Na, der braucht aber, bis er wieder auf Geschwindigkeit kommt«, meinte einer.

»Oh, er wird die verlorene Zeit bald aufgeholt haben«, sagte der wohl informierte Mann.

»Ich wünschte, sie würden das Licht wieder einschalten«, meldete sich eine Frauenstimme.

»Wir werden nicht schneller«, sagte ein anderer.

»Im Gegenteil, wir fahren wieder langsamer. Verdammt noch mal! Ob wir wieder halten?«

»Nein. Wir fahren noch – oh!« Wieder ging ein heftiger Stoß durch den ganzen Zug. Es war schlimmer als beim letzten Mal, und beinahe eine Minute lang schien alles zu stoßen und zu rütteln.

»Dies ist unglaublich!« rief der wohl informierte Mann und öffnete abermals das Fenster. Jetzt hatte er mehr Glück. Eine dunkle Gestalt, die eine Laterne schwenkte, ging unter ihm vorbei.

»He! Träger! Wärter!«, rief er schroff.

»Es ist alles in Ordnung, meine Damen und Herren, es ist alles in Ordnung, bleiben Sie bitte sitzen«, rief die dunkle Gestalt, ging vorbei und beachtete ihn nicht weiter.

»Es hat keinen Zweck, all diese kalte Luft einzulassen, Sir«, sagte der Fahrgast neben dem Fenster.

»Da vorn ist eine Art Licht«, sagte der wohl informierte Mann.

»Ein Haltesignal?«, fragte ein anderer.

»Nein. Nichts dergleichen. Der ganze Himmel ist erhellt, wie von einem Feuer oder von Suchscheinwerfern.«

»Mir ist es gleich, wie es aussieht«, sagte der Frierende. »Hauptsache, Sie schließen jetzt ... Oh!« Ein weiterer Stoß. Und dann, weit entfernt in der Dunkelheit, unbestimmte, unheilvolle Geräusche. Der Zug begann wieder zu rollen, immer noch langsam, als taste er sich voran.

»Ich werde mich beschweren«, erklärte der wohl informierte Mann. »Es ist ein Skandal!«

Ungefähr eine halbe Stunde später fuhren sie langsam an den beleuchteten Bahnsteig von Sterk heran.

»Achtung, Achtung, eine wichtige Durchsage!« sagte eine Stimme. »Erdbeben und Überflutungen haben die Strecke nach Edgestow unpassierbar gemacht. Einzelheiten liegen noch nicht vor. Reisende nach Edgestow werden gebeten ...«

Der wohl informierte Mann, der Curry war, stieg aus. Leute wie er kennen immer alle Eisenbahnbeamten, und wenige Minuten später stand er im Büro der Fahrkartenausgabe und hörte einen ausführlicheren und privaten Bericht über die Katastrophe.

»Nun, wir wissen noch nichts Genaues, Mr. Curry«, sagte der Mann. »Seit etwa einer Stunde ist nichts mehr durchgekommen. Es sieht sehr schlimm aus, wissen Sie. Man versucht natürlich, die Dinge nicht zu dramatisieren, aber ein solches Erdbeben hat es in England seit Menschengedenken nicht gegeben. Und dazu die Überschwemmungen! Nein, Sir, ich fürchte, Sie werden vom Bracton College nichts wieder finden. Dieser Teil der Stadt wurde zuerst verwüstet. Von dort scheint das Erdbeben ausgegangen zu sein, wenn ich richtig informiert bin. Über die Zahl der Opfer ist noch nichts bekannt, nein. Ich bin nur froh, dass ich letzte Woche meinen alten Vater zu mir geholt habe.«

In späteren Jahren betrachtete Curry dies immer als einen der Wendepunkte seines Lebens. Bis dahin war er kein religiöser Mensch gewesen, aber nun führte er oft und gern das Wort ›Vorsehung‹ im Munde. Man konnte es wirklich nicht anders sehen. Um ein Haar hätte er den früheren Zug genommen, und in diesem Fall wäre er jetzt tot. Das gab einem zu denken. Das gesamte College ausgelöscht! Man würde es wieder aufbauen müssen. Man würde neue Professoren und Dozenten, einen neuen Rektor berufen müssen. Wieder war es ein Werk der Vorsehung gewesen, dass ein verantwortlicher Mann verschont geblieben war, um diese schwere Krise zu bewältigen. Der übliche Wahlvorgang konnte unter diesen Umständen natürlich nicht stattfinden. Der College-Inspektor (der der Lordkanzler war) würde wahrscheinlich einen neuen Rektor und dann, in Zusammenarbeit mit diesem, eine Kerngruppe neuer Professoren ernennen müssen. Je mehr er darüber nachdachte, desto klarer wurde es Curry, dass die gesamte Gestaltung des zukünftigen Colleges auf den Schultern des einzigen Überlebenden ruhte. Er würde gewissermaßen ein zweiter Gründer von Bracton sein. Wenn das nicht Vorsehung war! Schon sah er das Porträt dieses zweiten Gründers in der neu erbauten Eingangshalle des Colleges, seine Statue im neu errichteten Hof, das lange, lange Kapitel in der Collegegeschichte, das ihm gewidmet war. Zur gleichen Zeit (und ohne die geringste Heuchelei) hatten Gewohnheit und Instinkt seine Schultern so gebeugt, seinen Augen einen Ausdruck so feierlicher Trauer und seiner Stirn einen so vornehmen Ernst verliehen, wie sie einem Mann von gutem Empfinden beim Hören einer solchen Nachricht angemessen sind. Der Schalterbeamte war sehr angetan. »Man konnte sehen, dass es ihm nahe ging«, sagte er später. »Aber er trug es wie ein Mann. Wirklich ein feiner alter Herr.«

»Wann geht der nächste Zug nach London?«, fragte Curry. »Ich muss morgen in aller Frühe in der Stadt sein.«

**6** _____ Der Leser wird sich erinnern, dass Ivy Maggs das Speisezimmer verlassen hatte, um in der Küche für Mr. Bultitudes leibliches Wohl zu sorgen. Daher waren alle überrascht, als sie kaum eine Minute später mit verstörter Miene wieder dastand.

»Oh, kommen Sie schnell! Kommen Sie schnell!«, keuchte sie. »In der Küche ist ein Bär.«

»Ein Bär, Ivy?«, sagte der Meister. »Aber natürlich ...«

»Ach, ich meine nicht Mr. Bultitude, Sir. Da ist ein fremder Bär; ein anderer.«

»Nicht möglich!«

»Doch, und er hat alles aufgefressen, was von der Gans übrig war, und den halben Schinken und allen Rahm, und jetzt geht er um den Tisch herum und frisst alles, was ihm unterkommt, schleicht sich von einem Teller zum anderen und zerbricht das ganze Geschirr. Oh, kommen Sie schnell! Sonst ist bald nichts mehr übrig.«

»Und was meint Mr. Bultitude dazu, Ivy?«, fragte Ransom.

»Also, das sollten Sie sehen. Er führt sich schrecklich auf, Sir, so was habe ich noch nicht gesehen. Zuerst stand er einfach da und hob die Beine in einer komischen Art, als wollte er tanzen – aber wir wissen ja alle, dass er das nicht kann. Und jetzt ist er aufs Büfett gesprungen und sitzt dort auf seinen Hinterbeinen und schwankt irgendwie hin und her und macht schreckliche – quietschende – Geräusche dazu. Er steht mit einem Fuß im Plumpudding und steckt mit dem Kopf in den Zwiebelschnüren, und ich kann ihn zu nichts bewegen, wirklich nicht.«

»Das ist ein äußerst ungewöhnliches Verhalten für Mr. Bultitude. Sie meinen nicht, Ivy, dass der fremde Bär eine Bärin sein könnte?«

»Oh, sagen Sie das nicht, Sir!«, rief Ivy entsetzt.

»Ich denke, das wird es sein, Ivy. Ich habe den Verdacht, dass dies die künftige Mrs. Bultitude ist.«

»Es wird die gegenwärtige Mrs. Bultitude sein, wenn wir noch lange hier sitzen und darüber reden«, sagte MacPhee trocken und stand auf.

»Um Himmels willen, was sollen wir nur tun?«, jammerte Ivy.

»Ich bin sicher, dass Mr. Bultitude der Situation durchaus gewachsen ist«, erwiderte der Meister. »Augenblicklich stärkt sich die Dame. *Sine Cerere et Baccho,* Dimble. Wir können ihnen vertrauen, dass sie mit ihren eigenen Angelegenheiten fertig werden.«

»Zweifellos, zweifellos«, sagte MacPhee. »Aber bitte nicht in unserer Küche.«

»Ivy, meine Liebe«, sagte Ransom, »Sie müssen sehr streng sein. Gehen Sie in die Küche, und sagen Sie der fremden Bärin, dass ich sie sprechen will. Oder fürchten Sie sich?«

»Ich mich fürchten? Nie! Ich werde ihr zeigen, wer hier das Sagen hat. Sie benimmt sich eben, wie es ihre Natur ist.«

»Was ist bloß mit dieser Dohle los?«, fragte Professor Dimble.

»Sie will anscheinend hinaus«, meinte Denniston. »Soll ich das Fenster aufmachen?«

»Es ist warm genug, ein Fenster offen zu lassen«, sagte der Meister. Und als Denniston das Fenster öffnete, hüpfte Baron Corvo hinaus, und plötzlich erhob sich draußen ein Geflatter und Geschnatter.

»Noch eine Liebesgeschichte«, bemerkte Mrs. Dimble. »Mir scheint, als ob wieder ein Topf seinen Deckel gefunden hätte ... Was für eine herrliche Nacht!« fügte sie hinzu. Denn als die Vorhänge sich bauschten, schien die Frische einer Mittsommernacht in den Raum zu wehen. In diesem Augenblick war aus einiger Entfernung das Wiehern eines Pferdes zu hören.

»Aha!«, sagte Denniston. »Die alte Mähre ist auch aufgeregt.«

»Pssst! Hören Sie!«, sagte Jane.

»Das ist ein anderes Pferd«, meinte Denniston.

»Es ist ein Hengst«, meinte Camilla.

»Dies«, sagte MacPhee nachdrücklich, »wird allmählich unanständig!«

»Im Gegenteil«, sagte Ransom. »Das ist alles sehr schicklich, im alten Sinne. Venus selbst schwebt über St. Anne's.«

»Sie kommt der Erde näher, als sie soll«, zitierte Dimble, »um die Menschen wahnsinnig zu machen.«

»Sie ist näher, als irgendein Astronom weiß«, sagte Ransom. »Das Werk in Edgestow ist getan, die anderen Götter haben sich zurückgezogen. Sie allein wartet noch, und wenn sie in ihre Sphäre zurückkehrt, werde ich mit ihr gehen.«

Plötzlich rief Mrs. Dimbles Stimme schrill aus dem Halbdunkel: »Seht nur! Da oben! Vorsicht, Cecil! Oh, es tut mir Leid, ich kann Fledermäuse nicht ertragen. Sie werden mir noch ins Haar fliegen!« Zwei Fledermäuse huschten mit einem feinen Piepsen über den Kerzen hin und her. Durch ihre Schatten entstand der Eindruck, als ob es vier Fledermäuse wären und nicht zwei.

»Sie sollten jetzt lieber gehen, Margaret«, sagte der Meister. »Sie und Cecil sollten beide gehen. Auch ich werde nicht mehr lange hier sein. Es ist nicht nötig, lange Abschied zu nehmen.«

»Ich glaube wirklich, dass ich gehen muss«, sagte Mutter Dimble. »Ich kann Fledermäuse nicht ertragen.«

»Trösten Sie Margaret, Cecil«, sagte Ransom. »Nein, bleiben Sie nicht. Schließlich sterbe ich nicht. Es ist immer unvernünftig, Leute zu verabschieden. Es bringt weder gute Freude noch guten Kummer.«

»Sie meinen wirklich, dass wir gehen sollten, Sir?«, sagte Dimble.

»Geht, meine lieben Freunde. *Urendi Maleldil.*«

Er legte ihnen die Hände auf den Kopf. Dimble bot seiner Frau den Arm, und sie gingen.

»Hier ist sie, Sir«, sagte Ivy Maggs, als sie gleich darauf mit roten Wangen und strahlend wieder in das Zimmer kam. Neben ihr trottete ein Bär, die Schnauze weiß vom Rahm, die Kinnbacken klebrig von Stachelbeermarmelade. »Und – ach, Sir!«

»Was gibt es, Ivy?«, fragte Ransom.

»Bitte, Sir, es ist der arme Tom, ich meine, mein Mann. Und wenn es Ihnen nichts ausmacht...«

»Ich hoffe, Sie haben ihm zu essen und zu trinken gegeben?«

»Nun ja, das habe ich. Wenn diese Bären viel länger in der Küche geblieben wären, hätte ich nichts mehr für ihn gehabt.«

»Was haben Sie Ihrem Mann gegeben, Ivy?«

»Ich habe ihm kalte Pastete gegeben und von den eingelegten Gurken (er war immer schon ganz wild auf eingelegte Gurken) und dann den Rest Käse und eine Flasche Bier. Und dann habe ich den Kessel aufgestellt, damit wir uns – damit er sich eine Tasse Tee machen kann. Er lässt es sich schmecken, Sir, und wenn Sie nicht böse sind, Sir, möchte er lieber nicht heraufkommen und Guten Tag sagen, denn er war nie für Gesellschaft, wenn Sie verstehen, was ich meine.«

Die ganze Zeit über hatte der fremde Bär ganz still dagestanden, den Blick auf Ransom gerichtet. Nun legte der Meister ihm die Hand auf den breiten Kopf und sagte: »Urendi Maleldil, du bist ein guter Bär. Geh zu deinem Gefährten – aber da ist er schon.« In der Türöffnung war Mr. Bultitudes fragendes und ein wenig besorgtes Gesicht erschienen. »Nimm sie, Bultitude, aber nicht im Haus. Jane, öffnen Sie bitte die Tür zum Garten. Es ist wie eine Nacht im Juli.« Die Türflügel schwangen auf, und die beiden Bären tappten hinaus in Wärme und Nässe. Alle merkten, wie hell es geworden war.

»Sind diese Vögel alle verrückt geworden, dass sie um Viertel vor zwölf zwitschern?«, fragte MacPhee.

»Nein«, sagte Ransom, »sie sind völlig normal. Nun, Ivy, Sie möchten gehen und mit Ihrem Mann zusammen sein. Mutter Dimble hat Ihnen ein Zimmer hier im Haus hergerichtet, doch nicht im Pförtnerhaus.«

»Ach, Sir«, sagte Ivy und hielt inne. Der Meister beugte sich vor und legte ihr die Hand auf den Kopf. »Natürlich möchten Sie gehen«, sagte er. »Ihr Mann hatte ja kaum Zeit, Sie in Ihrem neuen Kleid zu bewundern. Haben Sie keine Küsse für ihn?«, sagte er und küsste sie. »Dann geben Sie ihm meinen, der nur vom Ursprung meiner ist. Weinen Sie nicht, Sie sind eine gute Frau. Gehen Sie und heilen Sie diesen Mann. Urendi Maleldil – wir werden einander wieder sehen.«

»Was hat dieses Quietschen und Pfeifen zu bedeuten?«, fragte MacPhee irritiert. »Hoffentlich sind die Schweine nicht ausgebrochen. Denn ich sage Ihnen, es ist schon so mehr Trubel in Haus und Garten, als ich ertragen kann.«

»Ich glaube, es sind Igel«, sagte Grace Ironwood.

»Dieses letzte Geräusch war irgendwo im Haus«, sagte Jane.

»Still!«, sagte der Meister, und alle verhielten sich ruhig. Sein Gesicht entspannte sich zu einem Lächeln. »Es sind meine Freunde hinter der Täfelung«, sagte er. »Auch dort wird gefeiert:

So *geht es im Schnützepützehäusel,
da singen und tanzen die Mäusel.*«

»Ich denke«, sagte MacPhee trocken, während er die Schnupftabakdose unter dem aschgrauen und ein wenig mönchisch aussehenden Gewand hervorzog, das die anderen gegen sein eigenes Urteil als für ihn passend ausgesucht hatten, »ich denke, wir dürfen uns glücklich schätzen, dass keine Giraffen, Nilpferde, Elefanten und dergleichen es für richtig gehalten haben, hier ... allmächtiger Gott, was ist denn das?« Während er sprach, war ein beweglicher grauer Schlauch durch die wehenden Vorhänge hereingekommen, schob sich über MacPhees Schulter und holte sich einen Bund Bananen.

»In drei Teufels Namen, wo kommen all die Viecher her?«, rief MacPhee.

»Es sind die befreiten Gefangenen aus Belbury«, antwortete der Meister. »Sie kommt der Erde näher, als sie soll – um die Erde vernünftig zu machen. Perelandra ist um uns, und der Mensch ist nicht länger isoliert. Wir sind jetzt, wo wir sein sollten – zwischen den Engeln, unseren älteren Brüdern, und den Tieren, unseren Hofnarren, Dienern und Spielgefährten.«

Was immer MacPhee entgegnen wollte, ging in einem ohrenbetäubenden Lärm vor dem Fenster unter.

»Elefanten! Und gleich zwei!«, sagte Jane mit schwacher Stimme. »Oh, der Sellerie! Und die Rosenbeete!«

»Mit Ihrer Erlaubnis, Meister«, sagte MacPhee streng, »werde ich die Vorhänge zuziehen. Sie scheinen zu vergessen, dass auch Damen hier sitzen.«

»Nein«, sagte Grace Ironwood ebenso fest wie er, »niemand wird etwas Unschickliches sehen. Ziehen Sie sie weiter auf. Wie hell es draußen ist, heller als Mondschein; heller beinahe als der Tag. Eine große Lichtkuppel steht über dem ganzen Garten. Sehen Sie nur! Die Elefanten tanzen. Wie hoch sie ihre Füße heben, und sie gehen immer im Kreis herum. Schauen Sie doch nur, wie sie ihre Rüssel heben. Und wie feierlich sie sind. Es ist wie ein Menuett von Riesen. Sie sind nicht wie die anderen Tiere, sie sind mehr wie gute Dämonen.«

»Sie gehen fort«, sagte Camilla.

»Sie ziehen sich genauso zurück wie menschliche Liebespaare«, sagte der Meister. »Es sind keine gewöhnlichen Tiere.«

»Ich glaube«, sagte MacPhee, »ich gehe jetzt in mein Büro hinunter und kümmere mich um ein paar Rechnungen. Mir ist wohler, wenn ich mich dort einschließe, bevor Krokodile und Kängurus sich zwischen meinen Ordnern paaren. Wenigstens einer sollte in dieser Nacht einen klaren Kopf bewahren, denn ihr seid doch alle übergeschnappt. Gute Nacht, meine Damen.«

»Leben Sie wohl, MacPhee«, sagte Ransom.

»Nein, nein«, sagte MacPhee, trat einen Schritt zurück, streckte zugleich aber dem Meister seine Hand entgegen. »Sie werden mir keinen von Ihren Segen geben. Sollte ich mich jemals für Religion erwärmen, dann wird sie nicht von Ihrer Art sein. Mein Onkel war Vorsitzender der Generalversammlung ... Aber hier ist meine Hand. Was Sie und ich zusammen erlebt haben ... Doch lassen wir das. Und ich muss Ihnen noch etwas sagen, Doktor Ransom: Mit all Ihren Fehlern (und niemand kennt sie besser als ich) sind Sie im Großen und Ganzen der beste Mensch, den ich je gekannt oder von dem ich je gehört habe. Sie sind ... Sie und ich ... Aber die Damen weinen schon. Ich weiß gar nicht mehr, was ich noch sagen wollte. Es wird besser sein, wenn ich jetzt gehe. Warum sollte man es hinauszögern? Gott segne Sie, Doktor Ransom. Meine Damen, ich wünsche Ihnen eine gute Nacht.«

»Öffnen Sie alle Fenster«, sagte Ransom. »Das Gefährt, in dem ich reisen muss, ist nun schon im Luftraum dieser Welt.«

»Es wird mit jeder Minute heller«, sagte Denniston.

»Können wir bis zum Ende bei Ihnen bleiben?«, fragte Jane.

»Kind«, sagte der Meister. »Sie sollten nicht bis dahin bleiben.«

»Warum nicht, Sir?«

»Sie werden erwartet.«

»Ich?«

»Ja. Ihr Mann wartet auf Sie im Pförtnerhaus. Es war Ihr eigenes Brautzimmer, das Sie bereitet haben. Sollten Sie nicht zu ihm gehen?«

»Muss ich jetzt gleich gehen?«

»Wenn Sie mir die Entscheidung überlassen, dann würde ich Sie jetzt fortschicken.«

»Dann werde ich gehen, Sir. Aber ... aber bin ich ein Bär, oder ein Igel?«

»Mehr. Aber nicht weniger. Gehen Sie in Gehorsam, und Sie werden Liebe finden. Sie werden keine Träume mehr haben. Bekommen Sie stattdessen Kinder. Urendi Maleldil.«

7 ───── Lange bevor Mark St. Anne's erreichte, merkte er, dass entweder er selbst oder die Welt um ihn her in einem sehr seltsamen Zustand war. Die Wanderung dauerte länger, als er angenommen hatte, doch mochte das an seinen unfreiwilligen Umwegen liegen. Viel schwieriger waren der schreckliche Lichtschein im Westen über Edgestow und die Erdstöße und Erschütterungen des Bodens zu erklären. Dann kamen die plötzliche Wärme und die Sturzbäche des Schmelzwassers von den Hügeln. Alles hüllte sich in Dunst; und dann, als das Licht im Westen verblasste, begann dieser Dunst an einer anderen Stelle plötzlich zu leuchten – über ihm, als ruhe das Licht auf St. Anne's. Und die ganze Zeit über hatte er den seltsamen Eindruck, als ob Wesen von sehr unterschiedlicher Form und Größe im Nebel an ihm vorüberglitten – er hielt sie für Tiere. Vielleicht war es alles ein Traum; oder vielleicht war es der Weltuntergang; oder vielleicht war er tot. Aber trotz aller Verwirrung fühlte er sich außerordentlich wohl. Sein Bewusstsein war voller Sorge und Unbehagen, doch was seinen Körper anging – Gesundheit und Jugend, Sehnsucht und Erfüllung schienen ihm von dem verhangenen Licht oben auf dem Hügel entgegenzuwehen. Er zweifelte keinen Augenblick daran, dass er weitergehen musste.

Er war aufgewühlt. Er wusste, dass er mit Jane zusammentreffen würde, und ihm geschah etwas, das ihm schon viel eher hätte geschehen sollen. Durch die gleiche sachliche Einstellung zur Liebe, die in Jane die Demut der Frau unterdrückt hatte, war auch in ihm zur Zeit seiner Werbung die Demut des Liebenden unterdrückt worden. Oder wenn er in einem einsichtigen Augenblick jemals empfunden hatte, dass eine Schönheit ›zu hoch, zu himmlisch dem Verlangen‹ war, hatte er dieses Gefühl abgeschüttelt. Falsche Theorien, prosaisch und bestechend zugleich, hatten ihm solche Stimmungen muffig, altmodisch und wirklichkeitsfremd erscheinen lassen. Nun, nachdem ihm jede Gunst gewährt worden war, beschlichen ihn verspätet unerwartete Befürchtungen. Er versuchte, sie abzuschütteln. Schließlich waren sie verheiratet, nicht wahr? Und sie waren vernünftige, moderne Menschen. Was könnte natürlicher und normaler sein?

Aber dann erinnerte er sich an gewisse Augenblicke unvergesslichen Versagens im Laufe ihres kurzen Ehelebens. Er war oft verdrießlich über etwas gewesen, das er Janes Launen genannt hatte. Diesmal nun dachte er an seine eigene unbeholfene Zudringlichkeit, und der Gedanke wollte sich nicht verdrängen lassen. Stück für Stück enthüllte sich seiner eigenen widerwilligen Inspektion der ganze fühllose Tölpel, der er war; der rohe männliche Lümmel mit genagelten Stiefeln und Beefsteakkinn, der nicht hineinstürmte – denn damit kann man fertig werden –, sondern hineintrampelte und herumstampfte, wo große Liebhaber, Ritter und Dichter mit Sensibilität und ritterlichem Empfinden nicht gewagt hätten, den Fuß hinzusetzen. Er sah Janes Haut vor sich, so glatt und weiß (jedenfalls stellte er sie sich in diesem Augenblick so vor), dass der Kuss eines Kindes Spuren darauf hinterlassen würde. Wie hatte er es nur wagen können. Ihr frisch gefallener Schnee, ihre Musik, ihre Unantastbarkeit, die Grazie ihrer Bewegungen ... Wie hatte er es nur wagen können? Und noch dazu ohne das Bewusstsein, etwas zu wagen, gedankenlos in unbekümmerter Dummheit! Die Gedanken, die immer wieder über ihr Gesicht huschten, allesamt außerhalb seiner Reichweite, hatten (wie hatte er das nur übersehen können) eine Hecke um sie gebildet, die zu durchbrechen er niemals hätte die Kühnheit haben sollen. Ja, natürlich war sie es gewesen, die ihm erlaubt hatte, sie zu durchschreiten, vielleicht aus falschem Mitleid. Und er hatte diesen edlen Irrtum in ihrer Einschätzung niederträchtig ausgenützt; hatte sich benommen, als ob er in jenem eingezäunten Garten zu Hause und sogar sein rechtmäßiger Besitzer wäre.

All dies, was unbeschwerte Freude hätte sein sollen, quälte ihn jetzt, denn es kam zu spät. Er entdeckte die Hecke, nachdem er die Rose gepflückt hatte, und nicht nur gepflückt, sondern in Stücke gerissen und mit ungeschickten, gierigen Fingern zerdrückt. Wie hatte er es nur wagen können? Und wer, der das verstand, hätte ihm verzeihen können? Er begriff jetzt, wie er sich in den Augen ihrer Freunde und Gleichgesinnten ausnehmen musste, und, ganz allein draußen im Nebel, wurde ihm heiß vor Scham, als er daran dachte.

Das Wort Dame hatte es in seinem Wortschatz nicht gegeben, es sei denn als eine leere Floskel oder im Spott. Er hatte zu früh gelacht.

Nun, er würde sie freigeben. Sie würde froh sein, ihn los zu sein, und mit Recht. Es hätte ihn jetzt beinahe schockiert, etwas anderes zu glauben. Damen in einem vornehmen und großen Raum, die in kühler Damenhaftigkeit miteinander sprachen, entweder äußerst ernst oder mit silberhellem Gelächter – wie sollten sie nicht froh sein, wenn der Eindringling fort war, das sprachlose oder laute Wesen, das nur aus Stiefeln und Händen bestand und dessen eigentlicher Platz im Stall war? Was sollte er in einem solchen Raum – wo selbst seine Bewunderung nur eine Beleidigung sein konnte, wo seine größten Versuche, ernst oder fröhlich zu sein, nur ein unüberbrückbares Missverständnis offenbarten? Was er ihre Kälte genannt hatte, schien jetzt ihre Geduld zu sein. Die Erinnerung daran brannte, denn nun liebte er sie. Aber es war alles verpfuscht; zu spät, um die Dinge wieder gutzumachen.

Plötzlich wurde das diffuse Licht heller und rötlicher. Mark blickte auf und sah eine große Dame in der Türöffnung einer Mauer stehen. Sie war nicht Jane und auch nicht wie Jane. Sie war größer, beinahe riesenhaft. Sie war nicht menschlich, obgleich sie wie eine göttlich große Frau aussah, zum Teil nackt, zum Teil in ein feuerrotes Gewand gehüllt. Licht ging von ihr aus, und ihr Gesicht war von rätselhafter, unbarmherziger und – wie er dachte – unmenschlicher Schönheit. Sie öffnete ihm die Tür. Er wagte nicht, sich zu widersetzen (»Mit Sicherheit bin ich gestorben«, dachte er), und trat ein. Trat ein und fand sich in einem Raum köstlicher Wohlgerüche und heller Kaminfeuer, mit Speisen und Wein und einem großen Bett.

**8** _____ Und Jane verließ das große Haus mit dem Kuss des Meisters auf den Lippen und seinen Worten im Ohr und ging in das flüssige Licht, in die übernatürliche Wärme des Gartens und über den nassen Rasen (überall waren Vögel), vorbei an der Schaukel, am Gewächshaus und dem Schweinestall, die ganze Zeit abwärts, hinunter zum Pförtnerhaus und die Stufen der Demut hinab. Zuerst dachte sie an den Meister, dann dachte sie an Maleldil. Dann dachte sie an ihren Gehorsam, und jeder Schritt wurde zu einer Art Opferzeremonie. Und sie dachte an Kinder und an Schmerz und Tod. Und nun war sie den halben Weg zum Pförtnerhaus gegangen und dachte an Mark und an all seine Leiden. Als sie das kleine Haus erreichte, war sie überrascht, es dunkel und die Tür geschlossen zu finden. Als sie vor dem Eingang stand, eine Hand auf der Klinke, kam ihr ein neuer Gedanke. Wie, wenn Mark sie nicht wollte – nicht heute Nacht, nicht auf diese Weise, überhaupt nicht mehr und in keiner Weise? Wie, wenn Mark gar nicht hier wäre? Der Gedanke schlug eine große Bresche in ihr Bewusstsein – ob von Erleichterung oder von Enttäuschung, konnte niemand sagen. Noch immer drückte sie die Klinke nicht nieder. Dann merkte sie, dass das Schlafzimmerfenster offen stand. Kleider waren so achtlos über einen Stuhl beim Fenster geworfen, dass sie halb über den Fenstersims hingen, der Ärmel eines Hemdes – Marks Hemd – hing sogar außen an der Mauer herunter. Und das bei dieser feuchten Luft. Wie typisch für Mark! Offensichtlich war es höchste Zeit, dass sie hineinging.

ENDE

# Anhang

# Ganoven, Gott und Grüne Männchen

Ein Nachwort von Hans Steinacker

## Schmuggelgut im Raumschiff

Der geschätzte Leser dieses grandiosen Weltraumepos sei gewarnt! Denn der allein bis 1979 mit einer Gesamtauflage von 2 185 000 Exemplaren verbreitete Longseller der *Perelandra-Trilogie* (Jenseits des schweigenden Sterns, 1938 – Perelandra, 1943 – Die böse Macht, 1945) enthält viel konspiratives Schmuggelgut geistiger Art. Es könnte, was dem brillanten Autor ohne Zweifel sogar ein Herzensanliegen, ja, ein kalkulierter Schreibzweck bedeutet, das fest gefügte Weltbild einiger seiner begeisterten Leserschaft ins Wanken bringen oder zumindest kritisch zu hinterfragen helfen.

Der als »Apostel der Skeptiker« apostrophierte Autor Clive Staples Lewis (1898–1963), von seinen Freunden nur kurz »Jack« genannt, war Professor für englische Literatur und Sprache in Oxford, der Stadt mit den »verträumten Türmen« und Efeu umrankten Colleges. Im Blick auf sein beachtliches Gesamtwerk, fiktionale Bestseller und apologetische Klassiker, bekannte er offen, dass es ihm allein darum ginge, »*unter dem Deckmantel des Romans jede Menge Theologie zu schmuggeln*«. Immerhin ein starkes Stück, ein solch freimütiges Bekenntnis seiner Weltsicht zu äußern, auf die er sich streitbar argumentativ sogar gern festnageln ließ.

Aber was heißt bei einem so groß angelegten, dreibändigen Weltraumepos schon Theologie? Um eine blutleer erscheinende abstrakte Wissenschaft von Gott geht es Jack nicht. Er will nicht mit spitzfindigem Fachjargon langweilen, wenn er in diesem fiktiven Werk einer spektakulären Invasion auf den Mars, sozusagen als Space-Missionar mit Gelehrtenbrille und Tabakpfeife, seinen spannenden Stoff als Verstehensfolie für letzten Lebenssinn spritzig vor dem verblüfften Leser ausbreitet. Denn daran führt kein Weg vorbei: Diese Trilogie ist ohne die Vita des Autors und dessen Weltdeutung nicht zu haben.

Gleiches gilt auch für seine »Dienstanweisung für einen Unterteufel«, die ihn plötzlich aus dem stillen Winkel seiner Studierstube in das Licht der Öffentlichkeit zerrte und im September 1947 auf die Titelseite von »Time Magazine« katapultierte. Oder das siebenbändige Narnia-Epos, dem sich letztlich auch Hollywood nicht zu entziehen vermochte. Die darin verstreuten Pillen gegen den Zeitgeist, die dezenten Rauchzeichen oder, besser, Wegmarkierungen, deuten bei aller phantastischen Fiktionalität auf Transzendenz. Jack ist nicht nur ein Meister der aus Bildern geborenen Erzählfreude, sondern gleichsam ein Animateur der Sinnsuche, der den neugierigen Entdecker – wie bei der kleinen Lucy hinter dem Kleiderschrank in »Narnia« – neue Welten erschließt und zu neuen Sichtweisen führt. Und das alles nach dem Grundsatz: Was nicht ewig ist, ist auf ewig veraltet!

## Schachmatt im Autobus

Es war während seiner täglichen Busfahrt über den Headington Hill unweit von Oxford, als sich Jack reflektierend und sorgsam abwägend eine für sein gesamtes weiteres Leben entscheidende Frage stellte.

In seiner Autobiografie »Überrascht von Freude« (1955) lässt er uns Zeuge dieser merkwürdigen Fahrt in einem öffentlichen Bus werden: *»Ich spürte, wie mir dort und in diesem Moment eine freie Wahl angeboten wurde. Ich konnte die Tür öffnen oder verschlossen lassen; ich konnte die Rüstung ablegen oder anbe-*

*halten ... Die Wahl schien von tief greifender Bedeutung zu sein, doch sie war gleichzeitig auch merkwürdig emotionslos.«* Was man Konversion, Hinwendung zum christlichen Glauben nennt, bringt Jack kurz auf den Punkt: *»Ich entschied mich!«*

Es war eine durchdachte Option auf Freude, und die in wohl dosierten Stufen: *»Im Trinity Term 1929 lenkte ich ein und gab zu, dass Gott Gott war, und kniete nieder und betete.«* Halten wir fest: Es handelte sich um die ungewöhnliche Bekehrung eines Intellektuellen von der unverbindlichen philosophischen Reflexion zum hingebenden Glauben an Jesus Christus, der ihn schrittweise in die Freude führt.

In seiner autobiografischen Jugendallegorie »Flucht aus Puritanien« (1933) beschreibt der einstmals hartgesottene Atheist seine eigene phantastische spirituelle Reise. In vierzehn Tagen (!) hatte er sich die 274 Druckseiten seines geistlichen Rechenschaftsberichtes vom Herzen geschrieben. Dem Stil nach ist er an das jahrhundertealte Bestseller-Hausbuch und Meisterwerk der Weltliteratur »Die Pilgerreise« des baptistischen Kesselflickers John Bunyan (1628–1688) angelehnt, einer anschaulichen Parabel vom ewigen Seelenheil der Menschheit, das wie kaum ein anderes die englische Literatur beeinflusst hat.

Jack schildert sich als den Knaben Hans, dessen mächtiges Sehnen ihn fort aus Puritanien treibt. Als er eines Tages durch eine Lücke einer alten Mauer die »Insel« erblickt, eine Metapher seiner tiefen Sehnsucht, unternimmt er eine lange beschwerliche Reise, bei der er merkwürdige Reisebekanntschaften wie die der Herren Aufklärung (Enlightenment), Tugend (Virtue) und Vernunft (Reason) und Mammon macht. Es geht durch Claptrap (Schaumschlägerei), Rauschhausen, Zeitgeistheim und manch anderen kuriosen Ort, bis er nach erfolgter Umkehr letztendlich bei »Mutter Chiesa« (Kirche) an sein erhofftes Bestimmungsziel gelangt.

## Der Kompass des Weltraum-Missionars

Aber bevor wir uns den Galaxien nähern, sei noch die nicht ganz unwichtige Frage nach dem Kartenmaterial, den Orientierungshilfen unseres Weltraumführers gestellt. Dem »Überfall der Gnade« im Bus, wenn wir die unerwartete Bekehrung des aufstrebenden Professors einmal so nennen wollen, waren einige Erfahrungen vorausgegangen, die zum besseren Verständnis des Ganzen in den Blick zu nehmen sind.

Der im heutigen Krisenviertel Falls Road, in Little Lea, dem weitläufigen Belfaster Haus des beredten Rechtsanwaltes Albert Lewis, mit seinem Bruder Warren aufgewachsene Jack hatte dort wohl den Zugang zu Unmengen von Literatur jeder Art, aber dabei keine religiöse Prägung erfahren. Schon als Sechzehnjähriger, im Anschluss an seine Zeit im Internat, ist er durch seinen klugen, kritischen Privatlehrer William T. Kirkpatrick, einen Freund der Familie, zu einem bekennenden Atheisten geworden, postulierte dieser doch, dass der Weg zur Wahrheit nur über die Vernunft führe.

Der nominelle Anglikaner und Ire ist erst 27 Jahre alt, als er einen größeren Lehrauftrag für englische Sprache am 500 Jahre alten Magdalen College in dem intellektuell anregenden Oxford erhält. Der Mann mit den ausgebeulten Hosen begeistert seine Studenten schnell mit witzig-präzisen Formulierungen.

Bald macht er die zu einer entscheidenden Freundschaft reifenden Bekanntschaft mit dem Katholiken und brillanten Professor für Angelsächsisch vom Merton College, John Ronald Reuel (J. R. R.) Tolkien (1892–1973). Dieser wird einmal durch seine Weltbestseller »Der Herr der Ringe« und »Der kleine Hobbit« der modernen Literaturgattung Fantasy ihre große Bedeutung für die Neuzeit geben.

Jack fühlt sich angezogen von dem langgesichtigen Kollegen mit den wachen Augen, der gute Gespräche, herzhaftes

Gelächter und ein erfrischendes Bier schätzt, während Tolkien die flinke Eloquenz und das großmütige Wesen Jacks bewundert. Ein kongeniales Professoren- und Autorengespann, das sich im weltbekannten Inklings-Literaturclub bei Tabakqualm und »einem« Pint of Bitter zu fabulierender Höchstform steigert und sich der beißenden Kritik der Mitglieder stellt.

Als Jack Mitte der zwanziger Jahre mit Tolkien zusammentrifft, ist sein philosophisches Weltbild schon beachtlich ins Wanken geraten. Es ist die Zeit, als er mit Auszeichnung die Examen an der English School und zuvor in klassischer Philologie besteht und zu der ihn verblüffenden Einsicht kommt, dass das, was er sucht und »Freude« nennt, Anstoß einer beschwerlichen philosophischen Wüstenwanderung zu Gott ist. Der sprachgeniale Anglistikprofessor Tolkien, mit scharfen Intellekt und sprühendem Witz ausgestattet, ist Jacks Führer in dieses neue Führer in dieses neue Land.

Er räkelt sich in seinem Sessel in Jacks' großem Wohnzimmer, während der Gastgeber mit seiner großen Hand den warmen Pfeifenkopf umklammert, so als suche er dort seinen letzten Halt, und hin und her gehend seine Widersprüche anmeldet. Tolkien drängt ihn argumentativ so in die Enge, dass er sich bis zum Sommer 1929 – dem Ereignis seines spirituellen Buserlebnisses – zumindest zum Theismus, einem grundsätzlichen Glauben an einen wie auch immer zu definierenden Gott durchzuringen vermag, ohne dabei schon Christ zu sein. Jack beginnt, wieder anglikanische Gottesdienste zu besuchen.

Das Thema Gott bleibt auf der Tagesordnung. Wie nach dem Gesetz der konzentrischen Kreise wird Jack weitergeführt, umzingelt und, wie er bekennt, in wachsenden geistigen und geistlichen Erkenntnisschritten letztendlich »schachmatt gesetzt«. Es beginnt ein Prozess biblio-therapeutischen Lesens (biblion = Buch, therapaia = Dienst, Hilfe), also Heilwerden und Sinnfinden durch die Tätigkeit forschender, hinterfragender Lektüre. Und das nicht zuletzt auch durch den Konvertiten

G. K. Chesterton (1874–1936), den geistvollen Romancier und sprühenden Essayisten, der als Schöpfer des unermüdlich ermittelnden Father Brown die Eigengesetzlichkeit der göttlichen Gnade den rationalistisch-faden Fahndungsmustern der Trottel von Scotland Yard mit ihrem falschen Menschenbild so unmissverständlich und brillant gegenüber zu stellen wusste.

*»Chesterton war«,* so Jack, *»vernünftiger als alle Modernen zusammen; abgesehen natürlich von seinem Christentum.«* In Chestertons »Der unsterbliche Mensch« findet er zum ersten Mal schlüssig und nachvollziehbar die christliche Schau der Geschichte dargestellt. War Jesus Christus, wenn er behauptete, der Sohn Gottes zu sein, entweder ein Wahnsinniger oder ein Gotteslästerer oder tatsächlich einer, der die Wahrheit sagte? Waren die Evangelien mehr als das große Pantheon mit seinen Mythen und Opfergeschichten?

*»Als ich Chesterton las, hatte ich ... keine Ahnung, worauf ich mich damit einließ. Ein junger Mann, der Atheist zu bleiben wünscht, kann nicht vorsichtig genug in seiner Lektüre sein.«* Und das mag auch für die Lektüre der Streitschrift »Ketzer« (1905) gelten, in der Chesterton mit dem Zeitgeist abrechnet und die intellektuelle »Crème de la crème« genussvoll vorführt, ja, aufspießt, und unter der sich neben G. B. Shaw auch H. G. Wells befindet, dem er eigens das Kapitel »H. G. Wells und die Giganten« widmet.

Jack begann wieder die Bibel zu lesen und zwar nach einem langen Spaziergang im Anschluss an ein Abendessen mit seinen Freunden Hugo Dyson, Lektor für englische Sprache an der Universität Reading und anglikanischer Christ, und J. R. R. Tolkien auf dem Addison`s Walk, dem abgeschiedenen Rundweg um den Hirschpark im Magdalen College. Die Freunde verwickeln Jack in eine lange und vermutlich seinen geistlichen Wendepunkt einleitende Diskussion über Geschichte, Mythos und die Wahrheit des Evangeliums. Der Rest geschah dann auf der ungewöhnlichen Busfahrt über den Headington Hill durch einen Eingriff von »oben«.

## »Mars alarmiert Amerika«

Unter dieser Schlagzeile berichtete der Bonner »General-Anzeiger« am 1. November 1938 über die Auswirkungen einer ungewöhnlichen Panik durch Außerirdische in New York: »Auf den Polizeiämtern, bei den Zeitungen, bei den Rundfunkstationen liefen die telefonischen Anfragen tausendfach ein. Die Ausfallstraßen waren in kürzester Zeit von Tausenden von Wagen verstopft.«

Vorausgegangen war die Unterbrechung eines Abendkonzertes durch eine aktuelle Rundfunkdurchsage vom Mount Jennings-Observatorium in Chicago. Ein Übertragungswagen sei zum Einschlagkrater geschickt worden, wo sich ein riesiges Raumschiff öffnete: »Ein Hitzestrahl aus dem Objekt hat alle Umstehenden binnen Sekunden vernichtet. Die gesamte Region wurde unter Kriegsrecht gestellt.« Von der so genannten »Landung der Mars-Menschen in New Jersey« erfuhren vor allem jene Hörer, die zunächst bei dem Konkurrenzsender eine beliebte Unterhaltungssendung verfolgt und dann während einer Unterbrechung zu CBS geschaltet hatten. Sie verpassten die ordnungsgemäße Ankündigung der Hörspielversion von »Krieg der Welten«, die den Schauspieler Orson Welles und den bereits im Zusammenhang mit G.K. Chesterton erwähnten Gesellschaftssatiriker, Utopisten und Begründer der modernen Science Fiction H.G. Wells plötzlich weltberühmt machten.[1]

Zumindest interessiert, dass der in ärmlichen Verhältnissen in London geborene Schriftsteller und Journalist Herbert George Wells (1866–1946) Dank eines Stipendiums für die Normal School of Science seine naturwissenschaftlichen Nei-

---

[1] Die aktuelle Verfilmung dieses Klassikers ist unter der Regie von Steven Spielberg der bis dato teuerste Film aller Zeiten, wenn der mit 300 Millionen Dollar bezifferte Etat wohl auch nicht zuletzt darauf verwendet wird, den erlahmenden Wehrwillen der US-Amerikaner neu zu entfachen.

gungen fördern konnte. Thomas Huxley, ein eifriger Verfechter von Darwins Evolutionstheorie, gehörte zu seinen Lehrern und gab ihm das erste Rüstzeug für sein ideologisches Arsenal.

1895 veröffentlichte H. G. Wells den SF-Roman »Die Zeitmaschine«, das wohl erfolgreichste Werk dieser Gattung in der Literaturgeschichte. Es ist die pessimistische Geschichte eines Wissenschaftlers, der mit einer Zeitmaschine in die Zukunft reist und dort neue Formen menschlicher Unterdrückung findet, die schließlich auf eine menschenlose, unbewohnbare und durch den Wärmetod bedrohte Welt deuten.

H. G. Wells war, wie auch George Bernard Shaw und andere führende Intellektuelle, Mitglied in der 1883 gegründeten sozialistischen Fabian Society. Sie nannte sich nach dem römischen Feldherrn Fabius Cunctator, dem »Zauderer«, und wollte eine vergesellschaftete Wirtschaft nicht auf dem Weg der marxistischen Revolution, sondern durch allmähliche Reformen erreichen. Ihre Vision war durchdrungen von einem naiven Glauben an den wachsenden Fortschritt des so genannten »neuen Menschen« und einem unerschütterlichen Machbarkeitswahn.

Drei Jahre nach dem Erfolg seines Erstlingswerks, der »Zeitmaschine« (1895) erscheint als erster Roman der Literaturgeschichte über ein interplanetarisches Abenteuer »Der Krieg der Welten«.

Grausamer Schauplatz des apokalyptischen Szenarios mit seiner düsteren Endzeitstimmung ist der Großraum London, der plötzlich von außerirdischen Monstern im wahrsten Sinne des Wortes heimgesucht wird.

Achten wir auf Wells' Beschreibung der geschlechtslosen Marsmännchen, die von allen heftigen sexuellen Erregungen frei sind und deren Kinder mit ihrem Erzeuger verwachsen sind, abknospend, wie kleine Lilienzwiebeln oder die Jungen eines Süßwasserpolypen: *»Es kam höchstens vor, dass Erdenbewohner sich einbildeten, es könnten Menschen auf dem Mars leben,* *minderwertige vielleicht, jedenfalls aber solche, die eine irdische Forschungsreise freudig begrüßen würden ... Waren sie vernunftbegabte Mechanismen? Doch ich fühlte, so etwas sei unmöglich. Oder saß in jedem Marsmann, der es beherrschte, bewegte und leitete, so wie das Gehirn des Menschen in seinem Körper sitzt und herrscht?«*

Diese abstoßenden, Monster ähnelnden Aliens, »*vernunftbegabte Kaninchen*«, hatten »*keine Eingeweide. Sie aßen nicht, brauchten also auch nicht zu verdauen. Stattdessen nahmen sie das frische, lebende Blut anderer Geschöpfe und führten es in ihre eigenen Adern ein.*« Es sind technischen Primitivlinge, die noch nicht einmal über die Andeutung eines Rades verfügen, und damit potentielle Feinde der angeblich vernunftbegabten, aufgeklärten Erdlinge. Die Eindringlinge suchen London bereits 1898 so heim, wie es ihre Nachfahren dann in Stalingrad, Dresden und Bagdad untereinander in großer Perfektion taten.

H.G. Wells resümiert eine bedrückend-düstere Entwürdigung: »*... das Gefühl der Entthronung, die Überzeugung, dass ich nicht länger ein Herr, sondern ein Tier unter Tieren unter der Ferse der Marsleute sei. Uns würde es nun gehen wie jenen: wir mussten jetzt lauern und spähen, laufen und uns verstecken; die Macht des Menschen und seine Fruchtbarkeit waren ihm genommen.*«

### Die neue Saga von den anderen Welten

Kommen wir zu unserer Trilogie, die, wenn man will, gegenüber Wells' Invasion wohl Lewis' Gegenbesuch oder Gegenentwurf ist. Er hinterfragt den modernen Szientismus und stellt das von Wells beschriebene Sein auf den anderen Sternen mit ihren furchterregenden Lebensweisen und Lebewesen im Vergleich mit den angeblich so guten Erdbewohnern auf den Kopf. Bei Lewis ist es genau umgekehrt: Die Hölle ist *bei* uns – oder konkreter – *in* uns, wie schon Aldous Huxley

(1894–1963) meinte. In seinen Anti-Utopien »Schöne neue Welt« und »Affe und Wesen« beschrieb er eine vom Atomkrieg zerstörte Menschheit.

Im *Schweigenden Stern* (Band 1) hofft der 40-jährige Rucksack-Wanderer und Cambridge-Philologe Dr. Ransom nach einer beschwerlichen Tageswanderung sein wohlverdientes Quartier zu finden. Aber stattdessen gerät er an zwei skrupellose Wissenschaftler: den gerissenen Streber Devine, der nie eigenständig handelt und Verantwortung übernimmt, und Weston, den Typ des modernen Wissenschaftler, der den alten Traum verfolgt, den Mars zu kolonisieren.

Beide stehen kurz vor ihrer geheimen Mars-Mission, um als moderne Glücksritter zu Vermögen, Macht und Ansehen zu gelangen, die uralte Motivation der forschenden Geister bis in unsere Tage. Die angeblichen Psycho-Kämpfer für eine neue Menschheit kidnappen Ransom – übrigens die alles verbindende Figur der Trilogie –, um ihn im Fall von Schwierigkeiten als Opfer den Mars-Menschen zu überlassen.

Und damit sind wir schon mitten in der Theologie. Heißt Ransom doch *Lösegeld* und spielt auf Christus an, der als Lösegeld für die Menschen starb (1. Timotheus 2,6). Aber Ransom muss seinem Namen keine Ehre machen. Denn nach gelungener Flucht ist seine Rolle als Opfer an den guten Herrschergott Oyarsa nicht erforderlich. Freimütig gibt Ransom dem Oyarsa eine ihm unverständliche Beschreibung unseres Planeten Thulkandra, dem »Schweigenden Stern«, der sozusagen von seinem »dunklen« Gegenspieler beherrscht wird.

An seinem misslichen Entführungsgeschick erläutert Ransom dem Oyarsa die Beschaffenheit des menschlichen Herzens: *»Ich muss dir sagen, dass unsere Welt sehr verbogen ist. Die zwei, die mich brachten, wussten nichts von dir, sondern nur, dass die Sorne* (Marslebewesen) *nach einem wie mir verlangt hatten. Ich denke, sie hielten dich für einen falschen Eldil* (Herrscher). *In den* *wilden Teilen unserer Welt gibt es falsche Eldil; Menschen töten andere Menschen vor ihnen, weil sie glauben, der Eldil trinke Blut. Meine zwei Reisegefährten glaubten, die Sorne wollten mich zu diesem oder einen anderen bösen Zweck. Sie brachten mich in ihr Raumschiff und hierher. Ich war in schrecklicher Angst. Die Märchenerzähler unserer Welt (also die selbst ernannten »Aufklärer«, die Menschheitsbeglücker H.G. Wells und Konsorten) machten uns glauben, dass, wenn es irgendein Leben jenseits unserer eigenen Welt gebe, es böse sein müsse.«*

Der erstaunte Oyarsa begreift: »*Und dies erklärt manches, das mich verwundert hat. Sobald euer Raumschiff die Lufthülle Thulkandras hinter sich gelassen hatte und in den Himmel eingedrungen war, sagten meine Diener mir, dass du nur widerwillig mitgekommen zu sein schienst, und die beiden anderen hätten Geheimnisse vor dir. Ich hätte nicht geglaubt, irgendein Wesen könne so verbogen sein, dass es ein anderes von seiner eigenen Art gewaltsam hierher bringen würde ... Nun erzähle mir von Thulkandra. Sage mir alles. Wir wissen nichts seit dem Tag, da der Verborgene aus dem Himmel in die Luft eurer Welt stürzte, verwundet im Licht seines Lichts.«*

Malakandra, wie die Eingeborenen ihren Mars nennen, ist also keineswegs ein von blutgierigen Monstern bewohnter Planet. Ganz im Gegenteil leben intelligente Rassen im besten Einvernehmen miteinander auf einem friedvollen, geradezu paradiesischen Stern mit bizarren Landschaften und sympathisch-skurrilen Lebensformen. Sie wurden noch nie von einem Sündenfall belastet und haben noch nicht einmal ein Wort für »Krieg«!

Lewis mag seine Technikversessenen Leser enttäuschen, wenn er sie in seinem dialektisch angelegten Roman nicht mit Bauplan-Anleitungen für Weltraumschiffe unterhält. Nein, ihm geht es um die Stellung des Menschen im Universum und die Liebe und Herrlichkeit Gottes, der das All erschaffen hat und fortwährend lenkt und Engelboten seine Aufträge erfüllen lässt. Und das alles auf dem Hintergrund abgefallener, dem Bösen ausgelieferter ungehorsamer Geister, die Krieg und Tod verbreiten und den irdischen Sündenfall als ein kosmisches Drama veranschaulichen. An dem ständig bedrohten Erdenmenschen Ransom, der sich selbst nicht freikaufen kann, wird demonstriert, dass keiner in dieser Welt sich selbst gehört. Und auch um diese Prämisse geht es: Das Böse ist eine Perversion des Guten und das größte Böse eine hauchdünne Perversion des großen Guten. Schon Luther meinte, dass der Teufel der Affe Gottes sei.

Nach der glücklichen Rückkehr auf die Erde, ist Ransom ausersehen, eine spektakuläre Mission auf der Venus, den von den Eldil, den geheimnisvollen Statthaltern Gottes, *Perelandra* (Band 2) genannten Morgenstern durchzuführen.

Kaum hat Ransom gelernt, sich in der beängstigend unbeständigen Umgebung zu orientieren, geht ein Raumschiff von der Erde auf das Wasser nieder. Ihm entsteigt sein alter Gegenspieler Weston, der Unbill über die unschuldigen Bewohner bringen will. Ransom erkennt seinen Auftrag und entschließt sich zum Kampf – doch er ist unbewaffnet, während Weston über alle Macht des Bösen verfügt. Weston ist die Chiffre für einen vom Teufel Besessenen, der sich willentlich zu einer antigöttlichen »biologischen Philosophie« bekehrt hat.

Gegen Ende von Lewis' ekstatischstem Roman *Perelandra*, das Konzept eines schlüssigen Menschenbildes mit der ausgezeichneten Darstellung des noch so eben abgewendeten zweiten Sündenfalls, kommt es zu einem auch körperlichen Zweikampf zwischen Weston und Ransom, der aber letztlich nicht aus eigenen Kraft siegt. Es ist Maleldil (Gott), von dem er sagt: *»Was auf der Erde geschehen war, wo Maleldil als Mensch geboren wurde, hatte das Universum für immer verändert. Die neue Welt Perelandra war keine bloße Wiederholung der alten Erdenwelt. Maleldil wiederholt sich niemals.«*

Lewis, der Wegbereiter der modernen Fantasy, ist Literaturwissenschaftler und verwebt in seinem Epos großartige Bilder und Ideen: Themen des Alten Testaments (Engelsturz, Versuchungsgeschichte, Turmbau zu Babel) oder der Artus-Sage. Wie sein großes Vorbild John Milton (1608–1674) erfindet er neue Mythen und Deutungsmuster. In dem »Verlorenen Paradies« thematisierte dieser den Sündenfall der Ureltern und ihre Vertreibung aus dem Garten Eden und verband die Absicht, »die Wege Gottes vor den Menschen zu rechtfertigen«. Dabei beschränkte sich Milton nicht auf eine beschreibende Wiedergabe biblischer Inhalte, sondern spiegelte sie mit aktuellen Ereignissen und Meinungen des »modernen« Zeitgeistes auf dem Hintergrund einer nachvollziehbaren Ahnung der apokalyptischen Wirklichkeit.

Und diese Ahnung wird in der Anti-Utopie *Die Böse Macht* (Band 3), ein auf unserer Erde spielendes Märchen für Erwachsene, ja, einem metaphysischen Thriller in nachvollziehbaren Bildern beschrieben.

Was ganz harmlos und »nett« erscheint, ist das sogenannte N.I.C.E. (National Institute of Coordinated Experiments). Die Eingeweihten vermuten, dass die von einer bunt zusammen gewürfelten kriminellen Gang geplante Errichtung eines modernen Forschungsinstitutes nur ein Vorwand ist, sich gewisser Mittel zu bemächtigen, die als Erbe aus keltischer Zeit unter dem Bracton Wald begraben liegen. Hier soll einst Merlin, der mächtigste Zauberer aller Zeiten aus König Artus Tafelrunde, gewirkt haben. Die Hölle droht aufzubrechen, wenn die skrupellosen Manager (und Magier) des N.I.C.E. in Besitz des Zauberers aus grauer Vorzeit gelangen.

Da es letztlich um die Schaffung des autonomen »Neuen Menschen« geht, ist ihr teuflisches Ziel die »Befreiung« des Menschen von seinen leiblichen Zwängen. Sein Körper muss vom biologischen Leben, d. h. von der Natur befreit und unabhängig werden. So ist der Boss des N.I.C.E. ein von Wissenschaftlern dieses Unternehmens am Leben gehaltenes Haupt eines guillotinierten Verbrechers und somit »Kopf« und Geist des Verbrechersyndikats.

Die »Abschaffung des Menschen« (so auch der Titel eines Essaybands von C. S. Lewis, 1978) zielt auch auf den Gedanken, menschliche Lebewesen ohne Brustkorb zu züchten, da dieser Ort ist der *»Gefühle, die von ausgebildeten Gewohnheiten in feste Überzeugungen organisiert werden«*.

Ihre Praktiken gleichen nicht nur dem Totalitarismus des 20. Jahrhunderts wie Terror, Manipulation des Rechts, Umweltzerstörung, Vivisektion, Experimente an Menschen, Folter, Mord und die alles begleitende Manipulation einer skrupellosen Presse. Die Menschenwürde ist abgeschafft, was auch daran deutlich wird, dass der ehrgeizige Soziologe Mark Studdock und seine Frau Jane, beide »modern« und »progressiv«, beinahe umkommen. Sie erfahren als Produkte ihrer eigenen Erziehung, dass ihre Überzeugungen in Extremsituationen nicht tragen, sondern nur durch Neubesinnung und Umkehr ein Neubeginn, auch ihrer Ehe, möglich ist.

Die farbige Anschaulichkeit des Epos ist durch das lebensfreudige Erzählgenie Lewis, der selbst auf seine Leiblichkeit bestand und von kleinen Vergnügungen wusste, bis zur letzten Seite gewährleistet. So versöhnt der nach Raumschiffproblemen und religiösen Krisen arg strapazierte Ransom den mit ihm bangenden Leser nach glücklicher Rückkehr auf dem *Schweigenden Stern* mit einem entspannten Finale. Als der Heimkehrer über den Feldweg eines Dorfes kommt und aus einem Gasthaus endlich wieder englische Stimmen hört, geht er zielstrebig an die Theke und sagt, als ließe sich dadurch alles Erlebte vergessen machen: »*Ein großes Helles, bitte.*«

C. S. Lewis

1898 - 1963

# C.S. Lewis – Der Mann, der Narnia schuf

C. S. Lewis gilt als einer der bedeutendsten christlichen Autoren des 20. Jahrhunderts. Geboren wurde er am 29.11.1898 als Clive Staples Lewis in Belfast. 1917 begann er – als Atheist mit Interesse für heidnische Mythen – ein Studium in Oxford, wo er 1925 Dozent für englische Sprache und Literatur wurde. 1926 machte er dort eine der wichtigsten Bekanntschaften seines Lebens: Er lernte J. R. R. Tolkien kennen. Gemeinsam traten sie 1939 dem Club der »Inklings« bei, einer Gruppe literaturinteressierter und -schaffender Männer, die sich über zwanzig Jahre lang ein- bis zweimal wöchentlich zu Lesungen und Diskussionen trafen.

Tolkien legte den Grundstein dafür, dass Lewis sich Anfang der dreißiger Jahre nur noch zum Christentum bekennen konnte – »schachmatt«, wie er selbst es nannte, nachdem er sowohl vor seinen Emotionen als auch vor den Verstandesargumenten seiner Freunde und Bekannten kapituliert hatte.

Diese neue Einstellung sollte Lewis` gesamtes literarisches Werk prägen, nicht nur das theologische, sondern auch das erzählerische. Aus dem theologischen ragt besonders »Pardon, ich bin Christ« (1952) heraus, eine Sammlung von Texten aus Radiosendungen der BBC. Das Buch wendet sich – wie auch seine anderen Bücher und Essays dieser Richtung – in verständlicher Sprache nicht nur an gläubige, sondern auch an ungläubige und gerade an zweifelnde Menschen. Sein bekanntestes Buch ist wohl »Dienstanweisung für einen Unterteufel« (1942), in dessen Handlungs- und Wortwitz Lewis seine unbestreitbaren schriftstellerischen Fähigkeiten und seinen sicheren Umgang mit Sprache unter Beweis stellt.

Die christliche Komponente durchzieht Lewis' Werk auch da, wo es nicht unbedingt zu vermuten wäre: Die sieben »Chroniken von Narnia« (ab 1950), eine Märchenreihe, die auf Geschichten gründet, die Lewis und sein Bruder sich als Kinder ausgedacht haben, vertreten christliche Grundwerte und thematisieren Verrat und Erlösung durch ein Opfer so unaufdringlich, dass es fast schon hinter der Geschichte zurücktritt, aber dennoch präsent bleibt.

Für C. S. Lewis zählte das Christentum als solches, keine Konfessionen oder Glaubensstreitigkeiten zwischen ihnen. Zwar war er Anglikaner, doch versuchte er, ein allgemeines Christentum zu vermitteln, wobei seine Werke niemals belehrenden, dozierenden Charakter haben, sondern beim Lesen unterhalten wollen. Wahrscheinlich macht gerade das den Reiz seiner Bücher aus. C. S. Lewis starb am 22.11.1963 in seinem Haus »The Kilns« in England.

## C.S. Lewis – Zeittafel

1898 geboren am 29. November in Belfast, Irland
1905 Die Familie zieht nach Little Lea.
1908 Im August stirbt die Mutter an Krebs. Im September wird Lewis ins Internat nach Wynyard House in England geschickt.
1910 Rückkehr nach Irland. Schulbesuch im nahe gelegenen Campbell College
1911 Zurück nach England ins Internat der Cherbourg School in Malvern
1913 Wechsel ins Malvern College, genannt »The Coll«.
1914 Beginn des Privatunterrichts bei William Kirkpatrick, einem Freund der Familie. Ausbruch des Ersten Weltkriegs.
1916 Lewis entdeckt ein (Phantastes) seines späteren Vorbilds George MacDonald. Er besteht die Stipendiatsprüfung für Oxford und wird vom University College angenommen.
1917 Meldet sich als Freiwilliger bei der englischen Armee. Lernt Paddy Moore und dessen Mutter, Mrs Janie Moore kennen. Wird nach Frankreich an die Front geschickt.
1918 Im März Verwundung an Arm, Gesicht und Bein. Zur Genesung nach Hause geschickt. Am 11. November wird der Waffenstillstand unterzeichnet.
1919 Unter dem Pseudonym Clive Hamilton erscheint sein erstes Werk Spirits in Bondage. Zieht mit Mrs

Moore und deren Tochter Maureen zusammen und setzt sein Studium in Oxford um.

1925 Erhält eine Fellowship für englische Sprache am Magdelen College in Oxford. Erste Begegnung mit J.R.R. Tolkien

1926 Veröffentlichung von Dymer unter dem Pseudonym Clive Hamilton.

1929 Beginn der erneuten Zuwendung zum Christentum, ein Wendepunkt in Lewis' Leben. Tod des Vaters im September.

1933 Veröfffentlichung von A Pilgrim's Regress.

1935 Begegnung mit Charles Williams.

1936 Veröffentlichung von The Allegory of Love.

1938 Veröffentlichung von Out of the Silent Planet.

1939 Tritt den »Inklings« bei. Veröffentlichung von Rehabilitions and Other Essays und The Personal Heresy. Ausbruch des Zweiten Weltkriegs.

1940 Veröffentlichung von The Problem of Pain

1941 Beginn der ungemein populären Vortragsreihe bei Radio BBC. Mithilfe bei der Gründung »Socratic Club« in Oxford.

1942 Veröffentlichung von The Screwtape Letters, A Preface to Paradise Lost und Broadcast Talks.

1943 Veröffentlichung von Christian Behaviour, Perelandra und The Abolition of Man.

1944 Veröffentlichung von Beyond Personality.

1945 Ende des Zweiten Weltkriegs. Tod von Charles Williams. Lewis veröffentlicht That Hideous Strength und Die große Scheidung.

1947 Veröffentlichung von Mircacles.

1949 Veröffentlichung von Transpositon and Other Adresses.

1950 Erster Brief von Joy Davidman. Veröffentlichung von The Lion, the Witch and the Wardrobe.

| | |
|---|---|
| 1951 | Im Januar Tod von Mrs Moore. Veröffentlichung von Prince Caspian. |
| 1952 | Veröffentlichung von Mere Christianity and The Voyage of the Dawntreader. Joy verbringt die Weihnachtstage in »The Kilns«. |
| 1953 | Veröffentlichung von The Silver Chair. Scheidung von Joy und William Gresham. Joy übersiedelt mit David und Douglas nach England. |
| 1954 | Veröffentlichung von The Horse and his Boy und Englisch Literature in the Sixteenth Century Excluding Drama. |
| 1955 | Erhält eine Professur für Literatur des Mittelalters und der Renaissance am Magdalene College in Cambridge. Veröffentlichung von The Magician's Nephew und Surprised by Joy. |
| 1956 | Am 23. April Ziviltrauung mit Joy Davidman auf dem Oxforder Standesamt. Veröffentlichung von The Last Battle und Till We Have Faces. Bei Joy wird Krebs festgestellt. |
| 1957 | Am 21. März kirchliche Trauung in Wingfield Hospital. Joys Zustand beginnt sich zu verbessern. |
| 1958 | Hochzeitsreise mit Joy nach Wales und Irland. Veröffentlichung von Reflections of the Psalms. |
| 1959 | Joys Zustand verschlimmert sich. Der Krebs breitet sich immer rascher aus. |
| 1960 | Gemeinsame Reise nach Griechenland. Joy stirb am 13. Juli. Veröffentlichung von The Four Loves, Studies in Word and The World's Last Night and Other Essays. |
| 1961 | Veröffentlichung von A Grief Observed und An Experiment in Criticism. |
| 1962 | Veröffentlichung von They Asked for a Paper: Papers and Addresses. |
| 1963 | Am 22. November, dem Tag, an dem Präsident Ken- |

nedy ermordet wird und Aldous Huxley stirbt, stirbt Lewis in »The Kilns«.

1964 Posthume Veröffentlichung von Letters to Malcom: Chiefly on Prayer

# Zeittafel – Werküberblick

## Literaturwissenschaft
1936    The Allegory of Love: A Study in Medieval Tradition
1960    A Preface to »Paradise Lost«
1961    An Experiment in Criticism

## Christliche Apologie
1933    The Pilgrim's Regress: An Allegorical Apology for Christianity, Reason and Romanticism (dt. Flucht aus Puritanien)
1940    The Problem of Pain (dt. Über den Schmerz)
1941    The Screwtape Letters (dt. Dienstanweisung für einen Unterteufel)
1943    Mere Christianity (dt. Pardon, ich bin Christ)

## Unterhaltungsliteratur
*Perelandra-Trilogie*
1938    Out of the Silent Planet (dt. Jenseits des Schweigenden Sterns)
1943    Perelandra, auch als »Voyage to Venus« erschienen (dt. Perelandra)
1945    That Hideous Strenght (dt. Die Böse Macht)

1942    The Screwtape Letters (dt. Dienstanweisung für einen Unterteufel)
1946    The Great Divorce (dt. Die große Scheidung oder Zwischen Himmel und Hölle)

1956  Till We Have Faces: A Myth Retold (dt. Du selbst bist die Antwort)

**Die Chroniken von Narnia**
*In der Reihenfolge der Erst-Veröffentlichung:*
1950  The Lion, the Witch and the Wardrobe (dt. Der König von Narnia)
1951  Prince Caspian (dt. Prinz Kaspian von Narnia)
1952  The Voyage of the »Dawn Treader« (dt. Die Reise auf der »Morgenröte«)
1953  The Silver Chair (dt. Der silberne Sessel)
1954  The Horse and His Boy (dt. Der Ritt nach Narnia)
1955  The Magician's Nephew (dt. Das Wunder von Narnia)
1956  The Last Battle (dt. Der letzte Kampf)

**Autobiographie**
1982  Surprised by Joy (dt. Überrascht von Freude)

# Die komplette Hörbuch-Edition

## Ungekürzt und im Original
## Gelesen von Philip Scheppmann

| | | |
|---|---|---|
| **Das Wunder von Narnia,** 4 CDs | | ISBN 978-3-86506-039-6 |
| **Der König von Narnia,** 3 CDs | | ISBN 978-3-87067-908-8 |
| **Der Ritt nach Narnia,** 4 CDs | | ISBN 978-3-86506-040-2 |
| **Prinz Kaspian von Narnia,** 4 CDs | | ISBN 978-3-86506-101-0 |
| **Die Reise auf der Morgenröte,** 5 CDs | | ISBN 978-3-86506-102-7 |
| **Der silberne Sessel,** 5 CDs | | ISBN 978-3-86506-103-4 |
| **Der letzte Kampf,** 4 CDs | | ISBN 978-3-86506-104-1 |

**Brendow.**
VERLAG + MEDIEN

# Die Dramatik einer griechischen Sage

C.S. Lewis
**Du selbst bist die Antwort**
Paperback, 320 Seiten
ISBN 978-3-86506-192-8

Orual klagt die Götter an: Ihr ist Unrecht geschehen, sie ist eine Frau, die mit dem Leben hadert, weil ihr alles persönliche Glück versagt geblieben ist. Ihr Leid und ihre Leidenschaft, ihre Wut über die Ungerechtigkeit des Lebens machen sie nahbar und menschlich und werfen ein ganz neues Licht auf den antiken Stoff von Amor und Psyche, den C.S. Lewis hier meisterhaft aufgreift.

# Nachhilfe
# für einen Unterteufel

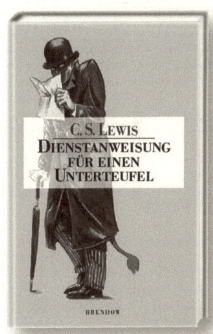

C.S. Lewis
**Dienstanweisung für einen Unterteufel**
Gebunden mit Schutzumschlag
160 Seiten
ISBN 978-3-87067-600-1

In 31 Briefen erteilt der höllische Unterstaatssekretär Screwtape dem unerfahrenen Unterteufel Wormwood hilfreiche Dienstanweisungen, wie er die Seele seines „Patienten" zur Beute der Hölle machen kann ...
Ein zeitloser Klassiker, neu übersetzt und illustriert.

C·S·LEWIS·PREIS

### Der Namenspatron
C.S. Lewis ist der wohl bekannteste christliche Autor des 20. Jahrhunderts. In seinen belletristischen Werken wie »Die Perelandra-Trilogie« oder »Die Chroniken von Narnia« gelingt es ihm, in einzigartiger Weise literarische Virtuosität und christliche Glaubensinhalte zu verbinden. Der Brendow Verlag ist von den Erben des großen Gelehrten exklusiv dazu legitimiert, den C.S. Lewis-Preis zu vergeben.

### Die Preisidee
Der C. S. Lewis-Preis wird alljährlich für ein Romanprojekt verliehen, das sich in herausragender Weise mit Perspektiven des christlichen Glaubens befasst.

### Der Hauptpreis
Der Sieger gewinnt – neben der Veröffentlichung seines Titels und der professionellen Betreuung durch unser Lektorat – ein Wochenende in der Schreibwerkstatt mit Erfolgsautor Titus Müller.

### Die Beteiligten
Die Jury setzt sich zusammen aus namhaften Vertretern aus Literatur, Medien, Wissenschaft und Kirche.

### Teilnahmebedingungen
Einsendeschluss ist alljährlich der 1. Juli. Die Preisverleihung findet im Rahmen der Leipziger Buchmesse statt. Die weiteren Bedingungen zur Teilnahme finden Sie unter www.cslewis-preis.de